阅影· 大师剧作

白鹿原 剧作

一

原著　陈忠实
编剧　申　捷

CFP 中国电影出版社
2017 · 北京

张嘉译
饰
白嘉轩
见善必行，闻过必改
白鹿原
WHITE
DEER
PLAIN

何冰 饰 鹿子霖
能睦亲故
白鹿原
WHITE
DEER
PLAIN

能齐其家
秦海璐 饰 仙草
白鹿原
WHITE DEER PLAIN

能为人谋事
刘佩琦 饰 朱先生
白鹿原
WHITE DEER PLAIN

能治其身
戈治均 饰 鹿泰恒
白鹿原
WHITE DEER PLAIN

能为众集事
李洪涛 饰 鹿三
白鹿原
WHITE DEER PLAIN

扈耀之 饰 田福贤
白鹿原
WHITE DEER PLAIN

杨皓宇 饰 冷先生
能广施惠
白鹿原
WHITE DEER PLAIN

白鹿原
WHITE
DEER
PLAIN

白鹿原
WHITE
DEER
PLAIN

白鹿原
WHITE
DEER
PLAIN

仁義白鹿村
白鹿原
WHITE
DEER
PLAIN

白鹿原
WHITE DEER PLAIN

源同一脈
祖德永存
白鹿原
WHITE DEER PLAIN

白鹿原
WHITE DEER PLAIN

白鹿原
WHITE DEER PLAIN

白鹿原
WHITE DEER PLAIN

真理
白鹿原
WHITE
DEER
PLAIN

白鹿原
WHITE
DEER
PLAIN

目　录

第一集

1. 山里穷户　日　内

冬季，山里，大雪覆盖，北风呼呼吹着破败的木屋，发出吱呀的声响。

白嘉轩拘谨地坐在炕头，余光瞥向里间屋。

烟雾弥漫，穷老汉闷头抽着烟袋。

只听得媒婆说：“谁不知白鹿原白家！你上辈子积德攒了福气全应在你女儿头上，现在是饥荒年，这一满车的粮食除了够你家吃，都能买房置地了！”

帘里传来嘤嘤的低哭声，白嘉轩专注地听着里间动静。

穷老汉长叹：“别哭哩，出来走吧！”

媒婆乐：“老话说出嫁三哭，这就对着呢。”

白嘉轩闷声起身推门出去。

媒婆一怔追出。

2. 穷户外　日　外

媒婆追出一把揪住白嘉轩，不依不饶。

媒婆：“嘉轩，这好不容易说好的你咋走呢？”

白嘉轩甩开手：“说好啥？这叫说好？”

媒婆拽住：“人家答应了，人今天就让你带回。”

白嘉轩：“你让我带回个啥？人家不乐意么！”

媒婆笑，压低声：“她家都揭不开锅了，你这一满车粮食能换他仨闺女！”

白嘉轩甩开媒婆的手，低吼：“我的媳妇不是换来的，我不想换回个媳妇！我要娶懂么？往后别再干这缺德事！”

白嘉轩大步走去：“三哥，走！”

鹿三忙赶车跟随。

白嘉轩："等等！"

鹿三勒住缰绳回头瞧，白嘉轩卸下几袋粮食，自己扛上两袋往回走去。鹿三忙也扛上其余两袋，一同撂到穷户家门口。

老汉："这怎么使得！怎么使得！"

白嘉轩憨憨一笑："使得，女儿是爸妈的心头肉，要我也不能把女儿往火坑里推。"

老汉忙摆手："没……"

白嘉轩："往后不敢再拿你女儿换粮食了，实在熬不过到白鹿原上寻我白嘉轩去。"

白嘉轩转身扬长而去。

媒婆骂："你充啥好人你！我告你爸去，你等着，白嘉轩你一个媳妇也娶不着，你断子绝孙的命！"

老汉老泪纵横。

门帘内，一双眼望着马车远去……

3. 山下　日　外

马车在雪地里颠簸前行，白嘉轩双手揣在一起郁闷地坐在马车上，鹿三赶着车，不时回头望。

山梁上奔跑着一个女子的身影，停在尽头的坡上眺望。

鹿三："少东家，那女子跟咱半天了，正站在坡上望这边。"

白嘉轩头也不回："走你的！"

鹿三扬鞭："唉！驾！"

4. 原上　黄昏　外

六座坟头并排伫立在荒野，白嘉轩一动不动站在前面，任风裹住自己的身体。

鹿三牵着马车守候在不远处，忧伤地看着少东家。

鹿三:“回吧，天快黑了。”

白嘉轩突然狠狠抽自己。

鹿三忙扑上前抱住:“少东家！”

白嘉轩挣脱开，继续抽打自己。

鹿三抹泪:“这不赖你少东家，是她们这些女子命不好，嫁到白家是该享富贵的，她们享不起受不住。”

白嘉轩发狠:“三哥，我这辈子不再娶了！”

鹿三含泪:“不敢说！可不敢说！”

白嘉轩激动:“人家嫁女儿到我这都跟上刀山下火海一样！你看看这六个坟头，咋娶一个走一个呢，我真是祸害啊！”

白嘉轩颤抖着嘴唇，眼睛湿润。

鹿三不知该如何劝好。

5. 白家正房　夜　内

白秉德闷闷地抽着烟袋，不时剧烈咳嗽。

白嘉轩站在堂内。

白秉德:“你真仁义啊，媳妇没娶回来反送给人粮食。你当咱开粮铺呢！”

白嘉轩脸色难看:“爸，你教我的，为人做事得对得起良心，村里人才能服你。”

白秉德:“还服你？他们没在背后戳老白家脊梁骨骂咱就不错！娶了六房媳妇，死了六房。人骂咱老白家损了阴德啊！”

白赵氏抹眼泪:“他爸，别说了。”

白嘉轩:“让他们骂去，我宁可打一辈子光棍也不想再娶了。”

白秉德:“是你不想娶就不娶的？鹿子霖媳妇老二都怀上了！你拿啥传宗接代？我这族长的位子能交到你这断后的手里？”

白嘉轩嘟囔:“我就不想做族长。”

白秉德还想骂，又剧烈咳起来。

白赵氏忙上前拍打:“你就别气你爸了。”

白秉德颤巍巍举起烟袋:“跪着去！到祠堂跪着去！”

6. 祠堂　夜　内

镜头环绕祖宗牌位，大风吹得门山响。油灯摇曳，白嘉轩独自跪在祠堂中一动不动。

白嘉轩昏昏欲睡，头越发沉起来，猛睁眼强撑直腰。

鹿子霖探头推门溜进，悄悄站在白嘉轩身后拍了拍他。

白嘉轩惊醒："谁！"

鹿子霖："鬼啊！"

白嘉轩一把揪住鹿子霖的腕子。

鹿子霖求饶："嘉轩哥你轻些！我逗你玩呢。"

白嘉轩："这地方能是逗着玩的么。对祖宗不敬么。"

鹿子霖："我是怕你睡去，对祖宗更是大不敬。"

白嘉轩白了鹿子霖一眼，鹿子霖反倒跪在一旁。

白嘉轩："你这是干啥？"

鹿子霖："我刚去你家里，伯不对么，娶媳妇传宗接代那是瓜熟蒂落的事，伯不该因这罚你。"

白嘉轩斜瞥鹿子霖："你是饱汉不知饿汉饥，跑这说风凉话来了。"

鹿子霖拿胳膊拱了拱白嘉轩，神秘压声："你前面那六房……都说是因为你家损了阴德，我就不信，我今天陪你一起跪，求祖宗保佑把阴德补回来！"

白嘉轩冷哼："这话你没全村嚷嚷去吧？"

鹿子霖："哪能！"

白嘉轩："你还是走吧，我不用你陪。"

鹿子霖："你一个人就不怕瘆？"

白嘉轩："你在这我更瘆得慌！"

鹿子霖苦笑，手指白嘉轩，被噎得说不出话，爬起身："行，你就倔吧！倔得跟头骡子一样，该着你克女人！"

鹿子霖忿忿地离去。

白嘉轩咬牙跪在那儿，痛苦地望着牌位。

7. 原上　日　外

白嘉轩踏着雪艰难地爬上坡，看着那几个被白雪覆盖的坟头，喘息着四下望白茫茫的世界，突然大声吼唱起来。

白嘉轩："夫妻们分生死人世至痛，一月来把悲情积压在心中。今夜晚月朦胧四野寂静，冷凄凄荒郊外哭妻几声。"

寂静的大地，只有白嘉轩喘息的声音……

8. 原野　日　外

深秋的白鹿原，广袤原上，两驾马车满载粮食奔驰。

鹿子霖和白嘉轩各坐一驾。

鹿子霖轻拍赶车的："快点！超了他！"

鹿子霖的马车赶超了过去，鹿子霖回头冲白嘉轩咧嘴乐。

鹿子霖大嗓门："嘉轩，换了粮食我给我家兆鹏换新衣服，给我家老二凑满月酒钱。你那么急着换粮食干啥？"

白嘉轩白他一眼，没说话。

鹿子霖乐："是娶媳妇吧？"

鹿三赶着白嘉轩这驾马车，皱眉："鹿少东家这是要把马累死么。"

白嘉轩："子霖！慢些！驮着这些粮食你赛起马来了，这可是咱村的好马，不能让你累死。"

鹿子霖笑："嘉轩，不用比我这马就比你的快。"

白嘉轩："前面路颠，小心摔下去，你娃生下来就没爹了！"

鹿子霖认真起来："那倒是，慢些！咱不急。"

白嘉轩苦笑。

9. 县府大院外　日　外

马车停靠在县大院外，鹿三和赶车的往下卸粮食。

鹿子霖："你在外先盯着，我进去报账。"

白嘉轩："还是我去……"

鹿子霖一拦："信不过我？"

白嘉轩笑笑，看鹿子霖进县院，喃喃："我还真信不过你。"

鹿三那边冲赶车的急："再胡说我抽你！"

白嘉轩上前劝："三哥，咋回事？"

鹿三一指："他说你去接媳妇，女子以死相逼不跟你回。"

白嘉轩瞪着赶车的。

赶车的委屈："这都是鹿少东家说的，全村人都知道了。"

鹿三："村里人还说，鹿少东家有一个儿子，现在又怀一个娃，阳气旺得很，陪你跪祠堂是舍命给你补阴德！"

白嘉轩气得咬牙："这狗日的，我猜他昨夜里来就没安好心……"

鹿子霖后面喊："嘉轩——"

白嘉轩挽袖转身迎上，惊呆。

鹿子霖披头散发冲出。

白嘉轩惊道："你这是咋啦？你辫子呢？"

鹿子霖哭："嘉轩，还辫子……变天啦！"

白嘉轩扶住鹿子霖："你说啥？"

鹿子霖哭着指院里："他们说皇上没啦！他们说……这辫子都得去喽！"

"站住！"

白嘉轩转头一看，喧哗声近，院里冲出几个拿剪刀的差人扑上来。

"剪了！革命了！"

鹿三："少东家快上车！"

白嘉轩先将鹿子霖推上腾空的马车，差人扑到的刹那，鹿三扬鞭赶马车。

白嘉轩反倒没上去，被众人拉扯住。

白嘉轩一顿胡打，剪刀几次差点碰到长辫，总算被他挣扯开。

鹿三急得大吼："少东家！"

白嘉轩拼命追马车，后面的人举着剪子追他。

白嘉轩揪住鹿三的手跃上马车，回头："粮食！"

鹿子霖哭着抱住白嘉轩："还要粮食，辫子都没了！"

马车奔走在街上，有激进的人正拉扯行人剪辫。

有人坐在地上号哭："不能剪啊！"

"没脸见祖宗啦！"

正在马车上颠簸的白嘉轩惊诧茫然地望着。

10. 祠堂　日　内

"身体发肤受之父母，全而生之当全而归之！辫子就是你的头，就是你的命！丢了皇粮不说，你还把辫子弄没了，还有脸回来……那人嘉轩咋没丢辫子？"

村里老少鸦雀无声围在祠堂内外，听鹿泰恒点着拐杖训斥。

鹿子霖散乱着头发跪在当中哭泣，白嘉轩跪在一旁。

鹿子霖："他跑得快么。"

鹿泰恒用拐杖敲儿子脑袋："胡说！还是你自己笨自己傻！怪不得别人。"

白嘉轩暗暗抬眼瞥鹿家父子，一眼瞧见白秉德正怒视自己，忙低下头去。

白秉德："嘉轩也免不了罚，一起送的皇粮么。你们哥儿俩对不起原上乡民。在这跪到天黑！都散了吧。"

鹿泰恒起身长叹："头发还可以续上，可皇粮没了……"

白秉德点头："就当交了吧，也算咱对皇上尽最后一份心了。"

一老者："听我城里大侄子说，皇帝都退位了。"

白秉德叹息："改朝换代啦。新国号是啥？"

众人簇拥着出去，鹿泰恒："大明之后是大清，大清之后不知该取个啥国号……"

祠堂内鹿子霖与白嘉轩并肩跪在一块。

白嘉轩伸手要摸鹿子霖短发，鹿子霖恨恨地拨开他的手。

白嘉轩异样的眼神打量："啥感觉？凉快？"

鹿子霖："你剪了自己试！早知道让你进去报账！"

白嘉轩哭笑不得："我就说我进么，你非抢。"

鹿子霖突然揪白嘉轩辫子："该掉辫子的是你！"

白嘉轩忙蹦起来躲闪。

鹿子霖伏地哭泣："祖宗哎！怎么见人啊！还不如要了我命呢……"

白嘉轩叹息瞧着。

11. 鹿家　晚　内

鹿子霖对镜怔怔瞧着自己散开齐耳的乱发，一脸的悲愤之色。

鹿子霖媳妇小跑过来："孩他爸，麻绳攒成这样你看看行不？"

一缕攒好的像辫子一般的棕麻绳提在手中。

鹿子霖："不一个色啊！"

鹿子霖媳妇为难："这是跟你头发最近的了。"

鹿子霖定定注视镜中："续上！"

媳妇小心翼翼给他续在后面……

12. 村　日　外

随着走动，鹿子霖脑袋后面的棕麻绳甩来甩去。村里人都窃窃私语，小声说笑。

鹿子霖心虚，转身怒视众人，乡亲们同时喷笑背过身去。

鹿子霖诧异扫视，突然一摸脑袋后面，再回身看那麻绳已经甩到地上。

鹿子霖慌忙捡起逃一般跑走……

13. 白家院　日　外

风雪中，白秉德跟白赵氏看着鹿三将粮食装满车。

白赵氏心疼："就这点存粮了，又是一年的收成没了。"

白秉德："一年的收成换回人家一个闺女，值。上路吧，把你新媳妇领回来！"

白嘉轩蹲在一旁。

鹿三上前拽，轻叫："少东家？"

白嘉轩纹丝不动："爸，我不想去了。本来年头就紧，皇粮又交空，咱剩的粮食不多了。"

白秉德点着拐杖，一字一顿："粮食没了拆房白家也不能断了后！"

白嘉轩叹息："那也先缓缓。"

白赵氏："为啥要缓，你都二十几了，还敢缓？你甭摆出个阴阳丧气的样子，女人不过是糊窗户的纸，破了烂了揭掉了再糊一层新的，死了再娶，咱家不能断了香火。"

白嘉轩被鹿三死活拉起，赶马车出门。

14. 白鹿原坡下　日　外

风雪刮得白嘉轩前进不得半步，鹿三拉着马车。

鹿三："少东家，赶紧走！这雪越来越大了！"

马车经过路旁一个雪堆。

白嘉轩回头望，那雪堆似是蠕动了一下。

白嘉轩叫："停下！"

鹿三忙将马车停住："又咋啦？"

白嘉轩跳下车蹲住扒开雪，露出一条胳膊，白嘉轩惊，慌忙拨开周围的浮雪，露出奄奄一息的女子。

鹿三也凑过来打量："逃难的，一准活不成了。"

白嘉轩摸摸鼻息："还有气。"

白嘉轩拉起女子的上半身，抬眼瞧鹿三，鹿三却没动，正眼巴巴疑惑地看他。

白嘉轩："抬啊！"

鹿三这才爽快动手："唉！"

俩人一起用力将女子抬上车去。

白嘉轩牵马往回走。

鹿三："少东家，往那边走！人家闺女等着你接呢！"

白嘉轩："回家！"

鹿三急："少东家！"

白嘉轩也急："救人要紧！"

15. 白家偏房　晚　内

白赵氏撑起女子的头。

冷先生将针慢慢捻进女子人中、玉枕等穴处："灌药！"

白嘉轩一直捧着碗在旁边等，此时忙上前喂。

药汤从女子嘴角淌出。

白嘉轩急："喝不进！"

冷先生却好像早料到，冷冷地："捏鼻子，死活给她灌下。"

白嘉轩满头是汗，有些手足无措。

白赵氏拿过碗，硬掰开女子嘴灌入，白嘉轩背过身去。

冷先生依旧面无表情："夜里要是吐了，就算捡回条命。要是没动静，明一早就埋吧。"

16. 白家正房　晚　内

白秉德抽着烟袋咳嗽，白赵氏疲惫不堪，被白嘉轩搀扶坐下。

白秉德冷哼："媳妇没娶进家，倒捡回个要饭的。"

白赵氏："净让你爸生气！你说拉走一车粮食，又拉回一车粮食。媳妇呢？"

白嘉轩："人家不乐意。"

白赵氏："胡说！就因为你这事十里八村的媒婆我都得罪遍了！你到底想要啥样的女子！"

白嘉轩："我就想要个诚心诚意跟我，不是粮食换的媳妇。"

白秉德剧烈咳嗽起来。白嘉轩忙上前捶，被一把推开。

院里鹿子霖拉扯着四五岁的小鹿兆鹏直冲进来："伯！婶！嘉轩哥也在呐！"

白嘉轩："子霖，听说生啦？"

鹿子霖带着喜气："生啦生啦！带把的，又是小子！哎呀我咋净生儿子哩。"

白嘉轩："你能呗，恭喜了！"

小鹿兆鹏："伯。"

白嘉轩拍拍小鹿兆鹏的脑袋，递给他一个拨浪鼓。

院里，三四岁的小黑娃探出头，也摇着一个拨浪鼓。小鹿兆鹏惊喜，忙奔出院。

鹿子霖乐："我爸嘱咐，老二满月时伯跟嘉轩一定去我那喝酒！"

白秉德点头："告诉你爸，我们一准都去。老二起了个啥名？"

鹿子霖没来得及应，鹿兆鹏扒院门探头："我弟叫兆海。好兆头的兆，海阔天空的海。鹿兆海。"

白嘉轩笑："好名字，将来准有出息。"

鹿子霖乐，神秘凑上前："嘉轩，听说媳妇带回来啦？"

白嘉轩："没。"

鹿子霖笑捶白嘉轩："你别哄我，村里人瞧见了。你车上拉着。"

白嘉轩："那是……"

白赵氏一撩帘："吐了！吐得满炕都是！"

白嘉轩一激灵忙钻出屋去："子霖你坐着啊！"

鹿子霖愣："呦，不是……这刚带回就有喜了？"

白秉德皱眉："别胡说，嘉轩路上捡回个要饭的女子。"

鹿子霖有些幸灾乐祸地瞧望，怪异的目光，转头拉过儿子："把拨浪鼓给你伯放下！这是你伯等生了自己娃给买的玩意儿，你拿着做啥！"

鹿兆鹏有点不情愿。

白嘉轩皱眉："我买了好几个哩，就是给他们玩的。"

鹿子霖摇头笑："不能！你进城专门给我儿子买的？谁信！"

鹿子霖一把扯过拨浪鼓，塞还给白嘉轩手中，又拍拍他肩："我明白你心思！娃还不说有就有么！"

白嘉轩瞪着鹿子霖拉儿子走出的身影。

17. 白家偏房　晚　内

女子已经吐了一炕。

白赵氏心疼："褥子！"

白嘉轩欣喜："妈，褥子算啥，救活条人命啊！"

女子呕吐着，喘息虚弱，往炕下爬。

白嘉轩手忙脚乱："别动！你就在炕上吐！我接着。"

白嘉轩欣喜："妈她吐了，冷先生说这就能活哩！"

白赵氏异样眼神瞪了儿子一眼。

18. 鹿家　夜　内

灯捻被掐亮，灯下父子对坐。

鹿泰恒思索："从前不认识？"

鹿子霖笑："爸，我出了白家就奔冷先生那问了，确实是刚捡的，从前不认识。"

鹿泰恒叹了口气抽起烟袋。

鹿子霖瞄一眼爸，也跟着叹："这要认识，还有了喜，那可就要他白家的命喽。"

鹿泰恒瞪儿子："心别老往歪处想。"

鹿子霖："是。爸，白家要绝后，族长的位子是不是得让给咱啦？"

鹿泰恒："你又得意个啥，不就是有儿子么。族长不是那么轻易就做的，得让人服你。你还欠缺多着哩。"

鹿子霖咧嘴乐："爸说得是。我做不了，留给您孙子兆鹏做！"

"嗯，我孙子比你强！"鹿泰恒思索，"老二的满月酒要大办，把全村的人都请来。席上你要捧白家的人，高高地捧！"

鹿子霖诧异："爸，这咋说？"

鹿泰恒不满地瞥儿子一眼："得让人打心里服你么。到时给你嘉轩兄弟灌酒，让他喝好！这人呐，越是得意时越要在意别人。懂不？"

鹿子霖恍然大悟，用力点头。

19. 白家白嘉轩房　日　内/外

白嘉轩边套外衣边推门出来，诧异寻声望去。

女子正抡斧劈柴，极其熟练。

鹿三旁边劝着："我来吧，这哪是你干的活。"

白嘉轩好奇打量，鹿三忙奔上前。

鹿三:“少东家，你跟我来。这缸，她一早起来都灌满了。这院子，我睁眼时她扫干净了。这女子真勤快！”

白嘉轩:“你叫啥？”

女子:“我叫仙草。”

白嘉轩点点头转身出去。

仙草抹抹脸上的汗，望着白嘉轩背影。

20. 地　日　外

白嘉轩陪着爸走在地头，鹿三跟在身后。

白秉德:“开了春把那两块地再好好犁犁。”

白嘉轩:“唉，等姐夫回来我问问他该种啥。”

白秉德:“你庄稼人问他一个秀才该种啥？”

白嘉轩笑:“爸，我姐夫可不只是秀才，他是神仙。”

鹿三:“东家！朱先生真是神，有次他说了句今年撒豆，被村东头那家听去，一年大旱就那家丰收，不服不行！”

白秉德停下，眯起眼扫望田间:“家里那女子，你想咋办。”

白嘉轩:“给盘缠，送她走。”

白秉德继续走:“鹿三，你说呢？”

鹿三:“东家，我打听了，她家里人饿死的饿死，病死的病死，都绝了，只剩下她一个逃难出来。这女子勤快得很，一人当仨人用，我看留下行。”

白嘉轩:“不成，那原上的乡民们咋看咱。”

白秉德转脸看儿子，沉默不语。

21. 白家院/厨房　日　外/内

白赵氏坐在院里摇着纺车，偷眼瞧厨房里的动静。

仙草在里面忙碌做饭，抻面剁椒的麻利劲儿让白赵氏有些吃惊。

22. 白家 日 内

仙草将桌上的面双手端起："伯，您吃啊。"

白秉德鼻子里哼了一声，没动，仙草只得将碗又放回桌上。

白嘉轩却狼吞虎咽，白赵氏挑起面放嘴里嚼了两口，异样的表情，也大口香甜地吃起。

白嘉轩吃得满头是汗："再剥瓣独蒜！"

仙草像得着命令转身跑出："唉！"

鹿三抱着空碗蹲在门口兴奋地抹嘴："这面！我这辈子也没吃过这么香的！"

小黑娃抱着空碗蹦起，仙草笑着刮了下他鼻子。

仙草："黑娃，瞧我还给你蒸了啥。"

小黑娃惊奇地接过馍："爸，你瞧！是只兔子！"

鹿三也不敢相信地看着，馍竟捏成一只像模像样的兔子，冒着热气。

白秉德抽着烟袋，余光瞄着儿子，鼻子不易察觉地耸了耸，凑近桌上那碗面端详，拿起筷子吃了一口。

仙草递过蒜，抢过白嘉轩手里的碗："还有，再盛一碗？"

白嘉轩抹脸上的汗："唉。"

白秉德突然抱碗哧哧笑起。

白嘉轩："爸，你笑啥？"

那边白赵氏也忍不住扑哧笑起。白嘉轩诧异地看爸妈，也跟着笑。

仙草捧着面进屋，看着一家子莫名的笑，惊住。

23. 地 日 外

初春。

地里各家忙碌开犁，鹿三前面赶着牲口，白嘉轩跟随在后。

有人喊："送饭来哩！"

仙草混在婆妈中，将盒中碗筷取出。

鹿子霖正吃着，突然仔细闻了闻，转脸异样的眼神瞧白家的田埂。

其他家闻到味道纷纷凑上前来。

“香！”“嘉轩哥，你家的饭真香！”“这面里搁啥啦？”

白嘉轩笑，举起碗转圈：“香就吃，大家分着吃！”

仙草急：“哎！”

无数双筷子伸上来。

仙草急得要哭，白嘉轩却视若无睹地笑呵呵分饭给众人……

24. 白家白嘉轩房　晚　内

白嘉轩疲惫不堪地进屋靠在炕头躺下喘息，突然觉着有人在脱自己的鞋，他猛然坐起。

仙草正拉着他的脚往盆里放。

白嘉轩忙抽回脚。

仙草摸了下水：“不烫？”

仙草又强将他脚按进水里，白嘉轩异样眼神看着仙草。

仙草咬着嘴唇再次拉住他的脚，倔强撩水，轻声：“婶答应了，往后我给你洗脚。”

白嘉轩穿上鞋直冲出屋去，仙草呆呆地蹲在那儿。

25. 白家正房　晚　内

白赵氏正蹲在炕下给白秉德洗脚。

白嘉轩冲进屋来。俩老人先看儿子的脚。

白秉德：“脚洗啦？”

白嘉轩：“不是说好了等她养过来就送她走么。”

白赵氏与白秉德交换个眼色：“你觉着仙草咋样？”

白嘉轩皱眉：“妈，啥意思？”

白赵氏：“我跟你爸都琢磨着，仙草在咱家这些日子好着哩，勤快又讨人喜欢。连鹿三都向着她说话。”

白赵氏顿下来，偷拽了拽丈夫。

白秉德咳嗽了一声："你妈的意思是，这是个好媳妇。"

白嘉轩坚决："不成！这事我不答应。"

白秉德："为啥？这女子要不是你救下她活不成，这是老天给咱家送来的媳妇！"

白嘉轩："君子不乘人之危，这是我姐夫教的。"

白秉德："种地听你姐夫的，娶媳妇也听你姐夫的！你自己就没个主心骨？"

白嘉轩："爸，我救这女子的命就没想贪啥要啥，娶了容易，可往后乡亲们咋看我？"

白赵氏："你个倔种！那等你姐夫回来听他咋说，先把仙草留下行不？"

白嘉轩迟疑。

白秉德长叹一声摆摆手："就这么定了，看你姐夫说啥，到时听他的。"

白嘉轩嘟囔："我姐夫肯定让她走。不能再让我落下乘人之危的骂名么。"

仙草在墙根处咬着嘴唇静静听着。

26. 白家白嘉轩房 清晨 内

白嘉轩迷糊睁开眼。

鹿三正着急摇晃自己。

鹿三："少东家，人没了！"

白嘉轩忙翻身坐起："谁没了？"

鹿三急："仙草！一早起来我看没动静就奇怪，水缸满着，院子也打扫了，可人没了。"

白嘉轩直冲出屋冲向偏房，屋里收拾得整整齐齐。

白嘉轩拿起炕上一个小包，打开怔住。

鹿三："她自己的包裹带走了，上回你给的盘缠全留在炕上了。"

白嘉轩掩饰不住失落，喃喃："就这么走了。连声招呼都不打？"

鹿三眼巴巴瞧他："追不？能追上。"

白嘉轩黯然摇头。

27. 鹿家大院门口　日　外

鞭炮连串炸响，孩子们兴奋异常。

鹿子霖站在自家院门口冲前来道喜的乡亲拱手，脸上洋溢着喜气。

白嘉轩上前："子霖，道喜了。"

鹿子霖接过礼匣，堆起笑："我就盼着你来哩！伯跟婶呢？"

白嘉轩："他身体不好，今早咳得不行，我妈伺候他。"

鹿子霖忙让："进！进！坐首桌！"

28. 鹿家大院　日　外

乡民们围着桌饮酒吃菜、说笑。

白嘉轩坐在热闹中很是孤单。

鹿子霖挨桌串："……现在革命啦！我早就看出要变天，我是白鹿原上第一个剪辫子的！进了城到县衙门咔嚓一剪子，改头换面重新做人，嘉轩还舍不得……"

众人应和："你最革命么！"

白嘉轩苦笑一下。

"子霖哥，你算革命党不？"

鹿子霖得意："我是咱原上第一个剪辫子的，你说算不！"

鹿泰恒轻咳一声："别说这些没用的话。正题！"

鹿子霖忙举杯到台阶上："大伙静静，今天给娃过满月，承蒙大伙抬爱都来了。今天的饭不知合不合口味，反正我鹿家祖上是颠勺的厨子。"

众人一阵哄笑。

鹿子霖也笑："从我曾祖爷爷起就盼着家里能出个当官的，说从前祖上做厨子是伺候人的命，哪辈上出息做了秀才，就在他坟前放炮放铳子。我是没这出息。"

众人应和："有出息，有出息！"

鹿子霖："可我盼着我儿子有大出息。当年我和我爸商议，给我儿子起名叫鹿兆鹏。好兆头的兆，大鹏展翅鹏程万里的鹏！今日这老二就叫鹿兆海，还是好兆头的兆，海阔天空的海！”

众人叫起好来：“一个鹏一个海，子霖你还要飞哪去！”

哄笑声。

小鹿兆鹏在人群中钻着，被鹿子霖一把揪过。

鹿子霖：“兆鹏，兆鹏！告诉村里的叔跟伯还有婶，你将来想做啥？”

小鹿兆鹏：“想念书。”

鹿子霖乐：“念完书想做啥？”

小鹿兆鹏眨眨眼，看着爸。

鹿泰恒也专注地转身盯着孙子。

小鹿兆鹏：“有出息，让爷爷能在祖宗坟前放铳子。”

众人鼓起掌来，鹿子霖得意地拍拍儿子屁股。

一老者：“子霖，族长该你当。”

顿时鸦雀无声，都暗瞧白嘉轩。

鹿子霖干笑几声：“二叔伯，你喝多了吧，今天这日子可不敢说这玩笑话。”

又一老者：“不是玩笑，泰恒兄子孙满堂，你儿子有本事，早该当哩！”

鹿泰恒却稳如泰山，嘴角一丝淡然笑意，摆摆手。

白嘉轩眼观鼻鼻观口，面无表情。

鹿子霖：“喝酒！都满上，白鹿原的乡亲们，喝啊！干了！”

众人起哄般：“干了！”

鹿子霖冲到白嘉轩面前，递上酒杯：“嘉轩兄弟，你咋不动筷。来，咱哥俩喝一杯。”

白嘉轩点头碰杯，鹿子霖先一饮而尽。白嘉轩也仰头喝干。

鹿子霖将一大碗放在桌上，抱起酒坛倒满：“嘉轩，今天是我喜庆日子，别听他们胡咧咧，高兴啊！”

白嘉轩笑：“高兴着呢。”

鹿子霖：“那你把这酒喝下我才安心。”

白嘉轩看着酒碗勉强。

众人起哄：“喝！喝干！”

白嘉轩一笑，举起碗仰头喝起。

29. 白鹿原上 日 外

仙草奔上坡，眺望白鹿原村。

仙草大口喘息着，抹了抹脖上的汗，直冲下去。

30. 鹿家大院 日 外

鹿泰恒跟几个老者说笑，余光却瞥向儿子和白嘉轩那桌。

鹿子霖拉着白嘉轩往他嘴里灌酒，年轻人排着队举酒碗等候。

鹿子霖："你今儿是咋了，桌上就你不说笑，有心事？"

白嘉轩迷糊："我高兴，高兴着呢。"

鹿子霖使眼色："高兴就多喝。"

鹿子霖起身故作大声："嘉轩可是大好人，从雪地里捡回个黄花闺女，碰都没碰人一下。哎，咋听说今早上跑啦？"

白嘉轩郁闷喝酒。

有人跟着起哄："咋跑了？"

鹿子霖坏笑："嘉轩，不是被你吓的吧？"

白嘉轩捂脸。

鹿子霖搂住白嘉轩："咋啦？"

白嘉轩痛苦摇头："喝得有点多。"

鹿子霖大笑："准是想媳妇啦？嘉轩想媳妇啦！"

鹿泰恒那桌的老者们纷纷看过来。

白嘉轩再也抑制不住，捂着脸哭。

"人跑了还可以追嘛！往后我再替你寻寻，不定哪天路上又给你捡个回来哩！"鹿子霖说，"到时候你得把门锁好，可不能再让人跑！"

众人哄笑起来。

鹿泰恒清咳一声，狠狠地瞪着儿子。

鹿子霖忙道："来！都敬嘉轩一碗！"

"嘉轩哥，敬你。""嘉轩，喝一碗！"

白嘉轩应付着，仰头喝干。

鹿子霖往他爸那边瞧，鹿泰恒含笑转脸与几个老者继续说话。

白嘉轩摆手：“我……不行，我喝不下了。”

鹿子霖拽他：“我这喜酒不好喝咋？”

白嘉轩：“好……喝。”

鹿子霖：“再喝么！”

白嘉轩踉踉跄跄往门口走，一跤摔倒在桌间。

恍惚中，无数笑脸俯看自己。

“咋喝成这样？”“起来再喝！”

白嘉轩眼前晃动着脑袋，越来越模糊。突然一口水喷在他脸上，白嘉轩迷糊睁开眼睛，仙草正温情地看着自己。

白嘉轩恍惚没动：“你……咋回来了？”

仙草平静地说：“带我回家。”

白嘉轩怔怔看着仙草，仙草坚定的目光也注视白嘉轩。

周围人也惊住，窃窃私语。

鹿子霖带着酒意端碗拨开乡亲挤上前，拉住白嘉轩就灌：“嘉轩兄弟，你这是装醉么！喜酒咋能醉人哩，你这分明是装的，来再喝碗！”

仙草一把抢过碗，仰头喝尽。

仙草：“谁还想灌他酒？今儿我都替他喝了。”

鸦雀无声，鹿子霖也呆在那。

鹿泰恒缓缓起身，也惊诧地看着仙草。

仙草旁若无人地一抹嘴，瞧着白嘉轩：“带我回家。”

白嘉轩猛然爬起身，将仙草拦腰抱起，众目睽睽下摇晃着身扛将出去……

31. 原上　日　外

白嘉轩大口喘息，扛着仙草往家奔。

仙草边挣扎边哀求：“你还醉哩，快把我放下！”

白嘉轩摇晃着往前走：“你咋回来了？”

仙草轻声：“……我放不下你。”

白嘉轩更跌撞地快步走。

仙草捶他："你放下我！"

白嘉轩："我怕你再跑，我要娶你做我媳妇。"

仙草颤抖着声："哥啊，你早娶我了。"

白嘉轩缓缓放下仙草，怔怔瞧她："啥？"

仙草含泪，哽咽："你没接上我，给我爸撂下几袋粮食就走了。你跟我爸说有女儿可不敢再换粮食了，你说熬不住就到白鹿原找你白嘉轩！"

白嘉轩呆："那天屋里哭的……是你？"

仙草默默点头。

白嘉轩后退两步："你咋寻到这来……"

仙草哽咽："我爸带着我们往关外寻亲戚，路上遇着土匪，我爸拿黑泥把我脸抹了推到沟里。等我爬上来，人全完了……"

白嘉轩恍惚地看着仙草。

仙草哭："我一路往回走，一心想着到白鹿原寻你，饿昏在半路……其实那天我就想追上你，你坐在马车上头也不回……"

白嘉轩急："那你为啥不早说？"

仙草哭着摇头："我知道你这人骨头硬，怕你嫌弃我。嫌我是粮食换来的！"

白嘉轩呆呆地看着仙草，突然上前再次扛起她。

身后鹿子霖带着乡民们跑来："嘉轩！你这是干啥？你把她放下。哎哟成何体统……"

白嘉轩喘息："这是我媳妇！我白嘉轩娶回的媳妇！我扛我媳妇咋啦？"

仙草老实趴在白嘉轩的肩背上，闭上眼再不动弹。

在众人瞠目结舌中，白嘉轩头也不回地向家奔去。

32. 祠堂　日　内

仙草跟随白嘉轩跪倒在牌位前，虔诚地敬香。

白嘉轩接过媳妇手里的香插入香炉。

白秉德与白赵氏欣慰对视笑起……

33. 白家白嘉轩房　晚　内

白嘉轩脱去仙草衣裤，光洁细腻的胳膊和双腿裸露在他的面前，娇美的后腰里系着三个小棒槌，丁零当啷摇晃。

白嘉轩怔住。

仙草转过身来一撩布兜，小腹的裤腰上也系着同样大小的三个棒槌。

白嘉轩："这小棒槌做啥的？"

仙草脸一红，低声："打鬼！当初你要接我走，我妈给我系上的。"

白嘉轩猛地一顿，呆若木鸡。

仙草却不理会，带着叮里咣啷摇晃着的棒槌躺下。

白嘉轩重新穿上衣服。

仙草："你干啥去？"

白嘉轩："我想要个跟我过一辈子的媳妇，我不想你再短命。"

仙草咬着嘴唇不语。

白嘉轩扯了一条被单夹在腋下，拉开门闩，走出门去。

仙草迟疑一阵儿忽然跳下炕："等等！"

仙草把白嘉轩拽进门，反过身插上门闩，从他腋下扯走被单。

白嘉轩愣住了，反倒和颜悦色："为我好也为你好……"

仙草重新爬上炕，一把一个扯掉了腰带上的六个小棒槌："我早就是你的人了，哪怕我明早起来就死了也心甘！"

白嘉轩喘息地看着仙草，一咬牙转身冲出门。

门被撞上，仙草躺在炕上一动不动，眼中噙着泪水。

34. 祠堂　夜　内

白嘉轩靠在祖宗牌位下痴痴发愣。

沉重的门发出咯吱的声响，一长袍身影站立在祠堂大门外，被光影拉得很长。

白嘉轩回身愣住："姐夫？"

朱先生背手踱进，不慌不忙："洞房夜猫在祖宗祠堂睡，你兴许是千百年来头一个。"

白嘉轩："姐夫你啥时回的。这几天憋死我了，你不在都没人能说掏心窝子的话。"

朱先生："以后再说，你先随我回家去。真想让人家守一夜空房？"

白嘉轩苦笑："我不想害了她。"

朱先生无奈："你咋会害了她？"

白嘉轩嘴唇颤了一下："姐夫，仙草是个可怜女子，饥荒没饿死她，瘟疫没病死她，大雪没冻死她，到我这了，别被我……祸害了。"

朱先生苦笑："真以为你有多大本事！愚昧！随我回家去！"

白嘉轩抱头不动："我真不想害她！"

朱先生叹了声，皱眉看着白嘉轩："你掏心窝子说，这女子你喜欢不？"

白嘉轩迟疑着点了下头："正因为喜欢，我不想害死她。"

朱先生无奈，指着白嘉轩说不出话，踱了两步突然停住。

朱先生："听鹿三说，你是在那坡下捡的？"

白嘉轩："是。"

朱先生沉吟，围着白嘉轩又踱了一圈，猛一拍他背："随我来！"

白嘉轩生生被拽出门去。

35. 祠堂外　夜　外

鹿子霖正猫腰往里望，见俩人出来忙迎上。

鹿子霖："朱先生！嘉轩快回家吧，这啥时候了还把新娘子甩炕头上自己来拜祖宗！"

众人一阵哄笑。

白嘉轩："姐夫，这是去哪儿？"

朱先生闷声："随我走！鹿三，扛个耙犁！"

鹿子霖："去啥地方？朱先生？"

身后，鹿三、鹿子霖等人紧步跟随。

36. 白鹿原坡　夜　外

一行人举着火把急匆匆在坡上走着。

朱先生："仙草是在这坡底下被你寻着的？"

白嘉轩："对，就这坡下。"

朱先生："鹿三，挖！"

鹿三摸不着头脑："挖？挖啥哩朱先生？"

朱先生用脚踩踩："就这儿，让你挖你就挖！"

鹿三狠劲刨下去，众人眼巴巴望着。白嘉轩也满脸疑惑。

朱先生盯着地："慢！你们来瞧。"

朱先生抢过火把照亮地面，雪下面竟匍匐着一株绿叶！

众人惊叹："这雪底下咋还有绿叶子？"

白嘉轩也蒙："姐夫，这咋回事？"

朱先生默不作声蹲下来用手挖刨湿土，猛然间出现了奇迹，土层露出来一个粉白色的蘑菇似的叶片。他愈加小心地挖刨泥土，又露出来同样颜色的叶片。再往深层挖，露出来一根嫩乎乎的同样粉白的秆儿，直到完全刨出来，那秆儿上缀着五片大小不一的叶片。

众人更是哗然："这大雪天的咋还能活下来？"

朱先生释然一笑，起身："因为白鹿要来了。"

白嘉轩、鹿子霖都愕然站在那瞧着朱先生，鸦雀无声。

白嘉轩："白鹿？"

朱先生点点头："咱原上祖祖辈辈传说中的白鹿，给咱乡民带来平安福气的白鹿。白鹿所过之处万木繁荣，禾苗茁壮，五谷丰登，六畜兴旺，疫麻廓清，毒虫减绝，万家乐康！这就是征兆！你娶回这女子，白鹿就能进到咱原上！白嘉轩你信不信？你们信不信？"

鹿子霖不可思议地瞪着那地。众人都目瞪口呆不语。

白嘉轩："可我……我能娶她？"

朱先生故意大声："这天寒地冻雪有多厚都被这女子给焐暖了，你白嘉轩算个啥！你比天地还大？"

白嘉轩大口喘着粗气，激动地看着姐夫。

鹿子霖咽口唾沫，颤着声："嘉轩？"

白嘉轩二话不说转身狂奔而去。

鹿子霖回身将信将疑看朱先生："朱先生，您说这话……真的假的？"

朱先生："你说呢？"

鹿子霖呆在那儿，朱先生嘴角露出一丝不易察觉的欣慰的笑……

37. 白家白嘉轩屋　清晨　内

白嘉轩迷糊睁开眼睛，猛然爬起身，炕是空的。

仙草端着碗热面汤从外进来："起啦？"

白嘉轩怔怔地瞧着仙草。

仙草："你瞧我干啥。"

白嘉轩一拽她手："过来。"

仙草脸一红，拿起活计低头缝补："还瞧！"

白嘉轩喃喃："仙草，你真会暖人哩。"

仙草狠狠将手里活计往白嘉轩脑袋上一抛："呸！"

衣服正落在白嘉轩头上，仙草捂住嘴咯咯笑起来。

白嘉轩死命抱住媳妇的腰，头暖在她胸上："仙草，真的，我这心都让你暖化了。"

仙草抱住丈夫的头，下巴枕在他头发上，痴痴道："我暖你一辈子。"

38. 稻田　日　外

原上阳光明媚，一片绿色，农民们在田里劳作。

白嘉轩漫不经心地跟在牵牛的鹿三后面耕走。

鹿三停下："都撒外面去了，少东家你这是咋了跟丢魂似的。"

白嘉轩不好意思："三哥，心慌得很。我得回趟家。"

鹿三无奈叹息："你这两天都心慌得很，回家她也没事么。"

白嘉轩头也不回地奔去："不成，还是回去看看！"

39. 白家院　日　外

仙草正跟随白赵氏坐在屋中纳鞋底。

白赵氏惊诧地瞧着仙草的针活：“跟谁学的？”

仙草笑：“我妈。”

白赵氏赞许点头。

白嘉轩冲进屋。

白赵氏吓一跳：“你干啥这么冒失！出啥事啦？”

白嘉轩摇头，看着媳妇笑，转身又奔出去。

白赵氏看傻眼。

仙草低头扑哧乐起。

40. 田地　日　外

鹿子霖、石头、桑老八、白兴儿等人蹲在树下瞄着地里干活的白嘉轩。

鹿子霖一脸坏笑：“听说没有，自打娶了这媳妇，白嘉轩在地里就没安生过，动不动就跑回家。”

白兴儿跟着起哄：“大白天的就……”

石头皱眉：“我咋听说白嘉轩怕媳妇没了，大老远跑回家就为看一眼？”

鹿子霖媳妇取出碗筷面食。

鹿子霖上前轻声：“让你多放肉、辣子，放没？”

媳妇冲他得意点头。

鹿子霖捧起面在众人眼前转了个圈：“香不？”

众人馋得：“香！”

鹿子霖端碗站到田埂：“我媳妇亲手做的能不香？嘉轩，吃饭哩！你媳妇咋不送呢？”

白嘉轩抹抹汗水，转头：“来了。”

众人眼巴巴望去，仙草挎着食篮快步走来，鹿子霖媳妇也紧张站起。

仙草摆出面，用筷子挑拌两下，一股红油翻出，香味顿时飘扬起来。

众人几乎同时默默地咽口唾沫。

鹿子霖傻在那儿。

白嘉轩大口吃起，仙草轻轻给他擦拭汗水。

石头喃喃："白家真娶回一个宝来。"

鹿子霖无奈回头瞥眼媳妇，媳妇哭丧着脸。

41. 白家白嘉轩房　夜　内

白嘉轩慢慢撑起身，轻轻将手指放在仙草的鼻前试。

白嘉轩释然，放心躺回睡。

仙草睁开眼睛，无声地笑，眼中满是感动……

42. 白鹿原　日　外

原上，三五成群的灾民在路上行走，绵延不断。

白嘉轩站在村口眺望，忧心忡忡。

43. 白鹿原　日　外

白嘉轩急匆匆走，后面鹿子霖叫。

鹿子霖："嘉轩！"

白嘉轩停住脚步，鹿子霖几步赶上："你这是干啥去？"

白嘉轩："去书院寻我姐夫，这几天灾民成群地过，我爸正奇怪呢，今年又没啥大灾，咋出那么多灾民，让我问问姐夫去。你干啥？"

鹿子霖面露难色："我也是寻你姐夫。嘉轩，你听说了没有，清兵又来了。"

白嘉轩一愣："你说啥？"

鹿子霖："我也是进城刚知道的，听说是二十万大军压过来，要杀光革命党啊！"

白嘉轩怔怔看着鹿子霖，突然一笑："我明白了，你是咱原上第一个剪辫子的革命党。"

鹿子霖懊恼摆手："不敢说！那都是胡说的！"

白嘉轩："咋？现在怕了？"

鹿子霖："到时你得给我做证，我是被他们强压着剪的，我不情愿！"

白嘉轩快活乐起，走得更快。

鹿子霖追上："你还笑！"

44. 书院外　日　外

白嘉轩气喘吁吁奔来，远远望见书院。

鹿子霖后面叫："嘉轩你等会儿我……"

白嘉轩："嘘！"

鹿子霖："咋？"

白嘉轩一把将鹿子霖按在树后。

书院外荷枪实弹的士兵正在把守，白嘉轩焦急地望着书院里的动静。

一个军官模样的人悻悻走出上车。

45. 白家　夜　内

朱白氏呜呜地哭，仙草一旁无声陪着，忧心地看着丈夫。

白秉德："你就没拦着他？"

朱白氏："我拦不住。白天他得着消息说好多清兵往这边来了，要血洗西安城。他就在书院里急得转磨，非要去城里见张总督想办法退敌，人刚走，总督的兵就来请他去商议……"

白赵氏："秀才遇着兵，有理说不清。他倒好，自己往枪口上撞！他爸，说啥得把人拦回来！"

白秉德点点头。

白嘉轩："我去！"

仙草眼神一揪，想说什么又咽回。

46. 村口　夜　外

鹿三牵着马车等候。

白嘉轩回头冲媳妇："明一清早我就把姐夫拉回来了。"

仙草拉过丈夫，轻声："我有喜了。"

白嘉轩不敢相信："啥？"

仙草咬着嘴唇："我怀上了。"

白嘉轩欣喜若狂："真的？"

仙草点头。白嘉轩用力抱起媳妇。

仙草："轻点！你答应我安生回来，不敢闹啥事。"

白嘉轩激动："唉！唉！你家里踏实等我回来。"

仙草转身："三哥，嘉轩性子硬碰着事不会拐，你要劝他。"

鹿三："唉！"

鹿三上车扬鞭，白嘉轩回头望去，仙草站在村口恋恋不舍地挥着手。

白嘉轩叫："回吧！"

仙草："三哥！你盯紧他，一步不要离！"

鹿三大声："唉！"

白嘉轩回头深情的目光望着媳妇的身影。

47. 总督府门口　清晨　外

鹿三用力拍大门。

白嘉轩一旁叫："我找我姐夫！"

里面出来士兵："谁是你姐夫！"

白嘉轩急："朱先生！你们一早还派车去请他！"

士兵对视一眼。

48. 总督府　日　内

张总督端详白嘉轩良久，白嘉轩被看得发毛。

张总督长叹一声："壮士啊！果然是壮士！"

白嘉轩更是莫名："我找我姐夫。"

张总督："你姐夫只身挡清兵去了。"

白嘉轩急："他已经去啦？走多久？"

张总督："天不亮就走了，我要派一个排的兵护送，你姐夫却拦着不要，说只要他兄弟一人陪同即可。"

白嘉轩愣住："他兄弟？"

张总督："你啊！"

白嘉轩瞪大眼："我姐夫让我？陪他去？"

张总督拍拍白嘉轩的肩："放心，我派车送你，还赶得上！"

49. 总督府外　日　外

鹿三正等得焦急，一辆车载着白嘉轩疾驶出大门。

鹿三急："少东家！"

白嘉轩车上冲后招手："你回去跟我爸说！我去找我姐夫！"

鹿三抡起鞭抽马："驾！少东家，等等我！"

马车跟随在车后，却被甩得越来越远。

鹿三干脆勒住缰，起身一脸焦灼地望着。

50. 原野　日　外

车疾驶在原野，白嘉轩在车上颠簸，突然眼一亮。

白嘉轩："姐夫！停下！"

远远的，朱先生停住脚步，背手笑眯眯看着白嘉轩跳下车，奔自己而来。

白嘉轩快奔上前："姐夫！"

朱先生一笑："我琢磨你也该到了。"

白嘉轩："姐夫，你真要去清兵大营？"

朱先生点点头。

白嘉轩急："张总督说有二十万清兵哩！二十万你一个人去挡？"

朱先生又是一笑，转身冲军官挥手："回吧！有他陪！去跟你们张总督复命，说护送我的人到了。"

军官敬礼上车远去。

白嘉轩："姐夫！你这是送命哩！"

朱先生凛然："兄弟，你看那边。"

白嘉轩望去，远远的难民成群结队地走来。

朱先生长叹一声："兵还没到，仗还没打，老百姓就已经活不下去了。二十万大兵一起，光是跟老百姓征的军粮你知道就有多少？"

白嘉轩恍然："我说今年没啥灾咋会有那么多逃难的。"

朱先生："这要是一开战定是血流成河，白骨成堆，民不聊生！我这条命若是能换来不战，那倒值了！"

白嘉轩："姐夫，那清兵就听你的？"

朱先生："清兵统帅方升，当年我考中头名举人时曾与我交好，他升任巡抚后几次向朝廷举荐我，都被我谢绝。书信往来多年，可谓君子之交。这次他从甘肃宁夏拢集起二十万人马，大军已压至姑婆坟扎下营寨，离西安不过二百里路，要决一死战。"

白嘉轩："真要打起来，西安城怕都给烧没了啊。"

朱先生："你说我回不回？"

白嘉轩摇头："我本来是要拽你回的。"

朱先生："现在呢？"

白嘉轩叹息："你不都跟张总督说了，我是你唯一的护卫。"

朱先生欣慰笑起："兄弟，一起上路吧！"

51. 白家　晚　内

白秉德不住地咳嗽，抑制不住焦灼的眼神。

鹿三哭丧着脸："我追不上啊！那车四个轮子跑得飞快，少东家也不听我劝，让我回来报信。"

白秉德："他也跟着去了？"

鹿三点头："没商量。就坐着四个轮子的车去了。"

白秉德急得拐杖点地："那咋说？拦着没有？"

鹿三懊恼："我就回总督府等消息，回来车上没人了。说少东家陪朱先生闯清军大营去了！"

白赵氏含泪："我苦命的孙啊，你可不能出来就没爸了。"

仙草终忍不住捂脸转身进屋去。

白秉德："胡说啥！"

鹿三抽自己脸："都赖我！我没拦住他！"

朱白氏哭着掀帘，仙草正伏炕上无声哭泣。

朱白氏："仙草，别哭坏身子。你肚里还有娃呢。"

外间屋，鹿三哽咽低声，但依然清晰："东家，我还听说……前面已经去了两个说和的，都被杀了。"

朱白氏也惊在那儿。

仙草扑在朱白氏的怀中："姐！"

两人抱头痛哭。

鹿三继续抽自己脸："哎呀！我这臭嘴！"

52. 山梁　晚　外

两个身影喘息艰难地在山梁上行走。

白嘉轩不时搀扶朱先生，朱先生甩开他的手。

朱先生："不用！这点路算啥。我走过的山比你过的桥还多，信不？"

白嘉轩笑："信。平常我寻不着你，一问我姐，你又出外云游讲学去了。"

朱先生也笑："哪里是讲学，是借着讲学的名义游山玩水罢了！"

白嘉轩："姐夫，你走了那么多地方，是见过大世面的人。我有好多话想问你。"

朱先生："你问。"

白嘉轩:“族长该咋当?”

朱先生停下脚步,含笑看着他:“你倒问得直截了当。”

白嘉轩:“姐夫,我爸说现在的族长越来越难当,因为人心散了,不比从前,还有人祸害你,跟你争这争那……”

朱先生已经走到前面去,感慨:“这年头不光是族长难当,人活着就不易啊。”

白嘉轩忙几步赶上。

朱先生:“嘉轩,待会儿就到清军大营了,你怕不怕?”

白嘉轩:“跟着你我不怕。”

朱先生:“见过军营没?”

白嘉轩摇头:“这辈子没见过,最多也就收皇粮见过县衙十几个衙役。”

朱先生笑:“那你这回可开眼了,二十万的虎狼兵啊……”

朱先生收敛了笑,陷入沉思。

白嘉轩:“我这趟就是死,也挡在你前头死。”

朱先生笑着打量白嘉轩:“嘉轩,你媳妇都给你怀了娃,我咋能让你回不去白鹿原呢,把心放肚里!”

白嘉轩也笑起。

突然朱先生停住脚步,脸上的笑凝住变得沉重,被远处火光映得通红。

白嘉轩一怔跃上前去,惊呆。

镜头拉起,山下灯火通明连绵不绝的清军大营。

第二集

1. 军营　夜　外

军营外，朱先生带着白嘉轩静立等候。

一排枪架在栅栏上对准两人。白嘉轩紧张扫望，朱先生却平静如常。

有军校小跑来喊了声，营门打开，清兵训练有素让开口子。

军校喝道："大帅有请先生！"

朱先生一撩袍，轻声："跟着。"

白嘉轩忙快步紧随其后，不敢斜视。身后营门重重关闭。

军校领着朱先生与白嘉轩在军营中前行。白嘉轩好奇地打量四周，每处篝火旁都围坐着清兵，充满敌意地注视两人，不时有巡逻小队走过。

军校："请先生先去歇息。"

朱先生："你们方大人呢？"

军官不卑不亢："大帅因军务繁忙无法脱身，请先生委屈一宿。"

朱先生苦笑一下。

2. 军帐　夜　外/内

朱先生跟白嘉轩被军校领进帐中，一桌酒席早已摆好。

军校："方大人说，先生远道而来特备下酒席为您洗尘。"

朱先生本已进帐，突然退出帐外，抬眼望着那黑暗中桅杆上高高挂着的两颗人头。

白嘉轩帐内叫："姐夫？你看啥呢？"

朱先生定了定神，掩饰进帐："没啥。这桌好菜啊嘉轩，酒也是好酒！"

白嘉轩感慨："没想到军营里能有这么多好东西，怪不得都出来当兵。"

朱先生倒酒，笑："当兵的可吃不了这么好，来嘉轩，平日里咱兄弟也很少喝酒，难得放肆一回。”

白嘉轩苦笑：“姐夫，你真会挑地方放肆。这可是军营。”

朱先生举杯：“在我眼里它什么都不是，我眼前只有兄弟你。我算到了你会追我，却断不定你敢陪我走进这虎狼窝。这杯我敬你！”

朱先生的认真劲让白嘉轩不由得凛然，白嘉轩忙起身郑重举杯，两人仰头饮尽……

3. 白家门口　夜　外

白秉德提着油灯站门口仔细听外面动静。

白赵氏也披着衣服出来：“仙草？仙草！”

白秉德喃喃：“马圈那边也没动静，看看去。”

白秉德提着油灯站到后院围圈，愣住，马棚里是空的。

白秉德意识到不好，急去拍门：“鹿三？鹿三！”

白赵氏也小跑来，焦急：“他爸，仙草不见了！”

白秉德苍白着脸，怔怔站在院中。

4. 荒野　夜　外

马车疾奔在荒野。仙草与朱白氏相依偎坐在车上。

鹿三坐在前面：“东家非怪罪不可。”

朱白氏：“不怕，我跟我爸说。”

仙草：“三哥，再快些。还有多久到省城？”

鹿三：“天亮前准到。驾——”

5. 军帐　夜　内

军营里传来鞭打惨叫声，白嘉轩胆战心惊撩帘往外瞧。

朱先生仰头痛饮，沉浸在酒香中：“好酒！嘉轩来，莫要浪费了方升给咱备的好酒，兴许这辈子你也喝不到这样的酒了！”

白嘉轩心事重重，喃喃："真是虎狼兵，以前老听人这么说，这次真见到了。"

朱先生又倒满："你不喝我可一人喝了啊！"

白嘉轩又摇头："你说这些兵吃在外睡在外，连地都不种了，流血淌汗地冒死为个啥？就为了杀人？"

朱先生笑："问得好！"

白嘉轩回桌："姐夫你能算出白鹿出世，那白鹿不能救咱么？"

朱先生又是一笑。

白嘉轩："姐夫你笑啥？"

朱先生带着醉意："咱兄弟在二十万清兵大营里喝酒，此情此景我也跟你道句实话。你知那坡下雪地里为啥有草活着。"

白嘉轩一愣："你不是说因为仙草么，她焐暖了那片地！能给咱带来白鹿。"

朱先生大笑："我的好兄弟啊！"

白嘉轩疑惑不解地看着他。

朱先生又痛饮一杯："那下面是一条水脉！咱白鹿原上地底下藏的一条水脉！冰天雪地也冻不住的，恰好正流过那坡。"

白嘉轩呆若木鸡，缓缓站起："你说啥？"

朱先生笑着自斟自饮："别人看不出，我才拿来蒙你们。"

白嘉轩苦笑："姐夫我发觉最近你咋老蒙我哩？"

朱先生伸手戳了戳白嘉轩的胸口："兄弟莫怪，我为的是解你这心头的结。解白鹿原的结。"

白嘉轩喘息地看着朱先生。

朱先生："你白日问我族长咋当，又发那些牢骚。我为啥不答你？"

白嘉轩舔了舔嘴唇，眼神有些紧张。

朱先生："你自己的结要自己解。你是在和鹿子霖明争暗斗啊，兄弟。争来争去自作聪明，你当百姓傻么？我告诉你，自古以来眼最亮心最明的就是百姓。凭良心做人做事，公道自在他们心上。"

白嘉轩被这话震撼，一动不动，突然拿起酒杯也痛饮干净。

朱先生笑着再给斟满。

白嘉轩颤抖着嘴唇："姐夫，我明白了。你这是为点醒我。"

朱先生：“你咋不喝哩？不喝也对，明日还有一场鸿门宴等着！”

朱先生含笑饮酒，白嘉轩呆坐在那思忖。

朱先生闷声：“兄弟，若我死了，你将我的头跟身子重新缝好，背回原上交由你姐埋了。”

白嘉轩忙抬眼：“你不是说咱准能活着回白鹿原么？”

朱先生：“我说的是你。”

白嘉轩怔怔看着姐夫。朱先生一饮而尽。

朱先生半带醉意：“嘉轩，我教你用咱秦腔吼一首咸阳桥的诗好不好。好听得很。”

白嘉轩：“姐夫，你醉了。”

朱先生痛饮杯中酒，唱起：“渭城朝雨浥轻尘，客舍青青柳色新。劝君更进一杯酒，西出阳关无故人。”

白嘉轩压低声：“姐夫，不要再喝了。”

朱先生出神：“这是当年出关求学时，方升吟唱送我听的。他告我说大丈夫须经磨难方得大境界。”

帐外一个苍老身影悄然走来，把守士兵敬畏刚要叫，苍老身影举手示意，士兵忙散去。

朱先生沉吟：“那时我还是天不怕地不怕的晚生一个，未解此诗的真谛。今日回想才领悟出老先生的用意……”朱先生振奋精神，拿筷敲起碗：“兄弟今日我教给你。渭城朝雨浥轻尘，唱！”

白嘉轩无奈：“渭城朝雨浥轻尘。”

朱先生：“客舍青青柳色新，唱！”

白嘉轩：“客舍青青柳色新。”

朱先生起身看看，拔出帐中挂的剑舞起：“劝君更进一杯酒，西出阳关无故人！”

白嘉轩看着姐夫似也受感染，陶醉其中：“劝君更进一杯酒，西出阳关无故人！”

帐外，那苍老身影一动不动听着帐内传出的吟唱声……

叠梦境：

一头白鹿翩然跃过，白嘉轩一路追随。

那白鹿停在坡下回头张望，白嘉轩赶到时鹿已不见，却发觉自己已站在坡下，周围密密的庄稼被汩汩冒出的地下河水灌溉。

白嘉轩被梦惹笑，惬意地翻了个身。

灯下，朱先生依然静坐沉思，百感交集望着沉浸在梦乡的白嘉轩。

6. 总督府　凌晨　内

仙草坐在房中打量屋内摆设，桌上摆满点心吃食。

朱白氏推门进来，仙草忙起身眼巴巴瞧着她。

朱白氏脸色沉重："仙草，你先睡会。"

仙草："他们咋样？"

朱白氏摇摇头："进了大营就再没消息。"

仙草眼神慌乱。

朱白氏拉她坐下："张总督说，天亮还没动静就派兵去要人。"

仙草默默点点头。

朱白氏："这些点心你咋没动，你跟我们不同，你肚里还有娃呢。"

仙草："姐，我不饿。"

朱白氏拉住她的手："不会有事的。你姐夫神着哩，嘉轩跟着他啥事也不会有。"

仙草："嗯。"

朱白氏叹息："好妹子，这回姐看出你与常人不一样了。我本也想来，也动了心思，就是不敢。亏了你催起鹿三赶马车过来接我。"

仙草："我现在啥也不顾了，我就想见到嘉轩。"

朱白氏拍着仙草的背："没准天一亮，他们哥俩就回来了呢。闹得咱们白操心一场，以后别成了白鹿原的笑话。"

仙草："被人笑死我都不怕。姐，是不是两军一开战，他俩……就定是回不来了？"

朱白氏尴尬地坐在那不知该如何答，突然仙草肚里咕噜了一声。

朱白氏一笑："听听，肚里的娃都饿叫唤了，还说不饿。"
仙草："人不回来，这里的东西我一个也不动。"
朱白氏赞许地点头："好仙草，姐白天做好的馍正好带了，你吃一个？"
仙草点头，朱白氏忙掏包裹，仙草接过，靠在朱白氏肩膀上吃起。
门外，张总督悄然望着两个女子守着一桌点心吃馍，无声叹息。

7. 军营大帐　日　外

战鼓擂响，清兵荷枪实弹，长枪短刀手两排伫立，杀气逼人。
高高的桅杆上挑着两颗人头。
朱先生领着白嘉轩站在这头望着对面的军营大帐。
白嘉轩怔怔望着人头，轻问："姐夫，那上面挂的是……"
朱先生凛声："莫问。"
旁边军官冷哼："那是游说我家大人退兵的，都被当场斩了挂起来示众。"
白嘉轩额头见汗，手微微颤动。
朱先生瞥了眼白嘉轩，一笑。
朱先生低声："昨晚我教你的诗还记得么？"
白嘉轩："没忘。"
朱先生神秘一笑，瞄了眼天，压声："他们不会让你跟我进去，记着一会甭管咋对你，心里哼唱起来啥都别再想，就能把你的白鹿招来。"
白嘉轩一怔，转头看后面的天。
两旁护卫诧异，也不由都随着往天上看。
白嘉轩再看朱先生，朱先生笑眯眯注视着自己。
白嘉轩深吸口气。
吟唱声响起（画外音）："渭城朝雨浥轻尘，客舍青青柳色新。"
吟唱声中，朱先生一撩长袍大步向军帐走去。
白嘉轩怔怔望着姐夫背影。
吟唱持续高昂悲壮（画外音）："劝君更进一杯酒，西出阳关无故人！"
寂静无声，只有风吹大旗上抖动的声音。
挎刀军校在白嘉轩面前来回踱步，眼中充满敌意。

白嘉轩眼巴巴望着帐内。

帐内突然一声摔砸声，好像杯子碎在地上。

军校脸色一变：“绑了！”

几名虎狼之士扑上将白嘉轩绑住。

白嘉轩拼了命挣扎：“姐夫！姐夫——”

白嘉轩被绑在柱上还在喊，军校拔刀压在他脖上。

白嘉轩：“姐夫，你咋啦？”

军校狠狠地：“替叛贼说话，再喊，割你的喉咙！”

白嘉轩喘息着往帐内望去，离得远却再听不到一点声音。

军校转身快步向大帐走去，停在帐外不敢进。

白嘉轩紧张地望着军校。

8. 总督府　日　内

仙草靠在朱白氏肩膀上已经昏沉沉睡去。朱白氏却睁着眼凝望窗外，眼中满是焦急不安。

突然院里传来喧哗声和脚步声，很是混乱。

朱白氏忙将仙草的头靠在一旁，站起推门张望。

士兵跑来跑去很是紧张。

朱白氏拽住门口守卫：“这位兄弟，出什么事了？”

守卫：“要打仗了。全城备战。”

朱白氏惊呆，“啪啦”一声，身后水杯掉落在地。

朱白氏忙回头，仙草含泪站起望着自己……

9. 清兵大营　日　外

日头晒在白嘉轩头上，白嘉轩双手被绑，舔了舔干裂的嘴。无人理会。

军校从大帐疾步走回，沉着脸：“松绑。”

白嘉轩莫名看着士兵将自己松开。

白嘉轩揉着胳膊：“我姐夫他人哩？”

军校冷哼一声："这是啥地方，不该问的别问。"

军校又走向大帐。

白嘉轩翘首望着。

10. 白家正屋　日　内

白赵氏呜呜地哭，白秉德闷头抽烟袋发呆。

鹿子霖一旁察言观色地劝："这嘉轩哥也是，他凑什么热闹去！朱先生去谈判还有情可原，人家当年就是举人有地位的！咱就是一种地的，你说跟兵去说理，咋说么！"

白秉德不抬头："现在说啥也晚了。"

鹿子霖叹息："伯，要不我进城追嫂子去？说句不该说的话啊，伯，婶，这娃可不能再出啥动静，万一嘉轩哥出啥事，总得有后啊！"

白赵氏忍不住："你说啥呢！你咒我儿子死呢！"

鹿子霖忙摆手："婶啊，我可不是这意思。"

白秉德："去！你这胡咧啥，头发长见识短！子霖说得对么。"

鹿子霖起身："那伯，婶，等我消息！"

白秉德起身，慢慢拱起手："子霖，全仰仗你哩。"

鹿子霖慌忙摆手："伯，这咋说！您别送，别送！"

白秉德望着鹿子霖出院，终忍不住老泪淌落。

11. 白家外　日　外

鹿子霖出门叹气，回头望望摇头。

鹿子霖喃喃："本是打听消息来的，怎么把自己绕进去了。"

12. 删除

13. 鹿家院　日　外

一车的细软箱子，鹿子霖媳妇背着抱着包裹，长工要接过，鹿子霖媳妇不舍地紧抱。

鹿子霖媳妇："别动，这我拿。"

鹿子霖急着催家人装车："快点吧！快点都装上！"

鹿泰恒拄着拐杖站门口："你先去接吧，这里我盯着收拾。"

鹿子霖："爸，还接啥啊！咱逃命要紧，仗一打起来那兵跟蝗虫一样啥都没了！"

鹿泰恒用异样眼神看着儿子："你答应白家去接人家媳妇了。"

鹿子霖急："那城都被围了爸，你儿子要是真进了城兴许就出不来哩！"

鹿泰恒怔怔看着儿子，转身进屋。

鹿子霖忙追到门口："爸？"

鹿泰恒坐在椅子上琢磨，缓缓摇头："不能。"

鹿子霖："对吧爸，你儿子我不能去！"

鹿泰恒一字一顿："你不能不去。"

鹿子霖呆住。

鹿泰恒："儿啊，咱和白家祖祖辈辈乡里乡亲这么些年，白嘉轩父子俩帮了咱家不少忙，平日里斗归斗，这是大难啊！总得帮人家留个后。"

鹿子霖怔怔看着爸："过年过节我也没少往他家送礼啊……扯平了。"

鹿泰恒摇头："不是扯平的事……"

小鹿兆鹏一直眨眼听爷说话，此时蹦出来："爸，别怕，我陪你进城找去！"

鹿子霖轰："去！你个娃懂啥！"

小鹿兆鹏梗起脖："我懂！爷爷说的是朱子家训里的施惠无念，受恩莫忘。"

鹿泰恒满意地拢过鹿兆鹏的头，眼里闪着光亮："对着哩！对着哩！"

鹿子霖吃惊地看着儿子。

14. 清兵大营　日　外

白嘉轩坐立不安，时而疲惫不堪望天，时而站起眺望大帐。

军校小跑而来，士兵抬着盒子跟随。

白嘉轩一激灵，恐惧地看着那盒子。

军官赔笑拱手："刚才多有得罪，别怪。"

白嘉轩更是惊住，带着哭腔望着那盒子："姐夫哇……"

军官一挥手，白嘉轩下意识后退两步，不想士兵竟将一碟碟点心放在白嘉轩面前的桌案上。

军官："你定是饿了，略备些小点心，请！"

白嘉轩咽了口唾沫，这回也不再问，目瞪口呆望向帐里。

朱先生从大帐内出来，白嘉轩腾地站起。

白嘉轩："姐夫！"

朱先生一脸疲惫，看着白嘉轩："走。"

白嘉轩一时没明白："走……走哪去？"

朱先生平静一笑："回原上。"

白嘉轩点头走了几步又奔回，看看点心，又看军官。

军官恍然："带上？"

白嘉轩不好意思笑笑："路上吃。"

军官忙一挥手，士兵迅速上前收拾。

15. 山下荒野　日　外

朱先生与白嘉轩急匆匆走向马车。

朱先生突然停住脚步，回身拱手，白嘉轩跟着回头望去，一个苍老的身影在山头拱手伫立。

白嘉轩客气挥手："回吧！别送了，回吧！"

朱先生一笑："兄弟，快上车！"

白嘉轩跟着朱先生上了马车。

朱先生:“等我这么久，怕了没有? ”

白嘉轩乐:“不怕，还好吃好喝伺候我哩。”

朱先生笑起来:“我看你把那些吃的都带在身上啦? ”

白嘉轩不好意思:“姐夫，那馍做得真细真好看，咱种地的一辈子也没吃过么，我想带回去给他们……”

朱先生大笑起来，伸手:“能否先给姐夫一块? 我这一天可没吃着东西呢。”

白嘉轩忙掏褡裢:“你早说么，我还以为你在里面吃香的喝辣的哩。”

朱先生笑而不语，接过大口香甜吃起。

白嘉轩看着姐夫吃，咽口唾沫。

朱先生:“你也吃啊! ”

白嘉轩忙摇头:“他们答应退么? ”

朱先生只是默默地吃，不答。

白嘉轩叹了一声:“姐夫你莫难过，咱也算对得住西安城的百姓了，你也说过，公道自在人心么。”

朱先生无声一笑。

白嘉轩撩帘:“姐夫，那人还站在那哩，这军营里有你认的人? ”

朱先生笑:“那就是清兵统帅方升。”

白嘉轩惊呆，忙转身又撩帘回头望，山头那个身影拱手伫立，一动不动……

16. 总督府门口　日　外

鹿子霖牵着马车躲在墙角拐弯处，探头望总督府，一脸为难。

鹿子霖转头冲赶马车的:“在这等我，备好，有啥动静我抹头赶过来，上车就跑。”

鹿子霖鼓足勇气迈步上前，到了大门前又犹豫不决，转头。

赶马车的忙将马驱出墙角。

鹿子霖赶紧摆手，示意马回去。

突然一辆车疾驶冲来，鹿子霖呆住，车上跳下一位军官从他身边冲进府，后面一队荷枪实弹的士兵警卫两旁。

鹿子霖撒腿就往回跑，马车迅速奔出，鹿子霖爬上去。

鹿子霖："快！快！"

赶车的："啊？"

鹿子霖吓得挥手："快跑啊！"

只听军官高喊："大帅！大帅！清兵撤了！"

鹿子霖："停下！"

马车被勒停，鹿子霖不敢相信地回过头去……

17. 太白山脚下　日　外

马车在山脚颠簸。

白嘉轩："姐夫，你到底跟那方大帅说了啥他就放了咱？"

朱先生微笑："你猜猜。"

白嘉轩："你胁迫他了？"白嘉轩自己摇头："不对，你也不能胁迫他。"

朱先生快活一笑："再猜。"

白嘉轩："姐夫，你到底说了啥？就别跟我卖关子了，你说啥清兵就退了？"

朱先生叹了一口气，眯起眼望向远方："其实就说了一句。"

白嘉轩满怀期待："啥？"

朱先生："不值得为一棵已经死了的树添肥加水，就算把西安城杀干净，能救得了大清朝么？弄不好会落个千古骂名。"

白嘉轩似是扑了个空，有些失落："没哩？"

朱先生淡然："没了。"

白嘉轩怪异："这就能让他退兵？"

朱先生轻声："嘉轩，啥是你的命？"

白嘉轩想了想："地。"

朱先生："对着呢！地是你的命，像方升这样的人，名声是他的命，你最怕的是失去土地，他最怕的是被人死后掘坟。"

白嘉轩怔怔看着朱先生："死后掘坟？就这，能让他退兵？"

朱先生沉思："人么，要么求身前荣，要么求身后名……对了，我还应允他一个条件哩，等退兵之后，去他那片穷乡僻壤的家乡教书五年。"

白嘉轩一笑：“这个方大帅是昏了头，姐夫这是应付他，咋会真去。”

朱先生陷入沉思中。

白嘉轩突然想起什么，有些不好意思：“姐夫，我想求你个事。”

朱先生笑：“你咋也吞吞吐吐像个女子。”

白嘉轩：“那地下有河的事，回去莫要跟旁人说，行不？”

朱先生上下打量。

白嘉轩干笑：“人家真以为那地是仙草暖下的，村里人都传我娶了个能转运的媳妇。”

朱先生也笑起来，远处有车声。

白嘉轩一撩帘：“姐夫你看。”

一辆车疾驶而来，后面还跟着一队骑兵。

朱先生眯起眼望去。

车停在不远，军官面带喜色跳下：“朱先生！清兵退了！我来接您回城，总督将亲率各路贤士迎候先生！”

白嘉轩不敢相信，惊喜回身：“退兵了！姐夫！真退了！”

朱先生长出口气，喃喃自语：“退了，退了……”

军官一个敬礼：“先生请上车！”

朱先生却歪头望向山峦：“嘉轩，上过太白山吗？姐夫带你去走走。”

白嘉轩激动：“走！你就是上刀山下火海我也陪你！”

军官为难：“先生这……”

朱先生：“敢问一句，我家里的是不是也到城里来了？”

军官惊：“是。”

朱先生一笑，拿出一封信：“烦劳给我家里的。您跟张总督说不必接了，我不回城。”

军官目瞪口呆拿着信：“哎？先生！”

朱先生已经登上山路：“走吧嘉轩！”

白嘉轩背好包裹跟随而上。

18. 城外　日　外

张总督带着乡绅名士、鼓乐队、卫队站在城门外等候。

鹿子霖牵着一马车的礼挤上前，拽过朱白氏和仙草，一脸的喜气。

鹿子霖大声："瞧瞧！一满车啊！都是张总督和城里这些官送的！发大财了嫂子！"

朱白氏也笑："他俩咋还不来呢。"

鹿子霖乐："急啥么，待会吹吹打打迎进城还要游街哩！"

仙草吃惊："啥？还要游街？"

鹿子霖得意："这你不知道吧？我见过，骑着高头大马披红挂彩的跟当年的状元郎一样！下辈子不愁哩！"

喧闹声一片。

有人架着相机过来，朱白氏跟仙草惊慌失措躲避，被军官拦住。

军官："给你俩拍个照。光荣！"

鹿子霖跟着起哄："对对！光荣着呢！嫂子，照！"

朱白氏跟仙草连连摆手退缩："不照不照。"

"咱一起光荣。"鹿子霖强拉过俩人，笑眯眯冲大伙说，"一个原上的，白鹿原上的乡亲，是我拉他们过来的……"

有人喊："来了！"

仙草和朱白氏回头望，一辆车远远驶来。俩人忙要上前，被簇拥的人群挤住，顿时乱成一团。

鹿子霖摆好姿势："照，赶紧照！"

那人扛着相机就跑，直奔汽车而去。鹿子霖尴尬地站在那儿。

军官下车跑到张总督那里敬礼，贴耳说了两句话，众人面面相觑。

仙草失落："姐，他们没跟着回。"

朱白氏皱眉："这是咋回事？"

张总督上前，尴尬笑着递上纸条："朱先生没回，让带给你们一封信。"

朱白氏到一旁颤抖着手拆开，愣住。

张总督转身冲众人大声地："各位！先生清高，不喜热闹凡俗，故不能露面，这朱先生是个奇人哪，张某佩服之至……”

朱白氏还旁若无人呆呆看着信，仙草凑上前。纸上只有两句儿歌。

朱先生（画外音）：“脚放大，发铰短，指甲常剪兜要浅。”

仙草：“姐，啥意思？”

朱白氏叹了口气：“咱回原上吧。”

仙草愣住，呆呆看着她。

朱白氏：“张总督送的东西，咱啥也不要拿。”

仙草欲吐还休，咬着嘴唇点点头。

19. 太白山峰顶　日　外

朱先生已经在白嘉轩的搀扶下爬上峰顶，两人额头都已见汗。

朱先生喘息：“嘉轩，没爬过这么高吧？”

白嘉轩看呆：“没，好山！真是好山哩！”

朱先生赞许点头，环视：“好山，好一片河山……”

朱先生不知哪来的豪气，突然高声吟起：“踏破白云万千重，仰天池上水溶溶。横空大气排山去，砥柱人间是此峰！”

朱先生沉浸在自己的诗句中一动不动，身后白嘉轩却泪水盈落。

朱先生头也不回，轻声：“嘉轩，你哭啥？”

白嘉轩：“姐夫，你了不起！你这下救了多少乡民哩！我替白鹿原的乡民，替全西安城的乡民拜你！”

白嘉轩扑通跪伏倒地，朱先生慌忙搀扶。

朱先生笑：“你这个白嘉轩呐！”

白嘉轩不好意思地抹眼角站起。

朱先生：“我不能让你白跪。你路上问我族长该咋做，我不知道，我只知大丈夫当为天地立心，为生民立命，为往圣继绝学，为万世开太平，你记住这话。”

白嘉轩喃喃：“太大了我做不到。我能做到的就是守着我那片地，那个原。”

朱先生动情：“那就了不得啊，嘉轩你瞧你守的这片地，多美。”

白嘉轩痴痴望去，夕阳笼罩，峰顶两个男人相互搀扶，眺望霞光下的大好山河……

20. 白鹿原　黄昏　外

乡亲们在村口眺望，远远的，朱先生与白嘉轩并肩走来。

仙草眼中闪动着光亮："爸，妈，他们来了！"

仙草忍耐不住，小跑迎上去。

朱先生笑眯眯一推白嘉轩："还不快去！"

白嘉轩急奔媳妇而来。

白赵氏拽朱白氏："仙草怀着娃哩，不能让她跑！"

朱白氏答应一声也追去："哎！"

白嘉轩与仙草跑个对面，激动地看着她，突然抱起。

鹿子霖带着乡亲们起哄高喊："白嘉轩抱媳妇哩！没羞没臊哩！"

仙草羞红脸："都看着哩！"

白嘉轩乐："让他们看去！"

白嘉轩想起什么放下仙草，掏自己的包裹："仙草！你看我给你带的啥！"

仙草也忙着掏怀里藏的东西："你看我给你带的啥！你准没吃过……"

俩人同时掏出点心来，相视怔住。

朱先生搂着朱白氏大笑起来。

白嘉轩与仙草都不好意思地笑起……

21. 白鹿原戏台　日　外

白兴儿："听说那方升是大清朝的一员干将，赫赫有名！他那些兵是甘肃宁夏那边的虎狼兵啊，真打起来，张总督的兵绝不是对手！"

桑老八："我听说当时清兵已经打到姑婆坟了！路上根本挡不住！"

李寡妇吓一跳："呦！姑婆坟可离西安不过二百里路，二十万人一人再迈一步，不就破西安啦？"

白嘉轩被围到戏台上，台上台下挤满了年轻人，眼巴巴瞧着等他说。

桑老八："嘉轩哥你快说说，到底朱先生咋显的神通，二十万清兵就退了？"

小鹿兆鹏、小黑娃也挤在人群中惊奇地听。

白嘉轩乐："我就吃了几块糕，坐那喝了通茶，他从帐里就出来了。后来就退了。"

鹿子霖急："这兵要你说的那么好退，我们都去咧！"

众人："就是就是，吃糕喝茶我们也会么。"

白嘉轩梗着脖："那你们让我咋说么！"

白兴儿急："讲你姐夫咋挡住的二十万清兵！"

鹿子霖："白嘉轩卖关子哩！我来说，我都知道！"

白嘉轩诧异："你知道？"

众人都围上，白嘉轩被挤出人群。

鹿子霖得意："我进了城就直奔总督府，那都拿着枪哩，不让我进。我说我是朱先生那里的人，张总督你们见过没？亲自迎接出来！"

众人不住惊叹。

小黑娃捅捅小鹿兆鹏，竖起大拇指。

小鹿兆鹏仰起头露出惊喜之色瞧着爸。

鹿子霖："我就说我是白鹿原上第一个剪辫子的革命党，听说清兵来了，我誓与革命共存亡，刹那间天黑压压的，乌云密布，只听到头顶一声响雷就打下来了……"

白兴儿一拍大腿："准是朱先生使神通了！"

众人点头应和："是咧！"

鹿子霖："我怎么觉着那雷是我引下来的？你们没听明白吧？刹那前是我！我说的……"

白嘉轩不可思议地看着人群中滔滔不绝的鹿子霖，苦笑摇头。

22. 白家　夜　内

白嘉轩无比幸福踏实地搂着仙草，仙草倚在他怀中。

仙草："我真怕你回不来。"

白嘉轩："告诉你个秘密，我从小命大命硬，再说我姐夫是个神人，我俩在一块能逢凶化吉的。"

仙草笑着捶了他一下。白嘉轩也快活笑起，搂得更紧。

白嘉轩喃喃:“那块地，有了水，就活了。”

仙草:“你说啥呢? 啥活不活的，别这趟吓魔怔了。”

白嘉轩搂过仙草得意:“仙草，你真给我带来白鹿了。”

23. 田地 日 外

鹿三满身是汗地担来水桶，白嘉轩接过，两人一点点珍惜地往地里浇灌。

白嘉轩轻声:“三哥，要是这地底下有活水就好了。”

鹿三笑:“少东家又做白日梦。咱原上要是有块活水的地，你看多少人抢吧! 那庄稼得肥成啥样啊! ”

白嘉轩:“要是有那地你又咋? ”

鹿三:“我鹿三把铺盖挪来，睡在地里! ”

白嘉轩也乐起来，快活地捶了鹿三一下。

24. 白鹿原坡下 黄昏 外

白嘉轩独自来到仙草躺的那片坡下，看看四下里没人，拿脚跺跺，蹲那深挖几下刨出几根鲜嫩粗壮的草根来。

白嘉轩嘿嘿陶醉般乐起。

鹿子霖远远地喊:“嘉轩! ”

白嘉轩忙躺下蹭蹭，装作若无其事。

鹿子霖走近打量:“你在我家地这干啥哩? ”恍然大悟坏笑，“又想你那能暖人的媳妇了? ”

白嘉轩长叹口气，尴尬笑起:“我这就回家! ”

鹿子霖:“就是! 家里有媳妇你跑这想来干啥! ”鹿子霖望着傻笑远去的白嘉轩，自己躺在地上体会，苦笑摇头:“这又冷又硬的，魔怔了都。”

25. 白家院 日 外

白赵氏在厨房干活，仙草进出帮忙。

仙草轻声："妈，他这是咋啦？"

白赵氏直腰望出去，白嘉轩正蹲在屋门前皱眉琢磨，一会又笑起，直奔院门停住脚步，一会又摇头回……

26. 冷先生药房　日　内

冷先生一动不动地凝视白嘉轩："换地？跟你爸商量了么？"

白嘉轩一笑："说实话，没来得及。"

冷先生起身："那先跟叔商量完再找我。"

白嘉轩忙按住冷先生手："冷大哥！我这不急么，我爸肯定答应。"

冷先生冷笑："用你家天字号的好地去换那坡下鹿家的破地？你知不知道那地从来没种活过庄稼？那是路不是田！"

白嘉轩："仙草躺过那。"

冷先生无奈："兄弟，你媳妇躺过那你就换哩？那我闺女哪天蹚过灞河，我是不是要把灞河也都买下来？"

白嘉轩苦笑："不一样么。哥，帮帮忙，这都快成我心病哩！我做梦都梦见那白鹿从我家跑过去。"

冷先生长叹一声，摇头无奈看着他。

白嘉轩憨笑，手一比画："白鹿！"

27. 鹿家　日　内

鹿泰恒也不敢相信地看着儿子。

鹿子霖："真的，他要换地！不，是用好地换咱家占的路！"

鹿泰恒喃喃："白秉德肯定不知道他儿子干的事。"

鹿子霖："肯定不知道！这要知道早拦上了！爸，咋想咋是个好买卖！"

鹿泰恒皱眉："不是有诈吧？"

小鹿兆鹏在门口玩耍，时而抬起头看看爸和爷。

鹿子霖："不能！你想他能落着啥？爸，我都寻思明白他在想啥了，他媳妇躺过么，他就在那寻着他媳妇的么！我还听说，他信他姐夫那白鹿的说法，觉得能换来兴旺哩！”

鹿泰恒喃喃地：“意气用事，意气用事啊！这小子哪是个做族长的料哇。”

鹿子霖用力点点头：“昨天我还瞧见他在那坡上魔怔呢。”

鹿泰恒叹息：“可惜老白家了。也兴许是你进城寻白嘉轩，他想着报恩哩。”

鹿子霖试探：“爸……冷先生可还等着回信呢。”

鹿泰恒一抬眼：“事不宜迟，马上办！趁他爸还不知晓，趁他白嘉轩没缓过味来，马上办！就当他报恩了！”

鹿子霖爽快答应：“唉！”

小鹿兆鹏突然起身：“不能！爷爷您不是说施惠无念，受恩莫忘对着哩？现在咋要人家报恩呢？”

鹿子霖无可奈何地看着儿子，又转身瞧鹿泰恒。

鹿泰恒尴尬：“你这娃……懂个啥。道理归道理，再说……过来爷爷跟你讲，咱们施恩惠是无念，咱不求啥回报。可你嘉轩伯受了恩也没有忘，要报恩，你能回绝？这不对着么？”

小鹿兆鹏疑惑地看着爷爷，没回过味儿。

鹿泰恒挥手让儿子赶紧去，鹿子霖一乐抹头就走，鹿泰恒后面叫。

鹿泰恒：“别忘让他按手印！”

28. 白家　日　内

一家人围桌旁吃饭。唯有白嘉轩在屋里翻箱倒柜找着什么。

白赵氏叫：“你在屋找啥呢？赶紧吃饭！”

白嘉轩尽力掩饰兴奋往怀里揣地契，钻出屋。

仙草端碗：“我给你盛。”

“我不饿。”白嘉轩摆手，“爸，妈，你们慢慢吃。”

白秉德：“干啥去？现下地里又没啥农活。”

白嘉轩：“我去转转。”

鹿三门口一抹嘴：“我跟你一块去？”

白嘉轩：“用不着，你留下喂牲口。”

白嘉轩急匆匆出门。白赵氏跟仙草都泰然处之，唯有白秉德眯起眼瞧着儿子背影，眼中露出疑惑，不由得又咳嗽起来……

29. 冷先生药房　日　内

冷先生摊开两份地契摆在桌上，皱眉看看旁边站立的白嘉轩。

白嘉轩依然憨笑。

冷先生："话怕明说。你们两家是白鹿村的大家户，二位令尊与家父都是义交。我虽无意偏袒任何一方，但话说回来，再准的尺子也都量不准布，还要二位贤弟宽谅。"

说罢冷先生眼光锐利地瞅一瞅鹿子霖。

鹿子霖以同样坚定的眼光作了回答。

冷先生再转过头看白嘉轩，白嘉轩却一把捂住腮帮，似乎要哭出来，低下头去。

冷先生一怔："嘉轩似有反悔之意？如是，现在还来得及。人说泼出去的水推倒了的墙——难收难扶。现在水还没泼墙还没倒，你说了不迟。"

看着冷先生近乎期盼的目光，嘉轩抬起头来，头上竟沁出一层细汗："反悔倒不反悔，只是怕乡党的耻笑。更怕我爸我妈……唉！"

鹿子霖抢先手指沾着印泥："嘉轩哥，你可想明白，我劝你还是别换了。"

白嘉轩叹了一声："换！不换这是我的一块心病，我不能放白鹿跑了啊兄弟！"

鹿子霖忍住笑，点点头："人活着是得靠口气，我佩服得很！那我……"

白嘉轩扭过头去，咬牙一摆手。

鹿子霖凝重着脸，按下手印。

白嘉轩斜眼瞥着，眼中闪过一丝狡黠。

30. 白家　日　内

白赵氏撕扯着儿子的衣，捶着他哭："你个败家子啊！你这不把肥肉往人家嘴里送吗！多好的地让你给卖了！"

白秉德闷头抽烟不理，不时咳嗽几声。

白嘉轩:“妈，您别问了，往后您就明白了。”

白赵氏哭得更伤心:“往后照你这么折腾，咱家就完了！”

白秉德一阵咳嗽之后终于说话:“行了，你做饭去。别哭丧了。”

白赵氏抹眼泪出去，白嘉轩紧张地看着爸的反应。

白秉德抽着烟袋打量儿子，半晌:“你为啥换地？”

白嘉轩:“爸……”

白秉德:“是不是你姐夫看出那地有啥特别的地方，跟你说了？”

白嘉轩吃惊地抬眼看爸，用力点头:“我说您老一点不急呢，爸您都看出来了！”

白秉德:“我早猜到了。我儿子，别的可以含糊，在地上面从来不糊涂。”

白嘉轩忙凑上前，在爸耳边轻语几句。

白秉德脸色一变，喘息起来:“当真？”

白嘉轩重重点头。

白秉德剧烈咳嗽起来，白嘉轩忙给爸捶背。

白秉德咳嗽的间隙，笑骂:“狗日的……有水哩！”

爷儿俩对着乐起。

31. 坟地　日　外

仙草正静静地站在六座坟前，嘴中念叨着。

白嘉轩停住脚步怔怔地望着媳妇。仙草转身看见丈夫，一笑走来。

仙草:“你咋来了？”

白嘉轩:“你肚里怀着娃，少到这种地方。”

仙草头也不回地走:“没事。”

白嘉轩疑惑不解:“你刚一个人站那说啥呢？”

仙草含羞一笑:“不跟你说。”

白嘉轩诧异地瞧着媳妇走过去。

32. 白家　夜　内

仙草躺在丈夫身边："你为啥换那地？"

白嘉轩想着自己的心事："不为啥。"

仙草："村里都传遍了，说因为我躺过。"

白嘉轩笑了笑，搂过媳妇："传得好，我媳妇躺过的地我得收喽！那就是福分！"

仙草眼巴巴："那地真能给你换来福分？要换不来咋办？我可就成罪人哩。"

白嘉轩得意一乐，亲下媳妇的头发："我媳妇准换得来。"

仙草压低声在白嘉轩耳边："嗯，今天去那坟地，我告诉那六个姐姐，白嘉轩有了娃，等娃生出来我们好好活，替她们活好。"

白嘉轩感动地更搂紧媳妇，躺在炕上百感交集："仙草，等着跟我过好日子吧！"

33. 白鹿原坡下　日　外

鹿三翻着坡下新换的田。白嘉轩挖出一道水渠，村人远处指指点点。

桑老八："真是，那么好的地换这破地方？"

李寡妇："咋想的么。这地种啥能活啊？"

鹿三抑制不住欣喜，低声："少东家真料准了？"

白嘉轩叹息，轻声："一会弄不好鹿子霖会哭。"

鹿三抬眼望去，鹿子霖诧异地挤在人堆里往这边张望。

鹿三："能哭么？那么大人了。"

白嘉轩苦笑，高声叫："开荒了三哥！"

鹿三忙应："开咧开咧！"

白嘉轩捶腰抹汗，偷瞥鹿子霖。

鹿子霖越发疑惑。

白嘉轩突然用力向坑里铲去，一股水从地底涌出，沿着挖好的井渠蔓延开来。

乡亲们顿时哗然一片蜂拥挤来，白兴儿不敢相信："水？有水哩！"

桑老八："咋会有水？我的老天爷！"

鹿三欣喜若狂，白嘉轩面带微笑。

鹿三扬着水花："哎呀！我家命好哇，这一挖就挖出水来了！水就是财啊！"

众人："是哩是哩！"

鹿子霖脸色苍白独自站在那儿，一脸的不可思议。

白嘉轩偷眼望去，想乐却乐不出来。

身后鹿泰恒拄着拐杖吃惊地站在坡上望，懊恼地顿着拐杖……

34. 鹿家　晚　内

已有醉意的鹿子霖捶胸顿足在院里叫嚷："哎呀！哎呀！祖宗留下的宝地啊，咋让我给换了！"

鹿泰恒长吁短叹摇头："占不得便宜，早说过占不得便宜！"

鹿兆鹏仰头："爷爷，不是你让我爸去换的么？还说人家的恩得受下。"

鹿泰恒呆呆看着孙子："这……这此一时彼一时！你个娃娃家……"

院里，鹿泰恒媳妇劝着撒酒疯的鹿子霖。

鹿子霖仰头躺倒在地上："爸啊，我不活啦！"

鹿泰恒顿顿拐杖快哭出来了。

35. 书院　日　内

朱先生聚精会神地写着毛笔字，不理会旁边站的白嘉轩。

白嘉轩偷偷打量，心虚："那地是仙草焐暖的，就跟炕一样，我媳妇焐暖的炕别人去睡，姐夫你说我这心里啥滋味。"

朱先生洗净笔，面带一丝笑意静静注视白嘉轩。

白嘉轩被看得不自在："姐夫……我拿天字号的好地换这坡下的地，我就想图个心气儿，图个吉祥如意。"

朱先生依然含笑不语。

白嘉轩站起来："直说！我就冲着地底下有水。"

朱先生收起笑："这才是你真正的用意。你个白嘉轩啊！一牵扯到地你就变成了狐狸！”

白嘉轩咽口唾沫：“别的我可以啥都不贪，一说到地，我心里就痒。”

朱先生苦笑：“地是你的命么。”

白嘉轩尴尬点头。

朱先生：“兄弟，你知道有比命还重要的东西。天地太大了，人不能只靠命活着啊。”

白嘉轩盯着姐夫：“比命还重要……是啥？”

朱先生长叹：“那次回来我写的条子，仙草跟你念叨了没有？”

白嘉轩：“念了，脚放大，发铰短，指甲常剪兜要浅。”

朱先生已经从桌下摸出剪刀。

白嘉轩愣住：“姐夫，你这是要干啥？”

朱先生举着剪刀：“知行合一。”

白嘉轩缓过味儿来，忙躲避：“姐夫，这可不行！”

朱先生握合剪刀，伸出另一只手要抓白嘉轩辫子：“兄弟，要顺势而为！姐夫这是帮你……你别躲！”

白嘉轩吓得不行，捂住后脑，俩人围着桌子转圈。

白嘉轩：“姐夫，你等我想明白，想明白了……”

朱先生笑：“想明白就大势已去了！”

白嘉轩：“姐！姐！”

朱先生盯着白嘉轩身后：“你看你弟！帮我按住他！”

白嘉轩慌忙转身：“姐，别……”

身后根本没人，朱先生刹那间抓过白嘉轩的辫子，白嘉轩刚想挣扎，“咔嚓”一剪，辫子掉落在地。

寂静无声，白嘉轩的汗从额头淌下。

朱先生捡起辫子：“人这辈子，好多东西放不下。明白那么多道理，放不下又有什么用呢？”

白嘉轩捂着空荡荡的后脑勺，一脸委屈与失落，欲吐还休，垂头溜出门去。

朱先生含笑默默地望着他的背影。

朱白氏喘息地站在门前：“西北来人！”

朱先生猛回过身。

朱白氏眼里担忧的目光："方升没了！"

朱先生手中的剪刀"咣啷"掉落在地上……

35A. 白鹿村口　日　外

白嘉轩捂着帽子，尽力遮盖住后脑勺，小心翼翼看看四周，躲避着乡亲。

戏台那边传来哭嚎声，桑老八、白兴儿都是脑袋后面光光的，被众人围着瞧。

白兴儿："别瞧了！瞧啥啊瞧！"

李寡妇："人家割你辫子，你不会躲么？"

白兴儿："躲得及么！你问桑老八。"

桑老八长叹："城里人都散了头发，看谁还没剪，满城追你！"

鹿子霖站在台上："都瞧见了吧？这是大势所趋！现如今……哎白嘉轩！"

鹿子霖一眼瞄见，白嘉轩捂着头小跑而去。

鹿子霖乐："白嘉轩也剪了！瞧见没有！白嘉轩剪辫子了！"

乡亲们一哄而上追去。白嘉轩加快脚步奔跑。

鹿子霖扬眉吐气独自站在台上，用力扯下脑袋后面的麻绳。

36. 白鹿原　黄昏　外

朱先生背着包裹回身，朱白氏、白嘉轩、仙草、鹿三等人跟在身后眼巴巴瞧着他。

朱先生微笑："送君千里终有一别，都回吧。"

朱白氏颤抖着声音："别忘写信来，报平安。"

朱先生温柔："记着哩。"

白嘉轩："姐夫，你真要一去五年？"

朱先生："我答应方升的么。"

白嘉轩："可方升人都没哩。"

朱先生淡然一笑："人没了，我更该去。兄弟，你说对吧？"

白嘉轩感动地点头。

朱先生握住白嘉轩手臂："兄弟，剪了你辫子，怪不怪我？"

"姐夫，进城的人回来辫子都被剪了，不光我一个。"白嘉轩摇头感慨，"我想明白了！人扛不过势，得跟着走。"

朱先生意味深长："这就对了！兄弟，名啊利啊，别说辫子，就连这身臭皮囊，嘿嘿，这世间根本没啥舍不下的。"

白嘉轩："姐夫，村里没壮劳力的还有几户。"白嘉轩上前在朱先生耳边压低声："我把地底下过活水的几处留给他们种。咋样？"

朱先生欣慰一笑："我可以放心走了！"

朱先生深情地看了眼妻，转身大步扬长而去。

白嘉轩若有所思地望着姐夫远去的身影。

37. 白鹿原 日 外

三辆马车飞奔而来。有人奔向村子高喊："出事啦！"

白嘉轩急匆匆从自家出来张望，车上鹿三被人扶下，满脸是血。

白嘉轩惊："三哥，这是咋？被谁打的？"

鹿三哭："完了！全完了！"

白嘉轩抱住鹿三："三哥，你慢慢说，咋回事？"

鹿三哭："全村要卖的粮食都被扣下了！"

白嘉轩惊："你遇土匪啦？"

鹿三抹泪："没，是被县里当兵的扣下的。他们说都该交公粮，今年吃紧，要我们白鹿原还要再补三车粮食过去！"

众人哄一下炸开。

赵柱急："这还叫人活么！都交公粮了我们吃啥？"

白兴儿跺着脚骂："这不当兵的明抢么！啥世道么！"

桑老八咬牙切齿："不行跟他们硬干！粮食没有命就一条！他官兵能抄咱村子来？"

众人应和："就是！就是么，不交！"

白嘉轩脸色苍白。

38. 祠堂　日　内

鹿泰恒叼着烟袋坐在一旁，白嘉轩上前搀扶。

白嘉轩："叔，您坐正中吧。"

鹿泰恒摇头："那是你爸的位子。"

白嘉轩："我爸现在病了，起不来炕，让您代劳哩。"

鹿泰恒起身："那我就……坐？"

众人："坐下！坐下！"

鹿子霖忍不住上前搀扶爸坐稳。

鹿泰恒坐下叹了口气，众人都眼巴巴瞧着他开口。

鹿泰恒摇摇头："越来越不像话了。"

众人轰一下又吵起："不像话么！"

"没粮食！家里吃的都不够哩……"

鹿子霖："这叫官逼民反！"

鹿泰恒白儿子一眼。

"咋叫官逼民反？"田福贤突然微笑着出现在门口，"议事哩？我不打扰吧？继续，继续！"

刚才的嘈杂顿时变为鸦雀无声。

鹿子霖偷偷拽了拽白嘉轩，使个惊恐的眼色。

田福贤干笑："要不我先回避一下？"

鹿泰恒咳一声："福贤，你也不是外人。"

田福贤点头："叔，你这话说得好，我爱听！我田福贤是从咱白鹿原上出去的，虽说在县里混得将就谋个差事，可这心还在咱原上么。"

鹿子霖忙着点头。白嘉轩却眼观鼻鼻观口纹丝不动。

田福贤扫视众人："所以谁要拿我田福贤当外人，我心寒啊！"

寂静，无人敢说话。

田福贤："各位乡亲都在这，我也打开天窗说亮话。革命尚未成功哩，几个月前方升那狗贼不还带着大辫子兵反扑么。现在不是过太平日子的时候，每家每户还得缩衣节粮，为革命做贡献么！"

鹿子霖偷瞥爸的反应。

鹿泰恒缓缓点头："对哩，福贤说得也有道理。"

鹿子霖马上一拍腿："就是有道理么！"

有人轻声："那也不能交那么多粮食。"

田福贤突然大声："谁说的？站出来！"

又是寂静。

鹿子霖跟着急，指着人群："少说一句你会憋死啊！"

田福贤瞪眼："谁说的站出来，你这是丢白鹿原人的脸！我都替你害臊！"

鹿子霖拍脸："害臊！"

白嘉轩："我得回家看我爸去。"

白嘉轩转身就走，鹿子霖想拉没拉住。田福贤背手冷眼看着白嘉轩走出祠堂。

鹿子霖劝："哎，福贤哥训话哩！都站好听着……"

人群松动，有人试着跟出，越来越多的人走了出去。

39. 白家　夜　内

不少乡亲都围在白秉德的床前，群情激愤。

"他不让我们活，跟他们拼了！""对！不交粮，还要把粮食要回来！""族长，您得站出来主持一下……"

白秉德躺在床上咳嗽："我这身子骨……还能主持啥。"

白嘉轩给爸递上水，退到一旁蹲下。

几个老者面面相觑。

"鹿泰恒骨头软，他扛不住。原上的人心都散了……"

白秉德喘息："你们盼着我站出来带你们闹？可真闹起来，那是要出人命的。"

众人都不语。

有人轻声："散了吧，让伯好好歇着。"

众人缓缓起身要出门。

白嘉轩突然平静有力："闹！得闹！得让他们知道地是咱的命根子。"

众人都定住脚步，眼里放光地瞧白嘉轩。

白秉德咳嗽："你瞎说啥！挑这个头……是要……掉脑袋的！"

白嘉轩起身闷声："爸，半年前姐夫去清兵大营，他没想过自己的脑袋。"

白秉德突然停止了咳嗽，惊诧又陌生地望着儿子。

40. 白家后院马棚　夜　外

小黑娃迷糊地听着人说话声，从妈的手下钻出来，摸到门口蹲下望出去。

鹿三正激动地接过鸡毛信，抬头看白嘉轩。

鹿三："我从前听老人说过鸡毛传帖的事，没想今天让我办了。"

白嘉轩点点头，郑重的脸色："三哥，当年闹土匪闹得凶，十里八乡的乡民抱成团上山杀贼人就用的鸡毛传帖。你到这三家，敲响门，从门缝把传帖塞进去，只给主家招呼一声货到了就走，甭跟人家照面。记下了没？"

鹿三点头："这好记。"

白嘉轩："来回路上碰不见熟人不说，碰见熟人装作不认得低头快走。记下了没？"

鹿三："你放心！"

鹿三把三份传帖接过来，扎进蓝布腰带里，又在腰里缠了三匝，外边再套上一件夹衫。

白嘉轩："我今晚也不睡了，就在这儿等你。听着，万一路上碰见熟人躲不过了，就说你给我舅送牛去了……"

鹿三不耐烦："哎呀嘉轩！你把我当成鼻嘴娃子，连个轻重也掂不出来？"

反倒是白嘉轩不好意思地笑了笑，看着鹿三转身出去，他竟身子一颤，手扶在墙上深深喘息。

小黑娃惊奇地看着外面那背影……

41. 白家　清晨　内

鹿子霖满院地叫："嘉轩？嘉轩哥！"

白嘉轩迷糊睁开眼睛，鹿子霖冲进后院："你咋在这睡哩？鹿三呢？"

白嘉轩警惕打量鹿子霖："干啥？他……替我舅送牛去了。"

鹿子霖强拉："快跟我去。"

白嘉轩挣脱开："去啥地方？"

鹿子霖："田福贤等着咱哩，有急事！"

白嘉轩一激灵，怔怔看着鹿子霖，呼吸变重。

42. 祠堂　清晨　内

白嘉轩硬着头皮被拉进屋，田福贤正背着手参观祠堂，回身笑眯眯看着白嘉轩。

田福贤："嘉轩，看你这脸色不大好啊，昨晚不是没睡吧？"

白嘉轩笑："牲口闹夜，折腾了半宿。"

田福贤走近，定定地看着白嘉轩的眼睛。白嘉轩眼睛眨都不眨，强装镇定。

田福贤："那就好，这有俩锣，待会要辛苦二位了。"

白嘉轩愣住："咋？"

田福贤："白鹿原上就属你两家有威望，不是哥逼你们，从明天起，你们二位都得敲着锣征粮去。咱得表个支持政府的态么，是不是？"

鹿子霖迟疑："这当口敲锣征粮，那不全冲我们来了。"

田福贤一字一顿："谁要是能把这粮收上来，我保谁做白鹿原的族长。"

鹿子霖忙迈步上前接过锣，余光瞥了瞥白嘉轩，白嘉轩面无表情不动。

田福贤将锣拍在桌上，一拱手："二位，好自为之吧！"

田福贤出门去。

43. 白鹿原　日　外

鹿子霖敲起锣在村里走："交粮啦！乡亲们，这粮咱得交啊，交齐再没下一回哩……"

乡民们都冷眼看着鹿子霖，躲避。

白嘉轩也敲着锣从对面走来，不喊不叫。

俩人碰面，鹿子霖："嘉轩，你咋光敲不喊哩。"

白嘉轩："我怕把狗招出来。"

鹿子霖讨个没趣，凑近压低声："行。你就倔。田福贤那是好惹的？谁不知他在外面干的那些事，回原上没动硬的那是碍着咱乡亲情面。"

白嘉轩："你怕他动手，就不怕乡亲们一起动了手？"

鹿子霖呆呆看着白嘉轩："白嘉轩，你啥意思？"

白嘉轩用力敲起锣走开，突然远远的，鹿三奔来，也愣住打量白嘉轩。

白嘉轩紧张地望着鹿三神色。

鹿三暗暗点了点头。

白嘉轩长舒口气，将锣重重敲响。

44. 白鹿原村口 日 外

鹿子霖一路小跑奔来，田福贤正靠在树下吃饭，手下牵着马在一旁等候。

鹿子霖："哥呀！要出事！"

田福贤不慌不忙地吃："咋？"

鹿子霖喘息："怕是要闹事哩。"

田福贤冷哼："听谁说的？"

鹿子霖看看后面没人，小心翼翼："我是探白嘉轩的口风，我熟悉他，乡民们都不交，也拧巴着劲哩！"

田福贤笑："我自打从这原上生下来，还真没瞧过咱原上人闹事。这下倒开眼了。闹，让他们闹去！还闹得过枪子儿？"

鹿子霖吓一跳，咽口唾沫。

田福贤意味深长拍了拍鹿子霖肩膀："你老兄识相，你真是做族长的料。"

田福贤上马带着手下奔远。

鹿子霖百感交集站在原地，回味着刚才的话……

第三集

1. 白家后院　黄昏　外

白嘉轩蹲在马圈内，瞪着眼前还在兴奋的鹿三。

白嘉轩："你确定没塞错？"

鹿三："哎呀少东家，塞错一家从此往后我这脑袋不吃粮食你给我塞……"

白嘉轩忙放下铡干草的刀，一捂鹿三嘴，警惕地瞧瞧门口，压低声："你塞贺老大信，他屋里回音了没？"

鹿三："回了，里面人说明天晌午前听他放三声铳子为号。"

白嘉轩点头思索："这就对了，全对了。"

鹿三难掩兴奋："少东家，我从没怕过啥，我头一次觉着你比我胆大。"

白嘉轩长叹一声："三哥，你看错了。"

鹿三一愣，歪头打量白嘉轩。

白嘉轩抱住头蹲着："我怕着哩！我从祠堂里摸出三封鸡毛信交给你，那是想着当初跟姐夫闯清兵大营都没啥事，这点事又算啥！脑袋一热我就……唉！这一宿等你我就没敢睡下，天亮了又被田福贤叫去，我腿直打战我自己知道。"

鹿三呆呆看着白嘉轩。

白嘉轩："我敲着锣全村里走，有些乡民正眼都不瞧我，我这心里更虚了。"

鹿三："你怕明天起事，没人跟你？"

白嘉轩抬眼看鹿三："对！我最怕的就是这个。鸡毛信多少年没用过了，这万一……"

鹿三苍白的脸一笑，咬牙："少东家，别怕。大不了有我鹿三一个人跟着你！"

突然门响，俩人都紧张抬身望去。

仙草急叫："哎！"

白嘉轩直身："咋？"

仙草:“爸不行哩，叫你快过去！”

白嘉轩撒腿就奔向屋内。

2. 白家屋　黄昏　内

白秉德被白赵氏搀扶坐起，不住咳嗽喘息，气息虚弱。

白嘉轩进屋到床前:“爸你别坐起来，快躺下！三哥叫冷先生去！”

白秉德:“不叫……不叫！我问你……做啥瞒我的事没？”

白嘉轩迟疑:“爸，咋问起这？您先躺下。”

白秉德推开儿子的手:“我不躺！万不能做傻事……现在要紧的是顺顺当当做上族长……我死也可瞑目哩……”

白赵氏含泪:“老头子，你死不了！”

白嘉轩:“爸，放心，我不惹事。”

白秉德揪住儿子胳膊:“那鸡毛信你没动？”

白嘉轩迅速与鹿三交换个眼神:“没……咋？”

白秉德喘息:“我要拿在手里，去……去祠堂给我取来！”白秉德老泪纵横，“我梦见你出事哩！你被人抓了挨枪子儿了……”

鹿三眼神有点慌。

白嘉轩为难:“爸，您好好养病。好端端您看啥鸡毛信哩？”

白秉德近乎低吼:“取来！”

白秉德剧烈咳嗽，白赵氏忙给他捶背。

白嘉轩无奈:“好，我取！”

鹿三怔住，呆呆看着白嘉轩。白嘉轩一拽鹿三，俩人出去。

3. 白家院门　黄昏　外

鹿三一路跟随:“从前听人讲父子连心的事我还不信，刚才东家说鸡毛信我起了一身鸡皮疙瘩……”

白嘉轩:“三哥，你去寻一只红得发紫的公鸡。我去冷先生那讨三个信封去。”

鹿三停住脚："上哪找红得发紫的鸡去？再说，你真想瞒你爸？"

白嘉轩一脸沉重："冷先生说我爸活不过几个时日了，我不想让他担心着走。"

鹿三点头："那你……瞒得成他？"

白嘉轩："鸡毛信，一个是红得发紫的鸡毛，一个是封口的火漆。有这两个，能瞒住。"

鹿三叹了口气，转身奔去。

白嘉轩忧心忡忡地望着鹿三的背影，刚要走，突然意识到背后有人，转身，仙草正看着自己。

白嘉轩："你咋跟出来了？"

仙草："鸡毛信已经送出去了？"

白嘉轩动了动嘴唇，没说话。

仙草急："我问你哩，送出去了？"

白嘉轩突然怒："你懂啥叫鸡毛信，外面的事娘们儿家少管！"

仙草颤抖着声音："你就不为这肚里的娃想想？"

白嘉轩目光瞬间软下来，背过身。

仙草揪住丈夫的衣角，哀求："回去跟爸说清楚，把信讨回来，现在收手还来得及。"

白嘉轩："你懂个啥！"

白嘉轩将媳妇的手生生扯开，大步奔去。

仙草含泪望着白嘉轩的背影。

4. 鹿家 晚 内

鹿子霖瞪大眼瞧着爸。

鹿泰恒抽着烟袋灯下思索。

灯火摇曳，鹿泰恒："挑亮些。"

鹿子霖忙挑灯芯。

鹿泰恒幽幽地："田福贤这是放话给你听呢。"

鹿子霖一脸兴奋："是吧，我也这么想。"

鹿泰恒："就怕白嘉轩不闹事，他这一闹起……"

鹿子霖："我这族长就当上了，爸！"

鹿泰恒皱眉："轻浮！"

鹿子霖忙站好。

"让他们闹吧，儿子不懂事老子也不懂么？啥时候胳膊能拧得过大腿啊！最后还是乡民倒霉。"鹿泰恒上下打量儿子，冷笑，"谁想我跟白秉德争一辈子的事，却让你这臭小子捡了个漏！狗日的命！"

鹿子霖也嘿嘿笑起。

鹿泰恒招招手，鹿子霖忙凑近。

鹿泰恒在儿子耳边低语……

5.白家院　夜　外

鹿三举着油灯眼巴巴瞧白嘉轩将紫鸡毛插在信两侧。

鹿三："少东家，成么？没火漆……"

白嘉轩急着往里走："漆料没哩，捏在手里跟我爸眼前晃晃，瞒过这一宿就行。"

仙草正在门口堵着，白嘉轩抬眼别扭地瞥媳妇。

仙草轻声："爸睡哩，不用给他瞧了。"

白嘉轩停住脚步："哦。"

仙草低声："早点歇着吧，明日还有正事忙哩。"

鹿三紧张地瞥了眼白嘉轩，仙草已经扭头进屋去了。

白嘉轩无声地叹了口气。

6.白家白嘉轩屋　夜　内

仙草端起盆洗脚水，坐在炕角。

白嘉轩忙拉起她："咋想起给我洗脚了。快起！"

仙草却摇摇头，坐在凳上继续给白嘉轩脱鞋。

白嘉轩："你咋不听，再闪了肚里的娃……"

仙草："那你咋不听爸话呢。"

白嘉轩怔怔看着媳妇，那屋时不时传来父亲的咳嗽声，白嘉轩忧心忡忡地听。

仙草边低头洗边轻声："明天你不在，爸要问起我咋说？"

白嘉轩："你就说……我跟着县里看热闹去了。"

仙草头也不抬："不会出啥事吧？从古到今，也没听说县老爷跟种地的讲理。"

白嘉轩："人多了他也怕。"

仙草："就为那些粮食？咱家再多交也够吃。"

"糊涂！"白嘉轩叹息，"当初清兵围西安城的时候也不关咱姐夫的事，那他为啥豁出去自己的头，一个人奔清兵大营去？"

仙草垂头默不作声。

白嘉轩："我比不了姐夫，我就想咱农民本本分分地种地，靠天吃饭靠地生粮，谁也不欺负，可谁也别想欺负到咱！十里八乡的，就等着一个出头挑事的站出来……"

仙草颤抖着："那人多着哩，就该你出头？该你挑事？"

白嘉轩抱起媳妇坐回炕上，将头贴着她肚："仙草，姐夫说我命大。不会有啥事的，我还要做爸哩。"

仙草静静地抚摸着丈夫的头："可我咋觉得你怕呢？"

白嘉轩慢慢抬起头，惊诧看着媳妇。

仙草平静的目光凝视："你心里怕得很。你手和脚都是凉的。你刚才跟我起急是假的，其实是跟自己起急，对不？"

白嘉轩颤抖着嘴唇，半天没说话。

仙草："你断不定明天去县里交农具，多少人能跟在你身后，对不？"

白嘉轩："仙草……"

仙草叹息一声："当初闯清兵大营你不怕，那是因为跟着姐夫。这是你头一次干牵头的事，就是捅破天掉脑袋的事。你不怕才怪哩。"

白嘉轩眼神痛苦，喃喃："那我该咋办？跟鹿子霖一样敲着锣满原上征粮？挨乡党们唾骂？没事的时候啥也不显，有事时多少眼睛瞧着你咋做呢！"

仙草凝视，缓缓点头："那你就做吧。"

仙草把丈夫的头轻轻按贴在自己肚子上，下巴枕在他头上，喃喃："不怕，我男人啥都不怕。"

白嘉轩百感交集乖乖贴在仙草隆起的肚上，眼中闪动着晶莹……

7. 白鹿原　清晨　外

一队人迅速跑去，田福贤不停地挥手。

田福贤："快！快点！"

鹿子霖紧张地站在一旁。

田福贤转头拍了拍鹿子霖的肩："兄弟，你立大功哩！"

鹿子霖赔笑："我只打听到他们今天起事，可由谁出头，是啥号令都不清楚。"

田福贤冷哼："几个村子的大户都稳住了，其他的都是乌合之众，闹不起来！"

鹿子霖挑起大拇指："高明！要不这白鹿原上只有你走出去哩。"

田福贤眯起眼思索："你说这鸡毛信到底是谁发出的？"

鹿子霖："据我爸讲，鸡毛信都握在各村的族长手中，藏在祠堂。我想到时把几个族长都请来，让他们拿出鸡毛信一对，不就行哩？"

田福贤上下打量鹿子霖："子霖兄，你真是个人才。"

鹿子霖嘿嘿笑，摆手："哪比得上你福贤大哥。"

田福贤："等熬过这一关我向县长保举你，就是白鹿原所有人不答应我也保兄弟你做上这族长！"

鹿子霖一愣，干笑："被你这一说好像我人缘多差哩。起码一大半选我！"

田福贤一笑："走！陪老哥我看白嘉轩去！"

鹿子霖忙一路小跑跟上去。

8. 白家　清晨　内

白嘉轩端着药送到炕边。

冷先生俯身探完，瞥了眼白嘉轩手里的药："灌不进药，把我的包拿过来。"

白嘉轩忙放药递包，冷先生快速翻开，露出一排长长的针。

白赵氏不忍看，白嘉轩将妈拉到一边。

细细的针捻下去，白秉德长长地哼了一声，喉咙里似有什么东西。

冷先生翻过他身，重重拍打，白秉德咳出几口重痰。

冷先生："喂药。"

白嘉轩忙上前喂药。

白秉德一把攥住儿子的手，喘息："不能闹事……不能挑头……闹。"

白赵氏抹泪："你爸到这会了还想着你的事！好好听着！"

白嘉轩："唉！爸我听着。"

白秉德焦急："怂恿你起事的是他们……热闹时都往前凑的是他们，都是林子中的鸟！有个风吹草动跑得一个都不剩……你没经历过。"

冷先生："叔，你这病少说为宜。"

白秉德急着要一口气说完，盯着儿子："你以为身后跟着那么多人……你风光得很……可枪一响都没了，就剩下你一人……枪打出头鸟，杀的就是你！"

白嘉轩似是被吓住，怔怔坐在那儿。

白秉德用尽最后气力："到那时没人救，明白了？"

白嘉轩沉重地点点头。

白秉德凝视儿子，终叹口气躺回炕："你还是不明白。"

白嘉轩："爸，我明白了。可我得试试。"

白秉德："试啥……拿你的命去试？"

白嘉轩："爸您说得对，枪一响八成他们都会跑。可如果这次成了，往后他们就不跑了。天塌下来他们也会信我能撑住。"

白秉德转头陌生地看着儿子。

突然白赵氏在院里招呼："福贤，子霖，你们来哩？"

田福贤："伯咋样，我听说伯病重了赶过来看看！"

父子俩对了个眼神。

白秉德攥住儿子的手："他是来……盯你的。"

白嘉轩默默点头。

田福贤推门进来关切地："伯，咋样？"

鹿子霖："呦，冷先生也在？嘉轩，冷先生来就没事哩。"

白嘉轩强挤出笑:“是。”

田福贤将点心递给白赵氏，坐在炕边拉住白秉德的手，温和细语:“伯，您的病我早听说，最近忙得很一直没来看您。今天我就好好陪陪您，咱爷儿俩聊聊，我哪也不去了。”

白秉德咳嗽:“忙你的。”

鹿子霖大声:“福贤哥说陪您，他哪也不去！我也陪着！”

白嘉轩紧张的目光。

突然院里鹿三焦急地冲白嘉轩招手。

白嘉轩一激灵，一把拉过冷先生:“冷先生，我三哥肚子疼，你也一块给看看。”

冷先生一怔，被白嘉轩拉出屋去。

9.白家后院　日　外

白嘉轩拉着冷先生快步走到马圈停下:“留步。”

白嘉轩进了马圈，冷先生泰然一站仿佛早就明白。

鹿三满脸是汗一把拉住白嘉轩胳膊:“少东家！完了！”

白嘉轩:“别慌，咋了？”

鹿三急促地:“几个村接鸡毛信的都被田福贤派去了人，赖在家里不走，全出不来！”

白嘉轩呆在那儿。

鹿三:“是贺老大偷把他家的富贵放出来给我送的信！说是那铳子也响不了哩！让你快拿主意！”

白嘉轩皱眉:“铳子响不了，号令就没哩。”

鹿三:“除了贺老大家有铳子，上哪儿再找去！改敲锣？我上各村敲去！”

白嘉轩摇头:“来不及，谁也不会信你。”

鹿三急得快哭出来:“那铳子必须得响啊！本来各家就怕着，那么些人都等着听声壮胆哩！”

白嘉轩脸色苍白:“我怕也是动不了啦。”

鹿三怔怔看着白嘉轩:“那……真完哩？”

白嘉轩一声不吭转身出去。冷先生面无表情看着他。

白嘉轩："冷大哥……"

鹿子霖小跑进院："嘉轩，没事吧？"

鹿三脸色苍白蹲下，满脸是汗。

鹿子霖打量："鹿三你到底是咋了？"

还没等白嘉轩张口，冷先生说："吃饱了撑的，我刚给开了泻药。"

鹿子霖一脸坏笑，指着马圈里的鹿三。

白嘉轩释然出口气。

10. 白家　日　内

田福贤正拉着白秉德的手念叨："……那会儿爬树掏鸟蛋，就我跟嘉轩爬得高，子霖胆小躲在树下等，没想鸟蛋我俩在树上都吃完了！"田福贤乐，"那时我就知道，全原上胆子最大的就是我跟嘉轩兄弟。"

白秉德："他胆子不大……他也怕事。"

白嘉轩进屋。

田福贤扭头："嘉轩，我可要在你家赖饭哩。"

白嘉轩一笑："好！我让我媳妇去准备。"

白嘉轩扭头出屋。

田福贤冲后进的鹿子霖使个眼色。鹿子霖也忙跟出。

11. 白家厨房　日　内

仙草敲了几下火镰将干草点着，心事重重拉着风箱生火，白嘉轩急匆匆进。

仙草："我听见了，你应付他们去。"

白嘉轩："你刚去哪了？"

仙草抹了抹额头的汗，低声急促地："我从村东头往西头走了一圈，除李寡妇家还有东头的田家没动静，都备好了农具。他们等你消息哩。"

白嘉轩怔怔看着仙草："你把村里都转了一圈？"

仙草点头："啊！"

白嘉轩感动的目光。

仙草:“他们说就等三声铳子响了。”

白嘉轩轻声:“响不了哩。”

仙草推开白嘉轩，惊诧的目光:“啥?”

鹿子霖进屋:“嫂子!多放辣子，今天要好好吃你做的面!”

仙草笑:“做得不好，将就吃。”

白嘉轩叹了口气:“子霖，是不是我上茅房你也跟着?”

鹿子霖尴尬一笑:“你别耍我了。”

白嘉轩凑近看着他:“谁耍谁啊。”

鹿子霖心虚:“你看……嫂子你看他!”

白嘉轩一笑，转身出:“我去茅房!”

12. 白家后院　日　外

小黑娃正缠着爸。鹿三却焦灼不安地望着前院。

小黑娃:“爸，你跟大要干大事啦?”

鹿三吓一跳:“谁说的?”

小黑娃兴奋:“那天夜里我听你们说的，带上我!”

鹿三瞪眼扇儿子:“你这闹事的货……”

白嘉轩急匆匆走来，鹿三忙迎上前。

白嘉轩急促低声:“三哥!”

鹿三:“他们还没走?”

白嘉轩:“走不成了。你现在就去三官庙告诉主事的没铳子响了，让他们挨村挨户去叫人马上动手!”

鹿三转头看眼儿子:“哎!”

小黑娃一脸兴奋瞧着俩人。

鹿子霖在旁院叫:“嘉轩?你解完没?我也憋着哩。”

白嘉轩重重一拍鹿三肩膀，意味深长:“三哥，就拜托你了!”

鹿三点头，白嘉轩一指墙，鹿三明白，弯下腰。

白嘉轩踩他背，另一只脚差点踩空，一个趔趄却被一双小手撑起来。

白嘉轩低头看去，竟是小黑娃双手捧着自己的脚。白嘉轩与鹿三对视笑笑，翻过墙去。

13. 白家前院　日　外

鹿子霖还在探着身子叫，半蹲着不放心听里面动静。

鹿子霖："嘉轩？我憋不住哩！我可进啦？"

白嘉轩系着裤出来："你这肚子咋？冷先生正好在，给你也瞧瞧？"

鹿子霖笑："不用！你等我一下……"

鹿子霖进去，白嘉轩一眼瞥见大门口两个持枪站岗的兵，快步靠到后院门，冲鹿三低声："三哥！"

鹿三一回头。

白嘉轩指了指墙，小声："翻出去！"

鹿三忙点头，翻墙跃去。

白嘉轩焦灼不安的目光。

14. 三官庙　日　外

几十号人已经扛着各种农具等候在那，乱成一团，鹿三远远奔来。

鹿三在人群中挤："谁是主事的？谁主事？"

旁边一和尚冷哼："主事的都不敢来哩！"

鹿三："别胡说！主事的都一早被官家的人堵在家里出不来。"

和尚警惕打量："你咋知道？"

众人围上："对！你咋知道？"

鹿三噎在那："我……我……不管咋样你们得信我！"

和尚："何物为号？"

鹿三咬牙："铳子！三声铳子！"

和尚怔怔地瞧着鹿三。

15. 白家 日 内

两个小盆大的老碗摆在两人面前，田福贤跟鹿子霖满头是汗畅快淋漓地吃着面，脸几乎要埋进碗里。

鹿子霖："头一次吃嫂子做的面，好吃着哩！"

仙草笑："那就多吃，再来碗吧福贤大哥？"

田福贤笑着递上碗："好。这面筋道，卤也香！嘉轩，你娶了个好媳妇！"

白嘉轩干笑。

仙草担忧地瞥一眼白嘉轩，白嘉轩一旁捧碗艰难地咽着。

田福贤："娶回个好媳妇就得踏踏实实过日子，别没事找事。伯您说哩？"

白秉德咳嗽点头。

外面寂静无声，白嘉轩头上全是汗水。

鹿子霖："你吃得这么慢，咋还全是汗？虚吧嘉轩哥？嫂子你得给补补！"

白嘉轩看见田福贤正含笑注视自己。

田福贤："这外面咋这么静？"

鹿子霖端碗站起笑："是啊，从来原上就没这么静过。"

一持枪手下奔到院中，田福贤忙起身出屋，白嘉轩偷眼望，田福贤神色凝重听手下报告。

田福贤转身进屋，鹿子霖眼巴巴看着他。

田福贤却若无其事地笑，接过仙草盛好的面吃起。

屋里只听得众人吸溜面的声音，竟冷得可怕。

田福贤突然说："我昨晚接到报告说有人想闹事。结果到了晌午各村静得很，没人出来闹么，就几个泼皮懒汉凑在三官庙那起哄。"

白嘉轩心惊肉跳，面上却无表情。

鹿子霖发狠："抓起来！看他们还闹不闹！嫂子，再来一碗！"

田福贤一笑："我都不屑抓，那几个唯恐天下不乱的人平日里就不好好种地，偷奸耍滑一有事冒出头的准是他们！听人说要闹事得靠鸡毛信联络。伯，这鸡毛信都谁有？"

白秉德炕上咳嗽着："就几个村的族长有，都在祠堂里藏着。平日不敢取出来。”

田福贤挑起面，边吃边笑：“我从小在原上倒也听过，只是这么多年没看过一眼。伯，让嘉轩兄弟拿出来给我开开眼？”

白嘉轩慢慢起身，仙草紧张地看着丈夫。

鹿子霖跟着起哄：“对对！我也只听我爸说过。今天跟着福贤哥开开眼！”

白秉德：“那信……轻易不能取的，福贤，不是伯不给你面子，鸡毛信一出必有大事！”

田福贤笑：“我就瞅一眼，瞅完就收回。再说了伯，到时县里怪罪我也好替白鹿原说话么，闹事跟咱就没啥关系。是吧嘉轩兄弟？”

白秉德面露为难。

白嘉轩一抹嘴：“爸，你不正要看么，我回屋拿。”

16. 白家白嘉轩屋　日　内

白嘉轩进屋取出三封信，快速插好紫鸡毛。

身后门动，白嘉轩一激灵回身，仙草跟进来。

仙草低声：“缺啥？”

白嘉轩：“火漆。”

仙草：“火漆是啥？”

白嘉轩：“就是用火封烤上的印泥。”

仙草：“啥色？”

白嘉轩：“红的。”

仙草立刻转身翻包裹，拿出一盒：“这是我留的胭脂。”

白嘉轩会意忙转身取火筷，仙草打开用手指一抹，涂在封口。

白嘉轩颤抖着手将火筷凑近烤起。

仙草：“三哥已经去了？”

白嘉轩默默点头。

仙草轻声：“村里没一点动响，都等着那三声铳子哩，谁都不敢出门，还能闹起来么？”

白嘉轩眼盯着火筷，闷声：“我得让它响起来！”

17. 三官庙　日　外

众人喧哗吵嚷。鹿三无助地在人群中挤着。

“晌午哩！没人出头么！”

“那叫我们干啥来！呸！让我们去卖命！他们倒都躲起！”

和尚突然大吼：“别乱！我是主事的！”

鹿三呆呆望着跳上高处的和尚。

“你主事？你有鸡毛信？”

和尚举起一封鸡毛信：“看看！这是啥！”

信上插的羽毛却是白色的。顿时鸦雀无声。

鹿三喃喃地：“咋是白的……”

和尚心虚将信往怀里一插，吼：“都听好，为啥起事？官府抢咱的粮是不要咱活哩，咱把农具都交给他们！地咱不种哩！铳子响不响无关紧要，此次进县城交农靠的是齐心协力，谁也不准退后半步，跟着我往县城里冲！”

依旧寂静。

鹿三喘息大吼：“交农去！地咱不种哩！”

突然人群爆发出怒吼：“不种哩！”

鹿三被人群裹挟着往前走，群情激昂。

突然有人叫了一嗓：“看那边！官兵来哩！”

众人回头望去，坡上几匹马，几个持枪的兵冷冷地眺望这边。

人们纷纷停住脚步。

和尚吼：“拼了！跟着我冲！”

鹿三举起耙犁挤出人群：“冲！”

俩人跑了几步后面没动静，回头，人们怯生生地望着。

和尚跟鹿三喘息着交换个眼神……

18. 白家　日　内

白嘉轩进屋，手里捏着三封鸡毛信。

田福贤和鹿子霖目光紧盯着白嘉轩的手，同时起身要接。

白嘉轩一晃："爸，拿来哩。"

白秉德接过："福贤，看着了？多少年不用这鸡毛都要掉了。"

田福贤笑，凑近打量："是，子霖你看还是紫色的。"

白嘉轩紧张注视田福贤。仙草也屏息站在白嘉轩身后。

白秉德弹了弹羽毛："鸡毛信讲究的是啥，两边插鸡毛，信就赶快送。再用火漆封口，打没打开人就知道。"

田福贤点头："讲究！讲究得很！"

田福贤刚要伸手，白秉德把信塞进自己枕头下。

白秉德："看也看了，吃也吃了。你们回吧……我撑不住了。"

白嘉轩立刻接话："我爸得歇了，冷先生说他得多睡。"

田福贤与鹿子霖交换个眼神。

白嘉轩皱眉："不如这样，我们上子霖家喝茶去？"

鹿子霖一愣，忙看田福贤。

田福贤笑："好！那就不打扰伯了。伯您好好养着，我有空来看您。走！"

白嘉轩让出两人，转头感激地望了眼爸，白秉德默默注视儿子。

白嘉轩转身大步走出。

19. 村　日　外

三人在前面走，两个持枪的兵跟随身后。村里竟一人没有。

白嘉轩扫视四周，家家门户紧闭。白嘉轩目光焦灼。

鹿子霖笑："平日里还有人走么，今天这是咋了跟闹鬼一样。"

白嘉轩："大白天的闹鬼？"

田福贤冷笑："我就是鬼，你俩也是鬼。"

白嘉轩愣住。

田福贤继续往前走："嘉轩，你看我带着俩兵扛枪在街上这么一走，家家都不敢开门。这得归功于你俩，昨天敲锣敲得好哩！"

白嘉轩笑："那是还没决堤。真闹起洪水，怎么掩挡？你去敲锣阻挡？"

田福贤停住脚步，回身含笑看着白嘉轩，白嘉轩也含笑看他。

一匹快马奔来，手下跳下马凑到田福贤耳边低语。

田福贤转身："你们先去喝茶，我去去就来。"

田福贤冲鹿子霖招手，搂过他肩微笑着低语："看好，寸步不离。"

鹿子霖笑着点头。

田福贤大声："晚上到你家喝汤！"

鹿子霖："好！好着哩！"

白嘉轩与鹿子霖并肩望着田福贤远去，又看看身后俩持枪的兵，对视笑笑。

白嘉轩："他没把兵带走？"

鹿子霖："哎他咋忘了哩？你们快追上！快！"

俩士兵纹丝不动。

鹿子霖尴尬地笑："轰不走，不听我的……盯上咱哩。"

白嘉轩背手含笑看鹿子霖。

20. 三官庙　日　外

人群难抑愤怒，嘈杂一片。

和尚急："你们这些胆小怕事的，怪不得人家敢骑在头上欺负咱！"

"你和尚不拉家带口，我们还有婆姨和娃！"

鹿三不住抹汗："都别嚷！就那几个兵么，咱一冲他们准跑！"

"那你咋不冲！"

远处田福贤带人骑马而来，冷冷扫视。鹿三下意识退回人群中。

田福贤一笑："起事的人没来，是吧？"

众人鸦雀无声。

田福贤拿马鞭挑了挑和尚手中的鸡毛信，放肆笑起："鸡毛信，你见过？我可刚刚看见，那鸡毛得是紫的！你蒙谁哩和尚！"

众人有些慌乱，鹿三一闭眼，痛苦的神情。

田福贤勒着马："几个原上最傻的人都聚齐了，不易。"

鹿三握紧耙犁，手却哆嗦着。

田福贤轻描淡写："你们是在等铳子响呢吧？我看是被人卖了还替人数钱哩。我刚从白鹿原白家过来，北原的贺家，南原的老平家都老老实实地歇着，我派人问去，人都说没想闹事。自己脑袋有多沉，自己掂量。”

哗然一片。

田福贤纵马跑回坡。

“起事的人被吓破了胆不敢出头了！让我们去挨枪子！”

“准是收了官府的赏金，偷在家数钱哩！”

“到底是谁发的鸡毛信！和尚，谁发你的！”

和尚满脸怒容：“你们还要掉转来砍我？”

“就砍你了，咋！”

人群推搡，鹿三白着脸拦：“别！别打自己人！”

21. 鹿家　日　内

白嘉轩背着手在堂里逛，扫看四周，目光落在侧墙挂的铳子上，眯起眼思索。

鹿子霖从后屋出，笑：“我爸乏了正睡呢。”

白嘉轩：“别惊扰他老人家。”

鹿子霖：“已经起了！起了！”

白嘉轩苦笑：“子霖，上回你给儿子过百天你老祖宗留下啥话来着？”

鹿子霖一愣：“哦，说后辈做官了就在他坟前放炮放铳子。我家祖宗躺在地底下就等着听响哩。”

白嘉轩乐：“那你不放。人家等着听你就该放么。”

鹿子霖：“我放不了，让我儿子兆鹏放！”

白嘉轩更乐，指着墙上挂的铳子：“就这，也就摆设吧，能响？”

鹿子霖收住笑：“嘉轩，你这可是瞧不起人。”

白嘉轩：“误解了子霖，不是我瞧不起你。我是说这铳子，挂这有几十年了吧？响过没？”

鹿子霖怔了怔：“没响过。”

白嘉轩乐：“恐怕你连放铳子的火药都没有吧？还放铳子！”

鹿子霖冷笑，招手：“来，你过来！”

鹿子霖拉开抽屉，取出一个盒：“瞧见没，天天备着！随时光宗耀祖！”

白嘉轩一语不发眼直勾勾盯着那盒火药，冲鹿子霖竖起大拇指……

22. 三官庙　日　外

远处人群已经撕打起来，有人扛锄往回散去。

坡上，田福贤得意地眺望乱象，喃喃："就这帮乌合之众，能闹成啥事！"

鹿三在人群中被挤倒，哭喊："别打了老少爷们！别跟自己闹哇！"

突然远处传来一声铳子的轰响。

所有人都停住，抬眼望着天空。

田福贤也脸色一变，转头望去。

23. 鹿家　日　外

白嘉轩抱着铳子边跑边往里充火药，鹿子霖后面狂追。

鹿子霖："嘉轩！不能胡放！这是我家的宝物……"

白嘉轩笑："我今天就让它响响！子霖，我让你光宗耀祖哩！"

远处两个士兵也追进来，白嘉轩脸色一变，转方向就跑。

鹿子霖突然恍然大悟，喘息着："你这是……这是！拦住他！不能再响了！"

24. 村　日　外

家家户户有了动静，纷纷卸下门板，打开门户探头眺望。

"咋就一下哩？"

所有人眼巴巴等着下一声响……

25. 鹿家　日　外

两头都被士兵堵死，鹿子霖气喘吁吁向白嘉轩逼近。

鹿子霖："白嘉轩你要害死我呀！不能放了！你不想活我还想活哩！"

白嘉轩举枪冲天，又是轰的一声！

鹿子霖哀求："嘉轩！你放下！你不敢再放了！"

白嘉轩拼全力往里倒火药，插铳，两个士兵扑了上去……

26. 三官庙　日　外

这边的人群也在屏息听着枪响。
和尚大吼：“起事啦！”
群情振奋：“交农去！”“走！”
坡上田福贤脸色铁青，手下都紧张举枪看着他。
鹿三也举起耙犁高喊：“老少爷们，冲进县城去！”
突然有人喊：“咋两声哩？不是三声响么！”
人群又停住脚步，又只剩下和尚与鹿三跑在最前面。
和尚一脸无奈，大口喘息回头望：“既然响了，干啥非等三声呢？”
众人犹豫不决，面面相觑。
鹿三快哭出来，抬眼望天：“老天爷哎！第三响呢？”

27. 村　日　外

有人扛着锄头举着柴刀要冲出家门，生生被拽回屋去。
各家探头依然眼巴巴望着声音传来的鹿家，等着……

28. 鹿家　日　外

白嘉轩已经被死死按住，鹿子霖抢过枪，鹿泰恒拄着拐杖颤颤巍巍走来。
鹿泰恒：“嘉轩你这是干啥！这是干啥！”
鹿子霖：“爸，他要闹事哩！”
白嘉轩脸被挤得贴在地上，笑：“我是要帮你们光宗耀祖！”
鹿泰恒气得哆嗦：“成何体统！”
鹿子霖：“爸，他放铳子是要……”
白嘉轩一把扳过鹿子霖的脚，狠狠掐住他脖子抢枪。
鹿子霖憋得满脸通红，挣扎，鹿泰恒一把接过儿子手中的枪。

两个士兵也拼命掰白嘉轩的手臂。

小鹿兆鹏奔到拐弯处，发现众人，惊呆，慢慢走近，不敢相信地瞧着。

小鹿兆鹏颤抖着："爸，嘉轩伯，你们……做啥？"

鹿子霖快出不出气来，眼珠瞪圆："兆鹏！兆鹏莫要看，爸，带娃先回去！"

鹿泰恒抱着枪急得来回转。

"轰！"第三声响。

小鹿兆鹏一个激灵。

白嘉轩猛地松开手仰躺望天喘息："成了。"他半哭半笑，"成了！"

鹿泰恒举着铳子冲着天，气得哆嗦："成何体统！"

鹿子霖捂着脖子咳，哭："爸！你害死我了！"

白嘉轩面朝天笑出泪来。

小鹿兆鹏转头瞠目结舌看着笑出眼泪来的白嘉轩。

29. 三官庙　日　外

田福贤呆呆地听着远处的铳子巨响。

鹿三突然大吼一声："三声铳子响！交农起事喽！"

和尚红了眼："杀！"

人群爆发出呐喊与杀气，向坡上扑来。

持枪的兵纷纷退去，只有田福贤举枪坐在马上急："给我拦住！不能退！"

瞬间人群将田福贤淹过去，田福贤摔落马下……

30. 村　日　外

白鹿村一片开门关门门板磕碰的噼啪声。

从四面八方通往县城的大道小路上，人群汇成一股股黑压压的洪流。

31. 鹿家　日　外

鹿泰恒莫名抱着铳子，恍惚不已。小鹿兆鹏搀扶住爷爷，瞧着痛哭的爸和快活笑着的白嘉轩。

白嘉轩大笑搂过鹿子霖，被鹿子霖推到一边，再搂上去……

32. 县城城外　日　外

城门已经关死，吼声震天。

几十个人抱着一根木头撞击大门，门板被撞碎，却发现里头已经用砖封死了。鹿三喊着拆墙扒砖。

有人把扒下的砖头掷进城墙里去。

城墙上响起锣声，一个人敲着锣喊："县长向大家见礼！"

一伙随员簇拥着史县长出现在城墙上，县长跪下作揖叩头。

砖头纷纷飞上城墙，县长的随员们耍杂技似的凌空逮住砖块，保护着县长。

打锣的人大声宣布："史县长令，加收的征粮作废。请父老兄弟回乡，收上的粮食定送回原上……"

人群爆发出欢呼声，鹿三与和尚被高高抛起。

鹿三不敢相信地享受着被抛起的风光……

33. 白鹿原　黄昏　外

白嘉轩带着仙草、鹿三婆妈、小黑娃眼巴巴站在原上望着远方。

鹿三被众人簇拥走来，白嘉轩大步上前，脚步加快变成小跑。

小黑娃惊喜，奔上："爸！爸！"

鹿三也奔来，抱起儿子，白嘉轩一把将他扶住。

鹿三难掩兴奋："少东家，咱赢哩！那史县长怕哩！"

白嘉轩退后深深一揖。

鹿三："少东家……"

白嘉轩百感交集："三哥！"

34. 鹿家　夜　内

鹿泰恒抱着铳子唉声叹气，鹿子霖在一旁发狠。

鹿子霖："谁想末了着了白嘉轩的道！我成起事的人了。"

鹿泰恒："早知就不该带他回咱家么！"

田福贤一旁劝："叔，不要跟子霖急。这事也怨我太大意了。"

鹿泰恒："县里那边还要托福贤你帮说个话，解释清楚。"

田福贤长叹一声，摇头："不用说了。"

父子俩抬头打量："咋？"

田福贤一脸苦闷："上面就怕出事，听说史县长要被免了。可能要换个新县长来。"

父子俩交换个眼神。

鹿子霖一抹眼角："那就是说……这次交农是对的？爸！我这命……咋又让我赶上哩！"鹿子霖破涕为笑。

田福贤摇摇头。鹿泰恒冲儿子一瞪眼。

鹿泰恒试探："咋说？"

田福贤眼中冒出寒光："自古至今，民作乱哪有不追究的。该抓的，还得抓！"

鹿子霖一哆嗦。

35. 白家后院　夜　外

屋里传来仙草痛不欲生的呻吟，白嘉轩腿直软，在院里徘徊。

鹿三急匆匆带着接生婆赶进："少东家，接生婆我给接来了！"

白嘉轩："快！快！"

白赵氏一撩帘，接生婆进。

仙草更惨痛的叫声传出，白嘉轩一脸不忍。

36. 白家　夜　内

白嘉轩守在炕前轻呼："爸？"

冷先生一旁号脉，冲白嘉轩摇了摇头，退到房门口轻声："准备后事吧，难熬过今晚。"

白嘉轩哭："爸！"

白秉德虚弱地："嘉轩……"

白嘉轩忙扑到炕前："爸！我在哩！"

白秉德虚弱地喘息："记住爸这句话……不管到啥时候……都要容下……鹿家。白鹿白鹿有白又有鹿，才叫……白鹿原哩，要守住这个原。"

白嘉轩含泪点头："爸，我记下了。"

白秉德："娃……生了没？"

白嘉轩含泪："妈守着呢。"

白秉德："要是生男娃，就用孝字辈起名。女娃就用一个灵字。我……一时半会闭不上眼。你去……守着……生下快回来告我。"

白嘉轩："爸！"

白秉德："去！"

冷先生轻拍白嘉轩肩膀："这有我。"

37. 白家　夜　内

白嘉轩恍惚地在院里走，传来仙草的一声凄厉惨叫，紧接着寂静。

白嘉轩疯了般冲向后院，突然又是婴儿哇的一声啼哭。

白赵氏推门出，白嘉轩紧张地看着妈。

白赵氏疲惫不堪却带着喜气："快跟你爸说，生了，小子！"

白嘉轩悲喜交加，转身就往白秉德的屋狂奔，一路喊："爸！生了！小子！"

38. 白家白秉德屋　夜　内

“爸！生了小子！”

白秉德眼睛突然瞪大，满是喜悦，嘴唇颤动说不出话。

白嘉轩冲进屋：“爸！咱白家有后了！”

白秉德伸出手够儿子，想要说什么，释然般闭上了眼，手垂下去。

白嘉轩惊恐扑到床前，摸鼻息，哭起：“爸！爸！”

冷先生背过身去。

39. 白鹿原　日　外

“哗啦！”白嘉轩摔碎瓦罐。

水会乐声起，吹鼓手吹打着前行，一行人披麻戴孝。

白嘉轩一身白孝打着幡走在前面。

原上飘着阵阵呜呜的哭泣声，鹿子霖搀扶鹿泰恒站在坡上眺望。

鹿子霖：“爸，回吧，风大。”

鹿泰恒叹息：“住一辈子，斗一辈子，先我去了，再送他一程。”

鹿泰恒默默望去，眼中竟也是苍茫悲伤。

叠画：

白家的祖坟地上多了一个新鲜的湿漉漉的黄土堆成的墓疙瘩。

白嘉轩给坟墓上贡品。

白嘉轩独自跪着：“爸，我记住了。要守住这个原。”

白嘉轩冲墓碑磕头。

40. 村祠堂门口　日　外

乡民挤着看告示。

“说啥？”

鹿子霖大声："这上面是说那个史县长被调离任上，现在换了个何县长来。"

一群孩童在哄唱着现编的歌谣："走了一个死（史）人，换了一个活（何）人，死的到死也没维持（维华）得下，活的治得住（德治）治不住还难说。"

鹿子霖轰："去去！这谁编的？唯恐天下不乱怎么着！"

41. 祠堂　日　内

鹿泰恒被众人簇拥到正位坐好。

乡民黑压压一片下边站着。

鹿泰恒："秉德大哥走了也有几日了，刚才贴的告示大伙也都瞅见了，县长都换了一任，白鹿原一族不能无长，那会乱的。今天咱就议议新族长的事。"

"就嘉轩接任吧，我选白嘉轩。"

"鹿子霖合适。咱不能找惹事的人做族长么。"

"都太年轻，还是泰恒兄做族长放心。"

鹿泰恒抽起烟袋，闷声不语，余光瞥向白嘉轩。

白嘉轩身着白孝站在人群中垂首一动不动。

鹿泰恒："嘉轩，你意思是啥？"

白嘉轩："叔，我还要给我爸守孝哩。族里的事您多担待吧。"

鹿泰恒叹了口气："族长不好干，你爸就是累死的啊。我还想多活几年呢……大伙还是往娃们身上想想，都是正当时的好年景，这一任的族长得干上几十年才踏实么。"

众人频频点头。

"嘉轩，你就坐这个位子吧！"

白嘉轩："族长的位子我担当不起。"

鹿泰恒有些吃惊地看着白嘉轩。

鹿子霖进祠堂匆忙递上告示："爸，又一张！刚贴的！"

鹿泰恒接过，脸色一变："嘉轩，这是张抓人告示。"

白嘉轩忙上前接过，也是脸色大变，转身就往外冲去。

鹿子霖将告示传给众人，摇头叹息："找事啊！不得安宁……"

鹿泰恒也长叹一声。

42. 白家　日　外

白嘉轩还没奔进屋就奔后院找。

白嘉轩："妈！妈！我三哥呢？"

白赵氏脸色苍白坐在堂中，仙草抱着婴儿含泪陪在妈身旁。

白嘉轩惊："咋啦？"

仙草含泪摇头。

白赵氏："人，刚抓走……"

白嘉轩二话不说夺门而出。

43. 白鹿原　日　外

白嘉轩身着孝衣在原上狂奔。

远远几匹马押着一辆马车前行。小黑娃正跟差役撕扯。

小黑娃咬住差役胳膊，被甩到一边。

鹿三被五花大绑在马车上，含泪："黑娃！黑娃别咬了！"

白嘉轩："三哥！三哥！"

鹿三转头："少东家！回去！别追了！"

白嘉轩跌跌撞撞，追赶不上。

黑娃哭："大，我爸咋啦？你救救我爸啊！"

白嘉轩搂过小黑娃大口喘息，望着马车远去，眼中噙满忧伤。

马车越来越远。

44. 白家白嘉轩屋　晚　内

白嘉轩抽着烟袋一脸愁容，传来小黑娃的哭声。

仙草撩帘进屋，瞧瞧炕上睡着的孝文。

白嘉轩："把黑娃抱咱屋睡。"

仙草轻声："妈怕扰孝文睡觉，她带黑娃睡。"

白嘉轩发狠:“我肯定把三哥救回来。”

仙草:“你咋救?”

白嘉轩掩饰:“就是拆房卖地也要把三哥救回么。”

仙草打量白嘉轩，没再说话。

白嘉轩:“我明进城托人，你照料好家里。爸刚走，妈还虚着呢。”

仙草低声:“我跟你一块进城吧?”

白嘉轩怔了怔:“为啥?你不养娃啦?”

仙草:“我……怕你出事。”

白嘉轩装出不在乎来:“能出啥事!我就去托人么，又不是去拼命。”

仙草:“你托谁?现在告诉我。”

白嘉轩皱眉:“你咋那么啰唆了?”

仙草背过身去不语。

45. 白家白嘉轩屋　夜　内

白嘉轩瞪大眼睛望着窗外，眼中充满痛苦纠结。

仙草一旁无声地睡。

白嘉轩悄然爬起，亲了亲熟睡的儿子脸蛋，慢慢撑起身下炕。

突然他裤带一揪，猛回头看去。白嘉轩这才发现自己的裤带已经被绑在仙草的手腕上!

灯亮，仙草坐起哀怨地看着他。

白嘉轩急:“你……”

仙草颤抖着声音:“你想舍命去换三哥对不?”

白嘉轩无语。

仙草泪淌落下来:“我就知道你骗我，才留个心眼系上这扣。你是去送死啊!”

白嘉轩闷头坐回炕上。

仙草哭着捶白嘉轩:“你有老妈你有刚下的娃你还有我!你走了让我一个人受着啊!”

白嘉轩任仙草捶打，一动不动。

仙草趴在白嘉轩背上哭泣："你闯清兵大营我让你闯，你起事我让你去，可这次你得听我的，你不能走！"

白嘉轩沉声："仙草。"

仙草紧紧搂住丈夫的腰。

白嘉轩："交农起事本来是我，可三哥顶上去了，连黑娃都知道让我救他爸，这趟我要是不去，三哥就是个死，我还能在这原上活么。"

仙草哭："我不管！你这命现在是我的，是娃的！"

白嘉轩："姐夫临走时跟我说，嘉轩，人有比命还重要的东西。"

仙草死死抱住："姐夫是姐夫！你是你！"

白嘉轩："他这一走，走五年啊！就为了答应方升的那一句话！我姐……可放他走哩。"

仙草的手松开一些。

白嘉轩："爸刚入土没几日，鹿泰恒就闹着选族长。我说我担当不起，这是真心话。这次交农我惊出一身冷汗，到现在还后怕。想想爸说的那些话我后脊梁就发凉。人就是林子里的鸟，有动静全散了……咱原上，真正的人没几个，都是为口食争得你死我活的鸟，牲口！"

仙草眼神发散，手慢慢松落。

白嘉轩颤抖着声音："别说做这族长，我连个人现在都立不直……这趟我不是换三哥，我是自己做回人去。"

46. 白鹿原　日　外

白嘉轩大步走在原上。

回头望去，是仙草抱着娃伫立村口的身影，是四面八方慢慢聚拢好奇张望过来的乡亲们的身影……

白嘉轩毅然转头上路。

第四集

1. 县政府门口　日　外

白嘉轩在门口徘徊，两个持枪的兵守卫警惕地瞧着他。

白嘉轩要踏上，枪口便转过来对准，白嘉轩犹豫退回。

反复试了两次，白嘉轩咬牙迈上步，拿起槌重重砸向布满灰尘的鼓："咚咚咚——"

灰尘立刻扬了白嘉轩一脸："呸！"

士兵上前扯过他："你乱敲啥！"

白嘉轩："我有冤情！"

士兵急："现在是革命政府，都啥时候了还击鼓喊冤！"

白嘉轩恍然，抹把脸上的土："我要见何县长。"

士兵掉转枪把轰："去去去！"

白嘉轩喊："交农的事是我起的！你们抓错人哩！"

士兵继续轰，白嘉轩被推倒在台阶下。

侧门一辆马车驶出，白嘉轩扑向车头拽住缰绳，马车猛刹住。

白嘉轩拍着马头："交农的事是我起的！我起的！跟鹿三没关系，你们抓错人哩！"

马车一撩帘，何县长慢慢摘下墨镜，惊诧地打量白嘉轩。

2. 大牢　日　内

阴暗的牢房，白嘉轩被狱卒推着往前走。

狱卒骂骂咧咧："这地方居然还有人抢着往里进！几十年了您是头一个！"

白嘉轩转头："官爷，你们把鹿三放了吧！我是顶罪的。"

狱卒推："进这里就没你说话的份了！"

白嘉轩被关进牢房，拍着栅栏："你们把鹿三放了！这事是我起的！我一人做事一人当！"

黑暗中，一个人从旁边牢里轻呼："别喊了，没用。"

白嘉轩转头望去，一老者正瞧自己。

胡掌柜："进来的就等那顿饭吧，啥时候让你吃香了，就上路哩。"

白嘉轩呆："这是死牢？"

胡掌柜："您叫喊半天原来还不知这是啥地方？"

白嘉轩脸色苍白，点点头："也是，我就奔着这地方来的。"

胡掌柜："敢问兄弟是犯了啥事进来的？"

白嘉轩发蒙："挑头闹事。"

胡掌柜一怔："可是前些日子那些原上的乡民交农闹事？"

白嘉轩点头："就是。"

胡掌柜惊，竖起大拇指压低声："好汉子！脑袋掉了二十年后你还是条好汉！"

白嘉轩一屁股坐倒在干草上，喘息。

胡掌柜："现在怕啦？"

白嘉轩茫然点头。

胡掌柜扑哧乐起，乐出眼泪："现在你怕了。兄弟我还跟你说，你这罪砍头算轻的，弄不好凌迟哩。"

白嘉轩喘息着仰叉躺倒。

胡掌柜还兴奋地说："懂凌迟不？就是一刀一刀地往下割，求生不得求死不能哇……"

白嘉轩痛苦地闭上眼睛。

3. 白家　黄昏　内

仙草伏在朱白氏的怀中，白赵氏也一旁抹泪。

朱白氏叹息："我这兄弟咋这么倔，也不跟我商量一下。"

仙草哭："姐！现在说啥都晚哩。"

白赵氏边哭边骂:“该!他从来是想干啥就干啥!眼里有我们妈们么,他就该死!”

仙草:“妈您别骂了。”

白赵氏抹泪:“可怜我的孙子,从小就没了爸……”

仙草抱起孩子哭得伤心。

朱白氏突然含泪抬头:“对哩,你姐夫走时留下一封信锁在盒里,说他不在时家里若有大事就打开。我咋给忘了呢!”

白赵氏跟仙草都停止抽泣,眼巴巴看着朱白氏。

朱白氏起身就要出,仙草叫:“姐我跟你去!”

白赵氏:“孩子咋办。”

仙草含泪回头。

白赵氏一咬牙:“抱上孝文,咱一起上书院!”

4. 鹿家院 黄昏 外

鹿子霖跟媳妇提着两只鸡、两袋子米兴冲冲走进。

鹿泰恒拄着拐杖站在堂中。

鹿子霖乐:“爸!您瞧。”

鹿泰恒:“这是谁送的?”

鹿子霖神秘地压低声:“都是邻村送的,还有咱村的不知道是谁,门口还一堆呢我俩拿不过来!”

鹿泰恒脸色一沉:“人家为啥送咱?”

鹿子霖更低声:“还不是因为咱家放那铳子……”

鹿泰恒:“你晕了头!这当下能收么?这不是礼,是灾!”

鹿子霖呆呆地看着爸。

鹿泰恒一脸严峻:“怂恿乡民闹事,这不是小罪。”

鹿子霖:“爸,您意思是……”

鹿泰恒低沉声:“我刚得的信,白嘉轩,怕是回不来了。”

鹿子霖一个哆嗦,转身推媳妇:“还不全送出去!”

媳妇忙奔出门。

鹿子霖:“爸，您听谁说的？”
鹿泰恒摇摇头:“说老实话，白嘉轩自己去领罪，我是真没想到……”
媳妇在大门那说话声:“呦，冷先生！”
父子俩忙对个眼神。
鹿子霖诧异:“他咋来哩？”
鹿泰恒揪住儿子:“我不能见他。记着，他说啥你都不能应下！”
鹿子霖忙点头。

5. 鹿家前屋　晚　内

冷先生面色凝重跟随迈进屋，鹿子霖笑眯眯让座。
鹿子霖将茶送到冷先生手中:“冷先生，您这是头回主动迈我这门槛吧？”
冷先生点头接过:“是，往日都是你们召唤我。这次我是来求子霖兄弟的。”
鹿子霖:“您有啥事？尽管说。”
冷先生:“白嘉轩被打入死牢哩，你知道不？”
鹿子霖点头:“刚知道，您意思是……”
冷先生放下茶杯:“救白嘉轩，你挑头干。”
鹿子霖苦笑摇头:“白嘉轩自己干傻事，让我给他填补。这险可冒大了。”
冷先生:“可能换回人心，原上的人往后就信你鹿子霖。”
鹿子霖愣愣神，打量冷先生。
冷先生也凝视着他:“你要的不就是这么？”
鹿子霖:“您……没开玩笑吧？”
冷先生起身:“事要办成，我冷某第一个站出保举你做族长！”
鹿子霖怔怔地看着冷先生。

6. 书院　晚　内

朱白氏打开包裹。
仙草捧着油灯，白赵氏也凑近观瞧，盒子上的锁被朱白氏捅开。
三个女人屏息往里瞧，一张折好的纸孤单单在里面。三人交换个眼神。

仙草轻声："不是信。"

朱白氏展开，一怔，轻声念起："渭城朝雨浥轻尘，客舍青青柳色新。劝君更进一杯酒，西出阳关无故人。"

寂静，三个女人都空落落的。

白赵氏哭："真是酸秀才！这破诗能顶啥用！"

仙草："底下还有小字哩！"

朱白氏念："张总督雅正。"

白赵氏："啥叫雅正？"

朱白氏怔怔地抬起头："就是要送给张总督看的。"

7. 牢房　夜　内

白嘉轩斜靠在草堆边，听胡掌柜说。

胡掌柜嚼着草根恨恨地回想。

胡掌柜："……那人拿药的时候我就说，这方子下得太重，你小心些，可他就是不听。后来真出了人命，看病先生跑了，他把气都撒在我这药铺头上，告我卖出的药有问题……"

白嘉轩："你也太冤了。办案子的也不查查？"

胡掌柜："查？我家媳妇都快把药铺当了，四处送礼求爷爷告奶奶才打听出个消息，告我那人是县长的大舅哥！"

白嘉轩怔怔地："何县长的。"

胡掌柜含泪："我心不安呐！我外面还有80岁的老母，我被关进来她还不知道消息……"

白嘉轩黯然："我也有个老妈，还有媳妇，娃……"

胡掌柜："这世道，唉！"

白嘉轩喃喃："这世道。不是说革命了么？那皇上在的时候还讲王法哩！"

狱卒上前开门，两个士兵持枪在外面。

狱卒："白嘉轩！出来！"

白嘉轩咬牙起身。

胡掌柜一声叹息。

8. 审讯室　夜　内

“嗖”的鞭子甩过。白嘉轩双手被吊绑起来，身上多了一道血痕。

“还有没有同党？”

白嘉轩有气无力：“没有。”

何县长靠在幽暗的角落，挥手示意，审讯的人又轮起鞭子。

“嗖——啪！”白嘉轩一个激灵，拼命咬住牙关。

白嘉轩吼：“就是我一人干的！与他人无关！”

抡鞭子的人凑到何县长处，听他嘀咕几句，回身大声问：“和尚、鹿三都把你招了！你识相些，交代出同谋饶你不死！”

白嘉轩迷糊：“就我一人……没别人的事……”

何县长摇头叹息：“这嘴硬的。”

9. 牢房　夜　内

白嘉轩浑身是血被狱卒拖进牢房，扔到干草中。

胡掌柜扒栏杆看，不忍：“兄弟？兄弟！”

白嘉轩呻吟着醒来。

胡掌柜叹：“你说你这是何苦呢！”

白嘉轩视线蒙眬，慢慢陷入黑暗。

10. 监狱　清晨　内

一匹白鹿从监狱栅栏外奔过。

幽暗的牢房内顿时被照耀得通明。

白嘉轩不敢置信地扑到栅栏前望出去，那白鹿所过之处都映射出光芒，回首相顾，似是在安慰白嘉轩。

白嘉轩喜极而泣：“劝君更进一杯酒，西出阳关无故人……白鹿！白鹿！”

有衙役在外叫：“瞎喊啥！再喊拖出去！”

白嘉轩猛醒坐起，怔怔地坐着才觉是梦，一缕阳光从上面缝隙中射入，白嘉轩恍惚望着。

11. 白家　日　内

隔屋传来翻箱倒柜的声音，白赵氏在自己屋门里愣了愣，偷偷迈出。

仙草正将首饰摘下，一件件小心翼翼包好。

白赵氏站在门外偷望。

仙草听到动静慌乱塞进怀中回身。

白赵氏已经转身走开。

12. 戏台　日　外

一众乡民在祠堂外的戏台边听鹿子霖吩咐。

鹿子霖俨然族长做派，来回走动挥动手臂。

鹿子霖："大伙都安心，有我在乱不成。上面也不会胡乱抓人，天也塌不下来。散了吧啊！"

李寡妇："鹿大哥，我们心里有数得很。"

鹿子霖似笑非笑："别胡说。"

众人点头应和："对对，我们心里有数。"

白兴儿冲鹿子霖压低声："那铳子放得真响！"

鹿子霖挺了挺胸装出深沉的样来，哼了两声。

跛子爷凑上前："发鸡毛信的是白嘉轩还是你？"

鹿子霖咽口唾沫，又哼哼两声。

跛子爷暗竖起大拇指。鹿子霖忙按回他大拇指。

人们都害怕地望着村外的道，鹿子霖："咋哩？大白天见鬼啦？"

没人说话，闪出条道来。

鹿子霖也愣住。

田福贤带几个兵骑入村门，意味深长地冲鹿子霖笑了笑……

13. 鹿家　日　内

田福贤掂量着铳子。

鹿子霖搀扶着爸小心翼翼地看着田福贤。

田福贤转身笑："响的就是这铳子？"

爷儿俩都赔笑点头："是哩。"

田福贤点头："上面要把这事查明白，人证物证都得交上去。听说何县长亲自过问起事的铳子是谁家的。"

鹿子霖抢过来："这可是我家祖上传下的铳子。"

田福贤急："都啥时候了兄弟，保命要紧！"

鹿泰恒揪住儿子："福贤，你这话咋说？"

田福贤叹了口气："这个何县长看来是个狠人，那白嘉轩都已经被打成血人哩。"

鹿子霖半张着嘴瞧田福贤，眼中透着胆怯。

田福贤："跟你们说实话吧，本来我是来抓人的。我实在是下不去这手，听我句劝，子霖还是主动去县里说清楚为好。免得……"

鹿子霖咽口唾沫："你不是还能给我做证么。"

田福贤抬眼埋怨："你咋这记性，我当时不赶去三官庙了么！铳子到底谁放的，我空口无凭。"

鹿子霖呆呆地看着田福贤。

田福贤拿起铳子起身："走哩！兄弟，好自为之吧！"

鹿子霖转身惊恐看爸，眼泪落下来："爸啊！算是完了！"

鹿泰恒愤怒地将烟袋摔在地上，竟折为两截："狗日的！将来你不敢再信这人！啥东西！"

鹿子霖吓得颤抖："爸您小点声，还没走远！"

鹿子霖媳妇哭着从里屋出来。

鹿子霖抹泪："哭啥哭！咒我死哩！"

媳妇立刻噎在那儿不敢出声。

鹿泰恒黯然摇头："我昨晚说啥来着！你经的事到底还少哇！田福贤为洗清

自己先把你给丢出来，他管你死活！”

鹿子霖带着哭腔：“爸，咋办？谁能想当官的秋后算账么！”

鹿泰恒皱眉沉思：“出这么大事，当官的也是想讨个说法，好跟上面交差。你就应田福贤那狗日的话做，主动去县里说清楚。”

鹿子霖瞪大眼：“我？那不跟白嘉轩一样打入死牢……”

鹿泰恒摇摇头：“你俩都死不了，这里面另有个必死之人。”

鹿子霖抹额头的汗：“谁？”

鹿泰恒眯起眼，挤出俩字：“鹿三。”

鹿子霖怔怔地瞧着老爸，恍然大悟：“您是说……让鹿三替我俩顶罪？他能吗？”

鹿泰恒：“咋不能，鹿三本就是死罪难逃，白家对他那么好，该是报恩的时候了。”

鹿子霖默默地点头。

14. 县政府门口　日　外

鹿子霖身披荆棘，转头望望。田福贤在远处冲他挥挥手。

鹿子霖咬牙摸向鼓槌。

几个士兵早有防备，上前用枪扛住他：“干啥你！”

田福贤忙躲靠到墙后。

鹿子霖梗着脖子：“我负荆请罪，我要上告，起事那枪是鹿三按着我放的！”

士兵面面相觑。

15. 监狱　日　内

狱卒的骂声，脚步声。

白嘉轩和胡掌柜都爬起身扒栏杆往外瞧，鹿子霖被推了进来。

白嘉轩不敢相信：“子霖？”

鹿子霖冲白嘉轩惨笑一下，被推入对面的牢房。

待狱卒走开，白嘉轩焦急地轻声：“你咋进来哩？”

鹿子霖也压着声："我来救你的。"

白嘉轩愣："你咋救我？"

鹿子霖瞥了眼斜对面的胡掌柜，胡掌柜知趣躺回去。

鹿子霖轻声："田福贤说这何县长是个狠人，他不杀几个誓不罢休。挑事的那和尚，还有鹿三准得被斩喽！咱俩认罪伏法，自然有人替咱说话。"

白嘉轩蹲到栅栏边打量鹿子霖："我说你咋会自己进来么，原来你也被他们盯上了。说吧咋个认罪？"

鹿子霖招招手，也扒着栅栏，更轻声："全推到鹿三身上！你那鸡毛信是鹿三送的，我这铳子也是鹿三逼着放的，明白啦？"

白嘉轩慢慢站起。

鹿子霖点头："咱俩最多算个胁从，到时候一口咬定是被他逼的，有些事咱也蒙在鼓里。何县长不会把咱怎样！"

白嘉轩骂："鹿子霖！"

鹿子霖吓一跳："你小点声！"

白嘉轩："你昏了头你个狗日的！你进来就是栽赃来的！"

鹿子霖："你才昏了头，鹿三已经被关进死牢，你非冲出来装什么好汉！"

白嘉轩气得不行："你为保自己能干出这样的事来！"

鹿子霖："我是来救你的，咋越活越糊涂了呢！你把当初坑我地的心眼转出来想想，我这是保自己又保你！"

白嘉轩气急败坏，回头捧起干草往对面抛。

鹿子霖也不示弱，抱着干草往外甩，连吐唾沫："呸！你不想你老婆孩子，我还想回家抱我那儿子呢！呸！"

白嘉轩："你敢啐我！鹿子霖你恶不恶心！"

鹿子霖："我恨不得拿唾沫淹死你！"

白嘉轩："你个㞞样敢过来，我把你脖子拧断喽！"

鹿子霖发疯般啐着，白嘉轩往对面抛干草，鹿子霖回身抠墙皮回抛。

白嘉轩骂："你还真想砸死我！"

鹿子霖："对哩，你先死给我垫背！"

白嘉轩也回头抠墙皮。

胡掌柜轻声提醒："抠墙角的，那块大！"

白嘉轩愣了愣，转头看胡掌柜，屁股上挨了鹿子霖一墙皮。

狱卒远处叫："干啥呢？"

鹿子霖吓得蜷缩到墙根。

白嘉轩瘫软倒地："鹿子霖你害死我了，害死我了……"

16. 白家　晚　内

仙草丢了魂般哄着怀里的孝文。白赵氏撩帘进，打量她。

白赵氏长叹一声："也不知道你姐到省城没。"

仙草这才如梦方醒："妈。"

白赵氏盘腿坐在炕上，异样的眼神看着仙草："想啥呢？"

仙草摇了摇头，不语。

白赵氏幽幽地："我不怪你，要我也得想。"

仙草愣愣神抬眼看白赵氏。

白赵氏抽了下鼻子："你也该想退路了，妈替你想好了。"

仙草愣住："妈？"

白赵氏眼一红："你只要把这孩子奶大，留给我，我不拴着你。"

仙草吃惊："妈！您说啥呢！我没这么想。"

白赵氏："那你白天收拾那些首饰干啥？"

仙草哽咽："我是想典卖了换钱，救嘉轩啊妈！"

白赵氏呆呆地打量儿媳："妈错怪你了。"

白赵氏终忍不住哭起来："我儿子怕是回不来了……"

仙草也哭起来："妈！您别这么说！嘉轩他一定会回来，姐夫都说他命大着哩！"

婆媳俩抱头痛哭。

17. 监狱牢房　晚　内

白嘉轩与鹿子霖各靠在栅栏边，再也没力气折腾。

白嘉轩喃喃："毁了，我这舍生取义的事全被你毁了！"

鹿子霖低声骂："是你把我毁了！你还有脸骂我？"

白嘉轩呆在那儿。

鹿子霖哭："你说你闹事就闹吧，非惦记上我家的铳子！现在倒好，县里真派人查我那铳子去了！"

白嘉轩歉疚："子霖，别哭。是我错了。"

鹿子霖哭："你说错了有啥用么，当初你干啥害我！"

白嘉轩："我也没想惹这么大祸给你。当时我急得没法，你说祖宗留下铳子等着后辈人做官听响，那我就只能想到你那了。"

鹿子霖号哭起来，伤心摇头："完啦，这下算完了！你想当英雄好汉，干啥非拉着我和我爸！我儿子一眼都见不着了！我媳妇要是带着俩儿子改嫁，我的老天爷啊，兆鹏跟兆海得受多大委屈……"

白嘉轩真诚地扒栅栏："子霖，对不住你。"

鹿子霖抽泣："别来这套！"

白嘉轩："没想这么拖累你。"

鹿子霖哽咽："说啥都晚了。你早干吗去了！"

白嘉轩叹息："我更没承想，咱俩能在黄泉路上做个伴一起走。"

"可我不想跟你一起走！"鹿子霖呆了呆，更哭号起来，"我的爸呀！你就害死儿子吧！我真不该进来找罪受啊！"

白嘉轩喃喃："是你爸教你的？"

鹿子霖抽泣："我这么聪明的人能干出这事来么！"

白嘉轩长叹了口气，默默思索。

鹿子霖继续哭："完了，完了！爸啊，你害死我了！"

白嘉轩："子霖，别哭了。听我说一句，只有这么办你能逃脱，你就把事全推我身上。"

鹿子霖哭："本来就是你的事么！"

白嘉轩点头轻声："我是说我抢了铳子对着你，要杀你。鹿三是我家长工也不知道送的是鸡毛信，我让他去哪儿他就去了，懂不？"

鹿子霖停止哭泣，怔怔看着白嘉轩："你说啥？"

白嘉轩苦笑："咱俩可别说岔了。"

鹿子霖不可思议："你疯了，真疯了。我不说，我可不想当疯子！"

白嘉轩跪倒。
鹿子霖吓住："你干啥？鹿三是你家长工！你为保个长工掉脑袋合算么！"
白嘉轩："子霖兄弟，我求你了，请受我一拜！成全我一回！"
鹿子霖喘息瞪着伏倒的白嘉轩，久久说不出话。

18. 总督府　夜　外

朱白氏敲着总督府的大门，军官怒气冲冲出来。
军官："知道这是啥地方你就敲！"
朱白氏喘息："我找张总督。"
军官没好气："找总督干啥？"
朱白氏："送字，我男人写了幅字让我给总督大人送来。"
军官被气乐："深更半夜送幅字？"
朱白氏捧出那折好的纸："请张总督务必连夜看一眼！"
军官推："去去！看你女人家不抓你就算好事。"
朱白氏急："这是白鹿原朱举人的字！"
军官停住脚步，回头。
朱白氏双手捧起。

19. 监狱　凌晨　内

鹿子霖被狱卒押回，狱卒推搡笑骂。
狱卒："裤子咋湿啦？狗日的真骚情！"
白嘉轩忙爬起等狱卒离开。
白嘉轩扒着栅栏打量："子霖？子霖！没上刑吧？"
鹿子霖歉疚地看看白嘉轩，摇摇头。
白嘉轩欣慰笑："那就好。问你啥啦？咋说的？"
鹿子霖颤抖着嘴唇："我就按你说的……他们一问，我就全招了。"
白嘉轩乐："鹿子霖你这狗日的命，啥罪都没受么。"
鹿子霖："你就别埋汰我了。"

白嘉轩："好，咱俩总得活着一个出去。我还得拜托你事哩。"

鹿子霖忙摆手："别拜托，我怕你了。世间有寻财寻色的，也有寻长生不老的，我没见过你这样寻死的！"

白嘉轩："子霖兄弟，我要是没了，上有老下有小我放不下。"

鹿子霖："不用你说，只要我鹿子霖有口饭吃，嫂子孩子，还有你妈就饿不着他们！"

白嘉轩："我爸临走时告我，这原上白不离鹿鹿不离白，嘱咐我不能亏欠你们。回去你做白鹿原的族长。就说我认你，也算我还你个人情。"

鹿子霖眼巴巴看着白嘉轩，眼神暖下来。

白嘉轩："那就算答应我了？"

鹿子霖："你，你不怕死么？脑袋掉下来不怕疼？"

"都掉了还有啥疼的，一哆嗦的事。"白嘉轩颤抖着，"让我那娃……好好念书，等我姐夫回来，教他做人。"

鹿子霖呆呆看着他，复杂的神色。

白嘉轩扒住栅栏："你答应我！"

鹿子霖含泪点头："哎！白嘉轩你到底图个啥啊我就不明白了。"

白嘉轩沉声："你告诉我姐夫，我没辜负他。我知道有比地更重的事了。"

鹿子霖茫然又陌生地打量着白嘉轩。

20. 县城街　日　外

鹿子霖被推出大门，拿胳膊遮住太阳。

鹿家赶车的急上前，带着哭腔："少东家，您可出来了！"

鹿子霖恍惚点点头，一转身，鹿三也抬着胳膊挡眼睛。

鹿子霖尴尬地笑了笑："鹿三，你也放出来啦？"

鹿三点点头，茫然看着他："你咋也来哩？"

鹿子霖颤动了一下嘴唇，不知该说什么好，一挥手："上车说！"

21. 荒野　日　外

马车在荒原上奔跑，鹿三车上挣扎跳下。

鹿子霖一把没揪住："停下！"

鹿三跌倒爬起："你早不跟我说！"

"是白嘉轩不让告你么！他知道你性子烈，不能在县城对你说。"鹿子霖急，"鹿三你干啥去！"

鹿三往回走："我去救我少东家！"

鹿子霖跳下车追上："疯了你！那有兵把守着你咋救！"

鹿三挣脱："大不了我劫狱！"

鹿子霖忙捂他嘴，看看左右："可不敢胡说！鹿三听我句劝，赶紧回家见儿子要紧！"

鹿三急："儿子我不要了，逼急我还劫法场哩！"

鹿子霖吓得拼命捂紧："你这疯子！你俩一对疯子！"

赶车的也上前，鹿子霖："快跟我一块拉住他！他要真劫法场，我也算帮凶逃不了干系！"

鹿三疯狂："放开我！"

鹿子霖哭求："你别再惹事了鹿三！咱俩好不容易放出来的，赶紧回家吧！你去见你儿子媳妇，我回家也要抱俩儿子呢！我还有七十多岁的老爸啊鹿三！白嘉轩是一命换一命，把你换出来的，你不能让他白进去啊！"

鹿三跪倒哭泣，鹿子霖一旁大口喘息慢慢松手。

22. 鹿家　日　内

鹿泰恒上下打量儿子，鹿子霖接过媳妇递上的热毛巾擦着后脖颈。

鹿子霖难受地："背！"

媳妇干脆撩起后衣，给他用力搓起来。

鹿泰恒："问你话哩，白嘉轩还说啥？"

鹿子霖扭动享受着："爸你等会，痒得很……"

鹿泰恒急："快说！"

鹿子霖："他说让我做族长。"

鹿泰恒静下来，呆呆地坐在那儿，半晌沉声："出事最能看出人来啊，这一出事田福贤把责任全甩了，白嘉轩呢全扛在自己身上。他比他爸都强！可惜了……"

鹿子霖呆呆地看着鹿泰恒，想起什么："对了，白嘉轩说他爸走时说了句话。"

鹿泰恒抬眼。

鹿子霖："说这原上白不离鹿，鹿不离白，让他不能亏欠咱。"

鹿泰恒百感交集看着儿子，啥都没说，拄拐杖走到堂前望着外面。

小鹿兆鹏也静静地听，仿佛他什么都懂一般。

鹿泰恒低头看孙子，轻声："兆鹏，你都听见了？"

小鹿兆鹏深深地点了点头。

鹿子霖："爸？"

鹿泰恒依然看着孙子："兆鹏，你告诉爷爷该咋办？"

小鹿兆鹏眨眨眼："救嘉轩伯。"

鹿泰恒点点头："咋救呢？"

小鹿兆鹏："砸锅卖铁，把咱家房子卖了也得救！"

鹿泰恒欣慰一笑："去，给老白家送两车粮食。"

鹿子霖瞥一眼媳妇："哎。"

媳妇："家里怕是……不够。"

鹿泰恒顿顿拐杖："买去！还不如你儿子哩！要当着全村的面送！不然往后你在白鹿原抬不起头来！"

23. 监狱　日　内

白嘉轩隔着栅栏伸过手去，胡掌柜拼命够住翘首望他手心，白嘉轩苦笑缩回。

胡掌柜："哎我没看完哩！"

白嘉轩："甭看了，我不信这个。"

胡掌柜："兄弟，你好人有好命，按说你这次不该死。"

白嘉轩叹了口气："我还不是得死。"

胡掌柜："你跟你乡党说话时我装睡一直听着哩，你是条好汉。我没看走眼。"

白嘉轩叹息："好汉有啥用，我只想求个心安。"

狱卒走来，俩人都不再说话。

狱卒："白先生？"

白嘉轩没反应过来："啊？"

狱卒打开栏门，恭恭敬敬端上盆热水："里面潮得很，您出来擦一把，热水舒服，擦完要不嫌弃换上我这身干净衣服。"

白嘉轩紧张爬起，胡掌柜神色严峻冲他摇摇头。

白嘉轩："饭呢？"

狱卒被问愣："饭？"

白嘉轩："不是有顿上路饭么？"

狱卒乐起来："您想哪儿去了，何县长正往这赶哩，让我先伺候好您。"

白嘉轩莫名其妙地看着他。

24. 村戏台　日　外

鹿子霖牵着满载粮食的马车走过戏台，乡亲们端着碗蹲在地上吃饭，围成圈聊着天。

鹿子霖拱拱手笑，主动解释："我去给老白家送点粮食。"

人们却端着碗纷纷散去。鹿子霖又蹲到下井棋的老乡身前，假装观棋。

两人用力一扫也起身扬长而去。

鹿子霖被晒在那儿，灰溜溜牵马车走开。

25. 白家院　日　外

鹿三往外推着鹿子霖。

鹿子霖踮着脚喊："婶！嫂子！我这一片好心……"

鹿三："行了别喊哩！粮食肯定不能收。你拉回家！"

鹿子霖："鹿三那你把粮食搬后院去。"

鹿三冷哼："受用不起！"

鹿子霖瞪眼："嘿你咋说话哩？"

鹿三："我刚知道，你是去县城交代我去了？鹿子霖，平日我也没得罪你，你干吗要把我鹿三往死里逼？"

鹿子霖心虚："谁？谁这么嘴闲舌头长，你告诉我谁说的！"

鹿三瞪眼："老天爷！"

鹿子霖呆在那儿。

鹿三推他出门，将院门紧闭上。鹿子霖怏怏回头，不少乡亲冲这边指指点点。

26. 监狱　日　内

白嘉轩靠坐在角落，栅栏门打开，守卫一扬手。

"出来吧！"

白嘉轩深吸口气，凛然站起慢慢走出门去。

胡掌柜眼巴巴瞧着他，眼中满是悲伤。

白嘉轩默默冲胡掌柜点点头，从容走过。

过了两道门，守卫将他的镣铐打开，递上一叠新衣。

白嘉轩愣愣神："干啥不管断头饭？我这还饿着呢，总不能饿着上路吧？咋还换啥衣服啊？"

守卫极友好的语气："先生请更衣，县长大人在外面等着呢！"

白嘉轩呆住。

27. 监狱门口　日　外

白嘉轩已经换好衣服，手被何县长紧紧握着摇。

何县长笑："嘉轩兄弟受苦了受苦了！"

白嘉轩手被他摇着，莫名其妙茫然看其他人冲自己点头赔笑脸。

何县长一脸愧意："我千不该万不该闹这秋后算账。交农闹得好啊！我们白受了孙先生三民主义的教导，把民众的利益抛在脑后，把百姓乡亲们的血汗看得太轻！我这是自绝于人民啊！惭愧得很！”

白嘉轩：“哦……”

何县长露出痛悔之意：“不打不相识，今后我们政府再有啥工作上的弊漏，一定请嘉轩兄弟指出来！”

众人赞许点头：“要改的，要改！”

何县长凑近轻声：“不瞒你说嘉轩兄弟，我也是被上面……逼的。要不我吃饱撑的干这折阳寿的事！那史县长后面有人，非要我查出领头的来。”

白嘉轩装作明白地点头，打量每个人的笑脸。

何县长双手紧攥住白嘉轩的手不撒，更凑近压低声：“你早该说么，跟张总督是这么近的关系！”

白嘉轩怔怔：“啥……关系？”

何县长指着白嘉轩乐，身旁几个随从都跟着乐。

何县长：“你们听听！这就是还怪罪咱哩！就为了你，张总督昨夜里打了三通电话，天没亮又亲自派副官到县里，还把我训了一顿。”

“白先生，莫怪。何县长也是秉公办事。”

“回头白先生还要在总督面前美言几句。”

白嘉轩恍然，跟着点头：“是是，我跟他说。”

何县长挽住白嘉轩胳膊：“我专门备了一席酒菜给兄弟你压惊。”

白嘉轩被众人簇拥着往前走，突然停住脚步。

何县长紧张地看着他：“嘉轩兄弟，总得给个面子吧？”

白嘉轩指了指身后：“我……还有个大舅哥在里头。”

何县长愣住，跟几个随从交换个眼神。

28. 县城外　日　外

胡掌柜与白嘉轩并肩走到城门外，一辆驴车跟随一旁。

白嘉轩：“胡掌柜，劳您弄辆车送我回原上。”

胡掌柜摆手：“哪的话！您是我救命恩人呐！我能活着回家孝敬我老母亲，都是托您的福！”

白嘉轩："别别！胡掌柜，咱们来日方长。"

胡掌柜含泪点头："说得好，来日方长。"

白嘉轩拱手上车，车前行没多远停住，白嘉轩抱着包裹奔回来。

白嘉轩："这是干啥呢！"

胡掌柜忙推："略表心意。"

白嘉轩死命往回送："我不是为钱救你的！这不能收。"

胡掌柜："您一定得收下！咱们非亲非故只是一面之缘，你能想着回头救我一命！钱算什么！"

白嘉轩急："我收了这钱，回去吃不踏实睡不踏实。算您成全我！"

白嘉轩将包裹塞回胡掌柜怀里："那车里的创伤膏我留下，你的药准差不了。走哩！"

白嘉轩转身跑去，胡掌柜激动含泪："恩人呐！"

胡掌柜跪倒下去。

29. 戏台　日　外

鹿子霖站在台上扫视众人。乡亲们围站台下。

鹿泰恒端坐在身后椅子上，鹿子霖回头看看爸，大声宣布："今天我把大伙召集，一来族里没有主事的，人心有点乱，说啥的都有。二来商议一下咋救嘉轩兄弟。"

众人七嘴八舌说起："鹿家出头，我们跟着救！"

"子霖你拿主意么！"

鹿子霖点头："承蒙大伙瞧得起我，那我就主事哩。"

鹿三叫起："等等！大伙说的是救我们少东家，咋就让你主事啦？"

鹿子霖无奈地瞪着鹿三："鹿三你耳朵聋啦？明明都说子霖你拿主意么！鹿家出头么！要不你拿，我们跟着你救白嘉轩去？"

鹿三无奈缩头。

鹿子霖扫了眼人群："咱有钱的出钱，有力的出力，嘉轩兄弟或许能免一死。可啥时候回原上，咱能不能见着就不一定了……"

突然有人叫："白嘉轩回来了！"

众人哗然，向村门外的道上涌去。

鹿泰恒也拄拐杖站起，不敢相信的目光。

人瞬间跑光，鹿子霖呆站在台上。

30. 村口外小道　日　外

鹿三带着乡亲们飞奔涌来，白嘉轩被人群淹没簇拥。

鹿三含泪抱住白嘉轩说不出话，慢慢跪倒："我鹿三的命，从此就是白家的了！"

白嘉轩忙搀扶："快起来三哥！"

仙草也挤进人群，看着丈夫泪水吧嗒嗒掉落。

白嘉轩深情地注视媳妇，笑着抹净她脸上的泪。

31. 白家　晚　内

一阵哄笑声，屋里挤满了人，把白嘉轩簇拥在桌前。

桌上满是瓜子、枣。一群人挤满屋连吃带笑。窗外门外也都是扒着往里看的笑脸。

仙草干脆捧着一大把吃食送出门，心情大好："都吃！都吃！"

白兴儿："大牢里都吃啥？"

白嘉轩："白面馍馍，蘸着肉汤，哎呀那好吃！还有臊子面，那辣子香啊……"

旁边有人吧唧起嘴来。

白兴儿听傻："明儿个我也进去待待。"

鹿三："不对啊，我咋没吃着？"

白赵氏用手一戳鹿三脑袋，端上盘枣："你傻哩！他蒙你们呢！"

哄堂大笑。白嘉轩笑看角落里的媳妇，仙草正抱着娃跟着乐。

跛子爷："嘉轩，让我们看看你身上的伤。"

众人都眼巴巴看着白嘉轩。

仙草目光一紧，偷拉过朱白氏轻声说了几句。

朱白氏笑着上前："大伙都散了吧，让我兄弟好好歇歇。他身上的伤还得上药哩。"

众人忙应："对对！嘉轩，好好养伤。"

白嘉轩起身："大伙回吧，都回吧！"

老者上前："嘉轩，明儿我们说好了合办一桌，给你和鹿三压惊。"

白嘉轩忙摆手："不用了叔。"

众人应和："压惊！压惊！"

白嘉轩感动："唉！"

32. 白家院外　晚　外

鹿子霖独自在院外徘徊，跟做贼一样，有人出来他忙躲到墙后。

院里热闹声传出，鹿子霖蹲在墙角无声叹了口气。

33. 白家后院　晚　外

白嘉轩帮鹿三铡草混豆，用马叉子将干草挑起放到旁边堆上。

鹿三兴冲冲："我听他们说明日要推选你当族长哩。"

白嘉轩低头："我不当，让鹿子霖当。"

仙草提壶过来，给俩人递茶。

鹿三吃惊："啥？他咋能当族长？村人不服么！"

白嘉轩笑："谁不服。"

鹿三："一个要舍命救我，一个要把我往坑里埋。我就不信白鹿原的人都瞎了眼，谁心里没杆秤！"

仙草："三哥，你别说了。孩他爸自有他的主意。刚熬的沙果叶子汤，趁热喝吧。"

白嘉轩闷头喂牲口。

鹿三放下碗："我就不明白，凭啥让呢？"

白嘉轩："凭在牢房里我许给他的。"

鹿三急："你都许他啥啦？"

仙草："三哥。"

鹿三把话咽回去，闷头喂马。

仙草给白嘉轩披上件衣服，默默瞧着他。

34. 白家后院墙外　夜　外

鹿子霖扒墙屏息偷听里面的说话声，慢慢缩回身长吐口气。

鹿子霖猫腰一路小跑消失在夜幕中……

35. 鹿家　清晨　内

鹿泰恒强撑起身靠在床上，听外间屋鹿子霖正在训媳妇。

鹿子霖："再换件新的来！"

媳妇："这就是去年做的。"

鹿子霖："不一样！拿那件最新的！知道今天是啥日子，我得装扮装扮！"

鹿泰恒重又躺下，眼望着上面长叹口气。

鹿子霖照照镜子，又理理头，偷往屋瞅了瞅。

鹿子霖："爸，我去啦？"

鹿泰恒闭上眼装睡，鹿子霖脚步声出去。

三四岁的小鹿兆鹏蹦进屋："爷爷，我爸要去干啥？"

鹿泰恒搂过孙子，意味深长地看着他："你爸说得对，今天是咱白鹿原的大日子。爷爷带你去开开眼好不？"

小鹿兆鹏喜悦："真的？"

36. 祖宗祠堂　日　外/内

白嘉轩远远望见鹿子霖走来，俩人在祠堂门口对视，目光复杂都没说话。

白嘉轩："叔呢？"

鹿子霖："他受了风躺两天炕了。我昨晚本想去看你，我爸咳得厉害……"

白嘉轩："那回头我去看他。"

冷场，无话。鹿子霖瞥着别处。

白嘉轩喘息："今儿是你好日子哩。"

鹿子霖苦笑，盯着地面："就怕有人不服。"

白嘉轩一笑："我保你。"

鹿子霖抬眼意味深长地看看白嘉轩，抬手让了让，白嘉轩也忙抬手让。

鹿子霖："你先。"

白嘉轩推鹿子霖："你先。"

鹿子霖不进，死活拽着白嘉轩。俩人在门口杠上了。

乡民们都挤在祠堂里眼巴巴瞧着外面。

跛子爷："他俩在门口扯呢，都不进。"

冷先生大声："你俩一块进不完了。"

白嘉轩跟鹿子霖尴尬地互拽着对方步入，人群迅速闪开条道，众目睽睽瞧着俩人。

冷先生清清嗓子："老族长过世也有些日子了，一村不能没主心骨，嘉轩、子霖从监狱总算放回来了，今天是咱村定新族长的日子。人也都齐哩，大伙都议议。"

众人应："让白嘉轩当族长！"

"还议啥，嘉轩哥当哩！"

鹿子霖紧张瞥白嘉轩。

白嘉轩站前一步："这族长我想好了。"

顿时鸦雀无声。

白嘉轩："我比不得我爸，净给咱村惹祸。子霖兄弟做事稳当，会精打细算，我推举他来当族长。"

众人面面相觑，冷先生也皱眉瞧着白嘉轩。

鹿子霖尴尬笑笑："嘉轩哥如此抬爱，我受之有愧啊。"

白嘉轩："你没愧，愧的是我。当初换地我算计你，到后来又放你家铳子让你替我受过，都是我错。"

鹿子霖装大度："过去的事了还提。"

俩人扫视人群，没人应答。

鹿子霖尴尬地咽口唾沫，瞥了眼白兴儿。

白兴儿大叫："子霖哥当族长好着哩！"

老者："哪有你娃说话的分儿！"

冷先生咳了声："现在不同从前，革命了，都能说话。"

白兴儿得意："起事的时候，再咋说也是子霖哥放的铳子么！没他那铳子能闹得起……"

鹿子霖吓得脸色苍白："别胡说！"

众人一阵低笑。

冷先生："咱还是站位吧，想谁当族长咱就站他身后去。"

白嘉轩摇头："我不能当这族长！我不当！"

只有五岁的二豆傻乎乎地乐着蹦到鹿子霖身后。

李寡妇急："二豆！"

二豆摇头晃脑拽住鹿子霖衣角傻乐，逗得乡亲们指着笑，鹿子霖急也不是，尴尬地跟着笑。

鹿泰恒的声音："嘉轩，族长就该你当，这哪是能让出来的。"

鹿子霖吃惊望去，鹿泰恒苍老的身影拄着拐杖，一手拉着小鹿兆鹏站在门口。

白嘉轩忙迎上去搀扶："叔，您咋不在家好好养身子。"

鹿泰恒："我是给你撑腰来哩。"

鹿子霖吃惊地看爸和儿子，一动未动。

鹿泰恒被白嘉轩和小鹿兆鹏搀扶到牌位前，转身扫视："我病得不轻，本来是不想挪动这把老骨头的，怕散了架。可想了又想还是来哩。咱们原上早年闹过匪，闹过旱，上年纪的都知道大灾来时啥样，命都保不住。有些村子遭了灭顶之灾，已经没哩。凭啥咱白鹿原能人丁兴旺？"

鹿泰恒咳嗽起来，鹿子霖忙上前拍打背。

鹿子霖轻声："爸要不您回吧？"

鹿泰恒推开儿子："凭的是这一族人你不欺我我不欺你，遇事抱团，凭的是父慈子孝，凭的是仁义！子霖去县里，有人说他是害鹿三去了。这是屁话！白嘉轩主动报官为救鹿三，我儿子知道了哭得跟泪人一样，他说爸我得学嘉轩哥！"

鹿子霖吃惊地看着爸，白嘉轩也脸色微变。小鹿兆鹏也仰头聚精会神听爷爷讲话。

鹿泰恒："我当时就同意他去。嘉轩，你这次举动仁义！把你叔我也给镇住了。事没来都是好汉，事来了才分得出谁是硬骨头！咱这族人靠的就是你这股浩然之气，这族长你不当谁当！"

众人被感染，默默点头。

白嘉轩怔怔地打量鹿泰恒，说不出话来。

鹿泰恒："我儿子昨晚跟我说了一夜，他早想好不管别人，他今天就死命推举你。"

鹿子霖看着爸，嘴角颤了颤。

小鹿兆鹏慢慢伸出小手拉住鹿子霖的手，眼巴巴看着爸。

鹿子霖看看儿子希冀的目光，勉强笑了笑，点头。

鹿泰恒："我是病了，说好不来。今天我老汉也强撑着给你站一站！"

鹿泰恒走到白嘉轩身后。陆续有人跟随走来。

白嘉轩先是吃了一惊，随即感动的目光，轻声劝："别……别……"

鹿子霖抬眼惊诧地扫视四周。

片刻，祠堂里的人竟绝大多数涌到白嘉轩的身后！

鹿子霖回头瞧瞧，二豆正拽着自己衣角摇头傻笑，松开蹦到白嘉轩身后。鹿子霖气恼地瞪着孩子。鹿泰恒咳嗽几声。

鹿子霖转脸看爸，鹿泰恒狠狠瞪他。

小鹿兆鹏拉扯爸，轻声："爸？"

鹿子霖一咬牙，拉住儿子低头走到白嘉轩身后。

冷先生扫视几个老者，众老者都冲他点头。

冷先生朗声："定哩！白嘉轩，白鹿原第十八任族长！"

37. 鹿家　黄昏　内

鹿泰恒捧碗吃着面，媳妇担忧地站在一旁瞧里间屋，鹿子霖在里面抽泣。

媳妇端碗面进去劝，鹿子霖把碗扫落碎一地。

鹿泰恒："甭理他！吃你的。"

鹿子霖哭："咋也想不到爸给儿子拆台的！"

鹿泰恒哼："我不拆，你摔得更狠。"

鹿子霖屋里哭："人家自己都不愿当，您倒好把我咒下来！"

鹿泰恒呸了一口："我不咒你，等你坐上族长闲言碎语也把你咒死！"

鹿子霖捶胸号哭："我的族长啊！到手的族长丢啦！"

鹿泰恒："丢是好事，人心在谁你看不出来？一说白嘉轩回来，就剩下咱爷儿俩大眼瞪小眼地站着，全跑出去迎了！"

鹿子霖哭丧着脸："那也有人支持我啊！那白兴儿就……"

鹿泰恒懊恼摇头："让白兴儿替你说话，以为别人看不出，我咋生你这么个蠢货。"

38. 坟前　黄昏　外

白嘉轩跪倒在爸的坟前磕头。

仙草抱着孝文跪在身后，朱白氏搀扶老妈，鹿三站在旁边。

白嘉轩："爸，天没塌，乡亲们信我了。"

旁边人偷偷抹去泪水。

白嘉轩百感交集地跪在原上，风吹起他衣衫，吹得他睁不开眼……

39. 祠堂　日　内

几个老者簇拥着白嘉轩坐在当中。

白嘉轩扫视众人："我做族长头一件事，就是把辫子剪了。我姐夫说得对，脚放大，发铰短，指甲常剪兜要浅。凡我族人父辈以下者，剪发从新！"

几个老者交换眼神，暗暗摇头叹息。

外面的娃娃喊唱声："脚放大，发铰短，指甲常剪兜要浅……"

白嘉轩转身跪倒给祖宗磕头，有人上前咔嚓一剪将辫子剪断。

一旁冷眼观瞧的鹿子霖迟疑了一下，伸手扯下脑袋后的麻绳，抛到墙角，暗暗松了口气。

后面的桑老八、白兴儿等人一排排上前，跪倒磕头，几把剪子同时上前剪断长辫。

再后面一排乡亲走上。

几个老者交换个眼神，闭上眼睛。

40. 鹿家　晚　内

白嘉轩松散着头发提着点心匣迈进院里，喊："叔哎！"

鹿子霖逃一般奔进屋去，撞到媳妇。

媳妇："你跑啥！"

鹿子霖压低声急促地："就说我病了，起不来炕。"

媳妇："哎？"

鹿子霖已经冲进屋去。

白嘉轩兴冲冲来到前堂，鹿泰恒拄拐杖正从炕上下来。

白嘉轩："您老歇着。"

鹿泰恒："我躺一天了，也该坐坐。"

白嘉轩搀扶老汉坐到堂中："子霖呢？"

鹿泰恒扭头瞧儿媳妇。

儿媳妇："他病哩。"

白嘉轩一怔："他也病啦？昨天还好好的。"

儿媳妇脸一红低头转身进屋去。

鹿泰恒："夜里伺候我喝药着了些风。嘉轩，你来啥事？"

白嘉轩："叔，咱们的祠堂该翻修了。"

鹿泰恒吹着了火纸，愣怔了一下，燃起火焰的火纸迅速烧出一节纸灰。

白嘉轩默默地看着他。

屋里，鹿子霖半撑在床上侧耳倾听，一点动静没有。

鹿泰恒很快从愣怔里恢复过来，点头："好着哩。"

白嘉轩喜："叔，您也觉着好？"

鹿泰恒："百善孝为先，敬人先敬祖，你当了族长就抓这个，好！"

屋里鹿子霖一愣，莫名其妙的神情。

白嘉轩："那咱商量咋办。"

鹿泰恒："你跟子霖商量吧，我们老哩，出不了啥主意。"

鹿子霖小心翼翼走到门帘内蹲下听。

白嘉轩笑："那您老也得给我坐镇呐。"

鹿泰恒点头："那是没说的。钱从哪儿筹划想好没？"

白嘉轩叹了口气："就是缺钱，才找您商量。"

门里鹿子霖嘴一撇。

鹿泰恒："全村募集一些，咱两家多掏些。"

白嘉轩笑："好！好！"

白嘉轩起身："您老先坐，我瞧瞧子霖去。"

鹿泰恒点点头，瞄着他身影。

鹿子霖慌乱奔向炕，扑进被中。白嘉轩已经撩帘进，上前瞧瞧，鹿子霖紧闭双眼。白嘉轩嘴角露出一丝笑意。

白嘉轩轻呼："子霖？子霖！叔让我跟你商量商量修祠堂的事。"

鹿子霖睡得很深的相，一动不动。

白嘉轩喃喃道："病得真不轻。"

媳妇抱着孩子一旁把尿："他一早上就这样，受风了。"

小鹿兆鹏钻进屋："族长！"

白嘉轩吓一跳，乐："你娃娃也叫我族长？"

小鹿兆鹏："爷爷说了，你是全族人的族长。"

白嘉轩搂过鹿兆鹏疼爱地拍拍："兆鹏，你爸咋病成这样啦？"

小鹿兆鹏诧异："我爸没病啊？"

鹿子霖微睁开眼睛冲媳妇使眼色。

媳妇忙拉扯过小鹿兆鹏："去！找你爷玩去！"

白嘉轩扫了一圈："有热水没？"

媳妇愣了一下："有。"

白嘉轩转身拿过尿盆："打一碗来。我有个偏方，管用。"

媳妇忙抱着娃倒碗水递过，鹿子霖微眯起眼偷瞥，白嘉轩背过身鼓弄，鹿子霖只看到媳妇吃惊的脸。

媳妇："你这……"

白嘉轩笑："我家传的偏方，童子纯阳之体专治受阴寒。弟妹放心，他病不重我还不敢给他喝哩！"

白嘉轩撑起鹿子霖，将碗递他嘴边喂下。

媳妇目瞪口呆地瞧着，鹿子霖咕咚咚被灌两口。

白嘉轩长舒口气，贴鹿子霖耳边："子霖兄弟，等你病好咱再商议。走了！"

白嘉轩起身走出去："叔，我走啦！"

脚步声渐远。

鹿子霖抹抹嘴坐起，吧唧着味："他给我喝的啥？"

媳妇呆呆地瞧着他："尿，你儿子的尿。"

鹿子霖哇地吐起来，边吐边骂："你个日尿！你咋不早说！白嘉轩你等着，明日我让你好瞧！"

41. 祠堂　日　内

祠堂中央挂着的神轴已经有些破败，上面画的先祖神容沾满灰尘，有的已模糊不清。

神像下的白嘉轩扫视众人："都说句话，咋想的。"

鸦雀无声。白嘉轩看到的每个人都不敢抬眼。

白嘉轩有些着急："这祠堂是咱大伙的，你们都抬起头看看，这堂中挂着咱们先祖神容，供着每家每户祖宗的牌位，修好喽护佑子孙！"

一老者："嘉轩，我们大伙都明白这理。可今年年荒，实在是……"

白嘉轩："用不了多少钱！大伙就是凑一份力！"

跛子爷叹了口气："我多少拿出些，别嫌少。"

白嘉轩："跛子爷，您又没地，就赚些打更的钱。我不能收您的。"

白嘉轩转脸瞥鹿子霖，鹿子霖眼观鼻鼻观口低眉不语。

白嘉轩："子霖，叔说了咱两家多出些。大伙再凑一些……"

鹿子霖装糊涂："啥？"

白嘉轩瞪他："你爸说，咱两家多出些修祠堂的钱！"

鹿子霖摇头："我没听说。"

白嘉轩："我跟你爸说的时候你就躺在里间屋……"

鹿子霖坚定："我病了，我儿子我都认不清。"

有人轻笑。

鹿子霖冷哼："修祠堂能带来啥？能给各家多分粮食？还是让祖宗保佑我们发财？族长，我知道您心气高，您这是花大伙的钱给自己竖碑哩！"

白嘉轩咬牙："鹿子霖！"

鹿子霖截断："要不您一个人修？大伙都盼着祖宗的福德全扣您一人脑袋上！"

众人再忍不住低声笑起。

42. 白家院　日　外

一袋粮食扔到马车上。

白赵氏追到门口："这是咱家的存粮！你爸做了那么多年族长也没自己花钱修过祠堂！"

满头大汗的白嘉轩紧了紧大裆裤上的腰带，又将一袋粮抛给鹿三："不能让人看低了我这族长！言出得必行，不然人家看笑话！"

白赵氏转头冲仙草："你也不管他，就任他这么折腾！"

仙草偷拽白赵氏："妈，他有他的主意。"

白赵氏急："家里都被你折腾穷了，早知道族长让鹿子霖当去！"

仙草把白赵氏挽到一旁，低声："妈，就让他卖吧。这是他当族长干的第一件大事。"

白赵氏长长叹了口气："你就由着他吧！"

43. 村口　日　外

鹿子霖搀扶着爸站在坡上，望着白嘉轩赶马车远去。

鹿子霖由衷地："爸，还是您老辣啊！"

鹿泰恒冷哼："他哪懂得人心呐，族长是那么好当的？他爸做了那么些年族长，也没摸出个门道来！"

鹿子霖感慨："瞧他做了族长那得意相！"

鹿泰恒摇头："年轻，就容易冒失！"

44. 县城街上　日　外

白嘉轩赶着卖空了的马车走过。

身后有人叫："嘉轩兄弟！"

白嘉轩一怔回头，胡掌柜站在药铺门口冲自己招手。

白嘉轩笑起。

45. 药铺　日　内

白嘉轩四下打量环境。

白嘉轩乐："胡掌柜买卖不错啊！"

胡掌柜："托您的福！快，上茶！"

白嘉轩："别别，我马上走，我这是刚卖完粮赶着回呢。"

胡掌柜："这不年不节的，你卖啥粮啊？"

白嘉轩叹了口气，笑了笑："换点钱。"

胡掌柜打量他："咋？年景不好过？"

白嘉轩掩饰："也不是……"

胡掌柜想起什么，打量白嘉轩："你随我来。"

白嘉轩一怔，被胡掌柜领着到了后房。

胡掌柜将窗户撩下，关好门，从柜里取出一包东西，打开看着白嘉轩："知道这是啥药材？"

白嘉轩瞧了瞧，不好意思笑："我一种庄稼的，咋懂这个。"

胡掌柜笑："嘉轩兄弟，你那一大车粮食能换多少大洋？是几亩地打下来的？"

白嘉轩："是十亩地打下的，换了七十块大洋，咋？"

胡掌柜压低声："这包药材我收上来，付给人家一百块大洋。"

白嘉轩惊呆："就……这么一包？"

胡掌柜点头："这是一亩地种出的量，熬出这么多。"

白嘉轩吃惊："啥药材这么金贵？"

胡掌柜一笑："这可是镇痛、止咳、止泻的好药。而且种下几个月就可以出果，我把这种子卖给你，出果后你熬好送到我这来，我全收。"

白嘉轩呆呆地看着胡掌柜。

胡掌柜叹了一声："我知道你是个不贪便宜靠干活挣饭吃的人。嘉轩兄弟，我这可不是送你，咱们是有来有往做买卖哩。"

白嘉轩："这……到底是啥药材？"

胡掌柜拉过白嘉轩，在他耳边轻语。

白嘉轩慌乱："鸦……"

"这不是鸦片！"胡掌柜说，"罂粟！兄弟，记住这味药只有一个名，叫罂粟！"

白嘉轩怔怔地看着胡掌柜："真是治病的药？"

胡掌柜按住他的手，坚定地："把心放肚里，治病的药！"

第五集

1. 白家　夜　内

白嘉轩将种子撒出一些摊在炕桌上。

白赵氏举着桐油灯凑近，鹿三、仙草都好奇看着。

鹿三："这是啥种子？这么金贵！"

白赵氏："你把一车粮食换回的钱都买这啦？"

白嘉轩："妈，几个月以后咱能换回十几车粮食！"

仙草皱眉："你不修祠堂了？"

白嘉轩得意："挣了钱再说！三哥，明天一早跟我下地去。"

鹿三将信将疑："唉！"

白赵氏与仙草交换个眼神，都没再说话。

仙草瞧着丈夫兴冲冲的样，无声叹息。

2. 田地　日　外

马拽着犁杖踏进地，鹿三赶着马来回耕。

白嘉轩后面扶着犁不时调试高度，直线走。

鹿三："都犁三遍了还不够？"

白嘉轩蹲下捻捻手中的土："三哥，土耕完得再耙耱一遍，把死泥块子弄碎了，再开沟播种。现在这样子下种不行。这种子嫩，顶不破泥块就捂死在土层里了。"

鹿三笑："啥药材嘛比麦子还娇贵？"

白嘉轩迟疑了一下，轻笑："罂粟。"

鹿三没听明白："啥？婴啥？"

白嘉轩乐起，凑在鹿三耳边轻声："三哥，你知道一个事就行，这东西结出的果比金子贵。”

鹿三瞠目结舌地看着白嘉轩。

庄稼汉们蹲在地边，捏捏泥土，小心翼翼地捡起几粒刚刚溜进垄沟的种子，在手心捻，用指头搓，那小小的籽粒几被捻搓净了泥土，油光闪亮，像黑紫色的宝石。

白兴儿好奇："嘉轩，你种的啥庄稼？"

白嘉轩平淡："药材。"

白兴儿："啥药材？"

正跟人在地头玩媳妇跳井的鹿子霖扔下手中石子，也诧异地凑上前侧耳听。

白嘉轩余光瞥了眼鹿子霖，冲白兴儿等人神秘一笑："治病的药，还能有啥。"

鹿子霖疑惑的目光瞧白嘉轩走开，蹲下抠出一颗种子凝神观瞧。

3. 鹿家　晚　内

借着摇曳的油灯光亮，鹿泰恒捻着手里的种子摇头。

鹿子霖眼巴巴瞧着，企图看出答案。

鹿泰恒喃喃道："这是啥东西？"

鹿子霖："爸，您也没见过？"

鹿泰恒："这么小的种子，能长出个啥来？"

鹿子霖笑："我说就是么！白嘉轩神神秘秘的，也不说修祠堂的事了，别等明年憋足了劲放个出溜屁！"

鹿泰恒虎着脸："白嘉轩一神神秘秘就没好事！你忘了换地的事啦？"

鹿子霖收住笑看着爸。

4. 田地　晚　外

鹿三老远走来，看着白嘉轩独自蹲在地头。

鹿三也蹲到白嘉轩身旁，轻声："种那么多年庄稼，没见你这么上心过。"

白嘉轩："三哥，不一样，你知道这回长出的是啥？"

鹿三："不是药材么？"

白嘉轩动了动嘴唇，终没说出，一笑："是白花花的银子，是钱！"

鹿三吃惊地看着白嘉轩。

白嘉轩却眯着眼转头凝望田地，眼中闪动着光亮……

5. 白家 夜 内

白嘉轩摸黑脱鞋爬上炕，掀开被子钻进去，躺下自己偷乐。

仙草翻了个身："你一个人偷乐啥，吓人哩。"

"老天爷帮我哩！先是那活水的地，再是种这东西。"白嘉轩搂过媳妇，"仙草，再给我生一个，我保证让你们过上好日子！"

仙草叹息："我就盼着能安生过日子。"

白嘉轩："你今天咋了，唉声叹气的。"

仙草："我愿意你修祠堂。你走的时候妈拦着，我跟妈说你做了族长就得干点吃亏的事，可你说话不算话换回这个，族人咋看你这族长。不是抽自己嘴巴么。"

白嘉轩："你不懂，过几个月我说话就有分量了！"

"你这不叫做人么，说出的话跟泼出的水一样。"仙草说，"反正我这心里不踏实，慌得很。"

白嘉轩紧搂媳妇，乐："慌啥！我给你暖暖……"

仙草："别惊了孩子！你轻些，妈还没睡哩……"

小夫妻俩低声笑，在被中滚到一起。

6. 牌楼 日 外

鹿子霖坐在马车上，赶车的王相回头轻声："少东家，田福贤！"

鹿子霖揣兜："走你的，甭理他！"

田福贤纵马跟上，笑："兄弟，还生我气呢？"

鹿子霖眼瞅别处："我哪敢生你气。"

田福贤："还记得我跟你说过，你就是做官的料么。"

鹿子霖："你是瞧我倒霉，栽个跟头还踩我一脚是不？"

田福贤笑："不就是个族长。我田福贤别的能耐没有，可懂得知恩图报。乡约！让你做！"

鹿子霖斜眼瞥田福贤。

田福贤："这可是我跟县上极力保举的！但有一条，你得去县里培训几天。"

鹿子霖双手揣兜，没理。

田福贤摇摇头勒住马："罢了，算我白费力气。"

鹿子霖回头："乡约是个啥鸟官？"

田福贤大声："不大，管族长的。"

马车停下，田福贤一笑眯着眼凝望，鹿子霖果然跳下来。

7. 村街 日 外

鹿三赶着马车，白嘉轩跟在一旁。

经过的乡亲都让开路恭恭敬敬招呼。

"族长！""族长！"

白嘉轩微笑点头："唉！"

鹿三低声笑："就是不一样。"

白嘉轩瞥他："啥不一样？"

鹿三："跟着你走，我这步子都轻哩。"

白嘉轩笑："你当你是鸟能飞起来！"

鹿三望着鹿家大门："鹿子霖这些天咋突然就不见了踪影？真想让他瞧瞧你这气派哩！"

白嘉轩笑："三哥，族长可不是气人用的。"

突然远处一辆带篷的马车驶来，戏台前的乡亲纷纷上前好奇张望，鹿子霖竟身着制服下车，在一群身穿折腰大裆裤的人中甚是显眼。

二豆冲上前，伸手摸衣料。

鹿子霖厌恶："去去去！摸脏了！"

鹿三："少东家，你瞧！"

白嘉轩也愣住。

“子霖哥，你这是干啥去啦？”

鹿子霖做出无所谓的样：“在县府受训，满了。”

鹿子霖瞥了眼远处的白嘉轩，故意大声：“十天满了。这衣裳……制服嘛！”

鹿三轻声：“瞧他那个神气样！他才飞起来了！”

白嘉轩皱眉望着，正要转身离开。

鹿子霖叫：“嘉轩！何县长问你好哩！”

白嘉轩：“谁？”

鹿子霖跑上前：“何县长，我临回时他请吃的饭。他没请过你吧？”

白嘉轩摇摇头。

鹿子霖笑，强拽白嘉轩到马车旁：“你过来瞅瞅！”

白嘉轩：“瞅啥啊。”

鹿子霖搬出保障所牌匾，得意地看着白嘉轩。

白嘉轩：“保障所？”

鹿子霖：“咋样？知道保障所是啥不？”

白嘉轩摇头：“三哥，快点回去，桑老八家那黄牛等不及！”

鹿子霖拽：“回头帮我寻个大点的房子，肥水不流外人田，我就准备在咱村办公哩！到时候其他村……哎！”

白嘉轩头也不回走远：“黄牛寻犊子咧，我得去配种。”

鹿子霖朝着他的背影喊：“等落成了你可要来捧场！”

8. 鹿家　日　内

鹿子霖走进自家院子，媳妇正端着一盆水出来，吓得双手失措就把盆子扣到地上了。

鹿子霖一笑：“至于吓成这样么，是我！”

三四岁的小鹿兆鹏奔出，也吓一跳：“爸！”

鹿子霖抱起鹿兆鹏亲：“你爸当官啦！当大官啦！”

屋里娃娃哭，媳妇急往回赶，又停住脚步回头目瞪口呆地望。

鹿子霖抱着儿子走进上房向父亲请安。

鹿泰恒眨巴着眼睛把他从头到脚瞅盯了半晌，惊奇：“你这是啥衣服？”

鹿子霖早有准备："培训回来，做乡约的制服！爸，族长都没制服穿！我这才是真正的官哩！"

鹿泰恒："你要做官？"

鹿子霖："走的时候咋跟您说的，我还有办公地点哩！这两天得赶紧寻一个房当保障所去！"

鹿兆鹏："爸，保障所是啥？"

鹿子霖得意地抱过那牌匾："保障所是革命政府的新设机构。管十个村的族长哩！"

鹿泰恒："田福贤让你做的？"

鹿子霖点头："啊。"

鹿泰恒怒："辞了去！不做！"

鹿子霖无奈："爸，人家给咱真心赔礼了么，这官也是他替我求来的。"

鹿泰恒："小心着，你就是他的一块肉，狼来的时候他还是会把你甩出去！"

鹿子霖闹了个没趣："爸！"

鹿泰恒拄拐杖骂骂咧咧进屋。

小鹿兆鹏："爸，我爷不让你做。"

鹿子霖苦笑摇头："你爷……他老糊涂了！"

9. 保障所　日　外

鞭炮炸响，小黑娃捂耳朵上前去捡，二豆跟他抢着捡。

小黑娃一指正准备点的炮："二豆，那串都是你的！"

二豆傻乐扑上前，正好炮炸响。二豆蹦起，惊吓得哭着连滚带爬。

孩子们乐起。

保障所的牌子高高挂起。

鹿子霖身穿制服在门口笑迎来客。

田福贤等人下马拱手，被迎进去，热闹非凡。

田福贤拉过鹿子霖低声："白嘉轩呢？"

鹿子霖："我找遍了，他家都没回。"

田福贤低声："你这么风光，得把他请来，当面解解气。"

鹿子霖笑，点头："是！我自有办法请他！"

10. 祠堂　日　内

白嘉轩独坐在破落的堂中，听远处喧闹。

鹿三急匆匆奔进："少东家，鹿子霖满世界找你！"

白嘉轩："找我干啥？"

鹿三："吃饭去！他那保障所开张，九个村的族长全到齐了，连田福贤都来哩！"

"跟官家混？最后倒霉的还是自己。"白嘉轩冷哼，"我不跟那种人凑热闹，鹿子霖是好了伤疤忘了疼！"

鹿子霖媳妇进："哥啊！您在这呢，让我一顿好找。"

白嘉轩一怔起身："弟妹。"

鹿子霖媳妇："走！子霖那保障所开张，说啥也得请你过去。"

白嘉轩与鹿三交换个眼神："我这有事……"

鹿子霖媳妇笑着上前："有啥事这么急，吃完再说！你不去他不开席哩！"

白嘉轩被生生拽出门去。

11. 保障所　日　内

白嘉轩被拽进院，屋里屋外摆满方桌长凳，瓦罐和盆源源不断端上，众人一席八人坐定。

跛子爷敲响锣："白鹿村族长白嘉轩到——"

白嘉轩吓一跳，摸着耳朵皱眉打量跛子爷。

跛子爷不好意思地笑笑："族长。"

鹿子霖夸张地大叫迎来："嘉轩！我让他敲的，这叫迎宾锣！这十全席哎哟就差你哩！福贤哥，那咱？现在开始？"

田福贤起身："别忙。"

田福贤转身从手下那取来一个遮着红布的东西："今天我送你一礼，也不叫送，应该说是物归原主。"

鹿子霖愣住，田福贤捧出那把铳子来。

鹿子霖鼻子一酸，接过。

田福贤笑："兄弟，今天得让它在你家祖坟上响几声吧？"

鹿子霖动情地点头，竟感动得说不出话来。

众人齐声叫起好，白嘉轩却当笑话般无奈地瞧着。

鹿子霖颤抖着："田总乡约，各位族长，老少爷们，我鹿子霖能有今日……"鹿子霖强忍泪水，"不易啊！"

白嘉轩拼命忍住没乐出来。

鹿子霖："感谢大伙对我的栽培！我一定不辜负何县长、田总乡约的信任，一定不辜负乡亲们对我鹿子霖的期望！我要做好这个乡约，带领各位族长……"

白嘉轩一愣抬头，田福贤正意味深长地含笑看着自己，白嘉轩忙转向别处。

鹿子霖："为乡亲们服务！"

众人叫起："好！"

鹿子霖双手一挥："开吃！"

白嘉轩低声问身边的老者："乡约管那么宽？还管族长？"

老者只顾吃，点头夹肉。

田福贤站在身后笑眯眯："管十个族长哩，嘉轩兄弟，你算其中一个。"

白嘉轩忙起身，又被田福贤按坐下。

田福贤："看来嘉轩兄弟对乡约的头衔还不明白，我来给你们解释解释。皇帝下了台，前朝的行政机构齐茬儿废除，县令改为县长，县下设仓，仓下设保障所，这个所头叫乡约，管你们十个村子。"

众人频频点头。

田福贤更大声："我之所以极力推举子霖兄弟坐这个职位，今天可以当着大伙面直说，就是因为他跟定了我没二心！"

白嘉轩放下筷子，静静地听。

田福贤瞥了眼白嘉轩："我田福贤是恩怨分明的人，谁对得起我，我就是脑袋掉了也要把他托上去！"

鹿子霖含泪上前拉住田福贤的手："田总乡约，哥哎！啥话都不说了，我敬你一杯！"

白嘉轩："田头？"

鹿子霖："咋称呼哩，现在叫田总乡约，管着我们哩！"

田福贤笑着摆摆手："嘉轩兄弟，你说。"

白嘉轩："田总乡约，这保障所每月你给钱不？"

田福贤脸色一变："你问这做啥？"

白嘉轩笑："我想知道这饭这么吃，算谁头上？"

顿时鸦雀无声，田福贤脸上难看的笑。

白嘉轩平静注视，一点都不慌。

鹿子霖打岔："白嘉轩那么多好酒好肉还堵不上你嘴！我们这保障所当然有上面支持！"

田福贤点头："对，保障所是县政府下面的一级部门，县里拨款支持。"

白嘉轩恍然大悟："那这酒我得喝，子霖兄弟你这乡约管得好，往后保障所咱每个月照这样吃一顿就行！"

众人哄笑起来。

田福贤冲鹿子霖使个眼色。

鹿子霖捏着酒盅拉起白嘉轩到院外角落，压低声："嘉轩，你咋没喝酒就醉哩，还望你宽容兄弟从前的一些作法。"

白嘉轩装出豁达的样子说："这话再不能往下说，再说就见外了。我有事得先走一步。"

鹿子霖热情地拉住不放："啥事紧得要走？"

白嘉轩挣脱了手臂："黄牛寻犊子咧！我得去配种。"

鹿子霖扫兴地闭了嘴，望着白嘉轩远去的背影冷笑一声。

12. 鹿家　日　内

鹿子霖醉意很深，被媳妇搀扶进来。

鹿子霖叫嚷："我要放铳子！去坟地放铳子！爸！爸？"

鹿子霖抱着铳子靠到里间屋门傻乐："爸，咱家的……铳子田福贤还回来啦！"

鹿泰恒一动不动躺在炕上，背朝门，像没听见一样。

鹿子霖摇晃到堂内翻找匣子："火药哩？爸，咱家火药哩？"

鹿泰恒还是不理。

鹿子霖上前摇："爸！"

鹿子霖瞪大眼睛，才发现老头正抱着那火药匣子，乐："你抱着呢！给我，咱给我爷爷放铳子去。"

鹿泰恒："不去。"

鹿子霖："为啥？"

鹿泰恒："我问你，你做乡约干啥这么大动静！全村的人不说，邻村的人都来哩，你这笔账记谁头上？"

鹿子霖乐："爸你是跟白嘉轩串通好了吧……你咋……跟他一鼻子孔出气呢。"

鹿泰恒："呸！你爸我不糊涂！我现在闹明白哩，你这官是吃百姓的，迟早挨村里人骂，咱家能在白鹿原住下去就不错。"

鹿子霖郁闷出屋："我知道你们瞧不起我，你跟白嘉轩一样都瞧不起我……可我今天发达了！"

鹿子霖一头跌在院里。

13. 白家后院　晚　外

白嘉轩情绪低落地帮鹿三用铡刀铡着干草，用马叉子挑到槽里混进豆子喂牲口。

鹿三拍着牲口的头偷打量白嘉轩。

鹿三："少东家，往后你归鹿子霖管啦？"

白嘉轩闷声不答，喂着牲口。

鹿三："咋又冒出个乡约来呢？"

白嘉轩还是不说话，狠狠铡草。

鹿三："我听说天黑了还有人往他家跑哩，都提着点心匣啥的。"

白嘉轩冷哼一声。

鹿三骂："我就瞧不惯这些人的德性！咋跟狗一样，谁有吃的就跟谁跑！"

白嘉轩："别骂了三哥。都不认我这族长，也好。咱往后踏踏实实种自己的地！"

鹿三点头："便宜鹿子霖哩！"

白嘉轩一笑直腰："三哥，你当他占便宜哩？过些日子你再看，吃多少，吐多少！"

叠画：

白嘉轩与鹿三在地里浇水、翻种，远处乡民三五成群指指点点。

鹿三赶着马车，白嘉轩坐在车上，对左右两边的村人视若无睹。

鹿子霖得意地靠在保障所门口眺望白嘉轩孤独劳作的身影……

14. 保障所　日　内

白嘉轩与其他族长坐在四下，鹿子霖背着手讲话。

鹿子霖："保障所成立这一晃也有几个月了。"

旁边有人肚子咕咕响起，嘀咕："啥时候有饭哩？"

白嘉轩瞥了眼暗笑。

鹿子霖："承蒙各位兄弟帮衬，在这我谢大伙了！"

有人问："鹿乡约，今天饭哩？"

鹿子霖尴尬地笑："没，没备下。"

众人哄笑。

鹿子霖："今天叫大伙过来，是这么个情况。县里派下任务来，让保障所安排各村清查田亩，加收人头税。"

顿时炸了窝，几个人同时站起。

"加啥税？"

"鹿乡，咋又冒出个人头税来？"

"不可能收上来么！"

鹿子霖忙着按："各位各位！"

白嘉轩拉过鹿子霖，轻声："子霖兄弟，是不是挂牌那天吃下窟窿了？"

鹿子霖一时变不过脸来，被噎得难受，勉强笑笑："嘉轩兄编什么闲传！这是何县长的命令。各位，咱们官事官办，私事私了。属于兄弟和各位私人交情的事，咋都好说好办，属于官事，就得按县府的条律执行。何县长再三说，必须服从革命法令，建立革命新秩序。"

有人问："谁要是实在没钱交咋办？"

鹿子霖："让他们自己想办法。"

又有人："要是想不下办法咋办？现在青黄不接，去年秋里遭了旱，村里多半人吃食接不上新麦……"

鹿子霖有些恼："办法只要想，总是能想到的。各位回村以后，牙口得放硬点。"

白嘉轩苦笑叹息。

15. 保障所外　日　外

鹿三在外焦急等候，白嘉轩从里面走出。鹿三紧跟几步。

鹿三："少东家，说啥？"

白嘉轩大步往前走："我就知道这田福贤没安好心！保障所是收税的衙门！"

鹿三忙追上："咋？交农还没闹怕他们？"

白嘉轩："自古官老爷怕过老百姓？怕也是一时，转过身变个法子再欺负你！"

鹿三："那咱咋办？"

白嘉轩头也不回："让乡民看看鹿子霖的嘴脸，咱不凑热闹，那些罂粟果子都收上来没？"

鹿三："收齐了！"

白嘉轩："晚上架锅开熬！"

白嘉轩停住脚步想了想："三哥，今晚上咱家肯定热闹。你得帮我堵一道。"

鹿三一愣，白嘉轩在他耳边轻语起来……

16. 白家院　晚　外

鹿三堵在院门里，不少乡民守在外面拍叫。

"我们要见族长。"

"鹿三，你叫一声嘉轩哥？"

“大伙都在祠堂等着呢！”

鹿三靠着门：“族长正害病呢！疼得满炕翻，你们有啥事明天再说，回吧！”

17. 白家偏房　夜　内

白嘉轩从火镰荷包中取出火石火绒，敲击了几下将火打着，将锅架上搅动铁勺，额头满是汗，专注地熬着液体。

鹿三站门口：“少东家。”

白嘉轩：“都走啦？”

鹿三：“走哩！这帮屄人，现在想起你这族长来哩！”

白嘉轩苦笑一下：“三哥，快歇着去吧。你收一天果子也累得不行。”

鹿三瞥了眼锅：“我帮你熬？”

白嘉轩：“这可不是你干的活！你帮不了。”

鹿三点头走开，白嘉轩有些焦急，手忙脚乱又扑灭火，又挪锅，手被烫住。

仙草：“不能这样熬，你熬不出来。”

白嘉轩猛回身，仙草平静地站在身后。

白嘉轩笑：“我熬不出来，别人更熬不出了。”

仙草叹了声：“这是鸦片。”

白嘉轩一惊：“你咋知道？”

仙草：“我爸当年种过，我兄弟就是抽这个败的家，所以才用我换粮食。”

白嘉轩呆站在那：“仙草，咋从没听你说起过？”

仙草摇摇头，带着怨气：“你不该骗我说这是药材。”

白嘉轩：“药铺先生这么说的，仙草我没骗你。我熬完了直接送到药铺去换钱。”

仙草静静地瞧着丈夫。

白嘉轩：“这种子就是药铺胡掌柜卖我的，我先前也是吓一跳，说鸦片我可不种！他说就是药用流不出去。那现在咋办，白种了？埋了它？”

仙草看丈夫半晌，挽起袖：“你让开，我来熬。”

白嘉轩站在一旁：“你兄弟抽过这个？”

仙草拿起锅在火上烤，默默点头。

白嘉轩："你从来不说。"

仙草低头鼓弄："这丢人的事，说它干啥。你得答应我一个事。"

白嘉轩忙应："咱就弄这一茬，往后再不弄了。"

仙草声音颤抖："记着你的话，这是造孽的东西，会把人弄疯的！多好的人都会疯，六亲不认。你可不能沾这个，一沾上就算有万贯家财也都没了。"

白嘉轩："哎！我不沾，绝不沾！熬好我就送药铺去！胡掌柜是好人，他肯定入药使的！"

仙草低头，泪水竟滴下一滴来。

白嘉轩慌忙抬袖给她擦拭，仙草一推："别动，煳哩！"

18. 白家院门　清晨　外

白嘉轩将罐封好，用包裹勒上贴在胸前，小心翼翼打开院门，白兴儿一个趔趄撞翻在地。

白嘉轩吓一跳，忙捂胸口包裹："白兴儿！你干啥呢？"

白兴儿爬起，异样迷醉的眼凑近，像狗一般闻白嘉轩身上。白嘉轩吓得后退两步。

白兴儿："族长，你咋种那东西？"

白嘉轩警惕："我种啥啦。"

白兴儿乐起来："你哪搞来的，分我一点？"

白嘉轩皱眉："你……"

白兴儿兴奋地："满村子都是这味，味大得很我一闻就知道！族长，好东西啊！"

白嘉轩瞪他："滚！"

白兴儿："我帮你保密，我谁也不说！"

白嘉轩抄起棍子来，白兴儿吓得蹿出门去。

19. 胡掌柜药铺　日　内

白嘉轩坐在椅子上紧张等候，帘撩开，胡掌柜迈出里间。

白嘉轩腾地站起。

胡掌柜含笑点点头:“不错，就是火候大了点。”

白嘉轩:“我说先给你带来一半试试么，明天我再熬出那一半来。”

白嘉轩迟疑了一下:“胡掌柜，有句话不知当不当问。”

胡掌柜抬眼已经明白了什么:“问吧。”

白嘉轩:“真是药用?”

胡掌柜一笑:“嘉轩，我还骗你不成?”

白嘉轩迟疑:“要不是药用，干别的，我宁可拿出去埋了。”

胡掌柜打量:“咋? 几个月白干?”

白嘉轩坚定点头:“白干! 也不能害人。”

胡掌柜爽快笑起，边收边说:“好! 我就喜欢你这样的! 为啥我不让别人去种? 我得交给我放心的人! 嘉轩，这罂粟啊药性可大着呢，治肺虚久咳，筋骨疼痛，啥病都治!”

白嘉轩释然:“那就好。”

胡掌柜感慨:“这世间的事啊都是这样，看你咋用，用好了就是药，用不好就是毒。”

胡掌柜打开包裹，露出几包钱来，白嘉轩眼看直。

胡掌柜打开一包散落出钱:“你验验钱。”

白嘉轩忙捂住:“不用了! 好家伙这么多。”

胡掌柜乐:“好兄弟，这才一半，明天你拿来剩下的我还给你这么多钱哩!”

白嘉轩欣喜的眼神。

20. 县城街　日　外

白嘉轩抱着包裹在街上走，脸上洋溢着满足。

街上熙熙攘攘，花花绿绿的虎头鞋虎头帽摆满摊子，卖油饼、饸饹的小贩在热气腾腾的锅前大声叫卖。

远处戏楼传来秦腔的嘶吼，白嘉轩边跟着哼唱，边走走停停挑着东西。

21. 白家　晚　内

白嘉轩打着拨浪鼓逗怀里的孝文，将一个色彩鲜亮的虎头帽戴到儿子头上。

白赵氏："你扔钱哩！"

白嘉轩："妈，咱现在有钱！这是给您买的点心馍馍，衣料，您摸摸绸子的！"

仙草在一旁忧心忡忡地瞧。

白嘉轩转身递给媳妇："也给你买了。"

仙草勉强笑笑。

白嘉轩提起一小包钱："我找三哥去！"

22. 白家后院　晚　内

鹿三老远就听着白嘉轩嘶吼着秦腔走来，放下手中叉子回头张望。

白嘉轩拿出一钱袋递上："三哥，这是分你的。"

鹿三打开钱袋吃惊地看了眼："少东家，咋这么多？"

白嘉轩一笑："你该得的。"

鹿三数出几个钱，将剩下的袋子往回一推，被白嘉轩按住。

鹿三摇头："这钱是你让我的。"

白嘉轩："我说了，这东西贵着哩。咱发财了三哥！"

鹿三不敢相信地看着白嘉轩，又捧起钱，嘿嘿乐起来。

23. 鹿家院　夜　外

鹿子霖仔细闻着空气中弥漫的味道。

媳妇也跟出来闻："啥药材这么大的味？真香哎！"

鹿子霖揣着手琢磨："回屋去！"

院门被敲响，鹿子霖快步到门边："谁？"

白兴儿："子霖哥，我！"

鹿子霖打开院门："白兴儿？有事？"

白兴儿一脸兴奋："你闻着香气了不？"

鹿子霖："咋？"

白兴儿趴在鹿子霖耳边轻语。鹿子霖吓一跳："别瞎说！"

白兴儿点头："真的，我在外面抽过……"

鹿子霖狠狠地瞪着他，白兴儿把话又咽回肚里。

24. 白家　夜　内

白嘉轩上炕，依然兴奋。仙草盘坐在炕头缝补，抬眼打量。

白嘉轩："我这锅熬得比昨晚的好，胡掌柜准定满意！"

仙草幽幽地："你学得是挺快的。"

白嘉轩扒住媳妇肩："咋了你？这是给你买的，当着妈我没敢拿出来。闻闻香不？"

仙草接过胭脂："嗯。你答应我，不再种那东西了。"

白嘉轩搂住媳妇："放心，明天送完这一趟，我问问胡掌柜还有啥别的药材可种。"

仙草不放心："你自己没留吧？"

白嘉轩笑："你把我想成啥人了！"

仙草这才笑起："那要是乡亲们知道种这个能换钱，跟着学咋办？你管得住？"

白嘉轩收住笑，愣神："跟着学……"

25. 县城药铺外　日　外

鹿子霖从墙后鬼鬼祟祟探出头来，胡掌柜正送白嘉轩出门。

鹿子霖望着白嘉轩远去的背影，一路小跑溜进药铺。

26. 戏台　日　外

白嘉轩赶着马车远远奔来，就瞧见戏台下乡亲们围着鹿子霖正说着啥。

白嘉轩忙勒住马缰绳要调头，鹿子霖远远地招呼。

鹿子霖："他来哩！哎，嘉轩！"

白嘉轩硬着头皮过来。众人哗地围上。

鹿子霖一脸坏笑："嘉轩，粮都卖啦？"

白嘉轩点头："卖哩。"

鹿子霖："药材也卖啦？"

白嘉轩打量鹿子霖："卖哩。"

鹿子霖："换回多少钱？"

白嘉轩皱眉："鹿子霖你想干啥？"

鹿子霖："让大伙瞅瞅，你那药材卖了多少钱。"

白嘉轩狠狠地瞪着鹿子霖。

鹿子霖乐："都乡里乡亲的，你挣多了钱大伙还跟着高兴哩！"

众人应和："就是！就是！"

白嘉轩皱眉："去去，我看谁跟着起哄。"

众人都不再说话。白嘉轩转身往回走，鹿子霖小步跟上猛一拽褡裢，几包银圆被扯出来。

白嘉轩脸色一变，已经晚了，更多的银圆像水珠般落到地上，顿时所有人都看傻眼。

鹿子霖兴奋的眼中闪着光亮……

27. 保障所　日　内

鹿子霖气急败坏地拍桌子。

鹿子霖："他瞒着我们所有人，他种的是鸦片！"

鹿泰恒和几个老者摇头叹息。

白嘉轩脸涨得通红："我全交进药铺里去了，我种的都是当药材用的！"

鹿子霖:“那我们也种!”

白嘉轩:“不行!种多了就拦不住了!”

鹿子霖:“凭啥你能当药材种发大财,我们就不能?”

白嘉轩急:“药铺收罂粟的量都是有数的,你们种多了,只能卖给抽大烟的烟馆!”

鹿子霖:“那你就管不着哩!我们也权当是给药铺种的,县里收不下我们就往省城送!”

众人应和:“对对!我们找药铺卖!”

面对此起彼伏的喧哗,白嘉轩急得冒汗,却再也说不出话来。

28. 白家 日 内

白嘉轩一家正坐在桌边吃饭。

鹿三急匆匆进屋。

鹿三:“少东家,一大早白兴儿家,桑老八家,李寡妇家,都急着往城里去哩。”

白赵氏愣:“没大集啊?”

白嘉轩叹了一声放下碗筷。

朱白氏进屋:“兄弟。”

白嘉轩:“姐。”

仙草也起身让:“姐你坐。”

朱白氏拉过仙草的手:“村里今天这是怎么啦?跟逃难的一样全往外跑?”

白嘉轩铁青着脸走出屋去。

朱白氏转脸看仙草,仙草无声叹息。

29. 村口 日 外

跛子爷远远望见白嘉轩走来,忙装作没看见,调头就要跑。

白嘉轩拦住跛子爷:“跛子爷您也去买种子?”

跛子爷赔笑:“嘉轩,我不买那东西,我没事进城逛逛。”

白嘉轩急："跛子爷您别蒙我，您老又没地，买了种子往哪儿种？"

跛子爷笑着摆手往后退："我不种那个。"

跛子爷逃一般一拐一拐跑远。

又有几个乡民正兴冲冲往村外走，见白嘉轩站立忙绕道闪开。看着四下里躲自己的乡亲，白嘉轩忧心忡忡。

30. 祠堂 日 内

白嘉轩独坐在正中椅子上，旁边只有两三个老者心不在焉陪同。

鹿三急匆匆进，白嘉轩眼巴巴瞧着他。

鹿三喘息："各家都叫了，都推有事来不了。"

鹿三看看其他老者，在白嘉轩耳边轻声："都去保障所了。"

白嘉轩眉头一紧。

那几位老者面面相觑，都长吁短叹摇头："嘉轩，现在保障所又要征收钱税，让乡亲们种些那东西多拿回些钱来，也好。"

"是啊，能换回钱来缓缓。"

白嘉轩阴沉着脸不语。

31. 保障所 日 内

面对喧哗，鹿子霖笑眯眯扫视一圈手一挥，屋里立刻安静下来。

鹿子霖："大伙别吵，要我说各村都种！家家户户都挣了大钱我也好收税向县里交代么！"

众人点头："是哩！"

鹿子霖笑："我不比谁，拦着大伙挣钱。我也不比谁，背地里独自搞一套吃独食！"

众人面面相觑。

鹿子霖送出乡亲："走好！有啥困难就来我这保障所，往后我还要靠大伙支撑哩！"

鹿子霖得意的目光。

32. 白家　晚　内

白赵氏抱着熟睡的孩子探头听屋里动静。

仙草翻找着炕上的柜，急："钱哩？"

白嘉轩闷头坐着抽水烟，抬眼看媳妇："我拿去用了。"

仙草："你是不是又去买鸦片种子了？"

白嘉轩："村里家家都种上了，咱不能让地荒废了。"

仙草不敢相信看着男人："你不是已经挣了钱啦？你不是拿来钱要修祠堂么？"

白嘉轩闷头不语。

仙草突然捂住嘴，痛苦地摇头："这是造孽的事，你咋不明白呢？"

白嘉轩："放心，我只往胡掌柜的药铺送。我自己绝不沾。"

仙草急："你这是在糊弄自己！你种多了就管不住了！"

白嘉轩喃喃地像在提醒自己："再种一茬，你让我就再种一茬……"

仙草含泪上前捶丈夫："孩他爸你咋答应我的！就种一茬！你该拿那钱修祠堂用！你跟他们一样被那东西迷了心窍！"

白嘉轩急，起身："你烦不烦人！"

白嘉轩夺门而出，仙草伏在炕头哭泣。

33. 鹿家　夜　内

鹿子霖回头喜滋滋进屋，鹿泰恒正坐正堂沉思，捋着胡子。

鹿子霖忍不住得意："爸，都跑咱这议事来了。"

鹿泰恒点点头："民心所向啊。他白嘉轩在关键时候干了件蠢事，想闷头挣钱？那就由不得他了。种子买到啦？"

鹿子霖乐："我是进城托人寻的，爸，就属咱家进得多！"

鹿泰恒叹了口气，拄拐杖踱到厅口眯眼望着外面的黑暗："白鹿原，明年就该遍地开那种花哩。"

鹿子霖诧异地打量爸，也不知老爷子脸上是悲还是喜。

34. 祠堂　夜　内

白嘉轩推门进，将油灯挂在门里，独自走在破旧的祠堂中徘徊仰视。

灯火摇曳，白嘉轩缓缓坐在族长位置，风渐渐大起，最后一点油灯熄灭。

白嘉轩在黑暗中一动不动……

满是花的海洋，一个娃娃在其中奔跑，是两岁的小白孝武。

字幕：四年后，初夏。

（满原罂粟花可做电脑生成，此景必要。）

35. 白鹿原田地　日　外

八岁的黑娃和五岁的白孝文专注地趴在地上，快速搓动插在地上的木杆。绳动，两个草头互相挤，一个草头掉在地上。傻二豆蹲在一旁嘿嘿看看这边，又看看那边，乐。

黑娃哈哈一笑："我赢了！"

白孝文不服："再来！"

突然一股尿喷射在中间，黑娃跟白孝文蹦起骂："二豆！你尿哪哩！"

傻二豆开心地乐着。

小孝武趁人不备，捡起草头笑嘻嘻跑开，白孝文忙去追。

仙草大着肚子在后面追："孝文！别乱跑！快揪住你弟！"

鹿三站到仙草身旁："黑娃！去把他俩拽回来！"

八岁的黑娃冲去，像头小狼般在田中穿梭，很快追上孝武。傻二豆以为黑娃跟自己比，不管不顾拼命向前冲。

小白孝武却拼命甩开黑娃的手："你别抓我！"

黑娃死死地攥住他手臂。

黑娃："二豆！别跑啦！二豆回来！"

二豆依然头也不回地冲进河里。

孝文瞪大眼睛望着二豆身影。

小孝武再不闹，看呆。

仙草："三哥，嘉轩还没回？"

鹿三："他忙着给各家找药铺买主哩，弟妹，要我说他可够累的。上个月自己出去那么一趟，图啥啊！"

仙草叹息一声："他是怕开了口子，谁家卖给烟馆，往后就不好收拾了。"

鹿三欲语还休，把话咽回去。

36. 祠堂　日　内

白嘉轩坐在堂中，一个个乡亲们上前领牌。

白嘉轩："这些牌上写的是县城省城药铺的名，我上个月走了整整一圈，都给你们各家说好哩，你们熬好了按这牌上写的地方去卖。人家准收。"

众人齐应："族长好哩！"

"嘉轩哥，辛苦！"

白嘉轩满意地点点头，又不放心："可不敢卖给烟馆啊！"

"放心！放心！"

白嘉轩长长地舒了口气。

跛子爷上前在他耳边轻语几句，白嘉轩脸色一变。

37. 某民房　夜　内

白嘉轩踹门进去，一屋子人乱成一团争相往外跑。

白嘉轩举起马灯，吼："都给我站着！"

鹿三在一旁举梭镖："我看谁敢动！"

屋外一排乡亲举着马灯，几个逃窜出的人被围堵住。

桌上的牌、钱混在一起。

白嘉轩脸色铁青："我三令五申，不许聚赌！你们就戒不成是不是！绑了！"

38. 戏台　晚　外

台上女子扭捏着哼唱荤段，台下汉子如痴如醉。

白嘉轩迈上台来。

鹿子霖："唱下去！"

众人起哄："唱下去！"

白嘉轩阴沉着脸立在当中。

鹿子霖："嘉轩，你别扫大伙兴么！听口秦腔不行？"

"这可是我们凑钱请的秦腔班子！"

白嘉轩虎着脸："这是秦腔么？唱的都是些淫词荤段，你们家家都有孩子，这要让娃听见谁负责？砸！"

鹿三带人上去一顿乱砸，惊呼声。

39. 白家　夜　内

梦境：

一道白色的影在庄稼地里飞奔，白嘉轩在后面紧追不舍。

那白影突然跳入河中，白嘉轩上前望着河水，水面寂静无波。

白嘉轩诧异扫望，突然从水中蹿出的却不是白鹿，一只白色的畜生向白嘉轩猛咬过来……

白嘉轩猛然惊醒大口喘息。

仙草起身点亮烛火，一边拍身边正睡的俩孩子，一边拿过毛巾给他抹额头的汗。

仙草："你咋啦出这么多汗？"

白嘉轩："我梦见……白鹿……"

仙草："你又梦见白鹿啦？那是好兆头，你咋跟见了鬼一样？"

白嘉轩颤抖着声音："可那不是白鹿。"

仙草一惊："不是？那是啥？"

白嘉轩诧异的目光，恍惚发呆。
突然外面传来强烈拍门声，有人惨叫："嘉轩！嘉轩你快出来看看！"
白嘉轩一惊，翻身下炕："你别出来，看着孩子！"

40. 白家 夜 外

鹿三也举着柴刀从后院奔来："少东家。"
白嘉轩边披衣服边往门口走："谁？"
跛子爷叫："我！"
鹿三忙打开门："跛子爷？咋啦？"
跛子爷面色苍白，上气不接下气："桑老八家……闹……闹……"
鹿三揪住他："闹啥了？闹土匪啦？"
跛子爷扔下打更的锣槌，哭："嘉轩呐，闹鬼啦！"
白嘉轩皱眉。

41. 桑老八家羊圈边 夜 外

白嘉轩拿过鹿三手里的火把，蹲到桑老八跟前摸摸鼻息。
白嘉轩："他人没事，把冷先生叫来！"
鹿三："唉！"
跛子爷拽白嘉轩："嘉轩你瞧瞧，两只羊都被吸干了……"
白嘉轩抬眼望去，黑暗的圈中两只死羊。
外面火把多起来，乡亲们纷纷赶来在院门探头探脑地望。
白嘉轩低声："跛子爷，你到门口守着去。就说族长的话，谁都不能进来。"
跛子爷忙点头："唉！"
白嘉轩："等等！"
跛子爷回头眼巴巴看他。
白嘉轩："就说有人偷羊，桑老八吓晕过去了。懂没？"
跛子爷用力点头。
白嘉轩焦灼的目光望着羊圈。

42. 桑老八家门外　夜　外

鹿子霖也挤进人群，小心谨慎地瞧。

乡民们窃窃私语，都面露惧色。

跛子爷拦住鹿子霖："族长说不让进。"

鹿子霖冷笑："跛子爷，看清楚喽我是管族长的。"

鹿子霖看见白嘉轩出来，挤进院一把揪住他："嘉轩，这是啥咬的？"

白嘉轩摇摇头："血都吸干了。"

鹿子霖一哆嗦："那是啥东西？桑老八他……"

白嘉轩："桑老八没事，是吓昏的。冷先生正给他瞧呢。"

鹿子霖颤抖着："不会是鬼吧？"

白嘉轩一捂他嘴，看看左右，将鹿子霖拖拉到暗处："你别胡说！非闹得人心惶惶的！"

鹿子霖带着哭腔："老天爷，这还胡说呐？都亲眼瞅见了！"

白嘉轩瞪眼："你瞅见啥啦？"

鹿子霖："我瞅见……我瞅见……我啥都没瞅见！"

鹿三急匆匆奔来："醒了！桑老八醒了！"

白嘉轩忙奔进屋去。

43. 桑老八家　日　内

冷先生正收针，桑老八咳出口痰来，大哭。

白嘉轩端过药来："我来喂。"

鹿三："桑老八，族长来哩！你快说。"

白嘉轩："桑老八，人都在哩，不怕！你告我吸羊血的到底是啥东西！"

桑老八喘息，眼中透着恐惧："那是头狼啊！长着白毛的狼！"

白嘉轩手里的碗掉落在地。

冷先生转头异样眼神看白嘉轩。

白嘉轩极力掩饰惊慌。

44. 白家 夜 内

仙草感觉到身旁丈夫的辗转反侧，手一摸："咋啦还不睡？"

白嘉轩："我想着你肚里的娃哩。"

仙草摸摸自己肚子，笑："你咋个比我还急，我看他也是跟你一样，是个爱闹腾的。"

白嘉轩抚摸媳妇的圆肚："你已经为老白家生俩儿子，立大功哩。这胎要是个闺女就圆满了。"

仙草一愣："咋，你想要个闺女？真心话？"

白嘉轩笑："真心话。"

仙草坐起："你到底咋啦？说好啥也不能再瞒我。"

白嘉轩叹了口气："桑老八那两只羊是被一头狼咬死的，血都吸得干干净净。"

仙草吃惊："没吃肉？"

白嘉轩摇头。

仙草怔怔地看着丈夫。

白嘉轩颤抖着声音："还记得夜里我做了噩梦吧？"

仙草仿佛有些明白，恐惧地看着丈夫："咋？"

白嘉轩："梦见的就是那头狼！"

45. 戏台 日 外

一群人围在那都小声议论。

白兴儿："听说南原村昨晚又被咬死三头猪！"

鹿子霖瞪大眼："血也被吸干啦？"

白兴儿神秘地点点头。

顿时面面相觑，鸦雀无声。

鹿子霖咽口唾沫："还好，还没死人哩。"

46. 祠堂　日　内

白嘉轩走进，人声鼎沸正议论纷纷，见他来众人忙围上。

“嘉轩，这白狼吸血啊！”

“邻村的一头牛都被它吸干啦！”

鹿子霖：“贺老大家的已经扛着铳子去打了，嘉轩你猜怎么着，非但狼没打着，贺老大回来就不说话了！哑巴了！”

众人哄一下又七嘴八舌说开。

白嘉轩：“都静一静！”

“听族长说！”

顿时静下来，所有人眼巴巴望着白嘉轩。

白嘉轩：“白狼就是个畜生，畜生能把人吓倒？我看是人吓人！从现在起谁也不许再瞎传消息，村周围的围墙全部补齐，白狼怕火，从今晚起在村四周点起火来，晚上轮流守夜！我这可立下罚规，不遵者见罚！”

众人应：“成！”

47. 鹿家　日　内

八岁的鹿兆鹏背着书包被鹿子霖急匆匆领进门。

四岁的鹿兆海忙扑上：“哥！”

鹿兆鹏笑：“爷爷，我回啦！”

鹿泰恒：“好！好孙子！咱不去上学了，这些日子就踏实在家待着。”

鹿兆鹏诧异：“爷爷为啥？”

鹿子霖指挥着：“把墙修好！那门里加道栓，养的狗牵来守在后院！”

鹿兆海兴奋跑向后院：“哥，狗！”

鹿子霖急骂媳妇：“还不看着他！别让兆海被狗咬喽！”

鹿兆鹏更加疑惑：“爸，咱防啥呢？”

鹿子霖半带吓唬：“白狼！”

鹿兆鹏欣喜：“爸，你是说真有白狼么？不是人传的？”

鹿子霖尴尬："你咋不怕呢。"

鹿兆鹏兴奋："怕啥！我还真想看看白狼长啥模样，爸，你说咱人能把白狼驯服不？"

鹿泰恒笑："我孙子越来越出息了，不像他老子，吓成啥样！"

48. 白鹿原　夜　外

几处火堆照耀，白嘉轩从黑暗中走来。

看守的人警惕："谁？"

白嘉轩："是我。"

"族长。"

白嘉轩点点头："看仔细喽，这白狼凶得很，千万别单个走。"

"族长，你不单个走么？"

白嘉轩笑："我是族长！它不敢咬！"

白嘉轩接过一根火把，甩掉身后笑声快步走上坡去。

鹿子霖提着裤子从李寡妇家鬼鬼祟祟出来，白嘉轩正举着火把迎上。

白嘉轩："子霖？你咋在这？"

鹿子霖慌乱："我看见白狼奔这边来哩，我就追。"

白嘉轩一惊："哪呢？"

鹿子霖胡乱指："在那！奔那坡上去了！"

白嘉轩举着火把奔去："子霖你把鹿三他们都叫来！"

白嘉轩没跑几步停住，回头望，鹿子霖早已消失。李寡妇家门虚掩，咣当一声撞上。

白嘉轩恍然，气恼的目光。

49. 县城街　日　外

白嘉轩背着一个狼夹子正走，身后有人叫。

"嘉轩兄弟！"

白嘉轩一回头，胡掌柜远远跑来。

白嘉轩笑:“胡掌柜，有日子没见。”
胡掌柜打量:“你这是干啥？”
白嘉轩:“原上闹白狼，我买个套狼的夹子。”
胡掌柜点头笑:“我听说了，怪不得有日子没到我这卖货。”
白嘉轩一愣:“胡掌柜，上个月鹿三没把货卖给你？”
胡掌柜迟疑了一下，白嘉轩眼巴巴瞧着他。
胡掌柜反应快，笑:“卖哩……我也说不好，可能是伙计收的，我回去再问问。”
白嘉轩一把揪住胡掌柜，声音有些颤:“你跟我说实话，他到底卖没卖？”
胡掌柜一脸为难看着白嘉轩。

50. 白家 晚 外

白嘉轩阴沉着脸放下夹子，四下里找。
白嘉轩:“鹿三呢？”
仙草打量丈夫:“咋了？”
白嘉轩急:“鹿三去哪儿了？”
仙草:“他说邻村贺老八家有急事找他，吃完饭早早出去了。”
白嘉轩转身快步出去。
仙草:“哎！你没吃饭呢！”
白嘉轩头也不回。

51. 村 晚 外

白嘉轩急步往外走，跛子爷气喘吁吁跑来撞到他。
白嘉轩:“跛子爷？您这么慌干啥去？”
跛子爷掩饰:“没事！没事！”
白嘉轩一把揪住:“咋？看见白狼啦？”
跛子爷迟疑不决，摇头。
白嘉轩急:“那我刚走了几个火堆，人咋都不见哩？”
跛子爷指了指:“刚才鹿乡约找了几个人……进保障所了。”

白嘉轩皱眉：“咋？”

跛子爷嘴唇颤抖：“我没看见，我啥都没看见啊族长。”

白嘉轩脸色一变。

52. 保障所　夜　内

白嘉轩撞开院门，屋里的人惊慌失措。

鹿子霖强挤出笑，奔出门来：“嘉轩，你咋来我这了？我这开会呢！”

白嘉轩一把推开鹿子霖，走到屋内：“我看看开啥会。”

桌上堆满了钱和牌，几个人都怯生生看着白嘉轩。

鹿子霖追在身后：“几个值夜的兄弟，站乏了到我这歇歇……不赖他们。”

白嘉轩一把掀了桌子，铁青着脸站在那：“滚！”

几个人害怕奔出。

鹿子霖：“这是我的地方，你让我上哪儿滚？”

白嘉轩转头瞪鹿子霖，鹿子霖吓得后退跑出去。

白嘉轩刚要回身关门，突然停住脚步，痛苦的目光落在柜边露出的鞋上，一个补丁显眼地贴着。

柜后，鹿三屏息惊恐地贴墙站立一动不敢动。

白嘉轩胸膛起伏，转身默默离去。

鹿三瘫软蹲下……

53. 白家院　夜　外

仙草看看桌上未动的饭碗，又瞧瞧一动不动的丈夫。

仙草：“都凉了，我再给你热热去？”

白嘉轩摇摇头恍惚地：“别热了，我吃不下。”

仙草打量：“你到底咋啦？”一扭头，“三哥回来啦？”

鹿三怯怯地笑，仙草端碗到他身边。

仙草轻声：“嘉轩不大舒服，你问问他咋啦。”

鹿三点头，站到屋门口。

鹿三："少东家，那啥……"

白嘉轩面无表情，冷冷地："三哥，有啥话明日再说吧。"

鹿三点点头，转身要走，突然转身："少东家！我对不起你！我骗了你！"

白嘉轩没吭声，默默注视鹿三。

仙草紧张地站在角落屏息看着俩人。

白赵氏在另一屋里："嘉轩，鹿三咋啦？"

仙草忙拽开妈，将门关上。

54. 白家后院　夜　内

白嘉轩走进鹿三屋坐在当中，鹿三关好门。

鹿三咬牙："少东家，我不该去赌！"

白嘉轩平静地："三哥，这些年我对你咋样？"

鹿三："没的说！"

白嘉轩："那你不能再骗我，我问你，你都要如实答我。"

鹿三抬眼怔怔地看白嘉轩，突然跪倒在地，猛地拿出梭镖对准自己胸口："我要是骗你一句，少东家你就用这从我胸前插进去！"

白嘉轩怔怔地看着鹿三，抢过梭镖："我不用你发这毒誓，你把熬好的罂粟卖到哪了？"

鹿三："我卖给烟馆了，他们出价比药铺高。我就卖了最近这一次，钱我一分没瞒你。"

白嘉轩懊恼的眼神："你糊涂啊！"

鹿三含泪："我知道，可村里人嘴上都说卖给药铺，谁家不偷卖给烟馆啊，他们也就瞒着你这个做族长的！"

白嘉轩颤抖着嘴唇说不出话。

鹿三哽咽："少东家，其实你心里也早有数哩，对不？"

白嘉轩痛苦地闭上眼睛："白狼这一闹，倒闹出好些我从前不知道的事来，我问你，夜里咱原上有多少赌局开着？"

鹿三："多着哩，天一黑村里人就在一块耍，邻村的人也慢慢过来凑局。"

白嘉轩吃惊："邻村的也都聚咱这？"

鹿三点头:“咱这白鹿原自从种了那个东西，谁家没个闲钱？现在天一黑，差不多家家都耍哩！”

白嘉轩双手攥紧梭镖，手淌出血来……

谁也没注意到门外黑暗中，八岁的黑娃正恐惧地望着爸的跪影。而白嘉轩像座山一样坐在爸的前面。

黑娃眼中含泪，转身奔远。

第六集

1.白家　夜　内

仙草正忧心忡忡地在灯下缝补，不时望向窗外，扎手，倒吸口气嘬。

吱呀门响，白嘉轩脸色苍白进屋，仙草忙放下活计迎上。

白嘉轩："你咋没睡？"

仙草打量丈夫："我一直坐这等你。"

白嘉轩极其疲惫地坐在桌旁，神色呆滞。

仙草："不管三哥做了啥对不起你的事，你记着，他不坏。"

白嘉轩喃喃地："咱原上没坏人，只不过都在骗我一个人。"

仙草一惊："到底出啥事了？你那手咋流血了？"

白嘉轩怔怔地起身："没事，我出去走走。"

仙草拽住丈夫："我给你包上。"

白嘉轩拨开媳妇的手，推门出去，仙草焦灼的目光望着丈夫背影。

2.白家院门外　夜　外

白嘉轩出门，跛子爷正敲着锣守夜走过。

白嘉轩默默跟上来，并肩走。

跛子爷暗暗打量："族长。"

白嘉轩："跛子爷，你夜夜敲锣巡更，辛苦。"

跛子爷忙笑："我这也是给咱原上尽份心，晚上睡不着……"

白嘉轩："可你这巡更有啥用哩。你跟我一样，就是个摆设么。"

跛子爷笑僵在脸上。

白嘉轩伸手："给我。"

跛子爷忙递上锣槌。

白嘉轩用力敲起来，跛子爷忙阻拦："不敢这么大声！族长，都睡哩！"

白嘉轩："我就是要把他们叫醒！"

白嘉轩敲得更响，吼："到祠堂聚齐！闹白狼哩！快到祠堂聚齐！"

3. 戏台　夜　外

黑压压的人堆在戏台下，议论纷纷，有骂的有发牢骚的，闹哄哄一片。

白嘉轩站在正中扫视，鹿子霖气喘吁吁拨开人群。

鹿子霖："白狼呢？嘉轩，你见白狼啦？"

白嘉轩点头："见了，就在这，没走。"

众人顿时鸦雀无声，面面相觑。

鹿子霖怔怔地看着白嘉轩："你开啥玩笑。这都是人，狼会没走？"

白嘉轩："它变成人哩。"

哄一下又炸了锅，每个人脸上都冒着惊恐。

白嘉轩起身指着面前每个人："它还能附体！变成你，你，你！"

最终手指落在鹿子霖脸前，鹿子霖后退一步，脸色有些变。

白嘉轩："今晚我琢磨明白了，白鹿原的乱不在白狼，在我们自己。"

白嘉轩下台走入人群，乡亲们给他闪出条道来。

白嘉轩："这些年各家各户没少捞钱，可看看你们有了钱以后都干了啥！聚赌，找戏班听荤戏，有的还自己抽上了！石头，抽得你媳妇都跟人跑了吧？"

石头捂住脸蹲在地上，背一耸一耸。

白嘉轩："看看你家里还剩下啥，守着好日子不过自己作！别忘了咱的福分都是祖宗给咱积下的，咱也得给子孙后代积点德！"

白嘉轩扫视人群："我还是你们的族长吧？待会从村西头奔东数，一家家的跟我报，你家的罂粟熬出的浆卖到哪儿去哩！如果认我这个族长，觉着我白嘉轩这些年还为乡亲们做了些事，你就给我说实话。"

有些人暗暗交换个眼神。鹿子霖露出冷笑。

白嘉轩："还有这赌一定得禁！从明日起，天一黑我就坐在戏台上，看着谁家亮灯！"

4. 鹿家　清晨　内

鹿子霖打着哈欠，灭了的油灯冒着青烟。

鹿子霖："疯哩，完全疯哩！"

鹿泰恒拿着烟袋，吃惊地看着儿子讲述。

鹿子霖一撇嘴："……他说乱的是我们自己，不在白狼，屁话！爸，你听听，他没当好族长，这是推卸责任哩。"

鹿泰恒沉思："白嘉轩还说了啥？"

鹿子霖："还说应该帮衬邻里，这一开赌就会家破人亡，邻里反目。人情都淡哩。"

鹿泰恒："你不觉着他说得有道理么。"

鹿子霖："爸，道理谁都会讲，您是没到，没看见村人那眼神，谁信他的鬼话，都盼着赶紧散呢！"

鹿泰恒长叹一声："世风日下啊。"

鹿子霖揣起手："反正跟咱没关系，爸咱就等着瞧热闹吧！"

鹿泰恒瞥着外面，似有触动："自古人心最难管，所以说谁做族长，都难啊。"

5. 祠堂　日　内

石头抽着自己嘴巴，白嘉轩不忍。

白嘉轩："行哩行哩，你那脸都抽肿了。往后咋打算？"

石头："我想奔东边走，做麦客。"

白嘉轩叹息："做麦客靠的是体力，就你这身子骨……"

石头："族长，我现在死都不怕了，不惜力。"

白嘉轩点点头："干不了就回白鹿原，再咋都能给你口饭吃。"

石头："我想把我那三分水地卖了，换盘缠。可没人买。"

白嘉轩："你想换多少？"

石头："六块银圆。"

白嘉轩长叹一声："你八块银圆卖我，我再给你一斗粮食。"

石头含泪跪下："族长！你大恩大德我石头这辈子忘不了！"

人们都感慨万千望着石头，李寡妇异样的眼神瞧。

李寡妇："族长，我也想把我那六分水地卖了。"

白嘉轩皱眉："李寡妇，你咋也卖地了？"

李寡妇试探："我家没男人种地，我还要拉扯孩子。"

白嘉轩："那你靠啥营生？"

李寡妇："我会织布，拿到县城里去卖能换些钱回来。"

白嘉轩点点头，慷慨地："孤儿寡母，甭说卖地，就是周济给三斗五斗也是应该的。在地价上加上五斗！"

李寡妇立刻眼眶湿了："族长！我代娃谢谢你！"

白嘉轩抬眼："别跪了，下一户，自己说……"

6. 白家院/后院　日　外

白赵氏抱着包裹不舍。

白赵氏："没听说做族长还要往外撒钱，他爸要活着不把他骂死！仙草，管管你男人，他做族长做疯哩！"

仙草默不作声，转头看门口等候的鹿三："到底咋回事？"

鹿三："少东家让各家老实交代，熬出的浆卖到哪儿去了，只要说实话的有啥难处跟他提。谁想比着哭穷，不是把自家的地卖掉就是想赊账借钱。桑老八家更要命，说是耕地没牲口跟少东家借。"

白赵氏："那他傻啊！那些人都在诓他！"

鹿三："我提醒少东家了，可他就说村人信他不易，这信字比钱重。"

仙草："妈，给他吧。"

白赵氏紧抱："你就由他胡来？"

鹿三知趣："你们先商量着，我先后院套犁耙。"

鹿三转身奔向自己后院，忙碌地往马上套犁耙。

小黑娃在身后异样眼神瞧着爸。

鹿三："黑娃，你咋？"

黑娃："爸，昨夜你为啥要跪大？"

鹿三一愣，回身打量儿子："你看见啦？"

黑娃睁着大眼瞧爸，不说话。

鹿三大大咧咧又套起来："说了你也不懂，咱就该跪他，因为你大腰直！就为这！"

黑娃怔怔的目光。

7. 村戏台　夜　外

白嘉轩裹着袄门神一般直着腰坐在戏台上眺望四周，两边挂着摇晃的灯。

仙草迈上台将被子罩在发抖的白嘉轩身上，白嘉轩摸住媳妇的手。

仙草："回吧，风大。"

白嘉轩摇头。

仙草心疼："你这样会冻病的，你能值几个夜？"

白嘉轩咬牙："我就不信，白鹿原这股邪风我扳不过来！"

仙草叹息。

白嘉轩："你来的时候，见谁家亮灯了？"

仙草："倒都黑着。"

白嘉轩点点头："你大着肚子不该出来，万一磕碰了咋办，快回吧！"

白嘉轩搀扶仙草下戏台。

仙草："我自己回，放心吧没事。天亮我熬碗热汤给你送来。"

白嘉轩感动的目光，站在戏台上默默望着媳妇背影。

8. 地窖　夜　内

黑暗中闪动着微弱的灯火，看不清这是何处。

几个人头聚在一起盯着牌，石头眼中闪着邪亮，轻呼："大！大！大！"

其他人喊："小！小！小！"

鹿子霖觉得憋闷敞开怀："憋得很，我咋喘不过气。"

石头一把拉住鹿子霖："叔，再借我点？"

鹿子霖冷哼："你把卖地的八块银圆都输进去了，拿啥还我？"

石头急："我马上就赢回来么！"

鹿子霖："那我得加一倍的利！"

石头："你也太……"

鹿子霖瞪眼："我上去喘气了。"

石头哀求："一倍就一倍！"

鹿子霖得意地掏出银圆拍他手上，仰头喊："梯子！"

头上竟开了一道光亮，李寡妇递下梯子来，鹿子霖爬出地窖。

9. 戏台　夜　外

白嘉轩裹着被打起瞌睡，猛惊醒望望四周。

远处奔来跛子爷，上气不接下气："族长！出事哩！"

白嘉轩一惊跳下戏台："咋？"

跛子爷喘息："李寡妇家……石头还有好几个……都……"

白嘉轩急："都咋啦？"

跛子爷："都被闷在地窖里了！"

白嘉轩脸色大变，撒腿奔向黑暗。

10. 李寡妇家地窖　夜　外

鹿子霖正捂着鼻子扒地窖嘶哑着声喊。

鹿子霖："有声没？回个话！"

李寡妇哭着站一旁，白嘉轩冲进院。

白嘉轩吼："人咋弄地窖里去了，不要命啦！这地窖会捂死人！"

鹿子霖怒："弄死也是你逼的！"

白嘉轩惊呆，看着鹿子霖。

李寡妇哭着拽鹿子霖："别说哩！你别说！"

鹿子霖骂："谁让你不让各家亮灯！白兴儿几个都到别村赌去了！赌几把钱咋了，能要命啊？"

白嘉轩痛苦的目光："拿桶水来！"

李寡妇忙提过水，白嘉轩脱下衣服一裹往上泼水，盖住鼻脸直跳下去。

鹿子霖："快！下梯子！你别哭哩，要出人命你得偿还！"

李寡妇惊："是你让我……"

鹿子霖威胁地瞪她："你说啥？"

白嘉轩背着昏迷的石头爬上来，又跳下窖中。

李寡妇哭："族长，你小心！"

白嘉轩又背上一个。

石头缓过神，撑起身又抽自己嘴巴，哭："族长，我不是东西！"

白嘉轩瘫软倒在地上大口喘息，悲哀的目光默默看着石头。

11. 街　清晨　外

迎面的乡民都恭恭敬敬："族长！"

"族长！药卖哩，省城姚记药铺掌柜的托我问你好！"

白嘉轩冷笑："姚记？掌柜的长啥样？你站住……"

其他人干脆躲着白嘉轩走。

白嘉轩指着白兴儿："你！你别躲。"

白兴儿吓得后退两步想跑，双手捂着怀。

白嘉轩："你怀里揣着啥，你们夜里都没睡是不？你们兜里都揣着钱哩，以为我不知道！你们在蒙谁！"

被指的人都惊慌失措退后。

白嘉轩只觉眼前恍惚，所有人的笑都是异样的。

鹿子霖跟在身后："嘉轩，你这是咋啦？你犯啥病了吧？"

白嘉轩推开鹿子霖摇晃着身子往前走，突然眼前一黑，一头栽倒在地上。

12. 鹿家　日　外

鹿子霖一路小跑进院，叫喊："爸！爸！"

见鹿泰恒坐在正堂一动不动，鹿子霖乐："白嘉轩在地窖里熏得不行，气晕头摔村里了！爸，我刚把他送回去，哎呀那个丢人呐！"

鹿子霖乐得不行，却看见爸绷着脸瞧自己，忙收住笑。

鹿泰恒冷哼：“你这一宿干啥去了？”
鹿子霖：“不是闹白狼么，我……我在保障所值夜。咋？”
鹿泰恒：“闹白狼？是你闹吧！你媳妇后半夜去保障所找过你！”
鹿子霖一惊，转头骂：“你个妈们还去查我哩！”
媳妇哭着躲，鹿子霖追着要打。
鹿泰恒顿着拐杖：“给我跪下！”
鹿子霖一怔扑通跪倒。
鹿泰恒：“你这畜生！有家不回你往人家钻干啥！”
鹿子霖一个哆嗦。
鹿兆鹏拉着弟弟抬头好奇地瞧。
鹿泰恒转头冲儿媳妇使个眼色：“你先带俩娃到后院去！”
媳妇抽泣着拉过鹿兆鹏跟鹿兆海兄弟。
鹿兆鹏懂事地轻声问：“妈，咋啦？我爸钻哪去了？”
媳妇哭得更伤心起来：“你爸钻狐狸洞去了！”
鹿兆鹏吓一跳：“不是白狼么？咋又有狐狸了？”
鹿子霖跪在前院骂：“你跟娃说这干甚！说这干甚！”

13. 白家　日　内

白嘉轩睁开眼睛，仙草正揪心地瞧着他。
仙草：“你可算醒了。妈，姐，他醒了！”
白赵氏跟朱白氏忙过来，都是挂着泪痕。
白赵氏：“我的儿啊，咱族长不做了，你这是咋啦魂都没哩！”
白嘉轩翻身坐起，眼直勾勾地：“狗日的！狗日的！”
白嘉轩突然甩开众人的手，直向外冲去。
仙草急叫：“三哥！揪住他！”
鹿三冲到院中，却来不及，白嘉轩已经狂奔出院门。
朱白氏：“鹿三！快追！”
鹿三撒腿就追去。
朱白氏按住仙草：“你身子不方便，嘉轩那有我跟妈哩！”

仙草焦急："姐，他现在是血冲头，一定别让他出啥事！"

朱白氏搀扶白赵氏也追出门去。

仙草焦灼不安的目光。

14. 李寡妇家　日　外

白嘉轩跌跌撞撞闯进院中，李寡妇正端盆水出，惊得水盆摔落。

白嘉轩直冲到近前："你不是靠织布营生，你是靠在地窖设赌抽水是不？"

李寡妇颤抖着嘴唇："族长……"

白嘉轩吼："你说！"

李寡妇跪倒崩溃："全是鹿子霖教我的啊！石头把钱全赔干净，他还借给石头钱放利！鹿乡说这样能两头赚。"

鹿三追进院："少东家！"

白嘉轩推开鹿三，挣扎往外走。

鹿三急拽："少东家你身子还虚着哩！"

白嘉轩吼："你放开！"

鹿三被吓住，呆呆地看着白嘉轩通红的眼，松手。

15. 保障所　日　外

白嘉轩踹门而入，吼："鹿子霖你给我出来！"

屋里人惊惶："族长，鹿乡不在……"

白嘉轩没等他回话，疯狂的眼神转身冲出屋。

16. 田地　日　外

白嘉轩老远瞅见地里鹿子霖吆着高骡子大马双套牲畜在地里飞梭似的耕作。

白嘉轩加快脚步赶到地头："鹿子霖！你躲在后面使坏算啥东西！"

鹿子霖佯装不闻不见，白嘉轩一看就火了："这是李寡妇卖给我的地，你咋在我的地里插铧跑马？"

鹿子霖佯装惊讶："这是我的地！"

白嘉轩："这得凭契约说话，不是谁说是谁的就是谁的！"

鹿子霖冷笑："我不管契约，是李寡妇寻到我屋里要把地卖给我。"

白嘉轩怒："昨日黑间李寡妇已经签字画押了。"

鹿子霖拖长声调："谁管你们黑间做下什么事！李寡妇借过我五斗麦子八块银圆，讲定用这块地作抵押，逾期不还，我当然就要套犁圈地了！"

白嘉轩喘息："原来是你捣的乱，今天我不打得你求饶我这族长不做了！"

鹿子霖冷哼："今天我不打得你求饶我这乡约也不做哩！"

白嘉轩上前扯住马的缰绳往外拽，两人随即撕打在一起。鹿子霖的帮工插手上阵。

鹿三扑上去将那人扑倒在庄稼中。

鹿子霖跳着脚骂："白家人打鹿家人哩！打！"

二豆跟着蹦："打！打呀！"

其他田里的人冲过来撞到一起，各自揪打，顿时乱成一团。白嘉轩和鹿子霖反倒被挤开。

二豆挤进去又被踹出来，兴奋蹦起又低头猛钻。

白嘉轩推开其他人，直奔鹿子霖而来。

鹿子霖被白嘉轩一把揪住后脖领。

鹿子霖回头就是一拳："打你个狗日的！"

白嘉轩躲闪过，脚下一绊将他扭倒在地："就你这㞞货你还敢打！"

鹿子霖一口咬住白嘉轩的腿。

白嘉轩惨叫一声用力揪住鹿子霖的头发。

朱白氏跟白赵氏焦急地站在田埂边叫："别打了！"

17. 白家　日　内

仙草靠着院门望着远处，不少乡民往田那边跑。

仙草不放心地叫："咋啦？"

"嘉轩跟鹿子霖打起来了！"

仙草一惊，突然肚子一紧捂住，扶墙慢慢蹲下。

18. 田地　日　外

李寡妇也赶来哭求："别打了！别打了！地我不要了，我什么都不要了……"

白嘉轩已经跟鹿子霖滚在一起。

鹿子霖死命抱住白嘉轩的腰："你狗日的！咱今天新账旧账一块算！"

白嘉轩连捶下去："算！今天好好算算！"

幼小的白孝武也捡着石头往人群里扔。

鹿兆海捂住头哭起："哎哟！"

鹿兆鹏急："敢扔我兄弟，欠揍！"

白孝武边扔边叫："哥！哥！"

白孝文恐惧地望着这一切，转头撒腿奔去。

19. 白家　日　内

仙草艰难地挪靠到屋门，喘息："妈！妈？"

院里没人应答。

仙草快哭出："娃啊，你可来得真是时候哩！"

又是一阵疼痛，仙草伏倒在地，咬住嘴唇忍着……

20. 白家后院　日　外

墙外各家的狗都猛烈叫起，马厩中的红马不安地尥着蹄。

白孝文奔进后院，喘息着往前面走。

突然红马不安地甩着蹄嘶鸣，白孝文诧异地瞧着不安的红马，一转头，白狼正伏在墙角望着自己！

21. 白家　日　内

仙草撕心裂肺地呻吟，极其痛苦地生产。

婴儿的啼哭声。

仙草颤抖着血手拿剪刀剪下去……

22. 白家后院　日　外

白孝文惊恐屏息，慢慢后退。

白狼静静地注视他。

前院传来仙草的呼叫："妈？孝文？"

白孝文一头扎进马厩，哆哆嗦嗦不敢抬头，畜生的脚从栏外走过。

白孝文脸伏在草堆中呜呜哭泣。

23. 白家　日　内

仙草靠墙无力地坐着喘息，又爬向土灶，一勺勺往锅中舀水。

突然外面咣当一声。

仙草虚弱地："妈？妈？我生了，你快烧水……"

婴儿突然号哭起来，哭声竟到了门外。

仙草意识到什么猛回头，一道白影闪出门，孩子已经不见！

仙草惨叫："我的娃！我的孩子！"

24. 白家院　日　外

黑娃正背着一篓柴草进院，听见叫喊忙扔下篓奔来。

仙草爬到门口。

黑娃吓得不敢说话，怔怔地站在那看着血人一般的仙草。

仙草哭："狼……狼……我的娃啊！"

黑娃看看身后，仿佛明白过来，捡起柴刀追出院门去。

25. 田地　日　外

田里，地头滚满了打群架的人，满地都是撕破的布片和丢掉的布鞋。

白兴儿远远奔来："嘉轩哥……"

根本没人理他，白嘉轩正掰着鹿子霖的嘴，一拳准备砸下。鹿子霖鼻子满是血，也拼命撕扯住白嘉轩的脖领。

鹿泰恒拄着拐杖一旁急："成何体统！成何体统！"

白兴儿上气不接下气："狼！进了白狼哩！"

所有人都停下动静怔怔地瞧着白兴儿。

白嘉轩："哪儿？"

白兴儿用尽力气吼出："……你家！"

白嘉轩脸色一变撒腿狂奔而去。

鹿子霖也爬起，无比震惊的神色。

鹿三二话不说追去。

26. 白家院门　日　外

白嘉轩奔到自家门口，仙草苍白着脸正扑到院门。

白嘉轩惊："仙草！"

仙草颤抖着手指远处："追！狼把娃给叼走了！"

白嘉轩呆："孝文孝武？"

仙草哭："刚生下的！"

白嘉轩惊愕，这才看到仙草裤上全是血，他转身奔去。

27. 山林　日　外

黑娃气喘吁吁地一路追着。

那白影在丛林中闪动，婴儿的啼哭声时隐时现。

黑娃捡起石头往里砸去，喊叫。

白嘉轩远远奔来："黑娃！"

黑娃指着丛中："大，在里面！"

白嘉轩一把抢过黑娃手里的柴刀，直向丛中冲去。

黑娃："大！小心！"

白嘉轩不顾一切地左右劈开荆棘，眼直勾勾往前闯。

突然白嘉轩停住脚步，丛中传来婴儿的笑声，白嘉轩不敢相信地望去，身上还带血的婴儿在笑着。

白嘉轩百感交集抱起孩子，泪水涌出。

突然身后有动静扑来，白嘉轩猛转身，柴刀正打在鹿三的梭枪上。

鹿三一屁股坐在地上："是我，少东家！我！"

白嘉轩喜极而泣："三哥，孩子……"

鹿三急："孩子咋？"

白嘉轩又哭又笑，不敢相信地摇着头。

鹿三接过孩子慌乱着上下察看，也颤抖起声："我的天，这女娃没受一点伤，我的老天爷。她还笑，这女娃神哩！"

白嘉轩瘫软跪倒在地上，不知是伤心还是喜悦，泪水满面。

满脸是血的鹿子霖也上气不接下气跑到跟前，目瞪口呆地看着咯咯乐的婴儿，不由得伸出手逗，自己竟莫名地也被逗笑起来。

鹿子霖："鹿三，她不怕我！她还乐哩！"

鹿三咧嘴乐："是哩！"

镜头拉起，白鹿原的乡亲们从四面八方向这里涌来……

28. 白家　日　内

仙草抱着孩子奶娃，轻轻哼唱："我娃好，穿新袄，戴新帽，戴新帽，睡着了，我娃睡着了……"

白嘉轩痴痴坐在炕上看着。

仙草："外面都等着你哩。"

白嘉轩恍惚摇头。

仙草嗔怪："你守这也没用。要不你喂？"

白嘉轩笑，柔声:“我看着你喂。”

仙草:“你咋了？”

白嘉轩默默一笑，深情地看着母女。

仙草:“给你闺女起个啥名？还是等姐夫回来？信里说他这几天就该到了。”

白嘉轩恍惚出神:“我冲到林子边的时候，黑娃正往里砸石头，我心就凉了。白狼竟然跑了，一口没动她。”

仙草:“嗯，咱娃命大。”

白嘉轩:“她那笑啊，你是没听见。”

仙草抬眼异样地看着丈夫。

白嘉轩:“跟百灵鸟一样好听。我现在想，白狼也是听见这声不忍心下嘴哩。”

仙草笑起，疼爱地亲了亲怀中的女儿。

白嘉轩长出口气:“就叫白灵吧。”

仙草一怔，喃喃地:“百灵鸟，白灵。好，真好。”

白嘉轩上前抱住媳妇与闺女:“仙草，我对不起你跟闺女。”

仙草异样的目光，眨眨眼却没答话。

白嘉轩颤抖着声:“我差一点就再见不到你和这娃了。这五年我昏了头，给钱蒙住了心，我不是人！我是个泥球！”

仙草默默抚摸丈夫的头，脸贴在上面，眼里荡漾着无限的温柔:“三哥这两天跟丢了魂似的，你咋他啦？”

29. 白家院门　日　外

不少乡亲围在院门口，议论纷纷。

白兴儿:“我眼见那白狼叼着娃冲出去的，白狼真大哩，眼睛是绿的！”

众人都惊叹。

桑老八摇头:“这娃真是神了，白狼咋不吸她血呢？”

跛子爷:“你们听说没有，那白狼本是要吃这娃呢，突然蹿出一匹白鹿闪着金光将那狼吓走了。”

众人又啧啧称叹。

“嗷——”二豆突然装狼嚎起，众人吓一跳。二豆被白兴儿一拨头，甩一边去。

跛子爷叹息：“我是见这娃了，眼睛那么老大，不哭，就是笑！”

鹿三从院里出来，众人围上他：“鹿三，娃咋样？让我们看眼。”

鹿三：“都回吧，等满月全瞧见了。”

鹿子霖拽过鹿三：“三天了，白嘉轩咋连门都不出？”

鹿三闷声：“我问谁去？少东家现在连我都不理。”

鹿子霖拍拍鹿三：“我听李寡妇说他今天也把你骂啦？你给他家打了多少年长工啊？这人做了族长真个是六亲不认。”

鹿三掀开鹿子霖的手，低头走开。

鹿子霖幸灾乐祸地望着鹿三背影，嘴角露出一丝坏笑。

30. 白家后院　晚　外

鹿三收拾包裹，黑娃一旁瞧着。

黑娃闷声：“爸，咱走哇？”

鹿三头也不抬：“走。”

黑娃：“为啥走？”

鹿三叹了口气没说话。

黑娃：“是不是因为大腰太直？”

鹿三吓一跳，转脸瞪着儿子。

黑娃懂事地看着爸：“爸，我也想走，咱自己过吧。”

鹿三蹲下拉住儿子胳膊打量：“你这娃，心思咋那么重呢。”

白嘉轩在门外叫：“三哥？”

鹿三忙起身撩帘，恭恭敬敬：“少东家！黑娃，叫！”

黑娃：“伯。”

白嘉轩蹲下拉住黑娃的手：“哎！你婶要给你做几件新衣裳，去找你婶量身子去！”

黑娃点头跑开。

鹿三紧张：“不用，少东家你给黑娃做衣服干啥。”

白嘉轩迈进屋，笑:“黑娃是我闺女的救命恩人，没他，白狼没准就把我闺女叼没了。”白嘉轩目光落在炕上的包裹，“你这是做啥？”

鹿三嘴唇动了动，白嘉轩立刻明白。

白嘉轩:“我前些日子有些疯魔，有些话伤了你。三哥，你别记心上。”

鹿三忙摇头:“没！”

白嘉轩:“三哥，我给闺女起了个名叫白灵。你听着行么？”

鹿三咧嘴乐:“这名字好听！”

白嘉轩点点头:“那就这么叫了，我还想跟你认个亲，让你做白灵的干爸。”

鹿三怔怔地瞧着白嘉轩，颤抖着嘴唇说不出话。

白嘉轩一笑:“你别看我，你说句话么。答应不答应？”

鹿三眼睛湿润，胸膛起伏:“少东家……行！”

31. 白家正堂　晚　内

白嘉轩将鹿三搀扶坐到椅子上，鹿三想站起又被按住。

仙草抱着白灵站面前:“三哥，等娃大了再给你跪了。今天先让孝文孝武替妹妹跪！”

白孝文、白孝武跪倒在鹿三面前。

鹿三百感交集起身搀扶:“快起来！”

鹿三从脖子上摘下长命锁:“我这两把长命锁，一把给黑娃戴哩，这把要是不嫌弃，我想给娃戴上。”

白嘉轩乐:“好！好！”

黑娃扒着门瞧。

鹿三将锁亲手套上白灵脑袋。

白赵氏转身招呼:“黑娃你门口傻站着干啥？进来！”

黑娃怯生生进屋，仙草抱白灵弯腰给他看:“灵儿，瞧瞧这是救你的黑娃。”

黑娃怔怔地看着婴儿:“我想抱抱她。”

鹿三:“去！哪是你抱的，再摔地上！”

白嘉轩抱过婴儿:“三哥，让黑娃抱。”

黑娃小心翼翼接过怀中。

婴儿突然咯咯笑起，黑娃吓一跳。屋里的人都愣住。

鹿三激动："这娃认人哩！聪明得很！"

白嘉轩与仙草惊喜地交换个眼神。

黑娃默默地看着婴儿，也露出笑意……

32. 祠堂　日　内

几个老者都坐在堂内，白嘉轩扫视一周，目光落到鹿泰恒身上。

鹿泰恒低眉抽着烟袋。

白嘉轩："各位叔、伯，我今天召大家来是想商议两个事。第一个事我想辞了这族长，推举泰恒叔来做。"

众人哗然，鹿泰恒慢慢放下烟袋。

"嘉轩，族长做得好好的，辞了干啥？"

白嘉轩："我没这个德性，原上种罂粟是由我起的，又挑头打架。我没分量，风气变成现在这样也是我镇不住。再这样下去，咱这个原怕是越来越乱了。"

鹿泰恒："子霖在保障所不也设赌局了么，他还收份子钱。"

白嘉轩："叔，那不一样。我明白您老是恨赌的。我爸在世时老说，凭德行凭学问，凭历练凭心胸，您早该做族长。"

鹿泰恒惊诧地看着白嘉轩："这是你爸说的？"

"所以您就别推辞了。"白嘉轩郑重点头，"另一个事是修祠堂，从今天起我就开始动手修了。"

鹿泰恒有些吃惊，抬眼看白嘉轩。

"嘉轩，你咋没通告一声。你拿啥修？"

"种那东西不是挣下钱了？"白嘉轩说，"旁人我不管，我就拿我自己挣下的钱，劳力么就我和鹿三，其他人自愿。"

众人面面相觑，低声议论起。

鹿泰恒更是陌生的眼神打量白嘉轩。

白嘉轩："还有个事，我不敢说。"

鹿泰恒："把咱原上种罂粟的地都清了？"

白嘉轩吃惊地抬眼看老人，点头："对！可我怕……"

众人七嘴八舌起来："不能啊嘉轩！"

"咱好不容易讨这么条活路。"

"别的村也都种哩，其他原上都有，不是咱一家……"

白嘉轩与鹿泰恒默默对视。

33. 戏台 日 外

鹿三赶着马车到祠堂门口卸砖、泥。

白嘉轩已经骑在祠堂梁上往下拆瓦。俩人忙得不亦乐乎。

蹲在地上正在老碗会的乡亲们起身聚在一起眺望，议论。

白兴儿扔下手中的花牌："就凭他跟鹿三这四只手，这得修到啥时候去啊？"

鹿子霖摇头："这人真魔怔了。"

鹿子霖眯起眼望着两人身影。

叠画：

跛子爷扛着锹上前，跟鹿三一起和泥，鹿三惊诧地抬眼看跛子爷……

白嘉轩接过下面抛上的瓦，一怔，下面桑老八不好意思地冲他笑笑……

跟随白嘉轩修祠堂的乡亲越来越多……

李寡妇挎着篮筐走来，取出一摞碗，倒好热水递送给每个人……

画工们取下破旧的先祖神容，细致地修复……

34. 田地 日 外

白嘉轩蹲在地里，入神地摆弄罂粟花叶。鹿三眼巴巴瞧着他。

远处不少乡亲都紧张守望，等待白嘉轩的表态。

鹿子霖凑上前，轻声："怪可惜的哩，嘉轩，可万万不能断了大伙的财路啊！"

白嘉轩："昨晚仙草又跟我说，这是造孽。"

鹿子霖苦笑："造啥孽么，咱不种人家原上种。那你就忍心穷苦咱一个白鹿原？再说了，不是还修祠堂么？咱挣的钱都供祖宗了，祖宗也会保佑咱。”

鹿三试探：“等这茬完了，咱再改种别的？”

白嘉轩默默点头。

鹿三与鹿子霖交换个眼神，鹿子霖转身挥了挥手，眼巴巴守在田埂的乡亲们松了口气，释然散去。

白嘉轩沉重的眼神。

35. 书院　日　内

朱白氏绣着花，突然听到前院有响动，忙起身。

朱白氏走到门口：“徐先生？”

没人应答，朱白氏诧异：“跛子爷？”

还是没人说话。

朱白氏步入前堂屋，左右看看空荡荡的，桌上一幅卷轴摆放在那里。

朱白氏一怔，上前拿起徐徐展开，先是两行字，她轻声念出：“但愿人长久，千里共婵娟？”

再展竟是一幅像极了朱白氏的女子在月下绣花！身后传来声音。

“在那边想你想得没法子，试着画出你的模样。”

朱白氏眼中涌出泪来，猛转身看去，朱先生正站在门前含笑而立，望着自己。

朱白氏上前扑到丈夫怀中，朱先生也莫名感动，轻拍媳妇的背。

朱先生长叹：“五年了，回家了。”

朱白氏喜极而泣，强忍哽咽：“你饿了吧？我给你做饭去。”

朱先生笑：“真是饿了，家里还有啥吃食？我添补点，待会要耗体力。”

朱白氏一惊：“你又要走？”

朱先生笑：“不走了，这回哪儿也不去了，就在家陪着你。我待会儿是去干活。”

朱白氏诧异：“你刚回来干啥活？”

朱先生淡然一笑：“快拿吃的吧！”

36. 祠堂　日　外

白嘉轩带乡民热火朝天地干着。

有人吼起秦腔，声音高亢铿锵，乡民纷纷加入，集体大声吼起："头队里开道锣叮当响亮，二队里鬼头刀不离肩膀，三队里刽子手喝道前往，四队里盘龙棍有短有长……"

修复一新的先祖神容被小心翼翼地送往堂中。

身后却传来笑声："就是镶金镀银把祖宗供到天上，人心还是乱的。"

白嘉轩一哆嗦，猛回头望去。

朱先生背手而立，注视着自己……

白嘉轩鼻子一酸，顿觉视线模糊："姐夫！"

有人大叫："朱先生回来了！"

"朱先生回来啦！"

白嘉轩伸手死死攥住姐夫的胳膊："姐夫，可把你盼回来了！你见着我姐没？"

朱先生点头笑："见了，刚从书院来的。做上族长了，你变了嘉轩。"

白嘉轩百感交集："姐夫，这五年事太多了……你回来就好，你回了我就有主心骨了！"

朱先生大笑："那这五年你咋做的族长！"

白嘉轩长叹："一言难尽！"

朱先生眯起眼欣赏："雕得好，好！"

白嘉轩抹净手，挽住朱先生的胳膊："走，姐夫！跟我回家去！"

37. 白家门外　日　外

白嘉轩兴冲冲陪朱先生走到院外门楼前："姐夫，你走这几年变化大哩，你想不到……"

朱先生突然停住脚步仰望。

朱先生眯起眼："你把我的牌子也挂起来了？"

白嘉轩点头：“耕读传家。这是你当年给我写的，现在有钱哩，把门楼修了就挂这！气派不？”

朱先生一笑：“兄弟，你把我写的那四个字挖下来吧。”

白嘉轩呆呆看着姐夫：“干啥？”

朱先生声音不大，却很坚定：“挖下来。”

白嘉轩：“姐夫，这到底是咋了？”

朱先生：“要么你去用一块布把它蒙上。”

白嘉轩一愣：“干啥？”

朱先生：“你先罩起来，我不想让它见人。我臊得慌。”

白嘉轩怔怔地看着姐夫，笑起：“姐夫你的字要臊得慌，这白鹿原上就没人敢写字哩！”

朱先生收住笑默默看着白嘉轩。

白嘉轩目光一震：“姐夫？我是哪里做错了？”

朱先生：“把你的牛和马借我用一回。”

白嘉轩皱眉：“姐夫，你要牛马做甚？”

朱先生挽起袖子：“去啊，你跟鹿三把犁套好，套两犋犁。”

白嘉轩越发莫名其妙，打量姐夫。

38. 鹿家　日　内

鹿子霖激动地冲进院。

鹿子霖：“爸！爸！你猜谁回哩，朱先生！”

鹿泰恒惊起：“朱举人？这可是个事，他走五年了吧？”

鹿子霖喘息：“您听我说完，他一回来就牵白嘉轩的牛和马，套上犁耙在村里走！”

鹿泰恒一惊：“朱先生？就他？”

鹿子霖点头：“村里人都看热闹呢！”

鹿泰恒点着拐杖往院外迈：“快带我去瞧瞧！”

鹿子霖乐着跟随：“爸，没见过您这么急着瞧热闹！”

39. 村 日 外

村人前后站了一街，指指点点。

朱先生举起鞭，从鹿三手里接过犁耙，吆喝着黄牛。

鹿三上前抢："朱先生，让我来吧，您哪是赶牲口的，太失体面哩！"

朱先生笑："鹿三，你笑看我这秀才哩！我从小练成了吆牛耕地的本领，多年不捉犁把儿手都痒痒了。"

白嘉轩诧异地一旁跟着："哥呀，你到底套犁做啥？朝哪边走？"

朱先生一笑："你跟着只管走就是了。"

白孝文、白孝武好奇地跟随，黑娃、鹿兆鹏、鹿兆海也都追了过来，一群孩子围着朱先生看。

朱先生朗声笑："我这五年未归，咱原上真是人丁兴旺了！"

人挤人，都争先恐后看朱举人拉牛车。

跛子爷摇头："稀罕，才子举人朱先生耕田犁地。"

白兴儿乐："嘿！他也会拿着犁把儿往前拉。"

村人争相扯着嗓喊："朱先生！您干啥去？"

"您不会也跟我们一样干起农活来了吧？"

"您也带啥种子回啦？"

朱先生笑而不语，一直吆着牛扶着犁走出街巷，下了河滩。

40. 田地 日 外

白嘉轩刚走上田埂。鹿三紧张拽住他。

鹿三："少东家，你瞧那边！都是穿官衣的。"

白嘉轩抬眼望去，地头站着七八个穿黑色官服的人，白嘉轩一惊。

朱先生吆着牛已经进入罂粟地，犁铧插进地里，正在开花的罂粟苗被连根钩起，埋在泥土里。白嘉轩跑到眼前，拉住缰绳："姐夫呀，你这算弄啥？"

朱先生一手捉着犁把儿，一手从怀里掏出一张硬纸，示给白嘉轩："奉县令指示，前来查禁烟苗。"

白嘉轩一下愣住，蹲在地边上，双手抱住头也说不出话来。

朱先生挥一下鞭子吆动黄牛，扶着犁杖在罂粟地里耕翻起来。

地边上已经围满了吃惊的人群，远处还有人正往这边儿奔跑。

41. 田埂上　日　外

鹿子霖站在坡埂上，惊恐的神色："这朱先生是官府派来的！完了，爸咱咋办？"

鹿泰恒眯着眼凝望，拄着拐杖一动不动。

鹿子霖："爸！"

鹿泰恒根本没听见一样，苍老的目光一直随着朱先生的身影移动。

鹿兆鹏痴痴地看着朱先生："我以后长大了，就学他。"

鹿兆海："哥，你也想做书生？"

鹿兆鹏默默摇头，眼里放着光亮，一只大手罩在自己脑袋上。

鹿兆鹏抬头看去，爷爷鹿泰恒慈爱的目光正瞧着自己。

42. 田地　日　外

白嘉轩一动不动蹲在那里，像丢了魂儿般。

朱先生吆牛犁了一个来回，对白嘉轩："你把那犋犁吆上，进地吧！"

白嘉轩从地上站起来，鹿三颤抖着声音："少东家？"

白嘉轩二话不说从鹿三手中接过红马拉着的犁也进了地。

朱先生回头赞许地点点头："兄弟，你还可以。"

白嘉轩拼命想挤出笑，却笑不出来。

两人一先一后，一牛一马拽着两犋犁。

鹿泰恒挤进人群走到朱先生跟前，拱拳作揖说："朱先生，五年了，您可算回了。"

朱先生也一拱手："您老身体还硬朗？"

鹿泰恒一笑："子霖，还愣着干啥，照朱先生和嘉轩的样，回去套上自家的牲口吆犁，进地把烟苗犁了！"

朱先生忙丢了犁杖，双手拱住鹿泰恒的手："叔，请受我一拜！"

鹿泰恒忙一搀:“我可受不起！这些县里的官差也都是你带来的？”

朱先生点点头:“我带了县府的二十条禁烟令。”朱先生转身冲为首的，“宣读吧！”

有人高声念起:“滋水县政府通令……”

43. 白家 晚 内

家中充满了平日难得听到的欢笑声。

朱先生笑眯眯地搂着白孝文和白孝武问这问那，又接过仙草递上的婴儿，小心翼翼抱起。

朱先生:“这就是吓走白狼那娃？”

白嘉轩点点头。

朱先生眯起眼凝视戴着虎头帽的白灵，一笑:“好个白灵，名字也起得好。”

白赵氏叹息:“那白狼兴许是惦记上这娃了，得看好，不定哪天又叼跑。”

朱先生摇摇头:“妈，白狼不会再来了。”

众人面面相觑。

朱先生举起白灵:“这娃真好！这娃是应世而出哩！”

白嘉轩一怔:“姐夫，啥叫应世而出？”

朱先生意味深长地转脸看着白嘉轩:“她被白狼叼走时，你心痛不痛？”

白嘉轩点头:“痛。”

朱先生:“然后你为啥三天没出屋？”

白嘉轩愣了愣，转脸看看姐。

朱白氏正笑看自己:“我都跟你姐夫说哩。”

白嘉轩:“我……我也不明白……”

朱先生:“你又跟鹿三攀亲让他做了干大，还起了修祠堂的意，不都是因为这娃么。”

白嘉轩恍然的神情。

44. 原上　晚　外

朱先生搀扶着媳妇，两人在风里走。

朱先生："给我也生个娃吧。"

朱白氏停住脚步，怔怔地看着丈夫。

朱先生笑着紧紧媳妇衣领："你没瞧见你弟看他闺女那眼神么，奉若神明，我今日才明白，有了娃才知道咋活，才算个家啊！"

朱白氏感动的目光，点头。

朱先生拉过媳妇，两人并肩走入风中……

45. 鹿家　晚　内

鹿子霖在院里愤怒地骂着："这叫自绝活路！我保障所这些年都是县里头一名交税的！完了，全完了！"

鹿子霖："刚撒的种，您知道我买种就花了多少钱！"

鹿泰恒："亏的也不只是咱一家。再说这几年你挣了多少！"

鹿子霖："我就知道他姓朱的回来没好事，他要做君子做好汉，凭啥耽误别人挣钱过好日子！"

鹿泰恒："你给我闭嘴！"

鹿子霖气急败坏："爸，要不我把这家分出去，单过！"

鹿泰恒惊："你说啥？"

媳妇上前拉鹿子霖："疯了你！说啥呢！快给爸道不是！"

鹿子霖也恍惚："爸，我……我错了。"

鹿泰恒老泪纵横："我儿子竟比不上白嘉轩明白我。"

46. 书院　日　内

白嘉轩念着："犯义之过六：一曰酗酒斗讼二曰行止喻违三曰行不恭逊四曰言不忠信五曰造谣诬毁六曰营私太甚……"

朱先生背着手在堂外赏树上开的花。

冷先生闭目频频点头。几个老者交换个眼神。

鹿泰恒："朱先生写的这乡约好是好，要是咱们白鹿村村民照乡约做人行事，真成礼仪之邦了。可它能约束住乡民？"

"就是，这上面比县上管的还严哩。朱先生，乡民能听？"

朱先生一笑在院中转过身来："乡民敬祖宗祠堂，有啥事都习惯去祠堂商议，天生的么？是一代代传下的！我在西边讲学，那里蛮荒之地寸草不生，却民安族旺，靠的就是这个乡约。我们白鹿原还不如那里么？"

众人交换个眼神。

朱先生："再有，学为用。学了就要用。谈话走路处世为人就要按乡约上说的做。用必罚，凡是违犯乡约条文的事记下，犯过三回者按其情节轻重处罚！"

众人恍然大悟点头。

白嘉轩咬牙站起："抄！各家各户都来抄！把它背下来！我再刻个碑，全刻上去，立祖宗祠堂里！"

47. 戏台　日　外

石匠叮叮当当地砸着。

远处鹿子霖看笑话般揣手眺望，白兴儿在一旁："哥哎，瞧啥呢。"

鹿子霖乐："瞧白嘉轩把我的官名刻在石碑上。乡约！嘿嘿！"

白兴儿也乐："朱先生一回，啥稀罕事都有哇！你这乡约也被供起来哩。"

乡亲们围着看热闹，指指点点，眼看乡约的"约"字只差中间一点。

白嘉轩拉住石匠："等等！约字这一点我来砸！"

白嘉轩转头看朱先生："姐夫？行不？"

朱先生含笑不语。

白嘉轩拿过石匠手中的锤、槽刀，顶在约字上深吸口气，重重地凿了下去。

48. 祠堂　日　内

鞭炮炸响，全村老少簇拥在修缮一新的祠堂前。

乡约碑伫立在祖宗牌位边，正堂中挂着修复一新的先祖神容。

白嘉轩点燃香，递送到鹿泰恒面前。

鹿泰恒却摇了摇头，没接。朱先生含笑望着老人。

白嘉轩皱眉，轻声提醒："叔，咱说好的。"

鹿泰恒："嘉轩，我是快入土的人，就要寻你爸去了。族长这差事一般人受不起，说话摔地上得能砸出个响儿，各家各户还得服你！平日里吃亏在前享福在后，遭罪不说，大灾来的时候全族老少爷们各逃各的难，这族长就得站出来扛住喽！我肩膀没那么硬。"

鹿泰恒转脸扫视一周："你们的肩膀谁硬得过我？站出来。"

鸦雀无声。

鹿泰恒："所以，这族长只有白嘉轩能当。"

白嘉轩颤抖着嘴唇："叔……"

鹿泰恒："莫要说了，我现在信得过你了。"

鹿泰恒转身扫视。

众人齐呼："信得过！"

白嘉轩感动得热泪盈眶："叔！"

朱先生点点头："这才叫临危受命哩。嘉轩，从今日起，你才算真正做上这族长了。"

白嘉轩深吸一口气，转身秉香郑重昂首站立，身后是黑压压的乡亲。

白嘉轩朗声念起："乡约。"

众人齐声："乡约！"

鹿子霖暗地里得意一笑。

白嘉轩："德业相劝，德谓见善必行，闻过必改。"

乡亲们也都郑重大声念起："德业相劝，德谓见善必行，闻过必改。"

白嘉轩："能治其身能修其家能事父兄。"

乡亲们跟随："能治其身能修其家能事父兄。"

白兴儿拼命忍住笑，在人群中冲鹿子霖挤眼。

跛子爷一本正经却跟不上念，直偷瞥别人嘴形，自己嘟囔着。

鹿子霖拼命忍住乐，鹿泰恒却和几个老者极其恭敬地跟随，慢慢地，被震慑住的乡民越来越多，都收住笑一同念起：

“犯义之过六：一曰酗酒斗讼二曰行止喻违三曰行不恭逊四曰言不忠信五曰造谣诬毁六曰营私太甚。犯约之过四：一曰德业不相劝二曰过失不相规三曰礼俗不相成四曰患难不相恤……”

声音久久回荡在这片土地上。

第七集

1.白家　日　内

“不修之过五：一曰交非其人所交不限士庶但凶恶及游情无形众所不齿者若与之……”白孝文摇头晃脑地背，孝武跟随在一旁也照着发声。

白嘉轩蹲在俩孩子面前，眼中闪着光亮含笑瞧着他们。

孝文突然卡住：“若与之……”

白嘉轩刚要提醒。

旁边哄白灵的仙草轻声：“……若与之朝夕游从则为交非其人若不得已暂在还者非。”

白嘉轩惊喜地抬眼看仙草。

仙草脸一红：“我要不背烂，回头人家问我，丢你的脸。”

白嘉轩笑：“好！好！也真难为你。孝文，爸问你要是有人以后犯了这乡约，该咋办？”

孝文：“打他！”

白嘉轩：“你敢打么？”

孝文点头：“敢！我爸是族长，我长大了也是族长！”

白嘉轩一愣：“谁教你的？”

孝文：“我奶。”

白嘉轩一拍俩儿子屁股：“出去玩吧！”

仙草看着俩孩子跑出：“今天鹿子霖媳妇还来找我，说泰恒叔也让全家天天背哩，说这乡约编得好。”

白嘉轩一脸兴奋关上房门：“我跟你说，姐夫这乡约是个宝，我越用越觉着断事有了准，昨晚断了件村西盘根家丢牲口的事，今白天又断了两亩地的纠纷，我发现啥事都能从这乡约里找出来！”

仙草笑："小点声，娃睡哩。"

白嘉轩忙压低声："仙草，从前我心是慌的，如今我觉得我后腰硬得很！有那乡约戳在后面支着我！"

仙草乐起来，白嘉轩也快活地笑。

仙草将孩子轻轻放到炕上："瞧把你得意的！"

"罐罐儿馍——兔儿馍——石榴儿馍——卖咧——"

街巷里又响起卖罐罐馍的梆子声。孝文跟孝武拽着奶奶在院里叫："我要吃我要吃！"

白嘉轩皱眉，推门出来在院庭里挡住了婆孙三人的去路："妈，从今日往后，给他俩的偏食断了去。"

白赵氏慈和的脸顿时沉阴下来，瞅着儿子，显然是意料不及而愣住了。

白嘉轩："不该再吃偏食了，他俩大了。人说财东家惯骡马，穷汉家惯娃娃。咱们家是骡马娃娃都不兴娇惯。"

白赵氏低头看看偎贴在腰上的两颗可爱的脑袋，扬起脸对儿子："今儿个算是尾巴一回。"

白嘉轩仍然不改气："当断就断。就从今儿个断起。第五曰是啥？是用度不节不计家之有无过为侈费者不能安贫而非道营求者！啥意思？都白背！"

俩孩子吓得哭起来。

白赵氏皱眉："你是背乡约背魔怔了吧？"

白赵氏被仙草拉到一旁。

仙草："妈，他说得有理，娃饿不着就行哩。"

白赵氏把已经码到手心的铜子和麻钱又塞进大襟底下的口袋，愠怒地转过身去："你的心真硬！"

俩儿子窝火委屈得哭丧着脸，被奶奶拽着手快快地往上房里屋走去。

仙草强拉白嘉轩进屋，低声："你能答应我件事不？"

白嘉轩："啥？"

仙草："往后在家里别拿出你族长的做派来，行不？"

白嘉轩怔怔地看着媳妇，仙草闷头坐在纺车旁纺起线。

街巷里的梆子声更加频繁地敲响，清脆的吆喝声也愈加洪亮："罐罐儿馍——兔儿馍——石榴儿馍——卖咧——"

夹杂着俩孩子那屋的哭声。

仙草从织布机上转过头："你去把那个卖馍客撵走，甭叫他对着门楼子吆喝了，引逗得娃们尽哭。"

白嘉轩反而笑："人家在街巷里吆喝，又没有钻到咱们院子里来吆喝，凭啥撵人家？吆喝着好，吆喝得马驹骡驹听见卖馍卖糖的梆子铃鼓响，就跟听见卖辣子的吆喝一样就好了。"

仙草咬着嘴唇重复一遍婆婆的话："你心真硬！"

外面有人叫："族长！桑老八跟小寡妇打起来哩！"

白嘉轩忙推门出："哪儿？"

"在祠堂呢。"

白嘉轩匆匆出院门。

仙草拿起衣服追到院："哎！加件衣服！你回来吃不？"

白嘉轩却头也不回急匆匆远去。

白赵氏站在身后："甭为他操心，大活人还能饿死。"

仙草："妈，我是有点担心，他心气儿太高哩。"

白赵氏摇摇头，眼里仿佛望到什么："男人活的就是个心气儿，他爸年轻的时候就是这样。"

仙草不再说话，默默望着丈夫背影。

2. 祠堂　日　内

几个老者坐在两边，白嘉轩坐正当中凝神听小寡妇哭诉。

桑老八梗着脖子瞪小寡妇。

小寡妇哭："……我家院墙全被桑老八给推了。"

桑老八急："我那是要帮你垒羊圈！真是好心当成驴肝肺哩！"

白嘉轩苦笑："桑老八，你家跟小寡妇家挨着，推倒了墙拿啥隔开？"

桑老八："族长，中间羊圈垒起来就能隔哩。"

几个老者都摇头。

白嘉轩："回去给人把院墙垒上！"

桑老八急："族长我是真心想帮她，你帮李寡妇我也学你么，帮帮小寡妇，谁想帮倒哩……”

有人没忍住扑哧低笑。

白嘉轩沉下脸打量桑老八，桑老八一脸无辜。

3. 保障所　日　内

鹿子霖乐得咳嗽，手上的花牌都顾不上打，白兴儿一旁边笑边帮着拍鹿子霖的背。

鹿子霖：“再拍，我喘不上气来了。桑老八你说完那话，他啥表情？”

桑老八也跟着笑，甩出牌来：“他脸都憋紫哩。”

鹿子霖跟白兴儿又是一阵狂笑。

石头推门进，嘴里念念有词：“三曰动作无仪进退疏野及不恭者不当言而言当言而不言者衣冠太饰及全不完整者不衣冠而入街市者……”

石头一脑袋撞到门柱上。

鹿子霖冷哼：“瞧你那没出息的相！刚背会几句就当自己是圣人了？”

石头恍惚：“我问族长，是不是背乡约就能把那瘾戒掉，族长说心诚就能。”

鹿子霖笑：“那你真戒啦？”

白兴儿笑：“屁！他把媳妇给戒了。”

众人又都狂笑起来。

石头涨红脸：“再说我把你嘴给撕了！”

白兴儿挽袖：“咋？谁撕谁不一定呢！”

鹿子霖：“石头，这些天你咋跟丢了魂一样？把媳妇打跑了，夜里守着冷炕毁得肠子都青了吧？”

石头懊恼蹲下：“地早就卖了，就靠凑牌局卖烟油挣些糊口的钱。现在还能靠啥吃饭！媳妇不打自己也跑了。”

鹿子霖幽幽地摇头：“他这哪是做族长，这是断族人的活路哩。这人比他爸的心要狠，可别怪我没提醒你们，最近都消停点，不敢胡来。”

白兴儿笑：“那今晚桑老八咱那局……”

鹿子霖轰：“去！在我这约啥，出去说！”

几个人忙互相推着出去，鹿子霖靠在椅子上幽幽地瞧着他们，沉思。

4. 鹿家　夜　内

鹿子霖背着手哼着小调刚进院，就听到屋里爷孙的笑声。

媳妇正出门，笑："里面乐得不行，爸正跟俩娃玩呢。"

鹿子霖点点头站到门口，俩儿子正围在爷爷的炕前说笑。

鹿泰恒："这犯约之过第二曰过失不相规，就是说见着人犯过失，你不能不管不问。"

鹿兆鹏眨着眼："爷爷，我想进祠堂看乡约。"

鹿泰恒笑："你看乡约做甚？"

鹿兆鹏："看它咋刻在石头上的，咋就能让所有人都按着它去做。"

鹿兆海："爷爷我也想进去看！"

鹿泰恒笑："长大了再让你爸带你们进去，那不是娃玩儿的地方。瞧你爸来了。"

鹿兆鹏跟鹿兆海都跑来："爸！带我们进祠堂吧？"

鹿子霖笑："进！那不说进就进的么！爸，你教娃背乡约做啥，他们还小么！"

鹿泰恒哼了一声："还小？照这哥儿俩的脑子，该给他们寻先生了。"

鹿子霖："早哩，过两年再说吧。"

外面喧闹声，叫喊声。

鹿泰恒撑起身："这是咋？"

鹿子霖冷笑："白兴儿石头他们凑赌局准是又被抓了。这白嘉轩把整个村弄得鸡飞狗跳的，还真是折腾！"

鹿兆鹏兴冲冲："爸，你不去抓么？"

鹿子霖冷哼："我管那闲事干啥！在家哄你们，这才是人该享的天伦之乐哩。"鹿子霖悠起鹿兆海来，鹿兆海咯咯直乐。

鹿兆鹏："爸，犯约之过第二曰过失不相规，不管不问你不怕犯约么。"

鹿子霖一惊，回头怔怔地看着儿子。

鹿泰恒激动地："我说啥来着！说啥来着！将来在你祖爷爷坟前放铳子就靠你这辈哩……"

鹿子霖无比吃惊地俯身看儿子，小鹿兆鹏眨着眼看他。

5. 村　清晨　外

白孝文眯着眼睛将铜钱掷到墙上，一下反弹到两米开外，得意地瞧着黑娃。

黑娃上前将手中铜钱轻轻一弹，不偏不倚正巧落在白孝文的铜钱之上。

白孝文气急败坏地看着铜钱被黑娃拿走。

二豆傻乐着上前捡，被推到一旁。仍不屈不挠地弯腰想捡，干脆被黑娃抱住。

众孩子都忙着玩弹钱，鹿兆鹏的眼却一直盯着祠堂。

锣声急敲，人群涌向祠堂。

鹿兆鹏第一个奔过去，白孝文、白孝武、黑娃、鹿兆海等小孩子顿时没心思玩游戏，哗啦跑到墙垛上眼巴巴眺望。明显黑娃、鹿兆鹏比其他孩子都大几岁，高出一头来。二豆在墙下几次没有爬上，拼命地找地方往上爬，跌落。

鹿兆鹏："我爸说再过几年我也能进了。"

黑娃："我不稀罕。"

鹿兆鹏瞥眼黑娃，没说话。

白孝武："哥，我也想瞧瞧去。"

白孝文眼中露出敬畏："不能，爸说咱长大才能进去。"

黑娃得意："我想进就进！"

鹿兆鹏惊奇地看黑娃："你咋能进去？"

黑娃更得意："就说你们想不想吧？"

下面，二豆还在坚持爬着，几个孩子已经从身边跳下。二豆眨眨眼，干脆放弃也跟随跑去。

6. 祠堂　日　外

祠堂内外围满了乡民，已有三人被双手捆绑在祠堂院的老槐树上。

白嘉轩脸色吓人："昨晚上还跑了三个，自己站出来。别让我揪！"

白嘉轩扫视，目光过处人群都屏息不动。

白嘉轩："跛子爷，你说。"

跛子爷支吾不敢出声。

白嘉轩："指认你的，谁敢扰你我给你撑腰，全村老少给你撑腰！"

跛子爷迟疑地走到人群前，抬臂指了指。

白兴儿被揪出人群，石头和另一人也被揪出来。

白嘉轩恼怒的目光瞪着石头，石头低头不敢看族长。

白兴儿扑通一声跪到祠堂供桌前："我不赌了，我再不赌了！我再赌钱掷骰子就砍掉我的手腕子！"

白嘉轩："你这话我都听烦了，全村老少也都听腻了。如今有乡约立着，就得认罚。赌钱掷骰子的人毛病害在手上，抽大烟的人毛病害在嘴上，手上有毛病的咱们来给他治手，嘴上有毛病的咱们就给他治嘴。"

白嘉轩："给他仨也绑上！"

跛子爷上前绑好，鹿子霖目光一震，眼巴巴瞧着白嘉轩抽出两条干枣刺刷子。

鹿子霖忙上前："不是……嘉轩兄，真打啊？"

人群骚动起来。

白嘉轩："咱村这干枣刺刷子多少年没用哩，今日我要用一用。"

鹿子霖低声提醒："上这么重的家法？祖上可打出过人命哩。"

白嘉轩拨开鹿子霖："你闪开！"

白兴儿等人哭号："族长！我不敢了！"

7. 祠堂后墙　日　外

黑娃扛着鹿兆鹏、鹿兆海兄弟上墙去，孝武跃跃欲试，被孝文拉扯住。

孝文迟疑："这是啥地方，咋能翻墙进？"

孝武哀求的目光："哥，他俩都进哩。"

黑娃："你俩上不上？再不上我也翻过去了。"

孝武忙点头："我上！"

黑娃干脆抱起孝武，鹿兆鹏上面拉拽。

只剩下孝文一人眼巴巴站在墙垛底下。几个孩子居高临下瞧着他。

鹿兆鹏俯身伸出手臂："孝文，上吧！谁也不告诉你爸！"

孝文紧张抉择着，喘息递上胳膊。

二豆也伸着胳膊："我！还有我呢！"

没人理他，二豆又开始不屈不挠地爬起来……

8. 祠堂　日　内

白嘉轩用干枣刺刷子抽打，几个人的粗的细的嗓门就一齐哭叫起来。有乡民不忍再看掩面背身。

几个老者脸色有些变了，面面相觑轻声相劝："嘉轩？嘉轩，收手吧。"

鹿子霖皱眉："嘉轩，不能打了。官府拿人都不敢这么狠。"

白嘉轩沉声："族长就敢这么狠！"

众人都不再说话。

白嘉轩："谁恨我白嘉轩，尽管恨。就是我死了，明日这原上就出一个新族长，新族长再没了，就再出新的！只要乡约立在这，规矩就在这，就得一辈辈守下去，每一任族长领着你的娃，你娃的娃每天拜它！"

鸦雀无声，众人都眼巴巴望着他。

鹿子霖："嘉轩你说这丧气话干啥……"

白嘉轩："子霖，我这话是大实话。你仔细想想就明白了。"

谁也没注意到几个孩子已经猫腰溜到祠堂正殿里的牌位下，好奇地眺望外面热闹。

孝文惊恐地抬头看看牌位和供桌，大气不敢出，孩子们都被院里血淋淋的场景吓到。

孝武拽住孝文："哥我怕。"

黑娃一把捂住孝武的嘴。

白兴儿哀号："族长，我再不敢哩！"

石头却咬牙一声不吭。

白嘉轩："石头，你说我该不该打你！"

石头："该打！"

白嘉轩已经额头见汗狠狠抽过去，干枣刺刷子竟打折在地上！

孝文一个哆嗦，黑娃诧异地转脸看看他，偷拽鹿兆鹏。

下面的二豆抹把脸上的尿："哎？咋下雨啦？"

几个孩子都侧脸看着孝文裤腿，正往下滴淌着尿。

鹿兆鹏扑哧没忍住乐出来，黑娃捂嘴乐。

孝文脸色涨得通红。

白嘉轩问："各人都写出自个儿赢了多少输了多少。"

几个人被解下，颤抖着手接过笔在账本上写。

白嘉轩默默算计一番，赢的和输的数目大致吻合："输了钱的留下，赢了钱的回去取钱。"

白兴儿和另两个赢主儿被解下手，跑出祠堂。

鹿兆鹏也轻声："我们也该出去了！"

几个娃猫腰溜出堂外……

9. 戏台　日　外

孩子们乐得不行，围着孝文看，孝文要走，被鹿兆鹏拽住。

鹿兆鹏："你咋吓成这样？"

孝文羞红脸："我回家换裤子去！"

黑娃跟在一旁乐。二豆跟着傻乐。

孝文突然怒视黑娃："你笑啥！"

黑娃还笑。孝武也跟着笑。二豆也笑。

小孝文揪住比自己高一头的黑娃："我问你笑啥！"

黑娃的笑僵在脸上，用手指点点孝文的额头："我就笑你了，咋？"

孝文含泪："谁笑我都成，就你不该笑！"

孝文推开黑娃，哭着抹泪向家奔去。

孝武追："哥！哥！"

鹿兆海轻声："为啥？为啥就你不该笑？"

黑娃一动不动站在那。只有二豆夸张地自己乐着，乐出眼泪……

10. 祠堂　日　内

白兴儿等人气喘吁吁奔回来，按族长的眼色把银圆掏出来放到桌子上。

白嘉轩："谁输了多少就取多少。"

那三个输家被解下来，做梦也没有想到会有失财复得的事，颤巍巍地从桌子上码数了银圆，顾不得被刺刷打得血淋淋的手疼，便趴在地上叩头："族长我再也不……"

白嘉轩却冷着脸呵斥道："起来起来！你们几个人这下记住了没？记住了？谁敢信啊！把锅抬过来——"

几个人把一只大铁锅抬来了，锅里是刚刚架着硬柴烧滚的开水。

白嘉轩："谁说记下了就把手塞进去，我才信。"

众人都呆住，谁也没动。

鹿子霖轻声："嘉轩，这有点过了吧？"

白嘉轩冷哼："手不下去没人信，你们信不？"

黑压压的人群都喊："不信！"

几个输家咬咬牙就把手插进滚水里，当即被烫得跳着脚甩着手在院子里打转转。

白兴儿看得傻眼。

鹿子霖吓得转身望别处。有乡亲也捂住眼。

白嘉轩一拍桌子："谁也不许闭眼！都给我看着！"

鹿子霖一哆嗦，不忍的目光注视。

白嘉轩瞪："白兴儿？"

白兴儿委屈："我都掏钱哩！"

白嘉轩瞪着他不再说话，白兴儿哀求的目光瞥鹿子霖，鹿子霖叹息避开眼神。

白兴儿只得和两个赢家也把手插进滚水锅里，直烫得叫爸叫爷叫妈不迭。

白嘉轩："我说一句，你们再记不下再赌的话，下回就不是滚水而是煎油！"

几个人捂着胳膊进人群。

白嘉轩："石头，你站住。"

石头听话地站住。

白嘉轩："桑老八你出来。"

桑老八害怕地站出："族长我可没赌……"

白嘉轩用十分委婉的口气："你们的屋里人和娃娃呢？"

石头吭哧半晌，耷拉着脑袋嗫嗫嚅嚅地："要……要饭去了！"

桑老八咽唾沫："回妈家了。"

白嘉轩："石头，你又抽上大烟哩？"

石头脸一阵红一阵白。

白嘉轩："你媳妇拦你，还把人打跑哩！一个引着娃娃回妈家去了，一个引着娃娃沿街乞讨去了。你俩想想，一个出嫁的女人引着娃娃回妈家混饭吃是啥味气？一个年轻女人引着娃娃日里蹭人家门框夜里睡庙台子是啥味气？石头，你是又赌又抽啊，你享乐的时候对得起你苦命的媳妇和娃么！"

白嘉轩说到这儿已经动心伤情，眼角润湿，声音哽咽了。

众人鸦雀无声，有软心肠的人也开始抽泣抹泪。

石头羞愧难当，无地自容，跪趴在众人面前抬不起头，喊："族长，我再要是抽大烟，你就把我下油锅！"

白嘉轩立时变了脸："我刚才说了，你俩的毛病害在嘴上，得治嘴。我给你俩买下一服良药，专治大烟瘾。端来！"

众人都闪开条路，跛子爷端着一个盆进来。鹿子霖先捂住鼻子。

白兴儿还踮着脚看："啥味？"

鹿子霖："屎！"

桑老八脸色苍白，哽咽："族长……"

白嘉轩："良药苦口，要真心戒就吃下去。"

众人起哄般："吃！吃！"

石头喘息着，眼直勾勾地突然扳住盆，一头扎了进去。

鹿子霖突然一个干呕，挤出人群。

11. 白兴儿家　日　内

白兴儿烫伤的双手泡在冷水盆里，鹿子霖俯身皱眉观瞧，嘴中啧啧有声。

鹿子霖："都是一个村子住的乡里乡亲，我做梦也想不到白嘉轩下得去这手！"

白兴儿哭丧着脸："太狠了！"

鹿子霖叹息："都是缺德的招，他哪儿学的？"

白兴儿："那石头也真吃啊。"

鹿子霖瞪眼："别说了！恶心死我了！"

白兴儿："他一脸就扎进屎盆里去哩。"

鹿子霖又一个干呕扑出门："我让你别说！"

白兴儿忙起身望着背影："我不说不说了！"

11A. 白兴儿家外村路　日　外

鹿子霖捂住嘴冲出院门呕起，喘息抬头，面前白嘉轩背手以异样眼神瞧着他。

白嘉轩笑："人家吃屎，咋就你恶心成这样？"

鹿子霖摆摆手，强忍着："别再提了！"

白嘉轩瞥了眼屋里探头探脑的白兴儿，笑："你知道为啥不？你心里犯虚，石头吃的时候你准在想，哎呀我要是吃在嘴里得啥滋味……"

鹿子霖又是干呕。

白嘉轩："我不说了。"

鹿子霖摆摆手往前走去，喘息："你……太缺德了！给祖宗积点德吧我的大族长！"

白嘉轩轻声感叹："我要是不下狠手，才没脸见咱祖宗。"

鹿子霖回头打量。

白嘉轩不慌不忙跟上："我不能再让原上乱下去了。子霖，咱族里走到这分儿上你我都有错。"

俩人并肩前行。

鹿子霖："啥错？"

白嘉轩："种那东西。我姐夫说得对，那东西把咱都害了！"

鹿子霖皱眉："不都没了么。"

白嘉轩摇头，指了指胸口："这，还有。"白嘉轩无比诚恳，"子霖，你得帮我，不然就毁了。”

鹿子霖冷笑：“毁个啥，吓我。”

白嘉轩叹了声：“毁人心！毁全族！我这是求你来哩。光靠我一人干不行。”

鹿子霖慢慢收住笑，打量白嘉轩：“你这不都干了。”

白嘉轩：“我想建学堂，找个好先生把咱的娃都送进去，白鹿原的下辈人就大不一样！”

鹿子霖：“都送邻村上呗，咱小时不都去那上，还用得着自己建？”

白嘉轩摇头：“不一样！子霖，我要把咱族的习气给扳过来！我要天天让族人能听到娃的念书声！”

一群娃娃笑闹着挥舞树枝奔过，俩人回头默默望着。

鹿子霖喃喃：“建学堂……全族的娃都念书，这得需多少钱？”

白嘉轩笑：“指望不上族里，如今的年景各家掏不出多少。”

鹿子霖：“那咱就光请先生，学堂还是别建哩。我瞧那祠堂里空房子多得很，要不……”

白嘉轩摇头坚决地：“祠堂是啥地方，不能让娃进那里折腾。”

鹿子霖为难：“各家凑钱你说凑不了多少，省又不能省，那钱咋来么。”

白嘉轩笑：“这不我跟你商量，咱两家先……”

鹿子霖突然一捂胸：“呕——”

鹿子霖又呕起，摆手指指胸口踉跄而去。

白嘉轩无奈地看着他背影：“你好好想想，等你不吐了咱再商议。”

鹿子霖跌跌撞撞跑远。

12. 鹿家　日　内

鹿子霖背手进院，听见俩儿子正跟随鹿泰恒念着什么。

鹿子霖悄声靠到门口，鹿兆鹏和鹿兆海正大声地念：“人之初，性本善，性相近，习相远……”

鹿泰恒：“就是说人的本性都是一样的，慢慢地有人学了坏，有人学了好。”

鹿兆鹏：“爷爷，白兴儿叔和石头叔就是学坏了呗？”

鹿泰恒点头笑：“对，所以白嘉轩才要治他们，让他们学好。这里还有个意思就是要少跟学坏的人在一起，多学好的。”

鹿子霖感慨万千地望着。

鹿兆鹏：“那我爸天天跟白兴儿叔他们在一起啊。”

鹿子霖一皱眉，懊恼的目光。

13. 白家后院　晚　内

“啪！啪！”鹿三用顶门杠狠狠打着黑娃屁股，黑娃含泪趴在炕头一声不吭。

鹿三：“我叫你翻墙！我叫你进祠堂！”

仙草赶上来劝阻：“三哥你别打哩，再把娃打坏了。”

墙后，孝文幸灾乐祸地探头偷望。

仙草把黑娃拉到一旁：“你妈前院哭呢，陪你妈去。”

鹿三喘息：“这娃真是倔！打多狠他也不号一声。”

仙草笑：“随你了三哥。长大准有出息。”

鹿三：“能有啥出息，不惹祸就好事！这么小就知道跟石头他们一块混，不学好！”

14. 白家屋　夜　内

李寡妇神秘兮兮地跟白嘉轩低语。白嘉轩有些疲惫，又得撑着听。

仙草也在院里皱眉望着屋里。

李寡妇倒越说越来劲：“您不知道，胆也太大了！就没把您放眼里……”

白嘉轩点头：“我知道了，明天我查他！”

李寡妇：“族长，我现在不敢瞒您，有啥事都先跟您说。”

白嘉轩点头：“对着呢。”

李寡妇笑眯眯：“族长，我家二豆也背乡约哩，这娃别的不行，对乡约那是上瘾！”

白嘉轩吃惊地看着李寡妇：“是吗？”

李寡妇兴奋地：“哪天让他给您背背！”

李寡妇刚出门，桑老八又摸进门，讨好地一笑："族长，我知道个事。"

白嘉轩："知道啥快说，别卖关子。"

桑老八压低声："省城收药的人在村口转，咱村几个还联络着呢……"

白嘉轩："谁？"

桑老八凑到白嘉轩耳边低语。白嘉轩脸色铁青。

桑老八退到门口："族长，别说是我告你的啊！走哩！"

仙草正到门口："老八，走哇？"

白嘉轩陷入沉思，仙草进屋关门："天一黑来七八拨人了吧？都是找你告状的？"

白嘉轩想着别的事："嗯。"

仙草叹了口气："你比说书里断案的县太爷还忙。他们说归说，你别全当真。"

白嘉轩没好气："不当真咋的？我明天挨个办他们！"

仙草："乡里乡亲的，让你整得互相传闲话，我总觉着这样不好。"

白嘉轩瞪她："族里的事你少插话。睡觉！"

仙草被噎在那。

15. 祠堂　日　内

白嘉轩领着身后的乡民站在碑前大声诵念乡约，念毕回身，不满扫视，只剩下几个老者跟随。

白嘉轩："不是说每日都得来念乡约么？咋来的家那么少？"

老者："嘉轩，都忙农活去了。"

白嘉轩："这不行，每家必须出个人到这跟着背来！耽误工夫不在这一会！去各家叫！"

众人忙走出祠堂。

白嘉轩忧心忡忡地叹了口气。

16. 村　日　外

白嘉轩走在村里，几个人恭恭敬敬叫："族长！"

二豆小跑跟到白嘉轩身后。

白嘉轩点头，想起什么："白二家的，你们背乡约了没？"

几个人尴尬地看着他。

二豆扯着脖子："乡约德业相劝德谓见善必行闻过必改！"

白嘉轩转身惊诧看看二豆："你们瞧瞧，二豆都能背成这样！"

二豆得到族长夸奖，拼命憋住笑，一脸的激昂感动。

白嘉轩点头："再背两句。"

二豆："乡约德业相劝德谓见善必行闻过必改！"

白嘉轩皱眉："二豆，你妈说你背得好，再给伯多背几句？让他们听听！"

二豆梗着脖："乡约德业相劝德谓见善必行闻过必改！"

身后众人窃笑。白嘉轩皱眉扫视。

白嘉轩："笑啥？二豆能背成这样就不易！你们背给我听听。就背犯义六过。"

几个人面面相觑，断断续续背起："一曰酗酒斗讼二曰行止喻违三曰行……行……"

白嘉轩背手瞪着他们。

远处，其他乡民忙都躲避瘟神般绕开。

白嘉轩指着："站住！过来，给我背乡约！"

17. 祠堂　晚　内

牌位前跪倒一批乡民，含糊不清地背诵，如同念经般。

白嘉轩坐在椅子上扫视众人："今晚背不过就跪一晚！啥时背会啥时起来！"

二豆在门口扯着脖喊："乡约德业相劝德谓见善必行闻过必改！"

"二豆！你除了这句还会啥！别瞎嚷嚷！"

二豆跺着脚发狠般："乡约德业相劝德谓见善必行闻过必改！乡约德业相劝

德谓见善必行闻过必改！”

白嘉轩无可奈何地看着二豆。

白兴儿双手捧上皱皱巴巴的纸，上面的字歪歪扭扭：“族长您看看？”

白嘉轩瞥了眼：“再抄两遍。”

白兴儿作揖：“族长，我这眼皮都睁不开了。”

白嘉轩：“抄完三遍睡去。”

有人疲惫地打起瞌睡。

白嘉轩上前拍拍他脸。

“族长，白天干农活实在累得不行……”

白嘉轩：“再背不过不准回家吃饭！饿着肚子给我背！”

白嘉轩扫视众人，面带愠色：“这么好的乡约你们不珍惜，这是代代相传的宝你们知道不！往后村里我见着你们谁，不定就抽问谁一段！背！”

18. 村　日　外

白嘉轩走过来。

乡民们正蹲在树下端着碗吃饭说着什么，呼啦一下散去，逃一般躲避开。

白嘉轩沉着脸望向四周，只剩下一地的石头棋。

19. 保障所　日　内

鹿子霖扒着门偷望，幸灾乐祸地摇头冷哼。

鹿子霖：“我这辈子头一回见这么个族长，族人见他跟见鬼一样。”

白兴儿打着哈欠：“昨晚上我抄写到天快亮。石头，你呢？”

石头蒙着，靠在那不说话。

桑老八、小寡妇还有几个人躲进保障所来：“鹿乡，借地方躲躲！”

鹿子霖乐：“出去！拿我这当啥了。”

桑老八赔笑：“还是您好说话。我现在见着族长就哆嗦。”

鹿子霖瞥着小寡妇：“你们是不明白他的意思。他是要你们见了他张嘴就背乡约！甭等他问。”

桑老八瞠目结舌："见着他啥都不说就背乡约？"
鹿子霖点头："没瞧咱族长都疯魔了，兴许天一黑还扒窗户底下听你们背哩！"
众人面面相觑。

20. 村　夜　外

跛子爷提着马灯前面一路小跑。
白嘉轩后面快步跟随："看清了？"
跛子爷："有人影往那院里钻，我一直跟随，好几个哩，鬼鬼祟祟的。"
白嘉轩皱眉："这小寡妇咋也干上这营生了？"
跛子爷："她男人刚死去不到半年哩，兴许是瞧李寡妇凑赌赚了钱……"
白嘉轩大步进院。

21. 小寡妇家　夜　内

白嘉轩用力砸门："开门！"
屋里小寡妇叫："干啥！"
白嘉轩："不开我就闯啦！"
屋里小寡妇："睡觉哩！"
白嘉轩退后两步猛地向前踹去，带着跛子爷冲入屋中，黑暗中尖叫声。
灯点亮，小寡妇裹着被哆嗦恐惧地蜷缩在炕角。
白嘉轩怔住，跛子爷举马灯照四下诧异寻找。
小寡妇哭："族长……我背不行么！我背！德谓见善必行闻过必改……"
跛子爷："人哩？"
白嘉轩吹灭马灯："别照了，走！"
身后小寡妇惶恐的背诵声传出："能治其身能修其家能事父兄……"

22. 村　夜　外

白嘉轩铁青着脸出来，跛子爷追上。

跛子爷：“族长，我亲眼看见的……”

白嘉轩扫视四下：“上当了。”

跛子爷一愣：“上啥当？”

白嘉轩叹息一声：“跛子爷，你没看错。继续巡你的，有啥事再去叫我。”

跛子爷：“唉！”

白嘉轩：“你小心着点！”

白嘉轩望着马灯走远，自己懊恼摇摇头，快步走去。

走出几步仿佛听到身后有动静，白嘉轩停住脚步回头看看，黑暗中没有人影。

白嘉轩诧异，继续扭头往前走，突然一棍子从后面抡到他后脑勺。

白嘉轩倒下去……

23. 白家　清晨　外

白嘉轩迷糊地睁开眼睛，炕头仙草跟妈都眼巴巴瞧着自己。

仙草：“醒哩！”

鹿三：“少东家！”

白嘉轩撑起身晃晃脑袋：“三哥，你快拿上家伙去书院！看我姐跟我姐夫有没有事！”

鹿三愣，立刻意识到情形不对，冲出门。

仙草跟白赵氏都惊恐地看着白嘉轩。

白赵氏：“到底咋啦？”

白嘉轩喘息：“……被禁了烟，寻仇的。”

跛子爷哭着扑上前：“族长，这夜更我不守哩！您换人吧！”

白嘉轩吃一惊：“咋？跛子爷？”

跛子爷哭：“我被人蒙了头扔猪圈里了！还骂，问我以后还敢跟着你查赌查烟不……”

白嘉轩怔怔地看着他。

白赵氏：“听出是啥人来了么？”

跛子爷：“没听出来！”

仙草："你先躺下，还晕不晕？"

白嘉轩皱眉沉思："我没事。"

仙草搀扶跛子爷出去："您老先回去歇着吧，我送您……"

白嘉轩沉思："这人就想恶心咱，他没下重手。"

白赵氏："恶心？苍蝇不叮没缝的蛋！"

白嘉轩一怔抬眼看白赵氏："妈，您这啥意思？"

白赵氏："我这话也是替仙草问的，你真没对人家小寡妇动啥心思？"

白嘉轩无可奈何："妈！咋可能么。"

白赵氏呸了一声："那你闯人家屋干啥？外面都传开哩。"

白嘉轩一惊："都传开了？"

白赵氏一努嘴："全村的人都来哩！都是来看你的。"

白嘉轩惊诧地爬起扒窗望出去，院门口挤满了人。

白嘉轩喃喃地："这是下套让我钻啊。妈，凡是来看我的，都让他们进！"

白嘉轩又爬回炕，扯条毛巾叠好盖额头上。

白赵氏疑惑："你这又是唱哪出戏？"

24. 白家院门外　日　外

白兴儿蹲在石礅上，人群正围着白兴儿起劲地听他绘声绘色讲，眉眼跟随着白兴儿变换。

白兴儿："……小寡妇喔的一嗓子，我在家都听见哩。兴是把人家逼急了，追出门来照后脑袋这么一下子！"

鹿子霖坏笑："没瞧出嘉轩这么大瘾啊。"

众人都跟着轻笑。

"听说那小寡妇边叫还边背乡约哩！"

坏笑声四起。

桑老八骂："怪我扒小寡妇的墙，人家倒好，直接从院门进！"

鹿子霖冷哼："要么说你笨呢！扯这么大动静，学学人家，闷头就把事干了！"

鹿三扛着梭镖冲出院门，人群呼啦闪开条道。

鹿子霖抱住鹿三:“鹿三,不敢瞎动!”

鹿三:“鹿乡你让开,我不动谁!”

鹿三推开鹿子霖,往远处奔去。

白赵氏这边开院门:“大伙都是来看嘉轩的?来,快进吧!”

鹿子霖随着人群往里进。

鹿三急奔,远远撞见朱先生跟朱白氏。

鹿三叫:“朱先生!”

25. 白家后院 日 内

仙草把朱先生和朱白氏让进屋:“姐,姐夫,前院都是人,我待会把嘉轩叫过来吧。”

朱白氏:“他伤得不重?”

仙草:“不重,血都没出。孩他爸说那人就是想恶心他。现在全村人都念叨昨晚的事呢,姐夫你说咋办?”

朱先生笑眯眯看着仙草:“关键是你信吗?”

仙草咬着嘴唇摇头:“我不信。”

朱先生点头:“那就行了。”

前院传来背诵声:“……一曰酗酒斗讼二曰行止喻违……”

朱先生眯起眼听着。

仙草:“这族里人都快被他逼疯了,见了他面就得背一段乡约。”

朱先生一怔,大笑起来。

仙草不好意思:“把自己都搞魔怔了。”

朱先生笑出泪来,起身:“我们走吧。”

朱白氏愣:“不见我弟了?”

仙草忙道:“姐夫别急,我让嘉轩过来。”

朱先生摆摆手,笑:“别,他忙正事。不打扰了。”转头冲媳妇,“咱走。”

仙草:“哎,姐,姐夫……咋说走就走了呢?”

26. 白家屋 日 内

桑老八往门外退："族长，好好养身子！莫动莫动……族长，我给您背一段吧？"

白嘉轩摆了摆手。

桑老八不甘："我背得可熟哩！"

白嘉轩厌烦："走走！"

白嘉轩看鹿子霖进屋，忙闭上眼睛。

鹿子霖满脸关怀同情的神色靠到炕边，双手紧拉住白嘉轩的手："咋成这样啦？"

白嘉轩无力地睁开眼摇摇头，默默审视。

鹿子霖骂："哪个遭天杀的畜生干的！这是族长！这是跟全族人过不去么！"

白嘉轩更加虚弱："子霖，别喊了。"

鹿子霖激动得有些夸张，靠坐在炕头："我这心里别扭，就跟打在我头上一样！"鹿子霖压低声，"兄弟，那小寡妇也是，嘴不严得很。我抽空替你教训教训她。"

白嘉轩盯着鹿子霖："教训啥？"

鹿子霖也装糊涂："让她明白事理啊。"

白嘉轩笑笑："噢。"

鹿子霖也跟着笑。

仙草迈进屋为难地："孩儿他爸，李嫂非要把这筐鸡蛋让咱留下。"

白嘉轩摇头："不能要。"

李寡妇跪倒在地哭："族长！族长你就收下吧，我孤儿寡女的没啥可孝敬的，鹿乡也在这，我代我孩子谢你们了！"

鹿子霖慌忙起身："这咋说的？"

李寡妇一把鼻涕一把泪："族长说您两家都让一步，把那地还给我接着种。"

鹿子霖吃一惊，瞪白嘉轩："我啥时候说……"

白嘉轩拉住他胳膊："李寡妇，你要谢还真得谢鹿子霖，他连你前面欠的粮食都不要哩。"

李寡妇哭："鹿乡的大恩大德哎！"

鹿子霖脸色苍白，愤怒地瞪着白嘉轩低声："你咋声都不吭就做我的主？"

白嘉轩捂住头："哎哟头晕！"

鹿三见状忙上前赔笑："鹿乡，我少东家晕哩。您先？"

鹿子霖不舍，转头低骂："这招你倒学得挺快！"

白嘉轩拼命忍住乐，闭上眼躺在那。

鹿三凑近："接着叫？"

白嘉轩轻声："叫，让他们挨个进。"

27. 白鹿原　日　外

朱先生快步走。

朱白氏快步跟在后面埋怨："咱跑那么老远路，你又要回去，我还没看我兄弟呢。"

朱先生一笑："别给你弟捣乱了。你弟啥事没有，他抓这机会试人哩！"

朱白氏疑惑："试啥人？"

朱先生微微一笑："回家快和面去，你弟天黑前就得去找咱。"

28. 白家　日　内

白嘉轩望着窗外仙草送走最后一拨人，孝文站在门口轻声叫。

孝文："爸！您没事吧？"

白嘉轩拉过儿子一笑："你瞧我像有事的么。"

孝文像桑老八那般神秘地："爸，黑娃偷进祠堂好多回了。都是从后面那矮墙翻进的。"

白嘉轩一怔，瞧着儿子。

孝文兴奋地："黑娃还跟石头在一块呢，我亲眼瞧见的。"

白嘉轩怔怔地瞧着儿子："你想告诉我啥？"

孝文："爸，黑娃学坏。"

白嘉轩愣了半晌，坐下拉过儿子："你妈说那天晚上黑娃被他爸打，也是你告的？”

孝文点头：“嗯。”

白嘉轩掩饰厌恶，复杂的目光打量孝文：“为啥要告恶状？你恨黑娃？还是想让爸夸你？”

小孝文茫然：“爸，我做错啥啦？”

白嘉轩摇摇头：“孝文……唉。”

白嘉轩长长叹了口气，再说不出话来。

29. 村 日 外

鹿三牵着马车，白嘉轩坐在车上。

经过的族人都让到一旁：“族长！犯约之过四：一曰德业不相劝二曰过失不相规三曰礼偕不相成四曰患难不相恤……”

“族长！德谓见善必行闻过必改能治其身能修其家能事父兄……”

鹿三轰：“行哩，别背了！”

白嘉轩喃喃地：“三哥，让他们背。这背后准是有人教啊。”

远处保障所门后，鹿子霖扒门缝边望边乐。

白嘉轩望向这边，鹿子霖忙把门关严，笑得瘫软坐到地上。

30. 书院 日 内

白嘉轩走进书院：“姐！姐夫！”

朱白氏坐在镜前椅子上，朱先生正半猫腰专注地给媳妇描眉。

白嘉轩呆住，想笑又不敢笑，想走又不敢动身。

朱白氏从镜中看见兄弟想站起，被朱先生按住。

朱先生轻声：“别动，还一笔就描完了。”

朱白氏脸红：“兄弟，快坐。”

白嘉轩答应着：“哎！”

朱白氏：“你头没事啦？我瞧瞧。”

白嘉轩躲：“姐，连血都没流。我脑袋硬着哩！”

朱白氏叹了口气:“得罪人的事往后少做吧。我去给你做面去。”

白嘉轩指了指镜台:“姐夫,你……也干这事?”

朱先生微笑:“你当我是画里的人么,不食人间烟火?”

朱先生接过毛巾抹抹手,看媳妇进屋的背影,凑近白嘉轩神秘地:“此乃人生一大乐事也。”

白嘉轩笑起,朱先生也爽朗地笑。

朱先生上前查看白嘉轩脑后:“别动……是没咋伤着。”

白嘉轩:“那人就不想伤我,他想恶心我。”

朱先生盯着白嘉轩:“你让全村的人挨个进屋,认出那人的身形啦?”

白嘉轩一怔,佩服地:“姐夫,还是你了解我!”

朱先生:“那你想咋办?揪出他来?”

白嘉轩摇摇头。

朱先生笑起来,按住白嘉轩的手:“好!好!兄弟你做得好!不过你能想着让鹿三赶来护书院,我跟你姐这心里受用得很。”

白嘉轩:“我是怕狗急了跳墙……”

朱先生落座,笑:“谁也不稀罕伤我这个读书人。”

白嘉轩点点头:“那倒是。”

朱先生:“嘉轩,你知道这世上啥人最危险?啥人最安稳?”

白嘉轩想了想:“那自然是皇上、大总统。”

朱先生摇头:“皇上都被逼退位了,满世界跑,如丧家之犬。大总统都换几任了?”

白嘉轩认真琢磨:“那省城里的大户人家最安稳。”

朱先生摇头:“不是被贼惦记就是被土匪盯上,兄弟你说的这全是最危险的人啊。”

白嘉轩皱眉思索:“……那庙里的最安稳。”

朱先生笑:“真有你的!”

白嘉轩也跟着不好意思地笑。

朱先生:“那年赶大集时有人把庙给烧了,你咋忘啦?”

白嘉轩恍然点头:“对,烧香的供了好多香火钱,不灵,气得一把火给烧了。姐夫,那按你说天底下人都不安稳。”

朱先生笑:“你,最安稳。”

白嘉轩呆住:“我?”

朱先生："你是族长啊。"

白嘉轩眼巴巴看着朱先生，朱先生却没下文，端茶不慌不忙吹起来。

白嘉轩忍不住："族长……咋？"

朱先生笑眯眯看着白嘉轩："族长族长，一族之长，不当官来做，才安稳。"

白嘉轩细细品味着："不当官来做……"

朱先生笑："回去慢慢品吧。我再给你讲个故事，古时有个帝王叫舜，家境寒微，母亲很早去世。父亲续娶，继母生弟名叫象。舜生活在'父顽，母嚚，象傲'的家庭环境里，父亲心术不正，继母两面三刀，弟弟桀骜不驯，几个人串通一气想杀掉舜，霸占他的财物。让舜修补仓房的屋顶，却在下面纵火焚烧仓房。舜靠两只斗笠作翼从房上跳下幸免于难。后来又让舜掘井，井挖得很深了，父亲和弟弟却在上面填土要把井堵上将舜活埋在里面。幸亏舜事先有所警觉，挖了一条通道穿出躲了一段时间。"

白嘉轩惊得合不拢嘴："天底下有这样狠的家人？"

朱先生点头："舜归来后也不放在心上，一如既往，孝顺父母，友于兄弟。在家里人要加害于他的时候，及时逃避。稍有好转，马上回到他们身边，尽可能给予帮助。"

白嘉轩瞠目结舌地坐在那。

朱先生叹了一声："这才是古人的风范呐。"

白嘉轩："后来呢？"

朱先生："后来舜的父亲杀了人，舜便辞去天子自贬为民，偷偷打开牢房把父亲救出，逃到海角天涯尽享天伦之乐去了。"

白嘉轩呆呆地坐在那。

朱先生笑："咋？听傻了？"

白嘉轩由衷地："姐夫，你真是有学问。"

朱先生突然一问："学问是啥？"

白嘉轩一怔瞧着他，笑："姐夫你又取笑我。"

朱先生严肃地："学问是啥？"

白嘉轩尴尬，指桌上那堆书卷："这不都是么。"

朱先生拿起册书来："书？还是上面的字？对读书人来说这是书，对不认字的老百姓来说这就是上茅房的纸。"朱先生拈起里面一个细小的书虫，"对这虫子来说它就是吃食，是碗香喷喷的油泼面。”

白嘉轩呆呆地看。

朱先生低头翻书，寂静无声。

白嘉轩咽口唾沫，起身：“姐夫我回去了。”

朱先生点头，白嘉轩急匆匆出门：“姐我回哩！”

朱白氏抹着手上的面：“哎咋说走就走？吃完再回！”

白嘉轩头也不回：“不了！我还有事！”

朱白氏诧异地转头看丈夫：“他来问你啥啦？”

朱先生微微一笑合上书：“啥也没问，也啥都问了。”

31. 白鹿原　日　外

白嘉轩坐在马车上，还沉浸在刚才的话中。

鹿三暗暗打量：“少东家，朱先生都跟你说啥啦？你这一路都没说话。”

白嘉轩恍惚出神的目光：“三哥，拉我去趟县城。”

鹿三答应：“唉！”

32. 县城城墙外　日　外

要饭的一堆堆坐在城墙下晒太阳。

鹿三牵着马车跟随白嘉轩走，不解地问：“少东家，这城墙底下都是些要饭的，脏得很。”

白嘉轩：“你帮我寻寻。”

鹿三：“寻谁？”

白嘉轩：“寻咱原上的人。”

鹿三恍然：“哎！”

白嘉轩突然停住脚步，走到一个衣服破烂、面容憔悴的女子前蹲下，那女子抱紧娃吓得看白嘉轩。

女子突然叫：“族长？”

白嘉轩鼻子一酸。

33. 白家 夜 内

仙草轻拍白灵睡觉，白嘉轩从后面搂过来。

仙草眼神一震，觉察到丈夫的异样。

白嘉轩柔声："咱灵灵要满月了。"

仙草："嗯。"

白嘉轩："这一个月我是不是有点疯魔？"

仙草："嗯。"

白嘉轩："咱灵儿的满月我想大办。"

仙草翻过身打量丈夫，半晌："行。"

白嘉轩："你不问问我为啥要大办？"

仙草轻声："我知道你又变明白了，做啥都有你的道理，我干啥还要问呢？"

白嘉轩感动地搂过媳妇："我白嘉轩祖坟上冒青烟哩，娶回你这样一个媳妇。"

34. 白家院 日 外

乡亲送的虎头帽、花馍、裹肚、玩具等物摆满桌子，院里绳子上也搭满送的布料和被面。

十几张大桌铺排在院里院外，族人坐得满满当当。

白嘉轩脸上带着喜气："今日是我女儿白灵满月。我俩儿子都没大办，有人说我白嘉轩铁公鸡一个抠得很，在我女儿这我就大办一场。"

众人起哄："好着呢！"

白嘉轩笑："我这娃被白狼叼去时，全族的人都抄起手中家伙去撵，去追，我跟我媳妇说白鹿原有一个算一个都是我闺女亲人！今日就当成是家里人聚。"

鹿子霖："赶紧上菜吧！"

众人跟着起哄："上菜吧！"

白嘉轩笑："莫急么，上！"

仙草、朱白氏、鹿三等人端着一碗碗面上来。

众人都呆住，眼睁睁看着自己面前那碗油泼面。

白兴儿："这……这……咋先上面了？"

白嘉轩笑："对不住各位，没菜，就是面。"

众人哗然，鹿子霖摇头骂："还是铁公鸡！"

白嘉轩："三哥你过来坐主桌。"

鹿三拘谨不安："少东家，我……"

白嘉轩："你过来！"

白嘉轩拉过鹿三，按住他双肩："我给灵灵认了个干爸，是我家三哥。"

众人哗然，低声议论起。

鹿三惶恐地站着。

白嘉轩笑："亲已经认完，这里我就让黑娃跟孝文、孝武认个兄弟，大伙做个见证。来，你们过来！"

孝文吃惊地看着父亲。白嘉轩默默地注视他。

孝文、孝武、黑娃站在面前。

白嘉轩："记着，你们今日拜了兄弟就是一家人，将来不管兄弟做了啥事，就算被天下人骂，也不准背后害他，不准偷告恶状，遇危难必伸手相助。能做到么，孝文？"

朱先生坐在那露出一丝欣慰的笑来，朱白氏诧异地看着丈夫。

孝文抬眼看父亲。白嘉轩也默默注视儿子。

鹿泰恒目光透出温润，感动地点点头。乡民们鸦雀无声地望着。

孝文轻声："能。"

白嘉轩："黑娃？"

黑娃："能！"

白嘉轩："孝武？"

孝武："能！"

白嘉轩："好，行拜礼！"

鹿泰恒突然颤巍巍喊了嗓："好！"

鹿子霖惊得筷子差点掉落，陌生地看着老爸。

众人齐声吼起："好——"

三兄弟恭恭敬敬行起拜礼……

35. 村口 日 外

石头嘴被捂住，拼命挣扎，眼中透着恐惧。

一把刀横在他脖上。

旁边有人低声威胁："想活命，听话。把你们族长叫来。"

第八集

1. 白家院　日　外

众人端碗都吃得满头是汗，有蹲墙角的，有蹲凳子上的，有吃完小跑再去盛的。白嘉轩端着大碗的面笑吟吟在人群中走。

白嘉轩："多吃，还有！"

桌旁桑老八吃得满头是汗，跟李寡妇等人嘀咕："他家的面咋那么香哩。"

有人大声道："族长娶了个好婆姨么！"

鹿子霖也狼吞虎咽吧唧着滋味，鹿泰恒连连点头。

鹿泰恒："好面！好！"

仙草笑着端上两碗新面："二伯，多吃！头晚嘉轩让把家里两只鸡宰了，这是用高汤下的面。"

鹿子霖媳妇没心没肺地："还是你的手巧哩！我就摭不出这样嚼头的面。"

鹿子霖白了一眼媳妇。

冷先生一抹嘴递上碗："还有么？再来。"

鹿子霖乐："没见过冷先生也这么能吃。"

冷先生不笑，认真道："就你老说话，你那面都凉了。"

鹿兆鹏、鹿兆海、白孝文、白孝武、黑娃、二豆好几个娃围在一老者身旁听讲书。

老者："那曹兵追到河边，赵子龙眼看就过不去桥了，桥上一匹马上端坐一人，赵子龙心说罢了，我命休矣。忽听一声吼，竟是张飞张翼德！曹兵后边追来，赵云叫，三千岁快快接我过桥。张飞喊，四弟你回来了，快快上桥。待赵云过去张飞暗自思量，丢下我老张一人，怎样阻挡曹兵？这……有了！来呀！将河湾柳梢砍下许多，拴在马尾，来往奔走，尘土遮天，与他个疑兵之计，惊吓曹瞒，照计而行。"

老者摇头晃脑开唱秦腔。二豆跟随着摇头哼唱，被孝文捂住嘴。

鹿兆鹏急得不行：“您先别唱，后面咋样啦？”

黑娃：“就是！你先讲完再唱！”

老者无可奈何：“曹操带兵来到，定睛一望：桥是当阳桥，杀气万丈高。尘土遮日月，旌旗空中飘。夏侯杰，前去探桥。夏侯杰答应一声，不知刘备有多少人马，黑压压雾沉沉的。谁在桥上？张飞大吼，三老子张飞在此……”

老者又开始唱。

鹿兆鹏、白孝文等人摇动老者胳膊：“你咋又唱啦，快讲啊！曹军就被他一人挡住啦？”

老者气急败坏：“嘉轩，我是没法子唱哩！你们村这娃都急性子！”

众人哄笑起。

朱白氏抱着白灵出来，各家都围上瞧。

白兴儿大着嗓门：“瞧，又笑了！这娃咋看谁都笑？真喜兴！”

鹿兆鹏好奇地挤上前：“婶，我抱抱行不？”

朱白氏迟疑了一下。

仙草笑送上婴儿：“知道咋抱不？”

鹿兆鹏小心翼翼地接过，笨拙地换手。

白灵眨着眼睛看鹿兆鹏，突然哇一声哭起来。

仙草吓一大跳：“呀！”

鹿兆鹏也慌乱递还给仙草，却发现自己身上已经湿了。

仙草抱住女儿大笑：“兆鹏，我娃把你给尿哩！”

鹿子霖一个脑瓢打在儿子头上：“你才多大，万一摔着娃咋办！”

白嘉轩笑：“没事，尿在你身上是你福分呢兆鹏！”

鹿子霖又一抽儿子屁股：“还不回家换衣裳去！”

鹿兆鹏跑远。

仙草笑：“嘉轩，灵灵儿见着谁都是笑，她见白狼都不哭，见着他倒哭了！”

白嘉轩凑上前瞧，冲鹿子霖：“你瞧这伤心的，还挂着泪呢。”

鹿子霖也踮只脚看，乐：“真是！”

谁也没注意到石头踉跄站在院门，脸色苍白靠在门里怔怔地望着。

朱先生正微笑着与乡亲聊天，无意间瞥到石头，一怔。

石头恍惚进人群，将白嘉轩拉出低语，朱先生诧异地瞧着。

鹿子霖也扭头暗暗打量。

白嘉轩低声："啥？县里来的？咋不进来么。"

石头颤抖着声音："他们在村口，说去祠堂了，寻不着你。"

白嘉轩点点头，一拍石头："赶紧找你婶子吃面去！"

石头："唉！"

白嘉轩匆匆出去。

鹿子霖后头上前一把揪住石头："石头，谁来啦？"

石头吓得不行，紧摇头："没，没谁！"

鹿子霖冷笑："这刚几天啊，胳膊肘就往外拐哩。行，石头，你倒知道哪棵大树底下能乘凉。"

石头咽口唾沫，紧张万分："我没……我……县里来的车，叫族长过去……"

鹿子霖脸色一变："县里来人啦？那咋不先找我这个乡约！"

仙草那边叫："石头！快来！满处寻你，干啥去啦？"

鹿子霖一推石头，转身匆匆追出院门去。

2. 村口坡下　日　外

白嘉轩远远望见那辆马车，马车上的人没有下来，他快步上前去。

身后鹿子霖一路小跑，嘴里骂着："县里来人你抢功？我这乡约还没见哩！"

山坡上，鹿兆鹏停住脚步好奇地望着两人向马车跑。

鹿兆鹏咧嘴乐："爸！"

坡下白嘉轩慢慢走到马车前往里张望，里面两人冷冷瞧他。

车里传出冰冷的声音："你是这里族长？"

白嘉轩点头："是。"

"上车说。"

白嘉轩愣了一下没动："几位官差来原上做啥？我认得你们何县长……"

身后鹿子霖叫喊："白嘉轩！"

白嘉轩回头望去。车里两人也交换个眼神。

鹿子霖气喘吁吁奔来，远远望着车帘撩开，白嘉轩生生被揪进去。

鹿子霖急："官爷！别急还有我！还有我哩！我是乡约！"

车帘又从里面打开，人却没下来。

鹿子霖奔到马车前喘息，跑得上气不接下气。

车里人冷冷地问："你是乡约？"

鹿子霖只剩点头的分儿，说不出话。

"你也进来。"

鹿子霖欣喜爬上，突然察觉到坐在最中间的白嘉轩嘴被封上了，狰狞着眼瞪着自己。

鹿子霖呆："咦？嘉轩，你这是……"

白嘉轩用尽气力瞪鹿子霖，发出牛叫般的闷声："嗯——"

鹿子霖刚想后退，身后有马奔来的声音，后脑勺一下重击，鹿子霖缓缓趴下去。

山坡上，鹿兆鹏诧异地瞧着鹿子霖前身趴在马车里，两条腿被拖进。一人驾马车，一个人骑在马上跟随。

鹿兆鹏一脸茫然，追着马车奔跑。

坡下的马车越奔越快，鹿兆鹏撒腿在坡上追着……

3. 白家　日　内

石头手里捧着碗一直在哆嗦，额头全是汗，眼神惶恐。

仙草笑眯眯地："咋出这么多汗？石头兄弟，你别忙吃，先擦擦。"

石头满嘴塞面，说不出话。

仙草转头冲里间："出来吧。"

一声怯怯的娃娃叫："爸？"

石头缓缓抬起头，呆呆看着眼前的娃。帘后，石头媳妇也跟出拢过孩子，含泪看着他。

仙草推了推娃，轻声："去啊！你不想你爸么？"

娃哽咽："爸！"

石头撂下碗一把抱住孩子，泪水涌出。

石头媳妇抽泣："族长到县里把我们接回来了，说咋都有我们口饭吃。还说，往后供咱娃上学念书……”

石头抱着孩子呜呜哭起。

石头媳妇捶他两下：“你就学学好吧！你别再抽了！”

仙草也笑着抹泪：“行啦！要打回家打去，今天到我这你们一家子吃饱了吃香了！石头，嘉轩知道你家里紧，把祠堂官地的存粮给你家周济几斗，族里都答应了。”

石头一屁股瘫软靠坐在门边，面色如灰。

石头媳妇拉过孩子，惊：“你咋啦？”

石头猛抽自己嘴巴，哭起，转身奔出门去。

仙草吃了一惊：“石头！你干啥去？”

4. 白家院　日　外

石头奔到大院门口，人群还在围着朱白氏抱的白灵。只有朱先生注意到石头，凝视跟随。

石头奔到门口抉择着什么，突然转身大叫：“不好啦！族长被人绑啦！”

满院的乡亲没反应过来，都转身怔怔地瞧着石头。

鹿泰恒一拍桌：“石头，这日子你咋能开这玩笑？”

石头急得不行，指着外面吼：“就在那！再晚就来不及了！”

朱先生第一个反应过来起身冲出院，鹿三也一激灵抄起门后的门杠跟出，二豆蹦起跟着跑出。人群这才争先恐后地涌出门去。

仙草脸色苍白，不敢相信地站在院里。

5. 原上山坡　日　外

鹿兆鹏在坡上紧追那辆颠簸前行的马车。身后远远传来爷爷的喊叫声。

“兆鹏！回来！”

鹿兆鹏喘息回头望去，爷爷、朱先生带着乡亲们都涌在远处村口眺望。

鹿兆鹏用尽全力喊：“我爸和嘉轩伯在那车上！他们把我爸带走啦！”

二豆跟随扯着嗓子“嗷……”学狼叫起。

6. 村口　日　外

这边人群涌动，乱成一团。

朱先生眯起眼定定地凝望鹿兆鹏的身影。

鹿泰恒颤巍巍举着拐杖，近乎哀求："这是匪啊老少爷们儿，不能让他们把人带出原去。"

鹿泰恒这一声苍老的喊叫，乡亲们撒开腿呼啦一下向坡下涌去。

朱先生："鹿三！你回来！"

鹿三刹住脚，急得不行："先生！再不撵来不及了！"

朱先生："赶你的马去！"

鹿三一拍脑袋往回奔："哎！奶奶的等撵上戳不烂他们！"

朱先生又叫："鹿三！"

鹿三停住脚步回头。

朱先生："那车你追不上了！你往原下走。"

鹿三急："我往原下……"

朱先生喝道："他们不熟路还在原上绕圈圈，你告诉原下的村把路都给封住！这马车方圆几十里都显眼得很，传出话，人见人砸！"

鹿三恍然，又回头跑："哎！"

远处鹿兆鹏指着方向："往那边去啦！"

朱先生眯起眼默默地望着在坡上奔跑挥手指挥的小鹿兆鹏。

7. 祠堂　日　内

鹿子霖媳妇哭号着，仙草一旁含泪静坐。朱白氏带着几个妈们轻声劝着。

鹿泰恒等几个老者坐在祠堂当中，个个面色沉重，院里挤满了等候的乡亲，都眼巴巴看着朱先生。

朱先生背手在堂里来回走动，沉思。

鹿兆鹏、鹿兆海、黑娃几个孩子扒着墙头偷望。

鹿兆海轻声："哥，爸还能回来么？"

鹿兆鹏没有答，目光紧紧跟随朱先生。

黑娃："听我爸说，土匪可厉害了，杀人的。"

鹿兆海哭："哥，爸回不来咋办？"

鹿兆鹏轻骂："哭啥！别哭了！朱先生来了，不怕！"

鹿三风尘仆仆冲进："先生！"

几个老者都站起身，朱先生定神看着鹿三。人群将鹿三拥住七嘴八舌。

"咋样？""找着没？"

鹿三拨开众人，冲朱先生："您说得真对，那车没敢下原。"

朱先生点点头，继续注视鹿三等下文。

鹿三喘息："我到了原下说我村的族长被绑，各村的人都把路封住了。"

白兴儿、石头也满头是汗冲进。

鹿泰恒急问："找着没有？"

白兴儿："车寻着了，可里面没人，找遍哩，沟里都找了！"

鹿泰恒失望的目光，鹿子霖媳妇哇一声哭起："他爸啊！你不能走了哇！"

鹿兆海、鹿兆鹏、白孝文、白孝武也跟着哭起。

鹿泰恒顿顿拐杖："别哭了！这人还没死呢！"

顿时哭声止。

白兴儿递上信札："这是石头在车上发现的。"

朱先生忙打开，定神瞧着手中信札，递给鹿泰恒。

鹿泰恒颤抖着手扫看，一惊抬眼："朱先生，您看……"

朱先生沉吟片刻："他们是奔钱来的，不是匪。"

墙上鹿兆鹏被朱先生的判断惊住，瞪大眼仔细听。

几个老者交换个眼神。

朱先生："当务之急是先把钱凑上，保人。"

鹿泰恒："可这钱……太多了。就算我家和白家凑到一起，这一晚也凑不出那么多现钱！"

鹿泰恒转脸看仙草。

仙草："我家有多少，得回去问我妈。"

冷先生突然说话："谁说只有白鹿两家，再算上我冷家。我这就回家取！"

冷先生转身就往祠堂外走去。

朱先生转身向乡亲们一拱手："想必这些年种鸦片各家都有些积蓄，今日白鹿两家有难，能使多大力就出多大力吧！在下可作担保，今日付出的将来白鹿两家都会还给大伙！"

人群面面相觑，迟疑。

鹿泰恒点头："是这话！我鹿家就是把房子卖了扒了，也还这笔账！"

人们交头接耳低声嘈杂。

朱先生眼却扫向人群后的石头，石头眼神慌乱躲避，低下头。

8. 破窑　晚　内

鹿子霖呻吟着睁开眼，幽暗的灯火摇曳，白嘉轩与自己同样五花大绑，嘴里塞着东西。

鹿子霖呜呜两声，瞪着白嘉轩。

白嘉轩却不急，冲他摇摇头，使个眼色。鹿子霖顺着他眼瞧去，脚下正挨着一具尸体。

鹿子霖惊恐缩回脚，白嘉轩眼中却透着悲凉。

一人进窑，将那尸体踹翻过来，是死去的胡掌柜。

那人戴着面罩蹲在两人面前审视："认识？"

鹿子霖喘息点头，白嘉轩默不作声盯着那人。

那人："胡掌柜收不上来货，今年跟我们说不做了。这世上的事哪能说不做就不做呢，是吧？"

鹿子霖恐慌点头应和。

那人却盯着白嘉轩："你就是那带头铲地的白嘉轩？"

白嘉轩点了下头。

那人拍拍他肩站起："有种，原上的人跟着你都不种鸦片了。说明他们信你，你值钱。"

那人拽过胡掌柜尸体，按住尸体胳膊举起手中刀狠狠剁了下去。

鹿子霖脸上被溅到血，呜呜哭泣。

白嘉轩脸上也溅着血，怒视。

9. 村 晚 外

鹿兆鹏蹲在墙角偷偷探出头去，不远处朱先生背手而立，石头低垂着脑袋站在面前。朱先生好像在说着什么，石头边抹泪边摇头。

朱先生无声叹息，转身走进去。

鹿兆鹏疑惑的表情，靠坐回来思索。

黑娃、鹿兆海蹿到他身旁。

鹿兆海："哥，你咋跑这来哩。"

鹿兆鹏摇摇头。

黑娃迟疑："兆鹏，我爸说他们要的钱可多了，根本凑不齐。"

鹿兆鹏起身奔去。

10. 白家院 晚 外

树下，仙草跟朱白氏举锄用力刨出坑来。

后院墙根，鹿三蹲守在墙外。黑娃想跟着白孝文兄弟奔进门里，被鹿三一把揪到怀中。

黑娃："爸？"

鹿三摇摇头："咱不能进。"

黑娃："为啥？"

鹿三虎着脸："哪有那么多为啥！"

院门里，仙草抱出一个沉沉的匣子交到婆婆面前。

白赵氏迟疑不决："拿一半。"

仙草瞪眼："妈，姐夫说保人要紧，您咋让拿一半？"

朱白氏在一旁："妈，仙草说得对，先保住嘉轩的命再说！"

白赵氏颤抖嘴唇抢抱住匣子："可这是咱白家的救命钱……不行，只能拿一半去，村里不还给凑么？咱慢慢还……"

仙草怒："现在救你儿子不是救命钱么！你咋老糊涂哩！"

朱白氏惊："仙草你干啥？"

仙草干脆一把抢过匣子，转身头也不回地奔出院去。

白赵氏跟朱白氏都被仙草这一举动惊呆，一动不动。

11. 鹿家　晚　内

鹿子霖媳妇从炕下爬出，灰头土脸抱出一个匣子。鹿兆鹏蹲在一旁瞧。

鹿子霖媳妇瞥了眼儿子，打开匣往一个布兜里装黄货，取了一少半又将匣子盖好。

鹿兆鹏："妈？"

鹿子霖媳妇忙着系扣，头也不抬："嗯？"

鹿兆鹏："你咋不全拿？"

鹿子霖媳妇抬眼看鹿兆鹏："你懂啥！边去！"

鹿兆鹏拽回炕下的匣子："全拿！"

鹿子霖媳妇狠狠打了儿子一巴掌，鹿兆鹏捂脸陌生地看着妈。

鹿子霖媳妇不忍，含泪搂过儿子："你不懂。钱凑够你爸也兴许回不来哩……"鹿子霖媳妇抽泣起来，"村里人都给咱凑哩，万一你爸没了妈得养你们兄弟俩，咱自己得留条活路懂不？"

鹿兆鹏呆呆地靠在妈的怀中听。

12. 祠堂　晚　内

桌上摆着白鹿两家的匣子，也堆着各家交上的钱，还有人陆续进来往桌上放。

冷先生坐在一旁一笔笔记录。

鹿兆鹏挤在人群中偷望朱先生，朱先生正凝思不语。

鹿泰恒轻声："这钱差得多啊。"

老者："凑不齐，怕是那边要动手哩……"

朱先生突然说话："只要找到他们藏身之地就不怕。"

众人都眼巴巴瞧朱先生。

朱先生淡淡地："敌在暗我在明，所以没谈的余地，只能听人家漫天叫价。

当面谈，堵死他的活路谈，钱就好商量。”

鹿泰恒诚服地点头。

突然鹿三大叫冲进来：“完啦！动手啦！”

人们这才看到鹿三手里攥着滴血的包裹，鹿三扑通跪倒在地痛哭。

鹿泰恒等老者缓缓站起，不敢相信地瞧。

朱先生上前打开包裹，里面一只人手，朱先生也是一惊。

仙草哇一声哭出：“孩他爸！”

鹿子霖媳妇倒吸口凉气，身子一晃晕过去。

鹿兆鹏、鹿兆海哭着抱住妈：“妈！妈！”

朱白氏苍白着脸转向丈夫，颤抖着声音：“咋办？”

石头也含泪看着朱先生，颤抖着嘴唇。朱先生却一动不动，谁也没看。

朱先生沉声：“石头！”

石头应声站起，颤抖着声音：“……有个地方咱没去，夹皮沟。”

所有人转头看着石头。

白兴儿怔：“咱去了！不站崖上面往底下瞧了么！”

石头摇头：“可咱没下那崖。”

鹿泰恒拄拐杖站起：“崖下面有个破窑！七八年没人住哩！”

鹿三抢出祠堂，不少人跟着吆喝冲挤出去。只有朱先生和石头没动。

小鹿兆鹏也没有动，躲到柱后诧异地打量两人。

石头扑通跪倒痛哭。

朱先生轻声：“你们谁也没仔细瞧，那手不是他俩的。”

石头猛抬起头惊诧无比看着朱先生。

朱先生这才慢慢抬起头，嘴角竟带有一丝狡笑看着石头：“不把你激到这步，你也不会说。”

朱先生起身撩袍疾步出堂。

石头爬了两步，恐惧上前扒看，小鹿兆鹏也走出瞪大眼睛俯身瞧着……

13. 祠堂外　夜　外

白孝文伤心地哭着：“爸——爸——”

桑老八举着耙跑过，同情地望着，跟身边乡亲说：“你瞧白家这娃养的，孝敬得很！”

乡亲赞许：“是哩是哩！大孝子！”

孝武一旁好奇地看着村民向村外跑。

孝武拽白孝文的胳膊：“哥，哥！咱也看看去？”

白孝文甩开弟弟：“看啥！妈让咱老老实实在这等。”

孝武失望：“哦。”

白孝文突然瞪弟弟：“你为啥不哭？”

孝武：“我干吗哭？”

白孝文急：“爸被人绑哩！”

孝武呆呆看着哥，没弄懂啥意思。

白孝文咬牙切齿：“我告妈去，你不哭。好哇，爸没了你都不哭。”

孝武吓得忙拽住哥：“哥我哭还不成么！”

孝武一咧嘴假哭起来。

白孝文气急败坏：“你这连眼泪都没有，你这是假哭！”

鹿兆鹏带着黑娃、兆海奔到跟前：“孝文孝武你们去不去？”

白孝文：“去啥地方？”

鹿兆鹏：“去救你爸我爸！”

白孝文按住弟弟：“我妈说，就在这等。”

黑娃拉起弹弓兴冲冲：“走吧！看看绑匪长啥样！”

孝武刚想动，白孝文狠狠瞪着弟弟，孝武停住脚，眼巴巴瞧着鹿家兄弟带着黑娃奔去。

白孝文抹起眼泪，继续哭：“爸——”

孝武揉着眼跟随号起，边不舍地偷望鹿兆鹏的背影：“爸——”

14. 窑 夜 内

鹿子霖恐惧地哭泣，嘴又被封住只能呜呜低泣。

白嘉轩踹了踹他，摇头。

鹿子霖发泄踹回，狠狠瞪白嘉轩，自己哭得更伤心。

白嘉轩无可奈何的目光。突然三个绑匪退回屋内，蹲在窗下警惕地望着外面。

鹿三叫声传来："里面人听着！把他俩放出来饶你们条命！要不放人，冲进去把你们剁成烂泥！"

"砰砰！"绑匪掏出枪往外打了两枪。

白嘉轩惊，听着外面动静。

15. 夹皮沟崖上　夜　外

"嗷……"二豆站在沟上扯着脖子学狼叫。

鹿三已经举着梭镖带着几个小伙子下沟，被那两枪打得趴倒在沟底不敢再起身。

李寡妇上前一把将二豆按趴地上，狠抽两下："你不要命了！"

火把映红了整条沟，鹿泰恒等老者被人搀扶着站在崖上往下瞧。

白兴儿吓得往崖上爬："枪！他们有枪哩！"

老者吓得不行："这可咋整。"

"冲出来咱不都得完么！"

鹿泰恒也脸色苍白。

乡亲们开始退缩，叫："有枪！他们有枪！"

朱先生赶到，大声叫："怕什么！咱不也有枪么！"

众人惊诧地看着朱先生。

鹿兆鹏也赶到，恍然大悟看着朱先生。

朱先生更大声地："白兴儿，你们十来杆枪瞄着下面，他们敢露头就打！"

白兴儿莫名其妙呆站在那使劲摇头。

黑娃异常冷静地举起弹弓瞄准："白叔，算我一个！"

白兴儿惊奇地看黑娃。

黑娃冲他笑笑："白叔，别怕，就当是打狼！"

16. 窑　夜　内

三绑匪交换个眼神，轻声商量："他们也有枪。"

"咋办？冲不冲？"

白嘉轩与鹿子霖交换个眼神。

一人站起冲外面叫："钱带来没有？你们时候不多了！再等一等就见不着活人了！"

就听朱先生在上面朗声道："彼此彼此，天一亮县里的兵就会赶来，我们的时间都不多了。我们急，想必里面的人更急吧。"

三个人面面相觑，不作声。

为首的又叫："送去的那手看见了？要不要再砍一只扔出来瞧瞧？"

鹿子霖泪水又涌出，恐惧地摇头。

白嘉轩低头看去，鹿子霖的裤子已经湿了。

17. 崖上　夜　外

众人惊惶互看。鹿泰恒偷偷拽了拽朱先生的衣角。

朱先生按住几个老者拉扯自己的手："从现在起，你扔出只手，这原上的人就对你们多仇恨一分。你扔出一条腿，就对你们仇恨两分，他们俩若没命了，你们怕是连尸首都留不下！"

乡亲们先慌起来，哗然一片。

有老者偷喊："朱先生！快别说了！他们有枪！别激怒哩！"

窑里果然有人喊："老子闯那么多地方，命早捡回几条了，还怕你威胁不成！"

朱先生："倒不是威胁，你讲理，我们也讲理。你们要的钱一时半会凑不上，要能等就等天亮进城换去。你们又等不了。"

窑里人喊："现钱有多少？"

冷先生刚要说话，朱先生按住他。

朱先生："反正都拿来了，你们自己看，把人留下拿上钱走，原上原下准保闪开一条活路。”

窑里半天没动静。

朱先生也额头见汗，一动不动站在崖上。

鹿兆鹏紧张地趴在崖上想往下望，一只手揪住他脖领，鹿兆鹏回头，朱先生摇头拽回他。

窑里："把钱扔进来！"

冷先生抱着包裹递上，朱先生接过用力扔下去。

鹿三接住，小心翼翼送到窑口，退回。

一只手伸出将包裹拿进去。

老者："不如堵在这，等官兵来了再说。"

"让鹿三他们冲进去一顿乱砍……"

"嘉轩跟子霖血不都流完哩？"

鹿泰恒顿了顿拐杖："他有枪咱有铳子！全村的人都往里冲，他能开几枪？"

朱先生摇头："叔，真打起来，咱的人全得死。"

鹿泰恒呆呆地看着他。

朱先生轻声："里面的人不是等闲之辈，可咱的人只要死一个，全作鸟兽散。"

鹿泰恒叹："先生书看得太多，也太小瞧我们庄稼汉哩。"

其他老者纷纷赞同，又七嘴八舌商量起。

朱先生转身冲白兴儿招手，白兴儿小跑上前。

朱先生急促地："叫几个人举着棍，待会他们出来必定先寻车，你们远远跟着，不能近也不能远！"

鹿兆鹏眨着眼仔细听朱先生说话。

白兴儿没明白："举棍？他们要开枪打我们咋办？"

朱先生："懂咋举枪么？这样！你们举着，他们就不敢开枪！"

白兴儿露出恐惧之色。

窑里人突然喊起："钱太少！只能换一个！"

朱先生皱眉："白兴儿，枪都对准窑洞口，咱还是等官兵来吧！"

窑里人喊："两个都放，你们反悔咋办？"

朱先生思索："你们可先派一个人去拿车。咋样？"

窑里没了动静。

18. 窑　夜　内

三个绑匪面面相觑，低声商量。

白嘉轩瞪圆眼仔细听着。

“哥，我去拿车？”

“就这些钱，咱走？”

突然外面争论声起，一绑匪按住俩兄弟：“嘘——”

“放一个是一个么！”

“先放白嘉轩出来！”

“对着哩，先放嘉轩伯出来！”

“放我们族长出来！”

鹿子霖悲愤地瞪着外面，呜呜呻吟着。

19. 崖　夜　外

朱先生急，向四周做手势示意不要再说。

无奈乡亲们纷纷应和：“放族长！”“先放族长！”

鹿泰恒拄拐杖四望，无可奈何的表情。

窑里人答应：“好！就先放你们族长。我们得带这个乡约上车，以防打黑枪！”

朱先生长叹一声，默默摇头。

窑里人吼：“咋样？给个痛快话！”

沟里鹿三等人仰头眼巴巴看着上面。

20. 沟　夜　外

汽车轰鸣着开来，乡亲们举着火把闪开条路。车停到窑口，两绑匪架着已经瘫软的鹿子霖出来，登车。

一个绑匪没上车，仰头回望："刚才跟我喊话的是哪一个？"

鹿三起身："我！"

绑匪："不是你。刚才站上面讨价还价的是哪个？"

朱先生迈上一步："是我。"

二豆跟随迈上："是……"

没说完一把被李寡妇抄到怀里捂住嘴。

绑匪的脸被罩住，一双眼紧盯着朱先生望了会，突然举起枪对准朱先生额头。

鹿兆鹏目光一紧攥紧小拳头。

白兴儿等人端的棍子开始哆嗦。

朱先生却面不改色："你们上车了，谁也追不上。把人放下吧。"

绑匪举枪对住朱先生额头一动不动。

突然身后白兴儿等人扔下棍子逃去，绑匪眼神不屑瞥了眼，冷笑，意味深长地看了朱先生一眼，收枪转身要钻入马车。

朱先生懊恼地叹了口气。

突然一个幼小身影扑向马车，乡亲们一阵惊呼。

鹿兆鹏死死咬住绑匪的手，用力掰扯胳膊。

鹿子霖媳妇失声哭："兆鹏！"

鹿泰恒也惊呆："兆鹏快回来！"

鹿兆海也要跟着扑上前，被手疾眼快的仙草一把搂在怀中。

鹿兆海哭："哥！哥！"

"啪！"车门板被打中，黑娃举着弹弓又拉起。

鹿三吓得吼："黑娃！趴下！快趴下！"

黑娃跟没听到一般，吼："鹿兆鹏你快跑！我帮你！"

鹿三扑过来，一下将儿子按趴在地上。

绑匪一掌将鹿兆鹏打翻在地，鹿子霖嘴被塞着拼命挣扎瞪着倒地的儿子。

鹿兆鹏还要跃起，枪口对准他额头。

绑匪站在车板上冷哼一声："你这娃，有种。"

绑匪一把将鹿兆鹏揪上马车。

鹿泰恒吼："兆鹏！"

车疾驶冲出人群。

鹿子霖媳妇哭喊追去。

21. 破窑　夜　内

仙草冲入窑里抱起五花大绑的白嘉轩，朱先生、鹿三等人也进来。

白嘉轩封嘴取出，喘息："跟着……跟着去！"

朱先生转头冲鹿三："跟上去！看他们把鹿子霖放下车！"

鹿三迟疑了一下："唉！"

鹿三带人出去。

白嘉轩摇晃起身："我也去！"

22. 马车　夜　内

马车颠簸着疾驶前行，鹿兆鹏趴在五花大绑的爸身上哭，鹿子霖泪流满面连连冲儿子摇头。

鹿兆鹏用力扯下爸口中的堵物。

鹿子霖哭泣："娃，你不该上来啊！"

绑匪也不由感叹："你养这样儿子，算你祖上积德哩……"

话音未落，"啪"的一声，说话的绑匪被子弹击中，车开始剧烈摇晃。乱枪响起，木板纷纷震碎。

鹿兆鹏吓得扑到爸身上："爸——爸——"

鹿子霖挣扎："兆鹏！兆鹏快躲到爸身子底下！"

鹿兆鹏死命搂住爸，车一个侧翻，眼前一片昏天黑地……

23. 原上　清晨　外

鹿三赶着马车，白嘉轩和朱先生坐在马车上翘首以望，听着前方的枪声鹿三将马车一勒，转头看白嘉轩。

白嘉轩急："三哥！走哇！"

鹿三用力抽马屁股。

冲到原下，前方路上狼藉一片，白嘉轩跳下马车跌跌撞撞奔去，朱先生搀扶住他。

白嘉轩不顾一切扑到被打成筛子般倾翻的马车前，鹿家父子都陷入昏迷，鹿兆鹏紧搂着父亲，鹿子霖压住儿子身体。

白嘉轩含泪不忍再看，与朱先生一起用力拽动。

鹿三也扑上帮忙。

白嘉轩抱过孩子轻拍脸蛋："兆鹏？兆鹏！"

鹿兆鹏慢慢睁开眼睛，白嘉轩、鹿三正焦急地望着自己。

鹿三欣喜："兆鹏醒哩！"

白嘉轩回身拍鹿子霖："子霖？子霖醒醒！是我！"

朱先生直起身诧异地扫视现场，绑匪的尸身都没有了，他走到车前猫腰察看，露出疑惑的神情。

鹿子霖长吁一声睁眼呆呆地瞧着白嘉轩，面无表情。

白嘉轩："你咋哩？你说句话啊！"

鹿子霖依然目光恍惚。

后面白兴儿、桑老八、石头等人呼啦啦赶来。

鹿兆鹏含泪挤上前："爸！"

鹿子霖突然哇一声哭出来，紧紧抱住鹿兆鹏不撒手。

在场之人无不动容。

24. 祠堂　日　内

白嘉轩向大伙四下拱手，乡亲们挤满祠堂静静地看着他。鹿子霖靠坐在一旁椅子上，面色苍白。

白嘉轩："我们俩能活着回来靠的是乡亲们，大恩大德这辈子容我俩慢慢还！"

鹿子霖不屑一哼。

老者："那钱不在车上么，咋就没了哩？"

乡亲纷纷应和："就是，钱咋没了？"

“子霖叔，您是在车上的，谁拿去哩看着没？”

鹿子霖瞪眼：“你们言下之意是我贪了呗？”

白嘉轩无奈地瞥眼鹿子霖。

鹿泰恒斥责：“住嘴！瞧你回来说的这都是人话么！你这脑袋还昏着呢胡说个啥？”鹿泰恒冲儿媳妇，“还不快搀他回家去！”

鹿子霖媳妇忙上前搀起丈夫。

鹿泰恒：“关键是劫嘉轩和子霖的这伙子人哪来的，半路开枪把车打成筛子的人又是哪来的，先要搞明白。”

白嘉轩点头：“劫我们的，八成是从前省城收烟土的。胡掌柜已经被他们先杀了。”

乡亲们面面相觑。

白嘉轩：“至于钱，我刚听仙草说哩。真找不回来我们来还，一分也不会亏大伙。”

鹿子霖本已走到门口，突然转头大叫：“要还你自己还！没我份！”

众人顿时炸开：“那钱不是小数哩！白家咋还么！”

“子霖叔咋没你份，救的你命！”

“族长这都是我们这些年的血汗……”

白嘉轩无奈：“好！好！我一个人还！”

鹿泰恒直起身用烟袋怒指着儿子，鹿子霖满不在乎转身出去。

25. 祠堂外　日　外

鹿子霖被媳妇搀扶走出，正看见鹿兆鹏跟其他孩子在一起，忙招手，和蔼可亲地：“兆鹏！来，到爸这来！”

鹿兆鹏奔到跟前搀扶住：“爸！你咋样？”

鹿子霖笑：“爸能咋样，你只要没事就好，叫上你弟，咱回家去！”

鹿兆海也跑过来。

鹿子霖媳妇低声埋怨：“你刚才说的啥话，把原上都得罪喽！”

鹿子霖扯着嗓骂：“得罪的就是他们！从今往后我鹿子霖眼里只有儿子！我关起门来过！”

鹿子霖媳妇吓得不行："你小点声。"

鹿子霖边走边回头骂："就我儿子亲！遇到事谁也不成！我儿子没白养……"

26.荒野　黄昏　外

一座新搭的坟，白嘉轩刨上几捧土又撒上面。朱先生背手而立瞧。

白嘉轩轻声："胡掌柜，不知道你家在哪，只能把你埋在这了。走好吧。"

白嘉轩起身叹了口气，转身看姐夫："我咋觉着，种罂粟的债才刚开始还哩？"

朱先生注视着他许久，点点头："你能看破这点，很好！兄弟，世上的事都有因果二字。"

白嘉轩默默上前，与朱先生迎着夕阳并肩走去。

昏黄的原上，两个人边走边说越行越远。

27.村　日　外

鹿子霖梗着脖子在街上走。

白兴儿讨好地："哥。"

鹿子霖："呸！"

白兴儿吓得躲到一旁。

"鹿乡约！"

鹿子霖骂："滚一边去！乡约？现在认起我这乡约啦？"

乡亲们躲到角落，都瞧鹿子霖当街骂。

鹿子霖跳着脚："狗日的不遇事还看不出你们！一个个平日里都叔长叔短的，关键时候卖我！巴不得我死！拍拍心口问问，我鹿子霖对不起你们谁家？心都让狗吃哩！"

28.祠堂　日　内

几个老者都听着外面的叫骂声。

鹿泰恒叹了口气，不好意思："受刺激哩。昨夜里睡着了还骂呢，莫怪。"

"不怪不怪！"

"谁经这事都得掉层皮么。"

气氛很尴尬，再没人说话。

鹿泰恒敲敲烟袋："嘉轩在家养着，我把老几位找来是议议钱的事。"

几个老者都眼巴巴瞧着鹿泰恒。

鹿泰恒："这钱，往最坏了想是丢哩。到头也不能让白嘉轩一人还么。"

老者们面面相觑。

鹿泰恒："放心，我鹿家到时候也摊一份。我儿子不还，我来还。"

老者连连摇头："要不是朱先生瞎掺和，咱钱都不能丢。"

"是哩，早知道那断手不是嘉轩跟子霖的，咱原上的人冲进去一人一口唾沫都能把他们几个淹死！"

"就是，还放条活路让他们走？当时就该堵在窑里等官兵来。"

鹿泰恒叹了口气："话不能这么讲。朱先生也是尽他的本分帮忙。"

另一老者："不过秀才遇到兵有理说不清这老话倒是真的。"

其他人笑起："朱先生就是个酸秀才么！"

"要么让朱先生跟着一起还吧？咋样？毕竟当时他主的事。"

"是着呢，朱先生当晚还拍着胸脯担保哩，这钱有他一份！"

鹿泰恒被这话说得惊住，呆呆地瞧着说话的老者，低头叼着烟袋苦笑。

29. 白家　日　内

白赵氏抹眼泪，仙草陪在一旁做错事一般摆弄衣角，不时偷瞧丈夫。

白嘉轩无可奈何看着妈。

白赵氏："咱家这些年种鸦片攒的钱都让你媳妇拿出去了！他鹿家才出几个？现在让咱一家承担，你说得轻巧！拿啥还？"

白嘉轩瞥眼仙草，仙草站旁边忙低头不语。

白嘉轩："妈，就是卖房卖地也得还呐。这是大伙凑齐了救我命的。再说，当时我姐夫答应的他们……"

白赵氏骂："别提他！提他我就来气！你去街里听听，谁不骂啊，读书把脑袋都读晕了，来事就知把嘴一张，把各家的钱都给卷没哩！你姐嫁了他就没过一天富贵日子！”

白嘉轩急：“妈！”

白赵氏被勾起往事：“当初你姐要是听我的嫁了省城里当差的那家，早吃香喝辣的了！死活偏跟他，说有学问……有学问能当饭吃！”

白嘉轩懊恼的神色，还想替姐夫辩，被仙草偷偷拽住。

门外，朱白氏正要推门进，听妈屋里骂，脸色一变呆呆站在门口。

朱白氏无声叹气，转身悄然离去。

30. 村 日 外

朱白氏走在村里，几个妈们瞧着她低声说着什么。

朱白氏笑着点头：“婶！柱他媳妇……”

几个人转身就散，根本不搭理。

朱白氏怔怔的神情。

31. 书院 日 内

朱先生正聚精会神写着字，听到门响，头也不抬：“回来啦？嘉轩没事吧？”

没人答，朱先生抬头走到屋门前，鹿兆鹏怯生生站在院里。

朱先生笑了笑：“鹿兆鹏？来，进来！”

鹿兆鹏腼腆迈进屋。

朱先生倒水：“咋？一个人来我这儿的？”

鹿兆鹏点头：“我找先生想问问。”

朱先生：“你爸有啥事，你问。”

鹿兆鹏：“不，是我想问。那几个绑匪想的啥，您咋都知道？”

朱先生一怔，打量鹿兆鹏笑：“因为他们是人，是人就有弱点。”

鹿兆鹏：“您从哪儿学的？是从那些书里么？”

朱先生想了想：“也是，也不是。”

鹿兆鹏眨着眼看朱先生。

朱先生眼中满是赞许，闪着光亮凝视这个孩子："你当时咋有那么大胆子去咬绑匪？你不怕么？"

鹿兆鹏："怕。"

朱先生："那还去咬？"

鹿兆鹏："我得救我爸。朱先生，我妈……"

朱先生盯着他："什么？"

鹿兆鹏声音压低："我家的钱我妈没全拿出来。"

朱先生眼神一变，蹲下看着鹿兆鹏。

鹿兆鹏颤抖的声音："先生，我不把这事告诉您我心里堵得慌。我妈说得为以后她带着我和弟弟留条活路，可我不想我爸死。"

朱先生深吸口气，用力按了按鹿兆鹏的肩膀："你妈也不想你爸死，她是更心疼你们，她经历了一些事，明白人活着……不易。"

鹿兆鹏仰着头："可先生，我觉得人没活路了才会拼，才不会怕。"

朱先生饶有兴趣："这些是谁教你的？"

鹿兆鹏："这都是您教我的。"

朱先生一愣，笑："我啥时候教你了？"

鹿兆鹏："您早看出来那断手不是我爸和嘉轩伯的，可没说，您想让我妈我爷爷急，让全村的人都急，都不怕那些绑匪。"

朱先生吃了一惊，眯起眼定定地看着鹿兆鹏："还有呢？"

鹿兆鹏："还有，围住那些绑匪后您又留条活路给他们，这样他们就不会急，不会杀我爸和嘉轩伯，更不会杀其他人。"

朱先生朗声大笑："还有呢？"

鹿兆鹏也笑："您让白兴儿叔他们学猛张飞，像吓退曹兵一样吓那几个人，让他们不敢开枪。"

朱先生又是意味深长一笑，点头。

鹿兆鹏："可先生，我上去咬那人的时候，您可以让村里人都来救我爸的。"

朱先生怔怔地看着鹿兆鹏，说不出话。

鹿兆鹏眨着眼兴奋地比画："好几次我们都可以冲上去把那三个人按住的，要是有更多人像黑娃那样打弹弓就好了。"

朱先生怔了许久，轻声叹："那会死人的，孩子。"

鹿兆鹏坚定："绑匪也会死啊，乡亲们的钱也会留下。"

朱先生竟再答不出话。

鹿兆鹏后退一步深深鞠躬，跑出去。

朱白氏正迎面来："那不是鹿家的老大么？他来干啥？"

朱先生呆呆地凝望鹿兆鹏跑远的身影，轻声："知我者，谓我心忧，不知我者，谓我何求。"

朱白氏没听明白，诧异地看着丈夫，又转头以更疑惑的目光望着那孩子远去的背影……

32. 白家　晚　内

仙草将尿壶放到炕边，又小心翼翼端着水盆过来，偷偷瞧瞧婆婆。

仙草怯生生地："妈，我给您擦擦身子。"

白赵氏背着身："让你伺候不起。"

仙草为难："妈，嘉轩不知死活我就昏了头，说出那样浑的话。"

白赵氏一动不动。

仙草忙跪倒在地："妈，我对不住您。您打您骂您就是咋罚我都行。"

白赵氏长叹一声，撩起后衣。

仙草忙爬起拧毛巾擦拭起来，偷抹眼角的泪。

白赵氏轻声："那晚你都说啥啦，我就记着挖出钱让你赶紧送去。"

仙草含泪一怔："嗯。"

白赵氏："瞧当时把你慌的，话都记错哩。"

仙草："……还是妈的记性好。"

白赵氏拉住仙草的手长叹："有你在他身边，我就是闭眼了也放心。"

仙草感动的目光，轻伏在白赵氏背上。

33. 白家白嘉轩屋　晚　内

仙草推门进，白嘉轩正泡脚。

白嘉轩："你跟妈说啥呢，这么半天？"

仙草温柔一笑，蹲下端盆："陪妈闲唠会。"

白嘉轩打量媳妇："有事瞒我。"

仙草收住笑："你说过，爷们儿的事我们少插嘴。今天我告你，我们妈们的事你也别问。"

白嘉轩被说怔，仙草也被自己的话惹得捂嘴笑起。

白嘉轩也跟着释然，笑着拉过媳妇将脸贴在她怀中。

仙草就那么轻轻抱着他头。

白嘉轩轻声："又捡回条命。"

仙草："嗯。"

白嘉轩："咱从现在起得勒着裤腰过几年苦日子哩，我一个把债都担下，你不怨我？"

仙草："就该这样。"

白嘉轩动情的目光："你知道我被绑的时候，那人说了句话，我觉着他说得在理。"

仙草："说啥了？"

白嘉轩："他说，这世上的事哪能说不做就不做呢。"

白嘉轩沉浸在那话中，喃喃地："种那东西赚的钱全还回去了，全还回去了……"

34. 保障所 晚 内

石头被扇了两个耳光，踉跄几步扶桌站停。

鹿子霖："我打你是轻的！你要是再敢瞒一句我这就送官府去！"

石头半晌冷哼一声："我没想弄死他，我只想让他别做这族长，别挡我的财路。"

鹿子霖骂："你这吃里爬外的东西！你帮外人绑咱族人！"

鹿子霖狠狠打过去，石头猛地钳住他胳膊像变了个人一样目光凶狠。

鹿子霖疼得叫："哎！"

石头发狠："我把你胳膊撅断了信不？"

石头将他推倒在地："早该让那帮人把你弄死！"

鹿子霖恐惧地看着石头："你就不怕白嘉轩治你？把你拉到祖宗祠堂去绑了！"

石头冷笑："绑吧，连你一起！我把你私扣粮食，夜里去寡妇家偷人的事都兜出来！"

鹿子霖呆，石头呸了一口。

石头："白嘉轩就是整死我，我也心甘，我服！比起他你算个屌啊！"

鹿子霖瘫软倒在地上。

35. 白家 晚 内

白嘉轩："子霖你别哭。到底咋？"

鹿子霖哭着说不出话，连连摇头。

白嘉轩急："咋回事你倒说句话么！"

鹿子霖："那石头……"

白嘉轩眼神缓了下来，不易察觉地一笑。

鹿子霖颤抖的声音："石头不是好东西！那伙人绑咱是和他早串通好的！还有偷打你那一棍子也是他！"

白嘉轩淡然："我早就知道了。"

鹿子霖惊呆，打量白嘉轩："你早知道？"

白嘉轩点头："他带着村里人赶过去的，为啥咱被绑哪儿他清楚？从一开始他送信带咱俩到村口，那伙人没抓他，我心里就明白哩。"

鹿子霖喘息："那你咋……"

白嘉轩："还有那棍子，我倒下时看见那人背影了。我就猜了个八九不离十。"

鹿子霖："这人狼都不如，你地窖救过他，你是他救命恩人哩，想起这我鸡皮疙瘩都起一身，我真不明白了……"

白嘉轩一笑："你有啥不明白的，他不是带村里人来救咱了么。"

鹿子霖呆呆地打量白嘉轩。

白嘉轩轻声："说明这人还有救。"

鹿子霖咬牙："他私通外人害咱，还趁夜背后打你。绑了送县里关他几年都是少的！你这族长当得太软，小心将来谁都不服你。"

白嘉轩摇头："族长不是这么当的。子霖，我比不得你，族长不是官。"

鹿子霖抬眼看白嘉轩："你想寒碜我就直说。"

白嘉轩叹息："我是真心话，这是我姐夫跟我说的。坐我这位子上看族人，得跟看家里人一样。你儿子、你媳妇做错啥，你能轻易把他们绑了交官府么？你肯定要苦口婆心把唾沫说干，盼他回心转意，盼他好对不？你要是连家人都容不下，还能容得下谁呢？"

鹿子霖默默地看着白嘉轩，目光复杂。

36. 石头家院　日　外

白嘉轩背着手走到院外，听石头媳妇哭。

石头媳妇抹泪："这天就冷了，买瓦修房的钱都没有！让娃咋过冬么！"

白嘉轩迈进院。

石头媳妇惊叫："族长？"

白嘉轩："石头呢？"

石头媳妇满脸尴尬："他……出去哩。"

白嘉轩瞄瞄屋里，又看看石头媳妇。

白嘉轩："那我走了，等他回来你给带个话，就说我那地想让他帮着种种。这是定钱。"

石头媳妇感动："族长！"

媳妇撩帘，轻声："族长走哩。"

石头含泪蹲在屋里一动不动……

37. 保障所　日　内

田福贤笑着拍鹿子霖，鹿子霖捧着那匣点心打量。

田福贤："早该来看你哩！"

鹿子霖："你看就看吧，还带这干啥。"

田福贤："这可是省城里最好的糕点铺做的！我给兄弟来压压惊么。"

鹿子霖苦笑："惊倒没啥，钱都没了。"

田福贤："你们白鹿原这下可出了大名哩！那几个绑匪是省里通缉的大盗，头些年倒烟土买卖，后来就劫钱庄抢商行，还偷过军队的枪哩！"

鹿子霖呆呆看着田福贤："别再说了，我这后脖子直冒冷汗。"

田福贤："偏偏就栽在你们白鹿原这么个小地方哩！省城都轰动了！"

鹿子霖凑近："绑匪不是我们杀的。哥，你消息灵通，谁动的手？"

田福贤哈哈一笑："当然是县里，何县长派的兵！"

鹿子霖怔怔地瞧着："那车里的钱也是……"

田福贤："兄弟，还想不想往上升？"

鹿子霖一撇嘴，冷笑："甭跟我说这个，有升的机会您老哥能想着我？"

田福贤："你看！我就知道你对我有成见。何县长昨日提起了你这原。"

鹿子霖斜眼打量田福贤。

田福贤神秘一笑："该问的问，兄弟。别怪哥没跟你说。"

鹿子霖咽口唾沫："那钱不是小数目。"

田福贤："何县长欣赏你啦！说你治理得好，白鹿原从上到下齐力抗匪，要给你们竖仁义碑！何县长亲自来竖！"

鹿子霖丈二和尚摸不着头脑，呆呆地看着田福贤："他来干啥？"

田福贤意味深长："做官这头一等的要事你知道是啥？是被上面欣赏。何县长要大张旗鼓地来白鹿原表彰你们！"

38. 书院　日　内

白嘉轩大气不敢出，瞧姐夫写完仁义二字。

朱先生放下笔，定定地瞧，转身抹手。

白嘉轩："姐夫，何县长求您写的？"

朱先生点头："今早特意派人找的我。后天他亲自过来。"

白嘉轩思忖："听说是县城里的兵半路把车打成筛子的，那钱是让他们拿去啦？"

朱先生一笑："他后天不来么？你可以当面问。"

白嘉轩点头："唉！"

朱先生叹了口气："你真问？"

白嘉轩没明白："啊。我跟他把钱要回来。"

朱先生拍拍他肩，递一封信："还记得张总督么？"

白嘉轩："记得。"

朱先生："刚来的信，咱原上斗匪的事他都知道了。现在人家是国民会议参议员，马上要升任咱陕西的副主席了。"

白嘉轩恍然大悟："所以何县长亲自来，要你写这个字！"

朱先生走回桌案，眯起眼欣赏："这仁义二字，是我心甘情愿为白鹿原写的，为乡亲们写的，不为旁人。"

白嘉轩也走到案前怔怔地看那两字。

朱先生轻声："人活一世，清者自清。兄弟，听我一句劝，钱的事就别问了。"

兵
兵

光前裕後

富貴家

祖德永存
崇德尚實

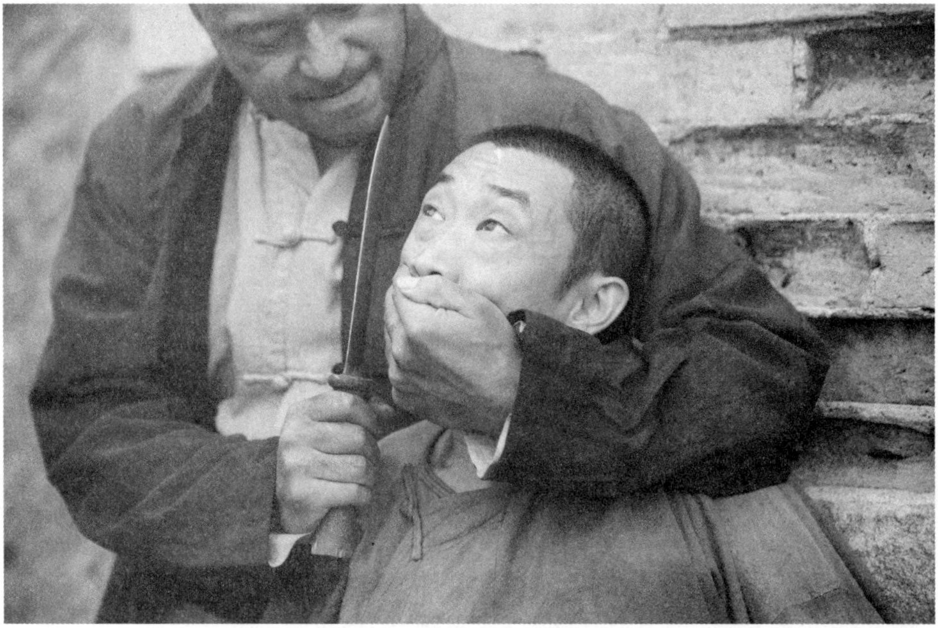

第九集

1. 戏台　日　外

乡亲们围挤台下，听鹿子霖在台上表情激动地扯嗓渲染。

鹿子霖："你们跟村里老人打听打听，县长啥年头来过咱们原上？"

一老者叼着烟袋："那得是宣统年了，咱村一个举人考中京试入了皇榜，县令亲自来的。"

"那是真有面子啊，县太爷能上咱这原，不易。"

鹿子霖得意："所以这次要大张旗鼓地迎接，举全村之力办好这档差。何县长给咱原增光添彩，咱也得让何县长满满意意地走。"

白嘉轩一直在旁边听，插话："你说清楚，咋让他满满意意。"

鹿子霖笑眯眯点着白嘉轩："识相，要不然你做族长哩！"

白嘉轩冷笑一下瞧着他。

鹿子霖："人家百年不遇上咱这原，得让人肚里满兜里满，这心里才满满意意么！"

人群顿时炸了窝："没钱哩！"

"咋，还要送钱？"

鹿子霖举双臂拼命压着："喊啥！听我说完！兜里满不是塞钱，人家何县长那么大的官缺钱么？临走咱不送点原上的特产？高馔蒸馍，荞面饸饹，还有咱鲸鱼沟的鱼……"

"哪地方没鱼么，鱼也算？"

鹿子霖瞪眼："咱把那鱼精给汉武帝托梦的故事一讲，鱼不就一下高大了么！这叫鲤鱼跃龙门！县长准高兴。"

众人这才平息下。

桑老八："这些倒该送。谁家来客走时也都拎点么。"

众人议论纷纷，白嘉轩叼着烟袋琢磨。

鹿子霖："咱得备饭吧？人那么一大县长来咱原上是瞧得起咱，总不能备下锅糊糊款待人家吧？"

桑老八等人轻笑。

白嘉轩冷眼瞥着鹿子霖，等他后文。

鹿子霖笑："桑老八，你那圈里的羊养得肥哩。"

桑老八的笑僵在脸上。

鹿子霖大笑起来："瞧你那作性！买你的！"

桑老八又不好意思地笑起。

白嘉轩冷不丁插一句："谁买？你买？"

鹿子霖瞥眼白嘉轩："刚听啥呢，我白说啦？咱村不招待人家么！李寡妇家那几只鸡到时也宰了，还有白兴儿，你带俩人明儿赶趟集采购些好米好面好吃食。"

白兴儿："没钱……"

鹿子霖："给你！待会给你！作性，钻钱袋里得了！"

台下响起哄堂大笑。

白嘉轩冷冷瞥着他，又插话："何县长这趟带钱来吧？"

顿时寂静无声，所有眼睛都望着鹿子霖。

鹿子霖干笑："啥钱？"

话音未落，响起一片喊声。

"绑匪要的钱！"

"救你的钱！"

"你咋忘了哩乡约，回家问你媳妇去！"

鹿子霖脸色铁青："谁？刚才谁喊的？谁让我回家问媳妇？"

约好一样又鸦雀无声。

白嘉轩叹了口气："小家子气！一个个都小家子气！我跟鹿乡约能忘么？这是救命钱，不是别的。我们的命都是大伙给的，钱算个啥！"

鹿子霖咽口唾沫转脸瞪白嘉轩，却又说不出来话。

白嘉轩："人家鹿乡约刚才都说了，我觉着咱们这里好多人没脑子，要么就没带耳朵。人家都说何县长给咱原增光添彩来了么！"

众人恍然大悟。

“族长，我明白哩！”

“那就放心哩，何县长这次来咱村准是带钱来，官家不会赖咱的。”

“我看未必。这都隔几天了咋没动静哩？”

“嘉轩，官府不会不认吧？”

几个老者又眼巴巴瞧着白嘉轩。

白嘉轩淡然：“这事，还得问乡约。”

鹿子霖一惊，刚坐下又心虚站起：“你这话啥意思？”

白嘉轩磕磕烟袋：“何县长来咱村是你通知的，田福贤又让你全权安排，没跟你透露啥？”

几个老者都转盯鹿子霖：“就是，就是！子霖，你说。”

鹿子霖尴尬：“我说啥？我还能说啥！散了！”

白嘉轩憋着笑坐椅子上闷头抽烟袋。

人们不甘，纷纷叫：“何县长不送钱来么？”

鹿子霖扬起双手轰：“有能耐自己问去！等何县长来你们跳到他眼前问，他要不带钱来，你们堵门口不让人走！逼我干甚！”

人群这才不舍地议论着散去，只剩下鹿子霖与白嘉轩蹲在台上。鹿三回头看看，迟疑站住。

鹿子霖瞥眼他：“有你的白嘉轩！”

白嘉轩装糊涂：“咋？”

鹿子霖冷哼一声，捅捅白嘉轩：“哎，你这次损失多不？我媳妇才拿出那么点来，也就是塞眼缝的钱，你哩？”

白嘉轩斜眼看着他，不答。

鹿子霖：“你媳妇也是，咋把钱全拿出来了？那是你老白家这么多年攒下的血汗钱吧？”

鹿子霖连连摇头惋惜。鹿三无声叹息摇头，离去。

白嘉轩：“我家的事，你咋算得比我还清楚？”

鹿子霖一笑：“要不我救济你点？”

白嘉轩瞪着他。鹿子霖得意笑起，扬长而去。

白嘉轩喘息望着他背影。

2. 白家　晚　内

仙草正给白灵喂奶，嘴里哼着小调："我娃好，穿新袄，戴新帽，戴新帽，睡着了，我娃睡着了……"

白孝文、白孝武跟奶奶坐炕上吃饭，见白嘉轩进屋都叫："爸！"

白嘉轩理也不理，低头进屋。

仙草抱着娃跟到屋门口："饭都凉哩，再给你热热？"

白嘉轩闷声："不吃！"

白赵氏抬眼担心地瞧屋里。

仙草试探："啥事又烦着你了？"

白嘉轩没好气："你管好家里事就行！"

仙草转脸走开，院里鹿三担忧地看仙草。

白赵氏骂："又犯那驴性子！甭管他，饿死一个少一个！"

仙草把孩子递给妈，端碗蹲到灶旁轻声："再给他热热。"

白嘉轩屋里长叹一声，抹头出来蹲到灶旁帮着往灶里添柴，偷看媳妇。仙草眼里噙着泪。

白嘉轩："鹿子霖又胡说。"

仙草点点头："听三哥回来说了。"

白嘉轩愣愣神，懊恼地看院里，鹿三忙缩回头，小跑出去。

3. 鹿家　晚　内

鹿子霖也带着俩儿子围坐吃着，鹿泰恒叼着烟袋坐正堂瞧，皱眉思索。

鹿子霖媳妇好心给鹿子霖夹一筷子肉，鹿子霖反手夹起放兆鹏碗里。

鹿兆鹏懂事地夹起放回妈的碗中："妈，你吃。"

鹿子霖瞪眼："爸给你夹的！吃！"

鹿兆海："爸我也要。"

鹿子霖："爸也给你夹一块！"

鹿子霖媳妇低头轻泣。

鹿泰恒："子霖，你来。"

鹿子霖起身迈过门槛进："爸，啥事？"

鹿泰恒压低声："这三天了，你不跟你媳妇说句话。"

鹿子霖冷哼："她巴不得我早死。"

鹿泰恒："你一回来不是说她也为俩娃，能把持会守家业。你咋嘴上一套心里一套？"

鹿子霖转头看媳妇，媳妇正低头抹泪。

鹿子霖懊恼的神情："爸，您……您不明白！"

鹿泰恒冷哼："知子莫若父，从小到大你肚子里藏的小九九，你爸看得最明白！"

鹿子霖梗着脖进屋，拉过鹿兆鹏："还是打仗上阵父子兵啊，我兆鹏跟我一条心哩。"

鹿兆海："爸，还有我哩。"

鹿子霖将鹿兆海也搂过："对，还有你！"

鹿子霖乐："就我儿子好！到头来还得仰仗儿子！"

媳妇滴泪收拾碗筷。

鹿子霖斜眼冷笑瞥了眼媳妇。

4. 白家白赵氏屋　晚　内

白孝文与白孝武在炕上蹦着玩，唱着歌谣。

仙草抱着白灵："别蹦了！奶还要睡觉哩。都跟我回屋。"

白赵氏接过白灵，冲仙草努努嘴。

仙草迟疑："妈？"

白赵氏低声："去！奶也喂完了，今晚他们都跟我睡。"

仙草不情愿，低头不动。

白赵氏："去！"

仙草叹息一声："孝文，孝武，别惹奶生气。快躺下睡。"

白孝文："知道啦妈！"

仙草转身出门。

5. 白家白嘉轩屋　晚　内

灯早熄了，白嘉轩正躺在黑暗中。仙草迟疑地坐在炕边，白嘉轩没动静。

仙草自己脱衣上炕，只穿了个肚兜钻入被中。

夫妻俩静了会，白嘉轩翻身压上去，仙草任他窸窣动静，自己却望着窗户不动。

白嘉轩又闷头翻身下去。

仙草轻声："咋了？"

白嘉轩侧身背对媳妇，闭眼睡去。

仙草低声抽泣："你还是恼我。你想用那钱盖房扩院的，到头来都没了。也是，就那么一哆嗦，我手一松家就败了。"

白嘉轩："我恼的不是这个！"

仙草发倔："就是这个！"

白嘉轩："不是！"

仙草："就是！"

白嘉轩猛地翻身坐起，仙草也坐起瞪着他。

仙草含泪咬牙："你打我骂我都行，不能不理睬我！"

白嘉轩叹："我……我恼的是你咋也不明白我！"

仙草怔怔地看着丈夫。

白嘉轩："那钱是被绑匪拿去的，当兵的一阵乱枪，绑匪都死了钱也没了，你说让谁拿去啦？"

仙草一抹眼："当兵的？那何县长明天带来还咱？"

白嘉轩摇摇头："怕是钱还不上，他还要带些走哩。今天听鹿子霖一煽呼，我就知道要完。我恼的是这个！"

仙草泪又涌上："那还是赖我。"

白嘉轩急："咋赖你么！我从头到尾也没赖过你！我心里还乐得很呢！到关键时候你就在意我的死活，别的都不顾了对不？"

仙草委屈涌上，含泪点头。

白嘉轩："我就要这样的婆妈，按姐夫的话这辈子能一起赴汤蹈火，我下油锅你也肯定跟着下，别人害我，你准跟他玩命！这才是我的婆妈啊……”

仙草哽咽：“你要是死了，我一天也不多活。”

白嘉轩动情抱过她：“所以我今天也恼你，恼你不明白我，胡想乱想！孝文都多大哩，娃都三个了你咋还不明白我！我能跟鹿子霖是一样的人？”

仙草趴在白嘉轩肩上破涕为笑。

白嘉轩拍拍媳妇：“行哩，今晚你也别应付我。我去把灵儿抱回来，一起睡。”

白嘉轩刚要下炕，仙草跳下炕堵住门默默看着丈夫。

白嘉轩瞧着媳妇笑起，仙草也不好意思笑。

白嘉轩一把将媳妇抱起放回炕上，仙草轻吟一声趴在丈夫怀中不动。

白嘉轩脱着裤子：“姐夫还编了段儿歌让我教村里的娃明日唱哩，你听不？”

仙草笑：“你给我唱。”

白嘉轩趴上去喘息：“何县长大清官今天踏上白鹿原……”

6. 白家白赵氏屋　夜　内

孝文、孝武已睡着，白赵氏轻拍白灵听着那屋动静。

白孝文迷糊撑起身：“爸在唱歌呢？”

白赵氏一拍孙子后脑勺：“那是你梦里唱哩！快睡！”

白赵氏欣慰一笑，吹灭灯。

7. 村口　日　外

鞭炮炸响，乡亲们摇头晃脑吹起唢呐敲着锣鼓。

鹿兆鹏、鹿兆海、白孝文、白孝武、黑娃混在一群孩子中间，跟随马队奔跑而来，边跑边唱。二豆傻傻地跑在最后，被扬一脸土。

“何县长大清官，今天踏上白鹿原！”

何县长骑在马上欣喜地听，笑眯眯挥手。

鹿子霖、白嘉轩带着乡亲们站在村口眺望。

鹿子霖眯眼笑：“这词谁教的？”

白嘉轩装糊涂:“不知道，这些娃娃旁的不会，学拍马屁倒学得挺快!”

鹿子霖捶他一下，笑:“好着咧!”

白嘉轩厌恶一躲:“那脏手别碰我，今早换的新衣。”

鹿子霖指着白嘉轩乐，凑近:“我就不信，待会儿县长到了你不拍着点?”

白嘉轩无可奈何地看着他。

鹿子霖更凑近压低声:“今儿我高兴，跟你说个秘密，谁也不许说!”鹿子霖干脆把手罩在白嘉轩耳朵边，“跟他一拨的人都升上去哩，可这姓何的连坐咱滋水县长那么多年，没动静!”

白嘉轩疑惑:“没动静关咱啥事?”

鹿子霖又是一捶:“你是真不明白还是揣着明白装糊涂?”

鹿子霖突然往旁看:“哎?朱先生呢?何县长指名要见他!嘉轩你快找去!”

鹿子霖小跑迎上，何县长下马，鹿子霖上前殷勤搀扶。

鹿子霖:“何县长荣幸荣幸!”

何县长笑眯眯:“这是?”田福贤一旁忙介绍:“这是原上十村的乡约鹿子霖。”

何县长点头:“刚才这些娃娃唱的都是啥?我没听清。”

白嘉轩在后面轻声:“那么大声能没听见?”

鹿子霖笑，大声:“娃娃们唱的是何县长大清官，今天踏上白鹿原!”

何县长朗声大笑:“不敢当啊!”

田福贤也赔着笑:“您来县里这几年名声早传开哩。”

白嘉轩揪了揪鹿子霖衣角，鹿子霖回头。

白嘉轩轻声:“娃们还有一句没唱哩。”

鹿子霖兴奋:“县长啊!娃们还没唱全，后面还有!”

何县长兴致盎然:“哦?唱来听听。”

鹿子霖一把揪过鹿兆鹏、鹿兆海:“你俩唱!带着他们唱!”

鹿兆鹏、鹿兆海带着孩子们唱起:“何县长大清官赶走了绑匪把钱还!”

何县长的笑僵硬在脸上，田福贤紧张地瞪向鹿子霖。

鹿子霖慌乱地捂住鹿兆鹏、鹿兆海的嘴:“去去!散了散了!”

只剩下二豆没刹住，还扯着嗓子重复:“何县长大清官……”

白嘉轩嘴角一丝笑意闪过:“县长，这娃是个傻子，没心。”

何县长尴尬地笑笑："没事。"

田福贤赶紧介绍："何县长，这是白鹿村族长白嘉轩，带着乡亲们等候多时了！"

何县长忙上前："白嘉轩，我们见过！"

白嘉轩赔笑握手。

何县长打量四周："你姐夫呢？朱先生来了么？"

白嘉轩忙转头找："姐夫！姐夫？"

朱先生正在人堆里抱着一个娃逗乐，交还给娃的妈："唉！"

鹿子霖抢上前："何县长，这是朱先生。"

何县长一拱手："久仰先生大名，今日一见何某有幸啊！"

朱先生笑眯眯摆了摆手，指了指嗓子冲白嘉轩点点头。

鹿子霖一愣，却见白嘉轩上前解释。

白嘉轩："何县长，我姐夫这些天闹嗓子，哑了。还请何县长原谅。"

何县长忙关心地上前拉住朱先生胳膊："怎么搞的？早知道我让他们给您弄些药来……"

两人搀扶向前走去，其他人两旁簇拥。

人群最后站着一个长袍先生，默默地摇头叹息。

田福贤狠狠地瞪着鹿子霖："那儿歌谁教的？真有你的！"

不等鹿子霖解释，田福贤大步跟上去。

鹿子霖恍然转头指白嘉轩："你……"

白嘉轩却装没看见，招呼众人："看那车上带没带钱！"

白兴儿等人小跑上前围住车，扒着往里看。

白兴儿："族长，里面裹着一东西！大着哩！"

白嘉轩一怔："那是石碑！还有啥？"

白兴儿也焦急："族长，没哩！"

白嘉轩急着上前，被鹿子霖一把揪住。

鹿子霖急："你抽啥风！跟我上台去！"

8. 戏台 日 外

戏台上已经摆好几把椅子，何县长与朱先生谦让坐下。田福贤瞪眼冲台下叫：“鹿子霖？鹿子霖！你干啥去了？”

鹿子霖拽着白嘉轩跑到台下，费劲爬上去。

田福贤一拽他：“就等你主持哩！”

鹿子霖喘息着冲何县长行了个礼，转身大声地：“各位父老乡亲，今天是我们白鹿原可以载入史册的日子，尊敬的何县长光临我们白鹿村是每一位乡民的荣耀，是我们的幸事……”

何县长却眼瞄着朱先生，轻声：“我曾经去书院寻过先生两次，不巧先生都出去了。”

朱先生遗憾地笑笑。

鹿子霖：“下面我们请何县长讲话！大伙欢迎！”

鹿子霖带头鼓掌。台下也掌声四起。

何县长注意力全在朱先生身上，笑：“先生哪天有空，我派车来接您到县里坐坐，容何某做东向先生好好请教一番如何？”

朱先生笑着点头。

鹿子霖轻声：“何县长！”

何县长如梦方醒，忙起身。

9. 村 日 外

老汉吹起糖人，鹿兆鹏、白孝文、白孝武、鹿兆海、黑娃、二豆看得惊喜。

那长袍先生背着手溜达过来，也饶有兴趣地观瞧。

鹿兆鹏想了想：“你啥都会吹？我要个孙猴子你会吹不？”

白孝文：“我要个玉皇大帝。”

黑娃：“我要李逵！”

孝文、孝武都好奇：“李逵是谁？”

黑娃：“《水浒》里的黑旋风，这你们都不知道？”

老汉乐，摊开手：“钱，给钱啥都会吹。”

几个娃摸摸身上兜互相瞧了眼。二豆也跟着翻兜。

鹿兆海拽哥的衣角：“哥，你带钱没？”

鹿兆鹏：“等会儿！”

鹿兆鹏带着鹿兆海撒腿就跑，黑娃也转身跑。二豆跟在最后拼命追。

孝武急：“哥，咱也跟妈要钱去。”

孝文摇头：“你懂些事吧，咱家为救爸刚把钱都交了去。哪来钱再买这个。”

孝武急得不行，转身跑去。

长袍先生欣赏的目光看着白孝文。

老汉察觉到：“您咋没去看哩？”

长袍先生一笑：“看他们吹牛皮，真不如看你这糖人吹得好。”

10. 戏台　日　外

台下乡亲们像看戏般仰头傻乐地瞧。

何县长在戏台上慷慨激昂地发言：“……这三个跨省大盗无恶不作，乃至惊动了数省保安厅，联合发通缉令捉拿。不想却落在了白鹿原乡亲们的手里！何某震撼呐！近日一直在想，这原上的百姓为何就有勇有谋，和其他地方不同呢？”

台下石头心虚地听，白嘉轩默默瞧着他，石头发觉族长在看自己，忙躲避目光，退挤到人群最后。白嘉轩无声叹息。

白嘉轩愁眉苦脸地坐着，朱先生冲他笑笑，白嘉轩一怔忙挪到近处。

朱先生轻声：“还想要钱哪？”

白嘉轩懊恼地点头。

鹿子霖鼓掌回身看俩人，朱先生也微笑鼓掌。

白嘉轩咬牙：“我要当大伙面问他钱去哪了。”

朱先生一笑：“他准说没看到钱袋，把责任都推给那三个死人，你咋办？”

白嘉轩喘息着：“我……我……”

朱先生轻声：“白嘉轩，今日就要看你有没有胆了。”

白嘉轩惊诧地转脸看朱先生：“姐夫……”

朱先生嘴唇没动："别看我，看他。"

白嘉轩忙扭过脸去。

何县长："兄弟我早就听闻白鹿原的大名，全在这个白鹿书院，全在书院里有个闻名于世的朱先生！"

何县长带头鼓掌回头致意。

朱先生起身点点头，又坐下："拿出你跟我去清兵大营的胆来，跟这姓何的要三年赋税！"

白嘉轩一怔。

掌声又起，朱先生也笑着跟着鼓。

何县长："先生高山仰止，古人云山不在高有仙则名，白鹿原就因为有了先生才有了灵气有了果敢……何某特请朱先生写下仁义白鹿村五个大字，铭刻成碑，永久立在村口！"

朱先生嘴里没停："他不给，就不放他走！"

白嘉轩："你说……绑县长？"

朱先生："谁让你绑了！留住他，懂不？"

白嘉轩："那……他带的人有枪。"

朱先生笑："他有枪！你有我。"

白嘉轩恍然大悟。

何县长："在此何某郑重向朱先生致敬！向白鹿原的父老乡亲们致敬！"

白嘉轩用力鼓掌，乐起来。

鹿子霖鼓掌回头惊看白嘉轩的异样，吓得呆了。

11. 村　日　外

吹糖老人脸色苍白晕倒。

长袍先生忙搀扶住吹糖老人："老人家，你咋啦？"

趁长袍先生将老人拖抱到一旁的工夫，白兴儿偷上前摸去匣子里的散钱，白孝文怔怔地看着。

白兴儿发觉，狠狠瞪他一眼，又觉得不合适，走过来俯身压低声音："孝文，你看见啥啦？叔给你一个钱去买冰糖吃。"

白孝文背手摇头:“我不要。”

白兴儿瞪着他:“那你看见啥啦?”

白孝文结巴:“我……我啥也没看见。”

白兴儿扬长而去。

白孝文看着匣子上插的各种糖人咽口唾沫，看看没旁人注意，蹲上去拿起一个糖人。

鹿兆鹏带着鹿兆海跑来，黑娃也赶到，都惊奇地瞧着。

鹿兆鹏:“孝文，人呢?”

白孝文脸一红，摇头。

白孝武扑上前，乐着拿起一只糖人。鹿兆鹏兄弟也上去抢。

黑娃干脆伸手将剩下的全都拔出攥在手中。

身后响起呵斥声:“住手!”

孩子们都吓得一哆嗦，糖人纷纷掉落在地，回身望去。

长袍先生正怒视。只有二豆贪婪地舔着……

12. 村口　日　外

鞭炮声中，何县长、朱先生、白嘉轩、鹿子霖、田福贤被众人簇拥着笑望石碑入土。

鹿子霖好奇地凑到白嘉轩身旁，捅了捅。

白嘉轩白他:“干啥?”

鹿子霖轻声:“刚才台上跟你姐夫俩嘀咕啥呢?乐得那开心。”

白嘉轩一笑:“待会儿你就知道了。”

鹿子霖警惕:“朱先生不哑嗓了么?我跟你说，今天我忙前忙后图啥?我不就图咱原上一个安生!今儿这大阵仗你可别添乱听见没有?不然我可保不了你!”

何县长那边笑眯眯冲朱先生和白嘉轩:“先生?还有族长，咱们一起填填土?”

白嘉轩忙上前去，一人一把锹。白嘉轩用力挖起来，朱先生咳嗽一声。

白嘉轩这才发现何县长根本没动，举着锹做挖土状微笑定在那里，白嘉轩惊诧地瞧着。

前面几个人摆弄起带立架的东西喊："别动！"

鹿子霖那边急："给我一把！倒是给我一把锹啊！"

鹿子霖干脆扑上去双手抢住白嘉轩手中的锹，"啪——"的一闪。

白嘉轩忙捂眼睛，鹿子霖拼命摆出姿势挤出笑来。

图片定格。

13. 保障所　日　内

白嘉轩的主观视角，眼前还一片虚影晃动，桌上丰盛的酒菜摆着，人的笑脸全是重影。

田福贤那边跟何县长介绍着："何县长开了个好头啊，我们今后还准备评卫生村、德才村、爱国村、纳税村……"

何县长："好好，只要是好的政府都该鼓励么。"

田福贤笑："有您这句话我就有谱哩！"

鹿子霖兴奋地跑上前倒酒。

朱先生笑而不语，意味深长地看白嘉轩。白嘉轩拼命揉眼。

突然外面有人吵嚷。白嘉轩一怔，转头望去。

何县长皱眉："这是……"

鹿子霖赔笑："没啥没啥，唱戏呢。何县长您喝着。"

鹿子霖偷拽白嘉轩出去。

朱先生根本没和何县长打招呼，起身而去。

何县长端起杯刚要客气，发现座都空了，愣住。

14. 祠堂外　日　外

白嘉轩追上鹿子霖："那酒不是咱村自己酿的，我问你哪买的？"

鹿子霖："让白兴儿进城买的，咱那酒拿不出手！"

白嘉轩急："这顿席得花多少钱！"

鹿子霖推他："大族长！县长来咱这一次是给你脸！"

鹿兆鹏、白孝文等偷糖人的孩子哭丧着脸站在门口，长袍先生来回走动，乡亲们好奇围看。

长袍先生冷笑："这等仁义，我徐某还是平生第一次见到！"

鹿子霖急："你胡扯啥！快轰出去！"

白兴儿等人早等得不耐烦，上去就要动手。

白嘉轩喝道："住手！"

白嘉轩打量孩子，又看长袍先生："咋回事？"

吹糖人老汉含泪："这糖人不算啥，钱都没哩！"

长袍先生："这老汉趁着热闹来你仁义村做点买卖，不想晕倒钱财尽失。仁义白鹿村，就是光天化日之下趁火打劫的么？"

白嘉轩脸一红，作揖："先生教训得是！是我这做族长的没教好。"

长袍先生冷笑："那徐某今日倒要看看你咋教他们。"

人群中白兴儿吓得一缩脖。

白嘉轩怒视几个孩子。

二豆手里的糖人被抢过，他凑到先生手边歪头继续舔。

鹿兆鹏："我们没偷钱！"

鹿子霖一巴掌打过来，拉住鹿兆鹏、鹿兆海就往家走："还不回家去！"

白嘉轩："子霖，你松开！"

鹿子霖转头瞪白嘉轩："今天啥日子，你忘我话哩？县太爷里面坐着，你闹事咋？"

徐先生一笑："对对，还是回去伺候县太爷更仁义些。不然这碑谁给立啊。"

鹿子霖指徐先生："你这人……"

白嘉轩脸红一阵白一阵，拨开鹿子霖的手，冲徐先生一揖，虎下脸转身冲几个娃："进去！在牌位前跪下，没我的话谁也不能站起！"

鹿子霖忙拦："嘉轩，你知我费多大劲，县长等着开席哩！我问你还要不要脸面！"

白嘉轩迟疑喘息。

朱先生突然大叫："徐兄！"

众人回头，朱先生匆匆出来，喜出望外拉住徐先生的手。

朱先生："徐兄，来得好！"

徐先生一笑："是来得好，不来还看不上这场官民一起唱的仁义大戏。"

鹿子霖吓得看里一眼："你再说！我把你这㞞的舌头割下！"

朱先生转身冷冷地注视鹿子霖："这是我当年同窗，你要割谁的舌头？"

鹿子霖忙赔笑："先生，我不知道……"

朱先生拉住徐先生胳膊："徐兄，咱们找地方好好叙叙！"朱先生转头冲白嘉轩，"嘉轩，借你家用用。"

白嘉轩忙点头："唉！"

徐先生摆手："我一介穷书生，何劳大驾。你不陪县长大人吗？"

鹿子霖上前劝："是啊朱先生，何县长还里面坐着呢。"

朱先生笑而不语，在徐先生耳边轻语两句。

徐先生露出喜色："真的？"

朱先生点头："那还有假。知你平生最爱吃面！我让你尝尝我家弟妹的手艺！"

俩人完全旁若无人，拉着手径直向白家走去。

看得鹿子霖跟白嘉轩都傻眼。

鹿子霖恍然："哎？朱先生能说话！"

15. 白家　日　内

朱白氏恭恭敬敬端上茶，徐先生正垂眉顿首静坐，忙起身接过。

徐先生不敢抬眼看，双手捧茶："岂敢让嫂子奉茶。"

朱白氏一怔。

朱先生呵呵笑："开眼啦？这才是穷酸。比起他来我好许多吧？"

朱白氏嗔怪地瞪丈夫一眼，笑着退出去。

朱先生笑着冲外屋："仙草，今天的面可要做到最好，这家伙是个有名的吃客哩！"

仙草边和面边笑着答应："唉！放心吧姐夫。"

徐先生脸一红："朱兄几年不见，怎变得如此世俗？"

朱先生朗声大笑，指着徐先生："说得好！我就是一个俗字！沾上这俗，天理才能化为良知。"

徐先生皱眉："错！大错特错！天理即良知，存于人人心中，所谓格物致知也。朱兄怎多了个化字。"

朱先生笑眯眯看着他："不化怎知花开花落，怎知悲欢离合。"

徐先生坚定地摇头："心中的良知是不能变的，任它世事变幻。朱兄怎能这点浅显道理都模糊了？"

朱先生像是故意气他，也笑着摇头："天还有春风化雨，地还有四季轮替。万物皆天地氤氲造化而生，那你说天地也错了？"

徐先生涨红脸站起："你这是胡搅蛮缠！"

屋外，朱白氏、仙草都吓一跳，停下手中活看屋里。

白赵氏抱着白灵轻声问："咋打起来啦？"

朱白氏一笑："妈，没事。他们在谈经论道。"

白赵氏摇头："没听说读书人谈经论道跟打架似的。"

朱白氏记起什么，恍然笑："我想起来了！他说过平生最喜欢跟一个人吵架论道，爱看一个人起急，就是这个徐先生！"

16. 祠堂　日　内

孩子们在牌位前跪成一排，白嘉轩沉着脸扫视每个人，鹿子霖焦急地站后面。

白嘉轩："丢人呐！人家晕倒在地不知道搀扶，反去偷东西？你们人小本事不小，白鹿原的脸都被你们丢尽了！"

鹿子霖："嘉轩你行啦！何县长那没人陪哩！"

白嘉轩："你先去。"

田福贤在外面叫："鹿子霖！你干啥呢？敢让何县长干坐那喝空酒？"

鹿子霖："白嘉轩你让我急死！那边才是该你忙的大事！"

鹿子霖顿顿脚转身跑出。

白嘉轩："今天不说出钱谁偷的，就一直跪着！谁也不能吃饭！"

白嘉轩大步出去。

白孝文刚想叫，又咽回去。

鹿三偷偷探进头望着黑娃，唉声叹气转身离去。

17. 白家　日　内

徐先生的脸已经憋得紫了，用力拍着桌子："谬矣！谬矣！先人之道早不复矣！"

朱先生笑呵呵地注视他。

仙草跟朱白氏小心谨慎地端着两碗面到门口，又被白赵氏叫住。

白赵氏举着两个糙碗："把碗换了！都拍桌子了，我那可是新碗！"

仙草与朱白氏相视一笑。

仙草："妈！您放心吧！我姐夫心里有谱得很。"

俩人端进面，徐先生正背手在屋中来回走动："阳明先生云，知是心之本体，心自然会知不假外求。良知之发……"

仙草："先生请吃面吧。"

徐先生还在气头上："不吃！"

仙草吓一跳。

朱先生笑着挥挥手，俩人退出屋。朱先生捧起碗挑起面闻了闻。

朱先生大口吃起："你继续！说啊，我听着呢。"

徐先生闻到香味，偷瞧朱先生吃得香，不由咽口唾沫，刚想伸手拿自己碗。

朱先生一把按住一脸严肃："你讲完良知再吃。"

徐先生肚里咕噜一声响。

朱先生一口面差点没喷出来，快活地笑起。

朱白氏再看不下去，站门外："你快让先生吃吧，别戏弄人家了。"

徐先生捧起碗尴尬地笑着坐下。

18. 保障所　日　内

那边鹿子霖已经仰头喝尽，这边白嘉轩双手捧住酒准备再敬，何县长却失望地举杯不饮。

何县长："嘉轩，你姐夫……"

白嘉轩："我姐夫这些天上火，身子不舒服，先回去休息会。"

鹿子霖帮着圆话："是哩是哩！朱先生累得很。"

何县长皱眉："因何事累啊？"

白嘉轩："咳！就因为那天晚上斗绑匪救我俩。"

何县长点头叹："是受了惊吓。"

鹿子霖："是哩是哩……"

白嘉轩又打断他："心疼我们丢的那钱。"

田福贤马上瞟鹿子霖，鹿子霖吓得脸色一变。

何县长却面不改色："你们放心，我也在派人查找。那绑匪狡猾得很，人和钱不放在一处。我们的兵过去只发现了尸体，并没看到钱。"

白嘉轩疑惑："可我是看着他拿着钱袋上车的。"

田福贤笑："那兴许是绑匪半路把钱袋藏哪了。"

何县长点头。

白嘉轩："不能！这一路上鹿子霖都瞧着那钱袋哩。是吧子霖？"

何县长转眼看鹿子霖："哦？是么？"

鹿子霖惶恐得不知该说什么，结巴上了："这……我……我那晚……"

白嘉轩捅他："你老实说，自有咱何县长给你做主么！"

何县长和蔼可亲："你说说怎么回事？"

鹿子霖瞬间被推到风口浪尖，恍惚间又看到田福贤怒视自己，半张着嘴说不出话："我那晚在车上抱着我儿子……"

白嘉轩抢话："对！子霖要说看花了眼也说得通，他儿子还在车上呢！"

何县长点头："这倒蹊跷了。"

田福贤咳嗽了几声，鹿子霖不住地擦汗。

鹿子霖："不是，我抱着我儿子……对哩，我眼全在我娃身上，根本就没瞧那钱袋！"

白嘉轩不屑："你刚跟我说的，你脚底下就踩着那钱袋么。"

鹿子霖快哭出来："谁说了？"

白嘉轩急："我问你子霖，绑匪那马车能有多大？那么大的钱袋你看不见？"

周围的乡绅都瞧过来，何县长也拿出手绢抹额头的汗，瞥了田福贤一眼。

田福贤打哈哈："先不说这个，喝酒！嘉轩你还没敬县长一杯呢！"

白嘉轩无奈，懊恼举杯。

19. 白家 日 内

屋里徐先生大口吃着，连连点头：“香！真香！”

朱先生笑：“我没说错吧，我弟媳妇做的面天下无人可比。”

徐先生：“你这个人呀，啥时变得伶牙俐齿了。哎，刚才见县长你咋不说话？”

朱先生笑：“我这叫子不语，我想说便说，不想说一句都不会说。”

徐先生冷哼：“你以为你那叫清高？至少你去陪了！”

朱先生摇头：“我是为白鹿原陪的，这里有妙手文章哩。”

徐先生苦笑，继续埋头吃起。

朱白氏搀扶着妈好奇地瞧着。

白赵氏：“呦，这秀才真能吃啊。看他刚才文绉绉的样不像啊。”

鹿三垂头不语进来，想绕到后院去。

仙草：“三哥，来你也吃碗。”

鹿三摇头：“不吃哩，堵得慌。”

仙草一怔：“咋？”

鹿三叹息一声：“丢人哩。”

20. 祠堂 日 内

黑娃、鹿兆鹏、白孝文、鹿兆海、白孝武跪在祠堂里，孝武肚子咕咕叫。

白孝文皱眉：“这是祖宗牌位，你瞎叫啥。”

孝武快哭出来：“哥，我饿。肚子叫我管不住。”

黑娃一屁股坐下。

白孝文瞪他：“黑娃！跪着！”

黑娃觉得可笑，摸摸白孝文的头：“你年纪不大管起我来了，我跪累了，歇会。”

白孝文甩开黑娃的手，咬牙：“这是能歇的么？瞧我爸回来怎么收拾你们！”

黑娃怔怔地瞧着白孝文，吓得一声不吭爬起跪住。

鹿兆鹏皱眉思索："孝文，我们回去拿钱的时候就你在，那老汉的钱你看谁偷的？"

白孝文低头不语。

孝武捅捅哥："哥，兆鹏哥问你话哩。"

白孝文狠狠瞪弟弟。

21. 保障所 日 内

白嘉轩举酒杯："何县长，我再敬你一杯。"

何县长笑拦住："嘉轩，你这连敬我三杯了，你自己咋不喝呢？"

鹿子霖冷哼："就是！偷奸耍滑么。"

白嘉轩苦笑："县长大人，这酒是为你来专门进城买的。我们庄稼人这辈子也喝不了几回这样的好酒，没那福分。我怕我喝一口就糟践喽。"

何县长："你这是啥话！喝！明天我让人给你送一车来！"

田福贤笑："听到没嘉轩，县长给你送礼咧！"

白嘉轩眼睛放亮："我们早知道何县长是大清官，是为民请命的好县长！刚才那帮孩子咋唱的？子霖，咋唱的？何县长大清官，今天踏上白鹿原！何县长……"

鹿子霖慌忙拉住白嘉轩："我跟你说点事。"

白嘉轩挣脱："你干啥，啥事不能当着县长面说！"

何县长很是难堪，独自坐下夹菜。

鹿子霖用力拉扯，将白嘉轩推出屋。

22. 保障所外 日 外

白嘉轩还想再闯进，鹿子霖揪住白嘉轩喘息。

鹿子霖："我算明白咧，你今天是有备而来！你跟你姐夫串通好了是不是？"

白嘉轩："你急啥，你让我陪县长喝酒的。"

鹿子霖："那也不能这么陪啊！"

白嘉轩："你说咋陪？咱花那么多钱，又是杀鸡宰羊，又是进城买酒买鲜货，还咋陪？”

白兴儿小跑来，乡亲们也涌上前。

白兴儿：“族长，他们随来的人说，根本就没听县长说带钱过来。”

乡亲们纷纷叫：“他咋没带钱哩？”

“就是官兵拿去的么！”

“族长你去问问何县长。”

白嘉轩指着鹿子霖：“都听见啦？”

鹿子霖急赤白脸：“白嘉轩！你行行好吧！你让我真跟你急呀！”

白嘉轩：“鹿子霖！我告你今天别拦我，就算要不回，我也必须得把钱的去处问个明白。”

鹿子霖猛地一推：“你就给咱白鹿原留张脸吧！”

白嘉轩后撤几步，呆呆地看着鹿子霖：“咱老要脸，他当官的咋就不要这张脸呢？”

众人应和：“就是！就是！”

鹿子霖转身扫视大家：“干啥？想造反？谁喊的，站出来！”

鸦雀无声。鹿子霖再转身，白嘉轩已经冲进保障所。

鹿子霖惊吓得蹦起又追进。

23. 白家　日　内

白赵氏不满嘀咕：“我孙子跪着挨罚，他倒吃得香甜！”

仙草也气恼地望着徐先生。

徐先生一抹嘴：“好吃！还有没有？”

朱先生转脸叫：“仙草，再上碗！”

仙草答应：“唉！刚好出锅。”

白赵氏一把揪住媳妇的手，低声：“等等！”

白赵氏往一个碗底发泄地撒满辣子，又用面盖上。

仙草迟疑：“妈？”

朱白氏：“妈，这不合适。”

白赵氏努努嘴：“让他吃！”

朱白氏叹道："我不敢送，回头他说我。"

白赵氏点女儿额头："你就怕他！怕读书人干啥！"

仙草只得自己端进屋，朱先生刚要接。仙草一让，将那碗盛满辣子的递给徐先生。

仙草："姐夫，你是这碗。"

徐先生简单拌了拌，埋头大口吃起："香！"

仙草忙快步走出屋，就听徐先生咳嗽起来。

三个女人偷偷对笑。

朱先生先是笑着看，徐先生越咳越厉害，捂住嘴。朱先生这才察觉不对，伸筷子到对方碗里挑起一段尝了尝，脸色微变。

仙草大气不敢出。

朱先生却笑着端过徐先生的面碗："我这些年去西边旁的没学会，耐不得阴冷潮湿，喜爱上辣子。"

徐先生不让："哎！这么辣你也经受不起。"

朱先生笑："小看我！君子不夺人所爱，这碗得破例了。"

徐先生笑吟吟瞧着朱先生，倒不谦让，端过朱先生的碗。两人对换完又大口吃起。

徐先生："你待会吃完不怕真哑了么？"

朱先生点着筷子："吃你的面！"

仙草在帘后目瞪口呆，想出去拦又迟疑。

朱先生大口吃着，额头开始见汗。

24. 保障所　日　内

白嘉轩仰头痛饮，何县长笑眯眯瞧，也不阻拦。

白嘉轩："何县长我再敬您一杯，先干为敬。"

鹿子霖抱住他胳膊，低声："这酒金贵得很，就买了两坛。"

白嘉轩甩开鹿子霖，喘息："真好喝，要说一分钱一分货哩何县长。我们今天能把您请来，得好好跟您说说贴心话。"

田福贤皱眉："白嘉轩你喝多哩。"

田福贤冲鹿子霖使眼色。

鹿子霖急抱白嘉轩："祖宗！你还没喝多？我只喝了一杯！"

白嘉轩瞪眼："我没喝多！这才几杯么。你们不让我跟县长说话？"

何县长笑："让他说。"

白嘉轩借着酒劲："何县长，我们这白鹿原咋来的名您知道不？"

何县长饶有兴趣："就听说来过一头白鹿，其他还真不知道。"

白嘉轩点头："很古很古的时候，这原上穷得很，长啥啥不灵。这时候出现一只白色的鹿，白毛白腿白蹄，那鹿角更是莹亮剔透的白。庄稼汉们猛然发现白鹿飘过以后麦苗忽地蹿高了，黄不拉叽的弱苗子变成黑油油的绿苗子，整个原上和河川里全是一色绿的麦苗。"

周围桌的人都被吸引过来，好奇地听。

田福贤冲鹿子霖无奈地摇头。

白嘉轩抱住何县长胳膊："……有人在田坎间发现了僵死的狼、狐狸，阴沟湿地里死成一堆的癞蛤蟆，反正是毒虫害兽全都死绝了。瘫痪在炕的老妈爬起身拿擀杖在案上擀面片，半世瞎眼的老汉睁着光亮亮的眼睛端着筛子看，拣那麦子里混杂的沙粒啊！"

众人发出赞叹的笑声。

白嘉轩比画着："秃子老二的瘌痢头上长出了黑乌乌的头发，歪嘴斜眼的丑女儿变得鲜若桃花……这就是我们白鹿原。"

何县长赞许点头："好！好地方！"

白嘉轩摇头："后来不知从哪着邪瞎了眼种下鸦片，把这好地方给毁了。我们是自作孽啊！又咬着牙把地重新推了再种回庄稼。"

何县长激动地站起："这是正道！何某早就听闻了，这是白鹿原的仁义之处！"

白嘉轩："可没钱呐！压箱子的救命钱都被绑匪拿去了，白鹿原的人是仁义！各家为救我和鹿子霖都掏空了钱匣子……"

何县长叹息："我听说你损失得最多？"

白嘉轩起身："我白嘉轩今天把话撂这，如果何县长能帮我们找回钱来，我白嘉轩一分钱都不要！我是为白鹿原的父老乡亲们要这钱！我们想学好，想过踏实日子，庄稼人攒几个钱容易吗何县长，万一有个灾荒我们拿啥去撑啊！"

鹿子霖再没拦，动容。周围鸦雀无声。

何县长不住擦汗叹息："理解，理解。"

白嘉轩揪住何县长胳膊："远的不说，就说这两年的税咋交，公粮咋交？交上了村里的娃娃跟老人吃啥喝啥去！"

何县长怅然看着白嘉轩，嘴唇动动再说不出话。

田福贤偷偷拧鹿子霖，鹿子霖恍惚摇摇头没动地方。

25. 白家院　日　外

朱先生被汗浸得脑门锃亮，衣服也都湿了。

徐先生凝视朱先生许久，喃喃地："这些年，你确实比我们能经受许多。"

仙草一脸歉意："姐夫……"

朱先生却抢先笑起："你这辣子好！瞧瞧，吃出精气神来哩！"

仙草更是不好意思。

徐先生突然爆发，意味深长大声笑起，背手扬长而去。

仙草皱眉望着那身影。

白赵氏吓得差点瘫软在女儿怀里："我的天！这先生还会笑哩！我以为他就会皱着眉头训人！"

26. 保障所外　日　外

乡亲们眼巴巴瞧着保障所。

桑老八吧唧着嘴："真香哩，我要是能吃上一口就好了。"

李寡妇："你有这福分？等你下辈子做官吧！"

一老者："别心疼这，只要钱要回来，都值啊！"

白嘉轩被田福贤和鹿子霖架出屋。

众人围上："族长！族长！"

"钱咋样？何县长吐口没？"

鹿子霖想说啥，被田福贤拽进屋去。

白嘉轩恍惚扫看众人，摇摇头，晃着身往前走。乡亲们失望地闪开条道瞧着他。

27. 祠堂　日　内

孩子们已经跪得七扭八歪，听白嘉轩进来忙又直起身。

白嘉轩喘息着坐下，一个个指着看，也不说话，自己苦笑起来。

孩子们莫名其妙，乡亲们也围在外面瞧。

老汉进来怯生生地："族长，那几个钱不算啥，我走了。别再叫娃们跪了。"

白嘉轩起身摸身上，掏出些钱塞老汉手中。

老汉摇头推让："不！不！不能收！"

白嘉轩："大爷您拿着！是我管教不严，我白鹿原的娃不争气！"

鹿兆鹏、白孝文低下头去。

老汉："有你这心我就知足了，这钱不是我的不能拿！"

白嘉轩百感交集："你们都听听，谁拿老汉的钱真是丧尽天良了！"

白兴儿恐慌躲避到人群中。

白嘉轩："居然在我白鹿原发生这种事，光天化日之下……"

白嘉轩突然脸色一变，怔在那，喃喃地："光天化日之下趁火打劫。"

28. 村　日　外

田福贤、鹿子霖陪着何县长走。

鹿子霖赔着不是："今天照料不周还请何县长原谅，大人不记小人过，白嘉轩那是酒后失言，他这辈子都没喝过那些酒……"

何县长微笑摆手："不碍不碍，我倒还有几分欣赏他。"

突然望见朱先生陪徐先生说笑走来，何县长忙迎上前。

徐先生叹息："看来你又要子不语了。"

何县长："先生一开席就走了，让何某好找。"

朱先生微笑点头。

何县长瞥眼徐先生，迟疑了一下："先生可否借步说话？"

朱先生笑着跟随到一旁，田福贤与鹿子霖诧异地交换个眼神。

何县长诚恳地压低声："朱先生，您是何等人才，今日不张尊口何某心中有数，也不想瞒先生什么。直说了吧，那笔钱估计是军营里官兵拿去了，何某一分未沾。”何县长苦笑一声，“先生恐怕也不会信。”

朱先生却拉住何县长的胳膊，默默看着他。

何县长感慨万分：“先生信我？”

朱先生慢慢点点头。

何县长长叹一声：“我没办法查！查也是没有结果。您知道面上是我在治县理政，现在各地哪个不是兵阀当道！张副主席戎马一生为何弃属下而去？他就是不满军人治国啊！”

朱先生也无声叹息。

何县长颤抖着嘴唇：“我今日其实是无颜见这里的乡亲父老的，只能送上这碑以表我绵绵之意，尽我微薄之力啊先生！”

朱先生摇头笑，竖起三个指头。

何县长愣住，呆呆看那三指：“这是……”

祠堂那边涌去很多人。

鹿子霖皱眉：“祠堂那干啥呢？”

田福贤催：“何县长您快上马吧。”

何县长冲朱先生作揖上马。

白兴儿小跑过来：“县长！县长！”

鹿子霖拦上：“干啥？”

白兴儿喘息：“我们族长请县长过去看他行族法。”

田福贤与鹿子霖交换个眼神。

朱先生却是一笑。

何县长迟疑不决，见朱先生正凝望自己，何县长咬牙一翻腿又下来。

田福贤忙拦：“您走吧！族里的事……”

何县长瞥眼望朱先生：“既然人家请了，我还是看看好。请吧先生？”

朱先生却侧身礼让，做出请的手势。

29. 祠堂　日　内

全村的乡亲将祠堂围得水泄不通，白嘉轩的酒已经醒了，扫视每一个人，远远瞧见何县长、朱先生、鹿子霖等人进来。

白嘉轩:“好，县长大人也来哩。咱今天就好好说道说道！把祠堂门关严！”

田福贤警惕的目光，鹿子霖揪心地冲白嘉轩摇头。

祠堂的门“咣啷啷”关上。

白嘉轩:“人家给咱送的碑上面写的啥字？你们都说！”

七嘴八舌地应:“仁义白鹿原。”

白嘉轩:“对咧！啥叫仁义？仁义就是趁人老汉晕倒摸他的钱？就是光天化日之下趁火打劫？”

徐先生眼睛一亮，直起腰眺望白嘉轩。

田福贤紧张地看眼何县长，轻声:“这厮胡说个甚，县长咱还是走吧。”

何县长却不慌了，看看身旁的朱先生，冲田福贤摆摆手。

白嘉轩:“人家老汉靠啥吃饭？每日里挣的是辛苦钱血汗钱，他晕倒了啥都不知道了，你一伸手倒是轻省得很！可白鹿原的脸都给你丢尽了！这比去偷去抢还丢人！你就不怕老天有眼打闪雷把你劈死？”

何县长的嘴角颤动。

跪着的白孝武胆小，已经抽泣起来。

白嘉轩:“这几个娃没拿钱，我刚问清楚，他们只是拿了老汉的糖人。可为啥还让他们跪？因为他们跟拿了钱一样！今天这个钱不拿出来，不还老汉一个公道，谁也别想出这祠堂门！”

众人都仿佛刹那间明白了什么，暗暗面面相觑。

何县长神色严峻，田福贤使个眼色，随从开始摸腰间。

鹿子霖的腿哆嗦起来。

白嘉轩来回走着，全场寂静无声。

老汉哭着跪下:“族长，别难为他们哩！我钱没丢，没丢哇！”

白嘉轩忙上前搀扶:“您老起来。我明白您是受欺负受惯了，没人给您撑过腰。可我白鹿原的人讲理，这碑白竖的嘛，再说何县长也在呢，我们不怕，您也不怕，啊！”

众人都回头看何县长，何县长怒视田福贤。

田福贤忙冲其他人摇头，都松下手去。

白兴儿想要蹲下去，又被人挤着，满头是汗。

白嘉轩一眼瞥见白兴儿，打量着："有人心虚咧。还是自己站出来好。谁光天化日之下趁火打劫的？站出来！"

众人似乎被莫名的一股力量点燃，竟然齐声吼起："站出来！站出来！"

何县长定定地望着白嘉轩和乡亲们，像在抉择着什么。

田福贤头一次露出恐惧的目光，喘息后退。

白兴儿突然瘫软倒下，哭："是我！我拿的！族长钱在这呢……"

白嘉轩厉声："白兴儿？"

有人架着白兴儿到堂前。

白兴儿瘫倒在地上，颤抖着摸出钱："一个子都不少，我错了族长！您饶了我吧！"

白嘉轩咬牙："今天不凑巧，何县长给咱竖这个仁义碑，外人来了不少。你让我咋饶你？"

白嘉轩抽出架上的鞭子，白兴儿抱住白嘉轩的腿哭。

白嘉轩的鞭子高高扬起，重砸下去，"啪——"，白兴儿惨叫。

打完一鞭，白嘉轩抬眼看众人："还打不打？"

众人齐声吼："打！"

白嘉轩又打下去，众人又吼："打！"

何县长突然高声叫："好！"

白嘉轩鞭子举在半空停住，乡亲们也都回头看何县长。

何县长盯着白嘉轩，慢慢点头："好。今日白鹿原行族法，何某大开眼界。偌大一个县，一个省，一个中国若是都像白鹿原今日……"

二豆站在何县长身旁，扯着嗓子闭眼吼："打！"

何县长声音有些颤抖："仁义碑不能白立，何某回去必上请省里，给仁义白鹿村减免三年赋税！"

何县长低头转身，田福贤忙去开大门，何县长疾步往外走。随行人跟出。

田福贤恨恨瞪了鹿子霖一眼。

鹿子霖装没瞧见，恍惚站在那。

院里寂静无声，所有人像是雕塑般立在那。

白嘉轩与朱先生默默对望。

徐先生一旁眼神直勾勾地喃喃赞道："我错了，这碑立得好啊。"

第十集

1. 保障所　日　内

鹿子霖愤怒地将桌上用具扫落，脸色铁青发狠瞪着身后桑老八。

桑老八吓得往后退。

鹿子霖：“你们早和白嘉轩串通好了是不是？”

桑老八：“鹿乡……我们不一块要钱么，您不也想讨回钱么……”

鹿子霖吼：“我问你们是不是早串通好？”

桑老八咽口唾沫：“没……”

鹿子霖狠上一步贴近瞪他。

桑老八改口：“就是族长提前打了声招呼。”

鹿子霖字从牙缝里蹦出：“啥招呼？”

桑老八：“就说昨天县长带钱过来，可能后悔，让我们盯着些。”

鹿子霖：“都跟谁打招呼了？”

桑老八：“白兴儿、李寡妇……好像村里人都知道。”

鹿子霖懊恼地闭上眼，背过身去：“千算万算，没算到他这手！”

2. 祠堂　黄昏　外

几个老者被白嘉轩送出门。

老者还是不甘，转头：“嘉轩，我们真商议好哩，你那钱不用还。”

另一老者：“就是，你为咱原上讨回三年的赋税，都不赔哩。谁还有脸要你还钱。”

白嘉轩笑：“不是这么说的，三年赋税那是咱仁义村该减免，大伙凑的救命钱我白嘉轩还得一个子一个子地还上。不然我咋做人么！”

几个老者摇头叹息，被送到院门。

鹿三沿着墙外喊："黑娃？黑娃！"

白嘉轩绕过墙瞧他："三哥，黑娃没来？"

鹿三恼火："一个不留神，又跑没哩！准是找那个石头去了。"

白嘉轩苦笑："找就找去，瞧你急得啥样？"

鹿三往外走："学坏！"

白嘉轩脸色一变："三哥！"

鹿三察觉语失，停住："东家，我家的做饭了，让弟妹别做我们的。"

白嘉轩上前一步："谁传的话？"

鹿三语塞，动了动嘴唇。

白嘉轩盯着他："咋就跟石头学坏了？"

鹿三："村里都传遍哩，说石头勾结的绑匪，把你和鹿子霖按住，他也分钱。"

白嘉轩脸色一沉："胡说！勾结绑匪是掉头的罪！你们动动嘴他一家子全完哩！以后这话可不敢说！"

鹿三吓着，忙点头："唉！我告他们，不说。"

白嘉轩皱眉望着鹿三跑远。

3. 麦场 黄昏 外

黑娃用尽全身力气顶在石头腰下，拼命地摔着。

石头一个绊将黑娃摔在麦垛上，黑娃咯咯乐着抱住石头腿，头往上一顶，将他也摔在垛上。

黑娃："石头叔你也摔哩，你讲！你继续讲李逵后来杀了宋江没！"

石头喘息笑："黑娃，我要走哩。往后我给你讲不了《水浒》啦。"

黑娃一愣："你干啥去？"

石头："我去做麦客。"

黑娃："啥叫麦客？"

石头笑着拢他头："就是帮人割麦子挣饭吃。"

黑娃眨眨眼："那割完了呢？"

石头："割完再走，一直走下去。直到把天底下的麦子都割完。"

黑娃："那谁管吃？谁管住？"

石头："割谁家的麦子，谁就管。保准你吃饱，不然哪来的力气干活。"

黑娃怔怔地看着他，也笑："真好，石头叔我也想走。"

石头："等你大了，有力气了。"

黑娃眼里闪动着光亮："嗯！石头叔，是不是族长逼你走的？"

石头动情地摸着黑娃的头："黑娃，没人逼我。咱族长是个好族长，你长大了要听他的话，做人就不会错，不会像你石头叔这样走歪路邪路，懂不？"

黑娃眨着眼看石头，不答。

4. 白家　晚　外

白嘉轩刚迈进院，坐在院里绕线的白赵氏就撇嘴往屋里指，一脸厌恶。

白嘉轩愣："妈？咋啦？"

白赵氏压低声："那酸秀才馋仙草做的面，让你姐夫带着又白吃来了。"

白赵氏竖起三个手指："三碗哩！看那劲头还没饱。"

白嘉轩吃了一惊："一个读书的这么能吃？"

白赵氏急："他吃就吃吧，自己吃饱了还让孝文在那屋饿着肚子面壁！"

白嘉轩皱眉："为啥？"

朱先生："仙草，好了没？"

仙草屋里喊："姐夫等等，我又给先生下面哩。"

白嘉轩瞠目结舌地看着仙草站到门口。

仙草苦笑，轻声："昨天原来他才吃个半饱走的，孝文……在屋里呢。"

白嘉轩扒窗偷往里瞧，徐先生正抹嘴边的油腥。朱先生在一旁笑眯眯地瞧。

徐先生："惭愧！惭愧！"

朱先生："总得让你吃饱一顿明日好安心上路啊！不然以后留下话来，说我朱某人管不饱你的肚子岂不让人笑话！"

徐先生起身："徐某也不白吃这家面，那孩子心里不干净，今日要给他清一清。"

徐先生背手走到屋前撩帘："想明白没有？"

白孝文含泪摇头，大叫："妈！妈！"

仙草出屋想答应，又迟疑，看看丈夫。

孝武奔到白嘉轩身边："爸，他不让我哥吃饭……"

白嘉轩忙捂住儿子嘴，冲仙草摇摇头。仙草叹了口气，忧心忡忡地看看屋里。

朱先生听到外面动静，笑吟吟不说话。

徐先生在屋里："你喊妈有用么？刚才我给你讲了那么多典故，你就真想不出一点共通之处？"

白孝文低头含泪不语。

仙草端面进屋："先生，面好了。"

徐先生忙接过闻了闻，大口吃起，凑到门帘处："你妈做这面可是真香。"

白孝文咽口唾沫，抽泣。

白赵氏气急败坏："这个死东西！饿着我孙子还馋他！我跟他论理去……"

白嘉轩一把搀扶住老妈："妈，说啥也不能进！"

白孝文抽泣："共通之处是……这些古人都……都不怕别人吓。"

徐先生吸溜口面，点头："然也，正所谓富贵不能淫，贫贱不能移，威武不能屈。方乃大丈夫也！"

白赵氏冲媳妇轻声："快给孝文端面去！"

仙草慌忙盛面。

徐先生又问："你哩？"

白孝文哽咽："……我咋了？"

徐先生叹了口气："继续饿着。"

仙草正端到门口，白嘉轩抢过手，拿起筷子吃起。

白赵氏要急，举拐杖指着儿子。

白嘉轩一笑："妈，没听里面先生说继续饿着么。你儿子也饿着呢。"

白赵氏气得用拐杖点着屋里，仙草眼一热，忙搀扶老人去别的屋。

孝武也哭："爸，我哥到底咋了？"

白嘉轩若有所思地吃着面……

5. 白家　夜　内

黑暗中，白孝文在低泣，仙草慢慢起身担心地捅捅丈夫。

白嘉轩点亮油灯，拉过儿子定定地瞧他。

白嘉轩:“哭啥？”

白孝文哽咽:“白……白兴儿叔偷那老大爷的钱，我……我看见了。”

白嘉轩恍然的目光:“在祠堂问你时咋不说？”

白孝文:“他……他吓唬我，我怕……怕得很……爸，我错了！”

白孝文号啕大哭起来。

白嘉轩与仙草交换个眼神，长长出了口气。

6. 白家　凌晨　外

院门被重重拍响，鹿三小跑到门口卸下门闩，跛子爷喘息着一脸焦急。

鹿三:“咋了跛子爷？又闹白狼啦？”

跛子爷摇头指身后:“石头……石头！”

鹿三身后白嘉轩的声音:“石头咋？”

鹿三回头看去，白嘉轩已经披着衣服走出屋。

跛子爷:“族长，石头带着咱村四个人摸黑走……让我撞见了！他们说不想在原上待了……”

话音未落，白嘉轩已经夺门而出。

鹿三愣了愣，也忙追出去。黑娃迷糊地站在院里，怔怔地望。

7. 白鹿原　日　外

“石头！石头你站住！”

白嘉轩远远追来，原上几个人影走在前面，停住脚步。

白嘉轩上气不接下气到跟前:“你……你们干啥去？”

石头却很平静，注视白嘉轩:“我们去做麦客。”

白嘉轩喘息："地不种啦？有你的地！"

石头："族长，那钱我收完麦回来就还您。"

白嘉轩喘息："石头，那钱不急！你留在原上，我保你有活路。"

石头颤抖着嘴唇，摇了摇头。

白嘉轩怔怔地看着石头。

石头拼命忍着泪："我没脸待下去。"

白嘉轩："那……你们年轻力壮出去走走也好，走累了就回来。你娃你媳妇族里都帮照看着，有我们一口饭就饿不着他们！"

石头扑通跪倒在地，含泪："族长！"

白嘉轩上前搀扶："快起来！"

石头狠抽起自己嘴巴，呜呜痛哭："我……对不住你啊！族长！我不是人，我有一肚子话想跟你说，我对不起你……"

众人都抹眼泪，鹿子霖在一旁恍惚瞧着。

白嘉轩拉住石头的手，叹息："啥都别说了石头，好好活着就对得起我。"

白嘉轩用力拍拍石头的肩膀，扫视众人："记着我这话，走累了，就回来！"

石头起身抹泪，众人跟随转身大步走去。

白嘉轩眼巴巴望着他们的背影。

鹿子霖追："不能走！"

白嘉轩拽住鹿子霖。

鹿子霖急："这人走多了白鹿原就没哩！"

白嘉轩："让他们走去。"

鹿子霖发泄地吼："你这族长咋做的！这都是壮劳力你放他们走？要这么放下去咱白鹿原就灭哩！"

白嘉轩冷笑："你甭跟我这说狠话！不是你逼他，他能走？"

鹿子霖瞪眼："你话说明白，我咋逼他了？我告诉你白嘉轩，你别往我头上扣屎盆子！这次何县长上原，你把我蒙得死死的！我就知道你瞧我这乡约不顺眼，你憋着气弄我……"

白嘉轩："屁！你这是人话？"

鹿子霖歇斯底里地骂："我就骂你啦！我憋不是一天了，就你做这族长这原迟早得败光！完哩，仁义白鹿村让白嘉轩搞完哩！"

话音未落，白嘉轩一拳打过去，鹿子霖揪住白嘉轩脖领，俩人滚倒在地上。

白嘉轩："仁义个屁！那都是假的！"

白嘉轩骑在鹿子霖身上掐住他脖子："我问你那话谁传的？石头的事只有你我知道，敢说不是你漏的？老天劈了你！"

鹿子霖脸憋得通红，瞪着白嘉轩。

白嘉轩骂："你现在知道急啦？知道怕啦？你昏了头啊鹿子霖！再咋着也不能对族里人发狠！"

白嘉轩松开手摇晃站起，鹿子霖躺在那里喘息，眼中透着恼恨。

白嘉轩踉跄着往回走去……

8. 戏台　日　外

一群人围着，脸上都露出惊讶之色。

白兴儿拄着棍一瘸一拐地乐："要不是我身上有伤，我也跟着走哩！这族长跟乡约都打起来了！咱原上乱套哩！"

不远处鹿兆鹏用板子将球打得又高又远，鹿兆海拍手欢叫。

孝文皱眉："二豆，去捡！"

二豆像狗一样狂奔去，捡回递给孝文。

鹿兆鹏得意地瞧着白孝文："你打不远的。"

孝文刚准备抄起板子。

白兴儿一把揪住白孝文，将球远远抛去："还玩什么打嘎，去祠堂看看你爸去。"

二豆又撒腿奔去捡球。

白孝文："我爸咋？"

白兴儿又揪住鹿兆鹏："回家叫你妈，赶紧去保障所瞧你爸去！"

几个娃对视一眼，分头散去。

白兴儿等人幸灾乐祸地望。

9. 祠堂　日　内

"爸！"

仙草跟随白孝文、白孝武匆匆进院门。

白嘉轩正跪在牌位前。

仙草打量："你这脸……真动手啦？"

白嘉轩拨开她手，摇摇头。

鹿三也冲进来："东家！我找鹿子霖去！"

白嘉轩像没听到一般，喃喃地："白鹿原完不了，他们迟早有天得回来。"

仙草与鹿三交换个眼神。

仙草："孩他爸？"

白嘉轩恍惚而坚定的目光："只要从这原上出去的，最后都得回这原上，都得回来……"

白嘉轩突然转头看仙草："我姐夫带那姓徐的先生走没走？"

仙草一怔："走哩，估摸都得下原哩。"

白嘉轩爬起身向外冲去："三哥！套马！"

鹿三吓一跳，追出："唉！"

10. 白鹿原　日　外

鹿三驾着马车，白嘉轩焦急地坐在车上眺望，远处一辆马车行进在原上。

白嘉轩喊："姐夫！姐夫！"

那马车停下，朱先生转头望来，白嘉轩奔到跟前。

白嘉轩："姐夫！徐先生呢？我想请他给原上的娃开学堂！"

朱先生笑着回头："人家请你哩，答不答应你下来回句话。"

车帘没动。

白嘉轩眼巴巴地等："先生要多少钱都可以商量，我保证把原上最好的房腾给先生住……还有，面管够！我天天让我媳妇给您做好吃的面！"

许久，帘里徐先生闷声传出："仁义白鹿原啊，徐某可教不起。"

白嘉轩点头："我明白了！先生只要跟我回去，看我白嘉轩咋做！"

帘里没动静。

白嘉轩哀求地看朱先生。朱先生一笑，冲马车努努嘴。

白嘉轩跳上马车，扳回方向："驾！"

朱先生笑着跳上鹿三的马车，跟去。

11. 村口　日　外

鹿子霖出门来，看着乡亲们都向村口涌去。

白嘉轩用力挖仁义石碑，鹿三在一旁帮。乡民们围成一团，想伸手又迟疑。

跛子爷轻声："族长，这碑是县长立的，放倒怕不合适吧？"

白嘉轩头也不抬，跟没听见一样。

朱先生与徐先生挤在人群中默不作声地观瞧。

其他人交换个眼神。

鹿三急："这原上祖祖辈辈听谁的？县太爷吗？族长！"

桑老八往手心啐两口，拿过铲也动起来。

李寡妇："听族长的，怕啥！咱妈们也上！"

李寡妇上前挖起，其他人陆续上前扶碑的扶碑，起底的起底。

保障所门口，鹿子霖揣手眺望，神色复杂。

12. 祠堂　日　内

仁义碑被横放在祠堂院中。朱先生带徐先生站在一旁。

乡民挤满院里院外，白嘉轩拉过鹿兆鹏在他耳边低语几句，鹿兆鹏带着鹿兆海跑出去。白嘉轩扫视一周，鸦雀无声。

白嘉轩："石头他们走的事大伙都知道了，我不想多说啥，我只想说仁义白鹿村这块碑咱立不起！"

有人轻声："县长立的，免三年税哩。"

白嘉轩："县长立的咋？咱称不称得上这仁义俩字，自己心里清楚！我这做族长的就心里有愧！"

再没人敢出声。

白嘉轩：“啥叫仁义？今天我把这位徐先生请回来给大伙讲讲。”

白嘉轩冲徐先生作了一揖：“先生！”

徐先生点点头，背手而立，众人都眼巴巴瞧他。

徐先生自己晃着头眯眼道：“仁者，心之德，爱之理。义者，心之制，事之宜也。”

乡亲们面面相觑，茫然地瞧。

白嘉轩也听得紧张，皱眉瞪着下面人，在他的视线下，人们才没敢出声。

朱先生笑着上前一步：“徐先生讲得太深奥，朱某待会给大伙解释一下……”

13. 保障所　日　内

鹿子霖正坐在桌后生闷气，用力抖着算盘，摇头。

鹿兆鹏、鹿兆海奔进。

鹿兆鹏：“爸！快去吧！朱先生带来的那个先生祠堂讲仁义哩！”

鹿子霖瞪眼：“用听他讲？就他懂！”

鹿兆海：“爸，你还是去吧。我妈我爷都过去了。”

鹿子霖没好气：“你俩把他们叫回来！”

鹿兆鹏：“爸，是嘉轩伯让我们请您过去的。”

鹿子霖愣了一下：“真是他叫？”

鹿兆鹏点头：“不信您问兆海，嘉轩伯说这事您不在还真不好做得了主。”

鹿子霖迟疑：“他……真这么说？”

鹿兆海上前拽：“走吧爸！”

鹿子霖被俩儿子拉起。

14. 祠堂　日　内

“……古之君民者，仁义以治之，爱利以安之，忠信以导之，务除其灾，思致其福。”

鹿子霖带俩儿子挤进人群中时，徐先生正摇头晃脑讲完，朱先生开口。

朱先生："徐先生刚才说了那么多，总的意思是，往大了讲，杀身成仁舍生取义，往小了说，仁字拆开看，两人才成仁，要容人爱人。"

人群这才恍然点头，骚动起来，白嘉轩若有所思。

徐先生却诧异地瞥了眼朱先生。

白嘉轩带头鼓起掌来，人群中爆发出掌声。

徐先生冷哼："我不讲了，你简单两句话就把圣人的经典都说了。"

朱先生笑："兄弟不许这样埋汰我！"

白嘉轩冲姐夫点点头："我白嘉轩做了族长后，咱白鹿原出了不少事。我以为建了祠堂就能靠祖宗镇住，今天石头他们走了，我可算想明白，我错了！我眼光没子霖兄弟长远！"

人群鸦雀无声，都看着族长，又回头看鹿子霖。鹿子霖一惊，被白嘉轩的坦诚吓得呆了。

白嘉轩："祖宗是该敬该祭，不敬不祭是为不孝，敬了祭了也仅只尽了一份孝心，可兴办学堂才是万代子孙的大事。往后的世事靠活人不靠死人呀，靠那些还在吃奶的学步的穿烂裆裤的娃儿，得教他们识字念书晓以礼义。往后不管有多大难出多大事，咱白鹿原不会败！这事子霖早跟我商议过，赖我心胸小见识短没想明白。"

人们又转头看鹿子霖。鹿子霖神色有些恍惚。

桑老八捅了捅白兴儿，低声："人家没打啊？"

白兴儿诧异地摇头。

白嘉轩："今日老少爷们儿都在，咱办件大事！娃娃们都上前来！"

鹿兆鹏、鹿兆海、白孝文、白孝武等十几个娃娃挤上前。

白嘉轩："老天有眼给咱原上的娃降了位高师！娃们，你们的老师就在这站着，行大礼！"

孩子们面面相觑，都诧异地瞧白嘉轩。

徐先生转头看朱先生，朱先生一让他，自己含笑退到人群中去。

白嘉轩自己先转身冲徐先生跪拜下去，白孝文带着孩子们呼啦全都跪下。

乡民们都惊呆，仙草抱着白灵也在人群中惊得半张嘴说不出话。

徐先生手忙脚乱："使不得！使不得！"

白嘉轩大声："先生那天能指出假仁义，说出光天化日乘人之危，您就是我们白鹿原的先生！先生不答应教这些娃，我同辈后辈都给您跪着！”

鹿三忙跪倒下去，跛子爷、李寡妇、桑老八等人带着乡亲们纷纷跪倒。只剩下几个老者、鹿子霖、朱先生站在堂院。

鹿泰恒拄着拐杖：“先生再不答应，我们几个老家伙也一起跪下吧！”

徐先生惊：“使不得！万万使不得！我教，我教！”

白嘉轩欣慰地笑起，抬起头望向姐夫，朱先生微微点头赞许。

15. 鹿家　晚　内

鹿子霖抑制不住得意，背手来回走动。

鹿兆鹏、鹿兆海兴奋地围着爸。

鹿兆鹏：“爸！真是您出的主意开学堂？”

鹿子霖得意：“那还有假！”

鹿泰恒咳嗽，冲端盆的儿媳妇：“这么些年你男人就做对了这一件事！”

鹿子霖瞪屋里：“爸！说啥呢？你可真从门缝里看人，把人瞧扁了。我这是有眼光！娃就得念书，不念书不都跟石头、白兴儿他们学坏喽？”

鹿泰恒冷哼：“你有眼光？那是人家白嘉轩会做人，往你脸上贴金！”

鹿子霖：“爸，你咋老向着他说话呢？办学堂的事真是我比他白嘉轩想得远！再说哩，咱鹿家那铳子啥时候响？还不得靠我这俩儿子……”

鹿子霖拉过鹿兆鹏、鹿兆海，一人亲一下，喜欢得不行。

田福贤在院门叫：“鹿子霖！”

鹿子霖一怔，忙起身跑出去。

16. 鹿家院门　晚　外

鹿子霖小跑出门，田福贤骑在马上正兜住缰绳，也不下马，一脸怒气。

鹿子霖赔笑：“兄弟，你来了咋不进院哩？”

田福贤：“我问你，那仁义碑哪儿去啦？”

鹿子霖愣了一下：“不立在村口呢么？”

田福贤冷哼：“跟我这装糊涂是吧？那可是县长立的碑啊！今天我可是给你

们白鹿村带消息来的，免三年赋税的事上面刚批了。可咋一转头这碑就被你们给卸哩？我的鹿乡约，你知道这是啥罪过么？”

鹿子霖咧嘴乐：“真的？真免啦兄弟？”

田福贤：“我可告你，这次要不是何县长大人有大量，要不是有那姓朱的在场，我早就……再问你一回，谁挪的那碑？是不是白嘉轩？”

鹿子霖愁苦相：“我真不知道！我这一天就没出门。”

田福贤恨恨地瞪着鹿子霖，冷笑摇头：“好，好，好你个鹿子霖！白鹿原奶奶的就是一群刁民！我看你们还能抱团到啥时候！”

田福贤一揪马缰绳离开，奔出几步又跑回。

田福贤俯身压低声：“你这官也就做到这了。”

鹿子霖：“咋？”

田福贤：“做官之道，在于明着做大多数人的爷爷，偷着做一个人的孙子，你咧全倒过来了。慢慢品去。”

田福贤用马鞭点了点鹿子霖胸膛，勒马奔去。

鹿子霖怔怔地望着他背影，呸了一口：“我才不做你孙子！”

17. 白家后院　晚　外

鹿三急匆匆奔进院，白嘉轩正抱着白灵哄，笑眯眯拨动着虎头帽上的绒条。

鹿三：“东家！那田福贤来哩，四处问仁义碑谁挪的呢。”

白嘉轩一怔：“他咋来了？”

鹿三喘息：“我瞧见他奔鹿子霖那去哩！俩人在门口嘀咕半天！”

白嘉轩一笑：“怕他作甚。三哥我想跟你商量个事，黑娃不小了，你应该让他去念书。”

鹿三：“那个慌慌鬼一生就的庄稼坯子，念啥书哩！”

白嘉轩：“叫黑娃明早上就去上学。给徐先生的五升麦子由我这儿灌，先生的饭也由我管了。桌子不用搬，跟孝文孝武伙一张方桌，带上一个独凳儿就行了。”

鹿三嘲笑：“他不是念书的料！”

白嘉轩笑着：“穷汉生壮元，富家多纨绔。你可不要把娃娃料就了，我看黑娃倒很灵聪哩！日后黑娃真把书念成了，弄个七品五品的，我也脸上光彩！”

鹿三迟疑，还要说话。

白嘉轩一扬手，爽快而坚定：“就这么定哩！”

18. 祠堂外　日　外

鞭炮声炸响，典礼隆重而又简朴。至圣先师孔老先生的石刻拓片侧身像贴在南山墙上，祭桌上供奉着时令水果，一盘沙果，一盘迟桃，一盘点心，一盘油炸馃子。两支红蜡由白嘉轩点亮，鹿子霖和徐先生依次敬了香跪了拜，三人就侍立在祭台两边。

新入学的孩子一个接一个敬香叩头，村民们跟随敬香叩首。

白嘉轩把早已备好的一条红绸披到徐先生肩上，鞭炮又响起来。

徐先生抚着从肩头斜过胸膛在腋下系住的红绸，感慨万千：“我到白鹿村来只想教好俩字就尽职尽心了，就是石碑上刻的仁义白鹿村里的仁义俩字。从今日起，这碑咱给自己立起来！”

白嘉轩抑制不住喜悦看鹿子霖，鹿子霖也长出口气，却躲避开白嘉轩目光。

19. 祠堂　日　内

鹿三拽过黑娃：“给先生行礼。”

黑娃弯腰低头鞠躬时，肩上的凳子摔了下来，正好砸了徐先生的脚背。

鹿三顺手抽了黑娃一个抹脖子，骂道：“我把你这慌慌鬼……”

徐先生忍着疼不在意地说：“送进去，嘉轩给我说过了。”

鹿三拉着儿子进入学堂，找到孝文孝武的方桌，在一侧放下凳子。

白孝文把一摞仿纸，一根毛笔递给黑娃：“俺爸叫我给你。”

鹿三竟然心头一热，鼻腔酸酸的，又狠狠地说：“黑娃你要是再不好好念书，我把你狗日……”

徐先生咳嗽一声，严厉地看着鹿三。

鹿三忙赔笑钻出门去。

徐先生扫视一周：“人之初，性本善……”

黑娃没有书本，就跟看徐先生愣念："人——之——初，性——本——善。"

20. 祠堂外　日　外

白嘉轩与鹿子霖都守在门口往里偷望，又不敢进。鹿三奔出门。

白嘉轩："三哥，咋样？"

鹿三一脸夸张却带着喜悦："这先生吓人哩！娃们都不敢说话。"

白嘉轩点头："这就对哩。"

鹿三："我去地里了，你们听！"

鹿三跑远。

鹿子霖："昨晚上田福贤来问碑是谁挪的……"

白嘉轩眯着眼听里面念书："不说那个！听着！"

鹿子霖瞄眼白嘉轩："我啥都没说。"

白嘉轩胳膊肘碰碰鹿子霖："里面念的，懂不？"

鹿子霖冷笑："就好像你懂！"

白嘉轩却乐："娃就该念书，像我姐夫那样！"

鹿子霖："才不能像你姐夫，念书就要做官，将来在祖宗坟前放铳子。"

娃们的朗朗念书声中，俩人各揣着胳膊扒在门外痴痴地往里瞧着，仿佛下半辈子的希望都在里面生发……

字幕：四年后，春

21. 祠堂学堂　日　内

"夫人必自侮，然后人侮之；家必自毁，而后人毁之；国必自伐，而后人伐之……"

已经十二三岁的鹿兆鹏、黑娃带着七八岁的孝文、鹿兆海、孝武还有其他孩子大声念诵着。徐先生背手而立，闭着眼沉浸在诵读声中。

突然外面传来女人们的围堵喊叫声，女孩尖叫声。孩子们纷纷停下往窗外瞧。

鹿兆鹏捅捅白孝文，乐："又是你妹！"

白孝文皱眉。

鹿兆海："你妹那脚咋还没裹上？"

孩子们哄笑起来，有的好奇地站起。

"啪啪！"徐先生仗尺敲了两下，孩子们都坐回。

黑娃还担忧地听着外面的哭叫声……

22. 村　日　外

四岁的白灵奔跑躲藏，人虽小却哪里都能钻，肚子显得有些大，里面明显夹了什么东西。

仙草、李寡妇等人围追堵截，偏就是逮不着这娃，不少村人都笑着眺望。

白赵氏拄着拐指挥："快抓住她！别跑啦灵儿，再摔着！"

白灵肚子里掉出垫的小布袄，她回身去捡，总算被仙草抄到，一把搂在怀里。

白灵拼命喊叫，哭："爸！爸！我不裹脚！"

仙草边拍打白灵屁股边往家里跑："让你跑！你爸也救不了你！"

远远的，鹿三赶着马车，白嘉轩跟在后面和村人招呼。

李寡妇边抹汗边笑："族长，快回去看你闺女去。"

白嘉轩："咋？又跑出来了？"

李寡妇喘息："你这娃稀罕，十几个人堵不住她！"

白嘉轩叹息一声。

23. 白家院　日　外

白嘉轩蹲在院中叼着烟袋，鹿三陪一旁蹲着，暗暗瞧主人阴沉的脸色。

屋里传来幼小的白灵的哭号声。黑娃揪心地听，暗拽鹿三衣角。

白嘉轩起身喊："别裹了！"

屋里停了一会，白灵又哭叫起来。

白嘉轩喊："妈！仙草，今天别裹了！"

仙草抹泪出来，拉过丈夫低声："你别掺声，妈说女人都得熬过这关。熬过去就好。”

白嘉轩瞪她：“那你咋没裹脚？”

仙草：“我……我那是跟我爸在山里，见不到人。”

白灵又号哭：“爸啊！爸！我不裹！疼！”

白嘉轩冲屋里：“妈！”

白赵氏扶门出来，瞪着儿子长叹一声，抹抹额头的汗。

仙草忙上前搀扶。

白赵氏骂：“有你这老子在，惯的这娃毛病！”

白嘉轩忙冲进屋中。

24. 屋　日　内

四岁的白灵见爸进屋，哇一声扑进白嘉轩怀中。

白灵哭得泪人一样：“爸，我不裹这个！我不裹小脚！”

白嘉轩紧搂住女儿轻拍：“不裹了，咱不裹。”

25. 屋　夜　内

油灯下，白赵氏幽幽地：“裹小脚一双，流眼泪一缸。谁家闺女不是这样哭过来的，咋就你的娃跟旁人不同哩？”

仙草一旁抹泪。

白嘉轩闷声：“我不管那些，我这娃就是跟旁人不同，咋？”

白赵氏呸了一口：“现如今你怎说都行，等长大了谁娶她？”

白嘉轩：“我不照样娶了仙草。”

白赵氏叹了一声：“你们就娇惯吧。这刚几岁的娃，天天学她姑怀娃找个袄就往肚子里塞。”

白嘉轩扑哧乐出来。

白赵氏皱眉瞪儿子：“这娃做啥你都不管，还乐！孝文、孝武你都没这么惯过！”

白嘉轩一抹脸。

仙草："脚，还是得裹的。就是咱狠不下这心，下不去这手。"

白赵氏："我看出来了，他在家这脚是裹不上。"

白嘉轩抬起眼还想说什么，仙草冲他默默摇头。

26. 村口　日　外

小白灵鼓着肚子让同样是四岁的小石头听。

小白灵眼中充满欣喜："小石头，听到啥啦？"

小石头摇头："啥也没听着。"

小白灵："真笨！我咋就能听见我姑肚里的娃娃。"

小石头挠头。

黑娃带着鹿兆鹏、白孝文跑过，一脸神秘。

小白灵蹦起追去："哥！"

小石头后面追："白灵，你不跟我玩哩？"

小白灵头也不回："磨牛儿打嘎你都输了，你太笨，我不跟笨人玩！"

27. 祠堂学堂　日　内

鹿兆鹏、黑娃、白孝文三人的座位空着。徐先生阴沉着脸瞪鹿兆海，"啪"一下戒尺打在鹿兆海手心上。

徐先生："你哥呢？"

鹿兆海咬牙："先生，我真不知他去哪儿了。"

徐先生又用力打，鹿兆海没哭，孝武反倒吓得哭起来。

徐先生目光落到白孝武身上，孝武吓得直往后缩。

徐先生厉声喝道："他们去哪儿啦？"

孝武哆嗦："他们……他们……"

鹿兆海急："孝武你敢说！"

"啪！"徐先生的戒尺已重重拍在鹿兆海脑袋上……

28. 白兴儿院牲口圈 日 外

三个孩子正瞪大眼从围墙破缺的塌口瞧里面动静。二豆依然在锲而不舍地爬着墙，摔倒，再爬。没人注意他，帮他。

一头皮毛油光乌亮的黑驴正和一匹枣红马咬仗，白兴儿伸出可笑的手把枣红马拽进围栏，拴住了缰绳，黑驴跟过来钻进围栏的敞口，跳上了枣红马的脊背。

三个人都瞪圆了眼睛，喘息着。

二豆急仰头："看到啥啦？"

鹿兆鹏咽口唾沫："黑娃，你咋发现的？"

黑娃："嘘——看就成了，别出声。"

孝文腿一滑差点掉下去："二豆！"

二豆上前顶住他的脚。

黑娃用眼睛禁斥了孝文一下。

鹿兆鹏："孝文你还小，你别看！"

孝文慌乱扒住墙挤上身瞧，鹿兆鹏和黑娃的手却一起按住他的头，孝文拼命往上顶，脚在二豆的脑袋上用力，二豆疼得眼都睁不开。

身后突然响起白灵叫声："哥？你们看啥哩？"

白兴儿猛回头看去，三个娃一同摔下墙垛。二豆终于爬上去喘息瞧着。

白灵看着三个躺倒的哥哥，乐得不行，也爬上墙要看："我也看看！"

白孝文惊拽妹妹："不成！不能看！"

白灵已经踏上墙垛："哎？那驴咋骑上去啦？哎……"

白灵突然被一双大手悬空抱下，两只小腿空踹。

徐先生抱住白灵，冷冷扫视三人。

二豆扒着墙突然爆发出一阵傻笑，仨孩子无地自容。

29. 祠堂学堂 日 内

白嘉轩一脚踹去，白孝文被踹跪倒。鹿子霖也抽了鹿兆鹏一记耳光。

徐先生站一旁沉着脸不作声。

白嘉轩察觉到回头望，白灵一缩脖跳下去。

鹿子霖怒："让你们不学好！看见啥啦？说！"

鹿兆海、白孝武等孩子好奇地挤在外面瞧。

白嘉轩瞪鹿子霖一眼："你真要他说出来？"

鹿子霖无奈："咋不学好呢？是不是黑娃教你俩的？"鹿子霖瞥眼徐先生，"一粒老鼠屎坏一锅粥！"

白嘉轩皱眉："你瞎说啥！"

鹿三正举鞭抽打着黑娃进院："跪下！"

鹿子霖忙把话咽回。

30. 戏台　日　外

远远一辆马车赶来，大着肚子的朱白氏坐在上面，朱先生跟随一旁。

戏台边，桑老八、白兴儿几个人正说话。

白兴儿比画着："我刚把手掏到那马裆底下，就听那几个娃叫……"

桑老八："朱先生！"

朱先生笑眯眯点头。

白兴儿几个人也忙恭敬招呼，瞧着朱白氏大起来的肚子。

桑老八轻笑："朱先生也会做那事？"

白兴儿冷哼："你当他是神仙哩。天一黑他也往媳妇的怀里钻。"

朱先生含笑不语，像没听见般。白灵远远跑来。

白灵："姑父！救命！救命！"

朱白氏拉过白灵的手："灵儿，咋啦？"

白灵："我哥被罚跪哩，爸还要打他！"

朱先生："那你求我有啥用，我也劝不了你爸。"

白灵眨眼："可我爸谁也不听，他就听你的！你去管用。"

朱先生与朱白氏相视一笑。

朱先生俯下身："你哥又闯啥祸啦？"

白灵："他就跟黑娃哥、兆鹏哥去看牲口棚……"白灵咽口唾沫，"就被那徐先生骂了。姑父，徐先生是个大坏蛋，老欺负我哥。”

朱先生朗声笑起。

白兴儿大声：“朱先生，那几个娃是看我给马和黑驴配种去啦！”

众人哄笑。

白灵莫名其妙：“啥叫配种？”

朱白氏脸一红，朱先生察觉到众人笑中的眼神不对，都异样地打量自己。

朱先生背起手：“灵儿，你知道天地为啥会下雨吗？”

白灵：“为啥？”

朱先生一手牵着马一手拉着白灵往前走：“天地氤氲，合和而生啊。万物皆是如此，此乃造化也！”

留下白兴儿等众人面面相觑。

31. 白家　夜　内

徐先生面前一碗盛得满满的面，却鼓着气不吃。

白嘉轩、仙草、朱白氏围在一旁都快吃完了。

仙草：“先生快吃啊？面都凉哩。”

徐先生摇头：“我执教无方，没脸吃这面！”

朱先生放下自己的碗：“行，我正好没吃饱。”

徐先生瞪着朱先生。

仙草快按住：“姐夫锅里还有，我再给你盛去。快别拿徐先生开心了！”

白嘉轩：“先生快吃吧，您教得好着哩，是我这娃不争气。该饿的是他不是您！”

里间，白赵氏正拿筷子喂面到孝文嘴里，白孝文吓得一哆嗦，忙后退不吃。

白赵氏轻声：“吃你的！”

白孝文含泪摇头。白赵氏强拉过孙子，喂。

小白灵扒开帘瞧奶奶喂哥哥，笑，抢过桌上两个馍塞怀里。

白赵氏瞪眼：“干啥？那是你哥的！”

小白灵：“我哥不吃着呢！”

朱先生：“嘉轩，让你进县城做参议是我提议的。后天你还是进一趟城吧，就当开开眼界。他们来人催，我都跟人保证你去哩。”

白嘉轩为难："姐夫，这参议是啥我都不知道。你让我干啥去么。”

朱先生笑："参议参议，就是参加意见。”

白嘉轩不可思议地笑："跟谁？跟县长？徐先生您听听，这自古以来老百姓能给县太爷提意见？”

徐先生正吃着面："你提你的，他听不听再说。”

小白灵坐回来趴在朱白氏肚子上听，笑着仰头看姑姑："动哩！姑，这娃动哩！”

朱白氏拍拍小白灵塞得满满的肚子，笑起："呦！瞧我们灵儿也快生了。”

仙草无奈："姐就别说了，哪有这么小就装大肚子的，丢死人！为这个我管多少次，我这几个娃最倔的就属她！”

白嘉轩笑看白灵跑出。

仙草嗔怪："她爸还不管！偏偏在这娃身上一点规矩没有！”

朱先生笑："我看这娃是上辈子你男人欠她的，这世讨债来了！”

白嘉轩笑："姐夫这话我爱听。”

朱先生点头："我倒赞赏嘉轩如此宠女儿。若是我生个女娃，我比他还邪性！”

白嘉轩饶有兴趣："姐夫，那你会给你闺女缠脚吗？”

朱先生想了想："我下不去手。”

徐先生皱眉："岂有此理！缠足自古有之，老祖宗立的规矩怎的今日全都被你们颠倒了？”

朱先生："你吃你的面！”

仙草一撇嘴，拉住朱白氏的手："姐，晚上这娃不要我，你猜趴哪儿才能踏实睡？”

朱白氏好奇："哪？”

白嘉轩不好意思地笑起来。

32. 白家后院　夜　外

黑娃躺在牲口棚里抽泣，翻来覆去捂住耳朵，鹿三在外面骂。

鹿三："饿着！饿死你算了！我怎么养你这么个东西！”

黑娃抽泣："我妈要在绝不饿我。”

鹿三骂："你妈要是活着也得被你气死！"

黑暗中传来白灵的轻呼："黑娃哥！"

黑娃一怔爬起，白灵正猫腰在栅栏底下往里瞧。

黑娃低声："灵儿！"

白灵："接着！"

一个馍扔进来，黑娃满草垛里找，捡起乐，大口吃起。

白灵："还一个哩！别叫干大看见！"

鹿三还在外面骂，根本没察觉里面的变化："明儿别上学了！里面的娃都被你带坏了！天亮跟我下地干活去！"

又一个馍扔进砸在黑娃头上。黑娃哎哟一声。

白灵咯咯笑起。

33. 白家　夜　内

三个娃都已经睡了，幽暗的灯下白嘉轩斜靠在炕边。

仙草缠着麻线，轻声："你就惯着她吧，瞧长大以后不骑你脖子上的！"

白嘉轩："不会，我的灵儿比谁都懂事。"

仙草："脚再不裹，怕以后就裹不成了，妈说等骨头硬了掰起来更难受。"

白嘉轩："就不能不裹么？这娃以后是奔走的命，她心大。"

仙草："女人再心大不也得嫁人么。"

白嘉轩叹息一声，白灵哼了哼翻个身："爸……"

白嘉轩忙躺到边上："姐夫都说过脚放大，发铰短，指甲常剪兜要浅，我听我姐夫的。"

白灵竟眼也不睁地往这边靠靠，依偎在白嘉轩的胸膛上。

白嘉轩一动不敢动。仙草无可奈何地看着他。

仙草："妈说了明天你在地里干活，不准回。"

白嘉轩没答话，静静地看着熟睡的白灵，给她掖好被角。

34. 白家后院　清晨　外

鹿三用马叉子往车上装着草料，黑娃跟随帮忙。鹿三将他推一边去。

黑娃低头乐。

鹿三瞥他：“正不想上学呢，是不？”

黑娃点点头。

鹿三叹了口气，扔给他锄头，黑娃一把接过。

白嘉轩笑：“黑娃，夹上书上学去。”

鹿三忙拦过：“算了算了，这东西不成器不说，倒把孝文给引坏了！”

白嘉轩收了笑容严肃地：“三哥，我当年说让他弄个五品七品是说笑，念些书扎到肚子里却是实情，你该明白知书达理这话？知书以后才能达理。”

鹿三：“那他也……”

白嘉轩二话不说就抓住黑娃的手拽着走去。

鹿三眼巴巴瞧着。

35. 祠堂外　日　外

白嘉轩刚迈出门，鹿子霖正守在那。

鹿子霖指着里面一脸厌恶，低声：“你咋又把黑娃领来啦？他爸都没那么尽心，你吃饱撑的？”

白嘉轩：“鹿子霖，你这人就是自私自利惯咧！就你家娃能念书，别人家的娃就得干一辈子农活？”

鹿子霖急：“问题是他教坏！把我的娃带坏了！”

白嘉轩笑：“你咋那么肯定是黑娃带他们去看的？你家兆鹏、兆海……当然都是好娃。”

鹿子霖瞪眼：“白嘉轩你啥意思！”

白嘉轩摆手走去。

鹿子霖背后叫：“你知道族人现在都议论你啥！你这族长没规矩，宠你闺女宠成啥样了！”

白嘉轩停住脚步回身，白兴儿等人聚在一块轻声说笑，瞧着这边。

鹿子霖："族人瞧你笑话哩！"

鹿三赶着马车过来："东家？"

白嘉轩："瞧啥笑话？"

鹿子霖冷笑："瞧你白家的闺女大脚！将来没人敢要！"

白嘉轩怒："鹿子霖，你说我没关系，你敢咒我闺女？"

白嘉轩大步走上前，鹿子霖连连退后。

鹿子霖："你干啥！干啥！这话又不是我说的，你问问他们去！"

鹿三吼起来："这脚不得慢慢缠么！我看谁敢笑话？"

白嘉轩拉过鹿三，自己跳上车去。

36. 祠堂学堂　日　内

徐先生站在窗口听外面动静，转身叹了口气："世风不古啊。你们听听，现在连缠不缠足都要争上一番了。以后哪还有个是非伦常！"

鹿兆鹏底下接话："这跟是非有啥关系。"

徐先生沉下脸："谁啊？站起来说话！"

孩子们紧张起来，白孝文跟鹿兆海两边拽鹿兆鹏。

鹿兆鹏却挣脱开站起："先生，女人为啥要裹脚？"

徐先生盯着他："古人有训，女子当相夫教子，绣花织布，不该随意抛头露面，男尊女卑之理不可变也，所以才缠足约束之。"

鹿兆鹏："女子是该相夫教子，可为啥非要裹脚约束？那不是跟家里养的牲口一样了么？"

白孝文轻声："男尊女卑，女子就是牲口。"

孩子们轻笑起来。

鹿兆鹏转头："那你妈哩？你妈你奶也是牲口么？"

白孝文涨红脸站起："鹿兆鹏你敢骂我妈我奶！"

白孝文一头撞去，两个孩子撕打在一起。

孩子们顿时乱成一团。

徐先生忙上前拉扯："别打了！住手！"

徐先生急得敲戒尺：“这是什么地方？你们在这撒野成何体统！”

37. 祠堂　日　外

鹿兆鹏跪倒在牌位前，一脸的不服。

徐先生擦拭额头的汗，冲鹿兆鹏感慨：“你这娃聪明是聪明，可惜力道用歪哩。现在我都教不起你哩！天天顶嘴。你还年幼，要多在书本中上下求索，且慢论事胡言。”

鹿兆鹏：“朱先生说不能光读书读死书，须在事上磨炼呢。”

徐先生冷笑：“那也不是他说的，是王阳明说的。”

鹿兆鹏梗着脖子：“那王阳明就不是先师大儒了么？”

徐先生愣住：“你……好，好！我今天就跟你辩个明白。你所谓的事上磨炼就是课上顶撞先生，跟人打架？”

鹿兆鹏低下头去。

白孝文扒门柱偷笑。

徐先生没好脸：“白孝文！你偷乐啥？过来一起跪！”

白孝文哭丧着脸上前跪下。

38. 白家院　日　内

仙草心事重重往院里瞧，白灵正往肚里塞布袄。白赵氏进屋冲仙草点点头。

白赵氏：“你给嘉轩送饭去。”

仙草不舍：“妈……”

白赵氏瞪着她。

白灵：“奶，我也想去给我爸送饭。”

白赵氏：“你去干啥，在家耍你的。”

仙草只得咬牙转身出院。

白赵氏站到门口冲李寡妇等人点了点头。

李寡妇带着俩婆妈进屋，白灵在屋里正对着鼓起的小肚子说话。

白灵：“乖……”

李寡妇悄悄把门关上……

39. 田 日 外

白嘉轩后面推着犁，鹿三察觉到犁不听话拐着弯前行，回头看去，白嘉轩神色恍惚。

鹿三："东家？东家！"

白嘉轩缓过味："啊。"

鹿三叹息："等她习惯就好了，谁家女子不受这罪哩？"

白嘉轩沉重地点点头，埋头干起。

鹿三往前拉牛，回头看白嘉轩又停住脚步。

白嘉轩紧张地："三哥，你听到没？"

鹿三："啥？"

白嘉轩："灵儿在叫我！"

鹿三皱眉倾听："没有啊？离家这么远你咋能听见？"

白嘉轩突然扔下犁，转身奔出田。

鹿三望着白嘉轩背影，无奈地长叹一声。

仙草远远走来："嘉轩你干啥？"

白嘉轩从她身前冲过，理都未理。

仙草急："妈不让回！"

白嘉轩头也不回地向家冲去。

40. 白家院 日 外

白嘉轩冲到家院门前愣住，放慢脚步。

白兴儿等一群人都围在门口听里面白灵哭号。

"爸！爸！救我！"

众人见白嘉轩来忙闪开条道，脸上带着异样的笑瞧他。

白嘉轩恍惚迈进院，李寡妇等人刚满头是汗出来，冲白嘉轩点点头。

李寡妇："族长，难弄哩。你娃跟旁人不一样！"

白嘉轩迈进屋，白灵两条小腿被捆住，两脚厚厚地裹上缠布，白赵氏压在孙女身上不动。

白嘉轩颤抖着手扶炕上前捧住女儿的双脚。

白灵脸上不知是汗还是泪，痛哭："爸！疼！"

白赵氏扭头瞪儿子，脸上是从没有过的狰狞："已经缠上了！咋？你还想拆了让你闺女受二茬罪？"

白嘉轩额头全是汗，喘息地捧住白灵双脚，又不敢用力，不知所措。

白灵哭喊摇头："我疼啊爸！我不缠，我还想跑哩！"

白嘉轩颤抖着手刚要解。

白赵氏狠狠地："外面那些人都在看你这族长咋做哩！你给我有点族长的样行不行！"

白嘉轩停住手，痛苦地坐在炕上。

外面的人已经涌进院里，都争先恐后地往屋里瞧。

仙草在他身后哽咽："他爸，灵儿最难的时候过去了。你就再让她忍忍吧……"

白嘉轩低头迈出屋去，身后是女儿的哭号声。

41. 白家　夜　内

白灵抽泣着趴在白嘉轩胸膛，身上盖着被子。

仙草躺在一边，轻声："灵儿，忍忍啊。忍过这宿就不知道疼了。"

白嘉轩紧紧搂住女儿，突然察觉到被子里动静，低眼看去。

白灵正悄悄抽出长长的缠带！

白嘉轩惊看女儿，白灵哀求地看着爸。

白嘉轩怔了怔，将布绳接过塞入自己被中。

白灵无声地松了口气，紧紧贴在爸的胸膛，闭上眼睛。

白嘉轩却没有闭眼，一动不动望着窗外……

42. 白家院　清晨　外

“你个杀千刀的啊！这不是害灵儿再受次活罪么，好不容易缠上去的你夜里给她松了！”

屋里响起白赵氏哭号的声音，仙草劝着。

仙草也哽咽：“妈，别急。咱再缠么。”

白赵氏：“缠脚就怕一缠一松的，好不容易攒起的骨架又散了，更疼！”

白嘉轩抱住女儿坐在院里，鹿三和黑娃陪在一旁听。

白灵蜷缩在爸的怀里：“爸，我不缠了！别再让我缠！你答应我！”

白嘉轩呆呆地看着女儿。

白灵落泪：“爸，你答应我。”

白嘉轩咬牙点点头。

白灵破涕为笑，搂住白嘉轩脖子：“爸！干大，黑娃哥，你们都瞧见了我爸答应不缠了！”

黑娃用力点头，鹿三则勉强笑笑，暗暗叹息。

白赵氏扶门站出，抹泪：“你这当爸的是害娃啊你知道么。”

白嘉轩起身：“我害不了我闺女。我这就进城参议去了，回来前谁也别再动她。妈，我真的求您！啥事等我回来再说！啊？”

白赵氏背过身不理。

白嘉轩看看仙草。

仙草劝：“妈，孩他爸这么走也不放心呐。”

白赵氏轻声：“等他回来吧。”

仙草冲丈夫点点头。

白嘉轩蹲下抱住女儿肩膀，凝视：“灵儿，等爸回来。”

白灵一咧嘴：“不，我跟你走！我怕……”

白嘉轩：“别怕，有你妈你奶在哩，还有你干大，黑娃，你哥哥都陪着你哩。”

白灵抽泣起来。

白嘉轩不忍，起身大步走去。

白赵氏也不回头看儿子，眼直勾勾盯着地，分明透出狠来……

第十一集

1. 祠堂　日　内

乡亲们围挤在祠堂，眼巴巴瞧着白嘉轩，七嘴八舌。

“族长，你几日回？”

白嘉轩笑：“我有个三五天就回来哩。我不在时，大伙有事就听泰恒叔的。”

鹿泰恒抽着烟袋摇摇头，却没说话。

“族长，你不在那民团又来捣乱。”

白嘉轩：“不敢！回来我收拾他们几个兔崽子！”

众人哄笑起。

李寡妇凑笑：“族长，你这进城可开眼去了，给我们捎些东西回来行不？”

白嘉轩爽快：“我正想说呢，各家谁想买点啥，我记下都给你们带回来！”

众人一拥而上，纷纷抢报：“我给我家媳妇扯五尺花布！”

“族长，能带同升记的点心回来不？这一路坏不坏？”

“我给我爸买寿礼，你帮带回点稠酒……”

白嘉轩挤出：“冷先生帮记下，都到他那去报。”

白嘉轩一把将李寡妇拉到院里，轻声：“不敢再裹我闺女脚了！”

李寡妇乐：“族长你干脆把你闺女含嘴里得咧……”

看白嘉轩一脸严肃瞪着自己，李寡妇忙收住笑点头：“不敢。”

2. 白鹿原村口　日　外

鹿三将马车赶到村口自己跳下，白嘉轩接过鹿三手中的鞭，依旧穿着土布鞋大裆裤，上面缠裹着腰带。

鹿三：“东家你这次进城是干大事去了，咋还穿这身旧的哩？”

白嘉轩笑："啥大事，当年跟我姐夫闯清兵大营那才是大事！三哥，拜托你的事可得用心盯着，不能让她们趁我走了对灵儿动手。"

鹿三笑笑，眼瞧着白嘉轩抽一鞭子往前去。

马车又停下，白嘉轩转头不放心地："三哥……"

鹿三没等他说，便会意："灵儿我给你看着！准不让她们裹！"

白嘉轩点点头，没再说话，勒马而去，走出几步又停住。

鹿三苦笑叹口气。

白嘉轩跳下回头大叫："三哥！我妈要是硬来，你找我姐夫去！"

鹿三连连扬手，白嘉轩这才不舍而去。

庄稼地里，桑老八鬼鬼祟祟探出头望着白嘉轩远去的背影，一脸兴奋转身奔远……

3. 原上　日　外

马车正前行，身后有人喊"等等！停下！"白嘉轩忙勒住马回头瞧。

鹿子霖背着包裹气喘吁吁奔来："你走也不说声！"

鹿子霖将包裹往车上一扔，自己跳上。

白嘉轩愣："嘿你倒不客气。咋，你也进城去？"

鹿子霖一笑："我跟你去一个地方。"

白嘉轩皱眉："你知我去啥地方。"

鹿子霖得意："别瞒啦兄弟，就你一人去开会？咱原上是俩名额！还有我一个呢！"

白嘉轩诧异："我姐夫没说。"

鹿子霖拍拍白嘉轩的肩："人呐，不能吃独食，会遭报应。"

白嘉轩冷笑："上次被绑的苦还没吃够？又想伸着脑袋往前凑？"

鹿子霖："这次不同哩，这次是风风光光进城开会！人家管吃管住。"鹿子霖压低声神秘地，"听说顿顿全是席！肚子小都吃不过来！"

白嘉轩赶着马，斜眼瞥他："这你听田福贤说的？哎，平日有点好事你得嚷嚷开，这次你进城开会咋谁都不知道？"

鹿子霖得意："回来再嚷嚷也不迟么。我得好好歇歇，昨晚到现在只吃了半个馍给肚子腾地方，又追你这车跑出二里地，容易么我！”

鹿子霖躺倒在车上。

白嘉轩突然恍然大悟：“我明白了！你是怕人家求你往回带东西！”

鹿子霖闭眼呻吟：“嘉轩，我眼咋那么花哩，晕死我了……你带干粮没有？”

白嘉轩苦笑摇头，扬鞭赶去。

4. 白家院　日　外

一个竹竿挑着长长的裹脚布像飘带般，黑娃举杆前面跑，白灵后面咯咯笑着跟。

白灵：“给我！黑娃哥，给我玩玩！”

黑娃突然停住脚步，白孝文沉着脸站在门口台阶上瞪他。

白孝文：“黑娃，你杆上挑的啥？”

黑娃：“白灵的裹脚布啊。”

白孝文伸出小手像大人一般：“岂有此理！那是你玩的吗？”

黑娃苦笑一下，想伸手再摸白孝文的头：“你这娃……”

白孝文瞪着他：“你再摸试试？”

黑娃迟疑了一下，听话地放下杆递到白孝文手中。

白灵吓得站在那：“哥？”

白孝文：“你羞不羞！这东西能让外人摸么？”

白灵：“可爸说不裹哩。”

白孝文冷哼：“那是哄你的。”

白灵一咧嘴要哭，黑娃站到白灵身前挡住。

黑娃：“别哭别哭，我护住你。”

白孝文：“黑娃，我家的事你敢管！”

黑娃迟疑：“孝文，那是你妹。”

白孝文：“我妹咋？我妹更要裹脚！人家都裹得，她咋就裹不得？”

黑娃听白灵哭，懊恼的神情。

白孝文转头骂妹妹：“别哭哩！爸的脸都让你丢尽了！”

白灵哭得更伤心。

白孝文按住妹妹腿，冲孝武："还不帮忙！"

白灵哭："黑娃哥！"

黑娃迟疑不敢上前。

白孝文瞪眼："你叫他没用的。"转头又冲弟弟，"你干啥呢！"

白灵哭着将白孝文踹倒。

黑娃拉住白灵的手奔出院去。孝武呆呆站在那不敢动。

白孝文恨恨地骂："黑娃！你等着！"

5. 县城 日 外

人来人往，羊肉泡馍的摊位前冒着白气，卖花布的小贩正招揽客人，白嘉轩停在摊前寻价，鹿子霖迫不及待后面拉扯。

鹿子霖："快走吧！田福贤说咱得按时登记！晚了没人搭理咱哩。"

白嘉轩："你等等，我给李寡妇家买完这个……"

鹿子霖哭笑不得："白嘉轩你是开会来了还是赶集来了？再晚就吃不上饭哩！"

白嘉轩转脸笑着瞧他："鹿子霖那你是开会来了还是吃饭来了？"

鹿子霖噎在那儿。

6. 县城旅店 日 内

前面有人工整地书写自己名字。

有人不好意思轻声："能不写不？"

"按也行。"

那人忙伸手按手印.

鹿子霖挤在几个人后面，眼巴巴瞧前面的人拿毛笔在展开的纸上签到，转头看看白嘉轩。

白嘉轩也一脸疑惑："咋？这刚来就押上自己名字？"

鹿子霖捅捅他："低声说，丢不起人！"

白嘉轩低声："待会我不签，我绕过去。"

鹿子霖瞪他："你以为你躲得了？你不签就没饭吃没地方睡！赶紧练练，待会手别哆嗦，写坏咧给原上丢死人！"

白嘉轩哼了声："我按。"

鹿子霖紧张地手腕翻转偷练。

排到鹿子霖这里，上前一步赔笑："白鹿原，鹿子霖。"

接待人诧异地翻了翻："白鹿原？是白嘉轩啊，没您的名。"

鹿子霖呆在那儿："咋可能么。我是田福贤叫来的，民团团练田福贤！他亲口说我也进城开会！"

白嘉轩撞开鹿子霖，用力按个手印。

接待人捧出一个袋子："白先生，这里是一套制服，您这身量穿大号的。"

白嘉轩乐："还给衣服？"

接待人："明天开会都要穿哩。"

鹿子霖目瞪口呆地一旁瞧。根本没人理他。后面进来的人将他拱到更边上。

鹿子霖扯着嗓喊："田福贤？田团练你来没？"

白嘉轩揪住他："咱丢不起人！"

鹿子霖急得冒汗："难不成你让我街上睡去？我现在还饿着肚子呢……"

接待人："敢问先生您是白鹿原的……"

鹿子霖急："我是那乡保障所的乡约！我比他的官儿可大！"

白嘉轩无可奈何地瞧着他。

接待人恍然大悟："鹿先生，是这样。可能通知您的那位没说清楚，您作为乡约是有资格来听会的，但是自愿自费的原则。"

鹿子霖惊："为啥？"

接待人笑："这次是参议会，白嘉轩先生是参议员，我们负责接待。您……当然我们可以安排一下，房钱给您打个折扣？"

鹿子霖快哭出来："凭啥！"

白嘉轩："这样，您给通融通融，他跟我一个村的，我俩挤一张床就成。"

鹿子霖崩溃般，带着哭腔："凭啥么……"

7. 旅店房间　晚　内

白嘉轩新奇地打量屋内环境，摸摸床上的褥子。

白嘉轩："子霖，你瞅瞅还有被子褥子哩，这洗脸盆都给咱备上了！"

鹿子霖沮丧地坐在椅子上抱头不动。

白嘉轩推开窗，外面的喧闹进来："热闹！你瞧下面就是条街，全是卖吃食的！子霖你过来瞅瞅！"

鹿子霖还是不动。

白嘉轩上前拉起鹿子霖，鹿子霖竟眼里含泪。

白嘉轩捶他："你这尿！挺大男人哭个啥！"

鹿子霖颤抖着声音："我找他田福贤算账去！我长这么大没受过这样的侮辱，耻辱！"

白嘉轩扑哧乐出来："你是太拿自己当人咧。"

鹿子霖瞪眼，将气都撒在白嘉轩身上："我就知道从进这旅店开始你就偷着乐！你乐吧，乐吧！你有被子褥子睡！你有开水喝！人家还管饭吃！我走！"

鹿子霖转身，白嘉轩忙拽住他。

白嘉轩："你哪去？"

鹿子霖："我回原上！"

白嘉轩："你不怕黑夜走道撞着狼！"

鹿子霖拍着自己脸："狼怕啥，我怕的是这张脸没哩！没哩！"

外面突然敲门，白嘉轩与鹿子霖交换个眼神，忙上前开门。

一个胖胖的人穿着警察制服整齐地立正敬礼。白嘉轩呆住。

警察局长："在下县警察局局长杨少葵，是白嘉轩先生吧？"

白嘉轩老老实实回答："是我。"

警察局长笑眯眯递上请帖："今晚兄弟在鸿雁楼给各位参议洗尘接风，还请大驾光临！"

白嘉轩迟疑，鹿子霖忙上前帮接过。

鹿子霖："拿着！局长大人请咱吃饭你还端着！"

警察局长诧异："这位是……"

白嘉轩："一同来的。"

鹿子霖赔笑："在下白鹿乡乡约鹿子霖，我俩是好兄弟。"

警察局长忙笑："那跟我一样啊是来旁听的，一起！晚上一起过去！"

局长赔笑离开，就听得旁边敲门声，然后是"啪"，立正敬礼，还是那套话："在下县警察局局长杨少葵……"

白嘉轩掩门，莫名其妙地与鹿子霖对视。鹿子霖却掩盖不住兴奋，翻瞧手里的请帖。

8. 白家后院 晚 外

白灵与鹿三、黑娃坐在一起吃饭，吃得很是香甜。

黑娃颠着手里的地瓜，白灵乐着瞧他烫手。

黑娃将自己烤的一块地瓜在手上翻，撕了一块递白灵嘴里："甜不？"

白灵笑着点头。

鹿三苦笑："你这娃不在屋里跟你妈吃，非跑我这来。"

白灵笑："干大，你的饭好吃。"

黑娃自己不吃，削着柳笛，笑眯眯看着白灵狼吞虎咽。

仙草外面叫："灵儿？你吃完是不是还想睡你干大这？"

白灵快活："妈你把我枕头被子抱来吧。"

鹿三笑着拦腰抱起白灵："这娃越来越不着调了！我这能容下你么。去，跟你妈回屋睡觉去！"

白灵挣扎着："黑娃哥我不回！黑娃哥！"

黑娃将削好的柳笛塞白灵手中："灵儿，有事就吹这个！"

鹿三将白灵抱出房，递到仙草怀中。

白灵挣扎："我不回去睡！我不缠脚！"

仙草笑："三哥，这孩子耍一天了，你就宠她吧！"

鹿三轻声："东家走时千叮咛万嘱咐，别让老太太……"

仙草抱紧女儿，欲说还休地点点头："要真……我也拦不住。"

鹿三："东家说不行就去找朱先生！"

仙草回头苦笑一声："姐到日子口生不出娃，我姐夫那还闹心呢！"

9. 白家　夜　内

仙草抱着白灵进屋，白赵氏盘坐在炕上抱俩孙子狠狠地瞪白灵。

白赵氏：“瞧你还像个女娃样么！那地方是你睡的？”

白灵吓得不敢出声，缩在妈的怀里。

白赵氏：“今晚跟奶睡。”

白灵：“我不！”

白赵氏冲仙草：“你带孝文、孝武进屋去，把她交我。”

仙草迟疑：“妈？”

白赵氏瞪着儿媳：“你男人走时撂下啥话别以为我不知道。明儿一早你只管送他俩上学堂。嘉轩五天后回来，生米也做成熟饭了。”

仙草抱着女儿没撒手。

白赵氏瞪她：“她小不懂事，你这做妈的，也不明白事理？”

仙草慢慢将白灵递到炕上，白灵拼命挣扎哭泣。

白灵：“我不跟奶睡！我不跟！”

白赵氏一把揽过孙女，任她哭号。

仙草拉过俩儿子，咬牙低头进屋去。

10. 旅店门口　晚　外

鹿子霖明显已经醉了，被白嘉轩搀扶着趔趄前行。

白嘉轩埋怨：“不让你喝还喝！”

鹿子霖：“人家敬咱么，不干不给人局长面子！明天中午还一顿，教育局的请你听到没？”

白嘉轩突然停下，诧异地瞧着门口站的两个兵。

两个兵也正打量他。

白嘉轩指指上面：“我……我俩住这。”白嘉轩想起什么，摸兜掏出参议证，“这是我参议证。”

俩士兵齐刷刷立正敬礼。

鹿子霖也学着立正敬礼。白嘉轩忙一扯将鹿子霖拽进旅店。

11. 旅店房间　晚　内

白嘉轩搀扶鹿子霖推门进屋："咋还站上兵了？"

鹿子霖打着饱嗝，剔着牙倒在床上："守住咱么。"

白嘉轩："起来！这是我的床！"

鹿子霖赖着不起，往里挪："不说好了咱俩挤一张，我给你腾点地方。"

白嘉轩："嘿！咋成你是主我是客了？"

鹿子霖："嘉轩你吃过今晚这么好的饭没？你这辈子都没吃过！那肘子可真香！羊有那么烤的？害得我都没肚子吃下最后那口臊子面……"

有人敲门，白嘉轩皱眉："这又是谁？"

鹿子霖腾地爬起冲到门口开门，外面有人恭恭敬敬地递进一张请帖："兄弟县粮食局局长，明晚在清风阁备下一席，还请参议员赏光！"

鹿子霖忙点头："我们原上是两个人。"

外面人："没问题没问题！"

鹿子霖赔笑："局长慢走……"

鹿子霖将门关上冲白嘉轩笑。

鹿子霖兴奋："今晚是警察局长做东，明天中午是教育局，明晚是粮食局……哎呀！这趟回去还不得长十斤肉！"

白嘉轩皱眉："咋这些官差轮着请咱老百姓呢？图啥呢他们？"

鹿子霖激动得手舞足蹈："你这人！人家请咱你又不踏实瞎嘀咕，走，跟我再出去遛遛食去！把肚子腾空来日再战！"

白嘉轩甩开鹿子霖的手，倒在床上。

鹿子霖忙抢上去："哎，你咋睡里面了？"

俩人背靠背躺下。

鹿子霖喃喃地："嘉轩，真开眼啊。从前只知道我爷那辈在城里掌勺做厨子，挣下钱上白鹿原置下产业，我还琢磨厨子咋能挣那么多钱？今日我算明白了，原来好吃的不光是面啊，祖宗的！做出那么多花样来……"

白嘉轩没动静。

鹿子霖胳膊肘捅捅他："你想啥呢？"

白嘉轩叹了口气："我想我闺女。"

鹿子霖笑："你说你闺女那双脚才多大点事！整得你这个爸吃不好睡不好！"

白嘉轩一字一顿："我闺女的脚，比天大。"

12. 白家白嘉轩屋　夜　内

孝武已经睡着，孝文听隔壁传来妹妹的哭闹声爬起。

仙草心事重重地灯下缝补，扎了手含住手指。

孝文："妈？"

仙草叹息一声，放下针线起身，被孝文拽住。

孝文轻声："妈你别去捣乱。我妹疯得没边，你不能啥事都依着她。"

仙草吃惊地看着儿子，慢慢坐下。

孝文："妈，以后不能再让我妹去后院闹了，没少学坏。"

仙草皱眉："你懂啥，你三伯是你妹的干大。"

孝文一撇嘴："认一个长工做干大。我爸啥事都灵通，就是在我妹这糊涂。"

仙草吃惊地瞪着儿子："你说你才多大，数落起你老子啦！"

孝文："妈，徐先生讲天地君亲师，男尊女卑，所有的礼数位置不能乱，还有君子立身要正，要言行合一……"

仙草慌乱："行哩，别跟你妈扯这些。你妹哭就没停过。"

孝文叹了口气钻回被子。

仙草恍惚："也不知你爸开上会了没。"

孝文："妈，我长大了也去城里开会。"

仙草笑了一下，刮儿子鼻梁："你长大还要去县里做县太爷哩！瞧你出息的！"

孝文也跟着在被窝里笑。

13. 旅店房间　夜　内

白嘉轩打着呼噜，鹿子霖辗转反侧睡不着，不时用胳膊肘顶顶白嘉轩。

谁知一会白嘉轩呼噜声又起，鹿子霖烦躁地爬起唉声叹气，轻手轻脚摸到柜前那套制服，黑暗中窸窣声穿上。

鹿子霖点亮油灯站在镜子前，听白嘉轩的呼噜声，连连摇头。

鹿子霖观瞧自己喃喃叹道："穿他身上糟蹋了，真糟蹋了。"

白嘉轩突然说话："别动她！"

鹿子霖吓一跳，慌忙解扣："我给你试一下，谁稀罕你这……"

白嘉轩："灵儿，爸来了。别动我娃！"

鹿子霖这才明白，凑近瞧，白嘉轩依然闭着眼说着梦话。

14. 白鹿原李寡妇屋　清晨　内

白灵迷糊中被颠簸着，听身边人低声轻语。

李寡妇："婶，我真不敢，族长要是回来……"

白赵氏："你听我的！他再族长也是我儿子！"

李寡妇："这娃要是闹……"

白赵氏："锁起门来，就你这院偏，她叫出大天也不能开门。藏在哪儿我连她妈都不告诉！"

小白灵慢慢睁开眼："奶？"

两条小腿已经被布缠了一层，白赵氏死死抱住挣扎的小白灵。

白赵氏："缠！快点！"

小白灵哭号："妈！妈！爸——"

15. 旅店房间　清晨　内

白嘉轩身着制服叼住烟袋陌生地看着镜子中的自己，异样的眼神。

鹿子霖冲进屋将门掩好。

鹿子霖激动："我刚串了几个屋，都是各乡的大户哩！全来了！还有县里商会的王会长，学校的校长，钱庄先生，银行代理……都跟我握手哩！"

白嘉轩吐口烟圈打量他："握完手给你钱啦？"

鹿子霖一愣："给钱做啥？"

白嘉轩冷笑："那你瞎激动啥？不就握个手么，咱俩也握握。"

鹿子霖甩开白嘉轩强拉的手："你咋不准备发言哩？你是咱原十里八乡唯一的民意代表，多少你得说两句。"

外面叫起："各位参议准备进场！"

白嘉轩拉门出去。

鹿子霖后面叫："你得对得起咱原上！对得起你姐夫！对得起……你这身衣服！"

16. 白家院　日　外

仙草急匆匆在各屋找着，脸上满是焦灼之色。

仙草："灵儿？灵儿！"

白赵氏在后面冷冷地："别找了。"

仙草一激灵回身看着妈，白赵氏一脸疲惫站在院口。

仙草颤抖着嘴唇："灵儿她？您把她送哪儿去了？"

白赵氏平静地往屋里走："做你的饭吧。"

仙草还想再问什么，却问不出来，抹抹眼角答应："唉！"

17. 李寡妇屋　日　内

小白灵脚上裹着厚厚的缠脚布，在炕上翻滚哭号。

小白灵："我疼！我疼啊妈……爸——黑娃哥——快来救我！"

李寡妇蹲在反锁的院门嗑瓜子，仿佛没听到屋里的哭声。

桑老八带两个民团背着枪走来，好奇地问："里面谁喊？"

李寡妇吓得就跑："没人！"

桑老八紧追："李寡妇！你税还没交哩！你跑得了？"

李寡妇头也不回地跑："桑老八你这挨千刀的！等族长回来治你！"

桑老八追："族长？族长且回不来呢！站住！"

村边站的人见到扛枪的，纷纷奔回家关上院门。

桑老八扯嗓子喊："交税啦！都出来给县里交税！"

一民团要往白家去，被桑老八一把揪住。

桑老八小声："你疯啦！没听我说么，一个白家一个鹿家咱不能闯！"

18. 祠堂学堂　日　内

"子曰，吾日三省吾身：为人谋而不忠乎？与朋友交而不信乎？传不习乎……"琅琅读书声，徐先生带着学生们摇头晃脑诵读。

黑娃望向窗外，仿佛听到什么。

徐先生用戒尺敲在黑娃桌上，黑娃忙又跟随念起，却心神不定。

鹿兆鹏冲他眨眨眼，疑惑的目光。

黑娃嘴唇动："白灵！"

白孝文坐后面狠狠踹了黑娃凳子一脚。

徐先生："黑娃，站起来背！"

黑娃起身憋红脸："吾日……吾日……"

娃娃们哄堂大笑，徐先生气得哆嗦。

19. 戏堂改造的参议会室　日　内

台上唱戏玩把式的，耍旗的，台下喝茶叫好。

突然全都轰下去，一个身着西装的人上台，清清嗓子："开会哩！下面由县长发言。"

身着西装的人带头鼓起掌。

鹿子霖不满地嘀咕："咋不演啦？"

县长上台鞠躬，开始发言："……卑职自上任后，哀百姓之疾苦，叹县政之艰难，举步维艰。卑职率属下日日勤奋工作，整民生兴教育助商扶农，修水利十三处，建乡级学校两所，查办前任遗漏诸事……"

县长在台上朗声作述职报告。

白嘉轩被旁边女参议处飘来的香气刺激，不住地打喷嚏。会场目光不时从县长身上转移到他身上。

掌声响起，白嘉轩昏头昏脑忙放下烟袋跟着鼓起掌。

白嘉轩点燃烟袋猛抽两口，接待人弯腰小跑奔到桌前指了指烟袋，笑着摆摆手。

白嘉轩慌忙收起。

鹿子霖一撇嘴，一脸不屑，轻声："丢人！"

20. 旅店房间 日 内

白嘉轩刚推门，鹿子霖直冲向床躺下占住。白嘉轩鄙夷地瞪他。

鹿子霖得意地笑，白嘉轩捶捶腰，筋疲力尽地来回走动。

鹿子霖瞄着他："你说你还累？进了会堂一语不发。人家参议可都发言，你一个人干坐那不动跟块木头桩子似的。"

白嘉轩闷声："我能说啥。"

鹿子霖摇头："你这参议员咋选上的，肚里又没水嘴又不会说，丢死个人！"

白嘉轩冷笑："你会说！你说去。"

鹿子霖："别激我，我抽冷子还真把你们吓一跳……你瞧你这会开的咋老打喷嚏？全会场就听你那啊嚏了。"

白嘉轩叹气："那女子身上的味冲得很，你要坐边上你也打。回头我找上面问问，能不能给换换。"

鹿子霖瞪大眼："啥？人家巴不得坐她边上哩！你还想换！你别不知福了！"

白嘉轩冷笑："那下回我跟那女子说说，你俩坐一起？"

走廊里突然传来喧哗声。

田福贤一嗓子："大家出来欢迎！县长来看望大家了！"

鹿子霖腾地从床上跃起，直扑门口，白嘉轩慢吞吞跟在后面。

走廊里已经掌声一片，县长和蔼可亲双手下按："不要这样嘛，我是特意趁休会来看望大家的。"

田福贤更用力鼓起掌。县长笑眯眯与每个门口的人握手致意。

鹿子霖将白嘉轩挤到身后，双手紧握住县长手用力摇。

县长瞧见白嘉轩，一笑："这位参议好像会上没咋发言呐。"

白嘉轩点头："咱是乡下进城来开眼界的，不像他们能说出个道道来。"

县长饶有兴趣："你是哪里的？"

白嘉轩:“白鹿原。”

县长一怔:“朱先生的白鹿书院?”

田福贤凑到县长耳边嘀咕两句，县长恍然，重新审视白嘉轩，眼神已经变得恭敬。

县长笑着扫视四周:“你们可知他是谁?”

众人凑上好奇围看白嘉轩。白嘉轩反倒不自在起来。

县长:“我们能有今日，这位老兄可是功臣哩!当年正是他随朱先生前往清兵大营，阻挡了二十万大军，保住了我们来之不易的革命!”

众人又鼓起掌来，那女参议鼓得最凶，鹿子霖眼巴巴瞧着女子，又羡慕地瞥了眼白嘉轩。

县长拉住白嘉轩手:“走，就进你屋聊!”

县长、随员、田福贤、鹿子霖、白嘉轩坐进屋中，进不来的都挤到门口瞧热闹。

县长笑:“朱先生身体安好?”

白嘉轩不自在:“好着哩!”

县长:“下午的会安排一下，请白先生发发言。”

白嘉轩慌忙摆手:“我不会说不会说!”

田福贤使眼色:“说两句么，县长亲自邀请的。”

白嘉轩:“我连这是个啥会都没摸清呢。”

众人忍不住低笑，鹿子霖偷偷顶了顶白嘉轩后腰。

县长有些难堪:“兄弟在滋水县推进民主政治，彻底根除封建弊政。这参议会么，就是让民众参与县政，监督政府，传达民众意见。参议参议，顾名思义就是……”

白嘉轩听得丈二和尚摸不着头脑:“百姓乱口纷纷，咋个说了算?听张三的听李四的，还是听王麻子的?张三说种稠些好，李四说种稀点儿好，王麻子说稠了稀了随便种，你说听谁的，按谁说的下种子?古人说，家有千口，主事一人嘛!”

门口响起笑声来。田福贤皱眉看看鹿子霖，鹿子霖一副无可奈何的表情。

县长笑:“谁说的有道理就按谁说的办。主事的家长要是个不懂种庄稼的外行，或者就是个不务正业的二流子，你还能让他主千口之家的家事吗?封建弊政的关键就在这里，登基一个开明皇帝能兴几年，传给一个昏君就失丢江山，百姓跟着遭殃。倒不如我们大伙都有发言的机会，针砭时事，告诉政府你哪里做对哩哪里做不对……”

白嘉轩怔怔地瞧着县长：“县长，您这话我还是头一回听，咋跟听天书一样？你真让我们种地的老百姓告诉政府哪对哪不对？”

田福贤笑：“县长降下身份征求民意，兄弟，就怕你没话讲哩！”

县长笑眯眯看着白嘉轩：“有没有？尽管说！一百句一千句我们都扛得下！”

众人点头应和：“对哩对哩！”

白嘉轩却闷头认真琢磨。

田福贤笑：“县长治理太好咧，我们嘉轩兄弟一时还真想不出呢。”

县长拍拍白嘉轩的肩膀起身：“那咱们再去其他各屋走走，听听意见。”

田福贤暗暗松口气，一行人正往外走。

白嘉轩突然叫：“那好！我这种地的就先说个事，看你政府听得下听不下——”

田福贤与鹿子霖无奈对视一眼。

县长也有点惊诧，回身瞧：“白先生请讲。”

白嘉轩磕磕烟袋：“把白鹿仓里那一干出进都抱着烧火棍子的人撤走！”

县长没听明白，环视四周找答案。

田福贤脸一红，恨恨地瞪着鹿子霖。

鹿子霖忙上前捅白嘉轩：“胡说啥哩！”

白嘉轩：“就是那些民团，在各村天天晃，吓唬老百姓。”

县长脸沉下：“田团练，咋回事？”

田福贤擦着汗：“……咱民团是保各村治安的，共同治匪保民……”

白嘉轩：“田头，治的是老百姓吧？这三天两头地进村讨税，这些天除了我白鹿村他不敢进，哪个村没被他们祸害过？”

田福贤：“税可是要交的。你白鹿原三年都免哩，你还说啥？”

白嘉轩摇头：“正是三年免了我们照常交，可谁想人家说不成，涨咧！好家伙看那架势要把这三年欠的追回来！”

众人议论纷纷，低声：“现在是税过重……”

“我正想在会上说哩。”

县长强笑："税法过重也是没办法，兄弟自来到滋水，外赶上闹匪内赶上干旱缺收，前任撂下的摊子很难在短期内……"

白嘉轩又想起什么："您前任是那个何县长吧？那可是个好人，就是他给我们原立的碑免的税。"

众人又应和起："是哩！何县长好，仁治。不难为老百姓……"

这回轮到县长自己擦起汗来。

田福贤虎着脸："咱说现下的事，提从前的干什么！"

白嘉轩用烟袋指县长："县长大人都让我参议了，这不是参议会么。"

县长瞪田福贤："让人家说！畅所欲言么！"

田福贤忙挤笑："是！"

白嘉轩："没哩。"

身后众议员却七嘴八舌起来："对么，当年咱县可不是这样的，何县长对商会可是扶持的……"

"何县长当年教育抓得也好，现在学校经费短缺哪比得了从前……"

县长起身握了握白嘉轩的手，转身挤出屋去。

众人跟随出去纷纷叫："县长！我们经费县里都欠了三个月哩……"

"县长，商会被扣的货啥时候能放？他们警察局不给个说法……"

田福贤外面叫："县长身体不适先回去休息，大伙有啥话会上再说！"

一些人慌乱地往外走。

白嘉轩趴窗往外瞧："县长，慢走！"

鹿子霖异样的眼神打量白嘉轩："我的祖宗哎！你不说是不说，这一张嘴……"

21. 参议会室　日　内

白嘉轩正叼着烟袋，突然旁边有人拨拉自己，回头一瞧是鹿子霖。

鹿子霖轻声："挤挤。"

白嘉轩瞪他："床你抢，这椅子你也抢？"

鹿子霖低声："你前面表现都不错，一言不发是对的。后面也这样，保持下去！"

白嘉轩侧脸打量他。

鹿子霖："你别看我！开会呢！"

唯一的女参议员起身："参议长，各位议员，我想提个议案题目是男女之平等。共和已多年，辫子也除了，各方都在改制。男女平等却始终未执行。女子地位一直在男人之下……就说怀孕堕胎之势越演越烈……"

会场哄一下，多是轻慢嘲笑之色。

鹿子霖瞪大眼注视那女参议，白嘉轩也不敢相信地瞧。

女参议却不慌不忙："你们的反应就已经证明了一切，这是落后无知的表现。我刚从大上海回来，那里的情景已经远超过你们的想象！女子可以上班可以挣钱养家，更可以从商从政……"

鹿子霖不由咽口唾沫。

白嘉轩恍惚看着女参议员剪短的头发，周围一切变得安静无声，只有女参议员的嘴唇在动。

白嘉轩耳边响起白灵的叫："爸？爸！"

白嘉轩猛地闭上眼，再睁开时，女参议员正鞠躬坐下，掌声四起。

白嘉轩长出口气，身旁的鹿子霖竟站了起来！

田福贤惊，轻呼："坐下！"

鹿子霖无比激动："兄弟白鹿原鹿子霖，在任白鹿乡十村的乡约保长……"

众人齐刷刷转头看他，都露出诧异之色。

鹿子霖："刚才听诸位高谈阔论，在下激动得不行也想凑上两句拙……"

田福贤暗暗冲他摇头。

鹿子霖甩开白嘉轩的手，依然赔笑："拙意，还请县长大人，参议长，各位参议员……"

突然台上参议长重重敲击一下锤："你是旁听的，不能发言。"

鹿子霖顿时被噎停在那，全场爆发出哄笑。

参议长："再说你咋坐哪去了？"

田福贤一捂眼，不忍看。

白嘉轩也扑哧忍不住喷出来。

鹿子霖脸涨得红紫，低头钻出参议席。

22. 街　黄昏　外

白嘉轩在货摊前挑拣，鹿子霖远远跑来。

鹿子霖："四处找你！咋又跑这买货来了？"

白嘉轩："答应村里的，还没买齐。"

鹿子霖拽他："快走吧，满福楼！你要不去我再没脸吃去！"

白嘉轩："这又是哪个局长？"白嘉轩摇头，"我不去了，吃恶心咧。"

鹿子霖瞪大眼："你傻！刚吃两顿就恶心了？当你肚里油水有多少！"

白嘉轩："我坐不惯那场合，要去你去。"

鹿子霖："我又不是参议！"

白嘉轩："你替我去，就说我病了，你替代去吃。"

鹿子霖琢磨："能行？"

白嘉轩点头："准行！"

鹿子霖迟疑了一下："可人家都认识我哩，丢死个人。"

白嘉轩盯着他："你不说么，咱要脸就没吃的哩！"

鹿子霖咬牙转身奔去。

白嘉轩转头冲货郎笑："给我拿那俩拴辫子的，给我家闺女买……"

23. 白家　黄昏　内

白赵氏眼睛发直地掰着玉米，仙草站在一旁抹泪。

仙草："妈，把灵儿接回家吧。我发誓一宿不睡看着她！"

白赵氏硬下心肠，摇头："我是她亲奶奶，我不会把她扔野地里去！"

仙草哭："妈！灵儿这么小，她夜里见不着我咋行呢。"

白赵氏将玉米扔下："我知你做妈的难受。她若不闹成这样我也不走这步！明天差不多就接回，你只管带孝文孝武睡去。"

仙草还想说什么，忍住回屋。

白赵氏无声叹息。

24. 李寡妇院　晚　外

屋里，小白灵喊哑了嗓，筋疲力尽地抽泣。

李寡妇和蔼可亲地俯身检查："娃啊，可不赖你李婶儿心狠。咱女人都得过这关。脚缠得好那才是好女子，嫁得出去。当年我男人娶我的时候，就是冲我这一双……"

窗外突然响了一声咳，李寡妇愣了愣，忙推门出来。

白赵氏拄拐站在院中，轻声："咋样？"

李寡妇讨好："缠得好好的。"

白赵氏："吃了没？"

李寡妇："一口没吃，就是哭！您家这娃可真让我开眼，这辈子我没见过她这样能哭号的。我那炕都快让她折腾塌哩！"

白赵氏点头："等脚缠定了，别说你那炕，让嘉轩给你修房！"

李寡妇笑："这可使不得！婶儿啊，您干吗不进屋？"

白赵氏叹了一声："眼不看心净，不知咋了这次我也心软哩。"

25. 白家后院　晚　外

鹿三拼命抱住儿子，任他在怀里挣扎，用力抛到铺上。

黑娃爬起又往外冲。

鹿三低吼："你干啥去！疯了吧你！"

黑娃："我去找白灵！"

鹿三揪住他："你想惹你奶生气是不？"

黑娃咬牙："嘉轩伯都说了不让她缠脚！"

鹿三急："那也由不着你操心呢！这是人家白家的家事！"

黑娃："你还是她干大呢！到头来还不是一家人，是不？"

鹿三愣在那，呆呆看着黑娃。

黑娃撒腿奔出去。

26. 旅店房间　晚　内

白嘉轩跟鹿子霖背靠背躺床上，都睁大眼睛想着什么。

鹿子霖胳膊肘顶顶："嘉轩，想啥呢？"

白嘉轩："我闺女。"

鹿子霖笑："瞧你那点出息！天天围着你老婆闺女转，刚出门几天就想哩！"

白嘉轩叹了口气："那也比有些人琢磨别的女人强啊。"

鹿子霖心虚："你说谁？我告你别话里有话啊！"

白嘉轩冷哼一声："那你为啥睡不着觉？今天我看你眼睛都直哩，八匹马拉不回。"

鹿子霖叹了口气："那女子……你不惊奇么？"

白嘉轩："惊得很。我只知世道变哩，可没想女子还能这样。大堂广众下居然还能说出怀娃堕娃的话……"

鹿子霖："那是受刺激哩！田福贤今天给我讲，这是个奇女子。她从小是个孤儿，被义父收养……占了便宜。"

白嘉轩转过身怔怔地瞧着鹿子霖。

鹿子霖："这还不算，她自己就打过娃，落下病再生不成。后来她一个人去外面闯，竟闯出了一片家业！反正破罐子破摔，她居然养起男人来，听说养过好几个哩……没人敢娶她。"

白嘉轩叹息："这样的女人，哪个男的敢要啊。子霖，听我句劝，你不是她眼里那盘菜，咱可不敢折腾。"

鹿子霖尴尬："咋又提上我！"

白嘉轩叹了口气背过身去，鹿子霖呆呆地望着黑暗处。

27. 李寡妇屋　夜　内

小白灵哭得没了力气，一眼看到炕边掉落的那个柳笛。

小白灵手脚被捆，拼命地挪，嘴总算咬到柳笛角……

28. 村 夜 外

黑娃四处找着，轻声叫："白灵？白灵！"

突然身后传来断断续续的柳笛声，忽隐忽现。黑娃一激灵猛回身望去，撒腿就往回跑……

29. 李寡妇家 夜 外

黑娃冲到李寡妇家院墙外，支棱着耳朵听了半天，爬墙翻入。

黑娃蹲在窗下轻声："白灵？"

屋里小白灵惊喜地哽咽："黑娃哥！"

黑娃警惕地看看左右，轻声："里面还有人吗？"

小白灵："没！李婶刚出去了。黑娃哥快救我！"

黑娃这才站直用力撬开窗棂爬进。

不一会，小白灵已经被松开绑绳，被黑娃从门里扶出。

小白灵含泪："黑娃哥，我脚已经木了走不动啦。"

黑娃一猫身："来！哥背你！"

小白灵趴到黑娃身上……

30. 祠堂 夜 内

祠堂后墙，黑娃跳下，左右望望，举起双手抱住跨在墙上的白灵。

黑娃将白灵领到牌位后，铺了层草让她靠坐，轻声："你只能在这过夜了。我怕我爸发觉了，不能陪你。白灵，怕不怕？"

小白灵摇头："我不怕！"

黑娃笑："我知道你不怕，你这丫头天不怕地不怕就怕裹脚。"

小白灵破涕为笑。

黑娃："白灵，你能告哥为啥不想裹么？"

小白灵："裹了小脚，我就走不动，跑不远。"

黑娃恍然大悟点点头："你这丫头，你还想跑多远呐？"

小白灵笑："我想跑特别特别远，像我姑父那样。"

黑娃也笑："你待着，明天一大早我就过来！给你带吃食！"

小白灵点点头，眼巴巴看黑娃出去。

31. 旅馆房间　夜　内

白嘉轩打着呼噜，鹿子霖辗转反侧又睡不着觉。

鹿子霖悄然爬起，拿过白嘉轩那套制服轻轻穿戴好。

鹿子霖拉门出去，白嘉轩睁开眼睛。

白嘉轩偷偷贴着门缝往外瞧，鹿子霖在走廊里鬼头鬼脑看看左右，白嘉轩忙藏身在门里。

鹿子霖爬上楼梯。

32. 旅馆楼梯　夜　内

白嘉轩悄悄跟出门，蹑手蹑脚爬上。

只听得上面传来鹿子霖谄媚的说话声："在下鹿子霖，今天听了您的发言我这心里激动得很，斗胆深夜拜望……"

女参议员客气地："已经那么晚了，赶紧睡吧鹿先生，明天还开会哩。"

鹿子霖："不，我不困！真的，我满脑子都是您今天的发言，太精彩咧！我想……跟您交流交流。"

白嘉轩一撇嘴，无声冷笑。

女参议员迟疑的声音："那……那请进吧。"

关门声，白嘉轩一屁股坐在楼梯上，目光含着鄙视，叼着烟袋闷闷地抽。

白嘉轩思前想后，担忧地起身望，又不敢上，咬牙高声喊了句："田团您查房啊？"

身后人滚下楼梯的混乱声，接着鹿子霖冲下楼梯。

白嘉轩纹丝不动坐在楼梯上，鹿子霖从他身边经过冲进屋。撞门声。

一会，鹿子霖钻出房，蹑手蹑脚到楼梯口，不敢相信地看着抽烟袋的白嘉轩，颤抖着手指他说不出话。

白嘉轩默默地瞧着他。

33. 白家院　清晨　外

院门被拍得山响，鹿三忙去开门。白赵氏被仙草搀扶着也出来瞧。

李寡妇哭着冲进："婶，娃没哩！没哩！"

白赵氏跟仙草都是一惊："白灵咋啦？"

李寡妇哭："不见了！这一宿就不见了，炕上只剩下绳哩！"

仙草恍然转头看白赵氏。

白赵氏举起拐杖对她："一宿不见？你咋才来？"

李寡妇迟疑："我……我……邻村摸花牌去了。"

拐杖掉落在地上，白赵氏一个眩晕，仙草忙抱住婆婆。

仙草急："妈！妈！"

鹿三手足无措地看着。

34. 村　日　外

"灵儿！灵儿！"仙草跟鹿三满村呼喊。

仙草见到一人就问："叔见到我们家灵儿没？"

被问的人摇头。

仙草快哭出来："这娃不会又让狼叼去了吧三哥？"

鹿三："咋会！一点动静没有，她一个四岁的女娃能走哪儿去……"

突然鹿三愣住，盯着仙草："黑娃？"

35. 祠堂学堂　日　内

黑娃正心不在焉地跟随念书，鹿三闯进来。

徐先生怒："鹿三！这是学堂！"

鹿三直奔儿子去："徐先生对不住！"一把揪起黑娃的耳朵拽出门去。

鹿兆鹏、白孝文等人都起身凑到窗前看。

徐先生急喊："坐回去！都坐回！"

36. 祠堂院　日　外

鹿三一脚将黑娃踹倒在地，两个馍从怀中掉落，鹿三一怔，虎着脸指儿子。

鹿三："你把白灵藏哪儿了？"

黑娃："我没藏！"

鹿三踹："臭小子还撒谎！这馍给谁带的？"

黑娃："我自己中午饭！"

鹿三骂："你平日只带一个馍，你蒙谁……"

牌位后，小白灵肚子咕咕叫了声，忙捂住，大气不敢出地探头偷瞧。

黑娃咬牙："我不知道！我就不知道！"

37. 白家　日　内

仙草扳住黑娃的肩，眼巴巴瞧他。白赵氏、鹿三、白孝文、白孝武都站一旁。

仙草："黑娃，我知道你疼白灵妹妹，你怕她缠脚受苦。可婶妈跟奶都急坏了，你妹妹才多大啊，可不能让她一个人在外面太久。"

黑娃眨着眼："那你们狠心把她放李寡妇那一宿？"

仙草怔住，说不出话。

白赵氏急："快说，你把灵儿藏哪儿啦！黑娃我不是吓你，等你大回来瞧怎么收拾你！到时候我跟你婶都拦不住！"

黑娃梗着脖："收拾吧，我不怕！"

仙草默默地看着黑娃，无声叹息。

鹿三抄起门杠要打："你个兔崽子！"

仙草扶住鹿三胳膊，摇摇头平静地："三哥，别问了。问不出来。"

38. 旅店房间　日　内

白嘉轩跟鹿子霖各自攥着把钱进屋。

白嘉轩：“管吃管住咋还发钱呢？”

鹿子霖：“你不要给我！”

白嘉轩忙塞回兜去。

鹿子霖乐得不行：“往后要再有这会我说啥也得来！这叫车马费懂不，就是交通，你不坐车骑马进城啊？”

白嘉轩伸手：“那这次是蹭我赶的车来的，你那份该给我。”

鹿子霖忙缩手，白嘉轩乐起来。俩人各自数起。

鹿子霖抖着手数钱，抬眼看白嘉轩：“嘉轩，你多少？我咋……瞧着你比我多一倍哩？”

白嘉轩：“不会吧？”

鹿子霖自己慌乱地又数一遍。

鹿子霖吃惊：“你的车马费比我多一倍哩！”

白嘉轩诧异：“为啥？”

鹿子霖苍白着脸转身出去：“我去问问，肯定是发错数了。”

39. 旅店门口　日　外

鹿子霖气急败坏，被田福贤拉出门。

田福贤：“兄弟！兄弟息怒。”

鹿子霖：“我吃蹭白嘉轩的，睡蹭白嘉轩的，没制服穿还不能发言，这我都忍！可你钱咋还少发一半呢？”

田福贤笑：“咱是旁听么，就好比唱戏，这出戏人家是正角咱是跑龙套的。”

鹿子霖：“那你来前不跟我说清楚？”

田福贤冷笑：“说清楚你就不来啦？子霖，我还不了解你。”

鹿子霖气得说不出话。

田福贤拍拍他肩：“收拾收拾东西，回家吧。”

鹿子霖一惊："会还没完呢。明天不还有一场？听说开完县长要请一顿呢！"

田福贤："明天这会你我都没资格参加。懂不？"

鹿子霖急："后面这会我咋还不能参加啦？"

田福贤："这是人家参议投票的会，你我都是旁听之人，掺和干啥？"

鹿子霖不情愿地梗着脖子站在那。

田福贤凑近："你当你白来呢？这些天没少开眼吧？"

鹿子霖："开个屁！受一肚子气是真的。"

田福贤笑，意味深长地："老弟！县里都这样了，你还想白鹿原是他白嘉轩的一言堂啊？"

鹿子霖一怔，恍然瞧着田福贤。

40. 祠堂　日　内

白灵揉着肚子，噘嘴眼巴巴望着院里。

有老者正跪到牌位前，虔诚叩拜："祖宗在上，保我子孙延续，儿媳妇生个男娃，我给祖宗烧香磕头哇。"

白灵吧唧着嘴盯着牌位前供奉的馍，终于忍不住伸出小手去……

第十二集

1.白家屋　日　内

白赵氏拄着拐杖在屋里心神不定徘徊，仙草端碗面进，差点没撞到婆婆。

白赵氏烦躁地摆手："拿开！"

仙草："妈，吃点吧。"

白赵氏："不吃！灵儿没回来我哪吃得下！我瞅你咋不急呢？"

仙草淡然："这娃自有她的命，当年白狼都没叼了去，你说她命多大呢。"

白赵氏怔怔地看着儿媳妇，咬牙："叫鹿三再问问黑娃！"

仙草："三哥问过了，棍子都打折一根，这娃倔就是不说。妈，好歹咱知道白灵没事，就当孩子胡闹吧。"

白赵氏恨恨地："我早瞧这黑娃不是东西！"

仙草吓一跳："妈！别让三哥听见。"

白赵氏："你三哥人忠厚，却养出头狼来！"

仙草琢磨："等他给灵儿送吃的，咱跟着他去？"

白赵氏一撇嘴："你能追上他？早把你甩了！"

白孝文突然站门口："妈，我来跟！"

仙草与白赵氏交换个眼神。

白孝文压低声："他发现不了我。"

2.祠堂　日　内

老者爬起身吃惊地看着供奉的盘，竟少了两块馍！

老者四下里瞧瞧，又激动又恐惧，哽咽哭泣："灵！显灵啦！"

小白灵在牌位后正吃得香，下意识答应："唉！"

小白灵忙捂嘴，一只小手紧紧将她拽住，小白灵惊回头……

老者一个哆嗦，颤抖着手拄拐杖走到牌位后，空无一人。

小白灵屏息藏身在盖桌的布下，看着那拐杖在眼前晃，鹿兆鹏冲她嘘了声。

老者扔下拐杖，跌跌撞撞奔出院去："祖宗显灵啦！"

两个孩子这才松口气。

小白灵："兆鹏哥你咋来啦？"

鹿兆鹏："黑娃说你没吃东西，让我给你送。"

鹿兆鹏从怀里掏出馍。

小白灵却笑："我已经吃饱啦！"

外面又有动静，鹿兆鹏忙冲小白灵打个手势。

院门挤进几个老者，白兴儿鼻青脸肿推着桑老八。

老者："桑老八你带外面的人来打白兴儿，不怕族长回来？"

桑老八："他得谢我哩！要不是我拦他们，白兴儿还能走着来？"

白兴儿："叔，伯，你们得给我做主！他们要牵我的牲口！"

桑老八急："就属你欠税最多，不拿牲口抵么。"

老者："跪下！去祖宗牌位前跪下！"

桑老八挣脱开："我才不跪！你们少拿祖宗吓我！几个老不死的，田团进村你们咋一个屁不敢放！"

几个老者气得哆嗦："你……你……"

桑老八奔出院去。

白兴儿后面追出："别走！"

3. 白家院　日　外

冷先生急匆匆进院："仙草？仙草！"

仙草忙出屋："冷先生？"

冷先生面色焦急："快去书院，朱先生刚派人来叫，说是昨晚就有动静，生不下来出血了。"

仙草脸色一变，白赵氏拄拐杖出屋。

白赵氏："快去！"

仙草忙点头："妈，灵儿不会有事，您让三哥再找找，我……"

白赵氏扬扬手，仙草随冷先生跑出院。

院门口黑娃撞见想躲。

仙草叫："黑娃！"

黑娃只得停住脚低头看地。

仙草扶住他肩："黑娃，家里寻不着你妹，你奶快急疯了。我知道你心疼灵儿，可她还小呢，不能出啥事，懂不？"

黑娃默默点头。

仙草叹息，快步远去。

4. 祠堂　日　内

鹿兆鹏探头看看，几个老者刚刚互相搀扶迈出院门。

白灵："兆鹏哥……我想尿尿。"

鹿兆鹏又按下白灵的头，指指外面。

李寡妇跟另一婆妈撕扯着进："正好您几位都在，给我做主啊！我不活了！"

"她跟我男人钻庄稼地！"

李寡妇："谁钻咧！我是进庄稼地方便去，碰着你男人正收工才叫的。"

一老者："李寡妇！你以为别人都傻么，村里有你这么个货，谁家不看紧自己男人的裤腰带？"

李寡妇哭骂："你还是做叔的就这么埋汰我，今天我不活哩！我一头撞死在祖宗面前算了！"

一片混乱，老者们大叫："快拦住她！别让她撞！"

鹿兆鹏跟白灵在桌底听着热闹。门口又吵吵起。

石头媳妇抱着小石头哭："欺负我们孤儿寡母的！你个臭跛子！"

跛子爷也急："那水都让你截哩，我地咋种！"

石头媳妇："让族里老几位评评理，他拦下河道不给我们坡下地放水！想饿死我们妈儿俩！"

跛子爷骂："那河在坡上，离我田近。她不会自己抬水去？"

老者："石头媳妇你也是，挑两桶辛苦一些。"

石头媳妇哭："你们老糊涂！放纵他欺负我们孤儿寡母，我挑水谁看娃啊！"

白灵哭丧着脸轻声："哥，我想尿，憋不住哩。"

鹿兆鹏无奈打个手势让她尿，白灵忙解裤带。

石头媳妇愤怒地将小石头往老者们怀里塞："你们养！你们给我看娃！"

那边李寡妇要撞墙，这边塞娃，老者们应付不下，混乱至极。

牌位下一泡尿缓缓流淌出来……

5. 县街　日　外

白嘉轩抱着布、娃娃的虎头鞋，提着酒罐、点心匣，正从一个店门里出来。

田福贤勒住马跳在面前。

田福贤急："白嘉轩！嘉轩兄弟你干啥呢，都等你一个！"

白嘉轩愣："等我干啥？"

田福贤急得不行："照相哩！县长跟这届参议合影留念，我派了多少人出来找你！你却在这买货！咋买这么多？"

白嘉轩不好意思地笑笑："帮族人买，答应他们了……"

田福贤揪他："快走吧！县长发起火来，族人算个屁！"

6. 参议会室外　日　外

一台笨重相机已经架好在前方。拍照记者急得不停擦汗。

镜头一转，几排人都已经站好，焦虑、埋怨的神色望向同一方向，被太阳晒得也一起抹汗。

县长背手在前面走来走去，皱眉凝望却不敢发火。

有人叫："来了来了！"

车驶来，田福贤拽白嘉轩下车。

白嘉轩依然抱着背着那堆东西。

田福贤急："你抱它干啥，放车上！"

白嘉轩摇头："你不说车借的么。"

县长沉着脸坐回头排椅子上，众人都摇头不满的神情。

田福贤突然愣住，从人群后排揪出探头探脑的鹿子霖来："你咋没回呢？"

鹿子霖压低声："我在城门洞底下猫了一宿，就等着吃饭呢。"

田福贤无奈地指着鹿子霖："你呀！让我说你啥好！这相你不能照，这是正式议员照的！"

鹿子霖忙作揖："就当可怜兄弟了，我足足在城门底下被风吹了一宿哇！"

田福贤："不行，兄弟你不能坏了哥哥的事……"

正拉扯间，白嘉轩将货小心翼翼放在人群脚边，刚直起身来。

田福贤急："烟袋！你把烟袋也放下！"

白嘉轩慌忙放烟袋。

前方一人喊："好，准备了，注意看我，右边的再往前挤挤。"

鹿子霖忙从后排拼命地跳脚露头。

白嘉轩眼却瞄着地上的货，眼看脚就要踩上点心匣。

白嘉轩轻呼："哎，别踩着！那位先生……别踩……"

"哗！"一道白光爆出，滋水县参议会合影定格，黑白的相片上所有人都严肃凛然地望着镜头，后排的鹿子霖脸最终还是被人挡住。

照片上，白嘉轩侧脸瞪着地上给乡亲们带的货，一脸的焦灼。

7. 白家门前　晚　外

黑娃回头看看，溜出大门。

鹿兆鹏从墙角冲他扔了个石头。黑娃笑着蹲上前。

黑娃："灵儿吃啦？"

鹿兆鹏点头："亏你想得出，把白灵藏祠堂里。"

黑娃得意笑："那地方他们谁也找不着！晚上我再给灵儿送饭。"

鹿兆鹏欲语还休："小心别被人跟上了。"

黑娃点头："放心吧！我跑得快着呢，谁能跟上我？"

鹿兆鹏瞄了眼墙，好像听到什么动静，迟疑了一下："好，那你送吧……"

白孝文扒墙头仔细听着两人说话。

8. 白家　晚　内

厨房，黑娃关好门快速从锅里捡出俩馍来揣怀中。

黑娃推门轻手轻脚跑出，墙后白孝文探出头忙向屋里跑。

白孝文轻声："黑娃偷偷往怀里掖了俩馍，刚出去。"

白赵氏铁青着脸拄拐杖站起："叫鹿三！"

9. 村　晚　外

黑娃在前面跑，不时回头看看。

白孝文忙趴在树后大气不敢出。黑娃又往前跑。

白孝文跟上。

鹿三远远跟随白孝文，白赵氏跑在最后，已经累得喘不过气。

鹿三咬牙切齿："这畜生围着村跑了一圈哩！他到底想干啥！"

10. 祠堂　晚　内

黑娃跑到祠堂前喘息回头看看，迟疑了一下。

白孝文忙躲到墙后，回头冲鹿三挥手。两人慌忙靠到拐角处。

黑娃奔到侧墙扒住翻进，鹿三恍然的目光，几个人慢慢推开祠堂大门。

黑娃正蹲在牌位后发呆，一激灵转身看去，鹿三、白赵氏都进来瞪着他。

鹿三上前揪过儿子就打："你干的好事！我让你藏！"

白孝文冲到牌位后，一撩布："灵儿！出来！"

白赵氏喘息看着孝文。

白孝文四下里翻找，回身："奶，没有。"

鹿三也停止打，所有人都呆住，包括黑娃。

11. 书院　晚　内

鹿兆鹏拉着白灵到书院门口。

白灵:“兆鹏哥，我姑夫不把我交给我奶?”

鹿兆鹏笑:“不会。白灵你记着，这书院是白鹿原最安稳的地方。将来有啥事咱都往这跑，错不了。”

白灵点点头:“那我来这，你跟黑娃哥说了吗?”

鹿兆鹏:“不能说，黑娃会被你哥算计。”

两人拉手进院，却没人。

白灵一激灵:“我好像听见我妈说话了。”

鹿兆鹏:“不可能。那你先在这等，我去看看。”

白灵点头，鹿兆鹏进屋去。

突然仙草从拐角处跑来，脸上满是不安。

小白灵忙蹲到树后，瞪大眼望着妈身影，后院传来奇怪的呻吟，小白灵好奇走去。

12. 书院屋　晚　内

朱先生额头见汗，恍惚的眼神，完全同往常两样。

冷先生安慰:“接生婆按说该来哩，你别急。”

朱先生点点头，后面又传来朱白氏的呻吟，他转头望望叹了口气，望见鹿兆鹏进屋。

鹿兆鹏:“朱先生!冷先生!”

朱先生声音和缓:“兆鹏?又来借书啦?今天我有些忙，你自己去书房挑吧。”

鹿兆鹏摇头:“不是，学生是来求……”

仙草奔进:“还没来?”

鹿兆鹏愣住，把话咽回。

冷先生摇头。

朱先生:“咋样了?”

仙草:“血流得多，得赶紧帮她生下，不然……”

朱先生脸色苍白。

冷先生忙翻药匣:“仙草你拿去这药，已经磨成粉了，沾些热水敷上去。还有这针，你扎这个位置上，不要直扎要慢慢地捻入。"

朱先生："冷先生你进去！"

冷先生愣了一下："还是等接生婆来吧，男女授受不亲……似是不大妥。"

仙草接过药转身跑去。

13. 书院后屋 晚 内

小白灵摸进屋，呻吟声越来越大，朱白氏正捂着肚子躺床上。

小白灵瞪大眼靠近："姑？"

朱白氏疼痛难忍，根本没有听到。

小白灵不敢相信地看着眼前平日和蔼淡定的姑姑竟成了如此模样，手摸到炕边突然发现手心沾着血，惊吓住。

外面脚步声，小白灵慌乱爬进旁边的柜橱将门掩好。

仙草已经冲进屋。

14. 庙改造的舞厅 夜 内

自助酒会上唱声机转动出大上海的靡靡乐曲，三三两两的人碰杯笑谈，白嘉轩一手端着酒杯一手拿着烟袋锅尴尬地站在人群中，眼却瞄着掉了漆的塑像。

鹿子霖眼直勾勾盯着跳舞的女人，举着手臂跟着学，晃到白嘉轩身旁差点撞翻酒。

白嘉轩："你干啥你！"

鹿子霖乐："哎呀！瞧这西洋景！ 嘉轩咱这回可算开眼了，没白出来啊！你瞧那腿都露出来了……"

白嘉轩皱眉瞥着鹿子霖，一脸不屑："还不够你闹的呢。"

鹿子霖喃喃地："往后再有这会，说啥也得让我来。你来真是糟蹋了。"

女参议挤到身前："干杯！"

鹿子霖忙抢过白嘉轩酒杯一脸媚笑："干杯！"

女参议却微笑举杯看着白嘉轩："白先生？干杯？"

白嘉轩愣了一下，有人又递上一杯酒。

女参议一笑，主动与他碰杯一饮而尽，瞧着他。

鹿子霖尴尬地站在一旁。

白嘉轩苦笑："这洋酒我喝不惯。"

鹿子霖旁边插话："我喝着还好！"

女参议："白先生第一次到这种场合吧？"

白嘉轩苦笑点点头："唉。"

女参议："在上海，天一黑黄浦江畔到处都是这种酒会。是我建议县长搞这样的形式，全民开化么。"

鹿子霖拼命凑："真开眼哩。"

白嘉轩苦笑。

女参议与白嘉轩并肩走去："开会时一直跟白先生坐同桌，也没空聊一聊。先生是白鹿原的人？"

白嘉轩："啊。"

鹿子霖硬着头皮跟随身后，左顾右盼。

女参议意味深长点点头："我本来跟县长建议，把乡村的宗族祠堂制解散，设成村公所。县长说你得去问问白嘉轩先生，这可是参议会上唯一一个族长。所以我挺想请教一二。"

白嘉轩皱眉："祠堂……这一族人咋解散法？"

女参议一笑："撤了族长，由县乡委任官员垂直管理，村民也像咱们这样参政。"

白嘉轩喃喃："那不乱套哩？"

鹿子霖一激灵，偷偷跟在后面兴奋地听。

女参议举起酒杯："就像这洋酒，白先生喝不惯，但不能说它不是好酒。"

白嘉轩点头："我明白您的意思，这些天开会我也在琢磨。这参议是不错。"

女参议饶有兴趣："您赞同我的想法？"

白嘉轩笑："听我说完么，就好比街边那些卖货的小贩今天他来，明天我来。要是出个啥事还真得乱，按您说的，得凑在一起商议，大家才信服。"

女参议赞叹："您悟性真好，参议就是这个道理，有事大伙拿主意。"

白嘉轩："可我这族人传了几百年，就好像城里百年老店一样。它不是街边的小贩啊！拿清风阁、鸿雁楼来说，要是出了大事，是店里伙计七嘴八舌一起商议好呢，还是掌柜的拿主意好呢？"

女参议呆呆地看着白嘉轩，白嘉轩也定定地瞧她。

女参议："白先生敢不敢试一试，让你的族人都有参议权。"

白嘉轩叹了口气："白鹿原上本来谁想说啥就说啥，哪有试不试的。"

女参议摇头："恐怕不是吧？据我所知，原上的百姓都很怕您呢。您定下了，他们就算不满也只能咽在肚里。"

白嘉轩盯着她："谁跟你说的？"

几个女孩进来，参议们目光都转过去。鹿子霖眼被勾过去。

女参议一拍手笑道："今天不说这个。这是我请来的姑妈们，陪大伙跳舞！"

众人顿时兴奋起来，叫好。

舞曲响起，女参议转头看白嘉轩："白先生？我陪您跳一曲？"

白嘉轩忙摆手："不会不会！"

女参议笑："这场里的我看没一个人会，学学就会了。"

白嘉轩一笑："我手脚不利索，再踩着人。"

白嘉轩看着满屋的热闹，将酒杯递还给侍者，独自走到屋外，月朗星稀。

白嘉轩坐在台阶上点燃烟袋锅，对屋内传来的热闹置若罔闻，默默地望着黑夜……

15. 书院前院　晚　外

鹿兆鹏在院里四处找寻，轻声叫："白灵？白灵！"

鹿兆鹏惶恐地张望，只听得后院传来朱白氏越加痛苦的呻吟声。

16. 书院后院　晚　内

小白灵躲在柜中屏息望着外面。

门缝里，妈紧张忙碌的身影，炕上到处是血。

小白灵瞪大眼睛复杂的眼神，一动不敢动。

17. 书院屋 晚 内

朱先生额头的汗淌落，紧张地来回踱步。

冷先生也阴着脸端坐：“冷某当年倒学过接生之术，只是从未用过。毕竟男女授受不亲，咱原上那么多年也没男人给女人接生的事。”

朱先生停住脚步近乎哀求地看着他：“冷先生，不能再等了！你没听见内人已经处于生死关头了！医者大仁，怎会见死不救！”

冷先生：“再等等，你不比旁人，是原上的君子，将来传出去你的脸面……”

朱先生声音有些颤抖：“这是救命冷兄弟！君子遇大事尚不拘小节，何况性命攸关！朱某还谈何脸面，还望冷兄成全！”

冷先生声音平缓：“你刚才讲了这么多，连春秋的典故都讲了，你讲得好，可那是古人。我还是觉着那屋不能迈。”

朱先生瞪着他无语。

冷先生面无表情：“再等等吧，没准接生婆一会就来了。”

后院传来痛苦的呻吟声，朱先生恨恨唉了声背过身去。

冷先生也木然坐着，擦拭汗水。

鹿兆鹏：“你杀人了！”

朱先生一惊，回身望去。小小的鹿兆鹏正站在冷先生身前指着他。

冷先生脸色苍白：“你说什么？”

鹿兆鹏怒：“你杀人啦！里面的人要是死了就是你杀的！还配背这个药匣子？”

鹿兆鹏一把抢过药匣往地上摔去。

“哗啦”一声。

冷先生腾地站起扬手。

朱先生凝视两人，却没有劝阻。

鹿兆鹏毫不畏惧梗着脖瞪冷先生，冷先生高举的手却轻轻放在鹿兆鹏的头上。

冷先生竟转身大步往后院走去。朱先生长舒口气。

突然后院哇一声啼哭，朱先生就是一激灵。

仙草屋里喊叫：“生哩！姐夫，男娃！快，热水……”

冷先生冲进去。

朱先生身子一晃，鹿兆鹏忙上前扶住，才发现先生的背已经湿透。

朱先生欢喜地拉过鹿兆鹏："兆鹏，兆鹏！你今天比我做得好！"

鹿兆鹏："先生，您教我们事上磨炼，去格物致知，您在退清兵退绑匪时都没怕过，为啥这次慌成这样？"

朱先生感慨万千地看着孩子，摇头："唯有此事不能格，格不了啊……"

鹿兆鹏怔怔地看着朱先生："您见着白灵了吗？"

18. 书院屋　清晨　内

黑暗中闪过一道光，仙草将柜橱门打开，一把将蜷缩的白灵抱起。

白灵恍惚望着眼前众人，奶奶、妈、鹿兆鹏、朱先生，像刚从另外一个世界回来一般，他们张着嘴叫着自己，却没有声音。白灵茫然的眼神。

"哇——哇——"突然婴儿的啼哭声响起，说话声才跟随响起。

仙草："灵儿，妈跟奶都在，你说句话。"

白灵依然不语，眼直勾勾的。

白赵氏长叹一声："怕是受了惊吓，中邪哩。"

仙草焦虑地看着女儿。

19. 戏台　黄昏　外

黑娃不满地背冲鹿兆鹏，鹿兆鹏笑眯眯瞧着他。

黑娃："你把我骗惨了，藏白灵的事为啥连我也瞒？"

鹿兆鹏："别气么，你仔细想想黑娃，就你那脾气要是知道了，准被白孝文给套出来。"

黑娃："你太小瞧我！"

鹿兆鹏："给你个东西消消气，接着！"

黑娃一扬手接住鹿兆鹏扔过来的东西，以为是石子，看也不看就要丢掉。

鹿兆鹏喊："甭撂甭撂！"

这是一块白生生的东西，像沙滩上白色的石子，放在手心凉冰冰的。

黑娃："啥东西？"

鹿兆鹏说："冰糖。我爸刚从城里带回的。"

黑娃捏着冰糖问："冰糖做啥用？"

鹿兆鹏笑说："吃呀！"

鹿兆鹏随即伸出舌头上正在含化的冰糖块儿。黑娃把冰糖丢进嘴里，呆呆地站住连动也不敢动了，接着竟然哇一声哭了。

鹿兆鹏吓得扭住黑娃的腮帮子，担心冰糖可能卡住了他喉咙。

黑娃悲哀地扭开脸，忽然跳起来说："我将来挣下钱，先买狗日的一口袋冰糖。"

20. 白家 晚 内

仙草搂着依然哭泣的小白灵。白孝文、白孝武好奇地围在炕边歪头看妹妹。

白孝文："妈，灵儿咋啦？她到底看见啥啦？"

小白灵边哭边把肚里的布掏出抛下炕。

仙草恐慌地拍着小白灵的脸："灵儿，别吓妈了。你跟妈说句话。"

小白灵突然轻声："妈，为啥女的又要缠足又要生娃。"

仙草笑："这都是做女人应该的事。"

小白灵："那为啥都是女人受罪哩？"

仙草被问愣："你这娃娃，哪那么多为啥。"

白孝文一乐："妈，我妹说疯话呢。"

小白灵噘起嘴低头默想，突然抬头笑："我知道了妈，因为我哥我爸他们都念书，你和姑姑、奶奶没有念书。"

仙草乐起来："是吧？"

仙草欣慰地与白孝文交换个眼神。

小白灵："妈，我也要念书！"

仙草刮她鼻子："你呀！好好跟妈学纺线做饭吧！"

21. 保障所　日　内

鹿子霖连说带比画，干脆在桌椅上爬上爬下。说到极处拿起手边所有物件。桑老八、白兴儿还有三五个人惊奇地听，眼神随着鹿子霖上下左右地摆。

白兴儿瞪大眼："参议说啥，县长就听着？"

鹿子霖："可不是！后来还骂起来哩！警察局长、财政局长，包括田福贤都跟孙子一样听着，还得笑。"

几个人面面相觑。

鹿子霖点点桌子叹口气："我这不一回来就赶紧找上你们，就差咱原上哩，周围都跟上面学呢。"

桑老八咽口唾沫："鹿乡，您这意思是……咱原上？"

鹿子霖盯着他笑："桑老八，白嘉轩一走你就带回那几个民团满处去要债，有这事不？"

白兴儿咬牙切齿："对！他连我都打哩！看族长回来咋收拾你！"

桑老八惶恐起来。

鹿子霖："这些年族里管得太严，白兴儿，你小子手也痒了吧？你跟李寡妇是不是跑邻村去耍牌？"

白兴儿不好意思地笑笑。

鹿子霖："外面变化大得很！封建皇上早被那个参议会代替了，咱原上凭啥还搞封建那一套，听他一个人拿主意？"

桑老八："参议代替皇上？参议是啥官？"

鹿子霖："瞧你这点见识！参议不是官！是一群人开会！"

白兴儿："听命族长可是祖宗定下的。"

鹿子霖敲白兴儿脑壳："祖宗？你白兴儿知道祖宗是谁？你偷奸耍滑的时候咋不敬祖宗？"

桑老八冷笑着瞧白兴儿。

鹿子霖拢了拢手，众人凑上前。

鹿子霖轻声："各家串去，往后啥事大伙商议着办！别再搞一言堂哩！"

22. 祠堂学堂 日 内

学堂里朱先生沉浸在喜悦中，哈哈大笑，递给兄弟喜糖吃。

白嘉轩也跟着笑，接过，俩人一起嚼吃。

朱先生："你这百年老店论，可把人吓着了！"

白嘉轩不好意思笑："我没事也瞎琢磨。"

朱先生点头："琢磨得好！好着哩！"

白嘉轩："那姐夫你说哪个有理呢？"

朱先生一笑："你姐这回生娃我惊出一身汗，跟冷先生在外面盘经论道想着法说服他进去帮忙。谁想那会工夫你媳妇就把娃给接生下来了！"

白嘉轩也笑起来："刚才我看那娃真像你哩姐夫！"

朱先生笑："刚才你问我的话，现在有答案了么？"

白嘉轩愣了愣，琢磨。

朱先生又笑吟吟看着他。

突然外面传来脚步声，鹿三急匆匆进来。

鹿三："东家！你可回哩！赶紧走，不然就出事了！"

白嘉轩："三哥，咋？"

鹿三不满："鹿子霖回来以后就四处串通，跛子爷跟我要好说了实话，说让各家等着你回来把族长废了，全村有啥事一起商议。"

朱先生一怔，不禁笑："这是要上行下效啊！嘉轩，你看废得了么？"

白嘉轩淡然一笑，起身："听蝲蝲蛄叫还不种庄稼哩！"

23. 村口 日 外

村里寂静，气氛大不寻常。鹿三遥望，回头看看白嘉轩。

白嘉轩叼着烟袋不语。

鹿三轻声："瞧见了？都憋着哩！要出事。"

白嘉轩一笑，吐口烟："赶你的车吧！"

白嘉轩余光往保障所那边瞥去。

24. 村保障所　日　内

鹿子霖扒窗瞧，村里只有马车行走声，竟空无一人。

有人探头出来，桑老八怒指，那人又缩回头去。

桑老八转头冲这边打个手势。

白兴儿也蹲在暗处朝这边扬扬手。

鹿子霖冷笑："这叫啥？空城迎接！就剩下个光杆儿族长，我看你白嘉轩咋整！"

25. 村　日　外

跛子爷提锣迎面走来。

鹿三皱眉："咋没人哩？跛子爷你跟他们说族长回来了！"

跛子爷冲鹿三摇摇头，脸色难看。

白嘉轩："跛子爷，是都下地啦？"

跛子爷回头望望，白兴儿远处偷露出头瞪他。

跛子爷叹息一声："族长，全村人都等着去祠堂议事哩！"

鹿三瞪眼："议啥事？他们想干啥？"

白嘉轩拉住鹿三，笑："别等了，现在就叫。跛子爷你敲锣喊一句，就说我白嘉轩答应带的东西都给各家带回了。"

跛子爷迟疑，敲起锣："各家听好！族长把各家的东西买回啦！赶紧拿！"

还是寂静。

鹿三转头看白嘉轩，白嘉轩坐在车上抽烟袋。

26. 保障所　日　内

鹿子霖憋住笑幸灾乐祸瞧着，喃喃地："以为带东西就行哩，有你好看的！"

白兴儿、桑老八兴奋推门进，跟做贼一般："鹿乡瞧见没，喊破大天去没啥动静！"

鹿子霖笑："待会全去祠堂，我要把白嘉轩架在火上烤！"

突然间传来喊声。

"族长！"

"族长你回来哩！"

鹿子霖脸色大变转头望去，不知从哪里涌出的乡亲们，喊叫着从四面八方聚向马车。

白兴儿与桑老八对视。

27. 村　日　外

乡亲们将白嘉轩团团围住，鹿三跳下车警惕地护住。

鹿三："干啥？"

"族长！族长你可回来哩……"

"族长你给我做主啊……"

"族长，你不在的时候桑老八骑上我们脖子哩……"

白嘉轩耐心地一一听着，不时点头，给分发着东西，又抱起娃娃拍拍屁股，众人都跟着乐。

保障所门前，鹿子霖愤怒地望着人群："这点出息！你们各家没走动？"

白兴儿："走动了！"

鹿子霖指着那边："你们自己瞧！你们都咋说的？"

桑老八惶恐："说等他回来吵吵一起议事，大伙说了算。全答应得好好的！"

鹿子霖气急败坏："那这是咋回事？"

桑老八咽口唾沫："鹿乡，那啥我先避避去……"

鹿子霖不敢相信地看着桑老八。

远远的，跛子爷敲了声锣："桑老八！族长叫你！"

众人齐声跟着幸灾乐祸起哄："桑老八！族长叫你来！"

28. 祠堂　日　内

众人将桑老八推到院里，白嘉轩与几个老者坐好。

群情激奋地骂："桑老八！你自己跟族长说……"

"他带那几个白狗卸我家门哩族长！"

"他把我家一只羊牵走了！"

桑老八瞥眼鹿子霖，鹿子霖暗暗冲他点点头。

桑老八神气起来，梗起脖："田团交下的任务，我没办法！谁要说理，等田团带人来了，你们跟他说去。"

鸦雀无声，乡亲们眼巴巴瞧着白嘉轩。

桑老八余光瞧白嘉轩，露出一丝得意。

鹿子霖异样的眼神扫视众人，等着爆发那一刻的来临。

白嘉轩却稳如泰山，极其平淡的语气："你现在就把田福贤找来，让他跟我说。"

桑老八一怔。

白嘉轩猛地一拍桌子："你欺负族人，还有理咧？"

桑老八立刻气软："族长……"

鹿子霖狠狠瞪桑老八。

乡亲们像找到靠山，瞬间直起腰，骂得比刚才更凶："桑老八你爸瞎了眼咋生了你！"

"晚上你别出门，出门撞鬼！"

"你欺负族里，不得好死！"

几个女人甚至啐起唾沫。

白嘉轩："我看你是铁了心不跪祖宗哩。"

桑老八扑通一声跪倒磕头："族长我跪！我对不起祖宗对不起族里……我也是被逼的哇！"

白孝文挤在人群中，眼中闪着光亮瞧着父亲。

白嘉轩举起烟袋，人群立刻恢复寂静。

白嘉轩："你先跪着想明白。李寡妇，刚才你要寻死？"

李寡妇哇一声哭："族长！村里的妈们就趁您不在的时候欺负我！"

众人哄笑起来。

白嘉轩脸上也有些挂不住："说的啥话！"

李寡妇委屈至极："族长，就您能给我做主，赵树家的非说我跟她男人钻庄稼地。我就撒了泡尿啊！”

众人都跟看戏般，刚才的激愤已不见了。

赵树媳妇：“有人看见哩，这骚狐狸精跟我男人从庄稼地出来！”

白嘉轩叹了声：“没问你。”

赵树媳妇哑口。

白嘉轩：“你男人哩？让他自己站出来说。”

赵树臊眉耷眼地站出来：“族长。”

白嘉轩吐出口烟圈：“你跟李寡妇钻庄稼地啦？”

赵树：“没……就是我干完活经过那，看见里面拱啊拱的以为地里有野猪哩。我就上前去，没想是李寡妇撒尿。”

众人哄堂大笑。

白嘉轩咳了一声，立刻又鸦雀无声。

白嘉轩：“亏你们笑得出。”

谁也不敢笑了，寂静，眼巴巴地都瞧白嘉轩。

白嘉轩叹了口气：“赵树家的，你猜疑的其实不是李寡妇，是你自己的男人。”

赵树媳妇终于忍不住，捂脸哭起。赵树尴尬地上前扶住，赵树媳妇甩开丈夫的手。

白嘉轩：“你该骂的，是传话给你那人。那才是心往歪了长，唯恐别人家没事！”

几个老者对视，点头。人群中某人垂下头去。

白嘉轩：“石头媳妇，那河道不能经每家的地么，要都经咱村还不得淹没了？”

众人又是轻笑起来，跛子爷得意地瞥一眼石头媳妇。

白嘉轩：“你那地浇了没有？”

石头媳妇眼一红：“没。族长让我浇，我天黑哄着娃就担水去。”

白嘉轩：“让跛子爷给你担吧，他这主意出得好，每天就让他给你担两桶水。”

跛子爷瞠目结舌：“族……族长……”

有人忍不住捂嘴偷乐起来。

石头媳妇感动得不行，含泪："唉！"

白嘉轩磕磕烟袋，起身沉下脸："乡约都白背了。"

人群闪开条道，默默地望着白嘉轩走出祠堂，谁也不敢出一点声。

桑老八这才敢抬起头，恍惚地："族长？还有我哩！"

鹿子霖懊恼的目光，狠狠地踹了桑老八一脚。

29. 白家　日　内

白嘉轩抱起女儿亲了又亲。

白灵叫着躲："胡子扎我！妈，爸用胡子扎我！"

仙草笑着看。

白嘉轩："今后谁再敢缠我们灵儿的脚，我就把谁的手砍掉！"

仙草惊疑地瞅着他："一双丑大脚，嫁给要饭的也不要！"

白嘉轩："将来嫁不出去的怕是小脚儿哩！"

白灵快活地笑起。白嘉轩将女儿紧紧搂在怀中。

白赵氏低声骂："你得治黑娃，这头狼反了天咧！"

白嘉轩笑了笑："妈，我治他。我给他上个套！"

30. 后院　日　外

鹿三揪着黑娃耳朵将他揪出来，一脚踹倒在地。

白嘉轩劝阻："三哥这是干啥！"

鹿三："东家，该打该骂你瞧着吧！这畜生又野又骚，常人按不住哩！"

黑娃梗着脖爬起，依然有些害怕地看着白嘉轩。

白嘉轩："三哥！"

鹿三忙回身，尴尬："嘉轩，你不在家我没管好他。"

白嘉轩摆摆手慢慢走近，蹲下扳住黑娃的肩一句没说，只是用力地拍了拍。

黑娃吓一跳。

白嘉轩："黑娃养成了谦逊的品行，就不野也不骚了。谦谦君子嘛！"

鹿三没听明白，茫然看着白嘉轩。

白嘉轩意味深长："在鹿姓里属兆字辈，就叫兆谦，叫起来也顺口！咋样三哥？"

鹿三感激地瞧着白嘉轩："唉！唉！"

鹿三又一踹儿子："还不谢你大！给你起名字哩！"

黑娃趴倒在地像受戒般垂下头去。

白嘉轩："从今日起，别人再叫你黑娃可以不应。叫你鹿兆谦才能应，明白了？"

黑娃一动不动。

鹿三又踹一脚："你大跟你说话哩！"

黑娃闷声："我不喜欢这名。"

鹿三一惊举手就要打。

白嘉轩忙制止，摇了摇头："为啥不喜欢？黑娃这名叫不出去，让人家瞧不起你。叫鹿兆谦，人家好歹知道你有根。"

黑娃突然梗起脖："换了名就有根么？"

白嘉轩笑了笑，却没回答，转身走去。

鹿三恨得不行："倔死你！你这算进白鹿原家谱了懂不？"

黑娃咬牙："我不稀罕。"

屁股上又挨一脚。

31. 学堂　日　内

学堂里严肃洁净，徐先生背手来回走动，娃娃们不敢侧视。

娃娃们都坐着念书，徐先生扫视一周。

徐先生叫："鹿兆谦？起来背。"

黑娃依然盯着书下的虫子，用草棍来回挑逗。

徐先生皱眉："鹿兆谦！"

黑娃浑然不知是叫自己，其他人哄堂大笑，黑娃抬起头诧异地望着。

白孝文轻声："叫你呢！"

黑娃忙站起。

徐先生苦笑摇头："一个人连自己的大名都置若罔闻，你说你还找得着自己么？”

黑娃梗起脖：“我名字就叫黑娃。”

白孝文急：“鹿兆谦！你说啥呢？我爸给你起名起得不对啦？”

黑娃虎着脸不说话。

白孝文低声骂：“下贱的命！”

黑娃转头注视白孝文，发狠地：“你说啥？”

白孝武吓得拽拽哥，白孝文也有些发怵。

徐先生用戒尺敲了敲案：“黑娃你想在学堂撒野不成？”

黑娃立转嬉皮笑脸：“瞧，先生也习惯叫我黑娃吧。”

徐先生语塞，孩子们又哄笑起来。

32. 戏台　日　外

黑娃正跟几个孩子打马杠，就属他玩得最爽。二豆在他身边蹦。

黑娃拨开二豆：“去去！傻二豆你帮我捡！”

二豆受宠若惊地点头：“唉唉！”

“黑娃！”

鹿兆鹏神秘跑来，将正跟人玩着打马杠的黑娃拉到一旁：“猜猜我又给你带啥了。”

黑娃好奇：“啥？”

鹿兆鹏拿出一块点心小心翼翼地放到黑娃的手心里：“水晶饼。比冰糖比平常的点心都好吃。”

黑娃瞅着手心里的圆圆的水晶饼，酥松的白得像雪似的皮儿上缀着五个红色的俏花点儿，手心里已经落着松散的渣。

鹿兆鹏笑：“吃呀？”

黑娃觉得身上又开始战栗，而且迅速传导到全身。他咬一咬牙却把那水晶饼扔到路边的草丛里去了。

鹿兆鹏惊呆了，他一把揪住黑娃的衣襟：“黑娃，你狗日的给我捡回来！”

黑娃一伸手也揪住兆鹏的领口：“财东娃，你要是每天都能拿一块水晶饼、一块冰糖来孝敬我，我就给你捡起来吃了。”

鹿兆鹏愤怒："我弟弟才吃了一小块，我都没舍得吃呢就拿来给你！"

黑娃随之突然气馁，含泪："我再也不吃你的什么饼儿什么糖了，免得我夜里做梦都在吃，醒来流一摊涎水……"

鹿兆鹏松了手，似乎也战栗了一下，呆呆地看着他。

黑娃转身奔去，白孝文从后面走上，看看地上的饼冷笑。

白孝文："别以为他改姓鹿了就跟你近哩，小心点，我奶说这是头狼，养不熟的。"

鹿兆鹏瞥了眼白孝文，呆呆地望着黑娃背影。

33. 白家　晚　内

点心匣摆放在桌上，冷先生与白嘉轩对视，露出笑意。

白嘉轩不可思议地摇头赞叹。

白嘉轩冲屋外喊："仙草！妈，过来看，冷先生头一回笑哩！"

冷先生脸一红，忙收住笑："嘉轩你咋拿我开起玩笑了。"

仙草进屋倒茶嗔怪："你有点族长样。"

白嘉轩叼着烟袋笑眯眯打量冷先生："我能猜到你来做啥。信不信？"

冷先生瞧他："你猜。我还真不信。"

白嘉轩："你那一对闺女，跟我家孝文、孝武差不多大吧？"

冷先生怔住，干笑："猜中一半。"

仙草扑哧笑起："哟，冷先生不是要做亲家吧？"

冷先生："我是想请嘉轩兄弟做媒，从中联络联络，把我大闺女许给鹿子霖的大儿子。"

白嘉轩与仙草尴尬对视。

冷先生起身："我二女儿想许给你家孝文。"

白嘉轩叼起烟袋抽，不说话。

白赵氏外屋咳，仙草一怔出门去。

白赵氏招来仙草虚着声："谁都知道他大闺女长得俊，这些年他没少在大闺女身上下力气，又是教织绣又是教配药，施舍个老二给咱家孝文！不要！"

仙草无奈："妈……"

白赵氏推仙草："去！进屋跟嘉轩说去，不要！"

仙草只得硬着头皮撩帘进屋，白嘉轩瞥媳妇一眼，仙草冲他微微摇摇头。

白嘉轩又狠狠地嘬了口烟袋。

冷先生默默地瞧着他。

白嘉轩半晌才说话："冷先生是看上兆鹏哩。"

冷先生点头："我跟你这不说两家话，你姐夫一直盛赞兆鹏，我还不以为然，这次你姐生娃我犹豫着该不该进，被这娃狠狠点破说醒。我看准这娃将来有出息，当然还有孝文……"

白嘉轩摆摆手："孝文，家里急着进人。他奶的意思是想给他寻个年岁大的。要不这样吧，你那二闺女许给我家孝武？"

冷先生愣了愣，点头："好！"

仙草站门当中，偷偷撩帘往外瞧，白赵氏赞许地点点头。

34. 祠堂　日　内

冷先生居中，白嘉轩、鹿子霖站立两旁，三人上香拜牌位。

鹿泰恒看看帖，交给其他老者，都点点头。

一老者："八字都合。"

冷先生接过帖子，先跟鹿子霖换了，又转身跟白嘉轩换好。

冷先生叹："冷某何德何能，与白鹿两家联姻。这辈子我算踏实了！"

白嘉轩："往后一家人不说两家话，冷家的事就是我白嘉轩的事。"

鹿子霖瞥眼白嘉轩，笑："还有我哩，嘉轩谁想咱俩也攀上亲戚了。"

白嘉轩叼起烟袋坐下，没理。

外面突然一群孩子追着一辆马车停在祠堂门口。

白嘉轩、鹿子霖、冷先生和一众老者都愣住，向外走去。

身着洋服的石头意气风发地从马车上跳下。

跛子爷不敢相信地揉眼，用力敲锣："石头回来哩！"

众人都是一惊，涌上前。

石头四下拱手，掩饰不住的得意，站到白嘉轩身前："族长！我回来了！"

白嘉轩打量他，又绕过眯起眼打量马车上堆的箱子。

黑娃惊喜："石头叔！"

石头笑着抱起黑娃："黑娃！"

鹿子霖惊："几年不见，石头你混大发咧！你咋折腾的？"

石头神秘一笑："甭管我咋混的，见者有份，发糖了啊！发糖啦！"

石头撒起糖来，众声鼎沸。

白嘉轩默默地望着。

35. 白家　晚　内

白嘉轩进屋，看见孝文、孝武、白灵正欢天喜地吃着糖，就是一怔。

仙草笑着上前："你不在家，石头带着媳妇孩子来哩，说谢你这么多年照顾，送来好些东西都没见过。"

白灵递上糖："爸你也吃！"

白嘉轩接过打量："石头哪去了？"

仙草："等不及，他说得挨家串去。"

白嘉轩冷哼一声："显摆。"

仙草："瞧你！"

白嘉轩叼着烟袋皱眉看仨孩子津津有味地吃。

36. 保障所　晚　内

鹿子霖、白兴儿、桑老八、李寡妇、跛子爷等好多人传递一个海碗，里面装着酒，一人小心翼翼地尝一口。

石头举着洋酒瓶一脸不屑："瞧你们那样！就跟喝尿一样。这是洋酒，贵着哩！"

鹿子霖点点头："我在城里清风阁吃席时喝过一杯。"

石头乐："鹿乡，行啊！在清风阁吃饭？"

鹿子霖得意："就兴你能混？鸿雁楼我也吃过！这次开会我中午晚上顿顿是席！请我的是谁你们知道不……"

众人按住他："你让石头说！让石头说！"

鹿子霖有些失望，坐回去。

石头兴奋："啥叫火车？坐过没？下面铺着铁，车轮子在上面滚，车厢老长老长能装下四五百人！"

众人惊："四五百人？好家伙！"

桑老八："那靠啥动换？"

石头："靠往炉子里填煤球，烧火。我前两年就干这个！"

众人羡慕地瞧着石头。

鹿子霖："石头，你现在干啥？这车是你的？"

石头有些紧张，掩饰："我……"

众人又烦："鹿乡你让石头说！让石头说！"

鹿子霖又被挤到一边。

37. 石头家院　日　外

孩子们哄笑着往院里挤，瞧热闹。

石头正敲敲打打挂上横杠，咧嘴冲孩子们乐。二豆跟随傻乐。

黑娃："石头叔，你做的是啥？"

石头笑："马上你们就知道了！来，儿子！"

孩子们围瞧，小石头被爸抱到秋千上坐稳。

石头用力一荡，小石头又恐惧又惊喜悠得老高，咯咯笑。

小石头："妈！妈你瞧啊！"

石头媳妇惊："小心点别摔喽！孩儿他爸，别玩哩！"

石头不屑："你懂啥，这秋千荡得越高看得越远！小石头，瞧见啥啦？"

小石头尖叫："我看见……看见村口戏台！"

石头媳妇捂着嘴笑，满脸的幸福。

望着摇晃的秋千，每个孩子眼中都闪着晶亮……

38. 田地　日　外

白嘉轩正和鹿三牵牛车犁地。

白嘉轩扫视四周田地："咋没人耕地？"

鹿三抹把汗："我也奇怪呢，就咱下地干活，这家家都咋啦？"

鹿子霖小跑过来："嘉轩，不好哩！"

白嘉轩迈上田埂："咋？"

鹿子霖："好多人都要跟随石头出去闯，好几家又哭又闹正跟媳妇亲妈打架呢！"

白嘉轩皱眉。

39. 白家　晚　内

鹿三将马车赶到后院，白嘉轩扫着身上的土往屋里走，只听得呜呜哭声。

仙草在劝："别哭了，等嘉轩回来给你做主。"

白嘉轩一怔迈进屋，石头媳妇看见他委屈哭得更厉害。

石头媳妇哭："族长！给我做主啊！石头外面有女人不要我哩！他想带儿子走！"

白嘉轩叹了一声："明天你把石头叫到祠堂。三哥？"

鹿三正进屋："哎？"

白嘉轩沉声："明天让所有族人都到祠堂去！"

40. 祠堂　日　内

乡亲们挤在院里院外，白嘉轩扫视众人，徐先生也带孩子们在屋里听着。

白嘉轩在每个人面前走动，打量："白兴儿，你想出去？"

白兴儿赔笑："族长，我有手艺也想闯闯去。"

白嘉轩冷哼："你给牲口配种的手艺，进城给啥配去？"

众人低笑。

白嘉轩："桑老八，你进城干啥？"

桑老八："族长，我有把力气，石头说了可以扛包！"

白嘉轩："有力气把汗都撒土里头！这么好的地不种，去外面折腾啥！你媳妇你妈你娃整个家都不管哩，你能跑多远去？"

“皇上早没哩，发号施令吓唬不了人。”

所有人都惊住，白嘉轩眼中闪过一丝恐慌，转脸看去，石头淡然笑着坐在一把椅子上。

鹿子霖吃惊地看看石头，又看看白嘉轩。

鹿子霖：“石头，那可是族长的位子，你不怕动家法？”

石头挑衅的眼神：“鹿乡，亏你还是县里任命的官员，亏你还进城开会，现在都啥年代了，还家法呢。”

鹿子霖偷偷瞥白嘉轩的反应。

白嘉轩：“你这趟回来是想带你的娃走？你媳妇咋办？”

冷场，石头没说话。

白嘉轩：“石头媳妇，他咋说的？”

石头媳妇抱着小石头站出哭：“他说不跟我过了，要把儿子抱进城去跟他过。”

石头掏出一叠钱拍在桌上：“我给她钱！够她不愁吃喝过一辈子的！”

众人发出惊叹声。

李寡妇羡慕：“石头媳妇，你就应了吧，要有人给我这么多钱，我几个娃都交了。”

众人议论纷纷：“石头媳妇，那也是小石头亲爸哇，跟着他错不了！”

“就是，进城跟他爸吃香的喝辣的去。”

白嘉轩一拍桌，众人顿时无语，眼巴巴瞧着族长。

白嘉轩盯着石头：“你媳妇养这娃这么多年，吃了多少苦，你拿钱就买？你当买货哩？”

鸦雀无声，石头歪着头不说话。

白嘉轩：“两条路，要么留下，踏实跟你老婆孩子过日子。要么走人，从哪儿来回哪儿去！”

石头冷笑：“族长，不是我说，皇上都没多少年了。您消消气，回头我捐笔钱建个学校，别让娃们在这里挤着。”

白嘉轩默默地注视石头，不动声色。

石头起身环顾四周：“现在要靠钱说话！要兄弟说，为争一尺墙皮，为少浇半亩地吵闹实在是傻得很，我拿钱解决。乡亲么，就得和里和气。”

众人应和："对着哩！还是出去见过世面的大气！"

石头抱过儿子："儿子，跟族长说，你想跟谁走？"

石头媳妇眼巴巴看着小石头。

小石头胆怯地："我想跟爸进城。"

石头媳妇捂住嘴悲恸欲绝。

石头得意："听听！这四岁的娃娃都懂得谁好！"

众人哄笑声中，石头媳妇泪如雨下。

白嘉轩悲哀地扫视，目光落在石头媳妇身上。

石头："我听说咱村里还定娃娃亲？现在都啥年代了，婚姻自由，喜欢了就在一块，不喜欢就分开。"

众人都惊奇地哄笑听着。

鹿子霖脸红："哎石头，你说谁哩？走这几年你出息哩！"

屋里，白孝文攥紧拳，脸憋得通红。

黑娃、鹿兆鹏、鹿兆海反倒听得津津有味。

白嘉轩瞥了眼学堂，突然说话："都散了吧！"

鹿子霖一怔，明白白嘉轩意思，挥手："走走！都走！徐先生你先把娃都带出去！"

众人都散了，祠堂里只剩下石头和白嘉轩。

白嘉轩："石头，你外面的女人是干啥的？"

石头干笑："族长，你又听谁闲扯，我外面哪有女人。"

白嘉轩："石头，这几年你可变哩。"

石头叹了声："族长，我说句难听的话你别在意。你以为你说话砸个坑哩，族里人是不敢，其实他们心里都烦死哩！"

白嘉轩猛地抬起头，定定地看着石头。

石头被看虚，怏怏一笑转身出去。

白嘉轩："那女参议跟你啥关系？"

石头身子一颤，停住脚没敢回身："啥……啥参议？我不认识。"

白嘉轩一字一顿："石头，你出息啊！"

石头咬牙向外走去。

白嘉轩目光如炬。

41. 村　晚　外

白嘉轩披着衣服跑出来，跛子爷迎上。

白嘉轩："谁那哭？"

跛子爷："好像是石头媳妇！族长，刚才有辆马车……"

鹿子霖也奔过来："我也看见哩，从我们家后墙过去的。跑得那叫快！"

"你个畜生！骗子！你把我儿子拐跑哩！"

白嘉轩回头望去。

石头媳妇一路哭喊而来："小石头！我的儿子……"

白嘉轩迎上前："咋啦？石头媳妇，你哭啥？"

石头媳妇像抓住救命稻草，哭跪下抱住白嘉轩的腿："族长！石头把我儿子带走了！"

白嘉轩急："追啊！我让他们赶马车追去！"

石头媳妇哭："走半天哩，追不上了！他说带儿子玩秋千，转头就走了！"

白嘉轩气恼地转头望："这个石头！"

鹿子霖一脸幸灾乐祸。

42. 白家　晚　内

白嘉轩心事重重躺倒在炕上，仙草吹灭灯。

仙草："石头这次回来，搅得人心都乱了。"

白嘉轩闷声不语。

仙草："今天孝武问我，为啥给他定下娃娃亲，他想长大了自己挑媳妇。"

白嘉轩无奈的眼神。

仙草笑："孝文懂事，回来跟我说你被石头气着了，这孩子回家也生闷气，跟他当族长似的。"

白嘉轩一怔，趴到儿子被子前，看着熟睡的孝文喃喃："我儿子将来就是族长。"

突然外面跛子爷大叫，锣声响起："快救火啊！救火啊！"

白嘉轩一骨碌爬起，拿起衣服冲出门去。

孝文、孝武、白灵也都揉着眼睛坐起。

43. 石头家院　夜　外

熊熊大火已经吞没整个石头家的院子。

乡亲们一桶桶地泼着水，已经无济于事。

白嘉轩吼："快救火！往屋里泼！"

火已经吞没石头家的屋。

白嘉轩急："人呢？石头媳妇呢？"

跛子爷摇头："石头媳妇太刚烈，连房子带自己都烧了。"

白嘉轩喘息站在那，乡亲们都慢慢停下。

鹿兆鹏、鹿兆海、白孝文、白孝武、小白灵、黑娃望着那火里摇曳的空秋千，每个孩子脸上都是又惊又恍惚的神色……

第十三集

1. 村口　日　外

远远的，一个身影气喘吁吁狂奔来。有乡亲站在村口眺望，才望清是石头。

石头一脸的焦灼不安。

二豆先狂奔过去，抢功一样蹦："着啦！你家着啦！"

"石头回来啦！"

有人喊叫，乡亲们向村口围拢，石头焦灼不安挨个询问："小石头回来没？"

"兄弟，见着我家小石头没？"

石头揪住鹿子霖："鹿乡看见我儿子了吗？"

鹿子霖骂："你把小石头带走还用问我？快回家瞧瞧你造的啥孽！"

石头慌乱："我家里咋了？是不是我媳妇把娃给藏起来啦？你说啊！"

旁边白兴儿、桑老八等人叹气瞧着石头。

白嘉轩挤上前，猛地一巴掌抽上去，石头捂住脸惶恐地看着白嘉轩。

白嘉轩怒："你还有脸回原上！"

石头哭："族长，我儿子！儿子没啦！"

白嘉轩皱眉："你儿子不是被你带走了？"

石头哭："是带进城了，他一直哭他妈，我觉着孩子可能饿了，就带进酒楼要菜，一转身的工夫就不见了！族长，我可咋办呐！我媳妇还不得生吞活剥了我？"

众人无语，默默瞧他。

白嘉轩痛苦的目光："你媳妇……要是能生吞活剥你就好了。"

石头挤开众人恍惚前行："我回家看看去，娃准是那妈们给藏起来了！"

鹿子霖："石头……"

白嘉轩按住鹿子霖，摇了摇头。

2. 石头家废墟　日　外

石头一动不动喘息地望着废墟，不敢相信的眼神，他跌撞踏上砖瓦，差点摔倒，不停用手扒着。

乡民们在白嘉轩、鹿子霖带领下慢慢围拢。

石头喃喃地："咋烧了？谁烧的？"

白嘉轩在后面："你前脚走，后脚你媳妇烧的。"

石头身子一震，慢慢转头，眼里透着恐慌："族长，那妈们呢……我宰了她！"

白嘉轩不动声色定定地看着他。

石头颤抖着手指着废墟，不敢相信地看着族长："她？"

黑娃、小白灵、鹿兆海、鹿兆鹏、白孝文、白孝武等孩子都惊恐地看着他的反应。

石头慌乱起来，奔进废墟四下里扒拉，动作越来越疯狂。

白兴儿、桑老八等人上前扶劝，被石头推开。

石头吼叫："滚开！"

白嘉轩："让他扒！"

众人回头看白嘉轩。

白嘉轩："三哥，你带上几个人马上进城！无论如何也要把娃找回来！不能让他妈白白死了。"

鹿三点头："哎！"

石头发出哭号声，跪倒在废墟间拼命扒着……

3. 白家　夜　内

三个娃挤在窗前听着外面喊声。仙草伤感地边缝补边听着。

"小石头！你把咱娃藏哪儿啦……"窗外隐隐约约传来石头的喊叫声。

孝武："妈，石头叔喊半夜了。"

仙草叹息一声放下活计。

孝文、孝武、小白灵扒窗听，仙草上前拢过孩子，往炕上拍。

仙草："快睡去！"

石头外面哭号："我的儿啊！你好狠呢，你把家给烧了……"

孝武："石头叔真可怜。"

孝文冷哼："他活该！谁让他不知好歹顶撞咱爸的。不懂规矩的人就该这样！"

仙草被这话吓着，怔怔地瞧儿子。

4.白家后院　夜　外

黑娃躲在房中也听外面的哭声，他扒着门缝往外面偷瞧，两个身影晃动，白嘉轩和跛子爷在院里说话。

跛子爷："我去劝哩，好像人有点魔怔了。一会儿哭还一会儿笑。"

白嘉轩叹息："由他去吧。跛子爷你今晚盯紧点，别祸害旁人家就成。"

跛子爷："哎！鹿三他们还没回？"

白嘉轩摇摇头，跛子爷出去。

白嘉轩转头进屋来，黑娃忙闭眼装睡。

白嘉轩轻声："黑娃，睡哩？"

黑娃闭着眼嗯了一声。

白嘉轩笑起来，拉起黑娃："你爸今晚回不来了。走，去前院跟孝文他们睡去！"

黑娃挣脱："大我就在这睡。"

白嘉轩："听话，跟我走。"

黑娃："你家炕我睡不惯。"

白嘉轩一怔，注视黑娃。

黑娃重又倒下闭眼。

白嘉轩叹了口气："好，睡吧。"

白嘉轩转身出去将门掩好。

黑娃慢慢睁开眼睛听着石头的哭号声……

5. 戏台　日　外

小白灵跟随白孝文、白孝武跑到戏台，黑娃、鹿兆鹏、鹿兆海等孩子已经围在戏台下看热闹。

石头空做搂抱状在戏台上跳舞，嘴里哼着曲。

娃娃们都欢闹成一团。二豆在石头身后跟随乱跳一通。

小白灵揪了揪黑娃衣角："黑娃哥，他跳啥呢？"

黑娃喃喃："他疯了。"

石头四处抓孩子："来，跳一个！别光看着啊！我教你们跳西洋舞……"

孩子们都吓得散开。就连二豆也跟随摔下台去，一骨碌爬起追去。

只有石头在台上傻乐着。

6. 祠堂　日　内

白嘉轩跟鹿子霖都瞧着鹿三。

鹿三抹脖子上的汗："这一宿我们去客栈，酒楼，挨巷子串，城墙边都寻了。"

鹿子霖叹："准是被人贩子拐走了。"

白嘉轩："报官了没有？"

鹿三点头："报了！人家答应查，可我瞧没戏。都忙，没人搭理。"

白嘉轩轻声："好好的一个家，两天工夫家破人亡。"

鹿子霖冷哼："要我说该！这叫报应，谁让他当初……"

白嘉轩转脸瞪鹿子霖，鹿子霖把话咽回去。

老者："那石头咋办？人已经疯了。"

白嘉轩皱眉："给他口饭吃，凑合活着吧。"

娃娃们的尖叫声，纷纷跑进门，石头疯笑冲进祠堂，追孩子们。

石头笑："小石头准是找他妈去了，他们妈俩明天就回来。族长，他妈临走给你留话了是吧？"

白嘉轩想说什么，叹了口气。

石头又冲黑娃："爸有的是钱，爸带你们去吃好吃的啊！"

黑娃嘴唇颤抖:“石头叔……”

白嘉轩默默注视，围拢的乡亲们也无声凝视。

白嘉轩:“就让石头看祠堂吧。他最合适，给往后的人提个醒。”

石头仿佛听懂，嘿嘿冲白嘉轩傻笑，转脸在院里跑:“祠堂！祠堂是我的，谁都不许进！”

鹿子霖悲哀地瞧着他。

7. 村口 日 外

孩子们玩骑马打仗，唯一的女娃小白灵骑在兆海背上挥舞手臂，兆海已经满头是汗。

小白灵:“冲啊！”

孝武骑在黑娃背上，兆鹏背着其他娃娃。小孝文皱眉场外观瞧。

小白灵:“兆海你快点！冲！”

黑娃咧嘴乐:“嘿！她一女娃喊得还最凶！”

白灵被撞翻在地，兆海疼得揉腰呻吟。白灵不服蹦起:“再来！”

兆海哭丧着脸:“啊？我腿都软了。”

白灵:“我要换马！”

小孝文:“白灵，别闹啦！”

黑娃咧嘴与兆鹏对视而笑。

黑娃:“谁敢做你的马啊！瞧把兆海给累的。”

鹿兆海:“白灵，你肚子里的娃呢？”

小白灵:“我才不要生娃！我不要！”

鹿兆鹏:“羞！女人长大都要生娃的。”

小白灵跟围着自己的大男孩们急:“长大了我也不要！我要骑马打仗！”

鹿兆鹏、鹿兆海、白孝武、黑娃等人都乐起来。

只有白孝文皱眉:“白灵，你羞不羞！老是生娃生娃的。”

鹿兆鹏拍拍小白灵的头，笑:“来，我做你的马！咱肯定打赢他们！”

白灵咧嘴笑起，蹿到兆鹏背上。

鹿兆海看到什么，拽拽哥的衣角:“哥你看！石头叔干吗去？”

一个人正领着石头往村外走。

黑娃诧异，叫：“石头叔？”

石头回头傻乐，只管跟随而去。

黑娃：“坏咧！别是人想把他领走吧？”

白孝文不屑：“一个疯子，谁会领他！”

鹿兆鹏：“走！瞧瞧去！”

孩子们一拥而去。

8. 原上 日 外

一辆马车停在那里。远远的，石头被领到马车前，车帘撩开，里面好像坐着个女子跟他说着什么。

孩子们好奇地张望。

女参议员慢慢露出头来，用手绢捂住鼻子，扔给石头一叠钱。

马车扬长而去，跟起一团黄土。钱在土中飞舞。

石头嘿嘿傻乐着，四下里抛捡着钱。

孩子们呆呆凝望。

黑娃转身带头奔起，男娃们跟随奔跑。只剩下小白灵一人依然怔怔地望着疯了的石头。

兆海身后喊：“白灵！”

小白灵转身撒腿跑去，拼命追赶着哥哥们……

字幕：十年后，初夏

9. 原上 日 外

没有被束缚的脚有力地踏在土地上，已经长大的十四五岁的白灵在田野狂奔，身后一群小男孩追赶着她，边跑边喊叫着。

白灵脸上洋溢着撒欢的快活，享受着风在脸上划动的感觉。

白灵喘息回头望去，孩子们欢呼着追来，她跳上秋千荡起。

孩子们上气不接下气围拢。

白灵兴奋异常："推！再高点，把我推天上去！我要飞！"

娃娃们起哄般用力推起。

白灵奋力悠荡，脸被风吹得潮红，发辫甩得老高。

突然她在空中望到远处身影，高声叫："兆海哥！"

远远的十六七岁大的鹿兆海背包走来，眯起眼望秋千这边，笑。

鹿兆海喊："我先回家！老地方见！"

白灵兴奋："兆海哥等等我……"

秋千还没停稳，白灵就向前一跳，双手扶地蹦起蹿出去。

娃娃们发出佩服的惊叹声："嘆——"

白灵边跑边回头笑："学着点！"

10. 鹿家 日 内

鹿泰恒躺靠在椅子上喘息，鹿子霖一边给爸擦背一边眼巴巴地望着鹿兆海身后。

鹿兆海："爸，那是我洗脸水！应该分开。"

鹿子霖瞪眼："咋？嫌你爷脏？进城几天不知道自己是谁了！"

鹿兆海嘟囔："人家外国人吃饭都分餐呢。"

鹿兆海擦拭脸："别看了，我哥不回。"

鹿泰恒失望："你哥咋又不回来？"

鹿兆海："他忙得很，这些天我都见不着他几次。"

鹿子霖蹲到堂前闷声不语。鹿泰恒瞥眼儿子，冲鹿兆海："你哥天天忙叨啥？"

鹿兆海摇头："我真不知道！我见他一面都难！"

鹿兆海转身跑出门去。

鹿子霖起身叫："哎！这回我跟你一起进省城，说啥也得把这小子拽回来！你爷爷病了我都没脸去请冷先生瞧！"

鹿泰恒咳嗽着："我已经让你媳妇去请了。"

鹿子霖一怔："爸？谁让您请的？"

鹿泰恒："我这病得喘不过气，你盼着我早死是不？"

外面脚步声，鹿子霖媳妇声音："他爸，冷先生来哩！"

鹿子霖慌忙钻进屋掩好门。

冷先生走进坐到鹿泰恒床边："叔您老哪不舒服？"

鹿泰恒咳嗽："我喘得厉害，子霖刚还在呢，你去那屋找找。"

鹿子霖躲在门缝里气得不行。

媳妇来到门口，鹿子霖冲她摆摆手。

冷先生搭上脉微闭眼静号，也不理睬屋里动静。

媳妇轻声："爸让你出来！不合适！"

鹿子霖轻声："有啥不合适！多给他看病钱！"

冷先生睁开眼睛："叔，您老这是内有火，又外惹风寒，勾起了老毛病。"

鹿泰恒叹息一声："我这火都是替我孙子急出的，兆鹏一直不回来，我鹿家对不住你们冷家啊！"

鹿子霖恨恨地："这老东西说这干啥！"

冷先生却面无表情："您这话说的，既然定了娃娃亲，我还怕跑了不成。"

鹿泰恒看看屋里："可……"

冷先生："叔，等子霖回来您跟他说一声，我女儿我自会看好，随时等兆鹏来娶。"

鹿子霖慢慢蹲到门后，一脸懊恼。

11. 麦场 日 外

鹿兆海围着草垛转，轻声叫："白灵？白灵！"

白灵从草垛顶上探下头来，笑眯眯看着鹿兆海。

鹿兆海诧异地望向村子，突然白灵从天而降，压倒鹿兆海。

白灵咯咯地快活地乐，骑在鹿兆海身上。

鹿兆海脸一红："你这丫头拿我当马骑，快起来！"

白灵听话跃下，拉起鹿兆海一脸兴奋："人家从秋千摔下来，你都不等！"

鹿兆海笑："全村谁摔下你也不会！"

鹿兆海从包里掏书："这是新的一期《秦进》，上次的都看完啦？"

白灵："不禁看，你走两天就都看完了。"

白灵满怀喜悦地翻看："兆鹏哥真厉害！他懂得可真多，文章也好，看得我心怦怦跳！"

鹿兆海自豪："我哥的文章谁看不激动，你知道每一期《秦进》出来前全西北的学生都眼巴巴等着咧！哪个会要是请我哥去演讲，我的天！只要他出现一会，全场沸腾啊！尤其是女学生跟疯了一样……"

白灵："演讲？我还没听过真正的演讲呢。"

鹿兆海点头："有机会带你去听，你绝对想象不到有多激情。"

白灵兴奋："兆鹏哥在我心里快成神哩！他啥时回咱原上，要是能见他一面就好啦！我拜他为师！"

鹿兆海打量她，笑："你也就是个女孩，要是男的好家伙……"

白灵瞪："哎？你也跟你爸一样搞男尊女卑那套？"

鹿兆海忙摆手："哪敢呐！在你白灵面前我不找死么。"

白灵笑，拉住鹿兆海："兆海哥，你上回说城里有女学生上学，她们都和我一样大么？"

鹿兆海点头："差不多。"

白灵："可我爸我哥都说不可能，说哪有那么多女孩上学的。"

鹿兆海："我骗你干吗，整个女校全是，一个个头发剪得齐齐的，一身蓝衣蓝裙，好看着呢！"

白灵眼里闪着光亮："等我进省城一定要瞧瞧！"

鹿兆海笑："灵儿，我给你讲个好玩的实验，你准喜欢。"

白灵来了精神："你说！"

鹿兆海："你知道孔明灯不？"

白灵点头："点着火飞上天的。"

鹿兆海笑："但它飞不高，外国有种氢气球可以飞，比它高得多！因为氢气比空气轻。"

白灵兴奋："兆海哥，比老鹰飞得还高么？"

鹿兆海点头："还能载上几个人上天呢，欧洲已经有人乘着它飞越撒哈拉沙漠了！"

白灵瞪大眼："人上天？快教我咋做！"

鹿兆海乐起来："我猜你马上就想学着做，东西都给你拿来啦！"

12. 坟前　日　外

十八岁的黑娃烧完纸，鹿三站在一旁愁苦着脸观瞧，用棍子扫未燃尽的纸灰。

鹿三："给你妈再磕仨头。"

黑娃听话磕头："妈，我想出去闯闯，爸不让。我已经大了，不想再窝在这……"

鹿三瞪眼："你这兔崽子，跑这告状来了！瞧见没有那石头咋疯的，不就是往外跑的么！"

远远的，石头正围着坟转圈，念念有词。

鹿三叹息："可怜石疯子，又围他媳妇坟撒呓挣。"

黑娃默默望着，怜悯的目光。

13. 麦场　日　外

黑娃跟随爸往家走，突然听到草垛后有笑声，白灵跟鹿兆海点火烧着什么。

黑娃刚想叫，被鹿三一把揪住藏在垛后偷望。

白灵的脸毫不顾忌凑在鹿兆海脸旁："……那能不能多烧些氢气出来，咱现在就飞上天去？"

鹿兆海："那不成，很危险。我们老师说，氢气制作过程中弄不好会爆炸。"

黑娃好奇地看，鹿三无声叹了口气。

14. 祠堂　日　内

鹿子霖哭丧着脸，白嘉轩抽着烟袋瞄他。

鹿子霖："我替你们鹿家看好闺女，随时等兆鹏来娶。听听！人家冷先生那话说的，让你挑不出理来！可就能往你心口里刺！"

白嘉轩笑了笑："这才是冷先生说话。"

鹿子霖叹息:“你给我出个主意，我不能总这么躲哇。冷家大闺女都二十了!”

白嘉轩:“兆鹏还没信?”

鹿子霖摇头:“这娃心野得很，半年没回，就跟没这个家一样! 我哪找去。”

白嘉轩沉思:“打仗亲兄弟。”

鹿子霖一怔抬眼:“你是说……兆海知道他哥在哪儿? 他跟我说不知道啊?”

白嘉轩笑了笑，低头抽烟袋不语。

鹿子霖:“你别老话说一半让我猜! 急死我!”

鹿三急匆匆进来:“嘉轩! 鹿乡也在啊……”

鹿三欲语还休，白嘉轩抬眼瞧他。

白嘉轩:“三哥你有啥事?”

鹿三一转身要出:“没事!”

白嘉轩追出堂口，转到鹿三面前打量笑:“这么多年了，你有事能瞒得住我? 是不是黑娃又想出去?”

鹿三摇摇头。

白嘉轩:“咋? 缺钱花?”

鹿三:“你上月多分了我粮食，刚卖掉，不缺。”鹿三鼓起勇气，“是灵儿……”

白嘉轩一怔，眼巴巴瞧着鹿三。

鹿三:“刚我跟黑娃给他妈烧完纸回来，路过草场看见灵儿跟鹿家二儿子一块磨叽，嘉轩，女娃长大了别出啥事。”

白嘉轩笑了笑:“能出啥事。”

鹿子霖正支棱着耳朵偷听，白嘉轩看鹿三出去自己转身进堂内，鹿子霖忙坐回。

白嘉轩闷头抽烟袋琢磨，鹿子霖偷偷打量。

鹿子霖:“好像……说我家兆海哩?”

白嘉轩哼了声:“你狗耳朵。”

鹿子霖瞪白嘉轩:“你俩说话又没说不让我听! 兆海咋啦? 说话!”

白嘉轩凑近:“回家自己问你儿子去。”

15. 白家 晚 内

仙草正坐在纺车前摇着轱辘，棉线均匀地从纺车里抽出，偷偷打量女儿动静。

白灵在油灯下贪婪地翻着《秦进》，眼里闪着光亮。

孝文上前拿过："你这看的啥书？"

白灵要抢："哥！还我！"

孝文举着书："妈，她又看这些乌七八糟的东西！你一个姑妈家咋老胡思乱想呢？是不是又是鹿兆海给的？"

白灵抢："你给我！"

孝文："女孩子家不要看这些东西！"

白灵："人家女学生都看这个！"

孝文不屑："哪有女学生，鹿兆海骗你的！"

仙草："灵儿，听你哥的别看了。过来跟妈纺线。"

白灵骑到白孝文身上撕他的嘴："给不给？"

孝文疼得叫起："妈——"

书掉落，白灵跳下一把抄起，笑："再让你欺负我！"

孝文急，又去掐妹妹："谁欺负谁！"

白嘉轩进屋来，孝文忙收手。

孝文："爸！"

白嘉轩："回来就跟你妹打。"

孝文冤枉："爸，是她跟我闹！"

白灵抢话："爸，是哥抢我书不还我！还咬我手，你瞧这牙印！"

孝文快哭出来："是你撕我嘴好不？"

白嘉轩："行了！天天跟你妹妹计较，有出息么？"

白灵冲孝文做鬼脸乐。

孝文懊恼："爸，这是我们写的文章，姑父让拿回给你看看。"

白嘉轩接过："孝武呢？"

孝文："又到后院找鹿三喂牲口去了……"

白嘉轩瞪他。

孝文忙改口："找三伯。"

16. 白家后院 晚 外

十六岁的孝武蹲下检查马蹄，又起身拍拍马身子，熟练地检查。

孝武："三伯，得加料了。磨点豆补补，过些日子才配出好种。"

鹿三跟黑娃一旁搬草料。

鹿三笑："孝武啊，你快赶上白兴儿哩！"

黑娃："孝武你跟谁学的？"

孝武不好意思："他们聊牲口，我就喜欢听。凡是农活我都喜欢琢磨。"

黑娃："那跟你爸说往后别去书院啦，跟我下地吧！"

鹿三瞪儿子："你当跟你一样没出息？人家孝武种啥地，将来念书做官去！"

黑娃一撇嘴，不再说话。

孝武摇头："我可不做官，三伯，我最大的乐都在这地里，这牲口上。"

鹿三欣慰笑："你爸这家业将来有你撑着，错不了！"

17. 白家屋 夜 内

白灵还在油灯下专注地翻看。白嘉轩坐在炕边抽着烟袋打量女儿。

仙草进屋劝："还看呢！吃完饭就坐这儿翻，这书里有啥好东西这么看？"

白灵没听到，时而凝神思索，时而激动不已咬着手指。

白嘉轩点着蜡烛，走到油灯前一吹。

白灵叫："爸！看不见啦！"

白嘉轩："上炕睡觉。"

白灵这才不情愿躺下。

白灵兴奋地："这文章写得太好了！爸你知道这书是谁编的？"

白嘉轩拿过书翻了翻。

白灵轻声："是兆鹏哥，鹿兆鹏！他是咱西北的大才子！"

白嘉轩随手把书扔到桌上："快睡！这都是胡吣，你哥去书院学的那才是正经文章。鹿兆鹏会写，他能写过你姑父？”

白灵嘟囔：“我姑父当然有才了，可他俩的才不一样么。”

白嘉轩：“快睡！”

白灵拉住爸的手撒娇：“爸——陪我。”

白嘉轩乖乖地坐在炕旁让她攥住自己手，白灵这才闭上眼。

仙草白他俩一眼：“你就惯吧！妈说多少回，小时候趴你胸脯上睡，现在都多大了还让她拉你手，传出去不让人笑话！”

白嘉轩：“我们灵儿就拉着我手才能睡，咋？谁笑？”

仙草哼了一声：“等往后找了婆家，我看她还拉谁手！”

没等白嘉轩说话，白灵闭着眼：“我一辈子不嫁！我陪你们过！”

仙草无奈地看眼丈夫，白嘉轩却笑笑不语，疼爱地用另一只手理了理女儿的发梢。

仙草轻声：“今儿徐先生没来吃面，咋回事？”

白嘉轩：“病哩。他明天找冷先生看，学堂的娃娃让他们自己念书。”

白灵眼睛微睁开一条缝，偷偷听着……

18. 学堂　日　内

没有先生，娃娃们闹成一团。

玩打嘎的将球击得满屋乱飞，弹钱的蹲在地上比谁弹得远。

白灵走进学堂，微笑扫视一周。娃娃们都惊奇地瞧她。

十八岁的二豆跟随白灵身后嘿嘿傻乐。

白灵一指：“二豆，你坐最后去。”

二豆得意地傻笑，坐在娃娃们身后。

“白灵姐？”

白灵：“今天徐先生病了，由我代课。你们叫我啥？”

有大胆孩子：“白先生！”

白灵爽快答应：“哎！”

白灵自己先忍不住咯咯笑起来，娃娃们随着笑。

白灵：“今天咱上个啥课哩？”

娃娃们忙翻书。

白灵忙道："不翻不翻！今天不念书。你们看这是啥？"

白灵从怀里掏出一串东西。

娃娃们更是惊奇："猪尿脬！"

白灵："这个呢？"

娃娃们都摇头。

白灵神秘地笑笑，接连从包里掏出罐罐、铁皮……

19. 白家 日 内

仙草摇动纺车，棉线均匀地缠在白赵氏的手上。婆媳俩已经相当默契。

白嘉轩叼着烟袋坐在正堂看桌上的练字条幅和细楷写的文章。

白嘉轩点头："孝文这字写得越来越好了。"

仙草笑："前些天姐夫还夸咱孝文，说他是念书的料。"

白赵氏欣慰："咱白家要出个县太爷就好了。"

白嘉轩摇头："不能做官。妈，你以为做官安稳呢。"白嘉轩突然一惊，"这下面的字是孝武的？"

仙草忙起身瞧："不能吧，孝武比他哥差远了，能写出这字来？"

白赵氏也凑近。

白嘉轩无比惊诧地注视，纸上龙飞凤舞，轻声念下面的落款："白灵正月于白鹿书院……"

夫妻俩惊诧对视。

外面突然轰一声响！白嘉轩惊得冲出房门。

白赵氏惊慌失措："这是咋啦？进兵啦？打仗啦？"

鹿三从院外急慌奔进："不好啦东家！快快！"

白嘉轩："三哥，慢慢说，咋？"

鹿三喘息指着外面："祠堂被人炸哩！"

白嘉轩脸色大变，冲出院。

仙草一激灵，忙跟随出去。

白赵氏骂："这是谁啊，天杀的！敢炸祖宗？"

20. 村 日 外

不少村民都涌向祠堂，远远的院里冒出一股白烟。

鹿子霖也披着衣往祠堂奔，见白嘉轩过来忙招呼。

鹿子霖："快点吧！那里还有娃娃上课哩！"

白嘉轩脸色苍白疾步赶。

21. 祠堂院 日 外

白灵趴在地上一动不动，石疯子蓬头土脸坐在一旁哭。

二豆自己在那边专注地还玩。

娃娃们都站在学堂里扒窗哭："白灵姐！"

"白先生！"

白嘉轩不顾一切扑上抱起女儿，白灵身子脸都是土灰，模糊不清。

仙草大叫一声："灵儿！"

仙草抢过白灵哭："你醒醒啊灵儿？这是弄啥啦？"

白嘉轩慌乱检查："没血！没血！没伤着……"

鹿子霖转头冲娃娃们："都有事没？"

娃娃们惊魂未定："白灵姐让我们在屋里看着不准出来，她要做个飞上天的，让石疯子帮忙……"

仙草哭号："我的灵儿啊！"

白嘉轩吼："三哥！快叫冷先生去！"

鹿三扭头就跑。

乡亲们围满院子，惊奇望着。

黑娃跟鹿兆海也挤出门来扑上前。

黑娃瞪大眼悲痛："白灵！谁欺负你？谁啊！"

突然砰一声，众人吓了一跳！二豆点燃剩下的东西，自己的衣角被点着，边蹦边拍着。

鹿兆海看看地上炸的残留物明白了一切，恨恨地跺脚："嘉轩伯，应该没大事，她是被气震晕过去了。”

白嘉轩盯他：“你咋知道？”

鹿兆海动动嘴唇，没敢说。

白灵嘤了一声，白嘉轩身子一震蹲下。

白灵慢慢睁开眼睛。

黑娃喜：“醒哩！白灵醒哩！”

乡亲们呼啦围上。

白灵一眼瞧见鹿兆海，抓住他胳膊兴奋地蹦起，仰头张望：“飞了吗？兆海哥我差点就做成咧！咦？飞哪去啦？”

所有的人，包括白嘉轩、鹿子霖都目瞪口呆。

22. 白家　日　内

朱先生朗声大笑，手中的笔都颤得拿不住，墨滴落在纸上。

白嘉轩哭笑不得看着姐夫。

朱先生乐得放下笔擦拭眼角。

白嘉轩：“惹下这么大祸，姐夫你还笑哩。”

朱先生：“巾帼不让须眉，这白灵年纪轻轻就敢炸祠堂，将来没准天都让她翻个个咧！”

白嘉轩：“女子猖狂，不是好事。”

朱先生笑着指指白嘉轩：“你呀！我让孝文把文章带去，你看哪篇最好？”

白嘉轩迟疑了一下。

朱先生走近：“不愿说？我替你说，是白灵写的那篇。字好，文章更好！”

白嘉轩愁苦着脸不语。

朱先生：“这是正月灵儿到我书院，见她俩哥哥练字写文章好玩，自己跟着也写起来。当时我也不敢相信是她随手写出的。立意高远，文采了得啊！”

白嘉轩：“女子有才，怕是祸。”

朱先生收住笑：“孝文前些天也嘀咕着要学鹿家兄弟，想进城求学。他不敢跟你说，让我帮问问。”

白嘉轩皱眉：“心都乱了！正统的东西不学，回去我得收收他们的心！”

朱先生意味深长地摇摇头："我那儿子不也一早送去城里读书了？我还开书院的呢，都没拦着。嘉轩，儿孙自有儿孙命。"

白嘉轩不甘心："男娃出去吃不了亏，一个女娃家……"

朱先生笑起："怕被人欺负？我还告诉你嘉轩，你家灵儿只有欺负别人的份！"朱先生轻声开导，"再说你这女儿生来就不是裹小脚的娃，你又咋关得住她呢？"

白嘉轩看着姐夫，忧心忡忡叹了口气。

23. 祠堂　日　外

白灵百无聊赖跪在牌位前。石疯子靠在院里难受得哼哼。

白灵看看左右没人，轻呼："石疯子！过来！"

石疯子吓得往回缩。

白灵："我不炸你，过来！冷先生开的药抹上没？"

石疯子惊恐要逃，白灵扑上去按住他。

白灵皱眉："你咋不抹呢？不抹伤口就会烂掉！"

白灵给石疯子上药，石疯子哼哼着躲避。

白灵按住他："别躲！石疯子我对不起你，是我让你帮做氢气球的，上了这药你肯定疼，可再忍忍就好受啦。"

石疯子害怕地甩开白灵，四处逃。

白灵端着药追："哎！我不害你！"

外面有人声，白灵慌忙跪回牌位前一动不敢动……

24. 白家　晚　内

白赵氏躺在炕上呻吟，孝文、孝武守在炕边给奶奶捏腿捶肩。

白赵氏哭："让我死了吧！瞧不见灵儿受罪我也心净！"

孝文："奶，您咋不明事理呢。我妹闯下这么大祸，全族人咋看我爸？只罚她跪一晚上没打她就是好的！"

白赵氏哭："那是你亲妹妹！别说她，你们一个大男人在祠堂跪一晚上不得吓死！”

仙草："妈，我再劝劝孩他爸去。"

仙草进屋，白嘉轩正凝神看着那篇文章。

仙草："你听见妈哭没？还不快让灵儿偷着回来。"

白嘉轩目光没离那字："全族人的眼看着，祖宗牌位立着，咋偷着回？"

仙草叹息："那地方是女娃家待的嘛，你不怕她吓出毛病来。"

白嘉轩冷哼："就是全村人吓死，她也吓不出毛病。"

25. 祠堂　晚　内

白灵靠坐在柱边伸个懒腰，起身在院里走了走，长出口气。

白灵拿过供台上的水喝了口，又拿起供奉的馍吃起，听到石疯子的呼噜声，她一脸坏笑走上前去。

白灵掏出药轻轻抹在石疯子的脸和脖子的伤口上，石疯子迷糊睁开眼睛。

白灵忙缩回柱后。石疯子恍惚摸摸脸上的药，闻。

白灵捂嘴憋住笑，一股困意袭来，白灵揉揉眼。

26. 祠堂学堂　夜　内

徐先生咳嗽着昏睡，门被悄悄推开，白灵轻手轻脚迈进屋。

桌上摆着药罐，白灵拿起闻闻，忙扇鼻子。

白灵打起哈欠，轻声："先生，借你床用用，咱俩凑合挤挤啊。"

白灵推徐先生的背，徐先生倒很听话，迷糊着翻过身去。

白灵头对脚挤到床上闭眼昏昏睡去……

27. 祠堂外　清晨　外

娃娃们围挤在窗前欢笑着往里瞧，乡民们也指指点点。

白嘉轩跟鹿子霖拉开娃娃上前，同时惊住！

白灵正仰躺着，脚丫顶住徐先生的鼻子，鹿子霖忙转脸看白嘉轩。

白嘉轩冲进屋一把揪起女儿。

白灵迷糊："干吗？天没亮呢。"

徐先生也惊醒，慌乱地："咋回事？"

鹿子霖笑眯眯："徐先生，你这成何体统啊？"

徐先生快哭出来："嘉轩兄弟！我也不知道咋了她跑我炕上来了！我真不知道……白灵，你快说明白！"

白灵打个哈欠："昨晚我上炕前可先跟你说了，你答应我才上的。"

众人哄笑。

徐先生脸涨得通红："不可能！万万不能啊！哎呀你们看啥，先出去！出去！"

徐先生满脸羞臊地轰着窗外的娃娃。

白嘉轩狠狠地瞪着白灵。

白灵却揉着眼惬意地伸个懒腰，冲爸甜甜一笑，突然打了个脆亮的喷嚏。

28. 白家　日　内

仙草端药进屋，白赵氏拄着拐杖心疼地瞧着孙女。

白赵氏骂："招上一身病吧！就是冻的！"

白嘉轩皱眉："妈，是她跟徐先生睡一炕传上的。"

白灵裹着被吸溜着鼻子："爸，你啥时进省城啊。"

白嘉轩没好气："关你啥事。"

白灵推开妈端来的药，挽住爸胳膊笑："我听干大说你要进省城，带我去呗？"

白嘉轩甩开她手："疯死你！在家待着！"

白灵："那我就不吃药！"

白嘉轩瞪眼："你当这药是给我吃的？爱吃不吃！"

仙草劝："行啦！你们爷儿俩倔一块去了！灵儿听话，快把这药喝了。"

白赵氏也劝："灵儿，喝下药出了汗就没事。"

白灵噘嘴："我不喝！爸不带我进城我就不喝！"

白赵氏转头举拐杖捅儿子："你先答应着！让她喝下。"

白嘉轩无奈："那总得养好病再说么，你瞧别家谁闺女进城满大街地遛！"

白灵:“你不答应，别说药，我饭都不吃！”

白嘉轩瞪着女儿说不出话。

29. 白家院　夜　外

白嘉轩提着灯将两个儿子领到门楼下，照着门楼上的大字。

白嘉轩:“耕读传家，你们记下了？”

孝文、孝武点点头。

白嘉轩又走回庭院，指着木犁:“明天就把旧衣裳换上，跟你三伯到地里干活去，再也别说人家到哪念书干什么事的话了。”

白孝文与孝武对视一眼。

孝文:“爸，明天你进省城看表叔，能不能带上我？”

白嘉轩瞪他:“我刚才话白说？”

孝文忙垂下头。

30. 白家　夜　外

白嘉轩来到前院，仙草端饭碗一脸焦急看着他。

仙草:“灵儿晚饭也没吃，较上劲哩。”

白嘉轩眼神有些乱，接过碗筷走到房门前拍了拍。

白嘉轩端着饭碗骂:“再饿着，明天我不带你进城！”

门猛地打开，白灵瞪大眼瞧着爸:“爸你说话算话？”

白嘉轩无奈:“吃完饭，再把药喝了。”

白灵破涕为笑，接过碗狼吞虎咽吃起来:“妈，快给我拿药去！”

白嘉轩用怜爱的目光瞧着女儿。

31. 白家白嘉轩屋　夜　内

夜里，白嘉轩辗转反侧睡不着。

仙草轻声:“明天不是还带人修祠堂么？你进城咋弄？”

白嘉轩:“改天修。”

仙草:“你俩儿子见你就跟耗子见了猫一般,咋灵儿要进城疯你就应?”

白嘉轩:“咱闺女不能饿,一饿就不水灵了。”

仙草那边扑哧乐一声。

白嘉轩诧异:“你乐啥?”

仙草叹:“想不到这辈子有人治你。”

白嘉轩苦笑。

32. 西安城街　日　外

叠画:

喧闹的街,白灵的眼已经不够使,一会跑到这边摊前,一会钻进那边店门。白嘉轩揪回女儿……

白灵举起吃食喂爸,白嘉轩只得咬一口……

摊前,白嘉轩扯起花花绿绿的布,笑着跟摊贩讨价,白灵却突然被两个走过的女学生吸引,她惊为天人般定定地望着两人,恍惚跟去……

白嘉轩:“灵儿,你喜欢红的还是绿的?爸给你……”

白嘉轩一回身,白灵已经不见。

白嘉轩慌乱扔下布,四下找去。

33. 女校门口　日　外

白灵跟随那两个女学生往前走,她眼睛里只有那两个女学生的身影,耳朵里只有女学生的说笑声。

眼见两人走进大门,一只手挡在面前。

“不是学校学生不能进。”

白灵抬眼看去,教会女中学校的牌子挂在那。

白灵胸膛起伏,急促地呼吸,眼中闪动着喜悦。

白嘉轩从后面一把拽住女儿:“你咋跑这来了?”

白灵:“爸，我也想跟她们一样上学！”

白嘉轩慌乱拉扯:“走！胡吣个啥！”

白灵被爸拉着走，不舍地回头眼巴巴地看。

34. 城里表叔家　日　内

白灵一边快速拨动算盘，一边瞧着表姐在纸上计算，屋外白嘉轩跟布商表弟聊天。

表姐微笑把笔放下:“我算出来了，比你快。”

白灵怔怔地瞧着算盘，又对纸上的数:“姐啊，你不用算盘咋算出来的？”

表姐一笑:“这是算术啊。你用算盘拨来拨去，瞧我这样一乘，数就出来了！”

白灵惊奇的眼中闪着光亮。

表叔边倒水边笑:“哥啊，这可不是你当年进的那个西安城了，变化大着呢！女娃娃都有学上哩！”

白嘉轩抽着烟袋:“上么，我家灵儿也在学堂里跟着念书。”

表叔摇头:“这城里学校可跟你们那学堂不一样，人家教的别说咱，老祖宗都不懂。”

白嘉轩冷哼:“洋人的玩意儿……”

“长亭外，古道边，芳草碧连天。问君此去几时来，来时莫徘徊……”

屋里传来两个女孩的哼唱声。

表叔笑:“听听！”

白嘉轩扭头瞧去，白灵正跟随表姐轻声学唱歌曲。

35. 原上　日　外

白嘉轩赶着马车，不时偷瞥女儿。

白灵仰躺在车上凝望天空，痴痴地哼唱:“长亭外，古道边，芳草碧连天。问君此去几时来，来时莫徘徊……”

白嘉轩皱皱眉头，狠狠抽了一鞭。

36. 白家 晚 内

白灵坐在院中抱着膝发呆。仙草探头看看女儿背影忧心忡忡。

仙草皱眉:“你们进城看见啥啦?灵儿回来眼神就不对,直勾勾的,问啥也不说。”

白嘉轩:“甭管,两天她这劲就过去了。”

白赵氏坐在炕上叹口气:“你就不该带她进城。这按早年间叫大小姐出闺院,思春。”

白嘉轩正闷闷地抽着烟袋,听妈这一句吓一跳,呛得咳嗽起来。

仙草一笑,上前拍白嘉轩的背:“妈,您还诌上文哩。”

白赵氏:“诌啥,唱词里都有!”

白嘉轩咳嗽得眼泪都出来了。

37. 白家白灵屋 夜 内

白灵攥着爸的手臂已经睡去,白嘉轩轻轻抽出手,又给女儿掖好被。

白嘉轩静静打量女儿,无声叹息退出房。

白灵睁大眼睛,一缕月光从窗棂照进,映着她的脸。

白灵希冀的目光,痴痴地想着什么……

38. 保障所 日 内

鹿子霖正拿着信若有所思地瞧,门响,白灵进屋。

鹿子霖慌忙将一封信揣进怀中。

白灵笑:“叔!”

鹿子霖:“灵儿啊,咋想起来我这了。”

白灵眼往桌上的信扫:“我看看您不成么。”

鹿子霖冷笑:“你怕不是来看我,是看信来了吧?”

白灵摇鹿子霖胳膊:“叔,有我信没?”

鹿子霖警惕:“谁给你写的信?”

白灵眨眼："城里学校。"

鹿子霖盯着白灵："城里学校你认得谁？"

白灵笑："您干吗呀，查我？叔，到底有没有我的信？"

白灵摇着鹿子霖胳膊，眼往他怀里瞅。

鹿子霖果断："没有！不信你自己瞧。"

白灵扒拉桌上，失望的目光。

39. 祠堂　日　内

鹿子霖愁眉苦脸看着白嘉轩。

白嘉轩沉着脸看信。

鹿子霖打量："咱俩要做亲家了，你啥意思？"

白嘉轩："屁！写个信就成亲家了？"

鹿子霖指："这俩人你问我答的，这……兆海哥，我真想你，还不算是？"

白嘉轩怒："去去去！回家告诉你儿子少拉扯我闺女。回头真出啥事别怪我打折他腿！"

鹿子霖冷哼："你当我稀罕哩！我家兆海要做你女婿还不埋汰死！白进城读书了？人家是要娶新女子的，懂啥叫新女子不？就你家白灵？"

鹿子霖一把抢过信。

祠堂门被撞开，白灵喘息冲进来，怒："大，你手里拿的啥？"

鹿子霖慌乱要藏："灵儿，没……没啥。我跟你爸这说事呢。"

白灵上前揪住鹿子霖的胳膊，夺信。

白嘉轩怒："白灵！"

白灵根本不听，抢过信脸色苍白地瞧："你们凭啥撕我信？"

鹿子霖手足无措："我……不是……你爸他要看……"

白灵吼："你凭啥撕看我信！"

鹿子霖忙往祠堂外退："嘉轩你看见啦！就这脾气，我敢要这儿媳妇？她今天敢炸祠堂，明天就能把老公公给炸上天！"

白灵要追，被白嘉轩拉住。

白灵跳着脚急："有胆你站住！"

白嘉轩怒："住嘴！"

白灵转头抄起一个供馍用力砸去，白嘉轩想拦也晚了。

鹿子霖一躲吓得被门槛绊倒，头撞到门上，不顾疼痛爬起仓皇而逃。

40. 鹿家　日　内

鹿子霖被媳妇搀扶进门。

媳妇吓住："你这是咋啦？撞鬼还是被人劫了？"

鹿子霖捂着头："比鬼还厉害！我活见鬼了！快收拾东西，我出远门！"

媳妇愣："你干啥去？"

鹿子霖急："我进城寻那俩冤家去！人家养儿子是成家立业养老送终用的，咱这倒好，一个是定了亲死活不回，一个是往家招鬼！我的祖宗哎……"

41. 白家　晚　内

白灵拍着桌子哭，白嘉轩虎下脸坐堂内瞪着女儿。

白赵氏和仙草各端碗面劝。

白灵："我就要进城上学！我就是要找兆海哥去，咋啦？你们拆我的信就是不对！"

白嘉轩冷哼："让她哭去，吓谁哩，爱吃不吃，这饭我也不吃了！"

仙草劝："你俩别闹了，灵儿，哪有女娃上学的，你就别气你爸哩。"

白赵氏拿嘴舔信："灵儿，奶奶给你舔上啦。你瞧……"

白灵："就是有！我亲眼看见的！"

白嘉轩："那都是女疯子！"

白灵毫不示弱："我就要当女疯子！"

白嘉轩举起烟袋要打，白灵梗着脖含泪瞪着爸。

白灵："你打死我，我还是要进城上学！"

白嘉轩手中烟袋终没打下来。

白赵氏哭："你们就盼着我早死啊！你们就闹吧！"

前院门后，黑娃扒门听着动静："爸，你给劝劝去，这次闹得不轻。"

鹿三叼着烟袋摇摇头，蹲在一旁忧心忡忡地听着白灵的哭喊。

42. 白家后院　晚　内

白灵抱着被褥往黑娃的炕边铺。

黑娃边帮忙边打量："灵儿，你都这么大了，咋还一闹脾气就往我这睡。"

白灵吸溜鼻子："那我能睡哪去。"

黑娃苦笑："你就不怕别人笑话！"

白灵一咧嘴要哭："黑娃哥连你也嫌弃我。"

黑娃忙摆手："没没没！你睡吧啊，正好今晚马驹要生，哥在外面喂牲口，给你看着。"

白灵拉住黑娃胳膊："黑娃哥，你支持我进城念书么？"

黑娃叹了口气瞧她："你一个女娃家……"

白灵眼一红："瞧！你也怕我爸不是。"

黑娃无奈："我是怕你在外面受欺负。灵儿，外面那么乱哪是你女娃家闯的。"

白灵："你一定要帮我！我在这原上再待不下去了。"

黑娃想了想："你想做就去做吧，哥知道你心大，你比这原上的人都心大。"

白灵感动，拉住黑娃："黑娃哥，你真好。"

黑娃不好意思笑笑，压低声："我给你出个主意，你该找一个人去。"

白灵眨眼："谁？"

黑娃："你爸怕谁？"

白灵怔怔地看着黑娃，恍然大悟。

43. 书院　日　内

徐先生连连摇头，朱先生含笑瞧他。

徐先生："……小时候是乱挂茅房的男女牌吓我，长大了又躺我床上。我一辈子的清名就这样被这个女娃给毁了。"

朱先生笑："不至于。最该在乎闲话的该是人家白灵，她都不在乎，你又在乎啥。”

徐先生一怔：“你是说……我把她的清名给毁了？”

朱先生大笑：“照我看我家白灵的心是玲珑透彻，所以她毫无顾忌百无牵挂，而你老兄的心才是乱的！你仔细想想，是不是？”

徐先生呆呆地看着朱先生，长出口气脸一红：“惭愧，惭愧！”

外面白灵叫：“姑！我姑父呢？”

朱白氏答应：“灵儿来啦？”

徐先生慌乱起身躲。

朱先生：“你干吗去？”

徐先生摆手：“我惹不起躲得起！”

朱先生哑然失笑：“她一个女娃娃你怕成这样？”

徐先生：“何止我怕啊，全白鹿原的人都怕她咧！”

白灵已经快迈进门，徐先生只得躲到屏风后。

白灵：“姑父！我爸欺负我，他不让我进城上学！”

朱先生笑：“咋一来我这就告状呢。”

白灵警惕看看四周：“我哥呢？”

朱先生一指：“他们在后院背书哩。”

白灵压低声：“我大哥老在爸面前告我状！他还骗我城里没女学生，这次我进城自己看见啦！”

朱先生笑吟吟：“啊？啥样？”

白灵兴奋地坐到朱先生膝上比画：“真像兆海哥说的那样，头发剪得齐齐的，然后穿着裙子，白袜子。好像她们胸前还别着一个牌牌。”

朱先生笑眯眯听着，频频点头。

白灵又想起什么：“还有还有！那些女学生说话都不一样，她们在学校里跑，大声地说笑，哪像咱们这么多规矩。姑夫，你帮我跟我爸说说吧，让我也进城跟她们一样好不好？我不爱学那些四书五经老先生的文章，瞧那徐先生摇头晃脑的浑身都是腐朽气！”

屏后徐先生脸色大变。

朱先生乐得不行：“这词准不是你的，跟哪书上看的？”

白灵不好意思笑：“是兆鹏哥编的《秦进》。姑夫你看过兆鹏哥编的书么？可好啦！我跟兆海哥都崇拜死他了，哎我给你背一篇他的话啊……”

朱白氏端水进屋，乐：“都多大了还赖着你姑夫！”

朱先生疼爱地抱住她胳膊：“我们灵儿早就大了，这不告她爸和她哥状来了！”

朱白氏诧异：“哎那徐……”

朱先生冲媳妇摇摇头，徐先生紧张地靠在屏后。

白灵警惕：“姑，徐先生咋？”

朱先生笑：“我听说你又把徐先生欺负啦？”

白灵蹦起：“才不是！我就借他张床挤挤，他就不依不饶的。我还没嫌他脚臭哩！姑，姑夫你们不知道徐先生脚有多臭，他睡觉还磨牙哩……”

帘内，徐先生边擦汗边摇头。

44. 学校印刷室　日　内

一众同学都围挤在门口，里面已经挤满了人无处落脚，所有人都聚精会神听着鹿兆鹏站在桌上演讲。

鹿兆鹏：“……谁说我西北无人！前有于右任先生所办《民立报》《神州报》，早已扛起革命大旗，一扫千百年的腐朽！今日我后辈当奋起直追，这《秦进》便是继往开来冲锋的号角！它一旦吹响，将是所有腐朽的丧钟！扫遍神州大地！”

众人激动鼓掌：“好！”

鹿兆鹏扬起手中的报纸小样：“谁说我们西北落后狭隘？同学们，我们才不满足西北这块地方！虽处古都旧地，观念却不能陈旧！我们要让全国的青年都听到西北学子的呐喊，听到你们每一个人的心跳！谁说我们年轻学子办报无用？少年强则国强，少年进步则国进步，少年胜于欧洲则国胜于欧洲，少年雄于地球则国雄于地球……同学们，不要辜负青春年少，整个国家、民众都在等着我们，用你们的朝气拿起你们手中的笔，像刀子一样插向敌人的胸膛吧！”

众人像沐浴在甘霖中，带着醉意崇拜地望着鹿兆鹏。

窗外突然响起鹿子霖的喊声（画外音）：“鹿兆鹏！你还认不认你媳妇啦？你媳妇快让人抢跑啦！”

众人都回头望去，然后再转头看鹿兆鹏。

鹿兆鹏尴尬地跳下桌：“对不起……”

45. 印刷室外　日　外

鹿兆鹏沉着脸大步走出。

鹿子霖正抱着口锅扯嗓门喊："鹿兆鹏！你出来！家里出大事了！你媳妇还要不要啦？"

鹿兆海一旁哀求："爸你别喊了！我求你了！"

鹿兆鹏冲弟弟急："你咋把爸带来啦？"

鹿子霖抱住鹿兆鹏胳膊："可把你找着了！跟我回家！"

鹿兆海哭丧脸："是爸逼我，他要死要活的，你看他那口锅，要是不带他找你就撞锅！"

鹿兆鹏被爸抱紧，直冲弟弟恼："你咋能被那口锅骗了呢，你不知道咱爸就爱弄这套……"

背后咣一声，鹿兆鹏猛回头看去，鹿子霖将锅敲在脑袋上。

鹿子霖摸摸脑门："没出血？再来！"

鹿子霖双手握锅准备用力再往头上撞。

鹿兆鹏、鹿兆海忙扑上前抱住爸："爸！爸……"

鹿子霖挣扎："撒手！我今天不磕死在你面前我就不是你爸！"

鹿兆鹏哀求："爸！爸您放手，是我错了爸！"

刚才听鹿兆鹏演讲的同学都围出来，鹿兆鹏尴尬得不行。

46. 白家　日　内

白灵轻手轻脚推门，在奶奶屋里翻找东西。

白赵氏趴在活计上昏昏睡着。

白灵抽出把剪刀来，定定的眼神瞧着……

47. 田地　日　外

鹿三在前面牵着牛，白嘉轩心事重重扶在牛车后，地被犁歪。

鹿三牵牛突然察觉到，回头看。白嘉轩忙调试扶正。

白嘉轩嘟囔："咋松哩。"

鹿三："嘉轩，你歇歇吧。"

白嘉轩叹息："三哥，我这满脑子都是蒙的。"

鹿三点头："从你当上族长，族里出多少事你都没这样过。灵儿是太能折腾。"

白嘉轩坐在田埂："我觉着这娃我真收不住，可又舍不得打骂。上辈子的冤家啊三哥！"

鹿三："要不先给她定个婆家，嫁了人让婆家去管？"

白嘉轩嘴唇颤了颤，迟疑："早了吧？再受委屈？"

鹿三苦笑："我就看出来，还是你舍不得。人家邻村老赵家的二闺女十四岁就嫁哩，今年都有娃了。"

远远的仙草奔来："嘉轩！快回家看看去！"

白嘉轩猛地起身："咋？"

仙草上气不接下气："你闺女！灵儿她……她拿剪子……"

白嘉轩转头就跑。

鹿三惊："黑娃！看着牛！"

远处浇水的黑娃也慌起来，跟着跑去。

48. 白家　日　外

白嘉轩一路奔进院，屋里传来白赵氏的哭声。

白赵氏："你就作践自己吧！你怎么嫁人呢……"

白嘉轩紧张得脸色发白，喘息推门进屋，呆住。

白灵一头剪得齐齐的短发，俨然变了个人，转身满怀喜悦地看着爸。

白嘉轩、鹿三、黑娃都呆呆地看着眼前这个似是一夜间脱胎换骨的女子……

第十四集

1. 学校报刊编辑室门口　日　外

新式学校女学生一堆堆地往里进，说笑着，有人偷往鹿子霖这边指。

鹿子霖抱锅坐在门外像怪物一般被众学生欣赏。

鹿子霖皱眉："这女娃娃咋一个个都不害臊哩？"

鹿兆海陪在一旁唉声叹气。

鹿子霖好奇，轻声问儿子："天天都有女学生找你哥？"

鹿兆海苦笑："不光是女学生，是所有读过他文章的人，都来找。"

鹿子霖扒窗瞧去。

鹿兆海："爸，你听我句劝。我哥不同意这门亲，你编我爷病重把他骗回去算啥事么。他肯定跟你急！"

鹿子霖瞪眼，凿儿子脑袋："你小子刚读几年书，教训起你爸来了！"

鹿兆海哭丧脸："反正我不回家，帮你们骗我哥，到时候还不得被他骂死。"

鹿子霖："去去去！你不回正好，我还腾不出手管你哩！"

鹿兆海起身逃去。

鹿子霖想起什么喊："兆海！别再给那丫头写信啦！"

鹿兆海懊恼地回头冲爸挥手。

2. 学校报刊编辑室　日　内

屋里学生们围成一团，鹿兆鹏正耐心讲解。

鹿兆鹏："……这文章老气横秋，不看你人还以为你是前清遗老，要么就是腆着肚子坐台上嗯啊哈的官员。"

鹿兆鹏学起来，众人轻笑起来。

鹿兆鹏也笑，扫视众人："装能装得过他们吗？不能！我们的优势不是装，同学们！"鹿兆鹏拍着胸口，"是你们这藏的赤子之心！你花里胡哨修饰半天打动不了人心，白搭。"

有女同学轻声："不修饰凭啥打动人家？"

鹿兆鹏盯着女同学："凭啥？你的激情，你的愤怒，还有你那一双不被假象迷惑的清澈的眼睛。这才是你真正的力量，懂了么？"

被点名的女学生羞红脸点头，咬着嘴唇埋头假装记录。

其他同学轻声笑起。

鹿兆鹏扫视："笑什么啊？有什么可笑的？"

顿时严肃起来。

鹿兆鹏冷哼："告诉你们，文笔最好的就是她！人家刚写就已经这水平，我当初都达不到。我看好你的文笔！再修修登头版！"

女学生感动地看着鹿兆鹏，眼中顿时晶莹。

屋里鹿兆鹏正给一份份文件签字，头也不抬："经费报告我看了，现在学校办学紧张，给我们的资金不多。我们得自己想办法压低印张排版成本。你们先报一下各个环节有什么可压缩的。"

几个学生围着鹿兆鹏拿小本记录。

鹿子霖外面敲敲窗户，鹿兆鹏无奈起身。

鹿兆鹏："就这样吧，我走了以后各方面工作不能停下来，要同时推进。我的工作暂由你来负责。"

众人点头。

3. 学校报刊编辑室门口　日　外

鹿兆鹏推门出来："爸，兆海呢？"

鹿子霖："他学校有急事，先回了。你做官啦？"

鹿兆鹏皱眉："没，你听谁说的。"

鹿子霖笑眯眯："那么多人都听你的，还不是官？"

鹿兆鹏没好气："爸……我爷到底咋样了？"

鹿子霖抱起锅和行李："反正我出门的时候你爷已经喘不上气哩，不知道你回家还能不能见上一面。”

鹿兆鹏有些慌乱:“那，那赶紧走! ”

又跑来三个女生:“鹿老师! ”

鹿兆鹏正要上马车，回头:“什么事? ”

一个女生被推上前，羞红脸:“鹿老师，我们是代表县女中全体同学来找您的。”

鹿兆鹏有些着急:“什么事! ”

女生被吓一跳，慌忙递上一兜东西:“这是我们做的点心，是女中同学的一点心意……您能给我们签个名么? ”

鹿兆鹏有些无奈:“同学，咱别搞这套行吗? 这能当饭吃吗? ”

女生紧张:“可……我们就这样回去，大伙不答应。”

身后女生帮忙说话:“鹿老师，我们都找您三趟了，都被师哥师姐们拦着。现在总算能见着您一面，您就写两句鼓励我们的话好不? ”

鹿兆鹏无奈叹息一声:“不鼓励你们就不进步了? 你们为谁学? 为我? 这是什么道理! 你们既然喜欢我的文章，我在上一期报上咋写的? ”

女生颤抖着声音:“青年学生当自尊自信自强。”

鹿兆鹏哭笑不得:“那跑这来给我送点心? ”

为首那女生眼泪在眼眶里打转，眼看就要哭出来。

鹿兆鹏:“不许哭! ”

鹿子霖倒吓得一哆嗦，惊诧地瞪着儿子。

女生马上听话抹眼角。

鹿兆鹏严厉地摸出手绢递上:“我记得你，上个月去你们学校演讲你就这样! 张小绢是吧? ”

女生惊喜:“您记得我……我名字? ”

鹿兆鹏:“娇骄二字还是洗不掉，让我咋说你，跟大小姐一样。说不得你吗? ”

女生接过手绢咬着嘴唇破涕为笑，低头任说。

鹿子霖坐在马车上惊奇地瞧，实在忍不下接过那兜点心:“你看人家女娃娃都哭咧，你咋这么心狠呢……我是他爸替他写行不? ”

鹿兆鹏叹了声接过笔，快速在报上写下一行字，勉强一笑递还。

女生兴奋得手足无措，深深一鞠躬："谢谢您鹿老师！"

三个女生激动得抱在一起蹦。

鹿兆鹏抢过父亲手中马鞭一抽，马车前行。

三个女生约好一起喊："鹿老师！别忘吃点心！"

"哈哈他记得我名字！"

鹿兆鹏头也不回，皱眉赶车，突然一惊："哎我的手绢！"

三个女生满足地尖叫着，像获得宝贝一般奔远。鹿兆鹏无奈摇头叹息。

鹿子霖极其惊诧地回头望，又转脸用异样眼神重新打量面前的儿子……

4. 白家 日 内

白孝文、白孝武围着妹妹转，惊奇地看着她的短发。

白灵美滋滋站着让俩哥哥瞧。

孝武："灵儿，你头发咋剪成这样啦？咋出去见人嘛。"

白灵乐："二哥，我这是最新的头型！城里女学生都剪这头哩！"

孝文摇头："怪不得爸发脾气，你越来越能折腾。这头发是父母所赐，能说剪就剪么？"

白灵举起报："你看看兆鹏哥写的文章，每个生命来到人世都是自由平等独立的，任何礼教不能束缚！不就剪个头发么，明天我还要进城上学哩！"

白孝文冷哼："你张口鹿兆鹏闭口鹿兆鹏，我看你拜他当先生得了！"

白灵笑："我还真要拜他，可就是怕人家不收我。"

外面白赵氏呜呜哭着："我得去祠堂问问祖宗，咋给我降下这么个娃哩！"

白嘉轩："妈，您别哭了。孝文、孝武出来！"

白孝文、白孝武忙出屋，白灵刚想跟出来，白嘉轩将她一挡，抢下她手中的报。

白灵愣："爸？"

白嘉轩沉下脸将门关好，上锁的声音。

白灵忙拍："爸？爸！你关我干啥！"

白嘉轩屋外厉声："从今天起，不许出这屋！啥书也不许看！"

白灵急拍门："凭啥？爸你让我出去！妈！我不想被憋死……"

仙草在院里哀求地看着白嘉轩。

白嘉轩瞪她，压低声："再心软，她就飞了。"

仙草只得含泪点点头。

屋里门被拍得山响。

仙草站门外："灵儿，要是闷得慌就在屋里纺线。妈给你送饭……"

白灵屋里喊叫："女人就只能纺线么？这是愚昧！兆鹏哥说了，你们关闭不了人的心智，关闭不了人的自由，关闭不了人的梦想！"

5. 白鹿原　日　外

鹿兆鹏狠抽马车，脸上满是焦急。

鹿子霖吃下最后一口点心，打着饱嗝躺倒在车上。

鹿子霖心疼："行咧！别抽啦！咱家这马都快被你抽死了！"鹿兆鹏："我得赶上看我爷最后一面！兆海也是，爷爷都快见不着了，还有心思考试！"

鹿子霖哭笑不得："你爷没事，咱慢慢走行不。"

鹿兆鹏勒住缰绳，瞪着爸："你说啥？"

鹿子霖抹点心渣到嘴里："这点心做的……好吃得很！我知道你为啥不想回家了，那么多女娃娃外面等着你哩！"

鹿兆鹏急："我爷根本没病，爸你为啥骗我？"

鹿兆鹏跳下车瞪着爸。鹿子霖无可奈何地看着儿子。

鹿子霖："我还能咋办祖宗！我不说你爷病了你能回来娶亲么。"

鹿兆鹏："这亲我不能结！我跟她没一点感情，就是成了亲我俩也不会好的，你咋就不明白呢！"

鹿子霖上前拽住儿子，又举起那锅："你今天要敢出这原上一步，我就磕死你面前信不信？"

鹿兆鹏懊恼地快哭出来："你拿这谎话骗我回来，你知道耽误我多少大事！"

鹿子霖也急："啥叫大事？啥事还能比结婚娶媳妇大？我就不明白了，出去这几年都学啥了，咋脑袋越来越糨糊哩？"

鹿兆鹏摇头往后退："爸我求你了！这是耽误人家，洞房一进还让她今后咋见人？"

鹿子霖："废话！你让她成你媳妇，不就能见人了？走！"

鹿兆鹏被父亲连踢带拽，往村里轰去。

6. 村田地　日　外

白嘉轩带着两个儿子在地里干活，孝文也穿上土布鞋大裆裤，缠着腰带，心不在焉地从斗里掏出种子撒到地上。

孝文偷懒，被白嘉轩一巴掌打在头上。孝武则老老实实扶着铁犁跟着鹿三耕地。

黑娃一旁正锄地，瞥了眼孝文扑哧乐起。

孝文白了黑娃一眼。

黑娃轻声："你那叫撒种哩？都长一起了抢肥。照我这样撒……"

黑娃俯身示范，孝文脸色变了变把话咽回去，迈过黑娃的手臂。

黑娃一怔抬眼瞧白孝文背影。

远远的，鹿子霖父子走来，兆鹏还不愿进村，鹿子霖一脚踢在他屁股上。

白嘉轩："子霖，回来啦？"

鹿兆鹏苦着脸："嘉轩伯。"

鹿子霖讪讪地笑："这娃子，一听说结婚，巴巴地昨夜里就赶回来。"

鹿兆鹏白了一眼父亲刚想要辩解，鹿子霖狠狠地瞪着他。

白嘉轩拱手："大喜啊，先给你们爷儿俩贺喜了！"

鹿子霖笑："同喜，明天办事还要你这做族长的帮衬哩！"

白嘉轩："我今晚就过去！说定了！"

鹿兆鹏叹了口气，被鹿子霖拽去。

望着鹿家父子背影，孝文轻声："爸，鹿兆鹏可能折腾。我妹那样疯的人平日里都张口闭口鹿兆鹏。他这一回来，得盯好我妹别被他骗了。"

白嘉轩转脸瞪儿子："犁你的地！"

黑娃冲鹿兆鹏背影喊："兆鹏哥！等着喝你喜酒哇！我给你闹洞房去！"

孝文低声却又严厉地："黑娃你乱叫喊啥！丢人不丢人？"

黑娃刚看白孝文一眼，就被父亲踹了屁股一下，只得猫腰继续干起。

7. 白家　晚　内

白灵骑在窗上瞪大眼不敢相信地瞧着屋外黑娃。

白灵："你看清楚啦？"

黑娃扒窗台："谁骗你！鹿兆鹏还跟你哥你爸打招呼呢！不信你问我爸去。"

白灵激动："他终于回来了！黑娃你知道他是谁么！"

黑娃摸不着头脑："他是鹿兆鹏啊。他还能是谁？"

白灵激动："不是不是！他是编《秦进》的，他笔名叫孺子牛！你看过没……哎呀你没看过！"

白灵扶住黑娃头，一蹿就跃到院中，急向外奔去。

黑娃望着白灵背影直发蒙："孺子牛是啥牛？"

8. 村　晚　外

白灵忘乎所以地飞奔，身边经过的乡亲都诧异地瞧她。

李寡妇叫："白灵，干啥去？"

白灵像没听到般，头发都飞翘起来，直向鹿家冲去……

9. 鹿家院　晚　外

白灵跑到鹿家门口刚想进，猛刹住脚步，院里有说话声。

鹿子霖扯着嗓门："……来来嘉轩，冷先生，咱三兄弟今天就是要喝个痛快！"

白嘉轩："少喝点，明天还要办事哩。"

白灵忙藏身到门后，喘息都不敢大声。

鹿子霖："不碍，这事我半年前开始操办，该备的早备齐了，就等这小子回家！"

白灵靠在大门后想了想，转身向后墙跑去。

10. 鹿家 晚 内

冷先生也不说话，脸已经喝得滚烫，举杯一饮而尽。

白嘉轩："冷先生，别光顾喝酒，咱说句话行么？"

鹿子霖乐："咱得道句亲家啦！亲家，酒我这有得是，我知道你是高兴啊！喝他个祖宗的！"

冷先生点点头，接过酒杯又一饮而尽，再倒满。

白嘉轩担忧地瞧冷先生："他没喝过酒，今天是咋啦。"

鹿子霖颤抖着声音，含泪笑："亲家，我对不住你家闺女啊！"

白嘉轩无奈："是你儿子对不住人家闺女。"

鹿子霖甩开白嘉轩的手，也带着醉意："这些年你没催过我一次，可我明白！都明白！同辈的谁还守在家啊，都嫁出去了！外面闲话那么多，你一个人扛着！"

白嘉轩感慨地看着两人，再不说话。

冷先生不说话，举杯又仰头喝尽，再倒满，脸已经酱红。

跛子爷提锣站院门外，白嘉轩快步上前。

跛子爷："族长，你找我？"

白嘉轩轻声："跛子爷，今晚眼睛睁大些。兆鹏被他爸拉回家，明天就娶亲，我怕今晚……"

跛子爷点头："明白！我就围着墙转！"

白嘉轩拍拍跛子爷肩膀，目送他远去，转回身。

鹿子霖抱着酒坛起身，舌头已经开始绕上："我要是有闺女许了人家几年不娶进家，我早就打上门去了！亲家，你姓冷啊，你不白姓冷，你这口气憋得……我佩服啊！"

鹿子霖竖起大拇指，冷先生慢慢举起酒杯刚喝了一口，咣当一下倒下去，趴在桌案上。

白嘉轩忙搀扶："冷先生？咋啦？没事吧？"

鹿子霖乐："他这是高兴，高兴啊嘉轩！我也高兴。"

鹿子霖抱起酒坛仰头喝起……

11. 鹿家后墙　晚　外

白灵拼命扒住墙想往上蹿，却力气不够，几次都没蹿上。

白灵后退两步深吸口气，向前跑，猛地最后一蹿，终于骑上墙。

与此同时墙里另一个身影也骑过来，俩人正照个对面。

白灵惊看骑在对面的鹿兆鹏：“呀！”

鹿兆鹏忙捂住她嘴，转脸瞧去。

院里鹿子霖正拉着白嘉轩拐过弯来，眼看就要抬头撞上……

12. 鹿家院　晚　外

白嘉轩正半搀扶鹿子霖半拉扯，抬眼诧异望向墙头，慢慢走上前。

鹿子霖摇晃着身：“你过来！你干啥去！”

白嘉轩疑惑：“我咋瞅着刚才墙上坐俩人呢。”

鹿子霖扑上前拍住他肩：“你喝多了！”

白嘉轩：“你才喝多了！别拉扯我！”

白嘉轩甩开鹿子霖的手，爬上墙往外瞧，鹿子霖后面抱住他腿拽。

13. 鹿家院墙外　晚　外

墙外没有人影，白嘉轩爬在墙上四下里望，却没注意到墙根下干草堆中两个人屏息坐着。

白嘉轩急：“哎！你别拽我！松手……”

白嘉轩摔下去，正压在鹿子霖身上。

鹿子霖乐得不行，白嘉轩爬起身无可奈何瞪着他。

白嘉轩：“你说你这点出息！你儿子明天娶亲，你今天喝成这德性！”

鹿子霖在地上滚着乐：“我高兴！高兴啊嘉轩！来年生个大胖小子我鹿家就四世同堂了，我就要做爷爷啦！”

草垛中，白灵鼻梁挂着草笑嘻嘻指着近在咫尺的鹿兆鹏，鹿兆鹏却一脸懊恼。

白嘉轩摇头："真没想到，冷先生能喝成那样。一字不说，闷头喝酒，喝到最后干脆就往嘴里倒。"

鹿子霖笑着抹泪："冷先生心里再能装事，他不急么？今天算是解脱哩，松绑啦！"

白嘉轩默默思忖。

只听得墙里鹿子霖说话："嘉轩，你也快跟冷先生定下日子吧，等孝武结了，咱三家可好哇……成亲戚了！"

白嘉轩："我家老大还没结哩！孝武能跑他哥前面？"

鹿子霖乐："那就让我家兆海娶了你家白灵，咱直接成亲家？"

草垛里，鹿兆鹏笑眯眯指白灵，白灵却做鬼脸。

白嘉轩："想得美！你先把你儿子拽回家来待两年，让他收收心吧！"

鹿子霖："你意思我要把兆海拽回，你家白灵就是我儿媳妇啦？"

白灵停下鬼脸，侧耳注意听着。

白嘉轩搀扶起鹿子霖："你不怕她把你炸上天啦？"

俩人说话声渐远。

白灵："兆鹏哥，没想到在这见着你！"

"我也没想到在这见到你啊。"鹿兆鹏苦笑了一下，"这不是说话的地方，先出村再说。"

白灵瞪着他："你要走？"

鹿兆鹏瞄向四周："不走咋办，真跟她成亲？那比杀了我还难受！"

白灵乐，兴奋得说话跟蹦豆一般："我就琢磨兆鹏哥咋会做这么愚蠢的事么！你是孺子牛，是写大文章做大事的人，怎么会带头向封建腐朽投降哩……"

一只大手捂住白灵的嘴巴，白灵异样的眼神。

鹿兆鹏扒开草看看左右，拉白灵快步奔去。

14. 白家院　晚　外

黑娃跟鹿三蹲院里捧大碗吃面，孝武进屋盛一碗也兴冲冲要奔到院里一起蹲下，被孝文一把拽住。

孝武："哥，咋？"

孝文低声："你在屋里吃。"

孝武笑："我跟我三伯、黑娃哥一起吃着香！"

孝文也是一笑，话却极硬："没规矩是不？忘我教你的话了？"

鹿三抬眼望，只见兄弟俩都笑着在门里说话。

孝武意识到孝文目光中的严厉，老老实实坐回凳上。

黑娃笑着敲碗："孝武，你还比不？"

孝武慌乱："不比，我吃不过你。"

黑娃乐："这咋行么，吃得多才能当麦客！人家好麦客都能吃得很！"

孝文苦笑："我弟当不了麦客，他是读书人。"

黑娃挑衅地与孝文对视。

仙草急匆匆来，冲孝文招招手。

孝文出门靠墙。

仙草轻声："灵儿不见了，窗子开着。我怕你奶知道又着急，你跟我去找……"

孝文愣了愣，回头瞥黑娃，黑娃正偷瞧这边，忙低头吃起。

孝文："妈，你先去找我爸。"

仙草点头，慌忙向院外跑去。

孝文站到厨房门前拿起锅勺："黑娃来，再盛碗！"

黑娃一抹嘴："不吃哩，两碗了。"

鹿三笑："孝文，你们吃吧！饱哩！"

孝文也笑："黑娃干活不惜力，那两碗算啥，再盛！"

黑娃迟疑了一下，起身进屋来。

孝文将门掩住，往碗里挑面，轻声："我妹去哪了？"

黑娃一怔，没想到孝文会问。

孝文狠瞪着他："你知道我要告诉我爸会咋样。"

黑娃："我……不知道。"

孝文一笑："你吃着谁家的面呢？"

黑娃嘴唇动动："孝文，你这是啥话，我真不知道……"

孝文定定地注视黑娃，保持着笑脸，突然抢过黑娃的碗一摔。

“哗啦！”碎了一地。

鹿三跟孝武都奔进屋来，黑娃一动不动站在那注视孝文。

白赵氏那屋叫：“咋啦？”

孝文笑：“奶奶没事，盛面把碗给摔了。”

鹿三皱眉：“这都是粮食，浪费！咋干事这么虎呢……哎你哪去？”

黑娃已经抹头冲出屋去。

孝文笑着叫：“黑娃，再给你盛碗？”

15. 村口　晚　外

黑娃在黑暗中狂奔，奔到坡上气喘吁吁停下。

黑娃恨恨地四下里踹着，将草连根拔起。

黑娃发泄般吼叫起来：“啊——”

16. 祠堂　晚　内

外面锣声急促地敲着，人声嘈杂。

鹿兆鹏跟白灵掩好院门急匆匆进。

白灵拍拍石疯子：“石疯子，帮忙给看着。来人就叫我。”

石疯子傻笑点头。

鹿兆鹏懊恼：“咋就碰上跛子爷了。”

白灵：“先躲躲，跛子爷一敲锣，我爸他们肯定满村寻你。”

鹿兆鹏警惕地看看屋里：“白灵，这祠堂不会有人来么？”

白灵：“放心吧兆鹏哥，夜里只有石疯子住。原先徐先生住这里，被我吓了一晚也不住啦！”

鹿兆鹏点点头，扫视堂内牌位，乡约碑，百感交集长叹一声。

白灵激动：“兆鹏哥！你写的文章真好！”

鹿兆鹏哭笑不得看看她：“写得好又怎么样？”

白灵一脸兴奋：“有力量啊！可以警醒世人，让人清醒地活！”

鹿兆鹏百感交集拍拍白灵的头，话里有话：“你看我现在，清醒地活了么？”

白灵:“你早该逃婚！就不该回。”

鹿兆鹏苦笑看看白灵，白灵眨着眼，根本不在意外面的叫喊，喜悦地看着鹿兆鹏。

鹿兆鹏拍拍白灵头，转身绕起乡约碑:“这碑，这祠堂，这牌位，哪一个不像大山一样压着我，逃？谈何容易。”

白灵:“兆鹏哥，你是我跟兆海最佩服的人了，你不属于这里！兆鹏哥，外面的世界是不是很大？”

鹿兆鹏心事重重，根本没仔细听白灵在说什么。

白灵:“兆鹏哥？”

鹿兆鹏走到院门前，皱眉听着外面叫声:“我爷怎么也出来了？他躺床上还喘不过气，咋也出来寻我。”

白灵眼中闪着光亮:“我跟我爸进趟省城，看见那女校的学生我真觉着我白活了，我夜里睡不着就想，乖乖，京城是啥样，上海滩是啥样，外国又是啥样啊？”白灵仰起头，“还有这天外面，再外面……白鹿原太小了。”

鹿兆鹏纠结的目光从门缝里往外望着。

白灵深吸口气:“所以兆鹏哥，你一定得走！等我回家拿上几件衣服，今晚你带我进城去好不好？”

鹿兆鹏转过身异样的目光看着白灵:“你说什么？”

白灵兴奋:“你只要带我进城就好，我找兆海哥去！他已经帮我联系好女校啦！”

鹿兆鹏苦笑，拍拍白灵的头:“人小鬼大！”

白灵噘嘴拨开鹿兆鹏的手:“你老这么说人家！你刚才根本就没仔细听我说话！以后再不许说我人小鬼大！”

鹿兆鹏乐:“呦，还学会生气啦？”

白灵瞪他，一字一顿:“我长大了！我都会做氢气球飞上天了，不信你问兆海！”

鹿兆鹏笑:“是，差点把这祠堂给炸了。”

白灵脸一红:“差点就成功了嘛。”

鹿兆鹏欣赏地看着白灵。

白灵转身咬嘴唇恨恨地:“死兆海！咋啥都说。”

鹿兆鹏:“白灵，外面是很大，你有这心也是好的。你年纪还小，不明白真要迈出那一步……”

白灵接过话:“很难是不是?我小我是女人是不是?每个生命来到人世都自由平等独立，这是谁说的?人的心有多大，这世界就有多大，这话又是谁说的?”

鹿兆鹏被说愣，怔怔地看着白灵。

白灵得意起来:“没错，我把你写的每一篇文章都背下了。在这等我，我拿上衣服就回来!”

白灵已经头也不回地冲向门去。

鹿兆鹏:“哎!”

白灵刹住脚步，转头冲鹿兆鹏做了个鬼脸，忙奔向侧墙，一跃扒住墙头竟麻利地骑了过去，

鹿兆鹏:“小心——”

白灵已经消失在黑暗中。

鹿兆鹏恍惚望着墙，不可思议的目光。

17. 村 夜 外

白孝文、白孝武奔来，仙草正跟白嘉轩迎上。

孝武:“爸!没找到我妹。会不会已经出村啦?”

白嘉轩皱眉:“不会，刚才跛子爷瞧见他俩了。”

白孝文冷哼:“我就说鹿兆鹏回来没好事!爸，你不知道他在城里多能折腾，好多人一听他说话就跟丢了魂一样!”

白嘉轩沉下脸:“回家再说!”

18. 白家 夜 内

白灵从墙边探头往里望，听听没动静这才翻进院来。

白灵轻手轻脚摸进自己屋，快速收拾起衣服打成包裹。

白赵氏在里间咳嗽，白灵不忍，到帘前偷听。

白赵氏："灵儿，是灵儿回来了吗？"

白灵揪心地听，咬住嘴唇转身奔到院，将包裹抛出墙自己跃上，愣住。

白孝文、白孝武正守在墙上仰头看自己。

白灵："哥？嘘——"

身后院门推开，白嘉轩跟仙草走进。

白灵一脸懊恼。

19. 祠堂　夜　内

鹿兆鹏正焦灼不安地徘徊，石疯子在门口蹦，嘴里哼哼着什么。

鹿兆鹏一怔："石疯子！"

石疯子指外面，人声已经近了，鹿兆鹏躲避不及钻到牌位桌下。

鹿子霖与媳妇搀扶鹿泰恒进院。

鹿子霖："石疯子，去！把院门关上！"

鹿泰恒拄着拐杖，咳嗽得喘不过气，被扶坐下，与鹿兆鹏近在咫尺。

媳妇："咱搀爸回家去吧，到这来干啥哩。"

鹿子霖骂："冷先生要是醒了，你跟他说？"

媳妇快哭出来："没脸跟他说。"

鹿子霖："爸，咱也别满村乱找啦，你没瞧白嘉轩那眼神么，不定怎么笑咱呢！"

鹿泰恒顿着拐杖："你当没被人说么！已经被人从背后指着骂啦！祖宗哎，我们鹿家没做啥亏心事啊，咋传宗接代就这么难呢！"

鹿子霖鼻子一酸，鹿泰恒剧烈咳嗽，儿媳妇忙拍背。

鹿兆鹏揪心往桌帘外瞅去，鹿子霖突然扑通跪倒在牌位前，鹿兆鹏吓一跳忙放下帘。

鹿子霖哭泣："祖宗，我给你磕头啦！我鹿子霖这辈子苦也好累也好没啥盼头，就是盼着我鹿家能抱上孙子把这血脉传下去。可养了个不孝的儿做出这样的事来，生生地抽我这当爸的脸啊！我怎么见冷先生，怎么见原上的人！我还不如一头磕死算了！"

鹿兆鹏痛苦的目光，闭上眼。

鹿子霖媳妇哭着劝："他爸，快起来。你别哭了。"

鹿子霖哭着磕头："祖宗啊！喜帖都发出去了，人全请了，吹鼓手唱红事的那是全原上最热闹的，我全请了，可咋办呢，天一亮我就得接亲呐！我这张老脸往哪放……"

鹿兆鹏嘴唇颤抖，他抑制不住地哭泣。

鹿泰恒咳嗽着："没你事……我……我等冷家的人到齐，我这把老骨头给他们跪下！"

突然牌位后响起鹿兆鹏的抽泣声："爷爷。"

鹿子霖吓得后缩坐到地上，媳妇忙抱住他惊恐望去。

鹿泰恒也缓缓起身。

鹿兆鹏满脸是泪站起……

20.白家 晚 内

白赵氏、仙草拉住白灵哭劝。

仙草："灵儿啊，不能再跑了！你这是要你奶命啊！"

白赵氏哭："你干吗非要进城去，你看谁家大姑妈进城上学呢！"

白灵急："你们根本不懂！我不想嫁人，不想做谁家小媳妇，不想被关在这原上一辈子！我要出去！"

仙草："城里不比咱原上，你一个姑妈家再走丢了！"

白灵："有表叔表姐照应呢，妈，我丢不了！"

白嘉轩坐在门口闷闷抽烟袋，鹿三陪在一旁叹息。

突然黑娃一声叫冲进屋，白嘉轩一激灵抬眼望去。

白灵已经举起炕上的剪刀来。

白嘉轩站起身瞪着女儿。

仙草的叫声都已经劈了嗓："灵儿！你干啥！"

白灵剪刀顶在脖子上："不让我进城上学，我死给你看！"

白嘉轩迈进屋来，怔怔瞧。

白赵氏哭："你养的闺女哇！疯得没边哩！快拿下来……"

仙草也吓得不行："灵儿，别吓你奶，快放下！嘉轩你给她拿下来！"

黑娃："白灵，你先放下剪子！"

白灵发狠地用力："啊！"

脖子上已经见血。

鹿三都忍耐不住："嘉轩……嘉轩你看她……先答应！"

仙草与白赵氏哭泣起来。

白嘉轩定定地与白灵对视，白灵眼中满是决绝。

白嘉轩嘴唇颤了颤："你……你进了城，抓不着爸的手你能睡？"

白灵："我自己能睡！"

白嘉轩眼神柔软下来，似乎全身的劲化作这一声叹息，转身慢慢走出门去。

白赵氏哭号："哎？你不管啦？"

仙草看白嘉轩出去，又转头看闺女。

白灵泪水在眼眶里打转，放下剪刀，抱起包裹冲出屋去。

21. 祠堂　晚　外

白灵冲进院门，石疯子围着她傻笑蹦着，鹿兆鹏已经不见。

白灵："兆鹏哥？兆鹏哥！"

白孝文与孝武兄弟对视一眼，警惕地看着她。黑娃也喘息奔到门口。

白灵进院喘息找寻，呆呆望着四周："石疯子，人呢？"

石疯子乐着指外面："回家了！回去了！"

白灵包裹坠地。

22. 鹿家门口　日　外

吹鼓手的乐声直冲云霄，天地间充溢着喜庆声音。

二豆被怂恿着上前点炮，被炸得直蹦。

收礼先生坐在门口记录着乡亲送来的彩礼，飘扬的喜幛挂满院子，桌上摆着蒸花老虎等糕点。

门口鹿子霖笑着向乡亲们拱手，一转身脸色沉下，疾步往后院赶。

媳妇迎上欲语还休："他爸……"

鹿子霖:“那浑球呢?”

媳妇叹了口气，指了指。

鹿子霖阴沉着脸进后屋。

23. 鹿家后屋　日　内

鹿兆鹏正颓废地靠坐在椅子上一动不动。

鹿子霖冲进屋将帽子给儿子戴上，又快速绑起红花。

鹿兆鹏疲惫地:“爸……”

鹿子霖将兆鹏拉起，甩手就是一巴掌，发狠地:“你今天要是给我丢了人，我先打死你，我再跳河去！你妈在这屋上吊！”

鹿兆鹏捂着脸不语。

鹿子霖气得哆嗦:“我告诉你，人已经都来哩，你赶紧去接亲。”

鹿兆鹏叹息一声看着别处。

鹿子霖快哭出来:“你去不去?”

鹿兆鹏没动地方，鹿子霖狠狠地抽起自己嘴巴。

鹿兆鹏忍不下，轻声:“爸！我去。”

白嘉轩迈进屋来，注视鹿兆鹏:“把婚事办了，媳妇娶回家，你爸心也落了地，你自己爱外面咋疯咋疯去。”

鹿兆鹏默默点头。

鹿子霖狠狠地指着儿子:“还不快去！”

鹿兆鹏迈出门，鹿子霖百感交集，冲白嘉轩摇了摇头。

鹿子霖:“这回是丢死人哩！”

白嘉轩:“子霖，你老是丢人丢人的。乡里乡亲你老要啥面子?”

鹿子霖垂头叹息。

白嘉轩紧握住他胳膊:“撑住！我帮你撑！”

鹿子霖感动地点点头，抹泪。

24. 村　日　外

白灵挤在人群中踮着脚望，黑娃陪在身边。

白孝文捅捅身边的孝武："哎，听说待会她妹子也陪亲来。你正好瞧瞧。"

孝武脸一红："我才不瞧。"

白孝文笑："别装咧，谁昨晚不睡乱翻腾呢！"

孝武的脸更红起来。

黑娃叫："来啦来啦！"

远远的娶亲队伍走来，乐声，欢笑声，鞭炮声。

白灵眼睁睁望着骑在马上一脸木然的鹿兆鹏，无声叹息。

喜轿落地，里面没有动静。

众人面面相觑。

鹿子霖的笑也僵在脸上，喃喃："咋回事哩？"

白嘉轩转头看冷先生，冷先生也皱眉摇头，迈进轿帘，一会尴尬钻出。

鹿子霖抓住亲家手："咋？"

冷先生惭愧："我这闺女……不知哪听的风俗，说我家那边兴让新郎官抱进院里去。"

白兴儿等人闻声叫起好来，鹿子霖一怔，重新审视那喜轿里的身影，转身暗手推着儿子向前。

鹿兆鹏被人群怂恿着从里面抱出遮盖头的新娘。

接亲的人群中，一个女孩四处找寻着什么，终于与孝武的目光对上，顿时羞红脸低头进院。

孝武像触电般傻笑。

白孝文羡慕地看着弟弟，搂他进院去。

白灵眨着眼静静地凝望这一幕。

25. 鹿家　日　内

"一拜天地——二拜高堂——夫妻对拜"，白嘉轩高声喊起。

鹿子霖莫名感动瞧着，抹眼角泪水。白嘉轩复杂目光注视。

二豆在人群中跟随鞠躬，被李寡妇揪住耳朵往外拽。

二豆："我也想娶媳妇！"

李寡妇："娶个鬼！"

众人哄笑。

"再拜乡亲父老！"

一对新人转身冲围挤的乡亲拜下。

鹿兆鹏一眼盯到人群中那双责问的眼，白灵正瞧着自己，做了个手势拍拍自己的心，又比画很大的世界，冲鹿兆鹏冷冷一笑。

鹿兆鹏呆若木鸡，白灵（画外音）："人的心有多大，这世界就有多大，这话又是谁说的？"

人群的哄闹声中，白灵一扭身扬长而去。

26. 鹿家院　晚　外

白兴儿等人往后院挤，鹿子霖张开双臂赔笑挡住。

白兴儿嚷："鹿乡，这就你不对哩！谁家娶媳妇不闹一闹洞房，你家也不能例外！"

桑老八："就是！越闹将来日子越红火！"

鹿子霖笑："各位，好意我代兆鹏领了。咱酒还没喝够呢吧？前院还备着酒哩，喝到明天天亮都不碍！"

众人相视一笑，起哄："好咧！喝酒去！"

鹿子霖长长松口气。

黑娃跟着往前院走，听白兴儿跟桑老八等人挤眼低语。

"……那也得后半夜的事了。"

"可惜吃合欢馄饨咱瞧不见。"

黑娃忍不住插嘴："馄饨我知道，啥叫合欢馄饨？"

众人不禁笑起。

白兴儿一拍黑娃脑袋："问你爸去！"

27. 鹿家后院 晚 外

孝文冲孝武招招手，远远的拐角处冷家二闺女正端着一个盘快步走，见男人们来忙躲避。

慌乱中盘子哗啦掉落在地，孝武忙上前蹲下帮拾。

白兴儿等人后面嬉笑："咦——早着咧孝武！这就帮媳妇干活啦？"

冷家二闺女手忙脚乱地捡起，大红脸低头跑开去。

孝武也涨红脸躲到哥哥身后。

孝文皱眉："白兴叔，跟晚辈这玩笑可开不得。"

众人收住笑，快快而去。

孝文低声问弟弟："看见啥样啦？"

孝武摇头："就没敢瞧。"

孝文无奈地看着弟弟叹口气，搂住他并肩而去。

墙后，探出脑袋来，冷家二闺女怔怔地望着孝武的背影……

28. 白家 晚 内

白灵给白嘉轩和仙草奉上两杯茶，仙草揪心地瞧着女儿。白嘉轩则闷头抽烟袋。

白灵："爸，妈，明天女儿就走了，兆海那边已经帮我在女校报名。我一报到就能上学。"

仙草哽咽："你这娃咋就……不听我们的话呢。"

白灵："妈，不是我不听话。是我憋得慌，我在这原上喘不过气。"

仙草："你在家我们啥事不由着你，你看谁家闺女像你这样……"

白灵摇头："妈，你跟我说的是两回事。我想出去见大世面，见不一样的人，我要脱胎换骨！这事我也不是想一出是一出，我琢磨很久了，无论多少困难我都会承受。爸，妈，我眼睛睁开了，就不会再闭回去。你们就放手让女儿出去闯闯，成全我这辈子吧。"

仙草扭头冲白嘉轩："你说话呀！你别这闷着了，她明天真走！"

白嘉轩磕磕烟袋，起身进屋。

白灵却异常镇定，静静地坐在椅子上深吸口气。

29. 鹿家 晚 内

红蜡烛下，新娘披着红盖头一动不动坐在床上，鹿兆鹏局促不安坐在一旁。

新娘自己慢慢将盖头摘下，一张美丽又冷峻的脸，打量起鹿兆鹏。

新娘："你几时走？"

鹿兆鹏吓一跳，站起身。

新娘走到桌旁倒好水，一口气喝尽，又倒满，再喝："渴死我了，你几时走？"

鹿兆鹏茫然："我……"

新娘："你外面有事就去忙你的，放心，我会照顾好公婆，还有你爷。早听说你是做大事的，我不牵扯你。只是……这两年我得怀下个孩子，跟外面有个交代。"

鹿兆鹏吃了一惊，好奇地捧起烛台站到新娘面前打量。

新娘平静如水，也端详他。

鹿兆鹏："你跟别人不一样。"

新娘垂下眼："哪不一样？"

鹿兆鹏饶有兴趣："你叫冷秋月？"

新娘："嗯，我妹叫冷秋水，都是我爸给起的名。"

秋月又抬眼端详。

鹿兆鹏笑了笑："冷先生的闺女就是不一样！大气！小时候咱应该一起玩过啊。我咋没印象？"

秋月摇头："我爸从来不让我们出门。咱俩……只见过一次，是你十岁那年得痢疾你爸抱着你去我家……"

鹿兆鹏吃惊："这你也记得，有这事吗？我都忘了。"

秋月微微一笑，不语。

鹿兆鹏试探地压低声："咱俩一块走怎么样？"

秋月一怔："去哪？"

鹿兆鹏兴奋起来，在屋里走了几步又坐回："看你也是个痛快人，秋月，咱关起门说啊，是不是你知道嫁到我家来也吓一跳？不情愿吧？"

秋月眼神一直跟随审视。

鹿兆鹏："是他们逼你的？当年我爸跟你爸商量好，就做了咱俩的主，他们倒是一拍即合可没问过……"

秋月轻声："我情愿。"

把鹿兆鹏干晒在那发呆。

秋月吹灭蜡烛，转身解衣扣上床，轻声："睡吧。"

鹿兆鹏黑暗中不甘心："你不觉得荒唐？"

秋月在床上："不觉得，我奶我妈都是这么过来的。"

鹿兆鹏："不是……秋月你对我有感情么？"鹿兆鹏摇了摇头，对自己的话很不满意，"不是……这样说吧，咱俩谁都不了解，揭开盖头之前甚至不知道对方长什么样。"

冷秋月轻声："这不就知道了。"

鹿兆鹏："你甘心认这命？"

冷秋月："别担心我了，你不累么，赶紧睡吧。"

鹿兆鹏："你是个爽快人，秋月。说实话你吓我一跳，我真没想到你……我跟你掏心窝吧，我从小在外上的新学，这些年很少回原上。如果你跟我一样经历，见过那些人那些事，你也不愿意回来。为啥呢？完全俩世界啊！还不说生活状态，人跟人想的都不一样！在那边我天天跟打鸡血一样，忙不完的事。你知道被一群充满激情的人围着是什么感觉？我是被骗回家的，我爸非说我爷病了。我就玩命往家赶，谁想……唉！我本来想跑的，躲在祠堂听我爷跟我爸哭，我腿就软，觉得自己可对不起他们了！可他们也不能替我做主教我怎么活啊！你说是不是秋月，其实你也该有自己的活法，喜好。也许你有自己的好姐妹，身边暗中喜欢你的男人。你盖上这盖头被送到这第一次见我的模样，你心里一定害怕，一定陌生。而我们两个就要这样过一辈子，你想想多可怕的事……"

床上冷秋月已经轻声打起呼噜。

鹿兆鹏呆住，他不可思议地摇了摇头，抱住头长叹一声。

冷秋月突然翻身坐起："你说哪了？我太累睡过去了。"

鹿兆鹏怔怔地看着她的身影，无奈地："快睡吧。"

冷秋月："你去哪儿？"

鹿兆鹏："隔壁。"

门关上，冷秋月想起什么："带床被子！别冻着。"

30. 白家院 日 外

白灵背着包裹站在院里，孝文、孝武、黑娃、鹿三都想拦却不敢说话，眼瞥着屋里。

白嘉轩闷闷地坐在堂中，白赵氏与仙草在窗内哭泣。

白灵大声地："奶，爸，妈，我走了！你们别担心，我会照顾好自己的。"

白灵毅然决然地往大门外走去。

仙草撕心裂肺地："灵儿啊！"

白灵再也忍不住，含泪转身扑通跪倒在地，重重地冲屋子磕了三个响头，爬起奔出院外。

白嘉轩闭上眼，一动不动。

31. 原上 日 外

白灵背着包裹向前走着，后面响起马铃声，她回头瞧去，呆住。

白嘉轩赶着马车上前。

白灵："爸？"

白嘉轩也不答话，勒住缰绳默视前方。

白灵感动，蹿上车去。

远远的，仙草搀扶白赵氏在村口含泪凝望。

黑娃眼巴巴望着白灵远去，轻声："爸，我也想走了。"

鹿三回头瞪他："人家去念书！"

黑娃："我也想出去闯。"

鹿三慌乱起来："你凭啥闯？"

黑娃："我有力气，我能吃苦。我不甘心做白家一辈子长工，我想跟石头叔当年一样去做麦客。"

鹿三愤怒："然后也疯着回来？"

黑娃刚再想说，被鹿三踹了一脚，只得将话咽回。

32. 路 日 外

马车上白嘉轩默默赶着马车，白灵斜眼瞥向爸，父女俩没话。

白灵试探："爸，你饿不？"

白嘉轩像没听见一样。

白灵摸出馍递到他嘴前喂，白嘉轩头一歪，甩开鞭子。

白灵自己吃，冲爸做个鬼脸。

33. 祠堂 日 内

鹿子霖推开门，转头叫："来！拜祖宗来！"

冷秋月与婆婆搀扶着爷爷鹿泰恒，鹿兆鹏不情愿地跟随一旁。

白兴儿看热闹笑："兆鹏，一宿就累成这样啦？"

鹿子霖忙轰："去！兆鹏，快带你媳妇跪拜上香。你嘉轩伯不在，忙着送闺女去了，咱先把秋月进祠堂这事办了。"

鹿兆鹏一怔："送啥闺女？白灵去哪了？"

鹿子霖媳妇："一早就进城了，这两天一直在闹。"

鹿兆鹏突然苦笑了一下。

鹿子霖："跪啊！你媳妇都跪下了！"

鹿兆鹏慢慢跪倒在牌位前，伏下身去。

34. 河边 日 外

白灵掬起一捧水，喜悦地回身看爸。

白嘉轩面无表情一旁饮马。

白灵轻声："爸，我不是不想陪在你们身边，您看那鸟，长出翅膀不也得飞么？我想先出去飞一圈再回来好不好？"白灵撒娇地摇着爸的胳膊，"爸！我准回家给您和我妈养老！到时候我伺候你们，我哪都不去了，啊？”

白嘉轩冷哼一声："说得轻巧，你不嫁人？”

白灵嬉皮笑脸："不嫁！我就守着你跟妈！”

白嘉轩忍不住苦笑望着别处："那成妖精了！”

白灵蹦起："妖精咋啦？也比缠了脚守活寡的小媳妇好！”

白灵咯咯笑着去采野花，跑回递给爸，又去采。

白嘉轩复杂的眼神跟随女儿的身影……

35.白家后院　日　外

鹿三用铡刀铡着干草，黑娃一捆捆地往这边抱，用马叉子堆成垛。

黑娃："咋还不叫咱吃饭哩？”

鹿三："等着，待会你婶就过来叫。"

孝文却抬着锅走来。

孝文笑眯眯地："叔，我把你跟黑娃的饭拿来了。就这吃吧。"

鹿三一愣，忙点头："你说句话让黑娃拿去就成。"

孝文微笑："往后啊就别老去前院吃了，蹲在院里也吃不好。"

黑娃刚想说话，被鹿三按住。

鹿三低头盛饭："是。我跟你爸早说过，还是分开好。你爸没答应。"

孝文依然笑："那叔，你们先吃着。"

孝文走向前院。黑娃呸了一口。

鹿三瞪儿子："你呸啥？这才是咱的本分！惯得你！”

黑娃梗着脖不说话。

鹿三伤感的目光抬头望去，无声叹息。

36.省城女中门口　日　外

学校门口挂着横幅："欢迎新同学！”很多女生都在门里喧闹。

白灵跳下马车，迟疑了一下回头看白嘉轩。

白灵试探："爸，我进去了？”

白嘉轩点点头，摸出怀里一兜钱递给白灵。

白灵接过打开看，怔住："爸，用不着这些……"

白嘉轩强塞回，摇头不语。

白灵感动地接过："爸，那我走啦？"

白嘉轩叼起烟袋，拉起缰绳。

白灵不舍地看着马车远去，转身奔进校门去。

远远的拐角处，白嘉轩早已勒住马，眼巴巴盯着女儿身影，仿佛怕看丢了一般。

白嘉轩突然喊起来："灵儿！多吃！别饿着自己……"

白灵根本没听到，快活地在学生们中间穿梭，像只自由的小鸟。

白嘉轩嘴唇颤抖，眼角湿润……

37. 女中校园宿舍　日　内

白灵正提着包裹茫然地找寻，突然一双手抢过包裹。

白灵刚要急："哎？"

鹿兆海笑眯眯瞧着她："我以为你来不了呢。"

白灵惊喜："兆海哥！"

鹿兆海："谁送你来的？"

白灵："我爸。"

鹿兆海急切地："我哥呢？没逃出来？他真成亲啦？"

白灵笑捶他："还有脸说！你这个弟弟干吗不回去？"

鹿兆海笑："我要回去就帮不了你入校啦。"鹿兆海想起什么，从怀里掏出一个罐递给白灵。

白灵愣了愣："这是啥？"

鹿兆海神秘一笑："你闻闻。"

白灵一闻，脸色一变，欣喜："辣子？"

鹿兆海："知道你从小爱吃油泼辣子，这教会学校的饭食都西化了，淡得很，你肯定吃不惯。"

白灵喜，用力摇鹿兆海肩膀："兆海哥你真好！"

鹿兆海脸一红："就送到这，我不进去了。"

白灵："为啥？"

鹿兆海脸一红："你没瞧见就我一个男人。"

白灵这才看向四周，每个走过的女生都诧异地回头看鹿兆海。白灵扑哧笑起来……

38. 鹿家　晚　内

冷秋月极其熟练地擦拭桌面，摆放碗筷，又挪出椅子。

鹿子霖惬意地坐在桌旁，看儿媳妇端上盛好的饭。

冷秋月："爷爷。"

鹿泰恒接过。

冷秋月上前："爸，您的。"

鹿子霖接过："唉！你跟你妈也快吃吧。兆鹏呢？"

冷秋月极其平静："走了。"

鹿子霖一愣，没反应过来："去哪啦？这刚回家就出去乱窜。"鹿子霖冲媳妇，"你去问问上谁家了。"

冷秋月面无表情："他早回城了。"

全家都惊住，鹿子霖喷出饭来，与媳妇交换了个眼神。

39. 白家　晚　内

白嘉轩情绪低落闷头抽烟袋。桌旁一家人默默吃饭，白孝文、白孝武狼吞虎咽。

白赵氏冲仙草使个眼色，仙草忙端碗上前。

仙草："吃一口。"

白嘉轩摇头。

仙草："不饿也得吃！回来你就没个笑脸。灵儿不在你想饿死自己？"

白赵氏哼了声："就是饿死她也回不来！"

白嘉轩叹了口气接过碗："三哥呢？黑娃呢？"

孝文支吾：“我……我让他们后院吃去了，爸。”

白嘉轩惊诧地抬眼看着儿子，重重将碗蹾在桌上。

40. 白家院 晚 外

鹿三站在院里，进也不是退也不是，听着屋中父子说话声。

白嘉轩：“为啥让你三伯他们在后院吃？谁让你做主了？”

白孝文不服：“爸，自古长幼尊卑有序，君君臣臣父父子子不能乱的。我琢磨着，我妹闹成这样跟黑娃有关系。还有咱原上乱成啥样了，都是因为没有规矩。”

白嘉轩：“那依你？”

白孝文：“得让他们明白自己的位置。天地间都排好的，不能乱！”

白嘉轩默默看着儿子。

鹿三实在忍不住推门进：“嘉轩，这事不赖孝文……”

白嘉轩摇了摇头，示意他不要说。鹿三把话咽回。

白嘉轩起身：“三哥，该分你下半年粮哩。刚打下的你多拿几斗。”

鹿三怔住：“干啥？你这还没存粮呢先顾我？”

白嘉轩：“你先拿。黑娃饭量大，多吃才有气力么。孝文？”

白孝文：“爸。”

白嘉轩：“去，帮你三伯把粮背到后院。”

白孝文惊诧地抬眼看爸。

鹿三忙摆手：“不了不了，我叫黑娃去就成！”

白嘉轩像没听见一样定定地注视儿子。

白孝文咬牙点头。

41. 后院 晚 外

白孝文费力地背着粮袋，一步一趔趄。

鹿三尴尬地站在一旁。

仙草心疼地瞧着，白孝武要上前帮忙。

白嘉轩屋里叫：“孝武，别帮你哥，就让他一人背！”

白孝文低头，汗水滴落，他目光发狠。

走过黑娃身边时，黑娃鼻子里出一声气。

白孝文抬眼瞥黑娃，黑娃眼中闪着光亮，得意地瞧着他。

白孝文像是受到莫大侮辱，含泪低头背去。

白嘉轩默默地看着儿子的身影。

42. 后院　夜　内

黑娃蜷缩躺在床上不语。

鹿三感慨万千：“咱欠老白家的！十里八乡你挨家数，哪个有这样对长工的？人家对咱好，你自己得明白身份！往后得真卖力，才能对得起人家。你听见没有？”

黑娃喃喃：“爸，嘉轩伯对那牛马也好着咧。”

鹿三没听清：“你说啥？牛马？”

黑娃冷哼：“牲口！白家对牲口也好着咧！给足豆子草料，全原上就属这院里的牲口壮实。”

鹿三怔怔地瞧着儿子。

黑娃出神地：“可那还是牲口……”

43. 白嘉轩屋　夜　内

仙草忧心忡忡地看着白嘉轩。

仙草：“我瞧孝文偷着哭呢，这次可伤着他了。”

白嘉轩默默点头。

仙草：“你回来也不说说咱灵儿咋样了，送到学校里头去啦？”

白嘉轩点头。

仙草：“也不知那的炕灵儿睡得硬不硬，早知道多拿床铺盖。”

白嘉轩闷声：“她们不睡炕。”

仙草叹息，拿起炕边的几朵野花刚要扔。

白嘉轩急叫："别扔！拿回来！"

仙草诧异："这是哪儿采的？摆弄它做甚，你啥时候有这闲心哩？"

白嘉轩小心翼翼将那几朵小野花放在枕边，默不回答。

44. 书院 日 内

朱先生边沉思边屋中徘徊。

白嘉轩闷头喝酒，像那天冷先生一样仰头喝尽。

朱先生："孝文那天感慨，现在没有科举，读书也没用，考不成状元做不成官。那天我让他抄写曾文正公一句话，抄了五十遍。凡物之骤为之而追成焉者，其器小也；物之一览而易尽者，其中无有也。意思是说，凡马上去制作并且立刻能做成的容器，它的容量一定很小；凡看一眼就能一览无余的物品，一定没有什么内涵。"

白嘉轩又倒满一杯，仰头干了。

朱先生笑着摇头："我知道抄不进他心里。"

白嘉轩抹把脸，继续倒满。

朱先生笑："还记得我提过当年你姐生娃的事么，我慌乱一团，兆鹏奇怪地问我平日总讲格物致知，为何唯有此事不能格。"

白嘉轩仰头又喝尽一杯。

朱先生："当时那孩子眼神里分明已经有了答案，大义面前，情也是可以格的。"

白嘉轩趴在桌上喘息。

朱先生走到窗前，凝神望着外面摇曳的竹："小时白灵死活闹着不让裹脚，也是如此。很早很早，他们要走哪条路其实都已经定下了。"

鹿三狂奔进院喊叫："嘉轩！嘉轩！朱先生！"

白嘉轩抬起头，一双醉眼迷离地看着鹿三。

鹿三快哭出来："黑娃这兔崽子，跑了。"

45. 荒原　日　外

黑娃背着包裹在夏日的麦浪中狂奔。

他喘息望着四周无际无边的麦田，喜悦自由的满足充溢在脸上。

黑娃突然像小狼一样放肆地吼起："啊——啊——啊——"

第十五集

1. 省女校教室　日　内

白灵郑重其事地将文房四宝取出摆在桌上，其他女生都捂嘴瞧她乐。

白灵诧异地扫视四周，人人都是一纸一笔，同桌小眼镜正用笔蘸着墨水在纸上书写。

白灵瞪大眼好奇瞧着，小眼镜爽快地将墨水笔递交给她。

小眼镜:“拿去用！我还有一支。”

白灵接过试了试，自己也笑起来。

2. 女校饭堂　日　内

几排长桌，女生们无声吃着盘中食物。白灵用力掰馍竟然没掰开，旁边的小眼镜咬了一口，疼得捂着腮帮子。

白灵嘟囔:“这也叫馍？隔了几天的糊弄咱。”

门口的教务长敲了敲鞭:“谁在说话！”

白灵做了个鬼脸，其他女生都偷笑瞧她。

3. 女校操场　日　外

白灵与小眼镜咯咯笑着跑到双杠前，白灵用力一撑坐上去。

小眼镜佩服地:“白灵，你真厉害。”

白灵:“这算啥，祠堂的墙头你爬过没？我一扒就翻上去。”

小眼镜摇摇头:“我家一直在省城里，祠堂是什么地方？”

白灵惊奇:“祠堂你都不知道？就是一族人给祖宗磕头的，遇到事就进去磕头求祖宗显灵的地方。”

小眼镜咯咯又笑起来：“你说话太逗了！那真显灵么？”

白灵突然郑重地：“显啊，你瞧你后面。”

小眼镜吓得蹿起也坐到双杠上，恐惧地瞧四周。

白灵快活地咯咯笑。

小眼镜捶她：“好啊你吓我！”

白灵：“哎小眼镜我问你个问题，为啥咱学校没男生呢？”

小眼镜托了托鼻梁上的眼镜：“因为咱是女校啊。另外白灵同学，我叫刘兆辉，不叫小眼镜。”

白灵哭笑不得：“刘兆辉同学，为啥要男女分校呢？就不能在一起学？”

小眼镜摇头：“这可使不得。先生说，男女日日在一起有伤风化。你没瞧咱宿舍平时连窗户都不许开么？”

白灵蹦下来拍拍手：“我还以为就我们原上封建哩，原来跑到这里还是老一套规矩！”

4. 麦田　日　外

金黄的麦地里，黑娃汗流浃背地割麦行进。旁边几个麦客已经被晒得神色恍惚。

老麦客叹息：“你这娃，干活咋不惜力呢？”

黑娃愣住：“啊？”

老麦客正眯着眼打量：“是把好手，头一次出来吧？”

黑娃点点头。

树下，有人敲盆叫：“开饭啦！尽饱吃！”

众人一哄而上，争相奔到树下，黑娃也在其中挤着，抢过两个馍来喝口水便往嘴里塞。

一个娃娃在麦客间穿行，看着他们吃。

老麦客：“娃伙，你看着我们干啥？”

娃娃：“我伯说了，只能吃不能带。”

老麦客指远山：“娃伙，那是啥山？”

娃娃望过去："那是秦岭。"

老麦客往褡裢里塞入一馍。

"知道的不少哩，那又是啥山？"

娃娃得意："那个？还是秦岭山。"

老麦客又将两个馍塞进去。

黑娃边吃边瞧着乐。老麦客冲黑娃挤挤眼抛给他一个，又指指怀。

黑娃忙塞进自己怀中，像做错什么事一样脸热。

5.院　日　外

院里嚷嚷声一片，黑娃眼巴巴望着不敢进，老麦客从中满头是汗地挤出来。

老麦客一脸颓唐冲黑娃："牲口都比当麦客强！价压得太低，一亩地还不够分的。"

黑娃："有饭吃就成。"

老麦客摇头："娃啊，就那价都已经被人抢去了。年景又不好……"

黑娃默默瞧他。

老麦客眼神中透出虚来："是我老哩。你还有把子力气，能选中。"

老麦客拍拍黑娃肩膀走远。

黑娃呆呆望着他背影，转身冲进院中。

6.田地　日　外

白嘉轩直起腰，看俩儿子在地里干活。

白嘉轩："孝武，饮饮马去。"

孝武："爸，我不累。让我哥去吧。"

白嘉轩瞪他。孝武只得牵过马来。

白嘉轩蹲在田埂叼起烟袋瞧着白孝文干活。

孝文跟着鹿三埋头收麦，抹把脖子上的汗瞧瞧父亲，又低下头去。

鹿三恍惚地干着农活，镰刀一下割在腿上，白嘉轩慌忙扔下手中活计跑上前。

白嘉轩蹲下捂住："三哥，去歇歇。"

鹿三："不碍。"

孝文上前搀扶鹿三。

鹿三摇头推让："我没啥事。"

孝文温和劝："三伯，黑娃气力比谁都大，他在外面闯不会吃亏。您就别惦记了。"

鹿三百感交集看着孝文："唉。"

孝文："您歇着吧，我一个人就全干了。"

鹿三不忍："嘉轩，你让孝文歇歇，他这半天就没闲。"

白嘉轩默不作声，孝文也像没听见一般埋头干着……

7. 白家后院　夜　内

星空下，鹿三与白嘉轩各叼着烟袋，谁也不说话，坐在后院马厩干草堆旁。

白嘉轩抽完磕磕烟袋起身，重重拍了拍鹿三肩膀要走。

鹿三突然闷声："孝文想讨你这做爸的稀罕，你有个知书达理的儿子，别再难为他了。"

白嘉轩转头看看鹿三，什么也没说，离去。

8. 白家　夜　内

窗内，白孝文正就着油灯端坐在桌前看书。

孝武躺炕上打个哈欠："哥，还不睡？"

白孝文："睡你的。"

孝武："哥，现在没试可考，你咋还读那么苦？"

白孝文苦笑："书是为自己读的。君子慎独，讲的就是这个道理。快睡吧。"

窗外，白嘉轩望着儿子苦读的身影。仙草站到他身旁。

仙草轻声："孝文今天跟我说他要做圣人，学他姑父做人做事。"

白嘉轩定定地凝视。

仙草叹息："也不知道咱灵儿现在怎么样了，会不会被别人欺负？"

白嘉轩冷哼一声："只有咱闺女欺负别人。"

白嘉轩迈进屋去。

仙草怔怔地："也是。"

9. 女校　日　外

白灵正抱着书本穿行在走廊中，小眼镜激动跑来。

小眼镜："白灵！白灵！"

白灵停住脚步回头瞧她，笑："干吗？"

小眼镜上气不接下气："一个特别帅的男孩在校门口等你！他还骑着车哩，门卫不让他进，他见人就求把你叫出去！"

白灵愣愣神，将书本塞给小眼镜，转身跑去。

10. 女校门口　日　外

鹿兆海正斜跨在一辆自行车上焦急往校门里瞧，白灵远远跑来。

白灵："兆海哥！"

鹿兆海挥手："上来！我带你去个地方。"

白灵突然听到身后有人轻笑，回头望去，小眼镜跟一帮女生都扒在大门里羡慕地瞧自己。

小眼镜喊："又带人家吃油泼辣子去？我也想吃！"

"我们也想去！"

"我给你们带回来！"白灵回身，"去哪儿？"

鹿兆海神秘一笑："去了你就知道了。上车！"

白灵转了一圈："这车咋上？"

鹿兆海："哎呀真是！你斜坐到我前面这条杠上来，扶着把。"

白灵爽快答应："唉！"

白灵钻到前面一屁股斜坐上去，顿时校门里小眼镜她们一片惊呼。

鹿兆海用力蹬起，带着白灵扬长而去。

11. 师范学院教室　日　内

鹿兆海满头是汗地修着车链，白灵蹲在一旁笑嘻嘻瞧他。

鹿兆海："真不争气！头回骑就给我尥蹶子！"

鹿兆海起身拉过白灵："不管它，先跟我走！"

白灵被鹿兆海牵手一路跑来，还没进教室就听到争吵声。

"我们要的不是流血，要的是各方妥协一步后退一步。"

"再后退就没路了！中国就会被列强瓜分，我们连满清政府都不如！"

屋里，青年同学分成两派正吵得不可开交。

白灵轻声："他们打架？"

鹿兆海摇头："不是打架，这是辩论。"

白灵疑惑："都脸红脖子粗了还不是打，他们在辩啥？"

鹿兆海："北伐军各地遇阻，军阀开始反击。有人要议和，有人支持打。"

有人高声怒斥："这是投降主义！是懦夫的行为！"

"你知道会死多少人？鹿老师说过不能莽撞。"

"鹿老师还说过投笔从戎呢你怎不记得？有种的跟我们一起报名参军！"

白灵紧张："他们不会打起来吧？"

鹿兆海："不会，等会有个人站出来，他们全得安静。"

白灵好奇："谁？"

鹿兆海神秘一笑："等着吧！"

突然一架纸飞机从外面飞进，飘过每个人面前，落到白灵脚下。

所有人停下辩论，包括白灵都惊奇瞧着门口。

有人叫起："鹿老师来了！"

"先生！"

"兆鹏哥！"

鹿兆鹏笑眯眯走进："我那飞机呢？"

白灵忙捡起递上前，鹿兆鹏意味深长看看白灵，接过。

同学们七嘴八舌："鹿老师！""先生！您评评理……"

"投降派最可耻！先生，我们要去前线！"

“这种形势下贸然出击才是无谓的牺牲！”

鹿兆鹏根本不看屋里同学，举着纸飞机：“我梦见做了架飞机，能飞到前线帮助北伐将士轰炸敌人。这飞机叠得还算结实，你们觉着呢？”

众人轻笑起来。

鹿兆鹏双手一撑坐在讲台上：“都笑了？看来大伙都是明眼人，看出它是假的，再结实也是纸。敌人不怕他。你们谁了解飞机啊？”

鹿兆鹏扫视众人，没人答话。

鹿兆鹏：“自美国人造的莱特A型飞机飞过大西洋后，德国人造的福克式飞机已经安上了重机枪。德国飞行员里希特霍芬驾驶福克式战斗机作战，共击落八十架英国飞机。”

众人哗然，发出一阵惊叹声。鹿兆海冲白灵挤挤眼，白灵看看旁边的人，他们都自觉围拢到鹿兆鹏身边。

鹿兆鹏：“英国人开始抗议，说战争从此不再公平，完全变成了杀戮。德国人不管这些，他们统治了天空以后，地面敌人就完全暴露在制空火力下无处躲避，只能任由密集的子弹穿越身体。英国人称之为‘福克灾难’。”

众人鸦雀无声，静静地看着鹿兆鹏。

鹿兆鹏：“此刻的我们也在抗议，我们自古有个传统叫纸上谈兵，想着凭道理凭嘴上恐吓就能把敌人吓住，幻想着他们跪在我们面前求饶，好汉壮士饶了我们吧！幻想着那些列强听了我们义正词严的道理就羞愧难当，立刻退还抢走的我们的国土，从此不再侵略我们。”

寂静无声，所有人都陷入思索。

鹿兆鹏环视一周：“可能吗？如果敌人是从天上俯冲下来的带着重机枪扫射的飞机，我们的哀求管用吗？”

有人默默摇头。

鹿兆鹏：“有人说议和，不要去流血去牺牲可贵的生命。到处是受苦受难的民众，他们一直在忍耐等待，等到国富民强了吗？等到扬眉吐气了吗？等到国家给老百姓撑腰了吗？没有，我们等到的是妻离子散，是饥荒是绝望！是越来越衰败的中华。”

众人喘息的声音，默默听着。

鹿兆鹏悲愤地：“辛亥以来中山先生四处奔走一再忍让，换来驱除鞑虏，恢复中华了吗？换来的是袁贼篡位，共和一再被军阀列强利用分食！还要妥协？还要谈判？”

有同学义愤填膺：“我就说嘛，我们就算赤手空拳也要上前线拼！不管死多少人……”

鹿兆鹏转眼盯着那人：“如果死的都是你的亲人呢？你希望他们像待宰的羔羊一样毫无抵抗地被杀么？”

那激愤的同学也愣在那。

鹿兆鹏拍拍他肩膀：“这又是另一个极端。牺牲不怕，但是无谓的牺牲只能让仇者快，亲者痛！”

众人鸦雀无声，都凝视鹿兆鹏陷入沉思。

有人轻声：“我们该怎么办？”

白灵眼中闪动着光亮。

鹿兆鹏用力撕碎纸飞机：“一方面丢掉幻想，豺狼猛兽是不会与你对话的，是不会和你谈判的，更不会被你们的纸飞机吓破胆。另一方面，残忍的敌人不怕你们冲锋，他们正盼着你们的血肉之躯往枪口上冲呢！敌人真正怕的是你们的将来。”

众人面面相觑。

鹿兆鹏因势利导：“同学们，你们现在最该做的是好好学习，将来造出比敌人更强大的飞机来，用实力回击他们！”

白灵激动地鼓起掌来，众人掌声响起。

鹿兆鹏从讲台上跳下：“我是和大家告别的，恐怕要暂别一段时间，我走以后工作将由以下三名同学负责……”

顿时所有人一拥而上：“鹿先生要走？”

“兆鹏哥你去哪儿？”

“鹿先生你不能走！”

“先生您再讲几句吧！”

白灵被挤到后面，疑惑地转头看鹿兆海，鹿兆海也莫名其妙摇摇头。

12. 教室外　日　外

鹿兆鹏蹲下三下两下就将车链套上，又正了正车把。过程中余光碰到白灵审视的目光便会躲避开。

鹿兆鹏："车不错，跟谁借的？"

鹿兆海不好意思："哥，幸好你能修，不然我可赔不起。"

鹿兆鹏点了点弟弟额头："你小子，啥新鲜玩啥！"

白灵猫腰似笑非笑地瞧着鹿兆鹏："兆鹏哥，没把嫂子带出来啊？"

鹿兆鹏愣了愣，有些尴尬。

鹿兆海拽拽白灵："我哥不爱听啥你说啥！"

白灵长叹一声："唉，真想不到今天演讲的和那天拜堂结婚的居然是同一个人。"

鹿兆鹏哭笑不得。

鹿兆海反急："你再说我哥！再说我跟你绝交啊！"

鹿兆鹏淡然一笑："让白灵说！她的话就像辣子，油泼面离了辣子反倒没味了！"

白灵嬉笑："我开玩笑的！兆鹏哥你去哪儿啊？"

鹿兆鹏："上海。"

鹿兆海惊："大上海？你要去大上海？"

鹿兆鹏点头，一脸的神秘庄重。

鹿兆海："去那儿干吗？"

鹿兆鹏："现在还不能说。只能告诉你，这是我一生中最重要最庄严的行程。"

鹿兆海与白灵交换个眼神。

鹿兆鹏笑笑，搂过两人："以后你们会知道。走！先带你们吃饭去，我已经听到有人肚子咕咕叫了！"

鹿兆海与白灵都不好意思笑起来。

13. 摊前　晚　外

白灵:“……那苍蝇飞呀飞呀就是不落，后来我明白了，它是嫌我们学校的饭味道太差！”

鹿兆鹏跟鹿兆海都笑喷出来。

鹿兆鹏点头:“女校的饭是有名的差。知道为什么，因为你们的饭堂包给了校董一个亲戚。”

白灵恍然:“怪不得，原来他们中饱私囊！”

鹿兆鹏乐:“这词用得准！你是从哪学的？”

白灵:“兆鹏哥就从你的文章里呀，就是你批官僚打着父母官的幌子背后捞油水那篇。”

鹿兆海:“哥，她可是你忠实读者！你好多文章我都背不下来，她全背下了！”

白灵抱着碗狼吞虎咽地吃油泼辣子:“真好吃呀，兆鹏哥我想再给宿舍同学带一些行么？”

鹿兆鹏笑:“行！”

鹿兆海:“哥你瞧她，哪有个淑女的样。”

白灵满嘴嚼着面，含糊不清:“你想见淑女是吧？早说！”

白灵抢过鹿兆鹏兜里手帕，掩着嘴嚼。

哥儿俩已经笑得不行。

白灵:“你要娶个笑不露齿的淑女小老婆，我保你一辈子看不着她牙！”

鹿兆海:“先想想以后谁敢娶你吧！”

白灵做鬼脸:“我一辈子不嫁人，我才不做人家小媳妇！”

鹿兆鹏含笑看着俩人斗嘴。

鹿兆海:“哥，看见没。这就是女子解放的结果。”

白灵:“兆鹏哥，他老是瞧不起我们女人。”

鹿兆海冤枉:“谁敢瞧不起你啊！一个连祠堂都敢炸的女子……”

白灵用筷子指他鼻子:“又来了，你再说你再说！”

鹿兆鹏笑着按下筷子:“行啦！跟两个孩子似的。”

鹿兆鹏拍了拍弟弟肩膀叹息："你们就是孩子。"

鹿兆海："哥，北伐会胜利吗？"

鹿兆鹏："肯定会胜利！"

鹿兆海："哥，我也想上战场打仗去！"

鹿兆鹏眼中露出哀伤："战场你最好别上，我已经有两个最要好的朋友牺牲了。前线的惨烈程度你们完全想象不到。有时候从理想到现实，是有一段很长的距离的。没有信念没有强大的意志，根本无法承受这些……"

鹿兆鹏像是在跟自己诉说，白灵与鹿兆海交换个眼神。

白灵："兆鹏哥，你不会是去战场吧？"

鹿兆鹏笑了笑："兆海，你回家别跟爸说我去哪儿了。他容易多想。"

鹿兆海点头："哥，你会打枪吗？"

鹿兆鹏笑而不答："你说呢？"

鹿兆海兴奋："你肯定会！他们说你啥都会。哥，学会开飞机吧，回来教我！"

鹿兆鹏朗声大笑："我要摔不死就教你！"

白灵："兆鹏哥，你那新媳妇咋办？"

鹿兆鹏收住笑，黯然。

14. 十字街头　晚　外

鹿兆海推着车与白灵走在前面。

鹿兆海："哥，我们走了啊？"

鹿兆鹏身后叫："等等！"

鹿兆海回身，鹿兆鹏上前用力抱住弟弟，拍拍他后脑勺，鹿兆海仿佛感觉到什么。

鹿兆鹏轻声："兆海，替哥好好孝敬咱爸妈，还有爷爷。"

兆海："哥，你咋？"

白灵一旁怔怔瞧着两兄弟。

鹿兆鹏一推："去吧！"

鹿兆鹏站在十字路口挥着手，眼巴巴望着弟弟骑车远去。白灵坐在鹿兆海车梁上探头挥手。

鹿兆海："哎你别挡我眼，我看不见啦！"

白灵乐："就让你看不见！"

两个年轻人说笑声渐渐远去。

鹿兆鹏伤感深情地望着，深吸口气毅然转身消失在路灯下……

15. 女校门口　晚　外

白灵跨在车前梁，鹿兆海用力蹬着自行车在灯下树影中穿梭。

白灵："你哥不会遇到啥危险吧？我瞧你咋一点都不担心呢？"

鹿兆海笑："我才不担心！我爸说他命大，处处能化险为夷。我哥可强着呢，真的白灵，你要是知道一些事你就明白了，你也会像我一样放心让他去。"

白灵："那你快给我讲啊！"

鹿兆海神秘摇头："不能说。我哥经历的那些事，能吓得你睡不着觉。"

白灵急："才不会！你不讲我咬你了啊！"

自行车晃起来，鹿兆海慌乱："哎哎！别动！到你学校啦！以后再讲行不？"

白灵跳下车来，伸出手看着鹿兆海。

鹿兆海无奈只得与她拉钩。

白灵将饭往鹿兆海手中一塞："先帮我拿着。"

鹿兆海："要不你踩我肩上？"

白灵笑："不用！"

话音未落，白灵已经爬上墙去，鹿兆海瞠目结舌看着她。

白灵乐："都是跟黑娃哥爬祠堂练出来的！把饭给我吧。"

鹿兆海："乖乖，你要是走江湖肯定是个女侠哩！"

白灵接过饭，做个鬼脸转过身去。

鹿兆海："白灵！"

白灵转回身，鹿兆海异样眼神看着她。

鹿兆海："告诉你，我才不想娶淑女呢。"

白灵乐："那你想娶啥样的？"

鹿兆海一笑："秘密。"

白灵做个鬼脸，转身跑远，鹿兆海深情望着她的背影饱吸口气。

16. 女校宿舍　夜　外

白灵跑到门洞刚要进楼，二楼窗内小眼镜等人敲窗户声。

白灵抬头望去，得意举起馍晃晃。

小眼镜一脸焦急指着下面，探出头轻呼："教务长！教务长查夜！快！"

白灵一激灵，里面已经传来脚步声。白灵忙闪身到树丛中蹲下。

教务长警惕扫视四周，又抬头望去，宿舍窗已经关严。

小眼镜等女同学也揪心地躲在帘后瞧着。

教务长找了一圈，冷哼："我看你睡哪儿！"

教务长走进楼洞一屁股坐在楼梯口。

白灵冲楼上打手势，做爬绳子状。

小眼镜等人一会放下条绳子，白灵将包裹系好拽拽，绳子将饭轻轻拽进窗内。

小眼镜担忧地："等等，我们再把绳子放下来。"

白灵笑："用不着！"

白灵竟顺着楼墙攀爬起来，所有的窗内都挤满人头，女生们全不睡觉兴奋地瞧着白灵矫健的身影。

教务长在楼梯口来回踱步，外面白灵已经够到窗户。

一滴油泼辣子滴落，正好落在刚走到门口的教务长肩膀上，她用手抹了下仔细闻了闻。

刹那间小眼镜一把抄到白灵胳膊，好几双手都伸出来将她猛拽进窗。

教务长疑惑的目光望着楼上，又闻了闻手上的味道。

窗内，女孩们相拥在一起，白灵打开罐子众人分吃，无声地笑着……

17. 鹿家　日　内

冷先生搭完鹿泰恒的脉，转身拿起笔思索写方子。

鹿子霖闷头进院，子霖媳妇忙冲他使眼色指指屋里。

鹿子霖一怔转身就要跑，儿媳妇端着盆从厨房出来。

儿媳妇："爸？干啥去？"

鹿子霖尴尬："我忘了拿东西，回保障所取一趟。"

儿媳妇："我爸来了，给爷看病呢。"

鹿子霖装作惊喜："亲家？亲家兄来啦？"

冷先生已经站到堂边，鹿子霖迈上前挽住他胳膊。

鹿子霖："哎呀咋不打声招呼哩，快热酒去，我跟亲家兄喝两盅！"

冷先生："不了，这是叔的药，你去抓三副先吃着。"

鹿子霖忙接过："哎哎！亲家兄，你猜你的宝贝女婿现时弄啥哩，嘿！给报馆干事，人家挣的钱还用不完。我前日为所里的事进城顺便去看了一下，给人家钱人家还不要，还给我盘缠哩！就是忙得受不了。"

儿媳妇端盆站在厨房里一动不动听着。

冷先生欣慰点头："好，好！好男儿志在四方。兆鹏有出息我脸上也光彩嘛。"冷先生转头冲女儿，"你在屋好好侍奉公婆，早起早眠。"

女儿忙站到门前："哎！"

鹿子霖暗暗松了口气。

18. 祠堂　日　内

白嘉轩叼着烟袋听鹿子霖发牢骚。

鹿子霖懊恼："我躲都来不及！你说媳妇没进门，我不敢见冷先生。媳妇娶进门了，我更不敢见他！那小畜生！哎！净给我添堵！"

白嘉轩："你家兆鹏是做大事的人。"

鹿子霖："我咋听着你这话里带着损劲哩？"

白嘉轩吐出烟圈："我说啥话你都能反着听，子霖，是你心乱。"

鹿子霖哭丧着脸摇头："我后悔了，真不该送他们兄弟去城里。这都学的啥啊！"

白孝文急匆匆奔进来："爸？大。"

白嘉轩抬眼看儿子。

白孝文喘息："爸，您让孝武进山干啥去？"

鹿子霖转脸瞧白嘉轩。

白嘉轩点头:“冷先生那需要人手，我让孝武去帮着采货。顺便寻一台轧花机。”

白孝文:“他一个人行么?我跟着去吧?”

白嘉轩抽烟袋:“你跟着我种地。”

白孝文急:“爸为啥不让我出去?”

白嘉轩注视儿子:“你就踏实在地里待着。”

白孝文发泄般:“爸这不公平!您把我妹送进城上学，又让我弟进山采货，黑娃也跑了，为啥偏偏要把我拴在这地里?”

鹿子霖有些幸灾乐祸:“孝文，种地咋啦?种地就没出息了?”

白孝文含泪退后几步，冲出祠堂去。

鹿子霖偷瞥白嘉轩，白嘉轩却定定地抽着烟袋，像什么都没发生一样。

19. 白家　日　内

白嘉轩走进院，仙草忙放下手中的玉米，迎上担忧地瞧他。

仙草轻声:“你又骂孝文啦?”

白嘉轩摇头:“把那圣人叫出来，跟我饮牛去。”

仙草无奈地看着他。

白嘉轩在墙上磕磕烟袋，白孝文红着眼出现在门口。

白嘉轩转身走去，白孝文乖乖跟出。

20. 河边　日　外

白嘉轩在前面走，白孝文牵着牛绳跟随。

一片泥塘，白嘉轩自己迈跳过去，转身看儿子。

白孝文只得硬着头皮往前拉，自己却远远拉着缰绳站在干处，牛走了几步停在泥中。

白孝文举鞭抽打，吆喝:“去!去!”

白嘉轩抽起烟袋蹲在一旁默默瞧着。

白孝文咬牙用力拉扯牛缰绳，举着鞭抽打，牛蹄就是陷在泥里不动。

白嘉轩叹息："牛通人性，你自觉着比它高比它强比它干净，它都能感觉到，它不服你。"

白孝文一怔，转眼看父亲。

白嘉轩："你也站起泥里去。"

白孝文迟疑了一下，迈进泥中，鞋都陷了进去。

白嘉轩："摸住它的劲，顺着领。"

白孝文拍拍牛头，一领缰绳，牛果然挪步前行。

白嘉轩欣慰地叹了口气，继续向前走："种地的，就得跟地有感情，做族长，就得摸得着族人的心，都来不得半点虚假。"

白孝文闷声："嗯。"

白嘉轩："你姑父让我从心里服他，靠的是啥？不是靠天天端着圣人架子。他比谁都懂这块地方，懂这里的人。你差远哩。"

白孝文边听边恍惚地跟随前行……

21. 井边　日　外

黑娃饥渴难耐，喘息前行几步四下里望，远远有一口井，他快步跑去。

黑娃掏出最后半块馍，舀起井水喝了口刚想吃。远处一个饥民瘫倒在树下。

黑娃愣愣神走上前，竟是衰弱无力的老麦客。

黑娃忙蹲下抱起他，将半块馍塞进他嘴中。

老麦客嚼了嚼却推开，勉强冲黑娃笑了笑，颤抖着干裂的嘴唇："娃……你……抱我到麦地里去，行不？"

黑娃点点头，横腰抱起老麦客走进麦田，将他放下。

老麦客老泪淌出，虚弱地："……给自己……想条后路……别……死在这。"

黑娃默默地看着老麦客闭上眼。

22. 荒废村落　日　外

黑娃在烈日下走着，空荡荡破落的村子竟没有一个人。

黑娃拍拍院门喊：“有人吗？”

院门推开，里面完全没有人迹。

黑娃干裂着嘴喘息，进屋找粮食，到处布满了灰尘。

黑娃只得跌撞出去。

23. 郭举人田地　日　外

黑娃疲惫不堪地扑到河边捧起水大口喝，远远望见一群人围在田间。有打伞的有坐在轿上的。

黑娃挤上前好奇地看，轻声问：“这是干啥？”

李相上下打量黑娃：“身子骨还壮实，下田比试比试？掌柜的可就在那挑人呢。”

黑娃望向田边，远远有一个老者带着一老一少两个女子正坐在伞下。管家带几个下人小心伺候。

黑娃闷声：“能先给口吃的么？”

李相瞥一眼他，轻蔑一笑：“有本事才有饭吃。”

黑娃：“我一天没吃一口粮食，瘪着肚子咋干活？”

李相呸了一口：“骗饭来哩？滚！”

众人都笑起。

王相戳戳黑娃胸膛：“你这样的人我们见得多哩！”

众人齐迈步下田。

管家站田埂边喊：“开——割——咧——！”

十几把镰刀同时上下翻飞，麦子齐刷刷倒下。十几个麦客差距不大地向前推进。

黑娃恼羞瞪着，咬牙紧了紧腰绳勒上肚皮，拿起田埂边最后一把镰刀。

李相正猫腰割麦，突然瞥见两旁的人都停下，眼睁睁回瞧什么。

李相骂：“都不想干哩？掌柜的眼皮底下偷啥懒？”

王相指了指，李相突然也呆住。远远一道已经后来居上，黑娃根本不直起腰，麦子听话地在他两旁翻倒，结扎。黑娃从目瞪口呆的众人眼前快速割过。

伞下，小女子田小娥也忘记了摇扇，眼中放亮地望着麦田里向前推进的身影。

郭举人笑着坐回：“那娃是把好手哩。两天没吃口东西，还让他干前面去了！”

大夫人：“快把这娃留下，比牲口还猛咧！”

田小娥笑了笑，继续摇起扇斜瞥。

麦田中，黑娃发狠地割着。

身后李相轻呼：“喂！给人留口饭吃！”

黑娃跟没听到一样，镰刀挥舞得更快，突然他摇了摇头，身子一晃倒了下去……

24. 郭举人家 日 内

黑娃迷糊睁开眼睛，闻到一股香气。面前一大碗油泼面，一双白玉般的纤手捧着。

黑娃突然抱过碗，那双白玉纤手吓得从他手心缩回。黑娃不管不顾往嘴里塞。

旁边传来笑声，他才下意识抬起头。

郭举人和大老婆正笑。一个少妇红着脸双手扭在一起，异样眼神注视他。

郭举人用马鞭指了指碗：“吃！吃你的！别停。”

黑娃迟疑了一下，埋头大吃起来。

郭举人得意地：“我年轻那会就是这样。”

黑娃几下就将碗里面吃光。

郭举人笑眯眯看着黑娃吃：“饱了吗？”

黑娃摇摇头：“再来两碗差不多哩。”

大太太笑起来，用扇子指少妇：“去，再给他盛碗。我看他到底能吃多少。”

少妇忙上前从黑娃手中端碗。

郭举人已经笑得喘不上气：“瞧瞧！这就是年轻身子壮实，我在他这岁数也吃这么多哩！不然哪考得上武举。”

黑娃的眼神却直勾勾瞧着少妇转身默默给自己盛面。

少妇将满满一碗递上，黑娃这次小心翼翼接过，尽量不碰她的手，狼吞虎咽起来。

郭举人："吃饱了，就下地干活。你是看他能吃多少，我倒要瞧瞧他吃饱能干成啥样！"

黑娃被噎住说不出话，只是用力点头。

众人又都哄笑起来。

少妇也扑哧喷笑，黑娃不好意思冲她笑笑。少妇忙收笑扭转过脸去。

25. 马号　夜　内

呼噜声此起彼伏，黑娃爬起迷糊地摸出门解裤子，隐隐约约传来女人的呻吟哀哭声。

黑娃吓了一跳，小心谨慎望望四周，寻着哭声来到后院墙边。

哭声渐大，女人似乎在哀求："别打了，求求你……"

伴随的是郭举人的淫笑声。

黑娃用力攀上墙探头望去，目瞪口呆。

窗的灯影映得屋中两个人晃动，一人正举起鞭子狠狠抽下，女人低声叫着。

黑娃不敢相信自己的眼，滑下墙蜷缩成一团，目光恐惧……

26. 马号　日　外

黑娃正蹲那检查马掌，郭举人端着茶壶惬意走来。

李相恭恭敬敬："掌柜的！"

王相也让到一边。

郭举人将茶壶递给下人："出工？"

李相："是，鹿相，还不快点！"

郭举人刚牵过自己的马。

黑娃迟疑："掌柜的，那匹您还是先别骑了。"

众人都愣住，郭举人转头瞧他："为甚？"

黑娃："那马掌有问题，容易尥蹶子。"

郭举人上前掰过瞧了瞧，赞许地点点头："那你给我牵匹马。"郭举人又冲其他人，"出你们的工去。"

李相忙和王相等人走出。黑娃熟练地牵马备鞍。

郭举人："你对马熟啊？"

黑娃谦虚地："回掌柜的话，我跟我爸一直就住在马号。"

郭举人接过黑娃备好了鞍子的缰绳，突然问："那你会不会骑马？"

黑娃："我骑过猪，没骑过马。"

郭举人哈哈大笑："你想不想骑马？"

黑娃毫不含糊："想！"

郭举人："你去把那副鞍子给红马备上，你试着骑上遛遛。"

黑娃乐："唉！"

27. 山坡河边 日 外

黑娃骑上了红马，陪着郭举人在官道上遛着，竟然不觉一丝害怕。

郭举人："黑娃，你原先在哪？"

黑娃："白鹿原。"

郭举人点点头："白鹿原？为啥跑出来做麦客？"

黑娃迟疑了一下："我想凭自己力气出来耍耍。"

郭举人笑起来："耍耍？好！人就得趁着年轻折腾，不然老了就有心无力喽！你陪我跑跑敢不？"

黑娃一狠心："敢！"

郭举人用鞭子在黑娃马屁股上一抽，黑娃的马向前蹿出，他差点没摔下。

郭举人哈哈大笑跟上去。

郭举人一边勒缰扬鞭，一边喊着指导着黑娃控制马："注意两条腿夹紧！学会用缰绳勒它……"

黑娃手忙脚乱。

郭举人突然坏笑："黑娃，睡过女人不？"

黑娃愣了愣，摇头。

郭举人招招手，神秘地："你知道你啥问题？对马太好！这马跟女人一样，不抽不行。"

郭举人示范抽了一下，马立刻蹿了出去。

郭举人勒马回头瞧，黑娃咬牙用力抽了一鞭子，马疼得蹿出，差点没把黑娃掀下。

郭举人哈哈大笑："这就对么！打得越狠，它们越喜欢你！听你的话！"

黑娃掌握得很快，两匹马在乡村官路上奔驰。

郭举人叫着："你往后别跟他们出工下田了，就伺候我这马吧！"

28. 郭举人家前院　日　外

长工们都蹲在树下狼吞虎咽吃着面。

田小娥坐在厨房里绣活，不时往这边瞧。

黑娃刚吃完一碗要起身，被李相拽蹲下。

黑娃诧异："叔，不是说随便吃么？"

李相轻声："长工吃饭不准进入厨房自拿自舀，这也是郭家的规矩。吃完把空碗放那盘里等人家给你盛。"

黑娃："干吗非要放那？"

王相笑着打黑娃头："你小子还想摸女人的手不成！"

李相也笑起来，起身将碗放到盘中，正赶上田小娥出来，端起托盘另一头拿走。

黑娃怔怔地瞧着。

29. 女校饭堂　日　内

白灵懊恼地将馍放在一旁。

小眼镜捂着嘴哼哼，馍正堵在嘴边拿不下来。

白灵捅捅小眼镜："你咋啦？"

小眼镜轻声："我好不容易咬进去，牙卡在里面了。"

白灵突然放肆地咯咯大笑起来。

教务长愤怒走来，小眼镜吓得忙拉白灵。

白灵却捂着肚子笑出眼泪来。

教务长厉声喝道："你站起来！没看见墙上写着什么？念！"

白灵笑着念："进食无声。"

教务长："你在干什么？这么放肆地笑，你当是在乡下么！"

白灵收住笑，大声："报告！我没进食，我和小眼镜在跟这个石头一样硬的东西搏斗！我的手掰疼了，小眼镜的牙卡里面了！"

全场顿时爆发出哄笑声。

教务长愤怒地敲着鞭："安静！安静！我看谁敢笑！"

顿时全场寂静。

教务长用鞭敲了一下碗："再笑我就把她的饭碗砸了！"

白灵却主动敲起碗来，教务长怒视她。

小眼镜激动地端起碗，也跟随敲起。

教务长愤怒："干什么！"

越来越多的人加入敲碗的行列，所有女生都放下吃食敲起碗来，"当当当……"声音响彻堂内。

30. 女校教学楼　日　外

白灵和小眼镜被罚站在走廊当中晒着烈日，白灵刚想退后几步到阴凉处。

教务长在窗内敲鞭："往前站！"

白灵只得又站回烈日下。小眼镜一旁抽泣。

教务长冷哼："治不了你？我白干这么多年了！像你们这样野的见多了，明天就找你们家长直接带回家去！"

小眼镜伤心地哭。

白灵轻声："别怕，坚强些。"

小眼镜："我不是怕，我是饿的。"

白灵无奈地瞧着她。

楼下几个女生轻呼："白灵！"

白灵冲她们打手势，几个女生点头退去。

小眼镜一惊："白灵你要干吗？"

白灵自信一笑："等着看好戏吧。"

一个老师急匆匆跑来："教务长！不好了，学生都躲在宿舍里不出来上课！"

教务长不敢相信走出："你说什么？"

小眼镜恍然看着白灵，眼神充满钦佩。

又一老师跑来："教务长，校长请您马上过去一趟。"

教务长回头狠狠瞪白灵："又是你捣的鬼是不是？看我回来怎么收拾你！"

那老师："校长还说让她也过去。"

教务长瞠目结舌："谁？"

白灵已经大步走去。

小眼镜望着白灵的背影极其兴奋地攥紧拳头。

31. 女校宿舍　日　外

女生们都围挤在各自窗前眼巴巴望着远处。

有人喊："来了来了！"

白灵在教务长和其他两位老师的陪同下信步走来。

所有女生都屏住呼吸，小眼镜紧张得不行，抓住窗帘。

白灵突然双手拢在嘴边，大声喊叫起来："饭堂换人啦！"

宿舍楼所有窗户几乎同时被推开，女孩子疯狂欢呼。

"啊——"

"白灵好样的！"

"白灵——"

白灵无比喜悦地挥着双手……

32. 前院　日　外

田小娥正费劲地举斧头砍断柴火，黑娃一个人尴尬地站到玉兰树的阴凉下。

田小娥忙起身抹抹额头的汗："鹿相，你今天咋这么晚来？"

黑娃："我帮掌柜的遛马去，一匹马跑丢了刚找回。"

田小娥笑："咋找回的？"

黑娃认真地："那是头公马，我让母马一叫唤，就招回了。"

田小娥捂着嘴乐。

黑娃意识到说过了，脸红望着别处。

田小娥："你稍微等一下下儿，饭凉了我给你热一下再吃。"

黑娃有点紧张，只剩下他一个人就有一种莫名的紧张，装出无所谓的口气："不怕不怕，不用热了不用热了！这热的天，吃凉饭才好哩！"

田小娥："天热倒是热，冷饭还是不敢吃。你甭急，稍等一下下儿……"

风箱响起来，房顶的烟囱冒出一股蓝烟。

黑娃坐着等着，心却无端地一阵阵跳，眼瞄见什么起身过去。

田小娥边拉边偷瞥，只见黑娃举起斧子熟练劈起木柴。

田小娥咬着嘴唇眼波一动，轻声："够哩。"

黑娃一笑："我把下顿饭的劈出来。"

田小娥端着木盘走到玉兰树下，把一碟辣椒和一碟蒜泥放到青石桌上，一个竹编的浅篮里垒着四五个馍馍也放到石桌上。

黑娃忙坐回等候。

田小娥戴着镂花锡镯的光洁白净的手腕就一次又一次伸到黑娃眼前。黑娃眼睁睁瞧着。

田小娥转身回到厨房又端来了小米稀饭。黑娃看见她省去了条盘，双手托着走来了。

黑娃不敢接，双手在裤子上擦抹。

田小娥急："快接着！"

黑娃："我……托盘……"

田小娥："你想烫死我！"

黑娃忙上前去接，四只手交接在一只黄色大碗上。黑娃的手指触到了勾在碗底上的田小娥的手指。那一瞬间，黑娃头垂下去竟然不敢看她的眼睛。

田小娥似乎毫不在意，叮嘱说："鹿相，你款款吃，吃好。出门在外，饭要吃好。"

黑娃吃不出饭的滋味，蒜不辣，辣子也不辣了，馍馍嚼着就像是一团泥巴。他的喉咙淤塞，胸腔憋胀，顿然没有一丝食欲了。

田小娥又走到玉兰树下，把一盘腌渍蒜苔放到石桌上说："你看你看，我忘了给你搁菜了。"

黑娃却站起来："算咧算咧！我不吃了。"

田小娥眼里露出惊疑不定的神色："你只吃了一个馍？米汤也没喝，这是咋咧？"

黑娃："我……我不饿。"

田小娥殷切地说："咋能不饿，早起到这会儿啥也没吃呀……"

黑娃就诚实地说："肚里刚才进门时还饿得慌慌哩，不知咋弄的这阵又吃不下。"

田小娥温和地："下回你再去让母马叫公马，别忘叫我出去看眼。"

黑娃盯一眼田小娥，僵硬地点点头转身离去。

田小娥默默收拾起碗筷。

33. 马号　夜　内

晚上，俩长工在炕上玩着媳妇跳井，黑娃躺在炕上默默想着心事。

李相几下就把王相逼进死路，王相索然无味地扔掉手中石子，躺进大炕上的被窝，冲李相坏笑。

李相摇头："以后再不跟你玩这媳妇跳井哩！"

王相活跃起来："头儿，往后我帮你寻摸一个真媳妇。今黑该说'四香'了。"

长工头儿李相扬扬自得地笑起来，装得一本正经地说："不说了不说了，把鹿相教瞎了咋办？鹿相娃娃还没见过啥哩！"

黑娃："我没见过啥？"

李相就对笑得失了声的王相说："黑娃是个瓜蛋儿！咱们得给他启蒙。黑娃哎！你将来娶下媳妇就全明白了……"

黑娃幽幽地："那女人就给咱做饭呀？"

王相跟李相对视一眼同时乐起来。

黑娃涨红脸："我咋没瞧见掌柜的进去过？"

李相："大老婆管得严哩！只是每月的初一、十五才让咱掌柜的到后院来尝尝腥。还不能过夜。"

王相压低声神秘地："最重要的是，掌柜的年岁大了，估计是不成。"

黑娃咽口唾沫："那……那……"

王相乐得过瘾："所以说！等明儿你自己盯着你二姨眼睛看，憋屈得很咧！"

黑娃脑袋被扇了一下，直发蒙。

梦境：

郭举人："你知道你啥问题？对马太好！这马跟女人一样，不抽不行。"

郭举人发泄地抽打田小娥，田小娥伏在炕上扭动。

郭举人冲黑娃坏笑，猛地揪起田小娥的头，黑娃这才看清她脸上满是泪水，眼巴巴望着自己。

黑娃猛地坐起，大口喘息。

34. 郭举人家院外　日　外

黑娃抽着马屁股，两匹马亲昵着往回赶。

黑娃骂："你个畜生！急着配种哩？跑得你爷腿都软。"

突然墙边发出清亮的笑声。

黑娃抬眼瞧去，田小娥竟爬在高墙笑看自己。

黑娃脸一红，忙看别处，再没动静，黑娃转头望去，墙头已经不见人影。

35. 后院　日　外

黑娃正打扫庭院，看见田小娥提着一只瓷盆倒尿回来，进了厢房。窗子里传出撩水洗脸的声音。黑娃竟然不敢抬头。

当他扫完前院直起身准备走出院子的当儿，忍不住瞧了一眼敞开窗扇的窗户，田小娥正在窗前梳理头发，黑油油的头发从肩头拢到胸前，像一条闪光的黑缎。

田小娥举着木梳从头顶拢梳的时候，宽宽的衣袖就倒掉到肩胛处，露出粉白雪亮的胳膊。

黑娃又觉得气堵胸憋，慌忙转过身就要走掉。

一块布包的东西扔过来，掉在脚下。

黑娃愣愣捡起，打开一瞧竟是柿饼，他尝了一口，香甜一下钻进心里去，喘息。

田小娥窗里幽幽地："柿饼甜不？"

黑娃忙答应："甜！"

田小娥在窗户里柔声："鹿相，扫了地，给那棵玉兰树浇桶水。树旱了。"

黑娃忙揣进怀里挑起木桶，到过庭的井台上绞了一桶水浇到玉兰花树下，又浇了院庭中间的玫瑰花。

田小娥问："鹿相，俺家掌柜的说没说你下来做啥？"

黑娃老实答道："掌柜的说来，不叫我到地里去了，叫我照看槽上的牲口，也叫我歇歇腿儿。郭掌柜人好。"

田小娥释然："又是公马叫母马去啦？"

黑娃摇头："今天叫不回咧。被别人家的公马勾去了，我一路撵到河边才拽住。"

田小娥："那你来回跑了二十多里路，这热的天！歇是该歇的。你给我再绞一担水，我洗衣裳呀！"

黑娃就转过身走到井口，爽快地："好好好！绞十担八担也不费啥！"

黑娃双手上下控制着辘轳，啪啦啦转着绽开井绳，然后绞动拐把，辘轳吱呀响着，绷紧的井绳一圈一圈缠在辘轳上。

绞起一桶水来，黑娃欢悦地问："二姨把水搁哪儿？"

田小娥在厢房里说："就搁在井台上，我一会儿提。"

说着，一只手拎着洗衣盆，一只手提着搓板，从竹帘里出来了。下砖头台阶的当儿，田小娥脚下一拐，摔倒了，木盆在院庭的砖地上滚得好远。田小娥跌坐在台阶下，起了三次才勉强站起来，手扶住墙却移不开脚步，轻声呻吟着。

黑娃连忙把第二桶水绞上来，跑到跟前问："二姨，你咋咧？崴了脚腕子是不是？"

田小娥："怕是岔住气了。"她疼痛不堪地蹙着眉头，"哎哟疼死了！"

黑娃站在旁边不知所措："咋办呀？二姨，我去叫掌柜的。"

黑娃刚转身要跑出。

田小娥后面叫："回来！"田小娥忍着痛摇摇头，"你扶我进去躺一会儿就没事了。"

黑娃迟疑，田小娥却已经伸出胳膊来。

黑娃只得上前搀住她胳膊，扶走上台阶。

36. 田小娥房　日　内

揭开竹皮帘子，刚跷脚进厢房门槛，田小娥“哎哟”一声，几乎跌倒。

黑娃忙搭上另一只手，揽住田小娥的腰。田小娥借势扒住黑娃的肩膀，双手从后肩和前胸搂住黑娃的脖子。

黑娃几乎是肩背着她往炕前挪步，紧张得不行。

总算扶田小娥坐到炕边上刚松开手，她又“哎哟”一声，几乎从炕边上翻跌下来。

黑娃下意识抱住田小娥，两人紧紧贴合在一起。田小娥异样眼神瞧着他。

田小娥：“黑娃，日后甭叫我二姨了，你该叫我姐姐……娥儿姐。”

黑娃怔：“那不乱了辈分儿咧？你家郭举人我得叫叔，怎么能跟你叫姐呢？”

田小娥挖一眼他说：“你真是个瓜蛋儿！有旁人在场，你就还叫二姨。只有你跟我在一搭时，你叫娥儿姐。记下记不下？”

黑娃似乎心领神会了一个信号，一个期待着的又是令人惊悸的信号。他的头发似乎倒竖起来，手臂抖颤，喉咙憋得说不出话，只好点点头。

田小娥就悄着声说：“你试着先叫一声姐……”

黑娃咬着嘴唇，自觉血已涌上脸，终没叫出。

黑娃避开目光将田小娥放在席上，松开手，慌忙抹一把汗：“你好好歇着，我饮牛去！”

田小娥歪过头说：“我的腰里有个老毛病，不小心就岔住气了，疼死人！你给用拳头捶几下就好了。”

黑娃站在门口迟疑不定。

田小娥瞅着他，静静地也不说话。

黑娃喘息钻出门去。

田小娥躺倒在席上目光失落，突然听到院里有水声，她忙撑起身望去。

黑娃正趴在井边用冷水扑脸，头湿得跟落汤鸡一样，扶着桶喘息。

田小娥扑哧一笑，黑娃警惕回身，田小娥忙藏倒在窗下，笑吟吟的眼里透出水来。

黑娃喘息着左右看看，重又冲回屋去。

田小娥正撑起身，吃惊异样眼神瞧他。

黑娃颤抖着声:“娥儿姐……他打你?”

田小娥呆住，怔怔地瞧着他。

黑娃:“他为啥打你?”

田小娥眼睛湿润，突然一笑:“兄弟，想看看他把你姐打成啥样吗?”

田小娥不等回答，解开衣扣，露出满肩的血道。

黑娃咽口唾沫，转头回避，又像被吸了一样慢慢转眼瞧。

田小娥“嘤”了一声一把抓住他的胳膊，从炕上翻坐起来，扑进他的怀里。黑娃双臂紧紧搂抱着田小娥，那个美好的肉体在他怀里抖颤不止。

田小娥眼里冒火:“姐比那柿饼咋样?”

黑娃喘不过气:“还甜!还要甜哩姐!”

两人又滚倒。

田小娥:“好兄弟，想姐的时候就尝那柿饼……”

黑娃有点懊悔，站起来:“二姨——噢——娥儿姐，我该饮牛饮马去了。”

田小娥撑在那幽幽苦笑:“你觉得我骚情是不?我对不起我男人是不?”

黑娃慌乱摇头:“不，不……”

田小娥含泪颤抖着声音:“我告诉你我没遇到过男人!懂吗兄弟?那是个装人的畜生!这些年我是咋过的……”

黑娃手足无措:“娥姐你别哭么。”

田小娥跳起来猛地抱住他，又深深地在他的嘴上亲了两口:“好兄弟……你姐总被人欺负，你可不能辜负了我。”

黑娃喘息看着田小娥:“我不会。”

37.田地　日　外

黑娃和李相、王相在播种最后一块苞谷地。他有点神不守舍，吆犁犁歪了犁沟儿，点种又把不住稀稠。

李相竟破口骂起来:“黑娃，你崽娃子丢了魂了不是?”

黑娃不在乎地笑笑。

38. 后院　傍晚　外

三人吃了晚饭，抹着嘴起身走出院子。

田小娥说："黑娃，你把泔水桶捎过去。"

黑娃心里得救似的喜悦，从灶房里提了装满泔水的木桶回到马号，用泔水饮了牛，再把桶送过来。

田小娥正在厨房里洗锅刷碗，没抬眼看他。

黑娃喘息着鼓起勇气，轻声："娥姐，我黑间来。"

田小娥没吭声，黑娃愣了愣瞧着她。

田小娥将碗一个个码好擦拭。

黑娃咽口唾沫："娥姐我……"

田小娥："你满院子嚷嚷去，怕别人不知道是不是？"

黑娃顿时臊得脸发烫，喜出望外奔出门，一个趔趄绊倒，又爬起奔去。

田小娥终于忍不住，望着那笨拙的背影扑哧捂嘴笑出来。

39. 马号　夜　内

黑娃偷偷将柿饼塞进嘴咬一口，沉浸在甜蜜中。

黑娃刚想动，王相翻了个身坐起。黑娃吓一跳。

王相："真热这天。咋就睡不着了呢。"

李相哼一声："心静自然凉，你惦记着人家小媳妇呢吧？"

黑娃胆战心惊瞪着眼躺在旁边一动不敢动。

王相："真想摸进她屋去，你说郭举人多大的艳福不享，非在前院陪他大老婆。"

李相叹了声："不是不想，是管得严呐！"

黑娃突然插了句："那郭举人不是明媒正娶的她么？"

那两人笑起来："你懂个啥！娶回来当小母狗养，就差拿根绳拴在屋里了！"

王相："我估摸这田小娥也憋坏哩。还不是个男人就上的主？"

黑娃蜷缩着身紧张地听。

李相哼了声："别做美梦咧，这女子烈性得很。早年刚嫁到这儿的时候被土匪劫过，当时要抢她去做压寨夫人，拿剪刀就往脖子上戳。土匪都没敢动她！"

黑娃怔怔的目光。

40. 田小娥房　晚　内

田小娥对着镜子悉心化妆，戴上银簪。

田小娥呼吸起伏，眼中充满着希冀。

41. 女校门口　晚　外

鹿兆海学了几声鸟叫，其他几个骑车的少年诧异地瞧着寂静的校门。

"兆海，别是耍我们吧？"

鹿兆海也有点心虚："不会，再等等。"

突然墙内也传来几声鸟叫，鹿兆海笑起来。

白灵带着小眼镜几个女生奔到大门前，她带头爬上，又拽其他人。

鹿兆海："还愣着干啥！"

少年们将车放下，纷纷跑到大门前托住女生的脚，小眼镜笨拙地最后一个爬上，却又不敢跳，终摔在一个男生怀里，羞红了脸。

白灵轻呼："走！"

一辆车载着一个女生，大队人马无声地消失在夜幕。

42. 马号　夜　内

梦境：

田小娥在炕上辗转反侧，慵懒地伸腰展臂……

田小娥扒门眼巴巴瞧着自己，嘴唇轻动，似乎在召唤，慢慢伸出手离自己越来越近……

黑娃猛地坐起身，扫视四周，都在沉睡。

黑娃刚小心翼翼爬起身。

炕上王相："黑娃，干吗去？"

黑娃一惊："尿尿。"

王相翻身坐起："我跟你一起去。"

黑娃痛苦一闭眼。

43. 田小娥隔院　夜　外

黑娃拖延着等王相提裤子往回走，自己边系裤绳边往隔墙望去。

黑娃艰难抉择着什么。

44. 田小娥房　夜　内

田小娥惴惴不安听着外面动静，一声响动，她忙爬起炕小跑奔到门边。

田小娥难抑起伏的胸膛，脸贴在门边听，又失望地走回炕边坐下。

摇曳的灯下，田小娥焦灼的眼神望着窗外……

45. 城墙　夜　外

少男少女们或坐或躺在城墙上，仰望星空。

小眼镜瞥了眼坐在身边的少年，抑制不住喜悦："真美啊！我在这住了十几年，怎么就没想到抬头看眼天呢。"

少年轻声："那以后我天天接你看好不？"

小眼镜羞涩低下头去。

白灵与鹿兆海并肩躺着，俩人都痴痴望着星空，眼中闪动着光亮，脸上充溢着美好……

第十六集

1. 城墙下　夜　外

女生们纷纷坐上前梁，男生蹬车而去。

唯有白灵摇晃蹬车，鹿兆海后面扶住她腰。

小眼镜在前面喊："白灵快点！"

白灵注意力全在车把上："你们先回吧！"

其他人都已经远去，只剩下白灵与鹿兆海两人。鹿兆海双手掐着白灵的细腰，一阵阵过电一样的感觉让他的眼神异样。

白灵在前面却没有察觉，叫着："哎呀！这车怎么老偏呢兆海哥？"

鹿兆海："你扶稳把，看着前面。"

白灵突然一歪，倒在鹿兆海怀中，快活地咯咯笑："你掐我腰干啥，痒痒！"

鹿兆海定定地看着她。

白灵不再笑了，怔怔地看着鹿兆海，突然推开他站起："我……我，我……"

鹿兆海点头："我送你回学校。"

2. 城里街道　夜　外

静谧的街，只有自行车轮胎碾在路上的声音。

鹿兆海用力蹬车，闻到白灵的发香，嘴唇悄悄碰了碰白灵的头发。

白灵坐在前面横梁上理理头发，余光偷瞥鹿兆海……

3. 女校宿舍　夜　内

其他同学都已睡去，小眼镜显然在做美梦，甜蜜地笑着。

白灵睁大眼睛望着屋顶，胸膛起伏……

4. 后院 日 外

镰刀、装粮食的长条口袋等农具扔在一边。

黑娃跟随李相、王相坐在树下等待端饭，眼巴巴瞧着田小娥从厨房里出来。

田小娥冷着脸将饭一搁，自己坐在阴凉下绣活。

王相端起碗狼吞虎咽吃起。

李相轻声："咦？二奶奶今天有些不大对劲哩。你们发现没有？"

黑娃歉意地瞧着她，想解释又碍于旁边有人，清了清嗓。

田小娥根本不看黑娃，一滴泪淌落下来，掉在绣面上，黑娃看得真真。

5. 女校操场 双杠 外

白灵坐在双杠上打量小眼镜，盯着她等着老实交代。

小眼镜脸一红："那男生说以后天天带我去看星星哩。"

白灵笑眯眯瞧她："呦！"

小眼镜不好意思："哎，你那鹿兆海就没说这话？"

白灵乐："我带他看星星还差不多！"

小眼镜叹了口气："也是，像你这么猛的女人，天底下敢带你看星星的男人估计还没生出来呢。"

白灵笑着捶小眼镜："说什么呢你！"

白灵晃动双腿："不过我倒真不想嫁人，一辈子都不嫁。"

小眼镜："为啥？"

白灵："你见过女人生孩子么？"

小眼镜吃惊："你见过？"

白灵点头："太可怕了，炕上全是血。怪不得老话说孩子的生日妈的难日，你说男女对那事都有责任，可最后为什么要女人受这样的罪呢？"

小眼镜怔怔地瞧着她："你……你问我？这事得问老天吧？"

远处教务长正牵着自己四五岁的娃娃走。

小眼镜一撇嘴:“真想不到那种女人也是做了母亲的。”

白灵注视着若有所思，轻语:“她也是受过难的人啊。”

6. 后院厨房　日　内

黑娃提着桶走进，田小娥正埋头收拾洗涮。

黑娃轻声:“娥儿姐。”

田小娥像没听到一样。

黑娃从后面猛地搂住她的腰，田小娥用力掰着，可黑娃就是不松手。

田小娥拉起黑娃胳膊，突然死死咬住他手，黑娃疼得啊了一声松开。

手上竟已经淌下血来，黑娃捂住伤口惊抬头看。

田小娥转身含泪瞪他。

黑娃:“娥儿姐我没辜负你。实在是……”

田小娥颤抖着声音:“我等到天亮。”

黑娃怔怔地瞧着田小娥:“我怕，这是见不得人的事。”

田小娥凄然一笑:“你觉着他那么对我，就是见得人的？”

黑娃艰难喘息:“我，我……”

田小娥轻声:“算哩。”

院里李相叫:“黑娃，倒完泔水没？”

黑娃转身冲出门:“早倒完哩，手破了。”

田小娥靠在门里咬着手指。

李相:“咋弄的？”

黑娃:“没啥事，给剐了一下。”

李相:“去把马套上，掌柜的要去县城一趟。”

黑娃故意大声:“李叔，我今黑去趟王庄探亲戚，让他回家时给我捎一双鞋来。”

李相毫不在意地点头:“正好掌柜的不在遛不成马了，那你明早前赶回。”

黑娃爽快答应:“哎！”

黑娃瞥了眼厨房的门，田小娥在门里静静地听着……

7. 河边 日 外

一块块石头打入河中溅起水花。

黑娃望望日头，一脸焦急期待，他干脆脱下鞋和衣裤冲入河中。

黑娃撩起水擦拭身体，不知是兴奋还是被冰凉的水刺得尖叫起……

8. 郭举人院 夜 外

按照白天观察好的路线，黑娃爬上墙根的一棵椿树跨上了墙头，轻轻一跳就进入院里。

黑娃望一眼关死的窗户，撩起竹帘，轻轻推一下门。

门关死着，他用指头叩了三下，门闩滑动了一下就开了，黑暗里可以闻见一股奇异的纯属女人身体散发的气味。

田小娥早已站在门里默默瞧着他。

黑娃颤抖着声音："娥儿姐……"

田小娥手指挡住他的嘴，拿起他被咬伤的手："疼不？"

黑娃忙摇头。

田小娥轻轻亲吻伤口，黑娃喘息一动不敢动地看着她。

田小娥边亲边瞧着黑娃，眼中沁出水来。

黑娃用力拦腰抱起田小娥……

9. 城墙 夜 外

白灵、小眼镜，还有其他男女生好奇地围着瞧鹿兆海制作孔明灯。

鹿兆海边操作边解释着："孔明灯跟氢气球的原理可不一样。它是靠燃烧使空气温度升高，密度减小上升，就排出了原有空气，使它的自身重力变小，空气产生的浮力把它托了起来……"

鹿兆海起身："懂了吗？"

小眼镜佩服地："兆海哥，你真博学！"

鹿兆海笑:“这是我们化学老师教的。”

白灵:“听见啦?就冲这老师我也得转学,兆海我要转到你们学校去!”

鹿兆海:“热烈欢迎!”

小眼镜:“他们学校有女生么?”

男生:“有,就是很少!你也可以过来!”

小眼镜脸一红,羞涩:“万一人家欺负我呢……”

男生瞪眼:“谁敢!”

小眼镜露出小女人的甜蜜,白灵与鹿兆海交换个眼神,拼命忍住笑。

鹿兆海:“孔明灯还有个传说,如果谁虔诚地把自己的愿望写在上面,在它升空的时候会梦想成真。所以我让大家都写了纸条,现在请放进去。”

众人兴奋起来,小眼镜激动地双手合十祈祷。

白灵笑拍她:“刚说完赛先生,又封建迷信了!”

鹿兆海瞥白灵:“你没写么?”

白灵笑:“我才不信呢!”

鹿兆海自己掏出张纸条小心贴进孔明灯。

白灵好奇:“写的什么我瞧瞧。”

鹿兆鹏慌乱:“没什么!你别瞧!”

烛火燃起,孔明灯稳稳地升空。

众人欢呼起,都仰望着越来越高的孔明灯。

小眼镜幸福地靠在男生肩膀。

鹿兆海的手悄然拉过白灵的手,白灵察觉到,手往回缩,却被鹿兆海紧紧地攥死。白灵余光偷瞥鹿兆海,鹿兆海含笑凝望夜空的灯……

10. 田小娥房　夜　内

两人都是汗,田小娥静静地偎在黑娃的怀中,贴着他的耳朵。

田小娥幽幽地:“兄弟,我明日或是后日死了,也不记惦啥了!”

黑娃发蒙地靠在炕边喘息,搂抱住田小娥,似乎还沉浸在刚才的疯狂中。

田小娥:“这老不死的比我爸都大,我的命好苦呀!老天有眼,把兄弟你给送来哩。不然我这辈子真得憋闷死。”

田小娥咬着嘴唇轻笑。

黑娃带着一股自卑的警觉："你笑啥？"

田小娥："兄弟，你头回碰女人。"

黑娃冷笑："娥儿姐。我咋也觉着你头回碰男人哩？"

田小娥抱住黑娃的头咬了他耳垂一下："对！我就是头回！咋的了，我就是把这次当新婚洞房了！"

黑娃没料到田小娥这样回答，怔怔地瞧她。

田小娥："你看我干啥？"

黑娃："我……我还想二回……"

田小娥抬起头惊喜地瞧着黑娃，用力捶他。

黑娃又压上身去。

11. 西安城街道　夜　外

少年们猛蹬着车，女生坐在前梁仰头指着望着喊着。

"在那！在那！"

孔明灯在夜空中飘动，车在地上街道小巷中穿梭，美妙的青春身影晃动。

小眼镜惊叫："呀呀！风向变啦，要飞出城去！"

白灵咯咯地乐："追不上啦！"

鹿兆海冲其他男生："分头追！"

几辆自行车向各个方向疾驰而去。

白灵坐在前梁，紧盯那孔明灯："快快！那边！"

鹿兆海用力蹬车，只剩下他们这一辆车，远远的孔明灯坠落下来。

白灵叫："掉下来啦！"白灵跳下车狂奔去。

鹿兆海："哎！等等！"

白灵咯咯笑着跳上石头，又爬上墙，鹿兆海只得弃车跟随翻去。

白灵的笑声从前方传来："这呢！它掉这啦！呀，都烧着了！"

鹿兆海忙跑上前。

白灵已经蹲下，鹿兆海有些紧张。

鹿兆海："白灵！"

白灵一动不动蹲在那，跟刚才判若两人，低声："都烧了。"

鹿兆海松口气，蹲下笑着打量："有风有火，能不烧着么。走吧！"

白灵神色异样，抬头咬着嘴唇注视鹿兆海。

鹿兆海："怎么啦？"

白灵默默一笑，摇摇头转身走去。

鹿兆海用力踩踩灰烬，这才放心离去，却没察觉到白灵手中紧紧攥着没烧完的一张纸……

12. 白家　夜　内

村里响起鹿子霖的骂声："天杀的东西！有种出来！"

白嘉轩翻身坐起点亮灯，仙草也忙披衣服。

仙草："这是咋？"

孝文在门外："爸！出事了！"

白嘉轩推门出来："鹿子霖骂谁呢？"

跛子爷提着锣站在大门口："族长！快瞧瞧去吧，兆鹏媳妇在村里走被人占便宜从后面摸了几把。"

白嘉轩惊："啊？深更半夜她一女人家出来干啥？"

跛子爷："说是去保障所给公公送饭。"

孝文皱眉："咋乱成这样，爸，我去管管？"

白嘉轩按住儿子。

村里恢复寂静，跛子爷转头瞧瞧，诧异："咋不骂了？"

白嘉轩："不骂就对了。跛子爷，寻你的夜去。谁再问起就当没这事。"

孝文疑惑地看着爸。

13. 祠堂　日　内

白孝文恭恭敬敬给祖宗上香，率众行礼。

"德业相劝，德谓见善必行，闻过必改。"

乡亲们也都郑重大声念起："德业相劝，德谓见善必行，闻过必改。"

白孝文:“能治其身能修其家能事父兄。”
乡亲们跟随:“能治其身能修其家能事父兄。”
白嘉轩叼着烟袋一旁满意地瞧着。
唯有鹿子霖站在人群中愁眉苦脸,也不随着念,白嘉轩暗暗打量。

14. 村 日 外

鹿子霖垂着脑袋前面走,白嘉轩后面叫。
白嘉轩:“子霖。”
鹿子霖停下瞥他。
白嘉轩上前:“昨晚上喊啥哩?”
鹿子霖:“哦,我家骡子没拴牢跑出来,我当是被人偷了呢。”
白嘉轩笑了笑:“往后得拴牢靠,亏了没被拐跑。”
鹿子霖郁闷地点点头走。
白嘉轩冲着他背影:“把兆鹏找回来,踏实。”
鹿子霖又停下回头挑衅地瞪白嘉轩:“你啥意思?”
白嘉轩诚恳的目光:“我啥意思你不明白?听我句劝,不然累死你也拴不住。”
俩人默默对视,鹿子霖转身走去。白嘉轩也转身离开。

15. 鹿家 日 内

鹿子霖靠在院门外偷偷往里瞧,媳妇会意上前。
媳妇轻声:“白嘉轩给找着那畜生没?”
鹿子霖:“我没跟他说。”
媳妇急:“那不便宜……”
鹿子霖瞪眼:“你懂屁!还嫌不够丢人,让全族的人看咱笑话?”
媳妇只得把话咽回去。
鹿子霖眼往院里扫:“人呢?”
媳妇压低声:“厨房,该干吗干吗跟没事人一样。”
鹿子霖叹了声,轻手轻脚往屋里走。

鹿兆鹏媳妇端着老碗站厨房门口："爸。"

鹿子霖朗声笑起，装没听见往正屋里闯："爸！爸！兆鹏来消息啦！"

鹿兆鹏媳妇一激灵，慌忙放下手中的碗跟到门口。

鹿泰恒从床上坐起："兆鹏回来啦？"

鹿子霖故意大声："快了！他托人送信来，上海那边忙得很，人家都留他！他想往家寄东西还丢半路上哩！"

鹿泰恒："咋丢啦？贵不贵重？"

鹿子霖偷瞥门口儿媳妇："都是给他媳妇买的！"

鹿泰恒笑着骂："这个白眼狼！"

鹿兆鹏媳妇站在门口怔怔听着，回身溜回厨房去。

鹿泰恒叹了口气重躺下："往后这戏自己唱去。"

鹿子霖苦笑，冲爸竖起大拇指。

16. 白家院　日　外

孝文正帮孝武卸机器。

仙草好奇："这就是轧花机？咋用啊？"

鹿三放下手中的钉耙也上前帮忙。

孝文："这可不是你动的！三伯你靠边。"

鹿三尴尬地站在一旁。

白嘉轩兴冲冲从院外进来："回来了？"

孝武有些得意："爸！您瞧，轧花机！"

白嘉轩笑："好小子！"

孝武："一开始那家人说啥都不肯卖，偏巧他家的牛下不来崽，我陪了一宿给生下来了！那人高兴的，主动帮我把轧花机搬上马车！"

白嘉轩赞赏的目光："好！好着呢！没白跟你三伯学！"

鹿三很是欣慰，笑着拍拍孝武的背。

孝文站在身后眼神异样。

白嘉轩叼着烟袋满意地："明儿起你们兄弟俩去原上转转，告诉各家轧棉花不用进城了。"

孝武：“爸，这东西可难搞哩，我还没学会呢。”

孝文叹了口气：“爸，咱家没一个人会这手艺，拿那么多黄货换回台铁疙瘩您这是冒险啊！”

白嘉轩用烟袋敲敲轧花机：“很快就有人会哩。一个人会，其他人就不愁不会。”

仙草不解地看着丈夫：“孩他爸，咱家没人会啊……”

白嘉轩围着机器绕了圈，又补上一句：“等开春媳妇进了家，不就有人会了。”

仙草恍然的目光。

孝武跟孝文笑着对视一眼，轻声：“哥，开春！”

孝文红着脸，眼中却洋溢着喜悦。

白嘉轩专注地查看机器，余光扫向孝文，嘴角泛起一丝笑意。

17. 白家　日　内

白嘉轩跟孝文坐在桌边看着孝武狼吞虎咽。

孝武：“爸，我回来的时候瞧见原上田福贤带人盖房，说是要开学校？盖那么多间房，得收多少学生娃啊！”

孝文：“新派的小学，规模可大哩！”

白嘉轩：“去看你妹了？”

孝武点头，被饭噎住。

仙草上前拍儿子背：“快说说，灵儿咋样？”

孝武：“爸妈，你们猜咋着。我表叔说灵儿在女校可风光哩！两个榜她都排头名！”

仙草与白嘉轩交换个眼神：“你妹还上榜啦？”

孝武：“连表姐都夸她聪明咧！说她们女校有史以来学习最好的学生就是灵儿！”

白嘉轩笑了笑。

仙草捅捅丈夫：“这是你闺女！”

孝文：“另一个呢？”

孝武看了眼白嘉轩和仙草，迟疑了一下："处分榜，表姐说灵儿也排头名。"

孝文惊："处分？她犯啥事啦？"

孝武摇头："不知道，看校门的说我妹老惹祸，老挨骂。还说大门她很少走，进出都是翻墙。"

白赵氏奇怪："又挨夸又挨骂的，咱家灵儿上的是啥学啊？"

白嘉轩哼了一声："这才是咱闺女。"

18. 学校　日　内

"……十月革命向全世界宣告崭新的社会制度由理想变为现实！在人类历史上第一次消灭剥削和压迫的不平等社会，第一次尝试建设公平正义共同富裕的美好社会！那么中国的现状是什么，中国和苏联又有哪些相似和不同之处呢？"

教员在台上激动地讲着，下面几十个学生记录。

白灵举手叫："中国军阀割据！中国还有几千年的封建统治！"

教员笑着点点头："这位同学答得很好。经过上千年的洗礼，我们的民众似乎已经习惯了愚民统治，一直遵守儒家的忠孝仁义却不知其早已被统治阶级演化利用……"

白灵埋头写，可笔就是不争气写不出水。

鹿兆海悄悄从旁边递上自己的笔，悄声："讲课的这位教员就是教我们化学的，是个共产党员。看见那个老师没，他是国民党员，待会给咱讲三民主义。"

19. 街　日　外

白灵还沉浸在刚才的讲座中。

白灵羡慕地："我要是有这样的先生就好了！女校教的东西太少，我早学完了！"

鹿兆海笑看她，没说话。

白灵突然想起什么，拽拽鹿兆海："我有个想法，能不能请你们的教员去我们女校开讲座？"

鹿兆海笑："你一个学生，想的都是老师的事！"

白灵拿出笔："还给你。"

鹿兆海："留着吧。"

白灵笑："那怎么行！你不心疼死。"

鹿兆海却认真："只有给你我才不会心疼。"

白灵脸一烫，却又大方地笑嘻嘻将笔插回鹿兆海的口袋："今天你请我听了那么好的讲座，我请你吃油泼辣子吧！去东街那家好不？"

鹿兆海无可奈何苦笑了一下。

20. 郭举人家厨房　日　内

黑娃拎了泔水饮罢牛马送还空桶。

田小娥正低头收拾碗筷，黑娃急急慌慌摸捏一下就做贼似的匆匆离去。

田小娥嘴角泛起幸福的笑。

院中树下，李相一动不动站着。黑娃愣了一下停住脚步。

李相转脸走开。

21. 黑娃房间　晚　内

院里传来田小娥凄惨的叫声和郭举人的淫笑。

王相正扒墙贪婪地偷听。

黑娃闻声上前，疑惑的目光。

王相冲他坏笑招手，压低声："趁大老婆不在家，又折磨这小母狗哩！"

王相钻出门到院里听去。

黑娃揪心听着一声声惨叫，暗暗攥紧拳。

22. 马号　晚　内

几个长工一排站着，马号里的木犁等已经收起。黑娃抹净两手最后站过来。

郭举人摇着扇子爽朗笑："前一阵子又收又种还要犁地，诸位都辛苦了。明日个李相、王相就可以起身，今年你俩一搭走，回去把老的小的安顿好再来。”

王相目光欣喜，转脸看看李相。

李相："掌柜的，咋能一搭走呢。总得留个人么。"

郭举人阴阴一笑指着黑娃："不还有他呢么。目下地里没啥紧活儿，鹿相只要抚弄好牲口就行了。等你二位来了，鹿相再回家。"

黑娃也笑："是哩，我保准干好。"

郭举人："再说鹿相屋里有指靠，迟回去几天没啥。"

黑娃喜不自禁，李相忧心忡忡地看着他。

23. 郭举人家外山坡　日　外

黑娃帮两人推着地老鼠车到坡上。

王相："走咧！你看好牲口！"

黑娃答应："哎！"

李相又走回来异样的眼神瞧着黑娃，压低声："叔就告你一句话，掌柜的屋里东西，别碰。"

黑娃怔怔地瞧着他。

李相："记下没有？"

黑娃惶恐点头。

李相和王相就推着木轮小车装着粮食上路。

黑娃转身撒腿朝后院狂奔而去。

24. 后院　日　外

黑娃天色微明就去扫除，摇动着轱辘将盛得满满的水桶从井里绞出来。

田小娥端来饭，一瞧只有黑娃一人，诧异地“咦”了一声。

黑娃大胆抓住田小娥的手，跳起来亲了一口。

田小娥吓得脸都黄了："你疯了？"

黑娃坐下来得意地拽过田小娥手："没人看，谁看我挖谁眼睛！"

田小娥看看左右没人，捶了黑娃一下。

黑娃:“跟我说，他咋欺负你了?”

田小娥眼一热，颤抖着嘴唇转身进屋去。

黑娃望着田小娥背影喘息。

25. 马号　夜　内

随着深夜的到来，黑娃在马号里第一次独自一人过夜，浑身又潮起那种催逼他翻墙跳院的欲望。

黑娃脱光了衣服用葫芦瓢儿从头顶往身上浇水，冲洗得清清爽爽，小心翼翼看看四周动静，这才溜出马号的门。

26. 田小娥房　晚　内

走同样的路，翻同一道围墙，爬同一棵椿树，轻捷似猫儿一样钻进虚掩着门的厢房。

朦胧的月光下，田小娥从门里扑上:“兄弟，姐疼你都要疼死了!”

黑娃拼命地亲:“娥儿姐!这俩月偷偷摸摸的，今晚总算能住下你这了!”

田小娥被亲着半闭眼睛:“为啥?你不怕他们起夜寻你?”

黑娃喘息:“都回家了!马号里就我一个……”

田小娥猛地推开黑娃，瞪着他。

黑娃笑着抱起田小娥:“咋，跟我睡马号去?”

田小娥紧张地:“老东西让其他长工都走啦?”

黑娃搂过田小娥:“嗯，就留下我一个人看院子。”

田小娥警觉地发呆。

黑娃:“咋啦娥儿姐?”

田小娥轻声:“不对劲。”

田小娥推开黑娃，到窗边轻抬条缝望出去，没有动静，黑娃又从后腰搂住她亲。

田小娥:“兄弟，你不知道这老东西多狡猾，他大老婆天天看着他，夜里还经常跑来查我。那年有个长工偷瞧我洗澡，腿都被他打折了，我被吊了两天……”

黑娃一怔：“那你为啥让人看你洗澡？”

田小娥捶黑娃：“呸！你们男人咋都一个心思！被偷看也是我的错？”

黑娃笑：“我就那么一问。”

田小娥：“兄弟，你简单，你才信他的话。那人表面上是有学问的秀才，通情达理地跟你笑，可扒了皮就是个畜生！不，他比畜生还狠心肠哩，他就是个狼，是吃人不吐骨头的狼！”

黑娃被吓住：“娥儿姐，他咋对你了？”

田小娥默默看着黑娃，慢慢将衣服褪到肩膀。

借着光亮，黑娃瞧见田小娥肩膀的道道红印，顿时明白。

“他打我，还拿灯里的油烫我。”田小娥含泪，“永远别信他的话！他对你笑就是在打你主意哩。这些年我在这屋里连狗都不如！好些事我不能跟你说……”

黑娃怔怔地看着她：“这个畜生！”

田小娥含泪摇头：“你看咱俩偷空跑了，跑到远远的地方，哪怕讨吃要喝我都不嫌，只要有你日夜跟我在一块……行不兄弟？”

黑娃压根没有想过往后的事，惊呆地看着田小娥。

田小娥含泪：“你嫌弃我？”

黑娃忙摇头：“姐呀，你甭急……我还没想过跑……咱明黑间再说行不？”

田小娥凄然一笑：“兄弟你甭害怕，我也是瞎说。我能跟你相好这几回，死了也值当了。”

黑娃的手忙捂在田小娥嘴唇上。

田小娥握住他手，颤抖着声音：“你也不能在这多待，走吧走得远远的。往后想姐，就看看留的这疤。”

黑娃喘息着说不出话，压倒田小娥。

27. 田小娥房外　晚　外

一双脚无声地站在窗外。

肃然的身影一动不动望着窗里晃动的身影……

28. 马号　夜　内

黑娃钻进门关好，喘息发呆。马号的门板被敲响。

黑娃忙起身："谁？"

一个沉稳平实的声音答："我。"

黑娃听出郭举人的声音就有点慌，装出睡意惺忪的样子拉开门闩。

郭举人走进来极其平静："点上灯。"

黑娃拼打火石点着了油灯。

光亮下，郭举人背抄着双手打量黑娃："你刚才做啥去了？"

黑娃慌："我肚子坏了上茅房……"

郭举人冷冷哼了声："茅房不在那边，再说也不用翻墙。"

黑娃眼前一黑，喘息看着郭举人。

郭举人突然低吼："还不说老实话！"

黑娃几乎跌坐下去："掌柜的，你说咋样处治——"

郭举人一摆头说："要是想处治你，刚才我就当场把你捉住了，不会让你跑回马号来，处治你还不跟蹭死一只臭虫一样容易？这事嘛，我不全怪你，只怪她肉臭，甭怪旁人用十八两秤戥。她一个烂女人死了也就死了，你爸养你这么大可不容易。门面抹了黑，怕是你娃娃一辈子也难寻个女人了。"

黑娃完全崩溃，抬不起头也说不出话。

郭举人说："这样吧！我把你前半年的工钱给你，你另到别处找个主家去。记住，日后再甭做这号丢脸丧德的事了。"

说着从腰里摸出几块银圆搁到炕边。

黑娃忙说："你不处治我就够了我的了，钱我不敢拿。掌柜的你真是个好人，我……"

黑娃腿一软就跪下。

郭举人不以为然摆摆手："这事权当没有发生过。再不提了，都不说了。你把钱拿上走吧，现在就走。"

黑娃喘息着，终没拿钱，向郭举人深深鞠躬冲出马号门去。

郭举人面无表情看着他出门，一会儿两个年轻人进屋来注视着郭举人。

郭举人面露狠色，一挥手。两个年轻人转身追出……

29. 将军寨外河边　夜　外

黑娃走到村巷的转弯处不由得回头瞧瞧，马号的窗户仍然亮着灯火。

黑娃懊恼地抽了自己一个嘴巴，奔到村外小河边，蹲下来脱鞋，听到后边有脚步声，回头一看两个黑影朝他跑过来。

黑娃警惕地站起。

黑影边跑边喊："鹿相，等等有话说。"

黑娃拎着鞋等着。

两个年轻人跑得气喘吁吁，一前一后把黑娃夹在中间。

一人笑："鹿相你怎么说走就走呀，啊？"

黑娃后退一步审视："掌柜的叫我走的。你俩……干啥？"

两人又跨前一步，将他夹在中间。

另一人笑："掌柜的怕夜路不好走，叫我们送送你。"

黑娃迟疑："不用。"

一人拍拍鼓起的怀："还给你带了盘缠哩！鹿相，你算是碰着大善人了！"

黑娃怔住，感动得叹了口气，摇摇头："这盘缠我不能要，也没脸要。你们回去跟掌柜的说，我……我……"

两个年轻人对视一眼，摸出怀里的凶器。

黑娃正沉浸在懊悔中，突然看到月光下的影子竟举起什么向自己袭来，他一激灵猫下腰去，刀劈了个空。

黑娃翻滚爬起："郭举人放我走！不信你们去问！"

年轻人冷哼，呸了口："天底下哪有那么便宜的事，掌柜的叫你走是让你死远点，甭臭了一个村子！"

黑娃已什么都不再想，只觉得走投无路。

一个骂："你个驴日下的六畜！"

另一个骂："今黑把你狗日的皮剥下来绷鼓！"

远处马蹄声响，郭举人正骑在马上。

黑娃大叫："掌柜的我……"

马套甩来，直接套在黑娃脖子上，黑娃刚想挣扎被拽倒在地。

郭举人狠抽马鞭，黑娃被拖着在河边前行。

黑娃双手拉住紧绷的绳拼命挣扎翻滚。

郭举人发泄地抽着马屁股往前奔，突然勒马停下回头看，绳子已经拖断，人消失在河中……

30. 河滩 清晨 外

黑娃浑身是血，闭着眼被河水冲到浅滩，他迷糊睁开眼睛爬上河滩喘息。

黑娃无力站起，痛哭："娥儿姐！娥儿姐！"

31. 女校教室 日 内

白灵和一群女生围在窗前兴奋地望着外面。

讲过共产主义的化学老师正与一个女校老师在窗外交谈。

小眼镜："白灵你真行！头一回听说学生自己请老师上课！"

白灵乐："准备好笔和本，待会有你们记的！"

教务长出现在门口，用教鞭敲了敲桌子。众人忙都回位。

教务长冷冷地："校董事会决定，今天外请的讲座取消。改为淑女礼仪教育。"

顿时教室炸了锅，纷纷质疑："凭啥？""为什么要取消？"

白灵皱眉瞪着教务长。

教务长重重敲桌子，急："哪有那么多问题！你们是学生，就该遵守学校决定！我看谁还多嘴！"

鸦雀无声。白灵起身："教务长，请问女校办学宗旨是什么？"

教务长瞪着她："你说呢？"

白灵不卑不亢："是育人，教出新文化新思想的女学生。"

教务长冷哼："你是在考老师么？"

白灵："可现在学校教的是什么？"

教务长："当然是教你们做适应社会的人！"

白灵冷笑："是怎样做淑女，怎样懂礼仪么？还是传统封建那一套，女人就该三从四德就该无才忍耐供男人享乐！这样的教育无非是为了毕业时能给那些需要小老婆的官员有钱人更多选择。我看这种歧视女性的学校不开也罢。"

小眼镜吃惊又佩服地看着白灵。

女学生们纷纷拍着桌子叫起来："我们要讲座！我们要上课！"

教务长脸色铁青瞪着白灵，白灵也默默注视着她。

32. 原上　日　外

鹿三赶着马车，白嘉轩坐在上面焦急望着前方，一辆驴车慢驶在路上。

白嘉轩喊："徐先生！等一下！"

徐先生从驴车上下来，一脸沉重等候白嘉轩近前。

白嘉轩喘息："先生咋不打个招呼就走哩？"

徐先生："我不是留了封信？"

白嘉轩："是族里人慢待先生啦？还是嫌学助少了？您尽管跟我说！"

徐先生摇头："恕不能再教了，徐某所教都是千百年的儒家之道，已经赶不上现今的局势了，误人子弟，误人子弟啊！"

白嘉轩："徐先生，不管其他地方咋样，白鹿原还得要您这样的先生！我就不信娃娃们不学这能学啥！"

徐先生苦笑："嘉轩兄弟，我知你一片苦心。可你看看送到我这学堂的娃娃还剩下多少？连你女儿不都进城求新学去了？"

白嘉轩语塞。

徐先生指了指远处："听说新式小学就要建起了，我偷偷去看了下，规模真是大，等开办起来早已无徐某人立身之地了。嘉轩，你姐夫那边我已经提前打招呼了，他也同意我走。"

白嘉轩怔住："我姐夫放您走？"

徐先生挥了挥手上车去。

远远的鹿子霖喊："白嘉轩！白嘉轩你快回来！总乡约招咱去哩！"

白嘉轩怔怔地望着驴车远去，长叹一声。

33. 小学校 日 外

田福贤背着手看众人。

鹿子霖、白嘉轩和其他几个族长惊诧地从校区各教室转出来。

田福贤得意："这是新制学校，方圆几十里的娃娃今后都要上这个学了。"

白嘉轩迟疑："那徐先生的私塾就没了？"

田福贤笑："老兄，都啥年代了。往后做官成就大事业的都得是从这学校出来的！"田福贤看看鹿子霖又神秘地，"这校长级别也高着哩，由县里直接委派，听说能跟粮食局长、警察局长平起平坐。等开学那天县长亲自送来！"

鹿子霖愣了一下："真的？那校长人选出来没？"

田福贤得意一笑："看来子霖想做这新派的校长哩。"

众人哄笑起来。鹿子霖闹个大红脸。

田福贤："还告诉你们，校长就是白鹿原的人。"

鹿子霖与白嘉轩交换个眼神。

鹿子霖："谁啊？我们原上哪有这人？"

田福贤大笑往前走去："我侄子！刚从省师范毕业的！"

望着田福贤背影，鹿子霖呸了口，冲白嘉轩低声："瞧他得意的！我儿子要是在能有他份？"

白嘉轩苦笑了一下。

田福贤回身："子霖你说啥呢？"

鹿子霖忙笑着改口："我说我儿子咋没福上这学哩！"

田福贤心情很好："赶紧抱孙子！让你孙子来上，校长是咱自己人，保准照顾咧！"

众人跟随笑起，鹿子霖满脸堆笑："是咧是咧！"

白嘉轩又笑一声。

鹿子霖心虚地瞪白嘉轩一眼。

34. 田地　日　外

十几个扎好的麦捆堆在一边，独轮车上放着装粮的长条口袋。

白孝文前面收麦，白嘉轩后脚捡散在地上的麦粒。俩人都是面朝黄土背朝天的姿势。

白嘉轩："新式学校？里面能教些啥？"

白孝文："爸，不教四书五经了，也教认字，还教数学。"

白嘉轩："啥叫数学？"

白孝文："就是数数。"

白嘉轩诧异："那还用教？会拨拉算盘不全数出来了。"白嘉轩摇头，"你记着，人最该学的是咋跟这土地打交道。管好自己的地，管好自己的族人就够了。"

白孝文埋头答应："爸说得是。"

白嘉轩："年初我和你妈你奶给你相下个媳妇，一直没跟你说，过些日子就娶回家吧。"

白孝文愣了愣："哪个村的？"

白嘉轩："八十里外，郭家村的。比你大上几岁，白净，壮实……会轧花。"

白孝文听到最后一句笑起来："爸您说她会啥？"

白嘉轩头也不抬："会轧花手艺，她家里就是做这个的。"

白孝文恍然大悟："我说您让孝武买轧花机咧？您想得可真周全！"

白嘉轩埋头继续干着，很难得的得意一笑。

35. 郭举人家院　晚　外

黑娃从墙上探出头来，院里寂静无声，黑娃翻墙跳下猫腰奔到厨房。

里面没人，黑娃摸过一把菜刀掖到怀中，又溜到田小娥屋扒窗往里瞧，里面已经空了。

36. 马号　晚　内

李相迷糊着出来解手，被人在肩上一拍，回头呆住。

黑娃站在背后，轻声："李相。"

李相惊："你……你不回家了吗？"

黑娃冷哼："郭举人这么说的？你信吗？后院的二姨呢？"

李相咽口唾沫，怔怔地瞧着黑娃仿佛明白了什么："你还敢回来！娃娃，你忘记我走时跟你说的话了！"

黑娃咬牙："我回来找我的女人。"

李相上下打量，意味深长地："你这身伤还不够疼咧？"

黑娃低头无语。

李相叹息摇头："我也是刚回来，听说几天前就被掌柜的送回家了。那女人……"李相摇摇头把话咽回去。

黑娃抬眼："咋？"

李相："那女人掌柜的没要她命，可比要她命还难受啊！是五花大绑披着奸夫淫妇的衣服一路敲着锣送回去的。"

黑娃瞪着李相说不出话。

李相："还想寻她不？"

黑娃坚定地点点头："她家在哪儿？"

李相叹了口气："关外哩，一个叫田家沟的地方，离这不近。"

黑娃转身要走，李相一把拽住他。

李相："听说她爸贪便宜一毛不拔出了名，不然咋会把闺女送来。你没点真货想拉他女儿出来，难呐！"

黑娃咬牙："再难我也要把她找回来！叔，谢了！"

黑娃翻身一跃上墙，李相望着他的背影叹息摇头。

37. 田家沟　日　外

黑娃一瘸一拐，还带着伤奔到坡上，喘息望着下面的村子。

黑娃眼中满是期盼，喃喃地：“娥儿姐，我来了。”

黑娃直冲下坡去。

38. 田家沟田地　日　外

田秀才叼着烟袋眯缝着眼瞧，露出一丝欣喜。

田地里的麦子刷刷地倒下，黑娃将最后一捆麦草扔到埂边，抹把汗走上前。

田秀才点点头：“好把式，说说工钱。”

黑娃：“您老看着给，今年不景气，讨碗饭吃。”

田秀才满意一笑。

39. 田家院　日　外

田秀才站在厨房门口骂：“这点饭没做好？养你有啥用！快着，今儿添人哩！”

黑娃眼巴巴地望着。

田小娥衰弱的声音：“这就来哩。”

黑娃目光一颤。

端饭出来的果然就是那个令他牵肠挂肚的小女人，他的娥儿姐。

田小娥端着木盘走出厨房看见黑娃的那一瞬间，脸色骤变，几乎失手丢了木盘。

黑娃瞅了一眼就偏低了头，装作陌生人顺势在院子里的小木凳上坐下来。她瘦了！瘦得叫人心疼！

田小娥含泪定定注视黑娃。

田秀才骂：“还不回屋去！”

黑娃轻轻摇了摇头，田小娥低头听话转身进屋。

田秀才坐在一旁抱起碗吃：“还不嫌丢人！”

黑娃却看着那耸动的背影，一脸不忍……

40. 小学校　日　外

中西混杂的乐声交织成一片，沸沸扬扬响彻白鹿原。

二豆在前面来回大步走着，踩准步点。

田福贤站在校门口带着众人翘首以望，不住扇着脖上的汗："咋还不来哩？"

左边是一溜吹红白喜事的唢呐、锣鼓，右边是小号、西洋鼓。

鹿子霖冲白嘉轩低声感慨："到底是大阵仗。洋人的东西都请来了。"

白嘉轩叼着烟袋："你听着不闹心？"

鹿子霖摇头："不闹，好听得很！咱原上啥时有过这动静！"

冷先生挤上前："一个不落全都来哩，田福贤是要全原的人给他侄子捧场啊！"

白嘉轩冷哼："全来？我姐夫就没来！"

田福贤叫："来哩来哩！"

远远的两辆车驶来。

田福贤扬手："我大侄子跟县长一辆车哩，再响点！放炮！"

唢呐、锣鼓、小号、西洋鼓起劲地响着，像是叫阵比试一般。

二豆早就等这时候，推开旁人蹲下点炮，鞭炮也炸起。二豆又扯起脖子"嗷"起来。

田福贤笑眯眯小跑迎上去。

鹿子霖一撇嘴："瞧他那德性！"

白嘉轩却看到朱先生另一侧走来，忙迎上前："姐夫，你咋也来啦？"

朱先生笑："小学建成是件大事，县里请我，自当前来捧场。"

众人议论纷纷："朱先生都来哩！"

白嘉轩还想说什么，终将话咽回。朱先生像是早明白他的话，笑着点点头。

车已经开到校门口，彭县长拉着一人下车。

彭县长大声地："来！我给你们介绍下，这就是新任小学校长鹿兆鹏！"

田福贤傻在车边，鹿子霖瞬间瞪圆眼睛，拼命挤开人群冲上前。

鹿兆鹏微笑："爸。"

鹿子霖不敢相信地看着儿子。

二豆抢先奔到鹿兆鹏身边，傻笑着给他拍身上的土："哥！兆鹏哥，想死我哩！"

鹿兆鹏笑着拍拍二豆后脑勺："是吗二豆？"

田福贤厌烦："你咋谁都想！去去！"

鹿泰恒被媳妇、儿媳妇搀扶，在人群中哭："谁？谁回来啦？"

鹿兆鹏媳妇欣喜转脸寻爸，冷先生目光与女儿对视，欣慰地点点头。

鹿子霖也哭起来，哽咽："爸！您孙子回来啦！他……他成校长啦！"

白嘉轩呆呆望着眼前一幕，复杂的目光。

41. 小学校操场　日　外

鹿兆鹏站在台上扫视众人，念起纸上的文稿："尊敬的彭县长，韩局长，田总乡约，各位乡亲们，兆鹏今日归来即被委任白鹿仓小学校长，不胜荣幸。兆鹏深知教育兴，才能国兴，少年强，才能国强的道理，兆鹏出外游学，亲眼看见过西式教育与中式教育的利弊优劣……"

田福贤正一脸失望地低声与局长交谈，连连摇头。

鹿子霖在台下边抹泪边听，攥紧鹿泰恒的手，父子对视，都是又哭又笑。

白嘉轩身旁的冷先生一直在深呼吸，他余光瞥去，冷先生竟头一次脸色潮红难掩激动。

鹿兆鹏扫视一周窃窃私语的乡亲们，苦笑了一下将纸收起，自己摇头。

台下人眼巴巴瞧着他。

鹿兆鹏："按说一个出远门的人刚回家，不这么跟家里人说话。"

台下有人笑起。

鹿兆鹏走到台边，或站或走动或蹲下："伯，婶，各位大，还记得我这茬孩子上私塾的样子吧？摇头晃脑跟着先生背文章，谁懂什么意思啊，让你背你就背！背不会戒尺伺候敲手敲脑袋！凡是笑着摸脑袋的都被敲过。"

台下哄笑起来，气氛开始热烈："兆鹏，你也被敲过哩！"

鹿兆鹏也摸脑袋，乐："对啊！敲肿了也不明白背的是啥！现在上新学的娃可不是这样，先生得掰开揉碎给他们讲原理，讲为啥形成这个结果。"

鹿兆鹏媳妇眼中闪着光亮，满脸潮红望着台上的身影，渴求那目光落到自己身上。

鹿兆鹏回避开她的目光，微笑扫视到别处。

鹿兆鹏："娃们就好记了，而且新学啥都教，不光是做人的道理，还教算术，教万事万物是咋组成的。教娃们适应世界，改造天地的本事，你说神奇不神奇！咱家的娃娃要是都学会了还了得啊……"

白嘉轩望向台上，朱先生坐在彭县长身边，含笑静坐。

白嘉轩的眼神更是诧异。

42. 女校宿舍走廊　日　内

白灵抱着书本正在走廊里走，小眼镜焦急不安地眺望，望见白灵身影忙跑上前。

白灵笑："我找你半天呢，哪都不见你。"

小眼镜含泪："白灵，我家里来人接我了。我得马上走。"

白灵一惊："走？干吗去？你不来上学啦？"

小眼镜凑到她耳边轻声："有人告诉我爸西安城要被围哩。"

白灵："被谁围？独眼刘吗？小眼镜你别自己吓自己了！"

小眼镜急："不是我吓自己，我爸是给政府干事的，说好多当官的都偷偷摸摸先跑了。这个刘家军十几万哩！你也快跑吧！我爸说就凭西安城这点革命军根本挡不住。"

白灵摇头："不怕！革命军以一当百，这些军阀都是乌合之众！"

小眼镜："白灵你听我句劝赶紧收拾东西跟我走！我可以把你送出城去……"

白灵笑了笑："你走吧，就算天兵天将来了，我还想看看他们长什么样呢。"

43. 城墙　日　外

标语"打倒军阀！"贴在墙上，白灵踮着脚按住。鹿兆海后面看。

白灵："正了吧？"

鹿兆海："右边再高点！"

两人齐力贴好标语。

白灵:“兆海哥，你说国民党和共产党哪个更厉害？”

鹿兆海说:“都差不多，两党合作一致推进国民革命。”

白灵:“那刘匪军肯定不是对手喽？”

鹿兆海一笑:“你甭听小眼镜胡说，我哥说北伐军碰到的敌人厉害的多了去，不都被扫除了！”

白灵:“可他还说打仗特别残酷呢，咱们根本想象不到。”

鹿兆海不以为然:“我哥那是吓唬咱，打仗真没什么可怕的。要是敌人来了，我躲在这城垛后面准一枪一个。”

鹿兆海蹲到城垛口做瞄准状。

白灵兴奋:“我没枪，到时候就往下扔石头！”

鹿兆海:“嗯，你给我送子弹！”

白灵咯咯笑:“说的好像过家家一样，你真不怕么？”

鹿兆海:“不怕！万一要牺牲了咱俩也能死在一块，我怕啥哩。”

白灵没答话，鹿兆海转头看她，白灵正异样的目光注视自己。

刹那间，两个年轻人之间莫名起来一股尴尬。

鹿兆海却回以热烈的目光:“不求同年同月同日生，但求同年同月同日……”

白灵的手迅速捂住他的嘴。

鹿兆海冲动一把攥住她手。

白灵抽回手，转身镇定了一下，指了指:“咱上那再贴一张打倒帝国主义吧！”

鹿兆海忽然问:“白灵，你想不想参加一个党？”

白灵:“想，你想不想？”白灵歪着脑袋瞧他，“你不会早已参加了吧？”

鹿兆海:“我也没有。咱们商量一下，参加哪个好？”

白灵兴奋:“咱俩一人参加一个。”

鹿兆海点头:“这样好！国共团结合作，我们俩也……”

白灵背起手歪着头看他:“‘国’和‘共’要是有一天不团结不合作了呢，我们俩也？”

鹿兆海笑:“我们继续团结合作，与背信弃义的行为作对！”

白灵也笑:“那好，你先选择一个，剩下的一个就是我的了。”

“这样吧——”鹿兆海掏出一枚铜圆，“有龙的一面是‘国’，有字的一面是

‘共’，你猜中哪面算哪个。”

白灵觉得很有趣，从鹿兆海手里拿过铜圆看了看说：“我来抛，你先猜吧！”

鹿兆海点头同意。

白灵又发觉了这个默契游戏中的漏洞：“如果咱俩都猜中了一面呢？”

鹿兆海说：“那……命中注定，咱们就参加同一个党。”

白灵把铜圆郑重地在手心抚了抚再抛到地面上。

鹿兆海说：“是字。”

白灵说：“我猜是龙。”

两人同时蹲下去观察，铜圆正好显示出一条龙的图案。

两人哈哈笑着跳起来。鹿兆海说：“我是‘共’你是‘国’，谁先入进去，这枚铜圆就归谁保存。”

白灵笑着揣进兜：“让我先保存着，好玩的铜圆。”

白灵举着标语：“走！咱们两党先一块打倒帝国主义去！”

白灵咯咯笑着跑去，鹿兆海也笑，拎起浆桶跟上。

44. 鹿家　夜　内

鹿兆鹏坐在桶中深吸口气，水是烫的，冒出热气来，掩映着鹿兆鹏疲惫沉思的面孔。

门悄然打开，鹿兆鹏媳妇只穿了内衣走进。

鹿兆鹏一惊。

鹿兆鹏媳妇却麻利提起桶：“我给你加点水。”

鹿兆鹏：“你……你咋进来了？”

鹿兆鹏媳妇面无表情：“我是你媳妇，你是我男人。咋不能进来。”

鹿兆鹏坐在桶中不敢再动。

鹿兆鹏媳妇边倒水边说：“我爸跟你爸前院喝酒哩，都喝多了。”

鹿兆鹏沉默。

鹿兆鹏媳妇蹲下轻轻抚摸他的肩背：“你今天在台上真威风。我爸没说错，你是干大事的。”

鹿兆鹏媳妇摸到伤口一惊：“咋这么多伤？你这俩月出去都做啥啦？”

鹿兆鹏一动不动："想知道么？"

鹿兆鹏媳妇脸轻贴在上面，猜想的目光："不！我不问你做了啥，我就认你是我男人。"

鹿兆鹏身子颤动了一下，目光沉重。

鹿兆鹏媳妇："还走么？"

鹿兆鹏机械地点点头。

鹿兆鹏媳妇愣了下："做了校长，还走？"

鹿兆鹏闷声："走。"

鹿兆鹏媳妇叹息："我能看得出你心里装很多事，可这原上的人都踏实过自己日子，你为啥要累自己？"

鹿兆鹏："真想听？"

鹿兆鹏媳妇："嗯，只要你说话我就爱听。你台上讲那么多话，可对我说得太少。"

鹿兆鹏深吸口气："秋月，踏实日子恐怕快过不成了。"

鹿兆鹏媳妇："为啥？"

鹿兆鹏："外面很乱，你根本想象不到。到处在打仗，闹兵匪闹饥荒，灾民越来越多。"

鹿兆鹏媳妇："只要咱原上太平就行。"

鹿兆鹏回身注视，苦笑。

鹿兆鹏媳妇也笑："你笑啥？"

鹿兆鹏摇摇头。

鹿兆鹏媳妇有些哀怨："我知道你笑我，你见的世面多，我只想踏实过日子。"

鹿兆鹏："有一种鸟，长得比咱家牛都高，叫鸵鸟。危险来的时候，它就拼命地跑，跑不动了就把脑袋埋在沙子里。"

鹿兆鹏媳妇停下手怔怔听着。

鹿兆鹏："它以为只要自己看不见，危险就会离开。"

鹿兆鹏媳妇哼一声，梦呓一般："你就说我像那只鸟呗？"

鹿兆鹏媳妇闭眼将脸在他背上蹭动，亲吻："只要守着你，我做啥鸟都行……"

鹿兆鹏眼中闪动着晶莹："秋月，我是从死人堆里爬出来的。我身边的人，认识的人全死在战场上了。”

鹿兆鹏媳妇睁开眼睛。

鹿兆鹏：“你不杀死对方，下一秒钟对方就会杀死你。”

鹿兆鹏媳妇：“这些伤……”

鹿兆鹏颤抖着声音：“没子弹了，双方打得都没子弹了。拼刺刀，刀砍折了就用拳头，用牙咬。人跟人滚在一起，分不清是谁的血……”

鹿兆鹏媳妇慢慢站起。

鹿兆鹏：“你不是想听么？秋月，我活着回来了，我幸运地活下来了。”

鹿兆鹏媳妇转身要出门。

鹿兆鹏沉声：“别跟我爸我妈说！”

鹿兆鹏媳妇停住脚步，复杂的目光回头审视。

鹿兆鹏恳求地：“他们会吓坏的。”

鹿兆鹏媳妇强作镇定，重又蹲下抚摸伤痕：“图个啥呢？”

鹿兆鹏喃喃：“图个啥？图天底下所有地方都能像咱原上一样太平。”

鹿兆鹏媳妇：“可你瞎忙活半天，没人领你的情哩。谁知道你在为他们流血受伤。”

鹿兆鹏烦躁摇头：“我不需要他们知道！”

“我不管那么多！”鹿兆鹏媳妇突然紧抱住他，脸贴在他光着的背上，“你先让我怀个娃吧！”

鹿兆鹏皱眉：“啊？”

“以后别再为别人去打仗了！”鹿兆鹏媳妇闭上眼甜蜜地，“我要给你鹿家生个大胖小子！我给你爷你爸你妈养老送终！”

鹿兆鹏将头沉入水中，媳妇怔怔瞧着。

鹿兆鹏从水中冒出，抹把脸上的水：“秋月，你先出去吧。”

鹿兆鹏媳妇睁大眼睛怔住：“啊？”

鹿兆鹏冷冰冰地：“你让我一个人静静。”

鹿兆鹏媳妇听话地起身推门走出。

鹿兆鹏快速擦拭披上衣服……

45. 鹿家后院　夜　外

夜空打着闪雷。鹿兆鹏媳妇就守在门口，门开，鹿兆鹏已经穿戴整齐急匆匆走出。

鹿兆鹏媳妇："你干啥去？"

鹿兆鹏头也不回往大门走。

鹿兆鹏媳妇："要下雨了你拿把伞！"

鹿兆鹏逃一般奔离。

天空一道霹雳映着鹿兆鹏媳妇苍白的脸。

46. 鹿家前院　夜　外

鹿子霖与冷先生同饮完杯中酒，摇晃起身抱着酒坛晃了晃。

鹿子霖："咦，咋没了呢？"

冷先生也带着醉意："不喝了，喝……太多了！"

鹿子霖："那不成，难得高兴啊亲家！我有个当官的儿子，你有个出息的女婿哇！"

冷先生发蒙地点头。

鹿子霖迷糊地："谁啊，下这么大雨，院里淋着干吗？"

冷先生与他互相搀扶站起，来到门口，都惊呆。

鹿兆鹏媳妇一动不动站在雨中，神色恍惚，头发、衣服都已经被浇透……

47. 田家田小娥房　夜　内

田小娥在屋中心神不定地来回走动，轻微的敲门声，田小娥扑上前开门。

黑娃闪进屋脚踹上门，两人就贴在了一起。

黑娃颤抖着声音："娥儿姐苦了你啦！"

田小娥痛哭："兄弟啊！你再晚来一天我就没了！我不想活了。"

黑娃抱紧田小娥也哭起来："我辜负你了娥儿姐！我走了好多地方才寻到

你……寻不到你我也不活了！”

两个人拼命搂住对方，胳膊腿互相缠绕着拧紧……

48. 白鹿原　夜　外

瓢泼大雨中，鹿兆鹏疯狂地奔跑，任雨水淋在身体上。

鹿兆鹏大口喘息，像迷失了方向般不知该往何处去。

他猛地回身，黑夜里原上村落灯火闪闪，一道闪电劈过，瞬间照亮原上。

鹿兆鹏百感交集，脸上不知是雨水还是泪水。

49. 西安城女校宿舍　夜　内

炮弹呼啸而来，到处是火光。

宿舍都被震动摇晃，女生的尖叫声，哭声。

白灵瞪大眼望向窗外，大火映红了黑夜。

阅影·大师剧作

白鹿原 剧作

二

原著 陈忠实
编剧 申 捷

CFP 中国电影出版社
2017·北京

能规过失
雷佳音
饰
鹿兆鹏
白鹿原
WHITE DEER PLAIN

能教子弟
翟天临
饰
白孝文
白鹿原
WHITE DEER PLAIN

李沁
饰
田小娥
白鹿原
WHITE
DEER
PLAIN

能救患難
姬他 饰 黑娃
白鹿原
WHITE DEER PLAIN

能受寄托
邓伦
饰
鹿兆海
WHITE DEER PLAIN
白鹿原

王骁 饰 白孝武
能事父兄
白鹿原
WHITE DEER PLAIN

能決是非
孙铱
饰
白灵
白鹿原
WHITE
DEER
PLAIN

斯琴高娃
饰
冷秋月
白鹿原
WHITE
DEER
PLAIN

田昊 饰 岳维山
WHITE DEER PLAIN
白鹿原

孙浩
饰
杨排长
白鹿原
WHITE
DEER
PLAIN

白鹿原
WHITE DEER PLAIN

白鹿原
WHITE DEER PLAIN

白鹿原
WHITE
DEER
PLAIN

白鹿原
WHITE
DEER
PLAIN

白鹿原
WHITE
DEER
PLAIN

白鹿原
WHITE DEER PLAIN

白鹿原
WHITE
DEER
PLAIN

儉讓
禮智信
白鹿原
WHITE DEER PLAIN

第十七集

1. 白家偏房　夜　内

初秋。

轧花机旁堆着厚厚的棉花，旁边放着一瓦罐的沙果叶子汤。

孝武笨拙而专注地踩蹬轧花机，孝文郁闷坐在一旁，将油灯拨得更亮。

孝武："这轻重真难搞，踩轻了吧轧不着，踩重了又把种子轧碎了。哥你瞧瞧到底咋回事？"

孝文冷哼："你还真能坐得住。"

孝武猫腰摆弄机器，将缠住的棉花一点点揪出："爸让咱早点学会么。"

孝文苦笑瞧着弟弟："学会又怎样？天天跟妈们一样坐这轧棉花缝缝补补？"

孝武不满："哥，你这说啥呢。"

2. 白家院　夜　外

白嘉轩走到窗外，静静地听着里面兄弟说话。

孝文叹息："大丈夫当建功立业光宗耀祖。人家都做上校长了，县长亲自陪着回来上任，那叫一个风光！可咱呢？"

孝武："哥，不用羡慕人家。爸说过咱过好自己日子就成。"

孝文发呆琢磨："也不知道鹿兆鹏这小子外面经历了啥，短短几个月咋就麻雀变凤凰了呢？"

白嘉轩皱眉听着，悄然离去。

3. 小学校　夜　内

鹿兆鹏浑身浇透恍惚着迈进学校自己的宿舍，没发觉门是半掩的，他疲惫不堪地脱下外衣喘息，身后黑暗中竟有人点燃油灯。

鹿兆鹏猛地回身，朱先生微笑瞧着他。

鹿兆鹏惊："朱先生？"

朱先生似不经意："雨下得大，回不去书院，只能来你这借地方避避。"

鹿兆鹏打量朱先生，有些惊慌："我……给您沏茶！"

朱先生笑眯眯看着鹿兆鹏翻找抽屉："喝水也没关系。"

鹿兆鹏尴尬只得倒好水，递到先生面前。

朱先生笑："久别胜新婚呐，兆鹏你不在家陪媳妇，大半夜跑学校来做什么。"

鹿兆鹏低头黯然。

朱先生叹了口气："本想着回来办离婚休妻，话到嘴边又不忍休了。苦啊！"

鹿兆鹏惊呆，抬头看着朱先生。

朱先生剪了剪灯油捻："兆鹏，你变了。"

鹿兆鹏愣了愣："……您说我变心？这个女人本就是我爸我爷他们强加给我的。"

朱先生一笑："没说你这个。我是说你经了些事，心里起了变化。你爸，这原上的人都没瞧出来。"

鹿兆鹏佩服的目光："但您瞧出来了。"

朱先生点点头："说说你的难处。"

鹿兆鹏嘴唇动了动，一笑掩饰过去："我哪有难处，人都说我得意还来不及呢，先生看出什么来啦？"

朱先生推开窗，入神地望着外面的夜雨。

鹿兆鹏暗暗打量他。

朱先生望着黑暗突然一笑，转身定定地看着鹿兆鹏："你回来绝不是只当这个校长的。"

鹿兆鹏怔怔地看着朱先生，也释然笑起，给他杯中添水："先生也不是来这避雨的。”

4. 女校宿舍　夜　内

整个楼似乎都在摇晃，白灵摔倒在楼道，又爬起往楼梯边冲。

一发炮弹打透窗户，爆炸的尘烟将白灵淹没。

女生的尖叫声，白灵抱起一个浑身是血的女生不顾一切地往外拖去……

5. 白家　夜　内

白嘉轩猛地惊醒，大口喘息满头是汗。

仙草也跟着坐起扶住他，轻声问：“咋啦？”

白嘉轩摇摇头恍惚：“我梦见灵儿了，被狼叼去了还在叫我。”

仙草叹息：“灵儿在城里好好的，你是想你闺女了。”

白嘉轩不安的眼神……

6. 小学校　夜　内

火苗被窗外的风刮得猛烈摇动，朱先生与鹿兆鹏两人默默对坐。

朱先生陷入沉思，喃喃地像是自语：“风雨飘摇啊，兆鹏，你说这世道将往哪里转？”

鹿兆鹏：“您说呢？”

朱先生看着他，苦笑。

鹿兆鹏：“先生我没反问你，我意思是……”

朱先生摆摆手：“咱俩之间用不着那些客套。我觉得不管怎样转，只要不伤筋动骨，别伤了元气就行。”

鹿兆鹏一撇嘴。

朱先生呵呵笑着瞧他：“就知道你不服，说出来。”

鹿兆鹏苦笑：“我怕说出来把先生噎住。”

朱先生瞪眼：“你从小到大噎我还噎得少么？”

两人会心笑。

鹿兆鹏："那我就说了啊！先生此话兆鹏难以苟同，譬如重病之人，不伤筋动骨怎能治其恶症？怕伤元气？久病之人的元气早已经消失殆尽了吧。"

朱先生叹了一声："我担心的就是这个。你回来身上带着一股血气，杀气。"

鹿兆鹏忙起身："先生，兆鹏若有不敬之处……"

朱先生笑着摆摆手："我没怪你，坐。只是我见惯了没血气的人，一见你吓一大跳。"

鹿兆鹏笑了笑，重又坐下护住被风吹得摇曳的油灯。

朱先生笑："前天县长来书院请我去做什么师范学校的校长，被我谢绝了。我跟他说我自知不过是一只陶钵——"

鹿兆鹏诧异地瞧着朱先生。

朱先生解释说："陶钵嘛只能鉴古，于今人已毫无用处。"

鹿兆鹏摇头笑："连先生都是无用之人啦？那只怪这时代不会用人。"

朱先生："哎听我说完么，那县长问我想做什么，我说我想重修本县县志。"

鹿兆鹏一笑。

朱先生："你一坏笑准没好话！"

鹿兆鹏较起真来："先生，人如果都活不下去了，修史做什么？"

朱先生："给后人看，让后人好好活。"

鹿兆鹏凑近："您的意思是现在活不下去的人，就让他们自生自灭？"

朱先生摇摇头："不要轻易打仗。顺其自然自成史册，不可强行改变。"

鹿兆鹏哈哈一笑："先生太过理想化了。人类历史上哪一次变革是商量出来的？都是用血肉铺出来的。"

朱先生复杂的目光注视鹿兆鹏，叹了口气："你经历了不少事。"

鹿兆鹏正色："我知道先生在想什么，我也知道先生怕什么。您觉得光靠躲避就能享世外桃源的太平了？您别忘了桃花源只是个传说！"

朱先生眯起眼，笑着点他："好你个兆鹏，想做我肚里的虫子是不是？"

兆鹏笑："我哪敢往您肚里钻呢！先生肚里的学问都得把我淹死。"

两人会心笑起。

鹿兆鹏走到窗前，收笑叹息："兆鹏也想保白鹿原这一片世外桃源的安宁。可树欲静而风不止啊，您可知就在今晚，十几万军阀部队已经把西安城围个水泄不通了。”

朱先生慢慢站起，注视着鹿兆鹏：“你说什么？”

鹿兆鹏回身目光复杂：“我没敢跟我爸他们说。西安城里无数血肉之躯眼看就要成为炮火下的灰烬，我弟弟也是其中一个。”

7. 学校废墟　日　外

鹿兆海已经浑身是土，抛下自行车奔到废墟前，焦灼不安地穿行找寻，不少担架在往外抬着死伤者。

鹿兆海四下里叫：“白灵？白灵！”

鹿兆海抓到一女生，发现不是，又冲入废墟。

后面人喊：“别进去！危险！”

一处房梁倒下，险些砸中鹿兆海。鹿兆海急得快哭出来。

腾起的烟雾中，鹿兆海疯狂地呼叫：“白灵！白灵！”

孩子哇哇的哭声，鹿兆海转头望去。

白灵抱着四五岁的孩子跌跌撞撞从烟中走出。鹿兆海忙上前接过孩子，白灵瘫软坐倒在地。

鹿兆海瞪着她：“你没事吧？受伤了没？”

白灵恍惚摇头：“教务长死了，她把儿子压在身子底下，自己扛住了整块房梁……”

鹿兆海怔怔地瞧着痛哭的孩子。

8. 小学校　日　外

鹿子霖一脸焦灼，揪住个人便问：“瞧见我儿子没？瞧见你们鹿校长没？”

被问的老师摇头：“没见鹿校长。”

鹿子霖急得不行，在操场跳着脚喊：“鹿兆鹏！你给老子出来！你就是躲到地缝里我也把你抠出来！”

老师拉住他劝：“叔，别叫哩！娃们上课呢。”

鹿子霖骂：“他给别的娃上课，我鹿家就该断后哇？”

其他老师也上前:“叔，我们一早就没见着校长。我们也在找他呢……”

鹿子霖冲到校长办公室撞开门:“我不信！你们准定帮他藏！”

韩裁缝叼着烟袋正坐在里面，忙起身冲他点头笑笑。

老师:“裁缝，你也先走！等我们校长回来再说。”

韩裁缝赔笑脸:“唉！唉！”

9. 小学校外　日　外

鹿子霖愁眉苦脸地往前走，韩裁缝小跑跟随。

韩裁缝:“鹿乡约！鹿乡约您留步！”

鹿子霖转头瞥他。

韩裁缝笑眯眯:“在下姓韩，干裁缝的，想留在这原上给乡里乡亲缝缝补补。”

鹿子霖不耐烦:“你找我说啥！”

韩裁缝:“就得找您说！我想借用小学校一块地方，您是乡约，又是鹿校长的亲爸……”

鹿子霖挥手头也不回地:“去去！我管你这闲事！”

韩裁缝:“我给您做身好衣服！”

鹿子霖停住脚步，回头瞧韩裁缝。

韩裁缝抖抖包裹里的布:“就用这布料！上好的棉布！”

鹿子霖皱眉:“你走吧！这原上缝布做衣裳都是家里妈们的活，你这手艺没人稀罕花钱！”

韩裁缝追上几步赔笑:“不一样，这不有学校了么！校服啥的，可是大活！”

鹿子霖恍然大悟，上下打量韩裁缝:“你倒会做买卖，这学校刚开你闻着味就来哩，我也花不起那钱。”

韩裁缝笑，掏出尺来上前就量:“花啥钱，您这是替乡亲们替鹿校长试我手艺哩！”

鹿子霖很受用，点头重新打量韩裁缝，听话地举起双手转着身任由他量……

10. 城外土坡 日 外

鹿兆鹏喘息埋伏在树丛中，一脸焦急望着外面的哨卡。

把守士兵驱赶着要进城的百姓，吼叫着：“没瞧见告示？西安城封城了！炮弹不长眼，进出都不许！”

鹿兆鹏抹了抹额头上的汗，猫腰小跑奔出树丛。

11. 白家 日 内

白孝文有节奏地踩踏轧花机，白嘉轩叼着烟袋坐一旁。

白嘉轩：“别慢下，再踩。”

孝文无可奈何：“爸，您让我从天亮踩到现在……不出活瞎踩么！”

白嘉轩沉着脸：“踩！”

孝文快哭出来，叫：“妈！奶奶！”

白嘉轩靠在门上：“喊她们没有用。踩！”

节奏有了变化，轧棉花机被孝文发泄般狠踩，咯噔噔卡住。

旁边观瞧的白嘉轩忙叫：“停下！”

孝文像没听到，还在发狠地蹬。

白嘉轩一把将儿子拽到一边，用烟袋抽了下屁股。

白嘉轩哼了声：“鹿兆鹏做上小学校长，你不甘心。”

孝文低头不语。

白嘉轩叹了口气：“人家好是人家的，你气个啥。”

孝文：“我要是出外念书，我准比他强。现在回来光宗耀祖的是谁就不一定了。”

白嘉轩盯着儿子：“那你这气是冲我来的？我不让你进城念的。”

孝文颤抖着嘴唇：“我……我就觉着您太向着我妹了。我跟孝武聊天时他也这么说。人家都是把儿子送进城求学，咱家倒好，把女儿送进城去。我妹她再有出息，毕竟是个女子……”

白嘉轩用烟袋敲了敲孝文的胸：“我没求你妹有多出息，我也不求你光宗耀祖。三十年河东，三十年河西。你懂个啥！”

孝文抬眼看爸。

白嘉轩恼火：“这么多天我就没撅回你这个性子！我的话都白说？修！给我修好！修不好它甭吃饭！”

仙草进屋端来用瓦罐盛着的汤水：“又跟儿子凶！妈在那屋问。”

白嘉轩：“你别管！他瞧人家做官眼红哩，你儿子心不正……”

12. 白家院　日　外

鹿子霖正领着韩裁缝往院里走，听到白嘉轩骂忙停住脚步。

白嘉轩：“各家有各家的活法儿，咱家有咱家的活法儿。咱只管按咱的活法儿做咱要做的事……”

鹿子霖嘴角露出一丝不易察觉的笑意，扯嗓门：“嘉轩！嘉轩？”

白嘉轩忙迎出门来，诧异地瞧着他与韩裁缝。

鹿子霖站门口瞧瞧屋里的轧花机，笑眯缝起眼：“孝文轧花呐？”

白孝文懊恼低头：“叔。”

鹿子霖用手背扇扇白嘉轩肚子：“你可真成！”

白嘉轩：“啥事？”

鹿子霖：“韩裁缝，来！要在咱原上住下给大伙裁衣，我说得先问你这族长不是。”

韩裁缝赔笑上前：“族长！我给您做套衣服，您试试，不收钱。”

白嘉轩皱眉：“我穿不起，咱这乡下能有你裁缝的活干？”

韩裁缝还没说话，鹿子霖抢先帮着：“小学校不开学了么，那校服啥的多了去了！”

白嘉轩恍然点头：“那住在哪儿？”

鹿子霖又抢先：“小学校那么多房子，回头给他腾一间。”

白嘉轩苦笑：“那跟你儿子商量去，找我干啥。”

白嘉轩转身进屋，冲孝文：“修！不修甭吃饭！”

鹿子霖瞪眼：“哎？你说这人……”

韩裁缝拦住鹿子霖，瞧瞧屋里，竟跟着进来蹲到机器旁查看。

白嘉轩诧异地打量。

韩裁缝伸手鼓捣一通，连鹿子霖、仙草都惊奇地看他修。

韩裁缝抹了抹手上的污油站起："试试。"

白孝文将信将疑踏了一下，又运转起来。

韩裁缝笑："这机器久不用，轮轴容易被棉花籽卡住，平日加点油在里面。"

白嘉轩点点头，递上块布给韩裁缝擦手。

13. 西安城外郊野　日　外

鹿兆鹏从土坡慢慢抬起头，三个士兵正用枪托狠砸一人，那人奄奄一息。

炮声在远处轰隆隆炸响。

士兵边砸边骂："不挖战壕想跑？我让你再跑！"

"弄死他算哩！"

鹿兆鹏起身大大方方走去。

士兵举枪对准他："站住！"

鹿兆鹏边掸身上的土边继续往前走："这是干啥呢……军爷咱是过路的，想进西安城，这咋打上仗啦？"

士兵："还敢进西安城？找死呢你！干啥的，举起手！"

鹿兆鹏乖乖举起手，露出恐惧："小本买卖，军爷，这是谁打谁啊？"

鹿兆鹏转身要跑，被士兵围上，举枪对着他。

鹿兆鹏惊："这是干啥？我不进了！"

士兵冷笑："不进？也得先给爷们挖完战壕再说！走！"

鹿兆鹏被士兵推推搡搡奔前面走去。

14. 西安城　日　外

炮火在身边炸响，人们惊慌失措地叫喊躲避。

白灵紧紧抱着孩子，鹿兆海猛地将她压在身下。

孩子哇哇哭，白灵一头土地爬起，鹿兆海瘫软仰躺紧闭双眼。

白灵快哭出来："兆海哥！兆海！"

鹿兆海慢慢睁开眼，挤出笑："我没事，被震得有点晕而已。"

白灵不知该哭还是笑，含泪："你没受伤吧？"

鹿兆海支撑艰难爬起："没有！快走！我们刚进入密集炮轰区了！还得有第二拨。"

鹿兆海张开手臂罩在白灵头上，一手搀扶，白灵抱着孩子却没注意到鹿兆海背后已经血肉模糊……

15. 田家沟田地　日　外

田秀才叼着烟袋满意地眺望黑娃不惜力干活的身影。

黑娃像台机器般不知疲惫，身旁扎成的麦捆已经有十几个。

远处田小娥挎着食盒走来。

田秀才叫："黑娃，吃饭啦！"

黑娃："您老先吃，我再干会！"

田秀才满意地接过碗，轻声对女儿："老天爷也觉着亏欠我哩，给我降下这么好的长工！"

田小娥皱眉："爸，人是铁饭是钢，他不吃光干扛不住。"

田秀才瞪女儿："用你说！"田秀才端起自己碗看看，又拨了拨另一个碗，急，"咋给他下这么多辣子！你放多少油？"

田秀才抢过往自己碗里拨倒。

田小娥想阻拦："爸！"

田秀才边倒边骂："败家的东西，往后少做这些带油腥的，能填饱肚子饿不死他就行！"

田小娥不满："你叫他赶紧过来，饿坏了人咋干活哩？"

田秀才踹女儿："还不回去！"

田小娥不舍地回望，只得离开。

黑娃望了眼田小娥的背影，又发泄般猛干起来。

16. 白家屋 晚 内

白赵氏跟仙草正检点装好的物品。

孝文站在一旁，看着爸妈装好绸子的布料和金戒指金耳环等物品。

白赵氏嘟囔："八样礼，用过这么重的礼吗？也不知他爸想啥。"

仙草笑："妈，这不还是为您孙子风光么。这次嘉轩可是下了本钱哩。"仙草瞥眼孝文朝他使个眼色，"给你爸倒杯茶去。"

孝文听话倒茶进屋，白嘉轩闷头抽着烟袋。

孝文恭恭敬敬："爸。"

白嘉轩："嗯，喜帖都让人写好了，过完礼回来一家家发。"

孝文："哎……爸，我娶媳妇动静有点大吧？"

白嘉轩哼了声："你是白家长子，将来又要在族里领事，你娶的不是媳妇，是规矩，懂不？"

孝文有些恍然："爸的意思我明白了，是告诉原上的人，我成事哩。"

白嘉轩叼起烟袋："你这婚爸不怕花钱，越热闹越风光越好。喜帖你亲自挨家送，先送鹿家你大那。"

孝文："对！给他们瞧瞧……"

白嘉轩白眼儿子："给谁瞧！日子是给自己过的！"

孝文笑："唉！"

白嘉轩舒适地吐口烟圈，品味着。

17. 冷家药铺 晚 内

鹿子霖提着点心匣探头探脑在门口望。

冷先生："子霖，进来。"

鹿子霖赔笑进："哥啊，我没事来瞧瞧你，我那儿媳妇……"

冷先生："我跟我闺女说好哩，待会你就把她领回去。"

鹿子霖懊恼："等那小畜生回家，瞧我怎么收拾他！"

冷先生叹了口气："兄弟，你甭费心了。"

鹿子霖顿时头皮就麻了。

冷先生仍然是那副冷面孔，声音却很平实："你给兆鹏说一句，让他写一张休书，算咧。那没啥！"

鹿子霖按捺不住："哥呀，你说哪儿的冷话！事情到这一步我也不瞒不盖。休书的事你再不要说第二回，说一回就够兄弟受一辈子了。你放心，他兆鹏甭说当校长，就是当了县长省长，想休了屋里人连门儿都没得！要是我今日说的话不顶事，我拿他的休书当蒙脸纸盖。"

冷先生却仍然不动声色："兄弟，不必。旁人觉得被休了就羞得活不成人了，我觉得没啥。咱们过去咋样往后还咋样。"

鹿子霖情绪已无法控制："不说了好冷大哥，你甭说了。我有办法，不是没办法。你先甭急。"

鹿兆鹏媳妇已经挎着包裹，眼睛红肿着站在门口："爸。"

鹿子霖忙回身怔怔地看着她："唉！"

冷先生冲女儿："你现在还是鹿家的媳妇，先回去。"

鹿子霖臊得眼睛不知该看哪。

18. 西安城外战壕　晚　内

鹿兆鹏在战壕里挖土，不时抬头望向被炮火映红的远方。

士兵催促："快点！快点！"

西安城墙的轮廓在涌向它的火光中闪现，很是壮观。

也有零星炮弹袭来，鹿兆鹏趁看守士兵卧倒躲避，猛地一拽眼前军官的脚拽入战壕，用力猛击。

鹿兆鹏快速脱下自己衣服，换起来……

19. 西安城街道　晚　外

鹿兆海紧张地望着教堂，白灵从里面跑出。

鹿兆海："怎么样？"

白灵点头："孩子交给福利会了，他们答应帮找教务长的家人。我不想走了，我要在这里帮忙。”

鹿兆海松了口气：“我正发愁留下你一人怎么办呢。”

白灵一怔：“你干啥去？”

鹿兆海一笑：“不是说好啦，敌人要是来了我就扛枪上城墙。”

白灵双手拽住他：“可你没打过仗！”

鹿兆海神秘一笑：“我哥教过我使枪。革命军人手不够，正招后备队呢。告诉你个秘密，你知道后备队的训练教官是谁？”

白灵紧张地看着他摇了摇头。

鹿兆海：“就是我们那个化学老师！”

白灵吃惊：“他？”

鹿兆海得意：“原来他跟我哥一样厉害！”

白灵：“兆海，打仗不是儿戏……”

鹿兆海看了看白灵紧攥自己胳膊的手：“放心，我不会死的。”

白灵忙用手挡在他嘴唇前：“屁话！”

鹿兆海：“我一定会活着回来见你！”

白灵鼻子一酸：“这还差不多。”

鹿兆海笑了笑：“那我走啦？”

白灵默默点头，看着鹿兆海转身，脸色一变。

白灵：“你背上咋啦？你等等！”

鹿兆海忙转身掩饰：“没咋。”

白灵急得要哭：“你负伤啦？你咋弄的？干吗不告诉我？你等着我去拿药……”

鹿兆海突然用力紧紧抱住白灵：“我没事，真的没事。”

白灵任他抱着一动不动。

鹿兆海颤抖着声音：“想知道我在孔明灯上写的什么吗？”

白灵笑了笑，像母亲般抬手抚摸鹿兆海的头发。

鹿兆海后退一步，眼中含着泪笑，不舍地再后退，终于转身奔去。

有人叫喊：“快来帮手！抬伤员！”

白灵动情地望着他的背影，也毅然决然地奔进教堂……

20. 田家院后房　夜　内

黑娃正在床上辗转反侧，门外有动静，一只脚试探地迈进，他忙闭上眼警惕听着。

那身影悄然走到炕边俯身瞧黑娃。

黑娃猛地睁眼双手勾住田小娥的脖子往炕上一拉，田小娥咯咯笑。

黑娃压上身："你咋来我这了？"

田小娥咬他耳朵："谁让你不理我！我等你半宿。"

黑娃："娥儿姐，别让你爸瞧见。"

田小娥："我不怕！我已经破罐子破摔哩，他能把我咋样。"

黑娃按住田小娥双手，坐起："回你屋去。"

田小娥愣住："兄弟，你这是唱哪一出？"

黑娃："这是你自己家，咱不能再偷偷摸摸了。"

田小娥没听明白："你还想光明正大？"

黑娃："对！我想把你明媒正娶喽！"

田小娥怔怔地瞧着他，黯然摇头："兄弟，我爸不会答应你。他是出名的铁公鸡，还想把我再卖个好价钱哩。"

黑娃自信："你爸啥脾气想的是啥，我已经摸得差不多了。你再等我若干几十天。我会跟你爸当面提亲。"

田小娥疑惑地看着黑娃。

黑娃抱起田小娥放下炕："娥儿姐信我！我现在不贪你的身子了，我不辜负你。"

田小娥莫名感动看着黑娃，突然上前紧紧搂住："我信你，我等！"

21. 小学校宿舍　凌晨　内

鹿兆鹏进屋后筋疲力尽脱下外衣，倒好水清洗脸上手上的血迹，又拿过桌上的手枪看看，蹬上桌摸房顶找地方藏。

外面有动静，鹿兆鹏警惕举枪："谁？"

没人答应，鹿兆鹏跳下桌小心翼翼走到门口探望。

头刚伸出门外，一人影迅速切到右侧锁住鹿兆鹏胳膊，鹿兆鹏猛翻身挣脱举枪又被那人打开。两人在黑暗中快速交手几个回合，鹿兆鹏终将枪顶在那人头上。

鹿兆鹏喘息点亮灯，呆住。枪顶的正是不慌不忙的韩裁缝。

鹿兆鹏惊喜："老韩？"

韩裁缝："枪哪来的？"

鹿兆鹏一笑将枪递上："我去了趟西安城，可惜没进去。干了几个敌人摸了把枪回来。"

韩裁缝掂量手里的枪。

"老韩你可来了！"鹿兆鹏，"好枪，这把枪配得上你！送你当见面礼！"

枪被韩裁缝默默推回。鹿兆鹏一怔看他。

韩裁缝："杀回去。"

鹿兆鹏莫名："啊？"

韩裁缝："用这把枪杀回去！你有本事啊鹿兆鹏。"

韩裁缝俨然变了个人，严厉的目光注视鹿兆鹏："你拿这把枪把围西安城的十几万兵都杀光，然后替北伐军挡各路军阀去！你把他们都杀光，革命靠你鹿兆鹏一个人就成功了！"

鹿兆鹏："老韩……"

韩裁缝用力一拍桌子："你要是回不来呢？组织上给我们的任务怎么办？"

鹿兆鹏抱头不语。

韩裁缝："鹿兆鹏啊鹿兆鹏，我以为你脱胎换骨了，你还是个白鹿原的草包子！"

鹿兆鹏发泄："我不想做草包子！是你逼我回来的！我的同志我的战友都战死在前线，我却被你调到这当什么小学校长！是你教我的不打垮全中国的军阀誓不回家，现在把我逼回白鹿原的也是你！"

面前的鹿兆鹏像头被困在笼子里咆哮的狮子一样。

韩裁缝："发泄完了？你的任务是什么？"

鹿兆鹏："唤醒民众，壮大我们的力量，配合北伐。"

韩裁缝："你现在做的什么？是个人英雄。"

鹿兆鹏："我最不愿意回的就是这里，我可以对敌人残忍，我可以杀光挡在面前的所有对手，可我没办法面对我家里！"

韩裁缝默默将手搭在鹿兆鹏肩上拍了拍。

韩裁缝轻声："让你回来，其实我也是有顾虑的。"

鹿兆鹏慢慢抬头看着他。

韩裁缝复杂的目光："白鹿原走出的娃，你的优势也是你的劣势。"

鹿兆鹏起身："老韩，我……"

韩裁缝却回身拿过烟袋，鹿兆鹏怔怔地瞧着他点烟的背影。

22. 祠堂　日　内

白嘉轩皱眉沉思，众人都瞧白兴儿哭。

白兴儿委屈："族长！我那一圈羊啊半路就被那帮兵抢去了！"

老者："你没告官府？"

白兴儿哭："都不让进城，我上哪告去！"

桑老八也苍白着脸："我那车粮食也丢哩，到处都是兵，我跟他们要，那枪口就对着我脑袋……"

老者们疑惑："这是咋了，闹不成又变天啦？"

白嘉轩："各家都小心着，先别急着进城卖粮卖牲口了，打探清楚再说。跛子爷。"

跛子爷："唉！"

白嘉轩："从今天起晚上多加两个后生和你一起巡夜，带上家伙。"

白孝文低声提醒："爸，村口得有人把着，过路的都得盘问。"

白嘉轩赞许地点点头。

23. 白家　晚　内

仙草端着麦仁汤送到白嘉轩面前，白嘉轩吧嗒吧嗒抽着烟袋陷入沉思。

仙草："你这一天都没吃东西，给你煮了碗麦仁汤，不舒服？"

白嘉轩摇摇头："要打仗了。"

仙草怔怔地瞧着他："哪儿打？"

白嘉轩："进城的人东西都被抢了，县城都已经乱了套，全是兵，全是奔西安城的。”

仙草一惊:“兵都往西安城跑……灵儿不会有啥事吧?”

白嘉轩忧心忡忡:“我担心的就是这个,孝武再进城送药我让他把灵儿先接回来。”

24. 教堂医院 晚 内

白灵在呻吟的伤员中穿梭忙碌,她的衣服已经被血浸染。满目都是残肢伤体,白灵恍惚前行,时而蹲下安慰伤员。

一个重伤员号叫。有医生喊:“帮我按住他!”

女护士尖叫哭泣退缩。

白灵扑上前用力按住挣扎的伤员,医生快速处理伤口,血不停地从白灵手指处涌出。

伤员哭号:“杀了我吧!让我死吧!”

白灵柔声:“你会被治好的!你不会死!”

伤员喘息看着白灵。

白灵冲他强挤出笑容。

25. 西安城学校操场 日 外

化学老师已经身着军服,冲排成列的新兵吼着,鹿兆海站在其中。

化学老师:“作为预备队,也许不会有上战场的机会,也许下一刻你们就得面对残酷的敌人,面对你这辈子也见不到的血腥。能站在这里的不是㞞人,可真正有没有胆量得战场上见!谁会打枪,出列!”

鹿兆海迟疑了一下,迈步出列。有几个人也跟随出列。

化学老师挨个发枪,鹿兆海将枪紧握手中。

化学老师回身一指:“瞄准靶子,打!”

几个人瞄准,“砰砰砰”,一个士兵跑上前查看,摇旗。

化学老师冷笑:“没一个上靶,你们这叫会打枪……”

话音未落,依然还在瞄准的鹿兆海扣动扳机,“砰”!

检查靶子的士兵吓呆在那儿，旗子也落在地上。

化学老师愤怒揪起鹿兆海脖领："鹿兆海！你打中自己人怎么办！为什么要比别人慢，你知不知道你差一点就……"

鹿兆海："报告！我不会打中自己人。"

身后士兵喊："中靶！"

化学老师回身望去，士兵捡起旗直指靶心正中。

鹿兆海松了口气。化学老师不敢相信地看着鹿兆海。

化学老师轻声："你哥啥时候教你的？"

鹿兆海笑起来。

远处白灵叫："鹿兆海！"

鹿兆海尴尬地上前："你咋来啦？"

白灵笑："我跟救护队路过，跟你教员说说，能不能教教我？"

鹿兆海："恐怕不行，这不是你们女人干的。"

白灵噘起嘴："又来了！"

白灵掏出块馍塞他嘴里。新兵们起哄。

化学老师笑："咋？没我们的份？"

鹿兆海脸一红。

白灵却大方地又拿出一个："有！"

白灵用力抛去，新兵们也不在意列队了争上前哄抢。

白灵咯咯咯笑起……

26. 小学校裁缝屋　日　内

鹿兆鹏跟韩裁缝专注地看着桌上的地图，鹿兆鹏拿笔画着。

韩裁缝叹了声："城里的守军能守住这十天猛攻，我真没想到，我估计刘瞎子也想不到。"

鹿兆鹏点头："这城里的二虎将军打仗是有一套的。十天内如果拿不下，刘瞎子肯定会派兵四处征粮。"

韩裁缝摇摇头："城里也战备空虚，弹药紧张撑不了多少时候，敌人还不知道。必须抓紧补充弹药！"

鹿兆鹏一怔："城被围得鸟都飞不进去，咋补？"

韩裁缝："刘瞎子的镇嵩军里有我们的人，到时会放一条口子出来。"

鹿兆鹏皱眉："弹药呢？"

韩裁缝："就是刘瞎子自己的弹药库，兵走险棋，这事恐怕得你出马了。"

鹿兆鹏眼中放亮："好一步险棋！我看补充弹药还在其次，更重要的是给刘瞎子一个信号。打击他的信心！这主意是谁出的？"

韩裁缝："城里有高手。"

鹿兆鹏兴奋："什么时候去？"

韩裁缝："就在今晚，下半夜。"

鹿兆鹏思索："只是送弹药动静太大，刘瞎子也不是吃素的，不是放条口子那么简单吧？"

韩裁缝："到时候城里有个姓岳的同志带队，他已经订下详细的计划！你只管往里送！"

鹿兆鹏若有所思点头："老韩，你放心吧！我保证完成任务！"

韩裁缝正要说话，外面鹿子霖喊："我找你们鹿校长！我是他爸你拦我干啥！"

鹿兆鹏懊恼地摇了摇头，推门出去。

27. 小学校　日　外

鹿子霖见鹿兆鹏出来双手作揖。

鹿子霖："鹿校长哎！您再忙也得回家一趟吧？"

鹿兆鹏尴尬地拉过爸到角落："爸，你说啥呢。"

鹿子霖："你这老不回家看看你媳妇，村里传啥闲话你知道不？你爷你妈跟我都不敢出外见人！"

鹿兆鹏："我真忙……"

"再忙有传宗接代生娃重要吗？"鹿子霖急，"你哪怕做做样子也该回去住两天，掩一掩众人的嘴……"

韩裁缝站在窗内静静聆听。

鹿兆鹏沉声："我不回去！"他无奈瞥眼屋里，"爸，这是封建婚姻您懂不？

我跟冷秋月没啥感情，您非逼着我们同房。"

鹿子霖举起手要打，停在半空，干脆扇了自己一个耳光。

鹿兆鹏哀求："爸！您这是干吗啊爸！"

鹿子霖："我儿子不传宗接代，我愧对祖宗！我只能扇自己！"

鹿兆鹏："爸！这是学校，您别……"

窗内，韩裁缝无可奈何地望着。

28. 鹿家 日 内

鹿子霖守在爸床边哭："现在这事包不住了也拖不下去了。我到学校再寻一回兆鹏，他再不给咱们脸，我就准备……"

鹿泰恒叹了口气："准备拿死吓唬你儿子？"

鹿子霖含泪点头。

鹿泰恒："你的办法搁到下一步再说，今晚我去叫一回，看看鹿校长赏脸不赏脸。"

鹿子霖："爸，你可不能出面。让人家笑话！"

鹿泰恒摇摇头："该出面就得出面，咱们祖荫出了校——长——了！"

29. 小学校 日 外

鹿兆鹏抱头坐在屋中，韩裁缝叼着烟袋斜眼瞥他。

韩裁缝："不干扰今晚的行动？"

鹿兆鹏摇头坚决地："不能！老韩你放心，我爸就是说出大天去我也……"

院里传来鹿泰恒的喊声："鹿校长！"

鹿兆鹏一惊，韩裁缝意味深长与他对视。

鹿泰恒拄着一根拐杖，平时只有出远门才动这根磨得紫黑光亮的拐杖。

鹿泰恒走进学校院子大声吆喝："鹿校长哎——鹿校长！"

鹿兆鹏闻声走到院子，笑："爷呀，你胡喊乱喊啥哩！你怎么也叫校长？"

鹿泰恒故意放大音量说："哎呀我的天爷爷你是校长嘛！爷是平头百姓庄稼汉嘛！是官都得尊嘛！"

鹿兆鹏窘红着脸扶住爷爷往自己房子走。

韩裁缝悄然走出门，若无其事张望。

鹿泰恒继续说:“你那衙门公馆，我这号平头百姓敢进吗？”

几个教师站在台阶上直笑。

鹿兆鹏红着脸拽着爷爷走进了房子:“爷呀你有话就说呀！甭……”

鹿泰恒说:“能想到的话，你爸早都给你说了，不顶放个屁嘛！既是不顶屁用，我就免了不放屁了。我说不下你……我就求你——”

鹿泰恒从直背椅上就溜下去，扑通一声跪倒在砖地上。

鹿兆鹏大惊失色赶忙拽爷爷:“爷呀快起来，有话你尽管说，我不敢不听爷的话。”

鹿泰恒说:“我求你跟我回去，再没二话。”

鹿兆鹏说:“你起来坐下慢慢说。”

鹿泰恒跪着不动:“你愿意跟我回去我就起来。你不答应不吐核儿的话，我就跪到院子中间去。”

鹿兆鹏悲哀地叹一口气:“爷呀你起来，我跟你回去。”

院中，韩裁缝忧心忡忡的目光。

30. 祠堂　日　内

白孝文正带着乡亲们郑重给牌位上香。

白孝文:“乡约……”

众人跟随:“乡约……”

外面响起鹿泰恒由远及近的叫声:“鹿校长回村啦！”

人群中小媳妇、年轻女子顿时骚动起来。

白孝文皱皱眉继续领念:“德业相劝，德谓见善必行，闻过必改。”

乡亲们也都郑重大声念起:“德业相劝，德谓见善必行，闻过必改。”

白孝文怒，更大声严厉:“把门关上！”

但已经晚了，外围的女子早已松动，纷纷涌到门外去看热闹。

人群中只剩下一群男人，女人都不见了。

白孝文转身懊恼:“成何体统！”

31. 村　日　外

鹿泰恒拄着拐杖在前面走，鹿兆鹏跟在后面。村里所有女人都挤到祠堂门口笑望指点。

鹿兆鹏脸通红跟随爷爷走着。

鹿泰恒吆喝："行人回避！肃静！鹿校长鹿大人鹿兆鹏驾到——"

小媳妇们捂着嘴乐，眼却都直勾勾瞧着鹿兆鹏。

两旁三三两两散着乡亲议论："城里回来的就是不一样。"

"他不是不回来么？"

有乡亲故意迎上，含笑打量。

"他不是祖宗都不认么？"

"架不住他爷么。"

鹿兆鹏不知所措奔前两步抓住爷爷的手杖："爷呀你让我明日怎么见人？"

鹿泰恒说："你当了官了，爷爷给你鸣锣开道呀！鹿校长过来了！鹿校长过来了！"

乡亲们们跟着起哄："鹿校长！你媳妇等你哩！"

"鹿校长，赶紧生个胖小子让你爷高兴哩！"

一帮孩子前面领着喊："鹿校长！鹿校长！"

鹿兆鹏不知怎么糊里糊涂跟着爷爷走进自家门楼。

32. 鹿家院　日　外

迈进院门，鹿泰恒仍然大声吆喝："咱们的校长回来咧！子霖哇！我把你当官的儿子求拜回来了，欢迎啊！"

鹿子霖和女人走到院子里。

鹿兆鹏媳妇激动的神色，慌乱对着镜子梳理头发，别上个发髻奔出门来。

鹿兆鹏尴尬不堪地站在众人面前。

鹿泰恒站在院庭中间，猛然转回身抡起拐杖，只一下就把鹿兆鹏打得跌翻在地上。

鹿兆鹏媳妇忙上前搀扶，鹿兆鹏推开她的手，咬牙站起。

鹿泰恒这才用他素有的冷峻口气说："真个还由了你了？"

33. 韩裁缝屋 日 内

白嘉轩在桌上摆放好几个鸡蛋。

韩裁缝愣住："这是？"

白嘉轩一笑："我家轧花机不是你修好的么，这几个鸡蛋是谢你的。"

韩裁缝忙挡："那算个啥！族长，白鹿原能收留下我这外人已经感激不尽了！"

白嘉轩："两码事。你能留是你的手艺好，我白嘉轩从不欠别人情。"

韩裁缝感慨地注视白嘉轩，点头："好吧。那就谢了！我刚看鹿校长被他爷叫回家去了，不大情愿哩。"

白嘉轩叹了口气："各家有各家难念的经。韩裁缝，我想请你给我大儿子做身新衣服，过些天娶媳妇用。"

韩裁缝笑："我这先提前贺喜了！到时还得讨杯喜酒喝。"

白嘉轩也笑："喜酒少不了你。"

韩裁缝试探："族长，你可不是一般人哩。当年交农闹事你挑的头哇？"

白嘉轩一怔："谁说的？"

韩裁缝佩服地竖起大拇指。

白嘉轩默默地将他的大拇指按下，意味深长："过去的事了，莫提。"

白嘉轩转身出门，韩裁缝望着他的背影沉思。

鹿三在外面马车上等着，白嘉轩刚一出门，鹿三迎上前。

鹿三："走？"

白嘉轩有心事地上车："走。"

鹿三扬鞭笑："我还惦记着让韩裁缝做身衣服哩。村里人都说他大城市来的，手艺真好！"

白嘉轩："三哥，往后在韩裁缝这嘴严些，别啥都说。"

鹿三一愣，转头看白嘉轩。

白嘉轩面无表情："他是外人。"

34. 田边树下　日　外

黑娃捧着自己的碗，难受地瞥田秀才舔碗的动作，一阵恶心。

田秀才抱着碗摇头叹息："……我脸都被她丢尽哩！方圆几十里地，沿途走的几个村子，谁不知道我养了个骚种！"

黑娃咬牙："听你这话，那武举人太不是东西！"

田秀才骂："呸！是那偷人的长工才不是个东西！"

黑娃身子一颤，瞧田秀才。

田秀才发狠地："不是那小畜生，我年年收武家进的年供！现在全没哩！我要见着他非扒他皮抽他的筋喝他的血！"

黑娃咽口唾沫起身，要下田地。

身后田秀才："你等下。"

黑娃忙回头。

田秀才冷下脸："把碗舔干净了。"

黑娃瞅着自己刚刚吃完了糁子面儿的大碗，残留着稀稀拉拉的黄色的苞谷糁子，几只苍蝇在碗里嗡嗡着，说："我不会舔，我自小也没舔过碗。"

田秀才冷笑："自小没舔过，现在学着舔也不迟。一粒一粥当思来之不易。你不舔我教你舔。"说罢就扬起碗作示范。他伸出又长又肥的舌头，沿着碗的内沿，吧唧一声舔过去，那碗里就像抹布擦过了一样干净。一下接一下舔过去，双手转动着大粗瓷碗，发出一连串狗舔食时一样吧唧吧唧的响声，舔了碗边又扬起头舔碗底儿。

田秀才把舔干净的碗亮给他看："这多好！一点也不糟践粮食。"

黑娃咽口唾沫："我在俺屋也没舔过碗，俺家比你家穷也没人舔碗。"

田秀才："所以你才出门给人扛活儿，要是从你爷手里就舔碗，到你手里刚好三辈人，家里按六口人说，百十年碗底上洗掉多少粮食？要是把洗掉的粮食积攒下来，你娃娃就不出门熬活反是要雇人给你熬活喽！"

黑娃的胃肠早已随着田秀才的舌头伸出缩进搅动起来，一阵阵恶心，话也说不出来。

田秀才摇头："你这娃娃事事都好，干活泼势又不弹嫌吃食，只有不会舔碗这一样毛病。你知道不知道，顿顿饭毕你先走了，我都替你把碗舔了。你只要从今往后学着舔碗，我就雇你干三年五年，工钱还可以往上添。”

黑娃走向田地，转过身，田秀才又抱着他的碗舔得正欢。

黑娃更加难以容忍，哇一声吐了。

35. 田家厨房　黄昏　内

田小娥洗着碗筷，黑娃闷头坐在那。

田小娥瞥了黑娃一眼："我爸就是这么个人，我早跟你说了，你从他这带不走我。"

黑娃不说话发呆想着什么。

田小娥眼红落泪："兄弟，你在这一晚我就一晚伺候好你，完了……该走就走吧。"

黑娃倔强："我娶你，我娶定你了！"

田小娥含泪："你拿啥娶我？我爸是只认钱的人……"

黑娃打断她的话："正因为认钱，他准许我带你走！"

田小娥不敢相信地看着黑娃。

黑娃坚定的目光。

36. 鹿家　晚　内

鹿兆鹏拍门："爸！你把门锁上干啥！开门！我学校还有事呢！"

鹿子霖蹲在窗户下听里面动静。

屋里，鹿兆鹏与媳妇闷坐，谁也不说话。媳妇无声落泪，擦拭着。

鹿兆鹏像头被困的猛兽在屋中徘徊，突然拿过纸笔快速写起来。

鹿兆鹏媳妇怔怔瞧他："你写的啥？"

鹿兆鹏："离婚书，写明咱俩没有同过房，不是真夫妻，将来你好找人家……"

鹿兆鹏媳妇："你休我？"

鹿兆鹏："这不是休书！是咱俩自愿的！"

鹿兆鹏媳妇强抢回，用力撕。

鹿兆鹏咬牙："好，好，你撕！我再写！"

鹿兆鹏媳妇突然发泄地抢过桌上所有的纸撕得粉碎，又将笔墨扫到地上。

快速开锁声，鹿子霖冲进来："你个混账，看今天我打不折你腿……"

鹿泰恒也举起拐杖："你不是我鹿家的好儿孙！"

鹿兆鹏："爷爷！爸！我求你们了！"

鹿子霖哭："你求啥！好像要你命一样，你命都是我给的！"

鹿兆鹏含泪："爸，等我把想干的事干完，我把命还给你们！"

鹿兆鹏夺门而出。

37. 村口　夜　外

鹿兆鹏急匆匆地走，远处有人喊："站住！"

鹿兆鹏放慢脚步，白孝文跟跛子爷迎上前。

白孝文一怔，笑："兆鹏，是你啊。"

鹿兆鹏勉强一笑："孝文，干啥呢？"

白孝文："这不传言要打仗，我爸让夜里小心着，我们跟跛子爷巡夜哩。"白孝文打量鹿兆鹏，"你不在家过夜？还去学校住？"

鹿兆鹏不知该怎么答，默默点头。

白孝文一笑："你媳妇也让？"

鹿兆鹏尴尬回笑，想错身走开。

孝文试探："哎，你当这校长拿多少钱？"

鹿兆鹏："月俸十五个大洋。"

白孝文有些吃惊，掩饰："哦。等我家轧棉花机开动起来，也能挣。"

鹿兆鹏心不在焉地："那好。"

白孝文："我那要进门的媳妇有手艺，会轧花。她家是出了名的轧花匠。"

鹿兆鹏心事重重："是么。"

白孝文："你媳妇会啥？"

鹿兆鹏摇摇头。

白孝文有些得意："我爸说，让我多管管原上的事，不历练将来接不上哩。"

鹿兆鹏想着别的事，应付地笑笑。

白孝文似乎被他的不经意惹怒，皱眉："当然比不了你这大校长！"

鹿兆鹏一怔打量白孝文，叹了口气："孝文，别跟我比。跟我比没出息。"

白孝文怒："你啥意思？"

鹿兆鹏急匆匆走去。

白孝文瞪着鹿兆鹏背影。

38. 小学校　夜　内

鹿兆鹏奔进小学校，韩裁缝正收拾利索往门外走。

鹿兆鹏："老韩！"

韩裁缝冷眼打量："我还以为你回不来哩！"

鹿兆鹏伸手："给我枪。"

韩裁缝没动，异样眼神："你这状态能完成好任务么？"

鹿兆鹏一直伸着手，恳求的目光。

韩裁缝叹息一声，掏出枪递给他。

鹿兆鹏快速准备："队伍在什么地方？"

韩裁缝："已经在西安城西面聚齐，有车送你过去。"

鹿兆鹏夺门而出。

韩裁缝注视他的背影，目光复杂。

39. 西安城学校宿舍　夜　内

黑暗中，呼噜声此起彼伏。

鹿兆海蹲在窗前，苦练立举瞄准与蹲下射击动作，轻声地说着："瞄准——放！瞄准——放！"

突然外面有人大声说话，是化学老师的声音。鹿兆海扒着窗偷望出去。

化学老师急得大声："这些都是新兵蛋子！他们从没上过战场！这不是让他们送死么？"

对面的制服眼镜也急："如果缺口被打开根本堵不住！你们预备队必须上！"

化学老师懊恼地叹息，随即急促的哨声吹响。

众人迷糊爬起身不知发生了什么。鹿兆海已经抢先冲出门去。

化学老师吼："集合！"

40. 西安城学校操场　夜　外

众人列队立正注视教官。远处轰隆隆的爆炸声。

化学老师扫视一周："敌人今晚偷袭，东线的工事被炸出缺口，急需补充兵员，我点到的人出列！鹿兆海——"

鹿兆海提枪迈出："到！"

制服眼镜已经跳上车，摇下车窗冷冷扫视，目光落在鹿兆海身上，车扬长而去……

41. 西安城西郊外军营　夜　外

鹿兆鹏已经换好镇嵩军的军服，随来人目不斜视地往里走。

两旁卫兵纷纷敬礼。

二人进入营内，里面堆满了弹药箱。

来人轻声："这是他们的弹药库。"

鹿兆鹏："守备的军队有多少？"

来人："一个营左右，我们的人占多数。"

鹿兆鹏目光如炬。

42. 西安东城墙　夜　外

子弹在黑暗中来回穿梭，拉出闪亮的曳光线。

鹿兆海等人跟随化学老师猫腰跑着，不时身边有人被打中倒下。

战壕中的军人死伤很多，城墙大门缺口处敌人不断涌进。

鹿兆海跟随化学老师趴在工事后望着缺口，一排新兵都面色紧张。

化学老师轻声："分散到战壕里，敌人进来了不许打！节省子弹听我的命令！”

鹿兆海跃入战壕推开一具尸体，保持瞄准姿势，一动不动。

硝烟弥漫，缺口处静悄悄的，没有动静。

硝烟慢慢散去，无数身影出现在后面，喊杀声震天。

鹿兆海注意到身边新兵的颤抖，他死死盯着前方目标扣住扳机。

突然身边新兵啊地叫了一声，先开起火来。

化学老师吼："别开火……"

已经晚了，无数子弹、炮弹袭来，鹿兆海猛地扑伏身子，待他抖落头上的土，发现身旁新兵已被打成筛子。

化学老师吼："打！"

鹿兆海瞄准射击，远处的敌人应声而倒……

43. 西安城西　凌晨　外

探照灯来回扫动，鹿兆鹏浑身是血，举灯回应。

远处信号弹打到天空，鹿兆鹏一挥手，身边队伍推车扛送弹药前行。

制服眼镜跳下车看看身边运送弹药的队伍，点燃根烟："很准时嘛。"

鹿兆鹏突然问："东边的缺口是你们自己打开的？"

制服眼镜有些惊讶，转身打量鹿兆鹏，又掏出根烟递上。

鹿兆鹏回绝："你们的计划太疯狂，如果缺口被攻破呢？西安城就完了！"

制服眼镜诡异地笑了笑："不这样怎么让刘瞎子上当呢，既然这是一次战略行动，就得付出战术的代价。"

鹿兆鹏沉重："今晚要有多少人死在那个缺口。"

制服眼镜："你就是鹿兆鹏吧？"

鹿兆鹏一怔。

制服眼镜伸出手："早听说你的大名，今日得见果然名不虚传。"

鹿兆鹏迟疑了一下，伸出手握住。

制服眼镜异样地笑看他："兄弟岳维山，后会有期！"

岳维山抽出手转身扬长而去。

鹿兆鹏怔怔地望着此人的背影。

第十八集

1.教堂医院　清晨　内

白灵在伤员中穿梭忙碌，身上手上都沾满了血迹。

外面的枪炮声越来越激烈，有女护士吓得尖声叫起。屋里人都纷纷焦虑不安地往外望去。

白灵揪住一个刚进门的士兵："前线怎么了？"

士兵喘息："东边……快守不住了。"

白灵吃惊地看着士兵。

医生冲进门急喊："谁跟我到东门去抬伤员？"

白灵："我！"

医生异样眼神打量她，摇头转身看其他站上前的小伙子："跟我走！"

白灵倔强地站到他面前："还有我一个！"

2.城墙　日　外

硝烟弥漫，子弹在身边穿梭。救护人员时而爬伏时而跳跃靠近工事。

到处都是死尸和呻吟的伤员，白灵却始终没有找到鹿兆海，期盼的目光变得绝望。

突然前面传来喊声："别过来！"

是鹿兆海的声音！白灵猛抬头望去。

抬担架的两个小伙已经靠近工事，瞬间被子弹打倒。白灵想跃起被医生按住。

鹿兆海吼："小心冷枪！别过来！"

白灵已经猫腰冲去，任子弹嗖嗖打来。

鹿兆海冒险举枪回射，压制住对面火力。白灵趁机扑到工事中。

鹿兆海瞪着白灵嘶哑着声音："你怎么来了……快趴下！"

鹿兆海猛地按住白灵，子弹在眼前打起一片土烟。

白灵扳住他双肩上下瞧："哪出的血？你哪伤了？"

鹿兆海举枪瞄准："我没事，先救他！"

白灵这才注意到身旁浑身是血的化学老师，正脸色苍白紧闭双眼。

鹿兆海声音有些颤抖："帮我扶着点枪，我咋瞄不准哩……"

白灵一惊回头看，鹿兆海的胳膊哆嗦着，血正从袖里滴落。

白灵急扶："你受伤了！"

鹿兆海恍惚："我没有，我……"

鹿兆海身子一晃，倒入白灵怀中。

身后，担架队、士兵纷纷涌进工事。

3. 祠堂　日　内

白嘉轩、鹿子霖和其他老者都领前站着。

孝文面冲众人朗声："五曰用度不节不计家之有无过为侈费者。"

众人："五曰用度不节不计家之有无过为侈费者。"

孝文熟练地："不能安贫而非道营求者。"

众人："不能安贫而非道营求者。"

孝文扫视："以上不修之过每犯皆书于籍三犯则行罚。"

几个老者频频点头，轻声赞叹："孝文背得好哩。"

白嘉轩含笑看着儿子。

乡亲们也都郑重大声念起："以上不修之过每犯皆书于籍三犯则行罚。"

孝文转身郑重给牌位上香完毕。

白嘉轩起身："散了吧。"

众人正要散去，孝文突然大声地："爸，我想再说两句。"

白嘉轩一怔，担忧注视儿子。

孝文："新制小学已经开办几日了，各村的娃都争着往里送。咱的学堂自然就停下来，徐先生也走了。"

鹿子霖也诧异地打量孝文，不知他要说什么。

孝文摇头："可我想这不对。我越带大伙背这乡约越觉着不对。乡约是啥？就是老祖宗留下的道理么，那道理都在四书五经里，私塾学堂开了上千年，如今说停就停了？娃娃们光学那些西洋的东西将来能传家立业？"

众人哗然。

鹿子霖瞥白嘉轩，白嘉轩脸色却缓和下来，低头抽自己的烟袋。

鹿子霖："孝文你啥意思？"

鹿子霖被鹿泰恒按住胳膊。

孝文微笑："大您听我说完么，我听族里好多长辈说，现如今世风日下，真比不得从前了，仁义礼信全不学，都去追洋风，尊卑、脸面全不要了，当然是一代不如一代。"

众人议论声更大，纷纷点头赞同。

孝文："我也没跟我爸商量，既然长辈们都在我想表个心。我自认愚笨，可也跟随姑父学了多年，有瞧得上我白孝文的，就把自家的娃往我这送吧，我想代徐先生继续开这学堂。"

众人齐声叫起好来。

白嘉轩也略吃惊，抬眼看着儿子。

孝文走到白嘉轩面前一施礼："爸，最近原上传言很多，都是对兆鹏哥不利的话，我听了很生气。兆鹏哥忙那么多事情，还被人背后戳脊梁骨，那些胡说八道的人是不是该受惩罚！"

众人更是赞叹起来。

白嘉轩不置可否看着儿子。

孝文转身："白兴儿叔。"

白兴儿神色慌乱："我可没说……"

孝文冷笑："昨天我都问清楚了，李婶、跛子爷他们都是从你那听去的。"

鹿子霖起身瞪白兴儿："白兴儿，你这狗嘴净胡吣啥？"

白兴儿哭丧着脸："我没有……我也是听旁人说的，你家兆鹏不老不回家么，都传他外面有女人哩……"

鹿子霖脸涨得通红，上前抽白兴儿："我打烂你这嘴！"

孝文一把拦住鹿子霖："大，咱有族法，传闲话者杖嘴十下到五十下不等。

白兴儿，你还不认？”

白兴儿扑通跪倒在地哭，自己抽自己嘴巴："族长！我再也不传啦！”

孝文眼一寒："看来你也是听别人说的？”

白兴儿扫了眼人群，忙改口："不不！是我自己编的！”

孝文冷哼："那你就替别人背着吧，杖嘴五十？”

白兴儿猛回头指："桑老八、白柱儿！你俩告我的！”

孝文大声："还有谁？谁还传过鹿兆鹏的闲话，自己站出来！最后站出的让他一个人顶！”

人群中，桑老八、白柱儿等人扑通跪倒，又有几个人跟随跪出。

白孝文冷哼："无凭无据就编话害人，乡约都白背了！”

桑老八："昨晚我看见鹿兆鹏跑出家，没回原上！还有跛子爷都瞧见了！他一个人下原哩！”

鹿子霖气得哆嗦："胡说！”

孝文定定地看着跛子爷："跛子爷，你看见啥啦？”

跛子爷嘴角颤了颤，没敢再说。

孝文捧过族杖，恭恭敬敬送到白嘉轩面前。

白嘉轩目光却停在儿子身上，许久没有说话……

4. 鹿家　日　内

烧红的刀将弹片从肉里挖出。鹿兆鹏显然不是第一次如此处理，额头豆大的汗珠，却镇定自若。

鹿兆鹏往盆里舀几勺水，找寻能包扎的布，扯下床布咬住一头，紧紧勒在伤口。

门轻响，鹿兆鹏眼神一动，静静听。

身后鹿兆鹏媳妇端着一管箩针线迈进屋门，一愣。

鹿兆鹏没有回头，轻声："别过来。”

鹿兆鹏媳妇怔怔地瞧着他背影。

鹿兆鹏："爸他们呢？”

鹿兆鹏媳妇："去祠堂了。”

鹿兆鹏："你……麻烦再帮我烧点热水，行么？"

鹿兆鹏媳妇放下箩筐里的针线上前："咋啦？"

鹿兆鹏急叫："别过来！"

那盆水已经被血染红。

鹿兆鹏无奈，只得转头微笑宽慰："啥事都没有，小伤。"

鹿兆鹏媳妇一惊翻白眼倒下去。

鹿兆鹏吓一跳，忙抱住媳妇："哎哎哎！"

鹿兆鹏手忙脚乱将媳妇抱到床上，掐她人中。

鹿兆鹏媳妇嘤了一声缓过神来，惊恐地看着他胳膊："你干啥去啦？你咋弄成这样？"

鹿兆鹏哭笑不得，故作轻松："我这还没咋着，你咋先晕过去了？"

鹿兆鹏媳妇："我怕血，我从小就怕血！"

鹿兆鹏看着媳妇苦笑："学校白天人多，我只能回这来，谁想又把你吓成这样……"

鹿兆鹏媳妇："你，你疼不？"

鹿兆鹏咧嘴乐，掩饰："疼！比蚊子咬一口疼！"

鹿兆鹏媳妇拉住他："你肯定疼！都这样了还逞强！走，找我爸去看看。"

鹿兆鹏按住她哀求："求你了秋月，今天这事千万别让任何人知道，行么？"

鹿兆鹏媳妇眼巴巴看着他渗出血的伤口，又抬眼看他，眼中满是不解。

鹿兆鹏无奈上前虚抱，轻拍拍媳妇的背："没事了，没事了啊！"

媳妇慌乱的目光依然无法平静。

5. 祠堂　日　内

白兴儿、桑老八等跪着的五六人嘴已经扇出血来，惨叫哭饶。

鹿子霖发狠地抽着："让你们再说！我鹿家哪对不起你们！"

鹿泰恒脸色铁青："别打了！住手！"

鹿子霖还要打，孝文忙上前抱住。

孝文："大，够数了。"

鹿子霖气得哆嗦："还传不传？"

几个人哭：“不传哩。”

孝文冲鹿子霖轻声地，却又能让全族人听到：“大，改天让兆鹏哥来祠堂拜祖吧。村里人见不着他面，才传的这些闲话。”

鹿子霖呆呆地看着白孝文。

中堂挂着的先祖神容静静地俯视一切。

6. 村　日　外

鹿子霖跟自己媳妇搀扶着爸往家走，远远望着白兴儿等几个挨打的捂嘴走来。

鹿子霖不忍，低声冲媳妇：“先把爸搀回去。”

鹿子霖转身冲几个人招手：“白兴儿，桑老八，到我保障所去，我那有药。”

几个人都吓得四散而逃。

鹿子霖：“哎！跑啥！白兴儿！”

白兴儿怨恨地回头瞪鹿子霖，跑远。

其他乡亲也小心翼翼走过：“鹿乡！”“鹿乡！”

鹿子霖强挤笑：“到我那坐会去？”

被叫到的人纷纷摇头，唯恐躲之不及。

鹿子霖呆呆望着众人背影。

7. 祠堂　日　内

白嘉轩一动不动坐在椅子上，听孝文在院中吩咐。

孝文：“……石疯子，把这学堂先清一遍，坏的桌椅能修的再修好。你们几个去采些木料石料，咱不能让娃担惊受怕地念书。”

众人答应出去，孝文转身进来瞧爸。白嘉轩抽着烟袋沉思。

孝文二话不说跪倒在牌位前。白嘉轩默默瞧着他。

孝文：“爸，我事先没跟您商量又瞎出风头了。”

白嘉轩瞧着儿子，抖抖烟袋起身：“走，回家吃面去。”

孝文释然，嘴角露出一丝笑意，忙起身跟随走出。

二豆早已等候在门口，见父子俩出来，忙上前拍土，仰头扯脖子“嗷”了一声。

孝文哑然失笑：“二豆你这开道哩？”

二豆傻乐跟在孝文身后：“往后我跟着你！”

8. 鹿家　晚　内

鹿子霖唉声叹气，鹿泰恒靠坐在床上不语。

鹿子霖懊恼：“白孝文他耍到我这来了！爸你当时也不拦着我点。”

鹿泰恒冷哼：“被别人当枪使！我让你停你听得进么！亏你还是乡约，被个娃娃给算计咧！这下可好，全村的人都得恨咱鹿家。”

鹿子霖：“我咋就被这小子迷入道了呢？”

屋外盘碗摔碎的声音，鹿子霖媳妇责怪道：“咋啦你今天？身子不舒服？”

鹿子霖转头望去，鹿兆鹏媳妇神色恍惚走回屋去。

鹿子霖媳妇到门口轻声：“当家的，她今天不是摔碗就是撞门，丢魂了一样。”

鹿子霖诧异的目光。

9. 白家厨房　晚　内

仙草诧异地瞧着丈夫用着长把木勺捞着裤带面。

白嘉轩兴冲冲：“今天我给儿子做裤带面，你回屋陪妈去。”

仙草上下打量，出门拉过鹿三，轻声：“三哥，今天是咋啦？”

鹿三喜吟吟：“今天你没瞧孝文多争气哩！真长脸！嘉轩高兴呗！”

仙草莫名其妙回头望厨房，白嘉轩正往碗里捞面。

10. 白家　晚　内

孝文得意地坐在桌旁跟弟弟唱戏。

孝文：“老爸爸耐烦听端详。姜子牙钓鱼渭河上，孔夫子在陈曾绝粮……”

孝武也高兴跟着，俩人拍掌唱："韩信讨食拜了将，百里奚给人放过羊！"

白赵氏坐炕上咧嘴乐："瞧把你哥美的！"

白嘉轩端面进："吃面！"

仙草："孝文快接着！你爸给你盛这大碗！"

孝文忙起身接过："爸！"

白嘉轩："我把好料都下这碗里了，你吃完。"

孝文："哎！孝武，我给你拨点。"

白嘉轩："就你一人吃！"

孝文笑着看看奶奶和弟弟，大口吃起，其他人都笑呵呵瞧着。

仙草："瞧你爸疼你的，慢点吃……"

仙草、白赵氏互相瞧眼捂嘴笑，鹿三靠在门边跟孝武也含笑看着。唯有白嘉轩叼着烟袋面无表情坐在一旁。

孝文突然吃喷，呛得脸通红，仙草脸色一变忙拿过筷子一翻，碗底一大坨的辣椒面。

仙草转身看丈夫，白赵氏急："你要辣死他？这把一年的辣子都放里面了吧？"

白嘉轩默不作声，孝文咳嗽着放下碗筷。

仙草皱眉："嘉轩？"

白嘉轩："你让他吃完，我把好料都下这碗里了，别糟蹋。"

白赵氏急："你这要干啥？孝文又哪惹着你了？"

孝文呆呆看着爸。

白嘉轩："全家人都没吃，就着你一个人，咋？还不领这份情？"

孝文端起碗来，筷子却被白赵氏一把抢过。

白赵氏："不吃！甭听你爸的！"

白嘉轩："妈！今晚说啥这碗面他得吃干净！"

孝文含泪拿过筷子，站屋里大口填起，不时咳嗽呛起。

仙草眼巴巴瞧着丈夫："到底咋啦？孝文哪惹着你啦？"

白嘉轩叼着烟袋："问你儿子，今天他本事大了。给鹿家就下了碗这样的面，还逼着人家当众吃完。"

孝文眼泪、汗水滴落到碗中，依然大口吃着。

外面突然响起鹿子霖的叫声："白嘉轩！白嘉轩你出来！"

众人回头望去，白嘉轩叹息，起身磕了磕烟袋："看来这碗面你大是吃完了。"

11. 白家院外 晚 外

鹿子霖拍着院门，一脸的怒气。

鹿子霖："白嘉轩！"

白嘉轩从里面慢悠悠走出："子霖，你咋不进来？"

鹿子霖咬牙切齿："我这辈子也不进你白家的门！"

白嘉轩："要咬人咋？啥事让你这么光火。"

鹿子霖："你自己清楚！今天在祠堂你们爷儿俩唱的一出戏当我是傻子？"

白嘉轩："我可一句都没说哇子霖。"

鹿子霖："那你就是看戏的！"

白嘉轩："苍天在上！我根本不知道孝文要说啥，想拦已经晚了。"

鹿子霖瞪着白嘉轩："你敢发誓？"

白嘉轩："这有啥不敢发誓的，我说一句谎话我现在被雷劈死！"

鹿子霖指着白嘉轩发狠："你儿子白孝文，你小心着嘉轩……"

白嘉轩拉过鹿子霖，俩人蹲在墙根底下。

白嘉轩："别叫旁人看见，笑话。"

鹿子霖懊恼："你这儿子能整！可真能整，把我给套进去了！"

白嘉轩抽着烟袋："不过他今天有两句话我还是赞同。"

鹿子霖起身瞪眼："你瞧！我说啥来着！"

白嘉轩又拉回他："你听我说，一个是重开学堂，一个是让兆鹏来拜祖宗，都对着哩子霖。"

鹿子霖喘息看着白嘉轩，又转脸看别处。

白嘉轩叹了口气："族里人都看着你家的大校长哩，闲话不是靠罚能按住的，要靠兆鹏自己。你这做爸的心里能不明白么？"

鹿子霖闷声不语。

白嘉轩："你儿子是有出息，可也不能太纵容着他。你毕竟是他爸。"

鹿子霖颤抖着声音:“我这哪是校长的爸啊,我是校长的孙子啊。”

12. 小学校 夜 内

韩裁缝举着未点的油灯前面走,鹿兆鹏后面快步跟随。

韩裁缝沉声:“……这个岳维山是个人物,不冒这么大风险确实也骗不了刘瞎子。”

鹿兆鹏并肩跟上:“可他明知道要牺牲那么多自己的同志。”

韩裁缝点头:“这才是此人的可怕之处。今后遇到他我们要格外小心,这是个不择手段干事的人。”

鹿兆鹏跟随韩裁缝快步走到后院一排还没建好的房子前,鹿兆鹏推开门。

韩裁缝刚点亮油灯,就瞧见鹿兆鹏捂住胳膊倒吸口凉气,韩裁缝忙按住鹿兆鹏胳膊。

韩裁缝皱眉:“受伤了?”

鹿兆鹏掩饰:“没事,擦破点皮。”

韩裁缝忙扒下他衣袖,借着油灯小心查看:“子弹没进肉,好在你老丈人就是医生,找他讨点药去。”

鹿兆鹏苦笑了一下:“我还敢见他?”

鹿兆鹏眼睛一亮,蹲在一个坑口:“挖多大了?”

韩裁缝轻声:“你自己下去看看。”

鹿兆鹏跳下坑口,在里面说话嗡嗡的:“这家伙!”

韩裁缝蹲在坑边一笑:“其他原上的同志入夜就来,天亮就散。”

鹿兆鹏露出头满脸喜色:“枪呢?啥时候运过来?”

韩裁缝苦笑:“早着哩,有同志提出来这学校离白鹿仓太近,人多眼杂。”

鹿兆鹏接过油灯晃晃:“别忘了,灯下黑。”

13. 教堂医院 夜 内

鹿兆海陷入昏迷,白灵焦灼不安地守在床边。

白灵轻拍鹿兆海的脸:“兆海?兆海你醒醒!是我。”

医生快步走来，白灵忙迎上："大夫，他体温下来了！我摸他手越来越凉！"

医生面色沉重："弹片在关键部位，离动脉很近。他失血过多，子弹必须取出来，否则……"

白灵急："那赶紧取啊！为什么不取！"

医生摇了摇头："麻醉药已经不够了。"

白灵双手拉住医生，恳求地："不要麻药，求您马上给他做！"

医生："离动脉那么近，不能有一点闪失，他扛得住不动？"

白灵转头看看鹿兆海，咬牙点头。

14. 简易手术台　夜　内

几个护士举着军用手电，光都凝聚在台前鹿兆海身上。

医生紧张地准备，手术刀慢慢举起……

15. 教堂医院　夜　外

白灵心神不定坐在台阶上，里面传来鹿兆海的哀号声。

白灵腾地站起，喘息，来回走动。

哀号声越来越响，白灵再也忍受不住，冲进门去。

16. 简易手术台　夜　内

鹿兆海疼得在台上挣扎，几个护士都按不住。

医生急："按住他！不能让他动！"

白灵冲到台前整个人压在鹿兆海身上："兆海！兆海！你听见我说话了么？"

鹿兆海大口喘息，恍惚的眼神望着上方。

白灵含泪："兆海，不求同年同日生，只求同年同日死。孔明灯的纸条在我这，它没有烧！"

鹿兆海艰难地喘息，痛苦却不再出声。

白灵给他擦拭汗水，柔声："扛过去！你一定会扛过去！千万不能动，我的手就放在你嘴上，你疼就咬住！”

白灵将手搁在鹿兆海嘴唇中，随着手术刀下去，鹿兆海疼得瞪圆眼挺住，却坚持着含而不咬。

白灵泪水滴落：“傻瓜！按你说的，你要死我也得死了！”

旁边手术台传来一声轻笑，白灵含泪转头瞧去。

另一台正做的手术，化学老师满头豆大的汗珠，显然也经受着巨大的疼痛，却依然含笑望着这边。

白灵吃惊的目光。

17. 田家　日　内

黑娃将钱递给田秀才，田秀才边数边打量黑娃。

田秀才：“都卖啦？”

黑娃点头：“咱的麦子比别家好，抢着买哩。”

田秀才点头：“你把马牵去喂。”

黑娃爽快答应：“唉！”

田秀才将门关好，又隔窗看看黑娃走开的身影，这才放心搬下柜上的包裹，从席下摸出把钥匙来。

墙外，黑娃早已猫腰潜回，一靠身偷偷探头望着窗里的身影……

18. 冷先生药铺　日　内

冷先生仔细查看皇历，白嘉轩带着孝文、孝武坐在一旁。孝武往其他屋乱瞅，被哥哥暗踩了一下，忙正襟危坐。

冷先生苦笑：“定日子这事该去找你姐夫，我这不班门弄斧么。”

白嘉轩：“乡里谁家有事不找你看，规矩么。”

冷先生叹息一声：“我自己都看不好哩。”

白嘉轩与孝文交换个眼神。

孝武起身轻声：“我去方便。”

孝文瞄着弟弟身影。

19. 冷先生药铺院　日　外

孝武探头探脑往后院瞧，他看看左右没人，爬上墙踮脚望去，那女孩正坐在凳上捡拾中药材。

孝武痴痴地瞧着。

那女孩专心地挑拣，竟也没察觉到墙上有人。

突然孝武身后有人叫。

鹿兆鹏："孝武？你干吗呢？"

女孩一惊抬起头，孝武一个趔趄摔下，鹿兆鹏提着点心匣忙上前扶住。

孝武闹个大红脸："兆鹏哥……"

墙那边咣一声关门声。

鹿兆鹏恍然一笑，弯腰给孝武拍土，却没留意怀中的纸札掉落。

门口孝文斥责："孝武你干啥呢！"

孝武羞愧低头进屋，鹿兆鹏吃惊看着从屋里出来的白嘉轩父子。

冷先生也有些惊讶："兆鹏来啦？快进屋！"

鹿兆鹏："嘉轩伯，您咋也来了？"

白嘉轩笑笑："我让冷先生给我家孝文挑个日子。"白嘉轩转身冲冷先生，"女婿上门，我们就不打扰了。"

冷先生："将来都是一家人，难得聚一块。嘉轩兄，在我这喝酒！"

鹿兆鹏也忙摆手："叔，我不在这吃……"

白嘉轩不敢相信地笑笑："兆鹏，你管他叫啥？"

冷先生也异样神色瞄鹿兆鹏。

鹿兆鹏尴尬，轻声："爸。"

孝文无声地冷哼。

冷先生面露喜气，爽快答应："哎！秋水，做饭！"

20. 冷家　日　内

鹿兆鹏与白嘉轩父子三人围坐。

白嘉轩:“兆鹏，我今儿听说西安城打起仗来了？凶不凶？是哪的土匪？”

鹿兆鹏轻声:“伯，我正有事要跟您商量。”

孝文插话:“自不量力，西安城那么高的城墙能被攻破？”

白嘉轩:“白灵还在城里念书，你弟也在吧？”

鹿兆鹏点点头:“他们应该还好。”

白嘉轩对孝文:“看看最近谁进城去，托人捎话别让他们乱跑动。”

孝文:“唉！”

鹿兆鹏几句话插不进去，干脆起身站到白嘉轩身前:“伯，借一步说话？”

白嘉轩看看他，不情愿地起身，被鹿兆鹏挽住胳膊站到一边。

鹿兆鹏急切地小声:“这仗不是几天能打完的，时间长了就怕那些兵上原征粮。伯我是啥意思呢，不如咱让乡亲们先往山里藏些粮食？”

白嘉轩异样打量他，轻笑:“不至于吧？能有这么邪乎？”

鹿兆鹏认真:“如果我猜得不差，征粮兵很快就会来。伯，您是族长您得跟乡亲们知会一声。”

孝文不满:“兆鹏，你是长本事了。就算你做了校长吧，县长亲自送回来的，可没去祠堂拜祖宗不说，见着我爸就命令的口气。你这是要干啥？”

鹿兆鹏回身怔怔地看孝文，忙转头解释:“伯我没这意思……”

白嘉轩笑着摆摆手，重又坐回桌，晾下鹿兆鹏一个人尴尬站在那。

孝武起身:“我去帮帮忙？”

孝文一把按住弟弟，瞪他一眼，轻声:“没规矩！那是女人的事！”

孝武只得坐下。

冷先生亲自端酒菜过来，将喇叭口小酒壶放在桌上，又摆下几个瓷杯。

冷先生:“尝尝我二闺女的手艺！”

鹿兆鹏接过:“我来我来。”

冷先生按住鹿兆鹏:“本来都该是我闺女来端菜上酒，没出阁，这不孝武又在，不方便哩。”

白嘉轩跟白孝文都笑起，孝武羞红脸偷往帘后瞥。

鹿兆鹏坏笑:“孝武，今天这菜你得多吃点。香啊！”

孝文不满地瞥眼鹿兆鹏。

冷先生举杯:“难得啊！孝武，你跟兆鹏将来可就是一担挑哩。还不敬你兆鹏哥一杯？”

孝武刚要举杯。

鹿兆鹏已经举杯站起：“爸，这杯我得先敬您。”

冷先生看了眼白嘉轩，含笑接过一饮而尽。

帘后，一双眼偷偷望着屋里人。

鹿兆鹏又倒好酒，恭恭敬敬冲白嘉轩：“伯，这杯我敬您。回来事太多，我也没去家看您。”

白嘉轩笑着喝尽。

孝文冷哼：“哪那么多事，比族长事还多。”

鹿兆鹏装没听见，喝干抹抹嘴，又倒好：“这第三杯……”

众人都瞧着他。

鹿兆鹏面露愧色：“我想敬冷秋月。”

众人都是一怔。

孝文摇头：“嫁了你就改名改姓哩，叫鹿冷氏！”

鹿兆鹏：“不，她就叫冷秋月。她是个好女子，可惜嫁了我。”

冷先生察觉不对：“兆鹏，不能这么说！”

鹿兆鹏打断：“您让我说完。我一直在外，秋月在家里替我孝敬我爸妈，我爷，都夸她是好媳妇。我今天来……今天没想到伯也在，好在都是我敬重的前辈，还有从小一起长大玩的两个兄弟，我今天也喝了点酒，想借着这酒劲把事摊开了，说完任打任罚……”

冷先生默默地看着鹿兆鹏，鹿兆鹏不忍，回避开目光，再看白嘉轩，白嘉轩冲他微微摇头。

鹿兆鹏艰难得说不出话来。

白嘉轩：“冷兄，兆鹏是给你赔罪来了！是不是兆鹏？”

鹿兆鹏没料到白嘉轩如此给自己台阶：“啊……是。”

冷先生释然，松了口气：“兆鹏，咱一家人不说这个！你能来我就很高兴！”

鹿兆鹏咬牙摸怀里的休书：“可我真对不住您，我今天来……”

冷先生按住他胳膊，转头冲白嘉轩等人：“我跟谁都说我家秋月、秋水哪修的福气，嫁给你们两户人家。我就是现在死，也能瞑目了。”

鹿兆鹏吃惊地摸着怀里，找不见休书。

白嘉轩瞥鹿兆鹏，笑："瞧你说的！兆鹏，还不快给老丈人敬酒！"

鹿兆鹏正焦急地翻找身上，尴尬地抽出手，艰难举起酒杯。

冷先生赞赏地举杯："兆鹏，我知道你是做大事的，其他什么都别再说了，看人跟看病一样，我从不走眼。"

鹿兆鹏闭上眼痛苦饮尽，缓缓沉重地坐下。

白嘉轩一直默默看在眼里，心中已是明白七八分。

21. 冷家院　日　外

帘后的秋水也松了口气，迈着轻松脚步端一盆脏水出院泼，突然望见墙角一张折好的纸，忙上前捡起。

秋水好奇地看，拿纸的手有些颤抖……

22. 冷家　日　内

孝文正端起酒杯，有些得意："兆鹏，咱原上的学堂又办起来了。村里的娃娃今天一点名，都从你那学校退出到我这了。"

鹿兆鹏皱眉："为什么？"

孝文笑："啥叫为什么，四书五经，《论语》《大学》《中庸》！你也是背这个过来的！这叫走正路。"

鹿兆鹏苦笑："孝文，再背下去将来害的是咱原上的娃娃。"

孝文愠怒瞪着鹿兆鹏："我害他们？上你的新学就不受害啦？"

白嘉轩："孝文！听人家说。"

鹿兆鹏无奈："咱原上的娃娃再背那些之乎者也，不去学数理化不去学科学，那咱还是脸朝黄土背朝天的命，还会被洋人欺负……"

白嘉轩："这话怎那么耳熟呢，当年好像谁说过。"

孝文冷哼："爸，是石疯子。"

白嘉轩叼起烟袋瞧着鹿兆鹏。

鹿兆鹏愣在那，哭笑不得："石疯子，石头叔那是因为……"

冷先生举杯："今天咱不说那些事，你们兄弟几个喝一个！"

白嘉轩平静举杯："喝。"

孝文跟随爸举杯，冷冷瞪着鹿兆鹏，鹿兆鹏无奈举起酒杯。

突然门帘掀起，冷秋水怒气冲冲进屋。所有人都愣住。

孝武瞪大眼睛瞧着秋水。

冷先生皱眉："秋水？"

秋水将纸往桌上一拍："爸！人家是下休书来了！咱还好酒好菜地招待！"

白嘉轩拿过纸仔细看，脸色一变。

冷先生面无表情静静地坐在那里。

鹿兆鹏怔怔地瞧着，垂下头抹把脸惭愧难当。

孝文孝武好奇凑上前想瞧。

白嘉轩叹了一声，起身："孝文，孝武，跟你冷伯伯告辞，咱得先走了。"

两个儿子随着站起，冷先生却平静道："嘉轩，你们留下。"

孝文、孝武眼巴巴瞧着爸，白嘉轩又坐回。

冷先生："兆鹏，你这次回来我多少也有些耳闻。是秋月做了啥事对不住你？"

鹿兆鹏也不抬头，默默摇着。

冷先生："那是你俩言语不和吵架啦？"

鹿兆鹏："也没有。"

冷先生皱眉："你……"

孝文："鹿兆鹏，传言是不是真的？你外面有女人？"

鹿兆鹏叹息一声："没有。"

冷先生："那到底因为什么？"

鹿兆鹏："这不是休书，是需要两个人签字才能生效的离婚书。我想求您……劝秋月在上面签字。"

冷先生重新看那纸，冷着脸不语。

孝文冷笑："这就是上新学上的！"

冷先生："到底为啥？"

鹿兆鹏猛地起身："我怕耽误她。"

秋水咬牙切齿："你休了我姐你才耽误她！"

孝文不可思议地冷笑摇头。

鹿兆鹏从包裹里取出钱恭恭敬敬摆在桌上："以后我做校长的薪俸都交到您这，算是我对秋月的赔偿。我养她一辈子，就算她重新嫁人，我每月都会把钱交到这。秋月是个好女人，她应该过更好的生活，而不是天天在家守活寡……"

秋水突然将钱扫到桌下，碗碎了一地："你还知道我姐守活寡！"

孝武惊得跳起身手足无措。

秋水含泪："我姐贪的是你的钱么？我家不要你的钱！鹿兆鹏，你今天必须说出我姐咋对不起你了，不然你甭想从这门出去！"

冷先生一拍桌："秋水！你放肆！"

秋水喊："爸，是他放肆！"

冷先生怒上前，"啪！"一声，刹那间白孝武顶到秋水身前，替她挨了一巴掌。

孝武捂着脸："伯……您别急。秋水……你你快出去。"

孝文："鹿兆鹏，看见石疯子没有？你也想学他回家休媳妇？"

鹿兆鹏痛苦摇头："不一样，真不一样……"

白嘉轩有些惊诧地瞧着儿子，又看看秋水，起身拉住冷先生："冷兄，这是何苦来，坐下。兆鹏，你可辜负冷先生对你的一片心了！"

鹿兆鹏扑通跪倒在地："我是看着秋月，我都替她难受……"

冷先生忙搀扶："兆鹏你这是干甚！"

碰到痛处鹿兆鹏倒吸口冷气："啊！"

冷先生一怔："胳膊怎么了？"

鹿兆鹏忙摇头缩回手臂。

冷先生上前拉住强撩开衣袖，一惊抬眼看鹿兆鹏。

孝文好奇上前瞧。

冷先生已经将衣袖放回，平静："跟我进来。"

鹿兆鹏迟疑跟进。

秋水红着眼睛进来，将热毛巾塞到孝武手中，低头转身出去。

孝武敷着脸怔怔地望着她的背影。

一切都看在白嘉轩眼中。

23. 冷家里屋　日　内

鹿兆鹏坐在桌前，冷先生将搓好的药面小心翼翼撒在他伤口。

鹿兆鹏懊恼:“我知道对不起您，您干脆打我一顿吧？您打您骂，我都受着！”

冷先生:“这休书我收下，我等你把人送回。”

鹿兆鹏颤动嘴唇，不敢相信地看着冷先生:“什么？”

冷先生轻声:“其余的你拿走，一日换三次。”

鹿兆鹏尴尬起身怔怔地瞧着，突然将休书抢过来。

冷先生静静地注视。

鹿兆鹏慌乱地摇头:“不不不！休书是我之前写的没打算给您。我……我……”

冷先生没有回答，将药包塞到鹿兆鹏手中。

鹿兆鹏百感交集，拿过休书，自己一下下地撕起。

冷先生面无表情收着药匣。

24. 原上　日　外

孝武赶着马车，孝文、白嘉轩坐在车上，都不说话。

孝文恨恨地:“这个鹿兆鹏还是人么！爸，这种数典忘祖忘恩负义的人就该行族法！在祖宗祠堂跪着！”

白嘉轩叼着烟袋默不出声。

孝文:“爸？爸！”

白嘉轩缓过神叹了声:“孝武，你哥成了家，你也快把秋水娶了吧。”

孝武没明白过来:“啊？”

白嘉轩感慨:“你妈你奶能有个帮着撑家的媳妇了。”

孝文、孝武都是一愣，交换个眼神。

25. 小学宿舍 晚 内

鹿兆鹏远远走来，韩裁缝守在门口默默望着他。

鹿兆鹏到近前也不说话，进屋去。

韩裁缝拍拍他的背，指指屋里。

鹿兆鹏一怔进屋，发现床上躺着一人，走近前看清是鹿子霖。

鹿兆鹏："爸？你咋睡我这来了？"

鹿子霖一动不动冷哼："我没脸睡家，全族的人都堵在家门口戳我脊梁骨呢。"

鹿兆鹏无奈："我没做什么见不得人的事。"

鹿子霖："你还没做？你再折腾，咱鹿家祖坟就得被人扒啦！白孝文当着全族人的面数落咱家，你那闲话传得满原都是！你回来那么多天为啥不跟媳妇同房？你为啥不拜祖宗？"

韩裁缝站在门外静静地听。鹿兆鹏发出长长的叹息声。

鹿子霖："我不管你别的，明天你就跟我去祠堂！"

韩裁缝转身离去。

鹿子霖："瞧见没，锅我都带来了，你一天不去拜祖宗，我就在你学校敲一天锅！"

鹿兆鹏上前拽："爸，这是学校不是咱家。"

鹿子霖骂："别拿你那校长吓唬我！咋，我儿子是这学校校长，这就是我家！"

鹿兆鹏无可奈何："爸！我求您了！"

鹿子霖："我问你，你昨晚不在家住是真回学校了么？"

鹿兆鹏叹了一声坐在椅子上不语。

鹿子霖："你是会哪家小媳妇去啦？"

鹿兆鹏："爸你胡说啥呢！"

鹿子霖关好门，凑上前压低声："咱关起门说，我知道你一回来那些女人眼都直哩，这种事是常情，爸不怪。但你得跟我说实话，哪村的女子？"

鹿兆鹏摇头："没有！"

鹿子霖试探："那是你带回的？藏别村啦？"

鹿兆鹏急："没有！你别瞎猜了！"

鹿子霖："那你大半夜下原干啥去啦！"

鹿兆鹏懊恼："你们成天就围这些点事磨叽，西安城被围了你知道吗？兆海他们被困在城里出不来你知道吗？"

鹿子霖呆呆地看着儿子。

鹿兆鹏怒："我是怕你们担心乱了阵脚，我一直没告诉你！"

鹿子霖扑哧乐起来："这么说你去给西安城解围啦？那么大西安城说围就围啦？那得多少兵马？自古西安城就没被围死过！你蒙谁！当你是天兵天将哩，我再没见过世面，你不能拿你爸当牲口蒙！"

鹿兆鹏瞠目结舌看着爸，咬牙转身冲出屋去。

鹿子霖："哎你站住！你心虚个啥，还编出这谎来！"

鹿兆鹏又回屋抱起被子扭头就跑。

鹿子霖急："明天你跟我去祠堂拜祖宗！"

26. 韩裁缝屋　夜　内

鹿兆鹏抱着被子推门进来，韩裁缝正灯下剪裁衣服。

鹿兆鹏："挤挤。"

韩裁缝叹息："床被你爸占啦？"

鹿兆鹏闷头躺倒在床上。

韩裁缝："你这个大孝子啊！少见！"

鹿兆鹏伤感思索的目光："老韩你就别拿我打岔了。我想申请调走，去哪都行！这原上我谁也改变不了。"

韩裁缝轻描淡写："我是发财啦，一天收了好几单，都是找我来做衣服的。"

鹿兆鹏没反应。

韩裁缝自言自语般："还都跟我说同样的话，能给我做身鹿校长穿的制服么。"

鹿兆鹏转过头来。

韩裁缝专注裁剪着："这里的人其实已经悄悄地变了，只不过你看不到而已。"

鹿兆鹏若有所思。

外面鹿子霖敲着锅喊："鹿校长，你认祖宗吧！鹿大校长，你就认祖宗吧！"

鹿兆鹏委屈地看着韩裁缝，指着窗外说不出话，懊恼地抱住头。

韩裁缝冷冷地看着。

27. 田家后院 夜 内

黑娃猛地坐起，外面传来隐隐约约的骂声和田小娥的惨叫。

黑娃翻身跃起，来不及穿衣，光着膀子冲出屋去。

28. 田小娥屋 夜 内

田秀才带着酒气正发泄地举棍打着女儿。

田秀才："我白养了你！我咋养了你这么个骚精！你放着跟举人的日子不过你偷啥汉子……"

棍子一下下落在田小娥身上，田小娥无助地哭喊。

门被撞开，黑娃冲进屋，将举着棍子的田秀才一把推倒，抱住蜷缩发抖的田小娥。田小娥在黑娃怀中委屈地哭泣。

黑娃转头瞧去，田秀才已仰躺在地上呼呼睡去。黑娃扑上举拳就打，田小娥一把拉住他胳膊。

田小娥抽泣："他喝醉了就拿我出气，兄弟哇，我亲爸都拿我不当人，你快带我走吧！"

黑娃紧紧地搂着田小娥。

29. 田家 夜 内

田小娥开屋门，黑娃将田秀才背进屋放到炕上，田秀才还在死睡。

田小娥抽泣："趁他没醒你带我走吧黑娃！"

黑娃扫视屋里摆设，搬下柜上的包裹，从席下摸出钥匙打开柜门。

田小娥怔怔地瞧着他："你要干啥？"

黑娃也不回话，捧出那个钱匣来。

田小娥瞪他："你要……"

黑娃："我要明媒正娶你！"

30. 田边树下　日　外

黑娃与田秀才坐树下，两人端饭碗吃起。

田秀才一手端碗一手揉后脑勺，痛苦状。

黑娃小心翼翼试探："掌柜的，你头咋啦？"

田秀才："昨晚喝酒回来磕门上了，疼死我。"

黑娃这才暗暗舒口气，一点点舔起碗来。

田秀才满意地瞧着他，笑："好，好！越来越像我了。"

黑娃讨好地："掌柜的，我跟您学了不少哩。"

田秀才感兴趣："我又没教你啥。"

黑娃摇头："勤俭持家，能省就省，不占人便宜也不让人占我一点便宜。"

田秀才笑："你这娃嘴上跟抹了蜜似的……"

黑娃："掌柜的，我有句话不知该不该问。"

田秀才贪婪地舔着碗："你问。"

黑娃："我来时候也不短了，您家里的事我也听了几耳朵。您女儿命苦哇。"

田秀才意味深长白了黑娃一眼，没说话，继续抱碗舔。

黑娃："掌柜的，您要是不嫌弃我，收我做您女婿咋样？"

田秀才边舔边叹息："你年轻轻的小伙娃儿，会娶我女儿？"

黑娃叹息："我爸穷得很，给我订不起媳妇呀！"

田秀才不说话。

黑娃偷偷打量："我思量过了。我家离这儿百把二百里，名声再不好也吹不到俺村里，我俩关起门来过日子。"

田秀才起身，"哗啦"一声将碗重重摔在地上，转身走去。

黑娃也不慌乱，默默地望着田秀才背影。

31. 田家院　日　外

黑娃喂牲口，听前院田秀才的骂声传来："穷光蛋想占我家便宜？想乘人之危！我就是败了家也败不到你那去！"

田小娥："爸，您这是骂谁呢？"

"谁自不量力我骂谁！也不撒泡尿自己照照是啥人！"

黑娃镇定自若地喂着草料，像听戏一般。

32. 田　日　外

白嘉轩在树下从瓦罐中倒着汤水。

鹿三锄着地走神，白嘉轩眼瞧着他的锄头打歪，自己往田埂上走。

白嘉轩："三哥，歇歇。"

鹿三叹了口气，扔下锄头蹲到白嘉轩身边拿起烟袋。

白嘉轩："想黑娃了吧？"

鹿三苦笑了一下："没。"

白嘉轩："上回人带信来，说他到将军寨落脚？"

鹿三点点头："昨天栓儿回来说黑娃又不在那了。我问他我那娃去哪儿了，就瞧他脸色不对。"

白嘉轩："那你再问问栓儿？"

鹿三："我刚要问，他扭头就跑哩。"

白嘉轩皱眉思索。

远处鹿兆鹏正在田地里跟乡亲说着什么。

鹿三："鹿校长挨家挨户拉人哩。"

白嘉轩瞄着鹿兆鹏身影："拉啥人？"

鹿三："咱原上的娃娃都回学堂了，他做校长的不急么。"

鹿兆鹏已经向这边走来，冲白嘉轩笑："嘉轩伯！三伯！"

鹿三知趣起身："我下地，你们聊。"

鹿兆鹏蹲到白嘉轩身旁："伯，您劝劝孝文把那学堂关了吧。"

白嘉轩抽着烟袋："他犯法啦？"

鹿兆鹏尴尬："没，不合时宜了。我今天学校一点名，咱原上的娃娃没几个到的，现在全国上下……"

白嘉轩轻描淡写："我只管这原上的事，外面咋样跟你伯这不搭嘎。"

鹿兆鹏叹了口气："我是心里真急啊伯，不能让娃娃再缺课了。他们该学的不是子曰之乎者也，当下最要紧的是跟上外面的形势……"

白嘉轩一笑："你去跟有娃的家说去，跟我这捣鼓啥。"

鹿兆鹏："我知道咱原上的人都听您的，您说一句顶我说十句。"

白嘉轩："抬举你伯，你可是县长送回的大校长。你伯只会种地。"

没等鹿兆鹏再说话，白嘉轩已经起身下地，将烟袋拴在腰带上，拿起木犁犁地。

鹿兆鹏叹息一声，下地扶住犁跟随耕种起来。

鹿兆鹏："伯，还有粮食，尽快让乡亲们转移到山里。再拖就来不及了。"

白嘉轩："咱原上没少闹过匪，也没见藏过粮食。"

鹿兆鹏："伯，这次真不一样！"

白嘉轩："西安城真被围啦？"

鹿兆鹏点头："围个水泄不通。"

白嘉轩："你要说围个小县城我还信，那么大的西安城？当年八国联军闹北京，慈禧太后还跑到西安来避难哩，哪闹兵也轮不着咱这闹。"

鹿兆鹏刚要说话，白嘉轩冲鹿三："三哥，你说能围住西安城这得要多少兵啊？"

鹿三笑："把这麦粒都变成兵也围不住哇！灵儿还在城里上课哩。"

白嘉轩："就是，你弟不也在城里么。"

鹿兆鹏耐心："伯，这次是镇嵩军号称十几万，仗已经打了……"

白嘉轩："孝文今儿跟我说了，他同学在省城报平安，没事。"

鹿兆鹏皱眉："不可能！信根本出不来！刘瞎子连仅有的几根电话线都掐了！"

白嘉轩凝视鹿兆鹏："你意思，我儿子骗我？"

鹿兆鹏："伯我不是……"

白嘉轩："犁歪了。"

鹿兆鹏低头看，果然已经歪出一条道。

白嘉轩："兆鹏，我也劝你两件事，一件是行你的本分给娃娃上课去，一件是再忙也别忘了祖宗，祠堂咋没见你去过呢？"

白嘉轩抢过他手中的犁与鹿三往前推。

鹿兆鹏尴尬："伯，我……那我先走了。"

鹿兆鹏跳上田埂远去。

白嘉轩："三哥，你赶紧进城一趟。"

鹿三："成，明儿我就去！"

白嘉轩："不，今晚动身。"

鹿三一惊，抬眼瞧白嘉轩。白嘉轩望着鹿兆鹏背影思索。

33. 教会医院　日　内

鹿兆海慢慢睁开眼睛，身边护士忙碌救治伤员，他慢慢撑起身一阵撕裂的疼痛，胳膊已被层层包起挂在胸前。

身边化学老师轻笑："找谁呢？"

鹿兆海忙转头，看见化学老师正躺在旁边床上，受伤的腿被挂起。

鹿兆海下床："赵老师！"

化学老师微笑："我没事。咱俩一起做的手术，你失血过多昏过去了。"

鹿兆海恍惚："我……"

化学老师："你昏迷这两天，有个人一直陪在你身边。没麻醉药你疼得厉害，你还咬人家哩。"

鹿兆海激动的目光："她在哪儿？"

化学老师："城头上伤员多，一时又撤不下来，她参加救护去了。"

鹿兆海失落的目光。

34. 工事　日　外

炮火中，白灵小心翼翼地给伤员包扎腿。

一阵猛烈炮火袭来，白灵与周围士兵同时伏倒，待平静后抖落头上的灰。

伤员叹息："啥时候是个头啊？"

白灵继续包扎："快了！"

伤员瞥她："你会算？"

白灵一笑："我爸说过咬人的狗不叫，会叫的狗不咬人！你看它瞎汪汪再没往上冲，认㞞了呗。"

旁边的伤员哄声笑起。

35. 西安城外坡上　日　外

刘瞎子嚼着草根，眯着那一只眼眺望西安城。

一个浑身是血的军官扑到面前跪下："军长！军长再给我一次机会！这次我保准弟兄们把那缺口拿下来！"

刘瞎子蹲下叹息："拿下？光靠打炮你想拿下？"

军官咬牙切齿："军长，等我破了城，把这些顽固抵抗的人头都割下来！"

刘瞎子冷笑，拔出自己腰间的刀递上。

军官感激接过："谢军长！"

"唰"一下，刀已经从军官脖子上划过，那军官不敢相信地捂住自己脖子，血从手指喷涌而出。

刘瞎子慢慢站起踹倒军官尸体："我炮弹都快被你打完了！该割的是你自己的头！"

众人屏息不敢出声。

刘瞎子瞄着远方的城墙，吐出草根，字从牙缝中蹦出："断西安城的粮，断西安城的水。我看他们还能撑几天！"

36. 祠堂　日　内

孝文怒视桑老八，几个老者跟白嘉轩传看一份状纸，频频点头。

桑老八委屈地："他校长么，有文化，我写状子不找他找谁去。"

孝文："咱族里规矩是啥？跟外面扯官司你先来跟族长商量！"

桑老八："这不羊也要回来哩，人家还赔了我点钱。"

老者冲白嘉轩点头："状子写得是好！有理有据，文笔犀利，不比朱先生差。"

白嘉轩默不作声地看。

孝文冷哼："你这官司侥幸赢了，现在全村人都跑学校找鹿兆鹏拿他当包公，到底谁是白鹿原的族长？"

37. 小学校　日　内

校长办公室被几个看热闹的乡亲围着。屋里，鹿兆鹏耐心地听李寡妇讲着。

李寡妇："我那地咋就许给他？我男人生前种了多少年的地眼瞧着就归人哩……"李寡妇抽泣，"你说这要在县城，得我赢吧？"

鹿兆鹏皱眉："族长咋说？"

李寡妇："就族长一句话！让跛子爷种去了。"

窗外起哄声："李寡妇你敢告族长黑状！"

"兆鹏你这是另起衙门。"

鹿兆鹏起身："大伙别闹了，这是学校，娃们还要上学哩。白兴儿叔，你娃咋不来上啦？"

白兴儿不好意思："兆鹏，凡是上学堂族里给掏钱。上你这学校得自己交……"

众人乐："兆鹏！你这学校也不要钱，我们都把娃往这里送！"

鹿兆鹏无可奈何苦笑。

白兴儿："兆鹏，你给我们讲讲外面的新鲜事，讲那大上海！"

鹿兆鹏笑："想听？把咱原上乡亲们都叫来，我就讲。"

白兴儿："你这排场大，我又不是族长，哪有本事都叫过来，族长在祠堂拜祖背乡约才能全到哩。"

鹿兆鹏笑着作揖："那我可不讲，叔，婶都回吧！我这还得上课呢。"

鹿兆鹏送走众人，满脸的疲惫，一转头娃娃们早已眼巴巴等着。

鹿兆鹏："同学们，咱得把自己的体格练得棒棒的，将来才能保家卫国！也别老在屋里憋着，玩骑马打仗好不好？"

娃娃们顿时欢呼起来，蜂拥跑到操场，高大的孩子当马把另一个背起，两拨人上马开打，对撞，笑闹成一片。

鹿兆鹏望着孩子们欢笑着满院奔跑，脸上露出难得的轻松。

38. 村 日 外

白嘉轩在村里走，突然望见两个教员往墙上贴标语，一群乡亲围着观瞧。

白嘉轩眯起眼："贴啥哩？"

跛子爷上前："族长，鹿校长叫贴的。说是标语，写的是上新学好，受教育好。"

白嘉轩："撕了。"

跛子爷望着白嘉轩的背影发愣："刚贴的就撕？"

白嘉轩头也不回："撕。"

39. 白家屋 晚 内

仙草端面到白嘉轩跟前打量，白嘉轩闷抽烟袋，李寡妇含泪站在门口。

李寡妇抽泣："族长我错哩，我错哩……您大人不记小人过，我也是一时糊涂……"

仙草走到儿子身前轻声："这又是咋啦？你爸生谁的闷气？"

孝文在院里收拾："还不是那鹿兆鹏！"

仙草诧异："他咋会气你爸哩？"

门外有人敲门，鹿兆鹏的声音："嘉轩伯？"

孝文一怔："你别跟爸说，我去迎他。"

40. 白家院外 晚 外

鹿兆鹏拍院门："嘉轩伯？伯在么？"

孝文挡住门，上下打量："这不鹿大校长么，咋有空闲来我家？"

鹿兆鹏一笑："孝文，你这话里话外都带刺。"

孝文也笑："找我爸啥事？我爸不在。"

鹿兆鹏:“伯干啥去了?”

孝文摇头:“我不知道,也不打听。”

鹿兆鹏迟疑,转身走去又停住脚步回头:“孝文,你省城里的同学真给家里报平安啦?”

孝文收住笑注视:“你啥意思?”

鹿兆鹏真诚地:“孝文,这事开不得玩笑。西安城这仗恐怕真要牵连到原上,得跟你爸说实话。”

孝文气:“还用不着你说我!”

鹿兆鹏苦笑了一下,意味深长地看着孝文:“咱俩一起长大的,你说谁不了解谁?咱别为了面子……”

孝文颤抖着声音:“你啥意思?”

鹿兆鹏凑近轻声:“我知道你跟我较劲,但咱不能睁着眼说瞎话……”

孝文怒:“鹿兆鹏!别拿你那校长的名头压我!你以为回来谁都听你训么!不就出去几年回来当个校长得意个啥!”

孝文转身抱出一摞撕下的标语,都抛在鹿兆鹏脸上:“你把标语都贴村里来,当自己是族长?”

鹿兆鹏怔怔地看着散落满地的标语:“这是……你撕的?”

孝文冷笑:“我撕的,怎么着?”

鹿兆鹏咬牙走近几步,孝文警惕后退瞧着他。

鹿兆鹏弯下腰去一张张捡起,转身走去。

孝文冲着他背影骂:“你少拿打仗吓唬庄稼人!你欺负谁没见过世面!”

鹿兆鹏头也不回,百感交集地在骂声中前行……

第十九集

1. 教堂医院　晚　外

鹿兆海焦灼地望着进出的伤员、护士，寻找白灵的身影。

鹿兆海拉住一人问："见着白灵没有？"

身后有戴口罩的护士训斥："怎么下床了？"

鹿兆海忙答应："我在找人……"

护士严厉地："回去！"

鹿兆海乖乖转身向自己床走，突然愣了一下回头看，那护士狡黠的笑眼瞧着自己，摘下口罩，竟是白灵。

鹿兆海笑起来，冲上前单手搂住白灵。

白灵忙推："那么多人！"

鹿兆海却没撒手，紧紧搂着："怕什么，我站这门口等了几天。每个担架回来我都要上前看一眼，你再不回我都快疯了……"

白灵含笑轻声："我新学了一首歌，唱给你听。"

2. 医院外角落　晚　内

"打倒列强，打倒列强，除军阀，除军阀，国民革命成功，国民革命成功，齐欢唱，齐欢唱！"两人坐在灯光幽暗的角落中，同声唱着。

白灵惊诧："你早就会啦？"

鹿兆海一笑："我哥教我的。"

白灵情绪低落下来："我们今天去抬伤员，好多人胳膊腿被炸断，肚里的肠子都流出来，有的能抬回来救，可更多人横尸街头，他们的表情都那么痛苦……现在想想真还是你哥说得对，打仗真的很残酷。"

鹿兆海："是我们之前太幼稚，还以为打仗多好玩。想想那天晚上我哥的表情……"

两人陷入沉默。

白灵轻声："那次见面，他一定是刚从死人堆里爬出来。"

鹿兆海点点头。

3. 小学宿舍　晚　内

鹿兆鹏正皱眉思索，一旁韩裁缝面色沉重。

韩裁缝叹息："现在城里的粮和水还能支撑些日子，久了，恐怕死的不是成百上千的人。"

鹿兆鹏："这个刘瞎子就不怕遗臭万年么？"

韩裁缝冷哼："自古一将功成万骨枯，他们哪在乎人命！兆鹏，白嘉轩还没说通？"

鹿兆鹏摇头："白嘉轩根本不给我说话的机会！他在躲我。"

韩裁缝："不行让你爸出马，必须让乡亲们提前做好准备，在征粮队来之前把原上的粮食转移！我猜得没错就这几天肯定有人上白鹿原！"

鹿兆鹏皱眉沉思："我爸出马更坏事。"

外面鹿子霖敲着锅喊："鹿校长，你认祖宗吧！鹿大校长，你就认祖宗吧！"

鹿兆鹏眼神一动。

4. 教会医院　晚　内

白灵小心翼翼地给鹿兆海敷药，鹿兆海强忍疼痛。

白灵揪心："疼？"

鹿兆海强笑摇头。

白灵专注："马上就好，医生说每天要换三次药。你伤口不能化脓的。"

鹿兆海默默地看着白灵。

白灵长舒口气："好啦。这些是你衣服，我都洗了。以后别那么脏，把干净的叠成这样塞在床底下……"

白灵像妈教训孩子一样跟鹿兆海说着。

身后有人扑哧一笑。俩人慌乱抬眼看，化学老师正撑着拐杖站在身后。

白灵脸一红："您偷听人家说话！"

化学老师无辜地："冤枉！真的冤枉！"又摇摇头，"咳！赖我自己不识趣，这时候打扰了人家。可我是来通知兆海一件大事的，那待会再说？"

鹿兆海一愣站起："您说吧。"

化学老师含笑拍拍他肩膀，两人走到一旁轻语，白灵怔怔地瞧着，鹿兆海脸上充满喜悦，转头看白灵。

白灵也站起身来，鹿兆海兴冲冲跑上前拉住她的手。

鹿兆海："组织批准我火线入党！白灵，我要成为一名共产党员了！"

白灵也跟随幸福笑起。

5. 医院某屋　夜　内

白灵站在窗外静静地望着屋里，鹿兆海正在化学教员的带领下宣誓。

白灵听不到两人说什么，只看到他们的嘴唇在动，白灵被那庄重的气氛震撼，她呆呆地望着。

灯光打在白灵的脸庞上，是那样圣洁……

6. 祠堂　日　外

鹿兆鹏仰望祠堂，复杂的神情。

鹿子霖长舒口气："祖宗哎！可来喽！"

"子曰：非礼勿视，非礼勿听，非礼勿言，非礼勿动……"

里面传出孝文带着娃娃朗朗念书声，鹿兆鹏百感交集。

鹿子霖拉扯儿子："还不快进去！"

乡亲们好奇跟随："鹿兆鹏进祠堂啦！"

"鹿校长进祠堂啦！"

鹿子霖四下里拱手笑应："早该来哩，他学校事太忙，不然早该来！"

鹿兆鹏苦笑了一下，迈步走入。

学堂，孝文拿着书本站在窗前与鹿兆鹏默默对望。

孝文："再大声点！"

娃娃们摇头晃脑地念起："非礼勿视，非礼勿听，非礼勿言，非礼勿动。"

诵读声中，鹿兆鹏迈着沉重的步伐往祠堂里走，孝文嘴角露出一丝不易察觉的笑意……

7. 鹿家　日　内

鹿子霖媳妇和儿媳妇到床边。

鹿子霖媳妇："爸，快去祠堂！兆鹏拜祖宗去啦！"

鹿泰恒冷哼："我才不信，你男人耍你哩。"

鹿兆鹏媳妇："真的爷爷，我刚看见的。好多人往祠堂跑。"

鹿泰恒一怔，起身下床，孙媳妇忙递上拐杖，搀扶着鹿泰恒往院外走去。

鹿泰恒忙不迭往外走，话里有话："认祖宗了，这就好哇！以后踏实过日子……"

8. 祠堂　日　内

乡亲们已经在院里外三层里三层围个水泄不通。白嘉轩端坐椅上抽着烟袋，鹿兆鹏站在牌位前，鹿子霖递上香。

鹿兆鹏接过香，三鞠躬。

众人哗然，面面相觑。

鹿子霖紧张轻声："跪下！磕头！"

鹿兆鹏瞥了眼白嘉轩。

白嘉轩旁边欣慰地看着，轻声："上香吧。"

鹿兆鹏将香插入香炉中。

娃娃们也都不再念诵，扒着窗跟随孝文在学堂眺望。

孝文不屑冷笑。

9. 原上　日　外

鹿三赶着马车疾驶，不时回头望，一脸的惊恐。

后面有人吼：“站住！”“再不站住开枪啦！”

鹿三狂甩鞭子抽打：“驾！驾——”

10. 祠堂　日　内

鹿兆鹏向长辈逐个行礼。

鹿兆鹏走到白嘉轩身前轻声：“伯，我跟乡亲们说两句行么？”

白嘉轩点点头。

鹿兆鹏转向乡亲扫视：“可算回来了，满世界转还是这舒服。哪都比不上自己的家！”

众人一阵笑，鹿子霖欣慰地微笑看看白嘉轩。

白嘉轩眯着眼凝望鹿兆鹏。

鹿兆鹏叹息：“我鹿兆鹏在外面没少吃苦啊，刚出去的时候被人嘲笑哪块土旮旯钻出的冷娃，又犟又硬，吃油泼面吃得舌头都不会打弯。”

众人轻笑起来，鹿子霖也跟着笑，余光瞥白嘉轩，又往学堂里瞧。

鹿兆鹏：“我就跟他们犟，给他们顶。你们见过啥叫原，啥叫窑洞，啥叫吃起来筋道咽下肚饱人的油泼面臊子面？你们见过原上的麦浪么？见过原上的婆姨么！”

众人笑声更大，女人们的笑更加肆无忌惮，兴奋得涨红脸瞧着他，鹿兆鹏自己也笑起来。

鹿泰恒被儿媳妇、孙媳妇搀扶起，也惊喜地望着。

鹿兆鹏眼瞥见媳妇秋月，眼中瞬间黯淡下来。

鹿兆鹏：“可后来我发现，怪不得人家叫我土里钻出来的冷娃，只知道守旧不懂变通，只知道硬扛不懂化解，只知道低头死犟不懂抬起头望望远处还有啥。咱有点像井底的蛤蟆，只知道头顶那点亮……”

祠堂里寂静下来。白嘉轩皱眉注视。

鹿子霖察觉到不妙，想上前拉儿子。

鹿兆鹏倒是轻松一笑："回来这些日子，好多村里人想让我说大上海啥样，北京城啥样，大得很。"

有人轻声："比西安城大？"

鹿兆鹏笑笑："关键不是大，是在里面生活的人，跟我们太不一样了。"

白兴儿好奇："都是人，有啥不一样哩？"

鹿兆鹏走进人群绘声绘色："谁见过电灯？那一盏电灯亮起来顶咱一百盏油灯！不烧油，靠电！见过火车吗？那大铁家伙多少车厢串在一起，成百上千的人装在里面，只靠一个蒸汽车头！"

众人瞪大眼惊诧地听着。

鹿兆鹏："我要不是亲眼所见我也不信，整条街天一黑就亮起霓虹灯，照得跟白天一样！小汽车满大街跑！"

白兴儿："靠啥跑？"

鹿兆鹏耐心："靠油，靠发动机。"

众人哗然，面面相觑："发动机？啥叫发动机？"

鹿兆鹏："洋人厉害啊，把这发动机放铁皮里，在地上跑就是坦克，放海里就是轮船，在天上飞就是飞机！中国人不是会骑马会耍刀么？他用坦克打你，用轮船轰你，用飞机炸你！你服不服？不服继续打！直到把中国人都变成他们的奴隶。"

桑老八："我们也造么！那个啥，发动机。"

鹿兆鹏摇头苦笑："我们可造不出来。就凭着之乎者也，不让娃娃上新学，没戏。"

众人鸦雀无声，眼巴巴瞧着鹿兆鹏。

孝文怒吼："够了！鹿兆鹏你蛊惑人心！"

孝文冲开人群，直冲到鹿兆鹏面前。

鹿子霖担忧地想上前劝，却被白嘉轩一把揪住。鹿子霖回头瞪着他。

鹿兆鹏却不着急，含笑注视白孝文："孝文，你咋也学会官话啦？啥叫蛊惑人心？你问他们想不想听。"

众人七嘴八舌："让兆鹏讲么！""孝文你干啥哩。"

桑老八："兆鹏你说他们让娃学啥？"

鹿兆鹏微微一笑:“老八叔啊，学啥？去我那学校看看不就知道了？”

白嘉轩轻哼了一下，鹿兆鹏转头望去。

白嘉轩磕了磕烟袋:“说到底，你是拉学生来哩。”

鹿子霖轰:“拜完祖宗了！赶紧走人！”

鹿兆鹏含笑:“我不光想拉学生，我还想拉乡亲们呢。嘉轩伯，我得跟乡亲们说粮食的事！”

白嘉轩脸色一变。

鹿兆鹏没等应允，转身扫视众人，声音抬高:“西安城在几天前已经被围了！围城的是一支叫镇嵩军的部队。”

众人哗然，纷纷议论。

鹿兆鹏:“有人不相信，那么大西安城咋会被围住呢？就是围了，连只鸟都飞不进去。”

孝文咬牙:“爸！他想闹事！”

鹿兆鹏转身逼视孝文:“你去过西安城了么？你凭啥说我想闹事？”

白兴儿紧张:“兆鹏，城破了没？我家亲戚还在里面。”

鹿兆鹏:“城破不了，但他们已经准备长期围城断水断粮了。想想看，十几万的军队围在西安城外几十天，他们最缺的是啥？”

孝文到父亲身边:“爸！别让他说了！闹得人心惶惶……”

白嘉轩却不语，皱紧眉头思索。祠堂里议论声四起。

鹿兆鹏:“是粮食！”

孝文:“住口！鹿兆鹏你想趁乱做啥？”

鹿兆鹏凝视:“哪有粮食？原上！”

鹿兆鹏挨个指着每一个人的脸:“你家！你家！你家！”

众人哗然，喧闹一片。

鹿兆鹏:“听我鹿兆鹏一句话！在那些兵上原之前必须转移粮食！”

鹿子霖上前拉:“行了你！”

鹿兆鹏:“爸！再不转移就晚了，附近几个原的粮食都已经被征去……”

啪的一声，白嘉轩将烟袋重重拍在桌上。

鹿子霖紧张看着白嘉轩，白嘉轩慢慢起身。

鹿兆鹏:“嘉轩伯。”

白嘉轩:“石疯子，过来!”

石疯子傻笑上前。

白嘉轩拍拍他肩膀转身意味深长看鹿兆鹏:“他疯那年，你还小。兆鹏，他当年讲得比你热闹。”

鹿兆鹏被噎在那，孝文得意地看着他。

白嘉轩冲大伙:“交农那年又咋样，我们白鹿原的人也没藏过粮食。就来几个土匪兵，我不信他能把西安城给端了，把咱白鹿原给踏平喽?”

众人纷纷点头议论起来。

鹿兆鹏无奈:“嘉轩伯!这次不比往常，那是群啥兵知道吗……”

白嘉轩叹了声:“兆鹏，你虽是校长，族里的事还轮不到你。”

鹿兆鹏平静地:“每个族人都有说话的权利，不是只有族长有。”

众人哗然，白嘉轩猛转身瞪着鹿兆鹏。

白嘉轩冷笑:“子霖，你儿子真出息!”

鹿兆鹏皱眉:“嘉轩伯，我从小敬重您。您不该从一开始就话里有话挤对我们!石疯子当年有错的地方，可他不该到现在还被你们骂……”

孝文怒:“鹿兆鹏你反了你!”

鹿泰恒举起拐杖冲儿子:“还不快把他拽出去!”

鹿子霖忙上前抱住鹿兆鹏。

鹿兆鹏无可奈何:“爸，没事!我没跟嘉轩伯吵。”

鹿三突然从外面喊叫跑进:“嘉轩!不好了嘉轩……”

白嘉轩目光一震，几个老者也都站起望去。

鹿三上气不接下气:“西安城……西安城……”

白嘉轩:“西安城咋啦?”

鹿三还没来得及说话，十几个荷枪实弹的军人涌进门。

为首的杨排长踹倒鹿三，枪顶他头上。众人刚围上要救又呼啦吓得退开。

杨排长喘息:“妈的，你跑啥?你没听见我后面喊你?”

白嘉轩忙上前:“军爷，这是我家长工，咋招惹您了?”

杨排长冷笑，将枪口调到白嘉轩头上:“你的人?”

鹿兆鹏目光一紧，正要上前。

田福贤喘息撞进门，跌跌撞撞跑上前拉住白嘉轩。

田福贤："您跑得太快了，这是……白鹿原的族长白嘉轩。这位是乡约鹿子霖。"

杨排长瞪着田福贤，又转身上下打量，突然间咧嘴一乐："大水冲了龙王庙，自己人啊！"

杨排长歪戴着帽子扫视众人，田福贤在一旁脸色苍白地站着。

乡亲们跟随杨排长嘿嘿笑起。

杨排长扫视一周，大声说道："各位父老兄弟！我们是刘军长麾下的镇嵩军。刘军长围攻西安城，捉拿乱臣贼子，本人姓杨，任职排长。受刘军长命令进驻白鹿仓。"

白兴儿讨好地："杨排长好哩！"

二豆挤到杨排长身后傻笑，被士兵推到一边。

乡亲们七嘴八舌："镇嵩军是啥军队？""谁打谁啊？"

杨排长："静一静！听我说么，军人不能饿肚子打仗，需要些军粮，你们勒勒裤子，支持一下革命，这次军务紧急，征粮的规矩是一亩一斗……"

顿时人群炸了锅，哗然一片。

白嘉轩："军爷，您没说错吧？"

"还要不要人活哩！"

"交了粮我们得饿死！"

杨排长皱眉："我还没说完呢！"

乡亲们还是七嘴八舌地喊叫："抢粮食呢！当年何县长也没敢要那么些……"

白兴儿："能商量不？"

杨排长冷笑扫视："有得商量！好说！"

桑老八："就是！杨排长，你们的兵能吃啊！"

众人释然，又嘈杂起来。

杨排长转身冲白嘉轩和鹿子霖一乐："这是你们的祠堂？"

鹿子霖："祠堂！祠堂！"

杨排长凑近牌位打量："这是你们的祖宗？"

鹿子霖跟在身后："祖宗！"

杨排长将插好的香拔起，作了三个揖。

白兴儿轻声："敬咱祖宗哩！"

桑老八捅了捅："就说好商量么！"

乡亲们翘首望。

杨排长念念有词："白鹿原的祖宗哎，保佑他们都老老实实交粮吧，别伤了谁那就不好哩。"

白嘉轩脸色铁青站在那。

鹿兆鹏已经悄然挤出人群……

11. 戏台 日 外

鹿兆鹏快步走来，远远望见韩裁缝蹲在戏台上眺望。

韩裁缝："该来的总得来。"

鹿兆鹏若无其事靠在戏台边："没想到来得那么快！"

韩裁缝苦笑了一下，继续眺望，嘴中喃喃："先看他们咋折腾，见招拆招。"

鹿兆鹏轻声："就这几个兵痞子，天黑一锅端了！"

鹿兆鹏转头瞧，韩裁缝冷冷地瞪着自己。

鹿兆鹏心虚，轻声："说着玩呢，你瞧你！"

鹿兆鹏转身走去，韩裁缝望着他背影无声叹了口气。

12. 保障所 日 内

杨排长迈进屋扫视环境。田福贤忙倒水，鹿子霖跟白嘉轩、孝文陪站一旁。

田福贤："子霖，你这有茶没有？给杨排长沏茶！"

杨排长："我不喝！你这屋子小了，我那些弟兄睡不下呀。"

鹿子霖长松口气，擦拭汗："我就说么，保障所太小。"

杨排长往外走："还是住祠堂吧。"

白嘉轩斩钉截铁："不成。"

杨排长转头冷冷地注视白嘉轩。

田福贤忙挡上前："杨排长，那祠堂里没炕，阴冷的地方兄弟们也睡不舒服。"

杨排长："地方够就成，当兵打仗的有啥地方不能睡。"

白嘉轩又闷声："那里供着祖宗。"

杨排长走到白嘉轩面前，瞪着他。

田福贤忙冲鹿子霖使眼色。鹿子霖瞥了白嘉轩一眼，没动。

白嘉轩："刚才杨排长还给敬香哩。"

杨排长打个哈哈："那就请族长给我们兄弟找个睡觉的地方吧，听说这村里就你白家和他鹿家够大啊？"

鹿子霖忙上前："他家比我家大！炕还多！"

白嘉轩皱眉瞧鹿子霖："我家马上就进儿媳妇哩，那是喜房。"

孝文旁边轻声："不还有个学校么。"

杨排长眼睛一亮："啥学校？"

孝文笑了笑："新建成的，都是新房，足够您这些弟兄睡。"

鹿子霖脸色一变，白嘉轩皱眉看着儿子。

13. 小学校　日　内

学生们都被赶出教室围在操场，鹿兆鹏带着几个教员护在前面。

杨排长从屋里转出来，满意地笑笑："谁是校长？"

鹿兆鹏赔笑："我是我是！"

杨排长："校长贵姓？"

鹿兆鹏递上烟卷："免贵姓鹿。"

鹿子霖上前赔笑："杨排长，这是我儿子。"

杨排长恍然，叼起烟亲热地笑："那更是一家人了。咱一家人不说两家话，学校今天起被镇嵩军征用。"

鹿兆鹏故作惊诧："那我的学生哪儿上课啊杨排长？这是学校哇！娃娃读书的地方！"

杨排长似笑非笑看着鹿兆鹏，笑中透着狠劲，鹿子霖忙挡上前。

鹿子霖："我们自己想办法！再怎么样也不能耽误军爷的公务不是！"

杨排长笑："学学你爸的变通！鹿乡约，收粮的事可就靠你喽！"

杨排长重重拍拍鹿子霖的肩膀。

鹿子霖勉强挤出笑："那是，那是！"

杨排长转头看鹿兆鹏："我就睡你儿子屋。"

鹿兆鹏："我……"

鹿兆鹏扫视杨排长身后这排兵，韩裁缝正冲自己暗暗点了点头。

鹿兆鹏挤笑："得嘞！我给您腾地方！"

14. 祠堂　晚　内

乡亲们都围在祠堂里，白嘉轩皱紧眉头听着七嘴八舌的低语。

鹿三："听说西安城墙都被炸豁了几个口子，守城的兵拿尸体往上堵哇！"

一老者："我也听说好多城里的房子都给炸没了。"

鹿三："我绕了好几个地方，全是兵。我这辈子也没见过那么些兵！"

其他人露出惊愕，纷纷摇头叹息。

白嘉轩猛地一拍桌子："孝文！"

白孝文本躲在人群后，一哆嗦站出来："爸。"

白嘉轩："你那同学怎么说的？"

孝文一脸无辜："爸，我真是不清楚……谁会想那西安城能被围成这样！"

白嘉轩怒："那你就信口胡说？兆鹏提醒的时候你咋说的？"

孝文："我……"

鹿子霖冷哼："老子英雄儿好汉，上梁不正下梁歪。刚还有人拿我儿子跟石疯子比哩。"

白嘉轩被噎在那，鹿子霖揣手蹲在祠堂台阶上头也不回。

跛子爷打圆场："好在——好在咱原上的人没有在城里。"

有老者瞪跛子爷，清了清嗓子。

跛子爷反应过来，忙瞧白嘉轩跟鹿子霖，抽自己嘴巴。

鹿子霖蹲在那，背一抽一抽地抹泪。

白嘉轩懊恼的目光。

15. 白家　晚　内

仙草跟白赵氏一旁抽泣。

白赵氏哭："我苦命的孙女，千年不遇哇，西安城被围她咋就赶上了呢！"

白嘉轩心神不定望着油灯里的火苗。

仙草含泪："孩他爸，西安城真乱啦？咱闺女不会往险处走吧？"

白嘉轩猛地起身："三哥！"

鹿三一直在院里站着，推门进。

白嘉轩："套马，咱去西安城！"

鹿三愣了一下："现在？可嘉轩……"

白嘉轩抬眼，眼睛通红。鹿三把话咽回，转身冲出去。

16. 鹿家　夜　内

重重的拍门声，鹿子霖打开院门怔住。刚要重新合上，白嘉轩的胳膊顶住院门。

白嘉轩："子霖，今晚咱就动身，接灵儿和兆海去。"

鹿子霖含泪看着白嘉轩："打仗哩，你敢去？"

白嘉轩二话不说拉住鹿子霖的胳膊转身走去。

17. 小学校宿舍　夜　内

杨排长敞胸露怀惬意地躺在鹿兆鹏床上，哼着小曲。

鹿兆鹏卷起铺盖要出去："您歇着！"

杨排长："站住。"

鹿兆鹏停住脚步。

杨排长："鹿校长，我听说你是从外面刚回来的，见过些世面？"

鹿兆鹏转身看着杨排长："啥世面，不过多走一些地方。"

杨排长："别急着搬，我就喜欢跟你这样见过世面的人唠。我问你，我们刘军长编了个曲，跟我当兵杀过潼关进西安，西安的锅盔厚面条三尺长，西安的女子个个赛过杨贵妃……真有这么邪乎？"

鹿兆鹏笑："邪乎！还有陕西的娃都冷得很，记仇，要得罪了他们撵到天边也得把仇报喽！这您肯定也听说过吧？"

杨排长盯着他："啥意思啊？"

鹿兆鹏乐："您当秦人统一六国闹着玩哩？那都是打仗杀红眼不要命的！你们军长编那曲光编好听的给你们唱！还有一半没编出来呢。"

杨排长："那你今晚得给我唱唱。"

鹿兆鹏："您不辞辛苦上原征粮，早点歇吧。我还得备课。"

杨排长乐："放心，你学校这些日子开不成学啦！你还备啥课，成心躲我是不？"

鹿兆鹏摇头："那倒不是，自古秀才怕兵。"

杨排长嘿嘿笑起来："你怕我？我咋瞧着不像哩，谁怕我你也不怕。"

鹿兆鹏警惕，掩饰笑："为啥？"

杨排长："我就知道你们读书人心里瞧不起我们当兵的。"杨排长从床底下拉出棋盘，"你会下棋？来，陪我杀两盘。"

鹿兆鹏无奈，放下铺盖上前。

突然外面卫兵叫喊声："站住！干什么的！"

韩裁缝："军爷，我找鹿校长！"

鹿兆鹏一怔推开门。

韩裁缝满脸焦急："鹿校长，族长跟你爸去西安城了！"

鹿兆鹏脸色一变。

杨排长哭笑不得："当自己是神仙哩。"

鹿兆鹏："杨排长对不住，回头再杀！"

鹿兆鹏冲出屋，韩裁缝将早备好的自行车推给他，使个眼色。

屋里，杨排长懊恼扔下棋子："找死！"

18. 白鹿原　夜　外

鹿三赶着马，白嘉轩与鹿子霖坐在车上。

后面鹿兆鹏骑着自行车喊："停下！停下！"

鹿三勒住缰绳回头望去，鹿兆鹏喘息赶上来。

鹿兆鹏跳下车："您怎不听劝呢，现在不能进城！"

鹿子霖急："仗打起来你弟还不知死活哩。"

鹿兆鹏无奈：“你们到了城外就得被撵回来！这还算好的，要是子弹不长眼你们都得……放心吧，兆海跟白灵都不是小孩子了，他们肯定躲着呢！”

白嘉轩摇头：“没事时我家灵儿还四处惹事呢，她躲不了！”

鹿子霖已经爬上车：“快走快走！我家兆海一样爱折腾！”

鹿兆鹏干脆揪住马缰绳：“爸！嘉轩伯！你们现在去就是送死！那是战场不是赶大集！”

白嘉轩默默地看着鹿兆鹏。

鹿兆鹏：“你们也根本进不去，西安城连只鸟都飞不进了！嘉轩伯！现在最要紧的是怎么应付这些白狗！”

鹿兆鹏伸出手臂，白嘉轩长叹一声，扶住鹿兆鹏的胳膊慢慢下车来。

鹿三愁眉苦脸放下缰绳。

白嘉轩沉声：“子霖，回吧，是我急昏了头。”

鹿子霖坐车上捂着脸哭，鹿兆鹏忙去搀扶爸。

白嘉轩独自往回走去。

19. 医院　夜　内

远处炮声隆隆，白灵趴在鹿兆海的床上已经累得沉沉睡去。

鹿兆海躺靠在床上静静凝视白灵，手指轻碰她的发梢、脸庞。

鹿兆海拿起自己外衣轻轻盖在白灵背上，才发现化学老师躺在旁边的床上笑眯眯瞧自己。

化学老师轻声：“她真美。”

鹿兆海脸一红，点头。

化学老师轻声：“跟人家表白了没有？”

鹿兆海摇头。

化学老师一笑：“你要参军，就注定要跟她分开的。想过么？”

鹿兆海黯然，沉默不语。

化学老师长叹一声：“你不是一直问我你哥的事么？兆鹏上学的时候有个和白灵很像的女孩，他跟你说过么？”

鹿兆海睁大眼睛：“没有，您快说！”

化学老师苦笑了一下:“我也说不清那女孩跟白灵哪像，反正就是很像。你哥跟她在我们眼里简直就是金童玉女，天造地设的一对，感情那个好，也相当默契，俩人一起加入了北伐军，一起入了党。”

鹿兆海:“我咋没听我哥说过?女孩叫啥名?”

化学老师点头:“叫章子君，长得漂亮又大气，也确实配得上你哥。他们既是心有灵犀的爱人，又是互相扶助的战友。兆鹏跟我提过，等立功了就要带她回原上，他想跟自己爱的女人过一辈子，拥有一个真正属于自己的家。”

白灵趴在鹿兆海身上闭着双眼，睫毛却轻微地颤动。

鹿兆海紧张:“后来呢?我哥没带她回去!”

化学老师声音沉痛:“后来，就在几个月前一次跟敌人狭路相逢的战斗中，章子君所在的救护队被冲散，你哥冒着枪林弹雨找她，找不到尸体。”

鹿兆海呆呆地看着他:“这事……我都没听我哥说过。”

化学老师望向窗外，喃喃地:“你不会懂你哥心里那份伤痛的兆海，他也不可能再对别人说起，只能在心底为那女人立一座墓碑，谁都占据不了的墓碑。你们家逼着你哥结婚，可谁知道他醉了多少次，哭了多少次，几乎要沉沦下去。自己重新咬牙站起来，接受新的任务。”

鹿兆海痛苦的目光。

白灵一动不动趴在那里闭着眼，一滴清泪挂在睫毛上颤动。

20. 小学宿舍　夜　内

杨排长重重地将棋子拍在棋盘上:“将!你死啦!”

几个士兵喝得烂醉，咧嘴大笑叫好，用力摇着鹿兆鹏肩膀。

鹿兆鹏拿着棋子跟兵痞们一起大笑，接过递上的酒瓶仰头喝起，眼中隐藏着一丝不易察觉的伤痛与孤独……

21. 田家　日　外

急促的敲门声，田秀才跑来开院门。

田秀才:“来啦来啦!”

一个媒婆直往院里进，不耐烦："人家都开门迎媒，你家倒好拍这么半天也没人应。到底谁急着娶媳妇啊？"

田秀才愣住："谁？"

媒婆转身瞪他："你还问我！你儿子！"

田秀才瞠目结舌："我儿子？"

媒婆径直往里走去，嘴里蹦豆般没闲："这家女子年岁小模样长得俊又懂事理，十里八方出了名的贤惠，你家娶上可是修了八辈子的福……"

田秀才："我没儿子！"

媒婆又停住脚步，转脸瞥田秀才："呦！这才刚见头面您干吗呀，逗我？再有钱也不能开这玩笑啊是不是。"

黑娃从后院跑出："我的！我的！刘婆，是我找您。"

田小娥从屋中探出头，惊诧地望着。

黑娃冲田秀才笑笑，故意大声地："掌柜的，我家里催我寻媳妇哩，没跟您打招呼。"

田秀才站在院中目瞪口呆。

22. 田家后院　日　内

田小娥偷偷溜到墙根下听，里面黑娃正跟媒婆低声说着。

黑娃："我没耍您！我真是有笔钱，家里急着让我娶媳妇我叔亲自给送来的。您瞧！"

田小娥踮着脚往墙里望。

媒婆满意地点点头，戳黑娃额头："小子！算你有福气！"

媒婆刚想拿钱，黑娃躲闪过。

黑娃笑："还得仗您这张嘴哩，媳妇娶成了我好好谢您！"

田小娥怒目而视，突然吓一跳，身旁田秀才也踮着脚往里望。

院门又拍响，田秀才忙往回跑："来啦来啦！"

另一媒婆说话声："你儿子哩？我千辛万苦找的可是东坡一只花……"

田秀才怒："我没儿子！那是我家长工！"

田小娥脸色苍白。

23. 田地　日　外

黑娃埋头干着活，余光瞄向树下坐着的田秀才，田秀才叼着烟袋嘴也正望着自己。

黑娃无声笑了笑，走向田埂："掌柜的，没跟您打招呼。我家里催得急，只能借您地用用。"

田秀才冷哼："相中媳妇，你肯定在我这干不成啦！"

黑娃："等我回家完婚，再回来成不？"

田秀才："你家里不缺钱，你跑出来干啥？"

黑娃："缺！"

田秀才："光今早说媒的就来仨，这些媒婆无利不起早，有钱闻着味就来哩。"

黑娃尴尬地笑了笑。

田秀才瞪着他："你叔带了多少钱？"

黑娃支吾开："掌柜的您就别问了，反正您闺女又不插我这粪堆上。"

黑娃重又向地里走去，田秀才也不阻拦，眯起眼望着黑娃。

24. 田秀才屋　夜　外

田秀才在油灯下打开钱匣，一点点拿出钱来数，数到一半又放回去。

他根本没意识到窗外那双眼睛，黑娃靠在黑暗中静静地望着田秀才的一举一动。

黑娃微微冷笑，悄然退去。

25. 田家后院黑娃屋　夜　内

黑娃刚摸进自己屋，棍子就砸了下来，黑娃被砸痛捂头。

田小娥边哭边打："我打死你！我打死你跟你一起死！"

黑娃："别打了！"

黑娃抢过棍子一把拦腰死死搂住田小娥猛亲。

田小娥推他推不动，狂扇黑娃的脸。

黑娃喘息："你看媒婆来你心疼了是不？你傻啊！我咋跟你说的！"

田小娥含泪呆呆地看着黑娃点亮油灯。

黑娃摸摸脑门淌下的血："我要明媒正娶的是你。"

田小娥："那你找她们？"

黑娃："我不找，你爸能答应？咱不是唱戏给你爸看么。"

田小娥含泪："你发誓？"

黑娃："我黑娃要是娶了别的女子，我让枪子打烂我身子！"

田小娥还是不信，摇头哽咽："那你钱哪儿来？"

黑娃："你爸的钱。"

田小娥呆住，怔怔地瞧他，眼中充满慌乱："我爸隔天就数次钱！"

黑娃重又搂过田小娥："他不是天天数，每逢一三五，单日子口等天黑了二更天数钱，我早上趁他出去遛弯拿出来，天黑前送回去。"

田小娥含泪捶黑娃："吓死我了！你咋不跟我商量一下，我都想拉你一起死哩！"

黑娃吹灭油灯猛亲，撕扯田小娥衣服："那就一起死吧！"

田小娥黑暗中轻呼："血！你的血！"

两人滚躺的声音。

26. 祠堂　夜　内

鹿子霖看着白嘉轩跟进院门，冲院里的石疯子轻呼："疯子，把院门关严，看紧喽。"

白嘉轩叼着烟袋瞧他："咋弄得跟贼似的？有啥话不能家说？"

鹿子霖愁眉苦脸："今儿田福贤到我保障所去，他说这几天没动静，杨排长已经等得不耐烦哩嘉轩。"

白嘉轩不慌不忙："他不耐烦你找他去。"

鹿子霖："交粮的事我担着哩！杨排长又跟我儿子天天住一块，喝酒下棋的，这明摆着是押太子逼宫啊！"

白嘉轩冷哼:“你当你是皇帝。”

鹿子霖:“嘉轩你就松松口，让乡亲们多少交点，不然这么硬扛早晚要出事!”

白嘉轩闷头抽烟。

鹿子霖快哭出来:“白嘉轩这不是当年了!这些都是疯狗都拿着枪哩!”

白嘉轩抬眼看着他，半晌扑哧一笑:“瞧你那㞞样!”

27. 田地 日 外

“棉锄七道白如银。棉花锄得嫩，抵得上道粪。”

白嘉轩唠叨着农谚和鹿三以及孝文正在锄头遍棉花，鹿子霖急匆匆跑到地头。

鹿子霖:“嘉轩!嘉轩你去敲锣，杨排长急哩，要跟乡亲们训话。”

白嘉轩说:“我不敲。”

说罢转身重新回到自己锄草的棉苗垄行里，蹲下身用小铁锄锄起草来了。

鹿子霖急了就跑进棉花地，蹲在白嘉轩旁边求告:“嘉轩你不敢硬碰，那一干兵都背着快枪，我也是给人家枪架在脖子上逼来的。”

白嘉轩仍然手不停锄:“百姓只纳皇粮，自古这样。旁的粮不纳，这个锣我不敲。”

鹿子霖:“嘉轩你咋瓜咧?好汉不吃眼前亏!这杆子河内蛋儿全是些饿狼二屎，杀人连眼都不眨。你是个明白人咋能硬顶硬碰自己吃亏?”

白嘉轩:“亏心事不能做，没道理的锣不能敲。就这话。”

正说着，田福贤领着杨排长和三四个士兵走到棉花地里来了。

杨排长:“回去敲锣，召集人到祠堂门口。”

白嘉轩:“村民的粮食我不管，这锣我不能敲。你们谁要敲谁去取锣。”

白嘉轩从腰里摸出一个黄铜钩圈的钥匙，递给杨排长。

杨排长用乌黑的枪管把白嘉轩的手拨开说:“马上回村给我敲锣。你再敢说半个不字，老子就打断你的腿，叫你爬着给我敲。”说着就拉开枪栓，推上子弹，“你是不是想尝尝洋花生的味儿了?”

鹿子霖脸色一变:“孝文还不赶紧劝劝你爸!嘉轩你这是干啥哩?不要命啦!”

白嘉轩脸色铁青瞪着杨排长。

田福贤赔着笑脸："杨排长息怒，息怒！"

孝文、鹿三上前，忙将白嘉轩拉上田埂，推拉着他回村里去。

28. 戏台　日　外

白嘉轩敲了锣。白鹿村的男女老幼都被吆喝到祠堂门外的大场上。

杨排长："今天我们没别的意思，承蒙乡亲们的款待，今天特请大伙观赏射击表演。"

鹿子霖吓得脸色苍白，喃喃："这是干啥啊。"

鹿兆鹏目光一紧，向前一步。

士兵们把从村巷和农户院子里捉来的二三十只公鸡和母鸡倒吊在树杈上，那三十来个士兵站成一排，一片推拉枪栓的声音令人不寒而栗。

鹿子霖已经开始哆嗦，躲到白嘉轩身后。

鹿兆鹏眯起眼仔细端详。

二豆站出扯着脖子吼："嗷——"

杨排长首先举起缀着红绸带儿的盒子枪，啪一声响过，就接连响起爆豆似的密集的枪声。

树下土地变得血红，散发出强烈的热血的腥气，祠堂门外的场地上鸦雀无声。

二豆喘息着浑身颤抖再不吼叫，李寡妇上前将他搂在怀中。

杨排长冷笑："叫啊！再叫！"

女人们大都低垂着头，男人们木雕似的瞪着眼黑着脸，孩子压抑着的啜泣十分刺耳。

鹿子霖双手扒着白嘉轩胳膊，腿止不住地颤抖，裤腿已经湿了。

杨排长把盒子枪插到腰里的皮带上，一绺红绸在裆前舞摆。他插枪的动作极为潇洒："各位父老兄弟，现在回家准备粮食，三天内交齐。"

白嘉轩脸色铁青站在那。

29. 韩裁缝屋　夜　内

外面雷声大作。

昏暗的灯下，鹿兆鹏把弄着手里的枪。韩裁缝小心谨慎望望窗外。

鹿兆鹏冷哼："杀鸡逞威风，这些兵痞子也就知道吓唬老百姓！战场上试试？我保他们枪一响跑得比谁都快！趁他们睡了，我一个人就能把他们十几个人全捂了！"

韩裁缝冷眼瞥着他。

鹿兆鹏心虚："你能不能别拿那眼神……我就说说解气。"

韩裁缝："你老解气！不定哪天晚上就真干起来了！我还不知道你！"

鹿兆鹏无奈："行行，我不说了。我想都不想了行么？"

韩裁缝："你捂他们轻松，等明天又派来一个张排长李排长，你还捂得过来？"

鹿兆鹏抹把脸："那就让他们这么欺负乡亲们？"

韩裁缝："老百姓就是老百姓，一开枪吓唬全老实了。我今天底下瞧族长白嘉轩，也傻在那了。你不是说当年他跟朱先生闯过清兵大营么？"

鹿兆鹏："那真是见过大世面的人！"

突然听到外面嘈杂。

白嘉轩的吼声："你们今天吃的这些鸡，是老百姓辛辛苦苦养的！他们平日舍不得吃攒下鸡子留给炕上的娃娃坐月子的婆姨！"

韩裁缝与鹿兆鹏交换个眼神，同时冲到门前。

学校操场，白嘉轩已经被几个喝醉的兵从教室推出来，杨排长靠在门边啃着鸡骨头斜眼瞧热闹。

白嘉轩愤怒地吼："杨排长！西安城打不下你们跑这吓唬谁？杀鸡管啥用么，不如把枪口对准我这族长你给他们瞧瞧你有多大能耐！"

鹿兆鹏："我说什么来着。"

韩裁缝看呆，喃喃地："好家伙！快快快……"

韩裁缝推鹿兆鹏出屋。

几个兵痞围着白嘉轩说笑，根本不听他说话，有一个兵竟将瓶里的酒倒在白嘉轩的头上。

白嘉轩："你们这样做要遭报应的！要被雷劈的！"

杨排长突然迈上前猛地拔出枪对准白嘉轩额头，一道霹雳夜空闪过，白嘉轩挺直腰杆瞪着杨排长毫不示弱。

鹿兆鹏冲到两人中间，一手扶住枪管，一手反搂住白嘉轩。

鹿兆鹏："干啥哩嘉轩伯，你喝了多少酒？你醉啦！杨排长他醉哩你别跟族长一般见识……"

鹿兆鹏连拉带抱将白嘉轩拖开。

韩裁缝则赔笑按着杨排长的胳膊，杨排长甩开韩裁缝的手凶狠收枪，瞪着白嘉轩背影。

大雨瓢泼而下，杨排长率兵躲进教室。

韩裁缝回望白嘉轩，眼中闪亮。

30. 原上　夜　外

电闪雷鸣中，虽有鹿兆鹏旁边撑着桐油布伞，白嘉轩还是被浑身浇透。

白嘉轩恍惚走着，鹿兆鹏要搀扶，白嘉轩甩开鹿兆鹏胳膊。

白嘉轩："兆鹏啊。"

鹿兆鹏："嘉轩伯！我送您回家去。"

白嘉轩沉声："我没啥事，你跟我去祠堂！"

鹿兆鹏一怔。

30A. 村口墙门　晚　外

雨下得突然大起来，爷儿俩冲进墙门，都已经淋湿，俩人干脆将上衣脱下。

白嘉轩眯眼望着外面的雨帘喘息，刚才的气还没消。

鹿兆鹏："伯，您胆子可真大，我真没想到您会找上门去骂那些当兵的。"

白嘉轩："那是兵？是畜生！"

鹿兆鹏："伯，好汉不吃眼前亏，我听说其他地方的粮食都收上去了。咱白鹿原不可能逃过，让乡亲们交吧。"

白嘉轩叹了口气："悔不该不听你的劝。"

鹿兆鹏："我也是悔，悔不该心急冒犯您。伯，那天上香也没按族里规矩来给祖宗磕头……"

白嘉轩突然转头定定看他："你厌烦进祠堂。"

鹿兆鹏无语。

白嘉轩："我知道你们出去的娃，都不稀罕进那地方。兆鹏，祠堂里供的是啥？"

鹿兆鹏："祖宗。"

白嘉轩："咱这白鹿原一辈辈走到今天经了多少难，土匪、交农、灾荒，像抢粮这种事也不是第一次。人心不散靠的是啥？靠的是同一个祖宗，没祖宗就没父母，没父母就没咱。咱的祖宗，都在那祠堂里供着，你说该不该拜？"

鹿兆鹏："该。"

白嘉轩："有些话我跟谁都没说过。你爸跟我那么多年都没交过心。族人把族长这位子交到我这，我天天揪着心，睡不踏实。各家都有自己的活法，人都有自己的算计。一碗水端不平就得背后挨人骂！想拢住大伙一起往前奔，容易？"

鹿兆鹏："伯，您不易！"

白嘉轩："不易也得扛着。不然谁来扛？有时候就得心狠，有时候就得装糊涂。"

鹿兆鹏若有所思，由衷地："是啊，再难也得扛，不管挨多少骂……伯，我回这原上，感觉跟家里乡亲都隔着心，举步维艰，我也难……"

白嘉轩："你娃是个好料。按我姐夫话说，是扛大事的人。学堂就不办哩，你让孝文去你学校给娃娃们讲四书五经咋样。这不就都学了？李寡妇的地她自己种不了，跛子爷腿不好又是值夜的，我是让他俩合种互相帮衬。还有粮食的事听你的……"

鹿兆鹏笑："听您的！"

大雨瓢泼，爷儿俩仿佛被隔绝在这里。

白嘉轩眯着眼瞧鹿兆鹏："唱戏里有赤膊上阵，咱这叫啥哩。"

鹿兆鹏笑起来。

白嘉轩："今天补上咋样？"

鹿兆鹏愣住："啊？"

白嘉轩:“给祖宗磕多少头都是该的，今儿我给你递香。”

白嘉轩转头冲入大雨，鹿兆鹏怔怔地望着他的背影，抹头追去。

31. 祠堂　夜　内

白嘉轩将香举到鹿兆鹏头顶，鹿兆鹏默默跪下。

石疯子抱着衣服跑到院中却没敢进祠堂，呆呆地看着里面情景。

白嘉轩退到一旁神色庄严，鹿兆鹏伏下身磕头，接香……

32. 田家院　日　外

田秀才站院门口眼巴巴瞧一媒婆嘟囔着出去。

媒婆骂着:“眼都瞥到天上去了！你钱是多咋不去找仙女哩？”

田秀才望着媒婆背影，自己转身琢磨，急匆匆进院去。

33. 田家后院黑娃屋　日　内

黑娃正往角落里塞包裹，田秀才清咳一声背着手进来，黑娃慌忙挡在前。

黑娃:“掌柜的，我马上出工！”

田秀才试探:“你那钱……让我瞧瞧。”

黑娃摇头:“掌柜的，我没啥钱。”

田秀才干笑:“跟我这耍？你当我是贼，我不惦记你那钱！拿出来瞧眼。”

黑娃死活不肯:“掌柜的，我真没钱！”

田秀才无语瞪着黑娃，转身出屋大声地:“出工去！”

黑娃乖乖出门，反身将门上好锁，在田秀才的怒视下奔出院门。

田秀才看他出去，忙从怀里摸出另一把钥匙打开锁，钻进屋将门关好，低头翻找起来。窗外，黑娃探头冷笑瞧着。

田秀才捧出盒慌乱打开裹布，脸色大变……

34. 白鹿仓 日 外

杨排长靠坐在躺椅中，两条腿翘在桌上惬意地瞧。

乡亲们愁眉苦脸推着独轮车载着粮袋进院，等待交粮的乡亲已经排出老远去，鹿子霖伏案一一记录。

两旁有几个士兵荷枪实弹，如同监视俘虏般，害得乡亲们不敢抬头。

杨排长得意，大声地："这就对着么！折腾半天到头来还得交。"

孝武推着独轮车跟着队伍，轻声："哥，咱爸呢？"

孝文扫视一圈，突然回头望向坡上，诧异的目光。

坡上，白嘉轩叼着烟袋眺望，鹿兆鹏正站在身旁。

白嘉轩喃喃地："当年方升十万清兵都被我姐夫一个人给说退哩，我咋就说不退这十几个兵呢？"

鹿兆鹏苦笑："很简单，当年朱先生面对的是君子，如今您面对的却是小人。"鹿兆鹏收住笑，"我们就得用对付小人的办法。"

白嘉轩转脸看鹿兆鹏，鹿兆鹏也正瞧着他。

35. 田秀才屋 晚 内

黑娃探头进屋，田秀才闷头抽烟袋正想事。

黑娃："掌柜的您叫我？"

田秀才："把门关好。"

黑娃忙转身关门，恭恭敬敬站上前。

田秀才："你上回问能不能把女儿嫁你做媳妇，我为啥没应你哩？"

黑娃默默地看着田秀才。

田秀才长叹一声拍拍黑娃肩膀："你娃还年轻，不懂哩。你娶这么个女子回家，你爸妈都要说你！"

黑娃："咋？"

田秀才摇摇头："叔受了多大的委屈哇！"田秀才捂脸哭起来。

黑娃装手足无措："叔……掌柜的您咋哭上啦？"

田秀才：“我这闺女人好命却不好，被人欺负成这样我做爸的没法出头哇！我咋还能再牵累你这不相干的人一起背这骂名……”

黑娃：“叔，我做了您女婿，就相干了。”

田秀才停止抽泣，抬起泪眼打量黑娃：“你真不嫌弃？”

黑娃坚定：“不嫌！我家远着哩，我娶回这么漂亮的媳妇，我家里不定多欢喜！”

田秀才长叹一声，抹干泪水：“那好，我就把她许给你。明儿就别张扬接走吧！”

黑娃强忍欣喜，上前搀扶田秀才起来。

田秀才叼着烟袋有气无力地：“可我有条戒律，往后这女儿许给你就是你的人了，再不许回来。你们穷你们富都跟我这无关哩。”

黑娃跟在后面：“成。”

田秀才背手徘徊：“待日后确实生儿育女过好了日子，到那时咱再说。”

黑娃爽快答应：“唉！还有啥？”

田秀才背着的手捻了捻。

黑娃哭笑不得：“叔，我明儿出门前就把钱都给你！”

田秀才定了一下，转头瞪黑娃：“这财礼送就是送了，出了这门你可不能再反悔。”

黑娃咧嘴笑：“我正想说这事哩。掌柜的，我是要明媒正娶，因为小娥之前那事咱不张扬，可也得让乡亲们见证我娶了田家的闺女。”

田秀才迟疑不决。

黑娃凑上前：“而且不是冲钱！外面人都传闲话说得可难听，说您……”

田秀才瞪着黑娃：“说我啥？”

黑娃一脸无辜：“是卖闺女……”

田秀才破口大骂：“谁那么缺德，嘴里抹粪哩？我亲闺女养这么大，那是钱的事嘛！”

黑娃义愤填膺：“我也气得不行，叔您现在明白了吧？为啥后来这事我不敢提了，我去找媒婆说亲。”

田秀才咬牙切齿：“这些乌七八糟的畜生，他们从小娥送回家那天起就拿我田家当戏看！”

黑娃马上接话：“那不如真给他们看场戏。”

田秀才一怔，转头看黑娃。

36. 田家院　日　外

乡亲们里三层外三层地围看热闹。田小娥的哭声从屋里传来。

田小娥："爸！我不嫁！我这辈子守着您过……"

田秀才站门口大义凛然："爸要是有天没了你也跟进土里去？爸这回啥都不求，只求一个心安，你后半辈子能跟你男人过上好日子爸也就能踏实合眼了……"

田秀才眼圈一红。

田小娥配合默契号出一声："爸！"

黑娃搀扶着田小娥挎两个大包裹出来。

田秀才眼巴巴看黑娃，黑娃轻声："屋里炕上。"

黑娃将田小娥扶上独轮车。田秀才不忍再看状，回屋关上门。

乡亲们闪开条道，黑娃一提气抬车把就往外走。

乡亲们七嘴八舌议论起来。

"又把闺女卖了？"

"可不，这人只认钱。"

"这回又卖了个好价钱。"

田秀才屋里大叫一声："等等！"

黑娃跟田小娥迅速交换个无比紧张的眼神。

门咣当一声打开，田秀才走上前紧攥住黑娃的胳膊，田小娥下意识扒住黑娃衣角恐惧地看着爸。

田秀才将钱重重拍在黑娃手中，大声："我把闺女嫁你这穷小子，我不图你啥。这钱……回去置地安家，好好待我闺女！"

黑娃百感交集，跪倒在地重重磕了个头，起身推田小娥远去。

田秀才率众人走到院门口，背手而立眺望。

37. 田村外　日　外

黑娃引着田小娥离开，扔下车钻进树林。

俩人呼哧带喘地往外跑，田小娥突然咯咯地笑起，上气不接下气。

黑娃也回头笑着看她："你还笑！你爸今晚看钱匣等着哭哩！"

田小娥笑得更起劲，捂住肚子弯下腰去。

黑娃突然察觉不对劲，上前扶住田小娥慌乱："小娥，你哭啥？哭啥么！小娥……我把这钱送回去还你爸吧？"

田小娥满脸是泪，抽泣："我总算是你媳妇了。"

黑娃鼻子一酸，感动地用力抱紧媳妇。

俩人抱在一起痛哭起来。

38. 田家 晚 内

田秀才心满意足数着包裹里的钱，小心翼翼取出钱匣打开。

钱匣里面空荡荡的，田秀才目瞪口呆，缓过神慌乱又打开包裹看，艰难喘息痛不欲生倒在炕上……

39. 医院 晚 内

白灵与其他护士睡在医院过道石板地铺上，突然被隐隐的声音震醒，恍惚坐起。

白灵看看四周都睡得安静，诧异地起身看看窗外。

那声音又似乎从远方飘荡过来，白灵一步步地走，聆听。

白灵趴在墙上，又伏在地上侧耳听，急步到鹿兆海床前将他唤醒。

白灵："兆海！兆海！"

鹿兆海迷糊睁眼："咋？"

白灵："你听。"

鹿兆海莫名其妙看看四周："听啥？"

白灵拉下他："你贴着地听！"

旁边的化学老师已经警惕坐起。

鹿兆海侧过脸贴地听，迷惑不解："这是啥动静？好像从地底下出来的。"

化学老师脸色一变跃下床："快去通知部队，敌人挖地道了！"

第二十集

1. 西安城墙　夜　外

白灵跟随鹿兆海在街上奔跑，到处是混乱的人群，远处有火光和枪声。

鹿兆海一手拿枪一手拽住一人："哪的敌人？"

士兵持枪头都不回："长乐门挖地道冲进来了！"

鹿兆海喃喃："就在附近！白灵，你快回去！"

白灵："我不！我跟你一起。"

鹿兆海急："听我话，回去！外面太危险。"

白灵："我也能打！"

鹿兆海："你知道哪个是敌人！"

白灵语塞，怔怔地瞧着鹿兆海："哪个？"

鹿兆海指着嘴："肯定不是本地人！听他口音！"

鹿兆海转身奔入烟雾中。

2. 白家　夜　内

白嘉轩在黑暗中抽着烟袋，火光一闪一闪，仙草将衣服披到白嘉轩身上。

白嘉轩："妈睡了？"

仙草："还是咳，冷先生说从没见老太太身子这么虚过。"

白嘉轩："她嘴上不说，心里还是想灵儿。"

仙草："灵儿在城里不会有啥事吧？不是说西安城从没被打下来过么？仗打得就那么凶？"

白嘉轩长叹一声，不语。

那屋传来老太太的咳嗽声。

仙草坐在一旁："孝文的婚事可咋办？定好的日子往后延？"

白嘉轩："媳妇得娶回来，事就不大办了。"

仙草一怔："那人家乐意？今天孝文还偷着试衣服哩。"

白嘉轩冷哼一声："他心倒宽。"

仙草："准备这么久了，偷偷摸摸地娶回来？这可是咱娃一辈子的事。"

白嘉轩摇头："啥响动都不能要，就进祠堂拜个祖宗。我有种预感，这些兵是虎狼是畜生，啥事都能干得出。"

仙草怔怔看着丈夫，白嘉轩满眼忧虑。

白嘉轩："日子也得改。"

仙草："不是冷先生给挑好啦？"

白嘉轩摇摇头："这日子我托鹿兆鹏挑了。"

仙草吃惊地看着丈夫："为啥？"

白嘉轩："让他帮我盯着点，哪天这杨排长去别的原上征粮，咱家媳妇就哪天进！"

3. 医院　夜　内

白灵急拍医院大门，门开道缝，守卫兵士上下打量放进，重又关严。

白灵急匆匆走，伤员护士都紧张地望着外面动静。

医生高喊："把住入口！长乐门离我们不远，大家都小心陌生人混入！"

化学老师一把拽住白灵："兆海呢？外面情况怎么样？"

白灵急促地："兆海已经去长乐门，外面很乱，分不清是自己人还是敌人。"

化学老师懊恼："看来刘瞎子是豁出去了，拼死也要拿下西安城，挖地道这法都能用上！"

医生喊："把所有门窗都封严！小心流弹！"

白灵："我去帮忙！"

白灵跑向走廊，昏暗的灯光下三个担架上仰躺着受伤的士兵，身上都盖着布单。

白灵小心翼翼绕过，余光瞥见三个人眼神异样，她放慢脚步。身后传出低语，又马上"嘘"的声音。

白灵终于停住脚步走回："你们是刚送来的？"

三人眼神有些惊慌，点头不说话，身上沾满黄土。

白灵上下打量，扶坐起一人："你哪伤了？怎么不叫医生？"

那人疼得一咧嘴，白灵的手却触碰到他腋下的硬物，一怔，另两人都紧张地瞧着她。

白灵缓缓神："快躺下。"

白灵起身快步走去，身后那人低声："喂！站住！"

白灵无比紧张的目光："我去……给你们找地方。"

那人沉声："找啥地方？"

白灵回身正视他眼："这里人多，刚才好多当兵的都进来了，一会碰着你们不好，要不……我找个屋子给你们休息？"

三人迟疑了一下互相交换个眼神，为首的点点头。

4. 医院后院　夜　外

白灵端着油灯领着三个一瘸一拐的伤员往后面走，她余光暗暗观瞧，领到药房门口打开门。

白灵侧身一让："这是药房，安静得很。"

三人试探地往屋里进，四下张望。白灵刚要转身离开，被为首那人一把揪住胳膊。

"你先别走。"

白灵镇定："我去给你们找医生。"

那人冷冷地："不用。你找找止血的药有不？"

白灵点头："唉！"

白灵假装翻找，继续暗暗观察三人，为首的已经无声地将门慢慢关死，汗水从白灵额头滴落。

5. 医院　夜　内

鹿兆海走进医院，众人纷纷围上询问。

鹿兆海将枪递给守卫士兵："一共进来十几个，其他都被捂在地道里了！"

化学老师长舒口气："这十几个都抓到了？"

鹿兆海接过水杯喝："差不多，七八具尸体，还活捉了几个。听他们说这批人可厉害，好像是刘瞎子的精锐。"

众人议论纷纷。

鹿兆海："白灵呢？"

化学老师愣了一下："她早回来了。"

6. 医院后院 夜 内

三人中有一人已经疼得呻吟，为首的发狠瞪着还在寻药的白灵。

为首的："找到没有？"

白灵："我是护士，又不是医生，我哪知道药在啥地方，你急啥。"

为首低声吼："没看这疼得要死了！"

白灵瞄门口，手已经悄悄摸到桌旁的一根铁棍："我找医生你又不让。"

为首的再也忍耐不住拔出枪来："别跟我这耍……"

白灵突然举起一瓶药："这哩！"

为首的喘息瞪着白灵，迟疑拿过药。

白灵："我知道你们是谁哩，我给他上药？你信得过？"

为首的冲伙伴使个眼色，另一人举枪对准白灵。为首的忙往外倒药末。

白灵眼睛瞄着门的方向，轻声提醒："举灯照着他伤口，别撒偏。"

另一人迟疑了一下拿过油灯，白灵趁他举起刹那把灯吹灭，顿时屋子陷入黑暗。

骂声："抓住她！""她耍咱……"

门咣当一下打开又合住，白灵将铁棍麻利地横在锁上。

两声枪响，白灵趴倒在地，门被打出两个洞眼，里面的人重重地撞击。

白灵爬起奔去疾呼："这有敌人！"

鹿兆海等人已经闻声跑来。

白灵上气不接下气指："有敌人！"

鹿兆海扶住她上下打量："在哪儿？你没事？"

白灵摇头指着后面，鹿兆海带几个守卫士兵冲去，后院一片枪声。

白灵扶住墙大口喘息……

7. 小学宿舍　夜　内

杨排长与鹿兆鹏的酒杯碰在一起，俩人仰头喝尽。

鹿兆鹏爬起身："不能喝了，我得睡去。你这酒量没人能比！"

杨排长一把拉住他胳膊："再陪我会！我也奇怪得很咋就愿意跟你这秀才聊呢。"

鹿兆鹏苦笑又坐下："我也是三生有幸！"

杨排长醉眼惺忪："拉倒吧，我知道你心里看不起我们这些当兵的，你那眼神告诉我你不简单，肯定经过大事。"

鹿兆鹏摇头："瞎说！咱是普通老百姓一个。老杨你这次看走眼了啊！"

杨排长捶他一下："你骨头硬，别以为我瞧不出。你心里止不定咋瞧我呢。"

鹿兆鹏垂头晃着乐，杨排长异样眼神等着他回答。

鹿兆鹏突然搂过杨排长肩膀："我瞧你啊……说实话啊。"

杨排长眯起眼点头。

鹿兆鹏指着他鼻子："绝对心狠手辣！你手上得死过十几口人！"

杨排长大笑起来，用力拍鹿兆鹏肩膀，神秘："说对了一半！你知道为啥上面专派老子来征粮？"

鹿兆鹏盯着他："为啥？"

杨排长一字一顿："我原先干的是督战团，咱这手上沾的都是兄弟的血。"

鹿兆鹏一愣。

杨排长搂过鹿兆鹏肩膀得意地乐起来，凑在他耳边说起。

鹿兆鹏脸色慢慢变了……

8. 原上　日　外

鹿三赶着披红戴花的马车，孝文身着新郎新衣骑马伴行。

鹿三："少东家，快到家哩。撤下？"

孝文点点头，下马换衣摘红。车里传来女子嘤嘤哭声。

鹿三拉孝文到一旁，轻声："你劝劝吧，哭一路哩，没停过。"

孝文："你哭啥，咱两家不是说清了么，现在闹兵匪不能吹吹打打迎娶你。你瞧连日子都提前了，就是为躲那些兵……"

里面女子哭得更伤心。

鹿三也跟着劝："少奶奶，咱歇一歇，别哭坏了身子。今儿是大喜的日子……"

孝文将鹿三拽开，冲帘里严厉："别哭哩！马上就要进村去祠堂拜祖宗，你这哭哭啼啼的成何体统！"

马车里哭声停了，孝文长叹一声拉过缰绳走去。

9. 祠堂 日 外

大门紧闭，人群挤满了整个祠堂内外，门里贴着大喜字，火红的剪纸贴在窗户上。

人群嗡嗡议论，鹿兆鹏跟随在爸的身后，暗暗打量站在正中的白嘉轩。

白嘉轩跟几个老者正解释："今天除了我姐夫出外没回，族里人都到齐了。孝文娶媳妇本想大办，最近征粮闹得人心惶惶，我琢磨别再惹事，悄着声将就办了。"

几个老者点头。

鹿子霖旁边笑："嘉轩，你这也太小气。不想大办就直说，谁也不亏你这口，何必找这理由。"

白嘉轩平静："子霖，事出来就不是小事。还是防着点好。"

鹿子霖笑："你是存心不想让我们大伙吃你家的喜宴！"

众人哄笑，白嘉轩默默笑了笑，也不急。

仙草忍耐不住："等事过了，我们一定给大伙补上！"

鹿子霖："仙草，当年嘉轩娶你就没办，后来生了孝文才拿碗面打发我们。要补连你俩当年的事一起补吧！"

众人又是哄笑。仙草闹一红脸。

白嘉轩轻声问："妈呢？"

仙草压低声："妈死活不来，说丢人。"

白嘉轩叹了口气，向四下里拱手："各位，孝文娶媳妇这事还请封住口，帮瞒着。等这帮兵撤了，嘉轩定当重谢乡亲们！"

众人都应："该瞒该瞒！"

一老者起身："谁也不许透出风去让那些兵知道！"

石头扒着门缝瞧，蹦跳起："来哩来哩！"

众人忙将大门打开。

白嘉轩也站起翘首以望，所有人都眼巴巴看着，门口却不见人进来。

鹿三神色尴尬跑入，到白嘉轩耳边低语几句，白嘉轩脸有些沉。

鹿子霖幸灾乐祸地瞧着。

白嘉轩："告她这是祖宗祠堂，不是家里，抱着进来成何体统。"

鹿三点头小跑出去，仙草也刚想跟出，被白嘉轩一把揪住。

10. 祠堂门口　日　外

鹿三到门口冲孝文摇了摇头。

孝文焦急抹着脸上的汗，转身冲车帘里："你下来吧，这是祖宗祠堂，乡亲们都看着哩，我爸肯定不答应。"

帘里女子伤心地哭："我妈说进门不能沾地。"

孝文急，压低声："回家我再抱你进门好不？"

女子哭得更响："炮哩，炮咋也不放一声？"

孝文无奈："这不是躲那些兵么，还怕他们听不见？"

女子委屈哭："我把轧花的手艺都带来了，我是给你家送财的。还没进门就这样欺负我……"

鹿三："倒是在家备下了，我拿来放！"

孝文忙摇头："不成三伯，这是祖宗祠堂！"

鹿三皱眉："我在门口放！出啥事我来背！你再劝劝。"

孝文拉过马车，低声冲帘里劝说。

鹿三扯过鞭擦着火正要点，身旁黑娃兴冲冲地叫。

黑娃："爸！"

鹿三不敢相信地抬起眼，黑娃拉着田小娥正站在眼前。

黑娃："快叫爸！"

田小娥腼腆："爸。"

"啪——"鹿三手中的鞭被火点着，火星炸着手，鹿三忙慌乱甩开去。

11. 祠堂　日　内

鞭炮喜庆地炸响，祠堂里的人都是一惊。

白嘉轩皱眉："谁让放的炮？"

鹿子霖迈步上前："放就对哩！快撒！"

两边的人扬起草籽和麦粒，鹿子霖喊唱："一撒金，二撒银，三撒新人进了门……"

黑娃喜滋滋拉着田小娥在鞭炮声和孩子们的欢闹声中迈进大门。

鹿子霖噎在那，瞧着田小娥眼睛发直。

白嘉轩呆住。所有人都惊诧的神色望着两人。

田小娥被众人的目光注视得不自在，咬着嘴唇躲靠在黑娃身后低下头去。

鹿兆鹏惊喜的神色。

孝文拉着披盖头的媳妇边迈进边喊："来了来了！我们还没进门咋就撒啦？"

祠堂里恢复寂静，孝文呆停住身子。

孝文媳妇偷撩起盖头一角奇怪瞧去，正看见田小娥。

黑娃抖了抖头上的麦粒草籽，尴尬地笑笑。

12. 鹿家　晚　内

鹿子霖喝着小酒得意哼唱，鹿子霖媳妇将热好的酒壶递过来。

鹿子霖媳妇："爸您瞧他那得意样，好像今儿他儿子娶媳妇。"

鹿泰恒冷哼一声："幸灾乐祸，小人一个。"

鹿子霖也不恼："爸，您就庆幸吧您儿子是小人，这年头小人才能保命才能有吃的喝的！才能给您养老送终！我都知道他白嘉轩在想啥，他本想热热闹闹大办一回压过我，谁想老天爷帮忙，派来杨排长这帮当兵的，我让他白家风光！"

鹿泰恒顿拐杖："这么说你还感谢那帮祸害？"

鹿子霖得意："爸瞧您，我得意的是我自己！"

鹿子霖冲媳妇使个眼色，媳妇忙将门关上，美滋滋坐一旁。

鹿子霖压低声："各家都征粮了，整个白鹿原就咱家一粒米没出。"

鹿泰恒吃了一惊，瞪着儿子："你小子吃里爬外，你跟那杨排长勾结……"

鹿子霖笑着摇头："才没勾结，我记了本花账。"

鹿泰恒紧张："要被当兵的知道你要挨枪子！"

鹿子霖："爸您放心，我已经摸透那杨排长哩。就是个莽汉，吓唬人有一套，心可粗呢！每天来就是拿眼一瞄根本不仔细查，想糊弄他还不容易！"

鹿子霖媳妇感叹竖起大拇指来。

鹿子霖仰头喝尽杯中酒，又摇头晃脑唱起。

鹿泰恒怔怔地望着儿子，长叹一声："你这么精明，咋不在你儿子身上动动脑子呢。害得家不成家，我都躲着……"

鹿泰恒冲院里撇撇嘴。

鹿子霖沉默不再唱，闷头又仰头喝尽一杯。

鹿子霖媳妇也劝："你找找你儿子去。"

鹿子霖："我才不找！是他娶媳妇又不是我娶！我天天哄这儿媳妇我自己都快……"

鹿子霖媳妇："爸您听他说的是人话么。"

鹿子霖突然捂住脸一动不动。

鹿泰恒与鹿子霖媳妇交换个眼神，都瞧着鹿子霖。

鹿子霖哽咽摇头："天底下有我这么当爸的么！"

鹿子霖又一仰头喝尽。

13. 白家新房　晚　内

孝文媳妇呜呜地哭着，孝文懊恼地坐在一旁。

仙草在门口挥手招呼儿子，孝文走到门前。

仙草轻声："劝劝你媳妇，这新婚夜哪有哭一宿的？"

孝文："我也快烦死！黑娃他们也是，早不回晚不回偏偏这时候撞进来！"

孝文媳妇哭得更委屈。

仙草忙捂儿子嘴："你少说两句！"

仙草将儿子推进门，将门关好，自己长叹一声。

白赵氏正眼巴巴瞧着她。

仙草叹了口气："娶回一会哭的。"

14. 后院鹿三屋　晚　内

黑娃与田小娥坐在炕上对视，静静地听外面白嘉轩与鹿三说话声。

白嘉轩："三哥，他们住这屋，你去前院西屋睡吧，仙草都收拾出来了。"

鹿三："我不了嘉轩，我圈里睡得习惯。"

白嘉轩："不成！这事你得听我的。"

鹿三无奈："嘉轩，那我待会过去。"

田小娥指了指外面轻声问黑娃："腰杆硬的东家？"

黑娃笑了笑，点点头。

鹿三在外面叫："黑娃，你出来！"

黑娃忙答应出门："唉！"

田小娥放心不下，站到窗前静静地听。

院里，鹿三拉儿子到角落压低声："哪儿来的？打眼一看就知道不是穷家小户女子，怎么会跟你走，三媒六证了吗？说！给老子说清白！"

田小娥在屋里听得心惊肉跳。

黑娃也紧张："爸您听我说，我不是在将军寨熬活么，那家是个年近七十的糟老头子……"

声音越来越低，田小娥半边脸都贴在门上，却再也听不到清晰的说话声，她神色恐慌。

15. 白家新房　夜　内

孝文气匀心静地端坐在桌前看书。一对烫金的大红蜡烛欢跃跳弹着火焰。

女人的啜泣变成压抑着的呜咽。

孝文有点不耐烦了："你不吭声，半夜三更哭啥哩？丧模鬼气的！"

媳妇转过身来忍住了抽泣:“你是不是要休我?”

孝文大为惊讶:“你因啥说这种没根没底儿的话，我刚刚娶你回来，干吗要休你?既然要休你，又何必娶你?”

媳妇:“你娶我做啥?”

孝文:“这你都不懂?纺线织布缝衣做饭要娃嘛!”

媳妇:“你想叫我给你要娃不?”

孝文:“咋不想?咱妈都急着抱孙子哩!”

媳妇抽泣:“你不给我娃娃……我拿啥给你往出要……”

孝文愣愣地:“娃娃咋能是我给你的?我能给你还不如我自己要。”

媳妇哽咽:“你见过哪个没男人的女人要下娃了?”

孝文哑了。

媳妇咧嘴哭:“女人要下的娃都是男人给的。”

孝文有所醒悟，随口轻松地说:“那你怎么不早说?你快说我怎么给你?你说了我立马就给你。”

媳妇哭踹被子:“那你过来。”

孝文小心上前，媳妇一把搂住了他的脖子，孝文不由哎呀一声，自觉血涌到脸上烧臊起来，对骚动的渴望和对羞耻的恐惧使他颤抖不止。

黑暗中孝文喘着气:“甭这样……这不好!”

媳妇也微微喘息着:“就这样就这样好着哩!”

孝文:“不行不行成何体统……”

媳妇在黑暗中喘息:“我告你，那女子我认得，她是个骚货!”

黑暗中孝文忙碌着:“哪个?”

媳妇喘息:“就是那个……她偷汉子被家里男人押回来，一路上披奸夫淫妇的衣服从我家门前过咧……”

16. 鹿三屋　夜　内

黑娃与田小娥躺在炕上都没闭眼睡，各怀心事。

田小娥幽幽地:“你爸不喜欢我。”

黑娃:“哪的事……”

田小娥："他们都不喜欢我。可我不怕黑娃，只要你疼我，我啥都不在乎。"

黑娃翻身搂住田小娥："嗯。"

田小娥："我让你别跟爸说实话，你非说。"

黑娃叹息："不说他也会起疑心，还不如说轻些让他早点认你。"

田小娥："不知道为啥，我一进你们这村我就怕，他们瞧我的眼神……我浑身发冷。"

黑娃："有我哩，你怕啥！"

田小娥依偎在黑娃怀中，怔怔地想着什么。

17. 白家院　清晨　外

黑娃还在炕上熟睡，田小娥悄悄推开房门走到院里，深吸了口气。

田小娥摸过牲口圈，看见鹿三已在铡草，她吓得忙躲到墙后绕过水井，好奇地张望四周的一切。

田小娥在一房前停住脚步，探头进去，里面一个轧花机静静地摆在那……

18. 白孝文新房　清晨　内

孝文媳妇已经穿戴整齐，孝文仰躺在床上痴痴瞧着媳妇身影，一把拉住她腕子想拽回。

媳妇挣脱开："你不起还要拉我！"

孝文笑："你急啥，鸡刚叫几遍。"

媳妇白他一眼："是你爸你妈急！他们让你娶我为啥？不就是瞧中我家轧花手艺。"

孝文脸一红："才不是。"

媳妇："我妈说头一天就得露一手给你们瞧瞧，将来才不被欺负。"

孝文："他们都没起哩，再睡会……"

媳妇甩开他手，推门出去。

孝文惋惜地叹一声，痴痴地回想昨晚的惊奇。

19. 白家院　清晨　外

仙草听着轧花声，回头惊喜地看披衣出来的白嘉轩。

仙草："听听这声就跟咱轧的不一样！"

白嘉轩也面露喜色会意点头。

白赵氏拄拐咳嗽着出门来，轻声："头一天就这么早？"

鹿三也好奇上前，笑："嘉轩，你这儿媳妇好哩……孝文娶回个能干的！"

白嘉轩长舒口气，慢慢推开房门，呆住。

屋中，田小娥正熟练地操作轧花机。

所有人一同呆住。

白嘉轩慢慢拾起轧好的棉花，一绺一绺地看着。

身后传来低泣，白嘉轩忙回头望去。

孝文媳妇失落地看着屋里，边抹泪边奔回屋去。

孝文正走出："哎？你咋跑啦？"

孝文走到门口怔住，田小娥依然沉浸在有节奏的轧花的快乐中，聚精会神丝毫没有察觉到门口的目光……

20. 某礼堂外　日　外

白灵扒着门缝往里看，里面掌声如雷。

把守的两个士兵拦住白灵。

白灵急："我也是守城一员，我咋不能进？"

正说着鹿兆海从里面出来，披着大红花，胸前还有个奖章。

白灵忙叫："兆海！"

鹿兆海兴奋地指着胸前："看见没！杨将军亲自给我戴的！"

白灵惊喜地拿起瞧。

鹿兆海自豪："李将军还跟我说悄悄话哩，你猜说啥？"

白灵瞪着他："快说快说！"

鹿兆海压低声："他说我真是个好苗子，推荐我去保定的军校。"

白灵像是自己被表彰一样欣喜，捶鹿兆海胸："真有你的！瞧你那得意相，小尾巴又翘起来了！"

鹿兆海嘿嘿一笑，拉白灵在台阶坐下，将红花摘下套到她脖子上："我抢功了，其实是你把那三个关在屋里的，我捡了便宜。"

白灵笑："知道就好！兆海你没问他们么，我咋会听到挖地道的声？"

鹿兆海收住笑："咱的医院正好在长乐门附近，你睡的那块又正好是石板，下面是地下防空洞。所以你会先听到。"

白灵眨着眼："那快跟他们建议，在城下多挖几个沟不就成哩。"

鹿兆海笑着拍白灵脑袋："你想到的他们早想到了！二虎将军早就派一个营挖地沟了，我还要参加他们的巡城队呢，别忘了人家是正经军人！"

白灵一撇嘴："那还放进了那么多敌人？害得我差点见不着我爸我妈了。"

鹿兆海收住笑，扳过白灵的肩认真地："白灵，你以后别再干那些冒险的事了。这不是一个女子该承受的。"

白灵眨着眼："按你的话讲，我就该在家缝衣织布？"

鹿兆海叹了口气："我明白……我只是不想你有危险。今天会上还说围城军队再不散去，粮食恐怕要紧缺了，全城老百姓准备过苦日子。"

白灵笑着跳起："好啦！饿不死我！你少这婆婆妈妈的，快跟着队伍巡城去吧！"

21. 学校宿舍　日　内

韩裁缝用尺给鹿兆鹏量体裁衣，眼瞄着窗外动静。鹿兆鹏伸直双臂转着圈听话地任他摆弄。

鹿兆鹏："差点西安城就让这地道给破了，好险呐！"

韩裁缝："城里的二虎不是等闲之辈，都是出了名的战将，刘瞎子阴招算尽恐怕也没用。"

鹿兆鹏："你说咱挖地洞这招，算不算以其人之道还治其人之身？"

韩裁缝一拍他背："所有环节都不能出问题，出点问题就满盘皆输！"

鹿兆鹏余光扫着外面："放心吧，他们正得意呢，做梦也想不到灯下黑。"

22. 白鹿仓 日 外

鹿子霖拿着本仔细检查粮袋。鹿兆鹏身后叫："爸。"

鹿子霖吃了一惊，随即白了眼儿子，不理。

鹿兆鹏赔笑上前："爸，记账呢？"

鹿子霖背过身去继续数粮："你咋进的？门口有卫兵没拦着你？"

鹿兆鹏："我说里面给杨排长算账的是我爸，他们敢不让进？"

鹿子霖冷哼一声。

鹿兆鹏上前抢本："爸我帮您。"

鹿子霖背过手看儿子俯身算粮："咋今儿有工夫来我这了？"

鹿兆鹏轻声："我听妈说您把杨排长都算计啦？"

鹿子霖忙捂儿子嘴："这地方能乱说么！"

鹿兆鹏笑："爸你可真成，他们每天不检查么？"

鹿子霖盯着儿子："你回家了？"

鹿兆鹏点点头。

鹿子霖兴奋："见你媳妇啦？"

鹿兆鹏："爸，我问你他们每天进来检查不？"

鹿子霖针锋相对："我问的是你见没见你媳妇！"

鹿兆鹏叹口气："打了照面，没说话。"

鹿子霖指着儿子："那你为啥……"

鹿兆鹏按住爸的手："该你回答我了。"

鹿子霖厌烦地抽出手，转身："除了我谁都懒得进来！"

鹿兆鹏面露欣慰之色："爸，我帮你记！这么多粮食不是咱一个村的吧，你这做乡约的权力可真大。"

鹿子霖掩饰得意："现在才知道？龙生龙凤生凤，老鼠的儿子会打洞。你有今天那是沾你爸的光！"

鹿兆鹏笑着追随："爸，这粮仓天黑锁不锁？夜里几个兵把着？"

23. 田地　日　外

黑娃忐忑不安地跟随孝武、白嘉轩耕地，却不见爸的身影。

黑娃："大，我爸干啥去了？"

白嘉轩头也不抬："一早就出门了。"

黑娃："那他也没留话？"

白嘉轩："没留。"

黑娃暗暗打量白嘉轩脸色，白嘉轩却面无表情。

白嘉轩："黑娃，你刚回，地用不着你种，回家歇着。"

黑娃："大，我想……"

白嘉轩回身打量他。

黑娃："我想能不能让我媳妇进祠堂拜祖宗？拜完就踏实哩，她就是咱白鹿原上人了。"

白嘉轩不置可否又埋头干起，黑娃尴尬地站在那。

孝武也暗暗瞧爸，感受到二人气场不敢说话。

白嘉轩用力锄下，闷闷地："等你爸回来吧。"

黑娃有些失落："唉。"

24. 白家院　日　外

屋里依然响着轧花机的声音，田小娥站在院中偷听，不时从屋里传出说笑。

仙草、白赵氏不住地夸："真好，轧得真好咧！"

孝文媳妇在屋中："妈，奶，她轧得虽然比我快，可都是乱的。这活可不能瞎弄。"

白赵氏："是哩，真是手巧！"

仙草："你差不多就歇会，等孝文从学堂回，我给你俩做面吃。"

媳妇乖甜："妈不用，我待会给你们做我妈家的面！"

仙草跟白赵氏出屋来，田小娥忙躲避到墙后。

仙草轻声："妈，中午叫黑娃她媳妇进屋一起吃吧？"

白赵氏摇摇头："嘉轩意思还是等鹿三回来。"

仙草:“那……我把面端她屋里去?”

白赵氏:“也好。”

两人说着走去,田小娥站出愣愣地发呆。

身后孝文媳妇轻笑:“呦,这不是姐姐嘛!”

田小娥慌乱回身:“快别这么叫。”

孝文媳妇靠门口上下打量,笑:“真眼熟,我是哪见过你哩。”

田小娥诧异:“你哪见过我?”

孝文媳妇装天真点头:“我在妈家时见过,是哪串门时碰着的?还是赶大集……你住哪儿?”

田小娥迟疑:“田家沟的。”

孝文媳妇走近轻声:“那离我家还挺远,不对我咋记得你是……将军寨的呢?”

田小娥身子一颤不敢抬头。

孝文媳妇围着田小娥转:“将军寨离我家也远着,我咋会知道你是那儿的呢?奇怪。”

田小娥咬牙突然抬起头正视孝文媳妇,目光镇定:“妹妹,对不住。我不懂事抢了你风头,往后不哩。”

孝文媳妇怔了一下,干笑:“说啥呢,我咋会介意这些……”

田小娥打断:“咱井水不犯河水。你让我过踏实日子,我夜里进这帮你做活,都算你的。”

孝文媳妇咬着嘴唇瞧她。

田小娥:“我刚才听哩,你那棉花轧得有点乱。”

孝文媳妇难看地笑了笑,再说不出话,转身进屋去。

田小娥无声叹息。

25. 正房 晚 内

孝文狼吞虎咽吃完,放下碗抹抹嘴。

孝文迫不及待地:“爸,妈,奶,我回房念书去啦。”

白嘉轩:“嗯,去吧。”

孝文喜不自禁推门出去。仙草皱眉瞧儿子背影,回头看白赵氏。白赵氏也露出疑惑的目光。

26. 孝文屋　夜　内

孝文兴冲冲推门进，媳妇正对着镜描眼。

孝文上前俯身瞧，走到炕边脱鞋解裤带。

媳妇捂嘴乐："你今黑不念书了？"

孝文听出她揶揄的话味也不管了，抱住她的脖子贴着她的耳朵："念啥书啊！"

孝文将媳妇压倒在炕上。

媳妇一把将他推开："人家累一天了，轧多少棉花。你也不给人捏捏。"

孝文笑："我捏！我给你捏！"

媳妇咯咯乐："我跟你说的话你告你爸没？"

孝文："啥话？"

媳妇："黑娃他媳妇！"

孝文："哦，早告哩。"

媳妇哼了一声："今儿还有脸求我别告别人，说她夜里帮我做活全算我的呢。我让她再得意，等你家长工鹿三回来，就有好戏看了！"

孝文亲着她："人家都那样求你了，我发觉你一来就跟她对着干。"

媳妇将孝文一脚踹下炕："白孝文！"

孝文吓一跳拉起裤子："咋啦你？"

媳妇哽咽："我就知道你被那骚狐狸迷住了，你看她那眼神都不对。"

孝文急："我哪儿看过她！我正经都没瞧一眼……"

媳妇哭："她那么骚情你没瞧才有问题！你心里瞧烂了都！"

孝文无可奈何地瞪着媳妇。

27. 鹿三屋　夜　内

田小娥心事重重地铺炕，黑娃光着膀子刚擦完身子。

黑娃："我今天跟嘉轩伯说让你进祠堂拜祖，就正经算这族里人了。"

田小娥："他咋说？"

黑娃："他说等我爸回来。"

田小娥幽幽地："知道你爸去哪儿不？"

黑娃一愣："不知道，你咋啦？"

田小娥突然依偎到黑娃怀中："我怕，黑娃。我特别怕。"

黑娃一笑："你怕个啥，咱都回家哩。那老不死的还有你爸找不来。"

田小娥目光恍惚，黑娃紧紧搂住她。

田小娥推开黑娃起身出屋。

黑娃："你做啥去？"

田小娥恍惚："我去轧棉花。"

黑娃急拽："深更半夜你去轧？都睡了！"

田小娥摇头："我睡不着。"

28. 孝文屋　夜　内

孝文正搂着媳妇睡，突然被隐隐约约的声音惊醒。

孝文迟疑不决，松开熟睡的媳妇悄然下炕，穿好鞋披上衣服小心翼翼摸出院去。

29. 白家院　夜　内/外

油灯下，田小娥坐在轧棉机旁用心地踩踏，仿佛要把所有力量都凝聚在棉花中。

田小娥的泪水一滴滴落在棉花上，她却没有注意窗外的一个身影正凝视自己。

窗外，孝文复杂的目光望着这个女子……

30. 白家院　清晨　外

鹿三脸色苍白冲进院，孝武正抬桶出来撞见。

孝武："三伯，三伯你咋啦？"

鹿三像没听见一般，跌跌撞撞冲向后院。

孝武惊奇地瞧他背影。

31. 白家后院鹿三房　清晨　内

门被剧烈地敲着，黑娃边披衣服边应着开门。

黑娃："来了来了！"

门一开黑娃呆住，鹿三已经脸色如灰眼睛充血了，抬手就抽了黑娃一记耳光。

田小娥惊恐爬起蜷缩在被中。

黑娃捂着脸："爸，你咋打我？"

鹿三哆嗦："我打你？我还要打死你哩！"

鹿三突然跌倒在地人事不省。

黑娃慌乱扶住："爸！爸你咋啦？"

32. 白家院　日　外

孝文媳妇嗑着瓜子斜靠在自家门惬意地听。

孝文诧异走到门口："咋？"

媳妇嘴一努："听戏。"

鹿三那院里喊："你快快把这个婊子撵走！你要是舍不下她，你就不是我的儿，你就立马滚出去！永生永世都甭进我的门！"

黑娃："爸，她咋了么？我都跟你说实话了……"

鹿三："你说甚实话！你俩干的好事，奸夫淫妇押出多少里地去？"

孝文媳妇冷笑呸出瓜子皮。

门被撞开，黑娃回头看，田小娥挎好包裹平静地站在门口。

田小娥："黑娃，别跟你爸犟了。咱走，饿不死。"

鹿三也愣在那。

孝文惊奇地隔墙听着……

33. 村 日 外

黑娃阴沉着脸推田小娥往村外走，乡亲们三五成群地指点说着。

“黑娃，这是咋了？娶了媳妇不跟你大过了？”

几个妇女在一起嘀咕：“闹起来了。”“真骚情！”

田小娥坐车上紧紧抱着包裹：“黑娃！黑娃！”

黑娃转头怔怔地看媳妇。

田小娥瞪着他：“你抬起头来！咱没干见不得人的事！”

黑娃：“唉！”

田小娥：“黑娃，我背上痒，你给挠挠。”

黑娃迟疑：“在这？”

田小娥注视他点头。

黑娃明白过来，停下车给田小娥挠背。

“哎哟丢死人喽！”

“瞧她那德性！”

一女打自己男人：“看啥呢你！”

田小娥旁若无人凝视黑娃甜蜜地笑起。

鹿兆鹏正走来，诧异看众人：“咋了这是？黑娃！黑娃！”

黑娃跟没听见一样，低头推独轮车前行。

鹿兆鹏疑惑的目光。

34. 白家轧棉花房 日 内

仙草拉着白嘉轩进屋，指着一地轧好的棉花。

仙草：“这都是她昨晚一个人轧的。”

白嘉轩默默看着，面无表情。

仙草求丈夫：“再怎样……白鹿原这么大，咱容她一块地方？”

白嘉轩转身出去，头也不回：“扔了，全扔了。”

仙草无奈地望着丈夫背影。

35. 祠堂　日　内

众人议论纷纷，鹿子霖兴奋地这边转转那边听听。

鹿子霖："真是……偷到屋里去哩？是那女子勾引的黑娃？"鹿子霖压低声，"我咋听的是另一个唱本，是那家人老得不行，每到夜里发急，就狠命地……"

众人围拢瞪大眼听，白嘉轩门口咳一声，众人忙散开。

鹿子霖笑："嘉轩，今天家里可热闹？"

白嘉轩白他一眼，坐好："黑娃他们已经出村去了，寻下哪住下跟你我都没关系。从今起，再不许传这事。"

众人点头应。

鹿子霖："那女子刚来我就瞧着不是一般人家闺女……"

白嘉轩瞪他，鹿子霖把话咽回。

白嘉轩："你不是有事找我们商议么？"

鹿子霖压低声神秘的："是这，田总仓昨晚找我说事，打了好多天西安城一点没破，看样子是这镇嵩军拿不下来哩。"

众人哄一下说笑起。白嘉轩暗暗松了口气。

老者："我就说西安城自古没被破过。那城墙有多厚哩……"

另一老者摇头："枪炮再厉害，也敌不过老年间造的城墙。"

鹿子霖笑着点头："所以两边就耗着，谁也不再打。可粮食呢就不够了。"

白嘉轩猛地抬眼瞧鹿子霖，鹿子霖心虚回避开。

鹿子霖："征粮恐怕还得加，不过这可能就是最后一次哩，他们也撑不下去，你想想那么老多人……"

赵柱急："加多少？还要加？要不要人活哩！"

鹿子霖白他："就你吵吵。每家加二斗粮，其实不多，凑凑就齐哩……"

一老者咬牙切齿："二斗不多？子霖啊你家存粮是都顶破房梁了！"

鹿子霖："谁啊！"

桑老八："咋交么！再交二斗我只能扒树皮去了！"

赵柱："就是，地里出的粮食有数么，他们也得管老百姓死活！"

另一老者："不交！看他能咋着？"

鹿子霖转圈解释。

白嘉轩冷冷地抽着烟袋不语，注视鹿子霖。

鹿子霖回身求救："嘉轩，你说句话！我又不是征粮的，咱人能跟枪子儿扛么是不？"

白嘉轩敲敲烟袋，立刻平静下来，他一字一顿地："不交。"

鹿子霖一怔，众人连声应起。

鹿子霖："嘉轩，不交你可知道后果。家里有粮可由不了你，那些兵闻着味就来哩！"

白嘉轩眯眼思索："往能藏的地方藏！李寡妇家的菜窖深，大伙藏不下的往那送！"

36. 学堂　日　内

娃娃们都围在窗前望着外面喧哗。孝文根本不管不睬，沉浸在自己的世界中，托着腮眯起眼品味昨晚的好梦。

孝文突然喃喃地："关关雎鸠，在河之洲。窈窕淑女，君子好逑。"

娃娃们吓一跳，都回头看孝文，跑回课桌翻书本。

娃娃们轻声："哪篇？哪哩？"

孝文闭上眼会心一笑。

37. 村东窑洞　黄昏　内

破塌的窑洞里破败不堪。

窑门上方有一个透风的小小天窗。当窑门和窗孔往外冒出炊烟的时候，黑娃和田小娥俩人呛得咳嗽不止泪流满面，却又高兴得搂抱着哭了起来。

黑娃："小娥，小娥我对不住你！这家就不该回！"

田小娥拿手封住他嘴不让再说："黑娃，你把这火炕烧得真热真暖和，我喜欢这地方，我才不要住你爸那！"

黑娃："再瞎再烂总是咱自个的家了。"

田小娥呜咽着："我不嫌瞎也不嫌烂，只要有你……我吃糠咽菜都情愿。"

黑娃咬牙："从今起请咱进祠堂咱也不进哩！咱有骨气，凭着我一把力气咱活得比他们谁都好！"

田小娥凄然一笑："我就奇怪，那祠堂咋对你们那么重要？"

黑娃突然听到动静，爬起到门口。

田小娥恐慌："又咋？"

黑娃没答话，惊诧地走到门外，一个袋子敞口放在那，黑娃蹲下去舀起一手麦。

坡上鹿兆鹏默默眺望的身影。

黑娃抬头四下里望，鹿兆鹏早已消失在坡后……

38. 白家 晚 内

纺车被闲置到一边，仙草也无心收拾筐中的针线。

一家人都愁眉不展守着桌子，孝文有些坐不住，眼直往屋外瞟。白赵氏偷偷打量孙子。

仙草："真是不叫人活了，这藏粮食也不是个长久之计啊。"

孝武："爸，早该听兆鹏哥的，把粮食往外转。"

白嘉轩："净说这没用的话！"

孝武闭口。

孝文实在坐不住起身："爸，我……我先回屋念书了，我明天还得奔学堂开新课哩。"

白嘉轩沉思没搭理。

孝文忙钻出屋去，白赵氏忧心的目光。

白嘉轩："三哥又没吃饭？"

仙草摇头："没。自打黑娃他们走，他就没正经吃喝。"

白嘉轩："做碗面端过去。"

白赵氏轻声："先关心关心你儿子吧！孝文脸不对，这些日子他没白天黑夜的，迟早要耗干了。"

仙草一怔，抬眼看妈，又转头看看丈夫。

白嘉轩皱眉刚想说话，赵柱急匆匆冲进。

赵柱喘息:“不好了族长，李寡妇家菜窖里的粮食都被抄了！”

白嘉轩脸色一变站起身。

39. 村 夜 外

李寡妇哭号着拉住杨排长的胳膊，士兵将一袋袋粮食运出。

李寡妇:“杨排长您给我们留口粮食！我们孤儿寡母的靠啥吃饭呐……”

杨排长一脚将她踹翻，骂:“奶奶的！没毙了你就是好事！让你再藏粮，跟我们耍心眼子？”

杨排长冲手下使个眼色，两个兵上前用枪砸起，李寡妇惨叫。

跛子爷吓得哆嗦。

杨排长上前拍拍他肩:“前面去敲你的锣，给我使劲喊。”

跛子爷:“喊……喊啥？”

杨排长:“就喊交粮食了！一家二斗，不然拆他的房，挖他的地，填他的井！喊！”

跛子爷哽咽:“杨排长，您就饶了我吧。”

杨排长拔出枪顶住跛子爷的后脑勺，不再说话。

跛子爷敲起锣颤抖着声喊起:“交粮啦！一家二斗，不然拆他的房，挖他的地，填他的井……”

跛子爷裤角已经湿透。

40. 白家院 日 外

孝文系着衣扣从屋里出来，伸个懒腰。孝武正进院门。

孝武吓一跳:“哥你刚起？”

孝文笑了笑:“你咋回来了？”

孝武:“爸让我把牛牵过去，哥，学堂的娃娃还等你教书哩！”

孝文媳妇屋里嗔叫:“你个死东西，你揣我布兜干啥！”

孝武脸一红瞄屋里:“嫂子……也刚起？我说进院没听见轧花的声响。”

孝文揽过孝武神秘地:“孝武，赶紧娶媳妇！好着哩！”

孝武不知该说什么，吧唧一下嘴瞧着哥。

孝文坏笑："我现在啥都不想，就想着天黑呢，哥能蒙你么，这辈子你小子都没享过这福！"

孝武："哥，昨晚好几家藏的粮食都被当兵的翻出了，你知道不？"

孝文一笑："我呀，从今往后只做自己的桃源梦，不管魏晋。"

孝武摸不着头脑，怔怔地瞧着孝文哼着曲出去。

41. 田地　日　外

白嘉轩牵着架在牛脖子上的牛槅头，鹿三后头扶着犁车正在耕地。

远处熟悉的那声狼吼"嗷——"，杨排长带着两个兵松松垮垮走来。二豆屁颠屁颠跟随。

杨排长："族长，商量个事。"

白嘉轩直起腰瞧他。

杨排长："一家交二斗粮，三天内交齐。"

白嘉轩皱眉："杨排长记错了吧，不刚交完么？"

杨排长："那只是头一拨，还不够塞牙缝的。族长辛苦，再敲遍锣通知各家送到白鹿仓。"

白嘉轩埋头干起："不敲。"

杨排长笑眯眯叉起腰，露出腰间那枪来。

鹿三慢慢举起锄头。

士兵举枪对准："交不交？"

白嘉轩："打死我也不交了，再交就饿死人哩。"

杨排长按住手下的枪，呵斥："干啥！人家本来就拿我们当土匪，娶个亲都躲着咱，还招骂！"

白嘉轩身子一震，抬眼。

杨排长笑眯眯看着他："这就不对哩白族长，我们拿你当自己人，你却拿我们当外人。这顿喜酒总得补上吧？闹洞房说啥也得补一次吧？"

杨排长没等白嘉轩答话，转身扬长而去甩下句话："等你信啊，我带兄弟们一定捧场！"

二豆冲白嘉轩竖大拇指，傻乐转身追杨排长去。

鹿三紧张："他们咋知道孝文娶亲？" 鹿三回过味看着白嘉轩，"我知道是谁了！"

白嘉轩脸色铁青。

42. 祠堂　日　内

众人喧闹议论，骂声一片。

学堂窗内娃娃们挤着看热闹，孝文却托着腮打起瞌睡，任由外面折腾。

赵柱恨恨地骂："这些兵哪是打仗来了，是专门抽咱老百姓血来的！不交，就是不交看他能咋的！"

鹿子霖指着赵柱："赵柱，你敢去学校喊么？你敢喊我佩服你！我这乡约从此让你做！"

赵柱语塞，不再说话。

鹿子霖添油加醋："我不是吓唬你们，上次是射鸡表演，这次就得出人命！"

白嘉轩突然发话："出人命，那也是因为有家贼。"

鹿子霖一怔回头看去。

白嘉轩起身："他们直奔李寡妇菜窖去，粮食不是搜出来的。再有，我家孝文娶亲的事除了族里人没再张扬，杨排长到底是咋知道的？"

鹿子霖背着手扫视众人，突然察觉到大伙都瞧自己，愣了一下，回头看白嘉轩，白嘉轩目光如炬。

鹿子霖怔住："你啥意思？你……你们指我偷着跟杨排长通气？"

白嘉轩沉脸不语。

鹿子霖急："白嘉轩你把话说明白！你是做族长的，眼瞧着顶不住那些兵你往我身上扣屎盆子！我是为咱族人好，非要死上一个两个的？你们说句话！都瞧我鹿子霖不是人对不对？这些天我就觉察出来哩，狗咬吕洞宾不识好人心！"

鹿兆鹏突然冲进，抱住鹿子霖："爸！爸您别急！嘉轩伯，我得替我爸说两句。"

白嘉轩："你说。"

鹿兆鹏："我爸这次真的是为咱族里着想，乡亲们还是老老实实交粮吧。"

鹿子霖欣慰的目光看着儿子，眼神中竟有些不敢相信。

祠堂里顿时炸了。

“鹿兆鹏你天天跟杨排长睡一块，没少吃香的喝辣的吧！”

“鹿兆鹏，你是没种地，当校长领公粮……”

鹿子霖感觉自己腰直了些，往儿子那边靠了靠：“耍嘴瘾都会！你们谁不交有本事代族人顶枪子儿去！谁去？”

人们都不再嚷。

鹿兆鹏：“嘉轩伯，各位叔，大爷，婶，正因为我跟杨排长他们住一块，我才最了解这批人。他们一路杀过来，你们知道这支队伍毁掉多少跟白鹿原一样的村子？他们没眨过眼，手都没软一下。这杨排长干啥的你们知道不？他原来是镇嵩军里督战团的机枪手！”

鹿子霖诧异：“兆鹏，啥叫督战团？”

鹿兆鹏：“把门关上！”

有人忙去关严大门。

鹿兆鹏压低声渲染：“就是打仗的时候在队伍后面督战，前面部队顶不住谁想做逃兵，刚回身一退他就开枪！”

白兴儿颤抖着声：“没听说打仗……还杀自己人？”

鹿兆鹏点头：“他专杀自己弟兄，眼皮都不眨一下。”

众人鸦雀无声，呆呆看着鹿兆鹏。

鹿子霖抢上前：“你们听听！听听！开眼了吧你们……”

鹿兆鹏一把拉过老爸：“杀自己人都不手软，何况是咱们！那个刘军长把他调来征粮，要的就是无情，要的就是他的狠！镇嵩军这次只要粮不要命！”

有人就是一哆嗦，白嘉轩拿着烟袋沉默不语。

43. 鹿家　日　外

鹿泰恒叼着烟袋沉思，鹿子霖仰头喝尽杯中酒。

鹿子霖：“爸，族里人让白嘉轩带得只知道蛮干，以为天底下老子最大。您看看他们还怕啥。”

鹿泰恒冷哼：“你看你还不怕啥？”

鹿子霖："爸您别阴阳怪气损我，这回可是兆鹏都帮我去说了。"

鹿子霖媳妇、儿媳妇都抬起头来。

鹿子霖："兆鹏都看不下去哩，让白嘉轩别硬顶，赶紧让乡亲们交粮保命要紧。这才是我儿子！"

鹿泰恒："白嘉轩答应啦？"

鹿子霖得意："上次就是兆鹏站出来被他白嘉轩爷儿俩一顿狠批，结果咋样？爸，白嘉轩这次可服软哩！"

几个人交换个眼神。

鹿子霖长叹一声："还是上阵父子兵啊，到头来还是儿子向着老子。"

44. 小学宿舍　日　内

韩裁缝靠在窗边警惕地望着外面动静。鹿兆鹏揪心地看着他。

鹿兆鹏："什么，城里已经配给制了？我弟还在城里！"

韩裁缝叹息："整个西安城要挨饿了，从前想想都不可能的事，如今就发生了。"

鹿兆鹏在屋里来回转着："在现今中国，什么不可能发生！"

韩裁缝："白鹿仓的情况怎么样？"

鹿兆鹏："听说其他原的粮食都往这送了，够数他们就要押送走。留给咱的时间不多了。"

韩裁缝迟疑了一下还是问出来："白嘉轩，真值得信任？"

鹿兆鹏转脸意味深长地看着他："老韩，我拿命担保。"

韩裁缝皱眉："以后少说这话！真出什么问题，你的一条命保得过来么！"

鹿兆鹏被噎在那，强把话咽回。

韩裁缝也意识到自己的严厉，喃喃地："将来你就会明白，斗争残酷起来，你不能轻易相信任何人……"

鹿兆鹏轻声："老韩，我知道你担心什么。可根要扎得深，靠的就是信任。"

韩裁缝转身眯眼望着窗外。

鹿兆鹏怔怔地望着他的背影。

第二十一集

1. 医院外　日　外

白灵拿过鹿兆海的枪抚摸，好奇地瞧。

鹿兆海兴奋接过，熟练地给她演示。

兆海拉枪栓瞄准："咋样，刚发的新枪！"

白灵也跟着学拉枪栓。

兆海惊奇："哎还有模有样哩！"

白灵："兆海你吃饱饭了没，我这吃不了给你……"

鹿兆海："我还给你带了呢！"

两人同时举着半个馍，看着对方又都笑起来。

白灵："那我们各把各的消灭掉！"

鹿兆海塞过来："还是连我的一块吃了吧！你嘴能骗人，肚子可骗不了人，一坐这就叫个不停。"

白灵脸一红："谁叫了，是你的肚子吧？我才不吃你的！"

鹿兆海笑，神秘压低声："告诉你，我这是军粮随便吃哩！"

白灵吓一跳，看着他："真的？"

鹿兆海点头："因为我参加了巡城队伍，算现役军人，不限口粮，吃饱了还能再要。以后每天我都给你带来些好不？"

白灵喜，这才放心塞嘴中狼吞虎咽地嚼："真的？那你再多带些！"

鹿兆海尴尬："还不够啊？"

白灵抓住他胳膊："我回去给伤员带！他们根本不够吃。"

鹿兆海苦笑看着白灵。

2. 医院 日 内

白灵举着两个馍得意冲进门，化学老师正坐在床上望窗外凝思。

白灵兴奋："瞧我拿来啥了！快吃快吃还热着呢！"

化学老师一怔："你这是从哪儿拿的？"

白灵神秘一笑："兆海给的，他不是巡城去了，军人不限量的。"

化学老师注视白灵："他跟你说的？"

白灵边掰递给旁边的伤员边点头："嗯！咋了，你是教官你不知道么？"

化学老师勉强笑了笑："……知道。"

白灵边掰给别人边自己嚼了块："这城再围个十天半个月就得退兵了吧？"

化学老师忧愁的眼神："恐怕不会，这次刘瞎子是豁出去了。"

白灵："那援军哩？为啥他们都不来西安城解围？"

化学老师叹息："如今之中国，谁会没利益去帮别人？自己死活还顾不上哩。除非……"

化学老师接过递上来的半块馍怔怔瞧："那人真正在乎你。"

化学老师把馍举到嘴边却填不进去，长叹一声又放下。

白灵瞪大眼睛诧异地瞧他。

化学老师动了动嘴唇，却只能冲白灵苦笑。

白灵也灿烂笑起。

3. 李寡妇家 日 内

一群小母鸡挤成一团，李寡妇在里面摸着。

田小娥掰一只小母鸡屁股瞧，李寡妇又扔来一只。

李寡妇："会不会下蛋你会瞧？"

田小娥一笑："有的母鸡就不爱下蛋，得看。"田小娥摘下耳环放在桌上，"李婶，您看这成不？"

李寡妇拿起眼睛发亮，点头，用异样眼神打量田小娥："啧啧啧！真心疼黑娃哩。"

李寡妇突然摸田小娥肚子压低声："怀过娃没？"

田小娥愣了一下，摇头。

李寡妇神秘笑："我不信，你给人家当那么多年媳妇没怀过娃？打掉过吧？"

田小娥又摇头。

李寡妇把门关好，压低声："是不是你原来那个……太老了？黑娃多壮实，比他可强多哩，跟头牛一样！"

李寡妇解气般笑起，边笑边捅着田小娥。

田小娥哭笑不得。

4. 村　日　外

田小娥抱着一只母鸡在村里走，乡亲们指指点点。

田小娥深吸口气，大方地前行。

白兴儿笑眯眯望着她："养鸡给你家黑娃补身子？"

田小娥瞥了眼他，没理睬。

白兴儿身后摸了把："把黑娃给吸干，还有我呢。黑间啥时候过来找哥？"

田小娥突然怒转身瞪着他："找你妈去！"

白兴儿吓在那，周围人都嘿嘿坏笑。

桑老八挠着裆："白兴儿，不成吧？这女子猛咧！"

白兴儿又笑起："胡说！你跟她又没上过炕你咋知道？"

桑老八毫不忌讳："你瞧那屁股扭的！"

田小娥突然放下鸡，冲到桑老八面前。众人忙收声好奇观望。

桑老八也有点不知所措。

田小娥突然猛地扯下桑老八裤子，转身就跑。

桑老八脸色大变忙拉裤子，众人哄笑。

田小娥抱起鸡鄙视："怪不得找不着媳妇哩！"

桑老八快哭出来。

田小娥转了圈："还有谁啊，来啊！"

众人鸦雀无声，退后几步。

田小娥大声骂起："这村里有种的男人都过来，让姑奶奶过过！别背后扯闲话过嘴瘾，有种就脱裤子来……”

突然田小娥停止骂声，远处鹿三阴沉着脸望着她。

田小娥突然脸一烫，抱着鸡跑去。

5. 原上　日　外

黑娃浑身是汗将石夯砸在模子里的土上，嘴里喊着号子：“哎嘞哼嗨，你收住心你稳住身，把石夯儿抬起来呀，抬起来呀……”

黑娃帮人把土坯都打完，接过钱。

黑娃：“伯，谢哩谢哩！”

黑娃脱衣光着膀拧了拧，全是汗水，望见爸走过来就是一怔。

黑娃：“爸？您咋找到这村的？”

鹿三复杂的目光打量儿子：“你瞧你累成啥样了。”

黑娃低头不语。

鹿三：“心都野了，在外还没待够？你住那破窑头几年塌过三回，快跟我回家去。”

黑娃一喜抬眼看鹿三：“爸！您等着我这就去接……”

鹿三冷冷地：“谁说她也回！”

黑娃刹住脚，默默地看着爸。

鹿三：“那女子是祸害，没瞧全村人在背后嘀咕咱爷儿俩？害得白家跟着背黑锅！我第一眼见她就觉着不是啥好货，你现在回头还来得及。”

黑娃苦笑了一下。

鹿三：“你莫被她骗了，到处都有狐狸成精骗人哩。黑娃，别看那女子让你快活，她是耗你的阳寿让你不成人样！”

黑娃：“爸！我从来没觉着像现在这么有人样！”

鹿三皱眉看着儿子。

黑娃：“我明白了，你是白嘉轩鼓动来的吧？在他眼里小娥就是妖精就是祸害不配进祖宗祠堂。我们不进！不认祖宗行吧！”

鹿三气得哆嗦：“黑娃，我最后问你一次！家门给你开着，你现在回去还来得及！”

黑娃："我不！不带上小娥我哪也不去！就守着那破窑过一辈子我心甘情愿！"

黑娃转身奔去，鹿三懊恼地望着儿子背影，恨恨地将砸土坯的锤踹到一边。

6. 白家后院　晚　内

白赵氏扯着棉线摇动纺车，不时瞥瞥儿子。

白嘉轩大口吃完碗里的面，白赵氏一旁跟儿子唠叨。

白赵氏："孝文这样下去不成，天没黑就往屋里钻，也不见他念书哩，身子非虚空不可。"

白嘉轩："这事我咋说。"

白赵氏扔下棉线："那是你儿子！"

白嘉轩苦笑："您不就盼着抱孙子呢么。"

白赵氏："屁话！我跟你媳妇说哩，仙草她也不管。你俩咋一鼻子出气哩？男人靠啥？靠的不就是那股子精气神！你儿子眼瞧要被吸干哩……"

仙草端着碗皱眉递到白嘉轩面前，白赵氏背过身去。

仙草："去瞧瞧三哥吧，他不吃。"

白嘉轩："咋了？"

仙草叹息："你没听说么，今天黑娃媳妇在街上跟人骂起来了，正好三哥撞见。"

白嘉轩闷声接过面碗走出去。

仙草看了看白赵氏："妈……"

白赵氏赌气："甭叫我。"

仙草叹了口气，为难："我咋说么。"

白赵氏："你也做婆婆了，咋就没个婆婆样哩？"

仙草摇头感叹："我可拿不出您那狠劲。"

白赵氏转头瞧她，仙草这才意识到说漏嘴。

仙草："妈！妈我不是那意思……"

白赵氏瞪着仙草不说话。

仙草尴尬："我是说您才有婆婆样，您一直对我挺好的……哎呀！我这张嘴啊！”

白赵氏突然扑哧乐起来，仙草怔怔地瞧着妈。

白赵氏边笑边指着仙草，仙草也苦笑。

仙草捶了一下白赵氏的肩：“妈！您吓死我了！”

白赵氏：“回头把你儿媳妇叫来，我跟她说！”

7. 窑洞 晚 内

黑娃泡着脚瞧田小娥喂那只鸡，田小娥在屋里圈出一个鸡圈。

黑娃：“哪有在屋里圈鸡的，你不怕味？”

田小娥笑：“就这么一只，好不容易换来的。圈外面我怕被偷去。”

黑娃诧异：“你到底用啥换的？”

田小娥一笑：“不告你。”

黑娃打量：“你那耳坠哩？”

田小娥低头不语。

黑娃急：“我去找李寡妇要回来！”

田小娥忙拉住他：“你敢！”

黑娃瞪着田小娥喘息，懊恼地抱住头。

田小娥轻轻抚摸他头发，扳到自己怀里：“等这鸡下了蛋，我一个个攒起来煎了给你下酒吃。我要把你养得跟牛一样壮，看谁还敢欺负咱。”

黑娃黯然：“小娥，以后别再进村哩。”

田小娥停住手。

黑娃咬牙：“我想杀人，我想把说你的那些人都杀了！”

田小娥凄然一笑：“你还能杀你爸么？杀你东家？让他们说去吧，我又掉不了一块肉。”

8. 白家轧棉花屋 日 内

孝文媳妇正在轧棉花，白赵氏进屋来将门关好。

孝文媳妇忙起身：“奶。”

白赵氏点点头："做活呐，你比孝文大几岁？"

孝文媳妇一怔："三岁。"

白赵氏叹了口气："本来这女子就比男人熟得早，你身子披挂雄实，可你男人还是个树秧哩。你要处处抬协他。你听下了没？"

孝文媳妇摸不着头脑，满口答："奶，我知道。我过门前俺妈也教导我，说要抬协他。他比我小我知道。"

白赵氏瞄着她："那你给奶说，你到屋几个月了，你咋样抬协他来？"

孝文媳妇愣了愣："我天天早起叮咛他，做活要可自家的力气，做不动的活甭硬做，小心伤了筋骨。"

白赵氏摇摇头："还咋样抬协他？"

孝文媳妇诧异，费劲地想想："我天天黑间劝他少念会儿书少熬点儿眼，白天上地黑间熬眼，身子就亏下咧！"

白赵氏仍不动声色地问："还有啥呢？"

孝文媳妇低头不语。

白赵氏："我问你话呢。"

孝文媳妇突然抽泣起来。

白赵氏无奈："你看你！我没骂没打就随便问句话你咋又哭上啦？"

孝文媳妇哭："奶这么问我，我肯定哪做错了。"

白赵氏压低声一字一板说："你黑间甭跟你男人睡得那么欢行不！"

孝文媳妇听到时猛乍愣了一下停止哭泣，随之惊愕地瞪大了眼睛，一下红赤了脸，羞得抬不起头。

"话丑理端。"白赵氏不急不躁，"你男人还嫩着哩！你要是夜夜没遍没数儿地引逗他跟你——把他身子亏空了，嫩撅了，你就得守一辈子活寡！"

孝文媳妇又哭起来。

白赵氏急："你咋又哭了呢。"

孝文媳妇："我不想守活寡！"

白赵氏紧逼不放："那就守住你的身子别让他碰哩！奶跟你实话直说，那个事跟吃饭喝汤一样，吃饱了喝够了不想吃也不想喝了，过不了一晌克化了又饿了也渴了，又急着吃急着喝了。总也没个完。"

孝文媳妇抽泣着听："奶，那……那我再不跟他睡哩。"

白赵氏摇头："那也不成！十天一回。记下记不下？"

孝文媳妇哽咽抹泪点头："可万一孝文他……"

白赵氏："我孙子咋？"

孝文媳妇："婆呀……被窝里……又不能打墙呀……"

白赵氏嘬嘬脱光了牙齿的嘴："我来试着打这堵墙，看看打成打不成！"

孝文媳妇惊诧地看着奶奶。

9. 祠堂　日　内

娃娃们跟随孝文在学堂里念诵。

孝文摇头晃脑："孝子之至，莫大乎尊亲；尊亲之至，莫大乎以天下养……"

娃娃们跟随："孝子之至，莫大乎尊亲；尊亲之至，莫大乎以天下养。"

突然外面尖叫声，赵柱媳妇冲进祠堂，石疯子刚到门口被两个当兵的撞翻在地。

孝文吓一跳扒窗望去，一士兵已将祠堂大门关严，另一士兵满院追逐着赵柱媳妇。

孝文冲娃娃们挥挥手示意都蹲下嘘声，自己也蹲在窗下。

赵柱媳妇挣扎惨叫声："王八蛋！畜生……"

孝文吓得浑身哆嗦脸色苍白，有孩子开始哭泣，孝文这才意识到身后娃娃，转过身冲他们做示范捂住耳朵。

娃娃们都含泪捂住耳朵……

10. 白家　日　内

白嘉轩正叼着烟袋陪白赵氏看儿媳妇踩轧花机，鹿三急匆匆奔进。

鹿三："出事了嘉轩！"

白嘉轩抬头："咋？"

鹿三一脸的不安。

11. 祠堂　日　外

女子的哭号声，赵柱被几个年轻人拉扯，发狠地骂。

白嘉轩从外急匆匆走进，鹿三跟随。

赵柱抄起镰刀就要往外冲，鹿三一把攥住把手。

鹿三："赵柱！族长来了！族长！"

赵柱媳妇衣衫不整跪倒在地："族长！给我做主我不活啦！"

白嘉轩脸色铁青："谁干的？"

赵柱疯了一样："那帮狗日的！他们糟蹋我媳妇！他们在祠堂里啊族长，当着祖宗的面……"赵柱一大男人痛苦地哭泣起来，"我杀了他们！他们不是人啊！"

白嘉轩沉声："叫上族里所有壮劳力，带上家伙！"

鹿三答应："唉！"

12. 小学　日　外

一排士兵都趴在墙头做好射击准备，杨排长高高坐在房顶喝着酒瞄向远方。

杨排长："兄弟们听我的命令，今天咋着也得死俩。"

黑洞洞的枪口瞄向白鹿村。

二豆站在墙头仰头吼："嗷——"

杨排长冷笑："对，使劲！不许停！"

二豆满头是汗，喊得嗓子嘶哑。

13. 村　日　外

一群年轻人呼啦啦簇拥着白嘉轩往前快步走，白嘉轩自己手中也提着一个草叉。

鹿子霖和田福贤远远奔来劝阻。

田福贤："停下！停下！要出人命的，嘉轩你不能这样！"

白嘉轩一把将田福贤推到边上。

鹿子霖抱住白嘉轩胳膊："嘉轩你听我说，这些人是畜生，你就不能按人的法子治他们！"

白嘉轩咬牙："我跟宰猪一样宰了他们！"

鹿子霖："没等宰你就被枪子儿打死咧！"鹿子霖转头冲年轻人，"你们不怕枪子儿？你们这身体不是肉长的？"

田福贤哀求："嘉轩你不能带他们去，你是让族里年轻娃娃送死去了！你好好想想！他们都是上有老下有小的顶梁柱，这死一个就是伤一家啊！你是族长你不能这么意气用事！"

白嘉轩甩开他继续向前走。突然白嘉轩放慢脚步，远远的，戏台上鹿兆鹏目光焦灼正眺望这边，冲自己微微摇头。

白嘉轩脚步变得沉重……

14. 白家 晚 内

孝文探头往窗里看，族里几个人正围着白嘉轩轻声商议什么。孝文目光复杂。

白嘉轩："跛子爷，晚上起加派人手分四路围着村转，哪出问题其他三路都赶过去。"

跛子爷："唉！"

白嘉轩："桑老八，从今天起你带十个壮劳力都睡在祠堂，跛子爷他们巡夜一有动静，你们赶紧围上去。"

桑老八："唉！"

白嘉轩："李寡妇，你带几个妈们陪陪赵柱媳妇，别让她寻短见。"

李寡妇："知道了族长。"

桑老八迟疑："族长，您让我们围上去……万一那些当兵的耍混放枪咋办？"

白嘉轩沉下脸："那就按耍浑的治！夺枪！"

桑老八脸色一变，咽口唾沫没再敢说话。

白嘉轩："跟族里人问两句话，每人都问。让他们想想当年的白狼咋打跑的？"

跛子爷："另一句哩？"

白嘉轩："当年石头跟绑匪算计自己人，啥下场？"

众人面面相觑不语。

白嘉轩："散了。"

众人乖乖退出屋去。白嘉轩闷头坐在那，抬眼仙草正站在门口瞧自己。

白嘉轩："孝文呢？"

仙草指了指："一直在屋里。"

白嘉轩默声出去。

15. 白孝文屋　晚　内

孝文心绪不宁地在屋里来回踱步，媳妇害怕地看着丈夫。

孝文媳妇："他们不会把村里的女人都……"

孝文恍惚摇头："别瞎说。"

孝文媳妇哭："我要回妈家！我不想在这待着了。"

白嘉轩："孝文，你跟我出来。"

孝文忐忑不安跟随出门。

仙草与白赵氏交换个眼神。

16. 白家院外　晚　外

白嘉轩停下脚步，回身打量儿子。

孝文心虚："爸？咋啦？"

白嘉轩："赵柱媳妇出事的时候，你给娃上课呢？"

孝文低下头不说话。

白嘉轩："为啥你不阻拦不帮她一把？为啥当时不让娃娃们赶紧出去？哪怕你叫一声也好啊！"

孝文颤抖着声音："爸您放心，我让娃娃们都闭眼捂耳朵了。"

白嘉轩不敢相信地看着儿子："你说啥？"

孝文含泪："爸，我……我怕。"

白嘉轩："你怕啥呢？你天天教娃娃仁义礼信，你教他们顶天立地教他们做人，真出了事你怕？"

白嘉轩的吼声招引出孝武、鹿三也跟出来。

孝文扑通跪倒："爸！我错了！"

白嘉轩气得说不出话来，被仙草搀扶住。

鹿兆鹏从身后叫："嘉轩伯？"

白嘉轩转身瞧，孝文也忙抹泪站起。

仙草："兆鹏啊，快屋里坐。"

鹿兆鹏意味深长看看父子俩，点头进院。

远处，一人鬼鬼祟祟探出头望向这边。

17. 白家院　夜　外

孝文跟随爸和鹿兆鹏身后进屋，关好门。

白嘉轩："孝文你出去。"

孝文一惊，鹿兆鹏也用异样眼神瞧自己，孝文刹那眼中充满羞辱和委屈，转身冲出屋门。

仙草："孝文，咋啦？"

孝文强忍泪水冲进西屋。

仙草诧异地看着他背影，又瞧窗内白嘉轩与鹿兆鹏凑到油灯边的剪影，在轻声说着什么。

白赵氏拄着拐杖忙跟到院中。

仙草吓一跳："妈！您干啥去？"

白赵氏打个手势让她别出声。

18. 孝文屋　夜　内

孝文爬上炕边脱衣边压到媳妇身上。

媳妇却一次又一次推开孝文解扣的手。

孝文怒吼："你今儿吃错药还是咋啦？"

媳妇被骂愣住，含泪抽泣起来："你奶让我管你！怕把你身子睡虚了！"

孝文厌烦："我奶奶？她怎么连这事也管？"

媳妇抽泣："奶怕伤你的身子骨儿，说你小。"

孝文气躁躁："既然我小，忙着给我娶你做啥？给我娶媳妇就是叫我睡嘛！不叫睡就不要娶！我想怎么睡就怎么睡，想啥时候睡就啥时候睡！"

孝文一边气呼呼说着一边硬扯开媳妇的衣扣……

19. 白家　夜　内

油灯下，白嘉轩与鹿兆鹏坐近，都在思索。

白嘉轩："……只是委屈你爸了。"

鹿兆鹏一笑："您是在帮我爸扯清关系，他以后会明白。只是那个人，您咋处置？跟石头一样让他留在原上？"

白嘉轩摇头："他比石头差远哩，白鹿原不留这种败类。"

鹿兆鹏叹息一声，没再问。

白嘉轩喃喃地："今天差点就坏了大事。我做了那么多年族长，这一次碰上这些虎狼兵，要不是你，我还真没辙哩。"

鹿兆鹏又是一笑："我得回了伯，杨排长盯着我呢。"

白嘉轩起身，送鹿兆鹏到门口。

白嘉轩："兆鹏，我现在只有一件事不明白，想问你。"

鹿兆鹏停住脚步："伯您说。"

白嘉轩盯着他："你把你是啥人，你们所有藏的事都跟我说了。我嘴要是不严你们可全完，这不像你。"

鹿兆鹏深意一笑："叔，我还真是违反纪律了。可话说回，是您带着我给祖宗上香的。"

白嘉轩点了点头，叼起烟袋看着鹿兆鹏出去的身影，目光中充满暖意和释然。

20. 白家院　夜　外

鹿兆鹏正要走到大门口。

白赵氏在院里顿着拐杖喊：“孝文，甭忘了你是个念书人唉！”

屋里孝文从媳妇身上跌滚下来，大口喘息，懊恼至极。

白赵氏依然在喊：“孝文，甭忘了你是个念书人唉！”

孝文没穿衣就冲到门口推开门，吼：“奶！你还让不让人活啦！我旁的管不着，我睡自己媳妇也不行啊！”

突然孝文望见院门眺望的鹿兆鹏，鹿兆鹏强忍住笑忙转身离去。

孝文猛关上房门痛苦喘息。

孝文媳妇已经摸下炕来：“你别嚷！别让人听见！”

孝文慢慢坐到地上捂住脸哭泣起来，媳妇吓一跳打量他。

媳妇：“你……你咋也哭啊？”

孝文委屈至极，伤心欲绝地哭着。

媳妇愣愣地看着他：“你咋也学会哭哩？”

21. 窑洞　夜　内

黑娃将一把镰刀磨好，摸了摸刃压在门后。

田小娥：“你做啥哩？”

黑娃：“防备着，赵柱媳妇今天被那些畜生糟蹋了。赵柱挺大一男人就会哭！”

田小娥眨眼看着黑娃：“要是他们拿着枪逼我，你咋办？”

黑娃冷哼：“我砍死一个够本，砍死两个赚一个！”

田小娥：“那他们人多又有枪。还来逼我，你又咋办？”

黑娃迟疑了一下：“那我就拿这刀先劈死你，然后再劈了我自己。”

田小娥甜蜜一笑，搂过黑娃：“用不着，我自己就一头撞死了。黑娃……”

黑娃：“嗯？”

田小娥喃喃：“要说我该怕的，可我打心底高兴，知道为啥？”

黑娃：“为啥？”

田小娥动情的目光：“因为在你心里我身子是干净的。”

22. 小学后院　夜　内

鹿兆鹏进了后院那排房，看到移动过的柜子笑了笑，撩起地上睡铺的毡垫。

鹿兆鹏轻呼："老韩？"

半晌，韩裁缝浑身泥土从窖里冒出头。

鹿兆鹏："咋样？"

韩裁缝："通了，快通了！白嘉轩哩？"

鹿兆鹏一笑："也通了！"

韩裁缝激动："太好了！"

突然外面传来动静。两人都是一惊，交换个眼神。韩裁缝迅速跳回窖中，鹿兆鹏盖好毡垫重新整理睡铺，外面急促敲门声。

杨排长："老鹿？兄弟？咋回来就锁门？"

鹿兆鹏答应着："来了来了！"

鹿兆鹏又小心翼翼挪柜子压住边缘，这才去开门。杨排长正靠门边用刀切梨边冷眼瞧着他。

杨排长边吃边往屋里瞧："这么晚，去哪啦？"

鹿兆鹏轻描淡写地："我去了趟村里。"

杨排长钻进屋来打量："回家找媳妇去啦？"

鹿兆鹏迟疑了一下，笑："没，我去了趟族长家。"

杨排长抬眼定定地瞧着鹿兆鹏："听说今天他要带人来跟我玩命？你大半夜去他家干啥？"

鹿兆鹏叹息："我劝他去了。我清楚你动了杀心，毕竟那都是看着我长大的乡亲。"

杨排长眯起眼扫视屋里每个角落："你白天往白鹿仓跑啥呢，别告我说帮你爸忙去。"

鹿兆鹏紧张地注视他背影："我说帮我爸，你信？到底是谁在你面前跟我上眼药哩？"

杨排长蹲到刚挪动的柜边："瞎说，你帮你爸算多少斗粮啦？"

鹿兆鹏暗暗摸到桌底下一把匕首："一共是一千三百四十五斗，有几十斗粮都发霉了，还差四百多斗够你征粮交差的数。”

杨排长起身打量，目光变缓：“好小子，算得还真清楚。”

鹿兆鹏苦笑，将匕首插回桌下：“我们鹿家现在是族里的眼中钉，被排挤得里外不是人。老杨你说我图啥？”

杨排长盯着他：“图啥得你说。”

鹿兆鹏长叹：“图的是凑齐粮食赶紧哄你们走人，我这小学也好开课。你们这些当兵的天天耗在学校，我这校长也徒有虚名。”

杨排长注视他许久，一笑揽过他：“兄弟，莫急嘛，陪我喝酒下棋！”

鹿兆鹏皱眉：“老杨你干脆一枪毙了我完事吧。”

杨排长哈哈大笑：“我毙谁也不会毙你啊！我就觉着只跟你有话聊，比起咱俩别人都算个毛尿！”

杨排长将鹿兆鹏拽出屋去。

23. 田地　日　外

鹿子霖一脚浅一脚深地追在白嘉轩屁股后面念叨，白嘉轩弯腰锄地。

孝武在不远处饮完牛，给牛套上笼嘴。

鹿子霖：“你是南山的牛你是夹皮沟的驴咋不倔死你哩！天底下就属你大！枪子儿打不透刀扎不穿你神仙！”

孝武听着别扭：“大，你嘴下留德吧。”

鹿子霖：“让你爸留德吧！他快整死我哩！杨排长的刀都架我脖子上了，再凑不齐这拨粮食他拿我这乡约开刀！”

白嘉轩：“捐粮，都捐。”

鹿子霖不敢相信自己耳朵：“你说啥？”

白嘉轩叹了口气：“为保你这乡约的命，我捐不成么。”

鹿子霖呆住，异样地打量白嘉轩：“你又耍我。”

白嘉轩无奈：“鹿子霖，我不理睬你骂我是牲口，我听你的捐了你又说我耍你。”

鹿子霖连连摇头：“你不是这人！你会心疼我？我就是掉井里你还得往下砸两块石头下去。”

白嘉轩："我……"

一群娃娃大声唱着跑来："镇嵩军，不是人，顿顿吃饭要砸盆！"

鹿子霖吓得不行，轰娃娃："别唱咧！这要让那帮当兵的听见！谁编的词这不往身上惹骚嘛！"

娃娃们反而唱得更兴起："镇嵩军，真坏蛋，顿顿吃饭要摔罐；镇嵩军不要脸，顿顿吃饭要砸碗……"

白嘉轩嘴角露出一丝笑意，轻声："回来了。"

鹿子霖愣了一下，莫名其妙："谁？谁回来？"

白嘉轩扔下锄头跑去，鹿子霖转头瞧孝武。

鹿子霖："他这干吗去了？"

孝武也莫名其妙地望着白嘉轩背影。

24. 书院 日 内

白嘉轩气喘吁吁地冲进门，朱白氏正拉着几个老学究收拾行李。

白嘉轩："姐，我姐夫呢？"

朱白氏微笑着指屋里，白嘉轩冲进后堂。

朱先生正跟鹿兆鹏热切地聊着，白嘉轩就是一愣。

鹿兆鹏忙起身："伯你也来了。"

三人互相看看，同时会心大笑起来……

25. 书院前院 日 外

朱白氏跟几个老先生被这笑声打动，都直起腰听着。

老先生感叹："走这些日子，我没听朱先生这样笑过。这都是谁啊？"

朱白氏一笑："仨神经！"

26. 书院后堂 日 内

朱先生朗声笑着拉过白嘉轩坐下，指了指鹿兆鹏。

朱先生："他也是听着儿歌跑来的。你俩凭啥就认准是我编的呢？"

白嘉轩只是叼着烟袋笑笑。

鹿兆鹏笑："小时候我们可都唱过先生编的歌呢！这原上除了先生还能有啥人会编这词。"

白嘉轩微笑不语。

鹿兆鹏手一挥："我保证出不了十天，整个西安城都得传唱这首儿歌！"

朱先生："你当我这秀才只读圣贤书不闻天下事呢，西安城被围得严严实实，咋能传进去。"

鹿兆鹏："围城的也是人吧，只要有人的地方就挡不住声音。"

朱先生意味深长地看着鹿兆鹏，赞许地点头。

朱先生："嘉轩，兆鹏都跟我说了。你们的事我不听也不管。只一句话，都会过去。"

白嘉轩沉默思索品味此话。

朱先生："我不是要做县志么，出去寻访找几位老先生，就是你刚看见的那几位。他们可都是咱陕西的宝啊！个个腹藏经纶，称得上是大学者。怎奈生活贫困，家里都揭不开锅了。"朱先生边沏茶边说，"凑齐了我就带他们去四处化缘，专找那富得流油的衙门说是做县志用，结果呢一分没讨来！听说闹兵乱县长都跑哩，谁还给秀才钱花！"

鹿兆鹏："那没钱县志还修不？"

朱先生笑："咋没钱，我让你婶把家里首饰，还有那些桌椅都换钱了。"

鹿兆鹏吃了一惊，转头看白嘉轩。

朱先生淡然笑了笑。

白嘉轩一直叼着烟袋没说话，静静地坐守在一旁。

27. 原上　日　外

白嘉轩与鹿兆鹏并肩走着。

鹿兆鹏："伯，不就一个县志嘛，先生干吗要变卖家产？"

白嘉轩感慨："这些老先生清高，施舍帮扶肯定都不会接受。他这是借着修县志，把这帮老先生给养起来啊！"

鹿兆鹏恍然大悟的目光，惊奇地看了看白嘉轩。

白嘉轩回身望去，那书院静静地伫立在原上。

鹿兆鹏叹道："伯，你跟朱先生在一起时真有意思，一句话都不说就那么坐着，对方的意思全懂。"

白嘉轩笑笑："我跟我姐夫多少年了。"

鹿兆鹏："我有句话一直想问你。可怕……你嫌我又多管闲事。"

白嘉轩："你说。"

鹿兆鹏："咱族里为啥就容不下黑娃和他媳妇？"

白嘉轩看了看鹿兆鹏，抽着烟袋往前走去。鹿兆鹏忙跟上，侧目暗暗打量。

鹿兆鹏："你还是怪我……"

白嘉轩摆摆手："你也是读书人。这男女的事，不管就乱哩。"

鹿兆鹏无声叹息。

28. 白家　日　内

白赵氏接过孙媳妇侍候来的饭菜。孝文媳妇脸色异样，一脸沮丧。

白赵氏得意打量："你说，奶给你被窝里把墙打成了没？"

孝文媳妇满脸红，求饶似的点头。

白赵氏咧嘴一乐："老白家可指着你男人哩！那是读书人，心不能乱。"

孝文媳妇默默点头。

白赵氏："往后每隔几天我窗外面都喊两声。"

孝文媳妇快哭出来。

29. 白鹿仓　日　外

士兵用斗量起袋中的粮食，装进仓中。乡亲们纷纷从自己的独轮车上无声搬下，不舍的眼神无奈地望着士兵倒粮。

黑娃背着一条装着一斗麦子的口袋夹在拥挤的交粮车队中间，跟着熟人或陌生人缓缓朝大门口移动。

黑娃耐不住性子等待，背着粮袋从一架一架独轮车上绕过去，蹿进大门里去。

粮袋往外漏粮食，一个士兵用枪托砸："出去！"

黑娃："我捡！我捡！"

士兵："撒地上还交？回去重装一袋！"

黑娃求饶："别！我这没漏多少，我都扫进……"

一只大手帮他提住粮袋，黑娃一怔抬眼瞧，鹿兆鹏冲他笑笑，帮把口袋倒提起来，麦子便唰啦一声流到麦堆上。

鹿兆鹏递上一张盖了章子的收条，两人默默对视。

30. 原上　日　外

黑娃用力往远处抛石子。鹿兆鹏一旁打量。

鹿兆鹏："黑娃你咋搞的？也不来我这儿谝谝闲话？"

黑娃尴尬一笑："你忙着教书，我忙着打土坯挣钱，咱们都没闲空儿。"

鹿兆鹏："你这两年日子过得咋样？"

黑娃："凑凑合合好着哩！"

鹿兆鹏："你打短工挣的粮食够吃不够？"

黑娃："差不了多少够着哩！"

鹿兆鹏："你住的那间窑洞……"

黑娃："塌不了！对哩，你给的麦子我一有闲就还上，我记着哩。还有啥事么兆鹏？"

鹿兆鹏有些无奈地看着没有丝毫脾气的黑娃，哭笑不得："不是……你跟我这……"

黑娃转身要走："没事我回了！小娥还家等着我哩。"

鹿兆鹏身后揶揄："看出来了，娶个媳妇魂都没了。"

黑娃愣了愣继续往前走。

鹿兆鹏身后大声："你偷回来个媳妇不准你进祠堂拜祖，你心里受活不受活？脸上光彩不光彩？"

黑娃脸色一变，咬牙停住脚步："你这话啥意思？"

鹿兆鹏一笑背手走近："在当兵的面前也低声下气，黑娃，你这在哪学的本事？”

“你放屁！”黑娃像遭到巨大侮辱，猛回身脸色骤变，“你当校长闲烦了是不是？想拿穷娃寻开心了是不是？”

鹿兆鹏突然扑哧坏笑起来：“哎，这才是你黑娃！刚我以为是一个没血性的草人呢。”

黑娃鼻腔里哼了一声，转身走去。

鹿兆鹏背后赶紧叫：“我多少年没听你骂人了！你怎么只骂一句就不骂咧？”

黑娃：“没工夫陪你吃官饭的说笑，我得挣饭去！”

鹿兆鹏长叹一声：“要说这人穷是气短啊，连骂都不敢骂了。”

黑娃涨红脸转身瞪着兆鹏。

鹿兆鹏抱着胳膊恍然大悟，挑衅地冲他笑：“明白了，是因为我跟杨排长好，你不敢得罪当兵的。”

黑娃吼：“打的就是当兵的！逼急了老子，豁出命也跟他干！”

鹿兆鹏摇头撇嘴：“是吗？看不出来。”

黑娃冲上前想揪他：“鹿兆鹏你欠揍是不是？”

鹿兆鹏仿佛熟知黑娃路数，每次都让他扑空，游戏一般俩人你追我躲。

黑娃像被激怒的野兽，号叫扑上，鹿兆鹏脚下使绊将他摔翻。黑娃也趁势抱住鹿兆鹏的腿，翻身骑住举起拳头。

鹿兆鹏这才喘息求饶，笑得上气不接下气：“停！不打了！黑娃黑娃，我是你哥！”

黑娃喘息着咬牙切齿。

鹿兆鹏推开黑娃，自己乐个不停。黑娃坐在一旁懊恼地瞪着他。

鹿兆鹏：“这举动才像黑娃的举动。听不顺耳的话脖子一拧眼一瞪，拔脚转身就走，我记得黑娃你自小就是这号倔豆脾气。”

黑娃气躁躁：“你到底要干啥？”

鹿兆鹏反倒责怪黑娃：“没事就不能叫你来谝谝吗？你忘了咱们哥儿弟兄的情分了。到我这儿来放得畅畅快快的，甭摆出拘拘束束的熊样儿！问啥都是‘好着哩’‘差不多’。我跟你怎么说话？”

黑娃缓下来：“你是校长嘛！”

鹿兆鹏不介意地说：“我当校长又没当你黑娃的校长，你躲我避我见了我拘束让人难受。”

黑娃解释说：“你不知道哇，我天南海北都敢走，县府衙门也敢进，独独不敢进学堂的门，我看见先生人儿就怯得慌慌。你知道，这是咱们村学堂那个徐先生给我自小种下的症。”

鹿兆鹏笑：“你真了不起黑娃。我在咱们白鹿村只佩服一个人，你猜是谁？就是你黑娃。”

“我？”黑娃撇撇嘴角自轻自贱地叹息，“我还算个人？”

鹿兆鹏感慨：“你咋不算人？你敢自己给自己找媳妇——你比我强啊！”

黑娃警觉地瞪起眼：“你又耍笑我了？”

鹿兆鹏慷慨激昂：“白鹿村头一个冲破封建枷锁实行婚姻自主的人，是你黑娃。你不管封建礼教那一套，顶住了宗族族法的压迫，实现了婚姻自由，了不起！伟大！”

黑娃却茫然不知所措：“我也辨不来你是说胡话还是耍笑我……”

鹿兆鹏继续慷慨激昂：“这叫自——由——恋——爱。国民革命的目的就是要革除封建统治，实现民主自由，其中包括婚姻自由。”

黑娃饶有兴趣：“啥啥……啥自由？”

鹿兆鹏：“恋爱自由！婚姻自由！”

镜头拉起，哥儿俩像小时候那样凑在一起热切地说着……

31. 窑洞　日　内

黑娃一进窑就把正热饭的田小娥拦腰抱起。

田小娥：“干啥你！”

黑娃兴奋地将她抱着转了两圈，一脸笑意。

田小娥察觉到黑娃的异样，也跟着笑：“咋啦？”

黑娃脸上放着光亮：“咱是自由乱爱哩！”

田小娥没听懂：“啊？”

黑娃上前就亲：“媳妇，咱乱爱哩！别人管不着咱乱爱……”

32. 白家院　夜　内/外

白赵氏拄着拐挪到窗下，仔细听里面动静。

孝文与媳妇窸窸窣窣轻声调笑的声音。

白赵氏沉下脸，咳嗽了两声唱起儿歌："马驹俺娃好好睡，奶给你挡狼。"

屋中，孝文停下动作懊恼地望着窗外。

媳妇吓得蜷缩在被里，颤抖着声音："这是啥啊？"

孝文叹一声："这是我奶小时哄我睡觉时唱的。"

媳妇不敢相信的神情，孝文毫无兴致地滑下身躺到一边去。

媳妇揪他，轻声："哎？"

孝文没好气地："睡吧！"

媳妇埋怨的目光，含泪抽泣。孝文也不理。媳妇干脆揉出两个纸球塞在丈夫耳朵眼里。

孝文扑哧乐出来，媳妇一翻身趴在他身上笑，咯吱他。

窗外，白赵氏还在哼唱，听里面欢笑声不由唱得更响。

白赵氏用力顿顿拐杖，发狠地跟里面的欢笑声对抗。

白嘉轩站在身后不可思议地看着妈……

33. 田埂　清晨　外

孝文忐忑不安跟随爸在田地里走。

孝文："爸，到底啥事么？不能在家说。"

白嘉轩转身瞧着儿子："孝文，你说我花那么多钱财供你念书，图啥？"

孝文愣了愣："叫我明白事理，懂得规矩，学为好人。"

白嘉轩冷哼一声："你倒是记着，做到做不到？"

孝文坦诚挺起胸脯："我哪儿举止失措，礼义不规，爸你随时指教。"

白嘉轩微微上火动气："还用我指教！你奶苦心巴力为你身体着想，你听下听不下？"

孝文倏然红了脸，低下头去了。

白嘉轩干脆："你要是连炕上那一点豪狠都使不出来，还要你奶在外面给你哼歌，丢人！我敢断定你一辈子成不了一件大事。你得明白，你在这院子里是——长子！"

孝文长叹一声低下头去："爸，我记下了。"

白嘉轩瞪着儿子："今晚你奶也不会去窗外喊了，全看你自己！"

孝文默默点头。

34. 西安城孤儿院 日 外

白灵正给死去的教务长的儿子补衣服。

白灵："看看都瘦了，衣服咣当咣当的。在这吃得饱不？"

孩子可怜巴巴摇摇头。

白灵皱眉："孤儿院咋会也限量呢，孩子能吃多少？这儿的院长是谁，待会姐姐去找他！"

孩子吓得连连摇头。

身后鹿兆海叫："白灵！"

白灵回头笑："兆海你咋找来的？"

鹿兆海苦笑："我去医院找你，老师说你一早就出来了。我想你还能去哪儿。"

白灵："带吃的了么？"

鹿兆海笑着从怀中摸出袋子。白灵欣喜接过："太好了！"

白灵转身就将馍塞到孩子手中："快吃，还热哩。"

孩子狼吞虎咽吃起，鹿兆海刚想说话。

其他孩子慢慢围拢来，看着咽唾沫。

白灵："来来姐姐这有吃的！"

白灵掰开几小块，分给面前的孩子们。

鹿兆海有些着急："哎……这是带给你的。"

白灵将最后一小块馍塞嘴里，嚼着冲鹿兆海笑："我不是吃了？"

鹿兆海苦笑："我就是扛过一座山也不够你分的。"

白灵叹息："兆海，西安城啥时候解围啊。这样下去人还不得饿死。"

鹿兆海面色沉重：“已经有饿死的了，而且不是少数。”

白灵吃惊地转头看着他。

鹿兆海：“医院孤儿院都还能限量发吃的，很多没着落的老百姓已经开始抢粮了。”

35. 表叔家　日　内

表叔颤抖着手掀起锅盖，里面黑乎乎煮了一锅，是牛皮。白灵与鹿兆海惊诧对视。

“你婶带你表姐早就出去了。我一个人靠它撑，管饱。”表叔说，“好东西！去年有皮匠铺买布料，说拿他的牛皮抵，你婶还不让换哩，没想到这皮把我给救了！”

表叔舀起一碗，白灵接过闻了闻尝了口，难堪的神色。

鹿兆海接过却大口吞咽，用力撕咬着皮料。

白灵惊诧地看着他，轻声：“兆海？”

鹿兆海喝得满脸是汗，勉强挤笑：“好吃！好吃！”

表叔咧嘴笑起。

白灵劝：“兆海，那咬不动，喝点汤就行你别吃了！”

鹿兆海拼命咽下，噎得脖上青筋露出：“好东西！真是好东西！”

36. 医院　晚　外

咣当一声，饭盒摔在地上，一个伤兵骂骂咧咧，好多人在围着劝。

伤兵：“老子不干了！在前线打仗拼命分那么点猫食，以为负了伤能吃饱哩。到你们这塞牙缝都不够……”

白灵正经过，放慢脚步，惊奇地听着，拨开人群站到伤兵面前。

白灵：“你们在前线打仗吃饭不是不限量么？”

伤兵瞪着她：“谁跟你说的！我们当兵的就比你们多一个馍几口咸疙瘩吃！谁撒这谎良心让狗吃了……”

众人劝说着将伤兵推远，只剩下白灵一人怔怔站在那里，脸色苍白。

白灵慢慢转身走着，化学老师坐在床上默默注视她。

白灵喃喃:“怎么回事？到底怎么回事？”

化学老师瞧着白灵:“军队也是按份领，只不过比普通人多一点罢了。兆海那是骗你哩。”

白灵怔怔地看着化学老师，眼睛湿润，转身狂奔出去。

37. 西安城街 晚 外

白灵含泪在街上奔跑，眼前浮现一幕幕兆海笑眯眯递上吃食的样子。

白灵泪水淌落，她不停地擦拭，脚步加快……

38. 军营外赊粥点 晚 外

一群乞丐般的百姓争抢着递上碗，水一样的菜粥舀到每个碗中。

鹿兆海也捧了个碗排到最后一个，剩下的只有一勺清水。

分粥的士兵打量:“兄弟，不至于上这吧？”

鹿兆海不好意思笑笑，士兵将锅抬起干脆全倒他碗中，鹿兆海吸溜吸溜地蹲在角落喝着，突然他意识到什么，抬头望去。

白灵正含泪站在不远处注视他。

鹿兆海慌乱起身抱住碗，一脸尴尬神情。

白灵一步步走上前，伸出手，鹿兆海笑着摇摇头。

白灵吼:“给我！”

白灵生将碗抢过来，碗中清可见底的菜汤，白灵尝了口，泪水吧嗒吧嗒掉落碗中。

鹿兆海手足无措:“白灵……我……我是夜里睡不着我……”

白灵不由分说扯开鹿兆海的怀，掉落一袋馍。白灵捡起，两手拿住。

白灵:“你为什么不吃？为什么不吃！为什么要骗我！”

鹿兆海再笑不出来。

白灵扑上去用力抱住鹿兆海，趴他肩膀上呜呜哭起来。

两人紧紧相拥在难民中……

39. 窑外　夜　外

鹿兆鹏在坡下神色沉重地站着。黑娃诧异地打量他背影。

黑娃："你倒是说话啊？兆鹏哥，你咋回事么？"

鹿兆鹏没动："我在想，你河边说的话是吹牛呢，还是真话？"

黑娃一愣："哪句？"

鹿兆鹏："把你逼急了，当兵的也跟他干。"

黑娃："那当然……"他惊诧地看着鹿兆鹏，"哥，你想干啥啊？"

鹿兆鹏一笑，上前搂过黑娃："跟哥玩个大的，敢不敢？"

黑娃急："哎呀！你别卖关子了！深更半夜找我来又不说干啥。你要憋死我啊！"

鹿兆鹏一脸坏笑，压低声搂过黑娃："好马就得勒着，好刀就得藏着！走吧兄弟……"

40. 白家　夜　内

孝文不敢相信地看着爸，白嘉轩叼着烟袋泰然坐在椅子上，包括鹿三全家人都焦虑不安。

仙草连箩筐里的针线都顾不上做了。

孝文："请那帮人进家喝喜酒？爸，这不是打开院门把狼往家里放么！"

仙草："嘉轩，那些兵啥事都能干得出哇！赵柱媳妇不是……"

白赵氏："要请他们进家，先从我这把老骨头上迈过去！"

白嘉轩："妈，这也是没办法的事。杨排长怪罪娶亲躲着他，逼着要补这顿喜酒。"

白嘉轩看仙草："粮差不多凑齐，熬过这些天他们就撤离了。这酒也算是安他们的心，别再出啥事。"

白嘉轩转头冲儿子："你带你媳妇去祠堂过一宿，我们就说她回妈家了。三哥，就在院里备上四桌，约上田福贤、鹿子霖和兆鹏陪酒。"

鹿三皱眉："可……"

白嘉轩起身："定哩！"

众人都无奈的目光。

白嘉轩平静地吐出烟圈，装没看见。

41. 白孝文屋　夜　内

孝文懊恼地在屋里转着，媳妇一旁抽泣。

孝文媳妇："娶我时候说避着那些兵，该省的都省了，现在倒好又招来喝酒，那……那……我不是白省了！耍我哩！"

孝文阴沉着脸不语。

孝文媳妇哭着撒泼："我要回妈家！我回妈家去！"

孝文怒："行了你！有完没完！不是那杨排长逼我爸，我爸能答应？"

孝文媳妇哽住哭，害怕地看着丈夫。

孝文自己也疑惑的目光："不该啊，我爸能推掉啊，他唱的这是哪出啊？"

42. 河边　夜　外

鹿兆鹏与黑娃在河边并肩慢行。

鹿兆鹏："黑娃，你知道征粮的这一杆子队伍是群啥货吗？"

黑娃："听人说，城里今日来一个姓张的头儿，明日又来个姓马的把姓张的赶跑了，后日又来个姓郭的把姓马的撵走，城墙上的旗儿也是红的换蓝的，蓝的又换黄的，黄的再换成红的。我一满弄不清，庄稼汉谁也闹不清。咋了？"

鹿兆鹏："这帮军阀啊四处祸害，只知道为自己的利益打仗，根本不管百姓的死活。"

黑娃听不懂，只是哦哦地应着："反正都是烂货，你到底要说啥啊？"

兆鹏直率地："我准备烧掉白鹿仓的粮台。你敢不敢跟着？"

黑娃不由啊了一声，吃惊地盯着鹿兆鹏。他的脑子一时回不过来，瞪着的眼睛死死盯着鹿兆鹏而不知说什么。

鹿兆鹏转身盯着他："把粮台给狗日烧了，你敢不敢？"

"你憋半天宝，憋的是这出啊！"黑娃倒显出大将风度，"烧了也就给他狗日烧咧。咋不敢！”

兆鹏说:“你要是愿意干，咱俩就放这把火。给白鹿原上的人看一场冲天大火。”

黑娃已经被鼓舞起来:“烧那个粮台太容易了。那一干兵料就百姓给他们杀鸡的把戏儿镇住了，一个个放心地睡觉哩！笼麦秸就把它烧光了。”

鹿兆鹏欣慰地笑，捶了捶黑娃:“好兄弟，哥没看错你！”

第二十二集

1. 祠堂门口　日　外

田小娥左右看看没人，小心翼翼走到祠堂外，被里面琅琅读书声吸引，慢慢靠近大门往里探头瞧。

学堂里孝文正摇头晃脑带着娃娃们诵读："……古之君子，其过也，如日月之蚀。"

"古之君子，其过也，如日月之蚀。"

田小娥正好奇想迈进，石头猛蹿上前瞪眼龇牙，田小娥尖叫一声倒地。

孝文从学堂中出来打量："石头！别吓她！"

孝文上前伸手："你快起来。"

田小娥推开孝文的手，慌乱自己爬起。

白兴儿站远骂："石头挡得好！让这样的女人进了祠堂，辱了祖宗！"

乡亲们围过来纷纷指责。田小娥脸涨得通红，挤出人群跑远。

孝文复杂目光凝望她背影。

2. 白鹿仓　日　内

鹿子霖不敢相信地瞧着白嘉轩。

白嘉轩："子霖，你不叫嚷着要喝喜酒么？"

鹿子霖连连摇头："不去！我绝对不去！"

白嘉轩苦笑："你是乡约，你不陪谁陪哩？"

鹿子霖看看门外压低声："这帮牲口喝醉了撒起疯，你说我是命重要还是解馋重要？"

白嘉轩："出不了事。"

鹿子霖："白嘉轩你脑袋进糨糊了？你家里新媳妇炕还没焐热，你敢放这些狼进去？"

白嘉轩叹了口气："这不也是他们逼的，我要是不请这酒，杨排长那脾气你也知道。"

鹿子霖打量白嘉轩，冷嘲热讽："你也知道怕？不对啊白嘉轩，你那腰是铁打的跟谁低过？这可不像你。"

白嘉轩用烟袋隔开他手，转身出去："不光你，我连你儿子也请哩！到时去。"

鹿子霖瞪眼无声骂了句。

鹿兆鹏正在门外跟士兵闲聊："嘉轩伯！"

白嘉轩冲他点点头走远，鹿兆鹏忙钻进仓。

鹿兆鹏："爸，答应没。"

鹿子霖冲儿子："我不去，告诉你啊你也不许去。"

鹿兆鹏："爸，我保你啥事没有。"

鹿子霖瞪着他："你保我？"

鹿兆鹏神秘一笑，话里有话："爸，跟你说实话，要请你是杨排长的意思，这人脾气我最了解，要咱作陪咱去倒没事了，不去恐怕会惹出大事。信不信？"

鹿子霖怔怔地看着儿子。

3. 窑洞　日　内

田小娥给黑娃叠好衣服放包裹里，黑娃正用力晃门检查牢靠度，将门闩砸狠，使劲插入槽道。

黑娃："行哩，这门谁也踹不开！"

黑娃："包裹不带，我兴许今晚就赶回来哩。"

田小娥："别赶夜路，你踏实在人家那睡一晚，我拿顶门杠从里面压住，没事。"

黑娃突然幽幽地："小娥，我迟早要做件惊天动地的大事给你瞧。"

田小娥笑："我信，你做啥我都信。"

黑娃转头拉过田小娥："不跟你说笑。"

田小娥打量他："你咋啦？"

黑娃笑笑，拉过田小娥搂在怀里拍。

田小娥："我问你个事，祠堂里咋还有学堂？"

黑娃："是族里设的，我小时候还上过哩。"

田小娥愣了一下："小时候让你进，长大了反倒不让进了。"田小娥神色黯然，"就因为娶了我。"

黑娃忙搂过："别胡想！"

田小娥痴痴地："你啥时带我进那祠堂瞧瞧，我真想看看里面啥样。"

黑娃想了想："跟庙一样。有块石碑，立的是乡约。"

田小娥好奇："灵不？"

黑娃："啊？"

田小娥："我问你拜里面的祖宗灵不？我们那地有个妈妈庙，听说求啥得啥。"

黑娃瞧着媳妇扑哧一笑。

4. 白家　晚　外

院内已经摆满三桌席，喝烧酒的喇叭口小酒壶，烫稠酒的柱形大锡壶摆上桌。

鹿三："上菜不？"

白嘉轩："等会。"

白嘉轩迎在院门口翘首以待。鹿三跟在身后。

白嘉轩："三哥，酒备下几坛？"

鹿三："三坛，都备下了。"

白嘉轩摇头："不够，把家里酒都搬出来。"

鹿三一愣打量白嘉轩。

白嘉轩："你不知这些当兵的多能喝哩。"

鹿子霖从墙后探头出来瞧，被白嘉轩一眼盯着。

白嘉轩："子霖！"

鹿子霖刚要缩脖，被抢上前的白嘉轩揪过。

鹿子霖："别揪别揪我！"

白嘉轩笑："我还怕你没胆来哩。"

鹿子霖一直腰刚要说话，杨排长带着一队士兵大摇大摆过来。

杨排长扯着嗓："白族长！恭喜啊！"

鹿子霖一哆嗦，轻声："你有胆，你上！"

白嘉轩笑眯眯瞧着他："你瞧你这相，耗子见了猫一样。"

白嘉轩回身一拱手："白某恭候多时。杨排长，请！"

杨排长笑眯眯："鹿乡约也在，好着哩！一起喝酒啊！田福贤说有事，这小子溜了！"

鹿子霖强挤出笑点头。

杨排长："白族长，让小媳妇出来见见。兄弟们瞧瞧俊不俊呢。"

众人跟着起哄。

白嘉轩一笑："不巧，她今早刚回的妈家。"

鹿子霖咽口唾沫，低头退到白嘉轩身后。

众人笑声停下，杨排长眼里透出凶悍："说啥？把我们叫来喝喜酒你不叫新媳妇来陪？兄弟们你们说这洞房咱还咋闹！"

众人开始骂上："就是！奶奶的糊弄我们？"

"你怕我们咋？"

鹿子霖吓得不行，脸色苍白。

白嘉轩："各位，杨排长，酒我已经备下。我是真心诚意想请你们走前好好喝一杯，也代表族人给你们送行。洞房不能过两次，要由着你们闹，你们明天就走人，我这族长可就没脸当了。"

士兵怒声骂，杨排长注视白嘉轩，一扬手，身后众人鸦雀无声。

杨排长一笑："我老杨走南闯北，还就喜欢白族长这样有种的人！成！这喜酒兄弟们咱喝！"

鹿子霖一拍脑门："哎呀嘉轩！我记起了我得回仓里去，今天新交的粮食没算哩！"

白嘉轩无可奈何地看他。

鹿兆鹏跑来："爸，你咋来了？族长请杨排长喝喜酒你凑啥热闹。"

鹿子霖愣住："不是你……"

鹿兆鹏马上打断："我是杨排长叫来的！没我他喝酒不痛快。"

鹿子霖惊诧地瞧着儿子。

杨排长冲鹿兆鹏："你咋管起你爸哩？喝点酒怕啥，我就喜欢喝酒热闹！"上前拍拍鹿子霖肩膀，"一起喝！鹿乡约这些日子也辛苦。"

鹿兆鹏笑了笑，与白嘉轩暗暗交换个眼神。

5. 祠堂 晚 外

石头提油灯各屋检查完毕，嘴中念叨着进屋一关门。一个身影慢慢从后墙爬起，双手扒着一撑身坐在上面，竟是田小娥！

田小娥从高处扫视整个院子，如当年小白灵一样的眼神，跳下墙来……

6. 白鹿仓 晚 外

卫兵持枪在门口来回走动，张望。

黑娃靠在仓外墙后听着动静，蒙起面罩，深吸口气翻墙进去。

7. 祠堂 晚 内

田小娥冲着牌位极虔诚地双手作揖。

田小娥极轻声："白鹿原的祖宗，你们要真有灵就听我说两句成不。我田小娥做啥事都由着自己心走，没害过人没做过坏事。我……我就是对不住那郭举人……不！是那老东西对不住我！他拿我不当人，我爸也拿我不当人，只有黑娃对我好……祖宗，保佑我跟黑娃平平安安做这一世夫妻吧，我给你上香磕头哩！"

田小娥点好一根香，趴地上磕起头来。

突然外面敲门声，田小娥吓一哆嗦忙往墙那边奔。

孝文轻呼："石头！快开门！"

石头在屋里哼了声，田小娥吓得又退回躲到柱后。

孝文："石头！快！快开门来！"

石头还是没动静，田小娥迟疑不决看着近在咫尺的墙角，终又跑上前去，眼看就要扒着。

石头推屋门迷糊出来，正站在田小娥身下！田小娥大气不敢出，紧闭双眼，两手扒着墙头不动。身后是哗啦哗啦撒尿声。

石头系好裤子根本没抬头，奔大门去。

大门打开，孝文用手一拍石头脑袋："你咋睡得那么沉！要进贼哩？"

石头憨憨："没贼。"

孝文抱着被一手拉媳妇进院，察觉到什么，绕到刚才田小娥扒墙的角落一脸愤怒。

孝文："石头！你又在这里尿！这是啥地方！祖宗都被你辱哩！"

石头哼哼着也不知怎么求。

孝文发狠："等我明天告我爸，抽你十鞭子！让你不长记性！"

石头快哭出来，跟在孝文身后哼哼进屋。

孝文媳妇尖叫："让他出去！"

咣当一声响，石头被推出门，门反撞上。

田小娥从牌位后慢慢探出头，惊魂未定地看石头进自己屋。

8. 白家　晚　内

士兵们喝酒叫嚷划拳，白家院闹得乱哄哄一团。

杨排长扯住鹿子霖脖领给他灌酒，鹿子霖强笑喝尽。

鹿兆鹏跟其他士兵划拳嚷嚷。

白嘉轩拉开已经被灌迷糊的鹿子霖，端碗到杨排长面前："杨排长，慢慢喝，酒我管够！"

杨排长眯缝着醉眼举碗仰头喝尽，白嘉轩双手捧碗相碰，转手递给鹿三，鹿三代为喝尽。

白嘉轩转身而去，杨排长冷冷地瞧着他背影。

鹿兆鹏余光瞄着杨排长的动静……

9. 祠堂客房　夜　内

孝文媳妇好奇地看着每一处角落，眼中透着反感。孝文边铺炕边说。

孝文："刚围着村绕那么大圈你不累啊？快上炕！"

孝文媳妇躲到孝文身后："孝文我怕。"

孝文铺好："怕啥，外面摆放的都是祖宗牌位。你们村也有吧？"

媳妇拉过他双臂，将自己围在他怀中："我们村没这么大，没这么吓人。"

孝文："你……"

孝文媳妇正咬着嘴唇瞧他。

孝文皱眉："你干啥？"

媳妇伸手解衣扣。

孝文："不成！石头还在外面哩。再说这是祖宗祠堂……"

媳妇的手没停，嘴凑到丈夫耳边轻声："石头你敲半天门都不醒，怕啥。现在没你奶窗外唱歌哩，没人管咱。"

孝文："祖宗比我奶可厉害，他们都瞧着哩，这你不怕啦？"

媳妇不满："怕个鬼！逗你哩。祖宗都在地底下化成灰，你让他蹦出来瞧瞧！"

孝文忙捂媳妇嘴："可不敢说！"

媳妇吹灭油灯："来！"

孝文声音已经颤抖："不成不成，大不敬也……"

10. 白鹿仓大院　晚　外

黑娃跳进院子，绕着院里堆积的粮食转到卫兵身后，朝他脑袋上拍了一砖，卫兵就软软地倒下去。

黑娃猫腰溜到仓后，刚要摸后腰，突然感觉一个枪口顶在自己背后。

另一卫兵："别动！"

黑娃懊恼的眼神，慢慢举起手，被顶到墙边。

突然那卫兵被什么砸中，缓缓倒下。

黑娃转头惊奇的目光，出现另一个黑衣人，冲自己打了个手势。

黑娃忙从后腰里取下臭气熏人的煤油筒儿，拧开螺丝盖儿，把煤油泼在那一排房子的门板上，摸出了洋火匣，回头再看，那黑衣人已经不见。

黑衣人早已翻身攀到墙上，警惕地看着四周动静，扯下面罩，竟是韩裁缝……

11. 白家 晚 外

白嘉轩叼着烟袋坐在屋中瞄门外的热闹，仙草、鹿三忙里忙外。

杨排长突然拍起桌子，带着醉意："喝得痛快！奶奶的再来酒！"

鹿三忙抱上一坛，鹿兆鹏截住自己抱过来，示意鹿三避开。

鹿兆鹏："我倒我倒！难得今天喝得这么痛快！"

杨排长用力拍拍鹿兆鹏："好兄弟！干了！"

鹿兆鹏举杯先干尽："老杨你怎么回事？"

杨排长却嘿嘿一笑没喝："叫白族长来，这碗我要跟他喝！"

鹿兆鹏："你这碗可是跟我喝的。耍赖？"

杨排长笑着摆手，醉得摇晃。

鹿兆鹏端起酒碗送到面前，乐："耍赖是吧？咱俩都碰了，你就得干！"

杨排长推鹿兆鹏，耍起浑："喝酒用你教我！白族长！白族长你又躲哪去了！"

白嘉轩忙起身走出："咋？"

鹿兆鹏脸色微微一变。

杨排长摇晃身子："明天兄弟们就得走了，叨扰了白鹿原那么些天，族长这杯我敬你。"

白嘉轩："我不会喝。"

杨排长："你必须喝！这酒你要不喝就是瞧不起我们！"

众人带着醉意应和："对！瞧不起我们！"

白嘉轩平静："我真不会喝，你问他们我啥时候沾过酒。"

鹿兆鹏笑着上前，伸开双臂："各位各位，我做证啊，我伯成亲那天都没喝酒！"

有人乐："哎不对啊？你伯成亲你在哪儿呢？"

鹿兆鹏也咧嘴笑："对啊，我在哪儿呢？喝多了就管不住这张嘴，自罚一碗！"

杨排长拨开鹿兆鹏的胳膊："你等会喝！"

杨排长晃到白嘉轩面前，一拱手："族长啊，我杨某闯荡那么多地方，世面见过不少，可就没见过你这种敬酒不吃的人！别让我灌……”

鹿子霖害怕，溜到桌底轻拽儿子衣角。

鹿兆鹏忙上前：“算了我替我伯喝。老杨，给个面子。”

杨排长借酒劲甩开鹿兆鹏：“一边去！有你啥事！”

鹿兆鹏脸色也微微一变：“老杨，不认兄弟了？”

杨排长怒拔枪对准鹿兆鹏：“我敬我们刘军长酒，他都得干喽！”

鹿兆鹏皱眉注视。

士兵们吼：“灌他！灌他！”

杨排长眯着眼端酒凑到白嘉轩跟前：“当着我兄弟真不给我这面子？”

仙草和白赵氏在屋中紧张地相互搀扶，盯着窗外。

鹿兆鹏暗暗冲白嘉轩摇头。

白嘉轩微微一笑，接过酒。

杨排长转身得意大声地：“这就对咧……”

话音未落，白嘉轩已将酒洋洋洒洒泼到地上，不紧不慢：“当作我喝了。”

顿时鸦雀无声。空气刹那仿佛要凝固。

鹿子霖吓得钻到桌底闭上眼。

哗啦一声，杨排长将碗摔在地上：“我看出来了，今天这酒是应付我们哩！”

鹿兆鹏挡上前：“老杨！你喝醉了！人家舍不得喝，把好酒都给你……”

杨排长推开鹿兆鹏。

杨排长喘着酒气，身后士兵已经抄起身边的长枪……

12. 祠堂　夜　外

孝文媳妇扯衣服的声音，两人滚倒在炕上的笑声。

田小娥耳红心跳地在窗外听着，迟疑转身想走，脚又动不了地方。

屋里孝文喘息：“你真疯哩！”

孝文媳妇：“我不知为啥，我今晚……我真想……”

田小娥扑哧一乐，吓得自己忙捂住嘴。

屋里孝文声都变岔：“谁？”

孝文媳妇尖叫一声，田小娥慌不择路迅速地跑进正堂牌位后。

孝文慢慢打开屋门，颤抖着迈出腿："谁？石头！石头！"

那屋中传出石头的呼噜声。

孝文带着哭腔："你听见没？"

媳妇也哭："我听见了。不是石头的声，是个女的。"

孝文懊恼："我叫你别辱了祖宗吧，这是大罪哩！"

田小娥趴在牌位下不敢喘息，听到孝文脚步声迈近，扑通跪倒在牌位前。

孝文磕头："祖宗在上！白孝文告罪！以后再也不敢了，再不敢了！"

田小娥屏息不敢出声。

孝文身后突然出现孝文媳妇的脚，孝文媳妇冷冷地："不对，你别磕哩！我觉着不对。"

田小娥一惊瞪大眼。

孝文媳妇："怕是有人装神弄鬼吓咱哩，是人！是个女人！"

孝文："你别胡说！"

孝文媳妇指着牌位后："出来！你出来！"

田小娥绝望的目光，汗水从额头滴落，她正想慢慢直起身。

突然，孝文大叫一声："咋啦？"

脚步声直奔院门而去。田小娥一愣。

远处隐隐传来喊声："着火啦！"

孝文媳妇也一惊，跟出院外……

13. 白家院　夜　外

鹿兆鹏悄然进厨房，掂起一把刀看看，藏于袖中。

外面四个士兵死死按住白嘉轩，压在椅子上，杨排长举着碗酒笑眯眯凑近。

仙草捂嘴含泪，白赵氏想拄拐杖出去被鹿子霖拦住。

鹿子霖低声："婶，就让嘉轩喝吧！让他喝吧！"

杨排长："白族长，别叫我硬掰你嘴，那就不好看哩。"

鹿兆鹏一旁劝："老杨，你这酒灌酒！你这酒能喝香？我陪你喝！"

杨排长变脸："滚一边去！我今天说啥也得让这族长给我面子！"

鹿兆鹏慢慢移动，扫视院里每个拿枪的士兵。

白嘉轩紧咬牙关扛着。

杨排长疯了一般摸枪:“你喝不喝!”

鹿兆鹏悄然向杨排长走去,袖中的刀尖微微露出……

有人叫:“白鹿仓!是白鹿仓着火了!”

杨排长脸色一变,跌跌撞撞带着士兵冲出院门,鹿兆鹏、鹿子霖也忙跟随出去。

仙草扑到丈夫身边:“你没事?”

院外传来杨排长撕心裂肺的吼叫声:“救火!都去救火!”

白嘉轩靠坐在椅子上,嘴角带起一丝冷笑。

14. 白鹿仓　夜　外

士兵们气急败坏的嚷嚷声,拗口聱牙的河南口音听来愈觉别扭,逼赶人们去救火。

黑娃、韩裁缝从村子中间的大涝池挑了两桶水,夹在担桶和端盆的男人们中间。

二豆在火场外奔跑跳跃,仿佛节日一般。

走过村巷,走过白鹿镇街道就无法前进了,大火炙烤得人的脸皮疼痛,滚滚浓烟呛得人睁不开眼睛,于是就把水随地泼掉,挑着空桶往回走。

那火已经无法扑救,赤臂裸腿的人根本无法靠近火堆一步。被烧着的麦粒弹蹦起来,在空中又烧着了,像新年时节夜晚燃放的焰火。

白孝文与媳妇也匆匆跑来,惊呆停住脚步。

黑娃提着水桶经过石头,见他紧张喘息,异样的目光望着大火。

黑娃察觉到,慢慢靠近:“石头?石头叔!”

石头满眼是泪水,哽咽:“老婆,我的老婆啊在里面!”

黑娃震惊在那,他恍然的目光望着石头。

石头焦灼哭喊:“老婆!老婆我错哩!你别烧着自己……我对不起你跟娃……”

黑娃想上前拽,已经晚了,石头猛地冲进火里。

黑娃吼:“石头叔!”

孝文也身子一哆嗦:“石头叔……”

鹿兆鹏、鹿子霖同时赶到。

鹿兆鹏:“咋啦黑娃?”

黑娃惊恐地指着大火:“石头叔他!”

鹿兆鹏一震,复杂目光望向大火。

15. 书院外坡上　夜　外

朱先生带着众老先生站在坡上眺望白鹿仓方向的红火天象,老先生惊诧神色议论纷纷。

徐先生摇头:“天灾啊!”

朱先生笑着指他:“徐兄,三番五次请你都不来,今日你这刚一到就逢此大火。该着咱们县志要做成哩!”

徐先生哭笑不得:“这是何理?”

朱先生却像欣赏风景般:“一生难得观一次这样的大火啊。美哉美哉!”

朱先生眼中闪动着光亮。

16. 白鹿仓　清晨　外

白鹿仓的所有房子和麦子一起化为灰烬。鹿子霖腿已经哆嗦,被鹿兆鹏搀扶着出来。

鹿子霖:“老天爷哎,我的老天爷……全烧完了。”

杨排长腰里挎着盒子枪,踩着还冒烟的废墟最后出来,满脸灰乌,两眼又红又黏像刚熬化的胶锅,插在腰里的盒子枪上的红绸已经烧得只留下短短一截。

“啪!”杨排长拔出盒子枪照空中放了一枪,咬牙切齿地喊:“滚开滚开,都滚他妈的!”

白孝文腿一软,被媳妇搀扶住。

围观的人哗一声作鸟兽散。

鹿子霖差点瘫软:“快走快走!”

鹿兆鹏搀扶着爸与白嘉轩,人群中的韩裁缝、黑娃交换个眼神,不慌不忙地在人群中散去。

有士兵奔来报:“排长! 戏台那边……”

杨排长一把揪住士兵脖领:“咋? ”

士兵上气不接下气:“墙上写的字! ”

17. 戏台　清晨　外

乡亲们慢慢向戏台聚拢，都好奇地张望。

白嘉轩叼着烟袋眯起眼停住脚步。

戏台白墙上用红土写着一行大字:“放火烧粮台者白狼。”

杨排长也带兵冲来，眼直勾勾盯住，仿佛要从里面看出什么……

18. 祠堂　清晨　内

乡亲们围在院中，鹿子霖脸色苍白来回走动。

鹿子霖:“白狼是谁啊? 这白狼给咱招祸哩! 要死人了，要死人了……”

鹿泰恒不满儿子的慌乱:“你给我定下! 坐那! ”

鹿子霖恍惚被扶坐在椅子上。

几个老者纷纷地:“粮食白交哩，一会工夫就全烧没了。”

“这火起得大啊! ”

“可不，昨晚又有风。这白狼是趁风放的火……”

鹿泰恒思索:“那为啥白狼自己冒出来写那幅字认了呢? 嘉轩你咋看? ”

白嘉轩闷声:“白狼写字是挑明身份不连累族人，这好理解。泰恒叔，我想的是石头咋会冲进火里? ”

众人面面相觑。

黑娃突然说话:“我听见石头叔喊老婆，说对不起她，求她别再烧了。”

众人都惊诧地回头看着黑娃。

鹿三怒:“你咋在这! 滚出去! ”

黑娃转身默默离去。

白嘉轩沉重的目光凝视:“给石头在村口葬个坟。”

19. 窑洞 清晨 外

田小娥像只猫一般趴在炕上闭眼昏睡，黑娃伏在她背上亲。

田小娥没有睁眼，笑起来。黑娃挠她痒，田小娥咯咯笑。

田小娥："黑娃，我看了一宿火。没咋睡哩。"

黑娃在她耳边轻声："我昨晚做了件大事。"

田小娥翻过身神秘地："我昨晚也做了件大事。"

黑娃盯着她："你做了啥？"

田小娥一笑："你又做了啥？不会是那把火你放的吧？"

黑娃愣了一下："你咋知道？"

田小娥笑捶他："你就唬我……"捶半截田小娥收住笑，怔怔地瞧着黑娃。

黑娃一脸严肃。

田小娥："粮仓那火，真是你？"

黑娃点点头。

田小娥喘息怔怔地瞧着自己男人。

黑娃一笑："怕了？"

田小娥突然抱住黑娃，狠狠在他脸上亲了一下。

黑娃："你做了啥？"

田小娥钦佩的眼神："我那不叫事了。"田小娥再次用力搂住男人，"黑娃，我说你这两天跟丢了魂一样出去瞎转哩，我就知道你是干大事的。"

20. 白孝文屋 夜 内

孝文在被子里探出头，警惕地听着外面动静。

孝文喘息："啥声音？"

媳妇伸出光溜的手臂一搂："窗外没人！你今晚咋回事么！"

孝文抹汗水坐起："你赶紧睡，我……我再念会书。"

媳妇不敢相信拉住他："大半夜你念啥书！你到底咋啦？"

孝文推开媳妇，披好衣服点亮灯，捧起书本。

媳妇皱眉撑着身瞧他，一脸怨气。

21. 孤儿院　日　外

白灵一句句教着孩子们唱："镇嵩军，真坏蛋，顿顿吃饭要摔罐；镇嵩军，不要脸，顿顿吃饭要砸碗……"

孩子们跟随唱着："镇嵩军，真坏蛋，顿顿吃饭要摔罐；镇嵩军，不要脸，顿顿吃饭要砸碗！"

白灵捧着面前孩子亲了一口。

鹿兆海："这歌编得真好。"

白灵点头："通俗易懂，肯定会家喻户晓的。"

教务长的儿子蜷缩在角落中不动，白灵蹲上前。

白灵："小光，跟姐姐说怎么啦？哪不舒服？"

小男孩摇了摇头。

白灵一摸孩子额头，脸色大变，横腰抱起孩子。

22. 孤儿院屋　日　内

白灵与鹿兆海焦急守在门口，医生给孩子检查完推门出来。

白灵："大夫，孩子怎么样？"

医生叹息："饿的。严重的营养不良，而且这孩子还有其他的并发症。"

白灵转身望着屋中静躺的孩子，难过的目光。

医生："很多孩子都是这样，说句难听的话……"

白灵转头看医生。

医生嘴唇颤动，艰难地："这年头……有爸妈的娃娃命都难保，何况他们。"

白灵痛苦地转身奔去，鹿兆海追出。

23. 医院　日　内

伤员、护士们都在吃饭，白灵端着一个盆在过道中边敲边大声说话。

白灵："孤儿院娃娃在挨饿，大伙让出一块馍吧，少吃一口没准就能救活一孩子！娃娃们在挨饿……"

化学老师掰了一半馍举起："白灵，来！"

白灵忙上前："谢谢！"

有两三个人也上前将馍放入盆中。

身后伤员却骂起："老子流了那么多血，腿都没了，还从我嘴里抢食吃！"

其他人也跟着骂："咋不去政府讨饭去，跑医院抢我们的粮！"

"饿死的人多哩，救得过来嘛！"

"滚！"

"滚出去！"

医生上前拉过白灵："白灵，这是医院！你咋让伤员捐粮食呢，他们都不够吃！"

白灵恍惚："我知道，我知道……可我实在是没办法了。今天孤儿院已经有三个孩子饿昏过去……"

鹿兆海冲进门："白灵！"

白灵眼巴巴瞧他："咋样？"

鹿兆海摇头："根本没有粮食调。"

白灵身子一晃，鹿兆海忙搀扶住她。

身后骂声依然，鹿兆海愤怒吼："都给我住嘴！"

顿时鸦雀无声。

鹿兆海："你们面前这个女孩已经连续几天只吃三分之一的干粮，昨天把自己两顿饭都让给了那些孩子！她只求你们让一口出来就急成这样！你们可以骂她，可以轰她，可没一个人比她更饿更难受更想吃一口馍！"

白灵却平静地推鹿兆海："算哩，算哩别说了。是我不对，出去再想办法。"

两人走到门口，医生在身后叫："等等！"

白灵回过头，医生将自己的馍掰下一半，再又掰一半两手举着。

医生将一块放入盆中："这一半是给娃娃们的。这一半你必须吃了。"

白灵泪水盈眶："哎……"

伤员纷纷从床上爬起，掰下一块馍放入白灵抱的盆中。

白灵感动地望着每一个人，哽咽："谢谢！谢谢你们！"

24. 村　日　外

鸡飞狗叫，士兵在各家院中又砸又搜，伴随着女人孩子的哭声。

乡亲们纷纷被轰到街上，无助地相互张望。

大大小小的瓦盆铜盆和瓷盆，以及用来蘸红土浆写字的笤帚疙瘩都被士兵搜出来。

有士兵喊："听好了！谁交代出放火的白狼线索，赏三十大洋！杨排长保他的安全，让他去省城安家落户！谁知情不报，杀他全家！"

鹿子霖站保障所门口惊恐张望："这是做啥哩？搜那些盆盆罐罐和笤帚疙瘩干啥？"

田福贤叹息："戏台上的字不得用红土泡在盆里么，蘸红土浆写字不得用笤帚疙瘩么。"

鹿子霖恍然："这……也是个办法。"

田福贤苦笑摇头。

25. 小学操场　日　外

士兵们从各个村庄农户家里搜来的盆盆罐罐笤帚疙瘩堆满了宽大的庭院。杨排长怒气冲冲扫视。

二豆拿着一把笤帚在墙上装模作样地写："杨排长！我写得最像！最像！"

二豆被杨排长一脚踹开。

杨排长暴躁地用盆砸一士兵："再去找！给我再去找！"

韩裁缝照样把裁衣案子摆在铺子门口的撑帐下，用长长的竹尺和白灰笔画切割线，看士兵们从眼前经过。

鹿兆鹏从窗内冲韩裁缝微微一笑。

26. 窑洞　日　内

黑娃护住身后的田小娥，听窑里士兵翻腾。

士兵出来上下打量："我看你这家伙像是放火来！"

黑娃嘿嘿一笑："老总，你们又没撞我的嗓子，我伤老总弄啥？我给老总只交了一斗麦，又不是三石五石……"

士兵们从鸡窝旁边拎起那个积着厚厚一层尿垢的黑色瓦盆摔碎，扬长而去。

田小娥趴在男人背上轻声："吓死我哩。"

黑娃反搂住媳妇："怕啥，都是些屃兵。"

27. 田地　日　外

白嘉轩正带着孝武、鹿三在地里干活。

白嘉轩用毛巾擦擦汗，嘴里念叨："豆锄三遍响叮当，棉锄九遍白霜。"

鹿子霖领着一队兵小跑奔来。

孝武轻声提醒："爸！"

白嘉轩装没看见，仍低头忙碌："讲的是啥哩，孝武你说。"

孝武眼瞄着官兵："爹讲的是……"

鹿子霖站田埂边用极其同情的口吻："嘉轩？嘉轩！杨排长叫你和孝文去一趟哩。"

白嘉轩："做啥？"

鹿子霖："村里这会写字的都叫去了么，验验笔迹。"

白嘉轩头也不抬地："这条白狗瞎眼了不是？"

鹿子霖吓得忙轻声叫："轻点！轻点！你不要命了！"

鹿子霖回身看眼站在远处的士兵，凑近压低声："你去和杨排长解说一下，我也再给他解说解说。你可别硬顶——他可是烧疼了尻子的猴儿，急了就不管谁都抓。"

白嘉轩这才挺直腰看着鹿子霖："孝文呢？"

鹿子霖："已经去了！"

白嘉轩皱眉。

28. 村　日　外

白嘉轩在中间走，两排士兵举枪守卫，仿佛他是一个重要的囚犯。

乡亲们围在两旁关切地张望："族长！"

"族长你没事吧？"

白嘉轩笑了笑摇头，更挺直腰杆，转头看鹿子霖，狠狠地："杨排长这是要干啥？带我游街啊？"

鹿子霖不敢大声，嘟囔："旁人都没这样，唯独这样对你。"

白嘉轩更气不打一处来。

29. 小学校　日　内

孝文正颤抖着手在墙上写着"放火烧粮台者白狼"。教室的墙壁上已经写满了字。

门开，白嘉轩迈进屋。

孝文抹把脸上的汗："爸。"

杨排长打量白嘉轩："白族长也留下手迹让我瞧瞧。"

桌子上放着一盆红黏土泡成的泥浆，盆里放着一只笤帚疙瘩。

白嘉轩气冲冲捞起蘸了泥浆的笤帚写下同样一行字。

白嘉轩写罢气不可耐问："常言说捉贼捉赃，抓奸抓双。亏当时还在我那喝酒，你凭啥把我糟践这一程子？"

杨排长也没好气地说："怎么糟践你了？叫你写几个字也算糟践你？"

白嘉轩冷笑说："这算写的什么字！是红事的对联还是丧事的引路幡子？"

杨排长突然转过身来，紧盯着白嘉轩："你说话嘴放干净点儿！别说你是什么狗屁族长、官人，你敢再说半句不三不四的话，老子就一枪把你撂倒……"

鹿子霖立即劝着拉着杨排长收回枪，孝文推着父亲出了教室走到院子。

杨排长追到台阶上还在嚷嚷："你发鸡毛传帖煽动闹事交农，本来就不是个好东西！"

白嘉轩被翻起老账更加气恨羞恼："白狼咋不把你们给烧了！"

杨排长怒："你说啥？你再说一遍！"

鹿兆鹏忙上前拉过白嘉轩："爸，你带嘉轩伯、孝文赶紧走！"鹿兆鹏又回头拦杨排长，"这是干啥哩，他就这倔脾气。"

二豆在院里举笤帚兴奋地喊着："我写的最像！族长你瞧，我写的……"

杨排长气急败坏："滚！让他别在这捣乱！"

鹿兆鹏苦笑望着二豆被白嘉轩强拽出去。

杨排长气恼挥着手吼："在白鹿原烧掉的军粮，还得从白鹿原上补起来。烧了再征，叫他再烧，再烧再征。这回是一亩一斗一人一斗。再烧了再加。"

田福贤求告："军队要吃粮这道理很明白，自古军人由老百姓养也都明白，粮嘛烧了自然得再征。只是麦收后刚刚征过一茬，再连着征怕不好弄。是不是到秋收后再征？这样也好给百姓说……"

杨排长一挥手就打断了他的话："这号话再不要说。后日开始征粮，一律送到这个学校来。谁敢抗粮不交，不管是官人、民人一律和白狼一样惩治。"

鹿兆鹏旁边默不作声，田福贤叹息摇头。

30. 小学宿舍　晚　内

杨排长焦躁不安地在屋中徘徊，喘气。

鹿兆鹏冲杨排长："老杨，能在纸上驰车奔马，才能在沙场上运筹帷幄——杀两盘？"

杨排长："还有心杀棋？我自杀的心都有了！"

杨排长转身瞪着鹿兆鹏："兄弟，给我支个招？"

鹿兆鹏抬眼定定地瞧着杨排长："你用我支？"

杨排长把门窗关严，蹲下："丢了粮食我回去是要掉脑袋的，刘军长是啥人我比谁都清楚，别说都没了，就是少交几石他都得要我命！"

鹿兆鹏点点头，思索，边暗中打量。

杨排长快哭出来："这个该死的白狼到底是啥人么，我抓着他非剥皮不可！"

鹿兆鹏："白狼，当年是头真狼，咬死不少牛羊，还伤人，把这原糟蹋得够呛。"

杨排长怔怔地瞧他。

鹿兆鹏："后来族长带着乡亲们打围墙，夜里派人巡查，好不容易才将那白狼赶走。"

杨排长喃喃地："你是说……真狼？那咋会写字？成精啦？"

鹿兆鹏摇摇头："你走南闯北见过世面，这话你也信。我怀疑白狼是土匪，下山来想抢粮，没抢成就放火烧哩。你的卫兵没看见啥？"

杨排长恨恨地:“院里那个啥都没瞧见,就被人拍晕在那哩!门口的更邪乎,是被抹了脖子死的!一瞧就是老手干的!”

鹿兆鹏点点头:“我看他们运走了一部分粮食,剩下的大部分他们挪不动,只能放火烧掉。”

杨排长异样的目光注视鹿兆鹏,拍拍他肩:“兄弟,你说我心坎里去了。”

鹿兆鹏一怔:“咋?”

杨排长:“我烧过粮食,今天查看现场发现不对。那一千多石烧完不是这样,里面还有好多麦秸、干草灰充的数。”

鹿兆鹏心中暗暗一惊,不动声色地笑笑:“所以说你是老手么!”

杨排长眼中透出寒意:“那你说,他们挪走一部分,为啥还要费尽心思放上麦秸跟干草烧哩?”

鹿兆鹏答不出,装作皱眉思索。

杨排长也琢磨:“除非这白狼是在掩饰啥?它想告我它把所有粮食都烧完哩?那真相就是它把所有粮食都运走了!”

杨排长猛转身一指鹿兆鹏,鹿兆鹏强露出笑。

杨排长:“你说对不!”

鹿兆鹏:“还真对哩,有道理。”

杨排长蹲到鹿兆鹏面前,直视他眼:“那你说那么多粮食啊,这白狼咋运走的?”

鹿兆鹏敲着手中棋子,也陷入沉思。

31. 小学校韩裁缝铺　日　外

鹿兆鹏经过韩裁缝的铺子,轻声:“杨有察觉。”

韩裁缝一怔,定定地瞧着眼前画好线的衣服:“这是个老兵油子,不动硬制不服他。今晚白狼再出来一次!”

鹿兆鹏蹲下系鞋带,头也不抬地:“我要是那白狼多好啊!”

韩裁缝将一个画布的笔头用力抛出,正砸到鹿兆鹏脑袋上。

鹿兆鹏深吸口气,摇摇头走去。

韩裁缝瞪他的背影。

32. 删除

33. 祠堂　日　内

孝文急匆匆带跛子爷进来，白嘉轩正坐在堂中等候。

孝文："爸，跛子爷来了！"

跛子爷："族长！"

白嘉轩点点头："跛子爷，今晚就别巡夜了。孝文，让你的人也都收了。"

孝文愣在那，跛子爷也不明白："族长，为啥？"

白嘉轩敲敲烟袋，没答话："记着，谁也别告诉。嘴严点！"

白嘉轩起身背手出去，孝文疑惑的目光望着爸的背影。

34. 小学校　夜　外

守在门口的卫兵端枪来回巡视。

一个黑影闪过，麻利地将卫兵放倒，其他十几条黑影训练有素地钻入学校。

35. 小学校宿舍　夜　内

鹿兆鹏聚精会神跟杨排长下棋，杨排长边喝酒边揉着棋子琢磨。

杨排长："这白狼要是没内应，他咋知道偏偏趁我去白嘉轩那喝酒来放火呢？"

鹿兆鹏放下一子："是啊，那是白嘉轩主动请咱去喝的酒？他定下的日子？不对啊，老杨你定的吧？"

杨排长皱眉："是我逼着他定的，我闹着要补一顿喜酒。"

鹿兆鹏："按说像他这样的族长，腰杆子那么硬，他也不该跟白狼土匪搭一块啊。"

杨排长若有所思点头，抬眼瞥鹿兆鹏："兄弟，你啥想法？"

鹿兆鹏："依我看，这些土匪不简单哩，就怕他志不在粮食。"

杨排长抬眼瞧鹿兆鹏。

鹿兆鹏装猜："你想啊老杨，粮食他们可是一把火烧了，人不稀罕。谁知道他们真正想扑的是哪儿？要是这呢？"

杨排长："奔我们来的？"

鹿兆鹏皱眉百思不得其解："可他们咋不到村里寻你们呢？"

杨排长咽口唾沫："那是因为我跟白嘉轩定下喝喜酒，外人不知道。"

鹿兆鹏故作恍然大悟，一拍大腿："对，对着呢！这就说通了，等于白嘉轩这顿酒还把你们给救了！哎呀老杨，你还按着人家白嘉轩灌酒，不应该……"

杨排长渗出汗来："真是……奔我们来的。"

鹿兆鹏思索点头。

杨排长慌乱起来："枪？我的枪呢！"

士兵冲进门来："排长不好哩……"

杨排长忙摸枪站起，已经晚了。蒙面人举枪冲进对准两人。

杨排长与鹿兆鹏同时被撂翻在地，捆绑。

杨排长还嘴硬侧过头："好汉，留个名？"

蒙面人脚踩住他脸，用枪顶住后脑。

鹿兆鹏叫："兄弟！这可是镇嵩军的杨排长！他们的军队把西安城都围哩！你们可别招上事！"

蒙面人一脚踹向鹿兆鹏，鹿兆鹏疼得蜷缩起来。

杨排长惊惶望着，愤怒吼："有种把老子一枪杀了！王八羔子，你摘下来让老子瞧一眼，把你们匪窝都给清了！"

身后陆续进来几个蒙面人，背着十几条枪。

为首的一挥手，将两人眼蒙起来绑在两把背坐的椅子上。

鹿兆鹏："兄弟！兄弟！别骂了，留得青山在不怕没柴烧……"

杨排长发疯一样吼："老子切瓜一样砍人头的时候，你们还穿开裆裤哩！"

为首的冷哼："上次没扑到你们，算你们命大。"

蒙面人极其训练有素，无声地消失在门外。

鹿兆鹏侧耳听着："别骂了！老杨，他们走了。"

杨排长呜呜哭起来。

鹿兆鹏："老杨，你哭啥？"

杨排长："咋会这样么？让一帮土匪给欺负了！咋交代啊我！"

36. 小学校　清晨　外

杨排长失魂落魄地望着面前十几个龇牙咧嘴揉肩揉手的弟兄，鹿兆鹏站在一旁目光悲哀。

一士兵哭着："排长！我们的枪，子弹全被端了！"

杨排长身子踉跄走去，鹿兆鹏后面紧跟。

鹿兆鹏："完了，全完了！老杨，带人去追啊！"

"追个屁！挨枪子儿去吧！"杨排长停住脚步，颤抖着声音，"兄弟，你说哥哥该咋办？给条路吧。"

鹿兆鹏认真琢磨："还能咋办，找刘军长调兵！回来寻那些土匪报仇！"

杨排长摇头："那我是有去无回。按我们军长的脾气，我人头得先落地。"

鹿兆鹏："为啥？你给他解释……"

杨排长苦笑："咋解释？当兵的连枪都让人端了，给镇嵩军丢人丢到家哩。"

鹿兆鹏叹息摇头："对了，你们这算逃兵么？那督战团不会来寻你们……"

杨排长一捂鹿兆鹏的嘴，拽到一边，压低声："小点声！"

士兵们恐慌地望着。

鹿兆鹏同情地："老杨啊，留得青山在不怕没柴烧。你还有这帮兄弟，还有我呢。"

杨排长轻声："只有一条路了。"

鹿兆鹏也配合地压低声："啥路？"

杨排长："上山，我们也去当土匪。"

鹿兆鹏急："那粮食呢？刘军长肯定认为是你们背走了！"

杨排长回身复杂目光看着鹿兆鹏，凄然一笑："背就背吧，你说得对，留得青山在不怕没柴烧。从此兄弟就踏上匪路了！"

鹿兆鹏拉住他的胳膊眼巴巴地："那，那我咋办？刘军长派人来学校查，我咋撇清关系啊？"

杨排长用力拍拍鹿兆鹏的肩膀："你是聪明人，还用我教么？哥欠你的！咱后会有期吧！"

杨排长一挥手头也不回地："走！"

那些士兵如丧家之犬灰溜溜跟随远去。

鹿兆鹏望着他们的身影，嘴角露出一丝笑意……

37. 村 日 外

孝文夹着书本走着，到处都是三五成群喜悦的乡亲。

身边李寡妇兴奋："……昨晚上谁见着那些蒙面的？说是会飞哩！"

桑老八："当兵的全傻了，枪都不会开了！"

跛子爷："那杨排长一个劲地哭……"

"杨排长还会哭哩？"

孝文眼中满是疑惑不解，加快脚步。

38. 白家 日 内

白嘉轩正与鹿兆鹏说笑。

鹿兆鹏："你没瞧他走的样，啥叫丧家之犬，都夹起尾巴来了！"

白嘉轩笑："这么个兵痞，他做梦也想不到被耍了。"

鹿兆鹏："伯，粮食咋办？"

白嘉轩思忖了一下："这粮别急着发。"

鹿兆鹏："为啥？"

白嘉轩摇摇头："乡亲们都饿不着，既然是囤起来了，不如就囤到底。赶上大荒的时候族里用得上！"

鹿兆鹏苦笑："伯，里面可还有其他村子捐的粮哩。"

白嘉轩愣了一下，尴尬一笑："我倒没想到。"

鹿兆鹏大笑起来："伯！你早想到哩！"

白嘉轩更加不好意思，抽起烟袋。

门被推开，俩人抬眼望去，孝文苍白着脸站在门口。

鹿兆鹏忙起身。

孝文含泪看着爸："爸，昨晚的事，还有那天夜里的火你都知道？是吧？其实都是你俩……"

鹿兆鹏："孝文！"

孝文含泪："让我悄声把媳妇娶回来的是你，让我带媳妇躲出去的是你，可把那帮人招进来喝酒折腾的还是你！我成了啥啊爸！我到现在还蒙在鼓里！"

白嘉轩平静："孝文，想歪了。"

孝文吼："我没想歪！我早该想到我这做儿子的根本不算啥！我娶媳妇也不算啥！你们的事才重要，我就是个傻子，就是个棋子！"

鹿兆鹏："孝文，你冷静一下！"

孝文转头冲出屋去。

鹿兆鹏回头看白嘉轩，白嘉轩默默抽着烟袋没动地方。

39. 白家院　日　外

仙草跟白赵氏正坐在纺车前摇着轱辘，听到动静，都站到门边，惊诧地望着他们。

白赵氏："这是咋啦？"

仙草回头看，孝文媳妇也在轧棉花屋抽泣。仙草忙拉拉婆婆，俩人走到门口。

仙草："你又哭啥？孝文欺负你了？"

孝文媳妇哭着摇头。

白赵氏急："倒说句话！"

孝文媳妇哭得更伤心："……住祠堂那晚回来……孝文就……"

白赵氏仿佛明白什么："就什么？"

孝文媳妇哇地号啕："奶啊，妈！他跟我睡不成哩！"

40. 祠堂　日　内

孝文狂奔入祠堂，冲进学堂中愤怒地将书本都撒到地上，将桌椅踹翻。

孝文委屈地哭泣。

41. 麦场　日　外

黑娃添油加醋地说着，众人惊奇听着。

黑娃："那蒙面人我见着哩，都长着三头六臂从天上降下来的！告诉你们，那火是天火……"

白兴儿："吹牛吧！黑娃，你啥时候学会胡吣咧！"

黑娃得意："好，好，你说我吹牛我胡吣。等着，等分粮食再说。"

白兴儿瞪眼："你说啥？粮食不是烧了吗？"

黑娃实在忍不住，得意悄声："粮食都藏着呢！"

白兴儿等人不敢相信围上："你说啥？"

黑娃做个手势，众人围拢听他低声说起来……

42. 白家 夜 内

孝文红着眼坐在一旁，白嘉轩抽着烟袋瞄他。

白嘉轩："不是爸瞒你，这种事谁知道谁就没命哩。爸咋跟你说？"

孝文低头不语。

白嘉轩："让你带媳妇去祠堂避避风头，没错，爸是给杨排长他们开了一席鸿门宴。这戏知道的人越少，才能唱得越真。连你三伯、你妈、你奶都不清楚。"

孝文颤抖着声音："我是你亲儿子，爸！啥时候你才能像信鹿兆鹏那样信我？"

孝文抬眼看白嘉轩，白嘉轩抽烟袋不语。

白嘉轩："你不该计较这些。"

孝文烦躁："那我该计较啥？"

白嘉轩："你妹还在城里挨饿哩，我宁愿藏的那些粮食一粒不剩地送进城去。这些日子你提过你妹么？你真担忧过她死活么？你是她亲哥啊！"

孝文哑然，懊恼地抱住头。

白嘉轩沉重的目光。

43. 城墙 日 外

白灵贪婪地闻着飘来的香味，鹿兆海也不住咽口水。身边士兵、老百姓都扒着墙垛眼直勾勾地要喷出火来。

城外镇嵩军烧着大锅，用力扇着肉汤香气。

有人举大喇叭叫喊："城里的人听着！出城来有肉吃啊！可香着哩！"

几个镇嵩军敞胸露怀干脆坐到近前，大口撕嚼着。看得城上的人一起咽口水。

"啪啪！"几声枪响，留下两具尸体，其他镇嵩军落荒而逃。

白灵喘息："打得好！再不打我都要跳下去了。"

44. 村口　日　外

白嘉轩疾步走着。

鹿三："又回来哩！他们直奔小学校去了！"

白嘉轩："准是谁走漏了风声！"

鹿三："瞧样子是拼命来哩，一个个凶的……兆鹏正拦着呢！"

白嘉轩脸色铁青，脚步更快："叫上族里所有壮劳力，带上家伙！"

45. 小学校后院　日　外

鹿兆鹏堵在后院教室门口，杨排长一身泥土领着兄弟们对峙。

杨排长冷冷地瞧着鹿兆鹏："让开。"

鹿兆鹏恳求地："老杨！你咋信不过我！"

杨排长冷哼："信你？这些天我一直在琢磨件事，咋就你老料事如神哩！每件事都想到我前头，你又不是诸葛亮！"

鹿兆鹏急："我是真心为你想！我掏心窝子给你出主意！"

杨排长："等我翻出来你再说！"

鹿兆鹏："翻啥么！你能在我屋里翻出啥！"

韩裁缝那边也悄悄摸住腰后的枪，慢慢靠近。

杨排长一把将鹿兆鹏拨开，踹开门大步进屋，身后兄弟举着铁锹蜂拥而入。

第二十三集

1. 小学校操场　日　外

乡亲们都涌到小学校操场，白嘉轩站在前头怒目而视。

鹿子霖急得直哭："兆鹏！兆鹏你应句话！杨排长你有话好说别动我儿子啊！"

人群中黑娃凑到韩裁缝身边。

黑娃轻声："把你们的人都叫来！怕他干甚？"

韩裁缝摇头："晚了，来不及了。"

黑娃攥紧拳："大不了跟他们拼哩！反正他们手里也没枪！怕啥！"

韩裁缝欣赏的目光看着他。

白嘉轩："子霖，别叫哩。他们不敢动手。"

鹿子霖哭："那关着门干啥呢这是！"

士兵后院喊："白族长，鹿乡约，想保鹿校长这条命不？我们排长请你们进来！"

白嘉轩与鹿子霖对视一眼，鹿子霖咬牙先冲进院去。

白嘉轩转身扫视，目光落到鹿三头上："听着里面动静！"

鹿三用力点头。白嘉轩也大步迈进。

2. 小学校后院教室　日　内

白嘉轩被士兵押进屋来。

几个士兵已经将鹿兆鹏按坐在椅子上，刀横在他脖子上划出血印。

鹿子霖进屋就哭："兆鹏哎！疼不？杨排长求您了饶了我儿子吧！"

杨排长冷笑："鹿乡约，这话你得跟白族长说。他的人把我围住了，谁饶了谁啊？”

白嘉轩平心静气：“你放了他，我一句话乡亲们准让条道给你。”

杨排长笑：“我们既然敢来，就没打算空着手走。白族长，粮食藏哪儿啦？”

白嘉轩：“啥粮食？不都被你们收了，又一把火烧了。”

杨排长牙缝中挤出几个字：“未必吧。”

杨排长用力踩了踩地，背手看看旁边站的鹿兆鹏、白嘉轩、鹿子霖等人，露出一丝狞笑。

杨排长牙缝中透出一字：“挖！”

十几个兄弟冲上前挖起来。

白嘉轩脸色大变，瞥了眼鹿兆鹏，鹿兆鹏却纹丝不动。

鹿子霖哭：“这是学校！地底下哪能挖出粮食来？杨排长哎，我把我家的口粮都给你行不？”

鹿兆鹏：“杨排长，你咋就信不过我。土匪咋会把粮食埋在这？那些他们早就运走了，剩下全都烧了！”

杨排长发狠地拔出腰间的一把壳子枪：“咱这还留着一把枪哩！谁骗了老子，这枪子儿就是留给他的！”

白嘉轩目光一紧，所有人都眼巴巴瞧那地上，空气仿佛凝固。

3. 祠堂学堂　日　内

仙草攥着把镰刀冲进来，孝文正带娃娃们念书。

孝文：“孝子之至，莫大乎尊亲；尊亲之至，莫大乎以天下养。”

娃娃们跟随：“孝子之至，莫大乎尊亲；尊亲之至，莫大乎以天下养……”

仙草：“孝文跟我去小学校！那些当兵的又回来哩！你爸已经带人去了！”

孝文瞥了眼妈，继续念：“为天子父，尊之至也；以天下养，养之至也。”

仙草急：“你爸跟他拼命去了！”

孝文慢条斯理：“救鹿兆鹏咋会拼命么？妈您就别操心了，我爸有分寸。念！”

娃娃们：“为天子父，尊之至也；以天下养，养之至也……”

仙草目光变寒，转身冲出门去。

4. 小学校后院教室　日　内

中间的土坑已经挖出一人高的土来，还是没动静。

杨排长有些急躁不安，干脆蹲下瞧。

白嘉轩眼神也有些紧张，偷偷瞧鹿兆鹏。

杨排长干脆自己跳下，推开手下抢过铁锹翻起土来。

鹿子霖不住地抹汗。

鹿兆鹏却心定气闲："老杨，你听谁说的粮食埋在底下？你为啥要怀疑我？有种你去找土匪要！"

杨排长疯了一般挖得更加凶狠。

5. 小学校　日　外

仙草拿着镰刀，四面八方乡亲们都往这里聚拢。

人群看到仙草忙闪开条道，仙草焦急地："孩他爸呢？"

鹿三迎上："进去半天了。"

仙草望向后院，不安："三哥不会出啥事吧？"

鹿三："你放心，嘉轩吩咐哩，有点动静我们就冲进去！"

仙草焦虑的目光。

6. 小学后院教室　日　内

屋里的土已经堆成小山一般。

鹿子霖不住地抹汗，白嘉轩与鹿兆鹏暗暗交换眼神。

杨排长被搀扶爬上，眼神中透出绝望，其他士兵眼巴巴瞧着他。

杨排长怔怔地看了鹿兆鹏一眼，沙哑的声音："白族长，让外面人闪出条道来。我今天不想杀人。"

白嘉轩转身出去。

杨排长复杂的目光看看鹿兆鹏，将铁锹恨恨地插在地里，转身带众人离去。

鹿子霖扑上前抱住儿子哭起来。

鹿兆鹏有些无措:“爸!爸,我没事。”

7. 小学校宿舍　夜　内

鹿兆鹏给白嘉轩端上杯茶,爷儿俩对坐在幽暗的油灯下。

白嘉轩:“你不是说粮食埋在窖里了?”

鹿兆鹏一笑:“是窖里,可不是这个窖。”

白嘉轩疑惑的目光看着鹿兆鹏。

鹿兆鹏:“伯,您仔细想想,我们挖通白鹿仓地道里的土往哪放?你和乡亲们平日下田的时候见过没?”

白嘉轩摇头。

鹿兆鹏:“因为它们都把我教室下面的窖填满了!”

白嘉轩恍然大悟的目光:“白鹿仓下的土再全填到地道里!”

鹿兆鹏:“没错!这样一来,粮食就埋在了……”

白嘉轩点头:“白鹿仓下面!”白嘉轩喃喃地,“你烧的是上面,谁能想你就把粮食藏在底下!”

鹿兆鹏灿烂笑起来:“但我当时也怕,杨排长稍微再细心点,能察觉出那土不一样来。”

白嘉轩:“今天他们挖的时候,我就想拼了老命也得把粮食留住,兆鹏,这粮食要是现在能运到城里去我做主都不要哩,就当一把火烧干净了。”

鹿兆鹏惊诧地抬眼看白嘉轩。

白嘉轩声音竟有些颤抖:“我那灵儿哪怕吃上一口,都值了!”

鹿兆鹏感动的目光。

8. 孤儿院屋　夜　内

幽暗的油灯照亮黑暗的房间,白灵举油灯推门进来,孩子孤零零躺在床上喘息。

白灵边喂水边抱着教导主任的儿子轻拍:“小光,咱一定要活下去。姐姐给你做好吃的，香喷喷的油泼辣子，给你放好多肉……”

小光咽口唾沫，虚弱地睁开眼：“姐姐，我想吃肉。”

白灵含泪：“姐给你找！一定给你找到肉！但是你得答应姐姐，不管多难咱得撑住了，往后姐走哪儿都带着你！”

小光：“姐。我想妈妈……”

白灵忍住泪：“姐也想爸妈！姐也想！”

白灵将脸紧紧贴在孩子脸上。

9. 祠堂 日 内

乡亲们围拢在祠堂，一个个面色沉重。

白嘉轩坐在当首：“这些日子大伙遭罪了。”

鸦雀无声都瞧着白嘉轩。

白嘉轩：“老话讲兵匪无情不让老百姓活啊。好在粮食都保住了，我跟长辈们商议了一下，每家视损失大小给以五至八斗不等量的补偿。”

乡亲们顿时振奋起来，叫好声洋溢一片。

人群后，鹿兆鹏与韩裁缝站在一起。

鹿兆鹏轻声：“你仔细听，就明白这族长的分量了。”

韩裁缝含笑点头：“我已经明白了。”

白嘉轩：“再有我跟田总乡约讨了份工钱，准备重建白鹿仓。凡是咱族里人，去山里掮木料，丈椽两根付麦一升，丈五椽一根一升，檩条一根三升，独檩一根五升，其余大梁担子柱子按材料论麦，推土和泥搬土坯拉砖抛瓦一应打下手做小工杂活的，每日工粮一升，再管三顿饭。”

鹿子霖惊诧地瞪白嘉轩：“嘉轩，他应你啦？田福贤真应啦？这不亏死了！”

白嘉轩按住鹿子霖扫视众人：“这样的条件想必每家都能出工吧？”

众人齐声应：“出哩！族长放心！”

鹿子霖不可思议地摇头。

韩裁缝也疑惑地拉了拉鹿兆鹏：“这是赔本的买卖，上面真给了钱？”

鹿兆鹏轻声叹息：“给不了那么多。”

韩裁缝惊：“那这钱……”

韩裁缝恍然大悟的眼神，赞叹地望向白嘉轩。

白嘉轩："赵柱，给你媳妇带个话，让她好好养着，往后族里每年给你家按俩劳力拨粮食，养她一辈子。"

赵柱含泪："唉！族长！"

白嘉轩沉痛起身："我这当族长的腰杆不硬，没护住乡亲们，愧对大伙了。白嘉轩在这给乡亲们跪下赔罪哩！"

白嘉轩扑通跪倒在地。

"族长！"不知谁喊了句，呼啦跪倒一大片。

祠堂里顿时一片唏嘘声，鹿兆鹏也跪了下去。

韩裁缝感动地望着。

白嘉轩起身抹抹眼角，猛地一拍桌子："把白兴儿带上来！"

白兴儿一哆嗦，已经走不动道，被两人架上前。

白兴儿哭："族长！我没对不起族人呐！"

白嘉轩："白兴儿，你私通外贼几次三番向杨排长告密，害得族人吃了不少苦。你还有脸说啥！"

白兴儿惊呆，恐惧的神色："族长，我是被逼的，那姓杨的逼我，我要不从我就死定了！"

鹿子霖恍然大悟："我说是谁哩，让我背这黑锅！原来你小子不是东西！"

鹿子霖伸手就打。

鹿泰恒："子霖！"

白嘉轩："叔，就让他打两下吧，该打！"

乡亲们涌上，纷纷围住又骂又打，乱成一团。人群中白兴儿惨叫。

叠画：

白嘉轩话语声："白兴儿再不是白鹿原族人，任其老死他乡也永不得上原。凡我族人见者可除之。"

白兴儿可怜巴巴地背着包裹站在坡上回望，一瘸一拐地走远。

10. 窑洞　日　内

调和好一碗裤带面，田小娥小心翼翼将碗递给黑娃，坐在一旁瞧他吃。

黑娃狼吞虎咽，突然从面底挖出鸡蛋来，怔住瞧媳妇，田小娥甜蜜一笑。

黑娃："下蛋啦？"

田小娥点头："以后隔两天就给你摊一次。"

黑娃夹起喂田小娥，田小娥先是摇头不吃，筷子硬递到嘴边，她只得小咬了一口。

田小娥："真香！"

外面鹿三咳嗽声。两人都是一惊。

黑娃忙将碗递给媳妇，下炕出门。

田小娥靠在窗内紧张地听着。

11. 窑外　日　外

黑娃一出门就看见地上一袋麦，忙抬头。

鹿三："东家非让拿来，说你立功哩。"

黑娃笑了一下："爸，进屋坐会？"

鹿三没好气地："不咧。"

黑娃望着鹿三背影叫："爸，你在我这吃呗？小娥做的面。"

鹿三头也不回，不答应远去。

田小娥拉门出来，靠在男人肩膀："你东家？白嘉轩给的？"

黑娃搂过她勉强笑了笑。

12. 白家　晚　内

白嘉轩老老实实坐在炕边任妈数落。

仙草在一旁插不进话干着急。

白赵氏："我闭眼走了眼不见心不急，说啥我也不吃了，我就坐这等死！"

白嘉轩冲仙草使眼色。

仙草："妈，嘉轩是为咱族里人才设的这酒局。粮食都保住了……"

白赵氏含泪："那他儿子哩？拿他儿子儿媳妇当肉把那些狼往家里引，这是没出事啊！要真出了事可咋办呢。你有脸见你爸去么！孝文命苦啊，摊上这么一个爸，我的大孙子遭罪了！”

白嘉轩：“妈，我以后……”

白赵氏：“你甭以后，孝文哩？跟奶走！今儿咱就分家奶跟你过去！”

白嘉轩无奈：“妈。”

仙草也上前扶：“妈，您要出了这门，您让我这做儿媳的不臊死啊！我还咋在白鹿原上活么。”

白赵氏：“跟你没关系！我往后没这儿子！”

仙草：“妈！嘉轩也是没办法，他得为全族人想啊妈……”

13. 白孝文屋　夜　内

孝文在烛下静静地读书，任由那屋传来奶奶的哭声和白嘉轩、仙草的劝阻声，他仿佛没听到一般。

媳妇哀怨地躺靠在炕上，扔过枕头。

孝文这才站起躲避：“你咋？”

媳妇咬着嘴唇瞪他。

孝文叹息又坐下继续看书。

媳妇又将被子扯过扔来。

孝文急：“你到底咋？”

媳妇含泪：“从祠堂回来，你就没跟我同过床！”

孝文叹息摇头：“你放过我吧，我是个读书人，往后不可太放纵了。”

媳妇：“咱这是夫妻之礼！”

孝文：“那也要有节制！我琢磨着那晚的声响祖宗一定是想提醒我，叫我不要荒废学业。我差点就误入歧途了。”

媳妇哭着拉起炕上一切东西砸过去：“你念书念疯了吧！”

孝文边躲边说：“我这是悟出来的！所谓知行合一，发念就不能是邪念……”

媳妇哭得更加伤心。

14. 白家院　日　外

孝文从门里出来，白嘉轩正叼着烟袋站在院里似是在等他。

走到近前，父子见面有些尴尬。

白嘉轩："来。"

孝文硬着头皮上前，一直跟到后院。

白嘉轩这才回身："你奶……"

孝文眼巴巴瞧着爸。

白嘉轩不知该怎样说："你奶说你最近不跟你媳妇……咋了出啥事了？"

孝文平静："没事。爸，我去学堂了。"

白嘉轩："你站住！"

孝文停住脚步。

白嘉轩："是赌气啊还是咋？"

孝文摇头："爸，前些天是我错了。"

白嘉轩上前轻声："前些天管你是怕你迷在里头伤了身子。可你也不能……你奶等着抱孙子哩。"

孝文叹了口气："顺其自然吧。爸，这哪有强求的。"

白嘉轩眼巴巴瞧着儿子："跟爸说实话，是你媳妇……"

孝文："爸您别猜了。"

白嘉轩："告你媳妇过些天把婚事重新补办了，咱把族里人都请来热闹热闹。"

孝文退后一步："何必呢，爸，她已经是咱家人了，还是勤俭持家为好。不然让人笑话。"

白嘉轩怔怔地看着儿子，不知该再说啥。

孝文："爸那我走了。"

白嘉轩："对了，下了学早点回，你妈做了油泼面。"

孝文头也不回地答应："唉。"

白嘉轩再多的话也只能咽肚里，瞧着儿子背影出去无声叹息。

15. 书院门口　日　外

徐先生神情紧张地把一封信交给朱先生。

朱先生接住拆开一看，瞅着众位先生狐疑的脸色笑了笑。

徐先生："是两个兵送来的。"

朱先生点头："唔！狼来了！"

众人面面相觑。

朱先生吩咐徐先生："你多年在白鹿原开学堂，对那里熟悉，到村子里去借两只狗来，要大狗恶狗。"

徐先生眨巴着眼："买狗做啥？"

朱先生笑："狼来了就得狗咬嘛！"

朱先生转头吩咐朱白氏："你去买些肉，明日给做一样菜，把豆腐跟肉熬成一大锅。"

朱白氏诧异："肉耐火豆腐不耐火，熬不到一起。"

朱先生摆摆手："你就往一锅里熬。"

朱白氏疑惑的目光。

16. 小学校　日　外

鹿兆鹏在校门前送走最后一批学生，微笑着与几个老师边聊边走进学校。

远处两个身着黑衣制服的陌生人在宿舍不远处闲逛。

鹿兆鹏余光暗瞥，迟疑了一下，装作若无其事走去。

17. 小学校长办公室　日　内

鹿兆鹏将门推开，一个人正背对着自己欣赏墙上的手书。

鹿兆鹏诧异打量，那人听到动静回身，竟是见过一面的岳维山！

鹿兆鹏没想到："你……"

岳维山热情伸出手："我说过我们会后会有期的。"

鹿兆鹏也笑起来，忙倒水沏茶："西安咋样了？"

岳维山平淡地："就在昨天，五架飞机刚刚轰炸了西安城，死伤惨重。"

鹿兆鹏愣住："镇嵩军？他们有空军？"

岳维山摇头："是吴佩孚的。现在的西安城，就是军阀眼中的一块肥肉啊。"

鹿兆鹏将茶端给岳维山："我好奇的是西安城被围得跟铁桶一般，岳先生却好像出入自由啊？"

岳维山一笑："我们有内线，不值一提。"

鹿兆鹏："岳先生怎么会来我们这块小地方？"

岳维山笑着吹茶："我就知道你有很多问题要问。明天你们白鹿原书院将迎来一位稀客，我们是提前做准备来了。"

鹿兆鹏饶有兴趣："哪位稀客？我咋不知道。"

岳维山轻描淡写："就是围西安城那个。"

鹿兆鹏腾地站起来。

岳维山吹着茶，细细品了口皱眉："下回我给你带些好茶叶来，鹿兄过得太随意了。"

鹿兆鹏："你说刘瞎子？"

岳维山放下杯不满意地摇摇头："而且是陈年茶。"

鹿兆鹏急问："刘瞎子咋会来书院？"

岳维山一笑："我们也没想到，偏偏他就来了。"

18. 书院　晚　内

两条狼狗在院里叫，老先生们纷纷站窗前赏看。

"好狗哩！""真是好狗！"

徐先生抹着汗："这俩狗一路可把我吓坏哩！虽有鹿三赶车，我还是吓得不轻！"

朱先生笑眯眯："嘉轩不在？"

徐先生摇头："说嘉轩找田总乡约报账去哩，修白鹿仓的账。"

朱白氏进屋来："放后院去。"

朱先生一愣迎出，朱白氏身后还跟着一个年轻人，背着锅提着肉。

朱先生："这位小哥是……"

朱白氏："可得谢谢人家，要不是他连锅带肉我还真回不来哩。"

年轻人笑："我师傅说朱先生炖肉可难得了，让我帮着提回来摘毛，伯母又提不了这锅，我就一起送来。"

朱白氏旁边："镇里赵屠户新收的徒弟。"

朱先生打量，异样的眼神笑而不语，只是点头。

年轻人："伯母您给我，我去厨房摘毛。"

朱先生目光一直随着那年轻人背影，暗暗长叹一声。

朱白氏瞧着他："咋啦你？"

朱先生苦笑一声："明天热闹喽。"

19. 小学校宿舍　夜　内

鹿兆鹏在摇曳的油灯下沉思，岳维山沉下脸一旁瞪着他。

岳维山："讲了这一下午，鹿兄还是死活不同意我的方案？"

鹿兆鹏摇摇头："你想得不周全，万一失败，没有人能活着出来。就算成功，那个书院乃至整个白鹿原都要被镇嵩军报复平掉！"

岳维山冷笑："没那么多万一，自古兵走险路。我知道你是死人堆里爬出的，不然还真怀疑你上过战场没。"

鹿兆鹏无语。

岳维山一拍桌子起身："此次刘瞎子的人头志在必得！"

20. 小学校宿舍外　夜　外

两个黑衣人警惕地望着四周，把守在门外。

21. 小学校宿舍　夜　内

双方已经剑拔弩张。

岳维山："作为军人你知道违抗军令的后果！"

鹿兆鹏摇头："你就是把我毙了我也不能让你去，这样太冒险了！"

岳维山："不冒险怎么可能打胜仗！都像你一样优柔寡断心跟娘们儿一样软我们拿什么战胜敌人！"

鹿兆鹏苦笑："岳先生，我以为你这样的人不会骂脏话呢。"

岳维山冷冷地："我意已决，望你配合。"

鹿兆鹏摇摇头："我的人不能配合，望你慎重！"

岳维山猛地拔出枪对准他额头："我再问你一遍，去还是不去！"

两个黑衣人已经站在门外等候命令。

鹿兆鹏目不转睛看着岳维山："刘瞎子就算死了，他手下还会围攻西安城，甚至攻下后很可能大屠杀，你都调查清楚了么？"

岳维山怒视不语。

鹿兆鹏慢慢将他的枪按下："你的情报告诉你没有，刘瞎子两个副手比他更凶残。他们早对围而不攻有意见，主张把西安城完全炸毁！"

岳维山背过身去沉思不语，鹿兆鹏默默地看着他。

鹿兆鹏："一杀了之，灾难却让老百姓承担？你好好想想，值吗？"

岳维山猛一摔杯，鹿兆鹏身后冲进两个黑衣人，鹿兆鹏头也不回，反手按住一人，踢飞另一人手中枪。

岳维山的枪口却已对准鹿兆鹏的后脑。

鹿兆鹏无奈停住手，被两人用绳捆住。

鹿兆鹏皱眉："岳维山你不能蛮干！"

岳维山苦笑："本想借住一晚，明日你我第一次携手行动。现在看来是不行了，只好委屈兄弟。"

22. 白家　夜　内

白嘉轩诧异地瞧着鹿三。

鹿三边喝水边说："徐先生要得挺急，我也等不来你，就去桑老八他们家拽了那两条狗。咱村就他家狗最凶！"

仙草："姐夫平白无故要凶狗干啥？"

白嘉轩："我姐夫没说别的？"

鹿三摇头："没有。徐先生都不知道，噢对！徐先生说白天接了封信，是俩当兵的送来的！"

白嘉轩目光一震。

仙草转脸看丈夫："咋了？"

白嘉轩："肯定是有事了，明天天一亮，我到书院找姐夫去！"

23. 小学校宿舍　日　外

韩裁缝风尘仆仆进学校，笑眯眯跟人打招呼。

靠近宿舍时，韩裁缝放慢脚步，警惕地望着窗内慢慢放下担子。

韩裁缝悄然靠到门外，猛踹门进去，鹿兆鹏已被反绑在椅子上封住嘴。

韩裁缝冲进屋中给鹿兆鹏解开封口。

鹿兆鹏脸色苍白："老韩，快去招呼人，往白鹿书院赶！"

韩裁缝边解边问："啥情况？"

鹿兆鹏："岳维山要硬来，在书院杀刘瞎子！"

韩裁缝停住手不敢相信地看着鹿兆鹏："这是个圈套！昨晚镇嵩军几百号人已经提前上原，埋伏在小树林了！"

鹿兆鹏拼命解脱绳扣："刘瞎子哪是等闲之辈，他敢来就一定藏有后手！快！快老韩！"

鹿兆鹏抢先冲出屋去。

韩裁缝目光忧心地思索。

24. 书院前院　日　外

狗叫声愈来愈疯狂，混沌狂乱的吠声在书院的墙壁上碰撞回旋。狗叫了一阵就停息下来，大约来人退走离开了。

突然狗又疯狂地叫起来，大约来人又到门口来了。

几位老先生全都站在各自的窗下瞅着大门口，又瞅瞅朱先生的书房。

朱白氏却从后门匆匆引进来岳维山三人。

朱先生平静观瞧："这三位……"

朱白氏也面露不满："他们三个是从后门进来的。"

岳维山上前拱手："学生是彭县长同乡，早就仰慕先生才学，本想与彭县长一同拜访先生的，怎奈他先走了，只好与两位同好相约来书院，不想走岔了绕到后门去了。"

朱先生定定地看着岳维山："你是哪里人？"

岳维山："在下……"

两只狗再次叫响。

朱先生叹息一声疾步走过院子，左手习惯性地撩着长袍的衩口，喝退了狗，把来人领进大门。

岳维山扫视一周环境，窗外昨晚背锅的年轻人冲他点点头。

岳维山满意的目光，暗暗庆幸释然。

朱先生在院子里朗然宣呼："刘军长来看望诸位，快出来迎接。"

同人们纷纷走出屋子与一身戎装戴着眼罩的刘军长打躬作揖。

刘军长满面堆笑："这么多人啊，打扰打扰！"

朱先生："哪里哪里！机缘难得。错失今日，怕是再也难得一睹将军风采了。"

刘军长愣了一下，爽朗大笑："待我坐定省城，一定常来拜望先生。"

朱先生只是微微笑了笑，做了个请的手势。

岳维山想跟随进去，被两个副官伸手拦住。

手下看岳维山眼色，岳维山回身冷冷地打量环境……

25. 书院外　日　外

白嘉轩急匆匆走着，身后鹿兆鹏叫："嘉轩伯！"

白嘉轩一怔回头："兆鹏？你咋也来了。"

鹿兆鹏笑："我去跟朱先生借几本书看。"

白嘉轩点头："那一同走。"

鹿兆鹏打量四周环境："伯干啥来？"

白嘉轩："今天书院来人哩，我姐夫昨天去村里借了两条凶狗。我怕出事。"

鹿兆鹏嘴中答应着，余光瞄着书院附近的树林，隐隐约约人影晃动，心知肚明。

鹿兆鹏突然停住脚步："伯你还是先回去吧。"

白嘉轩诧异回头看他："咋？"

鹿兆鹏欲吐还休："你……你回去等信？"

白嘉轩："来的是谁？兆鹏，你跟我说实话！"

鹿兆鹏无奈："刘瞎子。"

白嘉轩盯着鹿兆鹏，脸色大变，转身加快脚步。

26. 书院正堂　日　内

刘军长扫视一圈书画坐定，朱先生端坐一旁。

朱白氏上完茶退出去。刘军长刚要张口说话，外面狗再次叫起，朱先生无奈苦笑。

刘军长瞄着朱先生，意味深长："先生今天忙啊，平日也来这么多人么？"

朱先生摇头："不巧，今天是人多了点。"

刘军长笑中带刀，打量着朱先生。

27. 书院前院　日　外

白嘉轩带着鹿兆鹏急匆匆往里走。

白嘉轩："姐，我姐夫哩？"

朱白氏："在屋里正跟……"

两个副官警惕打量。

鹿兆鹏暗暗与岳维山交换个眼神。

刘军长爽朗笑声："哪个是你小舅子，介绍介绍！"

朱先生跟随出来，指着白嘉轩："这就是。这一位是我们白鹿原上的小学校长，也是我家里晚辈。"

刘军长瞥了眼点点头。

朱先生冲白嘉轩："你们在外说话，我先陪刘军长进屋了。"

鹿兆鹏望两人进屋，悄然退到岳维山等人身后。

鹿兆鹏轻声："外面树林有埋伏。"

岳维山轻蔑一笑，手下已经向两个副官身后抄去。

鹿兆鹏突然揪住岳维山胳膊大声："我说话你咋不信呢！"

岳维山狠狠地瞪鹿兆鹏，手下停止动作。

鹿兆鹏："你说刘军长是微服私访，我咋来的时候看见那么多人在外面？"

岳维山吃惊的目光。

副官皱眉看着鹿兆鹏，鹿兆鹏强拉岳维山往大门处走。

鹿兆鹏："走！你这人不见棺材不掉泪，我非让你亲眼看看不可！"

一个军官突然从外跑进，在副官耳边低语几句。

副官在身后叫道："站住。"

鹿兆鹏与岳维山停住脚步，脸色微变。

副官走上前，冷冷地打量几个人："有劳二位配合一下，验验身上带没带东西。"

岳维山乖乖举起双手，鹿兆鹏也跟随举起手来。

气氛立刻紧张起来……

28. 书院正堂　日　内

刘军长落座喝茶，闲在地冲朱先生笑笑。

刘军长："这下没狗叫了。"

朱先生哈哈大笑。

刘军长："听说先生在编县志？县志里头都编些啥呀？"

朱先生："上自三皇五帝，下至当今时下，凡本县里发生的大事统都容纳。历史沿革，疆域变更，山川地貌，物产特产，清官污吏，乡贤盗匪，节妇烈女，天灾人祸……不避官绅士民，凡善举恶迹，一并载记。"

刘军长感兴趣："我军围城肯定也要记入你的县志了？"

朱先生摇头："你围的是西安府不是滋水县，因之无权载入本志。"

刘军长遗憾地："刘某进不了先生的史册，遗憾终生啊。"

朱先生一笑："有！"

刘军长虎目圆睁："哦？哪件？"

朱先生："你的士兵在白鹿原射鸡征粮及粮台失火将记入本志。你的团长进驻本县吓跑县长，这在本县史迹中绝无仅有，本志肯定录记。"

刘军长怔了怔，哈哈大笑："是吗？这个彭县长也太胆小了。"

朱先生也打趣说："县长软得像块豆腐。"

刘军长干笑："今日来有三件大事求拜先生。头一件，围城成功进驻省城以后，想邀请您给我做私人老师，教诲圣书习练笔墨，在下出身草莽识不下一箩筐大字。"

朱先生："我得先讲一条，你得脱了这身戎装，把枪扔了，我才敢伴君念书习字。我比彭县长的胆子更小哩！"

刘军长满口答应："一旦拿下西安，我就把枪撂到护城河去，兵交给旁人去带。我只做省主席一席文官。"

朱先生点点头："那么这件事就等你进城以后再说。第二件呢？"

刘军长笑："请先生赐赠一幅字画儿。我听说前面带兵打仗的谁来拜访先生都会讨个吉利，打大胜仗。"

朱先生："我只会写字不会画画儿。人常说'乘兴挥毫'，兴所至而毫生辉。待军长攻城成功，我定当挥毫庆贺。再说第三件吧！"

刘军长不好强求，看看左右压低声神秘地："我一进关中就闻听先生大名，说先生能识天相，能辨风雨阴晦，能知吉凶灾变，能预测后事。请先生给我算一卦，何时围城成功几月进城？"

朱先生不假思索一口回绝："刘军长你进不了城。"

刘军长猛乍愣住，脸色骤变，眼中透出狠来。

朱先生却面不改色，自己喝着茶。

29. 书院前院　日　外

白嘉轩跟随姐在一旁帮忙，担忧地望着这边，岳维山装低头翻书。鹿兆鹏也坐到老先生旁。

手下走到墙角，冲岳维山递个眼色。

岳维山起身向后走去，鹿兆鹏目光一直瞄着他……

30. 书院正堂　日　内

刘军长已经没了刚来时的风度，来回气恼地大步走动。

刘军长："先生前两件事都答应刘某进城后再办，现在又说刘某进不了城。岂不是在耍我！"

朱先生随之款款地笑了："我两只柴狗把门，将军尚不得入，城中两个将军名字里都有个虎字，二虎把门你又怎能进去？"

刘军长干笑："这种不吉利的玩笑，只有先生你才敢说到我当面。"

朱先生点头："只有军长你来，我才有兴头儿开这玩笑。"

两人默默对视，气氛极其紧张。

刘军长又哈哈大笑起来："既是玩笑，且不管它。那就请先生正儿八经给我算一卦，何时攻城成功？"

朱先生扬起头闭上眼，用右手的大拇指在另外四个指头上灵巧地弹着掐着。

刘军长盯着朱先生一动不动。

31. 书院前院　日　外

白嘉轩拉过一个副官到树下，赔着好脸。

白嘉轩："我跟你打听一下，西安城两边打仗？里面老百姓都没事吧？"

副官："里面有您家眷？"

白嘉轩迟疑了一下："啊。"

副官苦笑："恐怕是。"

白嘉轩脸色一下变了："咋？听说只是挨饿，还不至于……"

副官摇了摇头。

白嘉轩喘息艰难起来。

32. 书院厨房　日　内

岳维山已经绕到厨房，刚一进门。昨晚来的年轻人已经将枪从篓中抽出，麻利递给岳维山。

岳维山接过，低声：“准备行动！”

鹿兆鹏堵到门口：“别轻举妄动！”

岳维山瞪着他：“你想叛变投敌？”

鹿兆鹏冷笑：“岳先生，咱别老给人扣帽子行不？刚才你也看见了，他说是微服私访，根本不是！外面藏着整整一个卫队几百人在树林里！他的副官已经怀疑上你我了。”

岳维山：“他们那是例行公事。”

鹿兆鹏：“例行公事？那白嘉轩是跟我一起来的，为啥不查他？”

岳维山定定地看着鹿兆鹏，脸色微变。

手下轻声：“是不是泄露了？”

岳维山咬牙：“就是鱼死网破，也要把这次任务完成！”

鹿兆鹏死死地掐住岳维山的胳膊，岳维山怒视鹿兆鹏，两人较上劲……

33. 书院正堂　日　内

朱先生慢慢睁开眼睛。刘军长凑近眼巴巴瞧着他。

朱先生也神秘地：“城里守军二万不足，城外攻方二十万有余，按说是十个娃打一个娃怎么还打不过？城里被围五个月之久，缺粮断人饿死病死战死的平民士兵摞成垛子，怎么还能坚守得住？”

刘军长笑起：“先生说的正合我意……”

朱先生摆摆手打断他：“噢噢噢，账还有另一个算法，城里市民男女老少不下五十万，全都跟二虎的将士扭成一股，坚守死守。要把那五十万军人民人全部饿毙……大约得到秋后了。秋冬之交是一大时限，见雪即见开交。”

刘军长听了忽然从石凳上跳起来：“先生真是神啊！见雪即见开交。正应了我的命！我的字是雪雅。”

朱先生含笑点头。

34. 书院厨房　日　内

鹿兆鹏正与岳维山较劲，两人额头都见汗水。

岳维山发狠："这要在战场上，我一枪毙了你！"

鹿兆鹏："这要比战场复杂得多！你太冒失了！"

手下有些不知所措。

白嘉轩正快步走来，见状愣住："前面……让上饭哩！你们这是干啥？"

两人同时松手，狠狠地瞪了对方一眼。

白嘉轩黯然："叫你们一块过去吃。"

岳维山将枪掖在腰后。

鹿兆鹏还想抢："不能带枪！"

岳维山甩开他的手，快步离去。

鹿兆鹏懊恼的目光。

35. 书院前院　日　外

众人簇拥刘军长出来。鹿兆鹏与岳维山跟在最后。

白嘉轩情绪低落叼着烟袋。

朱白氏察觉到，轻声："嘉轩，你也去吃？"

白嘉轩摇摇头："一口也吃不下了。"

朱白氏："咋了？"

白嘉轩颤动着嘴唇，长叹："姐，刚才说西安城已经饿死上万人了。"

朱白氏吃惊地看着他。

这边朱先生招呼众人吃饭，每人送上一碗豆腐烩肉的菜和两个蒸馍。

刘军长心情很好，笑让："坐坐！都坐！"

刘军长一一打量，副官在他耳边低语几句。

刘军长面不改色注视白嘉轩："小舅子，你有这样一个姐夫，福气啊！"

白嘉轩叼着烟袋点头："是。"

刘军长打量鹿兆鹏："这位是小学校长？年轻有为啊！"

朱先生笑："也是我们白鹿原出的人才，学成回来的。"

刘军长点头，目光落到岳维山等人头上："这三位是……"

朱先生笑："就是原来跟着彭县长一起的同僚，彭县长有些书寄放我这，结果被你吓跑，他们来向我讨书来了。"

刘军长开怀大笑起来，岳维山等人也跟着笑。

突然刘军长收笑瞪着岳维山，轻描淡写夹菜："彭县长县衙门我也住过两天，里面别有洞天啊！后院那个花池里的假山也不知拆没拆？"

岳维山一怔。

鹿兆鹏倒吸口凉气，桌下暗暗攥拳。

两个副官站身后已经摸到腰间的枪，冷冷注视岳维山。

白嘉轩叼着烟袋看看这个，瞧瞧那个，倒一点不紧张。

朱先生笑眯眯自顾自地用手沾酒在桌上画圈，又起身给众人夹菜："这道菜得我来给你们布哩……"

朱先生那手形很奇怪，正按住了自己画的水圈，一抬手形成一个困字！

岳维山怔了怔："哪有假山，后院全是树哩。"

刘军长定定地瞧着岳维山，岳维山也笑眯眯回看。

岳维山两个手下已经额头见汗，也不敢擦拭，陪着干笑。

刘军长突然抚额大笑："对对！后院全是树！我记错了！吃，快吃！"

岳维山与鹿兆鹏暗暗松了口气。

刘军长吃了一口就咧着嘴皱起眉头："朱先生你的厨师是不是个生手外八路？"

朱先生说："这是方圆有名的一位高手名厨。"

刘军长说："豆腐怎能跟肉一锅熬？豆腐熬得成了糊嘟熬得发苦，肉还是半生不熟嚼不烂。啥呀竟是名厨高手？"

朱先生说："豆腐熬肉这类蠢事往往都是名师高手弄下的。"

刘军长呆呆地看着朱先生，摇摇头苦笑，大口吃起。

副官已经偷偷吐掉，皱眉放在一边。

刘军长狠瞪副官，副官忙重端起狼吞虎咽地吃。

刘军长骂："欠把你扔进西安城饿着！"

刘军长自己也不含糊，端碗大口吃起。朱先生含笑看着他。

岳维山端碗起身，朱白氏要上前接。

岳维山忙道："嫂子我自己去盛！"

鹿兆鹏余光瞄着他。

36. 厨房　日　内

岳维山快步到后墙，看看四下没人，爬墙跃起眺望，远处已经开来好几辆车，里面坐满了士兵。

岳维山走到厨房先将后腰的枪卸下，长长舒了口气。

白嘉轩端着两个空碗进来，笑："您咋……"

白嘉轩一眼看见那枪，愣住。岳维山慌忙收在桶中。

白嘉轩像什么都没看见，转身盛饭。

岳维山轻声："白族长，久仰大名，幸会！"

白嘉轩黯然地冲他点点头，端饭出去。

37. 书院前院　日　外

刘军长将一碗吃完，抹抹嘴。

刘军长："先生何必窝在这里修史，大材小用。不如跟刘某去做点大事？"

朱先生一笑："大事，朱某怎么觉着没有比修史更大的事了？"

刘军长笑："先生关起门读书读多了，当政者一句话，这历史还不想咋说咋说！"

朱先生："刘军长听过《三国演义》没有？"

鹿兆鹏一怔，抬眼瞧朱先生。

岳维山也坐回来。

副官笑："先生咋知道的，这是我们军长最爱听的书。我们刘军长就好比当今的关羽关云长……"

刘军长："少废话！"

朱先生笑："三让徐州听过没？"

刘军长也是一笑："陶谦仁义让徐州么，为了老百姓宁可给刘备也不给曹操，这我都能给你背出来。”

朱先生点头：“这是《三国演义》的说法，《三国志》里却不是这样记载的。”

刘军长饶有兴趣：“哦？愿听先生明示。”

白嘉轩叼着烟袋跟听书般看着朱先生。

朱先生：“《三国志》记的是历史，似更可信些。它说陶谦乃一地军阀，残暴腐败为害一方，误判形势灭了曹操满门。曹军打来，陶谦被吓死，死前与下属说悔不该当初，还不如让与刘备。”

刘军长陷入沉思。

朱先生端起碗细细嚼着。

刘军长：“为何历史跟演义有如此大的区分？”

朱先生这才放下碗：“刘军长问得好。自古老百姓喜欢道义上感人的故事，有一种是老百姓根据他们自己喜好演绎出的历史，或流芳百世或遗臭万年，岂是当政者能左右的。”

刘军长怔怔地看着朱先生，恍惚站起。

白嘉轩低头无声笑了笑。

岳维山与鹿兆鹏都是眼观鼻，鼻观嘴，嘴观心。

朱先生只顾埋头慢慢吃着，屋里寂静无声，两边所有人都紧张地瞧着两人。

38. 车 日 外

刘军长坐在颠簸的车上回头望去，书院前朱先生背手而立。其他人跟随身后送行。

副官：“军座，那三个人就是从后门进的，很可疑。”

刘军长：“查出什么来了？”

副官：“他们不是白鹿原的人。”

刘军长骂：“没听人家说是县里来的！可疑个屁！天天疑神疑鬼的，我也没缺胳膊少条腿啊！”

刘军长打了个嗝，皱眉很不舒服地揉了揉肚子：“这顿饭吃的！”

刘军长突然一个恶心，哇地吐起来……

39. 书院外树林　日　外

韩裁缝带众人飞奔而来，急停住脚步，怔怔地望着远去的车辆。

鹿兆鹏回过身冲这边打个手势。

韩裁缝长舒口气：“回吧！撤！”

40. 书院门口　日　外

岳维山诧异地瞧鹿兆鹏那个手势，顺着向树林望去。

鹿兆鹏嘲讽看他：“岳兄看鸟呢？”

岳维山打量他，一笑：“昨晚多有得罪，还请兄弟见谅。”

鹿兆鹏：“只是遗憾这次没能合作。”

岳维山笑：“会有机会的。”

岳维山站到朱先生面前恭恭敬敬一施礼：“岳维山谢先生相救！来日定当重谢！走！”

岳维山带手下转身离去。

白嘉轩忧伤的目光站在一旁发呆。鹿兆鹏望着岳维山背影若有所思。

41. 书院　日　内

朱先生领着众老先生和鹿兆鹏、白嘉轩往院里走，白嘉轩一脸沉重。

朱先生察觉：“嘉轩，你咋啦？”

白嘉轩叹一声：“兆鹏还一直瞒我，说他们就是吃不饱。我才刚知道，整个西安城的老百姓都快被饿死了，上万人的死啊！这些兵是要屠城啊！”

鹿兆鹏内疚：“叔，我是怕您受不了……”

白嘉轩摇了摇头：“不成，我得进城寻我闺女去！我今天忘了问那个刘瞎子，能不能放我先进去。”

朱先生：“嘉轩，你放心，你闺女没事，灵儿自有她的命。”

白嘉轩怔怔地看着姐夫。

朱先生冲他点点头:“今天我也破例给你算一卦，灵儿没事。”

白嘉轩又重复了一遍:“没事?”

鹿兆鹏吃惊地瞧着朱先生，又看看白嘉轩，恍然苦笑。

朱先生瞥了眼鹿兆鹏，笑:“刘瞎子都信我的，你不信?”

白嘉轩释然的神色:“哎!那就好!那就好!我帮我姐收拾去，你们聊着!”

白嘉轩突然来了精神，直奔厨房去。

鹿兆鹏背后叹息:“先生，您这么灵，当初为啥算不出镇嵩军围城呢?”

朱先生转身默默注视他。

鹿兆鹏苦笑了一下:“其实您算不出来，您这一卦是让嘉轩伯安心啊。”

朱先生:“兆鹏啊，你这人装不了糊涂。这是你的优点，也是你的缺陷。殊不知世间的事真真假假虚虚实实。世人皆醉唯你独醒，痛苦啊。”

鹿兆鹏点头:“先生的话我记下了。”

朱先生微笑注视鹿兆鹏，摇头:“但你改不了。”

鹿兆鹏苦笑了一下。

朱先生意味深长地拍拍鹿兆鹏，自己走去:“这才是你鹿兆鹏的可贵之处!”

鹿兆鹏默默地望着朱先生背影，感动的目光。

42. 西安城路旁　日　外

鹿兆海艰难地爬上很高的一棵树，小心翼翼地从鸟窝中取出两个鸟蛋放进怀中。

鹿兆海慢慢沿树滑下，疾奔而去。

43. 孤儿院　日　外

鹿兆海生怕鸟蛋掉下来，捂着胸口一路小跑。

鹿兆海:“白灵!白灵!你猜我找到啥了!快给孩子吃……”

白灵远远含泪站在那。鹿兆海放慢脚步。

鹿兆海端详:“咋了?”

白灵哭:“孩子死了。”

鹿兆海呆在那儿。

白灵哭泣:“他妈妈在我怀里说的最后一句话，就是求我救她孩子……可是孩子也死了兆海！他在我怀里都没力气再说一句话，他饿得嘬我的手指头又咬不下去……”

鹿兆海泪水淌落，白灵扑到他怀中号啕大哭。

第二十四集

1. 医院后院　晚　内

白灵蜷缩靠坐在储藏室角落，双手抱膝目光呆滞。门外鹿兆海敲着房门。

鹿兆海："白灵，把蛋吃了。你再不吃人就垮了。"

白灵不答不应，恍惚的神色。

鹿兆海焦急不安扒着门缝："白灵，我求你了！我知道孩子没了你心里难受，可你是人你不是神！西安城每天死那么多人你咋救他们？"

白灵也没泪水，一动不动坐在黑暗中。

鹿兆海哀求："吃一口让我放心，啊？白灵！现在瘟疫传得那么厉害，谁也保不了谁，满大街倒下的人。你说这是人间地狱，没错！不定哪天咱们也……"鹿兆海语气加重，"得保重自己！保住自己才能救更多的人！"

鹿兆海长叹一声抹抹眼角的泪，起身走去。

白灵的眼中被悲伤、痛苦覆盖，完全没了光彩……

2. 医院　晚　内

鹿兆海捧着两颗鸟蛋沉重地迈回前院大堂。化学老师虚弱地抬眼看他。

化学老师轻声："白灵还没出来？"

鹿兆海摇摇头："那娃的死真把她击垮了，我从没看见过她这样。"

化学老师长叹一声："这样下去不行！"

鹿兆海急："她身子已经很虚弱了，再不吃不喝她非倒下不可！"

化学老师虚弱地摇摇头："只能靠她自己。兆海，现在你帮不了她。"

鹿兆海抬眼看老师，突然察觉到什么忙上前："老师你咋啦？"

化学老师喘息："我……我好像是被传上了。"

鹿兆海一摸他额头，慌乱起身："大夫！大夫！"

3. 医院后院　夜　内

白灵痛苦地抱膝思索，眼中闪动着晶莹的泪花。

往事浮现，白灵越来越难过，蜷缩得更紧，泪水淌落。

屋外传来垂死的人的惨叫声："谁救救我啊！""给我一枪吧！痛快点！"

白灵斜躺了下去，抱住双臂，第一次露出恐惧无助的神色，抽泣，呼吸都变得艰难……

4. 原上　日　外

乡亲们将木材、石料堆放在平地，白嘉轩帮跛子爷抬过一根木梁，转身抽起烟袋观瞧。

鹿子霖上前："白鹿仓咋选了这么偏的地？我瞧原来那地方重建挺好！"

白嘉轩瞥他一眼："田福贤都点头哩，你瞎吵吵啥。"

鹿子霖："这离学校离保障所都远着呢！"

白嘉轩："远着好，防贼。"

鹿子霖缓过味："哎，你损谁哩？谁是贼？白嘉轩我还没跟你算账呢，这两天我才想明白，那天给杨排长陪酒是你安排的吧？"

白嘉轩："废话，我家的事我不安排。"

鹿子霖手指点着他："那就对哩！那把火也是你存心让人放的！啥土匪啊，蒙外人行你蒙我？"

白嘉轩瞧他一眼，没说话。

鹿子霖压低声："粮食藏哪了？那么些粮食哩，够吃一辈子的。"

白嘉轩："烧了。"

鹿子霖呸了口："你前还在祠堂说保住了。你可以不告我，我有儿子，我问我儿子去！"

白嘉轩一笑："问去吧。"

鹿子霖转身走，又转回来："我还是再给你次机会。"鹿子霖凑近神秘地，

“你到底为啥不发粮？”

白嘉轩看着他哭笑不得。

5. 田 日 外

白嘉轩调试好犁的高度，一手把犁一手牵牛，独自在地里耕种。

黑娃远远走来暗暗打量左右无人，上前帮着把住犁。

黑娃：“大，我爸哩？”

白嘉轩抬起头：“你爸出门两三天了，咋，粮食不够吃了？回头让孝武给你送一袋去。”

黑娃忙摇头：“不用！够吃够吃！大，上回那袋还没吃完，我代我媳妇来谢大。”

白嘉轩：“那是你自己该得，跟旁人无关。”

黑娃后面把着犁，跟随白嘉轩牵牛往前行。

黑娃迟疑了一下：“大，我……”

白嘉轩又停下，定定地瞧着他。

黑娃怯生生：“我媳妇……这下能进祠堂了吧？”

白嘉轩哼了一声：“两码事。”

黑娃被噎在那，脸色苍白干站着，白嘉轩不再说话，拿过黑娃手中的犁把，只顾自己牵牛往前。

黑娃恼了，斗着胆：“为啥？咋就两码事？”

白嘉轩不答话。

黑娃咬牙试探逼近一步：“你说明白，咋就两码事？”

白嘉轩依然定神前行。

黑娃握紧拳，脖子上青筋暴起，转头咬牙奔去。

牛没有停下，依旧往前犁着……

6. 小学校宿舍 日 内

韩裁缝兴奋地在屋中走来走去，鹿兆鹏坐在一旁沉思。

韩裁缝："好个白嘉轩！烧粮藏粮，没他帮忙咱还真想不到会咋样哩！还想着把粮食送西安城去救百姓，有这样思想进步的族长，以后原上工作轰轰烈烈地开展起来咱就有人了！"

鹿兆鹏苦笑："你别指着他。"

韩裁缝转身瞪他："咋？从你口中冒出这泄气的话？"

鹿兆鹏苦笑："你还是不了解白嘉轩。"

韩裁缝坐他面前："我真搞不懂了，你一会说要相信白嘉轩，一会又说别指着他。"

鹿兆鹏摇头："我是这原上走出的娃，老韩，我比你懂他。"

韩裁缝："那在你看来，他是啥样的人？"

鹿兆鹏琢磨着："他是棵树，甭管谁从外面回来远远望见他立在那，就不慌了，就心里踏实了。"

韩裁缝哼了声："不是所有人吧？我看你爸就不踏实。"

鹿兆鹏一笑："我爸……"

门外鹿子霖叫："鹿兆鹏！你出来！"

鹿兆鹏愣了一下，无奈走出门。

韩裁缝思索的目光。

7. 小学校　日　外

鹿子霖也不说话，眯着眼端详儿子，鹿兆鹏勉强笑了笑，被看得心虚。

鹿兆鹏："爸，干吗老看我。"

鹿子霖："你是长能耐哩。你鹿大校长跟白鹿原的族长勾搭一起啥事干不了。"

鹿兆鹏脸色一变："爸你听说啥啦？"

鹿子霖："我早该想明白，陪杨排长喝酒就是你俩安排好的，你把你爸吓成那样你高兴啊？"

鹿兆鹏苦笑："爸我问你一句话，如果那天你没陪着去喝酒，会不会也被杨排长怀疑？"

鹿子霖怔了怔："那……你啥计划总得让你爸先知道哇！咋能跟外人串通一气？"

鹿兆鹏："爸我错了，我以后再不了。"

鹿子霖凑近："我给你认错机会，告我粮食藏哪了？是不是在你学校？"

没等鹿兆鹏回答，鹿子霖先摇摇头："不对，杨排长那天挖了。那藏白嘉轩他们家了？还是祠堂？"

鹿兆鹏迟疑："以后您会知道。"

鹿子霖怒，说急了上前踹："我现在就要知道！你跟白嘉轩拿你爸当猴子耍哩！你也明白咱跟白家啥关系，从你爷开始斗了那么多年……你小子现在胳膊肘往外拐！"

鹿兆鹏连连躲避："爸！爸！老师学生都看着呢！"

鹿子霖追着踹："看得好！看看鹿家出了一个忘恩负义的白眼狼！"

窗内，韩裁缝长叹一声暗暗摇头。

8. 祠堂　日　内

乡亲们围住白嘉轩询问，白嘉轩叼着烟袋不语。

"族长，粮食啥时候分哩？"

"族长，这都多少天了，粮食到底藏哪？分了吧！"

白嘉轩敲敲烟袋："你们是怕我一个人把粮食吃了是吧？"

众人忙摇头，桑老八笑："那您一辈子也吃不完哩！"

白嘉轩："就是。那还怕啥？粮食埋在地底下会跑了？如今家家能开火有饭吃，咱就当那粮食都烧了，化成灰了行么？谁没饭了找我！"

白嘉轩往外走，众人追堵。

"族长，分了粮食心里踏实么。"

"鹿乡说您想把粮食送城里去，不是吧？"

这一句将白嘉轩闷在原地，白嘉轩回头瞪着赵柱。

赵柱心虚："鹿乡说的。不是我……"

跛子爷忙轰："散了散了！扰族长烦！"

鹿三门外跳下马车，往门里望望，白嘉轩一怔，脸色大变。

众人被轰走，鹿三满脸是汗，跟随白嘉轩进大门。

白嘉轩："关上！"

鹿三忙将院门关严，白嘉轩疾步进堂回身怔怔瞧鹿三。

白嘉轩:“三哥，咋样？”

鹿三喘息:“找着人哩！一起住过大狱的，在镇嵩军里大小算个官，跟我说了实话。”

白嘉轩眼巴巴瞧着鹿三，鹿三欲吐还休。

白嘉轩急:“三哥你倒是说啊！”

鹿三:“嘉轩，你可别上火。他说那城里已经开始往城墙外面扔死人尸体了，都堆成小山一样。从西安城里天天往外飘恶臭气。”

白嘉轩身子一晃，鹿三忙搀扶他。

白嘉轩咬牙:“说，他还说啥！”

鹿三:“他还说西安城闹瘟疫哩，围城的部队都刚发了药，怕传出来。城里的百姓恐怕是……熬不过这冬天哩。”

白嘉轩脸色苍白:“三哥莫急，莫急，我姐夫跟我说，下头场雪兵就得撤。”

鹿三:“朱先生再神，他咋能算出十几万人啥时撤呢？”

白嘉轩突然愤怒:“我姐夫说撤就得撤！”

鹿三吓在那，马上明白过来，同情地看着白嘉轩:“嘉轩。”

白嘉轩摆摆手，缓和下来:“三哥，赶紧去歇着。记住这话谁都别说，除了我再不要说。”

白嘉轩沉重地挪走出院。

9. 小学校宿舍　日　内

娃娃们在院子里玩着骑马打仗，笑闹成一团。

有孩子被撞倒，哇哇哭起来。

鹿兆鹏推窗叫:“自己爬起来，谁也别扶他！谁再哭，就没资格玩了！”

黑娃眼巴巴望着。

鹿兆鹏转头:“你接着说。”

黑娃:“他让我爸送来粮食，那明明是奖赏我么，结果问起小娥进祠堂的事，他两不亏欠的样！”

鹿兆鹏笑起来。

黑娃："你还笑！兆鹏，你不知道我在这都快憋死哩！谁见我都躲得远远的，我黑娃咋着也是在这长大的，带个女子回来就不是人哩？我还跟你说，他们嘴上硬，那眼珠子都往我女人胸上看呢！"

鹿兆鹏依然笑，沏茶。

黑娃起身急："你也笑我是不是？"

鹿兆鹏一把拽住他："黑娃，别急么，喝口茶，你听我说。你不明白在族长眼里，你带回这女子是坏规矩的，他松不下这口。"

黑娃瞪着鹿兆鹏。

鹿兆鹏："一松这口，往后他就没法跟族人交代。万一谁家再出个……"鹿兆鹏摆摆手笑，"像你们这样自由恋爱的，那家长的脸往哪放，不都疯哩。"

黑娃愣："你咋跟他说话一样了？"

鹿兆鹏摇头："你刚不说村里人嘴上硬，眼珠子却都往你媳妇身上看么。这事白嘉轩比你更清楚。"

黑娃皱眉："你是他肚里的虫子？他想啥你都知道？"

鹿兆鹏自信："我比你们谁都更懂他。"

10. 白鹿原　日　外

白嘉轩独自站在坡上眺望西安城的方向，眼中满是焦虑。夕阳下，他定定的身姿像原上一棵守望的树……

11. 医院后院　日　内

白灵无力地靠在墙角，神色恍惚。外面鹿兆海用力砸门："白灵！白灵！老师不行了！"

白灵缓过神，慢慢扶墙站起听着。

鹿兆海带着哭腔："白灵！快出来！赵老师不行了！"

白灵踉跄上前开门，怔怔看着鹿兆海。

12. 医院　日　内

化学老师躺在屋中，脸上已无半点人色。白灵跟随鹿兆海冲到床边拉过他的手。

化学老师却缩回手，极其虚弱地冲他们笑笑。

白灵不敢相信地："怎么会这样？"

鹿兆海含泪："大夫说他没吃过一次药！他把药都给了别人！"

化学老师："别生我气……不想浪费，我已经是个废人……迟早要走，别再……浪费粮食跟药了。"

白灵含泪紧紧攥住老师的手。

化学老师："我死了就……一把火烧了，还能省把石灰哩……"

化学老师笑起来，一口血又从嘴中涌出。

白灵忙扯床布擦拭。

化学老师："你们好好活着！白灵，要坚强，你不是想……把这世界变干净么？"

白灵捂住嘴，泪水涌出："嗯……"

化学老师："你俩……要好好地活……"

鹿兆海和白灵都忍不住泪水，用力点头。

化学老师最后笑了一笑，手垂了下去。

鹿兆海伏在他身体上痛哭："赵老师！"

白灵突然抹干泪水转身向外走去。

鹿兆海："白灵，你干什么去？"

白灵咬牙，俨然换了个人："去街上，去城墙，去最乱的地方。就算这是十八层地狱，我也要再推几个人上去！"

13. 白家　日　内

白嘉轩闷闷地抽着烟袋，鹿三也蹲在门外唉声叹气。

孝文、孝文媳妇、孝武吃得倒香甜，白赵氏端着碗冲仙草使个眼色。

仙草上前："咋了？你跟三哥这两天饭量都见少。"

白嘉轩摇摇头，继续抽烟袋："吃你们的。"

仙草轻声试探："是不是灵儿……"

仙草眼巴巴看着白嘉轩，白嘉轩突然烦躁地："瞎问个啥！收拾你的去！"

白赵氏瞪着儿子，仙草默默转身收拾。

孝文媳妇吓得站起也忙帮收拾："妈，我待会轧棉花去。"

孝文一抹嘴："我给娃上课去了。"

孝武慌乱起身："爸，我……我下地。"

突然孝文在门外叫："大！"

鹿子霖已经迈进门来，带着哭腔："嘉轩，我听说死人都扔出城来，城里都埋不下哩！"

白嘉轩狠狠瞪他。

哗啦，仙草的碗盘碎在厨房。所有人都停住脚步，站在屋门望着。

鹿子霖颤抖着嘴唇："不是……我……"

白嘉轩转头看鹿三，鹿三惶恐摇头。

鹿子霖终于还是哭出来："田福贤跟我说的！他说西安城完啦——"

白赵氏突然号哭起来："我的灵儿啊！我不活了！"

白嘉轩痛苦闭上眼。

14. 窑洞　夜　内

黑娃门口发狠地劈着木柴，一片片木头砍落。田小娥屋里炕头缝补着衣服，偷瞧黑娃撒气般挥舞斧头。

田小娥咬断线："黑娃，来！"

黑娃抛下斧头进屋，田小娥将棉衣在他身上比量。

黑娃一愣："给我做的？我不有一件么？"

田小娥神秘笑笑："转过身去。"

黑娃皱眉转身。

田小娥："我知道你烦啥，是不是你觉着给族里立功了，白嘉轩就该让我进祠堂哩？"

黑娃："没有……"

田小娥从后面搂过他："你骗不了人的。我告你黑娃，以后再不许求他们。我不许我的男人在别人面前低头哈腰的，尤其是为了我。"

黑娃感动："小娥，你真好。"

田小娥笑着脸贴到男人背上，遐想着什么："要是你爸能回心转意接纳我这儿媳妇，就好了。"

黑娃应付："那容易，很快哩。"

15. 白家院　清晨　外

鹿三正往车前套马："吁——"

门外田小娥探头探脑张望："爸！"

鹿三看到，迟疑了一下拍拍马背，转身瞧瞧四周没别人，这才快步走出来。

田小娥笑："爸！"

鹿三皱眉："谁是你爸，我还没认哩。你干啥来了？"

田小娥举起一件棉衣："您试试，我自己轧的棉花自己做的。"

鹿三怔怔看着棉衣，坚决地："我不要！拿走！"

田小娥收住笑："您不要，我就一把火烧了它。"

鹿三瞪着田小娥。

田小娥从容地从怀里掏出洋火："您瞧，我还带着火哩。跟您说，这洋火还是黑娃那天晚上放火剩回来的呢。"

鹿三不可思议地打量田小娥。

田小娥又笑："您先穿上？"

孝文正夹着书本出来，忙停住脚步。

鹿三扯过衣服甩到地上，回头牵马车看也不看出去。

田小娥一动不动站了会儿，蹲下划着洋火。

孝文冲上前一把抢过："哎！"

田小娥抬眼盯着他。

孝文红脸："这……衣服好好的烧它干啥？你拿回给黑娃穿。"

田小娥轻声："黑娃有一件了。"

孝文："那，那等天黑我去跟三伯说，行不？"
田小娥默默点点头，转身走去。
孝文眼巴巴瞧着她的背影，又看看衣服。

16. 祠堂　日　内

孩子们摇头晃脑念书，孝文穿上那件棉衣对着镜子来回地照，无声叹了口气。
孩子们都停下，好奇看着孝文的奇怪举动。
孝文瞪眼："念啊！看我干啥！"
孩子们又嗡嗡地念起……

17. 白家后院　黄昏　外

鹿三正用短把大木勺舀了水喂牲口，呆呆地看喝得香甜的牛马，想着心事。
孝文提着棉衣走来。
鹿三："孝文，跟你爸说我今天不去前院吃哩。"
孝文点头："我爸也吃不下呢。三伯，这衣服……"
鹿三皱眉："咋在你手里？"
孝文："您还是收着吧，要不是我拦着她真敢烧着了。"
鹿三恨恨地："咋带回这么个倔种，比黑娃还倔！"
孝文笑，压低声："这衣服我试了，手艺真好。比我媳妇做得还细！"
孝文将棉衣搭在栏杆上，转身离去。
鹿三懊恼的目光望着那棉衣，又抬眼看孝文背影。

18. 废弃医院　日　外

医院已经完全被废弃，原有的热闹变成了狼藉一片的废墟景象，没有一件完好的家具和床，那么多伤员也不知去向。
白灵蜷缩在角落冷得哆嗦，鹿兆海从外灰头土脸地奔来。

鹿兆海:“白灵，快吃！”

白灵伸手接过半个沾满土的馍，不顾一切塞进嘴中，又扯下一块强往鹿兆海嘴中塞去。

鹿兆海也嚼起，用外衣将她拢在怀里。

白灵颤抖着声音:“哪弄来的？”

鹿兆海:“死人。”

白灵愣住，停止嚼动看着鹿兆海。

鹿兆海苦笑:“刚死，那人正往嘴里填哩就闭眼了。我下手还算快，要不就被人抢去了。”

白灵恍惚点点头。

鹿兆海又紧了紧衣服:“冷吧？”

白灵:“天黑前我出去，你在这歇。”

鹿兆海:“不用，还我去。”

白灵有气无力:“咱说好了轮换着找吃的，节省体力。”

突然外面隐隐传来轰轰的声音，鹿兆海愣了愣，起身走到门外。

白灵眯起眼望鹿兆海背影:“咋了？”

鹿兆海一动不动站着。

白灵慢慢爬起身，摇晃着:“咋了兆海？”

鹿兆海回过身，脸上已挂满泪水:“是炮！没错是城外的炮！援军来了！”

白灵不敢相信地看着他。

19. 西安街道　日　外

鹿兆海拉着白灵，两人虚弱地迈动步子，街上已有不少人往西北方向张望、聆听。

所有人不敢出声，都静静地听，相互地张望寻找答案。

远处有士兵呐喊:“冯将军的军队来了！我们有救了！冯将军的部队在打镇嵩军！离西安城就三十里了……”

突然间，人群爆发出欢呼声:“来了！来了！”“我们有救了！”

鹿兆海百感交集，无比喜悦地用力拥抱住白灵，声音哽咽:“我们活下来了，我们活下来了白灵……”

满城的欢呼声淹没了一切。

白灵趴在鹿兆海肩膀，伸出手来，惊奇地接住那一片从天而降的雪花……

20. 西安城外　日　外

军官们鸦雀无声，带着悲怆气息凝望前方，隐隐的炮声中，刘军长孤独地站在坡上眺望西安城。

大片的雪花飘落，刘军长伸手也接了一片。

刘军长喃喃：“见雪即见开交，见雪开交……”

军官在身后：“军座？”

刘军长有气无力：“撤军。”

21. 小学校外　日　外

鹿兆鹏一路飞奔，面上带着狂喜，身边教员经过都惊诧闪开。

“校长！”“鹿校长！”

鹿兆鹏根本不理睬，直冲到裁缝门脸前停住大口喘息。

韩裁缝正给人量衣，回身看鹿兆鹏，含笑点了点头。

两人意味深长地注视对方，鹿兆鹏转过身去，抹去眼角的泪大步走向办公室……

22. 村　日　外

一个人衣衫褴褛面带菜色从马车上跳下，跌跌撞撞冲向村口。

戏台边的人先发现了，不知谁喊了一声：“那不是老白家在西安城的表亲么？”

“省城来人啦！”

乡亲们纷纷从田地、房屋里涌来，不敢相信地望着凄惨无比的表叔。

“族长！省城来人了！”

白嘉轩脸色一变，起身大步走出。

白嘉轩带着几个老者出祠堂，鹿子霖也推开保障所的门张望。

乡亲们纷纷向表叔询问城里的情况："西安城咋样了？""你咋跑出来的？"

表叔苦不堪言地应对："西安城解围哩！解围哩！"

白嘉轩面露喜色。

表叔抱住白嘉轩哭："哥啊！我只说今辈子再见不了你哩！我是鬼门关走了好几遭哩……"

听者都不由动容。

白嘉轩颤抖着声音："灵儿哩？"

鹿子霖也着急挤进人群："看见我家兆海没？"

表叔呜呜哭着摇头："哥啊我对不起你！我没看住灵儿！开始的时候她还到我家去了，后来听说这娃参加护城队了，还有你家兆海都扛枪哩……"

白嘉轩和鹿子霖沉重的神色。

23. 祠堂　晚　内

"……我就想还不如死了算！都比这样活着强。我身边多少人受不住上吊的上吊，吞药的吞药。那不是人过的日子哎！见着耗子都抢，趁活着没撕皮就往嘴里塞啊，那耗子在嘴里吱吱叫，它也饿啊，咬那人舌头，生生被人给撕扯了咽！"

表叔一把鼻涕一把泪地诉说，白嘉轩、鹿子霖和其他老者围听，纷纷露出不忍的目光，不时有人发出尖叫和惊叹。

表叔："我到城头找寻过灵儿，哥啊，也赖我胆子小，那子弹真在眼前飞啊！嗖嗖的，我身边就死了好几个！"

白嘉轩颤抖着声音："就没瞧见她的影？"

表叔哭着摇头："我喊遍四个城门，死人比活人多！"

鹿子霖呜呜地哭："我的儿啊！"

一老者轻声："村东头的皮匠也回来哩，更惨呢……"

白嘉轩动容："从今起，西安城回来的人咱都接一接。"

叠画：

村口，仙草搀扶着白赵氏眼巴巴望着赶来的马车，乡亲们在白嘉轩、鹿子霖带领下翘首以望。

马车上扶下一个瘦骨嶙峋的人，扑下地就号哭起来。

祠堂里，那人抽泣诉说："……死人运不出城门洞子，横一排竖一排在城墙根下叠摞起来。起初用生石灰掩盖尸首垛子，后来尸首垛子越来越多，石灰用尽就用黄土覆盖……到处都是恶臭哩……"

村口，又一人被搀扶走来，跪倒在白嘉轩身前痛哭，白嘉轩动情搀扶。

祠堂里，那人哭泣："别说死尸，就说从里爬出的蛆虫哪都是啊！我睡死的时候还钻进我鼻孔耳孔和张着打鼾的嘴巴，我以为是吃食，咬得一嘴蛆脓满口腥臭！"

鹿子霖转身奔到祠堂边哇哇地呕吐。

仙草艰难喘息昏倒在孝文、孝武怀中。

村口，白嘉轩望眼欲穿，鹿子霖也脸色苍白露出绝望。

鹿子霖："嘉轩，该回的可都回了！你说这俩娃咋不知回家哩？他咋就不知回来报个平安哩？不会出啥事吧嘉轩？"

白嘉轩脸色阴沉，望着远方沉默不语。

24. 白家　日　内

孝文媳妇看着碗里的面，馋得不行，却不敢动筷。白嘉轩、仙草、白赵氏都各坐一边垂头丧气，鹿三蹲在门外偷偷抹泪。

孝文媳妇偷偷捅捅孝文，孝文给弟弟使个眼色。

孝武起来憨憨地："奶奶，爸，妈，咱吃饭吧，面都凉了。"

白赵氏抹眼泪："你们吃得下就吃吧，反正我是吃不下哩。"

孝武求助地回头看哥，孝文咽口唾沫坐回身，孝文媳妇狠狠掐了他一下。

仙草恍惚地："我的灵儿啊。"

白嘉轩抽起烟袋："听说西安城这几日还在封门，再等等我去找咱闺女。"

仙草呜呜地哭。

白嘉轩长叹一声，强忍泪水背过身去。

25. 鹿家 晚 内

鹿子霖瞪着面前的儿子，含泪又哭又笑，鹿泰恒也拄着拐杖弯腰一旁听。

鹿兆鹏喜悦："真的！兆海还活着！不仅活着，他还在这场西安保卫战中立功了！"

鹿泰恒："兆鹏你这消息没错？"

鹿兆鹏点头："爷爷我敢说没错！就是白灵还没确认，有人见我弟身边跟着一女孩，但不知是谁。"

鹿子霖仰头长啸："我的兆海哎！老天爷有眼啊！"

鹿兆鹏也动情含泪看着爸和爷爷。

门外鹿子霖媳妇也激动抹泪，转脸看旁边儿媳，鹿兆鹏媳妇面无表情，坐在凳子上冷冷地剥蒜，仿佛一切事不关己。

鹿子霖媳妇愣了愣，吓得出去。

26. 村 夜 外

鹿子霖撒着酒疯，吼秦腔骑马步往前冲，口里喊着节奏。

鹿兆鹏跟随身后搀扶："爸！你醉哩，你别嚷嚷！"

乡亲们不少出来看热闹的。

鹿子霖四下里叫："兆海活着哩！我儿子还活着，好好着呢！"

鹿兆鹏："爸！爸求您了。"

鹿子霖深吸口气："我就是要嚷嚷！我就是要唱！"鹿子霖用力拍着儿子的肩膀，"等你弟回家来我还要喝，我喝得比今天还多！你爸我今天存着量哩！"

鹿兆鹏哭笑不得："爸，你别嚷了。白灵还没确认消息，你让嘉轩伯咋过么！"

鹿子霖摇头晃脑："我不管他！我今天可算是舒坦了，我真是舒坦了……"

27. 白家院　夜　外

鹿三气得哆嗦，抄起耙就要往外冲，被白嘉轩一把拉住。

白嘉轩摇摇头："三哥，他该高兴，让他唱。"

鹿三："可咱白灵还不知道……他气谁哩！"

白嘉轩叹息："鹿子霖那不是气，他是真高兴。"

鹿三气恼："我就没见过这么自私不懂人事的！"

屋里突然传出仙草惨叫："灵儿娃呀！"

白嘉轩身子一颤，孝文、孝文媳妇的叫声："妈！妈！"

孝武冲出房门，白嘉轩："你妈咋样？"

孝武抹泪："又哭过气去了，我奶也不行哩，爸，咋办呢！"

白嘉轩咬牙："三哥，备马车。咱现在就动身！"

鹿三答应："唉！"

孝文也站出来："爸？"

白嘉轩："照看好你奶你妈，就说我进城找你妹去了！"

孝文沉痛点头。

28. 鹿家　夜　内

鹿兆鹏将爸搀扶进屋，放倒在床上。

鹿子霖呻吟："我这辈子活的是啥呀，活的就是儿子！你俩别再让我担惊受怕了，爸求你们……"

鹿兆鹏不忍，默默看着昏昏睡去的爸，转身出去。

到了门口鹿兆鹏愣住，媳妇正站在对门注视自己，眼中充满忧怨。

鹿兆鹏低头往大门外走。

媳妇在身后："今晚你出了这门，明天就回家收尸吧。"

鹿兆鹏停住脚步，回头看她，媳妇目光决绝。

鹿兆鹏："你这是干啥……"

媳妇举起一包药："这是我从我爸铺里偷出的砒霜，你要有胆就走。"

鹿兆鹏无奈的目光。

媳妇仰头就要往嘴里倒，鹿兆鹏上前抢过，两人拉扯起来。

屋中，鹿子霖扒窗偷望，鹿泰恒拄拐杖坐椅子上。

鹿泰恒轻声："咋样啦？"

鹿子霖："嘘！"

鹿泰恒骂："你做公公的有教这个的么！"

鹿子霖："咋？真管用哩！您瞧俩人进屋了！"

鹿泰恒也惊奇起身扒窗瞧……

29. 鹿家鹿兆鹏屋　夜　内

鹿兆鹏垂眉而坐，手捻着砒霜，媳妇将门掩好背靠着门注视。屋里没一点响动，两人就这样对峙着。

鹿兆鹏懊恼："这是盐粒，我爹教你的是吧？"

媳妇："不用教，你敢走，我就敢吃真的。"

鹿兆鹏抱住头。

媳妇："我不想跟你较劲，我知道你在外面累。"

鹿兆鹏凄然："真的很累，太累了……"

媳妇颤抖着声音："我配不上你。可我伺候你爸妈你爷爷这么些日子，咋着也能做你一宿的媳妇吧？"

媳妇边说边解衣扣。

鹿兆鹏痛苦的目光："你别这样秋月！"

媳妇继续解着，脱下外衣走近，只剩一个红肚兜。

鹿兆鹏："秋月我求求你，你不知道我烦的是啥，不是你……"

媳妇已经抱住鹿兆鹏："你就不想女人？不想我？"

鹿兆鹏喘息着将媳妇一把抱翻到床上亲起。

媳妇幸福地闭上双眼，鹿兆鹏突然推开，挣扎着退后几步。

媳妇睁开眼睛，绝望的目光。

鹿兆鹏："不，不！"

鹿兆鹏夺门奔出。

媳妇一动不动躺在床上，没有哭泣，一点眼泪都没有，冷笑。

鹿子霖站门口骂："你自己媳妇都不认你还认谁哩！有种你甭回这家……"

鹿子霖推门："他咋说？"

鹿子霖惊呆看着床上穿红肚兜的儿媳，啪一声把门关上，惊魂未定地喘息。

屋中，鹿兆鹏媳妇依然一动不动躺在那。

30. 西安城学校废墟　日　外

白嘉轩呆呆站在学校被炸毁的废墟前。鹿三牵马车旁边观瞧，一脸难过。

鹿三上前轻声："嘉轩，学校炸没哩人不见得咋样。我们再找找去。"

白嘉轩慢慢蹲下，鹿三上前诧异地瞧。

白嘉轩轻声："三哥，我腿软哩。"

鹿三慌忙将他搀扶到车上，白嘉轩艰难喘息，眼中噙着泪水。

鹿三大声地劝："嘉轩！灵儿命硬着哩，朱先生都这么说，错不了！嘉轩，咱找去，准能找到！"

白嘉轩沉痛地摇摇头："三哥，怕是……"

白嘉轩缓缓蹲下抱住头。

"嘉轩！你啥时候这样过啊嘉轩！快起来。"鹿三抹泪架起白嘉轩，"走！咱再找！"

白嘉轩罕见的步履踉跄，俩人恍惚望去，四下里西安城到处都是忙碌的身影……

31. 祠堂　日　外

鹿子霖将院门合好，小步颠着跑入，在每个角落查找。

鹿子霖撅着屁股试着用铁锹翻牌位后的地，身后有人叫。

孝文诧异瞧着他："大？"

鹿子霖慌乱回身，铁锹也掉落。

孝文警惕打量："您干啥呢？"

鹿子霖掩饰笑："孝文……来得够早哇。大……大修修这供案。"

孝文还想再问，咽回去，进了自己的学堂。

鹿子霖疑惑的目光扫视。

32. 西安城　日　外

白嘉轩恍惚靠在墙根下，目光呆滞。

鹿三上气不接下气从远处跑来：“嘉轩！嘉轩！”

白嘉轩忙扶墙站起眼巴巴瞪着他。

鹿三：“有人看见！”

白嘉轩双手一扳鹿三肩膀，两只眼瞪起，无比紧张。

鹿三疼得忙掰：“哎！有人看见灵儿了，在城头上唱歌。”

白嘉轩：“啥时候？”

鹿三：“十来天前！”

白嘉轩颤抖着嘴唇：“城头上……她这是送死哩！”

鹿三搀扶：“你没事吧嘉轩？”

白嘉轩有些慌乱：“快！三哥，咱上城头找去！”

鹿三：“你找了一天不吃不喝的，要不先歇歇？”

“三哥哎！”白嘉轩急得两眼通红，转身吼，“走哇！”

鹿三只得小跑跟上去。

33. 西安城墙下　日　外

白灵与鹿兆海用力将一具死尸抛到坑里，筋疲力尽揉着胳膊。

鹿兆海：“叫你逞强！疼了吧？”

白灵：“不疼！”

鹿兆海笑着蹲下：“来吧，别犟嘴了！”

白灵愣了一下：“干啥，我还没死呢你就背？”

鹿兆海：“快点，待会等我后悔可过了这村就没这店了！”

白灵咬着嘴唇笑，一下蹦上鹿兆海的背，甜蜜地趴在他背上，舒服地闭上眼。

白灵:“哎呀可真舒服啊!”

鹿兆海背着白灵往前行:“你呀,本身一个小女子,偏偏要干大男人做的事,这不是自己找罪受么。我瞧你今早就没睡醒,再这么拖下去……”

鹿兆海一怔,察觉出白灵头已经垂到自己的肩膀昏睡过去了,不再说话小心谨慎背着她往前走。

那边,白嘉轩眼巴巴看着一个个走过的女子,城墙下堆满死尸,鹿三不由捂住鼻子。白嘉轩想上前扒认死尸,鹿三一把拦住他。

白嘉轩抬头,有些绝望的目光。

鹿三欲语还休:“这哪认得过来啊!”

突然鹿三目瞪口呆,死死拉住白嘉轩胳膊。白嘉轩转头望去也呆住,嘴唇颤抖。

鹿三红了眼:“那是鹿兆海吧?他背的不是……咱灵儿么!”

白嘉轩一阵眩晕,推开鹿三搀扶的手快步踉跄上前。

鹿兆海抬眼看见白嘉轩,惊得后退一步,白灵摔下背来。

白灵:“啊!”

白嘉轩猛停住脚步,张大嘴喘息。

白灵捶鹿兆海:“你干啥你!”

白灵顺着鹿兆海目光,傻眼:“爸?”白灵惊喜蹦上前,“爸!爸!”

白嘉轩抬手就是一巴掌,白灵捂住脸。

白灵:“爸?”

白嘉轩忍住泪:“你为啥不回家!你妈跟你奶都快急疯了知不知道!”

白灵一怔:“我托人带信回去了,咋没送到么?”

白灵再次没心没肺扑上前搂住白嘉轩脖子:“爸,我以为这辈子再见不到你了!”

白嘉轩含泪望着别处。

白灵拉住上前的鹿三:“干大!”

鹿三也激动含泪:“灵儿!好!没伤着吧,可把你爸给急死了!”

鹿三竟不顾一切地搂紧白灵,呜呜地伤心哭起来。

鹿兆海怯生生上前:“嘉轩伯。”

白嘉轩却恢复镇定,细细打量女儿,又看了眼一旁的鹿兆海,独自转身走去。

鹿三冲白灵使个眼色，白灵忙追上挎住爸的胳膊，白嘉轩甩开，白灵又靠上前去，白嘉轩这次不再挣脱，任女儿贴住身……

34. 西安面铺　日　外

白灵与鹿兆海狼吞虎咽吃着碗里的面，桌上已经摆着两个空碗。

鹿三端面汤过来，笑眯眯："慢点慢点，想把这八个月的亏空吃回来咋的！"

白嘉轩叼着烟袋，异样眼神瞄着两人。

白灵抹抹嘴，打个饱嗝："爸，再给我们买俩馍！"

白嘉轩苦笑了一下，鹿三忙起身去买。

白灵笑："我跟兆海夜里干活还吃哩。"

白嘉轩："赶紧把衣服换了，把手上的死人气味洗掉，跟我回原上。"

白灵皱眉："尸首还没抬完，还在墙根下烂着，我怎么能走？"

白嘉轩冷哼："等你把城里的死人抬完了，回家正好跟上抬你奶和你妈的尸首。"

白灵拉着爸的胳膊摇："爸！你回去给奶跟妈说我好好的，没伤没病，她们就不急了也就放心了。"

鹿兆海插嘴说："伯！白灵当着运尸组的组长，她走了就乱套了。缓过一礼拜运完尸首让她回家行不？"

白嘉轩并不理睬兆海，生硬地对白灵说："好哇灵儿，你敢不听我话？"

白灵说："爸呀，我不是不听你的话。你看看那么多人战死了饿死了还在城墙根下烂着，我们受他们的保护活了下来再不管他们良心不安呀！"

白嘉轩："那你几天能回去？"

白灵："我实话实说了吧，一礼拜也回不去，尸首抬完了埋完了，还要举行全城的安灵祭奠仪式，正在挖着的万人坑将命名为革命公园，让子孙后代永远记住这些为国民革命献出生命的英灵……"

白嘉轩吃力地听着这些新名词，脑袋都木了。

鹿兆海斜眼异样地瞧着白灵。

白灵看一眼鹿兆海，突然脸一红不再说话。

白嘉轩沉着脸暗暗打量两人。

鹿三过来："馍来哩！"

35. 西安街头　日　外

鹿兆海与鹿三站在远远的地方尴尬望着这边。

白灵摇着爸的胳膊撒娇，不时回望。

白灵："爸，你也看到了，我一根头发都没掉是不是，回去就跟我妈我奶她们说，灵儿好着哩！成不？"

白嘉轩："你咋就不能跟我回家？西安城缺你一个女学生？"

白灵瞪大眼："爸，还真是！就缺我这事就办不成！"

白嘉轩无可奈何看着女儿，白灵顽皮笑起来。

白灵噘起嘴："求你了爸！"

白嘉轩："八个月，全家人足足等了你八个月！"

白灵举起手宣誓般："我保证下礼拜回家！"

白嘉轩注视女儿，突然掸下白灵袖子上爬的蛆虫。

白嘉轩："一个女娃家，咋弄得这么脏，自己不知道干净？！"

白灵："爸，你知道我见了多少死人？要说这世界都是不干净的，那人还不活哩？"

白嘉轩愣在那："你……"

白灵却笑起来。

白灵不知哪来的冲动："我要让这世界干净起来！爸你信么？"

白嘉轩百感交集的眼神看着女儿。

36. 原上高坡　日　外

鹿子霖爬到坡上，整个村子尽收眼底。

鹿子霖环视每一个地方苦苦思索，嘴中喃喃地："这白嘉轩，那么多粮食他能藏哪儿？"

37. 西安街头　日　外

白灵与鹿兆海并肩而去，白嘉轩站在街头眺望。

鹿三轻声叹道："刚才鹿兆海托我往家带信，说他赶不回家了，一礼拜以后他就直接参军去啥军校报到。"

白嘉轩失落的目光："这才是这丫头不走的原因。没良心的，白养了这么大。"

鹿三轻声："走吧！"

白嘉轩一动不动："她想把这世界弄干净？不知天高地厚。"

鹿三苦笑："咱灵儿从小不就这样么，心大！嘉轩赶紧回吧，家里都等信哩。灵儿没事就放心了！"

白嘉轩眼神中透出不舍来，竟含着些怨意，喃喃："她都没回头看我一眼……"

38. 西安街头　日　外

鹿兆海和白灵在街巷里一边走着一边嚼着馍，装着尸体的架子车擦脚而过，洒下满路的脓血。他们已经闻不见腥味儿，大口嚼咽香甜的馍馍。

鹿兆海："刚才跟你爸说真只是为了完成任务才留下的？"

白灵眨眨眼："你说哩？"

鹿兆海："你要把我送走才回家，是不是？"

白灵背起手低头踢着石子。

鹿兆海欣慰："我就知道……可你爸好像讨厌我？"

"那很正常。"白灵一笑，"他现在更讨厌我，你还看不出来吗？"

鹿兆海苦笑："我一看见嘉轩伯就心怯。我自小好像就害怕大伯。我今日猛不防看见大伯，好像比小时候更心怯了。"

白灵歪着头笑看他："怯处有鬼，你肯定是心怀鬼胎。"

鹿兆海停住脚步变了脸色："白灵你听着，如果我壮起胆子跪到大伯脚下叫一声岳父大人，你说大伯会怎么样？"

白灵撇撇嘴：“他把你咋也不咋。可他会一把把我的脖子拧断！”

白灵咯咯咯笑着往前跑，边吃着馍。

鹿兆海追上去：“那我就会再叫一声岳父大人，你放开白灵，把我的脖子拧断吧！你信不信？我肯定会这样说这样做。”

白灵背着身倒走，佯装叹口气：“那好，我们都等着拧断脖子吧！现在，革命同志，快去抬尸首。”

他们走到城墙根下尸体垛子跟前，正好吃完了两个馍馍，拍拍手就去搬尸体。

39. 保障所 日 内

鹿子霖陪同田福贤坐下。

田福贤笑呵呵志得意满：“做狗的日子一去不复返啦！伺候那几个兵累得我跟孙子似的！这杆子乌鸦兵把人折腾够了。”

鹿子霖端茶过来：“是哩。”

田福贤神秘地：“我可告你，白鹿仓重建完梁县长要亲自来挂牌！你这个乡约可得出风头了，好好干子霖！”

鹿子霖：“你尽管放心，误了工程你拿我的脑袋是问。”

田福贤叹息：“要我说按原地建多好，非费这事又挪出老远去。”

鹿子霖一愣：“你说啥？不是你跟白嘉轩商量的地方么？”

田福贤摇头：“都是那死倔的白嘉轩！我才不想动地方哩！”

鹿子霖怔怔瞧着田福贤，恍然的目光……

40. 白鹿仓废墟 夜 外

鹿子霖偷偷探出头来。

鹿兆鹏离开后，鹿子霖在白鹿仓烧过的废墟转了又转，慢慢蹲下去，用力铲了铲土露出一丝笑意……

41. 白鹿仓　日　外

随着鹿子霖一声高吼："放——粮——啦！"

白鹿村的老百姓涌动着，人人手中提着空桶、袋子争先恐后地往废墟跑。

坡上，鹿兆鹏焦急望着："完了完了！我爸咋找到的！我得去拦着他们！"

韩裁缝一把拉住鹿兆鹏胳膊："让老百姓见着粮食，不就跟让猫闻着腥一样，你能拦得住？"

鹿兆鹏急："那都分没哩！嘉轩伯回来非得急不可！"

韩裁缝一笑，倒是欣赏地眺望人群："分没就分没吧，本该就属于他们的。"

42. 白鹿原　日　外

鹿三赶着马车进村。

二豆抢先奔出，给白嘉轩拍着身上土，傻乐跟随。

白嘉轩无奈苦笑："行了二豆，别拍哩！"

二豆乐："族长，想死我哩！"

正端着大碗蹲在村口吃饭、下井棋的乡亲呼啦围上。

"族长！"

白嘉轩跟迎上的乡亲们拱手致意。

"族长，找到白灵啦？"

白嘉轩笑："找到哩！"

顿时人群欢呼起来，每个人都真诚流露出喜悦。

李寡妇："我就说那娃命大么！从小没难得倒她的！"

桑老八："族长，灵儿咋没回哩？长高了吧？"

仙草快跑上前被白嘉轩拽上车，焦急地："灵儿为啥没跟回来？"

白嘉轩冷哼："这个没良心的，再等几天吧。"

看仙草黯然，白嘉轩安慰："她好着呢，比咱家谁都欢蹦乱跳！赶紧回家跟妈说去让她放心。"

孝文上前低语几句，白嘉轩目光平静。

白嘉轩："谁带挖的？"

孝文低声："鹿子霖。"

白嘉轩出乎意料地冷哼一声，喃喃："我就料到除了他，没别人能找着。"

孝文："爸，你不在他可神气哩，发粮时那个得意……"

白嘉轩淡然一笑："功归了他，也好。"

孝文愣住，惊诧看着爸。

白嘉轩跳下马车大步往保障所走去。

孝文喃喃："我爸这是咋了？"

鹿三笑："你爸找到灵儿，啥都不重要了！"

43. 保障所 日 内

门被撞开，鹿子霖心虚站起，看白嘉轩怒气冲冲进来。

鹿子霖挤出笑："回来啦？找到咱闺女啦？"

白嘉轩指点着鹿子霖走近前，举起烟袋就要打。

鹿子霖求饶："嘉轩！嘉轩！哥哥！我知道错了，我该等你回来再发粮！可乡亲们都等不及了，我也是顺民意……"

白嘉轩急："那粮食我有用哩！"

鹿子霖纳闷："有啥用？"

白嘉轩瞪着他："亏你种那么多年地，没大年小年啊？没个饥荒啥的？遇到天灾人祸，这粮食是救命粮！"

鹿子霖哑然笑："白嘉轩！"鹿子霖笑得直不起腰，"白嘉轩啊你可真行你！"

白嘉轩哭笑不得瞪着他。

鹿子霖："你留给你孙子好不？你留到这粮食都发霉好不？"

白嘉轩一字一顿："烧过的地隔潮，那下面是最好的粮仓！"

鹿子霖收住笑："吃到肚里才是真的。"

白嘉轩冷哼："我清楚你为啥急着分，你是逞英雄哩，让乡亲们拿你当大善人当家的！"

鹿子霖故意气，凑近："哎！这话说到坎上了，你没瞧族里人对我那个恭敬！别气了，找着你家白灵啦？见到兆海没？”

白嘉轩恨恨地：“爸跟儿子都不是啥好东西！”

鹿子霖恍然笑：“嘉轩，你用这话骂亲家还有未来的女婿不大好吧？”

白嘉轩怒举烟袋要打，鹿子霖忙躲避。

鹿子霖：“我说实话哩！”

白嘉轩回身将门反锁住。

鹿子霖惊：“白嘉轩，你这要干啥？”

白嘉轩脱下外衣：“我今天得教训教训你，我要亲自行族法！”

鹿子霖慌乱：“白嘉轩！你想清楚，你这是以下犯上！你是族长我是乡约……”

44. 保障所门外　日　外

乡亲们都围在外面偷听热闹，孝文想进又不敢。

里面传出鹿子霖的惨叫和桌椅倒地的声音。

鹿子霖嚎叫：“族长打乡约啦！救命啊！”

所有人都喜气洋洋，忍俊不禁……

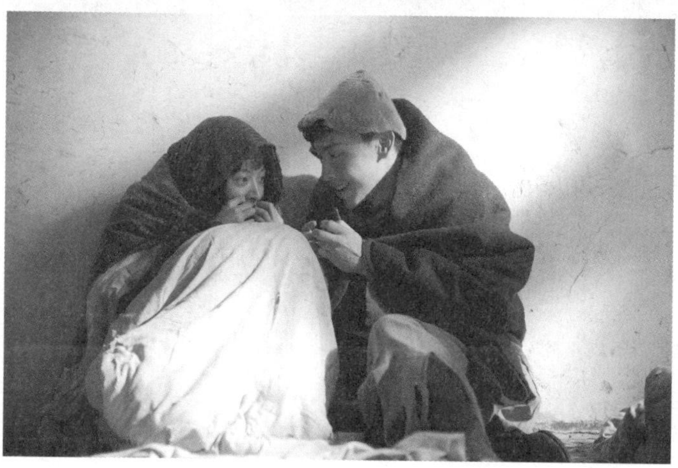

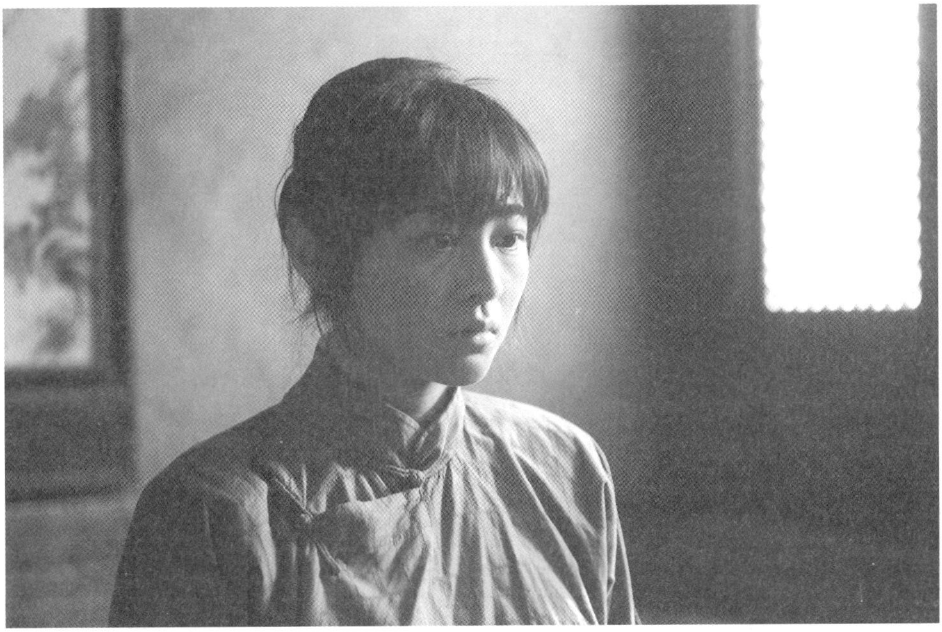

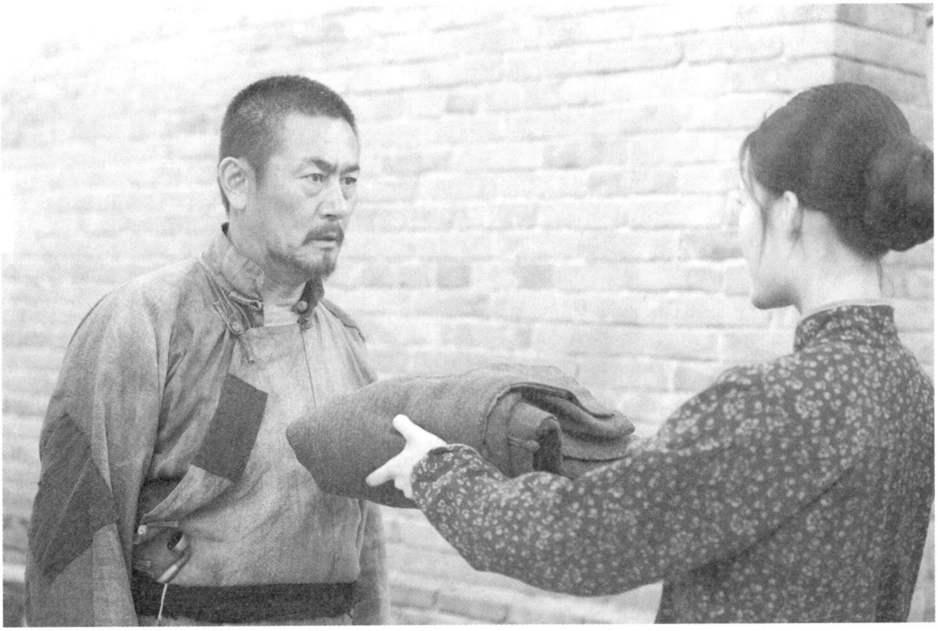

第二十五集

1. 照相馆　日　内

背景布是一片海，鹿兆海与白灵并肩站着，有些尴尬，依然保持一小段距离。

“再靠一靠！”

鹿兆海微动了一小步，白灵异样眼神感受着身边的气息。

这对少男少女都很紧张。

照相师调动相机，从布里探出头来：“小两口还有啥不好意思的。”

白灵：“我们不是……”

鹿兆海却攥紧白灵的手，示意她不用解释。

照相师又缩回布中：“都能活下来就是老天照顾你们，将来好好过日子，再生个大胖小子，乐一个瞧我这儿笑……”

鹿兆海紧紧靠住白灵，俩人一起瞪着镜头。

“啪！”一个爆闪，相片定格。

2. 街　日　外

白灵咯咯笑，鹿兆海打量她。

鹿兆海：“你笑啥？”

白灵：“刚才咱俩可真傻，照片出来不定多难看呢。”白灵想起什么，从兜里摸出两块大洋，“可真贵，要四块大洋，够吃多少顿饭呢！”

鹿兆海皱眉：“你干啥？”

白灵往他手里塞：“咱俩平摊。”

鹿兆海缩回手去。

白灵瞪着他：“瞧！又大男子主义不是，我就知道为照这相你把自己所有钱都拿了出来。你以后咋活？”

鹿兆海：“军校管饭。”

白灵笑着将钱塞他兜中：“别傻了！”

白灵咯咯笑着径直往前蹦去。

鹿兆海：“如果……”

白灵背过身来倒退走路，等鹿兆海说下文。

鹿兆海异样的目光看着他：“如果我不去呢？”

白灵的笑停在脸上，怔怔瞧着他。

鹿兆海：“如果我不去军校，我们是不是可以永远在一起了？就跟照相馆老板说的那样，将来好好过日子。”

白灵轻叹一声，走近：“那你我肯定会虚度此生的。你不是说过外面的世界很大么，你还说你迟早要像你哥那样出去闯番事业，这些话都忘了？”

鹿兆海扑哧一笑：“逗你的！”

白灵也笑起来，捶他，鹿兆海躲避，白灵干脆扑到他背上。

鹿兆海背起白灵前行：“饶命饶命，以后再不敢了。我带你吃油泼辣子去！”

白灵快活：“鹿兆海！你记着以后不许再耍我！”

鹿兆海嘴上答应，眼中却充满了柔情与哀伤……

3. 窑洞　日　内

田小娥正烧火，黑娃怒气冲冲进来将棉衣扔在炕上。

田小娥一愣起身：“咋了你？”

黑娃脸色铁青：“我爸退给我的！”

田小娥明白了一切，镇定重又蹲下往灶里塞柴：“退回你穿吧。”

黑娃怒：“我跟你说了别再理他们！以后我没这个爸！”

田小娥叹了声：“你是他生的，是他养的。咋能说没就没呢？”

黑娃烦躁：“我就是石头里蹦出来的！我没爸没祖宗！”

田小娥起身拉过男人的头往怀里按：“黑娃，黑娃！乖。”

黑娃找寻剪刀，用力扯起棉衣。

田小娥一惊，上前抢：“黑娃你干啥！留着你穿！”

两人撕扯在一块，剪刀掉落地上。

黑娃在田小娥怀中喘息，委屈，在田小娥的抚摸下慢慢平静下来。

黑娃："迟早有一天，我要让他们后悔，让他们明白我黑娃跟谁都不一样！"

田小娥轻声："我信，我等着那一天。"

4. 白家　晚　内

白嘉轩叼着烟袋泡脚出神，仙草蹲坐一旁给他撩水，递过毛巾，白嘉轩接过擦脚。

仙草："闺女真是泼出的水，养那么大转身就跟人家走了，也不想家想她妈。"

白嘉轩："由她去吧。"

仙草："你倒是宽心，从小把这娃当小棉袄一样捂在胸口，最疼的就是她。人家女儿出嫁了还知道回妈家呢，她咋跟野孩子一样！"

白嘉轩："有时候我就恍惚。"

仙草抬头："你恍惚个啥？"

白嘉轩："我老觉着灵灵不像是你我生的，她像是天上掉下来的。"

仙草痴痴地琢磨。

窗外，白赵氏轻声叫着："孝文，别念书哩！吹灯跟你媳妇睡觉吧！"

白嘉轩一愣："这是咋？"

仙草叹息："还说呢！孝文自打那次从祠堂回来，再没……妈又嫌抱不上孙子了。"

白赵氏还在院里轻声说："孝文，快上炕去！"

白嘉轩哭笑不得。

5. 原上　日　外

孝文正在原上走，远远地望见田小娥在拔野菜，放慢脚步上前。

田小娥有些尴尬起身，点点头。

孝文和蔼地："你拔野菜做啥？"

田小娥："包饺子。"

孝文点头："听说你是大户人家出来的，野菜你吃得惯？"

田小娥不说话，只是点点头。

孝文:“听说那棉衣三伯给退回去了，我没办好。”

田小娥忙摇头:“不不！”

孝文再不知说什么，绕过田小娥走去。

田小娥身后突然叫:“哎！”

孝文停住脚步回头瞧她。

田小娥:“‘古之君子，其过也，如日月之蚀’，是不是讲君子的过错像月亮上的缺口一样，所有人都能看见？”

孝文吃惊地瞧着田小娥。

田小娥咬着嘴唇:“那天我在学堂门口偷听到的。我爸也是秀才，从小教过我这句，可都忘得差不多哩。”

孝文一笑:“大致不错，只是还缺后面的意思。就是他能改正过错，便人人都尊敬他。”

田小娥目光恍然:“那……我哩？”

孝文:“什么？”

田小娥:“如果我改正过错，能进祠堂不？”

孝文倒有些不知所措，一时说不出什么。

田小娥竟鞠了一躬:“谢谢先生！”

孝文惶恐点头离去。

田小娥沉浸在那话中，边拔野菜边自言自语:“能改正过错，便人人都尊敬他……”

孝文不时地回头望那弯下腰去的身影，眼神复杂。

6. 白鹿仓　日　外

白嘉轩指挥着乡民将大梁挑上房顶。

白嘉轩:“后生们呐，加把劲呀！”

众人回应:“加把劲呀！哟嗬嗨！”

白嘉轩:“角角棱棱要打到呀！”

众人:“要打到呀，哟嗬嗨嗨！”

白嘉轩："旁边的人呀。"

众人："哟嗬嗨嗨！"

白嘉轩："往上站啊！"

众人："往上站啊，哟嗬嗨嗨！"

白嘉轩："高高地抬啊，稳稳地放啊！"

众人："稳稳地放啊，哟嗬嗨嗨！"

李寡妇等一些女人将蒸好的馍端出来。

李寡妇："族长！叫他们吃饭哩！"

白嘉轩点头，却瞥见鹿子霖忙前忙后叫人搬木头搭平台。

鹿子霖："搭严实点！把县长摔下来有你好瞧！"

白嘉轩上前："这木头是盖房的！你搭这做啥？"

鹿子霖："县长明天来讲话，你让那么大的官站哪儿讲？"

白嘉轩："搬把椅子站上去！全村老少都忙着盖房，你倒好，在这溜须拍马搭台子，这人还没来哩你就费这么大工夫？"

鹿子霖冷笑："白嘉轩你懂不懂，梁县长可刚上任哩。你给当官的面子，人家当官的就给你里子。"

白嘉轩瞄着鹿子霖："学问哩，这不像你话。"

鹿子霖："田福贤教的。"鹿子霖凑近压低声，"建成不重要，官员来庆祝才是关键！田福贤已经把这新县长的脾气摸得透透的，他是为咱好。"

白嘉轩叹了一声："把这台子拆了。"

鹿子霖急："干啥？"

白嘉轩："缺木头。"

鹿子霖忙坐在台上："那也不缺这两块！过了明天你咋拆都行！"

白嘉轩拽开鹿子霖，冲桑老八等人："拆！"

鹿子霖叫："谁敢！明天县长来，田福贤特意交代的。我跟你说，白嘉轩，你要听得懂人话，那梁县长好面子……"

乡民不知该听谁的。

白嘉轩坚定地："拆！不是有戏台么，他喜欢面子，到那上面唱去！"

7. 城墙　日　外

鹿兆海默默看着那张合影，白灵疾奔过来。

白灵气喘吁吁："咋突然就走？不是再过两天么？"

鹿兆海一笑："临时通知，军校新生要跟着部队往北走，我得马上去报到了。"

白灵喘息注视他说不出话。

鹿兆海递上照片："你瞧。"

白灵看照片笑了笑，鹿兆海拿过去塞进怀中。

鹿兆海："还是我拿着吧，以后能随时拿出来看看。"

白灵异样的目光与他对视："啥时能回来？"

鹿兆海摇头："说不准，参了军，命就是人家的。我托付你个事啊？"

白灵："你说。"

鹿兆海："万一我在哪个战场上……"

白灵忙捂他的嘴："不许胡说！"

鹿兆海轻轻挪开她的手，笑："这不很正常么？我哥都经历那么多次了，白灵，我在军校听了好多关于我哥的事，我特别向往跟他一样出生入死，这辈子就没白活了！"

白灵："早知道我也去参军！咱们一起出生入死！"

鹿兆海笑："人家不允许女人参军，谁见过女人上战场的？"

白灵不服："围城的时候要不是我……"

鹿兆海安慰她："好好，你跟别人不一样哩。你注定是个奇女子。"鹿兆海深情地看着她，欲语还休，"那白灵……那我走哩。"

白灵灿烂地笑了笑，注视他："保重自己，子弹打来的时候要学会躲，别冒冒失失的。"

鹿兆海咧嘴乐："那可难咧，能躲子弹的人还没生出来呢。"

白灵咬着嘴唇捶他。

鹿兆海握住她的拳靠在胸口，收住笑叮咛："你才让人放心不下呢，我不在的时候别去冒无谓的风险。到时可再没人保护你了。"

白灵笑:“用不着你保护,傻瓜!”

鹿兆海转身离去,白灵眼神失落。鹿兆海走出几步却又转过身来,猛然张开双臂把白灵搂进怀里。

白灵清醒过来,挣脱他的双臂,从内衣口袋里掏出了那枚雕饰着龙的铜圆,塞进兆海的手心。

白灵:“你带好,别忘了我。”

白灵说罢伸开双臂,紧紧搂住他的肩膀,把火烧火烫的脸颊和他的脸偎贴在一起,两人的泪水蹭在一起。

白灵哭:“眼泪到嘴里了……”

鹿兆海哽咽:“是,苦的涩的。”

两人抱头痛哭。

鹿兆海松开狂奔而去,白灵脸上挂着泪水,凝望远去的那个身影……

8. 原上 日 外

颠簸的汽车,梁县长坐在车中,旁边田福贤陪坐。

梁县长戴着墨镜,一脸厌烦地望着窗外。

田福贤热情介绍,不时察言观色:“……这个白鹿原不简单哩!生生是把粮食从镇嵩军手里抢了回来!一把大火烧的呀您是没瞧见,天都烧红哩!可粮食呢一点没糟蹋全转移到地底下了!”

田福贤自己乐起来,看梁县长丝毫没笑,也忙收起笑声。

梁县长戴着墨镜幽幽地:“怎么还没到啊。”

田福贤摇下车窗:“快哩!快哩!”

一股烟尘飘进来,梁县长掏出手绢捂住鼻嘴。田福贤见状忙赶紧摇上窗户。

梁县长手绢中发出闷声:“穷山恶水,泼妇刁民!”

田福贤听得发呆。

9. 新白鹿仓大门口 日 外

鹿子霖翘首以望,远远地汽车驶来。

众人簇拥着白嘉轩、朱先生、鹿兆鹏和诸位老者站在后面。

鹿子霖边蹦边挥臂："来哩！来哩！"

白嘉轩不屑的神色。

鹿兆鹏也看不下去："爸你回来！"

鹿子霖自己去点火："快放鞭！快放！"

二豆将鞭炮燃响，车停在近前却不见人下车。

田福贤尴尬地下来去踩鞭炮，把二豆推一边去。

鹿子霖诧异上前。

鹿子霖："咋哩？"

田福贤满脸不高兴："梁县长最怕鞭炮！让你叫一班奏乐的，哪儿呢？"

鹿子霖苦下脸压低声："我都叫哩，白嘉轩全退了，说大灾之后不摆排场。"

田福贤气得点着鹿子霖鼻子说不出话。

车门开，田福贤忙去搀扶梁县长，那皮鞋才缓慢迈下来。

人群中，白嘉轩与鹿兆鹏交换个眼神。

白嘉轩轻声："谱大哩！"

鹿兆鹏厌恶地摇摇头。朱先生只是含笑不语。

梁县长没有摘墨镜，一手拄着拐杖，一手用手绢捂着鼻子被牵领过来。

田福贤招呼："快点！快点过来！见见梁县长！"

二豆抢先给县长拍土，傻乐："县长，想死我哩！"

田福贤面无表情将二豆扯开。

梁县长一脸惊愕："这是……"

田福贤在梁县长耳边低语几句，梁县长尴尬苦笑。

鹿子霖强推过白嘉轩："梁县长，我是这里乡约，这是白鹿村的族长白嘉轩。"

梁县长伸出手微微握了握，点点头便松开。

鹿子霖又将儿子强拉上前："这就是小学校长鹿兆鹏！他是我儿子！"

鹿兆鹏伸手："梁县长您好。"

梁县长还是微微握了握，点点头，不说一字。

田福贤抢着介绍："梁县长，这位可得隆重介绍，这就是常跟您说的白鹿书院的朱先生！"

梁县长依然微微点头，伸出手刚要握。

朱先生抱起一个娃娃笑着："来，给县长握握手！"

梁县长冷冷的目光瞧着朱先生，迈步绕过去。

众人面面相觑。

田福贤、鹿子霖忙追随上前，梁县长显然不满意，在田福贤耳边低语几句。

田福贤转头急："台子哩？讲话的台子！"

鹿子霖快哭出来。

白嘉轩上前："修白鹿仓缺木头，台子我让拆哩。"

田福贤怒："那梁县长上哪儿去讲话？我问你，梁县长千里迢迢不辞辛苦来白鹿原为的啥，你们咋这么不为县长着想哩？"

白嘉轩："站平地上不能讲？"

梁县长又冷冷地瞧白嘉轩，面无表情。

田福贤急，冲到白嘉轩面前使眼色："你……你敢……"

梁县长轻声："算了。"

众人都忙看梁县长，鸦雀无声。

梁县长挤出一丝笑，扫视众人，语态慢缓官气十足："镇嵩军搞这八个月，咱们各乡各原的百姓都遭了大难，兄弟就是来看看大家过得好不好，还缺些啥。待会儿还要跑好几个原哩，这里就不长篇大论了。"

梁县长冲田福贤使个眼色，自己迈步向车走去，随从紧紧跟随护住，不让其他人靠近。

鹿子霖愣住："梁县长？不是……这就走哇？我们还备下饭了哩！"

梁县长微笑着冲两边老百姓挥手："好，好好。"

鹿兆鹏轻声哼："什么东西！"

声音虽小却很清晰，梁县长突然停住脚步，回身瞧鹿兆鹏。

梁县长："刚才是这位小学校长在说话？"

鹿子霖吓得不行，挤上前："犬子说县长慢走！"

梁县长一笑："经此大难，政府的元气也大伤啊，教育方面的经费可能也要紧缩。田福贤，这里的学校就暂缓拨款，鼓励大家自力更生吧！"

鹿兆鹏急："这可不行！那些老师们吃啥？他们又没地没粮，咋自力更生？"

鹿子霖拼命拦阻儿子。

梁县长不屑解释，装没听见，转身冲乡亲们挥手："好，好好！"

梁县长正要上车，远远几辆车急速驶来。

田福贤呆住："这是谁？"

梁县长突然摘下墨镜，无比惊诧地望着那车："这是党部书记长的车啊。岳书记长也来白鹿原你咋不提前告我！"

田福贤蒙住："梁县长，没人跟我说……"

梁县长慌乱将拐杖塞给手下，几步并作一步冲去，像刚才的鹿子霖一模一样蹦着，大幅挥动手臂。

鹿子霖、田福贤等人都看傻。

白嘉轩也不敢相信："这是谁来了，让梁县长跟猴子似的。"

鹿兆鹏扑哧喷出来。

鹿子霖拽了拽田福贤衣角，轻声："书记长是？"

田福贤脸色苍白直抹汗："新成立的！国民党部书记长，你不知道，这岳书记长上头有人，后台硬着呢！县长怕得很！"

二豆扒在后面仔细听着。

说话间车已驶到跟前，梁县长上前迎下的竟是岳维山！

鹿兆鹏惊呆，只见岳维山一身中山服干练至极，大步向这边走来。梁县长跟随身后赔着之前从未有过的笑脸。

二豆冲上前拍土："书记长，想死我哩……"

还没等田福贤动手，梁县长已经一把将二豆扯到身后，自己正要上前："岳书记长……"

岳维山先到朱先生面前鞠躬："先生好。"

朱先生抱着孩子笑："兆鹏，你瞧故人啊！"

梁县长忙介绍："这是乡约，这是族长……"

岳维山根本不睬，微笑着走到鹿兆鹏面前一伸手，鹿兆鹏也伸手握住，俩人用力摇摇意味深长地对视。

梁县长："岳先生，我这些日子正找您哩……"

岳维山转身："今天这个仪式好！办得节俭简单，咱先参观参观？"

田福贤："好好！子霖快把门打开！"

鹿子霖忙去开仓门。

岳维山恭恭敬敬：“朱先生请！”

朱先生倒不谦让，含笑迈进：“我倒真想看看哩。”

岳维山拉过鹿兆鹏的手：“一起吧？”

田福贤跟鹿子霖看得目瞪口呆。梁县长后面尴尬地站着，也没人邀请却一直保持笑意，汗水沿着鬓角淌下。

鹿子霖忙搀扶：“梁县长，请！”

梁县长客气许多，含笑：“同请同请！”

10. 新白鹿仓　日　内

鹿子霖一一介绍，白嘉轩跟随身后。

鹿子霖：“这是我们白鹿原的乡亲用不到二十天时间重新盖成的。”

岳维山环视四下：“这么快？”

鹿子霖：“我日夜监工。为啥这么拼呢，田总乡约把任务交给我，我是诚惶诚恐……”

白嘉轩叼着烟袋瞪鹿子霖。

鹿子霖心虚，回避开白嘉轩目光。

岳维山：“我听说是这里的族长带大伙儿干的？族长是哪位？”

白嘉轩上前：“我是族长白嘉轩。”

岳维山伸出手，白嘉轩也伸手握住。

岳维山：“久仰大名了，白族长！”

岳维山一把拉住鹿兆鹏胳膊把他拽进里间，鹿子霖要跟进，被岳维山手下拦阻，鹿子霖讨了个没趣。

其他人也诧异望着屋内，不知俩人要说什么。

11. 白鹿仓里间　日　内

岳维山漫不经心地打量四周环境：“我说过，我们会有合作机会的，如何？”

鹿兆鹏：“没想到这么快。”

岳维山：“兄弟，那天多有得罪。”

鹿兆鹏：“哪天？啥事？”

岳维山回头瞧，俩人会意地笑起来。

岳维山感慨：“如今之中国，就如这白鹿仓一样，烧毁了再重建。只要国共联手，这个国家的变革速度之快将会远超你我想象！”

鹿兆鹏默默注视他。

岳维山压低声：“而外面这些人，你我都该清楚，他们只是陪唱的。”

鹿兆鹏担忧地摇头：“不，他们才是真正的力量所在……”

话还没说完，岳维山哈哈大笑拉着鹿兆鹏又走出来。

12. 白鹿仓大门口　日　外

岳维山率众说笑着走出大门，这才注意到梁县长。

岳维山：“梁县长，白鹿仓的重建可是咱县的一件大事！意义重大啊！”

梁县长忙点头：“是这样。”

岳维山一笑：“梁县长准备发言了？岳某得学习学习。”

梁县长：“请指正！”

梁县长转身扫视乡亲们，面色郑重：“白鹿原的乡亲们，滋水县的父老们，你们受苦了！这几天在准备今日的发言稿时，我脑海中几次浮现出百姓受苦难的场景，被镇嵩军压榨得痛不欲生的惨状，让我哭得几次不能自已。我想，正是因为有了像……”

梁县长看眼朱先生，瞥眼田福贤。

田福贤动嘴形：“朱。”

梁县长：“像朱先生这样的高贤大德屹立在原上，有像鹿校长这样的青年才俊不畏强权武力，才给了我们民众以巨大的信心！”

鹿兆鹏强忍住笑，朱先生正平静地看自己，鹿兆鹏忙低下头去憋住。

梁县长：“在此，我要代表县政府向朱先生和鹿校长为代表的中流砥柱表示最诚挚的最深沉的敬意！”

梁县长竟含泪深深地给朱先生和鹿兆鹏鞠躬。

鹿兆鹏与朱先生对视，背手而笑。

鹿子霖激动地抹眼角，带头鼓掌。乡亲们也跟着叫好。

白嘉轩眯起眼像看怪物般瞧梁县长表演，喃喃地："真哭啦？"

鹿兆鹏轻声："他是哭给一个人看的。"

白嘉轩意会苦笑。

梁县长刚想继续："自梁某上任以来……"

岳维山站起："我趁这次会讲两个事。"

梁县长尴尬退到一旁。

岳维山："第一我要郑重宣布我党在此的第一个分部——白鹿区分部宣告诞生。田福贤任白鹿区分部书记长，委员有白福先、鹿子霖、胡半农、鹿兆鹏。"

乡亲们顿时哗然一片，热烈鼓掌祝贺，同时又显出惊奇，惊奇的是在四个委员中鹿家父子居然占了两位。

鹿子霖得此惊喜，不由得迈上前给岳维山、梁县长鞠躬。

鹿子霖："兆鹏！过来！谢谢岳书记长！谢谢县长！"

鹿兆鹏忙转头装没听见。

岳维山不失时机地重点介绍："第二我要隆重介绍一下你们原的这个大校长鹿兆鹏同志，恐怕你们所有人都还不是很了解他。"

众人疑惑的目光，鹿兆鹏自己也一怔，瞧着岳维山。

岳维山一笑："他不仅是白鹿区分部委员，还是县党部委员，负责农运工作。另外要说明的是，鹿兆鹏同志是共产党员！"

嗡嗡嘤嘤的议论顿时腾起，百余双眼睛一齐看住鹿兆鹏。鹿兆鹏尽量做出坦然自若的神情却总是显得不大自然。

鹿子霖迅疾地瞅了儿子一眼就微偏了头，脸色比儿子还要紧张还要尴尬，因为众人如锥的眼光纷纷移射到他的脸上。

岳维山："静一静！请鹿兆鹏同志讲话！"

会场骤然静了下来。

鹿兆鹏迟疑了一下，迈到前面憨里憨气地笑笑："一听介绍是共产党，大伙儿眼神都变了。也难怪，外面一直传共产党有三头六臂。看清了啊，我鹿兆鹏可跟你们的娃一样，都是黑头发黑眼睛黄皮肤。不信大伙儿仔细数数。"

说着鹿兆鹏伸开双臂转了个圈。

鹿子霖轻声拦："哎哎！有点官样！"

会场顿时轻松活泼了，夹杂着释然化疑的笑声。

鹿兆鹏跟着笑："几个胳膊？"

众人哄笑："两个！"

鹿兆鹏起劲地喊："几个脑袋？"

众人更加兴奋："一个！"

鹿兆鹏咧嘴乐："请岳维山同志继续讲吧，我介绍完自己了！"

鹿兆鹏转身要往人群里扎。

岳维山雍容大度地笑笑："鹿兆鹏你等一下。"

岳维山抓住鹿兆鹏的手大声地："鹿兆鹏同志又是国民党员，现在共产党和国民党是同志是兄弟，共同推进国民革命。"

两只挽着的手形成一个拳头高高举过头顶停留在空中。

13. 白家　日　内

朱先生坐在桌旁揉着肚子，白嘉轩笑眯眯看着姐夫。

朱先生："妈啊我饿坏了，快给我熬一碗苞谷糁子吧！你熬得那么又黏又香的糁子我再没喝过。"

白嘉轩："妈，白鹿仓备下的客席，姐夫一筷子没动，就等着喝你做的粥哩！"

白赵氏亲自下到厨房，阻止了儿媳仙草又阻挡了孙媳，亲自添水烧火拂下糁子放进碱面儿，一会儿紧火，一会文火地熬煮起来。

白嘉轩满脑子都是疑问，迫不及待："鹿家父子俩全是委员？鹿家兆鹏又入'国'又入'共'骑双头马，又是白鹿仓又是区分部，田福贤是总乡约又加个区分部书记。又是国民党又是共产党。我这脑瓜子里全给搅成一锅浆子了！"

朱先生听了朗声笑了："国民党和共产党都开宗明义要给民人办好事，没听说扶助农工么。你只管放心过你的日子就是了。"

白嘉轩心悦诚服地点点头，却仍然止不住发问："姐夫，那……这俩人挽着举到头顶的拳头分开了咋办？"

朱先生听了一愣，更大笑起来："哈呀兄弟！兄弟啊……真有你的！"

白嘉轩瞧着朱先生不好意思笑起来，茫然喃喃地："我说错啥了？"

14. 村　晚　外

鹿兆鹏背着又喝醉酒的鹿子霖回家。

鹿子霖趴在儿子背上还说着醉话："扬眉吐气哩！咱爷儿俩一起当官哩！儿子你比你老子官大啊！你没看席上你嘉轩伯那张脸哩，拉得比驴脸还长！"

鹿兆鹏哭笑不得："爸，别小人之心度君子之腹好不？嘉轩伯根本不好这个。"

鹿子霖："那他把着族长的位子不放？"

鹿兆鹏："你小点声！"

鹿子霖拍儿子背："兆鹏哎，咱好好做官，明年把门楼修得比他白家高出一丈去！"

鹿兆鹏叹息："爸我正想跟你说呢。咱这身份不比从前了，你可得向我保证绝不许以权谋利，贪图那点便宜。这要是犯了错误，你可害苦你儿子了！"

鹿子霖："你放心，咱贪不了，你把我放下来。"

鹿兆鹏放下爸，鹿子霖摇晃着去开保障所的门。

鹿兆鹏忙拦："爸，先送你回家睡觉去！"

鹿子霖摆手："你进来……我告诉你我为啥不会贪！"

15. 保障所　晚　内

鹿兆鹏迈进屋，鹿子霖已推开里间的门，正靠在门边得意冲他乐。

鹿兆鹏愣了愣走上前，望见里间小屋，脸色大变！

屋的角落中堆满了粮食！足足有几十石之多。

鹿兆鹏："爸！"

鹿子霖兴奋地笑："明白了吧儿子？咱咋会贪呢……咱不缺粮食！你好好做你的官，家里……爸撑着呢！"

鹿兆鹏："这么多粮食哪来的？"

鹿子霖趴儿子耳边，又推开警惕地指着他："你……不许，告诉外人。"

鹿兆鹏皱眉打量父亲："你说吧！"

鹿子霖这才又笑眯眯凑上前在儿子耳边轻语起来。鹿兆鹏惊呆了，鹿子霖用力拍着他肩膀大笑。

鹿子霖："杨排长也跑哩，粮食也都分光哩，谁会知道我偷运出这么多来……你该明白我为啥要赶在白嘉轩回来前分完……"

鹿兆鹏悲哀地看着爸，不知该说什么。

16. 窑洞　晚　内

黑娃喃喃地："咋鹿兆鹏是共产党哩？"

田小娥："黑娃，共产党是啥？"

黑娃："我出外的时候听说了一耳朵，好像说的是共产共妻哩。"

田小娥抬起眼："啥叫共产共妻？"

黑娃："就是家产都分出去，老婆也分着用。"

田小娥无比吃惊地看着男人。

黑娃下炕："不成！你先睡，我出去一趟。"

田小娥一把拉过黑娃："哎！"

黑娃："我去找鹿兆鹏说说话。"

田小娥迟疑："你……不是要跟他共产共妻吧？"

黑娃无奈。

17. 小学校办公室　夜　内

韩裁缝在灯下笑，鹿兆鹏看着他直摇头。

韩裁缝感慨："三头六臂！兆鹏你这相亮得好，让老百姓看看共产党人绝不是谣传的那样！"

鹿兆鹏默默点头。

韩裁缝："从现在起，你身上的担子就会更重。"他打量着鹿兆鹏，"我瞧你今天状态不大好，出啥事了？"

鹿兆鹏黯然："老韩你别问了。"

韩裁缝眯起眼："还是家里的事？"

敲门声，两人都警惕地看门外。

韩裁缝小心走到门口，拉开门。黑娃正站在门外。

韩裁缝笑："黑娃啊，半夜里敲门装鬼吓人啊！"

黑娃憨笑打量俩人。

"行咧鹿校长，衣服改好三天后送上门来！"韩裁缝捶了黑娃胸膛一下，自己出去，"你们聊！"

黑娃一进门就瞪着黑乌乌的眼睛，压低声："老天爷呀，没看出你是个共产党？！"

鹿兆鹏一笑："共产党咋？你都听到啥啦？"

黑娃兴奋："今天我去打土墙，雇主在吃晚饭时还问我，鹿乡约的共产党后人得是红眼睛红头发的洋种？哈呀我说啥洋种不洋种的！他官名叫兆鹏，小名叫拴牢，跟我一个桌子念书，给我吃过冰糖，跟咱一模一样，是黑头发黑眼睛的土种！"

兆鹏听着就在黑娃腰里戳了一拳头，笑得几乎岔气："好好好哇黑娃，你说得真好！我们都是土种，转一个音就是土著。"

黑娃又瞪着眼，神秘："那韩裁缝是不是共产党？"

鹿兆鹏骤然变色嘘道："黑娃，你记住一条儿，咱俩以后说话只说咱俩的事，旁人的事甭问也甭打听。"

黑娃窝住兴儿不大欢愉了。

兆鹏拍拍他的头，乐："黑娃，想不想做大事？"

黑娃愣了愣，苦笑："我一个土娃……"

兆鹏："土娃咋啦？你走南闯北见的世面还比他们多哩，谁说你了？"

黑娃不好意思："哥也就你瞧得起我。我就做过麦客……"

兆鹏拉住他胳膊，一字一顿："你是做大事的人，黑娃。"

黑娃被这句话说呆住，屏息瞧着兆鹏。

兆鹏："相信我！我想安排你进城学习一趟，你去不去？"

黑娃怔住："我？去学习？"

鹿兆鹏点头。

黑娃自己乐起来："你别逗了！你又不是没跟我一起上过学！"

鹿兆鹏认真地："真的，我想让你进农讲所学些日子。"

黑娃："啥叫……农讲所？"

鹿兆鹏："就是农民运动讲习所，专讲在农村干革命的方法。"

黑娃听了不感兴趣："我这回可不想跟你跑了。乌鸦兵跑了，进不进祠堂的事也过去了，我想蒙着头闷住声下几年苦，买二亩地再盖两间厦房，保不准过两年添个娃娃负担更重了。我已经弄下这号不要脸的事，就这么没脸没皮活着算了。我将来把娃娃送到你门下好好念书，能成个人就算争了气了。"

鹿兆鹏苦笑看着他，不屑地："我跟你说话不拐弯，你这些打算都是没出息的。"

黑娃还不信服："那啥叫有出息啊？哥啊，不是每个人都能像你一样……"

鹿兆鹏："我就烦你这样！干吗老瞧不起自己？黑娃我告诉你，这满原上我还瞧中你了！有朝一日你比我鹿兆鹏强！"

黑娃又是屏息，呆呆地坐着。

鹿兆鹏："这样吧，你先去参加一回。你觉得有意思你回来咱俩继续共事，你觉得没意思你就过你的小日子。你受训这仨月的损失我给你补上。"

黑娃听到这话冒火了："啥话！我就那么爱钱吗？我还顾虑我识不下几个字，又是个猪脑子，人家说啥念啥怕是解不开记不下。"

鹿兆鹏："那不要紧，能解开多少算多少，能记下多少算多少。要是解不开记不下一句，权当逛热闹哩！你大概还没逛过城哩？"

黑娃迟迟疑疑。

鹿兆鹏："你要是想和小娥光明正大地在村里走，就得去破除村人的落后思想！你要是想天天吃冰糖，就得先打倒地主，分到地！"

黑娃来了兴趣："那祠堂让不让小娥进？"

兆鹏笑笑："等我们革命成功，别说进祠堂了，这些封建的东西都没了！"

黑娃激动不已："从小就喜欢听你讲话，我这血都烧起来了。"

鹿兆鹏："那可定了，我帮你报名啦？"

黑娃迟疑了一下，笑起："成！我就豁出去再上回学！"

鹿兆鹏笑着一扇他后脑勺："这才是我们黑娃哩！"

18. 窑洞　夜　内

田小娥正躺炕上睡不着，黑娃兴冲冲敲门。

田小娥爬起听了下忙去开门，黑娃冲进就抱住媳妇。

田小娥：“咋又疯上啦？我发现了，你每次去找完鹿兆鹏回来都疯！”

黑娃只顾笑，不说话。

田小娥惊诧打量：“他那儿有大烟咋的？你俩吸来着？你说话呀！”

黑娃憋住笑：“我要进城上学去了。”

田小娥不敢相信看着黑娃。

黑娃：“小娥，我要去农讲所学习！兆鹏说我回来就能当官哩！”

田小娥：“啥？”

黑娃激动亲田小娥：“就是人上人！就是谁也不敢不正眼瞧我！你就成官太太哩！”

田小娥将信将疑地笑：“真的假的？”

黑娃乐：“真的！鹿兆鹏亲口跟我说的！”

田小娥跟着笑起来，突然捂住脸。

黑娃：“咋啦媳妇？”

田小娥抽泣起来。黑娃吓一跳忙掰开她手看她流泪。

黑娃：“你不愿我去？”

田小娥摇头哭。

黑娃急：“那到底咋啦？”

田小娥哭着搂住黑娃：“我田小娥没看错人！”

黑娃感动地咬牙：“小娥，我跟你发誓，你等着吧，白鹿原所有的人都等着，等我回来干番惊天动地的大事来！”

19. 田地　日　外

孝文跟随白嘉轩在地里干农活，将瓦罐里的沙果叶子汤倒进粗瓷碗给爸送上。

白嘉轩接过大口喝起，一抹嘴：“你也喝点，天热，这沙果叶子汤往下打火。”

孝文接过碗：“爸，你听说没鹿兆鹏推举黑娃进城学习去，回来就做官哩。”

白嘉轩嗯了一声。

孝文冷笑："平日里坐在那儿看去像个先生，但一抬脚一伸手就能看清蹄蹄爪爪了。物以类聚人以群分，这就再明白不过了。"

白嘉轩抬眼看儿子："明白个啥？"

孝文说："咋也想不到堂堂的校长能跟黑娃混搅在一搭。他选送的十个人个个都不干不净有麻达，这共产党究竟……"

白嘉轩打断儿子的话："从今往后，甭说这样的话。"

孝文："是。"

孝文忍了会，实在忍不住："爸，我还有个事。他鹿家不干净。"

白嘉轩回身无奈瞧儿子："你咋就跟他鹿兆鹏干上了？"

孝文急："爸！是真不干净！你进城那会鹿子霖分粮食，他贪了不少！跛子爷打更时亲眼看见他夜里往保障所偷运粮食！"

白嘉轩惊住："跛子爷他为啥自己不跟我说？"

孝文不再说话。白嘉轩脸阴沉下来。

20. 白家　日　内

白嘉轩抽着烟袋生闷气，仙草一旁观瞧。

仙草轻声："真要撕破脸，你咋罚鹿子霖？人家是乡约。"

白嘉轩咬牙："他耍我。我只当他急着在乡亲们面前跟我抢功。谁想他真敢贪！"

仙草："这层纸要是戳破，他就没法在原上混哩，你想清楚。"

白嘉轩沉重点头："所以我让孝文跟跛子爷封口，谁也不许再说。"

仙草长叹："最要命的是他鹿家刚封上官，你就出手治他。怕人家说你心胸小，故意整人哩。"

白嘉轩赞许地看媳妇："孝文要是有你一半就好了。"

那屋里冷先生大声说话："您这是小病，没事！吃三副药就好哩！"

白赵氏："哎！托你福。"

白嘉轩突然一怔："有了！"

21. 保障所　日　内

白嘉轩撞门进来，鹿子霖慌乱将里间门锁好将钥匙塞抽屉，埋怨白嘉轩：“你咋不敲门就进哩？啥规矩么！”

白嘉轩慌乱：“子霖你快回你家去！冷先生那等着你哩。”

鹿子霖一惊：“干啥？”

白嘉轩：“他啥都不说，反正阴沉着脸，说今天要好好找你聊聊。”

鹿子霖脸色苍白：“他闺女的事？他到底说没说啥事？”

白嘉轩：“你快去吧！”

鹿子霖慌乱收拾，迟疑了一下：“你出去。”

白嘉轩瞪眼：“我给你看着地儿！”

鹿子霖摇头：“不用！这不用人守着。”

白嘉轩叼起烟袋一坐。

鹿子霖急：“你出去！我锁门。”

白嘉轩：“轰我是不？你干亏心事了？”

鹿子霖心虚：“谁干亏心事。”

白嘉轩：“那你怕啥，你回晚了人家可真急了。”

鹿子霖转了圈，干脆拉开抽屉将那钥匙绑腰里，跑出门去。

白嘉轩抽着烟袋瞄那里间门……

22. 鹿家　日　内

鹿子霖气喘吁吁奔进院，鹿子霖媳妇忙迎上前。

鹿子霖媳妇：“冷先生屋里等你哩。”

鹿子霖扒窗那儿瞧了眼，冷先生正背手来回踱步，鹿子霖头皮发麻，只得硬着往里进。

鹿子霖挤出笑：“来哩？”

冷先生转脸，异样的眼神打量他，点点头：“坐。”

鹿子霖忐忑不安坐下：“兆鹏……前还回家了呢。”

冷先生拉起鹿子霖的手臂号起脉来，鹿子霖诧异地瞧他。

冷先生："张嘴。"

鹿子霖乖乖张开嘴。

冷先生又扒鹿子霖的眼皮查看，再按肚皮："疼不？"

鹿子霖发蒙摇头。

冷先生："这儿哩？这儿有感觉？"

鹿子霖摸不着头脑："没……没有，您要看啥啊？"

冷先生皱眉："你不是肚里有虫么？"

鹿子霖呆住："啊？"

冷先生："你不是疼得夜里睡不着觉，满地打滚么？"

鹿子霖慢慢站起身来……

23. 保障所　日　内

鹿子霖拉着冷先生骂咧咧进屋门。

鹿子霖："白嘉轩！你才病哩！你肚里才有虫……"

鹿子霖停住脚步，脸色大变。

冷先生也埋怨："嘉轩，你开啥玩笑……"

白嘉轩正坐在里间屋的椅子上抽烟袋，门已被撞开。

鹿子霖颤抖着声音："你……你咋进去的？"

白嘉轩："不你给的钥匙？"

鹿子霖摸了摸腰间，那钥匙还在。

冷先生迈步上前，倒吸口冷气，看着满屋堆放的粮食。

白嘉轩敲敲烟袋站起："行哩，你也把冷兄骗来了。咱仨就关起门来说话。这粮食是咋回事呢，我当初跟你俩都提过想给村里存些粮过灾年用。冷兄，我跟子霖先做主存放了一些，就存在他这里间屋，别人不知道，往后恐怕会生出事，到时你给做个证就是哩。"

冷先生感动的目光看着两人："你俩用心良苦。"

鹿子霖勉强挤出笑："怕别人……误会。"

白嘉轩意味深长地看着鹿子霖。

冷先生猛一拍腿：“这证我做！这是积德的事啊嘉轩子霖！”

鹿子霖跟着点头，不住擦汗：“是，是哩！”

鹿子霖发狠地瞪白嘉轩，白嘉轩装没看见，低头抽烟。

24. 白鹿村　日　外

鹿子霖气鼓鼓地前面走，白嘉轩叼着烟袋后面跟。

鹿子霖忍不住停住脚，回身一指：“你……”

白嘉轩一把攥住他手指：“我知道你要谢我，咱乡里乡亲们的就别客套。”

鹿子霖气急败坏：“白嘉轩！你是看我的粮食眼馋咧！”

白嘉轩呵呵笑：“我眼馋？鹿子霖，那些是粮食吗？”

鹿子霖咬牙切齿：“不是粮食是啥？”

白嘉轩一字一顿：“那是——祸害。”

白嘉轩头也不回地大步走去：“总有一天你会谢我，信不信由你！”

鹿子霖气得哆嗦，喘息地望着他背影。

25. 小学校办公室　日　内

鹿兆鹏微笑地看田福贤说着。

田福贤端茶堆起笑脸：“兆鹏啊，岳书记长再三给我敲过，让我注意国共合作，不要干涉兄弟党内务。我只想问问你，是不是把那十个人再慎重掂量一下？”

鹿兆鹏：“福贤叔，我是晚辈，您有话直说。”

田福贤：“其他人有麻达还将就得过去，黑娃太那个了嘛！让人说，共产党咋尽挑那些龟五贼六的货？连抢夺人妻的货也要抬举到省城里去？听听！”

鹿兆鹏笑起来：“抬举？瞧您说的，他们是去城里接受培训，又不是做官。”

田福贤摇头：“反正我担心这样下去对贵党影响不好。”

鹿兆鹏：“叔啊，先谢谢您的关心。清朝八股科举，标准可高得很，那都是满嘴礼义廉耻的所谓正人君子，又如何呢？做了官还不是压榨百姓，养出一群挖国库的硕鼠来？”

田福贤不甘："可……"

鹿兆鹏："还不是被我们推翻！结束了整个王朝？啥又叫龟五贼六？啥又叫抢夺人妻？您指的不就是黑娃么？我就不明白咋一个活生生的汉子被封建残余扣这么个大帽子！"

田福贤被噎得干瞪眼，几次想插都插不进话。

鹿兆鹏一拍桌子："他们想干啥啊？叔您今天提出来肯定是有用意的，没错，咱就得用实际行动改造民众思想！让老百姓认清，时代变了，每个人都有争取平等的权利！"

田福贤："可黑娃……"

鹿兆鹏点头打断："没错！黑娃他们接受培训提高了觉悟，就会改掉自己的麻达。国父遗嘱说扶助农工，扶助扶助是啥意思哩？福贤叔您肯定比我透彻！"

田福贤瞪起了眼睛说不出话。

鹿兆鹏笑笑："还有事么福贤叔？"

田福贤起身放下茶碗："告辞！"

鹿兆鹏送到门口："福贤叔慢走！"

鹿兆鹏含笑望着他背影，慢慢收住笑。

26. 滋水县政府门口　日　外

政府门口各行各业的老百姓齐声呐喊，举着标语、旗子。

"还我同志！推翻独裁！""打倒军阀！打倒独裁！"

白灵兴奋地挤在人群中，也跟随呐喊。

远处茶水铺中，鹿兆鹏凝神观望。

梁县长站到门口不急不慌拱手："各位！各位！我是这个县的县长，你们这两天的声音我都听到了，我坚决支持大家讨要真相，两个人是怎样平白无故消失的，被谁绑去了，我也严令警察局在查！不查出来就永远是我们滋水县的耻辱！但是我也敬告各位，大乱刚止，百废待兴。我们的政府正全力以赴地投入民生！绝不允许一些心怀叵测的人谣言惑众，扰乱民心……"

鹿兆鹏轻声对身边两人："听见了？咱们的对手不是一般人。"

梁县长那边义正词严："监狱我请你们去查！派出代表来，现在是革命政府，我接受大家的监督！但是若查不到，那就是有意在坏我梁某的名声！我不得不质疑是不是有镇嵩军的遗匪在暗中捣乱，借机报复！”

鹿兆鹏长叹一声：“命令同志们，明天开始不要再折腾了，没用。”

鹿兆鹏目光落在那个激动地跟随挥动小旗的白灵身上……

白灵正拼命往前挤，一辆小车开出，被阻挡了去路，使劲按喇叭。

白灵不满地回头看去，突然愣了一下。

车窗摇下，小眼镜激动地：“白灵！”

白灵笑起来：“小眼镜？”

27. 客房 晚 内

白灵好奇地打量屋里温馨漂亮的摆设，小眼镜亲热拉过她的手。

白灵：“你住得不错啊！”

小眼镜眼一红：“我以为这辈子都见不着你了呢！西安城被围的时候，我天天担心你，还好几次梦见你呢！”

白灵笑：“我福大命大。好几次阎王爷招我过去，嫌我太吵闹，全放回来了。”

小眼镜咯咯含泪笑着：“瞧你！拿这个还能开玩笑！”

白灵：“你咋在这儿呢？”

小眼镜：“我随爸爸这边做生意，这里也是临时住所。”

白灵：“那今天你们的车怎么从县政府里开出来？”

小眼镜：“你先告诉我，你也反对梁县长么？我看你也举着一小旗。”

白灵迟疑了一下，笑：“是人家发我的，凑热闹。”

小眼镜点头：“我爸爸跟梁县长是好朋友，他们上学时就是同学。”

白灵一怔：“是么？”

小眼镜认真地：“我可跟你说，梁伯伯是大好人，他从小看我长大的，我不许人家骂他说他！”

白灵勉强笑了笑。

28. 某仓库　晚　内

一群人郁闷地不同姿势围坐，鹿兆鹏静静地站在中间。

鹿兆鹏："还有没有问题？"

"鹿委员，我还是不明白为什么要停下，我们的运动好不容易刚开展起来，不能就这样歇了！这太伤同志们积极性了！"

众人应和："就是！"

"换个思路，我们给他压力越大，他才越不敢动手！"

鹿兆鹏严肃盯着最后说话那人："你们说得都对！可谁用心听梁县长今天的讲话了？他把事情说成两种可能，就说明已经想好对策对付我们。如果再闹下去，他就可以正大光明地抓人，到时候损失的可不止这两个同志了。这是条老狐狸！"

场内这才安静下来，都眼巴巴瞧着鹿兆鹏。

鹿兆鹏："当务之急是要找到这两位同志，活要见人，死要见尸！救人才是第一位的！"

场内鸦雀无声，众人目光变得信服。

鹿兆鹏目光如炬："我们也给梁县长这个老狐狸设个套，假装被他说服，明天开始一律停下来！让这条狐狸麻痹大意。"

29. 客房　夜　内

白灵没有睡，辗转反侧。身旁的小眼镜已经抱着洋娃娃睡去。

鹿兆海的声音闪回："这个县长姓梁，是个老狐狸，明一套暗一套，表面支持革命，骨子里还是军阀专制，暗中捣鬼乱抓人……"

小眼镜的声音闪回："梁伯伯是大好人，他从小看我长大的，我不许人家骂他说他！"

白灵翻身坐起，满脸疑惑。

30. 县政府门前　日　外

白灵揣着小旗来到门口，诧异地望望四周，竟没有一个人再抗议。

白灵正发蒙，一辆黄包车停在身后："小姐您姓白？"

白灵吓一跳，回身看车夫。

车夫笑笑："有人叫我接您。"

白灵迟疑不决，终还是迈上车。

黄包车飞奔而去。

31. 小巷　日　外

车拐入小巷，车夫越跑越快。白灵不由得紧张起来，警惕地打量四周环境。

白灵："这是要去哪儿？"

车夫也不答话。

白灵急："停下！我要下车！"

车夫又拐了个弯，停在一个小院门口，抹了抹汗回头一笑。

白灵诧异地下车，院门是开着的，她回头看看车夫，试探地迈进院来。

屋里一个人坐在阴影中，看不清是谁，白灵停下脚步小心翼翼张望。

屋里那人："你犯了三个错，第一，你不该揣着标语满街乱走。第二，当你发觉只有你一个人的时候，绝不该在那里暴露自己，应该迅速撤离。第三，你不该因为车夫叫对你的姓就轻信上车。"

白灵汗毛都炸起，那人从屋中出来，竟是鹿兆鹏。

白灵不敢相信自己的眼睛，欣喜若狂地扑上去："兆鹏哥！"

鹿兆鹏接住她悠了一圈，笑着停下："你还当小时耍秋千哩！"

白灵："你吓死我了！"

鹿兆鹏笑着冲门外车夫使个眼色，车夫将院门关严蹲在门口放哨。

鹿兆鹏："兆海不是托你赶紧把消息带给我么，咋，算不算玩忽职守？"

白灵："我又托别人哩！那天我碰见村西头的鹿坤叔，让他把信亲手交你，他没给你么？"

鹿兆鹏笑："第四个错误，重要的信息却托付给不靠谱的人，信封也没做保密处理，人家看没看内容你我都不清楚。"

白灵怔怔看着鹿兆鹏："对呀，你说得都对。你咋啥都知道呢？"

32. 祠堂　日　外

乡亲们围着鹿子霖听他吹。

鹿子霖得意："……我给你们讲讲啊，这个啥叫革命。革命哩就是谁不听政府乡约的话，就饿他！关他！立规矩！加惩罚！"

几个人咽口唾沫。

桑老八："那鹿乡，我们要是听话哩？"

鹿子霖："那你命就不革呗。谁不听话就革谁！咔嚓一下子！"

白嘉轩出现在门口，冷哼。

鹿子霖白他一眼："有人不服哩！不服咋，试试？"

白嘉轩敲敲烟袋："散了，该下地下地，该回家回家，大白天扯啥闲。"

众人听话地散去。

鹿子霖没趣："哎！我还没讲完哩。"

白嘉轩走进来，鹿子霖狠狠瞪他。

白嘉轩："有气哩。"

鹿子霖没好气地："哪敢。"

白嘉轩："子霖，咱关起门来说话。你要真不明白我给你好好讲讲，我不想看你跟白兴儿一样下场……"

鹿子霖梗起脖瞪眼："吓我是吧？真闹起来谁出这原还不一定哩！"

白嘉轩叹了口气："我不走，我也不想你走，我就盼着咱能守着踏踏实实过。"

鹿子霖怔怔瞧着他，慢慢蹲下身，不作声。

"我知道你记恨我。总有一天你得谢我！我帮你逃了多大的难你懂么？你不懂！"白嘉轩沉声，"你这人，坏就坏在太招摇，太自作聪明，毁自己不说，还惹来祸。学学你儿子兆鹏，那才是好样的。"

鹿子霖闷闷地："也不瞧谁是他爸！从小教出来的！"

白嘉轩苦笑：“我真没瞧出来。”

33. 小院　日　内

白灵眼中噙满泪水，鹿兆鹏悲痛地看着她。

白灵：“……他说，我把药跟粮食都节省下来，留给有用的人吧，他说可惜见不着你了。”

鹿兆鹏转过头去，忍住泪水。

白灵：“死的人太多了！我们学校教务长，她的孩子，我身边的伤员，我当时就想，这不跟地狱一样嘛。兆鹏哥，为啥西安城要遭那么深的罪？”

鹿兆鹏沉声：“哪个新生命诞生，不是痛苦的结果？”

白灵被这话说得一震，抬眼怔怔看着鹿兆鹏。

鹿兆鹏注视她：“有死亡，就有新生的生命。最亲爱的人走了，坚持活下去的人会在痛苦中涅槃，获得新生。”

白灵：“比如……”

白灵颤动了一下嘴唇，没有说出来。

鹿兆鹏刮了一下她的鼻子：“比如啥？”

白灵笑笑，抹眼角的泪摇头不语。

鹿兆鹏：“白灵，昨天从县政府出来那辆车，你被叫上去了，那上面是你啥人？”

白灵眨眨眼：“我以前最要好的同学，咋？”

鹿兆鹏笑了笑：“她是梁县长的干闺女。”

白灵仿佛明白了什么，慢慢站起来……

第二十六集

1. 村　日　外

“一切权力归农协”，一个学校老师正在墙上写完最后一笔。黑娃一旁帮提着漆桶。

乡亲们好奇围看，议论纷纷。黑娃余光瞥扫人群，一眼瞧见站在后面的孝文。

李寡妇：“黑娃，这上面写的啥？”

桑老八：“咋往墙上刷字？”

黑娃神秘一笑：“听赵老师给你们讲。”

老师耐心一字一顿：“一切权力归农协。”

跛子爷：“农协是个啥？”

老师笑：“农协就是即将成立的农民协会，咱农民自己的组织。”

桑老八疑惑：“一切权力都归这儿？那……那往后乡里村子也都归这农协管啦。”

老师点头：“是这道理。”

孝文在人群中皱眉听着。

众人炸了锅，嘈杂声一片。

“这农协的官是族长做，还是鹿乡做？还是县里给派？”

老师笑：“谁去省城农讲所学习，谁来做。”

顿时鸦雀无声，所有目光都瞧向黑娃。

孝文冷哼一声，在寂静的人群中很是清晰。

黑娃装作不经意，绷着脸提桶：“让让！别都挤着，赵老师咱再去那边刷两条……”

黑娃从孝文身前走过，故意将漆洒了他一脚。

孝文躲避不及还是沾上，瞪着黑娃背影。

2. 白家　日　内

白嘉轩双肘搭在轧花机的台板上，一只肘弯里搂揽着棉花，另一只手把一团一团籽棉均匀地撒进宽大的机口里，双脚轮换踩动那块结实的槐木踏板。

孝文媳妇端着一海碗茶水进来。

孝文媳妇一旁："爸您轧得可真好！我来吧！"

白嘉轩起身让开。

孝文进轧花房，神色慌乱："爸！黑娃领着先生学生满街上刷写大字，满墙上都是'一切权力归农协'。"

白嘉轩继续往机口里扔着棉花团儿，头也不转。

孝文："爸！往后农协要管咱哩！"

白嘉轩不动声色："跟你媳妇好好学轧棉花，外面闹啥不关咱事。"

孝文还想说话，媳妇瞪他一眼，只得咽回。

3. 窑洞　日　内

田小娥门口拉着风箱，等火旺了，往铁锅里一浇油，倒菜爆炒起来，不时回头冲黑娃乐。

黑娃美滋滋地坐在炕上，瞧田小娥炒菜，桌上摆着小瓶酒。

黑娃："这是给谁做饭哩，知道不？"

田小娥笑："给官老爷做饭！行了吧？"

黑娃仰头喝尽杯中酒。

田小娥端过菜："瞧把你得意的！"

黑娃搂过媳妇亲："你没瞧围看的乡亲看我的眼神都变了，还有那白孝文眼都绿了。"

田小娥叹息："我不在意你是个啥，我只想你踏实做我男人，咱好好过日子。"

黑娃瞪眼："咋？就这么点心气儿？"

田小娥：“我今天听李婶说……”她还是把话咽回，“算哩。”

黑娃急：“你说么！我就烦这半截子话！”

田小娥转身收拾，黑娃一把将她拉到身前。

黑娃：“说！”

田小娥迟疑：“不是分还咱粮食了么。”

黑娃点头：“啊！各家都分了。”

田小娥：“你交了多少粮？”

黑娃：“两斗，咋？”

田小娥：“只分还咱一斗，我才知道人家交了多少还多少，一粒粮食不少。”

黑娃怔怔看着媳妇：“不会吧？有兆鹏哥撑腰，现在谁还敢欺负咱？许是分错了。”

田小娥忙点头：“我也这么想。”

黑娃疑惑不解地思索。

4. 县街道 日 外

白灵冲到正在摊前挑选头饰的小眼镜身后，用力一拍。小眼镜吓一跳，回身笑起。

小眼镜捶白灵：“吓死我了！我去旅馆找不到你，去哪儿疯啦？”

白灵笑：“给家里买点东西。你现在咋这么爱臭美了，还嫌头上戴得少！”

小眼镜笑：“不是跟你说了今晚县政府酒会……”

白灵笑：“我正想跟你说，我又想去了，瞧我这土里土气的不会被里面人笑话吧？”

小眼镜吃惊地看着白灵，笑了笑拉过她：“我给你挑几样！我打扮完你再瞧……”

远远的鹿兆鹏静静坐在茶棚中凝望两人。

鹿兆鹏（画外音）：“通过她可以进县政府大院，我们怀疑被绑的同志关在里面某个地方……”

白灵欢笑着任由小眼镜装饰自己。

小眼镜欲语还休：“白灵，你想不想过有钱人的日子？就像上学时我跟你说的，一辈子吃喝不用愁？”

白灵笑：“当然想啦！咋有这好事？”

小眼镜叹了声：“你跟我说你今晚不想去，我没想到你又……”

白灵笑着捶她：“你到底是真心邀请我还是虚情假意？”

小眼镜勉强笑笑。

白灵余光瞥向鹿兆鹏方向，看到鹿兆鹏已经走远的背影。

鹿兆鹏（画外音）：“局势很复杂，由于我是县委员不能暴露，没抓到证据前也不能对县长轻举妄动。你的任务就是利用不起眼的身份摸进去，悄悄确认后通知我们。”

白灵（画外音）：“咋通知你们？”

鹿兆鹏（画外音）：“出门时系上这条围巾，就是有，散开就是没有……”

白灵双手不由拽了拽脖子上的围巾。

5. 小学校　日　外

田小娥守在门口看着娃娃们进出，一脸羡慕。

黑娃匆匆从里面奔来。

田小娥：“兆鹏哥咋说？”

黑娃摇头：“兆鹏哥就没在，有急事连夜进城哩。”

田小娥犹豫：“你明儿踏踏实实地走，那一袋粮食我够吃。”

黑娃笑：“你怕啦？现在咱可不比从前，等我回来就做官呢。”

田小娥迟疑地停住脚步：“咱还是回吧黑娃，我不想你惹事。”

黑娃催她：“惹啥事呢，跟我去保障所问问鹿子霖去，一定是他糊涂少分咱了！”

田小娥不情愿地跟随。

6. 保障所　日　内

鹿子霖正坐在里间望着成堆粮食恨得咬牙切齿。

门外说话声，鹿子霖慌乱关门坐回桌前拨算盘。

黑娃拉着媳妇进门，满脸堆笑。

黑娃："叔！忙呐？"

鹿子霖瞥了眼继续忙，闷声："嗯。"

黑娃却似很熟络地拉着田小娥坐椅子上，自己也歪斜着身子坐靠一旁。

鹿子霖暗暗打量，厌恶的目光。

黑娃笑："先忙您的！有水没？我自己倒！"

鹿子霖更是惊诧地瞧黑娃去倒水给媳妇。

黑娃冲田小娥挤挤眼，一脸得意。

鹿子霖放下算盘，冷冰冰："啥事？"

黑娃大大方方："是这样，本来不想麻烦您。我去找兆鹏哥可他不在。那粮食我家才分一袋，这两天听各家一说人都分四五斗哩。叔，是不是谁记差了？"

鹿子霖冷哼一声，靠在椅子上："没记差，你家就一斗粮。"

黑娃愣了愣，还是笑："叔，您开啥玩笑。我交的可是两斗粮，这不您还给我票了。"

黑娃将票递上来，鹿子霖看都不看："我是按人头分的，没错。"

黑娃一怔，再赔笑："我家可是两口人！"

鹿子霖瞄了眼，淡然："一口。"

黑娃的脸腾一下红了，猛蹿起来，田小娥偷偷拉住男人的衣角。

黑娃拽过媳妇："她不是人？"

鹿子霖叹了口气："族里人才能有份，这是族长定的。"

黑娃咬了咬牙，又笑起："叔，我跟兆鹏哥可是好兄弟哩。我去省城农讲所学习还是他推荐的，您想吃点啥我给捎回来。"

鹿子霖叹息一声："黑娃啊，鹿校长的大名是你叫的？你村里转一圈，听谁敢对他不恭敬？也就你大言不惭地直呼大名。"

黑娃噎在那儿。

鹿子霖："再说我这保障所的椅子也不是你说坐就坐的，别以为进城学个啥就全变了，你带她进祖宗祠堂试试去？白嘉轩也得让你们进！往后办事有点规矩。"

田小娥起身拽黑娃，轻声："走！"

黑娃又强笑一下，声音变得颤抖："子霖叔，我可拿您当叔。我不管别的，这斗粮食得还我。”

鹿子霖：“咋还么，你爸都不认这个女子我能有啥办法？”

黑娃被媳妇强拽往门外去。

鹿子霖背后：“这还真就是我！你这样拽她进祠堂去，看白嘉轩咋收拾你！”

黑娃突然停住脚步，憋红脸转身瞪着鹿子霖：“谁敢收拾我？我交了两斗粮只退我一斗这谁定的混账规矩！”

鹿子霖忙笑着摆手：“白嘉轩，他定的。你只管祠堂叫去，跟我嚷嚷啥！”

黑娃咬牙切齿：“整半天还是没拿我当人看……等我回来！”

鹿子霖：“黑娃，有种你回来把天掀喽！我信！”

田小娥强拉：“走！”

黑娃吼：“我回来把白鹿原都给掀了！”

鹿子霖笑着点头：“我信我信。”

鹿三冲进屋，脸色铁青：“给我滚出去！”转身冲鹿子霖，“鹿乡，对不住，娃不懂事。”

7. 保障所外　日　外

乡亲们围在门外看热闹，白嘉轩远远走上前。

众人忙闪开道：“族长。”

白嘉轩也往里瞧：“咋？”

桑老八凑上前耳语几句，白嘉轩脸色一变。

黑娃还在门里吼：“别拉着我！我现在就去祠堂找白嘉轩！他不应我就把祠堂给砸喽！”

鹿三一个嘴巴抽上去，气得直哆嗦。

黑娃被田小娥拉扯着推到门口，怔住，白嘉轩默默注视他。鹿子霖猫在屋里看热闹。

黑娃喘息说不出话，眼中含着泪水。

白嘉轩叼起烟袋：“说，应你啥？”

鹿三哀求：“嘉轩，是娃不懂事，我教训他。”

白嘉轩摇了摇头：“三哥，人有话不能憋着，让他说出来。”

黑娃哽咽："粮食……我家小娥的粮食……"

鹿三吼："你滚！"

白嘉轩："三哥，你让他说清楚。"

黑娃竟再说不出话，泪水滴落，他突然转身撒腿奔去。

田小娥忙追："黑娃！"

白嘉轩往屋里看去，鹿子霖刚探头忙缩回，靠坐在桌腿边得意偷乐。

白嘉轩诧异的目光望着黑娃背影。

8. 县政府　晚　内

觥筹交错，小眼镜拉着白灵挤出人群，梁县长正笑容可掬地与人交谈。

小眼镜兴奋地："别紧张啊，我给你介绍我干爸。"

白灵含笑："好。"

小眼镜冲梁县长亲昵地："干爸，这是我最好的同学，白灵。我给你提过的。"

梁县长上下打量，眼中露出异样的笑："你的同学咋个个都美若天仙呢？"

白灵脸一红："梁伯伯，您可别拿我取笑。"

小眼镜热情地："干爸，你可不知道，她不光美，还是个奇女子。西安城被围的时候，她还立过功哩。"

正说着，小眼镜被其他人拉去，转头冲白灵："你们聊。"

白灵礼貌地朝梁县长笑笑，却发觉到对方色迷迷的目光。

9. 县政府门外　晚　外

鹿兆鹏坐在车中，紧张地望着大院的动静，里面时而传出笑声。

两人从黑暗处小跑过来，其中一人钻进车："今天酒会是内部办的，三教九流但都是他自己人，外人很难进去。"

鹿兆鹏沉声："我们的人已经进去了。"

那两人惊喜交换个眼神。

车外的人："另外这个姓梁的有个怪癖……"

车里人："这种事报告什么！"

鹿兆鹏眉头一皱，察觉到什么，瞪着他："说。"

车外那人："这个姓梁的好女色，尤其是女学生，收了不少干闺女，其实那些人都已经……"

鹿兆鹏脸色大变。

10. 县政府　晚　内

梁县长正挽住白灵的手跳舞，色眯眯瞧着她。

梁县长："姑妈是哪里人啊？"

白灵："白鹿原。"

梁县长笑："我前些日子刚从那里回来！"

白灵："是么？我父亲是那里的族长。"

梁县长恍然："他是不是叫白……嘉轩？"

白灵喜出望外点头："对呀对呀！"

梁县长笑起，用力揉起白灵的手，凑到她耳边亲昵地："缘分，我和白同学真是缘分！我跟你爸还聊过哩！"

白灵掩饰厌恶，往后闪了闪。

人群中，小眼镜揪心的目光瞧着这边。

11. 商铺内　晚　内

几个人紧张地瞧着愤怒地走来走去的鹿兆鹏。

鹿兆鹏急："这些情况为什么不早报告？"

"我们以为没用呢……"

鹿兆鹏急不得恼不得："你们没有搞过地下工作，怎么知道哪些有用哪些没用？敌我斗争中所有细节都必须掌握！每一个蛛丝马迹都可能藏着影响全局的关键！"

"鹿委员，不就是那个女孩子么，又不会死……"

鹿兆鹏突然怒转身眼中快喷出火，瞪得那人忙后退靠在墙上。

“鹿委员您咋啦？”

鹿兆鹏指着他，咬牙忍住情绪：“以后，别再说这种话。”

其他人忙点头，面面相觑。

鹿兆鹏望向窗外，沉声：“岳维山明天就会回来，姓梁的一定赶在书记回来之前动手。继续监视里面动静，有任何响动马上向我报告！”

12. 白家　夜　内

白赵氏撑在炕头残喘咳嗽，仙草一旁扶住她，白嘉轩用力拍打她后身。

白赵氏咳出一口痰来，仙草慌忙用手接住，与白嘉轩悄然对视。

仙草轻声：“有血哩。”

白嘉轩沉重的目光。

白赵氏喃喃：“灵儿，我的灵儿，老天保佑我见着她再死。”

仙草与白嘉轩交换眼神，将妈慢慢放躺在炕上。

白嘉轩撩帘出去，孝文孝武忙站起身看着爸。

白嘉轩：“咋样了？”

孝武：“县里这两天闹得厉害，其他村有学生回来，说我妹已经回了滋水。爸，白灵不会又去惹事吧？”

白嘉轩沉脸不语。

仙草也撩帘进屋：“妈把冷先生开的药都吐了，赶紧把灵儿找回来吧。怕是妈……”

白嘉轩点点头：“明早我就动身去县里。孝文，你拿上一袋粮食，天一亮就送到黑娃那去。”

孝文一愣：“这不坏了规矩？”

白嘉轩：“就说是他爸补给他的，别让你三伯知道。”

孝文还想说什么，把话咽了回去。

白嘉轩注视儿子，语重心长：“别忘了，黑娃和你们还是兄弟。”

孝文：“哎。”

13. 县政府　夜　外

屋里喧闹声欢笑声。

白灵已经悄悄溜出，警惕地望望四周，沿着院子房间挨个扒窗往里偷望，黑洞洞的，没有一点动静。

鹿兆鹏（画外音）:“县政府环境很复杂，里面院套着院，我们怀疑被捕的两个同志就关在其中一个房间。”

白灵焦灼不安地加快脚步，有士兵走过，白灵迅速躲在墙后。

14. 商铺内　晚　内

众人焦急地围在屋中，鹿兆鹏独坐在桌前沉思，有人推门来报。

“酒会快散了，里面已经有人出来了！”

鹿兆鹏起身:“看见那系围巾的女孩了？”

那人摇了摇头。

一人急不可耐:“还不如现在冲进去！省了很多麻烦！”

另一人:“如果找不到呢？局面就失控了！”

众人纷纷争论起来，鹿兆鹏皱眉沉思。

门推开，韩裁缝风尘仆仆迈进屋，什么话都不说，看着鹿兆鹏。

鹿兆鹏起身冲他摇了摇头。

韩裁缝轻声:“明天岳维山就要回来了，熬不过今晚。”

鹿兆鹏懊恼的目光。

15. 县政府　夜　内

梁县长正与人寒暄，诧异地看看四周，拉过小眼镜。

梁县长:“你那白同学跑哪去了？”

小眼镜摇头:“可能是去方便了吧，我也半天找不着她。”

梁县长愣了愣，一笑。

小眼镜警惕地看着他，轻声："你可答应过我，这是我最好的朋友。"

梁县长亲热地搂拍小眼镜的肩膀："放心，放心！干爸什么时候说话不算话了？"

梁县长挤出人群，独自走到门口，眼神中透出一丝寒意。

16. 县政府后院　夜　外

白灵走到后院月亮门前，发现门已经被上了锁。她找到一处矮墙，踩着石砖爬上，跳进院中。满院荒草树木，阴森森的可怕。

白灵扒窗往里望，轻声呼叫："有人吗？"

屋内依然没有动静。

白灵绕过天井，突然听到有呻吟声，却不知方向。

白灵四下里转，扒住井口才发觉声音隐隐约约是从那里传出的。

白灵惊奇地看到井下把手，咬牙探身钻下去。

17. 水牢　夜　内

白灵蹚着水，在一个狭窄的过道中走着，呻吟声越来越大。

墙壁上挂着一个马灯，幽暗的灯光下，两个血肉模糊的人泡在水牢里。

白灵惊呆："喂？喂！"

突然身后传出冷笑，白灵猛回身。

梁县长阴笑着从黑暗中走来："你这白鹿原的娃娃，还真是能折腾哩！"

18. 县政府门外　夜　外

参加酒会的人三三两两寒暄着从里面走出来。

鹿兆鹏在对面不安地凝望。

韩裁缝轻声："已经散了，那女孩怎么还没出来？"

鹿兆鹏眼中满是焦急。

19. 县政府后院房中　夜　内

梁县长与白灵撕扯着，将她推倒在床。

梁县长发狠地："还想摸我的底，你胆子不小！是谁派你来的！"

白灵拼命挣扎却力不从心，围巾已被撕开。

梁县长狞笑："我也没指望你说，既然来了再出去就不可能了，陪我好好乐一乐！没准儿还正经收你做个三姨太呢！"

门外小眼镜叫喊声："让我进去！"

梁县长一愣，转身拉开门，两个侍卫正阻拦小眼镜。

小眼镜冲进屋抱住白灵哭泣："白灵我对不起你！"

白灵凄然一笑："干闺女……你怎么会变成现在这样。"

梁县长身后轻笑："你来得正好，帮我劝劝她。看在你的分儿上我才没要这丫头的命！正好我前面送客，等回来她要从了我倒罢了，如果不从……"

梁县长诡异一笑："就跟下面那俩人一起埋了！"

门被撞上，屋里只剩下白灵和小眼镜两人。

小眼镜伤心地哭："我没有办法。白灵，西安城被围，我爸的买卖全垮了？是他帮我家解了围，供我吃供我穿。"

白灵推开小眼镜冷笑："所以你就甘心当这个干闺女？他那么多干闺女都是你介绍的吧，无耻！"

小眼镜哭："白灵我真没想害你！邀请你的时候我也犹豫过，你是我最好的姐妹，我知道你是什么样的人……我……"

白灵悲哀地看着小眼镜："我原来以为你是个很简单的人，你怎么会变成现在这样。管吃管喝管你的荣华富贵，你就为这个而活吗？"

小眼镜含泪："你说我们上学图的是什么，不就是过这样人上人的日子么？"

白灵摇头："我上学不是为了这个，你太可悲了！"

小眼镜背身而立，哽咽着："我就知道你会瞧不起我，我早该想到了！好，今晚我就是拼了命也要送你出去！只要你记着咱俩上学的日子，权当咱俩没有重新见面！"

白灵轻蔑地一笑。

小眼镜猛转身，脸上挂满泪水："我求求你了白灵！我现在死都可以，就是不要你那种笑！你知道你那种笑像刀子，会杀死人的！"

白灵默默看着小眼镜，无语。

20. 县政府外　夜　外

门外最后的客人已经与梁县长寒暄告别。

梁县长望着车远去，刚要回身却停住脚步，回头四下里望望，嘴角露出一丝诡异的笑。

梁县长大声命令卫兵："今晚加岗哨！不怕贼偷就怕贼惦记！"

角落中鹿兆鹏阴沉着脸，攥紧了拳头。

有人轻语："那女孩还是没出来！"

韩裁缝拽了拽他，冲鹿兆鹏努努嘴，顿时鸦雀无声。

韩裁缝声音很轻却清晰地："今晚行动取消，告诉同志们解散待命！"

鹿兆鹏突然说话："我得进去！"

韩裁缝一惊，瞪着他："你知道后果吗！我们等到现在就为了让你进去暴露身份？"

鹿兆鹏摇头："白灵有危险！"

韩裁缝急："鹿兆鹏你是县委委员！你等着让姓梁的抓你把柄向岳维山告状是不！"

鹿兆鹏也急："我必须进！我可以用其他的理由找他！"

韩裁缝一把揪住鹿兆鹏的胳膊："你冲动会坏了大事！"

鹿兆鹏竟甩开韩裁缝的手，向前大步迈去，眼看就要走出藏身的黑暗。韩裁缝身后叫："鹿兆鹏！你疯了吧！"

鹿兆鹏回身，竟是伤感的目光："老韩，我不想当年那一幕重演……"

韩裁缝目光一震，默默望着鹿兆鹏远去的身影。

鹿兆鹏头也不回地："天亮如果我还没出来，开始行动！"

身旁有人问："拦不拦他？"

韩裁缝轻轻摇头。

21. 县政府　夜　内

梁县长正要往后院走。

有人通报："县长，鹿委员来了！说有急事找您。"

梁县长不耐烦地："不见，今晚谁都不见！"

突然梁县长猛回身，目光恍然："鹿兆鹏？"

梁县长狞笑起来。

22. 县政府后院房中　夜　内

门外两个侍卫把守，不时警惕地看着屋里动静。

白灵异常镇定，轻叹一声将围巾解下来，挂在小眼镜脖子上。

小眼镜一愣，怔怔地看着白灵。

白灵给她系好扣："我恐怕是出不去了，小眼镜，你帮我个忙我就不会再恨你。"

小眼镜："你说！"

23. 县政府　夜　内

梁县长端起茶杯吹了吹，余光打量面前的鹿兆鹏。

鹿兆鹏也镇定自若。

梁县长含笑："可惜鹿委员没有参加酒会呀！我可是再三请过你哟！"

鹿兆鹏也笑："事太多，赶不过来。"

梁县长定定地瞧着鹿兆鹏，收笑："这么晚了，鹿委员又因何事赶来呢？"

鹿兆鹏从容地："明天岳书记长就该回来了，我想跟梁县长汇报一下农委会的工作。"

梁县长一笑："汇报工作非要赶到深更半夜不成？"

鹿兆鹏凑近轻声："梁县长，可知书记这次去省城参加的什么会？就是关于农业的，想必他回来一定会问及，我是怕县长措手不及啊！"

梁县长怔了怔，意味深长地打量鹿兆鹏。

鹿兆鹏:“现在各乡各村参加农讲所的学员都已经选拔完毕，明天就结队直奔省城……”

梁县长突然打断:“近日围攻县政府的事，鹿委员知道吗？”

鹿兆鹏一笑，不置可否。

梁县长异样的眼神盯着鹿兆鹏:“这群人不可怕，蝼蚁之众，可怕的是藏在背后的人！”

鹿兆鹏感兴趣:“哦？梁县长的意思这是一群有组织的民众？那他们为何事冲击县政府啊！”

梁县长语塞:“这……”梁县长一笑，“一群流氓乱匪想趁我立足未稳，寻机捣乱！”

鹿兆鹏认真地:“这么严重的事儿梁县长向岳书记长汇报了吗？”

梁县长眼中闪过一丝慌乱:“不用，不用！梁某已经解决了。”

外面传来吵闹声，小眼镜不顾侍卫阻拦冲到门口。

小眼镜:“你要他们放我走！我要回家！”

鹿兆鹏呆呆地盯着小眼镜，梁县长打量了一下，忙笑容可掬地站起身。

梁县长:“这是我干女儿，快来见见咱们年轻有为的鹿委员。你应该叫鹿叔叔，不！应该叫鹿大哥。”

小眼镜勉强笑:“鹿大哥，您好！”

鹿兆鹏百感交集的目光落在她脖子上，一时竟说不出话。

小眼镜颤抖着声音:“我想回家……”

梁县长笑着推送:“好好好，干爸派车送你回去！”

小眼镜想要挣扎，肩膀却被他的双手死死钳住。

身后鹿兆鹏轻声地:“白灵在哪儿？”

小眼镜一哆嗦，忙看梁县长。

梁县长目光一紧，随即笑着拢过小眼镜:“快走吧，你爸刚才找你半天呢！”

身后鹿兆鹏朗声喝道:“梁县长，我问的是你，白灵在哪儿！”

梁县长停住脚步，慢慢转过身来，狞笑着注视鹿兆鹏。

梁县长:“鹿兆鹏，我早该想到是你！”

门咣当一下被冲开，随着小眼镜的尖叫声，几个持枪的侍卫冲了进来。

梁县长："你纠集民众冲击政府，该当何罪！你持枪夜闯县政府企图谋害本县长，该当何罪！"梁县长长叹一声，"明天岳书记长只能看到一具尸首了。"

鹿兆鹏从容地："梁县长这是诬陷，鹿某哪来的枪！"

梁县长一笑："死了就有了！"

话音未落，刹那间鹿兆鹏袖口中滑出手枪顶住梁县长额头，所有侍卫都惊住。

鹿兆鹏在梁县长耳边："可惜我活着就有枪！"

梁县长脸色大变："这是干什么？误会！全是误会！"

鹿兆鹏："白灵在哪儿！"

梁县长："谁是白灵？梁某真不知道！"

小眼镜颤抖着声音："我知道！"

梁县长狠歹歹地瞪向小眼镜。

24. 县政府后院　夜　外

鹿兆鹏一手勒住梁县长脖子，枪顶着他的太阳穴，周围全是持枪的侍卫。

小眼镜推开月亮门："鹿大哥，白灵在这里！"

梁县长苍白的脸："佩服，佩服！万万没想到你敢孤身一人破我的局。只是你不想想，事到如此我还能放你出去么！"

鹿兆鹏不由分说勒住梁县长往屋里去，厉声喝道："谁也别进来！进就打死他！"

被绑的白灵起身，不敢相信地看着鹿兆鹏："兆鹏哥！"

鹿兆鹏一脚将门踹上，冲小眼镜："解开！"

小眼镜慌乱地上前解开白灵身上的绳索。

鹿兆鹏将梁县长摁在椅子上，拉过绳索绑起，吹灭油灯，屋子顿时陷入黑暗。

黑暗中白灵紧紧拉住了鹿兆鹏的手。

梁县长狞笑："鹿兄，咱俩本该做朋友。我早就知道你不是一般人，连岳维山都畏你三分。可说老实话，你该想到今晚我不可能放你们出去！就算我答应，外面这些人也不会放！不出去是死，出去更是死！"

鹿兆鹏没有答话，扯下一块布单死死将梁县长的嘴封住。

鹿兆鹏轻声冲白灵："他这话是说给外面人听的。"

白灵恍然，也轻声："外面的人只要探不到屋里的虚实，就不敢轻举妄动！"

鹿兆鹏赞许地点头。

白灵急促地："鹿大哥，你们那两个人在水牢里，入口就在水井！"

梁县长呜呜地拼命挣扎。

鹿兆鹏感叹："白灵，这次你立大功了！"

一旁小眼镜低声抽泣，白灵无声地搂紧了她……

25. 县政府门外　夜　外

县大门突然"吱呀"一声从里面关紧，上门杠。

黑暗中的韩裁缝等人都紧张站起。

韩裁缝面色严峻。

有人轻声问："鹿委员会不会有危险，现在行动？"

韩裁缝摇了摇头，沉声："他没问题，等到天亮。"

26. 白家　凌晨　内

梦境：

"大！你找我呀！"

白灵咯咯咯地笑着在大雾迷茫的原上奔跑，时隐时现，"啊！"了一声突然不见。

"灵儿！"白嘉轩气喘吁吁冲到跟前，前面竟是滔滔大河。

白嘉轩猛地惊醒。

屋里传来白赵氏的咳嗽和呻吟声："灵儿，我的灵儿……"

仙草疲惫地撩帘进来。

白嘉轩穿好衣服："我这就进县城。"

仙草默默地给丈夫穿好鞋，目光期盼地轻声："这次一定把灵儿带回来。"

27. 县政府后院　凌晨　外

一缕光亮照进窗棂，白灵紧搂住瑟瑟发抖的小眼镜。

鹿兆鹏持枪靠坐在窗下，凝视那缕光亮照耀的灰尘。

小眼镜低声抽泣："我想回家。"

白灵："别怕！会见到你爸爸的。"

小眼镜哭："要是西安城没被围，我们还在学校里上学多好啊！"

白灵眼圈也红："你知道我上学为的是什么？不是为吃为喝为富贵，我想有一种力量终会改变这个世界！所有的坏人黑暗都会被扫除干净！每个善良的人都能自由自在地生活，追寻他们想要的……"

鹿兆鹏痴痴地望着光亮，目光欣慰。

小眼镜："你能原谅我吗，你还把我当好姐妹吗？"

白灵动情地搂紧她："我们一直是姐妹。"

院外传来一阵慌乱，更远处隐隐约约有呐喊声，撞击声，还有零星的枪声。

鹿兆鹏靠墙站起，大声喝道："你们现在放下枪还来得及，错的是这个姓梁的！你们手上还没有沾上人命！我以县委委员的名义向你们保证，等岳书记长回来，所有人宽大处理！"

外面鸦雀无声。梁县长额头见汗，目光绝望地拼命挣扎。

白灵紧张地看着鹿兆鹏。

鹿兆鹏继续大喝："昨晚大家都蒙在鼓里，但是现在天亮了！谁再执迷不悟，我也护不住他！外面有多少人围住了县政府，你们知道吗！所有滋水县的民众都在这里！谁敢开一枪就是把其他兄弟的命当儿戏！"

院里传来声音："鹿委员，你们的两个人在这里。"

鹿兆鹏深吸一口气，猛拉开门，两个浑身是血的同志被侍卫架着，站在院中，所有人都将枪放在地上，鹿兆鹏长舒了一口气。

白灵望着鹿兆鹏的身影，眼中闪动着光亮。

28. 白鹿原　日　外

黑娃背着包裹，田小娥不舍地拉着他的衣袖。

黑娃："回吧！其他人还等着我哩，别让人笑话。"

田小娥："你快回来。"

黑娃笑："兆鹏哥说这农讲所这一讲就得个把月哩！你踏实在家等着，有啥事就去小学校找兆鹏哥。"

田小娥点了点头："黑娃，这些日子你就没好好跟我说过话。"

黑娃挥了挥手向前走去，田小娥含住眼泪不让流下来。

黑娃终停住脚步，转回身冲到面前，将田小娥搂在怀中，颤抖着声音："小娥，等我回来，再没人敢看不起你，给你白眼。"

田小娥哽咽："嗯，我信！"

黑娃松开，转身狂奔而去，依然像头狼一般，飞驰在原上。

田小娥怅然若失地望着。

29. 窑洞　日　外

白孝文提着一袋粮食敲门，不见人答应。他推开虚掩的门，好奇地迈进来，打量简陋的环境。

屋外田小娥惊恐的声音："谁！"

白孝文忙冲出屋，田小娥正举着一根棍子，脸色苍白，看清是他，才慢慢放下来。

白孝文慌乱解释："我……我给你们送粮食来了。"

田小娥怔怔瞧着那袋粮食，用疑惑的目光抬眼看他。

白孝文："这粮食不是族里给的，是我爸让送来的，怕你们不够。"

田小娥："我不要，你拿回去。"

白孝文愣住："啊？"

田小娥淡淡地："我不要施舍，没这袋粮食我也饿不死。"

白孝文怔怔地注视面前这个女子，说不出话来。

田小娥自己进屋，将粮食扔出来，门撞上。

白孝文背起粮食要走，迟疑回身又拍门："你不开，我把粮食放门口了。"

白孝文走出几步回头，门打开，田小娥冲出："你回来！"

田小娥用力拽着粮食，白孝文忙走近。

田小娥又塞他怀中："拿走！"

白孝文无奈："你就收下！这不是施舍。"

推脱间粮食洒出，白孝文慌忙蹲下捡。田小娥也忙跪下捧起吹土，一下子眯了白孝文的眼。

白孝文一捂："呀！"

田小娥尴尬："哎呀！"

田小娥下意识起身扒开白孝文眼皮，凑近轻轻一吹。

白孝文揉眼站起，粮食再次被塞进他怀中。

门"咣当"一声撞上。白孝文喘息，沉浸在刚才女子的气息中，缓过神慢慢抱着粮食走去。

门开一道缝，田小娥红着脸偷偷望着白孝文的背影……

30. 县政府大院　日　外

院里狼藉一片，人们兴奋地搬运着东西。

韩裁缝正小心查看两个同志的伤势，冲其他人："赶快转移找大夫！"

鹿兆鹏上前，与韩裁缝意味深长地对视，轻声："多亏了白灵。"

韩裁缝点了点头："你说得没错，这真是个好娃。"

鹿兆鹏苦笑："没想到姓梁的这条老狐狸会败在一个女学生手里。老韩，我昨晚有些冲动，会向组织检讨的。"

韩裁缝默默拍了拍鹿兆鹏的肩膀，突然院后响起两声枪响。

两人回过头去，人群大乱。

韩裁缝厉声问道："怎么回事！"

有人惊慌失措："姓梁的跑了！他的人有枪，伤了我们两个同志！"

鹿兆鹏恨恨地："这就是我们的队伍！"

鹿兆鹏拿枪转身奔去。

31. 县政府门口 日 外

白嘉轩望着涌进涌出的人群惊呆。

有人叫喊着从他身旁撞过："杀人啦！姓梁的跑啦！"

白嘉轩不由自主被人群挤进县政府大门，焦灼地四下寻找，拉住一人便问："谁知道白灵，见着白灵没？一个女娃，女学生！"

32. 县政府后院 日 外

白灵拉着小眼镜在混乱的人群中也在找寻。突然一个穿旗袍的女人从身边撞过。

白灵无意间看到旗袍下那双男式皮鞋，一怔，忙松开小眼镜的手追去。

白嘉轩正挤过人群喊："白灵，白灵！"

白灵愣住："爸？"

白嘉轩喜出望外，拉住白灵的胳膊："灵儿！你在这干啥呢！快跟我回家！"

白灵望着那快要消失在人群中的旗袍，焦急地："爸，等会再说！"

白灵甩开爸的手，再次钻进人群中。小眼镜也追了过去。

白灵绕过拐角，一眼瞥见县政府后墙，一个穿旗袍的人正跨在墙头准备跃出。

白灵大吼一声："站住！"

那人一激灵回头，果真是披着围巾的梁县长。

白灵大叫："来人啊！姓梁的在这儿！别让他跑了！"

梁县长恼羞成怒，掏出枪对准白灵。

刹那间小眼镜冲上前："白灵小心！"

一声枪响，小眼镜扑倒在白灵面前，白灵怔怔地看着小眼镜的眼睛，那丝光亮慢慢消逝。

又是一声枪响，梁县长坠落墙下。

鹿兆鹏提枪追上前，小眼镜已倒在白灵怀中。

白灵哭："小眼镜，小眼镜！快叫大夫！"

鹿兆鹏熟练地摁住小眼镜涌血的伤口，又摸了摸她的脉搏，抬眼冲白灵摇了摇头。

小眼镜喘息，用尽最后的力气："带我回家吧……我想回家……"

白灵用力点头，泪水滴落在小眼镜的脸庞。

小眼镜闭上双眼死去。

白灵用力搂着她，脸贴着脸伤心哭泣。

白嘉轩冲上去，惊恐地拉住白灵："灵灵，这血是谁的？"

白灵哭着摇头："爸！"

白嘉轩慌乱地看女儿身上。

白灵扑进他怀中伤心欲绝地哭泣："爸！"

白嘉轩怔怔看着死去的小眼镜。

33. 原上　日　外

马车在原上走着，鹿三扬鞭催赶。车上鹿兆鹏与白嘉轩对坐无语，白灵偎在父亲怀中，已经疲惫睡去。白嘉轩叼着烟袋，沉默不语。

鹿兆鹏："是我没照顾好白灵。不过伯，这次白灵真的立了大功……"

白嘉轩闷声："饶过这孩子吧！"

鹿兆鹏不知该再说什么。

白嘉轩："算我求你，伯从没求过你啥。"

鹿兆鹏想着措辞："伯……"

白嘉轩："已经给她说下一门亲事，做人家媳妇了。"

鹿兆鹏吃惊地看着白嘉轩："白灵知道吗？"

白嘉轩："我定下了。"

两人再无话。鹿兆鹏复杂的目光看着熟睡的白灵，转头望向荒野。

34. 县政府　日　内

岳维山背着手迈过狼藉一片的文件，抽屉，冷漠地扫视四周。

手下抬过梁县长的尸体。

岳维山撩起白布，厌恶地看了一眼。

田福贤报告：“省里已经收到县长滥杀无辜还有贪污腐化的证据，命我们严惩。”

岳维山长叹一声：“你知道他该死在哪儿？”

田福贤愣了愣，赔笑：“滥杀无辜？破坏革命？”

岳维山摇了摇头，一字一顿：“妇人之心，没有斩尽杀绝。”

田福贤惊诧：“没……杀绝谁？”

岳维山却不理睬大步走去，田福贤呆呆站在那里。

35. 白家 日 内

白赵氏一把把孙女搂到怀里，张口咬住白灵脸蛋子久久不放，涎水从脸腮上流灌进脖颈里去，残缺不全的牙齿在孙女粉白红润的桃花脸上留下几个奇形怪状的窝痕。

白灵咯咯地乐：“奶奶！别亲啦！痒死我了！”

仙草禁不住热泪涌流，疼爱地斥骂着：“没良心的东西，把老老少少一家人都给你折磨死了！”

白灵从奶奶怀里跳起来，回头又在奶奶脸上亲了一口，掏出手帕又亲昵地给母亲沾去泪水，跳到屋子中间挺身一站：“我不是好好的吗？我长得高了吃得胖了，你们尽操那些心做啥！”

白嘉轩默默看着她。

白灵环顾一圈屋里的人，得意忘形地宣布：“你们不知道我都做了啥，这回大闹滋水县好痛快呀！”

白嘉轩磕了磕烟灰就站起身走出去了。

仙草怯怯的目光送着丈夫的背影消失在门外，回过头喝止女儿：“灵灵，你在城里要念书就好好念书，甭跟着旁人疯疯癫癫乱跑。记住，在屋里再甭说刚才说的那号话了，你说话也该瞅瞅你爸的脸色。”

白灵：“我瞅见我爸的脸色，他不悦意他不爱听。我偏说给他听，冲一冲他那封建脑瓜子。”

孝文冷哼一声：“全家人为你急得够呛，爸连夜去找你，你还气他！”

白灵冲哥做个鬼脸，拉着孝文媳妇："嫂子你看他呀！"

孝文媳妇冲孝文："你就少说两句！别惹咱妹不高兴，明儿还相亲呢！"

白灵愣住："谁，谁相亲？"

孝文瞥了媳妇一眼，家里鸦雀无声。

白灵看着妈："妈，怎么回事？"

仙草："你爸托人说下一门亲，是王村一个大户，人好，忠厚……"

白灵急："谁让你们定下的！你们没有资格给我说亲！"

孝文骂："混账话！爸妈没资格，谁还有资格！"

白赵氏哭："行咧，刚回来就打哇！别闹了灵儿！"

白灵气得跺脚，冲出门去。

36. 小学校办公室　日　内

白灵挨屋叫着："兆鹏哥！"却不见鹿兆鹏的身影。

一个老师上前："你找鹿校长？他刚被拉回家去。"

白灵怔了怔，转身冲出。

37. 鹿家　晚　内

满桌的菜肴，显然已经酒过三巡，盛酒的喇叭口酒壶已经半空。

鹿子霖冲兆鹏媳妇使眼色，兆鹏媳妇上前倒酒。

鹿兆鹏涨红着脸摆手捂住杯："爷爷我不能再喝了，我没酒量。"

鹿泰恒笑："爷爷让你喝，你就得喝！今儿这酒是喜酒，兆海去了军校，你也做了委员，咱家一下出了俩大官啊！还没好好庆祝呢！"

鹿子霖接话："对，今儿全补上！兆鹏，陪你爷爷喝！"

鹿子霖冲媳妇使个眼色，媳妇忙将端菜的儿媳拽回桌，按到鹿兆鹏身旁。

鹿子霖媳妇："今儿你陪你男人喝酒！"

鹿兆鹏媳妇尬尴起身："妈，厨房还炖着菜呢。"

鹿子霖媳妇将一满杯酒塞给儿媳妇，冲她使个眼色。

鹿子霖笑："你媳妇也要敬你哩！"

鹿兆鹏媳妇沉默，端酒上前，眼巴巴看着男人。

鹿兆鹏只得端酒杯站起。

鹿泰恒乐得合不拢嘴："对，对！俩娃喝一个，今儿爷爷高兴！"

鹿兆鹏只得仰头干尽，呛得咳嗽起来。

鹿兆鹏媳妇忙放下酒杯，给他捶背。

鹿子霖与媳妇、爸暗暗交换个眼神。

38. 鹿兆鹏屋　晚　内

鹿兆鹏满身酒气挣扎从床上坐起，哀求着。

鹿兆鹏："爸，我得回学校去。"

鹿子霖强按住儿子："回啥学校，这才是你家！哪儿也不如家里床舒服！"

鹿兆鹏迷糊摇头："不，我要回去！"

鹿子霖冲身后儿媳使个眼色，轻声："我就不管哩。"

鹿兆鹏媳妇红着脸点点头，看公婆出去，将门反锁上。

鹿兆鹏躺在床上已经半睡状态，媳妇先将自己上衣脱了下来，露出红肚兜，慢慢跨上床去……

门外鹿子霖与媳妇扒着窗偷听，里面的灯被吹灭，两人相视一笑，正要离去，前院响起白灵的叫声。

白灵："兆鹏哥在吗？爷爷，我找兆鹏哥！"

鹿子霖皱眉："这娃咋来咧，不捣乱么！"

夫妻俩忙向前院奔去。

39. 鹿家正厅　晚　内

鹿泰恒正上下打量白灵。

鹿子霖和媳妇跨进门："白灵来咧！你多少年没上叔这来了！"

鹿泰恒笑指着："长成大姑妈了！一进门我都没认出来！"

白灵勉强赔笑："爷爷，大，婶，我早该来给你们送信了。兆海去军校没来得及通知你们，还让我传话哩！兆鹏哥呢？"

鹿子霖热情地拉过白灵："你快说说兆海咋样？这畜生连个家都不回！"

白灵只得解释："兆海本来想回家的，可保定军校临时发了个通知……"

鹿子霖向媳妇使个眼色，媳妇悄悄将屋门关上。

40. 鹿兆鹏屋　晚　内

鹿兆鹏媳妇把脸贴在男人脱光的胸前。

鹿兆鹏恍惚说着："刚才谁在叫我？"

鹿兆鹏媳妇亲着丈夫："没有谁，你听差哩！"

鹿兆鹏猛然惊醒："不对，是白灵！"

鹿兆鹏推开媳妇，跌下床踉跄着向门口冲去。

41. 鹿家正厅　晚　内

白灵边兴奋地讲边比画表演，鹿泰恒、鹿子霖和媳妇瞠目结舌听着。

白灵一会跳上桌椅，一会趴在地上，鹿子霖看不下去想搀扶，白灵又蹦起来跳到桌上……

白灵："……兆海的枪法可准了！我眼见着他一枪一个，他们那化学老师都夸兆海就是当兵的料呢！"

突然白灵神色黯淡下来，听的三个人交换个眼色。

鹿子霖轻声："咋了？"

白灵幽幽地："死了好多人，你们根本想象不到那时候的残酷。"白灵一激灵，"兆鹏哥呢？叔，我想找兆鹏哥。"

鹿子霖媳妇："他没在家！早走咧！"

话音未落，院中传来鹿兆鹏的叫声："别拉着我，我得走，你们这是干什么？！"

白灵忙站起身冲出门。

院里鹿兆鹏光着膀子推搡媳妇。

鹿子霖三人都站出门来，呆呆望着。

白灵吃惊地："兆鹏哥？"

鹿兆鹏喘息，扫视每一个人，颤抖着声音："爷爷，爸，妈，你们在酒里下药了是不？你们干吗要这样做！"

白灵更惊诧地回头看着每一个人。

鹿兆鹏已经冲出门去。

42. 原上 晚 外

鹿兆鹏光着膀子跌跌撞撞在原上奔跑，白灵追赶上来扶住他。

白灵："兆鹏哥……"

鹿兆鹏含泪喘息："你都看见了，完全两个世界！我在外面流血流汗，再狡猾的敌人都不是我的对手！回到家我的亲人却给我下药！他们想把我拴死在这个地方，让我给他们生孩子，传宗接代！"

白灵："我都看见了，兆鹏哥你……你冷不冷？"

鹿兆鹏拍着胸脯："我是这儿冷！我被他们打败了，一败涂地！"

远远地鹿兆鹏媳妇追来，隔着一段距离停住脚步，异样的眼光看着白灵。

白灵尴尬上前："嫂子。"

鹿兆鹏媳妇扔过一件衣服："你给他穿上吧。"

白灵还想说什么，鹿兆鹏媳妇却转身就走。

白灵回身给鹿兆鹏披上，搀扶着他。

鹿兆鹏恍惚地："完全两个世界，你不会懂的，你也不会懂……"

白灵冲动地："兆鹏哥我懂！我知道你心里有多疼！我还知道跟你出生入死的那个姐姐，她才是你真爱的人，是不是……"

鹿兆鹏根本没听清，身子晃了晃倒下去。

白灵慌忙上前抱扶住，踉跄着向小学校走去。

42A. 小学校宿舍 晚 内

鹿兆鹏躺在床上昏迷。

摇曳的油灯，白灵半蹲在床边忧心忡忡看着他。

鹿兆鹏闭眼呻吟。

白灵背靠在床边颓然坐下，颤抖着声音："兆鹏哥，我这次回来特别想找到你，我有太多话想对你说。人太可怜了，老百姓太可怜了。"

白灵眼中噙满泪水。

白灵背着身像在喃喃自语："我现在才明白你当初的话，我们要打破旧世界！用鲜血换一个新世界！"

鹿兆鹏紧闭双眼，痛苦的神色，一点都没有听到。

白灵："我现在也懂了，你经历了那么多，回来又不能说，没有人可以理解你。所以我知道你难受，特别难受……"白灵自己抹泪，笑，喃喃，"我干吗要哭呢。"

白灵说着更忍不住泪如雨下。

43. 白家 晚 内

白灵疲惫不堪地迈进屋，爸和妈还没有歇息，看来是专意等待她。

白嘉轩："你到谁家去了？"

白灵摇摇头："我明天要走，今晚不去再没时间了。"

仙草惊讶："明天就走？你一年没回来，刚回来连一整天也待不下？"

白灵笑着向妈赔情："没办法呀！妈，革命形势紧迫，同志们约定明晚开会，等胜利了我回来跟你住整整一个月。"

白嘉轩忍着冲到喉咙口的火气冷静发问："你现时还念书不念书？"

白灵："念呀，怎么不念？"

白嘉轩："你念了书日后做啥呀？"

白灵："我喜欢教书。革命胜利了我就做个先生，教书。"

白嘉轩不动声色："你现在甭念书咧，回家来行不行？"

白灵不假思索一口回绝："不行不行不行！爸，你是不是想把我嫁出去，我肯定是不嫁！"

仙草："灵灵！咋跟你爸说话呢！你爸给你说的那家可是……"

白嘉轩咳嗽了一声，平静地："让灵灵睡觉去。"

白灵还想说："爸……"

白嘉轩冲媳妇使个眼色，仙草拉过白灵出去。

白嘉轩皱眉沉思。

44. 小学校宿舍　清晨　内

鹿兆鹏迷糊醒来，懊恼地坐在床上回味。

一个教员正提来暖壶："鹿校长醒了？"

鹿兆鹏点点头。

教员笑："昨晚您喝了那么多酒啊，要不是那小姑娘扶您回来，恐怕您现在还睡在原上哩！"

鹿兆鹏恍惚看见桌上一纸信札，拿过来，上面清秀的字迹。

白灵（画外音）："我们可以把两个世界变成一个世界，相信我。"

鹿兆鹏的目光变得温暖，闪动着晶莹的泪光。

45. 白灵屋　清晨　内

白灵穿戴好刚要出门，发觉门板从外头反锁，用力砸门。

白灵："放我出去！爸，你们这是干什么！"

白嘉轩从上房里屋背着双手走下台阶，走过庭院在门前站住。

白嘉轩对着门缝："王村你婆家已经托媒人来定下了日子，正月初三。"

白灵嘴巴对着门缝吼："王家要抬就来抬我的尸首！"

白嘉轩已走到门口，猛地转身："就是尸首也要王家抬走！"

46. 西安城　日　外

夏秋季节。

鞭炮炸响，鼓声大作，醒目的横幅："第一届农民运动讲习所欢迎新学员。"

黑娃戴着大红花挤在学员中，兴奋地东张西望。

一个教员拿着喇叭："同学们！你们是来自乡村的骨干，你们是土地的儿子，你们是中国革命未来的希望！"

黑娃不由更加挺直了胸膛，脸上洋溢出从未有过的光彩……

第二十七集

1. 白鹿书院　日　内

白嘉轩闷头抽着烟袋，一脸愁容。

朱先生却站在案边执笔画画。

白嘉轩闷声："姐夫，该咋办呢！就是拿这娃没办法。一个女子性子咋能这么烈！你没看见她跟我翻脸，就跟不是我亲生的闺女一样。"

朱白氏旁边插话："咱去瞧瞧灵儿吧，多少年没见了。嘉轩你也别急，你姐夫劝她准听。"

朱先生像没听到一样，凝神画着。

朱白氏有些着急："跟你说话呢！"

朱先生长出一口气，抬头冲白嘉轩招招手："来看看，像不像你梦见的那头白鹿。"

白嘉轩忙起身和姐姐走到桌前，都是一惊。一头白鹿跃然纸上，回头瞧着世间。

白嘉轩连声道："像，真像！姐夫你也梦见过？"

朱先生朗声大笑："鹿生天地间，就是要脚踏八方的，关起来那不成牲口了？"

白嘉轩愕然。

2. 白家院　日　外

"打倒列强，打倒列强，除军阀，除军阀，国民革命成功，国民革命成功，齐欢唱，齐欢唱……"

孝文和孝文媳妇都站在院里听。

白赵氏也拄着拐杖靠在门里，冲仙草："唱的是啥呀，我咋一句都听不明白。"

仙草叹息摇头："灵儿已经唱半天了，就没闲过。"

白赵氏发愁："这嗓子还不哑喽！"

白灵在屋中喊着："奶奶，妈，哥，嫂子！你们听我讲！国民党共产党领导的国民革命形势大好！北伐军节节胜利，天下无敌，北洋军阀反动政府保不住驾啦！国民革命的胜利指日可待！"

鹿三抱着一捆柴草，也站在院门口诧异地听着。

孝武上前接过："三伯，咱干活去，我妹抽风了！"

鹿三感慨："早知不该让她进城，我就跟你爸说过，女娃她进城上学，早晚出事哩！"

白嘉轩沉着脸迈进院，仙草迎上前看看他身后，诧异地："姐夫没请来？"

白嘉轩摇摇头："姐夫说他想见的是鹿，不是牲口。"

全家人莫名其妙地面面相觑。白嘉轩独自迈进屋去。

3. 农讲所　日　内

黑娃像小时候那样坐在课桌前，拘谨地学着别人摆弄起桌上的笔墨纸张。

有人轻笑："咱这拿锄头的手，咋握得住笔哩！"

教员含笑站在讲台："大家都是从农村来的，不懂文化情有可原，这不是啥见不得人的事。请你们每个人都举起自己的双手。"

众人面面相觑，纷纷投降一般举起手来。

教员走下讲台："你们相互看一看，谁的手上没结满粗茧。这正说明我们是农民兄弟，我们是靠劳动挣饭养家糊口的人。我们顶天立地，光明磊落，不剥削别人也不欠谁的！在这一个月里，我们将一起学习文化，学如何革命，学军事。我相信结业后你们每个人回到自己的家乡，都将成为栋梁之材！下面请你们每个人介绍一下自己。"

教员一指黑娃："从你开始吧！"

黑娃忐忑不安地起身："我……我……"

教员微笑："别紧张，你是从哪里来的？"

黑娃老老实实地回答："白鹿原。"

教员和蔼可亲："叫啥名字？"

黑娃："我叫黑娃！"

众人哄笑起来。

教员也笑："问你大名。"教员转身冲众人，"待会每个人都要说自己的大名，小名外号都不要在这里叫！这是对自己和他人的尊重！"

教员鼓励地看着黑娃，目光中仿佛透出一种力量。

黑娃鼓足勇气大声地："我叫鹿兆谦！来自白鹿原！"

身后的人一个个站起："我叫赵富贵！来自赵家沟！"

"我叫贺大喜！来自贺家村！"

声音此起彼伏，回响在教室里。

"我叫赵二狗……"

教员严肃地："不是说了，同志，你的大名！"

那人红着脸："报告老师，我的大名就叫二狗！"

教室里哄堂大笑，教员也不由得笑起来，黑娃笑得从未有过的灿烂……

4.白家院　日　外

白灵嘹亮的歌声从屋里传出。

白赵氏站在庭院里斥问："灵灵你疯了？"

白灵："妈快给我送俩馍来，我饿了！"

仙草拿着俩馍馍走到门前，白嘉轩不失时机地赶到，从仙草手里夺下馍。

白嘉轩："让她喊让她唱，她还有劲儿。"

白嘉轩望了屋门一眼，转身进了轧棉花的西屋。

白灵从门缝里看见了院庭里发生的一切，她的腹腔里猫抓似的难受。

接着她口腔里开始发黏，终于喊不出也唱不出了，躺在炕上看冬日惨淡的阳光从房檐上悄然消失，冷气和黑暗一起笼罩了屋子。

5. 小学校宿舍　日　内

教员、学生们踮着脚扒着窗户看热闹。

鹿兆鹏在屋里烦躁地叫："爸，你们这是干啥呀！我还要工作！"

鹿子霖强往床上铺褥子，鹿兆鹏媳妇一旁抹眼泪。

鹿子霖根本不理儿子，冲儿媳妇："他不回家你就住着！啥时候怀上了啥时候回去！"

窗外传来轻笑声。

鹿兆鹏看了眼强忍泪水的媳妇，懊恼："爸，你拿她当啥了！"

鹿子霖指着儿子鼻子反问："你拿她当啥了？当你媳妇了吗！"

窗外又是一阵哄笑，韩裁缝挤在人群中无奈地望着孤立无援的鹿兆鹏。

6. 白家　日　内

白灵躺在炕上，筋疲力尽。

门开，白嘉轩端着一碗裤带面迈进屋门，坐在凳子上。

白灵忙爬起身瞧着爸。白嘉轩推了推面，白灵却不动。

白嘉轩："喊一天了不饿？"

白灵："放我出去！"

白嘉轩抽起烟袋："你奶奶病得那么重，就是想你想的。你妈隔三岔五梦见你，把枕头都哭湿了。你就不能替她们想想？"

白灵眼圈一红低头不语。

白嘉轩长叹一声："我们生你干啥，就为了让你去疯？去外面闹事？全家人天天提心吊胆猜想你是生是死，你呢！只顾自己外面快活！"

白灵猛地抬起头，眼中噙着泪："我没有！我早就把自己放下了！爸，你们根本不懂我！"

白嘉轩无奈："没人能懂你！"

白灵起身："爸，你说对了一半。我是让家里人惦记了，我不懂事，这次回来看见奶奶那样，我心里也揪得慌。可你不知道这些日子我见过太多的生死了，那么多可爱的人、我尊敬的人都死在我的面前我的怀里！到底是为什么，让这个世界如此不公如此残酷！让那么多人活在水深火热里生不如死！我想改变这一切！如果我顾着家里，我就没有勇气做到这些！”

白嘉轩凝视女儿：“你……还是我的灵儿吗……”

白灵激动地：“我是你们的女儿，没错我有爸妈我有家，可你没见多少家庭被这残酷的世道摧垮！夫妻离散母子不能相见！他们想见爸妈一辈子都见不到啊！我要改变这一切！”

白嘉轩：“就凭你？”

白灵挺直腰颤抖着声音：“就凭我！”

白嘉轩也站起身来走近，异样的眼光打量着女儿，仿佛看一个陌生人一样：“灵儿啊，爸最后劝你，别疯了，把心收回来。”

白灵含着眼泪扑在父亲怀中哽咽：“您就当没我这个女儿吧！我得去替那些死的人活着！我在这儿我喘不过气啊爸！”

白嘉轩默默推开女儿，端起面慢慢走出门去。

白灵身后哀求：“爸！我求您了！”

门“咣当”一声又被锁上。

白灵无力地瘫软靠坐在墙角，抹干眼泪神情恍惚。

7. 祠堂　日　内

白嘉轩独自坐在牌位前发呆。鹿子霖无精打采地迈进门来，两人对视，同时叹了口气。

鹿子霖有气无力地：“我到你这儿坐坐。”

白嘉轩用烟袋指了指旁边的椅子，鹿子霖刚坐下竟捂住脸呜呜地哭起来。

鹿子霖哭：“这日子没法过了！我算明白共产党是咋回事了！连家都不要了！”

白嘉轩悲哀地看了看鹿子霖：“这个党咋这么厉害，闹得我家灵儿也丢了魂似的。”

鹿子霖抬起头，眼巴巴瞧着白嘉轩：“你家灵儿也闹……”

白嘉轩点点头。

鹿子霖哭得更伤心：“你家才一个，兆海好像也是这个党的！”

白嘉轩抬眼同情地看看鹿子霖："世道变了。"

鹿子霖含泪点头。

白嘉轩长叹一声："你记着我的话子霖，守住田地守住家，别起那些贪心坏心，啥世道我们都能过去。"

鹿子霖抬起泪眼怔怔瞧着白嘉轩："你话里有话。"

白嘉轩："瞧兆鹏当了委员时你那得意劲儿，在村里横着走，眼都不往地上瞅一下，话说回来你这做老子的咋还给他惹祸哩？"

鹿子霖急蹦起来："我就说你还惦记着那粮食！"

白嘉轩定定地瞧着他，也不说话。

鹿子霖骂："你看着我儿子出息了，你有气！我还不知道你白嘉轩！你可逮着整我的机会了，你有种就把我轰出这原！"

白嘉轩："你真是魔怔了。"

白嘉轩起身出去，鹿子霖冲他背影骂："我不怕你！别以为攥着我辫子。你把我粮食都归公有你啥好果子吃！白嘉轩！该着你养了个白眼狼闺女！"

白嘉轩定住脚步猛转回身，狠狠瞪着鹿子霖。

鹿子霖喘息不敢再说话，院门"咣当"一声关上。

8. 白家 晚 内

白灵疲惫不堪地靠在窗下哼唱，肚子咕咕叫起，白灵干咽口唾沫。

黑暗里窗户纸轻轻响了一下，什么东西滚落到肩头上，白灵一抓到手就毫不迟疑地吞嚼起来。

白灵轻呼："妈，是你吗？"

仙草蹲靠在窗外，含泪："灵儿啊！就听你爸一句话吧！你奶奶一见你本来病都快好了，这又哭背过去了！"

白灵边狼吞虎咽边说："妈，我也不想跟我爸顶，闹成这样我不伤心吗！是他不尊重我的选择！"

仙草哭："你爸只盼你嫁个好人家，哪个闺女不嫁人呐！黑娃偷回个女子来不行妇道，你爸死命不让进祠堂，你现在又闹成这样，这不抽你爸嘴巴吗？"

白灵一怔："黑娃媳妇咋不行妇道？"

9. 小学校办公室 晚 内

鹿兆鹏走进办公室，媳妇抱着铺盖随后跟进。

鹿兆鹏回头："我不说了，你睡在宿舍我睡这儿！"

媳妇平静而坚定："爸说了，你睡哪儿我睡哪儿，怀上算。"

鹿兆鹏无可奈何地看着她。

媳妇竟转身将门反插上，掏出一把大锁锁紧。

鹿兆鹏惊："这也是我爸教你的？"

媳妇点了点头："我知道你外面一定是有人了，没事，你把她领进家来，我做大她做小，我认。"

鹿兆鹏烦躁："我没有，真的没有！"

媳妇凄然一笑："你为啥就不跟我说句真话呢？"

鹿兆鹏转身望向窗外，再不知说什么好。身后窸窣脱衣声，鹿兆鹏回头，媳妇已经脱光钻在被里。

媳妇："我睡了，我看你能撑到啥时候。"

鹿兆鹏无可奈何。

10. 白家 夜 外

"向田小娥同志学习！"

白嘉轩刚迈进庭院，仙草脸色煞白，孝文孝武也惊奇地听着。

白嘉轩皱眉："咋了？又喊出啥花来了？"

孝文媳妇夸张地："爸，灵儿她不知听谁说的……"

孝文瞪眼："闭嘴！"

白灵："向田小娥同志学习，妇女解放，男女平等！打倒世间一切不平等！"

仙草快要哭出来，冲丈夫："我今天跟她念叨了几句。"

白灵在屋里高唱起革命歌曲，将门拍得震天响。

孝文在一旁轻声："爸，白天族里人都围在外面听热闹，让我和三伯轰走好几批！丢人哩！"

鹿三含泪摇头："丢人哩，嘉轩！真丢人哩！灵啊干爸求你，别再喊了！"

白灵:“我就要喊!你们不拿田小娥当人看,她比你们谁活得都强!”

白嘉轩终忍不住站在庭院里吼:“你知道田小娥是谁?你再喊再唱,我就一镢头砸死你!”

白灵对着门缝吼:“谁阻挡国民革命就把他踏倒!”

孝文:“爸你听,你听听!她六亲不认!”

白嘉轩悲哀的目光望着那屋子,转身进屋。

11.小学校办公室　走廊　教室　日　内

窗外响起上课铃声,鹿兆鹏急得不行冲媳妇哀求,媳妇面无表情看着他。

鹿兆鹏:“我还得给学生上课!你别让我出洋相了好不好!”

媳妇转身掏出系在腰间的钥匙开锁。鹿兆鹏夺门而出,媳妇抱起铺盖跟随身后。鹿兆鹏加快脚步,经过的人都恭恭敬敬地让出道,又憋住笑看着他身后的媳妇。

鹿兆鹏走进教室,媳妇也抱着铺盖跟进,被一屋子学生吓一跳,手足无措不知站哪儿。教室里爆发出哄堂大笑。

鹿兆鹏铁青着脸,拿起粉笔在黑板上写起讲义。

窗外韩裁缝叫:“鹿校长,信!”

鹿兆鹏一怔,走到窗前接过,韩裁缝意味深长地冲他点点头。鹿兆鹏低头看信,脸色大变,信封落款竟是鹿兆谦的名字。

鹿兆鹏慌忙打开,一行歪歪扭扭的字呈现眼前。

黑娃(画外音):“我们是革命的未来,农民运动万岁!”

鹿兆鹏不敢相信地瞧着,抬眼想跟人交流,却是学生们好奇的眼神还有媳妇倔强的目光。

鹿兆鹏百感交集,不知该哭还是笑……

12.农讲所　训练场　宿舍　日　内

叠画:

黑娃边认真听讲,边歪歪扭扭记录。

黑娃趴在训练场扛枪瞄准目标，打完靶得意地冲身边人笑。

黑娃坐在自己床上，跟一群人学唱革命歌曲，教员站在中间指挥。

黑娃在摊前喜悦地摆弄手里的发钗，询问价钱，脸色一变。

黑娃身着单衣抱着棉袄在典当铺前徘徊，最终还是钻了进去……

13. 窑洞　晚　外

田小娥正在屋中缝补，听到外面动静，警惕起身："谁啊！"

没人答话，田小娥害怕地拿起门杠靠在门后听动静。

田小娥将门猛地拉开冲出去，却被一袋粮食绊倒。她揉着腿抬头望去，黑暗中出现白孝文奔跑的背影。田小娥怔怔望着，提起粮食回屋。

白孝文跑到山坡上回身喘息凝望，却不知窑内田小娥也在黑暗中扒窗望着自己。

14. 白家　夜　内

白灵疲惫不堪地蜷缩着身体，躺在床上睡去。

门无声地被悄然推开，白嘉轩挟裹着被子迈进屋，静静地站在床前，注视女儿的面庞。

白嘉轩无声落下两行泪，哭了许久，喃喃地："就算你是那头白鹿你脚踏八方，也得认家啊！"

白嘉轩将两个肉夹馍放在床头，又将被子轻轻盖在女儿身上，悄然退去。

重新关好门的刹那，白灵睁开眼，目光复杂。

15. 白家　日　外

乡亲们都像看怪物一般围在白家院外，听着白灵略带嘶哑的高唱。

二豆也扯着嗓子站在墙头，兴奋地配合墙里的白灵高唱。

鹿三轰着："去去去！小心族长跟你们急！"

鹿兆鹏挤进人群，绕过鹿三进院门。白嘉轩正在院中看仙草哭劝。

仙草:“灵儿啊别疯了！你不要这张脸白家还要脸呢！”

鹿兆鹏:“伯，婶。”

仙草忙上前:“兆鹏，你来得正好，灵儿这些天不知受啥刺激了，你帮着劝劝。”

白嘉轩喝止:“你少管，忙你的去！”

白灵在屋里叫:“兆鹏哥，快救救我！”

鹿兆鹏赔笑:“伯，白灵咋了，把她关在屋里？”

白嘉轩淡然:“家事。”

鹿兆鹏怔怔看着白嘉轩，一时竟说不出话来。白嘉轩意味深长地凝视他，转身进了轧棉花的西屋。

白灵在门里叫着:“兆鹏哥，我要出去！他们关死我了！”

鹿兆鹏刚想迈前一步，孝文从轧棉花的屋里出来，挡在他面前。

孝文冷笑:“鹿校长，我爸已经说家事了，这你也管吗？”

鹿兆鹏笑了笑，大声地:“白灵，这回我也救不了你了，你当小时候爬祠堂哩，想去哪儿去哪儿！”

鹿兆鹏转身就走，孝文诧异地看着他背影。

白灵在屋中喃喃地回味:“当小时候爬祠堂……”

16. 白家后墙　日　外

鹿兆鹏绕到后墙根，看看左右没人，敲了敲墙。里面也传出同样的三声。

鹿兆鹏笑了笑，掏出一根磨尖的细铁棍，对准一处用力捅了进去。

墙内白灵惊喜地听着声音，眼瞧着铁棍尖钻进来。

铁棍出去，露出细小的孔道。

鹿兆鹏在外面轻声叫:“能听清吗？”

白灵欣喜:“能！刚才你一说爬祠堂我就知道准是后墙！”

鹿兆鹏也笑:“有人说你是块好料。”

白灵:“干啥的好料？”

鹿兆鹏没再说下去:“你真想逃吗？”

白灵:“你不想？”

鹿兆鹏长叹一声，望望四周："今晚三更提点精神，我帮你。"

鹿兆鹏转身离去。

白灵拼命扒着缝隙往外瞧，急得不行："兆鹏哥，兆鹏哥！等等！"

17. 小学校办公室　夜　内

鹿兆鹏媳妇已经熟睡，打起轻鼾。鹿兆鹏坐在灯下看书，余光瞄着枕边那把钥匙，他轻咳了一声，媳妇没有动静。

鹿兆鹏轻手轻脚走近，俯身拿起钥匙去开锁。

"咔嚓"一声，锁开，媳妇猛地坐起："你干啥去？"

鹿兆鹏飞快地开门，将媳妇反关在屋内。

兆鹏媳妇光着身子砸门，撕心裂肺："鹿兆鹏！你回来？"

鹿兆鹏慌忙上锁，狂奔而去。

韩裁缝早等在院里，将一把镢头抛给他。

鹿兆鹏媳妇恐怖的叫声传出："我死给你看！"

鹿兆鹏一惊，停住脚步转头悲哀地看韩裁缝。

韩裁缝挥了挥手，轻声："我看着她，你快去快回！"

鹿兆鹏咬牙转身消失在黑暗中。

18. 白家轧棉花屋　夜　内

仙草欣喜地撩帘进屋，白嘉轩正踩踏轧棉花机。

仙草："他爸，灵儿吃饭了，一口气吃了一碗面还有两个馍！"

白嘉轩停住了动作一动不动。

仙草："是不是回心转意了？"

许久白嘉轩长叹口气："睡去吧，都睡去！"

仙草："你呢？"

白嘉轩摇摇头："我不困！趁着精神再轧轧。"

仙草将一件袄披在丈夫身上出去。

白嘉轩望着摇曳的烛火顿了顿，再次有节奏地踩起。

19. 白家　夜　内

白灵焦灼不安地在屋中来回走动，不时扒着缝隙往外看。

突然墙外响起鹿兆鹏的声音："白灵！"

白灵欣喜："兆鹏哥！"

鹿兆鹏在墙外低声："白灵你听着，我先往墙上泼水，你现在开始唱，别停！同时盯着院里的动静，最后砸墙的时候会有响动，那时你要起劲地唱，压过我的声音！听明白没？"

白灵："嗯！听明白了！"

白灵想了想高声唱起。

歌声中叠画：

白孝文披着衣服站在门口皱眉瞧着，被媳妇拽进屋去。

仙草伺候白赵氏喝药，愁眉不展地望着窗外，吹灭油灯。

白嘉轩一脚一脚踩着轧棉花机，眼中却噙着泪水……

鹿兆鹏抡起镢头向墙砸去，灰尘中白灵钻出。

白灵激动地："兆鹏哥！"

鹿兆鹏将镢头扔进屋中，拉起白灵的手向黑暗中跑去。

突然身后黑影闪过，与他们并肩跑着。

白灵吓一跳："呀！"

兆鹏也以为是抓捕的人，定睛一看，二豆正边跑边冲他们傻乐。

二豆："跑咧！我也喜欢跑！"

白灵："二豆，快回去！"

二豆梗着脖："我不！"

兆鹏猛拉住白灵停住脚步，二豆没刹住，直冲下坡。

两人哭笑不得对视，换另一个方向奔去……

20. 村头　夜　外

两个人在黑暗中喘息奔跑，鹿兆鹏刹住脚步，拉住白灵的手。

鹿兆鹏："我只能送你到这儿了。"

白灵一怔："兆鹏哥你不跟我走？"

鹿兆鹏苦笑摇摇头："夜黑路远你最好先找地藏起来，等天亮再下原，我本来想拉你去学校可那更危险。"

白灵盯着他："你为啥不走！是因为你媳妇？"

鹿兆鹏沉声："我有我的任务。"

白灵失落地："我还以为……"

鹿兆鹏一笑："傻丫头，保重好你自己！"

白灵："等等！你知道……"

鹿兆鹏回头看白灵。

白灵强想出话来："兆海参军了！他去了军校。"

鹿兆鹏喃喃地："我弟上军校，真好。他天生就是一个当兵的。"

白灵："他跟你入的是一个党，我是国民党。"

鹿兆鹏笑了笑，目光复杂地瞧着白灵："你啥都不是，你是张白纸。"

白灵愣了一下，不满："你又看不起我！"

鹿兆鹏刮了她一下鼻子笑笑，转身奔去，白灵身后叫："兆鹏哥，我们啥时候还能再见面？"

鹿兆鹏头也不回地："无论你在哪儿，我都会去找你！"

白灵失落的目光望着他的背影消失在黑暗中。

21. 白家　夜　内

白嘉轩披着衣服一动不动地站在白灵的房中，望着墙角那个被掘开的洞。

院门被砸响，跛子爷叫喊声传来："族长，族长！不好啦！"

白嘉轩缓缓坐下点着烟袋。

院里仙草惊慌地叫："嘉轩，他爸！"

屋门被撞开，孝文冲进："爸！跛子爷看见白灵她跑……"

孝文看到那个洞口惊呆，又转头看爸，烟袋在黑暗中一闪一闪。

鹿三、仙草都冲到门前。

仙草一声惨叫："我的灵儿啊！"

鹿三、孝文二话不说冲出院子。

白嘉轩默默看着媳妇坐在门口哭泣，上前拍了拍搀扶起。

22. 原上　夜　外

火把在村口闪动，很多人都在喊着："白灵，白灵快回家去！"

白灵奔跑在原上，几个火把快要追上。白灵一脚踩空跌落到崖下，一瘸一拐正要爬起，崖上已经响起哥哥孝文的声音。

孝文："我刚看见她往这儿跑了！白灵你要把爸妈气死了！你听见没有？快回家！"

突然有人喊："她往那边跑了！"

"那是二豆！二豆，你添啥乱！"

白灵靠在崖底不敢喘息，突然一只手拽住她胳膊。白灵一惊转头，田小娥示意她跟随自己进窑洞。

孝文用火把往崖下照，没有人影。

23. 窑洞　夜　内

关好门白灵刚要说话，田小娥用手捂住她的嘴。

黑暗中两个女子近距离地感受对方，四只手紧紧拉在一起。

田小娥轻声笑起："让那些臭男人找去吧！"

白灵释然笑着点头，两人竟出奇地默契。

田小娥："你叫白灵？族长的闺女？"

白灵也轻声："你是谁？"

田小娥："我是黑娃的媳妇。"

窑外面的人声远去，油灯这才点亮。

白灵刚看清楚田小娥清秀的脸庞，不由叹了一声："呀！你真好看！"

田小娥脸顿时羞红，也大胆端详白灵："你才好看哩！你是我见过的最漂亮的女子！"

两个女子拉手同时笑起。

田小娥警惕地看看外面忙嘘了一声，白灵做了个鬼脸。

白灵笑："你咋知道我叫白灵呢？"

窗外响起隐隐的喊叫声："白灵！白灵！"

田小娥："他们这不是满原上叫呢么！"

白灵吐吐舌头，两人相视一笑。

白灵："你跟黑娃的事我都听说了！你真勇敢！"

田小娥异样的眼光注视白灵："你跟这里的人咋不一样？"

白灵眨眨眼："你跟他们才不一样呢！哎，我咋叫你呢？嫂子好不好？"

田小娥含笑用力点头。

白灵快活："嫂子嫂子嫂子！"

田小娥："哎！你这妹子真是……"

白灵凑上前两人头顶在一起，像孩子一般看着对方无声地笑……

24. 白家　夜　内

白赵氏在炕上呜呜地哭着，白嘉轩坐在正堂椅子上面沉似水，吧嗒吧嗒抽着烟袋。

孝武进屋："爸，我哥、三伯他们村口原上找遍了，找不着我妹！"

仙草披上衣服，魂不守舍地："我也去找，她走不远！"

白嘉轩："别找了，把他们都叫回来。"

仙草哭："她爸，得把灵儿找回来呀！"

白嘉轩脸色苍白："从今往后，谁也不准再提说她，全当她死了。"

仙草伤心地哭："这是为啥啊？"

白嘉轩怒："你只是生了她！她身子里藏着别的魂哩！"

白赵氏和仙草都不再哭泣，看着白嘉轩惊呆了。

25. 窑洞　夜　内

白灵仔细看着窑内破旧的摆设。

白灵喃喃自语："你和黑娃哥就住在这？你受得了苦么？"

田小娥黯然："跟他跑出来过啥日子我都认。"

白灵点头："嫂子，你可真厉害啊！你是世间最棒的女子！"

田小娥一怔："你笑话我？"

白灵忙摆手："不不不！你的事儿我全听说了，你抛弃富贵不要，跟黑娃哥跑出来过这样穷苦的日子，我是真心佩服你。"

田小娥怔怔地打量白灵，凄然一笑："从没有人对我说过这样的话，我只知道我是烂货破鞋狐狸精。我天天躲在这个窑里不敢出去，我喘不过气来。"

白灵忙伸手捂住田小娥的嘴用力摇头："嫂子他们都不懂你，像你这样的人，如果在那个世界你知道你有多美吗。"

田小娥诧异："那个世界？"

白灵热情地拉住她："不如这样，天一亮你跟我一起进城吧，咱们一起去找黑娃哥去！"

田小娥更惊愕："跟你走？进城？"

白灵咯咯地笑起："对！我保证你喜欢那里的生活！再没有人说你。"

田小娥喜悦地看着白灵，笑意却慢慢地褪去。

26. 小学校办公室　夜　内

抽屉里的文件、墙上的地图表格扔得满屋都是。

鹿兆鹏死死抱住发狂的媳妇，媳妇拼命挣扎嘶喊。

兆鹏媳妇："你松开，我要出去睡，我要睡外面！"

鹿兆鹏："是我对不住你，秋月你安静一会！你怎么了？"

门外韩裁缝敲门轻声："兆鹏，她好像有点问题，你别再刺激她。"

鹿兆鹏喘息："老韩没事，睡你的去！"

鹿兆鹏强将媳妇按坐下，蹲在她面前："就剩下我们两个了！秋月你听我说！我知道你心里难受。我也不想闹成现在这样，因为我看不了你这样苦！你疼我更疼！”

兆鹏媳妇慢慢抬头看着他：“兆鹏，我守不住了。”

鹿兆鹏动情地：“秋月，你根本就不用守。不用守着自己，守着我，守着这个不是家的屋子！你要什么我都可以给你！”

兆鹏媳妇嘶吼：“我什么都不要，我只要你！我喜欢你！”

鹿兆鹏蹲在面前眼巴巴看着她，慢慢脱起自己上衣。媳妇喘息地看着他，直接躺地上等候。

鹿兆鹏脱下上衣，慢慢解她的衣扣，趴上去一下一下亲吻，眼泪伴随亲吻落下。

媳妇呆呆看着丈夫，一直微攥的拳突然攥紧，狂吼起：“啊——”

27. 窑洞　夜　内

田小娥瞪大眼睛仰头吃惊地看着白灵讲述，白灵站在炕上转了一圈。

白灵：“那里的女人就这样跳舞。”

田小娥：“就在男人面前？”

白灵笑：“当然，好多男人！他们还会彬彬有礼上前邀请你，拉起你的手然后一起唱歌一起学习，一起谈梦想。”

田小娥：“别人不会说闲话吗？”

白灵更笑得不行：“当然不会！在那里女人完全被解放。”

田小娥：“解放又是个啥？”

白灵想了想：“就是完全平等，你想做啥就做啥。”

田小娥痴痴地想。

白灵拉住她的手，从炕上跳下：“嫂子你跟我走吧，不到两天咱就到了！”

田小娥凄然一笑，喃喃地：“我不去。”

白灵一怔：“咋了？你有啥放不下的？你连大户人家的富贵日子都能抛弃，这破窑土炕不说扔就扔吗！”

田小娥幸福一笑：“这是黑娃的家，我得在这儿等他。”

白灵焦急：“你们也可以在城里安家呀！”

田小娥摇头："那也得等黑娃回来再说。"

白灵调皮地歪头笑看："咦——黑娃哥就那么好？"

田小娥羞涩一笑："嗯。"

白灵也跟着嘿嘿笑。

28. 原上　清晨　外

田小娥将包裹递给白灵。

田小娥："这里有十几个鸡蛋，是我给黑娃留的，你带上。"

白灵忙推："不，嫂子，我不要！"

田小娥装作生气："你还是嫌弃我！"

"我怎么会嫌弃你呢？"白灵只得接过，"你真不跟我走吗？"

田小娥摇摇头，一笑："黑娃让我在这儿等他，我就等他。"

白灵上前紧紧抱住田小娥，颤抖着声音："我曾经有一个特别要好的姐妹，她要啥有啥可还是不知足，她不如你，一辈子都没有得到女人该有的幸福！如果她现在活着，看看你就好了……"

田小娥扳过白灵的肩，吃惊地看到白灵已经泪流满面。

白灵破涕为笑，抹干眼泪大步向远方走去。

白灵高喊："嫂子，再见啦！"

田小娥挥着手，痴痴又好奇地凝望那远去的身影……

29. 西安城　清晨　外

随着起床号学员们从宿舍冲出，在操场列队。

教员高喊："在战场上敌人不会给你们穿衣服的时间！在战场上子弹只会射向那些犹豫不决的人！你们足足晚了五分钟！出发！"

黑娃扛着枪跟随队伍唱歌前行，冻得瑟瑟发抖。

教员一旁喊着口号，目光落在黑娃身上。

30. 农讲所　日　内

教员捧着黑娃的棉袄走进。

学员七嘴八舌说笑。

“不是发棉袄吧？”

“咋就一件咧？”

“是教咱做棉袄吧？”

“那都是婆姨做的事么。”

只有黑娃愣愣地看着棉袄。

教员扫视：“这是我们其中一位同学的棉袄，估计是钱花完了，他偷偷拿去典当了。”

屋里鸦雀无声，黑娃吃惊的眼神。

教员：“在这片土地上我们是最广大的，你有无数的兄弟姐妹。有困难就要说出来！决不允许一个兄弟挨饿受冻！大家说是不是！”

众人和道：“是！”

教员举起那件棉袄：“鹿兆谦同学，请你把它穿上！”

黑娃含泪站起，走上前恭恭敬敬双手接过棉袄穿上，掌声雷动。

黑娃淌着泪水深深地向老师鞠躬。

教员转身画出一个多层宝塔。

教员指着塔底：“这就是最广大的我们！压在上面的是地主买办军阀帝国主义。”

黑娃激动地：“我们要怎么推翻他们？”

教员挥手：“团结一切劳苦大众起来斗争，就可以推翻他们，百姓齐，泰山移，何愁塔不倒！”

31. 鹿家　日　外

门外传来一阵女人的笑声。

鹿子霖和媳妇吃惊地看着鹿兆鹏用棉被裹着自己媳妇的身子送进院。

鹿子霖忙捂眼：“咋了这是！”

兆鹏媳妇呵呵傻笑："我要出去睡，别抱我！我要出去睡！"

鹿子霖叫："快把院门关上！"

鹿泰恒也拄着拐杖哆嗦着站在门口。

鹿兆鹏恨恨地扫视："都是你们干的好事！"

32. 鹿家　日　内

鹿兆鹏将媳妇按躺在床上，向后伸手，妈递上热毛巾。

鹿兆鹏边给媳妇擦脸边说："再端盆热水来，她有点烧。"

鹿子霖媳妇忙端盆跑出屋去，鹿兆鹏轻轻擦拭媳妇的脖子肩膀。

媳妇颤抖着声："为啥你不跟我睡，我要睡……"

鹿兆鹏俯身在媳妇耳边，轻声："我跟你睡，踏踏实实的，我抱着你呢！"

媳妇闭上眼迷糊："抱紧我……"

鹿兆鹏抱紧媳妇，满眼的痛苦和绝望。

33. 田地　日　外

白嘉轩牵着牛，迎面鹿兆鹏情绪低落夹书走来。

白嘉轩招呼："兆鹏啊，回家了？"

鹿兆鹏如梦方醒："伯，早！"

白嘉轩意味深长地看着他，点点头。

白嘉轩："昨晚那么大动静你听见没？"

鹿兆鹏一怔："啥动静？"

白嘉轩大声地："我家灵灵跑了！"

鹿兆鹏缓了缓神："找回来没？"

白嘉轩："上哪儿找去，不知是谁帮她把墙给砸开，钻出去就没影了。"

鹿兆鹏一愣："哟，这个白灵！墙得赶紧补上啊，伯用帮忙不？"

鹿兆鹏已经绕了过去，身后白嘉轩清晰地说了声："用！"

鹿兆鹏没想到，吃惊地回头看着白嘉轩。

34. 白家　日　外

鹿兆鹏满手是泥砌着墙，余光瞥见白嘉轩叼着烟袋坐在一旁正看着自己。

白嘉轩："兆鹏，伯问你个事。"

鹿兆鹏尴尬："您说！"

白嘉轩："共产党国民党到底都是个啥？"

鹿兆鹏想了想，边抹泥边说："伯，都是打军阀救中国的！只是走的路不一样，怎么说呢，都想让老百姓过上好日子，让农民不再受压迫，让中国人能挺直腰板！"

白嘉轩："我家灵儿是哪个党的？"

鹿兆鹏笑了笑："您希望她是哪个党？"

白嘉轩叹了口气："我希望她啥都不是，她是我闺女。"

鹿兆鹏真诚地："伯您别难过，白灵是我见过最有觉悟最有出息的女孩子。"

白嘉轩伤感："我不在乎她有没有出息，我本想她顺顺当当地嫁人，隔年抱着自己的娃回妈家看我。我在乎的是我少了一个抱着我胳膊睡觉的闺女。"

鹿兆鹏停住手，慢慢站起凝视白嘉轩。

白嘉轩："啥时候你能见着我家灵灵，把我这话带给她。"

鹿兆鹏默默点点头。

白嘉轩长叹一声起身："走吧！砸墙容易糊墙难，这不是你大校长干的事。"

35. 西安城　日　外

"我们要打破一切剥削人的制度，赶走帝国主义，中国才能强大起来！……"

农讲所的同学在高台上演讲，西安城的老百姓里三层外三层好奇听着。

黑娃有些紧张，教员拍拍他："下一个就该你了。"

黑娃胆怯地："我……我没当着这么多人的面讲过。"

教员笑："别怕！鹿兆鹏不会看错人。"

台上同学下来，教员用力将黑娃推上台去。

黑娃扫视一圈，无数双眼睛盯着自己，他咽口唾沫，声音有些颤抖：“我……我不想给你们讲我的身世，因为我们都一样。”黑娃转身画了座山，又用力一横画出底座，“我们就是这底层最广大的！上面是少数的地主贪官军阀剥削我们。靠跟他们讲道理是说不通的，只有靠拳头，靠斗争！”

台下掌声四起，黑娃有点惊喜，扫视人群。

黑娃：“我们要做的是团结，反抗，推翻他们，建立一个由我们当家做主的新世界！”

台下突然有人扯着嗓子喊：“好！黑娃说得好！”

黑娃朝台下看去，竟是衣衫褴褛的白兴儿。

36. 西安城街道　日　外

已经沦落为乞丐的白兴儿狼吞虎咽地吃着。

黑娃坐在一旁皱眉瞧着他：“你咋混成这样了？”

白兴儿脸涨得通红：“水，水！”

黑娃没好气地将一碗汤放在他面前，白兴儿咕嘟嘟喝下去，摸摸胸口，发狠地骂：“还不是白嘉轩那王八蛋！”

黑娃轻蔑地：“这事我知道，赖不着人家，是你自己骨头不硬背叛了咱族里！”

白兴儿顿时软了下来：“那你白兴儿叔也得活命啊！杨排长拿枪顶你脑袋，你敢不说软话？”

黑娃叹了口气：“吃饱没？走吧！去找个活干。”

白兴儿双手扒住黑娃的胳膊：“黑娃，你现在可出息了！叔当年没瞧错你啊！我跟桑老八李寡妇他们说过，这原上将来就你黑娃能出来！不信你回去问！”

黑娃冷冷瞧着白兴儿：“你少奉承我！”

白兴儿：“你就是做族长的料！”

黑娃一怔，重新打量白兴儿：“老子不稀罕！”

白兴儿义愤填膺地：“对对，我看着白嘉轩天天在族里耀武扬威的，我真不忿！我就是想借杨排长的手把他给灭喽！”

黑娃瞥着他："你是报私仇！"

白兴儿咬牙："当年逼我吃屎，拿带刺的鞭子抽我，不都是他！黑娃这次你要回去，是不是把他们全管住了！"

黑娃哼了一声。

白兴儿激动地："你带叔回去好不好？我能帮你！"

黑娃不相信地："就你？"

白兴儿扒在黑娃耳边嘀咕起来，黑娃脸色一变。

黑娃："你帮鹿子霖搬的？"

白兴儿用力点了点头。

黑娃目光恍然，露出笑意。

37. 窑洞　日　外

田小娥正在喂鸡，白孝文捧着书本远远走来，想绕过去又放慢脚步。

田小娥："喂！"

白孝文慌乱地转头走。

田小娥身后叫："叫你呢！教书先生！"

白孝文拘谨地回身看着她。

田小娥大方地抹了抹双手走上前："那粮食是你放的？拿回去，我没动。"

白孝文尴尬："我拿不回去，这是我从家里偷拎出来的。"

田小娥一怔，凝视他。

白孝文红着脸："村里人是有些对不住你，自己留着吃吧！"

白孝文转身奔去，田小娥几步追上，从怀里掏出两个鸡蛋塞他手中。

田小娥："那我不白要！"

白孝文刚想推让，田小娥已经掉头跑回窑洞。

38. 白家　晚　内

桌上一盘摊鸡蛋，白孝文狼吞虎咽吃着碗里的面，媳妇一旁冷眼瞧他。

仙草埋怨："这便宜咋还占呢，让你爸知道了又得跟你急！"

白孝文："路边捡的，我又不知道谁家鸡下的。"

媳妇冷哼一声，白孝文心虚地瞥了眼她。

白孝文夹起一筷子放她碗里，媳妇却将鸡蛋一下掉在地上。白孝文"呀"了一声忙低头去捡，媳妇的脚却死死踩在鸡蛋上。

仙草埋怨："这么不留神呢！快捡起来！"

媳妇笑："没事，妈，不脏，让他吃！"

白孝文愣了愣，塞进嘴里。

39. 白孝文屋　夜　内

炕头已经铺好被，媳妇钻进被中一动不动。

白孝文刚想爬上炕，被子被踹下来，媳妇坐在炕上冷眼看着自己。

白孝文急："你干什么！"

媳妇："谁心里有鬼自己清楚！"

白孝文瞪眼："我清楚啥！你别无理取闹！"

媳妇发狠地："西屋存着十袋粮食咋少了一袋！"

白孝文心虚："咱家不吃么！"

媳妇："我数着呢！昨天妈叫我拿到厨房还剩十袋，说吧！给哪个骚狐狸精送去了，换回这两个没主的鸡下的蛋！"

白孝文吃惊地瞪着媳妇说不出话："好……好！你敢看着我！"

媳妇哭："我看着你还出去偷人呢！我不活了！我真是瞎了眼嫁错了人家！我有这手艺，嫁谁家不吃香的喝辣的，非跑你这儿受气来……"

40. 白家正屋内　夜　内

风呜呜拍着门窗。

仙草听着那屋的哭骂声，想披起衣服出去劝，被白嘉轩一把拉住。

仙草轻声："闹起来了！"

白嘉轩摇头。

仙草只得坐回，嘟囔："自打进咱家，三天一小吵五天一大哭，就没闲的时候！”

白嘉轩："你这婆婆咋做的，一个儿媳就够你呛，过俩月等孝武媳妇过门，你还不得被欺负死。"

仙草叹息："我要是有妈那点狠劲就好喽，孩他爸，要不再去找找……"

仙草欲语还休。

白嘉轩："别跟我提她，咱家再没这个人。"

仙草偷着抹眼泪。

白嘉轩拉过她的手按住，语重心长："世道要乱了，我咋有种不祥的预感呢……"

41. 原上破庙　日　外

黑娃和九个农讲所弟兄披着红花齐刷刷跪倒在案前，血滴到酒里。

黑娃端起大碗自己先喝了一口，又传给别人。

黑娃起身："我们以后就是革命十兄弟！同甘共苦，同生共死！"

其他人和着："同甘共苦，同生共死！"

黑娃扫视："回原上谁瞧不起咱，谁不听话，咱就拿谁开刀！"

"对！杀鸡给猴看！"众人眼神坚定。

黑娃一撩袍："走！"

外面风卷着雪，白茫茫一片。

黑娃豪气地："弟兄们，咱们在原上也刮一场风搅雪！"

42. 白鹿仓　日　外

锣鼓齐鸣，鞭炮炸响。鹿兆鹏带着全校的师生迎接黑娃归来，乡亲们也好奇地围看。

田小娥躲在人群后焦急地期盼着，白孝文偷偷地瞄着她。

有人叫："来了来了！"

远远地黑娃等十人跳下马车，兴冲冲走来。

鹿兆鹏上前与黑娃双臂抱拥，又推开上下打量，捶他一下。

鹿兆鹏:“好啊黑娃!真变了个人啊!”

黑娃咧嘴笑:“兆鹏哥,回来咧!”

鹿兆鹏欣喜地扫视众人:“现在开始我可以称你们为同志了!鹿兆谦同志!”

鹿兆鹏紧紧握住黑娃的双手,用力摇了摇。

黑娃百感交集向人群走去,大声叫:“小娥,小娥呢!”

人群闪出一条道来,田小娥羞红着脸含泪向自己的男人冲去。

黑娃一把将媳妇抱起,原地转了几圈,旁若无人地亲她脸蛋。

田小娥羞得不行,抬不起头。黑娃从怀中摸出凤钗,小心翼翼戴到她头上。田小娥惊喜地抚摸。

跛子爷、白孝文、李寡妇等都暗暗撇了撇嘴,神色厌恶。

鹿三复杂的目光望着儿子,转身挤出人群。

黑娃冲身后:“白兴儿,过来!”

白兴儿在无数惊奇的目光中跑上前,奴才般将包裹递给黑娃。

人群炸了锅,议论纷纷。

鹿兆鹏微微皱眉。

43. 保障所　日　内

鹿子霖扒窗望着,呸了一口:“德行!”

44. 白家　日　内

白嘉轩有节奏地踩踏着轧棉花机,白孝文急匆匆进来。

白孝文:“爸,黑娃回来了!”

白嘉轩面无表情:“回就回吧,又不是狼来了,放棉花。”

白孝文慌忙抱起棉花往里放。

白嘉轩:“你弟的婚事该办了,这次我不管,全你筹备,行不?”

白孝文:“哎!爸,还有那白兴儿也回来了,是黑娃带回的!”

白嘉轩依然镇定:“凡事想周全,往热闹里办,也算咱对得起你冷叔。”

白孝文怔怔瞧着爸:“哎。”

45. 小学校办公室　日　内

“啪”的一声鹿兆鹏猛拍桌子，黑娃旁边就是一哆嗦。

鹿兆鹏发火：“我们是进步的党，不是土匪！拜把兄弟？你这是封建残余！是土匪干的事！还把白兴儿带回来了，你知道他都做了什么？背叛族里，没人瞧得起他！”

黑娃镇定地：“兆鹏哥，我刚回来你就这么骂我，气撒完了没？”

鹿兆鹏指着他：“你逞英雄痛快了是吧？”

黑娃：“我是亮相，唱戏都得讲亮相！何况咱是……”

鹿兆鹏：“你亮给谁看？你那是虚荣，是公私不分！”

黑娃挺直腰板梗着脖子：“噢我明白了，说半天不就是亲了我媳妇一下吗？是这事吧？”

鹿兆鹏无可奈何瞧着他。

黑娃得意：“这事还真是我故意的。哥啊这都让你瞧出来了！往后我看还有谁敢瞧不起我们小娥！”

鹿兆鹏懊恼地掐着头，不知该如何沟通。

黑娃：“那白兴儿当初也是被枪顶着，他也是被欺压的劳苦大众，你不也说人人平等吗！”

鹿兆鹏哭笑不得：“黑娃啊你学这些天是长本事了！”

黑娃忙上前赔笑：“哥，我知道你这是反话。我听出来了！你是我的哥！我不服谁都得服你啊！这次回来我憋着一股劲儿，你就等着瞧吧！”

鹿兆鹏苦笑摇头：“黑娃，听哥给你讲啊，我们干啥事不能学皮毛，你得明白闹革命要干啥？为你更有面子么……”

黑娃笑：“哥，我先回去看媳妇了啊！我快憋死了！”

鹿兆鹏：“哎我还没说完呐！”

黑娃转身冲出门去，鹿兆鹏担忧的目光看着他的背影。

46. 小学校宿舍 夜 内

鹿兆鹏忧心忡忡与韩裁缝在油灯下对坐。

韩裁缝笑呵呵地："咋了？你多了左膀右臂反倒不高兴了。"

鹿兆鹏摇摇头："老韩，我突然担心一件事。"

韩裁缝注视他："你说。"

鹿兆鹏思索着："革命真难呐，要勇气要干劲，还要一颗为天下的公心。绝不能把个人情感掺杂其中，稍不注意就会变味。"

韩裁缝眯起眼："你是说黑娃会公报私仇？"

鹿兆鹏叹息："走一步看一步吧！现在我还能罩住他，将来就说不准了。"

韩裁缝："黑娃不至于吧？"

鹿兆鹏摇摇头："小时候黑娃第一次吃水晶饼，把他都甜哭了。可你猜他把剩下的饼咋样了？"

韩裁缝："咋样？"

鹿兆鹏："全扔了，他说他不想夜里还想着流口水。"

韩裁缝吃惊的目光。

鹿兆鹏入神思索："老韩，也许这说明不了什么，可不知道为啥，我一直记着黑娃哭的样子。"

韩裁缝默默看着他，也不说话。

47. 窑洞 夜 内

田小娥满身是汗躺在黑娃怀中，一脸幸福。

黑娃惬意地："今天你没看见那帮人的眼神，都疯啦！我不在家的时候，有人欺负你没？"

田小娥摇了摇头。

黑娃又琢磨："白嘉轩与鹿子霖咋没出来迎我？"

田小娥笑："当你自己是官咧！"

黑娃得意："我现在已经是官了你不明白吗！白嘉轩与鹿子霖都得听我的！"

田小娥坐起打量他："我的老天爷呀！你没吹牛吧！"

黑娃笑："等农协的牌子一挂上，我就是主任啊！对哩，你也要当官了。今晚我好好教教你咋说话。"

田小娥一怔："我也有官做？"

黑娃神秘一笑："我封你为妇女主任！"

田小娥惊奇："啥叫妇女主任？"

黑娃搂过她："就是全村的女子都归你管，听你的话，你说啥是啥！"

田小娥不敢相信地看着自己的男人，"嘤"的一声扑进他怀中："我没跟白灵走对哩，我真解放了！"

第二十八集

1. 白家轧棉花屋　日　内

白嘉轩极其专注地踩着轧棉花机，快速而富有节奏。

孝文跑进屋来："爸，黑娃他们请锣鼓班子在戏台唱戏哩！"

白嘉轩沉声："让你妈你媳妇她们听去，填棉花。"

孝武又急匆匆进屋："爸，听人说农协要铡人，把原上那举人给铡了！"

白嘉轩目光依旧："该铡，谁让他贪哩。填棉花。"

轧棉花机的踩踏声中叠画：

黑娃站在戏台上义愤填膺地宣讲着，白兴儿卖力地维持秩序。

锣鼓班子在村中前行，后面押着五花大绑的举人。

李寡妇和桑老八像看戏一般在人群中挤着，边嗑瓜子边翘首眺望。

二豆发泄般吼叫："铡，铡！铡了！"

李寡妇等妇女吓得闭上眼。

轧棉花机上的碎棉花纷飞，血染红地面。

2. 鹿家　晚　外

鹿子霖将大门重重关上，上了两道门杠。

媳妇放下手中缝补的衣服诧异上前："你这是干啥？"

鹿子霖："今天起别乱出去，杀人了！"

媳妇："你儿子是最大的头儿，你做老子的怕啥？"

鹿子霖瘫软地靠在门后："往后谁是儿子谁是老子还不一定呢！"

3. 小学校教室　晚　内

教室里洋溢着胜利的喜悦和欢笑声，黑娃被白兴儿和几个兄弟围着大声说笑。

白兴儿添油加醋地："你们没瞧见！刀还没下去那举人裤子全湿了！游街的时候还装好汉哩，说啥二十年后还回来睡女人！"

众人应和："早该铡了，不知多少良家闺女都被这举人糟蹋了。"

黑娃摆了摆手："这算个啥！谁欺压老百姓，骑在咱脖子上作威作福，就把他铡了！"

窗外鹿兆鹏与韩裁缝对视一眼。鹿兆鹏沉思想进屋，韩裁缝一把拽住他胳膊。

韩裁缝轻声："千万别伤了积极性。"

鹿兆鹏点头大步迈进屋去。

众人忙跟随黑娃起身："鹿委员。""鹿大哥！"

鹿兆鹏笑容可掬："咋？铡上瘾了？"

众人哄笑，鹿兆鹏随意坐在桌上扫视："我理解同志们的热情，可咱也不能随意抓人铡人。"

黑娃抢话："没有啊！抓的都是糟蹋人家闺女的，干过伤天害理事的，都是罪大恶极！大伙说是不是？"

众人笑着应和："是哩！"

鹿兆鹏微微一笑："有比抓人铡人更重要的工作，是团结乡亲们，让每个人都有一种……"

黑娃抢话："没错！唤起当家做主的意识！对吧兆鹏哥？"

鹿兆鹏目光复杂地瞧着黑娃："黑娃，咱这铡刀是不是先歇一歇？"

黑娃笑呵呵扫视众人："我还没铡痛快哩！"

众人哄笑："铡一个少一个！"

鹿兆鹏拍了拍黑娃的肩，扫视："铡人是匹夫之勇，是最简单的事情，这不叫本事。"

众人鸦雀无声，瞧着鹿兆鹏。

黑娃:“哥，那，那啥叫本事？”

鹿兆鹏一笑:“看来你自己说的话都没搞明白。你刚不说了，改造人心，让老百姓信你服你才是本事！谁能做得到？”

黑娃疑惑的目光看着鹿兆鹏。

众人面面相觑。

鹿兆鹏叹息:“我请大伙好好品品这话。自古得民心者得天下，路还长着呢。”

鹿兆鹏意味深长地扫视众人。

窗外，韩裁缝赞赏的目光，也是若有所思。

4. 窑洞　夜　内

田小娥翻了个身趴在丈夫胸前，黑娃头枕在胳膊上痴痴发呆。

田小娥笑:“你不睡觉又想着铡谁呢！”

黑娃喃喃地:“他说得对，咋才能让乡亲们信我服我呢？”

田小娥:“他们平日里最怕谁？”

黑娃猛地坐起，怔怔瞧着媳妇:“族长白嘉轩！”

田小娥也吓一跳:“你回来他还没露过面吧？”

黑娃面沉似水不再说话。

田小娥:“算咧，快睡吧！那是你东家，你爸还在人家那儿干呢！”

黑娃却在黑暗中一动不动。

5. 白家　夜　内

油灯下，白嘉轩依然不知累地踩踏着轧棉花机。鹿子霖一脸哀愁地瞧着他。

白嘉轩:“看啥看，别闲着，帮我摘棉桃。”

鹿子霖白他一眼。

鹿子霖:“你倒说句话呀！这原上都被他翻了天了！你这做族长的就知道躲在屋里轧棉花！”

白嘉轩:“你乡约咋不管哩。”

鹿子霖："我……"

白嘉轩："你还是鹿委员他爸呢。"

鹿子霖长叹一声，懊恼："我问过他！他一句就给我顶回来了，说一切权力归农协，谁也别指手画脚。"

仙草又将跛子爷等几个老者领进门："嘉轩……"

几人一进屋便唉声叹气："族长，乱套咧！""族长，人心惶惶啊！他们吵吵着要平分粮食牲口，还要拆我家房哩！"

白嘉轩的动作却没有停下来，仿佛这一切与他不相干。

鹿子霖急，起身："都回，都回！族长怕咧，族长怕被黑娃那口刀铡了！"

轧棉花机的声音停了下来，白嘉轩使劲伸了个懒腰，冲仙草："烟袋。"

仙草忙递上前，有人上前帮点上。

白嘉轩惬意地吐了口烟圈，望着成堆的棉花，吐出几个字："该干啥干啥，不凑热闹。"

6. 村里农户　日　外

村某农户门口，一兄弟耷拉着脑袋蹲在门口，黑娃破口大骂。

黑娃："你是个熊包，你是个软蛋，你是蜡枪，你是白铁矛子见碰就折了！仨月的受训白学了革命道理，不要钱的肉菜蒸馍白吃了！你不讲义气不守信用，结盟发誓跟喝凉水一样。"

无论黑娃怎么损怎么骂，那位弟兄双手扒着膝盖，脑袋夹到裆里蹲在地上一句不吭。

老汉钻出门，拉着黑娃到一旁，客客气气地："黑娃你听我说，俺单门独户谁也不敢得罪。你要闹腾你尽管闹腾，俺娃绝不挡路，你再甭拉扯俺娃，俺娃闹腾不起咯。"

黑娃忍着火气蹲下来："叔，你听我讲……"

老汉拒绝再听："说得好着哩对着哩！俺家老几辈都是猪都是鸡，靠嘴巴拱地用爪子刨土寻吃食儿，旁的事干不来弄不了咯！你要再拉扯俺娃，我就照脖子抹一刀！"

老汉"噌"地站起来，把菜刀抓起来撑在手里。黑娃张了张口没有说话，转过身走了。

老汉却一蹦子跑起来追到黑娃面前，伸开左手，掌心里有两枚银圆：“这是饭钱，俺娃在城里仨月吃人家饭的饭钱。咱不白吃人家的。”

黑娃铆劲儿朝那手心的银圆吐一口唾沫：“给你这老不死的胆小鬼留下买寿衣置棺材去！”

7. 小学校宿舍　夜　内

黑娃等人垂头丧气，鹿兆鹏却含笑看着他们。

鹿兆鹏：“咋了都不说话？跟霜打的茄子似的。”

黑娃懊恼：“还没整出个动静这人就散得差不多了！瞧人家各村弄得轰轰烈烈的，农协的牌子也都挂上了，就咱白鹿原扯后腿！”

叹息声一片。

鹿兆鹏笑：“前两天不还斗志昂扬么？说什么改天换地，说什么当家做主。咋了？”

黑娃摇头：“我是没辙了！一个个都是铁疙瘩动不得！”

鹿兆鹏宽慰大家：“黑娃你甭丧气，那不怪你。同志们，咱白鹿村可是这原上最顽固的封建堡垒，别忘了当年县太爷还亲自送过匾立过碑呢！”

黑娃咬牙：“我迟早要把那破碑给砸了！把农协的匾挂到祠堂门口去！”

鹿兆鹏皱眉：“黑娃，像这种事你千万要跟我商量再做，有些东西不是说砸就砸的。”

黑娃茫然：“我砸还不行了？”

鹿兆鹏拍他胸：“弄不好会起反作用。你能把这里藏的砸了，才叫本事！”

黑娃郁闷地：“我没本事，没本事！都散了！”

鹿兆鹏：“再聊会，急啥么？”

黑娃轰众人：“走走走！”

鹿兆鹏送众人出门，担忧地望着他们议论的背影。

8. 小学校外　夜　外

二豆扛着大刀，跟护法一般跟随黑娃。白兴儿跑来，二豆忙推。

二豆："嘿！你！"

白兴儿根本没放眼里："去去去！"

白兴儿紧随几步跟到黑娃身旁，兴奋地："黑娃你真想砸了那……"

黑娃冷哼一声："我早想砸了！看着它就不顺眼！"

白兴儿试探："可我看……鹿委员这意思不让咱动那地方。"

黑娃迟疑地停住脚步，其他人都已走远。

白兴儿打量着他，轻声："咱就不能生米煮成熟饭再说？我听说明天鹿兆鹏去县里汇报工作。"

黑娃一愣转头看白兴儿："你倒啥都摸得清。"

白兴儿得意一笑，讨好地拍拍黑娃的肩："久了你就知道叔的作用了。"

黑娃甩开白兴儿的手，回头望着学校的灯光发愣。

9. 小学校宿舍　夜　内

鹿兆鹏伸开双臂连连打着呵欠，正想关门睡觉，不料田福贤带着棋推门进来。

田福贤："杀两盘媳妇跳井。"

鹿兆鹏也突生兴致："好好好！"

田福贤游刃有余地："不是我吹大气，论洋学问你比叔高，论新名词洋码字你比叔说得多念得多哩，玩起乡下这一套套耍活儿来，你还嫩着不行哩！"

鹿兆鹏在地上用粉笔画好了格子："你先甭吓人呀！到底是我这个小媳妇跳井还是你这个老媳妇跳井，走着瞧吧！"

俩人一边玩着一边聊着，田福贤偷瞥鹿兆鹏："兆鹏呀，我有件事解不开，你让先生领着学生满村写字，那些话我都能解开，只有一句解不开，一切权力归农协是啥意思？"

鹿兆鹏低头看棋："那话再明白不过，我不信你解不开。"

田福贤:“真解不开。一切权力都归了农协，那区分部管啥哩?白鹿仓还管不管了?”

鹿兆鹏抬头，俩人默默对视。

鹿兆鹏突然一笑:“这个问题今日农习班开班时都讲了，你干啥去了?”

田福贤装糊涂:“没人通知我啊?”

鹿兆鹏乐:“得了，我前几天就给你打招呼，作为区分部书记你要到会讲话，你却不来。”

田福贤突然一拍脑门:“县党部通知我去开会，没来得及给你说一声!”

俩人都乐起来，继续下。

田福贤试探:“兆鹏，既然一切权力都要归农协，那我就得向农协移交手续，是吧?”

鹿兆鹏:“这个问题农协还没研究。”

田福贤松口气:“那我就先……”

鹿兆鹏没等他说完:“但是叔你这觉悟高，自己找来!我还正想明天跟岳书记长汇报，你是区分部书记，就应该跟农协站在一起，叔你主动移交、向农协靠拢高着哩!”

田福贤瞪眼:“我没说我要移交……”

鹿兆鹏按住他胳膊:“没错!站在一起就不存在权力移交的问题而只需分工了。”

田福贤憋口气抱头看棋。

鹿兆鹏嘴角一丝笑意。

田福贤走出一步子儿得意地叫起来:“兆鹏呀，你又该跳井啰!跳啊往下跳!”

连着耍了三回，鹿兆鹏输了三回，都是被对方逼堵得走投无路而跳进了象征着水井的方格。

鹿兆鹏叹息伸个懒腰:“还是你老辣啊，你耍多少年了，当然耍得好。你甭得意噢大叔!我总有一天要赢你的，非逼得你这个老媳妇跳井不可!”

田福贤笑着点头，品着这话。

10. 田地　日　外

白嘉轩带着孝文孝武鹿三耕地，土地已经被翻起垄来，种子细细地撒下去。

远远地黑娃站在树下眺望。

孝文放下手中耙子，轻声："爸，你瞧。"

白嘉轩依然低头："耕你的地，瞧啥。"

鹿三抄起锄头要冲出田去。

白嘉轩："三哥！孝武抱住你三伯！"

孝武忙上前抱紧，鹿三挣了两下恨恨望着远处的儿子。

黑娃面带冷笑转身离去。

11. 窑洞　日　内

黑娃试着制服转了一圈，田小娥托着腮笑眯眯看着。

田小娥："你再转一圈。"

黑娃听话地又转："咋样？"

田小娥笑："我都不敢认你了，你比县太爷还威风！"

黑娃上前用力将媳妇抱起，亲了亲："这就对了！不比县太爷威风能震得住他白嘉轩！"

田小娥刮黑娃鼻子："瞧把你得意的！"

黑娃眼里放光："媳妇儿，今天你男人给你干一件得意的事儿！"

田小娥一愣："啥事，你还能把天捅出个窟窿来！"

黑娃笑："那晚你问我最怕谁。"

田小娥一愣，怔怔瞧着黑娃。

黑娃又笑："还有你最想进又进不得的地方是哪儿？"

田小娥"呀"了一声："天真要被你捅出窟窿来哩！"

12. 白家 日 外

黑娃揪了揪制服，带着一干弟兄走到白家门楼前停住脚步，每人眼中都露出怯意。

白兴儿："我们和你一起进去助威！"

黑娃："我一个人去，我想试一试我的胆子。"

黑娃挺直腰板儿，一直走进门房和厢房之间的庭院，突然见鹿三抱着一捆柴火瞧着自己。

鹿三惊讶地："你来干啥！"

黑娃昂起头："我来找白嘉轩！"

鹿三一惊，上前就要抽儿子，黑娃躲闪着大声叫："白嘉轩！白嘉轩我要跟你谈谈！"

鹿三骂："你个畜生！那是你叫的！滚出去！"

身后响起白嘉轩的声音："让他进来。"

黑娃这才看清白嘉轩已经坐在上方正厅，大步迈上前。

黑娃："我代表农协筹备处告诉你，把祠堂的钥匙交出来！"

鹿三又要打："打死你个混账！"

白嘉轩："三哥！"

孝文孝武和仙草都从屋里出来，怔怔瞧着。

白嘉轩："我要是不交呢。"

黑娃鼓足勇气："你不交我们农协也有办法！我不光是来拿钥匙，更是要通知你今天起白鹿原再没有祠堂！"

黑娃瞅一眼挺得笔直的白嘉轩，不由地也挺一挺自己的腰，转身大步离去。

孝文恐惧地："爸，咋办？"

鹿三站在院里气得哆嗦，白嘉轩一动不动地坐在屋里。

白嘉轩轻声："仙草。"

仙草颤抖上前："哎！"

白嘉轩："今晚吃饺子，多煮些。"

13. 村子祠堂外　日　外

黑娃提着一个铁锤带着弟兄们大步走向祠堂，白兴儿耀武扬威在一旁轰着跟随起哄的孩子，乡亲们纷纷从各家站出，惊奇地望着。

鹿子霖正扒着保障所的窗户偷瞧，黑娃走过时狠狠瞪了一眼。鹿子霖慌忙关上窗，缩头蹲到墙根。

众人站到祠堂门口，黑娃眯起眼扫视四周，人群已经聚满。

黑娃深吸一口气用力抡起锤头，“咣当”一声，乡亲们发出惊叫。

铁锁连同大门上的铁环一起掉到地上。

黑娃转身冷冷扫视：“从今往后，白鹿原农协会就设在这里！”

黑娃领头走进祠堂大门放慢脚步。

闪回：

小黑娃跪在院子里挨徐先生板子。

小黑娃躲在黑暗中目睹鹿三跪在白嘉轩面前求饶。

白嘉轩将笔硬塞到小黑娃手中，虎视眈眈地瞪着他……

黑娃提着锤子，目光落到乡约碑上，眼中冒火。

闪回：

黑娃拉着田小娥恐惧地看着白嘉轩冷漠的眼神。

白嘉轩举鞭抽打石头，自己躲在墙角瑟瑟发抖。

白孝文轻蔑的目光瞥视自己。

黑娃大吼一声，猛地将锤子举到半空，用力往石碑砸去……

14. 白家　日　内

几个老者跟随白孝文哭号着冲进：“族长！族长啊！”

白嘉轩正香美地吃着饺子。

白孝文哭："爸！祠堂完了！都被他们砸了，连乡约碑都碎了！"

老者也哭："祖宗的牌位全扫在地上了！他们砸的砸踩的踩，糟蹋得不成样子……"

白嘉轩："坐，都坐，吃完再说，死了也不能当饿死鬼不是？仙草，把饺子都盛上来。"

众人面面相觑。

白嘉轩平静如常："我正要跟你们老几位商议孝武的婚事，我想大办一场……"

孝武："爸，三伯擦着矛子要去戳黑娃！"

白嘉轩听了一愣，跟随孝武来到鹿三家后院。

15. 后院鹿三家　日　外

白嘉轩走进鹿三土围墙上的圆洞门，正看见鹿三手里握着长柄矛子。

鹿三冲着白嘉轩斥责："鹿子霖不出头你也不露面！人家砸祠堂烧祖宗神轴儿，你们装瞎子？你们怕挨刀我不怕。八辈子祖宗造孽是我的罪过，我把那个孽子戳了……"

白嘉轩平和认真地："三哥，孝武的婚事还指望你帮着办哩！"

鹿三看见白嘉轩意味深长地撇了撇嘴摆了摆头，一把扔掉矛子，蹲在地上大声哀叹。

16. 祠堂门口　日　外

鹿兆鹏惊愕地看着眼前的一切。

白兴儿讨好地冲上前："鹿委员，黑娃带着我们把祠堂给砸了！"

鹿兆鹏一把推开他，径直往里走。黑娃正孤零零地垂头坐在台阶上，听到动静抬眼看着他。

鹿兆鹏默默扫视四周，捡起一个被砸碎的牌位，又走到砸裂的乡约碑前摸了摸。

黑娃颤抖着声音:“这下他们该信我服我了。”

鹿兆鹏目光复杂，默默摇了摇头，转身离去。

黑娃在身后发泄般吼叫:“兆鹏哥！你现在看看白鹿原的人谁敢不服我！他白嘉轩都不敢吭一声！”

鹿兆鹏没有回头。

17. 河边 晚 外

鹿兆鹏静静地望着湍流不息的河水，韩裁缝站在身旁。

韩裁缝:“从各村传来的消息，农协牌子都挂上了。有的村还建起了武装梭镖队。”

鹿兆鹏沉默不语，似在思索着什么。

韩裁缝拍了拍他的肩膀:“旧世界已经被我们打破了，这片土地已经换了主人，这种变化是前所未有的，你可能不大适应。说老实话我心里都惊得很！”

鹿兆鹏点点头:“可是老韩，黑娃那样对白嘉轩，我心里咋别扭呢？”

韩裁缝有些生气:“你是怕那个白嘉轩对不对？黑娃都不怕你怕啥啊！”

鹿兆鹏神色黯然:“他是族长，从小到大在我眼里他都是白鹿原的族长。”

韩裁缝急:“鹿兆鹏同志！”

鹿兆鹏喃喃地:“我知道，我知道……”

韩裁缝气恼:“我已经看出来你这几天跟丢了魂一样！黑娃把祠堂砸了，怎么了？当面斥责族长，怎么了？你别扭个啥？你立场在哪儿？”

鹿兆鹏抱住头蹲下:“我知道了，你别说了老韩。”

韩裁缝指着他:“今天咱必须说清楚，鹿兆鹏，现在的局面不正是咱们想要的吗？形势那么好你在这唉声叹气，你什么意思？”

鹿兆鹏摇头:“你不明白，我是担心……”

韩裁缝:“有句话我一直藏在心里，你的出身严重影响了你的立场！”

鹿兆鹏抬头吃惊地看着韩裁缝。

韩裁缝:“我认为有必要向组织上报告！鹿兆鹏同志立场已经不再坚定。”

鹿兆鹏起身:“老韩，你背着我打报告？”

韩裁缝:“我可没有，我先当面通知你！”

韩裁缝转身大步走去。

鹿兆鹏忙追去："老韩！你站住！你凭啥说我立场不坚定？"

韩裁缝头也不回："你自己想去吧，你跟组织藏着掖着，以为我不知道！"

鹿兆鹏："我藏着啥啦？我……我爸的事我本来想汇报来着……这不没空么！"

韩裁缝停住脚步，转身定神瞧。

鹿兆鹏愣住："你不是说我爸的事啊？"鹿兆鹏叹息，"我……我确实对组织隐瞒了一件事，是关于我爸的。"

韩裁缝一愣，打量鹿兆鹏。

18. 白家　日　内

白嘉轩正给供桌上供果，孝文一旁点着香蜡，父子俩恭恭敬敬拜了拜。

白嘉轩："祠堂砸了咱把祖宗请进家，一样拜。"

孝文恨恨地："早知道当初就应该把黑娃扔到野地里喂狼！"

白嘉轩瞪儿子："这话不许再说，你三伯听见咋想。"

孝武急匆匆进："爸，鹿兆鹏来了，想找您。"

白嘉轩将香插好："不见。"

孝武转身出去。

19. 白家门外　日　外

鹿兆鹏正焦急等候，孝武跑出门来。

孝武："兆鹏哥，我爸他……"

鹿兆鹏苦笑一下："不想见我？"

孝武尴尬点点头，鹿兆鹏转身离去。

20. 祠堂　日　外

十多家锣鼓班子摆开场子对敲，震得鸽子高高地飞向蓝天不敢下旋，白鹿村被震得颤颤巍巍。

黑娃站到戏楼当中大声宣布："白鹿原农民协会总部成立了。一切权力从今日起归农民协会！"

锣鼓与鞭炮声中，一块白底绿字的牌子由两位兄弟抱扶着，从戏楼上下了梯子，穿过人群挂到祠堂大门口。

田小娥停步在祠堂门口，怯生生看了看黑娃。

黑娃冲她笑笑，轻声："进啊。"

田小娥这才迈进门槛拉着黑娃的手往里走去。

白兴儿正带着众人忙碌，搬着桌椅，挂匾拉幅。

黑娃得意："往后这就是你男人办事的地方！你啥时候想进只管进！没人敢拦你。"

田小娥快活地笑起。

黑娃叫："搬把椅子来！"

白兴儿立刻有眼力地搬上椅子摆在堂内。

黑娃将田小娥按坐下，凑到她耳边："往后这就是你的位子。"

田小娥惶恐要站起，却被黑娃死死按住。

黑娃大声地冲众人："我宣布，田小娥同志就任白鹿原农协会妇女主任！"

"好！"白兴儿先鼓起掌来，众人跟随欢呼。

田小娥不敢相信的眼神，荡漾着从未有过的自信和快活。

黑娃："白兴儿任农协会副主任！"

白兴儿也激动地快哭出来。

21. 小学校　日　内

黑娃带着田小娥、白兴儿等人喜气洋洋地在屋中说笑。

鹿兆鹏一脸严肃地走进，黑娃忙上前亲热地挽住他胳膊。

黑娃："哥！我给你介绍介绍咱农协的主力，我媳妇田小娥妇女主任！白兴儿农协副主任！"

鹿兆鹏与他们各握了握手，田小娥有些羞涩却也大方地伸出了手。

鹿兆鹏转身坐下："今天咱们开第一次会，说三件事。第一，今后再不许随便铡人，也不许把铡刀摆到会场上。第二，你们可以决定斗争和游街的对象，但必须在总部同意后才可进行，而且不能打人。第三，要经常召集乡亲们听大伙儿的意见，不能几个人一商量就决定一件事。”

白兴儿、田小娥等人被吓住，偷偷瞧黑娃。

黑娃一脸不自在：“哥……”

鹿兆鹏严肃打断：“这是在开会，你叫我啥？”

黑娃：“鹿委员，我咋觉得你太心善太胆小太手软了！原上那么多财东恶乡绅才铡了几个呀！你这就不许，革命咋能彻底进行！”

众人纷纷应和，鹿兆鹏大声警告：“同志们！革命不是一把铡刀！”

众人安静下来，都看着鹿兆鹏。

鹿兆鹏起身：“像白嘉轩那样的人，如果他们没做过啥对不起乡亲的事，可以慢慢改造嘛！”

众人议论纷纷。

鹿兆鹏察觉到那些异样的眼神在看着自己。

鹿兆鹏深吸了一口气，像下了很大决心：“安静，安静！当然我很清楚有些人怀疑我也是财主的儿子，我在这儿说明，如果我爸做下亏心事我绝不手软！”

白兴儿不由得与黑娃交换个眼神。

22. 小学校外　日　外

黑娃郁闷地带田小娥走着，白兴儿追上黑娃。

白兴儿压低声：“黑娃，我有要紧事跟你商量。”

黑娃瞥了媳妇一眼，田小娥知趣让到一边。

白兴儿神秘地：“你想不想坐鹿兆鹏那位置？”

黑娃一惊，猛地推白兴儿：“你说啥呢！”

白兴儿：“咱只要把那事儿一捅，你就是原上的这个！”白兴儿竖起大拇指，“我是真心想帮你！”

黑娃用力揪起白兴儿的脖领，发狠地：“我警告你，少打鹿兆鹏的主意！只要我不许，你谁也不能说！不然小心我……”

黑娃举起拳头，白兴儿吓得忙点头。

白兴儿："好好！我这不为你着想吗！他……他老管着你，咱爷们革命都革不痛快！"

黑娃懊恼地将白兴儿推到一边转身走去。

23. 鹿家 晚 内

鹿兆鹏媳妇一脸痴笑，几次扑上前要解鹿兆鹏的衣扣，都被鹿子霖媳妇死死抱住。

鹿兆鹏媳妇："我要跟他睡……"

鹿兆鹏揪心地看着，鹿子霖一旁叹息，父子俩推门出来。

鹿子霖："你媳妇疯咧，我都不敢跟你老丈人说！"

鹿兆鹏："赶紧找人看看，这事不能耽误。"

鹿子霖瞪眼："咋看嘛！一看就全露了！要全村人看咱家笑话？我这张老脸往哪放！"

鹿兆鹏："爸，您要顾脸面当初就不要干那些事。"

鹿子霖一怔："哪些啊？"

鹿兆鹏目光复杂："保障所的那些粮食。"

鹿子霖怔怔地看着儿子："你回家就是为这个？那么多天不着家，一回来就问你爸这个！"鹿子霖吼起来，"有种你把你爸绑起来！也让黑娃他们给铡了！"

鹿兆鹏却悲哀地轻声："农协会马上就要批斗你了，还有田福贤。"

鹿子霖望着儿子喘息，不敢相信地摇头，突然瘫软倒在地上。

鹿子霖号哭："我不活了！我儿子要斗我啊！"

鹿兆鹏忙上前搀扶："爸，你只要把问题都交代清楚，把粮食都交公，没事的爸！"

鹿子霖依然哭着："老天爷啊！兆海啊！你哥要斗死我啊！"

鹿兆鹏："爸您听我说。除了保障所那些粮食，您再没贪了吧？您说实话，您现在一定要跟儿子说句实话！"

鹿子霖看了看鹿兆鹏，更捶胸顿足地号哭起来，鹿兆鹏吃惊地看着他……

24. 祠堂　晚　内

金书手被推跪在祠堂院里，一把铡刀抬到门外的祠堂台阶上。

金书手一瞅见沾着血痕的铡刀，脸上骤然失了血色：“好黑娃，好鹿兆谦爷哩，你听我说……你问啥我实打实说啥……你把铡刀快抬走，我看见那……心里毛得说不成话。”

黑娃靠在桌后椅子上，也不说话，冷眼观瞧。

白兴儿踹金书手：“老老实实地把征粮时候的账目说清！主任还能饶你条狗命，不然的话……”

白兴儿用力压了压铡刀，金书手浑身哆嗦着：“你问征粮当中田总乡约搞鬼捣窍的事，我说，我全说！”

黑娃冷冷地：“光田总乡约一个人吗？”

金书手哭丧着脸：“我和九个乡约也都拿了……”

大门推开，鹿兆鹏铁青着脸迈进。

众人恭恭敬敬地：“鹿委员。”

金书手惶恐地看了眼鹿兆鹏，眼珠子转了转，把话咽了回去。

黑娃一愣：“押下去，明天再审。”

鹿兆鹏：“就今天问清楚。”鹿兆鹏蹲到金书手面前，“你知道我是谁的儿子？”

金书手颤抖着点头。

鹿兆鹏：“好，我也不避讳。我爸到底贪了多少？”

众人鸦雀无声，黑娃慢慢站起身看着鹿兆鹏。

黑娃：“兆鹏哥……”

鹿兆鹏愤怒：“让他说！谁拦着谁就是跟我过不去！”

25. 小学校宿舍　晚　内

韩裁缝急匆匆地走着，推开门，惊愕地看着屋里的一切。

鹿兆鹏已经喝醉，桌上所有的东西被他扫到地上，屋里狼藉一片。

鹿兆鹏边喘息边回头看着韩裁缝，目光中满是绝望："原来我爸贪的……比我知道的还多。我爸这些年都干了些啥啊！他就对得起田福贤一个人了！"

韩裁缝慢慢坐下，默默看着鹿兆鹏。

鹿兆鹏摇头："这要是让我爷爷知道了，还不得气死！"

韩裁缝："那就先瞒着。"

鹿兆鹏烦躁地摇头："瞒谁！现在乡亲们都知道了！我们鹿家哪有脸在这原上待啊！"

26. 白家 日 内

冷先生给白赵氏写完方子递给白嘉轩。

冷先生："嘉轩，现在势头紧，俩娃的婚事缓缓吧。"

白嘉轩抽着烟袋："他闹他的农协，咱办咱的婚事，两不相干喀！农协没说不准男人娶媳妇吧？"

冷先生点点头："那倒没有。"

白嘉轩起身："那咱就热热闹闹地办，娶亲的花轿围村走一圈！"

27. 原上 日 外

跛子爷的锣重重敲起，跛子爷腿发软不敢回头，在最前领路。

田福贤五花大绑戴着高帽，九个乡约包括鹿子霖垂首跟在后面，像牛羊一样被牵着。

农协会的梭镖队两边看押，无数乡亲无比惊讶，屏息地看着。

二豆挥大刀舞了几个姿势，得意扫视众人，梗着脖子憋住乐。

人群中鹿兆鹏痛苦的目光。

远处响起唢呐吹打声，迎亲的队伍迎面走来。

鹿三走回孝武马前："撞上了。"

孝武忙下马惶恐看着哥哥。

孝文："怕啥，他斗他的爸，你娶你的媳妇。"

花轿中冷秋水的声音传出："哥说得对，孝武你上马去。"

哥俩惊诧地交换个眼神，孝文将他搀扶回去。

孝文冲后面队伍："进村喽——"

这边人群，黑娃皱紧眉头眺望，白兴儿凑上前："妈的，白嘉轩这老东西不成心跟咱农协会作对吗！"

28. 白家门前　日　外

鞭炮炸响，鼓乐齐鸣。孝武抱着媳妇跨进门。众人哄笑簇拥。

门上贴着大红喜字，系着红布的箱子摆在院中，恭贺的喜幛在绳子上飘扬。

道喜的乡亲们纷纷向白嘉轩拱手致意。鹿泰恒也拄着拐杖被儿媳搀扶进来。

白嘉轩一惊："叔，您咋也来了？"

鹿泰恒颤巍巍地："白鹿是一家啊，咱娃大喜的日子我鹿家不能错过。可惜来不全咧，我老汉顶上来。"

旁边鹿子霖媳妇低头抽泣。

白嘉轩忙搀扶进去。

一老者揪住白嘉轩，轻声："待会喜酒我们就不喝哩，还请族长见谅。"

白嘉轩一愣："为啥？"

老者一脸歉疚："家里娃闹着要去看批斗，我们管不住！"

白嘉轩无声叹息。

叠画：

孝武和媳妇拜天地爸妈，夫妻对拜。

田福贤、鹿子霖等人被揪到戏台上。

白嘉轩笑容可掬地给大伙敬酒。

鹿子霖含泪与台下的儿子对视……

29. 戏台　日　外

鹿兆鹏走上台扫视一周，目光停留在田福贤身上。

鹿兆鹏大声地："乡亲们，这么多年不管饥荒灾年我们照样被征粮收税，吃不饱睡不暖，家家有血泪！可那些被征上去的粮食和钱财都去哪儿了呢！真该问问你们面前站着的这些人，让他们今天给大伙儿说清楚！要不要？”

黑娃等农协会员带领乡亲们大声喊着："要！让他们说！"

黑娃冲上台去："田福贤，你认不认罪？"

田福贤梗起脖子："我没罪！"

黑娃冷笑："好，我就知道你会这么说，带金书手！"

田福贤身子一颤，与鹿子霖交换眼神。

金书手颤颤巍巍被押上台。

黑娃威严地："你跟乡亲们说明白，田福贤搞鬼捣窍弄下多少粮食和银圆？"

金书手捏着一张清单念，双腿双手也颤抖着："去年加码多征粮食折银一千二百多两。本仓原额民两万一千二百九十七丁，征银一千二百一十一两四钱五分一厘二毫，加码超征两百多两。以上地丁两项超征一千四百多两。九个乡约每人分赃一百两，我本人拿一百两，余下的田总乡约独吞了。"

台下哗然，乡亲们纷纷骂起："吐出来，吐出来！""混账王八蛋！"

"我妈还有我的娃都快饿死了！"

台下的愤怒演变成狂风暴雨一样的呼叫："抬铡刀来！""铡死他们！"

鹿兆鹏站到台前，吼哑了嗓子也制止不住已经沸腾起来的骚动，他迫不得已从腰里拔出一把短枪，朝空中放了一枪，台下才得以安静下来。

鹿兆鹏转头看了看父亲，鹿子霖含泪垂头站着。

鹿兆鹏目光悲哀："一个一个上来说。"

叠画：

田福贤和九个乡约低垂着脑袋，有乡亲冲上台痛骂。

白家院里乡亲们低声窃语，纷纷满脸怒意离去。白嘉轩看在眼里。

台下无数石子杂物抛向田福贤和众乡约。

白嘉轩独守空院，除了鹿泰恒独坐一桌，已没有一个人。

30. 白家 日 外

鹿泰恒颤巍巍端起酒杯冲白嘉轩示意，白嘉轩一怔也忙高举酒杯，两人一饮而尽。

白嘉轩感慨万千："叔……"

鹿泰恒摆了摆手："好久没这么喝酒了，再给我倒上。"

白嘉轩忙抱起酒坛倒满，鹿泰恒含泪："我孙子斗我儿子，让乡亲们见笑了。"

白嘉轩还想说什么却说不出来。

鹿泰恒颤抖着声音："这赖谁呢？赖我！这些年太纵容你这兄弟，你们是一起长大的娃，现在瞧瞧完全是两条路上的，一个享尽天伦之乐，一个违背天理，贪念一起祸害上身，报应啊！"

白孝文冲进院，故意大声地："爸！你知道鹿子霖这些年贪了多少！妈！你们都不相信……"

白嘉轩忙瞪儿子，使眼色。

鹿泰恒拄拐颤巍巍站起："多少？"

白孝文看看爸，挤出笑："爷，没多少，我瞎说哩。"

白嘉轩："还不快进屋去！"

白孝文点头进屋，声音又从屋里传出："你们都不知道，他鹿子霖偷鸡摸狗的事没少干哩！现在乡亲们都恨得咬牙切齿，要把他鹿家赶出原……"

白嘉轩担忧地看了眼脸色苍白的鹿泰恒。

白嘉轩："叔，子霖只是一时糊涂。"

鹿泰恒摇头："不是一时，是一世糊涂！我怎么养了这么个畜生！"

白嘉轩："叔，您老先坐下。"

鹿泰恒突然紧攥着白嘉轩的手："嘉轩，帮帮你兄弟，白鹿是一家啊！"

白嘉轩被老人那浑浊恳切的泪眼打动，怔怔地站在那里。

鹿泰恒身子突然一晃，双手慢慢松开。

白嘉轩惊恐地叫："叔！"

31. 戏台 日 外

群情激奋，冲上台的人越来越多，各种声音汇成巨浪："铡了！铡了！"

鹿兆鹏将黑娃拽到后台："绝不准再铡人了，你赶紧带人放几声铳子，把场面震住！”

黑娃兴奋地：“咱不铡别人，只铡田福贤咋样？”

鹿兆鹏急：“不行！”

黑娃顶撞：“咋不行！今天不铡一个场面按不下来！”

鹿兆鹏大声地：“田福贤是国民党区分部书记，牵扯到国共两党合作的大事！”

黑娃也失控大叫：“铡了这个畜生！我承担责任，与你无关！”

鹿兆鹏极力保持冷静：“黑娃你混账！我现在命令你把农协会的会员先稳住了，让梭镖队把他们都押到祠堂看管住，死一个人我拿你是问！”

前台突然鹿子霖惨叫一声，鹿兆鹏一激灵忙冲过去。

鹿子霖红了脸，顶住儿子的胸：“鹿兆鹏！你亲手把我铡了去！你提着我的头邀官去，你踩着你爸的尸首革命去！鹿兆鹏！今儿不把我给铡了，我就一头撞死在你面前！”

黑娃等人上前忙将鹿子霖拽开，鹿兆鹏含泪站在台上望着发疯一般的父亲。

白孝文远远冲来，喊：“鹿兆鹏！你爷爷没气了！”

鹿子霖顿时停止哭泣，瘫软倒地。

鹿兆鹏冲下戏台狂奔而去……

32. 祠堂　晚　内

黑娃正焦躁不安地来回踱步，田福贤在客屋里骂着。

黑娃咬牙：“姓田的再骂就把他吊起来！”

白兴儿拿着绳子：“现在吊！”

黑娃喘息：“一边去！”

祠堂门被推开，梭镖队忙围了上去。

白嘉轩定定地站在门口，梭镖队闪开两旁，注视白嘉轩一步步走进来。

白嘉轩看着黑娃：“我要把鹿子霖领出去。”

黑娃挺直腰杆：“鹿子霖还得押到县里接受审问，他是犯人，你领不回去。”

白嘉轩平静地：“他藏在保障所里的粮食是和我一起商议的，为族里灾荒年备下的存粮。”

黑娃一愣："你说啥？"

白嘉轩："这事儿冷先生也知道。鹿子霖并没有贪，你们错怪他了。"

客房中鹿子霖扒着窗户含泪听着。

黑娃迟疑。

白嘉轩："这事儿你们很容易查清楚，先放人吧。"

白兴儿发狠地："不成！他还偷分了银子！"

白嘉轩轻蔑地瞥了他一眼："谁都能跟我说，偏偏你不能。"

白兴儿立刻缩了脖。

黑娃："那我也得等鹿兆鹏回来再说。"

白嘉轩盯着他："鹿兆鹏现在给他爷爷跪灵呢！"

黑娃："那往年他也贪了不少……"

"这是他的不对。"白嘉轩点点头，慢慢起身，"我这个族长没看好，你连我一块绑了吧。"

客房中鹿子霖哭泣跪倒在黑暗中。

黑娃怔怔注视白嘉轩，轻声："放人。"

33. 鹿家 晚 外

鹿子霖跌跌撞撞冲进院门，院里已经传来哭号声。

鹿泰恒的尸体平躺，还未入棺，鹿兆鹏正伏尸痛哭。

鹿子霖连滚带爬扑上前："爸啊！你怎么就走了！连儿子最后一眼都不愿意看啊！"

鹿兆鹏媳妇从屋里出来惊诧望着，笑起上前解鹿泰恒衣扣："我要跟他睡……"

鹿子霖一巴掌将儿媳扇倒在地，鹿兆鹏忙上前搀扶抱住媳妇。

鹿子霖嚎叫："滚！都给我滚！从今往后我只有一个儿子，兆海啊！爸想你啊！"

鹿兆鹏含泪："爸……"

鹿子霖疯狂地推着他："出去！你不是鹿家的人！你跪这儿哭啥！"

鹿兆鹏被推出院门跌倒在地，媳妇扑上前亲他。

大门“吱呀呀”关紧，鹿兆鹏紧紧搂住媳妇不让她动弹，望着紧闭的家门哭泣。

34. 白家孝武新房　夜　内

冷秋水含着眼泪依偎在孝武怀中。

冷秋水：“你答应我件事。”

孝武：“你说。”

冷秋水：“永远别让我成为我姐那样的人。”

孝武：“咋会呢，我就守着你守着这个家。”

冷秋水幽幽地：“将来我姐要是无依无靠了，咱俩养着她行不？”

孝武一怔：“咱养？”

冷秋水：“她已经疯疯癫癫的了，我不能抛下我姐不管。”

孝武用力点头：“成！你姐就是我姐，咱养她一辈子！”

冷秋水亲了丈夫一下：“我们冷家永远也不会原谅鹿兆鹏，他是我见过的最自私最心硬的人。”

35. 县政府　日　内

鹿兆鹏大步走进县政府，岳维山站在门里含笑注视，远远伸出手来。

鹿兆鹏走进，两人用力握了握。

岳维山极其诚恳地：“兆鹏同志，听说你爷爷故去了，我代表县党部向你表示真挚的慰问。有什么困难提出来，我一定解决。”

鹿兆鹏：“感谢岳书记长的关心。”

两人并肩往里走，岳维山：“兆鹏啊，不是我说你，这场运动的代价太大了，整个白鹿原的行政机构都瘫痪了。”

鹿兆鹏不假思索：“我知道你想说什么，我赶过来就是想向县党部说明此事。”

岳维山转身给他沏茶。

鹿兆鹏：“有确凿证据证明，田福贤不是革命同志，是个贪官污吏。这个吸血鬼不仅败坏国民革命的名声，也败坏了国民党的威信。既然话已说明，我请求你们立即着手给白鹿原派一个手脚干净的区分部书记和总乡约。”

岳维山避开话题：“我也要向你进一言，县里不断收到白鹿原乡民联名具告的状子，据说农协的头儿全都是各个村子的死皮赖娃嘛！凭这些人能推进乡村的国民革命？革命不是乱斗乱铡！贵党在物色农协头儿时也得考虑一下吧？”

鹿兆鹏不服气：“田福贤一开头就说农协头儿全是死皮赖娃，清朝政府骂孙中山先生也是死皮赖娃。”

岳维山收住笑：“怎么能这样乱作类比，污损国父？”

鹿兆鹏坚持：“一样的道理，腐朽的统治者都把反对他们的人骂作乱臣逆党死皮赖娃。”

岳维山严肃起来：“兆鹏同志，你必须保证田福贤的生命安全，亲自给我送过来！”

鹿兆鹏迟疑了一下：“好，我负责把田福贤交到你手上。”

36. 原上　日　外

出殡的队伍很长，族里人几乎都来了。

头戴孝帽全身披白腰缠麻绳的鹿子霖打幡在前哭着领路，白嘉轩率众老者跟随其后。

一辆马车驶过，黑娃赶车，里面坐着鹿兆鹏与被绑的田福贤。

人群呜呜的哭声显得悲凉，田福贤略带嘲笑地打量一脸悲容的鹿兆鹏。

田福贤：“咋，连出殡都不让你参加？”

鹿兆鹏沉默不语。

田福贤长叹：“你这是何苦呢！闹来闹去你占啥便宜了，还闹得家破人亡。”

黑娃怒骂：“你再胡吣小心我把你嘴撕烂了！”

田福贤忙闭眼闭嘴。

鹿兆鹏：“黑娃停一下。”

马车停住，鹿兆鹏跳下来，冲着出殡的方向跪倒在地，深深地磕下头去。

出殡的人群都扭头望着伏倒在地的鹿兆鹏，鹿子霖哭得更加伤心。

鹿兆鹏磕完头跳上马车，越行越远。

37. 坟前　日　外

乡亲们都已散去，只剩下白嘉轩与鹿子霖夫妇。

鹿子霖边哭边烧着纸："爸，您一路好走！儿子不孝啊！没给您送终，没看上您最后一眼！"

白嘉轩转头冲鹿子霖媳妇："你先回吧，我陪他待会儿。"

鹿子霖媳妇点点头转身远去。

白嘉轩走上前将没有烧尽的纸挑了挑，也跪在鹿子霖身旁，鹿子霖依然在哭。

鹿子霖："咱家出了个孽障啊！爸，您闭眼的时候我没在跟前，嘉轩，我爸是不是被活活气死的？我咋养了这么个畜生啊！"

白嘉轩："你爸是被气死的没错，可气他的不是你儿子，是你。"

鹿子霖满脸是泪，呆呆看着白嘉轩。

白嘉轩："你爸亲口说的，这些年他没管住你的贪念，犯了大错，贪念一起祸害上身，说你是报应。"

鹿子霖哽咽："你还埋汰我！"

白嘉轩："这是啥地方啊子霖，我敢撒谎吗？"

鹿子霖含泪怔怔看着白嘉轩，喘息不语。

白嘉轩动情地："他还说咱白鹿是一家，咱是兄弟，让我帮你。"

鹿子霖崩溃，泪如雨下，伏倒在地呜呜痛哭："爸啊！"

夕阳下两个人一动不动跪在坟前。

38. 村子　日　外

跛子爷敲着锣在前面喊，田小娥戴着袖标跟在身后。

跛子爷："各家出个女子去农协开会了！田主任有话讲！各家出个女子去农协开会了！"

乡亲们三三两两站两边笑眯眯瞧着，没人动。

田小娥笑着劝："大妈去农协开会吧！各家出个女子，姐妹们！咱们去农协开会！”

被劝的人纷纷进院关门像躲瘟疫一般。

田小娥望见李寡妇：“李婶……”

李寡妇：“农协在哪儿啊闺女。”

田小娥笑：“就是祠堂。”

李寡妇嗑着瓜子：“那地方哪是咱妈们去的！除非族长叫，我不敢。”

田小娥还要劝，李寡妇也钻回院。

远处黑娃沉着脸眺望，白兴儿一旁：“这是不给主任您脸啊！”

黑娃：“你去通知各家，谁家不出个女子开会甭想分地！”

39. 祠堂 日 内

满院的女人三五成群地说着什么，田小娥大步走进院门，回头看了看黑娃。

黑娃在门外笑了笑，轻声：“我给你撑腰！”

院门关上，众目睽睽下田小娥鼓足勇气走到正堂，转身面对人群。

孝文媳妇跟几个女人轻声说笑，斜着眼瞥田小娥，一副瞧不起的样子。

田小娥深吸一口气，声音有些颤抖：“姐妹们！我是咱白鹿村的妇女主任，今天叫大伙儿来是想商量一下互帮互助的事儿……”

人群中发出一阵轻笑，有人低声骂：“骚狐狸精！”

田小娥涨红脸扫视人群：“我知道大伙儿可能瞧不上我，我也知道我做这主任不够资格，咱可以重选。”

孝文媳妇笑：“瞧您说的，谁敢呀！我们男人可比不上黑娃兄弟能铡人！我家男人连铡刀都搬不起来！”

一阵哄笑：“你家男人是秀才嘛！”

孝文媳妇：“秀才管啥用！能爬墙会勾人才吃得开哩！”

田小娥：“你在说谁？”

鸦雀无声，孝文媳妇笑了笑：“哟，我说错啥了？”

田小娥咬咬牙，门被撞开，黑娃气势汹汹冲进。

孝文媳妇慌乱躲进人群，被黑娃一把揪出摔在地上。

黑娃：“你个娘们儿舌头烂了！说清楚谁爬墙勾人？还有你们，刚才谁笑来着！我媳妇好好给你们讲道理帮你们，咋好赖不分呢！”

田小娥轻声叫：“黑娃，你出去。”

女人们眼神恐惧，大气也不敢出，纷纷低下头去。

田小娥急推黑娃：“你出去！这是妇女会，你出去！”

黑娃狠狠瞪着每个人，被推出院门。

田小娥再转过身，见女人们怯生生地瞧着自己，田小娥想笑却笑不出来。

40. 田地　日　外

白嘉轩正带儿子和鹿三耕种，黑娃雄赳赳地率着十几个壮劳力跨过田间。

白兴儿小跑上前：“哎！过来，说你呢！”

白嘉轩根本不理睬，白兴儿继续叫：“哎，我们主任叫你！”

孝文气不过：“你哎谁呢？”

白兴儿指着白嘉轩：“我哎你爸！这块地分给我了，你们出来！”

鹿三急：“光天化日下你抢咋的！白兴儿，信不信我一锄头楔死你！”

黑娃已到近前，白兴儿忙跑上去躲到他身后。

黑娃面无表情：“这是农协的决定，白鹿两家的地都平分给没地的乡亲们，谁敢违抗就把谁抓起来。”

白嘉轩抬眼扫视，桑老八跛子爷胆怯地低下头去。

黑娃：“桑老八，那块地分你了，跛子爷，东边的地是你的！”

两人都面露喜色，却不敢看白嘉轩的目光。

鹿三举起锄头冲上去，白嘉轩用力抱住他。

黑娃冷冷注视，转身离去。

鹿子霖正在自己田地中推搡分地的乡民，吼着：“我看谁敢抢我的地！我儿子是鹿兆鹏，是你们鹿委员！”

白嘉轩目光悲哀，喃喃地：“现在倒认起他儿子来了。”

41. 书院　日　内

朱先生背身而立，望着窗外的竹子，外屋几个老秀才专注地编著县志，安静祥和俨然世外桃源般。

白嘉轩一脸愁容抽着烟袋，朱先生悠悠地：“问今是何世，乃不知有汉，无论魏晋。”

白嘉轩：“姐夫我这都火烧眉毛了，你咋还作诗呢？”

朱先生含笑回身：“你个白嘉轩呀，铡人你不慌游街你不慌，一到分你的地就六神无主了。”

白嘉轩叹道：“没地我就啥都不是了。”

朱先生思索：“嘉轩我问你个问题，你现在不要答我。”

白嘉轩一愣：“姐夫你问。”

朱先生：“分地时谁痛谁乐？”

白嘉轩：“当然是我痛，分我地的人乐了。”

朱先生点点头：“好，会有一天倒转回来，到那时该痛的人还会痛，你却未必还能乐得起来，信吗？”

白嘉轩疑惑不解地看着姐夫。

42. 祠堂　日　外

乡亲们络绎不绝兴高采烈地在祠堂出出进进，每人手中拿着田产地契。

桑老八不敢相信地：“兆鹏，这地真是我的了？”

鹿兆鹏笑着点头：“叔你咋还不信呢？地契都拿手里了！”

桑老八含泪：“兆鹏啊，我祖辈几代积德啊，到我这辈自己有地哩！”

鹿兆鹏感动点头：“就该人人有地种么！”

黑娃兴奋地跑上前：“哥呀你真神咧！这一分土地乡亲们全向着咱农协了！”

桑老八叫：“主任我把我家房梁都卸下来了，咱农协还缺啥？”

黑娃得意：“你听听！”

鹿兆鹏含笑拍拍黑娃的肩：“自古土地是农民的命，解决了这个我们就无往不胜了。”

43. 白家 日 内

白嘉轩迈进院子，鹿三抱着捆稻草，看见他脸一红便转身走向后院。

白嘉轩忙叫：“三哥！”

鹿三尴尬停住脚步，白嘉轩近前打量：“咋了你这是？躲起我来了。”

鹿三：“少东家，我也分着田了，是鹿子霖家的。”

白嘉轩怔怔看着他。

鹿三干笑两声：“我想着肯定是先把咱的地种完，再去种我那块地。”

白嘉轩还是不说话，异样的眼神注视着他。

鹿三难堪慌乱地：“少东家，你要是不同意……我……我退回去！”

白嘉轩轻声：“三哥你叫我啥？”

鹿三动了动嘴唇，狠狠抽了自己一个嘴巴。

屋里响起哭闹声，孝文媳妇嚎着：“你们就是偏心，她才刚过门几天啊，妈就把自己的首饰都给她了！”

孝文骂：“不就是个耳环吗！你别丢人了，小点声！”

孝武媳妇从自己屋出来，摘着耳环：“哥你也别为难，我这就把耳环给嫂子。”

孝武忙后面跟着拉扯自己媳妇。

孝文媳妇冲出门口哭骂：“你装什么好人？占了便宜卖乖谁不会啊！”

仙草哭丧着脸冲白嘉轩：“这都是咋了？我给个东西咋还能闹起来呢！”

白嘉轩瞠目结舌地望着眼前的一切。

44. 小学校宿舍 晚 内

鹿兆鹏正给黑娃、田小娥等人详细布置工作，众人听得入迷连连点头。

鹿兆鹏：“……群众工作不是靠几句口号就行的，真得挨家挨户串，帮着人家解决问题。老百姓图个啥，吃得饱穿得暖，再一个就是公平，有讲理的地方……”

韩裁缝在窗外叫：“鹿校长你衣服裁好了，试试？”

鹿兆鹏一怔抬眼望去，韩裁缝一脸焦急地看着自己。

鹿兆鹏忙走出门来，韩裁缝拉他到角落，低声：“田福贤被岳维山放了。”

鹿兆鹏吃惊地看着他。

45. 县政府　日　内

鹿兆鹏怒气冲冲瞪着背身沏茶的岳维山。

岳维山笑眯眯地端茶递给鹿兆鹏："你们共产党就是火气大，来我这不是拍桌子就是瞪眼。啥话不能好好说嘛！"

鹿兆鹏："我就问你田福贤不是被县法院判罪了吗？谁放的？"

岳维山微笑："金书手全部翻供了。"

鹿兆鹏不敢相信："翻供？他贪了那么多银子那么多粮食，铁证如山他说翻就翻了？"

岳维山话里有话地："是啊，看来铡刀逼出来的口供靠不住哇。"

鹿兆鹏怔怔看着岳维山："岳书记长，我现在不大关心田福贤的事情，而是担心国民革命！"

岳维山点头："咱们又想一块去了，我也很担心。"

鹿兆鹏："你有话请直说！"

岳维山也很不客气，收住笑："兆鹏同志，你是共产党员，也是国民党员，兼着两个党的重任，你偏向一个歧视一个的做法太露骨了。你把本党基层干部都游了斗了铡了，国民革命只有靠贵党单独去完成？"

鹿兆鹏摇摇头："我们从来没有偏向谁，歧视谁。只要是对得起老百姓的事，我们就去做，只要是真心为国为民，不管他是谁我们都会团结！"

岳维山一笑："说得很无私。"

鹿兆鹏点头："没错！我可以堂堂正正地说这话，而不是像某些人只想着自己升官发财！"

岳维山有些恼火，冷笑："你这话是在说谁？你就能保证共产党一盆清水？"

鹿兆鹏直言不讳："你不要太敏感。如果共产党里也混进来田福贤这号坏分子，我们一定会自动把他清除！过去这样，现在这样，将来也一定会这样！"

鹿兆鹏转身摔门而去。

岳维山冷冷望着鹿兆鹏离去的身影，冷哼了一声，将刚给他沏好的茶泼出窗外。

第二十九集

1. 西安城　学校　街道　日　外

身着学生服的白灵在喧闹的操场上专注而贪婪地读着信，脸上不时泛起笑意。

鹿兆鹏（画外音）:“白灵，见信如面。你的来信我给农协的同志们都读了，大家深深地被城里学生运动的高潮感染，太好了。城里农村遥相呼应，这力量就大得很，过不久会彻底改造出一个新的中国来！”

随着鹿兆鹏的画外音叠画：

白灵在街头给市民慷慨演说，不时挥动手臂。

鹿兆鹏带农协的弟兄与乡亲们在田间耕种，抹把脖子上的汗，欣慰地望着远方。

白灵走在最前面，学生拉起横幅喊着口号。

鹿兆鹏（画外音）:“你信里提到黑娃的媳妇田小娥，叹息她的身世不公，可你知道现在田小娥变化有多大吗？我们的目标就是要改变不公，无论身世，人人平等！白灵，这里发生的一切都让我越发相信，当人解放自己的时候会焕发出无限的力量！”

叠画：

田小娥挨家挨户宣传，耐心给老人讲解。

田小娥在田间地头奔跑，脸上洋溢着笑。

兆鹏黑娃等人眺望她的身影，相视而笑……

白灵读着信，眼中闪动晶莹的泪光，面色又慢慢沉下来。

鹿兆鹏（画外音）：“大城市里已经开始抓捕我们的同志。你想象不到本是同赴生死的兄弟，今日却要拼个你死我活。为了民族崛起，我们怕的不是流血牺牲，北伐军的铁军不是我们共产党人，上海工人运动配合北伐不是我们共产党人吗？我们怕的是自己人在后面捅刀子啊。那种场面有多残酷，常人是很难想象的。但我们的革命必须要走下去，为了天下的劳苦大众，为了那些已经牺牲的同志，我们没有什么可怕的，无产阶级失去的只有锁链。”

白灵放下手中的信，思索着什么。

2. 白家轧棉花屋　日　内

孝文媳妇踩轧棉花机，孝文一旁填棉花。

孝武媳妇端着两碗面进屋：“哥哥、嫂子快吃点吧。面凉了就坨碗里了。”

孝文忙上前接过：“弟妹你做的面就是好吃。”

孝文媳妇狠狠白他一眼，放下手中活，伸了个懒腰：“累死了，我要你喂我。”

孝文尴尬，孝武媳妇也低头准备出去。

孝文媳妇突然叫：“咋放这么少辣子？让我咋吃啊！”

孝文一愣挑起面：“辣子不少啊？”

孝文媳妇狠狠瞪他：“不少你吃！反正我吃不下！”

孝武媳妇忙上前接过：“嫂子那我再给你添去。”

孝文媳妇冷哼：“等添好了料面也坨了！”

孝文偷偷拽了拽媳妇，媳妇甩他手，急：“现在地都没了全家就指着我，我还不能吃口舒服的？凭啥就她天天歇着？”

孝武媳妇低头不语。

孝文尴尬：“人家帮妈做三顿饭哩！”

孝武媳妇：“嫂子，从今儿起我也跟你学吧，可就是大手大脚的我怕把机器弄坏了，所以一直没敢沾。”孝武媳妇接过面碗转身冲出，“我给你重煮。”

孝文无奈看了看媳妇。

孝文媳妇冷哼一声：“你再不去跟爸商量那事，我可就跟他说了。”

孝文轻声：“那不也得找个时机吗。”

3. 白家　晚　内

白嘉轩正泡着脚，仙草一旁缝补着手里衣裳，欲语还休。

白嘉轩头都不抬："有啥事你就说，掖着藏着瞧把你难受的。"

仙草放下盛着针线的箩筐叹息一声："今天孝文媳妇跟我聊，我听那意思好像孝文想分家。"

白嘉轩停下。

仙草："说他们俩就要东边那间房还有那台轧棉花机，地他们一亩都不要。"

白嘉轩突然一脚踹翻洗脚盆："她知道地都分了，还剩下啥！"

仙草忙收拾："你小点声！"

白嘉轩："去，把孝文孝武都叫来。"

仙草为难地看着丈夫。

白嘉轩急："叫过来！我有话跟他们说！"

4. 白孝文屋　夜　内

孝文媳妇扒着窗偷听外面动静，孝文皱眉坐在一旁。

孝文媳妇轻声："好像盆给踹翻咧。我可不怕，现在这世道谁吓得住谁啊！"

孝文懊恼："你就少说两句吧！"

仙草在门外："孝文孝武，你爸叫你们咧，叫媳妇也过来。"

孝文与媳妇懊恼地交换个眼神。

孝文媳妇起身发狠："你怕我可不怕！大不了我回妈家！没我你们谁也轧不出好棉花！"

孝文想拉媳妇，已经来不及了，媳妇迈出门去："妈！"

孝文懊恼，只得硬着头皮跟出。

5. 白家　夜　内

孝文孝武带着媳妇进屋来，气氛有点紧张。

白嘉轩坐在油灯下扫视四人："我听你们妈说想分家咧？"

孝武媳妇皱眉："爸……"

白嘉轩："今天你们都说说心里话，我不怪罪。"

孝武媳妇："我不想分，我们就跟着爸妈奶奶一起过。"

孝文媳妇冷哼一声："妹子，要说也得他们兄弟说，轮不着咱们做媳妇的，你要不懂规矩嫂子教你。"

白嘉轩静静地看着孝文媳妇，目光又落在孝文身上："孝文，你媳妇让你说呢。"

孝文紧张："爸是这样，我……我俩想……干脆各过各的，我们还能孝敬奶奶和爸妈。"

仙草插话："现在一起过不一样孝敬吗？"

白嘉轩怒："你让人家说完！"

孝文媳妇："我说。爸我们啥都不要，孝武他们能种地会养牲口，我们可啥都不会，孝文才跟我商量怕拖累人家。"

孝武媳妇涨红脸，刚要说话被孝武拽住。

白嘉轩定定地看着孝文，孝文低头不语。

白嘉轩叹了口气："啥都不要，你们不饿死了？老年间年景不好时一家子人都要挤一块凑暖，才能把饥荒挨过去。可既然提出来了，这样，地都分得差不多了，只剩下两亩八分，圈里也就留一头老牛。孝武你们够用不？"

孝武斩钉截铁："爸，我们跟你们一起过！"

孝武媳妇也插话："咱一家人节省过日子够用！爸妈，我们不想分。"

白嘉轩再转头看孝文，孝文依然不语，被媳妇暗暗掐着手。

白嘉轩："好，好。那东面那间屋和轧棉花机就归你哥和嫂子了。"

孝文媳妇喜出望外强掩笑意："地跟牲口我们都不要了，孝文是吧？"

白嘉轩："啥时都不要了？"

孝文迟疑了一下点了点头。

白嘉轩轻声地："你们都回去睡吧。"

众人散去，仙草眼巴巴看着丈夫。

白嘉轩："放心，有他们想回的时候。"

6. 原上　日　外

孝武赶着马车，孝文坐在后面粮食包上，兄弟无语。

孝文试探："爸咋卖这些粮食？"

孝武没好气："换钱用。哥，哪像你们天天轧棉花，往里进钱。"

孝文叹了口气。

孝武又问："你进城干啥？"

孝文："你嫂子要添两件新衣服，我买面料去。"

孝武冷哼一声没说话。

孝文掏出钱来往孝武怀里塞："给你媳妇也买两身。"

孝武将钱塞回："我不要，秋水衣服都够。"

孝文："那给妈扯一身？"

孝武："我们还养得起妈！"

钱被抛回，孝武狠狠抽着马屁股。

孝文一脸惭愧坐在弟弟后面。

7. 白家　日　内

孝文媳妇夸张地从屋里奔到院中，试着新衣服。

孝文一把没拽住，轻呼："你回来！"

孝文媳妇得意："这料子可真新！瞧这颜色都晃眼，你哪家买的？"

孝文急："回来！"

孝武媳妇正背着柴火往厨房走，低头绕过嫂子。

孝文媳妇故意大声："孝文！那些首饰都旧咧，你哪天找银匠再给我打几副！"

仙草在厨房拉着风箱无声叹气。

8. 小学校　夜　外

鹿兆鹏心事重重地光着上身站在院里，满满一桶水提来，鹿兆鹏怔怔看着水中的倒影。

雷声大作，鹿兆鹏看了看天，裸着上身用一只葫芦瓢舀满水从头顶浇下来，闭上双眼。

有两个陌生人走到他跟前："鹿校长住哪个屋？"

鹿兆鹏刚想张口，突然瞥见后院的黑暗处还站着两三个人，一瞬间浑身一冷，意识到事情不妙。

鹿兆鹏："找鹿校长呀？从过道进去朝右拐就到了。他刚刚洗毕躺下。"

鹿兆鹏说着又舀起一瓢水浇到头上，余光打量着那几人走开。

鹿兆鹏猛地从树枝上扯下上衣，纵身翻过墙头，黄土围墙的土屑唰唰下落，身后猛地传来几声枪响。

9. 原上树林　夜　外

大雨瓢泼，韩裁缝浑身湿透急匆匆走来，警惕地看看四周。

鹿兆鹏从树后闪出："老韩！"

韩裁缝面色沉峻地将衣服和手枪递给他。

韩裁缝："他们开始动手了！"

鹿兆鹏："凡是公开了共产党员身份的教员全部离开白鹿镇小学校！要走的趁早快走，不要等到他们再来！"

韩裁缝："放心，我已经通知到了。"

鹿兆鹏终没忍住一把抱住韩裁缝肩膀，痛心裂肺地："我们上当了，我们受骗了！相煎何太急，相煎何太急啊！"

泪水和雨水混在一起，在鹿兆鹏的脸上淌着。

韩裁缝沉痛地拍了拍他背："这笔账我们迟早要跟蒋介石清算！你先走，走得越远越好！"

鹿兆鹏："我还要通知黑娃，不能让他受连累。"

韩裁缝犹豫："太冒险了，也许黑娃已经……"

鹿兆鹏坚定地："不，这时候我不能抛弃他！"

10. 窑洞　夜　内

黑娃扒窗望着瓢泼大雨，田小娥坐在炕上瞧他。

田小娥："你确定刚才那是枪声？"

黑娃关上窗："没错！我听过，是从小学校那边传过来的。"

门被敲响，黑娃一激灵："谁？"

鹿兆鹏急促的声音："我！"

黑娃忙将门打开："兆鹏哥！你咋……"

鹿兆鹏一把揪住他："快走！国民党动手抓人了！"

黑娃脸色大变，田小娥也惊恐地从炕上跳下。

田小娥拽住黑娃胳膊："你走了我咋办？你走到哪儿我跟到哪儿！"

黑娃迟疑。

田小娥："你不带我走，我就跳井！你再没媳妇了！"

黑娃瞪着眼喘息不说话。

田小娥哭："你好狠心啊，你跑了躲了叫田福贤回来拿我出气！"

远处传来两声枪响。

鹿兆鹏："黑娃！他们不是冲你媳妇来的！是冲你！跟我走哇！不然就来不及了！"

黑娃转头哀求般看着媳妇，田小娥捂住嘴不让自己哭出来。

黑娃喘息着抉择，上前用力抱住田小娥狠狠亲了亲她，摔门与鹿兆鹏消失在黑暗中。

田小娥扑到门口，泪如雨下。

11. 白家　夜　外

白嘉轩披着衣服站在房檐下，孝文孝武也各从屋里出来，听着外面的零星枪声。

孝文："爸，是雷吧？"

院门被急促地拍响，鹿子霖的哭叫声："嘉轩，快开门呐嘉轩！"

白嘉轩与俩儿子交换眼神，鹿三提着梭镖出来。

鹿三："我去开门？"

白嘉轩点点头。一会儿，浑身湿透满是泥浆的鹿子霖哭号着冲进。

鹿子霖："他们抓我儿子！他们冲进我家去把我摁在地上问兆鹏去哪儿了。"

孝文嘴角露出一丝幸灾乐祸的笑意。

白嘉轩搀扶住鹿子霖："到底怎么回事，那些人哪来的？"

鹿子霖哭着摇头："我也不知道，都带着枪呢！兆鹏啊，兆鹏肯定被他们打死了！"

白嘉轩忙冲俩儿子："快！把你大扶屋里去！"

白嘉轩紧皱眉头望着倾泻而下的大雨。

12. 原上　夜　外

黑娃与鹿兆鹏在雨中狂奔，两人淋得如丧家之犬。

黑娃："我……我能去哪儿？跟你走？"

鹿兆鹏喘息："你去陇西找习旅长，那是咱们的部队！"

黑娃："那你呢？"

鹿兆鹏急："你甭管我！这是我给习旅长写的信，没来得及寄给他，正好你送去！"

枪声大作，远处有人喊："鹿兆鹏在那边！"

黑娃接过："兆鹏哥……"

鹿兆鹏："你沿着河跑，他们是冲我来的，快走！"

鹿兆鹏用力一推黑娃，望了望他奔去的身影，自己也消失在黑暗中。

13. 窑洞　凌晨　内

田小娥蜷缩着身体靠着炕角，听着外面的雨声，眼神恍惚。

风竟将门吹开，一道闪电劈过，田小娥打了一个寒战……

14. 西安城学校　日　内

白灵正伏案记笔记，洋教员在讲堂上用英文讲着什么。

门突然被撞开，几个黑衣警察冲进屋，不由分说拽起一个女生往门外拖去。

女同学们惊呼成一片。

洋教员用生硬的中国话质问："你们干什么！这是课堂！"

警察："这是共匪！"

洋教员："她是我的学生！你们不能抓！"

警察摔门而去，白灵和同学们都冲到窗前，眼看着那女生被押进一辆黑色的囚车。

白灵惊愕的目光。

15. 西安城街头　日　外

白灵抱着书本走着，身边不时开过鸣着警笛的黑色囚车。

前方一片混乱，一个男子拼命从小巷奔出，身后警察追着，举枪便打。"啪"一声枪响，男子身子晃了晃正倒在白灵面前。

警察边喊边扑来："击毙共匪了！"

白灵脸色苍白抱紧书本……

16. 村子　日　外

田福贤骑着高头大马，身后跟着十几个持枪团练耀武扬威地走进村口。

乡亲们纷纷围看。

二豆奔上前傻乐："田伯，想死我哩！"

田福贤冷笑："二豆，我看出来了，谁厉害你想谁啊。"

二豆咧嘴乐："你咋知道？"

田福贤哭笑不得："算哩，你个傻子我也不跟你计较。"

白兴儿一脸谄媚奔上前，牵住马缰绳："哥啊你可回来了！"

田福贤一鞭子将他抽翻在地，两个团练上前狠踹。

白兴儿惨叫着，田福贤厌恶地吐了口唾沫扬长而去。

保障所里鹿子霖胆战心惊地望着这一幕，慌忙关上窗户。

17. 白鹿仓　日　内

“田总乡约我们的地可得要回来啊，都让那些穷瓜蛋子给分了！”

“田总乡约你去我们村吧，我那房子都被人占了！”

乡绅财东们一把眼泪一把鼻涕哭诉自己的苦楚。

田福贤不耐烦：“回去回去，诸位先回去，兄弟刚回来事儿太多太忙。”

有老者将烧酒点心一类的礼物放在桌上。

一个后生跪倒在地，老者骂着：“快给你田叔跪下！这娃不懂事，跟着黑娃他们折腾。田总乡约我娃后悔咧，您大人不记小人过……”

田福贤看也不看就把东西摔到院子里的瓦砾堆上，鼻腔里喷出一股粗浑的气浪：“还不是喝酒的时候！”

众人面面相觑，大气也不敢出。

老者吓得也跪倒在地：“您要罚就罚我吧，我知道您有气！”

田福贤厌烦地：“出去出去！现在不是说你们事儿的时候！”

两个团练架起后生和老者出门。

乡约们被领进屋，鹿子霖跟在最后。

田福贤冷冷扫视，目光最后落在鹿子霖身上，鹿子霖忙低下头去。

田福贤冷哼了一声：“诸位跟着我挨批斗都受苦了，恐怕你们也没想到我田福贤能回来吧？”

鸦雀无声，谁都不说话。

田福贤：“你们知道我最恨的是啥？不是斗我的人，也不是举着铡刀要铡我的人，我最恨的就是那些面上一套心里一套，背地里给我下刀子的小人！”

鹿子霖身子一哆嗦。

田福贤长叹一声：“可我回来前岳书记长专门叮嘱我，让我大人有大量，理解乡亲们的不易，把矛头还是要对准我们共同的敌人——共产党！我想了又想，不能因小失大啊！我田福贤也是顾大局的人，当着你们的面我发誓，除了执迷不悟还死心塌地帮共党的，其他人我既往不咎！”田福贤猛地一拍桌子站起身来，“各位！”

所有乡约都是一哆嗦。

田福贤发狠地：“这回我们在白鹿原一定要把共产党斩草除根！”

18. 村子 日 外

鹿子霖一脸颓废地走着，看见桑老八、跛子爷等人指着自己低声说着什么。

鹿子霖刚要招呼，乡亲们马上散去，鹿子霖长叹一声。

远处田福贤在白家门口下马，接过手下递上的点心，大步迈向白家院门。

鹿子霖眼巴巴地望着，无比可怜。

19. 白家 日 内

桌上摆着几匣点心，田福贤俨然换了一个人，笑容可掬。

田福贤：“仙草！甭客气，咱是一家人嘛！”

仙草端过两杯茶放在桌上，笑：“您是贵人，轻易不来一次呢。”

田福贤转头冲抽烟袋的白嘉轩：“往后我可就常来了。”

白嘉轩：“我知道你回原上了，我看你那儿人太多就没去凑热闹。”

田福贤笑着：“老哥，你可比不得浅薄之辈，你水多深土多厚我一概尽知。兄弟今日来跟你说两个事，头一个，你这回得出山了。”

白嘉轩装糊涂：“我本来就没进山嘛！”

田福贤：“你甭装糊涂。第一保障所乡约得请你出马。”

白嘉轩：“子霖不是干得好好的吗？”

田福贤：“老兄，你尽拿明白装糊涂。他那个共产党儿子把白鹿原搅了个天昏地黑，上边正在悬赏缉拿，他还能当乡约吗？”

白嘉轩：“既是这个交割，那你把九个乡约都免了，谁刀架在脖子上不说个软话哩。快说你的后一个事吧！”

田福贤很遗憾地慨叹：“老哥，你真个拿得稳坐得住。农协那帮死狗赖娃那么折腾，分你田分你地，你好忍性啊！”

白嘉轩:“咱不说这话了,你不是说两个事吗?”

田福贤无奈转了话题:“我想借白鹿村的戏楼用一天。”

白嘉轩不以为然地:“借戏楼?你重返故里给原上乡党演戏呀?”

田福贤:“耍猴。”

白嘉轩:“耍猴?耍猴用不着戏楼呀!在地场上围个圈子栽个杆子就成了!”

田福贤:“我这回耍的是大猴妖猴,不用地场,要搁到戏楼上耍。”

白嘉轩听出他话里套话:“你明说你用戏楼做啥用场,你不明说我不敢应承。”

田福贤终于忍不住:“耍农协那几个死狗赖娃的猴!”

窗外白孝文正在偷听,就是一惊,忙转身奔出远去。

白嘉轩:“你要是演戏,那没说的。你要弄这号事,耍这个猴,请你另借别个村子的戏楼去。”

田福贤冷笑着:“我看中你的戏楼可不是你的戏楼上开着牡丹,是他们在白鹿村的戏楼上把我当猴耍了,我耍他的猴就非搁在白鹿村的戏楼上不可。叫原上的人都看看,谁耍谁的猴耍得好!”

白嘉轩无奈叹了口气:“你这哪是商量。”

20. 窑洞 日 外

田小娥正背着一篓干草回来,白孝文急匆匆奔来。田小娥一愣,望着他近前。

白孝文喘息:“你快跑!他们要抓你!”

田小娥没明白,怔怔打量。

白孝文急:“田福贤回来了,要抓农协的人整治!”

田小娥有些手足无措,要往窑洞里钻,被白孝文一把拽住胳膊。

白孝文:“你还进去干啥!”

田小娥恍惚:“我收拾东西。”

白孝文急:“还收拾啥!快跑!再不跑来不及了!”

田小娥异样的眼神看了眼白孝文,撒腿往原上奔去。

21. 鹿家 日 外

冷先生从屋里出来，鹿子霖忙锁上门，屋里传来兆鹏媳妇的叫声。

冷先生叹了口气："这是心病，难治。"

鹿子霖脸上愧疚："亲家，是我对不起你……"

冷先生摆手打断："我也知道，这不在你。"

鹿子霖颓丧地蹲在那儿："先是共产党儿子整了我，现在是田福贤再不要我当委员，连第一保障所的乡约也当不成了！"

冷先生："你一定要当那个乡约弄啥？人家嘉轩叫当还不当哩！你要是能掺三分嘉轩的性气就好了。"

鹿子霖解释："我一定要当那个乡约干屎哩！要是原先甭叫我当，现在不当那不算个啥，先当了现时又不要我当，是对我起了疑心了，这就成了大事咧！"

冷先生仍然冷冷地："哪怕他说你是共产党哩！你是不是心里还不清楚？肚里没冷病不怕吃西瓜。我说你要是能掺和三分嘉轩的性气也就是这意思。"

鹿子霖一怔，屋里又传来儿媳妇的叫声。

冷先生："锁着她，管上三顿饭，上茅房也在屋里。"

鹿子霖被冷先生的淡漠惊住，颤抖着声答应："哎……"

22. 白鹿仓 晚 外/内

鹿子霖一直揣手在门外徘徊，进出的人慢慢少了，他鼓足勇气迈进门去。

院里看守一推他："田总乡约睡了，不见人！"

鹿子霖赔笑："我们是兄弟，我们熟着哩！"

看守："那也不准！要见明天来！"

屋里田福贤疲惫的声音："是鹿子霖吗？进来吧。"

鹿子霖忙小步奔进门来，田福贤正趴在炕上，两个女子给他捏着背。

鹿子霖看傻眼了，不敢说话。田福贤挥挥手，两个女子退出门去。

田福贤轻描淡写地："贺家村的看我辛苦，派来俩女子给我捶捶背。"

鹿子霖忙点头："应该，应该哩！"

田福贤坐起："啥事啊子霖？有话不能白天说？"

鹿子霖："田总乡约，你这样待我，兄弟我想不通。兄弟跟你干了多年，你难道不清楚兄弟的秉性？我家里出了个共产党，那不由我。兆鹏把你推上戏楼，也没松饶我啊！他把我当你的一伙整，你又把我当他的一伙怀疑，兄弟我而今是猪八戒照镜子里外不是人……"

田福贤打断："兄弟你既然把话说到这一步，我也就敲明叫响，你家里出了那么大一个共产党，不要说把个白鹿原搅得天翻地覆，整个滋水县甚至全省都给他搅得鸡犬不宁！你是他爸，你大概还不清楚，兆鹏是共产党的省委委员，还兼着省农协副部长，你是他爸，咋能不疑心你？"

鹿子霖吃惊："他不是县里的官吗……"

田福贤发狠地："省里！你儿子是大人物瞒着你哩，怕把你吓死！"

鹿子霖缓缓神，梗起脖子："他是啥我不管，我可是我。我被众人当尻子笑了！我没法活了！你跟岳书记长说干脆把我押了杀了，省得我一天人不人鬼不鬼地受洋罪……"

田福贤再次打断他的话："兄弟你疯言浪语净胡说！我为你的事跟岳书记长说了不下八回！我当面给岳书记长拍胸口作保举荐你，说子霖跟我同堂念书一块共事，眼窝多深睫毛多长我都清楚，连一丝共产党的气儿也没得。岳书记长到底松了口，说再缓一步看看。你心里不受活说气话我不计较，你大概不知道我为你费了多少唾沫！"

鹿子霖听了，竟然双手抱住脑袋"哇"一声哭了："我怎么也想不到活到这一步……"

田福贤长叹一声，上前拍了拍鹿子霖的背。

23. 祠堂　日　内

白嘉轩在院子里抚摸着已经砸断裂的乡约碑，转身望去，正堂的牌位都已经清扫干净，空空如也。

客房中传来哭声和哀求声，团练骂："哭丧咧！吊起来那天谁还能哭算谁有种！"

孝文吃惊地看看，凑上前轻声问："都关了谁？"

团练："还不是农协那群赖娃！还有这女子，长得俊哩。"

孝文往里望了一眼惊呆了，只见田小娥被捆住放倒在地挣扎着，嘴被封着，目光无助地看着自己。孝文喘息地望着，手足无措。

身后白嘉轩若无其事地跟族人商议修复的事。

有热心的族人建议："应该请石匠来刻一尊新的，花费由族里捐。"

白嘉轩："就要这个断了的。"

白嘉轩亲自压着木钉长尺子，看着工匠小心翼翼地撒下灰线，对孝文说："孝文你干啥哩，你记着尺码，一寸也不准差。"

孝文脸色苍白上前："哎。"

24. 鹿家门口　日　外

屋里热闹非凡，敬酒声骂街声混杂，酒香四溢，不少乡亲在门外围看，馋得直咽唾沫。

白嘉轩牵着马车走过，鹿三诧异地望着里面，轻声问："咋又吃上了？这刚回就吃啊。"

白嘉轩冷哼一声："有人要破财免灾。"

25. 鹿家　日　内

屋内是推杯换盏的热闹，众人正大吃一气。

鹿子霖端着酒杯笑眯眯站起来："承蒙诸位关照，特别是田总乡约宽宏大量，今天这顿饭是我鹿子霖的一片心，啥都不说了，干！"

立即有几位乡约笑："一家人嘛！"

田福贤起身郑重宣布："诸位好好吃好好喝听我说，鹿子霖继续就任本仓第一保障所乡约！"

大家热烈鼓掌，鹿子霖感激涕零鞠躬，泣不成声。

田福贤拍了拍鹿子霖，将他按坐，大声说道："原上大局已定，但还是不能放松。各保障所要一个村子一个寨子齐过手，凡是参加农协的不管穷汉富户，男人女人，老的小的，都要叫他说个啥！把弓上硬，把弦绷紧，把牙咬死，一个也不能松了饶了！要叫他一个个都尝一回辣子辣。”

田福贤冲鹿子霖：“前些日子你没到任，第一保障所所辖各村动静不大，你而今上任了就要迎头赶上，这下就看你的了。”

26. 白家　晚　内

仙草鹿三站在屋里，看着闷头抽烟袋的白嘉轩，孝文孝武各带媳妇也静静地看着。

院外跛子爷的锣声响着：“各家各户听了！明天戏台前开大会喽！除了娃娃和爬不起炕的都去开会！”

白嘉轩沉声：“田福贤和鹿子霖都邀我去明天这会，瞧俩人的气势明天恐怕要死人。”

几个人交换个眼神。

白嘉轩：“明天不管发生啥，你们都不许上前一步。”

仙草目光一紧：“你啥意思？”

白嘉轩面色严峻：“听见没有？”

孝文孝武忙答应：“听见了爸！”

仙草仿佛察觉到什么，快哭出来。

27. 戏楼　日　外

田福贤坐在戏楼正中，两边的宾礼席上坐着九个保障所的八个乡约以及贺家坊的贺耀祖等乡绅。台下站着一排七八个全都端着枪的团丁。

田福贤：“乡亲们，兄弟大难不死又回原上来了！”

哄哄嚷嚷的广场上顿然鸦雀无声。

二豆兴奋地梗起脖“嗷——”地叫起来，抱着大刀冲上台。团丁警惕地将他拦住。

二豆急：“我护法！给田伯护法！”

田福贤：“带人！”

金书手被押上戏台哭号哀求：“田总乡约，我不是人，我是吃草的畜生，是吃屎的狗！我胡踢乱咬是害怕黑娃的铡刀。乡党们，我今日对着日头赌咒，我说田总乡约加码征地丁银的话全是假的……”

台下顿时响起了一阵议论。

有人跳上台子，把银圆从口袋里掏出来，一摞一摞码整齐，然后到桌子前：“这是分给俺们村的银圆，俺村的人托我交还给田总乡约。”

又有两三个人相继跳上台去交了银圆。还有人表态：“我的村子还没交齐，交齐了再交来。”

田福贤：“各人把各人交的银圆都拿走，分给乡民。”

那几个人谁也不拿银圆，一齐鼓噪起来：“这钱决不能拿！”

田福贤火了：“国民革命不是弄钱嘛！再不把银圆拿走，我就把你们的手砍了！”

那几个人备受感动地走向方桌，把银圆重新装入口袋。

田福贤瞅着他们跳下戏楼，突然转过身吼叫一声“乡亲们”，涕泪交流，“我田某人一辈子不爱钱。黑娃抢下我的钱分给各位乡亲，分了也就分了，我不要了。只要大家明白我的心就行了。”

台下又变得鸦雀无声。

站在一边的金书手开始打自己的耳光，左右开弓，手掌抽击脸颊的声音从戏楼上传到台下。

田福贤嗤之以鼻：“你的毛病没害在脸上，是害在嘴上。”

田福贤退到一边，后台走来两个团丁，把金书手三下五除二捆绑到戏楼前的明柱上，对着那张可怜巴巴的嘴用鞋底抽起来。

金书手号叫了几声就不再叫了。

田福贤又一挥手。十个团丁押着十个被五花大绑的人从后台走出，一排站到台前。

田福贤不慌不忙地向台下介绍：“这位是神禾村农协副主任张志安，小名牛蹄儿，他跑到三原，可没有跑脱。这位是南寨村的李民生，倒是一条好汉，没跑没躲。鹿兆鹏跟黑娃眼儿明腿儿快，都跑的跑了溜的溜了，把他的革命十弟兄三十六弟兄撂下代人受过……”

台下通戏楼的砖砌台阶上走来一伙男女，走上戏台一下子跪倒下去，磕头作揖哭诉起来：“田总乡约饶了俺那不争气的东西吧！”“田总乡约你权当是狗咬了你一口！”

田福贤轻描淡写地笑着：“你们快都起来！你们说也是白说，得由人家自己说。”

那些求饶的男女一下子扑向自己的儿子或是丈夫，训斥着呵骂着推搡着要他们说话，台上台下顿时纷乱起来。有四个人跪下。

田福贤说：“哈呀，你们的声儿太小了，台下人听不见。把他们四个弄到高处让大家都能听见他们说的啥！”

这四个人被团丁吊上杆顶。

田福贤站在台口对着空中的四个人：“你们现在有话尽管说吧！”

那四个人连声求饶不迭。

田福贤站在台口瞅着跪在脚下的三个求饶者：“我那个碎娃子要吃辣子，我说辣子辣你不敢吃。那碎崽娃子硬要吃，你越是说不敢吃，他偏要吃。我哄不下他，就给他嘴里塞一疙瘩辣子，他……再不要吃辣子了。你们光跪下不行，得上一回杆，得知道辣子辣。你不知道辣子辣，日后有个风吹草动，还会旧病复发。”

这几人依法儿被推到杆子下面，又依法儿被皮绳吊上去放下来……

田福贤：“这十个死狗赖娃当中还有三个人没有话说。这三个人是好汉！可惜啊，今天黑娃没在这儿！贺老大只能揪你了！你个老家伙，爱出风头爱上高台，今儿个让你上到杆顶，你觉得受活了？碎娃子不知辣子辣，你这个棺材瓤子也不知道吗？”

贺老大在高杆顶上骂：“田福贤，我把你娃子没当个啥，连我裆里的东西也没当！”

贺老大从空中呸一声吐向台口，人们看到一股鲜红的喷泉洒向田福贤。

田福贤恼怒地撩起衣襟擦着脸上的血沫儿：“好，我看中硬汉子！”

拉绳的团丁一撒手，贺老大从空中坠落到地上，两只粗大的脚在干土地上蹬着蹭着。

台下已经蹲下一大片男女，眼睛盯着脚下而不敢扬头再看空中贺老大那具被血浆染成红色的身躯。

鹿子霖闭眼背过身去，脸色苍白。

贺老大连续被摔了三次，像一头被宰死的牛一样没有愤怒也没有呻唤了。

吊在空中另五个候着的农协骨干一齐发出了求饶声，每根杆下都跪着他们的父母兄弟和妻女。

田福贤挥了挥手，五人被缓缓放回地面。

田福贤："你们九个这回知道辣子辣了？"

田福贤转头瞅着瘫软在脚下的贺老大的尸首，大笑："大伙瞧瞧，白鹿原最硬的一条汉子硬不起来了！"

乡民们面露恐惧，纷纷退后几步。

田福贤转身看鹿子霖异样笑笑："该你上场了。"

鹿子霖浑身哆嗦着起身："吊人……把白鹿村农协会的都吊起来！"

白鹿村那些当过农协头目的人被押到戏楼上，白鹿村农协分部的大小头目甚至不算头目的蹦跶得欢的几个人也都被押到台上，跪倒在鹿子霖面前求饶。

鹿子霖瞧也不瞧他们，只按照既定的程序进行。五六个人已经被推到木杆下，空中坠下带钩的皮绳，钩住了背缚在肩后的手腕。

突然白嘉轩大吼一声："等等！"

所有人都回过头去，田福贤也脸色一变。鹿子霖怔怔地看着白嘉轩走上台。白嘉轩端直走到田福贤的前头鞠了一躬，然后转过身面向台下跪下来。

田福贤："嘉轩兄弟你这是干啥？"

白嘉轩："我代他们向田总乡约和鹿乡约赔情受过。"

田福贤皱眉瞥鹿子霖。

鹿子霖上前："快起来！你别掺乱！"

白嘉轩摇摇头："他们作乱是我的过失，我身为族长没有管教好族人，理应受过。请把他们放下来，把我吊到杆上去！"

乡民们眼巴巴看着族长，鸦雀无声。

仙草惊恐地望着白嘉轩要往前挤，被孝文孝武紧紧抱住。

田福贤坐在台上的桌子后边一时没了主意，白嘉轩出奇的举动把他搞得不知所措。

突然有人哭叫一声："族长！"

台下黑压压一片全都跪下。

鹿子霖呆愣了片刻就走到白嘉轩跟前，一边拉他的胳膊一边说："嘉轩，你这算做啥？他们收你地抢你牲口，你反来为他们下跪？"

白嘉轩端端正正跪着，凛然不可动摇："你不松口我不起来！"

台下人也跟着喊："我们也不起！"

鹿子霖放开拉扯的手又奔到田福贤跟前，俩人低声商议了一阵。

田福贤走到台沿："嘉轩快起来。"田福贤又对台下说："看在嘉轩面子上，把他们饶了。"

白嘉轩站起来，台下乡民们这才呼啦一下跟随站起。

田福贤怔怔望着，目光感慨："白兴儿和黑娃婆娘不能放，这俩人你也不容他们进祠堂。"

白嘉轩默默看了眼两人，没有说话就退下台。

仙草含泪拉住丈夫，一家人迎上簇拥白嘉轩而去。

鹿子霖已经不耐烦地挥一挥手，白兴儿和田小娥就升上空中。

田小娥惨叫一声就再叫不出，披头散发吊在空中，一只小巧的尖头上绣着一朵小花的鞋子掉下来……

白孝文转头望着触目惊心，孝文媳妇得意地瞥丈夫，看到孝文哭丧着脸，她脸色就是一变。

孝文媳妇突然撕心裂肺地喊："蹾死那个婊子！"

几乎与此同时，村里所有女子都疯了一般地叫喊："骚狐狸精！蹾死她！"

白孝文陌生恐惧地看着自己的媳妇。

孝文媳妇带着快意，嘴角泛着笑："把她扒光了！"

乡亲们发出一阵久违的哄笑。

白兴儿两只手高举着被绑捆到头顶的木杆上。

田福贤说："乡党们大家看看他那两只手！"

人们一齐拥到白兴儿跟前，那两只鸭蹼一样连在一起的手指和手掌丑陋不堪。

田福贤嘲笑说："长着这种手的人还想在原上成事？！"

白兴儿满面羞辱地紧闭着双眼，蜡黄的瘦长条脸上虚汗如注。

一个团丁提着一把弯镰似的长刀站在木杆下用刀尖一划一挑，把白兴儿食指和中指间的鸭蹼一样的薄皮割断了。白兴儿一声惨叫连着一声惨叫。

田福贤又走到田小娥身下，揪住她的裤脚，转头笑眯眯看着乡亲们。

田福贤笑："扒？"

乡亲们尤其是女人们爆发出惊人的吼叫："扒了她，扒光她！"

田福贤用力一拽，田小娥的裤子落到地上。

白孝文脸色苍白，痛苦闭上眼睛背过身去……

田福贤大叫："各家分的田地还是要物归原主！地契牲口从谁家抢的再给人家恭恭敬敬送回去！"

刚才的兴奋喧闹立刻没了，乡民们目瞪口呆地看着田福贤。

孝文媳妇也停止歇斯底里的喊叫，不敢相信的眼神，快要哭出来……

28. 白家　日　内

桑老八、跛子爷和李寡妇等人都面带失落地排在其他乡民身后。

一家家将地契不舍地放回白嘉轩的桌上，白嘉轩叼着烟袋默默看着每一个人。

闪回：

朱先生笑着看他："分地时谁痛谁乐？"

白嘉轩："当然是我痛，分我地的人乐了。"

朱先生点点头："好，会有一天倒转回来，到那时该痛的人还会痛，你却未必还能乐得起来，信吗？"

白嘉轩近距离瞧着桑老八快要哭的那张脸。

桑老八颤抖着声音："族长，我悔不该哩！我不该拿您的地。"

白嘉轩悲哀的目光："真悔不该？"

桑老八哭："真的！"

白嘉轩苦笑了一下。

29. 白家　晚　内

孝文屋里媳妇的哭闹声传来，仙草担忧地听着。白嘉轩泡着脚，孝武跟媳妇站在一旁。

孝武:“爸，地和牲口都分回来了，咱把家合了吧。”

白嘉轩:“你大哥还没说话。”

说话间白孝文被媳妇推出院子，懊恼:“有脸你说去!我被你带得早没脸皮了!”

媳妇哭号:“活不成了!我要回妈家!”

仙草没忍住奔出屋:“你们这是干啥?有话屋里说去。”

孝文媳妇满脸挂泪冲进屋来，跪倒在白嘉轩面前:“爸!我错了!我不该分家，我把之前轧棉花挣的都拿出来……”

白嘉轩叹了口气，白孝文也无声地进屋跪倒在媳妇旁边，孝武和媳妇见状也忙跪倒。

白嘉轩沉声:“我问你们一句话，分家时谁痛谁乐?”

四个人面面相觑，仙草也莫名看着丈夫。

白嘉轩望着窗外喃喃地:“有一天倒转回来，谁还能乐得出来呢?”

30. 街　日　外

白灵正走在街上，远处一个熟悉身影晃过巷口。白灵一惊追过去，却不见人影。白灵焦急的目光左右寻去，往巷子深处追赶。

那身影又晃过一个岔路，低头急匆匆地走着。

白灵喘息要喊:“兆鹏哥……”

白灵突然察觉到不对，捂住嘴。

那身影定住脚步，又急匆匆向前走去。

白灵警惕看看四周没人，这才小跑跟上……

31. 小院　日　外/内

鹿兆鹏远远走在前面，白灵挎着包裹后面跟随，一直走到小院门口，鹿兆鹏回身看了看，推开院门进去，白灵也跟进院。

鹿兆鹏将院门关紧，摘下墨镜，一副疲惫的神色，微笑地看着白灵。

白灵颤抖着声音:“兆鹏哥!”

鹿兆鹏轻声："进屋说。"

两人走进屋。

白灵迫不及待地："我可找到你了，我还以为你……"

鹿兆鹏凄然一笑："以为我被填井了？"

白灵点头，含着眼泪："你害怕给塞进井里吗？"

鹿兆鹏愣住，紧紧盯着白灵的眼睛，点了点头。

白灵："我有几个同学都被扔进井里了，说她们是共产党！"

鹿兆鹏神色沉重，慢慢将白灵按坐在椅子上，自己坐在她对面。

白灵颤着声："我要加入共产党！"

鹿兆鹏复杂的目光打量着她。

白灵声音不再颤抖："我要加入共产党！"

鹿兆鹏凝视她的眼睛，轻声地："现在全国都在剿杀共产党。"

白灵咬牙："我就是看见剿杀才要入。"

鹿兆鹏："你要知道，我们被杀的人不计其数。"

白灵："你们人少了，我来填补一个空缺。"

鹿兆鹏怔怔打量白灵，突然转身低头背一耸一耸，白灵惊异地看着他。

白灵："你咋啦兆鹏哥？"

鹿兆鹏强忍泪水："你这话，我已经很久没听人说了……没人敢说。我现在连哭同志的地方也没有了……"

白灵吃惊地注视鹿兆鹏，突然轻声地："我讨厌男人哭哭啼啼的样子。"

鹿兆鹏转身抬头惊诧地打量白灵。

白灵："我要是你，我不会哭。"

鹿兆鹏含泪苦笑："那是你还小，你没经历过这些事。"

白灵："兆鹏哥，你知道咱原上那棵老树吗？我没事的时候就会想起来。"

鹿兆鹏怔怔地看着白灵。

白灵动情："不管多大的风多大的雨就一动不动地立在那，每次回原上远远地我都能望见它。望见了，就知道自己回家了。"

白灵："你在我心里，一直像咱原上那棵树。"

寂静无声，鹿兆鹏呆呆看着白灵，白灵强忍眼中晶莹的泪水，背过身去抹。

白灵："要是哪天你倒了，我就去做那棵树！"

鹿兆鹏叹声："白灵！"

鹿兆鹏突然伸手紧紧攥住白灵的手："这棵树不会倒下去，我答应你。"

白灵含泪微笑，用力点头："这才是我的兆鹏哥呢。"

鹿兆鹏不好意思笑笑。

鹿兆鹏："你记住两点，第一，不许再找任何人申诉要加入共产党的意愿。第二，你继续在女子学校念你的书，哪儿也不许去！"

白灵："可我想工作……"

鹿兆鹏打断："你还不清楚环境有多残酷，白灵，哥盼着你也长成一棵树哩，这样我就不用孤单地立在那原上了！"

白灵感动的目光。

鹿兆鹏百感交集地看着面前的女人。

32. 祠堂　日　外

白嘉轩正轻声指导工匠修补描绘房檐墙壁上的图案。祠堂前头的戏楼传来一阵阵轰鸣声，夹杂着绝望的叫声。

工匠们受到那些声音的刺激，想去看看究竟，正在修复先祖神容的画匠也停了笔，甚至孝文也待不住了。

白嘉轩反而去把祠堂的大门插上了，站在祠堂院子里大声："白鹿村的戏楼这下变成烙锅盔的鏊子了。"

工匠们全瞪着眼，莫名其妙。

白嘉轩却不作任何解释，转过身做自己的事去了。

田福贤走进祠堂说："嘉轩，你的戏楼用过了，完璧归赵啊！"

白嘉轩以一种超然物外的口吻说："我的戏楼真成了鏊子了！"

田福贤停住脚步回身异样地瞧着他。

33. 保障所　日　内

鹿子霖给田福贤端过一杯茶，讨好地笑了笑。

田福贤："行啊行啊！你行啊子霖！你耍猴耍得最绝！就这样往下耍。就这么一个村子一个寨子齐摆摆儿往过耍。皇上他舅来了跪下求情也不松饶！"

鹿子霖："白鹿原上怕是再也寻不出第二个白嘉轩了。你亲眼看见了，嘉轩这人就是个这。"

田福贤："嘉轩爱修祠堂由他修去，爱念乡约由他念去，下跪为人求情也就这一回了。你干你的事甭管他，你可甭忘了黑娃，他跑了不是死了！黑娃在你保障所辖区又在你的村里，你该时刻留心他的影踪！"

鹿子霖赔笑："怕是他有十个胆，也不敢回原上来了。"

田福贤冷哼："只要我在这原上，谅他也不敢回来。不是他回来不回来的事，咱得下功夫摸着他的踪影，把这猴儿耍了才算耍得好！"

鹿子霖用力点头。

34. 军营　日　内

一身戎装的习旅长神色复杂地看着鹿兆鹏的信，抬头又打量面前站立的黑娃，黑娃有些紧张。

习旅长："兆鹏现在怎么样？"

黑娃摇头："原上分开后我就没他消息了。"

习旅长："会打枪吗？"

黑娃："会！参加农讲所的时候练过。"

习旅长解下自己的枪递给他，指了指窗外树上的鸟。

黑娃举枪便打，鸟飞起。

身边的卫兵都轻笑，黑娃脸涨得通红。

习旅长拿过枪拍拍黑娃的肩，意味深长地宽慰："到我这儿好好练吧！枪杆子里出政权啊，把自己练硬实了才没人敢欺负你。"

35. 军营操练场　宿舍　日　外/内

警卫排战士前面领着，黑娃跟在身后。一队队操练喊号的士兵，黑娃惊异地瞧着他们。

黑娃被领进宿舍，一把飞刀正戳在他耳边的门框上，黑娃惊得目瞪口呆。

躺在床上的一个高个儿把玩着飞刀，斜眼打量他。

警卫排战士一撇嘴冲高个儿："旅长让进咱警卫排。"战士转头又冲黑娃，"你睡他上铺。"

高个儿冷冷地："会啥？"

黑娃摇头，眼睁睁瞧着战士在高个儿耳边嘀咕两句。

高个儿冷哼一声："小子，知道啥人才能进警卫排吗？身上不带一点绝活儿你至少枪得打得准！"

黑娃："旅长让我练。"

黑娃自己爬上铺去怔怔望着窗外的操练，目光伤感。

35A. 军营外野地　晚　外

一个身影在夜色中狂奔。

"站住！"

黑娃犹豫了一下，继续跑。清脆的枪声响起。

35B. 军营　夜　内

习旅长披着衣服出来，灯火点起。两排警卫荷枪实弹。黑娃被五花大绑跪在地上。

习旅长虎下脸转着审视："为什么跑？"

黑娃："想媳妇，想回去看眼。"

习旅长："知道逃兵什么罪？"

黑娃："死罪。"

习旅长："那还跑？"

黑娃垂头不语。

习旅长蹲下，一字一顿："黑娃你记着，穿上这身军装死活就不由你了，当兵的就不该有家，战场才是家，是爷们就别再祸害女人了。"

黑娃抬起眼怔怔看着他，有点蒙。

习旅长起身扬长进屋："给十军棍，你娃就明白了！"

黑娃被警卫拖出门去。

36. 窑洞　日　内

白孝文警惕地看看四周，凑到窑洞前往里张望，田小娥一动不动在炕上躺着。

白孝文正迟疑不决，屋里田小娥幽幽地："咋不进呢，门没关。"

白孝文轻咳一声："我说呢，门咋不关，你一个女子家门要锁。"

田小娥冷笑："裤子都让人扒了，还怕人闯门吗。"

白孝文叹了声："我通知你晚了，你要早跑会儿就好咧。这是跌打的药，放门口了。"

田小娥躺在炕上没有动，白孝文还想再说什么。

田小娥喃喃地："你听见她们的笑声了吗？"

白孝文一愣："谁？"

田小娥："我被吊起的时候那些人咋那么高兴呢？你是读书人你告诉我，她们凭啥那么恨我？"

白孝文答不出，干站在那儿。

37. 祠堂　日　外

鼓乐齐鸣。

孝文高喊："敬祖宗！"

白鹿两姓的族人拥进祠堂大门，看见断裂的碑石，都大声慨叹起来。

白嘉轩站在敬奉神灵的大方桌旁边，愈加挺着如椽一样笔直的腰身，藏青色的长袍从脖颈统到脚面，几乎一动不动地凝神侍立。

孝文战战兢兢地宣布了"发蜡"的头一项仪程，鞭炮便在院子里爆响起来。

白嘉轩在屏声静息的肃穆气氛中走到方桌正面站定，点燃了注满清油的红色木蜡，他在木蜡上点燃了三支紫色粗香插入香炉，然后作揖，三叩首。

孝文看着父亲从祭坛上站起走到方桌一侧，一直没有抹掉脸颊上的两行泪斑。

按照辈分长幼，族人们一个接一个走上祭坛，点燃一支紫香插入香炉，然后跪拜下去。

香炉里的香渐渐稠密起来。最低一辈刚到十六，刚获得叩拜祖宗资格的小族孙慌慌乱乱从祭坛上爬起来以后，孝文就站在祭坛上，手里拿着乡约底本面对众人。

孝文声音洪亮持重，仪态端庄："德业相劝，过失相规，礼俗相交……"

白嘉轩端直如椽般站立在众人前头的方桌一侧，跟着儿子孝文的领读复诵着，把他的浑厚凝重的声音掺进众人的合诵声中。

鹿三终于承受不住心头的重负，从人群中碰碰撞撞挤过去，扑通一声在孝文旁边跪下来："我造孽呀！"

鹿三痛哭三声就将脑袋在砖地上磕起来。

孝文停止领诵却不知该怎么办，瞧一眼父亲。

白嘉轩走过来，弯腰拉起鹿三："三哥，没人怪罪你呀！"

鹿三痛苦不堪地捶打着脑袋和胸脯，脸上和胸脯上满是鲜血，他用脑袋撞击砖地时磕破了额头。

众人手忙脚乱地从香炉里捏起香灰抹到他额头的伤口上止住血。

白嘉轩："孝武快扶你三伯回家去。"

孝文又瞅一眼父亲征询主意。

白嘉轩平和沉稳地："接着往下念。"

孝文高声念起："犯约之过四：一曰德业不相劝二曰过失不相规三曰礼俗不相成四曰患难不相恤……"

38. 原上高坡　日　外

田小娥独自站在坡上，默默望着村里那个祠堂。里面传出众人齐声诵念声。

田小娥"呸"了一口，轻蔑地露出一丝冷笑，大摇大摆转身走远。

39. 山林　日　外

随着一声枪响，黑娃奔向远处，提起一只被打死的野鸡，兴冲冲跑来。

黑娃："旅长！打中了！"

习旅长笑眯眯放下枪，身边几个警卫员纷纷叫好："旅长好枪法！"

一个警卫员奔来："报告！军部又打电话来，叫您去开会！"

习旅长脸沉下来："开他妈的会！他们就是瞧我不顺眼，想着法儿拆我这个旅！"习旅长大步往前走，回头冲报告的警卫员，"告诉军部老子没空！"

黑娃拎着野鸡跟在身后，突然一声枪响打中旁边的树，高个儿警卫迅速挡在习旅长身前。

高个儿警卫喊："有人打黑枪！"

习旅长却镇定自若望向枪响的地方："就这枪法还敢杀我？"

其他警卫拔枪扑了上去，高个儿警卫轻声："旅长咱先回吧！你们俩护在两边！"

黑娃与前来报告的警卫一左一右夹住习旅长快速往回走。突然右边的警卫身子一晃倒在地上，背上扎着一把飞刀。

黑娃与习旅长惊愕地看着，一回头高个儿警卫掂着飞刀冷笑走近。

习旅长眼露寒光："大个子，是你？"

高个儿警卫冷笑："习旅对不住了！有人拿团长的位子许我，我跟你苦了那么多年啥都没得着啊！"

黑娃下意识挡在习旅长身前，高个儿警卫轻蔑地："小子识趣点，就你那点功夫，死得还不如这只野鸡呢！"

黑娃："去你妈的！"

话音未落，野鸡抛向高个儿警卫的脸，黑娃的脚随即踹上却被重重摔在地上。

习旅长刚要举枪，飞刀戳中手腕，习旅长咬牙捂住胳膊，恨恨瞪着。

高个儿警卫狞笑："习旅，你带着兄弟们死跟共产党，就是我不杀你，迟早有人也得要你人头！念在跟你那么多年的分儿上我给你来个痛快！"

高个儿警卫举起飞刀，突然间黑娃扑上抱住他胳膊狠咬一口，高个儿警卫疼痛难忍拼命踹开黑娃，骂："你他妈是狗啊！"

黑娃被踹翻在地，一口鲜血喷出。

高个儿警卫捡起刀向习旅长走近，黑娃再次扑上："老子是狼！"

黑娃抱住高个儿警卫的脸一口咬去耳朵，鲜血从嘴角淌出。

高个儿警卫疯狂捶打，黑娃满嘴是血叫道："习旅快走！"

高个儿警卫捂住耳朵骑在黑娃身上打红了眼，"啪"一声枪响，高个儿警卫倒地。习旅长单手举枪喘息地看着黑娃……

警卫们押着打黑枪的人冲来，叫："旅长！"

众人惊呆了，看着倒在血泊中的高个儿警卫，纷纷举枪对准黑娃。

习旅长："他救了我。"

众人都放下枪，习旅长被搀扶坐在树下，冷冷看着打黑枪的人："你回去告诉他们，别抹不下脸来剿灭我，不是三天两头骗我去开会，就是派你这号饭桶蒸馍笼子放黑枪，即使成了事也太龌龊！"习旅长冲众人，"放他走。"

警卫们迟疑，习旅长吼："让他走！"

打黑枪的人被松绑，狼狈逃窜，黑娃躺在地上已经说不出话来。

习旅长蹲上前拍了拍他的脸，凑到他耳边："你这头狼以后就当我的贴身警卫。"

黑娃满脸是血，点点头。

40. 军营 日 外

黑娃在山梁上奔跑，目光越发坚毅。

习旅长（画外音）："黑娃，知道为啥调你贴身保卫我？你责任重大哩，我习某并不重要，死一个死十个都不要紧，可眼下这紧要关头我不能死，没我了就没习旅了，共产党就彻底成了空拳头！"

叠画：

黑娃单臂举枪连中靶心，众警卫鼓掌喝彩。

操练场上，黑娃扑上前将一个壮实警卫摔倒，身后已倒下数个警卫。习旅长欣慰地站在高坡上望着黑娃身影……

第三十集

1. 县政府　日　内

岳维山吹着茶："听说你还把送上的钱都现场发了？"

田福贤恭敬地站在桌前看他："是！卑职谨记党国教导！绝不能辜负岳书记长的栽培！"

岳维山赞许点头："表率做得不错！可你下手太狠了点。"

田福贤没听明白："啊？书记长不是您让我抓共产党……"

岳维山摇头笑："你这是公报私仇呢！人还是要抓的，可也不能太高压。你把农协会的人都抓了，原上的人得少一多半，信不信？"

田福贤若有所思。

岳维山："把这些人宽大了，实际是把老鸦落脚搭窝的大树给它砍掉了，鹿兆鹏这号老鸦再没处落脚垒窝了。你们敢松手吗？外表上越松，内里越要抓紧盯死，一心专意地瞅住共产党。鹿兆鹏跑进城里去了，偷偷还往咱滋水县来过几回。"

田福贤一惊："我咋不知道？"

岳维山冷哼："都让你知道了，他还叫鹿兆鹏？"

2. 西安城街　日　外

学生们举着横幅边喊口号边前行，市民们围观，横幅上写着："反对压迫同胞，反对白色恐怖！"

白灵举着小旗跟随队伍转头望向小巷口，她快步挤出人群，钻入小巷，来到小院门前，院门上了锁。

白灵目光失落，正要回身离去，院内传来低语声："都盯着点，他肯定会回来。”

白灵一个激灵，蹑手蹑脚走到院门前扒门缝望进去，三个人的背影。

白灵一阵惊诧，脚下一滑，院里三人猛地一转身，白灵转身狂奔。

有人翻墙追出，一直追到巷口。

白灵惊魂未定，在游行的人群中举旗呐喊，余光却望着紧张搜索的三人。

3. 村子 日 外

有老者哄着晚辈，有领的有拽的，络绎不绝，手里都提着大包小包的礼匣往白鹿仓院里走。白嘉轩揣着手凝望。

鹿三：“都是来给田福贤赔罪的。”

白嘉轩冷哼一声：“这也是一笔不小的横财呢。”

桑老八等人用独轮车推着粮食往保障所走。

白嘉轩诧异：“这是上哪儿交粮去？”

桑老八懊恼：“族长，鹿乡在保障所藏的粮食不都分了么，田总乡约说也得还回去。”

白嘉轩一怔：“那粮食本就是大伙儿的。”

桑老八叹息摇头：“田总乡约说啥就是啥吧！”

韩裁缝推着小车经过：“族长！”

白嘉轩打量：“韩裁缝，你不在这儿干了？”

韩裁缝叹息：“学校都不开张了，哪还有我生意啊，另谋生路喽！”

白嘉轩冲韩裁缝拱了拱手，望着他远去的背影，喃喃地：“这年头是要把老实人逼疯啊。”

4. 白鹿仓 日 内

田福贤像一个宽厚长者训导淘气的晚辈：“好咧行咧，有你一句知错改错的话就对咧！回去好好下苦，把日子往好里过，不瞧瞧你爸都老成啥样子咧？”

感动得赔罪者愧悔嗟叹，有的甚至热泪滚滚。

田福贤瞥眼白兴儿：“还有白兴儿，你跟着胡闹啥啊。瞧把你上蹿下跳的！

族里不是早把你清出了原？你那脸皮有多厚自己溜回来了。”

白兴儿不住地抹泪：“我错哩我错哩！”

田福贤叹息：“回头我跟白嘉轩说吧，让他把你留下。长点记性！”

白兴儿感激涕零：“哎！”

鹿子霖轰：“行了都回吧！田总乡约去县里都给你们说好话，就当啥事都没发生过！”

田福贤：“等等！”

众人回头眼巴巴瞧着他。

田福贤微笑：“关键是鹿兆鹏和黑娃，你们啥时候能抓住这俩人？”

鹿子霖脸色一变，众人也都偷瞥他。

田福贤：“抓着他们俩中的任何一个，后半辈子你就不愁咧。我给诸位的赏金早都准备停当了，数目比省上悬赏的数儿还大！”

屋里的人纷纷鞠躬点头，感激涕零地迈出门去，唯有鹿子霖脸色苍白站在屋里。

田福贤上前拍拍他，在他耳边轻声：“愁啥啊，你要是能说服你儿子弃暗投明，我跟岳书记长就拼死保兆鹏的命，毕竟我看着这娃长大的。那赏金还照发，到时还要兄弟你分老哥一份哩！”

鹿子霖勉强挤笑点点头。

5. 原上　日　外

田小娥前面拔野菜，后面跟随白兴儿等几个赖汉低声调笑。田小娥权当没听到，将野菜拾进篮子站起就走。

白兴儿色眯眯笑：“再扒下裤子让爷们看看，保你不吃野菜咧！”

田小娥一抡将一篮子菜抛到白兴儿脸上，捡起石子追打，几个男人仓皇逃去。

田小娥发狠地骂：“回家扒你媳妇裤子去！我就天天吃野菜也不吃你们一口粮食！”

白嘉轩、鹿三、孝文、孝武牵着马车牲口正经过。

田小娥不再骂，气得发抖，强忍泪水蹲回捡菜。

白嘉轩瞥了眼鹿三，鹿三沉着脸不看，孝文却偷望田小娥，露出同情的神色。

6. 白家　日　外

白嘉轩等人刚走到院前，听见院里孝文媳妇又在骂。

孝文媳妇："我不活了！我辛辛苦苦给你们老白家轧棉花，她就给我这脸色看！"

孝武媳妇回顶："妈您别拦着，我今儿非得教训教训她！"

孝文孝武脸色一变，争相冲进院里。白嘉轩停住脚步静静地听着。

孝武的吼声："回屋去！听见没有！奶奶还病着，你瞎嚷嚷啥！"

孝武媳妇："她欺负妈！她让我们都伺候她！"

两个女子哭声叫骂声，孝武声音压过："妈你别拦着。你再有理也不该跟嫂子急，没大没小咧！"

白嘉轩眯着眼听，轻声："三哥，你听见孝文的声没？"

鹿三摇摇头，白嘉轩叹了口气。

7. 村子　晚　外

跛子爷敲着锣，远处一个身影站在高处，一动不动眺望白鹿仓传出的热闹。

跛子爷警惕："谁？"

白嘉轩："跛子爷，莫喊。"

跛子爷一愣忙上前："族长您咋站这儿呢？"

白嘉轩望着白鹿仓："你是打更的，这里夜夜都这么热闹？"

跛子爷点头："自打田总乡约入住，每晚都来不少人哩！各村的都有，打牌吃酒。"

白嘉轩："有咱村的人没？"

跛子爷语塞不敢再说。

白嘉轩瞪着跛子爷："你就充这老好人？要你打更干啥哩！"

跛子爷哭丧着脸："族长，这年头不当老好人难活呀！"

白嘉轩："告诉我，都谁进了？"

8. 西安城巷口　晚　外

白灵躲靠在墙角蜷缩成一团，眼巴巴望着巷口。行人稀少，鹿兆鹏的身影始终没有出现。

白灵小心翼翼贴着墙走到拐角处望向院门，依旧上着锁。

白灵揪心的目光。

9. 白家　清晨　外

孝文媳妇伸着懒腰从屋里挪出步，孝文给她披上外袄。

仙草和孝武媳妇正在厨房忙碌，孝武媳妇又是拉风箱又是将辣子在油里煎了。

孝文媳妇："妈，我去轧棉花哩，早饭一会让她给我端去。"

孝武媳妇刚想直起腰说话，被仙草拽了拽。

孝文媳妇突然站在轧棉花房门口惊叫："呀！"

孝文吓一跳："咋了？"

孝文媳妇惊恐："机器被人偷了！"

屋里人全出来，鹿三也从后院奔来。

白嘉轩平静地："我让孝武连夜送进城卖了。"

全家人惊愕地看着白嘉轩。

白嘉轩："从今往后咱就踏实种地。孝文，让你媳妇跟着一块下地干活，厨房做饭。"

白嘉轩转身进屋，孝武媳妇偷偷冲仙草笑了笑。

孝文媳妇号啕大哭："我要回妈家……"

10. 祠堂　日　内

白嘉轩蹲坐正中阴沉着脸，全村老少围站祠堂里屏息看着他，气氛凝重。

白嘉轩：“我再问一遍，这些天夜里谁进过白鹿仓？”

鹿子霖旁边低声劝：“差不多就得了，都是陪田总乡约耍，各村都有。”

白嘉轩：“别的村我管不着，咱村的人谁天黑进过白鹿仓？”

没人敢说话，白孝文疑惑的目光看着爸。

白嘉轩脸一沉：“跛子爷！”

跛子爷咽口唾沫上前：“桑老八，赵柱，三娃子……”

被念到的人都胆战心惊地听着，白嘉轩猛地一拍桌子，跛子爷一哆嗦，回头看他。

白嘉轩：“还用跛子爷念吗，自己站出来！”

呼啦啦竟站出二十多个。

白嘉轩怒：“当年沾上赌毒二字的该受啥惩罚，你们都心里清楚吧？”

二十多个人都跪倒在地，鹿子霖一旁轻声：“嘉轩，嘉轩，给个面子！都不容易哩，得把田福贤哄好……”

白嘉轩：“跛子爷，天天晚上去白鹿仓的那人是谁？”

跛子爷颤抖着嘴唇不敢说话，鹿子霖脸色一变瞪着白嘉轩，跛子爷慢慢举起手指住鹿子霖。

大门突然被推开，田福贤笑着走进。

田福贤：“嘉轩这是干啥哩！都怪我，怪我！快起来快起来！”

有人要站起，白嘉轩怒视，那人又跪下。

田福贤笑眯眯地：“这不是把共匪赶出去又恢复太平日子了嘛，大家乐和乐和！你这做族长的也得通融。”

白嘉轩：“田总乡约，您耍得起我族人耍不起。我这族长也不是那么好当的。”

田福贤尴尬：“你这话说的，当着乡亲们不抽我田福贤嘴巴么！往后再不耍了行不？我替他们保证！”

白嘉轩：“只要是赌就有输有赢，止不住咧。”

田福贤一笑：“我们是闹着玩，谁赌咧！”

白嘉轩转头盯着田福贤：“那你把赢他们的钱都还给各家。”

跪着的人喜出望外，互相交换个眼神。

白孝文钦佩的目光望着爸。

田福贤呆呆看着白嘉轩，白嘉轩一扬手："田总乡约说咧，那不是耍钱不是赌，闹着玩哩！凡是跪着的都有份，等着上田总乡约那儿讨钱去！"

鹿子霖膝盖一软刚想跪下，却被白嘉轩搀住，露出懊恼的神色……

11. 田地　日　外

白孝文手拿锄头跟着白嘉轩往地里走。

白孝文兴奋地："爸你这手绝了！把鹿子霖和田福贤给治了！"

白嘉轩："赌和毒这东西一辈子不能沾，沾上人就废了。"

白孝文："是！"

白嘉轩："还有件事你出面管，让村里那些赖汉少打黑娃媳妇的主意，这股妖风不能刮大。"

白孝文愣了愣："哎！"

白嘉轩定住脚步转头瞧着儿子："从今天起管好你媳妇，你连家里都镇不住咋管得了全族的人？"

白孝文面露愧色："爸我记下了。"

远远地孝文媳妇边哭边踩在泥里，一脚深一脚浅地耕种。

孝武媳妇憋住笑牵住牛："犁歪了！"

孝文媳妇见孝文走来，眼泪吧嗒吧嗒往下掉："我不想干了！我要回妈家……"

孝文瞪眼："你回！等我写了休书带回去！"

孝文媳妇怔怔看着丈夫，"哇"一声哭起。

孝文瞥了眼白嘉轩，鼓足勇气："你有脸就在这儿哭！全族的人都看着呢！"

孝文媳妇强忍泪水一抽一抽的。

白嘉轩："让她俩回吧，帮你妈做饭去。"

孝文："今天爸让你们下地是要你俩尝尝男人干活的劳苦。做牛做马累一天回家还要听哭号吵闹，我们咋承受得了！"

孝文媳妇和孝武媳妇都乖乖地听着，走上田埂："爸，我们回了。"

白嘉轩叼着烟袋点点头。

12. 白鹿仓 日 内

乡亲们纷纷从田福贤手中接过钱，面带喜色奔出门来。鹿子霖在院里眼巴巴瞧着。

桑老八还在屋里假意推脱："田总乡约这钱咋能要！赌桌上输出去的那不能讨回啊！"

田福贤叹了口气："你们族长不是说了，这不是赌！你成心想给我穿小鞋是不？拿去！"

桑老八低头接过出门乐，正看到鹿子霖瞧自己，忙又绷住脸摇头叹息而去。

鹿子霖进屋关好门，田福贤咬牙切齿："这个白嘉轩，我迟早有一天要治治他！"

鹿子霖："该治！这人腰太硬了，啥时得让他弯弯！"

田福贤叹息："你当我没查他？白嘉轩做人谨慎，唯独他我摸不着软肋。"

鹿子霖迟疑了一下："兄弟我这些天也……"

田福贤一挥手："我知道你辛苦！我跟岳书记长那提好几回了，等你儿子的影响慢慢淡了，准给你提拔。"

鹿子霖勉强笑了笑："我是说……我也……"

田福贤板着脸认真地："你给我好好盯住黑娃，我感觉他没走远，还会回来。"

鹿子霖懊恼地走向门口，突然停住脚步，回身兴奋地："黑娃！"

田福贤诧异地瞧着他："咋了？"

鹿子霖凑上前："这就是白嘉轩的软肋！"

田福贤恍然大悟。

13. 军营 日 外

习旅长笑眯眯看着黑娃从操练的队伍中跑来。

黑娃："旅长！"

习旅长："我记得你是白鹿原上的人吧，想不想回家看看？"

黑娃就是一愣。

习旅长拍他的肩："部队将要撤离滋水县到渭河边上，离家就远了。我给你个任务，山里有股土匪武装，跟我们一直保持着联系，这次我想派人把他们收编了壮大部队的力量，路过白鹿原的时候你也正好看看媳妇。"

黑娃喜出望外："是！保证完成任务！谢谢旅长！"

习旅长会心一笑，眼中透出忧伤："要是兆鹏也在队伍里就好了。有我这些枪，看谁还敢动他们！"

黑娃愣了下："咋？兆鹏哥现在有啥消息？"

习旅长欲语还休，叹息一声。

黑娃着急："旅长！到底咋啦？"

习旅长转头望向别处，意味深长："城里的战场，比我们这儿残酷得多啊……"

黑娃焦急的目光。

14. 西安城某大院武场外　清晨　外

鹿兆鹏一路狂奔，几个便衣追到拐角："站住！"

鹿兆鹏捂住胳膊直冲入死胡同，喘息，绝望地再想回身，不远处已经传来脚步和喊叫声。

鹿兆鹏咬牙望了望高墙，快步蹬上堆砌的杂物，就在便衣露头的刹那翻身进院。

15. 大院武场　清晨　外

院中十几条汉子正随领头的师兄演练太极，还有几个汗流浃背提磨盘练着劲力，另有人揉球演练柔身术。

王师傅抿了口小壶里的茶，目光如炬地扫视，突然有所察觉，慢慢起身踱到墙边，猛一踹面前的杂物。鹿兆鹏正要起身逃离，被王师傅顺手一牵跌出老远。

众人停下纷纷围上，几根棍子指住撑身要起的鹿兆鹏。

王师傅一横臂，棍子放下。鹿兆鹏喘息，脸色苍白。

有徒弟奔上前轻声："师父！今天一早街上抓共产党。"

院外已经传来砸门声。

王师傅端详鹿兆鹏，叹息："图个啥？"

鹿兆鹏喘息："图穷人早翻身，图娃娃不会饿死，图人人有粮吃有书读。"

王师傅异样的目光看着他。砸门声越来越响。

众人："师父？"

王师傅定定注视鹿兆鹏，抉择着……

16. 大院武场门口　清晨　外

"开门！把门打开！"

大门吱呀打开，众便衣气势汹汹，领头者："怎么现在才开门？"

王师傅气定神闲："习武之地，怕人打扰。"

领头者刚要提枪发火，有便衣在领头耳边轻声嘀咕："……是警备司令部请的武术教头。"

领头者也不说话，进院扫视练武众人。

鹿兆鹏已经换好练功外套，正与一人缓慢推手，汗水从脸颊滑落。

便衣从身前走过，领头者一挥手，众人退去。

鹿兆鹏捂着胳膊被搀扶坐下。

王师傅上前："别动。"冲弟子，"快拿药！"

17. 西安城巷口　日　外

白灵啃着冷馍依然盯着巷口的动静，几日的疲惫让她的眼皮慢慢合上，刚打起瞌睡重又振奋起精神，拼命瞪大眼望着四周。

人群中一个商人模样的戴墨镜的男子匆匆拐入巷口，白灵忙站起身疑惑地望着他的背影，快跟几步，屏住呼吸抉择着。

那人径直向小院走去，摘下墨镜，警惕望望四周。

白灵瞪大眼睛看清楚是鹿兆鹏，但已经来不及了。鹿兆鹏已经摸出钥匙去开锁，白灵捡起一块石头向他砍去。

鹿兆鹏一愣，回身看来，白灵拼命向他挥着手指着院里，胡同另一侧已经有两人扑来，鹿兆鹏举枪便打。院门也被踹开，院中奔出埋伏的人。

鹿兆鹏拉住白灵狂奔到一院落墙下，抱起白灵用力向上托去，白灵扒住墙翻进，鹿兆鹏也随即跳进院子。

墙外脚步声，有人高喊："他们往大街去了！追！"

白灵屏息听着外面动静，察觉手上有东西滴落，是血，一抬头鹿兆鹏正捂着胳膊。

白灵轻呼："兆鹏哥！"

鹿兆鹏咬牙："没事！之前的伤，渗的血。你怎么会来这儿？"

白灵："我前天来找你发现有人在院里说话，我怕你被他们抓到，就一直守在巷口。"

鹿兆鹏惊诧地看着白灵："一直守着？"

白灵点点头。

18. 西安城裁缝铺　晚　内

韩裁缝给鹿兆鹏包扎好伤口，看看旁边屋已经疲惫趴桌上睡去的白灵。

鹿兆鹏："……幸好碰上了那些侠肝义胆的练武之人，不然我今天也没命了。"

韩裁缝："所以不管国民党咋抹黑我们，老百姓还是明白的。"

鹿兆鹏："这次组织被破坏得很严重，很多单线联系的同志都莫名消失了，联系不上。"

韩裁缝："你藏身的那个小院还有谁知道？"

鹿兆鹏想了想："超不过三个。"

韩裁缝坚决地："这三个人从现在起切断联系。"

鹿兆鹏皱眉："那我就等于彻底失去了耳朵和眼睛！"

韩裁缝："不是还有她呢么！你出去的时候这娃跟我谈了很多，好坯子，我看人错不了。"

鹿兆鹏目光复杂，撩帘看着睡着的白灵，摇了摇头："不，老韩你要她回学校吧，她还是个孩子。"

韩裁缝疑惑："你看看她，女学生，对我们和敌人来说都很陌生。有灵气，反应快，关键是骨头硬得很。你对我讲过给她写信，讲共产党，我没想到她会这么坚定！好娃啊，当年选中你之后，我从来没对一个人这么有信心过。”

鹿兆鹏喃喃地：“那也不行。”

韩裁缝：“你不认为她是我们现在最合适的联络员吗？”

鹿兆鹏喃喃地：“我真不想她卷进来，我宁愿看她嫁到一个好人家过普通人的日子。”

韩裁缝一叹：“兆鹏你怎么了？你可从没这么丧失过理智。”

鹿兆鹏痛苦抉择着……

19. 窑洞　夜　内

田小娥正躺在炕上，敲门声传来。

田小娥张皇惊乍的声音传来：“谁？”

黑娃一听就心软了，嘴贴着门缝：“甭害怕甭害怕，我的亲蛋蛋儿！你哥黑娃……”

小娥猛然拉开门闩，扑到他怀里“哇”一声哭了。

黑娃亲着她：“咋了？他们咋着你了？”

小娥拼打火石点亮油灯，扳住黑娃的脸贪婪地瞧着，又趴在黑娃怀里哭诉：“鹿子霖、田福贤把我吊上杆顶，你看我胳膊上手腕上被绳索勒的。”

黑娃咬牙切齿地看着。

田小娥突然又“噗”一下吹灭油灯，惊恐万状：“我太马虎了，点灯会将田福贤的民团团丁们引来！”田小娥说着就把黑娃往窑门外头推，“快走快跑！逮住你你就没命咧！”

黑娃猛然用力把小娥揽入怀里，用一只手从背后关了门，整个身子将小娥压倒在炕上……

20. 裁缝铺　夜　内

白灵迷糊地睁开眼睛，鹿兆鹏正在油灯下用复杂的目光凝视自己。

白灵察觉到身上已经被盖了一层被子：“兆鹏哥……”

鹿兆鹏：“白灵同志。”

白灵一惊："你叫我啥？"

鹿兆鹏："从现在起你就是我和老韩的单线联络员，你可以拒绝担任，我们马上就可以送你回学校。"

白灵喜出望外，拉住鹿兆鹏双手用力摇："兆鹏哥，太好了！你们要我了？"

鹿兆鹏苦笑一下："这可是有生命危险的，不是小时候推你荡秋千。"

白灵："我能！我啥都能做！你派任务吧！"

鹿兆鹏转头，韩裁缝冲他苦笑了一下。

白灵眼中放着光，鹿兆鹏百感交集地看着她。

21. 窑洞 清晨 内

窗外传来鸡啼，黑娃坐在枕边："他们逮不住我，你放心，光是让你在屋受恓惶……"

小娥又"哇"一声哭了，从被窝里跃起来抱住黑娃的脖子："黑娃哥呀，要是不闹农协，咱们像先前那样安安宁宁过日子，吃糠咽菜我都高兴。而今把人家惹恼了逗急了容不下咱们了，往后可怎么过呀？你躲到啥时候为止哩？"

黑娃："甭吃后悔药，甭说后悔话。我在外头熬活挣钱，过一些时月给你送钱回来，总有扳倒田福贤的日子，我还要把他压到铡刀底下！"

田小娥哭："那你带我走，吃啥苦我都乐意！"

黑娃摇头："我那地方没女人跟着！你不能坏了纪律！"

田小娥怔怔看着黑娃："纪律？你到底在啥地方？"

黑娃："你甭管！小娥跟你说实话吧，我还得去完成个任务，我是顺道来看你的。"

田小娥伤心："你之前都在骗我？"

黑娃："你安心等我回来吧！"

黑娃从田小娥死劲的箍抱里挣脱出来，穿好衣服，把一摞银圆塞到她手里，狠心夺门冲出。

田小娥泪流满面扒着门框："你啥时再回来？"

黑娃头也不回："取田福贤狗命的时候！"

22. 荒野坟场　日　外

黑娃把事先写好的引魂幡挂到枳树枝上，扎破了手指，一滴鲜血浸润到写着“铡田福贤以祭英灵——农协五弟兄”的白麻纸条上。

黑娃将纸堆成一堆迟疑了一下不敢点，轻声：“贺老大你是替我死的，我就不给你烧纸了，等我们打回来我给你重新修坟立碑！”

黑娃将一瓶烧酒奠在坟头，叩首长拜。

黑娃咬牙切齿：“田福贤……”

23. 白鹿仓　日　内

田福贤看了看白麻纸上的字随手丢到桌子上：“这是吓我哩！他们要是有本事杀我，早都把我杀了。”

鹿子霖觉得沮丧：“福贤，你千万千万可别掉以轻心。斩草除根除恶务尽，黑娃那一伙逃了躲了贼心可没死哇！”

田福贤依然雍容大度：“你的话都对这哩！黑娃这一帮子死狗赖娃全是共产党煽呼起来的，共产党兴火了他们就张狂了，共产党败火了他们也就塌火了。”

田福贤转身下令：“团丁分成四路到各个村子去，把黑娃那些农协弟兄的家属带到白鹿仓来！”

24. 西安城　日　外

白灵身着旗袍挎着一小包坐在人力车上，俨然一副官太太模样。

鹿兆鹏（画外音）：“你要去的这个布店是我们曾经的一个联络点，店里店外都有便衣盯梢。你不要东张西望更不要慌……”

白灵下车付钱，街对面几个小贩警惕地打量她。白灵装没看见，从容地走进店门，瞥了眼橱窗内的蓝布。

鹿兆鹏（画外音）：“他的橱窗里会挂有一块花布，如果他想提醒我们危险，会换上蓝布，那是我们约好的暗号。”

老板正埋头量着布匹，两个顾客趴在前台闲看。

白灵悠闲打量环境，察觉到两个顾客异样的目光，装没看见。

老板抬头注视白灵："您要什么？"

白灵一笑："随便看看。"

那两个顾客并不急着走，白灵从容踱步。

鹿兆鹏（画外音）："我们现在要确定的是这个人已经成为叛徒还是被困的诱饵，他有非常重要的情报没来得及传递出来。"

25. 店外某处　日　外

鹿兆鹏已经化装为商人与老韩坐在远处的露天茶铺。

鹿兆鹏凝望布店，目光焦灼不安，轻声："不该让她去，这简直是拿她的命去试探！"

老韩轻声："这情报对我们来说太重要了，一旦拿到会挽救十几个同志的性命。如果你我没暴露，我相信都甘愿冒这个险。"

两人默默对视，又同时转头紧张地看着布店。

26. 布店　日　内

白灵饶有兴趣地提起一条绸缎，上下打量。

白灵："老板这多少钱？我想扯条旗袍。"

老板："这有现扯好的您瞧瞧，七个大洋。"

白灵接过老板递上的绸缎试了试，忙摸包数了数，一笑："哟，正合适！"

老板怔怔看着白灵。

白灵："就不能再便宜些？我可不想走着回去。"

老板摇头："不能再让了，这已经是我的底价了。"

白灵边将大洋递上边叹息哀求："老板我可是从城西过来的。"

老板摇摇头数着钱，白灵低声骂："啬皮鬼！"

白灵将绸缎披在肩上对着镜子试。

老板瞪眼："小姐你骂谁哩！"

白灵：“谁找骂我骂谁！”

白灵嘟囔着抱起绸缎往门外走，一个顾客手极轻巧地从身后拉住绸缎一头，绸缎掉落在地。

白灵急：“都脏了！干吗你们？”

那顾客慌忙捡起，连声道对不起。另一个人快速地掸着上面的土，从头摸到尾。

两人交换个眼神这才还给白灵。

白灵刚要迈出店门，老板身后叫：“退你一块大洋！小姐以后嘴下留点德给你先人！”

白灵接过大洋嘴里不饶：“退一块就了不起？”

两个顾客相视苦笑一下，瞄着白灵走出布店。

27. 裁缝铺　日　内

韩裁缝接过银圆，背面裹着一层薄蜡，剥开后一张极小的纸条，上面全是数字。

白灵好奇地看着，韩裁缝与鹿兆鹏欣喜地交换个眼神。

鹿兆鹏转身用力扳住白灵的肩膀：“你立大功了！你挽救了我们多少同志的性命你知道吗！”

白灵怔怔看着鹿兆鹏，突然快活地笑起来。

28. 白鹿仓　日　内

田小娥怯怯走进白鹿仓，团丁们笑容可掬地带着她走进一个屋子，里面摆着桌凳，屋里有老有少已经坐着不少人。

小娥在墙角不安地坐下，低下头就再不敢抬起来，鹿子霖在前面注视她。

鹿子霖喊：“静一静！听田总乡约讲话！”

鹿子霖带头鼓起掌来。在座的家属全都伸长耳朵听着。

田福贤郑重地：“把你们的子弟丈夫叫回来，甭再东躲西藏了。叫他们回来到仓里来走一趟，说一句‘我错了，我再不跟人家吆老鸦了’就行了。哪怕一句话不说只要来跟我见个面就算没事了，我说这话你们信下信不下？”

众人不吭声，鹿子霖冷哼一声：“田总乡约把话都说这到这分儿上了，别给脸不要脸！”

田福贤：“子霖，你莫给大伙儿压力嘛！我田福贤也是咱原上的人，谁家破人亡我心里也难受哇！”

又是沉默，田福贤与鹿子霖交换个眼神。

鹿子霖：“你们知道田总乡约在县里替你们背了多少黑锅！岳书记长都要派人到咱原上连坐哩！懂啥叫连坐？”

田福贤悠悠地：“就是一人共匪、全家抄斩啊！”

这时有人站起来证实：“我是黑娃的第二十一弟兄。我跑到泾阳在一家财东家熬活，团丁把我抓回来，田总乡约跟我只说了一句，‘回去好好过日子，再甭跟人瞎闹了’。我而今实实后悔当初……”

又一个小伙子接着：“我躲到城里一家鞋铺子给人家抹褙子，夜夜想我妈想我大。我偷偷跑回来给民团逮住了……田大叔宽容了我，我一辈子不忘恩德。”

当下就有几个人争相表态：“我们信！”“明天就去寻儿子回来悔罪。”

田福贤笑着向表态的人一一点头，忽然站起来巡视会场，瞅见角落里的田小娥。

田福贤：“黑娃屋里的，你听我说，黑娃是县上缉捕的大犯。其他人我敢放手处理，对黑娃我没权处理，但我准备向县上解说，只要黑娃回来，我就出面去作保。冤仇宜解不宜结，甭把咱这白鹿原真个弄成个烙人肉的鏊子！”

田小娥抬起头不敢相信地看着田福贤。

鹿子霖暗暗观察田小娥的反应。

29. 白鹿仓外　日　外

田小娥恍惚地跟随众人走出。

鹿子霖叫住她：“黑娃家的。”

田小娥忙应声：“鹿乡。”

鹿子霖叹了口气：“我知你也不容易，黑娃也狠心，咋把你一个人撂在这里受罪！”

田小娥低下头去。

鹿子霖："刚才田总乡约的话主要是讲给你听哩，回去琢磨明白！"

田小娥慌乱点点头转身走去，鹿子霖复杂的目光望着她背影。

30. 山寨　日　外

山寨戒备森严，木栅栏围成的墙上黑洞洞的枪口。

黑娃坐在石头上仰头眺望，大叫："你们当家的出不出来！再不出我可回部队了！"

半晌木门被打开，有人叫："拜山咯！"

门里两边站满持枪的土匪，一个头目上前拱手："先请报上名来献上拜礼。"

黑娃一撩衣襟露出腰间的枪："拜你妈的山！老子黑娃，习旅长麾下警卫班长！告诉你们老大，拜礼就是老子腰间的枪！"

头目快跑奔回，不一会有人喊："拜礼大哥收了，请兄弟亮亮枪法！"

黑娃仰头，木栅栏门上有人提起一只挣扎的山鸡，猛地向空中抛去。

黑娃冷笑不动，待那山鸡落地，土匪们都惊诧地望来，一阵哄笑，黑娃依然不动。

山鸡消失在树丛中，黑娃动了动耳朵听声音，猛地掏出枪来照准草丛中山鸡鸣叫的方向"啪啪"就是两枪。

有人奔进树丛提起山鸡："打中啦！"

土匪们都收住笑，怔怔看着黑娃，黑娃大摇大摆走进山寨。

31. 山寨中　日　内

幽暗的洞内虎皮上坐着大拇指，冷冷打量黑娃。

大拇指："靠耳朵打枪我倒是头一回见，不愧是习旅长的贴身护卫。"

黑娃："大当家的，你们跟习旅联络也不是一天两天了，咋开个山寨门都这么磨叽。"

大拇指苦笑："兄弟不知，最近风头紧，有人逼着我跟习旅敬而远之呢。"

黑娃一怔："他们先派人来了？"

大拇指走下座位拍拍他肩，凑近："我的人里就有他们的人。"

黑娃皱眉："大当家的，习旅长让我带话，请兄弟们下山，按原先说好的保持你们的编制，条件不变。"

大拇指背着手围看黑娃，笑了笑："有人还给我开了更好的条件哩，只要献上你们习旅长的人头，许我一个县长。"

黑娃猛地掏出枪来，身后大拇指的弟兄也纷纷掏枪对准黑娃。

大拇指不慌不忙叹息："都干啥，你们瞎了眼了！人家听着声就能打中山鸡，还等你们开枪我命都没八条了！"

众人将枪缓缓放下。

大拇指走到黑娃面前，轻轻按下他的枪口："兄弟你也许还不知道，习旅已经自身难保了，他大哥的军队憋着干他哩！这当口收编我是找陪葬啊！你要是我你会带弟兄们下山送死吗？"

黑娃喘息地看着大拇指，说不出话。

大拇指："你还是别劝我了，我劝劝你吧。"

黑娃抬眼看他。

大拇指："留下跟我干，还有个活路，我相中你了。"

黑娃转身大步出去。手下横枪堵在门口。

大拇指："让他走。"

众人闪开，黑娃夺门而出。大拇指欣赏地望着他的背影。

32. 白家　日　内

孝文媳妇站在一旁紧张地看着，白嘉轩端起面碗吃了口，皱皱眉强咽下去。

孝文忙端起尝，一口吐出来："你要咸死爸啊！"

孝文媳妇慌忙端起："我……再重做。"

白嘉轩："凑合吃吧，以后多跟你弟妹学学，她做得比你强。"

孝武媳妇舒心地笑了笑，孝文媳妇懊恼点头。

孝武神色慌张地冲进屋："爸！爸！三伯被抓了！"

白嘉轩猛地站起："被谁抓的？"

孝武喘息："鹿子霖领着几个团练啥话不说上前就把三伯从马车揪下来带白

鹿仓去了！”

白孝文：“爸，他们这是寻机报复！”

白嘉轩沉着脸拎起衣服快步出门去。

33. 白鹿仓院　日　外

鹿三被五花大绑摁在地上拼命挣扎，田福贤在屋中冷冷地瞧着。

鹿三：“我犯了啥罪？你们不能随便抓人！”

鹿子霖蹲在一旁：“说得好！你儿子要不折腾，我们也不会随便抓你。黑娃昨夜回来了，你知道不？”

鹿三：“我不知道！我早没这儿子了！”

鹿子霖冷笑：“鹿三，骨头打断还连着筋呢！你骗谁？”

田福贤与鹿子霖交换个眼神。

鹿子霖压低声：“你让我咋保你，黑娃闹出那么大动静，按原来的罪得满门抄斩！看在多年相识的分儿上我也知道你鹿三是老实人，你只需在一张纸上画个押按个手印，田总乡约就饶了你们父子俩。”

鹿三喘息：“我不信！”

鹿子霖从怀中扯出纸来：“你瞧，都写好咧，我骗你不成？”

鹿三怔怔地看：“上面写的啥？”

鹿子霖一笑：“悔罪书，你替你儿子悔罪，田总乡约就跟县里说既往不咎。”

有人已将油墨递到眼前，绑鹿三的绳索松开，鹿子霖拉过他的胳膊重重按下油墨，鹿三迟疑地望着那张纸。院门被撞开，白嘉轩带着孝文冲进门来。

团练上前阻挡，鹿子霖慌乱将纸掖回怀中，孝文紧紧盯着。

白嘉轩冲上前将鹿三扶起，怒视鹿子霖与田福贤。

田福贤一笑：“嘉轩兄弟你来得正好，我们正跟鹿三盘问黑娃的下落。”

孝文一把攥住鹿子霖的胳膊：“纸上写的是啥？”

鹿三叫：“他要让我在上面按手印就免了我跟黑娃的罪！”

鹿子霖慌乱挣脱，纸却掉落在地上，鹿子霖与孝文同时低头去抢，撕扯成两半。

孝文瞥了眼，愤怒地抬头：“爸！说你跟黑娃暗中勾结！”

白嘉轩铁青着脸怒视，鹿三气得哆嗦冲上前揪住鹿子霖的脖领。

鹿三：“鹿子霖！你心让狗吃了！白家有啥对不起你的？你欺我不认字把我东家往死里整！”

白孝文还要抢那一半，鹿子霖全塞嘴里嚼了。

田福贤从门里走出：“赖我赖我，嘉轩兄弟，黑娃闹农协的时候我们可都是被揪上台去的，他斗谁都没斗你，不可不查呀！不然我跟县里说不清楚。”

白嘉轩依然不语，拉过鹿三的胳膊：“三哥我们走。”

白孝文恨恨地瞪着鹿子霖。

白嘉轩：“孝文，走！”

三人转身出门去。

鹿子霖这才吐出嘴里嚼烂的纸，田福贤鄙视地看着他。

田福贤：“一张破纸都让人家瞧见了，你还能干点啥？”

鹿子霖快哭出来。

34. 白家　晚　内

一家人围坐，气氛压抑。

孝文恨恨地：“他就是冲着咱家来的！爸，他要整死咱哩！”

仙草皱眉：“咱也没得罪鹿子霖，他咋就那么狠呢？”

白嘉轩抽着烟袋若有所思。

鹿三蹲在门口哭丧着脸：“都赖我，我差点就……按下手印去了。”

白嘉轩披上衣服走出。

仙草：“天都黑了你干啥去？”

白嘉轩：“我找鹿子霖给他消灾免祸去。”

35. 保障所　晚　内

鹿子霖正在里间得意地数着粮食，门被敲响，鹿子霖慌乱上锁出来。

鹿子霖：“谁呀？”

田小娥怯生生推门进来：“鹿乡是我。”

田小娥一看见鹿子霖就跪下了："鹿乡，你就容饶了黑娃这一回！"

鹿子霖斥责："起来起来，有啥话你说嘛跪下做啥？"

田小娥仍然低头跪着："你不说个饶字我不起来。"

鹿子霖："爱跪你就跪着，你寻错人登错门了。黑娃是县上通缉的要犯，我说一百个饶字也不顶用。那天田总乡约亲口给你说了，叫你把黑娃叫回来他再给县上作保，你该去给田总乡约回话。"

田小娥："我一个女人家不会说话，我也不敢进仓里去……"

鹿子霖揶揄地："你不是都敢上戏楼吗？咋着连仓里门就不敢进了呢？"

小娥羞愧地垂着头："现时还说那些事做啥！黑娃年轻张狂了一阵子，我也张狂了几回，现在后悔得提不起了。"

鹿子霖："你就这样去给田总乡约回话，就说你两口子张狂了后悔了再不胡成精了。"

田小娥："我求鹿乡跟田总乡约说一下，你是乡约说话顶用。黑娃好坏是你侄儿，我再不争气是你老的侄媳妇，我再没亲人……"

鹿子霖长叹一声："往后别那么生分地叫了，叫我大。"

田小娥继续诉说："大呀，你再不搭手帮扶一把，我就没路走了。我一个女人家住在村外烂窑里，缺吃少穿莫要说起，黑间狼叫狐子哭把我活活都能吓死，呜呜呜……"

鹿子霖长长地吁叹一声："唉，你起来坐下，我给田总乡约说说就是了。"

鹿子霖说着点燃一根黑色卷烟，看见田小娥怯怯地挪到墙根前歪侧着身子站着，用已经沾湿的袖头不住地擦拭着流不尽的泪水，被泪水洗濯过的脸蛋儿温润如玉楚楚动人。

鹿子霖："你叫我给田总乡约说话，也得说清黑娃到底在哪儿嘛。"

田小娥猛乍扬起头来："我要是知道他在哪儿，我就把他死拽回来了。他只说他给人家熬活，死口不说在东在西。"

鹿子霖忙问："他啥时候给你说他给人家熬活来？他回来过？"

小娥也不想隐瞒："他半个月前回来过一回，给我撂下几个铜子叫我买粮食度春荒，鸡叫头遍进窑门，鸡叫二遍又出了窑门。我问他在哪儿，他怕我去寻他，他死活不透底儿。"

鹿子霖"噢"了一声，又鼓励小娥继续说下去："你说这话我信哩！"

田小娥："你给田总乡约把话靠实，只要能饶了他，他再回来给我送钱时，我就拉住他不叫他走……"

田小娥说着又滚下泪珠来。

鹿子霖："好了，我立马去找田总乡约。你回吧，你放心地等我的回话。把眼泪擦了，甭叫街上人看见笑话。"

鹿子霖叮嘱着，看见田小娥有点张皇失措地撩起衣襟去擦眼泪，露出了一片耀眼的肚皮。

田小娥放下衣襟说："大！那我就托付你了，我走了。"

36. 保障所门外　晚　外

白嘉轩远远走来定住脚步，看见田小娥正从保障所钻出。

田小娥惊慌失措地想叫又没敢叫，转身快步消失在黑暗中。

白嘉轩默默望着她的背影，迈进门去。

37. 保障所　晚　内

鹿子霖见白嘉轩进来就是一愣。

鹿子霖："你咋来了？"

白嘉轩："黑娃家的能进我不能进？"

鹿子霖干笑："她那是来求我在田福贤面前说两句好话，你误会成啥了！"

白嘉轩抽着烟袋斜瞥着鹿子霖，鹿子霖更加惊慌："你啥事？赶紧说！"

白嘉轩定定地看着他不语。

鹿子霖尴尬："白天的事是田福贤让我干的，说老实话人家怀疑你跟黑娃勾结也正常！"

白嘉轩依然不语。

鹿子霖被看得发毛："你啥毛病？深更半夜来我这儿就是瞪我来了？"

白嘉轩："我救你来了。"

鹿子霖怔怔站起瞧着他："救我？我用你救！"

白嘉轩用烟袋指了指里间屋："人家是躲祸都来不及，你还把祸往屋里藏。"

鹿子霖明白过来，冷笑："你是看着我有气！田福贤这一回来咱又翻身了，这是我本事，关你啥事？"

白嘉轩长叹一声："那天田福贤借戏楼我说像翻鏊子，他问啥意思我没告诉他，这话是我姐夫说给我听的。"

鹿子霖怔怔看着白嘉轩。

白嘉轩："我姐夫当时说得像闲话，其实另有后味。我回来想了几天几夜才解开了，鏊子是烙锅盔烙葱花大饼的，这边烙焦了再把那边翻过来。"

鹿子霖皱眉思索。

白嘉轩："这白鹿原好比一个鏊子，黑娃烙了一回，地和粮食都分了，田福贤回来翻过来再把他烙焦，地和粮食又都还回来。这翻来翻去人心可就变了。"

鹿子霖有些恍然，抬眼注视白嘉轩。

白嘉轩："要叫鏊子凉下来不再烙烫，就得把底下的木炭火撤掉。别看你现在跟着田福贤得意，子霖你还架在那鏊子上烤哩！"

鹿子霖喃喃地："架在火上烤？"

白嘉轩起身磕了磕烟袋走出门去。

鹿子霖一动不动坐在那儿发呆。

38. 白鹿仓　日　内

鹿子霖走进白鹿仓，一屁股坐在椅子上喝了口水。田福贤正办公务，停下笔异样地瞧着他。

鹿子霖有些得意："贺老大坟上的引魂幡子是黑娃抄的。"

鹿子霖看着田福贤惊异的神色愈加自得。

田福贤："她没说黑娃在哪儿？"

鹿子霖："看来她是真不知底儿，黑娃也鬼得很哩！"

田福贤断然："好啊子霖，你谈的这个情况很重要。你马上可以给她满碟子满碗地回话，只要黑娃投案回来一概不究，县上通缉的事由我包了。你千方百计把这女人抚拢住，哪怕她吐出一丝黑娃的影踪也好。那样的话你就立下大功了！"

鹿子霖用力点点头。

田福贤："白嘉轩没再找你麻烦吧？"

鹿子霖："他敢！黑娃是他家养大的，真扯起来谁也说不清楚！"

田福贤叹了口气："这人腰太硬是真惹不起啊，往后离他远点！"

39. 白鹿仓外　日　外

鹿子霖兴冲冲从院里出来，远处鹿三拉着马车来，白嘉轩正坐在上面叼着烟袋瞧他，鹿子霖心虚不敢抬头，两边交错而过。

白嘉轩意味深长的目光一直跟随鹿子霖……

40. 军营　日　内

习旅长背着手来回踱步思索。

黑娃站在他面前内疚："……习旅，您处罚我吧，我没完成任务。"

习旅长一笑："见着你媳妇了？"

黑娃点点头："见着了，谢旅长！"

习旅长："见着你媳妇就完成任务了！那伙土匪不来正好，我习旅也容不下顺风倒的墙头草！"

黑娃迟疑："他还说有人收买他，要您的人头。"

习旅长一笑："还说啥？"

黑娃看看两边的卫士，习旅长使个眼色，卫士都出门去关好门。

黑娃轻声："他说大哥的军队憋着干咱们！让咱小心。"

习旅长长叹一声，意味深长地看着黑娃："黑娃，你知道为啥咱们要从这里转移到渭水去，再不走咱就被人家瓮中捉鳖了！"

黑娃吃惊的目光。

41. 窑洞　晚　内

田小娥正迷糊，门被敲响。

田小娥睡意蒙眬惊恐万状爬起："谁？"

鹿子霖："你大，甭害怕。我是你大。"

木门闩滑动一声，门开了一扇，鹿子霖侧身进去随手上了木闩，窑里有一股霉味烟味和一股异香混杂，他的鼻膜受到刺激，连打了三个喷嚏："甭点灯了，省得招惹人眼。凳子在哪儿？炕边在哪儿？我啥也看不见。"

田小娥："在这儿。大呀，我托你办的事咋个向？"

鹿子霖爽气地："说好了说妥了，全按你想的说成了。"鹿子霖压低声儿变得神秘起来，"还有一句要紧话我不敢对你说。你女人家嘴不牢捅出去，不说你不说黑娃，连我也得倒灶！"

田小娥急切切地："大，你放心说。我不是鼻嘴子娃娃连个轻重也掂不来。"

鹿子霖黑暗里摇摇头："这话太紧要太紧要了！随便说了太不保险。"

田小娥无奈地："大呀，你信不下我我咋办……那要不要我给你赌咒？"

鹿子霖从凳子上站起来，一字一板："赌咒也不顶啥。这话嘛得、睡、下、说。"

小娥像噎住了似的低声说："大——"

鹿子霖断然："这会儿甭叫大！"

田小娥怔怔看着站在炕前的鹿子霖，鹿子霖一动不动垂手冷冷注视。

田小娥跪在炕上颤抖着手开解他腰间的裤绳……

42. 渭河边　夜　外

黑娃跟随队伍扛着枪大步走着，他停住脚步回身，不舍地向白鹿原方向望去。

习旅长骑马过来："咋了黑娃？刚见你媳妇又想了？"

身边的战士也纷纷笑起，黑娃不好意思加快脚步跟随着旅长的战马。

黑娃凑上前："旅长，你家在哪哩？你咋不回去看看？"

习旅长感慨地望着黑暗中的渭河似答非答："我家比你还近哩……我是至今思项羽，不肯过江东啊。"

43. 窑洞　夜　内

鹿子霖搂着田小娥静静躺在炕上，田小娥目光恍惚。

鹿子霖凑到她的耳根："黑娃万万不能回来！"

小娥“呼”一下豁开被子坐起来:“你哄我?你把事没办妥,你哄着我睡觉……”

鹿子霖欠起身:“我说你们女人家沉不住气,你还说你赌咒哩!听我把话说完——”他把她搂住按进被窝,“我给田福贤把你的话说了,田福贤也答应了,昨日专门到县里去寻岳书记长,岳书记长也答应只要黑娃回来认个错,就啥话不提了。说黑娃万万不能回来是我的主意,你听了我的话好。你要信田福贤的话就去叫黑娃回来……”

田小娥忙问:“大,你咋说万万不敢回来?咋哩?”

鹿子霖:“你们女人家只看脚下一步,只摸布料光的一面儿,布的背面是涩的,桌子板凳墙壁背面都是涩粗麻麻的。田福贤万一是设下笼套套黑娃咋办?”

小娥倒吸一口气“噢”了一声。

鹿子霖:“田福贤跟我是老交情,我本不该说这话。我实在不想看见你钻进人家的套套儿里去,我这人心软没法子改。黑娃辱践了我,按说我该跟田福贤合伙收拾他,可你那天往保障所去给我面前一站一跪一哭,哎……”

田小娥失望地:“那咋办呀?黑娃不回来我咋活呀?”

鹿子霖:“大给你把后头十步路都铲平了。这样吧!就让黑娃在外头熬着混着哪怕逛着,总比睁着眼钻笼套强。先躲过眼下的风头再说,说不定风头过了也就没事了,说不定田总乡约调走了也就好办了。你嘛,你就过你的日子,大给你钱你去买粮食,日后没事了,黑娃回来了,大也就不挨你的炕边了。”

鹿子霖说着坐起来,摸到衣服掏出几个银圆,塞到田小娥手里。

田小娥突然缩回手:“不要不要!我成了啥人了嘛?”

鹿子霖:“你成了啥人了?你成了大的亲蛋蛋了!不是大的亲蛋蛋儿,大今黑还能给你说这一河滩体己话?谁欺侮你你给大说,大叫他狗日的水漏完了还寻不见锅哪儿破了。关门来,大逢五或者逢十来,把炕上铺得软和些儿。”

鹿子霖穿衣推门出去,炕上田小娥怔怔地坐着,注视着面前那几块银圆发呆,突然双手捂住脸呜呜哭起来……

44. 西安城女子学校　日　外

身着礼帽风衣的鹿兆鹏站在远处树林,眺望操场上正和同学欢笑奔跑的白灵。

白灵灿烂的笑脸，裙摆飞扬，一派青春的气息。

鹿兆鹏摘下墨镜目光深邃，白灵突然看见鹿兆鹏的身影，停住脚步冲同学："你们先去吧！"

白灵奔跑过来，喘息着停在鹿兆鹏面前："有任务？"

鹿兆鹏一笑："今天几月几号？"

白灵愣了愣："十一月十八号，怎么了？"

鹿兆鹏："记住这个日子吧，跟我来。"

鹿兆鹏转身走去，白灵露出诧异的目光，加快脚步。

45. 小巷 日 外

鹿兆鹏与白灵下了人力车，警惕地看看四周。白灵欲语还休。

鹿兆鹏回头，意味深长地轻声："什么都别问，跟紧。"

白灵点点头。

鹿兆鹏自己率先走入深巷。巷子又长又窄，白灵忐忑快步前行，鹿兆鹏的背影在前面拐了个弯，白灵忙跟上。

46. 小院地下室 日 内

小院门推开，鹿兆鹏回头看看白灵，拿钥匙开锁走进一个通往地下室的门。

白灵忙低头跟随走下，黑暗中有些担心："兆鹏哥？"

一片黑暗中点燃火柴的声音，油灯被点亮，墙上挂着一面红旗。

白灵定定地站在那，不敢相信的眼神看鹿兆鹏。

鹿兆鹏转身注视："白灵同志。"

白灵仿佛已经明白了什么，感受到庄严，眼泛泪光。

鹿兆鹏："我受党组织委托，领你宣誓。"

白灵含泪点头，跟随鹿兆鹏举起右手，胸膛起伏。

鹿兆鹏："我宣誓。"

白灵颤抖着声音跟随："我宣誓……"

鹿兆鹏："……保守党的秘密，百折不挠不叛党，为共产主义而奋斗！"

白灵也颤抖着声音："……保守党的秘密，百折不挠不叛党，为共产主义而奋斗！"

鹿兆鹏转身握紧她的双手："欢迎你，白灵同志！"

白灵心潮起伏："请党放心，白灵只会替同志赴死，绝不会领着警察去抓捕同志！"

鹿兆鹏拉着白灵坐下："你知道吗？刚才我又想起我入党宣誓的情景。"

白灵："你入党什么样？"

鹿兆鹏笑了笑："那阵还是公开宣誓呢。"鹿兆鹏眯起眼睛，似是回到了遥远的记忆中，"我们一起宣誓的是九个人，现在连我在内只剩三个了。"

白灵一愣："三个？"

鹿兆鹏："三个给大哥杀了，两个随大哥走了，一个经商去了而且发了财。"

白灵长舒口气怔怔看着鹿兆鹏："他们没有供出你？"

鹿兆鹏一笑："他们首先供出的就是我，只不过是我命大而已。大哥这回翻脸，小兄弟血流成河，全国一片血腥气，唯独我们这座古城弄得干净，不声不响不设绞架。"

白灵疑惑："那他们是怎么死的？"

鹿兆鹏："一律塞进枯井，不愧是十朝帝王古都啊。"

白灵咬牙："中世纪的野蛮！"

鹿兆鹏："你知道吗，因为你的勇敢机智我们十几个同志都成功转移了。"

白灵突然想起什么："布店跟我接头的那个同志转移了吗？"

鹿兆鹏摇摇头："就在你们接头的当天晚上他也被填井了。"

白灵吃惊地看着鹿兆鹏："他竟也……"

鹿兆鹏沉痛地："他用生命传出了这个消息，这也是他最后一次发出的信息，我们的人把他尸体打捞上来偷偷运到城外掩埋了。"

白灵黯然，轻声："我能去他的坟前看看吗？"

鹿兆鹏迟疑了一下点点头。

47. 城外树林间　日　外

白灵蹲在不起眼的坟头前轻轻掬了捧土撒上，鹿兆鹏在她身后站着。

白灵轻声：“你是我第一个接头的人，我会永远记住你的。”

白灵取出怀中的那枚银圆放在坟前，起身鞠躬。

鹿兆鹏百感交集地看着她。

48. 马车　日　外

马车在路上颠簸，白灵一语不发。

鹿兆鹏开解：“回去以后踏实念书，没有特殊的任务我不会找你。你现在是一名共产党员了，要用更高的标准来要求你。环境越来越残酷，不要轻易暴露自己的主张，不要随便争论，不要愤怒。记住，当一个人靠理智活着的时候才是最强大的。”

白灵默默点头。

鹿兆鹏有些担心地看看白灵：“白灵，你说说现在想什么呢？”

白灵眨眨眼：“我想到小时候姑父讲的白鹿，咱原上那只白鹿，我想共产主义就是那只白鹿。”

鹿兆鹏惊奇地瞪起眼，随即轻轻摇头笑：“那可真是一只令人神往的白鹿啊！”

第三十一集

1. 祠堂　日　内

乡亲们围站中间，白嘉轩叼着烟袋坐在椅子上。

鹿子霖推开众人，不情愿地进来。

鹿子霖："嘉轩我忙着咧，族里没出啥事你咋老叫人开会？"

白嘉轩没作声。鹿子霖这才察觉到众人的眼光都盯着自己。

白孝文不留情面地："大，昨晚你又去白鹿仓了？"

鹿子霖一愣："我可没耍，我那是向田总乡约汇报工作去了，你懂啥！"

白孝文："在你之后赵柱、三娃子、桑老八也跟进院，他们也是去汇报工作？"

鹿子霖偷瞥白嘉轩，白嘉轩叼着烟袋正瞄自己。

鹿子霖急："你这是跟你大说话哩？嘉轩管管你儿子，没大没小！"

白嘉轩闷头没搭话。

白孝文冷笑："我爸是看在田总乡约在里面才没带人进去抄，族法是啥？族法是天！"

"我明白了，算计着我哩。"鹿子霖感觉到无数目光看着自己，瞪起眼，"咋？还敢抽我不成？"

白孝文："我哪敢抽你，你是乡约，只是劝你别再坏了咱族里的风气。"

鹿子霖再偷瞧白嘉轩，白嘉轩依然不动。

鹿子霖怒，脱下鞋上前就要打白孝文："我抽不死你！目无尊长的东西！"

白孝文上前一步："来，往这儿打，违了族法还当着祖宗面撒泼，到底是谁目无尊长？"

鹿子霖举鞋喘息不敢再动，乡亲们无声地望着他，眼中都充满怨意。

鹿子霖退了两步，鞋掉落在地，白嘉轩将鞋捡起。

白嘉轩："抬脚。"

鹿子霖不敢相信地看着白嘉轩。

白孝文也愣住："爸？"

白嘉轩蹲下给鹿子霖穿上："我给孝文赔罪了，都散了吧！"

众人面面相觑，白孝文也不敢相信地瞧着爸。

白嘉轩带着白孝文走出大门。人群也随之散去。

孤零零的鹿子霖一屁股坐到地上，复杂的目光看着祖宗牌位。

2. 鹿家　晚　内

鹿子霖满院找，推门铁青着脸进来。

媳妇坐在门口凳子上忙手中的针线活："瞧啥啊，又跑出去了。"媳妇叹息一声，"到哪天是个头啊。"

鹿子霖长叹一声拿起烟袋出门。

媳妇后面问："天黑了你又干啥去？"

鹿子霖："我去找田福贤。"

媳妇："你还嫌他们埋汰不够？"

鹿子霖头都不回地："甭管！赶紧把那疯子找回来！"

3. 村外　夜　外

鹿子霖鬼鬼祟祟看看四周，跛子爷刚敲锣过去。

鹿子霖一路小跑奔向村外，戏台上兆鹏媳妇站起，望着鹿子霖身影痴痴笑了，跳下戏台追了上去。

4. 窑洞　夜　内

田小娥依附在鹿子霖的胸前，鹿子霖若有所思地抽着烟袋。

田小娥："大呀，我而今只有你一个亲人一个靠守了……"

鹿子霖慷慨地："放心亲蛋蛋，你放心！你不看大咋着心疼你哩，你有啥难处就给大说。谁敢哈你一口大气大就叫他挨挫！"

鹿子霖弹了烟灰坐起来穿衣服。

田小娥拢住他的胳膊："大，你甭走，你走了我害怕。"

鹿子霖："害怕啥哩？"

田小娥："有人时不时地学狼嚎，学狐子哭吓我哩！"

鹿子霖呵呵一笑："你既然知道那是人不是狼，你怕啥？你关门睡你的觉甭理他，我收拾他。"

话音刚落窗外有人轻笑，鹿子霖慌乱爬起，与田小娥交换个眼神。

鹿子霖抄起门杠小心翼翼地走到门里，猛地拽开举起便要打，惊呆。

儿媳妇痴痴地笑着站在门口，又往屋里瞧："你外面有人哩，你不跟我睡。"

鹿子霖恼："去！回家去！"

儿媳妇用手掌击打着节拍，一字一板朗诵："小娥的头发黑油油，小娥的脸蛋赛白绸。我把小娥瞅一眼，三天不吃不喝不端碗……"

鹿子霖惊呆："谁……谁教你的？"

儿媳妇边唱边跑远。

田小娥身后穿衣服也站出门来，鹿子霖忙回身推进门。

田小娥："咋咧？"

鹿子霖惊恐万状地望向四周……

5. 西安城女校宿舍　日　内

白灵走到宿舍门口，门锁着，听到里面窃声窃语，一怔。

里面的人紧张着："谁呀？"

白灵："我。"

半晌门开了，三个女同学满脸紧张站在屋里，窗帘拉着，一片黑暗。

白灵诧异地打量："你们在干什么？大白天的拉啥窗帘？"

女生将门关严，三人神秘兮兮地交换个眼神，像是下了很大决心，从床底拿出一本破旧杂志《秦进》，白灵呆住接过怔怔看着。

女生神秘地："我们在看这本杂志，这是禁书，千万别说出去！"

白灵："这是几年前的。"

女生点头："早就停刊了，你知道吗，办这刊物的人都已经被打死了。"

白灵："谁？"

女生压低声："鹿兆鹏！"

白灵"扑哧"一乐，三个人惊异地看着她："你乐啥？"

白灵忙收住笑用力摇头。

6. 裁缝铺小院　晚　内

鹿兆鹏收拾着包裹，白灵一旁默默将衣服叠起递给他。

白灵异样的眼神打量，兆鹏却没有察觉。

鹿兆鹏："我走以后你不要轻易来这里，有什么情况老韩会去找你。"

白灵："你啥时能回来？"

鹿兆鹏微笑不语。

白灵眼巴巴地："今天她们还偷偷看你当年编的杂志，还说起你，说你死了。"

鹿兆鹏苦笑："外面传我有五六种死法，你听说的是哪种？"

白灵想跟着笑却笑不出来。

兆鹏突然定定地注视白灵："白灵，你怕死么？"

白灵呆呆瞧着他，咬着嘴唇摇头："我不怕！"

兆鹏轻声："我怕。"

白灵没想到他如此回答，愣了愣。

兆鹏又笑了笑："其实我心里很怕。这话对谁都没有说过，包括我弟弟。"

白灵默默看着他。

兆鹏轻声："但还有比死更可怕的，知道是什么？"

白灵摇摇头。

兆鹏："就是你爱的人死了，你却孤零零地活着。"

白灵嘴唇动了动，忍住没出声。

鹿兆鹏出神，目光恍惚地望着油灯："我想他们。"

白灵伸手快要摸到兆鹏的肩膀，迟疑停下又收卷手指。

鹿兆鹏深吸口气，长叹一声："书生意气靠笔杆子革命的日子已经一去不复返了，现在要靠这个！"鹿兆鹏攥起拳头，"靠我们自己的力量，靠枪杆子！"

白灵："你是去……拿枪杆子打仗？我想跟你去！"

"谁跟你说我要去打仗了？"鹿兆鹏一怔，苦笑，"我要去执行的任务比打仗更危险。"

白灵有些吃惊，欲语还休地："……那你要活着回来。"

鹿兆鹏一笑："这我可保证不了。"

白灵："你就是去打仗，你骗我！你必须保证！"

鹿兆鹏一怔，有些尴尬地看着白灵，白灵脸一红，意识到自己失态。

白灵深吸一口气："我怕你走了我找不到组织。"

鹿兆鹏刮了她鼻子一下："瞎说，还有老韩呢！"

白灵默默点点头，低头帮他收拾起来。

7. 山中军营　夜　外

疲惫的战士们围靠在篝火周围，习旅长带着黑娃忧心忡忡地边走边看。

黑娃轻声："旅长，咱啥时候有个落脚处啊，这些日子一直在走。"

习旅长叹息："我做梦都想有个落脚处，大哥不给啊！"

黑娃："我担心兄弟们的士气……"

黑娃没再说下去，习旅长会意地点点头，突然大声地："大伙儿过来，我给你们讲个故事！"

众人围拢上来。

黑娃吆喝："静一静！都挤上前来，旅长给咱讲故事了！"

习旅长坐在篝火旁扫视一圈，微笑着："从前啊有一家买卖做得红火，可这天老掌柜的死了，大哥要拿家事了。大哥想到六七岁的小兄弟现时虽撞不动他的壮腿粗腰，可小兄弟总是一年一年往大长哩，长大了即使不跟他争掌柜的权力，也得平分一半家业呀！大哥痛恨他妈为啥要多生这个祸害……"

士兵腾起一片笑声，黑娃也快活笑起。

习旅长接着："大哥就想，干脆趁他还没长大把他掐死算了！"

众人的笑僵在脸上，黑娃仿佛明白了什么。

习旅长起身："同志们，中国现在就是这个样子。我们就是那个要被黑心的哥哥掐死的小兄弟，他的手已经掐到我们的脖子了。我们能像曹植那样七步成诗然后乖乖儿地送死？能吗？”

黑娃带着众人吼：“不能！”

习旅长：“我们虽然弱小，可逼急了也会拿起枪反抗的！这一天就要到来了……”

习旅长深邃的目光望着篝火，黑娃莫名兴奋地望着旅长。

8. 保障所　日　内

乡亲们三五成群指指点点，窃语偷笑。

兆鹏媳妇在村子里扭动着身大声唱着，一群娃娃和二豆跟随起哄学唱。

兆鹏媳妇：“小娥的头发黑油油，小娥的脸蛋赛白绸。我把小娥瞅一眼，三天不吃不喝不端碗……”

娃娃们也跟随：“小娥的头发黑油油，小娥的脸蛋赛白绸……”

二豆蠢笨地数着手指，恐怕自己忘记：“小娥的头发黑油油，小娥的脸蛋赛………赛啥来着……”

子霖媳妇后面追：“回家去！别不要脸了！”

鹿子霖扒着窗户恐惧地听着。

二豆转身正好看到鹿子霖：“叔，赛啥啊？”

鹿子霖快哭出来，关窗懊恼蹲下。

鹿子霖喃喃地：“谁哩？”

门被敲响，白孝文的声音：“大？在吗？”

鹿子霖慌忙坐回椅子咳了一声。

白孝文推门进来，恭恭敬敬地：“大，我给您赔礼来了，我爸狠狠骂了我一顿。”

鹿子霖斜眼瞥着他：“骂你啥？”

白孝文：“骂我当众羞辱长辈，骂我不识场合。”

鹿子霖起身围着他转了转，打量：“没骂你夜里跟随我？”

白孝文苦笑：“那是我爸派我巡夜。”

鹿子霖定住脚步，凑近：“派你巡夜就身后跟随我？你还看我去哪儿了？”

白孝文一愣：“我就跟过您一次，就见您进白鹿仓了。”

鹿子霖冷哼一声：“真话？”

白孝文疑惑：“大，您想套问出啥？夜里还有谁跟着您？”

鹿子霖与白孝文定定地注视对方，兆鹏媳妇的唱声又传来。

白孝文诚恳地：“大，您可得管住大嫂子的嘴，娃娃们都被带坏了，四处传哩！”

鹿子霖拍了拍他肩膀：“行咧，大也不会真生你气，回去跟你爸说，田福贤那往后我少去。”

白孝文点点头转身要拉门出去，鹿子霖迟疑了一下：“还跟你爸说，我真不想害你们，都是田福贤的主意！”

白孝文愣了愣：“大我走了。”

鹿子霖望着他出门的身影，眯起眼思索，轻声：“不像啊。”

9. 村　日　外

鹿子霖警惕地在村里走，唯恐别人背后议论，桑老八远远叫：“鹿乡！最近精神咧！”

鹿子霖皱眉瞪着桑老八：“啥精神？你话里有话！”

桑老八愣了愣：“我没……我就说您精神！”

鹿子霖烦躁地摆了摆手，远远望见戏台上白兴儿跟三娃子说笑，往自己这边看，鹿子霖快步走去。

鹿子霖：“你俩说谁呢？”

白兴儿和三娃子都被吓住，站起身不知所措地：“鹿乡，咋了？”

鹿子霖气急败坏：“信不信我将你俩轰出这原？”

三娃子颤抖着声音：“叔，白兴儿就跟我说李寡妇的事哩！真没说啥！”

鹿子霖瞥向白兴儿，白兴儿慌忙点头。

鹿子霖背手而去，满脸狐疑看着每一个跟自己打招呼的人。

10. 鹿家　日　内

子霖媳妇唉声叹气迈进屋。

鹿子霖看着她："锁上了？"

子霖媳妇："也不知道哪个混蛋教咱家媳妇这个！那田小娥真是妖精！不定跟谁鬼混呢！"

鹿子霖一哆嗦，警惕打量媳妇，屋里又传出儿媳的唱声。

鹿子霖咬牙起身："我去训她！"

11. 鹿家鹿兆鹏屋 日 内

鹿子霖推门进来，将门反掩，儿媳妇正坐在床上剪纸笑："剪个娃娃放肚里，小娥教我生娃娃……"

鹿子霖慢慢走近，轻声："谁教你的？"

儿媳妇抬起眼看着公公。

鹿子霖耐心地："跟我说，这些话是谁教你的？我给你馍吃。"

儿媳妇突然举起手指着鹿子霖："你！你教的！"

鹿子霖慌乱拨开儿媳妇的手，狼狈逃出门，一脸的懊恼。

12. 白家 晚 内

白嘉轩泰然泡着脚，白孝文站在屋里。

白嘉轩："他还说啥？"

白孝文："他就一个劲问我还跟着他去哪儿。"

白嘉轩缓缓摇头："你回屋休息吧。"

仙草把儿子送出门，回身："你刚才摇啥头？"

白嘉轩意味深长地："有人架在火上烤，屁股都快煳了，谁疼谁知道哇。"

13. 前线指挥部 夜 外

枪弹曳出的火光交织成网，在夜空中形成别样的景象。

黑娃趴在指挥部战壕中呆呆望着，习旅长举着望远镜镇定自若望着远方。

习旅长轻声："黑娃，怕不怕？"

黑娃："不怕！旅长，这仗咱一定能打赢！"

习旅长苦笑了一下，意味深长地看了看他："你知道现在有多少兵力从四面八方往咱这赶吗？五倍于咱们！"

黑娃一愣，咬牙："旅长说过咱共产党的军队不怕死，以一当十！"

习旅长长叹一声："如果再给我一年整合部队，就是天兵天将来我也不怕！"

有人冲进："报告旅长！阵地失守了！"

习旅长脸色一变，黑娃也紧张起来。黑娃揪心地望着袭来的炮火已经在周围炸响。

身后是习旅长嘶哑的命令声："把预备队派上去，一定要顶住！"

一炮袭来，黑娃扑倒习旅长，刹那间指挥部坍塌。习旅长从土灰中抬起头抖了抖。

黑娃："旅长！您快撤！"

习旅长吼："我能撤哪儿去？你说我还能撤到哪儿？"

黑娃怔怔看着他。

习旅长咬牙："黑娃！你给我把警卫班带上去！"

黑娃一惊："旅长，你跟前不能一个不留啊！"

习旅长急："我现在已经不重要了，重要的是这场仗。"习旅长吼起来，"同志们，我们要让敌人看看我们的能耐！让他们彻底吓破胆！"

习旅长跳上战壕一挥大手："给我冲！"

黑娃不顾一切地冲向战场。

14. 战场　夜　外

黑娃端着机枪往前冲锋，子弹在他身边飞过。

世界变得无声，身旁的人不停地以各种姿势倒下，绚烂的爆炸在黑娃眼前闪耀。黑娃仿佛飞起来，双手摊开慢慢向后仰去……

15. 窑洞　夜　内

"黑娃！黑娃！"田小娥满头是汗地坐起，回味着刚才的噩梦。

田小娥抹抹眼角的泪，听到外面动静，警惕地摸下炕。

16. 窑外山坡　夜　外

鹿子霖伏在山坡上疲惫不堪地望着窑洞口，一点动静没有。

突然远处传来几声狼叫，一个身影蹿下坡去。

鹿子霖忙抬头望去，那身影蹲在窑前一动不动。

鹿子霖眼中放亮，喃喃地："可逮着你了。"

17. 窑洞　夜　内

挠门声。田小娥胆战心惊地听着外面动静。

田小娥吓得哆嗦："谁？"

二豆笑起："是我啊小娥！"

田小娥："你是谁？"

二豆："我是你男人！开门，快开门！"

田小娥惊慌失措正想拿门杠再顶住，门一下被撞开，二豆边解裤子边唱："小娥的头发黑油油，小娥的脸蛋赛白绸。我把小娥瞅一眼，三天不吃不喝不端碗……"

田小娥恐惧地："是你？"

二豆猛地扑上去将灯吹灭，黑暗中田小娥尖叫一声。

18. 窑外山坡　夜　外

鹿子霖咬牙切齿刚要爬起冲下坡。突然远处几个身影出现在窑外。

鹿子霖一惊，忙重新伏倒，不敢相信地慢慢探头看着窑内动静。

19. 窑洞　夜　内

田小娥拼命挣扎尖叫，二豆不顾一切地压在她身上亲着摸着。

门再被撞开，白孝文领着桑老八、跛子爷冲进屋中。

白孝文一把揪起二豆摔在地上，转头再看田小娥，田小娥已露出红肚兜，蜷缩在炕角含泪看着自己。

白孝文扯过地上的衣服扔去，田小娥忙掩住身。

20. 白家院　日　外

白嘉轩披着衣服走出门，孝文急匆匆冲进。

孝文："爸，我们抓着了，是二豆！词也是他编的！"

白嘉轩皱眉："二豆编的词？你也信？"

孝文说不出话。

孝文媳妇冲到门口一脸兴奋，白嘉轩转头看她，孝文媳妇忙缩回头。

白嘉轩："都押到祠堂了？"

孝文一愣："就押了二豆一个人。"

白嘉轩迟疑了一下，思索的神色。

21. 祠堂　日　外

院子里黑压压聚集着白鹿村所有的族人，人群发泄地喊叫。

"把那骚娘们儿也抓来！""抽死这对狗男女！"

白嘉轩坐在正中的椅子上任由叫喊。

白孝文站在堂前："静一静！听族长的！"

鹿子霖紧张地瞧着白嘉轩。

二豆被五花大绑扔到白嘉轩面前。

白嘉轩："二豆，你跟我说实话，那女人勾搭你没？"

二豆哭："勾搭了。"

白嘉轩："她让你去的还是你自己闯进的？"

所有人闪着莫名兴奋的目光等待二豆开口。

二豆哭："她让我进的。我脱了裤子，她噌地就爬上炕哩……"

众人眼睛发亮："然后哩？然后哩？"

白嘉轩皱眉扫视，众人纷纷低头不语。

白嘉轩："二豆，你自己干不出这事。谁背后指使你做的？"

二豆惊恐地看着族长。

白嘉轩叹息："二豆，那词是谁教你的？"

"词？啥词？"二豆茫然，突然一梗脖，"乡约德业相劝德谓见善必行闻过必改！"

众人喷出笑。

白嘉轩冲白孝文点点头，白孝文皱了皱眉转身。

人群迅速闪开一条道，孝文冲出院去。

22. 窑洞　日　内

田小娥正收拾着炕，门被推开，白孝文站在门前看她。

田小娥忙爬下炕挤出笑："昨晚多亏你，我快吓死了。"

白孝文异样的神态，动了动嘴唇却没说出话。

田小娥诧异地打量着他，却看到门外一辆马车，两个族人正站在白孝文身后。

田小娥："你要干啥？"

白孝文默不作声错开身，两人冲进屋架起田小娥不由分说往外拖去。

田小娥惊："放手！干吗抓我！"

从身边经过时，白孝文不忍看她的目光。

田小娥奋力挣扎，回头盯着白孝文想求出答案，却被扔到马车上捆起。

白孝文站在屋里将门关严，独自望着屋内环境，神色黯然。

23. 白家　日　外

孝武媳妇正拉风箱烧水，孝文媳妇靠在门口嗑瓜子听热闹。

孝文媳妇眼里放光："走不走？全村的人都去哩。"

孝武媳妇摇头笑："你去吧，我还做饭呢。"

孝文媳妇："走咧走咧去看热闹！"

孝武媳妇:“看啥热闹？”

孝文媳妇趴在她耳边低语，俩人兴奋地对视一笑。

孝武媳妇:“真要一人一鞭子，那还不打死？”

孝文媳妇激动地:“谁让她是骚货！村里人全去了！”

院里仙草搀扶着白赵氏也出来。

仙草:“妈，您这身体咋还去凑这热闹？”

白赵氏拄着拐杖颤巍巍地:“我扬不动鞭子也要啐上几口！我要看这狐狸精显形！”

24. 祠堂 日 外

田小娥被五花大绑从马车上揪下，白孝文不敢直视她的目光。

田小娥颤抖着声音:“为啥抓我？我没干啥亏心事！是他硬闯我的门。”

白孝文低头走在前面，身后田小娥撕心裂肺地:“为啥要抓我！”

田小娥被押进祠堂，经过人群时女人们痛恨地啐着骂着。

孝文媳妇、孝武媳妇、仙草搀着白赵氏像赶集一样拼命向人群前面挤着。

孝文媳妇突然喊:“就是那狐狸精勾引的！”

人群突然爆发出欢呼:“打死她打死她！”

鹿子霖目光一紧，躲避到人群后。

白孝文走到爸身旁轻声询问，脸色随之一变。

人群鸦雀无声，眼巴巴看着父子俩。

白孝文转身庄严宣判:“对二豆和田小娥用刺刷行刑，凡是成年族人各行一鞭！”

鹿子霖嘴角微颤。

白嘉轩挺身如椽，脸若蒙霜，冷峻威严地站在祭桌前拜了拜，上香。

白嘉轩转身扫视人群:“你大哩？说两句。”

孝文上前请:“大。”

鹿子霖在人群中冲白嘉轩摆了摆手。

白嘉轩定定地看着他:“你是乡约。”

鹿子霖蹭上前，压低声:“嘉轩，干啥要下这么重的手？”

白嘉轩眼神异样地注视着他。

鹿子霖尴尬转身："听族长的。"

白嘉轩转身冲儿子："行刑吧。"

田小娥和二豆被绑在树上。

白嘉轩将刺刷递向鹿子霖："你来开刑。"

鹿子霖吃惊地看着白嘉轩，眼中透出恨："你是族长你先。"

白嘉轩从台阶上下来，众人屏声静息让开一条道，白嘉轩走到田小娥跟前，从执刑具的老人手里接过刺刷，一扬手就抽到田小娥的脸上，光洁细嫩的脸颊顿时现出无数条血流。

鹿子霖浑身颤抖，脸色苍白背过脸去。

田小娥撕天裂地地惨叫，白孝文痛苦地闭上眼睛。

白嘉轩把刺刷交给执刑者，撩起袍子走到二豆跟前，接过执刑人递来的刺刷，又一扬手，二豆的脸皮和田小娥的脸皮一样被揭了，一样的鲜血模糊。二豆叫驴一样干号起来。

白嘉轩撩着袍角重新回到祠堂的台阶上站住，凛然回头看着鹿子霖。

鹿子霖身子一震，只得挤出人群走到田小娥跟前，接过刺刷抡圆胳膊，结结实实抽到小娥身上，然后把刺刷丢到地上转过身去。

鹿子霖再次接过刺刷抽到二豆的胸脯上，无数条鲜血的小溪从胸脯上流泻下来注进裤腰。

鹿子霖转身要走的当儿，二豆哭叫着喊："你睡了，我没睡你还打我！"

整个庭院里变得凝结了一样。

鹿子霖冷笑着："我知道你恨着我！抓你那夜，该把你捶死在窑门口！"

白嘉轩突然朗声道："子霖早察觉了二豆的不轨，事前跟我商量过，这才派人收拾他，二豆怀恨在心反咬一口，加打四十。"

白孝文先走到二豆跟前，推走了鹿子霖，再接过刺刷迎面抽去，二豆就再不敢胡咬了。

鹿子霖在白嘉轩身边近乎失控，颤抖着轻声："别打哩，完了吧！别打哩！"

白嘉轩冷冷白他一眼："孝文！打！"

白孝文走到田小娥跟前瞅了一眼那半露的胸脯，一刷抽去，那晶莹如玉的奶根上就冒出鲜红的血花，迅即弥散了整个胸脯。

鹿三接过刺刷刚刚扬起来，却像一堵墙似的朝后倒去，跌在地上不省人事。男人女人们争着挤着抢夺刺刷，呼叫着："打打打！""打死这不要脸的婊子！"

孝文媳妇拼命伸着胳膊："给我给我！我还没打呢！"

鹿子霖踉跄要出去。

白嘉轩在身后冷冷地："子霖，还没完呢。"

鹿子霖脸色苍白转身："兄弟……要去仓上，得先走一步。"

白嘉轩点点头，冷冷地望着鹿子霖急步而出的背影。

25. 白鹿仓　日　内

田福贤两脚搭在桌上悠闲地哼着小曲，门推开，鹿子霖失魂落魄地走进。

田福贤笑眯眯打量他："抽完了兄弟？可惜呀我算不成这族的人了，不然我也凑热闹去。"

鹿子霖恨恨地白他一眼："你还有心说笑，我都快被白嘉轩埋汰死了！"

田福贤笑着站起，用力拍拍他的双肩："不急不急，我们有的是时间收拾他，只要你我一心，还有谁是咱的对手！"

鹿子霖只顾喘息，田福贤凑到他耳旁神秘地："昨晚上共产党暴动，全给剿灭了。你猜谁死了？"

鹿子霖仰头瞧他。

田福贤："黑娃！"

鹿子霖不敢相信的目光。

26. 战场　日　外

黑娃被露水激醒，先意识到右手里攥着的折腰子短枪，随之意识到左手抓着一把湿漉漉黏糊糊的麦穗，刚要站起疼得捂住肩膀。

黑娃站起来跌跌撞撞绕过横七竖八的尸体，惨烈无比的战场让黑娃找不到方向。

黑娃哽咽："旅长，旅长！"

没有人应答，只有无声的硝烟弥漫。

黑娃向远方仓皇逃去。

27. 窑洞　晚　内

鹿子霖小心翼翼地推开窑门，田小娥一动不动趴在炕上。

鹿子霖在炕边伏下身刚叫了一声："亲蛋蛋呀。"

田小娥就猛乍伸出手来抓抠他的脸。

鹿子霖抓住她的手腕："甭抠甭抓，留下大这一张脸还有用场。"

田小娥挣脱手，还要抓要抠："我给你害得没脸了，你还想要脸？"

鹿子霖镇定地："你没脸了大知道。大这张脸再抓破了咱们就没有一张脸了，也就没人给你报仇了。"

田小娥冷笑："给我报仇？凭你，你先说说，让我听听你怎么着给我报仇？"

鹿子霖："你先看病，养好身子再说，君子报仇十年不晚。"说罢就伏在小娥脸上哭了，"你挨了刺刷受了疼我知道。可你不知道白嘉轩整你只用三成劲，七成的劲儿是对着我……人家把你当作我的脸抽打哩！"

田小娥含泪看着他。

鹿子霖："我本想再告诉你一句话，可看你疼成这样，真怕你受不住。"

田小娥："你说，我还有啥受不住的。"

鹿子霖："黑娃死了。"

田小娥茫然地张了张嘴，没说出话来，鹿子霖有些幸灾乐祸瞧着她。

田小娥突然用力推鹿子霖："你走，你走！你少拿这话吓我！"

鹿子霖："真的，他当了共产党的兵，参加暴动给打死了！"

田小娥扑倒在炕上呜呜哭泣，鹿子霖暗中打量。

田小娥强撑起身，突然向炕下滚去，被鹿子霖一把揪住。

鹿子霖："你干啥去？"

田小娥："我寻黑娃的尸骨，我跟他一起死！"

鹿子霖："那死人多得把渭河水都染红了，你上哪儿找他的尸骨！"

田小娥噎住气眼翻白晕在鹿子霖怀中，鹿子霖忙掐住她的人中。

田小娥喘息哽咽："我不活了，我要跟黑娃去……"

鹿子霖搂紧她："你就是死了又有个啥意思，你还有大我哩，有我！"

田小娥在他怀中号啕大哭。

鹿子霖疼爱地抚摸着她头发:“白嘉轩把你的屁股当作我的脸蛋子打哩刷哩!你说这仇咋报。”

田小娥静静地听着不语。

鹿子霖:“不是他黑娃也不会被逼到绝路上去,当初他要允了黑娃和你进祠堂过正经日子,你咋会落败到今天这地步!”

田小娥颤抖着声音:“他为啥要跟我们过不去?”

鹿子霖冷哼一声:“你问谁哩?二豆钻进你屋欺负你,他派白孝文反倒把你抓去,你当时咋不问哩?”

田小娥眼中露出恨意:“大,你说这仇咋报吧!”

鹿子霖凑到她耳边:“你得想法子把他那个大公子的裤子抹下来。那样嘛,就等于你尿到族长脸上了!”

田小娥身子一哆嗦,恐惧地看着鹿子霖。

鹿子霖捧住她的脸:“你信大一回,白嘉轩的脸比他的命还重哩!”

28. 白家 晚 外

白嘉轩推开院门迈着沉重的脚步,鹿三正抱着捆稻草:“嘉轩,刚回?”

白嘉轩点点头,异样的目光看着鹿三:“三哥。”

鹿三:“咋?”

白嘉轩迟疑了一下摇了摇头:“早点睡吧,牲口夜里少喂。”

鹿三笑:“谁说的,马不吃夜草不肥!”

白嘉轩勉强笑了笑点头。

29. 白家 晚 内

仙草吃惊地看着白嘉轩,白嘉轩皱眉不语。

仙草:“黑娃死了?”

白嘉轩:“田福贤召集乡约族长刚说的,黑娃参加共产党军队暴动,渭河那块全是死人,河水都变红咧。”

仙草呆呆看着白嘉轩,鼻子一酸:“咋跟三哥说呀,之前闹归闹,那毕竟是心头肉啊！”

白嘉轩点头：“就说呢。刚为田小娥的事儿晕过几次，我也不知道咋告诉他。”

白嘉轩愁苦地灯下思索。

30. 冷先生药铺　日　外

冷先生冷漠的目光根本不正视面前的田小娥。

田小娥：“冷先生，您瞧瞧我的伤。”

冷先生：“不用瞧了，按这方子去抓药吧。”

田小娥还想再问，冷先生已经起身背对着她。田小娥冲他背影鞠了个躬，一瘸一拐地走出门去。

身后冷先生的声音：“大包子药煎了内服，小包子药熬成汤水洗伤，一天洗三回。”

31. 村子　日　外

田小娥平静走进村子街道，村人们在她背后指指戳戳窃窃私语。

几个女人冲她啐了一口：“呸！骚狐狸精！”“活该！”

田小娥也不躲避，恍若未闻地从她们身边经过。

远处白嘉轩走来，孝文跟在身后，乡亲们极其恭敬地让到路边，纷纷叫着：“族长！”

白嘉轩和蔼点头，鹿三牵着马车过来。

田小娥眼中露出恨意，发泄着冲众人突然爆发：“黑娃死了你们这下解气了吧！有能耐把气撒在我这寡妇头上！”

白嘉轩一惊，忙看鹿三。

鹿三惊愕地：“你说啥？”

田小娥含泪：“你儿子死了！你再认不认我没关系，我进不进你们这族的门也不要紧，我活着都没啥意思了！”

白嘉轩忙上前扶住鹿三：“三哥。”

鹿三怒："你安的啥心咒他死，好让你在外面偷男人！"

田小娥哽咽："要是能让黑娃活过来，我宁可被你们咒死！"

鹿三颤抖着："嘉轩，你抽她，她撒谎是不？"

白嘉轩沉默不语。

鹿三仿佛明白了什么，目光绝望地："咋死的？"

白嘉轩："前天渭水河边共产党那场暴动……"

鹿三推开众人的搀扶，眼神恍惚，跌跌撞撞向前走去。

白嘉轩忙追了上去，田小娥从孝文面前淌着泪挺胸抬头走过，白孝文偷望着她的背影。

32. 西安城街道　日　外

有人扬着报纸喊："号外号外！共党军队暴乱全部被剿灭无一人生还！"

市民都好奇地捧着报纸看，走过白灵身旁。

闪回：

鹿兆鹏看着自己攥紧拳："我们要靠自己的枪杆子！"

白灵面如土灰，强忍泪水沿街奔去。

33. 裁缝铺　日　外

裁缝铺门前，白灵扒着窗户往里看，门口上着一把大锁。

白灵无助地向四下望去，目光近乎绝望。

闪回：

鹿兆鹏的声音："你现在是一名共产党员了，要用更高的标准来要求你。"

白灵深吸一口气，面色慢慢变得坚强起来，抱起书本向前走去。

鹿兆鹏的话语声中叠画：

“环境越来越残酷，不要轻易暴露自己的主张，不要随便争论，不要愤怒。记住，当一个人靠理智活着的时候才是最强大的。”

课堂上白灵丢了魂般望着窗外。

操场上白灵成熟稳重地走过正在玩耍的同龄人身边，不时跟人招呼面带微笑。

宿舍黑暗中白灵辗转反侧夜不能寐……

34. 上海公馆　晚　内

“夜上海，你是一座不夜城……”霓虹灯闪烁，公馆内传来甜糜的歌声。进门的客人都举起双手三百六十度转身任由门口守卫摸索，递上帖子这才放进公馆。

馆内灯红酒绿，舞池中一对对伴曲挪步，贴面调笑。

身着西装的鹿兆鹏手举酒杯，与众人说笑，眼却瞄向门外停靠的车辆。

几个黑衣人悄然散开，中间一人戴墨镜礼帽披着大衣低头走入大厅，直接沿着走廊向包厢而去。

鹿兆鹏放下酒杯，一路闲逛到门口掏出钱来，招呼街对面的烟童：“过来！”

身旁黑衣守卫小心谨慎地检查进入的客人，鹿兆鹏冲他们笑笑，漫不经心挑选香烟。烟童将挎箱慢慢靠近，一把包裹的枪塞入鹿兆鹏手拿的帽中。

鹿兆鹏抽出几根烟，回身微笑散给门口的守卫，很是自然地拍他们肩膀，从容重新步入大厅。

乐曲变得喧闹起来，鹿兆鹏晃动步伐似乎陶醉在舞曲中，一步步却向包厢靠近。已经隐约可以看到摘下墨镜、礼帽的叛徒，门却被重重掩上。

鹿兆鹏瞄着包厢门口两个黑衣守卫，微笑的眼神扫视到人群中每一个暗哨。

一个托盘侍者走来，一黑衣人上前拦住去路，接过侍者盘中的酒，将门推开一道缝准备送进去。

鹿兆鹏握紧藏在帽中的枪加快脚步。

门缝越开越大，另一黑衣人已经注意到鹿兆鹏，刚要上前盘问。

帽子中射出子弹，黑衣人倒地。

顿时厅内大乱。

几个暗哨向包厢奔来，鹿兆鹏早有准备回身速射，三人倒在不同方位。

门再次要被关上，鹿兆鹏一脚踹开。黑衣人举枪也对准他，枪响。

黑衣人中弹向后仰去，叛徒喘息着靠坐在沙发上惊恐哀求的目光瞧着鹿兆鹏。鹿兆鹏举枪便打，“咔嗒”一声才发现子弹打光。

叛徒站起就往门口跑，鹿兆鹏一把没抓住追出。

外面已是枪声大作。

鹿兆鹏一直追到走廊尽头，随手抄起花瓶、椅子抛砸叛徒，直到追上将其扑倒，挥拳用力打。

满脸是血的叛徒拼命踹墙挣扎，双手掰住鹿兆鹏的下巴。

鹿兆鹏抓住一切能抓的东西砸向叛徒，使出狠劲双手掐住叛徒的脖子，两人眼睛离得极近，叛徒的目光变得绝望，手慢慢松下来。

鹿兆鹏大口喘息着。脚步声，一个黑衣人冲到拐角吃惊地看着。

鹿兆鹏缓缓起身，黑衣人举枪便打。

“啪！”黑衣人中枪倒地，一个女子双手举枪站在身后，惊恐地望着鹿兆鹏。

鹿兆鹏扶墙靠立，腿发软呆呆瞧着那女子。

鹿兆鹏脸色苍白，不敢相信的眼神：“子君？”

女子眼中闪动着晶莹的泪光。

恍惚的影像快速闪回：

青年学生装扮的两人牵手欢笑奔跑在湖畔……

章子君给鹿兆鹏正军帽系袖巾，深情凝视，紧紧相拥……

战场，鹿兆鹏绝望地抱着章子君的尸体哭喊，炮弹袭来眼前一片黑暗……

叫喊声，脚步声。鹿兆鹏一把拉住章子君的手臂在走廊狂奔。

子弹从身边飞过。

鹿兆鹏踹开后窗，将章子君推出，自己也跃起跳入黑暗……

35. 上海公馆外小巷　夜　外

巷口枪声、喊叫声、笛哨声。

两人在混乱的人群中挤着，鹿兆鹏转头，章子君也含泪瞧着他。两人的手被人群冲开，瞬间一辆车直冲过来，鹿兆鹏抢步到拐角。

黑衣人冲下四处抓人。

鹿兆鹏待在近在咫尺的拐角处屏息，焦灼的目光望着四散而逃的人群，再寻不到章子君的身影……

36. 密室　夜　内

幽暗的灯下，鹿兆鹏与负责人对坐。

鹿兆鹏："章子君，我们最后一面是在战场，她负了重伤，我把她抱在怀里的时候已经奄奄一息。"

负责人沉默注视。

鹿兆鹏："一颗炮弹在身后炸了，当时昏过去，醒来再也寻不到她。万没想到她会死里逃生，更没想到会出现在公馆。"

负责人沉声："鹿兆鹏同志，你的任务已经完成了。"

鹿兆鹏："我要找她……"

负责人："你先撤离上海。我们找，如果是我们的同志，一定找得到。"

鹿兆鹏矛盾的目光。

叠画：

鹿兆鹏坐在乌篷船头眼神惆怅，让船公靠岸，自己跳上岸大步向来的方向走去……

鹿兆鹏换了一身小商贩打扮蹲在街角在行人中寻找熟悉的身影……

黑夜，鹿兆鹏站在公馆对面焦灼的眼神四下望去，压低帽檐匆匆离开……

白天，街头警察搜捕可疑行人，身着洋服的鹿兆鹏忙转身退去。

37. 上海街道　日　外

鹿兆鹏正在街上快步走着，突然一辆车从街边驶过，鸣喇叭催促前面挡路的黄包车。

鹿兆鹏不经意地抬眼望去，眼神惊住，车里边坐着一个熟悉的身影！

鹿兆鹏快步追上前，凑近时章子君也望向车外瞥见自己，两人异样对视。鹿兆鹏注意到章子君身旁还坐着一个男人。

鹿兆鹏紧盯住开远的车，小跑追赶。车在不远处竟然停了下来，章子君走到烟摊买烟。

鹿兆鹏喘息凝望。

章子君头也不回上车，车疾驶而去。

鹿兆鹏快步赶到烟摊前："刚才那女人从你这儿买的烟？"

烟贩打量，递上纸条："她让给你。"

鹿兆鹏快速接过扫看，上面写着匆匆几笔：三点，东霞路七号。

鹿兆鹏转头，车已经消失在远方，他异样的目光看着远处。

38. 咖啡馆　日　内

勺子在咖啡中慢慢搅拌，章子君安静地坐在馆里。除了她只有零星三四个顾客坐在远处两张桌旁。鹿兆鹏推门走进。

鹿兆鹏停到章子君面前，凝视着她慢慢坐下。

侍者上前轻声："您喝点什么？"

鹿兆鹏："跟她一样。"

章子君颤抖着声音："他不要糖。"

侍者退去，鹿兆鹏一把紧紧攥住桌上章子君的手，目光热切。

章子君勉强一笑，眼眶有些湿润："我知道你有很多话想问我。"

鹿兆鹏激动的神色难以抑制，轻声："……你是怎么撑下来的？"

章子君："我从尸体堆里爬出来，正好几个救护在搜寻伤员。"

鹿兆鹏百感交集审视："活下来为什么不去找我？"

章子君凄然一笑："……我以为这辈子再见不到你。"

侍者打咖啡的声音传来，鹿兆鹏靠着座椅背深吸口气控制住情绪，扫了眼小馆中其他几个顾客，一桌情侣正在甜蜜私语，一桌一个中年人正在看报，宁静安详。侍者在柜台后忙碌。

章子君掏出手帕低头抹眼角。

鹿兆鹏柔声："我都不敢相信自己的眼睛，这些年你知道我怎么过来的……只有在梦里我才能看见你，听见你喊我，却一直摸不着。"

鹿兆鹏的声音变得颤抖，章子君抬起头，慢慢伸出手抚摸着爱人的手背，两人的手紧紧攥在一起，深情的目光闪动着晶莹的泪花。

章子君："你还是老样子，一点没变。"

侍者端上咖啡和饼干，鹿兆鹏抽手不经意地瞥一眼，侍者尽管保持微笑，额头却全是汗水。

鹿兆鹏接过微微颤动的咖啡杯："谢谢。"

章子君轻声："成家了？"

鹿兆鹏勺子轻轻搅拌，神色复杂，迟缓了一下点头："父母之命……"

章子君打断："我懂，不用说了。"章子君突然一笑，岔出一句，"你敢不敢带我走？"

鹿兆鹏抬眼默默注视章子君。章子君异样地笑着看自己，脸有些微红。

鹿兆鹏："你现在怎么样？一个人？"

章子君凄然一笑，点头："我从家里搬出，一个人在大上海定居下来，给几个公馆的孩子教书。"

鹿兆鹏："今天车上……"

章子君："那是公馆的人，顺路送我。兆鹏，我现在才觉得，能踏实活着真好……"章子君冲动地压低声，"别再做那些傻事了。"

鹿兆鹏愣了一下，喃喃地："傻事。"

章子君："那天晚上你不是在做傻事吗？你差点连命都没了。"

鹿兆鹏慢慢端起咖啡杯，余光扫过之处已经有了微妙变化，柜台后满头是汗偷偷打量自己的侍者，中年人一动不动凝视报纸一角，那对情侣也不再说话，桌上的咖啡依然是满的……

章子君一直低声苦劝："我是经过生死的人，我知道从死人堆里爬出来的感觉，我受够了那些担惊受怕，我想睡得踏实，起码像个人一样活着……兆鹏？能不能听我一句劝。”

鹿兆鹏从容放下杯子，静静注视她。

章子君：“放弃那些没用的信仰，只要我俩能在一起。”

看着爱人近乎哀求的目光，鹿兆鹏似乎被打动，眼神恍惚。

有两个人晃动徘徊在门外，像是在说话，却在门口停住脚步。

鹿兆鹏望向门外：“能去哪儿？”

章子君再次紧拉住他的手：“去谁也找不到咱们的地方，我会安排。”

鹿兆鹏喃喃：“你放得下？”

章子君：“还有什么放不下的？我发誓我会放弃一切跟你走！”

鹿兆鹏轻声：“你的……一切是什么？”

章子君嘴唇颤动，眼波流转。

鹿兆鹏盯着她的眼睛：“回答我，你的一切是什么？”

章子君的目光极其复杂，她哀求地轻微摇摇头。那边的报纸终于动了动，折上一页放到桌上。

鹿兆鹏陌生的目光打量：“你变了。”

章子君淌落一滴泪：“任何一个从死尸堆里爬出来的人都会变的。”

两人再无话，其他桌一点声音都没有。

鹿兆鹏长叹一声起身：“等我一下。”

章子君一指：“那儿。”

鹿兆鹏点点头转身走去。章子君低头紧张搅拌，神色异常。

门外两人悄然进屋，侍者也从柜台后绕出，暗摸腰间。情侣、中年男人也起身，俨然跟刚才不一样的状态，几人交换目光围猎般小心翼翼向厕所靠去。

章子君目光悲哀，一动不动地靠坐在椅上。

几人默契地拔枪踹门，争先冲入。

厕所中一个人影也不见，窗户还在摇动……

39. 窑内　夜　内

鹿子霖用布蘸着紫黑色的药水往田小娥脸上身上涂抹，田小娥疼痛难忍。

鹿子霖："你要记住这疼！总有一天要十倍百倍地还给白家！"

田小娥怨恨而决绝的目光。

鹿子霖："白嘉轩最怕啥，咱就给他整点啥。等时机，我要让他后悔一辈子！"

田小娥喃喃："他最怕啥？"

鹿子霖在田小娥耳边低语，田小娥惊得撑起身，不顾疼怔怔瞧着鹿子霖。

鹿子霖发狠地点头："这才能整到他心里最软的地方，整死他！"

田小娥复杂慌乱的目光……

40. 村子　日　外

戏台边乡亲们幸灾乐祸地围看，兆鹏媳妇依然唱着："小娥的头发黑油油，小娥的脸蛋赛白绸。我把小娥瞅一眼，三天不吃不喝不端碗……"

白兴儿逗："二豆教你的还是你公公教你的？"

兆鹏媳妇："我公公！他俩还一炕上睡哩！"

众人面面相觑偷笑，冷先生在人群后铁青着脸站着。三娃子咳嗽了一声拽拽两边的人，众人这才发觉，都不再说话。

冷先生大步走过来，一把揪住女儿的胳膊。

兆鹏媳妇叫："你揪我干啥？我要看我公公睡女人！"

冷先生连拉带拽将女儿带远。

41. 冷家药铺　日　内

鹿子霖尴尬看着坐在桌后的冷先生。

鹿子霖解释："兄弟，咱娃真是疯了，天天说胡话，你莫当真。"

冷先生面无表情看着他。

鹿子霖扇自己嘴巴："都赖我！这是我家造的孽啊！兆鹏就知道在外面疯，家都不着一次！把秋月刺激成啥样了！"

冷先生："我闺女这疯病我能治。"

鹿子霖一怔看着他："你咋治？"

冷先生提笔快速写起药方，鹿子霖起身眼巴巴看着，冷先生提起药方吹了吹递给鹿子霖。

鹿子霖不敢相信地："吃下这药她就不疯了？"

冷先生无动于衷地："你先回去煎药。服了药有啥动静，你来给我说一下。"

42. 鹿家　日　内

兆鹏媳妇捧着药碗抬眼看看公婆。

子霖媳妇："把这药吃下去你就好咧！"

鹿子霖也鼓励地点点头。

兆鹏媳妇："我喝下去我男人就跟我睡？"

夫妻俩交换个眼神，鹿子霖强笑："睡，睡！"

兆鹏媳妇一口气喝尽抹嘴："人哩？"

鹿子霖："你连着喝三天，三天内你男人准回来！"

兆鹏媳妇把碗一递："那你把三天的药都给我，我一口气全喝了！"

鹿子霖夫妻俩面面相觑。

43. 鹿家院　日　外

鹿子霖与媳妇走出门来，都长出一口气。

鹿子霖："我早就看出这病的名堂，不好明说。"

子霖媳妇狐疑："得这病的女人一见男的就好了，吃药十有八九都不顶啥。"

鹿子霖默认而不言语。

子霖媳妇："你去城里寻兆鹏，磕头下跪也得把他拉回来，跟那个不要脸的货睡一夜，留个娃娃就好了。"

鹿子霖摇头："到哪里去寻呀？"

子霖媳妇："你悄悄去打听，也许能摸清他的住处……"

鹿子霖懊恼："等这三副药吃完再看。"

44. 密室　夜　内

鹿兆鹏俨然变了个人，颓废坐在灯下，负责人一动不动对面凝视。

负责人沉声："为什么把你们紧急调来？"

鹿兆鹏："因为生面孔，不会被敌人发觉。"

负责人点头："我们的组织已经被严重破坏，甚至分不清敌我。铲除叛徒的任务异常迫切，残酷。而你差一点就落入他们的圈套。"

兆鹏沉声："我知道。"

负责人："你不知道！这个章子君出卖了我们多少同志？这条线就因为她全军覆没！"

一张名单重重拍在桌上，兆鹏猛抬起头，眼中充满痛苦。

负责人沉重："没一个活着回来。"

鹿兆鹏目光变得决绝……

45. 上海街巷　日　外

行人络绎不绝，黄包车、汽车穿行，一派繁忙景象。

鹿兆鹏靠在墙后点着一根烟，眯眼望着远处的路口。两辆汽车驶出街道，一辆黄包车突然横冲斜插挡住前路。

鹿兆鹏目光悲哀，将烟头竟掐在手心中，攥紧……

车猛地刹停，里面人探头刚要骂，黄包车夫拔枪就打。

黄包车夫被车里的便衣打中倒下。

鹿兆鹏已经向这边从容走来，拔枪便射。

顿时枪声大作，路两旁冒出好几个持枪的人，跟随鹿兆鹏怒射两辆汽车。

从前车跃下想拔枪抵抗的黑衣人纷纷中弹倒地。子弹打向后车，后车门打开，章子君显然已经受伤，跳车跌跌撞撞走去。

远处警笛鸣响，鹿兆鹏举枪跟随章子君身后，章子君匍匐倒地脸色苍白，哀求地看着他。

鹿兆鹏悲哀的目光注视着。

负责人远处喊："走！"

鹿兆鹏举枪颤抖着对准章子君。

章子君泪流满面，反倒不再惊慌失措，喘息着笑："带我走……"

警笛声越来越近，负责人吼："走！"

清脆的一声枪响。鹿兆鹏眼眶湿润，转身狂奔而去……

46. 窑洞　晚　内

鹿子霖给田小娥用药水敷着背，田小娥躺在炕上疼痛难忍。

鹿子霖心疼地掏出一把银圆放在边上："回头你再去找冷先生开几副药吧，你伤太重了。现下这人咋那么狠？往死里抽！"

田小娥身子一颤："外面有人！"

鹿子霖："有啥人，你是给惊着了。"

突然外面一声响动，鹿子霖也吓得不行，小心翼翼走到门口扒门缝望出去，猛地将门拉开。

兆鹏媳妇上前揪住他脖领，大叫起来："我说啥来着！他跟田小娥睡啦，来人呐快来人！"

鹿子霖拼命地挣扯："你松开，别喊了！"

鹿子霖要捂儿媳妇的嘴，兆鹏媳妇拼命大叫："妈！快来！我公公被我抓住了！我没撒谎我没疯！他外面随便睡女人！"

田小娥快哭出来："快叫她别喊了！"

鹿子霖抄起门杠用力砸向儿媳妇，兆鹏媳妇缓缓倒在他怀中。

47. 村子　夜　外

鹿子霖背着昏迷的儿媳妇喘息往回走。远处有油灯晃动。

跛子爷："谁？"

鹿子霖想躲却来不及，懊恼地停下脚步。

白嘉轩带着跛子爷迎上吓一跳，举着马灯照亮。

白嘉轩目光异样地："子霖，这是咋了？"

鹿子霖叹息一声跺脚："丢人啊！"

白嘉轩："咋回事么？"

鹿子霖尴尬："喝完她爸的药更疯哩！"

白嘉轩："刚才喊叫的是她？"

鹿子霖点点头，一脸懊恼。

白嘉轩叹息："病得不轻呢，这病根除不了，吃啥药也不管用。"

鹿子霖心虚："啥病根？"

白嘉轩认真地："啥病根你是她公公你不知道？"

鹿子霖怔怔看着白嘉轩，点头："我先回了。"

白嘉轩默默望着他的背影。

48. 鹿家厨房　日　内

冷先生的脸异常阴冷，他颤抖着手拿起一副药，停顿了一下。

鹿子霖试探："这药……"

冷先生打断："莫问！"

中药被冷先生亲手放在罐里，鹿子霖与媳妇对视一眼都不敢说话。

屋外传来兆鹏媳妇的拍门声和叫声："妈！我昨晚真抓着我公公和那个田小娥睡觉哩！"

冷先生："换这副药试试，待会你们喂她。"

鹿子霖："没事吧？"

冷先生默默摇了摇头，眼却直勾勾地盯着药罐。

49. 鹿家　日　内

碗"啪"一声摔碎在地上，鹿子霖靠在门外往屋里偷看，冷先生坐在台阶上垂首不语。

子霖媳妇无可奈何出来："她不喝，连碗都摔了。"

冷先生突然说话："把院门关上，我来灌！"

子霖媳妇怔怔瞧了瞧自己男人，鹿子霖冲她点点头，媳妇转身小跑出去。

冷先生抱起药罐冲鹿子霖："你守在这门外，别让她冲出来。"

冷先生进屋关门。

兆鹏媳妇的尖叫声。

鹿子霖扒着门缝胆战心惊地瞧着……

50. 村子　日　外

白兴儿三娃子等好事者围追疯癫的兆鹏媳妇，兆鹏媳妇说不出话，只会啊啊地轰着身边的人。

兆鹏媳妇在白嘉轩面前傻笑，无声地围着他转。

白嘉轩不敢相信地站着，孝文在一旁轻声："村里都传冷先生给自己闺女下了重药。"

51. 冷家药铺　晚　内

冷先生面无表情喝着酒，白嘉轩感同身受地望着他。

白嘉轩："你不该呀，你把她接回家自己养起来都是好哩。"

冷先生："嘉轩，谢谢你来陪我喝酒。"

白嘉轩摇头："咱这么多年的交情，我知道你心里疼。你容不得被人坏了你的规矩，这咱是一样的，可今天我才明白我没你狠。"

冷先生抬起醉眼："你今晚来不是陪我喝酒的，是往我心上扎刀子。"

白嘉轩："兄弟错了，真错了。"

冷先生："那你家灵灵走，你不也甩下一句话从此再没这闺女？"

白嘉轩激动："咋可能没嘛！这娃是我的骨肉，我说一句不认她就跟没生下来一样？"

冷先生默默看着白嘉轩，白嘉轩一饮而尽，摇头："我现在才明白我姐夫的话，娃们各有各的命，咱拦不住啊！"

门被撞开，孝武媳妇哭着冲进。

孝武媳妇："爸你咋就那么狠心对我姐！你给她下了什么药！"

孝武拼命抱住媳妇，孝武媳妇揪住冷先生的衣服用力摇着："爸！我就这么一个姐姐啊！你为啥要下这么狠的手啊……”

冷先生被女儿摇着，目光恍惚。

52. 白家 晚 外

鹿三呆呆地看着马吃干草，手拿着铡刀始终忘了放下，已经铡完的干草凌乱地堆在地上。

白嘉轩站到他身后默默注视。

白嘉轩：“三哥？”

鹿三如梦方醒，无力地：“哎。”

白嘉轩拉住他胳膊一同坐下，鹿三装作没事：“这些天地里的活都让孝文孝武干了，你别拦着我，明天我就出工。”

白嘉轩摆摆手：“踏实歇着，我正好练练他哥俩。”

鹿三：“嘉轩我真没事，你不信？我早就死下心就当没那个儿子……”

鹿三禁不住声音颤抖，背过身再说不下去。

白嘉轩无声拍了拍鹿三的背：“这话我对灵灵也说过，都是自己骗自己的话。”

鹿三突然呜呜哭泣起来：“我想起他小时候抱着干草跟我一起喂牲口，这娃虽淘可在农活上灵着哩。我悔不该放他出去当麦客，娶回那个祸害，才有了今天！”

白嘉轩也含泪：“人这辈子得有多少悔不该呀，没用！都躲过了那不成神仙了！三哥你也想开些，都说黑娃死了，可毕竟是没寻到他尸体，保不准老天开眼就留了他一口气呢。”

53. 山下小镇 夜 内

黑娃跌跌撞撞走进一家小栈，嘴唇干裂筋疲力尽地扫视屋内。

一个佝偻着腰的瘦老汉抬眼打量：“吃哩还是住哩？”

黑娃有气无力：“我想吃也想住。”

佝偻老汉点点头，前面走着领他进里间，一排大炕，炕上坐着躺着几个人。

黑娃："有啥吃的没？"

佝偻老汉："有野猪肉獾肉野鸡肉，你要吃碗子还是吃大块子。"

黑娃一愣："啥叫碗子啥又叫块子？"

旁边几个人在黑暗中轻蔑地笑起来，黑娃警惕地瞥了瞥他们，看不见几人的眼神。

佝偻老汉："下一块蘸盐面吃叫块子，烩了汤的叫碗子。"

黑娃点了点头："碗子。"

佝偻老汉转身出去，黑娃蜷缩着躺在炕上，感觉黑暗中几双眼睛不怀好意地打量自己。

不一会，佝偻老汉端上一只大如小盆的粗瓷碗，里面盛着满满一碗野猪肉，黑娃用筷子夹不起来就用手抓起来撕咬，眼慢慢地迷糊变沉，眼前一片黑暗。

54. 山寨　日　内

黑娃醒来时发现自己被五花大绑，拼命挣扎，大拇指正笑眯眯看着自己。

大拇指："兄弟你演了一出'二进宫'。"

大拇指一挥手，有人上前将黑娃身上的绳子松开。黑娃揉着手臂感觉浑身没有力气。

大拇指亲自上前搀扶起他，笑："你是中了蒙汗药，我山下的兄弟认不得你，多有得罪。"

黑娃甩开他的手，瘫软在椅子上。

大拇指端上一杯酒递到他嘴前，黑娃犹豫没接。

大拇指笑："放心，我要杀你还等得了现在！"

黑娃双手接过一饮而尽。

大拇指朗声大笑："亏得我没跟你挂上共产党的牌号，要不咱俩而今都没有个落脚之地了。"

黑娃咧了咧嘴角说不出话。

大拇指欣赏地打量他："你能跟着那姓习的出生入死，明知道是火坑还陪着往里跳，是条汉子！"

黑娃："反正比你强！"

大拇指收住笑："我也是迫不得已，我不是为自己活，是为这山上百十来号的兄弟活啊！这样吧，你放心住下，没人敢碰你一指头。你好好吃好好睡先把伤养好。"

黑娃刚要说话，被大拇指打断："你听我说完！我知道你志不在此，要革命了你下山再去革命，革命成功了穷人坐天下了我也就下山务农去呀！问题是你们共产党都已经被杀绝了。"

黑娃接过面前的酒又一饮而尽，伏在桌边放声大哭起来。

大拇指默默地注视他。

55. 山寨　日　内

大拇指拔刀在手上刺出血，滴入酒碗里，黑娃接过刀也割破中指。

俩人喝了血酒，又在香案前焚香叩拜。

黑娃抬头一看香案后的崖壁上画着一只涂成白色的狼。

黑娃一惊，起身上前抚摸那图案。

大拇指在身后："那狼我们上山时就有了，也不知谁画上去的。"

黑娃喃喃地："白鹿原没见出个白鹿，从今起倒真个出了个白狼……"

第三十二集

1. 删除

2. 删除

3. 西安城学校走廊　日　外

校长室里传出咆哮声，白灵抱着书本站在远处好奇地倾听。

“我不管你说什么，在限定日子里必须查出此人！”

身后一群女生走来，轻声嘀咕：“听说了没有，我们学校有共产党！警察到现在还没找到……”

白灵警惕的目光望向操场，几个便衣正在操场巡视。

4. 学校教室　日　内

一个女老师和蔼可亲地扫视全班同学，白灵坐在前排打量新老师。

老师微笑：“我是你们这学期教西方文学的新老师，我姓赵。在我的课堂上大家可以直抒己见不用举手，有什么想法都可以说出来一起交流。课堂上说的一切都是自由的，不受惩罚的……”

同学们放松地笑起来：“说学校禁止的也行吗？”

老师微笑点头：“可以，而且我为你们保密。”

“那说禁忌话题呢？”

白灵暗暗打量，目光中闪出惊诧。

老师依然微笑：“我说了，一切都可谈论。”

与白灵同宿舍的女生轻声问：“《秦进》呢？”

白灵目光一怔盯着老师，屋里鸦雀无声。

老师意味深长地走近："你读过吗？"

白灵偷偷拽了拽身边的同学，同学却大胆地："读过。"

老师含笑："在我的课堂上当然可以交流，但出了这个教室就不能说了。"

几个女同学欣喜地交换个眼神，白灵也释然松了口气。

5. 女生宿舍　日　内

女生们都很兴奋，围在一起争论："要不要拿这些杂志到课堂上？""会被校方没收吧？"

白灵躺在一旁的床上静静地看书，脑中却在思索。

"白灵，你为什么不说话？当初你比我们谁都积极。"

白灵起身笑了笑："你们不知道这是违法刊物吗？"

几个人不说话，异样地看着她。

白灵："我建议不要拿到课堂上去，这几本书也不要随意给外人看。"

"为什么？你怎么会突然变得那么胆小？"

白灵摇了摇头没说什么。

6. 原上河边　日　外

远远地白孝文夹着书本走来，田小娥忙装作俯身洗野菜。

白孝文警惕看看四周，放慢脚步，田小娥上衣短小，与裤间露出缝隙，细嫩的肌肤在阳光下显得耀眼。

白孝文目不转睛地瞧着，田小娥装没看到，扬手撩起水花。

白孝文轻声："你的伤好了没？"

田小娥转头哀怨地看着他："你是真心的还是客套话？"

白孝文一愣不知如何回答。

田小娥："那么狠的鞭子咋能说好就好？"

白孝文叹了口气："我本不想抓你，可族里定下的规矩……"

田小娥轻哼冷笑："规矩？你们的规矩就是可以扒我裤子可以人人抽我

鞭子？”

白孝文无语，田小娥挽起裤腿露出膝盖上的鞭痕。

田小娥：“瞧见了？”

白孝文涨红脸望向别处，鹿子霖趴在坡上偷望。

田小娥解开袄扣又露出肩膀上的鞭痕，步步走近：“咋，不敢看？抽我罚我的时候你们族里谁不瞪大眼睛瞧？我让你再看看我背上的。”

白孝文仓皇地快步离去，田小娥敞胸露怀目光复杂地望着他的背影……

鹿子霖懊恼地靠坐在坡后。

7. 祠堂　日　内

白嘉轩正和几个老者商议，一老者：“今年的收成喜人，忙罢会贺家坊请了红戏班演三天三夜哩。”

众人点头：“咱村也该请请，难得的丰年。”

白嘉轩笑了笑：“都去贺家坊看呗，哪儿唱不一样！”

正说着李寡妇、跛子爷互相撕扯着迈进祠堂。

李寡妇：“族长你评评理，我那几亩地好不容易打下百十斤麦子，这跛子非说我占他便宜，要讨去两斗。”

跛子爷：“族里分我那地贫得很，收成本就不如她，族长你又让我平日给她让水浇地，她麦子才长得那么好。”

李寡妇跳着脚骂：“我麦子好你眼红啥？”

跛子爷也不服软：“你种我的地试试！当初族长看你孤儿寡母心软才把好地分给你……”

白嘉轩起身：“行了行了，陈年烂谷子的事也拿出来说！”

赵柱气喘吁吁奔进院：“族长，桑老八与满仓在地里打起来了！”

白嘉轩皱眉：“为啥事？”

赵柱：“也嫌分的地不公，说满仓多收他粮食。”

白嘉轩急匆匆迈步出去，几个老者面面相觑喃喃地：“今年年景好，各家纠纷偏偏多了。”“咋丰收了打得比往年还欢？”

8. 白家白孝文屋　晚　内

孝文媳妇又扔东西，又哭闹，白孝文出神地坐在窗前想着什么。衣服抛在头上，他轻轻扯下。

孝文媳妇喋喋不休地骂着：“你去跟爸说，凭啥把天字号几亩好地给孝武他们！咱那地又硬又干，犁了一上午你看我这水泡磨的！”

白孝文恍惚没听到，孝文媳妇推他：“我跟你说话呢！你咋跟丢了魂似的！”孝文媳妇眼一瞪冷笑，“不是今天又见着那骚狐狸精了吧？”

白孝文皱眉厌烦地：“你胡说啥！”

孝文媳妇哭：“你根本不在意我死活，你就知道教书，田地的活都归我了，回来还要做饭，我嫁你家是当牲口使的？”

白孝文哀求：“你能不能别老哭哭啼啼的，听着闹心！”

孝文媳妇哭号更凶：“好啊，你嫌我了，那骚狐狸精不哭你寻她去！”

仙草外面拍屋门：“踏实过日子别一天到晚吵闹！”

孝文媳妇“哇”一声号哭起来：“我要回妈家！这日子过不成了……”

9. 白家屋　晚　内

院里传来哭闹声，白嘉轩闷头抽着烟袋。孝武一旁眼巴巴瞧着爹。

白嘉轩：“你去老王家他们还说啥？”

孝武：“他们说送出的聘礼没有要回的，还是想让我妹嫁过去。”

白嘉轩叹了口气，窗外传来孝文家的吵闹声。

孝武站在爸身旁欲语还休：“爸，我也想说说那地的事。”

白嘉轩一愣抬起头看着儿子。

孝武：“我们那几亩地能多打多少粮食！到头来不还分给我哥他们！”

白嘉轩端详儿子：“你啥意思？”

孝武嘟囔：“身在福中不知福，我们多干少干粮食不还均分么！”

白嘉轩眯起眼：“这话是你媳妇说的？”

孝武慌乱摇头：“不……爸，是我想。”

帘外孝武媳妇屏息听着屋里说话，一边给白赵氏捶背。

白嘉轩眼瞄了瞄另一间屋："你是嫌多干少拿了，嫌我跟你妈你奶吃闲饭了。"

孝武脸涨得通红："爸我不是这意思！我哥成天教书，我嫂在地里又干不了农活，我们也委屈哩！"

仙草进屋瞥了眼儿媳，怒："都要干啥！造反呀！"

孝武低头不再说话，院里传来孝文媳妇的哭闹声："就是不公，你爸偏心！"

突然孝武媳妇冲进门来，含泪跪倒："爸妈，是我错了！我让嫂子累着了，我们就该做牛做马养活一家人！让嫂子今天起歇着，啥活也不要干我当姑奶奶一样伺候着！"

仙草："孝武屋里的，平日看你还懂礼数，你哪那么大委屈！我们都对不起你吗？"

白嘉轩抽着烟袋不急不慌瞧着。

孝武媳妇哭："妈，我忍了那么多天了，我自打嫁进这家就看着嫂子作威作福的，我忍不下！"

孝文媳妇哭着冲近："今儿说清楚了你忍不下谁？"

孝文拼命拉扯媳妇："别丢人了，回去！"

白赵氏也咳嗽着撑起身："要我死啊！"

白嘉轩依然像看戏般站在局外端详，仙草气得哆嗦："天天争来争去的都是为了啥呀！我跟你爸费尽心思就怕你们委屈觉着不公，到头来还是怨我们！你们俩看看有做儿媳妇的样吗，你们见我诉过委屈吗？"

白赵氏："你啥委屈直说，别老话里有话的！"

白嘉轩突然哼笑了一声，所有人吓得停住叫喊，惊奇地看着他。

白嘉轩站起身走出门外，屋里人面面相觑。

10. 白家后院　晚　外

鹿三边喂着牲口边听前院吵闹，白嘉轩走到跟前也扯起干草铡碎。

鹿三暗暗打量："家家有本难念的经，莫烦。"

白嘉轩点了点头。

鹿三用叉子将干草挑进槽里："我听孝武说王家不收退回的聘礼？"

白嘉轩叹了口气："那就任由他们吧，能把白灵娶回家算他们自己的本事。"白嘉轩顿了顿，"三哥，你知道我想起啥来了？"

鹿三停下手瞧着他。

白嘉轩一下一下地铡着草，喃喃地："我想起当年算计鹿子霖那几亩地的时候了。"

鹿三没听懂，疑惑的目光看着他。

白嘉轩专注地铡着干草，轻声叹息："人啊，受得起穷苦却见不得别人比自己强。"

鹿三宽慰："娃们就嫌没摆公平。"

白嘉轩定定地看着鹿三："我做族长这么多年，三哥你信我一句话，只要是人，再公平他也委屈。"

11. 窑洞　夜　内

鹿子霖来回走动，停下脚步狠狠瞪着田小娥，田小娥满脸不情愿靠在炕上。

鹿子霖爬上炕凑近盯着她："这么些天了咋还没动静！他那裤子就这么难扒？"

田小娥："大，我不想惹他。"

鹿子霖气恼："你忘了他抓你的时候，你忘了他父子俩拿鞭子抽你的时候？"

田小娥："大，我知你心里恨他们，我恨不起来。"

鹿子霖气急败坏："要说你被人欺负呢！该欺！我问你，黑娃白死了？当初要允你进祠堂，还能有今天？"

田小娥难过："大你别说了。"

鹿子霖凑她耳边："只要你扒下他裤子，大保你今后堂堂正正地活着，谁也不敢欺负你。"鹿子霖说着掏出一把银圆塞进田小娥手里，"别再拔野菜吃了，你瞧面黄肌瘦的，大心疼啊！"

田小娥沉默着被鹿子霖压在身上……

12. 西安城学校宿舍　夜　内

黑暗中有吵闹声，门被撞开，几个黑衣警察冲进。

白灵从床上惊起。

黑衣警察上前给几个女生带上镣铐，女生惊慌地哭喊。

白灵扯住警察："你们凭什么抓人！"

警察不由分说在屋中乱翻，从几个女生床铺中搜出《秦进》等杂志。

白灵惊呆，宿舍内同学都被揪了出去，门口其他女生惊恐地瞧着，只剩下白灵一个人面对着满屋狼藉……

13. 学校走廊　日　外

白灵抱着书本走，身后是轻声的议论和厌恶的眼神。

"出卖同学！""她咋不被抓呢！"

白灵停住脚步回头看去，众人都躲之不及地散开。

西方文学教员上前搂住白灵的肩膀同情地拍了拍，轻声："不要理会她们，跟我来。"

俩人走进办公室，老师将门关严，坐下扳住白灵的肩膀："告诉我，到底发生了什么？"

白灵迟疑："警察从宿舍里翻走了那几本《秦进》，说她们看禁书私通共产党。"

老师皱眉："这事怎么传出去的？"

白灵注视她："您不该让她们拿到课堂上讨论。"

老师懊恼点头："是我太大意了，现在风声这么紧。我还以为课堂是神圣的，是什么都可以说的，可白灵你不知道我有多愤恨！"老师背过身去痛苦地摇了摇头，"我厌恶这种白色恐怖，我真想能够找到一些有共同话语有进步思想的人，你能帮我吗？"

白灵怔怔地看着她："赵老师您什么意思？"

老师转身盯着白灵："你的大名我早就听说过，你原先那么积极那么优秀，不可能仅仅满足于做一个听老师话的学生吧？"

白灵垂下头去："老师我得回去上课了。"

老师叹了口气拍拍她肩膀："想好了来找我。"

白灵头也不回地冲出门去。

14. 学校宿舍　日　内

白灵收拾着地上乱扔的书本，抉择着。

白灵靠在窗前望下去，两个便衣正躲在树后往自己宿舍的窗户窥探。

闪回：

鹿兆鹏（画外音）："环境越来越残酷，不要轻易暴露自己的主张，不要随便争论，不要愤怒……"

白灵靠在窗内，胸膛起伏，思索着。

15. 学校办公室　日　内

白灵快步走到办公室门前敲门，老师将门打开，眼中闪出惊喜，侧身无语让白灵进屋。

门关好，白灵鼓足勇气："老师我想明白了。"

老师期待的目光注视着她，像是鼓励。

白灵轻声地："原来我是激进过，有过不切实际的幻想。可我现在只想做一个踏实念书的学生，我爸还给我定下一门亲事，毕了业我就要回家成亲。"

老师将信将疑地打量她。

白灵："我爸说得对，还是踏踏实实做媳妇过日子好。"

白灵快步走到门前拉开门，两个便衣虎视眈眈地挡住去路瞪着她，白灵不慌不忙地转身看着老师。

老师微微皱眉："你们要干什么，这是我的学生。"

白灵向老师鞠了个躬转身扬长而去。

两个便衣默默看着老师，老师走到门口眯起眼凝视白灵背影，轻声："再查查其他人。"

16. 西安城街道　日　外

白灵紧随一个身影，那背影极像鹿兆鹏。

白灵眼直勾勾一直走到近前，那人一回身却是陌生的面孔。

白灵歉意地笑了笑，失落地转身走去。

17. 冷家药铺　日　外

白嘉轩拍了拍马车上的药材："这药材可都金贵着，孝武，你不能有闪失。"

孝武点头："爸，知道！"

白嘉轩："你媳妇比药材还金贵，更不能有闪失。"

孝武转头看看冷先生，点头。冷先生站在门里瞧着。

院里孝武和媳妇备好马车，冷先生拉过白嘉轩。

冷先生："嘉轩，现下农活这么忙，不用管我这儿。"

白嘉轩："我看你也没心气了，麦子也都收完了，正好让他俩帮你去拉药材。"

孝武上前："爸，我们走了。"

冷先生："那让秋水在家帮仙草干活，她一个女人家出去干啥？"

白嘉轩一笑："你真以为女儿是泼出的水啊，她还有你这么一个爸哩。"

冷先生苦笑了一下，两人并肩出院，望着小两口的马车驶远。

冷先生感激："嘉轩，你一辈子都替人考虑，我心里明白。"

白嘉轩叹息："可惜有些人不明白。"

18. 祠堂　日　内

鹿子霖看着面前每一位老者，众人都回避开他的目光。

鹿子霖："为啥不请？连贺家坊都请了，咱白鹿原能落后？再说田总乡约就驻在咱原上，往年不请今年也得请啊！"

白孝文走进：“大，我爸说了，那都是族人用汗换得的，钱得省着花，咱也不讨谁欢心。”

鹿子霖冷哼一声：“孝文，好多事你还不懂，你裹啥乱？”

白孝文一笑：“大，我可没兆鹏能裹乱，不信您问问几位长辈，我白孝文从没给我爸惹过麻烦。”

鹿子霖阴沉下脸咬牙切齿瞪着白孝文。

白孝文：“大，我爸定下的事您就别操心了。您要想讨田福贤欢心别请戏班子啊，到城里……”

白孝文凑近在他耳边嘀咕几句，鹿子霖面红耳赤指着他：“好你个白孝文，你等着，咱骑驴看唱本走着瞧！”

几个老者会意偷笑，白孝文背起手笑望鹿子霖奔出门去。

19. 窑洞　日　内

鹿子霖拽着田小娥进屋，将门关严。

田小娥甩开他手：“干啥你？”

鹿子霖指着田小娥：“我再给你三天时间，你把那小子裤子给我扒下来。事办成了我给你在村里盖新房！”

田小娥：“算了，我就住这破窑的命，你也别逼我。”

鹿子霖恼：“白嘉轩放出话了，你窑都住不成！他要轰你走！”

田小娥惊呆：“为啥轰我？”

鹿子霖：“白孝文媳妇四处说你是祸水，说你坏了整个白鹿原的风气！”

田小娥怔怔地看着鹿子霖。

鹿子霖发泄地：“只有你能做成这事，你能让白嘉轩的腰塌下来！懂吗？”

20. 村口戏台　晚　外

鹿子霖急匆匆地走，望见白嘉轩正蹲在戏台上抽烟袋，他心虚地想绕道却已来不及。

白嘉轩叹了声：“就算你是鬼我又不是钟馗，你怕啥？”

鹿子霖摇摇头，嘟囔："你比钟馗还狠。"

白嘉轩招了招手："上来。"

鹿子霖迟疑还是迈上台去："啥事？"

白嘉轩用烟袋磕了磕身旁，鹿子霖警惕地打量着，慢慢蹲下身子。

白嘉轩："可别再去了。"

鹿子霖猛地站起身瞪着白嘉轩，白嘉轩又揪他蹲回："我说你心里有鬼吧。"

鹿子霖眼放寒光："我就猜着了，抓二豆是你派人去的！你奔的不是二豆！"

白嘉轩注视他："是谁？"

鹿子霖喘息着说不出话。

白嘉轩："你？"

鹿子霖气得哆嗦，指着白嘉轩。

白嘉轩沉声："我不想咱这原被一个女子搅乱了，我要想抓你用等那一晚吗？子霖听我句劝，再往下就没法收拾了。你真想让全族人每人抽上一鞭子？"

鹿子霖发狠："往后我的事你少管！不然……"

白嘉轩："不然黑娃就来要你的命！"

鹿子霖一哆嗦："他死了！他早死了！"

白嘉轩冷笑："那他更能要了。"

鹿子霖突然莫名恐惧，一阵寒风吹来，他警惕地望望四周跳下台去，头也不回地："你少吓我！你小心自己吧！"

白嘉轩无声叹息，默默望着他的背影。

21. 鹿家　晚　外

鹿子霖满头是汗冲进院里将院门反锁，喘息发呆。一个身影像鬼一样出现在门廊里。

鹿子霖一哆嗦："谁？"

兆鹏媳妇默默从阴影下走出，直勾勾地看着鹿子霖。

鹿子霖紧张："你……你妈呢？"

兆鹏媳妇含着眼泪眼巴巴地摇了摇头，鹿子霖察觉到异样，上下打量。

兆鹏媳妇转身向屋中走去，鹿子霖不由地跟随到门口停住脚步。兆鹏媳妇用手蘸水在桌上写了几个字转身瞧他，鹿子霖上前一看惊呆了，桌上四个字："不要去了。"

鹿子霖怔怔看着儿媳："你……你疯病好了？"

兆鹏媳妇含泪点头，又埋头写起："他回不回我都养你们。"

鹿子霖颤抖着嘴唇说不出话来，兆鹏媳妇继续写了三个字，哀求地看着公公。

鹿子霖上前一步，目光恍惚地看着桌上的字："过日子。"

22.盘龙镇客栈　晚　内

屋里孝武与媳妇相拥而眠，院中无声跳下几条黑影靠在墙角，都眼巴巴看着牲口棚，黑娃抚摸着马匹拿起一把干草喂。

黑娃扬手，几条黑影冲入客栈，顿时里面大呼小叫。黑娃却依然悠闲地喂着马。

屋里的人全被拽出门跪倒在地，刀压在脖子上。

土匪吼："爷们是要钱不要命！识相的乖乖拿出来！别让爷的刀沾上血！"

孝武梗着脖子喊："我跟你们拼了，别动我媳妇！"

屋中传来孝武媳妇的惨叫，黑娃猛地转头望去，神色惊诧。

黑娃一把揪过兄弟到暗处，低声："去，这是我一条裤子里的，谁他妈也不许动。"

兄弟转身奔入屋内，叫声停止。孝武媳妇头发蓬乱地被推出门，孝武忙上前抱住。黑娃站在黑暗中凝望，目光复杂。

兄弟凑上前低声问："哥，货还要不要？"

黑娃："当然得要了，让他们滚！"

孝武等人被推搡出院，黑娃这才长出一口气。

有兄弟从屋中提出一个大洋铁桶："这啥玩意，真甜啊！"

黑娃上前一看，是一桶雪白晶亮的冰糖，弟兄们围上争抢，用手抓着冰糖往嘴里填。

黑娃猛然战栗了一下，喝道："掏出来，掏出来！把吞到嘴的吐出来！"

众兄弟诧异地停手，黑娃解开裤带，众人不敢上前，眼睁睁看着黑娃往那装满冰糖的洋铁桶里撒尿……

闪回：

小黑娃吃着冰糖哭，小兆鹏在一旁问："你咋了你咋了？"

小黑娃哽咽："太甜了！"

小黑娃扔出去吼着："以后你别给我这个！"

洋铁桶里哗哗撒下尿来，黑娃系起裤子目光快意。

23. 山寨　晚　内

大拇指笑呵呵地看着抢上山的货物，黑娃站在一旁。大拇指搂过他肩膀。

大拇指："听兄弟们说劫着熟人了？"

黑娃苦笑了一下："以前的东家。"

大拇指点点头："有兄弟下山听说了件白鹿原的事，我犹豫再三想给你说，可又怕你受不住。"

黑娃抬起头怔怔看着他。

大拇指："你老婆被人整了。"

黑娃脸色大变瞪起眼。

24. 原上荒野　日　外

田小娥满头是汗挖好一个坑，将黑娃的衣服鞋袜扔进去。

田小娥跪倒含泪："黑娃，我寻不到你的人，今天我给你做个衣冠冢，你的魂要是能回来千万别进家去，那炕已经脏了。"

田小娥呜呜哭泣，用力将土往坑里推去。

田小娥："黑娃，我对不住你，我也是没有法啊！我爸肯定不要我，你没了，这天底下就没有我的家了……"田小娥伏倒痛哭，"你原谅我吧，都是鹿子霖、白嘉轩他们逼得呀！他们不让我活！"

25. 西安城学校　日　外

白灵正跟随同学走廊中前行，西方文学老师远处叫："白灵！"

白灵回过头怔住，老师带着一个年轻男子走来。

老师笑眯眯地："白灵，你瞧这是谁？"

那男子傻憨憨地笑，挎着两个包裹，头戴瓜皮帽，一副乡下土豪打扮。

白灵诧异地打量，没等说话老师已经拉过男子。

老师："白灵一直盼着你呢，她说家里早就给说好了婆家，她一毕业就结婚。"

白灵恍然，那男子反倒腼腆起来，惊喜地瞥了眼白灵。

白灵："你是老王家的那个……"

男子红着脸呢喃："王富贵。"

白灵热情上前挽住他胳膊："你咋才来呢！我爸说你早该到了。"

男子被吓得不行，怔怔瞧着她："不是……你给我家写那封信……"

白灵打断，捶他："上次见面你咋说的，你还怪我那封信，不骂你就是好事！"

男子完全蒙了，被白灵拽远，西方文学老师眯起眼观瞧两人背影，冷笑摇了摇头。

26. 校园外　日　外

刚走出学校校门，白灵抽出胳膊，俨然变了个人，冷冷打量王富贵。

王富贵笑着凑近："上个月你那信里不是刚把我骂一顿吗？你说我再找你小心革了我的命。咋现在又……"

白灵面无表情，瞥了眼身边经过的同学："你住哪儿？"

王富贵惊喜："我就在那边一客栈，咋？"

白灵："带我去你那儿。"

白灵转身大步走去。王富贵喜出望外不敢相信地望着她的背影，快步跟上。

27. 客栈　日　内

白灵走到窗前警惕地看着外面动静，将窗户掩好。王富贵背靠着门咽口唾沫紧张地瞧着她。

白灵转身打量狭小的房间，上床去又趴在墙上听了听。王富贵脸涨得通红，眼直勾勾地看着白灵。

白灵坐在床上拍了拍旁边，王富贵羞涩地摇了摇头。

白灵："过来！"

王富贵噌一下蹿过去，扭捏地坐在她身旁。

白灵："谁让你来找我的？"

王富贵："你爸和我爸。"

白灵："我爸没把聘礼退给你们？"

王富贵："退了，我家没收，我爸说就要你这儿媳妇。"

白灵无可奈何地看着他："你自己怎么想的？"

王富贵扭捏搓着手低头："我非你不娶。"

白灵更加无奈，冷笑："你不怕娶回个女妖精吃了你？"

王富贵脖子都紫了，羞涩地憋不住笑："你们女学生真开放，等进了家可不敢这么说。"

白灵哭笑不得，拉过一把椅子直接坐到他对面："王富贵你要不要脸？咱俩没见过一次面你跟我说这话？"

王富贵惊呆："我……"

白灵不由分说地："我答应做你媳妇了吗？我答应嫁你家了吗？"

王富贵不敢相信地："那你……"

白灵打断："王富贵你真说对了，女学生就是开放！学校里有好几个人在追我，我认识的男人里还有当兵的做官的经商的，不信待会我把他们都叫来。我现在还怀着孩子。"

王富贵瞠目结舌看着白灵。

白灵举起手点住他鼻子："如果你再迈进我学校校门一次，我就跟你回家去，我连同这孩子都归你养！"

王富贵汗水淌落，眼看就要哭出来，白灵摔门而去。

28. 街 日 外

白灵冲出客栈，窗内传来王富贵的号啕大哭声。

白灵得意地笑笑，长松口气扬长而去。

29. 白家孝文屋 日 内

孝文媳妇躺在炕上一动不动，白孝文一旁苦苦相劝。

白孝文："走吧，可好看哩！今晚的戏是《葫芦峪》。"

孝文媳妇："我不走！我哥说天黑就来接我。"

白孝文无奈："别闹了，我爸都生气了。"

孝文媳妇："我管你爸呢！啥时候分了这个家你再去接我。"

白孝文恼火："我身为长子成天吵闹着分家成何体统啊！"

孝文媳妇："去学堂讲你的体统去！我嫁错人咧！"

白孝文举起手来："你！"

孝文媳妇一翻身："你打啊！"孝文媳妇哭着扯白孝文衣服，"你还打我！等天黑我哥来了我让他收拾你！"

白孝文撞门冲出。

30. 贺家坊 晚 外

贺家坊的戏楼前人山人海，炽红的灯火把台子上的演员照得忽明忽暗。

台上刘秀调戏起村姑来了："今日里吃了你半个馍，我封你昭阳坐正宫。"

刘秀唱着许诺着就伸手去摸村姑的脸蛋儿。台下一阵阵起哄叫好打呼哨，小伙子们故意拥挤着朝女人身上蹭。

田小娥站在台子靠后人群稍微疏松的地方，鹿三蹲在人群前没瞧见她。

田小娥感觉有人在拽自己，一回头鹿子霖已经挤出人群，冲她使个眼色，田小娥迟疑了一下跟随走出。

鹿子霖佯装笑着看戏，轻声冲身边的田小娥："今晚再不动手大以后就护不成你了，别跟我说没机会。"

鹿子霖撇了撇嘴，田小娥转头望去，白孝文苦闷地独自一人站在人群后。

31. 白鹿原　夜　外

黑娃带着众兄弟从黑暗中冲来，停在坡上，黑娃望着静悄悄熟悉的村落，百感交集。

黑娃："咋弄都记下了？"

兄弟点头："进了鹿家别惊着嫂子，把那老头弄死，哥，白家的咋不要他命呢？"

黑娃眼中迟疑："弄折他腰就行了。"

众人交换个眼神。

黑娃："那人的毛病就出在腰上，他的腰挺得太直太硬了！把活做漂亮点。"

黑娃率先系上面罩，后面兄弟纷纷系上。众人像狼一般奔下坡去……

32. 贺家坊戏台　夜　外

正是高潮处，人群叫起好来，田小娥痛苦抉择的目光。

鹿子霖在她身后捅了捅，发狠地轻声："白嘉轩要封你的窑，大可不想你饿死在原上。"

田小娥深吸一口气，缓缓向白孝文靠去。鹿子霖异样的目光冷笑望着两个身影。

白孝文感觉黑暗里有一只手抓住了他，转过头一看，田小娥正贴着他的左臂站在旁侧，斜着眼睛瞅着他。

田小娥："你要是敢吭声我也就大喊大叫说你在女人身上耍骚！"

白孝文恐慌无主，心在胸膛里突突狂跳双腿颤抖，喊不敢喊动不敢动，伸着脖子僵硬地站着佯装看戏。

田小娥轻拽他的衣袖转身往外走，白孝文乖乖地跟随她走到人群外，俩人一前一后神不知鬼不觉地消失在黑暗中。

众人都看戏叫好："骚情哩！"

唯有鹿子霖眼直勾勾地盯着那黑暗，突然也高声发泄地叫起："骚情哩！"

33. 鹿家　夜　外

鹿子霖媳妇被皮绳绕过大梁吊到空中，兆鹏媳妇惊恐地抱住婆婆的脚，被几个土匪搀离。

土匪边将兆鹏媳妇架进屋边客气地："嫂子，甭害怕没有你的事。"

兆鹏媳妇焦灼地说不出话，门紧锁，屋外传来婆婆的惨叫声。

土匪用刀尖在鹿子霖媳妇脸上划一道口子："银圆藏哪儿了？"

鹿子霖媳妇哭号："那都是我家男人藏的，我不知道！"

土匪又举起刀发狠地："你这脸要花哩！"

鹿子霖媳妇："你杀了我吧！"

土匪咬牙："这死婆妈要钱不要命！"

另一人拉住他使个眼色，轻声："哥说只要那老头的命。"

34. 窑洞　夜　外

黑娃走进窑院，门板上挂着铁锁，黑娃怅然若失摸了摸锁，转头看看空荡荡的鸡窝，慢慢在石碾上坐下，一脸懊恼。

黑娃想起什么，摸出银圆蹲到门口沿着缝隙塞了进去。

35. 树林　夜　外

钻进树林白孝文才感到真正的恐惧，转过身就跑，脑门碰撞到树枝上也顾不得疼。

刚跑出树林几步，田小娥就后边大叫起来："来人哟，救命呀，白孝文糟蹋我哩跑了……"

白孝文吓得腿发软急忙收住脚，立时听不见她喊叫了。

白孝文猛地转过身又走进树林，抡开胳膊抽了田小娥一记耳光。

田小娥却顺势抱住他的胳膊，不还手也不反抗，扬起头瞅着他的脸，低声嗔气地："哥呀你打，你打死妹子妹子也不恼。"

白孝文两条胳膊轻轻地垂落下来。

田小娥："哥呀，你看我活到这地步还活啥哩？我不活了我心绝死了呀，我跳河我不想在人世了，我要你亲妹子一下，妹子死了也心甘了！"

白孝文的心开始颤抖，斥责道："你胡吣乱呔些啥！"

田小娥说："哥呀你正经啥哩！你不看看皇帝吃了人家女人的馍喝了人家的麦仁汤还逗人家女子哩！"

田小娥扬起胳膊勾住孝文的脖子，把嘴唇对住他的嘴唇。白孝文双手揽住了田小娥的后腰，几乎要昏了……

36. 白家　夜　外

屋中孝文媳妇还在呜呜地哭号，白嘉轩皱眉对着桌上的酒菜下不了筷。

屋中仙草劝着："别哭了，咋不跟你男人去看戏呢。"

孝文媳妇："我等我哥来！我要回妈家！"

白赵氏躺炕上咳嗽："你让她走！今晚走了就别再回来，烦死我了，天天哭啊，房都要让她哭塌了！"

白嘉轩喝着闷酒，院门突然被拍响，仙草站到门口诧异："谁咧？咱村人都去贺家坊看戏了。"

白嘉轩："没准是孝武两口子回来了。"

孝文媳妇从屋中蹿出："我哥来了！哥呀你咋那么晚才来接我，我快被欺负死了啊！"

仙草与白嘉轩无奈地对视一眼，只听前院孝文媳妇"嗷"一声惨叫。

白赵氏在炕上："又咋了，咋跟她哥还哭啊！"

白嘉轩突然察觉不对，猛地站起身走到院里，两个蒙面土匪掐着孝文媳妇脖子冲进，仙草一惊。

白嘉轩顺手就要抄屋里门杠，房顶又跃下两个蒙面人，把他拽翻到地上，另一双手扭住他的双手。

土匪把一把明晃晃的鬼头刀横到他的脖子前："银圆在哪儿藏着？"

白嘉轩："那是老子血汗钱！咋会给你！"

土匪："又一个要钱不要命的主，不说我先把你脑袋割了！"

白嘉轩怒骂："割了拿回去当你祖宗敬去！"

土匪却不恼，转过身用刀尖挑破仙草的裤子，仙草慌乱哭喊："孩他爸……"

白嘉轩骂："你们这帮牲口不如的人！敢动她一下跟你们拼了！我就是死也要寻到你们的老窝！"

土匪交换个眼神，一人拿过榆木杠子走到白嘉轩身后："这人的腰挺得还真硬真直哩！"

白嘉轩腰里就挨了重重一击，顿时眼前一片漆黑。

37. 树林　夜　外

白孝文慌乱地提着裤子，一脸沮丧。

田小娥靠在树根下系着衣扣："哥你咋咧？咋是这样子？"

白孝文丧气地："我也不知道，自打我奶在窗外叫唤，我一直这样。"

田小娥"扑哧"一声笑："那你媳妇可惨咧！"

白孝文更加懊恼，转身向树林外奔去。

田小娥后面追："哥呀你甭难受，我没笑话你，抽空去我窑里，我等你！"

白孝文头也不回地冲向黑暗。

38. 村子　夜　外

白孝文跌跌撞撞地走着，一脸懊悔，离家门愈近愈觉心底发虚。他硬着头皮走向院门，里面却传出女人的哭号声。

鹿三背着昏迷不醒的白嘉轩正冲出来。

白孝文惊住："爸！我爸这是咋了？"

鹿三慌乱："你咋才回来，家里闹土匪遭劫了！"

白孝文像当头挨了一棍差点栽倒，媳妇头发蓬乱哭号，正被仙草抱住。

白孝文语不成声："咋，她咋了？"

媳妇哭："我不活了！我没脸再活了，让我死吧！"

仙草含泪冲白孝文摇了摇头，白孝文像从火热的炕上跌入冰窖，眼前一黑栽倒在地上不省人事。

39. 窑洞　夜　内

田小娥推开窑门，恍惚进屋点起灯，正要反身关门，突然愣住，地上一排银圆。田小娥诧异捡起看了看屋外，没有动静。

田小娥关好门凑到灯前怔怔瞧着那把银圆，露出冷笑。

40. 鹿家院　日　外

鹿子霖不敢相信地看着媳妇，又转头看看沉默的儿媳。

鹿子霖："他们没动她？"

鹿子霖媳妇摇头："客气着哩！把我吊起来都没吊她！还搀扶进屋里。"

鹿子霖看儿媳："他们跟你说了啥？"

儿媳摇头，鹿子霖喃喃地："怪了，老白家的儿媳妇都被糟蹋了，咱们家咋啥事都没有呢？"

鹿子霖媳妇捶他："你还想咋着啊你个老不死的，就知道自己出去快活！"

鹿子霖任由她捶，恍惚地思索着。

41. 白家　日　外

里里外外挤满了看热闹的乡亲，围看门上土匪留下的手迹："白狼到此。"

白兴儿夸张地："当年的白狼没死，回来报仇哩！"

跛子爷："白兴儿你可不能瞎说！"

白兴儿："我没骗你跛子爷，我今天早晨真在峪道里看见一对脱皮掉毛的老白狼引着一大群狼子狼孙。"

众人发出惊奇声。

桑老八也恐惧地："咱村西头的三娃子为啥没来知道不，已经吓瘫了！他瞧见那白狼骚扰抢劫时像长着两腿的人，遇到抵抗打击时全现出四条腿逃窜了。"

更多人发出惊奇声。

李寡妇添油加醋地跟身边的桑老八等人描绘："幸亏我跳进地窖里啊，不然的话我身子也丢了！"

桑老八一撇嘴："你自己照照镜子再说！土匪又不是没见过女人！"

跛子爷："听听听听，又哭上了！"

鹿三从里面出来："大家回吧都回吧，族长没事！"

桑老八等人纷纷夸张地哭："族长！我们跟土匪拼了！"

李寡妇干脆一屁股坐下，拍着地："这帮天杀的！糟蹋谁不行糟蹋咱大侄女啊！"

鹿三忙带人拽起她："行了行了！闭嘴！"

42. 白家　日　内

孝武和媳妇、白赵氏、仙草都呜呜地哭着。白嘉轩躺在炕上一动不动。

冷先生给他换好药，长叹一声："嘉轩，你咋不叫一声？这要换了别人得疼成啥样啊！"

白嘉轩苍白的脸咬紧牙关瞪着窗外："你们都出去，仙草你留下。"

众人退出屋，仙草关好门，眼巴巴看着白嘉轩。

白嘉轩："孝文呢？"

仙草："他送媳妇回妈家还没回呢。"

白嘉轩叹息："让他在那陪着多住几天吧，代我给人家赔罪，是咱没护好人家。"

仙草沉痛地点点头："老闹着回妈家，谁想是这样回去的。"

白嘉轩拉过仙草的手："咱家后院埋的钱哩？"

仙草哽咽："没了。"

白嘉轩眉头一皱倒吸一口冷气，仙草忙扶住他："你别动。"

白嘉轩："咋挖出来的？"

仙草哭："妈怕他们要我的命，没忍住就说出来了。"

白嘉轩闭上眼缓缓出了口气："你没伤着就好，这真是拿钱换命。"

仙草哭："都赖我，听说鹿子霖媳妇都被吊起来了也没说出钱藏啥地方。"

白嘉轩摇头，握紧仙草的手："你要是没了，我埋一院子的钱也没用。"

仙草哭得更伤心，白嘉轩思索的目光。

43. 山寨 日 内

黑娃喝着闷酒，大拇指歪在一旁斜瞥着他。

大拇指："兄弟，按说闹完这一场你该痛快了，咋还这么闷闷不乐呢？"

黑娃摇了摇头继续喝。

大拇指："没见着你媳妇？你咋不把她接上山呢？"

黑娃："我不想让她看我成这样，再说这是女人待的地方吗？"

大拇指拍拍他肩："兄弟，女人如衣服常换常新，想开点！"

黑娃懊恼地点点头："从此我黑娃没媳妇了。"

一个土匪被押上跪下，连连磕头求饶："二拇指饶了我吧！我真没做啥啊！"

黑娃冷哼一声："白孝文媳妇我让你动了？"

土匪："当时她老哭哭啼啼的我一烦就……"

黑娃："白孝文虽然招人嫌，可他女人招你惹你了？"

土匪不明白："可二拇指你让我们把姓鹿的杀了把姓白的打折了，咋动个女人就不行呢，兄弟不明白！"

黑娃转头看大拇指："大哥？"

大拇指："听你处置。"

黑娃一把揪住那人拎出大堂，有兄弟焦灼地看着大拇指，轻声问："大哥？"

大拇指摇了摇头。

堂外"啪"一声清亮的枪响，黑娃面无表情走回。

大拇指笑起举杯："来兄弟继续喝！"

44. 河边 日 外

田小娥在衣服上擦上皂角，用棒槌捶打。一颗石子渐起水花，远处鹿子霖探头望着她。

田小娥抱着洗净的衣服往回走，鹿子霖鬼鬼祟祟地跟在身后，不时左右张望："到底睡了没？"

田小娥不理，头也不回地往前走。

鹿子霖："你没睡也不要紧，他媳妇都被人奸了！白家这下可遭大难了！"

田小娥猛地转身瞪着鹿子霖："你说啥？都是你干的？"

鹿子霖慌忙摆手："我哪有那么大本事！再说我也没那么狠心啊！"

田小娥："呸！这钱你拿去，我再不要了！"

一把银圆扔在地上，鹿子霖一惊："谁给你的，这么多？"

田小娥轻蔑地："往后别再指使我干那种恶心事！"

田小娥大步走去，鹿子霖一枚一枚捡起银圆，目光疑惑又惊喜。

45. 白家　晚　内

鹿三迈进屋，瞧白嘉轩闭着眼睛躺在炕上休息，迟疑了一下又想离开。

白嘉轩轻声："三哥，是我叫你来的，陪我坐坐。"

鹿三勉强笑了一下："我以为你睡了。"

白嘉轩拉过他的手："坐。"

鹿三坐在炕边，悔恨地："那晚我就不该听你的去看戏，我要陪着你就好咧！"

白嘉轩苦笑："你要陪着也不顶用，你能对付几个，都拿着刀呢。"

鹿三咬牙："这帮畜生我杀死一个算一个！"

白嘉轩长叹一声："那幸好你不在。三哥，我昏这一阵梦见好多东西。"

鹿三一愣："梦见啥？"

白嘉轩："梦见孝文孝武还有黑娃小时上学的事儿。"

鹿三摇头："你还有心梦见这个！"

白嘉轩像聊闲话那样不经意地问："三哥，你记得不记得有这回事，黑娃逃学，我给他买了笔墨纸砚叫他念书，他给你说了一句'我嫌嘉轩伯的腰挺得太硬太直'。有这话没这话？"

鹿三："有有有，那驴日说过不止一回哩！我叫他来给牛割草他说过这话。我叫他替我来顶工，他硬要跟嘉道到渭北去熬活就是不上这儿来，还是那句话，'我嫌嘉轩伯腰挺得太硬太直我害怕'。你这会儿咋想起这话了？"

白嘉轩闭上眼睛似乎很疲惫地："我躺在炕上脑子闲了乱想哩！"

46. 祠堂外　日　外

田小娥远远地望着祠堂，里面传出读书声。

田小娥迟疑不决，想进又不敢迈步，里面冲出个娃娃，田小娥一把拉住他："你们先生在不？"

娃娃点点头瞧着他。

田小娥："是原来的先生？"

娃娃又摇头，田小娥疑惑的目光。

47. 原上　日　外

白孝文神色恍惚前行，田小娥挎着菜篮挡在前面。白孝文一惊，像躲瘟神般转身就要跑。

田小娥："你等等！"

白孝文停住脚步。

田小娥在身后："我知道你女人那晚遭了难，这是我攒下的半篮鸡蛋，本来是留给黑娃回来吃的，你拿去给她补身体。"

白孝文转头异样的眼神注视着。田小娥将篮子放到地上，退后几步转身离去。

白孝文若有所思的目光。

48. 白家　日　内

朱先生一撩长袍来到炕前坐下，拉住白嘉轩的手。

朱先生："我出去讲学刚回来听你姐说了，就赶紧赶过来，到底咋回事嘉轩？"

白嘉轩含笑摇头："没事姐夫，没多大事。"

仙草送上茶水："还没事呢，腰都被人打折了！"

白嘉轩："你先出去，我跟姐夫说说话。"

仙草听话地将门关好，屋里只剩下两人。白嘉轩拽了拽朱先生，朱先生一怔，主动凑上前。

白嘉轩在他耳边轻声："土匪白狼就是黑娃！"

朱先生恍然的目光打量白嘉轩，白嘉轩摇了摇头："我谁都没说，三哥都不知道。"

朱先生起身缓缓踱步，思索着什么："不报官？"

白嘉轩摇头。

朱先生盯着他："这狼若再来怎么办？"

白嘉轩一笑："有种他就再给我打直喽。"

朱先生百感交集地看着兄弟，竖起大拇指。

49. 西安城学校　日　内

礼堂正中挂着一个横幅："女子学校第三届毕业典礼"，掌声中白灵跟随同学走上台领取证书，向老师和台下鞠躬。

白灵走向自己的座位时突然愣住，只有她的座位上放着一枚银圆。

白灵拿起皱眉，轻声问身边的人："谁放的？"

旁边人都纷纷摇头，座位后有人轻声："你上台时后排一个男的过来放的。"

白灵一惊直起身望去，家属区内鹿兆海一身戎装含笑深情地望着自己。

白灵顿时眼中泛泪，充盈着无限的喜悦……

50. 校园　日　外

白灵牵着鹿兆海的手两人相互打量，目光热切。

鹿兆海理了理白灵的头发："没想到我能赶上你的毕业典礼。"

白灵笑："你不也刚从军校毕业吗！"

鹿兆海点了点头，意味深长地打量白灵："你一点都没变。"

白灵又笑："你想我咋变？"白灵凑上前神秘地轻声，"我和你一样了。"

鹿兆海不经意地："你啥和我一样了？"

白灵悄悄地："我也入了共产党，和你一样了。"

鹿兆海目光一紧，猛地抓住白灵手臂。

白灵皱眉："咋了？"

鹿兆海："我已经退出共产党加入国民党了……你怎么正好跟我弄反了？"

白灵听了呆愣在那儿说不出话。

鹿兆海左右看看急切地压低声："啥时候入的？你知不知道现在这个身份很危险！"

白灵退后一步，陌生的目光看着他："我知道，现在国民党正在抓共产党。"

鹿兆海焦急不安："白灵，谁引你入的？是不是我哥？"

白灵转身就要跑，被鹿兆海一把拉住手臂。

鹿兆海急切地："我不抓你！你怕我干啥？"

白灵喘息，目光慌恐，缓缓摇头。

鹿兆海悲哀地苦笑："咋把你吓成这样了，我是兆海啊白灵！这世上你怕谁也不该怕我！"

白灵颤抖着声音："就在这儿，这所学校里他们还在搜捕唯一的共产党，就是我。"

鹿兆海再笑不出来，悲哀的目光注视她。

白灵哽咽："你知道其他的共产党都哪去了？都被你们填井了。"

鹿兆海转身无语。

51. 街　日　外

白灵含泪拼命地奔跑，耳边回荡着她与鹿兆海刚才激烈的争论。

闪回：

鹿兆海骑着单车，白灵坐在前面，骑行在夜空下，俩人的欢笑声……

鹿兆海："只有三民主义才能救中国！"

白灵与鹿兆海并肩躺着，俩人都痴痴望着星空，眼中闪动着光亮，脸上充溢着美好……

鹿兆海："你是彻底被洗脑了！"

鹿兆海出现在自己身后，亮出一罐油辣子，调皮做鬼脸。

两人含羞照相，感受对方的气息……

鹿兆海："你知不知道现在这个身份很危险！"

两个少年在城头紧紧相拥……

白灵痛苦决绝的目光在街上毫无方向地奔跑，泪水淌落。她站在十字街头，彷徨地望向四方。

52. 白家 晚 内

鹿子霖将点心匣放在桌上，百感交集地转头看白嘉轩，白嘉轩也正瞄着他。鹿子霖有些心虚，回避开目光，正好仙草上茶。

鹿子霖笑："跟我客气啥！"

仙草："嫂子没事吧？"

鹿子霖："她就是被吊起来胳膊受了点伤，没啥！"

白嘉轩突然说话："兆鹏媳妇呢？"

鹿子霖有些慌乱："偏巧不在家，也跟着我看戏去了。"

白嘉轩哼了一声："把媳妇留在家带着儿媳妇看戏，也就你做得出来。"

鹿子霖干笑两声："仙草你看他，躺在这儿了还不忘埋汰我！"

仙草笑了笑出屋："你们哥俩聊吧！"

鹿子霖将水杯放在桌上，尴尬坐到炕前，一时却找不出话。

白嘉轩轻声："这一宿腰该折的是你。子霖，你捡回条命。"

鹿子霖冷哼两声："反正你伤成这样我不跟你计较。"说完突然身子一震，异样的眼神瞪着白嘉轩，"你啥意思？"

白嘉轩："还记得我在戏台上给你说的话不？"

鹿子霖眼中恐惧，凑近两步："你是说……"

白嘉轩点了点头："没死，准是他。"

鹿子霖喘息着慢慢坐下，又擦额头的汗，脸色变得煞白。

白嘉轩意味深长："你一直以为我害你呢，不管你信不信，我一直记着你爸死前说的话，白鹿白鹿……"

鹿子霖喃喃地："白不离鹿，鹿不离白。"

53. 裁缝铺　晚　外

白灵疲惫不堪地走到院门前，摸了摸上面的铁锁，懊恼地坐在台阶上。白灵已不再哭泣，像只无家可归的小狗依偎在门边静静想着什么。

第三十三集

1. 白家　日　内

白嘉轩恍惚地睁开眼，阳光从窗棂照射进来打在他脸上，一只百灵在枝头欢快地鸣叫，白嘉轩痴痴地瞧着。

鹿三进屋，将一袋钱放在桌上，又将两袋满满当当的货放在炕边。

鹿三："收成真是好哩！嘉轩你瞧瞧，这钱不又攒下了。"

白嘉轩笑了笑："三哥，你就别在这儿给我解心宽了。"

鹿三也笑："族里家家都数钱哩，不信你自己看去！"

白嘉轩微微皱眉："不该把粮食都卖了换钱，要赶上饥荒钱啥都不是。三哥，我倒真想出去转转呢。"

鹿三打量："你还是好好歇着吧，腰刚好点别再伤着了。"

白嘉轩强撑起上身，鹿三忙上前搀扶。

白嘉轩："把上次贺家坊请的班子叫来，咱给大伙儿补台戏。"

鹿三不明白地看着他："忙罢会都完了，没必要吧？"

白嘉轩摇头："请！一定要请！白狼既然来闹了，三哥你听我一句话，这戏反倒一定要唱。"

鹿三皱眉："为啥？"

白嘉轩："土匪正是想看你我的哭丧脸儿哩！咱偏给他个不在乎的笑脸，而且唱啥戏我都想好了，《斩单童》！"

鹿三百感交集地看着白嘉轩。

2. 戏台　日　外

穿着色彩斑斓戏服的戏子在台上高吼，台下乡亲们大声叫好。

花脸一声悲愤高腔："呼喊一声绑帐外，不由得豪杰笑开怀。某单人独骑把唐营踩，只杀得儿郎们痛悲哀……”

桑老八轻声：“咋唱上这个了？杀气腾腾的。”

赵柱：“族长点的。”

桑老八恍然的目光，鹿子霖在一旁心惊胆战地听着，台上又一声吼，鹿子霖吓得一哆嗦，却没察觉到身后一个戴草帽的人冷冷地望着自己。

那草帽慢慢靠近鹿子霖的身后，袖中亮出刀刃，鹿子霖毫无察觉。

突然有人喊：“族长来了！”

白孝文用独轮车推着白嘉轩走进戏场，掀起了一阵喧哗。草帽悄然退后。

男人女人们围追着车子，想亲睹一眼从匪劫中逃生的德高望重的族长，认识的和不认识的人都向他抛出最诚挚的问候：“白先生好咧？”

“族长！族长你咋样？”

白嘉轩平静地坐在蒲团上，双手扶在小车车头的木格上，脸色平和慈祥，眼神里漾出刚强的光彩。白嘉轩不回答追逐着他的热诚的问候，端直坐着被孝文推到戏台底下。

鹿子霖上前异样的神色打量，点点头：“你就逞强吧！不逞强就真不是你白嘉轩了！”

白嘉轩微微一笑。

3. 山寨　日　外

草帽站在前面，黑娃脸色铁青。

草帽歉疚地：“二拇指，真没机会动手。不行我夜里再去！”

黑娃轻声：“算了，这㞞的命老天爷是要留给我。”

大拇指轻声哼唱起来：“某单人独骑把唐营踩，只杀得儿郎们痛悲哀……这戏不是一般烈啊。”

草帽：“对了，我还听人说这戏是专门唱给……”

草帽瞥了眼黑娃不敢说话。

黑娃喃喃地：“是白嘉轩唱给我的是吧，他识破我了。”

大拇指：“这个白嘉轩真是个人物，当年我就瞧出来了，老了老了还他妈成精了！”

黑娃目光复杂:“哥，你应我句话，往后这山上的人再不许踏上白鹿原一步!”

大拇指哈哈一笑:“应你啥，这里你说了算么!”

4. 窑洞　日　外/内

进入冬季的白鹿原。

田小娥正艰难地提着水桶，水花泼溅着往窑洞走。坡上白孝文夹着书本定定地注视，田小娥能感受到那目光却不抬头，径直走着。

白孝文几步冲上前帮她拎起沉重的水桶，田小娥没撒手，二人争抢。

田小娥:“不用你!”

白孝文不语，继续往窑洞里送，争抢中水花从桶中溅出得更多。

田小娥有些生气:“我说了不用!”

白孝文一直没说话，刚一进门水桶竟摔翻在地，里面的水全都洒了出来，湿了两人的鞋和裤脚。

田小娥的脚瞬间离地，整个人被白孝文抱起。

田小娥拼命捶打推搡，白孝文就那么不顾一切地抱着，将自己的脸埋在她的胸前。田小娥捶打累了，慢慢搂住他的头亲吻头发……

5. 窑外坡上　日　外

鹿子霖趴在坡后看那门从里撞上，他仰翻在地喘息地望着天空，眼中闪着邪恶的光。鹿子霖一骨碌爬起，向远方狂奔而去。

6. 窑洞　日　内

白孝文懊恼地蹲在灶前，炕上田小娥静静地梳理着自己头发。

田小娥溜下炕，轻伏在白孝文的背上亲他耳朵:“这么久了，你为啥不理我?老躲着我?你知道我这一个多月是咋过的?”

白孝文苍白着脸推开她，坐回炕一动不动，像犯错的孩子一样。

田小娥蹲在他膝盖前拉住他双手亲吻，柔声："你就是太慌哩，你怕个啥嘛，我又吃不了你。"

白孝文怔怔瞧着她，突然泪水淌落抽泣起来。

田小娥慌忙站起擦他眼泪："咋？咋又哭了？"

白孝文："我媳妇被土匪……"

田小娥恍然的目光，抱紧他的头在怀中轻抚，白孝文像孩子一样呜呜地哭着。

田小娥温情的目光，柔声："你喜欢我抱着你吗？"

白孝文在她怀中啜泣点头。

田小娥脸贴在他头上："那你有空就来，我抱抱你也好。"

7. 西安城裁缝铺　日　外

白灵六神无主地走来，远远望见大门上挂的铁锁，停住脚步，长叹口气转身要离开。突然她意识到什么，猛地再转身冲到院门口。

门上那把锁已经打开，单挂在闩上。

白灵心怦怦直跳，小心翼翼推开院门。鹿兆鹏正在跟几个客户笑眯眯赔笑解释。

"一走就俩月，我钱都付了！"

鹿兆鹏："我是他远房侄子，真对不住，我把钱退给您。"

"说关门就关门，我这布料白扯了！"

鹿兆鹏点头哈腰："要不等我叔回来给您几位好好做一身！"

鹿兆鹏突然望见站在院里的白灵，白灵一动不动地注视他。

鹿兆鹏深沉地凝视，突然一笑："今儿讨债来的还真多！"

白灵也"扑哧"一笑，释然的目光。

8. 裁缝铺　晚　内

油灯下鹿兆鹏神色沉痛，白灵默默注视。

白灵："兆鹏哥，你到底干吗去了？你脸色那么难看。"

鹿兆鹏挑着油灯捻，所答非所问："全国各地形势都很紧张，我们的党受到了很大的创伤。"

白灵急切地："你知道这些天我怎么过的？"

鹿兆鹏意味深长："我知道你很不容易。这些天，只要是能坚持下来的人都不易。来，诉诉苦吧，我听着。"

白灵张开嘴，想了想又合上："没什么可说的。"

鹿兆鹏苦笑："孤独无助？没人理解？"

白灵忙用力点头。

鹿兆鹏挑着灯捻："找不到组织，四处都是眼睛盯着你，诱惑你。"

白灵兴奋："对！你怎么都知道？"

鹿兆鹏："但我坚信你没问题，因为你是白灵。"

白灵感动地一笑。

鹿兆鹏轻声："如果，你死过一回，从敌人的枪口下或者从井里逃生出来。你推开战友的尸体，死里逃生……你还会坚持你的信仰吗？"

白灵惊诧地打量鹿兆鹏。鹿兆鹏认真地凝视她。

白灵想了想："为什么问这个问题？"

鹿兆鹏："你不会变么？"

白灵迟疑了一下，思索点头："会吧……"

鹿兆鹏眼神一颤，有些失落。

白灵梗起头："我会变得更坚强，因为我要替死去的人继续活着。"

鹿兆鹏有些吃惊，有些欣慰，百感交集地注视面前的女孩。

白灵却陷入另一件苦恼，皱眉挑着油灯捻："兆海回来了，他加入了国民党。"

鹿兆鹏深邃的目光望着摇曳的灯火，没有一点惊诧。

白灵："你早知道了对不对？"

鹿兆鹏长叹一声："你们之间一定发生了争吵。"

白灵愣了一下点了点头，鹿兆鹏突然语气变得严厉："你告诉他你的身份了？"

白灵又点了下头："可我以为……他……"

鹿兆鹏轻声："我弟弟不会出卖我们，但你还是违反了纪律。"

白灵难过地："我知道，我们俩见了两回面，一直在吵，谁也说不服谁。我觉得兆海变了，不像以前那样天真开朗，他好像有很多怨气。"

鹿兆鹏若有所思："你俩约下一次见面了吗？"

白灵点头："明天中午在河边，可我实在不想去了。"

鹿兆鹏无声叹息，刮了刮白灵的鼻子。

白灵懊恼："又刮我鼻子！"

鹿兆鹏苦笑："你俩在我眼里都还是孩子。"

9. 河边　日　外

鹿兆海将一颗石子扔进河里，不耐烦地向四外望望，突然愣住。哥哥鹿兆鹏身着长袍戴着墨镜正在身后微笑地看着自己。

鹿兆海先是警觉地看看四周，轻呼："哥？"

鹿兆鹏上前用力搂住弟弟，鹿兆海百感交集："哥！"

鹿兆鹏双手扳住弟弟的肩膀，上下打量："壮实了，也长高了，咋胡子都出来了！"

鹿兆海也笑："你可瘦了，一定吃了不少苦吧！"

鹿兆鹏拍了拍弟弟，看看身旁的游人："我们走着聊。"

鹿兆海点头跟随："哥，是白灵跟你说的在这儿见面？她呢？"

鹿兆鹏一笑："你那么凶她都不敢来见你。"

鹿兆海皱眉嘟囔："说好来怎么不来了，刚入了共产党就得下不守信义的毛病了！"

鹿兆鹏停下脚步："你刚刚揣上国民党证就口大气粗起来了？"

鹿兆海低头不语。

鹿兆鹏忧心地看着弟弟，叹了口气："告诉你，她担心你不会改变才没来。说要是俩人都不改变怎么收场？她珍惜与你的感情才不来，她要我来劝你，盼着再见到你时是一个皆大欢喜的结局。好兄弟，你有啥话跟哥说吧！"

鹿兆海痛苦地叹口气，望着远方："完了，到此为止。"

鹿兆鹏摇摇头："兄弟，没有完。在我看，一切尚未开始，怎么就完了？你太悲观！"

鹿兆海："我已无法改变，我指望她改呢。她委托你来，就证明她不会变了。她要是会变，你也不必来找我了，你肯定是她的领导吧？”

鹿兆鹏不置可否，背起手笑笑：“你们两个都指望对方改变。你们可以先坐下来好好谈谈，心平气和地谈谈，不要一见面先逼对方改变自己的信仰。暂且谈不到一块也不要紧，等三年两年也未尝不可。三两年里大家都经见得更多了，判断和认识是非的能力也提高了，也许就会发生变化，你说是不是？”

鹿兆海：“那好吧！你告诉她，我后天想回乡下看看父母，只能待一天。回来后部队就要开拔了。”

鹿兆鹏：“你回家也好，替我看看爸妈，再替我给爷爷磕个头。上次离开原上我就一直担心，别牵累了他们。”

鹿兆海还想说什么，百感交集地看着哥哥，默默点了点头。

鹿兆鹏再次用力将弟弟搂在怀中，轻声而深情地：“兆海你信不信，不管怎么斗怎么分歧，我们永远是一家人。”

远远的高坡上，白灵从树后站出，悄悄望着这对相拥在一起的兄弟……

10. 白家院门前　日　外

鹿子霖背着手在门口徘徊，迟疑着想迈进又停住脚步。

鹿三正牵着牲口出门，叫：“鹿乡！你这儿转啥哩？”

鹿子霖摇着头转身就走，也不搭理。

鹿三疑惑的目光。

11. 鹿家　日　内

鹿子霖媳妇手中的纺车转个不停，眼却瞄着鹿子霖。

鹿子霖在屋中踱步思索，媳妇干脆停下纺车诧异观瞧。

媳妇：“没出啥事吧？”

鹿子霖头也不抬：“忙你的去，甭管！”

鹿子霖走到窗前，望见儿媳闷头扫院子，正抬眼看自己。鹿子霖慌忙将窗关上，突然一怔，嘴角露出冷笑。

12. 冷先生药铺　日　内

鹿子霖腋下夹着一瓶酒走进冷先生药铺。冷先生正在柜台坐着，见鹿子霖进屋忙起身打量。

鹿子霖进屋后把酒瓶往桌上一蹾，大声慨叹起来："哥你看邪不邪？老爸一入土，我那个院子一下就空了！空得我一进街门就恓惶得坐不住，咱弟兄喝上一盅。"

冷先生转身冲屋里伙计："添几个菜！"

鹿子霖倒好一杯酒先解气地灌下去："咱先喝着，哥啊，我有一句为难的话……"鹿子霖眼睛里开始泛出酒气，"思来想去还是跟你说了好！"

冷先生定定地瞧他。

鹿子霖又仰脖灌下一盅酒，大声吁叹着："我听到一句闲话，说是孝文跟窑里那个货这了那了……"

冷先生不由一惊，断然地："兄弟你这话说给鬼鬼都不信。"

鹿子霖大幅度地连连点着头："对对对！我刚听到这话不仅不信，顺手就扇了给我报告这件事的人一个嘴巴！我说孝文要跟她有这号事，那庙里的泥神神也会跟她有这件事了。"

冷先生起身将门关好，转身异样的眼神打量鹿子霖："然后呢？"

鹿子霖诡异地笑了笑，继续喝酒。

冷先生给倒满："子霖，你来我这不是为喝酒的，你我嘉轩咱三家的关系你也清楚，你都知道啥？"

鹿子霖一抹嘴："那我就说哩。"

冷先生点头："说！"

鹿子霖神秘："后来还有人跟我说，说得有鼻子有眼，全说是他们亲眼撞见孝文进出那货的窑，一个说他晚上寻猪撞见孝文进窑，一个说他半夜从亲戚家回来瞅见孝文溜出窑来，俩人不是一天晚上见的。你说信下信不下？我还能再扇这俩人的嘴巴子吗？"

鹿子霖不再说下去，静静地瞧着冷先生。冷先生一动不动，屋里寂静无声。

鹿子霖突然起身抽了自己一嘴巴："嗨！我这传啥闲话哩，就当我没说！哥啊，全当这是酒话！走咧！”

身后冷先生感叹：“这事若是属实，那比土匪砸断腰还要厉害，这是要嘉轩的命哩！”

鹿子霖门口停住脚步，偷笑了笑，转过身哭丧着脸：“是啊，所以我憋在心里一直没敢告诉。”

冷先生琢磨：“这该如何是好……”

鹿子霖上前低声：“我打发那俩报告的人出门时，一人还是给了一嘴巴，先封住口，不准胡说！我想我给嘉轩不好说这话，嘉轩哥心里头不见得我清白。可这事不告知嘉轩哥又不行，日后事情烂包了嘉轩哥又怨我对他瞒瞒盖盖。我思来想去只有你来说这话，咱们谁都不想看着白家出丑……他跟你是亲，我跟你更早就是了，盼着大家都光光堂堂……”

冷先生皱眉不语，鹿子霖暗暗打量他神色。

13. 白家东屋　夜　内

屋子里全家人都守在炕前，白嘉轩被仙草搀扶坐起。

白嘉轩推开仙草的手：“我的腰好了。我在炕上窝蜷的这些日子，想明白一件事。你们还不知道我一辈子最怯着啥？”

白孝文靠在门口孝武身后，目光恍惚。

白嘉轩：“我不怯歪人恶人也不怯土匪贼娃子，我不怯吃苦不怯出力也不怯迟睡早起，我最怯最怕的事……就是死僵僵躺在炕上，让人侍候熬汤煎药端吃端喝倒屎倒尿。”

一家人默然，只有老母亲白赵氏在炕头动了感情：“你是罪人！”

白嘉轩接口：“我是个罪人我也没法儿，我爱受罪，我由不得出力下苦是生就的，我干着活儿浑身都痛快。我要是两天手不捉把儿不干活儿，胳膊软了腿也软了心也烦焦了……”

白嘉轩说到这里停顿一下，郑重地：“我说前头这些话的意思就是说，从明天开始，你们再也不用围着我转了。你们各人该做啥就去做啥，屋里人该纺线的纺线，该织布的织布，该缝棉衣的缝棉衣，外边人该做的地里活就紧着去做。孝文，你也该把你媳妇接回来了，记着，就当啥事没发生过。一句话，原先的日子咋过从明开始还咋过。我嘛——好咧！”

白嘉轩用力撑起身子，扶着桌缓缓站起。

仙草想去搀扶又被他推开，全家人包括鹿三都露出笑意，唯有白孝文目光复杂地望着父亲……

14. 白家院　傍晚　外

白孝文正匆匆往外走，仙草身后叫住他。

仙草："孝文，你爸让你三伯赶车，明天一早我跟你一块接你媳妇去。"

白孝文迟疑："我都接好几次了，妈，她不愿意回来。"

仙草叹息："可这才是她家啊，你爸在炕上说了多少回，是咱家对不起人家，得养人一辈子，听见没？"

白孝文默默点了点头。

仙草打量："你这又干啥去？不是学堂没晚课吗？"

白孝文："老六家分家闹起来了，让我去说和。"

仙草点头："那你快去。"

白孝文快步走出院门，仙草望着儿子背影长舒口气。

15. 冷先生药铺　晚　内

冷先生背手在屋里踱步沉思，想着鹿子霖的话，不知该如何向白嘉轩说明白。

白嘉轩的叫声从外传来："兄弟，我上门要你换药哩！"

冷先生先是一怔，见白嘉轩撩帘进屋，又难得地笑起："怪不得鹿子霖说你逞强呢，你咋自己溜达来了？"

白嘉轩笑了笑："我炕上闲了几个月，实在闲不住。"

冷先生给他斟上一盅金黄色的茶水，再把一包用乳黄色油纸裹着的卷烟叶解开，摊放在小桌上，指着一个茶杯："你赶巧了，这茶叶是刚刚接下的雪花水冲泡的，尝尝。"

白嘉轩呷一口茶，清香扑鼻，热流咕噜噜响着滚下喉咙，顿觉回肠荡气浑身通畅，嘴里却故意冷淡地：“雪水还不就是水嘛！我喝着没啥两样儿。”

白嘉轩留心瞄瞅着冷先生，终于发觉那双平素总透着冷气的眼睛躲躲闪闪，浮泛着一缕虚光。

白嘉轩：“冷大哥你甭瞎张罗了，你坐下抽你的烟吧。茶我会倒，烟我会卷喀！你像是心里有事？我在这儿不便我就走。”

冷先生看到自己弄巧成拙，急忙拉住白嘉轩的手，再也转不过弯儿了：“兄弟你坐下，我有话跟你说……”

白嘉轩：“咱弟兄们说话，还这么拐弯抹角呀？”

冷先生：“我听到一句闲话，虽则是一句闲话，可不是一般的闲话。”

白嘉轩：“哎呀几天不见，你的直筒肠子扭成麻花了！算了你甭说了。我回去睡觉呀！”

冷先生：“我怕你招不住这个闲话。兄弟你听到这闲话先不要生气，这闲话不给你说不行，说了又怕你招架不住……”

白嘉轩：“我的黄货白货给土匪抢了，又砸断了我的腰，我不像人样儿像条狗，我连一句气话也没骂不是？我不信世上还有啥闲话能把我气死，能把我扳倒？”

冷先生顿了顿：“兄弟……我听人说孝文的闲话……”

白嘉轩一愣：“孝文？孝文能有啥闲话？”

冷先生：“说是跟村口烂窑那个货……”

冷先生看见白嘉轩泛红的脸色顿时变得如同一张黄表纸，佝偻的躯体猛烈地抖颤了一下，反夹在指间的卷烟挤成了弯儿，在那一霎间眼睛睁大到失神的程度。

白嘉轩很快恢复过来，冷着脸问：“大哥依你看，这是果有实事，还是有人给我脸上抹屎？”

冷先生：“我看都不是，闲话嘛你就只当闲话听。”

白嘉轩又问：“你听谁说的？这话是怎么嘈出来的？”

冷先生轻描淡写地：“俗话说露水没籽儿闲话没影儿。”

白嘉轩垂下头一动不动。

许久，冷先生实在忍不住，轻声地：“嘉轩，嘉轩？”

白嘉轩慢慢抬起头，眼中放出狠来：“得先把事情弄清白。不管是真是假，都不能当闲话听。这是啥闲话？杀人的闲话！”

白嘉轩猛地起身往门外去，冷先生忙跟随。

冷先生："嘉轩你看你还往心里去了！"

白嘉轩头也不回地踏雪而去，冷先生揪心的目光望着嘉轩的背影。

16. 白家院　晚　外

白嘉轩佝偻着腰走着，脚下已经积了一层厚厚的雪，嚓嚓嚓响着。白嘉轩的神色凝重，嘴中艰难地呼出哈气，推开院门，径直往白孝文的屋里走去。

仙草听到动静从屋里出来，白嘉轩正拍儿子屋的门。

仙草身后："别拍了，他没在屋。"

白嘉轩转身瞪着媳妇："干吗去了？"

仙草不在意地："老六家不分家吗，几个后人闹起来了，孝文给老六家说和去了。"

白嘉轩胸膛里怦然一跳，觉得有一股滚烫的东西冲上脑顶，他把解开的一只裤脚带儿重新扎好，从门背后抓起拐杖。

仙草诧异："你这又是要干啥去？"

白嘉轩不动声色："老六的那几个后人难说话。老六让我去镇镇邪，我差点忘了……"

仙草："哎你腰还没好利索，这下雪天你干啥去！"

白嘉轩大步走去。

17. 保障所　晚　内

鹿子霖将油灯吹灭，扒窗望雪地里白嘉轩的身影，幸灾乐祸地笑了笑。

鹿子霖轻声："这戏算开唱！"

鹿子霖抄起棉袄，溜出屋去。

18. 村子　晚　外

白嘉轩拄着拐杖停在老六家院外，往里观瞧。

白嘉轩叫："老六！白老六！"

院里门板关死，不见灯火不见响动，白老六滚雪一样的鼾声从南边那间屋里冲出来，在敞风院子里起伏。

白嘉轩在那一刻浑身有一种瘫软的感觉，他走出老六家的敞风院子，似乎有一千双手推着他疾步走上村子东头的慢坡。

白老六披着衣服从屋里出来，后面叫着："族长！你咋来了？族长你别走啊！"

19. 窑洞　夜　内

白孝文躺在炕上，任田小娥抚摸亲吻了一会儿，干脆坐起。

白孝文懊恼："算咧，我还是回去吧。"

田小娥将他按躺："我就不信男女除了做那事就不能待一块了。你闭上眼啥也别管，咱俩扯闲天都行。"

白孝文听话地闭上眼，叹了口气："我真没用。"

田小娥笑着一刮他鼻子："你呀不是没用，是书读得太多了。"

20. 窑外　夜　外

白嘉轩放慢脚步，望着窑里温暖的灯火，他的呼吸急促起来。

脚踩积雪，白嘉轩一步步靠近，里面传出田小娥与白孝文的轻笑声。

白嘉轩顿时闭上眼缓了缓，大口喘息，腰似乎再撑不住整个身子，趴伏在拐杖上，以至拐杖不停地颤抖。

21. 窑洞　夜　内

田小娥已经压在白孝文身上，笑眯眯地看着他。

田小娥："你跟我说说啥时候对我动心思的？"

白孝文闭着眼，沉浸在回忆中："黑娃哥带你闯进祠堂，我瞅你第一眼心扑通沉下去了，再就没起来过。"

田小娥动情地看着面前这个男人："你哄我？"

白孝文摇摇头，依然闭着眼："你不知道我做梦都是你，我没往脏了想，就想和你天天搂着抱着，听你说话的声音。"

田小娥趴在他的胸膛，幽幽地："离我远着点，我是克死人的妖孽。"

白孝文："那你呢？你啥时对我动心过？"

田小娥目光变得伤感："要是有一天你发觉我对不起你，你会恨我吗？"

突然门外一声响，两人猛地坐起。

白孝文："谁？"

屋外再没有动静。

田小娥小心翼翼地走到门口听了听，又跳回炕上钻进被窝："猫，是猫哩。"

22. 窑外 晚 外

白嘉轩仰躺在雪中，一动不动。漫天的雪花飘落，洒在他脸上眼上。

白嘉轩喘息哈气，听着窑洞里两人亲昵笑声，他的手颤巍巍地去摸身旁的拐杖，却怎么也摸不到。

屋里白孝文声音清晰："我得回咧，回晚了再被我爸瞧见就糟了。"

田小娥："那你明晚还来。"

白嘉轩眼中喷火，呼吸越来越艰难，却只能躺在雪中发抖。

窑洞门开，白孝文钻出吓一跳："呀！"

白孝文又退了回去，恐惧地："门口黑咕隆咚躺一人！"

田小娥从炕上溜下来，披上袄贴着门缝仔细瞧，朦胧的雪光里不见异常，眼睛朝下一勾才瞅见门口雪地上倒卧着一团黑疙瘩。

田小娥转身搂住白孝文，贴着孝文的耳朵："瓜蛋儿放心！一个要饭的冻硬栽倒到门口咧！"

白孝文这才迈步出来，从那个倒卧门口的人身上跳过去，头也不回地消失在黑暗中。

田小娥摸出灶里烤的两个馍，蹲到门前："喂！还有气不？赏你口吃食吃。"

田小娥小心翼翼蹲下身摸摸那人的鼻口，刚刚触到冷硬如铁的鼻梁，突然吓得倒吸一口气跌坐在地上，辨认出白嘉轩来。

田小娥爬起来退回窑里才感到了恐惧，急得在窑里打转转。她听到窑院里的一声咳嗽，立即跳出窑门奔过窑院挡住了从慢道上走下来的鹿子霖。

田小娥说："糟了糟了！族长气死……"

鹿子霖根本不理田小娥，站在倒地的白嘉轩身旁久久不语，像欣赏被自己射中落地的一只猎物。

田小娥急得在他腰里戳了一下："咋办哩咋办哩？死了人咋办呀？你还斯斯文文盯啥哩！"

鹿子霖弯下腰，伸手摸一下白嘉轩的鼻口，直起腰来："放心放心放你一百二十个心。死不了，这人命长。"

田小娥急哮哮地："死不了也不得了！他倒在这儿咋办哩？"

鹿子霖想了想："按说我把他背上送回去就完了，这样一背反倒叫他叫我都转不过弯子……好了，你去叫冷先生让他想办法，我应该装成不知道这码事。快去，小心时间长了真死了就麻烦了。"

田小娥转身跑出场院，刚跑到坡下，鹿子霖又喊住她。

鹿子霖："算了算了，还是我顺路捎着背回去，不然真出人命。"

田小娥又奔回窑院。

鹿子霖蹲下拍了拍白嘉轩的脸，咬牙："就是要叫你转不开身躲不开脸，一丁点掩瞒的余地都不留。看你下来怎么办？我非把你逼上'辕门'不结。"

鹿子霖背起白嘉轩，告别田小娥："还记着我给你说的那句话吗？你干得在行。"

田小娥瘫软坐在门口，艰难喘息。

23. 村子　夜　外

鹿子霖背着白嘉轩走过白雪覆地的村巷。远处跛子爷提着灯瞧不清楚，不敢上前。

鹿子霖大叫："你看啥哩跛子，快帮着抬族长！"

跛子爷慌忙跑上前："鹿乡，族长这是咋了？"

鹿子霖故作神秘地："倒黑娃窑门口了！幸亏我经过，这都冻成雪人了！"

跛子爷惊愕地脸瞧着白嘉轩，又看看鹿子霖。

鹿子霖指着他威胁："这关系到白家脸面，你这张嘴可得严着点！"

跛子爷拼命点头："可不敢说！打死我也不敢说！"

24. 白家白孝文屋　夜　内

白孝文摸进屋，没来及脱衣服一下就躺在炕上，瞪眼望着黑暗还在咀嚼刚才的冒险，突然院门砰砰敲响，他猛地坐起，就听院中一片混乱。

惊愕声中喊声一片："爸！""嘉轩你咋了！"

白孝文一愣冲到门口却不敢开门，屏息听着动静。

鹿子霖慌乱地："先甭问……我也不晓得咋回事。先救人！我是从黑娃的窑门口背他回来的！"

白孝文脸色大变，腿一软跌倒在地，欲哭无泪……

25. 白家正屋　夜　内

冷先生一针扎进人中，白嘉轩喉咙里咕咕响了一阵终于睁开眼睛，长叹一声又把眼睛合上了。

鹿子霖装作啥也不晓的憨相："咋弄着哩嘉轩哥？咋着倒在黑娃的窑门口？"

白嘉轩颤抖着嘴唇说不出话。

鹿子霖还摇着他身体，大声问："谁害的你啊？这不是往咱头上泼脏水吗！"

仙草："子霖大哥你先回去，求求你别嚷嚷。"

冷先生沉着脸："子霖，我们先走。"

鹿子霖："不是……我得问清楚，这不是小事！"

冷先生突然爆发："你不清楚吗？"

鹿子霖被冷先生的怒喝震住，呆呆站在那儿。

白嘉轩有气无力地："你们都回去睡觉，让我歇下。"

白嘉轩说话时仍然闭着眼睛，屋里只剩下仙草一个，清静下来。

仙草趴在他眼前，轻声："他爸，到底咋回事？你可别吓我。"

白嘉轩依然闭眼不睁静静地躺着，就这么躺着想着，一丝不动。

26. 白家后院　夜　外

鹿三在马号里闷头抽烟，眼神迷惑不解。白孝文低头耷脑走进去，怯怯地靠在那面的槽帮上。

鹿三很诚恳地劝孝文："甭伤心，你爸缓歇缓歇就好了。许是雪地里走迷了。"

白孝文靠在槽帮上低着头，抬起垂到胸膛上的下巴："三伯，我要走呀！你日后给他说一句话，就说我说了我不是人……"

鹿三猛乍转过头拔出嘴里的烟袋："你说啥？"

白孝文："我做下丢脸事没脸活人了！"

鹿三从炕边上挪下腿来，一步一步走到孝文跟前，铁青着脸瞅着孝文耷拉着的脑袋。

白孝文颤抖着声音："我跟黑娃他媳妇……也不知我爸咋就知道了。"

鹿三猛然抡开胳膊抽了他两巴掌，哆嗦着嘴唇："羞了先人……啥叫羞了先人？这就叫羞了先人了！黑娃羞了先人你也羞了先人……"

仙草正走进，惊愕看着两人："三哥，到底咋了？"

鹿三转身奔去："你问他！"

仙草怔怔看着儿子，孝文捂着脸蹲在地上，仙草仿佛明白了什么，眼一紧。

27. 白家正屋　夜　内

鹿三冲进门来，白嘉轩也睁开眼睛默默望着他。

鹿三哽咽："嘉轩你好苦啊！"

白嘉轩默默摇了摇头。

鹿三伏倒在炕头哭泣，白嘉轩轻轻拍了拍鹿三的手。

27A. 白家后院　晚　外

仙草含泪恍惚看着儿子，白孝文抱头蹲在槽帮旁边。

仙草颤抖着声音："你知道那是谁的媳妇？黑娃的啊！你俩咋就能……"

白孝文蔫头耷脑："家里不是没认？"

仙草："你是疯了还是傻了？你爸咋惩治的那女人你不知道……你这是往你爸的心窝里插把刀子啊！"仙草脸色一变，"是不是背后有人教你？你跟妈说实话。"

白孝文摇头："我自己去的。"

仙草含泪摇头不敢相信的目光，抬手连打儿子的头："畜生！畜生啊！你是教书先生啊，你是村里有学问的人，咋能干出这事来？"

白孝文轻声："妈，那有镰刀，你干脆把我砍了。天一亮，我恐怕是生不如死了。"

仙草双手抓住儿子的头发，无声地哭。

白孝文也哽咽："妈，我对不起你，我给你丢大脸了。"

仙草想到什么："先不管外人，你去给你爸说清楚。"

白孝文抽泣："咋说啊？这事还能再说么？"

仙草推儿子起身："那你就去跪着！啥也不说跪在门外，他出门来打你骂你那是你的福气！让你爸好好消气。去啊！"

白孝文勉强站起，被母亲推着往前院去。

28. 村　日　外

乡亲们三五成群地聚在一起偷声议论，鹿子霖装作什么事都没发生一样走过，跛子爷心虚凑上前："鹿乡，我可啥都没说啊！"

鹿子霖冷哼一声："我最瞧不惯你们这种幸灾乐祸的人！白乡里乡亲一场！"

跛子爷还想辩解，鹿子霖扬长而去。

跛子爷顿顿足："我让你们别传么！"

29. 白家正屋　日　内

门外白孝文苍白着脸跪在院里，白赵氏拄着拐杖发狠地骂着，眼却往屋里瞟。冷先生忧心忡忡地给白嘉轩号脉，白嘉轩闭目不语。

仙草一旁含泪："从昨晚到现在，一口水不喝，也不说话，咋叫都不睁眼。"

冷先生点点头："放心，他醒着哩。"

仙草还想再问，冷先生冲她使个眼色，仙草退出屋将门关上。

冷先生俯身凑在白嘉轩耳旁："兄弟，我看人到世上来没有享福的尽是受苦的，穷汉有穷汉的苦楚，富汉有富汉的苦楚，皇帝贵人也是有难言的苦楚。这是人出世时带来的。你看，个个人都是哇哇大哭着来这世上，没听说哪个人落地头一声不是哭是笑。咋哩？人都不愿意到世上来，世上大苦情了，不及在天上清静悠闲，天爷就一脚把人蹬下来……既是人到世上来注定要受苦，明白人不论遇见啥样的灾苦都能想得开……"

白嘉轩依然没有睁眼，两行泪水却缓缓淌落。

冷先生这才长舒口气。

白嘉轩："哥呀，让他们都进来吧。"

冷先生起身走到门口拉开门，家人纷纷走进。

白孝文被奶奶使个眼色，正要爬起跟进，白嘉轩抄起旁边的碗砸去，哗啦一声，白孝文定在门外不动。

白嘉轩："我要开族法了。"

仙草捂住嘴不让自己哭出声，孝武媳妇一怔，马上反应过来。

白嘉轩："孝武，他做这事按族法该咋罚呢？"

孝武一字一板地："偷淫人妻，败坏族风，要比二豆那次更重。"

白孝文在门外身子就是一颤。

仙草正愣着神儿，白赵氏的耳光已经抽到孝武脸上了。

白孝武瞅了一眼奶奶不恼也不愧，仍然面色不改。

白赵氏骂起来："你害死孝文！你哪像个老子？你要把孝文捆到树上我就脱光站到孝文前头，你先用刺刷刷死我再刷死孝文！"

白嘉轩盯着孝武："为啥？你说为啥？"

白孝武沉稳地："这是白家的立身纲纪，是咱族人延绵几代的根基。"

白嘉轩猛地坐起，突然来了精神般吼："着！忘了立家立身的纲纪，毁的不是一个孝文，白家都要毁了！"

30. 保障所　日　内

几个老者摇头唉声叹气。

老者好奇："到底是个由来？"

另一老者神秘地："听说是堵炕上了！推门进的时候都光着呢！"

"哎呀呀！"

鹿子霖旁边抽着烟袋冷眼观瞧。

"怪不得白嘉轩动气哩，丢死个人啊！"

"就是说！他儿子向来比别人强么，出这么个事……"

鹿子霖敲敲烟袋起身："出这事咋啦？"

众人回头瞧他。

鹿子霖痛心狠气地抱怨："就是出这事也不能往死里弄啊。你几个老者难道都是石头心硬？嘉轩要整孝文你们能忍心叫他整？为啥不劝他不阻挡他？这孝文比不得旁人，咋能随便用刷子打？"

几个老者连声赞叹："对，鹿乡说得对！""还是鹿乡讲情义啊！"

一老者试探："鹿乡，他进门时俩人是光着么？"

鹿子霖不置可否："要不气成那样？"

众人面面相觑，点头。

鹿子霖皱眉："这鞭子不能让他抽下去，到时候咱这样……"

众人围上，信服地听鹿子霖说着。

31. 书院　日　内

仙草眼巴巴地看着朱先生，朱白氏在一旁也帮着劝。

朱白氏："你就去说说，嘉轩最听你的。"

朱先生摇头："这事我不能劝。"

仙草哽咽："为啥？姐夫你不去劝，孝文就被打死了！"

朱先生意味深长地："仙草，你想要你男人命吗？白嘉轩的命是靠一口气撑着，这气让孝文给破了。"

仙草怔怔地看着朱先生，说不出话。

32. 祠堂　日　外

白嘉轩铁青着脸在一把椅子上坐着，乡亲们围满祠堂。

孝武取代了白孝文，领着众人大声吟诵："犯义之过六：一曰酗酒斗讼二曰行止喻违三曰行不恭逊……"

孝武领诵完乡约和族规的有关条款，走到父亲跟前："爸？"

白嘉轩低声而有力地："执行族规。"

突然有三四个人在他面前"扑通""扑通"跪倒了，白嘉轩不理睬从椅子上下来，下了台阶，从族人让出的夹道里走过去，双手背抄在佝偻着的腰背上。

白嘉轩谁也不瞅，端直走到槐树下，从地上抓起扎捆成束的一把酸枣棵子刺刷，呼啦又有一批人跪倒，白嘉轩转过身就把刺刷扬起来抽过去。

白孝文一声惨叫接一声惨叫，鲜血顿时漫染了脸颊。白嘉轩下手特狠，比上次抽打田小娥和二豆还要狠过几成。

白嘉轩咬着牙再次扬起刺刷，孝武旁边轻叫："爸，每人只能打一下！"白嘉轩的胳膊被人捉住了，一看竟是鹿子霖。

鹿子霖从白嘉轩手里夺下刺刷又扑通跪下："嘉轩哥！你不饶孝文我不起来！"

白嘉轩冷着脸："我不受你的跪拜，谁的跪拜我今日都不受，谁爱跪谁就跪。孝武，往下行——"

白嘉轩用手撩着袍衩走过人窝儿，重新在祠堂台阶的椅子上坐下来。白孝武从执刑具者手里接过刺刷，照哥哥孝文赤裸的胸脯抽击了一下，血流顺着胸脯一条条拉下来，却没人再接鞭子。

白嘉轩扫视："打呀！"

鹿子霖依然一动不动地跪着，所有乡亲都慢慢跪倒。

白嘉轩慢慢起身，咬牙："你们这是在逼我啊。"

白嘉轩伸出手，孝武一愣，忙将鞭子递上去。

白嘉轩冲向白孝文："你们不打我一人全包了！我替你们打！"

孝文的惨叫声，孝武扑上前哭着抱住爸的腰哀求："别打了爸，别打了！哥快不行了！”

白嘉轩狠抽起来：“背！你从小背的乡约呢？给我背！”

孝文哭泣：“德业相劝，德谓见善必行……爸啊！”

白嘉轩越打越狠，吼：“背啊！”

孝文虚弱地趴在地上：“犯义之过六：一曰酗酒斗讼二曰行止喻违三曰行不恭逊……”

鹿子霖余光瞥着，嘴角一丝不易察觉的冷笑……

突然院门撞开，一身戎装的鹿兆海惊愕地望着跪倒一片的乡亲，又不敢相信地走进。

鹿兆海：“你们……孝文哥你咋啦？”

白孝文愧不敢当地望着鹿兆海。

鹿子霖喜出望外爬起：“兆海！我家兆海回来咧！”

白嘉轩喘息着，茫然地望着相拥在一起的鹿家父子俩。

33. 鹿家 日 外

乡亲们纷纷前来贺喜，兆海归来的喜庆完全冲淡了孝文引起的恐怖和闲话。

鹿子霖大声地冲众人：“兆海刚从保定军校毕业，现在的军衔是排长，将来还要做到师长、团长！”

兆海在旁边尴尬：“爸，说倒了！”

鹿子霖不在乎，抱着祖传的铳子拉扯住儿子：“走！去你爷的坟前咱放铳子去！”

众人笑着应和：“好咧好咧，兆海出息呢！”

兆海小声提醒：“爸，白家那样咱不合适吧？”

鹿子霖瞪儿子：“有啥不合适的！各有各的命，你还老顾着人家！”

兆海：“爸，我吃过饭就得回去。”

鹿子霖一愣：“住都不住一宿？”

兆海摇头：“军令如山，我向部队保证过明天必须归队报到。”

34. 白家外　日　外

田小娥挎着菜篮子独自在白家院外徘徊，听着院里女人的哭声，田小娥愁容满面。

有乡亲过来，田小娥迅速躲到墙角后，她的眼神痛苦不堪。

35. 白家　日　内

外面传来连声的铳子响，巨响回荡在白鹿原上。

仙草、白赵氏呜呜地守在白孝文床边哭着，白孝文浑身是血，像死了一样。

鹿三在院里恨恨地："这是成心！这放给谁听！"

白嘉轩："三哥，人家儿子出息了，当然是喜事。你进屋来，我跟你说句话。"

鹿三进屋，白嘉轩扔下拐杖"扑通"就跪倒在地，鹿三慌忙抱住。

鹿三："使不得呀嘉轩！"

白嘉轩有气无力地："三哥我对不起你。"

鹿三哭着跪倒："是我对不起你啊！那畜生招来这么个妖精祸害，先你拦着时我心里还琢磨你为啥对那女人那么狠，现在我全明白咧！"

白嘉轩仰天长叹。

36. 窑洞　夜　内

田小娥蜷缩在炕角，目光呆滞。

闪回：

田小娥蹲在地上采野菜，白孝文在坡上笑眯眯地瞧着她。

田小娥挎着菜篮子询问，白孝文和蔼地："君子知道自己的过错改正了，就能得到别人的原谅。"

白孝文在祠堂里讲书，田小娥扒着墙角偷看……

田小娥坐在炕上，眼泪吧嗒吧嗒地落下。

37. 鹿家　晚　内

媳妇一旁用喇叭口小酒壶倒酒，鹿子霖一杯杯地干掉。

鹿子霖："倒！倒上！"

媳妇："你少喝点吧，咋啦今天是？"

鹿子霖："你甭管！我今天馋酒，你让我喝个痛快！我两个儿子没一个陪在桌边给我倒酒伺候的！"

兆鹏媳妇站在院里默默望着公公，鹿子霖感觉到那目光刺眼，摇晃着身站起："你看啥！我喝个酒你们都看着我？"

鹿子霖推开媳妇的搀扶撞出门来，儿媳妇依然目不转睛地盯着他。

鹿子霖逃一般甩开媳妇的手，往院门趺趺撞撞奔去。

媳妇身后叫："哎你又干吗去！"

鹿子霖头也不回发泄地："我耍去，行不？"

媳妇懊恼的目光摇着头，儿媳上前拉住她，指了指公公的背影。

子霖媳妇突然落泪："没用的，我知道你要说啥，没用……"

38. 窑洞　夜　内

鹿子霖踩着雪走到窑洞口拍响了门板。

田小娥："谁敲门？"

鹿子霖大声："问啥哩还问啥哩？你哥你叔你大大我嘛！"

门闩滑动一声，鹿子霖迫不及待撒着酒疯推门而入，把正到了炕边上的小娥揽住。

小娥一抖一甩钻进被窝。鹿子霖笑笑才意识到小娥棉袄是披在肩上的。

鹿子霖倚在炕边上解衣脱袜："大的亲蛋蛋呀！你给你出了气也给大饰了脸。咱俩的气儿出了，仇报了，该受活受活啦！今黑大大全部依你，你说咋着大就咋着，你要咋样儿就咋样儿，你要骑马大就驮上你游，你要大当王八大就给你趴下旋磨……"

鹿子霖说着剥脱了衣裳钻进被窝。

小娥却问："吃着屙下的喝我尿下的你愿意不愿意？"

鹿子霖笑嘻嘻地念起二豆创作的赞美诗："宁吃小娥屙下的不吃地里打下的，宁喝小娥尿下的不喝壶里倒下的……大愿意。"

鹿子霖的手被挡住，田小娥静静地看着他，异样的眼神。

田小娥："你刚才说今黑依我，我还没说咋样哩，你就胡骚情起来？你先安安生生睡着，我有话问你，孝文挨得重不重？"

鹿子霖："重。"

田小娥："头一刷子谁打的？"

鹿子霖："他爸嘛！还能有谁？族长嘛！"

田小娥："孝文伤势咋样？"

鹿子霖："还用问！脸上没皮儿了。"

田小娥："孝文寻冷先生看了没看？"

鹿子霖："你操这些闲心干啥？"

田小娥不吭声。

鹿子霖不耐烦地："还提孝文孝文做啥？该受的罪让他受去吧！咱们今黑热热火弄一场！"

田小娥："好呀——对呀！"

田小娥说着就跃上鹿子霖的腰腹往下一蹲。

鹿子霖嘻嘻笑着呻吟一声："唉哟哟！亲蛋蛋你轻一点……差点把大大的肠子肝花蹲烂了！"

小娥又纵蹲到他的胸脯上，吹灭油灯，顿时屋里一片黑暗。

鹿子霖嘘唤着："亲蛋蛋你把大的肋条儿蹲断了……这啥东西！婊子！你……"

田小娥被扇中的声音，倒在炕上。

鹿子霖慌乱地重点起油灯，随手拿起衣服不停地擦着脸上的湿漉："呸，呸！"

田小娥趴在炕上咯咯快活地笑。

鹿子霖咬牙切齿："你敢尿我！"

田小娥："你刚才不是说了今黑由我想咋样。"

鹿子霖恼羞成怒："给你个笑脸就忘了自个姓啥为老几了？给你根麦草就当拐棍拄哩！婊子！跟我说话弄事看向着！我跟你不在一杆秤杆儿上排着！"

小娥跳起来："你在佛爷殿里供着我在土地堂地蜷着；你在天上飞着我在涝池青泥里头钻着；你在保障所人五人六我在烂窑里开婊子店窑子院！你是佛爷你是天神你是人五人六的乡约，你钻到我婊子窑里来做啥！你逛窑子还想成神成佛？你厉害咱俩现在就这么光溜溜到白鹿镇街道上走一回，看看人唾我还是唾你？"

鹿子霖慌忙穿起衣裤连连呵斥着："你疯了你疯了咧！你再喊我杀了你！"

鹿子霖慌匆匆跳下炕夺门出窑。

小娥在窑门口跟着骂："鹿乡约你记着我也记着，我尿到你脸上咧，我给乡约尿下一脸！"

田小娥骂得痛快，靠在门上喘息，眼中泛着泪花。

39. 裁缝铺　日　内

白灵吃惊地看着鹿兆鹏，鹿兆鹏悲哀的目光。

白灵："你说什么？我爸的腰被土匪打折了？"

鹿兆鹏："兆海带回的消息，不过已经快好了，你放心，他刚带着族人行了一次族法，看来应该没大问题。"

白灵愁眉不展，鹿兆鹏看了看她。

鹿兆鹏："被行族法的是你哥孝文，他跟黑娃的媳妇睡在一起被发现了。"

白灵抬眼，不敢相信地看着鹿兆鹏："我哥？他会干出这种事？"

鹿兆鹏点点头，白灵喃喃地："我爸会疯的……"

鹿兆鹏意味深长："在我们这群孩子里孝文是最知书达理的，被你爸寄予厚望，没想到在男女事上这么不堪一击。你爸这次受的伤可比腰伤更重。"

白灵皱眉："兆海还说什么？"

鹿兆鹏："他归队了，明天就要开拔，他不想再见你。"

白灵抬起头惊诧地看着鹿兆鹏。

40. 军营外　日　外

鹿兆海从军营里不自在地走出，白灵倔倔地站在门外瞪着他。

鹿兆海："你还是来了。"

白灵："我以为再见不到你了哩！"

鹿兆海苦笑了一下，望着别处："还有见的必要吗？"

白灵："你也太倔了，一回谈不拢二回连面也不见了？真有点国民党翻脸不认人的通病！"

兆海却火起来："算了吧白灵！我不说远处的事，你回咱原上走走看！共产党在原上搞了一场啥样的革命你去看看！兆鹏用下一干啥人你打听一下！黑娃贺老大白兴儿田小娥之流，尽是一帮死猫赖狗，凭这些人能完成国民革命？他们懂得革命的一分意思吗？他们趁着革命的风潮胡来乱整，充其量不过是荒年灾月饥民吃大户的盲动……"

白灵的那一缕温情顿然冷寂，忽闪闪蹿上一股火气，她强盛的气性迅速恢复，迅即做出反应："兆海哥，一年多不见，你长了身体长了知识，也长了不少的贵族口气啊！"

兆海："谁是贵族？你少拿这种口气对我。我知道的真相比你多！"

白灵："你听没听到贺老大怎么死的？你听过你见过把人从高空蹾下来的施刑吗？共产党就要发动被压迫者推翻压迫者，建立一个没有剥削没有压迫的自由平等的世界。"

兆海："我们走着瞧吧！看看谁的主义真正救中国。"

兆海紧走几步又停住脚，回过头去，看见白灵也在那儿伫立不动。他走上前："我明天就要开拔了……"

白灵已忍不住滚下泪珠来："兆海，我还是等着你回来……"

鹿兆海强忍泪水转身奔进军营，白灵百感交集望着他的背影消失在那片军人中。

41. 白家院　清晨　外

屋里仙草正心疼地给儿子擦拭伤口渗出的血。白孝文目光呆滞。

仙草："儿啊，你糊涂哇！你咋干出这样的傻事来，让你爸在族里咋直起腰来？"

白孝文痴痴一笑："他的腰本来就直不成了。"

仙草恨恨捶了儿子两下，又不忍再打。

白嘉轩走到院中，怒："你别管他！把他扔出去任由他死，要饭！"

仙草忙起身将门关好，转身冲孝文摆手。白孝文凄然一笑，闭上双眼。

42. 村里　日　外

白嘉轩坐在马车上，鹿三赶着马缓慢前行。远处三五成群的人指指点点说着什么。

鹿三勒住缰绳跳下："都看热闹哩，我去问问还有人心么，老白家对不起他们咋了！"

白嘉轩沉声："三哥！回来！"

鹿三定住脚步，哭丧着脸看他。

白嘉轩："不许去！人家爱说啥说啥，是咱自己出了事，赖不得人家！"

鹿三忍气吞声坐回马车，狠狠瞪着那些人，用力抽马屁股："驾！"

43. 白家　日　外

白孝文痴痴听着外面的鸟叫，伸手想抓从窗棂透进的阳光。

闪回：

田小娥的甜腻叫声："哥啊！"

两人的笑声。

白孝文推开门，被阳光耀得睁不开眼，他一瘸一拐地挪出屋来。

孝武忙上前扶住："哥，你咋出来了？"

白孝文推开弟弟的手往院外走。

仙草也从厨房出来，惊叫："孝文你干啥去？"

白孝文头也不回："跟我爸说我去村东头的窑洞！"

仙草："孝武快拦住你哥，他疯了！"

白孝文怒转身："谁敢拦我我今天就死这儿！"

孝武停住脚步，陌生地打量哥哥。

白孝文在母亲的哭泣声中走出院门。

44. 村　日　外

白孝文浑身是伤在路上走着，正蹲在地上端着碗吃饭的乡亲们纷纷闪避开，异样的眼神打量着他。

白孝文理直气壮地望着前方，根本不在意旁人的议论。

白兴儿大着胆问："孝文，干啥去？不会又去那窑里吧？"

有人偷笑。

白孝文转过身盯着白兴儿和笑的人："没错，我就是去那窑里。我找田小娥去，我跟她好去！"

众人瞠目结舌，面面相觑。

白孝文大摇大摆地向村东头走去。

45. 窑洞　日　内

田小娥正恍惚地拉着风箱，门被撞开，白孝文靠在门边喘息。

田小娥无比惊讶地站起身瞧着他："你咋来了？"

白孝文凄然笑了笑："我不来就疼死了，我想你。"

田小娥扒门往外看："你大白天到我这儿来不怕人看见？"

白孝文一把搂过田小娥狂亲，田小娥挣脱开，将门掩好："你疯了？"

白孝文不管不顾地扒田小娥的衣服，直接将她压上炕去。

小娥像蛇一样紧紧缠抱着孝文，泪眼婆娑喃喃着："好哥哩，你到底伤得咋个象况……我不得见又不得问……妹子心疼你都快要疯了……你疼不疼哇？"

孝文不顾一切地亲："我越疼就越想你！我越疼就越想……"

两人疯狂地纠缠在一起。

46. 白鹿原　日　外

白灵从马车上跳下，背着包跑到坡上眺望久别的村子。

白灵迫不及待地向村里奔去。

47. 白家院　日　外

白嘉轩坐着鹿三的马车进院，从车上下来习惯性往孝文屋瞥了眼，突然发现孝武、孝武媳妇、仙草都站在门口异样的眼神看着自己。

白嘉轩："咋了？"

没人回答。

白嘉轩转头："三哥你先把车放后院去。"

鹿三答应："哎。"

白嘉轩拄着拐杖走到孝文屋前往里望了望，脸色阴沉转回身，从仙草含泪的目光中仿佛明白了什么。

仙草颤抖着声音："他爸……"

白嘉轩沉重地向自己屋走去。

孝武："爸我把我哥拽回来！"

白嘉轩突然吼了一声："还拽啥！"

白嘉轩冲进屋将孝文的铺盖、衣服一件件抛了出来。

白灵冲进："爸！"

所有人惊住，仙草扑上哭："灵灵哇！"

白赵氏也拄着拐跌撞出屋。

白灵："爸你咋样了爸？我大哥呢？"

白嘉轩喘息着靠在门边，目光复杂地望着女儿："孝武你记着，你没哥哥也没妹妹！我就你这么一个儿子！”

白灵不敢相信地看着父亲。

白嘉轩缓缓转身进自己屋，房门“咣当”一声关严。

48. 窑洞　日　内

田小娥静静地趴在白孝文的胸前，白孝文眼神痴呆呆地，脸上带着满足。

田小娥“扑哧”一笑，白孝文瞥了她一眼。

白孝文：“你笑啥？”

田小娥轻声：“你这回咋又行了呢？跟那天晚上在树林里两个人一样。”

白孝文亲吻她：“我也不知道自己咋了，我见着你就控制不住自己。”

田小娥在他耳边吹气：“窗外也没有你奶唱歌。”

白孝文一下压在她身上，喘息着：“你说啥？你敢嘲笑我！”

田小娥咯咯笑着求饶：“我没，我没有！”

孝文发泄地：“过去要脸就是那个怪样子，而今不要脸了就是这个样子，不要脸了就像男人的样子了！”

盡

民團
整肅紀
鏟盡
維護地

中華民國陝西

白鹿原
WHITE
DEER
PLAIN

迴避
白鹿原
WHITE
DEER
PLAIN

白鹿原
WHITE DEER PLAIN

白鹿原
WHITE DEER PLAIN

白鹿原
WHITE DEER PLAIN

白鹿原
WHITE
DEER
PLAIN

白鹿原
WHITE
DEER
PLAIN

白鹿原
WHITE
DEER
PLAIN

白鹿原
WHITE DEER PLAIN

白鹿原
WHITE
DEER
PLAIN

白鹿原
WHITE
DEER
PLAIN

白鹿原
WHITE
DEER
PLAIN

白鹿原
WHITE DEER PLAIN

白鹿原
WHITE DEER PLAIN

白鹿原
WHITE DEER PLAIN

白鹿原
WHITE DEER PLAIN

白鹿原
WHITE DEER PLAIN

白鹿原
WHITE DEER PLAIN

白鹿原
WHITE DEER PLAIN

第三十四集

1. 白家 日 内

白嘉轩闷坐在屋中抽烟袋，听着外面女儿的哀求声。外间屋白灵摇着奶奶的胳膊，仙草一旁抹泪。孝武和孝武媳妇站在一旁。

白灵："奶奶你瞧我爸啊，没他这么心狠的！我跟我哥是不是他生的？咋能说没就没了！"

白赵氏骂："当初我就不该生他出来！你们一个个也都不是省油的灯，闹归闹，虎毒还不食子哩！"

仙草撩帘："妈说得是，嘉轩你倒说句话呀！"

白嘉轩："你问问你闺女，王富贵进城去找她回来就疯疯癫癫寻死上吊，咋回事？"

家里人都一愣，全看着白灵。

白灵反倒理直气壮："我咋哩？我就编了几句闲话哄他，谁知他不识逗。"

白嘉轩冷哼："你那叫闲话？"

白灵冲到门口："爸，您腰伤没好我真不想气您，可我还在学校念书哩，在我不知情的前提下您让一个我从来没见过面的男人去找我，这是当爸的该做的事吗？"

仙草忙拽白灵，孝武也上前轰，使眼色。

孝武："灵儿，爸是你说的吗！越来越没大没小！"

白嘉轩恼火："让她说！以后就没她说的机会了，家门都不许她进！"

白灵："爸我求求您了，都啥年代了您还这么封建，您不觉得我哥就是您逼的吗？"

仙草急："灵灵！"

孝武媳妇也吓一跳："爸，妹子不懂事，胡说哩！"

白嘉轩却脸色苍白地站起瞪着女儿："让她说，我没听明白。"

白灵推开哥哥："您从小让我哥读那些圣贤书学您的做派，我哥啥都听您的，就连娶媳妇跟媳妇睡觉都得听长辈的指挥。"

白赵氏骂起："闭嘴吧！你进城都学啥了，大闺女家胡说八道！"

白灵急："奶奶！我都听说了，你们把我哥逼成啥样了！跟你们说句实话，我从小不喜欢这个大哥，因为我觉得他没有高兴的时候，他不像个人！"

白嘉轩"啪"一声将碗拍碎在桌上，手渗出血来，仙草一声惊叫冲上前抱住他的胳膊。

白灵也吓住："爸……"

仙草急："灵灵你还要说个啥！瞧把你爸给气的！"

白灵含泪："好，我是您闺女我陪您一起流血！"

白灵上前就抢夺碎了的碗片，被孝武和孝武媳妇死死抱住。

白嘉轩吼："给我滚出去！滚！"

白灵哽咽："爸！我回来不是为顶撞您惹您生气，您好好想想我哥为啥会这样！妈，奶奶，哥你们咋都醒不过来呢！"

白灵推开众人的拉扯，转身狂奔出去。

仙草扑到门口："灵灵！"

仙草一个趔趄晕倒在孝武怀中。

2. 窑外　日　外

孝文正和田小娥温存，俩人搂着轻声说笑，额头顶在一起甜蜜注视对方。

窑外响起白灵的叫声。

白灵："哥，哥你出来！"

孝文一愣："我妹？我妹咋回来了？"

孝文下炕出门，田小娥也忙披起衣服扒窗户看。

白灵抹干泪水望着窗内那双眼睛，无声地叹了口气。

孝文上前尴尬地："灵灵，你咋来了？"

白灵："哥，你是破罐子破摔了。"

孝文脸一红："你回家了？"

白灵拉住他的手:“为啥呀你告诉我到底为啥?这可是黑娃的媳妇!”

孝文摇了摇头:“你不明白。”

白灵:“黑娃是你兄弟,你咋糊涂成这样?”

孝文冷哼:“我从来没拿他当过兄弟。”

白灵注视哥哥,不可思议地摇头:“那他哪天回来了你咋面对他?”

孝文冷笑:“我才不怕鬼哩,你少拿死人吓唬我!”

白灵一字一顿地:“哥,黑娃没死,他去当土匪了。”

孝文惊呆:“你说什么?”

窑里撞到什么的声音,田小娥蓬乱着头发冲出门来。白灵转头,两个女人默默对视。

田小娥冲上前揪住白灵的胳膊:“黑娃咋没死啊?你咋知道的?他死在渭河边上了!”

白灵百感交集:“我也是刚听说,没见过。鹿兆海告诉我黑娃当了土匪,那晚洗劫白鹿原就是他的人。”

孝文踉跄退后一步,恍惚:“村里这些天的传言是真的……白狼真是他?”

田小娥颤抖声音:“我信你,你可不敢胡说。”

白灵咬着嘴唇点头:“小娥姐,真的。”

田小娥突然号啕一声,跪倒在地:“这个天杀的!他没死为啥不来找我,让我活活地受这份罪!”

白灵说不出话,搀扶住田小娥:“小娥姐……”

田小娥抱住白灵的腿哭:“我给他建了衣冠冢我还给他烧纸招魂,他只顾自己在外面快活!我为他遭了多大的难啊!”

白孝文含泪强抱起田小娥往窑里拖,转头冲妹妹:“灵灵,你哥我现在啥都不怕了,咱爸黑娃土匪你让他们都来!我就跟小娥在这破窑里守着啦!”

田小娥趴在白孝文怀中号啕大哭,白孝文紧紧搂抱住她轻声安慰。

白灵站在坡上目光复杂地注视着。

3. 书院 晚 内

朱先生铺好床铺转身和蔼地看着白灵,白灵一脸惆怅。

朱先生:“这被子褥子枕头全是新的,我跟那些老先生睡在前院,你姑晚些就会回来陪你。”

白灵点点头:“姑父,您就不能劝劝我爸吗?”

朱先生长叹口气笑了笑:“世间人要都听得了劝,这世界倒简单了。”

白灵:“姑父,我知道您是搞大学问的,是顶聪明的人,兆鹏哥还说有什么想不开的就来找您,我一直想跟您聊一聊。”

朱先生一笑,坐在油灯旁:“雪夜孤灯,正是聊的好时景。灵灵,跟姑父说说你这些年的经历,好吗?”

白灵迟疑了一下:“我有些能说,可有些不能说,姑父你不会怪我吧?”

朱先生朗声大笑起来:“就冲这句话,灵灵没拿姑父当外人!”

白灵也难得地释然笑起。

4. 白家 晚 内

白赵氏卧在炕上抽泣。朱白氏拉着仙草的手,仙草默默摇头,使个眼色。朱白氏会意。

白赵氏:“家不成家了,我到底造了啥孽,临到咽气了遭这份罪!”

朱白氏劝:“妈,想开些,嘉轩也是在气头上。”

仙草哽咽:“可怜灵灵大老远赶回来几百里地看他爸,一进门就被轰了出去。”

朱白氏:“你也别急,灵灵现在在书院她姑父陪着呢。”

仙草抬起头:“让姐夫得好好开导开导,这娃学得有点疯咧!”

白赵氏:“先得让你男人好好骂骂你弟!他心狠得像块石头,把俩娃往家外面推!”

朱白氏:“嘉轩闹着分家,你们当他心里好受啊……”

仙草撑起身听了听:“姐你去瞧瞧,他咋连呼噜声都没有了?”

朱白氏起身撩帘一惊:“人咧?”

5. 书院 晚 外

白嘉轩拄着拐杖踏雪而来，走进幽静的院子，突然听见屋里女儿的说话声，白嘉轩停住脚步静静聆听。

白灵：“……一年的工夫兆海就跟变了个人似的，你不知道他的眼睛有多凶狠，他要吃了我！姑父，人活着真难啊，当初那么亲密的人现在恨成那样，就因为想法不同吗？”

朱先生一笑：“你跟兆海还都是孩子呢。”

白灵愣了愣：“你咋也这样说？兆鹏哥就这么说过我们。”

朱先生点头微笑：“这世间的事本就是分久必合合久必分，你跟兆海看似走的路不同，将来还会大道同归的。”

白灵痴痴地望着灯影，捋着头发发呆。

白嘉轩也站在窗外吐着哈气一动不动，一位老先生提灯出来正要招呼，白嘉轩忙笑着冲他摆摆手。

白灵喃喃地：“姑父，照您说的这世间的恨都会化解吗？”

朱先生点头：“一定会的，就像你爸狠下心肠不容你和你哥，你们在外遇着点事我保他比谁都揪心。血肉之情打断骨头还连着筋呢。”

白灵含泪：“我一听说我爸腰受伤了，来不及买车票就赶回来，进家门的时候我两顿饭都没吃了。下雪县里没车我四处哀求才找到一辆回原的马车，谁想进家他就不认我。”

窗外白嘉轩神色黯然。

白灵哽咽：“我还记得小时候趴在我爸胸口上睡，有一夜他忙族里的事没回来，我奶我妈怎么哄我都睡不着。长大了我习惯抱着他的胳膊，不知为什么只要搂住我爸的手我心里就踏实，就能合眼。今天看他拄拐杖那样，我心里比谁都难受。我觉着爸不可能老，他永远能背着我领着我……”

白灵哽咽，说不下去。

窗外白嘉轩闭上眼，两行热泪涌出。

白灵颤抖着声音：“我今天心里想的啥都跟您说了姑父，兆鹏哥知道又得骂我违反纪律，都说共产党不讲情面不懂亲情，可是姑父啊现在死得最多的就是我们！我们图的什么，您去看看田小娥遭了几回打，去看看田福贤、鹿子霖他们吃的是啥睡的是啥，农协给劳苦大众讨回的田地、粮食又都被收了回去，我不信老百姓没有怨气，可他们不争不怒又乖乖地任打任罚。我真想一夜之间让我爸我妈我哥，让所有中国人都醒过来！就算明天我也被填井，也心甘情愿！”

朱先生动情地看着白灵：“你这头白鹿啊……”

白嘉轩拄着拐杖悄然转身离去，消失在黑暗中。

6. 白家　凌晨　内/外

白灵偷偷摸摸扒开一道门缝，探头瞧了瞧，听听没动静，小心翼翼走到院中。

白灵背着行李，迟疑地站在爸妈门口，深深鞠了个躬小跑出院。

7. 白鹿原山坡　凌晨　外

白灵像小鹿一般撒欢跑起来，大口吸着新鲜空气，哼着革命歌曲。突然她放慢脚步，一个佝偻老人拄拐杖伫立在山坡上一动不动。

白灵停住，呆呆望着那身影，眼睛湿润起来。

白嘉轩挥了挥手，示意女儿走。

白灵不停地抹眼睛，却止不住泪如雨下：“爸？爸！”

白嘉轩继续挥动手臂，竟似面带微笑。

白灵哭着摇动手臂，不舍地大步远去。

8. 白家　日　内

全家人肃立屏息看着白嘉轩，朱先生端坐一旁。

白嘉轩面无表情扫视众人，孝文梗着脖子爱答不理，俨然变了个人一般。孝武则忧心忡忡。

朱先生从容端起茶，无事一样吹着，气氛寂静紧张。

白嘉轩：“白灵一早就回去了，她不参加也不要紧。今天这个分家我就请姐夫一个人来做见证，公不公平画押前你们还能争一争，按下这手印可就再不能悔改了。"

仙草与白赵氏一旁抽泣，朱白氏轻声劝着。孝武媳妇刚想说话被孝武紧紧拉住。

白赵氏哽咽："就不能等我入了土再分家吗？"

白嘉轩"扑通"给妈跪倒："妈，是我不孝，这家不分咱就得搬离白鹿原了。"

白赵氏知不能再劝，背过脸抽泣。

白嘉轩："门房的东屋和西屋分给孝文，正方的偏房和后院分给孝武，当中明间作为甬道属家庭公有。牲口牛和马全家共用……"

孝武"扑通"跪倒："爸，我不分！我孝敬您和妈一辈子！"

孝武媳妇也跟着跪下。

白嘉轩点了点头："好，难得你们俩有此心。我跟你妈恐怕要成你们累赘哩。"白嘉轩又拿出一袋钱撂在桌上，冲孝文，"这是单给你媳妇的，要能接回来跟着我们过，接不回就把这钱送她家去。"

仙草眼巴巴地看着白孝文，孝文却不说话。白嘉轩将分家契往桌上一摆，默默看着白孝文。

白孝文迈步上前，仙草终忍不住哭出："你就求一句你爸！"

白孝文凄然一笑，伸出结着血痂的右手在契约上按下了指印，顿时屋里一片哭声。

白嘉轩起身拿过分家契吹了吹，转头递给朱先生："姐夫，你看成不？"

朱先生叠好塞进怀中，从包裹中掏出一卷字轴："既然是分家，我给你们两家各带了份东西。"

朱先生将字轴打开交给孝文，上面写着两字："慎独"，孝文恍惚地看着。

朱先生又掏出缠腰布递到白嘉轩面前："灵灵临走时让我转交给你，她特意在省城买的。说你缠在腰上不受风，暖和。"

白嘉轩强忍泪水接过放在炕上，屋里一片压抑的低泣声。

朱先生突然朗声说起："房是招牌地是累，攒下银钱是催命鬼。房要小，地要少，养个黄牛慢慢搞。"

朱先生推门扬长而去，蹲在院里的鹿三也忙起身恭送，屋中的人都若有所思地望着先生的背影……

9. 裁缝铺 晚 内

白灵托着腮帮子坐着发呆，鹿兆鹏抖开手中的布，偷瞥白灵。

白灵喃喃地："我哭了一路。本来我是跟我爸赌气走，结果看见我爸比我起得还早，他天没亮就站那等着送我了，腰都直不起来，我眼泪哗哗的，唉，真没出息！"

鹿兆鹏微微一笑："怎么没出息？革命者也得有感情啊。"

白灵斜眼瞧："兆鹏哥，你的感情是啥？"

鹿兆鹏怔了怔，一笑摇头。

白灵挑衅地歪脖看他："给我讲讲呗，你一定有真心喜欢过的人，是不是？"

鹿兆鹏神色黯然，突然剪到手，忙吸手指。白灵看不下去，起身剪裁着衣服。

鹿兆鹏："组织上安排你做老师，心里咋想的？"

白灵低头："没咋想，让我做啥我就做啥。"

鹿兆鹏："你每天给娃娃备课就够辛苦了，没事别上我这来。"

白灵："那天你不还跟人说我是帮工的，再说没我你这假裁缝准露馅！小心别剪，那是袖口！"

鹿兆鹏慌乱地放下剪子，小心翼翼看出剪出的毛边。

白灵轻笑："差点又废了一块料，要你开裁缝店非赔死不可！老韩到底啥时候回来？"

鹿兆鹏叹了口气："西北大旱，灾荒要来了。老韩在原上跑，联络农协的人四处赈灾。"

白灵："我看报纸了，说救济粮已经发下去，没饿死一个人。"

鹿兆鹏冷哼一声，目光沉重："没饿死一个人？报纸只会粉饰太平，城里人根本不知道乡下发生了多大灾难。"

白灵："我们能做点什么？"

鹿兆鹏苦笑："关键是国民党能让咱做什么，恐怕一露头就得被抓。你踏实教学，我最近也要多往原上跑跑，帮老韩募粮赈灾。"

白灵忧心忡忡地点点头。

鹿兆鹏突然倒吸口凉气，左手被剪刀划破，白灵慌忙上前。

白灵："你瞧你，能干点啥！还不用我？"

鹿兆鹏缩手："没事！"

白灵抓住他的手："别动！先把血挤出来。"

白灵小心翼翼给他挤血上药，鹿兆鹏有些不自在地望着别处。

白灵心直口快地："还要救别人哩，你先护好自己吧！"

鹿兆鹏无声笑了笑，目光恍惚。

10. 裁缝铺 晚 内

鹿兆鹏静静地躺在黑暗中。

梦境：

一个模糊的女子，显然不是白灵，欢笑着冲到他背上从后面蒙住他眼睛。

兆鹏的手被那女子包裹，女子竟像白天白灵说话那样数落他："先护好自己再去想着救别人，瞧你笨手笨脚的还能干点啥！"

女子又欢快地笑起来。

鹿兆鹏在黑暗中伸着双手轻声呼唤："子君，子君是你吗？"

鹿兆鹏猛地坐起，额头满是汗水，失落绝望的目光……

11. 白鹿原 日 外

进入苦夏的白鹿原。

一个水桶舀上最后半桶污浊发黄的水，孝武提着水桶放到马车上，路边都是无力跌倒的灾民。

叠画：

水浇到地里立刻顺着麦苗间的缝隙流下，鹿三愁苦的脸，顺着他的目光，地都龟裂，寸苗不长，河道完全干涸。

远处桑老八抱着死羊的尸体哭："生生是渴死的啊我的羊啊！"

鹿子霖发狠地用镢头砸下去，却撬断了镢头把儿。

12. 祠堂　日　内

众老者愁眉不展围坐，唉声叹气。

白嘉轩闷头抽着烟袋，孝武带着跛子爷匆匆走进。

孝武："爸，族粮都发完了，各家能撑个十天半个月。"

跛子爷："族长，灾民越来越多，李寡妇家刚被抢了。"

众人议论纷纷："老天要饿死人哩！""再这样下去咱吃啥呀！"

白嘉轩慢慢起身："伐神取水吧。"

众人都惊愕，眼巴巴瞧着白嘉轩。

白嘉轩平静地："我是族长，我来。"

孝武焦急："爸！"

白嘉轩摆了摆手，大步走出去。

13. 鹿家　夜　内

鹿子霖呆呆看着烧开喷热气的锅，慢慢伸出手摸锅沿，被烫了一下猛缩回来吹。

鹿子霖媳妇忙上前："他爸你干啥呀！"

鹿子霖失落地，喃喃："这疼我受不住。"

鹿子霖媳妇捶他："该死的！你真想去插烧红的铁钎子啊！"

鹿子霖沉重而决绝："这回咋也该轮到我了，我必须抢在白嘉轩前面！"

鹿子霖媳妇哭："我可不想你遭那罪！"

鹿子霖骂："女人家头发长见识短！你懂个啥！那只是一时的罪，只要神附在我身上，全族的老少爷们都信服我哩！这疼算个啥……"

鹿子霖又伸手慢慢摸向锅沿，难忍的神色。

14. 窑洞　日　内

白孝文将苞谷撒进锅中，田小娥用力搅拌。

田小娥："这是最后一袋了吧？过完了今儿咱还靠啥活呀！"

白孝文蹲在门口不语，听着远方传来的锣鼓声喊叫声。

田小娥诧异："你们村祈雨这么大动静？"

白孝文忧心忡忡："何止动静大，人都要伤哩。"

田小娥一惊："还要伤人？"

白孝文眯起眼，望着响声的方向："为能让神附体，得让发红的铁钎子插漏了嘴，那不是常人受得了的。我小时候也只听爷爷说起过。"

田小娥惊叹："我的老天！谁能经受住？"

白孝文摇摇头："这人，八成是我爸啊。"

15. 村口　日　外

仙草搀扶着白赵氏号啕大哭，村里的女人们都悲容满面。

白嘉轩披着蓑衣带着柳条帽与鹿子霖抬起龙王座，身后村民簇拥前行。

白赵氏哭："偏你逞强！要有个好歹我们妈几个咋活呀！"

仙草哭："嘉轩，你让别人去吧！你都这年岁了……"

白嘉轩突然暴吼一声："都别嚎了！"

村里的哭声戛然而止，族人都敬畏地看着他。

白嘉轩颤抖着声："惊了神灵雨就白求了！女人都躲远点！起——"

龙王座再次抬起，队伍突然停住脚步，朱先生独自一人挡在村口，众人都转头瞧白嘉轩。

白嘉轩几步上前："姐夫。"

朱先生："听我一句劝嘉轩，没用的。"

白嘉轩颤抖着嘴唇："我爷那会求过，灵着哩……"

朱先生皱眉："你亲眼见着了？嘉轩，这是天灾人祸！就算是有神仙，他也挡不住哇！"

白嘉轩快哭出来："姐夫，你小点声！不敢让别人听见，族人都信你啊！"

朱先生："那我就去亲口跟他们说！"

白嘉轩一把揪住他胳膊："我求你姐夫，族人就靠这口气活着了！"

朱先生懊恼地看着白嘉轩，慢慢侧身让路。

白嘉轩闭上眼狂吼一声："起——"

16. 关帝庙　日　外

三个精壮小伙子每人穿着一条短裤，轮流扯拉着一只半人高的特大号风箱，火炉烘烧着三只铁铧和几支钢钎儿。

锣鼓家伙在大殿里头敲着。一个伐马角的小伙子从庙门里奔跃而出，跃上方桌。锣鼓家伙班子也跟随出来，在方桌周围继续上劲地敲着。

侍守火炉的人用铁钳夹住一只烧成金黄色的铁铧送到方桌跟前，伐马角的小伙拈来一张黄表纸衬在手心去接铁铧，那黄表纸呼啦一下子就变成灰白的纸灰，小伙尖叫一声从方桌上跌滚下来，被接应人搀扶走了。

二豆"呀"了一声，边脱衣服边冲上前，没等到地方自己先跌一跟头被人架出去。鹿子霖喘息着，无比惊恐的目光，颤抖的手慢慢攥成拳。

第二个马角从庙里奔到槐树下，一只脚刚跨上方桌沿儿就仰面栽倒下来。第三个马角和头一个如出一辙，刚抓住铁铧就从方桌上跌翻下去。

鹿子霖跳上方桌时浑身扭着，双臂也扭舞着，大口吹出很响的气浪。他一把抓住递到脸前的铁铧，手心里的黄表纸完好无损。当他再去接一只筷子粗细的钢钎时，从桌上落马跳下了。

白嘉轩霍地从地上站起来，膝头上沾着两坨黄土佝偻着腰进了庙门。

孝武强忍泪水看着爸的身影。白嘉轩甩开儿子拉自己的手，走到关公神像跟前，点燃三支香插进香炉，作揖长拜之后，就跪伏下去一动不动。

周围跪倒了一大片男人，锣鼓家伙更加来劲地爆响起来，在庙堂里嗡成一片。

白嘉轩眼前慢慢模糊，锣鼓家伙的喧嚣充耳不闻，只见那些鼓手锣手家伙手使劲地挥动着胳膊，却敲不出一丝声响来。他觉得手足和身躯渐渐变得轻如一张黄表纸，突然眼前一头白鹿跃过，他伸手要抓，白鹿却腾到桌案上。

人们看见白嘉轩像变了一个人般四处抓着什么，他奔到槐树下，双掌往桌面上一按就跳上了方桌。那头鹿也静静地停住回头望他。

白嘉轩似被感染，深吸口气大吼一声："吾乃西海黑乌梢！"

白嘉轩拈起一张黄表纸，一把抓住递上来的刚出炉的淡黄透亮的铁铧，紧紧攥在掌心，在头顶从左向右舞摆三匝，又从右到左摆舞三匝，掷下地去，那黄表纸呼啦一下烧成粉。

白嘉轩"啊"地大吼一声，举起铁钎插进自己的腮。

二豆眼直勾勾瞧着白嘉轩喘息，也激动地拿起一根烧红铁钎凑到腮边，又停下。

正好赶到的仙草眼一晕，被孝武媳妇抱住。

二豆抛开铁钎，激动地仰头长哮："嗷——吾乃西海黑乌梢！"

孝武痛苦地闭上眼睛，锣鼓家伙敲得震天响，九杆火药铳子连连爆炸，跪伏在庙场地上的男人们一起舞扭起来，疯癫般反复吼诵着："关老爷，菩萨心；黑乌梢，现真身，清风细雨救黎民……"

孝武伏倒在地痛哭，再抬起头时已见父亲的背影坐到抬架上，八个人抬着，火铳先导，锣鼓垫后，浩浩荡荡朝西南部的山岭奔去。

17. 白家　日　内

冷先生将两副膏药贴在白嘉轩的左右腮帮，仙草背后撑抱住丈夫。

白嘉轩虚弱无力却又强颜欢笑，口齿不清地："我没看见神也没看见龙，我看见那头白鹿了。"

冷先生转身："他烧得说胡话哩！天亮前把这药都吃下去，没大事。"

白嘉轩被扶躺在炕上："我真看见白鹿了，姐夫，我真看见了……"

朱先生俯身在炕边，百感交集地点了点头。

18. 鹿家　晚　内

鹿子霖被烫伤的手心已被缠好，痴痴地坐在椅子上发呆。

子霖媳妇忧心忡忡地瞧着他："孩他爸，你说句话呀，可别吓我。"

鹿子霖喃喃地："咋附他身上去了，关键时候我咋就没忍住那疼呢。"

子霖媳妇："你也够勇敢的了，我都没想着你能冲上去。"

鹿子霖懊恼摇头："白嘉轩咋就能忍得住哩？还是人么？"

兆鹏媳妇端着盆热水进来，放在鹿子霖脚边。

鹿子霖怔了怔，慌忙抬起脚："你回去睡，不用你！"

兆鹏媳妇默默脱着公公的鞋袜，鹿子霖更加惶恐蹿站起来。

子霖媳妇将儿媳搀起："闺女咱回屋快睡去。"

兆鹏媳妇沾了沾水在地上写了几个字："我替他孝敬。"

鹿子霖鼻子一酸挥了挥手，媳妇将儿媳拉出门去。鹿子霖坐回椅子，眼泪吧嗒吧嗒往下掉。

19. 西安城某小院　日　外

鹿兆鹏推开院门前，转身瞧着白灵。

鹿兆鹏："帮我个忙。"

白灵眨着眼瞧他，充满好奇。鹿兆鹏走进院中，白灵跟随打量四周，又暗暗瞧鹿兆鹏的神色。

鹿兆鹏："这小院怎么样？"

白灵："挺好，干净，舒服。"

鹿兆鹏一脸尴尬："我想……把我媳妇接过来。"

白灵错愕地瞧着他。

鹿兆鹏："我爷偷着给过我一笔钱，我爸都不知道。我想用它盘下这小间房，给我媳妇养老。"

白灵有些失落："兆鹏哥，你还想跟嫂子……"

鹿兆鹏黯然神伤："不可能的，我只是给她找个归宿。她决不肯回妈家，我也理解，那样她就是弃妇，后半辈子都要挨人白眼，我不能太自私了。"

白灵恍然大悟："让我来是帮着看一看这适不适合嫂子居住？"

鹿兆鹏真诚地点了点头。

白灵有些哭笑不得，扫视四周轻声地："还需要添一些家具……得有个梳妆台，还得有张床。"白灵突然转过身，异样的眼神看着鹿兆鹏，"你真想养她一辈子？”

鹿兆鹏尴尬："我绝不用组织上的钱，我爷给的钱正好。养她几年等风平浪静闲言碎语也少了，我再给送回她妈家。"

白灵勉强笑了笑："说到底你还是关心她，头一次发现你挺重感情的。"

鹿兆鹏不好意思嘟囔："毕竟是拜过堂的。"

白灵眨动着眼，异样的眼神瞧着鹿兆鹏。

20. 西安城外 日 外

白灵跟随鹿兆鹏挤出人群，鹿兆鹏转头看着她。

白灵："兆鹏哥，有句话我一直想问你，虽然有违反纪律的嫌疑。"

鹿兆鹏一笑："那就别问！"

白灵："我偏要问！因为这几个月你一直不正面回答我！上次你走到底干啥去了？你回来好像跟丢了魂一样。"

鹿兆鹏望着远处不语。

白灵暗暗打量他："我猜你就不说！你不说我也知道！"

鹿兆鹏："你回吧！"

白灵有些不舍："你跟老韩都小心点！敌人通缉的对象你俩都排在前面。"

鹿兆鹏一笑，刮了一下白灵的鼻子："我走这些日子你别出啥事就行。"

白灵突然恼火："不许再刮我鼻子！鹿兆鹏，要我跟你说多少遍！"

鹿兆鹏惊呆，陌生地看着白灵。

白灵颤抖着声音，憋出一句："我忍你好久了知道么……你给我记着鹿兆鹏，我已经不是孩子了！"

白灵转身冲入人群，鹿兆鹏诧异地望着她背影。

21. 白家屋 日 内

鹿三推门进来，仙草知趣地让出屋去。鹿三坐到炕边，定睛瞧瞧白嘉轩两腮的伤口，闷头点燃旱烟袋，爽声朗气地："嘉轩，我今黑回去呀。"

白嘉轩扬了扬手。

鹿三挑明了："我明日再不来咧！"

白嘉轩继续扬了扬手。

鹿三更透彻地："从明日往后，我再不来了，我下工咧！"

白嘉轩这才撑起身子，怔怔瞧着鹿三。

鹿三连忙解释："地里也没啥活儿，屋里也没啥活儿了，我白吃闲坐着不自在！"

白嘉轩含糊不清地："你走了倒是自在了，可把不自在丢给我了！"

鹿三愣怔一下。

白嘉轩艰难地开口："为了省一份口粮撵你出门，人会说我啥话哩？我心里能自在吗？"

鹿三："不是这话！是没活干了闲下，这谁都看得见的事，不会胡说的。明年春上要是落下透雨，地里活儿开场了，我不用你叫就来了。"

白嘉轩冷下脸拽住鹿三的胳膊："三哥你听着，从今往后你再甭提这个话！有我吃的就有你吃的，我吃稠的你吃稠，我吃稀的你吃稀。万一有一天断顿了揭不开锅了，咱弟兄们出门要饭搭个伙结伴儿。"

鹿三咽了一口唾液，粗大的喉结猛烈地滑动了两下："嘉轩，你快别说了，你嘴还伤着哩。"

白嘉轩强忍疼痛，激愤地："没活儿干了你就歇着睡着，歇够了睡腻了你就逛去浪去！逢集了逛集没集时到人多的地方去耍，耍了再歇再睡……"

眼见白嘉轩腮边敷药处淌下血来，鹿三懊恼抽自己嘴巴。

鹿三："你快别说了，我就不该这时候扯这话！"

白嘉轩不管不顾："你甭瞪眼！兄弟我不是给你撇凉腔是说正经话，天杀人人不能自杀。年馑大心也就要放大。年馑大心要小了就更遭罪了三哥！"

仙草慌忙冲进屋，扶白嘉轩躺下。

仙草："别再说了，伤口全豁开了！三哥你别再让他说了……"

鹿三快要忍不住流泪，没有说话转身奔出屋去。

22. 学堂 日 内

白孝文空守学堂，只有一个娃娃坐在下面眼巴巴瞧着他。

白孝文冲那娃笑笑："别翻书哩，今天学诗经。"白孝文闭上眼吟诵，"关关雎鸠，在河之洲，窈窕淑女，君子好逑……"

赵柱冲进屋拉起儿子就往外走，白孝文睁眼回身看。

赵柱不好意思地笑笑："家里有事先不上哩。"

白孝文眼睁睁瞧着最后一个学生被领走。

23. 白家　日　外

白嘉轩披着衣服正出门，白孝文站在门口欲语还休，白嘉轩当没看见径直往院外走。

白孝文身后叫："爸。"

白嘉轩停住脚步。

白孝文上前："我想……跟您借点粮食。"

白嘉轩冷哼一声："你早干啥去了？你弟咋没饿着？"

白孝文被噎在那儿。

白嘉轩走向西屋，孝文身后喊："他天生会种地，我这书里又种不出粮食！"

白赵氏在屋里："孝文你又叫个啥？有委屈给奶奶说。"

白孝文冲到门口："分家时爸分给我的粮食可以接上秋收，可是秋天绝收了，来年的麦子也没指望了，整个一个冬天喝稀糁子凑合到腊月，年是实在过不去了……奶奶你给我爸说一句。"

白赵氏正想趁机教训一下孙子："你看看你弄成啥光景了？"

白嘉轩从对面的西屋已经听见，大声："你就甭开这个口！"

白孝文再没说话，从奶奶的屋里退出来回到前头门房。

白赵氏骂："你的心不是肉长的是滋水河里的石头！"

白嘉轩："妈，他媳妇回来我不让饿一口，他？去窑那边喝西北风去吧！"

23A. 村　日　外

白孝文一路没精打采地走着，远处拐角仙草冲儿子招手。白孝文一怔看看左右没人快步上前。

白孝文："妈？干啥呢？"

仙草提起墙后的一袋面，轻声："刚磨的，藏到学堂去。"

白孝文怔怔看着面："妈，您这是背着家里……"

仙草："饿了就吃，自己吃。"

白孝文迟疑地接过面袋，凄然一笑："您的意思，别分给小娥呗？"白孝文苦笑，"我做不到。有我一口她就不能饿着。"

仙草眼一热，捶儿子："畜生！你咋就沦落成这样了？为了那女人你连家都不认了？回去！回去跟你爸认错，妈陪着你！"

仙草下定决心强拽儿子。

白孝文挣脱："妈！我没错！我现在活着挺好！"

仙草："你活的连人样都没了！还嘴硬呢！跟妈回去！"

娘儿俩拉扯起来，面袋掉落在地洒了些。仙草怔怔站在那，白孝文慌乱蹲下收拾，划到手心往袋里装。仙草捂住嘴靠墙无声抽泣。

白孝文抑制痛苦，颤抖着声音："妈，妈您别哭，这粮食我不要。我宁可跟畜生一样活着！我觉着比当人痛快……"

白孝文还想说什么，再说不下去，将面袋塞进母亲手中，逃一般奔去。

仙草含泪望着儿子背影，泣不成声。

24. 原上　日　外

田小娥蹲在坡下找野菜挖，不时抬眼看看周围几个族里婆妈，她们竟也像自己一样挖起野菜，悄悄议论着。

慢慢变得双方抢夺起来，田小娥刚看到某处，那几个婆妈就大呼小叫地挤上前抢割："这哩这儿有！"

田小娥大步走远，身后是几人的轻笑："还想跟我们抢！""野菜也是族里的！凭啥让她挖！"

田小娥突然望见前方一棵野菜郁郁葱葱，快步上前刚要连根挖起，镰刀触到了什么。

田小娥忙扫开浮土挖出一个小油纸包来，怔怔地回头望望，那几个婆妈正埋头找菜。田小娥撕开纸包一角闻了闻，露出惊异的眼神……

25. 保障所 日 内

鹿子霖不敢相信地看着白孝文，苦笑摇头。

鹿子霖："这两亩水地你卖给我，你爸隔天再收回去我不白花钱了？"

白孝文将田契往桌上一按："大你放心，这地是分给我的，不然田契咋会在我这儿。"

鹿子霖拿起仔细瞧了瞧："这可是两亩好地，你爸知道不？"

白孝文有点不耐烦："我们分家全族的人都知道！大你还怀疑个啥？要不是年景不好缺钱花，我才不会卖呢！"

鹿子霖叹息将田契递回："孝文侄啊，叔不能占你这便宜。这几十块大洋叔现在就拿得起，可叔得挨全族的人骂呀！"

白孝文急："我又不是会种地的人，地在我手里根本就没用！"

鹿子霖连连摇头："不成不成，你拿回去！"

白孝文懊恼："这村里除了你还有谁能买我的地！你不能眼睁睁瞧着我们饿死啊！"

鹿子霖猛地一拍桌子："侄儿你既然把话说到这了，我就做回恶人！"

26. 窑洞 日 内

白孝文喜滋滋提着肉和一袋面进门，田小娥有些紧张，回头瞧着他。

白孝文："你瞧我买回啥来了。"

田小娥忙接过："呀！你哪来的钱呀？"

白孝文得意："甭问哪来的，反正咱这些天是饿不着了！"

田小娥打量："管你爸要的？"

白孝文冷哼一声："他才不会给，我把分给我的地全卖给鹿子霖了！"

田小娥吃惊地看着白孝文："你咋卖给他了？鹿子霖他不是个人！"

白孝文笑眯眯打量："你咋那么恨鹿子霖？人家招你惹你了？"

田小娥恍惚摇头："我听人说的，说这人面慈心狠，你防着他点。"

白孝文躺倒在炕上："我不管这些！有钱是真的！我爸还想看我喝西北风，

我偏不让他看！”

田小娥趴在他胸膛欲语还休：“孝文，今儿我挖野菜……”

白孝文搂过她：“别再提野菜，一提我就想吐！”

田小娥压低声：“我挖出个东西来！”

白孝文眯着眼：“快把饭和肉炖上，你还能挖出个金山银山来！”

田小娥更低的声音：“是大烟膏！”

白孝文猛坐起来，怔怔瞧着田小娥，田小娥转身从炕头摸出油纸包，递给白孝文。

田小娥：“一大包哩，以前我抽过，隔着厚厚的纸闻着味儿我就知道是啥。”

白孝文惊诧地端详，田小娥也趴在一旁眼巴巴地看着他。

田小娥轻声：“你说会是谁埋下的？”

白孝文眯起眼：“按说当年我爸带头清罂粟地，立乡约后又禁了赌毒，谁还会藏下这么一大包哩？”

田小娥拿过赞叹：“说实话我在郭家的时候，那老不死儿子从省城特意带回好烟土孝敬他爸，我跟着也抽过，都比不上这包精油精油的哩！”

白孝文怔怔看着田小娥。

田小娥点头：“上好的货！”

白孝文突然恍然大悟：“我记起来了！八成是那帮绑匪被我爸四处带人围，下不了原，是他们埋的！想以后再取回这货哩！”

田小娥吃惊：“那快埋回去，那帮不要命的再找来！”

白孝文一笑，亲她：“绑匪全死了！”

田小娥也喜出望外，趴在他怀里咯咯笑起：“这么金贵的东西，能换多少粮食啊！”

白孝文：“我的小娥呀，你命太好了！”

田小娥趴在白孝文肩膀，眼却异样地瞥着那包东西……

27. 田 日 外

白嘉轩正小心翼翼地用小舀将几滴水滴入将要蔫死的麦苗下，鹿三蹲在一旁摇头。

鹿三:“嘉轩，别废水哩，救不活了。”

白嘉轩懊恼将小舀抛在一边:“今年的收成算完了，颗粒无收啊三哥!”

鹿三:“按说咱够心诚的，这龙王咋不赏点水呢?”

远处鹿子霖叼着烟袋惬意来回地在地里走，鹿三一怔站起。

鹿三:“嘉轩，他踩的是咱家地!”

白嘉轩也皱眉眺望，鹿子霖笑吟吟地主动上前。

鹿子霖:“你那地可真好!等雨水下来原上最肥的就是这儿!”

白嘉轩哼了一声瞧着他。

鹿子霖:“嘉轩，你还是偏心哩!把最好的地给孝文，明年我保证好好种，绝不糟蹋这地!”

白嘉轩一愣:“你说啥?轮得着你种吗?”

鹿子霖笑:“你还不知道呐?这个孝文!卖地这么大的事他也没给你商量?”

白嘉轩脸色一变:“你说什么?”

鹿子霖装糊涂:“我还以为你爷俩商量好把这地卖我呢!”

白嘉轩转头就向家匆匆走去。

鹿子霖惬意地抽着烟袋冲鹿三笑笑:“明年我地多种不过来，你去我那搭个帮手?”

鹿三阴沉着脸也转身追去。

28. 白家　日　内

孝武走进前院门房东屋:“哥!咱爸叫你。”

孝文仰躺在炕上只扭了一下头:“我不去。”

孝武端直站着:“咱爸叫你你也不去?”

孝文:“后院厅房我不去，再不去了。”

孝武威胁:“那让老人求到你的门下?”

孝文猛然从炕上翻起身来跳到炕下:“你甭跟我耍威风!谁爱来不来我不稀罕!我也没拿你啥没借你啥没欠着你的啥!”

孝武不动声色地:“哥你看你成了什么样子?说话处事还像不像个兄长的?”

白嘉轩在院子里呵斥:“孝文你出来!”

孝文趿拉上棉窝走到院子，就看见院庭里站着父亲的佝偻的形体。

白嘉轩劈头问：“你把水地卖了？”

孝文：“卖了。”

白嘉轩：“这地是在你爷手时置下的，你不能卖！”

孝文：“眼下这地分给我是我的，我想活命就得换一把粮食。”

白嘉轩：“这二亩水地你卖了多少钱？”

孝文：“正说着哩！价官还没说死搿倒哩！”

白嘉轩：“你甭说了，这地你卖给我，我给你双价。”

孝文：“那不行，大丈夫出言驷马难追，你给我钱再多也不能收回我的话了。”

一声啸响，白孝文应声一个趔趄跌倒在地，父亲手中的拐杖抽击到他的脸上，继之又砸到他的大腿上。

白孝文却感到了一种报复的舒畅，从地上缓缓悠悠爬起来走进屋去，“咣”一声插上门闩，把父亲和孝武冷晾在院子里。

孝武搀扶劝慰着父亲，走回后院厅房去了。

孝文继续恢复仰躺在炕上的睡姿，一条腿架在另一条腿上，喃喃地：“好咧好咧！从今往后再没有谁来管我了！”

29. 窑洞　夜　内

田小娥百爪挠心在炕上翻转，又下地在屋里转，终于忍耐不住翻出柜里藏的烟土。

田小娥喘息瞧着，思索。

田小娥抠下一小块烟土拧按在烟枪上，凑着油灯嘬响。一股青烟缭绕，田小娥深吸一口，缓缓倒在炕上，脸上露出异样的笑……

30. 学堂　日　内

田小娥咯咯地乐着，被白孝文拽进祠堂。

田小娥：“让进不？”

白孝文笑："谁敢拦你！"
白孝文牵着她的手走进学堂，将她按在座椅上。
白孝文："都没娃听我讲书哩，今儿你充我的学生娃！"
田小娥笑着点头："先生好！"
白孝文满意地："好！子曰唯女子与小人难养也！"
田小娥下面："呸！我才不学这乌七八糟的！我要你养？"
白孝文笑得不行。
祠堂外脚步声，白嘉轩几个老者纷纷走进，吃惊地望着两人。
白嘉轩铁青着脸："谁让你们进的？滚出去！"
田小娥刚要站起，被白孝文按坐。
白孝文："我还是这学堂的先生，我爱让谁进就让谁进！"
几个老者纷纷摇头。
白嘉轩抄起门杠指着屋里："滚不滚？"
白孝文露出胆怯，咬牙与他爸对视。
田小娥抱住他胳膊，轻声："咱走，别气他哩。"
白孝文被田小娥拽出门去，白嘉轩用力将门杠砸向学堂窗户。

31. 西安城小学走廊　日　外

走廊跑过一群嬉笑打闹的小学生，白灵夹着书本来到办公室。桌上摆着一件衣服，白灵一怔，上前看纸条。
旁边老师："裁缝铺送来的，说你送去修的衣服。"
白灵含笑点了点头。

32. 裁缝铺　日　内

白灵一身教员打扮，夹着书本快步向裁缝铺走来，左右警惕地望了望才推门进去。
韩裁缝正丈量布尺，抬眼瞥了眼她，转身一撩帘进屋。
白灵跟随进，急促地："乡下啥情况？"

韩裁缝沉重的表情：“大灾呀！卖儿卖女卖婆妈的都有，一间房能卖两三块钱，连一斗麦都买不下。有些地方干脆不要钱就把孩子卖出去，只为给口吃的留条命。树皮草根全被扒光了，有的县整村整村地灭绝，能走的全逃难去了。”

白灵目光一紧：“老天爷为啥要这么折磨人！”

韩裁缝愤怒：“哪是老天爷降的灾，全是人自己折腾的！连年战乱政府又不给修水利交通，要水水没有，外省的救济粮又运不进来，老百姓一遇旱灾只能束手待毙！”

白灵：“兆鹏哥呢？”

韩裁缝：“兆鹏本来要跟我一块回来，他还想回原上接媳妇，可看着遍地的灾民他还是选择留下，带着他们四处吃大户……”

白灵：“那些大户能应吗？”

韩裁缝咬牙：“他们才不会应哩！这些土财主只顾高筑墙修铁门，把灾民挡在外面，自己躲在家里吃香喝辣的！你知道吗，上面早就调拨救济款，从省到县从县到乡层层克扣！那些达官贵人舞照跳酒照喝牌照打，老百姓一个子也拿不到！”

白灵愤怒地砸了下桌子：“难道就没有对付他们的办法？”

韩裁缝压低声：“有！兆鹏让咱们在省城跟他里应外合城乡呼应，我们组织人查那些屯粮抬价的奸商，搞游行给政府加压。他在乡下发动民众互帮互助。我们还有一些同志已经隐藏身份到第一线去了，由上到下想办法疏通赈灾的途径。”

白灵一怔：“第一线去，由上到下？”

韩裁缝点头：“比如你们滋水县的新县长……”

33. 书院　日　内

朱先生抬手请茶，郝县长一副书生模样坐在旁边。

朱先生：“还劳郝县长亲自来一趟。”

郝县长词恳意切：“不才机运不佳，刚来滋水就遇到年馑，已无任何抱负可言，唯有救灾赈济是命。”

朱先生异样眼神打量县长：“可我朱某何德何能担此重任，郝县长选错人了吧？”

郝县长摇头：“诚恐宵小之徒从中克扣，对百姓犹如雪上加霜，以先生的品格和声望正堪此重任。”

朱先生眯起眼，突然压低声：“能否告诉我实话？现在的报纸都在粉饰太平，到底死了多少人？”

郝县长低头沉吟：“光我滋水就有五六个村子绝户，每日县里清理街头死尸都有百十来具，饿死冻死的恐不计其数。”

朱先生目光沉重。

郝县长：“所以郝某此来望先生暂且搁县志编撰，先救民人度过饥荒，再续修县志……”

朱先生点头：“好，就冲你这大县长对我说的实话！我接了！”

郝县长喜出望外起身。

朱先生慨然击掌走到窗前：“书院以外，啼饥号寒，阡陌之上，饥民如蚁，我也难以平心静气伏案执笔。我一生不堪重任，无甚作为，虚有其名矣！当此生灵毁绝之际，能予本县民人递送一口救命饭食，也算做了一件实事，平生之愿足矣！”

郝县长百感交集地看着朱先生，冲他深深一揖：“我代灾民谢先生了！”

34. 某村破庙　晚　外

衣衫褴褛的灾民横七竖八地躺着，呻吟声求救声此起彼伏。

鹿兆鹏憔悴虚弱地小心迈过，不时蹲下将手中的馍掰一小块分去，无数双手向他伸着。

鹿兆鹏：“没了，都分没了……”

有人小跑过来蹲到他身边，轻声：“查清楚了，这王老大家把粮食都藏在地窖里，他家长工亲眼看见，起码有几百石。”

鹿兆鹏皱眉：“那他还白天带媳妇儿子出来要饭？”

那人恨恨地：“就为了骗灾民哩，晚上回家关起门来炖肉！这些土豪劣绅越来越狡猾，啥事都办得出！”

鹿兆鹏冷哼一声：“要说他们装成这样也不容易。”

突然远处喊叫："救人呐！有人投井了！"

鹿兆鹏忙带人冲去，一口枯井旁几个乡亲俯身叫着。

井中有个女孩卡在里面哭号："叔叔大爷们救救我……我不想死！"

鹿兆鹏忙拉过绳子一头系牢在木桩上，冲手下："你拉着我。"

鹿兆鹏将绳系在腰上滑下井去，所有人围上眼巴巴地望着。

有人喊："拉呀！"

众人齐拽绳子，浑身泥泞的鹿兆鹏抱着十三四岁的女孩爬上井边。

女孩冲着井底号啕大哭："爸！"

鹿兆鹏搂过女孩："跟叔叔说咋了？还有谁在下面？"

女孩哭："我爸跟我弟弟……"

鹿兆鹏忙回身扒井沿望下去，目光悲哀沉痛。

有人问："一家都跳下去了？你妈哩？"

女孩哭："我妈天一黑就不见了，我爸说她不要我们，把自己给卖了。我爸就抱着我和弟弟来跳井……"

闻听之人都眼泪汪汪，鹿兆鹏用力将孩子搂在怀中。

女孩伤心地哭着："我要我爸！"

鹿兆鹏咬牙，眼神悲愤，猛地抱着女孩起身，吼："乡亲们！走哇吃大户去——"

叠画：

火把攒动，无数灾民冲入豪家大院，纷纷从地窖搬出粮食。

地主家人哭喊拦阻，被推到一边无人理睬。

鹿兆鹏给饥民分粮，越来越多的灾民向他涌来……

白灵带领民众砸开粮铺的门，搬出里面囤积的粮食。

白灵走在人群队伍中间，跟随喊着口号。学生们打出的横幅上鲜明地写着："惩奸商治贪官救百姓"……

35. 车　日　内

汽车在愤怒的人群中寸步难行，有学生拍打着车窗喊着什么。

副驾驶位上田福贤恐慌地望着窗外。岳维山在后座闭目养神，似乎毫无察觉。

田福贤轻声："岳书记长，没想到这省城乱成这样！"

岳维山轻哼一声："共党不灭民心难安啊，他两三天就挑出个事来，闹得你心烦意乱！"

田福贤叹息："要说这共党能量还真大，都填井那么多人了咋还有人敢折腾！"

岳维山依然闭着眼，不紧不慢地："这次党部开会，韩书记专门询问了咱滋水饥民吃大户的乱象，全陕各地就数咱这儿闹得欢，你这总乡约也快当到头喽！"

田福贤脸色苍白，扒着座椅："别呀岳书记长，我可是唯您马首是瞻的！我田福贤连家都没回一趟啊，这您都知道！"

岳维山闭着眼笑了笑："有我在你急什么？只要抓到一个人，我保你位子坐得稳。"

田福贤："谁？"

岳维山睁开眼，一字一顿："鹿兆鹏！"

36. 村　日　外

桑老八、白兴儿带着族人举着棍棒，大呼小叫，几头狼被驱赶着消失在荒野。

白嘉轩、鹿子霖和几个老者匆匆走来。

白兴儿趴在沟边俯身就吐。

白嘉轩皱眉："咋了？"

桑老八哭丧着脸："族长，闹狼咧！灾民饿死在村外，肚子都被狼掏空了，肠子心肝全拽出吃了！"

鹿子霖捂着鼻子惊恐万状退后，白嘉轩上前看了看，露出不忍的目光。

白嘉轩："从今儿起，凡死在咱村边的都给他埋了。谁要出村，凑上三五个壮劳力一起出，不能再单个行走。"

远处赵柱哭号："族长，我媳妇上吊了！人没咧！"

众人惊愕回身看着赵柱。

白嘉轩上前拉住他："啥时候了家里还吵闹！"

赵柱哭："没吵闹，家里已经好几天揭不开锅了，我实在挨不住饿想出去讨饭，她不答应说死也死在家里头，不想看着娃被我卖掉，昨晚赌气说少一口人就能省出给娃的饭来。今天一早我就看她在梁上挂着，娃跟我哭妈，他妈没咧！"

白嘉轩定定地站在那，痛苦地闭上眼。

37. 祠堂　晚　内

白嘉轩闷头抽着烟袋，几个老者面带愁容窃窃私语。

鹿子霖："这头一个就不能让灾民进咱村！听说别的原都开始吃大户了，不分青红皂白就往你家里闯，见着啥吃啥！"

老者："嘉轩，你说呢？"

白嘉轩沉声："吃就吃吧，挡不住。谁家藏着粮食谁才急哩，反正我不急。"

鹿子霖白他："你这是啥话？"

白嘉轩长叹一声："房是招牌地是累，攒下银钱是催命鬼。房要小，地要少，养个黄牛慢慢搞。"

众人面面相觑都搞不明白。

白嘉轩："我现在才明白我姐夫说的话。"

鹿子霖急："你这族长咋念起诗来了，这全族的人等着你拿主意呢！"

白嘉轩瞪着他："族粮都分光了，外面的粮食贵得买不起几斗，村里牲口能宰的都宰了。你让我拿啥主意？"

鹿子霖指着白嘉轩："这就是你族长没本事！"

白嘉轩起身："当初我让你留着存粮过灾荒你咋不说？留的那些粮食呢？"

众人都眼巴巴瞧着鹿子霖，鹿子霖一脸委屈。

鹿子霖："我不都给大伙儿分了吗！"

众人七嘴八舌："早该听嘉轩的。""存到现在多好哩！"

白嘉轩："行了，这世上也没有后悔药吃，让我再想想办法。"

白嘉轩起身迈着沉重的脚步出去。

38. 白家　夜　内

仙草小心翼翼端上一碗糊糊，白嘉轩接过吹了吹。

白嘉轩刚要吃，停住抬眼瞧着媳妇："你吃了没？"

仙草应付："吃了，这是给你留的。"

白嘉轩喝了两口，递还给仙草："你也吃些，几天都没沾面了，全是野菜糊糊，吃多了你脸色都黄。"

仙草苦笑："我都这岁数了怕啥，我真吃过了。"

白嘉轩倔强摇头："除非你一口我一口，拿出去。"

仙草懊恼："你咋越老越倔了呢！这是三哥回家寻来的一袋粮，晚上赶紧熬了全家都吃过，我骗你干啥。"

白嘉轩捧着那碗糊糊发呆："现在轮着三哥给咱找粮食了。"

仙草："三哥一直愧疚着，说当初没听你话把粮食都卖了换钱。听说赵柱媳妇没了？"

白嘉轩点了点头："我这族长没用啊！"

仙草将碗递到白嘉轩嘴边，白嘉轩摇了摇头："我是真吃不下了，一想着那被狼掏空的身子我就想吐。"

仙草叹了口气："你可不能垮啊，咱族人都看着你呢。"

白嘉轩默默点头，思索着。

39. 窑洞　夜　内

田小娥借着油灯的亮小心翼翼揭开孝文的后腰衣服，一大块青紫。

孝文趴在炕上喘息呻吟。

田小娥："咋摔成这样了？"

孝文哼："我好不容易抢着一块馍，想给你带回，谁想掉沟里去。一起急我也忘了脚下，哎哟！疼死我了！"

田小娥心疼地看着男人："我去冷先生那儿给你寻点药？"

孝文摆手："忍忍就行了。"

田小娥为难，想起什么："要不，你抽一口？"

孝文转过头怔怔看着田小娥。

田小娥迟疑："抽一口那个就不疼哩。我听他们说过……也能治病。"

孝文："真的？"

田小娥拿出烟土，又迟疑："还是算哩，你爸要是知道……"

孝文凄然一笑："点上！我就怕他不知道！"

田小娥在他面前半倚躺着，撕开一层油纸，用细铁钎挑起一块膏状鸦片在三个指头间揉搓，然后按到烟枪眼儿上："等等，我给你点灯，妹子今日服侍你。"

白孝文笑，深吸起来，剧烈咳嗽。

田小娥拍着他背："不能这么吸的，尤其你头回吸。"

白孝文喘息继续试。

田小娥："香不香？"

白孝文恍惚地："香着哩。"

田小娥眼巴巴瞧他："还疼不？"

白孝文一咧嘴："不疼了。我可算明白当年我爸禁了又禁，石头叔他们为啥还是偷着抽。"

小娥凑在一旁贪婪地闻味："别尽着你抽，这最后一块分我一点……"

窗户剪影，油灯摇曳。烟枪在两人间递换着……

40. 某村破庙　夜　外

饥民四散横躺，庙堂里燃着篝火，鹿兆鹏静静地望着火苗。

叛徒（报告有人投井的那人）凑上前，轻声："鹿委员，照你吩咐，就给王家留了点口粮，其他全分光了。"

鹿兆鹏点头："后半夜咱准备撤离，往别的原走。"

叛徒一怔："为啥？"

鹿兆鹏轻声："我们已经连续吃了那么多大户，县里却没啥动静，很不正常，我有种不好的预感。"

叛徒怔怔看着鹿兆鹏："哎！我去通知他们。"

女孩做噩梦："爸……不要我不想跳井……"

鹿兆鹏忙上前轻拍，叛徒起身悄然退去。

鹿兆鹏："小妹没事，咱不跳井。"

女孩瑟瑟发抖，鹿兆鹏摸她额头皱眉，脱下外衣盖在她身上。女孩紧紧拉住他的胳膊，鹿兆鹏动了动却抽不出手来，被那女孩死死抱着。

鹿兆鹏小心翼翼侧躺在旁边，忧心忡忡地思索着什么，眼皮开始沉重起来……

41. 破庙外　夜　外

十几个人影悄然出现在黑暗中，快速向破庙围来。一个人站在坡上，叛徒对他窃窃私语。

叛徒轻声："就在那破庙里，后半夜他还准备撤！"

岳维山望着已被包围的破庙，露出一丝狞笑。

第三十五集

1. 贺家坊　日　外

朱先生一身布衣快步前行，身后田福贤等总乡约簇拥跟随。

饥民们正围着舍饭场举碗讨粥，朱先生忧心忡忡，对身后人："我这次从省里押运回的粮食杯水车薪，饥民越来越多，一人还分不够一碗米汤喝。诸位都是各仓总乡约，还能从哪儿挤出点粮食来？"

朱先生回身扫视，众总乡约都回避开眼神，左顾而言他。

田福贤心不在焉望着远处，突然喊："来咧，岳书记长来了！"

众总乡约甩下朱先生，一哄迎上，朱先生无奈的目光。

车停在近前，却是郝县长从车上下来。

田福贤一怔："郝县长？岳书记长没来？"

郝县长径直向朱先生走去："岳书记长临时有要事。先生，情况咋样？"

朱先生皱眉摇了摇头。

田福贤上前赔笑："郝县长我们就等您哩，到饭点了大伙儿都没吃！"

郝县长点头："我们边吃边聊，先生请。"

2. 县政府监狱　日　内

鹿兆鹏一动不动坐在牢房中，岳维山放慢脚步在角落中凝视他的身影，像欣赏刚俘获的猎物般慢慢走近。

鹿兆鹏抬起头来，两人对视。

岳维山笑："我们又见面了，可惜没想到是在这里。"

鹿兆鹏微微一笑："岳书记长这话就假了，这种见面方式恐怕是你早想到的。"

有人给岳维山搬来把椅子，岳维山舒适地坐下点着烟，又将烟盒递进栅栏。

鹿兆鹏摇摇头："谢谢，你知道我不抽烟。"

岳维山深吸一口，吐出烟圈："抓你的原因不用我解释了吧？你带流民吃大户，严重扰乱秩序搞得滋水大乱。按你们这种无赖做法还有规矩可言吗？"

鹿兆鹏冷哼："流民？身为父母官，岳书记长这样称呼忍饥挨饿的百姓吗？官商勾结囤积粮食大发难财，这不是扰乱秩序？眼看灾民流离失所，却只顾大户平安，这不是无赖做法？岳书记长，你张嘴秩序，闭嘴规矩，你自己遵守了么？"

岳维山刚要张嘴说话。

鹿兆鹏叹息："老百姓不是傻子，谁好谁坏他们心里最清楚。老百姓也不是疯子，愿意看天下大乱。再者你们抓我也不是这个原因，充其量是个借口。"

岳维山苦笑："兆鹏兄还记得在白鹿仓里我跟你说的话吗？我说唯有你我有资格在这台上唱戏，其他人都是看客。遗憾呀，这戏短得很，没咋唱就结束了。"

鹿兆鹏冷笑："结束了吗？我咋觉得戏才刚开始呢？"

岳维山摇头："共产党没戏可唱了！委员长一声令下，全国各地都在剿共，你们的军队——对不起，如果还能称得上是军队的话，损失惨重啊。你们的地下党也基本上被我们挖得差不多了，共产党就好比是过街老鼠，人人喊打，仓皇不可终日！"

鹿兆鹏大笑起来，岳维山冷冷瞧着他。

鹿兆鹏："岳维山啊岳维山，从前我只知道你是个厉害人物会耍手腕，没想到你还很会做白日梦哩！这只是你们自欺欺人的判断，只要还有苦难，只要还有不公，共产党人就会一代代地出来！剿不完的，你信不信？"

岳维山眼一寒："反正你是被我剿了。看在你我共过事的分儿上，他们准备对你用刑，被我阻止了。"岳维山啧啧摇头，"那种惨状有失人格，我不想看到你成那个样子。"

鹿兆鹏淡然一笑："迟早会用的，何必这么假惺惺？"

岳维山也笑起来，惬意地吐个烟圈眯眼审视："我是真喜欢你。"岳维山凑近压低声："每次见到你都很亲切，因为仿佛看到了我自己。我身边的那些人，愚蠢、贪婪、懦弱什么都有，就是没有信念。所以他们活得像蝼蚁一样，天天奔波恐惧不可终日。你我才是一路人，有信念。”

鹿兆鹏一笑：“千万别把咱俩往一块绑，咱的信念不太一样吧？”

岳维山皱眉：“请讲。”

鹿兆鹏：“如果我没看错，你的信念是权力，是万人之上，有一天能翻手为云覆手为雨。”

岳维山苦笑：“兆鹏兄，权力有什么不对？想拯救民众，首先要爬到他们上面，才能制订规则。”

鹿兆鹏摇头：“像你这样的人，掌权了更可怕，你只会为自己制订规则。”

岳维山笑：“说的好像你不食人间烟火一样。”

鹿兆鹏摇头思索：“不，恰恰相反，我们与百姓同苦同悲，食的就是人间烟火。而你这种人只会想高高在上驾驭他们，你是从心底瞧不起民众，我没说错吧？”

岳维山眯起眼：“千百年来，好像历史上成功的都是我这种信念的人，而不是你。”

鹿兆鹏点头：“所以我们要改变历史。”

岳维山愣了愣，突然大笑起来。鹿兆鹏目光平静如水。

岳维山笑着摇头：“赤子之心，我喜欢你的赤子之心！”

鹿兆鹏：“可惜我不喜欢你的狼子野心，你的狡诈你的残忍。岳维山，从一开始我们就不是一路人。”

岳维山收笑：“但可以走到一起啊，凭你的见识和胆略，我保你的位置在我之上，前途不可限量。何必要为一个不能自保的党受苦受罪呢！党国需要你这样的人才啊！”

鹿兆鹏又朗声笑起：“我猜想，接下来你是不是还想问地下党的名单、组成方式、接头暗号，然后许诺我可以秘密被保护出国消失，享受后半辈子的荣华富贵？”

岳维山有些惊诧：“但前提……”

鹿兆鹏微微一笑：“前提是我写一份悔过书？并把我了解的名单列上。”

岳维山更加吃惊地打量。

鹿兆鹏缓缓摇头：“省省吧，如果岳书记长真了解我的信念，了解我鹿兆鹏都经历过什么，就不会做这些无谓的试探了。”

岳维山露出狠相："我知道你骨头硬不怕受刑，我有比那些大刑更残忍的方式毁你，知道是啥吗？"

岳维山蹲到栅栏边，轻声低语。

鹿兆鹏脸色一变，愤怒地瞪着岳维山。岳维山朗声大笑起身。

岳维山头也不回："为了你我把赈灾都耽误了！"

鹿兆鹏身后一字一顿："不是赈灾，是你的功绩。"

岳维山嘴角抽搐了一下，扬长而去。

3. 贺家坊粮仓内　日　内

郝县长正焦急地询问各乡情况，众人围坐桌旁七嘴八舌，朱先生来回踱步沉思，不时望着窗外越来越多的灾民。

田福贤忙着催上菜："快！都饿哩，咋才上！"

几碟炒菜和雪白的蒸馍端上，朱先生皱眉注视，几步上前接过菜盘："慢着，别往这儿放！"

众人就是一愣，都抬眼看他。

朱先生大步走出屋："随我来！"

端菜的人只得跟随出来，田福贤又不敢阻拦。朱先生端菜到舍饭场，一下全都倒进大铁锅里。郝县长和众乡约在屋中起身怔怔望着。

郝县长大喝一声："好！"

郝县长双手抢过两盘菜也走出门去，倒进锅中，身后人只得效仿将所有饭菜倒入。

朱先生转身看着田福贤："你给民人说说这馍是用啥粮蒸出来的？"

田福贤瞅了瞅拥挤着的饥民，吓得面色蜡黄不敢吭声。

朱先生："青天白日旗下，无须挤眉弄眼悄悄话。你敞开喉咙向民人说——"

田福贤懊恼："朱先生您错怪我咧，我们平日哪敢吃这白馍炒菜啊，都是想着县长书记平日为百姓操劳辛苦，我不能再让他们饿着啊！"

朱先生冷笑："你们眼里只有县长书记？这些受饿的黎民百姓你们就不心疼一点么？若是你们自己的爸妈儿女在外喝着稀汤，你在屋里吃得下这白馍炒菜吗！"

郝县长百感交集地望着朱先生，站在前头的饥民跪下了，后头的人一拨一拨无声地跪下来，整个舍饭场上鸦雀无声。

朱先生满脸淌流着泪珠："今日就让我们与父老乡亲同食！"

说罢朱先生也撩袍跪倒，郝县长跟随跪下去，身后众官员面面相觑纷纷跪倒。场内泣声一片。

4. 戏台 日 外

白嘉轩往村口走，鹿子霖叼着烟袋蹲在戏台上观瞧等候，远远望见白嘉轩的身影，鹿子霖忙起身招呼。

鹿子霖做出完全无心而是碰巧撞见的神态先开了口："哎呀嘉轩哥！碰见你了正好，我有句话想给你说。"

白嘉轩扬起脸："这儿能说不能说？"

鹿子霖："能能能。也不是啥是非话嘛！我想劝你一句，你把粮食给孝文接济上些儿嘛！总是爷儿们嘛！甭让他三番五次缠住我要卖地，我不买他缠住不丢手，我买了又觉得对不住你……"

白嘉轩咬着腮帮，完全是一种事不关己的腔调："这没啥对不住我的。你尽管放心买地，他要踢地你要置地是你跟他的事，跟我没啥交涉。"

鹿子霖更诚心地劝："嘉轩哥你甭倔，他可连手头上的田地全卖我了。"

白嘉轩："卖就卖了，关我啥事！"

鹿子霖："瞧你这心硬的！亲亲的爷儿们，你不能撒手不管……"

白嘉轩冷笑一声反问："管？你怎么不管兆鹏？"

鹿子霖噎得反不上话来。白嘉轩转过驼背慢慢走去。

鹿子霖不露声色地："你顶我顶得美顶得好，你不管了好！我就要你这句话！"

5. 保障所 日 内

鹿子霖关好门窗，白孝文正坐在案旁思索。

鹿子霖走近前，轻声："你可想好了，这房契不比田契！"

白孝文爽快地:“大，咱是老主顾哩，又不是第一回卖，你只需把钱给我就行！”

鹿子霖装作苦恼:“拿钱又去换烟土是不?你爸当年下了多大决心把大烟清出咱族去，现在你又捡回来了，这不跟他对着干吗！”

白孝文冷哼:“我就是要对着干，大你再不给钱我可换买家了。”

鹿子霖又装作无奈:“肥水不流外人田，反正你也是狠下心了，我不能眼睁睁看你饿死。”

白孝文点头:“对嘛！快拿钱吧大，我等着去买货哩！”

鹿子霖从抽屉中掏出一袋钱，白孝文刚要抢，鹿子霖一闪。

鹿子霖眼中透着不忍:“说老实话，大没想到你会有这一天。”

白孝文一把抢过钱袋扭头冲出去，头也不回地:“大，房契你自己收着！”

鹿子霖拿起那张房契看了看，百感交集地叹了口气:“老白家算完了。”

6. 鹿家　日　外

十几个年轻后生埋头吃着面，鹿子霖叼着烟袋瞧他们。

鹿子霖叮咛:“给我帮个忙，你们去只管拆房甭说二话。白家没人出来阻挡你们就尽管拆，要是有人出面拦挡，满仓你赶紧跑回来叫我。”

满仓点头:“叔你就放心吧！”

鹿子霖叫:“不准起哄闹事。”

众人叫喊着出院门。

媳妇担忧地上前:“他爸，准打起来！”

鹿子霖冷哼:“我要的就是打！不打换不了天啊！”

媳妇惊诧地瞧着他，鹿子霖磕磕烟袋:“咱老鹿家也该伸伸胳膊直直腰了。”

7. 白家　日　内

厅房里聚着白赵氏、仙草以及孝武和他媳妇，白嘉轩闷头抽着烟袋。鹿三蹲在院里咬牙听前面拆房声，抓起锄头起身就要冲去。

白嘉轩:“三哥！”

鹿三:“鹿子霖不是买房，是揭你的脸皮往你脸上尿尿！”

白嘉轩只顾咂着水烟袋:“我没觉着，让他们拆。”

白赵氏哭:“孝文使唤了他多少钱咱还多少，房子不能拆。”

仙草悲愤地:“我咋要下这个踢地卖房的败家子！”

孝武:“爸，我实在咽不下这口气！”

院外一阵哄闹，白姓的十几个后生冲进来:“族长！咱不能让鹿姓的人这么欺负！”

鹿三随着众人哄哄起来:“对！挡了他看他要咋？叫鹿子霖出来说话看他咋说？砸断他的腿拐儿再说！”

白嘉轩皱眉站起扫视:“这人都是谁叫的？孝武！”

孝武冤枉:“爸，我可没叫！都是咱族人看着咽不下这口气，自己来的！”

众人应和:“对！叔，我爸让我来的！”“咱白姓人不能被他鹿姓人压住！”

白嘉轩喝住众人:“你们生的哪路子气煽的哪门子火？子霖买房掏了钱立了契约合理合法，再说是孝文箍住人家要卖房，你们怪人家子霖的啥错儿呢？回去回去都回去！”

众人面面相觑迟疑不定。

白嘉轩虎下脸:“族长的话也不听了？是不是都要去祠堂背乡约！”

众人这才听话退去。

白嘉轩转身看着儿子和鹿三等人:“我难道连这事的轻重也掂不来吗？揭我脸皮我还不知道疼不觉得羞吗？”

众人默默不语地瞧着他。

白嘉轩走到孝武面前:“除了拦挡除了打架，你看还有啥好办法呢？”

孝武闷头不语半晌，猜摸父亲的心意:“爸，他今日拆房，我明日个搭手准备盖房，把门房再盖起来，还要盖得更体面。”

白嘉轩在桌子上拍了一巴掌:“这就对了！一拆一盖，人就分清了谁是孝文谁是孝武，祖宗神灵也看见谁是白家的孽子谁是顶梁柱！”

白嘉轩扫视一眼白赵氏、仙草，最后盯住孝武:“人说宰相肚里能行船。我说嘛……要想在咱原上活人，心上就得插得住刀！”

8. 鹿家　日　内

鹿子霖坐在椅子上抽水烟，得意中不无紧张，期待着满仓飞奔回来请他出面。他走到门口眺望又走回来，目光诧异。

满仓从院外跑来，鹿子霖按捺不住急急迎上：“有没啥响动？”

满仓：“没没没，开始孝武还蹦出来挡将，我准备回来叫你，他爸出来把孝武拉回去了，出来还笑着说快拆快拆，拆了这房就零干了，咱一家该着谢承你子霖叔哩……随后才拉着孝武进后院去了。”

鹿子霖从街门口踱回厅房祭桌跟前，重新装上一袋水烟，吹燃火纸的时候，绷紧的心里有点泄气。

9. 白家外　日　外

满仓领着人把木料砖头瓦片全部拆光送走，又挖下了木格窗子和门板，白嘉轩恰当此时走到前院，瞅一眼残垣断壁和满地狼藉的土坯碎砖，把正在殿后查巡的满仓叫住。

白嘉轩客客气气朗声问：“满仓你们拆完了？”

满仓不好意思地笑答：“完了完了……伯。”

白嘉轩：“你再看看还有啥东西没拿完？”

满仓依然笑容可掬地答：“没咧没咧啥也没咧……”

白嘉轩却认真地：“有哩！你细看看。”

满仓干笑起来：“伯你耍笑侄儿哩！不用细看……”

白嘉轩加重声色喝住转身欲走的满仓：“你甭走，你把东西没有拿完不能走。你蹲下仔细想想，啥时候想起来再走。”

白嘉轩说着双手拄着拐杖，紧紧盯住满仓，满仓怯着族长伯伯，真的蹲下来不敢走了。

街巷里不一会儿聚集起来一伙儿看蹊跷的人。

白嘉轩转头冲孝武：“回屋搬把椅子，我陪满仓想。”

10. 鹿家　日　内

鹿子霖焦灼不安地来回走动，媳妇在一旁埋怨。

媳妇:“你这不是惹事吗，买下房你也不该现在拆！这倒好，满仓让人扣住了吧，就等你去咧！”

鹿子霖烦躁地:“去就去，我怕他？”鹿子霖大步向院外走，想起什么停住脚步，“把房契给我拿来！”

媳妇:“你不是不怕么？”

鹿子霖瞪眼:“拿不拿！”

11. 村　日　外

全族的人越聚越多，都站到白家院门前议论纷纷。满仓羞愧抱头蹲在那儿，白嘉轩却惬意地坐在椅子上抽着烟袋。

人群中白孝文羞红着脸惊诧地望着那片废墟。鹿子霖躲在墙后也懊恼地望着，硬着头皮挤进人群。

鹿子霖双手作着揖抱歉:“嘉轩哥我本该早来给你说一声，保障所来了上头的，我脱不开身……满仓你咋搞的？说啥冲撞你伯的话啦？还不赶快赔礼！”

白嘉轩站起身来抱拳还礼:“子霖呀我真该谢承你哩！这三间门房撑在院子碍着我的眼，早都想一脚把它踢倒。这下好了你替我把眼里的楦头挖了，把那个败家子撵出去了，算是取掉了我心里的疙瘩！”

白孝文在人群中苍白着脸退出去，无数眼神轻蔑地望着他的背影。

鹿子霖悻悻地笑笑:“孝文实在箍得我没……”

白嘉轩打断他:“孝文箍住你踢地卖房我知道……我叫满仓甭走，是他给你把事没办完哩！”

鹿子霖一愣:“还有啥事你跟我说，兄弟我来办。”

白嘉轩不紧不慢地:“你把木料砖瓦都拿走了，这四面墙还没拆哩！你买房也就买了墙嘛！你的墙你得拆下来运走，我不要一块土坯。”

鹿子霖脸色一变，凑上前轻声地:“兄弟，拆四面墙可比不得揭椽溜瓦，这十来个人少说也得干三天？”

白嘉轩装糊涂，大声地：“干呗！全是你的！”

鹿子霖为难，更压低声：“兄弟你饶过我，你又不是不知道，这些饿臭虫似的侄儿们三天得吃多少粮食？”

白嘉轩大声：“咋，你还怕你满仓侄儿吃你粮食？”

满仓抬头眼巴巴看着鹿子霖。

白嘉轩拉过鹿子霖用烟袋指着废墟：“你自己算算，你占了多大便宜！这都让你拉回家去，你还舍不得给你侄儿们饭吃？”

众人迎合：“对咧对咧，鹿乡别那么抠哩！”

鹿子霖无奈，瞅一眼看热闹的族人，强撑着脸说：“那当然当然……”

白嘉轩仍然豁朗地：“你明天甭停，接着就拆墙，越早越快弄完越好！再说我也搭手想重盖房哩！是吧三哥？”

鹿三咧嘴乐：“谢鹿乡了！”

鹿子霖快哭出来，强挤出笑点着头。

12. 祠堂　晚　内

院里不少乡亲愁苦地等候，堂中灯火通明，几个老者连连摇头叹息。桑老八带着三娃子等人匆匆走进，白嘉轩迎到台阶，焦急地看着他们。

桑老八：“族长，贺家村的粮也都没咧！我们一连跑了七八个村都借不出粮了。”

众人失望的目光，眼巴巴看着白嘉轩，人群中有人开始低泣。

白嘉轩喝道：“哭啥！哭能当饭吃？”

哭声停止，几个老者搀扶出来：“嘉轩，看来要撑不住哩！这辈子我们都没赶上过这样的饥荒啊。”

“是啊，嘉轩，放族人逃难吧！”

白嘉轩阴沉着脸，一字一顿：“那这族就算完咧！”

13. 西安城街　日　外

"看报看报！共党头目鹿兆鹏被抓！""借暴动之机猥亵幼女！"

众人纷纷抢着报童手中的报纸。

白灵怔怔看着报纸上的标题，不敢相信的目光。

白灵跌跌撞撞走去，艰难喘息，不时撞到旁人。

14. 裁缝铺　晚　内

一张报纸就放在油灯下，白灵眼巴巴看着韩裁缝。韩裁缝皱眉不语，来回徘徊。

韩裁缝："看这文章是岳维山在滋水透露的，他充分利用了老百姓猎奇的心理，好狠毒啊这招！兆鹏曾经提醒过我岳维山这人心狠手辣有手腕，领教了。"

白灵急："老韩，我们必须想办法救鹿兆鹏，再拖延他命就保不住了。"

韩裁缝摇头："一时半会要不了他的命，敌人会让他生不如死逼他写投降书，这才是更可怕的。"

白灵快要哭出来，含泪望着报纸。

15. 县政府监狱　夜　内

鹿兆鹏被吊在梁上双臂展开，殉难者的姿态，奄奄一息，身上满是血痕。

有打手用力挥着皮鞭，炉火中的烙铁发红。

岳维山站在窗外静静地看着，里面出来一个赤裸上身的手下。

手下低声："还是不开口。"

岳维山笑了笑递上报纸："开口他就不是鹿兆鹏了，别打死，熬着他。把这个给他看看，一个人再强总有崩溃的时候。"

手下接过进去，揪起鹿兆鹏的头发展开报纸。鹿兆鹏无力地睁开眼睛看了看，狠狠"呸"了一口。

岳维山在黑暗中无声狞笑。

16. 小学办公室　日　外

白灵忧心忡忡地进屋，老师们正在低声议论。

“听说抓他的时候还搂着一个女孩子呢，才十三四岁！”

“乘人之危啊，没想到共产党会这样……”

白灵愤怒站起，老师们都诧异地抬眼看她。

白灵慌乱地拿过手旁的暖壶转身走出屋去，老师们又议论起来。

“还有更邪的，这鹿兆鹏做省委委员的时候偷藏了好多钱转到国外，全给挖出来了！”

白灵目光痛苦站在门外。

17. 裁缝铺　日　内

白灵匆匆进院，屋中传来激烈的争论声，白灵停住脚步听着。

“不能救！岳维山这条老狐狸就等着我们的人露马脚呢！”

“我们不能眼睁睁看着自己同志被人诬陷秘密处决！”

老韩的声音：“同志们静一静……”

争论声越来越激烈，门被撞开，众人警惕回头，白灵含泪站在门口。

韩裁缝起身：“白灵？”

白灵：“我知道这时候不能轻举妄动，我也知道组织纪律，这些鹿兆鹏都嘱咐过我。”

韩裁缝上前：“回去！”

白灵含泪：“可我实在受不了了老韩！街头巷尾老百姓都在议论，拿这当笑话听，我们的流血牺牲成了他们的笑料！兆鹏哥救了那么多灾民，却成了报纸上的流氓小人！你没看他们把所有能用的恶毒语言全用上了！”

众人鸦雀无声，韩裁缝也一脸悲愤。

白灵：“滋水不比西安城，它的监狱很小。”

所有人都惊住，抬眼盯着白灵。

韩裁缝眯起眼走近：“你想劫狱？”

白灵颤抖着声音："如果只剩下这条路能换来鹿兆鹏的命，我们就该试试。"

众人面面相觑，有人低声："胡闹！"

白灵决绝的目光瞪着韩裁缝，韩裁缝转身踱步低头沉思。

有人轻声："老韩，我们不能把其他同志的命都往上搭！"

韩裁缝沉声："白灵你先回去。"

白灵急："老韩！"

韩裁缝怒："你是一名党员！服从纪律！"

白灵含泪退出门，狂奔而去。

18. 街 日 外

白灵不顾一切地跑着，泪水涌出。

鹿兆鹏的声音在耳边回荡："你现在是一名共产党员了，要用更高的标准来要求你。环境越来越残酷，不要轻易暴露自己的主张，不要随便争论，不要愤怒。记住，当一个人靠理智活着的时候才是最强大的。"

白灵放慢脚步，紧咬嘴唇不再哭泣。她抹干泪水深吸一口气，思索着望向远方……

19. 冷先生药铺 日 内

鹿子霖撩帘迈进药铺门，冷先生异样的眼神注视他。

鹿子霖尴尬："亲家你找我？"

冷先生不由分说一把拉住他进里间。

鹿子霖有些慌乱："我拆白家的房也是迫不得已，是不是白嘉轩给你告状来了？"

冷先生轻声而急促地："你知道不知道？兆鹏给逮住了！"

鹿子霖半张着嘴看他，没说出话来。

冷先生："说是煽动灾民暴动，企图推翻政府，还有更难听的哩，唉……"

鹿子霖结巴着："你听谁说的……啥时候出的事……我一点儿也不知晓！"

冷先生将报纸拍到鹿子霖面前，鹿子霖颤巍巍地拿起看。

冷先生:“早起一开门来了南原上一个病人，把这报纸拿给我看。”

鹿子霖惊诧不已:“他还在原上？我的天老爷！通缉告示贴得满原上都是，他居然还没离原……”

冷先生点着报纸:“上面说他刚刚从城里回到原上，想煽动饥民起来闹事，大罪哩！”

鹿子霖哆嗦着骂:“活该！死得！把这孽子拗种处治了，我倒好说话好活人了！”

冷先生:“你说的是气。你我现在这年岁，还有多少话好说还有多少人好活呢？没有多少了，你我而今都活儿女的人哩！”

鹿子霖咳了一声竟落泪了，泣不成声地:“我一家好端端的日子全坏在这龟孙子身上。他参加共产党跟着背亏带灾且莫说起，单是婚事……教我总也觉得对不住你老哥哥呀！我说的不是气话是实心话，把他龟孙处治了倒好！仓里县里再不疑心我鹿子霖通共的事了，家里的事也好办了。让人家名正言顺再嫁去，我在你老哥面前不就好说话好活人了吗？”

鹿子霖呜呜地哭泣。

冷先生摇头:“子霖，我今日叫你来可不是说这话的。我知道你想救他说不出口。”

鹿子霖咬牙:“我不救。”

冷先生:“你不救我救，我的女婿呀！”

鹿子霖:“你救也是白救。他把田总乡约押到铡刀下你也知道，田总乡约能饶他？上边现在对共产党是宁错杀一千决不轻放一个。他完了，他兆鹏龟孙这回完了！你也甭劳神了，白劳神又折财……”

冷先生:“我准备倾家荡产，只要能救回我的女婿！”

鹿子霖怔怔看着冷先生，低下头不语，许久哽咽:“你是真个把他救下了，他就不敢再拧拗了。他也明白他的命是你给拾回来的。”

冷先生:“你今日个留神一下，田总乡约一回来你就给我说一声，事不宜迟。听说对共产党现时是快刀斩乱麻，审也不审就填了井了！”

鹿子霖身子一颤，露出绝望的目光。

外面有人喊:“鹿乡约在吗？县里来人请哩！”

鹿子霖腿一软，冷先生皱眉，两人对视，冷先生努努嘴，鹿子霖快哭出来。

20. 冷先生药铺外 日 外

鹿子霖完全是被搀扶出来的，本就哆哆嗦嗦，瞥见汽车和门前的官差他腿一软差点没跌倒。

冷先生客气询问：“县里找鹿乡没说啥事？”

那人摇摇头：“上车！”

鹿子霖哭丧着脸转头冲冷先生：“给家里报个信，我要回不来……让我婆妈等兆海回来。”

冷先生皱眉点头，望着鹿子霖钻进车，汽车扬长而去。

21. 白家 日 外

“嘉轩！白嘉轩！”

冷先生异乎寻常地呼喊着冲进院，仙草和鹿三都迎出来。

仙草：“咋了，冷先生？”

冷先生喘息：“嘉轩哩？”

仙草迟疑了一下，与鹿三交换个眼神，没说话。

冷先生急：“都啥时候了快告诉我他去哪儿了？兆鹏被抓哩，鹿子霖也刚被接去县里！”

仙草和鹿三都吃惊地看着他：“啥？”

仙草：“嘉轩他不让说！他一早就赶着马车走了。”

冷先生瞪着仙草：“说去哪儿了？”

仙草哭丧着脸：“我们也嘀咕呢，他啥都没说就让我们等在家里！”

冷先生懊恼：“这个白嘉轩，关键时候他又干啥去了！”

22. 山 日 外

白嘉轩将马拴在树上，走出老远不放心地停住脚步，回头看自己的马车。

白嘉轩仰望山林，狠狠心大步走去，高喊：“黑娃，白嘉轩来寻你了！

黑娃——”

23. 西安城小学校外　日　外

白灵走出校门左右看了看，发现韩裁缝竟坐在对面一辆汽车里，就是一怔。

韩裁缝冲她点点头示意上车，白灵警惕扫视四周，快步钻入。

韩裁缝轻声："这辆车会把你连夜送到滋水县城，把这封信亲手交给郝县长，你就说他的公子跟你同校，托你带封信给他。"

白灵怔怔瞧着韩裁缝，韩裁缝点头："组织上已经开始行动了，营救鹿兆鹏！"

白灵感动地用力点头。

韩裁缝："记住，老郝是我们经营了多年安插在敌人身边的重要棋子，我们轻易不会与他联系，这次务必小心，尤其是那个岳维山！"

白灵："请组织放心，一定完成任务！"

韩裁缝用力握了握她的手，转身下车扬长而去。

司机不理不问猛踩油门，车蹿了出去。

24. 滋水县监狱门口　日　外

田福贤正焦急地等候，车刚停住，田福贤上前迎下脸色苍白的鹿子霖。

鹿子霖腿一软就要跪下："兄弟，我已经听说了。逮住那个龟孙为国家除了害，也为我挖了眼中钉！总乡约你知道我的脾性……"

田福贤："你听我说子霖，你放松先别哭，你跪我干啥！"

鹿子霖伏在他手臂上哭："我站不起来了。"

田福贤："再咋说总是你的儿嘛！他要是共党的小毛猴分子好办，我给岳书记长说说情也就算了。你知道他属大案要犯，甭说我，岳书记长也不敢擅自处治。"

鹿子霖哭着摇头："就没救他法了？"

田福贤："有哩，你别哭听我说，把你叫来就是岳书记长的主意。你进去劝你儿子写一张悔过自新书。"

鹿子霖恍惚抬眼："你说啥？"

田福贤连说带比画："就是悔过，说自己错了！往后再不跟共产党干了！"

鹿子霖不敢相信地："就饶了他？"

田福贤点头，神秘地："岳书记长亲自保他！你自己琢磨，你儿子的命就有哩！"

鹿子霖含泪点头："好，好好好！"

田福贤搀扶鹿子霖进去。

25. 监狱　日　内

沿着幽暗的甬道，鹿子霖跟随田福贤来到拷问室门口。

田福贤回头冲鹿子霖使个眼色，轻声："我就不进去了，记着这是最后的机会。"

鹿子霖点点头跟随看守进去，地上满是血污，血肉模糊的鹿兆鹏一动不动趴在那儿。鹿子霖一阵眩晕，跌撞上前想扳过儿子又不敢触摸，颤抖着手上下看不知所措。

鹿兆鹏呻吟一声，鹿子霖一把扳住他肩，哽咽："你咋这样哩？谁把你这样的？"

鹿兆鹏微微睁开眼，惊诧注视，不敢相信、虚弱地："爸……"

鹿子霖抱住儿子放声痛哭起来。

鹿兆鹏轻声哀求："爸你别哭，我求求你，别哭了爸……"

窗外田福贤不忍转过身，发现岳维山正冷冷看着自己。

岳维山："怎么，不忍心了？"

田福贤慌忙："岳书记长……我没……我是想……"

岳维山嘴角露出一丝笑意："唯一能软化他骨头的，是他爸的眼泪。"

岳维山迈上一步望着屋里的父子："给他们爷俩一宿慢慢聊，不急。你在这儿给我好好听着。"

26. 县政府 晚 外

白灵望着灯火通明的县政府大门，将信揣入怀中，深吸一口气走向前去。

门卫警惕地："站住！"

白灵一笑："我找郝县长，我是来给他送信的。"

门卫上下打量："送信的？"

白灵解释："郝县长的公子是我同学，嘱我亲自交给他爸，您可以进去跟郝县长打声招呼。"

门卫进大门，白灵惆怅地望着这熟悉的县政府大门，恍惚地坐在石礅上。

一会儿工夫门卫跑出，完全变了态度："郝县长有请。"

白灵微笑点点头起身跟去。

27. 监狱 晚 内

鹿子霖老泪纵横抱着浑身是血的儿子。

鹿兆鹏轻声："爸，你跟我妈还好吧？"

鹿子霖气恼："好着呢……没你我们咋都好！"

鹿兆鹏虚弱一笑："是我拖累了你们，我下辈子还吧。"

鹿子霖哽咽："下辈子我才不做你爸呢，做你孙子都比做你爸强！"

鹿兆鹏握住爸的手，喘息："这次闹饥荒，嘉轩伯有没有主意？族里人饿着了吧？"

鹿子霖摇头："你还惦记族里？先想想你自己咋活命吧！"

鹿兆鹏凄然一笑："我找我爷去，挺好。"

鹿子霖骂："我还没去呢你抢我前头？你让我跟你妈咋活呀！爸来求你句话，你服个软写个悔过书，岳书记长说了只要你跟共产党一刀两断，他保你出去！"

鹿兆鹏望望窗外，人影晃过。

鹿兆鹏轻声："爸，你回家吧。回去跟我妈说，儿子不孝没能伺候你们老……"

鹿子霖哭骂："你咋就……"

鹿兆鹏："听我说完爸！我本想让秋月进城躲几年，等闲言碎语过了再让……冷家把闺女接回家。现在不用了，爸，你回去就把秋月送回娘家吧。你跟她说，我对不起她……"

鹿子霖哭着摇头："共产党给你啥好啊，你跟丢了魂似的家都不要了！"

28. 县政府郝县长屋　夜　内

郝县长定定地看着信又抬眼看白灵，白灵正焦急地等候一旁。

郝县长来回踱步思索，白灵大气都不敢出，眼巴巴看着他。

郝县长回身，轻声地："他是省里督办的关键犯人，就连监狱的看守都撤换了，连我也没法近前。"

白灵焦急："那怎么办？"

郝县长："总会有办法的，让我再想想。但是白灵同志，劫监狱绝没可能，还会搭上更多人的性命。"

白灵快哭出来，郝县长眯起眼轻声："除非……"

白灵："您快说除非什么？"

郝县长走近盯着她："除非在路上劫。"

白灵就是一愣："路上？"

郝县长点头："如果我猜得没错，鹿兆鹏身份特殊，敌人肯定会想从他嘴里撬出更多东西，一定会往省城转移。"

白灵恍然大悟："就在从滋水到省城的路上动手！"

29. 监狱　夜　内

鹿子霖一把鼻涕一把泪地诉说，强打精神的鹿兆鹏动情看着父亲。

鹿子霖："……从小我最疼你，你和你弟跟在我屁股后头跑，你爷就坐在房檐底下乐呵呵瞧着，那时咱一家人多滋润！谁想现在闹得家破人亡，你到底想干啥哩！你真想把我跟你妈气死啊！我们孙子没抱着就算了，活得还不如从前呢！你要没了，我后半辈子还有啥混头！"

鹿兆鹏痛苦的目光："就当没我这儿子吧！"

鹿子霖哭着摇头："这能说没就没吗！我还笑话老白家哩，现在看你连白孝文都不如啊！你只要不跟着共产党，就算天天抽大烟我卖房卖地都养着你，行不？"

鹿兆鹏闭上眼，虚弱喘息。

鹿子霖爬上前抱住儿子："儿啊！你说你踏踏实实守着家里，跟媳妇生个大胖小子，我跟你妈帮你们照看孩子，咱得过得多美啊！你为啥要找罪受哩？你还拖累我们！"

鹿兆鹏疼得眼含泪水，咬牙摇头。

鹿子霖哭："爸不说了，爸知道你难受，求你了兆鹏，你就写吧！不然他们还得给你动大刑啊！你是我的骨肉，你疼我不疼吗！"

鹿兆鹏哀求："爸！你别哭了！我……我……"

鹿子霖含泪："你咋？"

鹿兆鹏哽咽："我受得了他们折磨我，可我受不了你哭……爸啊，儿子下辈子还你行不行？"

里面传来鹿子霖崩溃般的哭号声，窗外田福贤含着眼泪蹲在墙角，一脸不忍。

30. 县政府　夜　内

郝县长凝神观瞧墙上的地图，用铅笔勾出几个地段。

郝县长："这三个地方都利于伏击，离省城和县城也远，援兵一时赶不到。"

白灵眼中闪光："太好了！"

郝县长："先别高兴太早，这次押运兵只多不少，凭我们现有力量根本没有把握劫车。"

白灵皱眉："我们的人不够吗？"

郝县长叹息："原来农协很强大，我们也有属于自己的武装，可现在……唉！能有两三条能响的枪就不错！"

白灵黯然坐下，突然外面人拦阻声："岳书记长，县长已经睡了。岳书记长！我给您通报一声！"

郝县长脸色一变，与白灵交换个眼神，拉开里间门将她推了进去。几乎与此同时，岳维山铁青着脸急匆匆迈进屋。

岳维山："郝兄，连夜闯府实在是迫不得已，打扰了。"

郝县长微笑："哪里！我这县衙门不随时冲书记开着么，一家人你想来就来！"

岳维山皱眉思索："省里急令要把鹿兆鹏押回去审。"

门内白灵紧张地听着。

郝县长一笑："好事哩，咱不用担责任嘛！省得你这两天吃不下饭睡不着觉。"

岳维山摇头："郝兄，共产党的触角之深远非你我想象，我怀疑此次押运省城会有变故。"

郝县长脸色一变："岳兄不是怕别人抢功吧？"

岳维山冷哼一声："我岳某为党国出生入死，立了多少功劳还在乎这一点？鹿兆鹏是只老虎，我是怕一旦稍有差错放虎归山届时晚矣！"

郝县长瞄见地图上的铅笔痕迹，慢慢挡住："岳兄的意思是？"

岳维山眼一寒："此人据我了解是死硬分子，绝不会开口，不如就地正法！"

门里白灵身子一晃，撞到衣架发出响声。

岳维山警惕转头："谁！"

郝县长不慌不忙，一笑："内人前些日子不刚走吗，留下只猫。岳兄你若自作主张处决鹿兆鹏，不怕省里追究你吗？"

岳维山又沉浸在刚才的话中："不会，押送省城的命令明天才会正式发出，这消息是内部兄弟偷着告诉我的。"

郝县长恍然："你想先斩后奏？"

岳维山冷笑，一瞥郝县长："如何？"

门里脸色苍白的白灵双手扶住衣架，艰难喘息。

郝县长合掌而笑："那倒不如这样，把在原上滋生又在原上闹事作乱的共匪鹿兆鹏押回原上就地正法，如此一来不仅可以达到杀一儆百的效果，而且可以让社会各界看看共匪作为是何等不得人心！"

岳维山一怔，欣赏的目光看着郝县长。

郝县长凑近压低声："而且就算省里的命令到了，人已经押到原上去了……"

岳维山哈哈大笑，用力拍着郝县长肩膀：“兄弟，你我必能长期共事！”

郝县长也赔笑点头。门里白灵皱眉思索着。

门外脚步声，岳维山告辞：“郝兄不必远送……”

郝县长回屋拉开门，白灵急不可耐地看着他。

白灵：“押回原上劫？”

郝县长意味深长地点点头。

白灵恍惚：“白鹿原要响枪哩，上哪儿找劫法场的人去？”

郝县长懊恼摇头：“原本想借省里的力量，现在也指望不上了。”

白灵突然拉住郝县长的胳膊：“找土匪！”

郝县长呆住，怔怔看着白灵：“土匪？”

白灵激动：“您知道黑娃不？原来白鹿原农协会长，现在进山当土匪了，他手里起码有几十条枪！”

郝县长在屋中来回走动抉择，停住脚步看着白灵：“他会帮这个忙？”

白灵用力点点头。

郝县长眯起眼，像下了很大决心：“事已如此，来不及请示上级了。好，县里保安队正好有对各山头土匪的摸底，我帮你找他！”

31. 山寨卧房　夜　内

黑娃正在沉睡，门被敲响，黑娃猛坐起身摸出枪。

手下兄弟：“二拇指，大拇指叫您赶紧过去一趟！”

黑娃皱眉：“深更半夜的啥事？”

手下兄弟：“巡夜的兄弟发现一个快冻僵的老头，说是白鹿原上的，找你来了！”

黑娃呆住，跳下炕拉门出去。

32. 山寨　夜　内

白嘉轩的脸被按在蒸腾着热气的大碗前，喘息苏醒过来。

大拇指斜靠在座上好奇打量：“你是白嘉轩？”

白嘉轩点点头："是我。"

大拇指不敢相信地："就是当年交农发鸡毛信的那个族长白嘉轩？"

白嘉轩也打量大拇指："这位老大交农的事你也知道？"

大拇指一笑不语。黑暗中黑娃出现在角落，却不敢上前。

白嘉轩："黑娃在你这儿？"

大拇指不置可否："你找他干啥？"

白嘉轩："我不找他，我是想寻到你寨里商量个事。"

大拇指："讲。"

白嘉轩端起碗大口将热水喝下，喘口气一抹嘴："山下闹饥荒死好多人你知道不？"

大拇指点头："好几个村子都没了。"

白嘉轩："对哩，要是人死绝了你们做土匪的还能抢啥？"

众人面面相觑，大拇指也充满好奇瞧着白嘉轩："你到底想说啥？"

白嘉轩不紧不慢："我想借粮。"

鸦雀无声后爆发出哄堂大笑，黑娃也在黑暗中不敢相信地望着白嘉轩。

大拇指拍着桌子笑："奶奶的！老百姓跟土匪借起粮来了，老子还头回听说！"

白嘉轩从容扫视众人，叹了口气。随着这一声叹，众人的笑竟停下了。

白嘉轩不慌不忙点着烟袋抽起来："土匪自古就有，没错。有的劫富济贫有的抢老百姓有的闹官府，可归根结底还是要靠这些种地的养他们。我话没错吧？"

大拇指眯起眼，掂着手中的刀琢磨。

白嘉轩极其真诚："当下这场饥荒百年不遇，老百姓快死绝了。村子都没了几个，你们还有啥可抢？"

大拇指冷笑："仗你这理我们就该乖乖把钱财粮食送下山去，救济你们？"

众人又是一阵哄笑，黑娃却没笑出来。

白嘉轩摇摇头："是借，借粮。将来年景好了，快则一年慢则三年，我按两倍还你。"

大拇指将刀立在桌上，走下来围着白嘉轩转了转，笑："这倒是个好买卖，兄弟们，咱不用抢不用打坐收渔利啊！可我凭啥信你？"

白嘉轩:“你们可以跑，我们这族人跑不了，你们可以换山寨，我们的祖宗祠堂舍不下。”

大拇指凑近:“那要是你死了呢? 我管谁要去? ”

白嘉轩:“就算我死了我还有儿子，还有孙子! 我把借条藏在祖宗牌位里，代代认还! ”

白嘉轩猛地站起，直视大拇指。堂中鸦雀无声，众土匪静悄悄地注视。

大拇指独自走出门外，一路笑声。黑暗中黑娃也悄然退去。

33. 白鹿仓　日　外

鹿子霖哭哭啼啼被田福贤搀扶进院。

鹿子霖泣不成声:“我的儿子啊……他咋那么傻呢! 他连命都不要了哇! ”

田福贤也神色黯然，团丁揪来几个被五花大绑的人。

“田总乡约，这几个畜生趁饥荒奸人民女，咋处置? ”

田福贤:“去去去，没瞧我忙着呢! ”

田福贤将鹿子霖搀扶进屋:“兄弟，就当没这儿子吧! 我去跟岳书记长商量给兆鹏讨回个全尸来，我只能做到这了。”

院外冷先生叫喊:“田总乡约，你家里的病了! 你走不走? ”

田福贤一愣，慌忙跑出仓门:“咋了? ”

冷先生正坐在一辆马车上，身后十几袋草药。

冷先生:“早起你的一个亲戚来叫我，我抽不开身去，大体问了一下病情给抓了两副药拿走了，你甭急也甭问，问多了我也说不上来，咱们顺路去看看，我还到城里送药哩! ”

田福贤慌乱爬上车:“我去我去! 到底啥病啊? ”

冷先生:“路上说。”

鹿子霖扒着门哭:“亲家……”

冷先生骂:“你别嚎了，上车! ”

鹿子霖噎在那儿，莫名其妙地看着冷先生。

田福贤也诧异:“你让他去干啥? ”

冷先生依然面无表情:“没他你家里的病好不了。”

34. 山寨　日　内

大拇指与黑娃并肩走着。

大拇指："兄弟，这可是你原上的事，你啥意思？"

黑娃："管他哩！"

大拇指一笑，拍他肩膀："这可不是你心里话，你爸你媳妇可都在那原上呢。"

黑娃垂头不语。

大拇指感慨："自打有土匪起，我算开先河了，他妈的老百姓跟土匪借粮！这名声传出去咱兄弟还咋混呢！"

黑娃苦笑，大拇指一捅他："你笑啥？"

黑娃："大哥，我爸曾经跟我说过，你往地里种下啥，来年就能长出啥。咱也算是积一份德了。"

大拇指一拍他胸膛："就冲兄弟你这句话，哥哥我做了！"

突然有人来报："二拇指，有个女的来找你，说是白鹿原上的！"

黑娃与大拇指惊诧地交换个眼神。

大拇指："兄弟，不会是你媳妇吧？"

黑娃转身狂奔而去。

35. 山寨门　日　外

黑娃停住脚步，怔怔望着那背影。

白灵转过身来："黑娃哥！"

黑娃惊呆："灵灵？"

36. 田福贤家　日　外

马车停在一幢高大的门楼下，鹿子霖坐在草袋上呜呜哭着，冷先生却面无表情盯着院里。

冷先生轻声："子霖，别哭了，帮我往里搬。"

鹿子霖："你这药材往田福贤家搬啥？"

冷先生："你就听我这一回，搬！"

两人提起麻袋往院里送，鹿子霖手一用力就呆住，停住脚步。

冷先生回头："快点！"

鹿子霖恍然大悟跟随进院。

田福贤跑出来："冷先生，内人没有病呀！也没有让谁去请先生呀？"

冷先生："我又给人骗了，那人冒充总乡约的亲戚，骗了我两副药……小事一桩……"

田福贤诧异盯着麻袋："咋往我家搬草药哩？"

冷先生头也不回地："车轴颠断了走不了了！"

鹿子霖心虚地冲田福贤笑了笑，连拉带拽将麻袋拽进院去。

田福贤跟到门口，警觉："刚才没断啊？子霖，这草药有这么沉吗？"

冷先生已解开屋中的麻袋包，关好门擎着灯台示意田福贤靠近。

田福贤愣了愣走上前，看了看麻包瞪起眼来，鹿子霖惊诧得差点叫出来，伪装药包的麻袋里包裹着一堆硬洋，十只麻包一个不空。

田福贤："先生你这算做啥？"转过身厉声斥责鹿子霖，"你这样弄法儿，你得跟兆鹏同罪！"

鹿子霖吓得面如黄土："田大哥我真的不晓得先生葫芦里装啥药……"

冷先生："你想法子放人。我救兆鹏只认得他是我的女婿。我的女子从一而终这是门风，我再没办法就逼你想办法。"

田福贤急头慌脑摊开双手："好我的先生哥哩！你这是逼着兄弟跳华山嘛！"

冷先生："你想想办法，你能想下办法，我知道你有办法可想。"

田福贤苦笑："我一个小小白鹿仓总乡约，还不就是占着一道缝的臭虱！我能有个屁办法！"

冷先生："实在没法子了也就算了嘛！这点子银货扔到你这儿，咱们得空儿来喝酒就是了。"

田福贤坚持不允："你把麻包封严装到车上拉回去，我尽量想办法，你不拉走我就不管了！"

冷先生："我一辈子还没弄过二回头的事。"

冷先生转身扬长而去，鹿子霖冲田福贤双手作揖。田福贤刚要伸手抓他，鹿子霖转头就跑。

田福贤懊恼地望着他们的背影，蹲下怔怔看着这些袋子里滑出的银圆……

37. 荒原　日　外

冷先生赶着马车，鹿子霖不住回头看。

冷先生：“兄弟，田福贤追出来没？”

鹿子霖：“没。”

冷先生点头：“这就成哩。”

鹿子霖大声叹起来：“啊呀呀先生哥你真是个冷先生！你事先也该给我亮个底儿嘛！吓我一跳……先生哥，麻包里装了多少硬洋？”

冷先生淡淡地：“我没点数儿，我向来不数钱。这几年攒的货全端出来了，让田总乡约慢慢儿点去。”

鹿子霖叹惋起来：“恐怕你这十麻包银圆撂不响！”

冷先生：“撂响也罢不响也罢，反正撂出手我就不管它了。”

鹿子霖突然无比钦佩地看着冷先生。

38. 山寨　日　内

白灵焦急地看着黑娃，黑娃皱眉抉择。

白灵摇黑娃的胳膊：“黑娃哥你倒说句话呀，兆鹏哥最信你哩！不是他让你做的农协主任吗，不是他把你送去习旅那儿的吗？你咋都忘了！”

黑娃：“我没忘！我救他没关系，拼了这条命就当我还他，可我不能连累这帮兄弟！灵灵，劫法场你知道是啥罪过？”

白灵咬牙：“反正人一死就再回不来了，你想清楚。”

大拇指背手走进，冷笑：“好俊的女娃！兄弟，没想到你花着哩，背着媳妇偷人！”

黑娃皱眉：“大哥，这是我妹子。”

大拇指恍然：“你……白家的闺女？那他爸！”

黑娃转头看着白灵："你爸也在这儿。"

白灵不敢相信："我爸？他咋会在这儿？"

大拇指笑："跟我们土匪借粮来了。真是虎父无犬女啊，今天咱山寨可热闹了兄弟，爸跑来借粮闺女借兵。"

黑娃苦笑："大哥你就别说笑了，我还真想求你……"

大拇指一伸手挡住他的话，收笑："兄弟，自你上山来啥事我没应过你？"

黑娃点头："都应了。"

大拇指："你可想清楚了，我这点兵要跟官府作对不得全军覆没啊。"

白灵一旁急："不试试咋知道！"

大拇指盯着她："你共产党办不了的事我们还能办成？姑妈，这不是你待的地方，我的兄弟们可常年见不着荤腥。"大拇指转身喝道，"送客！"

白灵猛地拔出大拇指的手枪，黑娃挡上前："灵灵你干啥？"

白灵用枪指着："你们去不去？"

大拇指饶有兴趣拨开黑娃，步步靠近："有意思，你这娃有意思。黑娃，她真是你妹子？留在山寨给大哥我当压寨夫人吧！"

黑娃："大哥，别跟她见识，我说服她下山。"

大拇指朗声大笑："放心兄弟，玩笑话！我的庙小容不下她这尊真神！"

黑娃伸手："把枪给我。"

白灵猛地举枪对准自己的太阳穴："你不出手救我就死在这儿！"

黑娃眯起眼打量白灵，大拇指点头："好个女子！你若是真死了，我押着你的尸体去救他，行不？"

白灵颤抖着声："你说话算话？"

黑娃急："白灵，把枪给我！大哥你别闹了，你不了解她……"

身后扳机扣响的声音，白灵紧闭双眼，枪却没有响。大拇指目瞪口呆，黑娃上前抢过枪。白灵恍惚睁开眼，喘息。

大拇指轻声："我那里没放子弹。"

39. 山 日 外

大拇指与白嘉轩前面同行，身后是一群土匪赶着数辆马车粮食。

白嘉轩："大当家的，你这恩德白鹿原的族人记上几辈子！"

大拇指一笑："就别拿好话填我嘴了，白族长，土匪借粮给你还得负责送到你村上，不是做梦吧？"

白嘉轩也是一笑："那也得赶上像你这样仁义的土匪啊！"

大拇指凑到耳边："多少看在黑娃的面上。"

白嘉轩点点头，转头望去，黑娃正押在一辆马车边。马车中白灵静静地坐着，从帘中深情地凝望父亲的背影。

黑娃轻声："为啥不告诉你爸？"

白灵含泪："这一去我死活都不知道，干啥要连累他。"

黑娃长叹一声。

白灵哽咽："我死他也不会知道，就更不会伤心，多好。"

白嘉轩仿佛察觉到什么，转头异样的眼神望着那车轿……

40. 田福贤家　日　内

田福贤将银圆全都腾出来，大把大把地抓起，贪婪地看着。

外面女人叫喊："你憋屋里守着那堆草药干啥咧，别熏死！"

田福贤吼："少管我！这屋谁也不许进，听见没？"

院外急促的刹车声，田福贤就是一哆嗦。

团丁叫喊："田总乡约呢？田总乡约！"

田福贤慌乱地将银圆收进麻袋。

团丁在院里喊："县里来了好多兵，说要在原上把鹿兆鹏就地正法！"

田福贤趴在那堆钱上欲哭无泪。

41. 白鹿仓　日　外

几十个荷枪实弹的士兵押着鹿兆鹏进白鹿仓，把守森严。

鹿子霖和冷先生跳下马车，直往院里冲，被士兵用枪挡住。

鹿子霖号哭："我的儿子呀！"

冷先生脸色苍白，一动不动站在那里。

族里的乡亲纷纷围观，鹿子霖躺倒在地晕厥过去。

42. 原上破庙　日　外

白嘉轩抽着烟袋看土匪将数辆马车牵进庙院，大拇指迎上前。

大拇指："咋不进村？"

白嘉轩深施一揖："我老汉觍着脸还得求你帮最后一个忙。"

"我算服你了！我当土匪这么多年我……"大拇指无奈，"你说吧。"

白嘉轩不慌不忙："这粮食只能夜里进，不能让我族人发现，你的兄弟还得等一等。"

大拇指不敢相信地看着他，刚要说话，一兄弟从远处疾奔而来："大哥！"

那人在大拇指耳边低语几句，大拇指脸色大变。

大拇指冲白嘉轩一揖："白族长，粮食只能放这儿了，我们这就得走。"

白嘉轩一愣："为啥？"

大拇指："政府跑你原上杀人来了！知道不？派了多少兵杀这一个人，知道不？"

白嘉轩呆住。

大拇指凑上前："了不得呀！为杀这一个鹿兆鹏，上百个兵啊！"

白嘉轩惊："你说啥？"

大拇指一指："鹿兆鹏！在你村里就地正法！"

白嘉轩转身跑去。

大拇指望着黑娃和院里的马车，冲兄弟轻声："不准告诉二当家的。通知兄弟们马上撤！"

第三十六集

1. 白鹿仓　日　外

田福贤从车上下来，鹿子霖媳妇号啕大哭，儿媳搀扶着她也默默掉泪。

乡亲们围住观瞧。

鹿子霖媳妇："我的儿啊……他们好狠心呐！跑咱家门口杀你！"

鹿子霖上前揪住田福贤，嘶吼："田福贤！田总乡约！你不能让他们动手啊！兆鹏也是你从小看到大哩！"

田福贤懊恼甩开鹿子霖的手，一眼瞥见冷先生正注视自己，忙回避开目光。一军官上前递上封扎好的密令。

"田总乡约，奉岳书记长和郝县长命，特将重犯鹿兆鹏押回白鹿原行刑！"

田福贤恍惚接过："人咧？"

军官回头一指院内，田福贤从戒备森严的士兵中间走过，趴在仓边的窗户往里瞧，浑身是血的鹿兆鹏头罩着布袋躺倒在里面。

田福贤满头是汗，望望院外把守的军警，紧张抉择着……

2. 原上　日　外

白嘉轩气喘吁吁地跑着，队伍已经押着一辆囚车走向小学校。

白嘉轩边喊边扑上去："枪下留人，不能杀！"

乡亲们纷纷转头看来，鹿子霖一家号哭不止。囚车中犯人依然被布袋罩着头，田福贤守在车旁。

白嘉轩指着田福贤骂："田福贤，你往后还敢在白鹿原上待？一人一口唾沫把你啐死！你狠心杀自己人咧！"

乡亲们随即纷纷应和，田福贤阴沉着脸不语。有士兵上前用枪将白嘉轩架住，白嘉轩奋力挣扎。

白嘉轩："他犯了啥罪！你们连审都不审一下，你们这是杀人，连土匪都不如……"

3. 破庙　日　外

土匪们正神色慌乱地卸下粮食，牵马车出院。黑娃警惕地扫视。

白灵从马车上跳下来："黑娃哥，他们要去哪儿？"

黑娃轻声："可能是去埋伏。"

白灵疑惑："你觉着像吗？"

黑娃上前叫住大拇指："当家的，押鹿兆鹏的兵是不是到了？"

大拇指装糊涂："到了吗？我已经派人打探去了，咱先上车说话。"

有人上前拉白灵上车。

白灵急叫："黑娃哥，他们想跑！"

黑娃盯着他："哥你可是许下我的，帮我劫法场救下鹿兆鹏。"

大拇指叹了口气："兄弟我也不瞒你了，你知县里来的兵有多少？百十来号！咱山寨所有人把命搭上也救不成他呀！"

黑娃目光一紧还没说话，白灵冲上前。

白灵："他们已经把人押来了？"

黑娃默默点头。

白灵急："那就去救啊！"

黑娃咬牙痛苦抉择。

大拇指："说得轻巧！你睁眼瞧瞧我们有几杆枪？"

白灵："他们在明我们在暗，救出人来往山上撤，肯定有机会！黑娃哥，你说句话！"

大拇指将枪拔出反递到白灵面前："女英雄，你要去救我不拦着，可别连累我山寨的兄弟！"

白灵接过枪转身奔出院去。

黑娃一惊："白灵！"

大拇指一把揪住黑娃胳膊，摇摇头："兄弟，哥也从死人堆里爬出来过，今儿这事只有一死。”

黑娃咬牙，扒开大哥的手追出院去，大拇指无可奈何望着他的背影。

4. 小学校外　日　外

田福贤无比紧张，喘息望着犯人被推到墙根下，军官走上前去，田福贤一激灵忙追上。军官刚要上前扯布罩，田福贤一把揪住他。

田福贤："不敢扯！我们原上有规矩，打人不打脸。"

军官疑惑看着田福贤。

田福贤哀求："你们开完枪一走了之，我得防着他们反哩！都是沾亲带故……"

田福贤冲人群努了努嘴，乡亲们都是一脸愤慨，顶着枪往前压。

田福贤轻声："快打快撤，早点入土为安，你们回去也好交代。"

军官无奈点头，走回行刑队。

军官："举枪！预备——"

十几条枪端起瞄准，人群中哭号一片。白嘉轩用力推面前的枪管，瞪圆眼向前挤着。

鹿子霖媳妇和儿媳拼命扒着双手，被枪架住哭号。

鹿子霖已经坐倒在地，老泪纵横地往前爬，人群中唯独不见冷先生。

5. 原上　日　外

白灵提枪不顾一切地奔跑，黑娃身后追着。

黑娃："白灵，等等我！"

白灵冲到坡上，几乎同时，小学校传来一阵枪响。

白灵身子一震，被黑娃扑倒在地。白灵无声落泪，手紧紧扒着泥土。黑娃也痛苦抬眼望去，远处犯人中枪倒地，行刑队正列队撤离。

白灵艰难地大口喘息，泪水吧嗒吧嗒往下掉。

一辆马车停在身后，朱先生下车诧异打量："白灵，黑娃？"

黑娃惶恐站起，将枪掖在腰后。朱先生上前搀扶起白灵，白灵趴在朱先生怀中说不出话，只是默默流泪。

朱先生拍着白灵的肩背："灵灵，姑父在呢，你哭出来。"

白灵浑身颤抖，目光绝望。

朱先生将她扶上车，转头又冲黑娃："你也来。"

黑娃迟疑："先生我……"

朱先生决断地："跟着来就是了。"

黑娃愣了愣，竟乖乖地跟随在马车后面，不时回头伤感地望着刑场。

6. 小学校外 日 外

士兵纷纷撤离，田福贤喘息抹着汗水，快要瘫软。

白嘉轩一声吼："田福贤你还想活吗？白鹿原容不下你咧！"

乡亲们蜂拥而上，鹿子霖媳妇哭喊着扑向血肉模糊的尸体。

田福贤奋力伸开双臂挡住，吼："都别动！拦住他们！谁也不许动尸体！"

团练挤成一排，与争先往上涌的乡亲们互相顶着。

田福贤吼："搬上车去，快！"

几个团练将尸体抬上马车，鹿子霖跟随爬上，伏在上面哭号。白嘉轩上前揪住田福贤的脖领，一口啐在他脸上，又用力将他甩到墙根。还没容田福贤开口，乡亲们一拥而上拳打脚踢……

7. 白鹿仓 日 内

鹿子霖趴倒在尸体上痛哭，白嘉轩也一脸悲苦蹲到身旁。

白嘉轩："兄弟，我知道你心里苦，咱好好把兆鹏给葬了……"

鹿子霖边解布袋边哭："我的儿子没了……兆鹏啊你睁开眼瞧瞧爸吧！这个天杀的田福贤也忍心下得去手咧！"

浑身是伤被打得鼻青脸肿的田福贤推门进来，斜靠在门里坐下。

田福贤喘息："那布袋可不好解，我亲手缝的。"

鹿子霖用牙咬开绳线，扯下布袋惊呆，白嘉轩也不敢相信的目光。

死尸头发蓬乱，但显然不是鹿兆鹏，嘴被布条紧紧封住。

鹿子霖颤抖着声音:“不是……兆鹏?兆鹏去哪儿了?”

两人转头瞪着田福贤,田福贤委屈地抹着鼻子中淌出的血。

田福贤轻声颤抖:“你儿子没死,我差点让人打死!”

8. 书院　日　内

朱先生拉着白灵与黑娃匆匆走进大门,朱白氏迎上前冲他默默点头。朱先生会意,迈步进屋。

白灵哭:“姑……”

朱白氏捧住她脸:“咋哭成这样了?”

白灵泣不成声,黑娃却惊奇地靠近窗前望着床上躺着的身影。

冷先生正守在床前精心给昏迷的鹿兆鹏上药,一见朱先生进来,跪倒在地。

朱先生忙搀扶:“这是干什么,快快请起!”

冷先生:“若不是先生大智大勇出此良策,就是神仙下凡也救不了我女婿啊!”

朱先生叹道:“我在前方赈灾也一直提着心呢,这还是兆鹏命大,更是冷兄你仗义舍财啊!”

黑娃在窗外叫:“灵灵!兆鹏哥没死,他在这儿!”

冷先生猛转身瞪着黑娃:“你唯恐天下不知是不是!”

黑娃慌忙捂住嘴,白灵冲进屋,不敢相信地靠近床边跪倒,双手攥紧鹿兆鹏的手,泪如雨下。

朱先生俯身床前仔细观瞧,不忍:“伤得不轻。”

冷先生一旁:“我见过大清朝的刑罚,咱民国的新刑不比原来的差哩!”

朱先生:“冷兄你回去后告知白鹿两家,谁也不许再迈进书院一步。鹿兆鹏已经死了,该哭坟的哭坟,该守丧的守丧。”

冷先生点头:“明白。”

朱先生拍了拍白灵,意味深长地:“灵灵,我还得去赈我的灾,你姑前院照顾那些老先生,世事如常,兆鹏能不能重新站起来就看你了。”

白灵不知是哭还是笑,含泪用力点头。

朱先生走到门口,黑娃百感交集地看着他。

朱先生微微一笑:“黑娃,用不着我嘱咐你了吧?”

黑娃点点头:“我就不给兆鹏哥烧纸了，来年再祭吧。”

黑娃转身而去，朱先生深邃的目光望着他的背影。

9. 鹿家　夜　内

鹿子霖拉着媳妇和儿媳跪倒在田福贤面前，田福贤脸肿得睁不开眼，斜靠在座椅上。

鹿子霖泣不成声:“哥呀你是我家的救命恩人！”

田福贤含糊不清地摆摆手:“谢你亲家去！我是拿人钱财替人消灾。”

鹿家三口又起身给一旁的冷先生跪倒，冷先生慌忙搀扶。

冷先生:“这是干啥，都是一家人！快起来！”

鹿子霖媳妇哭:“我想看看我那苦命的儿去！”

冷先生摇头:“那就是再把你儿子往火坑里推，往阎王爷那儿送！都听朱先生的安排，谁也不许往书院那儿踏一步！”冷先生转头看着田福贤，“你这伤也不轻，我开几副药吧。”

田福贤摆手:“不用药！我伤成这样拿了你的钱也就心安理得了。”

鹿子霖含泪笑起:“白嘉轩下手可真重哩！”

10. 破庙　夜　外

孝武与鹿三背着粮食往马车上放，累得筋疲力尽。

白嘉轩拄着拐杖警惕地望着四周。

孝武轻声:“爸，咋不多叫点人手。这么多粮食咋背得过来？”

鹿三:“你爸就是为了神不知鬼不觉，多张嘴就保不齐漏出去！”

孝武佩服地:“爸，您可真行！敢跟土匪借粮食，居然还借成了！”

白嘉轩叹息:“我这算啥，我跟你姑父才学了点皮毛。”

11. 窑洞　夜　内

孝文与田小娥倚靠在炕边双双惬意地吸着大烟。俩人对着吐烟圈，无比甜蜜地看着对方，孝文微笑着将烟划破。

田小娥咯咯地笑起，捶他。

孝文眯缝着眼吐出烟圈："这世上最美的事不过如此吧，偏偏有人活得不耐烦瞎折腾。你不知道，鹿兆鹏死得那个惨呐！身上满是枪眼，血都流干了！"

田小娥："咋官府那么恨他？"

孝文冷哼："共产党呗！带着饥民闹事吃大户，以为自己是活菩萨！"

田小娥叹息："外面人死得越来越多了，孝文咱少买点烟土存点粮食吧！"

孝文一翻身："我才不存！这年头多活一天享一天福！"

田小娥把烟枪放下："我不抽哩，从今天起我一口都不抽了。孝文，你听我话换点粮食回来。"

孝文皱眉："不换！又饿不死，不换！"

田小娥刚要说话，突然窑外一声咳嗽，田小娥翻身坐起，脸色苍白。

孝文拉住她，轻声："谁呀？瞧你吓得，咱还怕谁知道！"

田小娥浑身哆嗦起来，窑外黑娃的声音："小娥，你出来。"

孝文顿时脸色大变，露出恐惧的目光。田小娥下炕推门出屋，黑娃静静地站在黑暗中凝视她。

田小娥呼吸急促起来，视线模糊："我的天呐！"

田小娥捂住嘴不让自己哭出来，不敢相信地摇头。

黑娃瞄了眼屋："你屋里有人哩。"

田小娥咬紧牙关，含泪颤抖着声音："咋？关你啥事么？"

黑娃："不咋，是我先对不起你的，你留男人我不怨你。"

孝文趴在炕上大气也不敢出。

田小娥含泪哽咽："你还知道对不起我！"

黑娃叹息："我最对不起的就是你。"

田小娥凄然一笑："晚了。我为你遭下多少苦身上受了多少伤，你知道吗？你都不回来看我一眼，我以为你死了，那些天哭得死去活来，我差点就随你去了。你哩？连面都不露一下，你根本不管我的死活！"

黑娃将一袋钱递给田小娥，田小娥却含泪不接。

黑娃沉声："我已经做土匪了，不想连累你。小娥这钱你拿着，往后我还来给你送。"

田小娥动都不动，轻声："拿走你的臭钱。"

黑娃愣在那儿。

田小娥疯狂将钱抛回，洒了一地："我不要！你以为我稀罕你的钱！我在那老不死的家里比你这钱多！"

黑娃难过地看着田小娥："小娥……"

田小娥哽咽："你们男人没一个好东西！都把我当啥了？跟畜生一样买来买去的。你走！再甭回来！你长啥样我都忘了！"

黑娃含泪看着田小娥，慢慢摇摇头，突然大声地："里面那货听好了，你要是对她好我不睬你，你要是敢对不起她，小心我黑娃割下你的头！"

白孝文在炕上脸色苍白，不敢应声。

田小娥发泄地推搡："你走，走啊！"

黑娃转身狂奔而去，田小娥瘫软坐倒在地，绝望地哭着。

白孝文爬出门，胆战心惊地望着黑娃背影，上前抱住田小娥。

白孝文："刚才吓死我了，我还以为他要冲进屋杀我！"

田小娥捂脸难过抽泣："我不会让他杀你的！孝文，你把地上的钱都捡起来，明天买粮食去，千万买粮食，我怀上了。"

白孝文正贪婪地捡拾地上的钱，身子一颤，慢慢转头看着田小娥。

田小娥脸上挂着泪，怔怔望着黑暗中。

12. 书院　夜　内

药汤从鹿兆鹏干裂的嘴唇灌进，却又溢出来。白灵焦灼地给他擦拭。

白灵轻声哀求："兆鹏哥喝点药吧，喝下才会好。"

鹿兆鹏依然昏迷不觉。

朱白氏站在身后忧心忡忡："冷先生临走时嘱咐，兆鹏五脏六腑都伤了，这头副药必须得灌进去。"

白灵焦急："姑，他牙关紧咬着，死活就喂不进！"

朱白氏慌乱："你姑父又不在家，这可咋办？我去找个铁勺来，看看能不能撬开他嘴。"

朱白氏出屋，白灵伏在鹿兆鹏耳边。

白灵轻声：“兆鹏哥，你听见我说话了吗？你已经回家了，快点睁开眼睛，再没人打你陷害你了。求求你喝一点药，一定会好起来的。”

白灵用力掐住他的嘴，将一勺药灌进，再次溢出。

白灵急得快哭出来，目光一震，脸却羞得通红，她起身快步将门关好，蹲到床前自己先含住一口药，对准鹿兆鹏的嘴喂了下去。

窗外朱白氏急匆匆地走来，停住脚步望着里面的身影愕然……

13. 原上　日　外

一座新坟头立起，鹿子霖带着全家哭号烧纸。乡亲们唉声叹气站在身后。

鹿子霖哭得夸张：“我的儿啊……你死得好惨呐！我跟你妈后半辈子咋过呀……”

未烧完的纸钱在空中飘荡。

叠画：

鹿子霖站在坡上眼巴巴地望着书院却不敢近前。

白灵小心翼翼将汤药喂进鹿兆鹏嘴中，朱白氏欣慰的目光。

鹿兆鹏在昏迷中叫喊，额头上满是汗水。伏在一旁昏睡的白灵慌忙起身为他擦拭……

14. 祠堂　晚　内

十来个人站在堂中，几个老者端坐前面面色沉峻。白嘉轩与鹿子霖低声商议，似乎争论得很激烈。

白嘉轩转身扫视，沉声：“今天把你们叫来分粮，得先滴血盟誓，决不能把今晚的话带出这祠堂门去。一旦被那些饥民知道，哪怕是别的村外族人知道，咱的保命粮就没咧。”

众人纷纷低声叫道：“族长您放心！”“族长，谁也不会知道！”

白嘉轩点头：“好！这些粮食我们来回算了几遍，分下去能熬到明年春天。从今晚起每隔三天来这取一趟粮食，每人回去负责你那十户不能饿死，谁自己贪了说漏嘴了别怪全族人容不下你！你的儿孙都进不了这祠堂！”

众人默默点头。

鹿子霖轻声：“跪——”

众人齐刷刷跟随白嘉轩跪倒在牌位前……

15. 窑洞 日 内

田小娥忍住干呕将袋中剩余的面渣倒进锅中，白孝文裹上袄下炕往门外挪。

田小娥转身盯着他：“你干啥去？”

白孝文笑笑：“我再去挖点野菜。”

田小娥一把揪过他的袄，自己的首饰掉落在地。

田小娥怨恨地瞪着白孝文：“你答应我了。”

白孝文急：“我是出去换粮食！”

田小娥：“你答应我了。”

白孝文有些恼：“你怀着娃哩，我怕你熬不住换点粮食去咋了？”

田小娥含泪摇头：“你答应我了。”

白孝文懊恼，捡起首饰往外冲。

田小娥从身后一把抱住他：“我求求你，为了咱的娃别抽了。咱熬过这段饥荒，你要干啥都行！”

白孝文用力掰田小娥的手：“你撒开！”

田小娥死死搂住：“你去跟你爸认个错，老实告诉他我怀上你白家的娃了。他要做爷爷了，我不信他不给粮食！”

白孝文疯了一样推开田小娥，吼：“我没爸！咱就是饿死也不能求他去！”

田小娥摔在炕边，白孝文不忍蹲上前抱住她，田小娥默默流泪。

白孝文：“我答应你不抽了，我换些粮食，咱一定能熬过饥荒。”

田小娥从首饰中拿过银镯子：“其他你卖了，这个我留着，是我妈留下的。”

16. 白家 日 外

孝武将草袋一包包叠在马车上，白嘉轩不放心，又伸进手摸了摸。

孝武："爸，你放心吧，看不出来。"

白嘉轩点头："把里面这袋粮食交给你姑，一路上小心，千万不能让饥民围着。"

鹿三："放心我跟着呢。嘉轩，孝文那边……"

白嘉轩摇头："甭管他，这保命粮族里人才有份。"

鹿三孝武赶着马车出院，白嘉轩跟随到院门口。几个饥民举碗冲他讨要。

白嘉轩也不夯，无奈："没咧，现在谁家还有粮食。"

17. 书院　日　内

韩裁缝在床前摸了摸鹿兆鹏滚烫的额头，忧心忡忡。

白灵在一旁："从昨夜起他突然烧起来了，冷先生说烧得好，只要退了他就会醒。"

韩裁缝感慨万千："岳维山使尽法子要杀的人我们拼命地保，这一杀一保却被田福贤这㞞随手给破了。岳维山要是知道不得吐血啊！"

白灵点头："这都是我姑父的主意，我才知道冷先生我爸他们都在拼命救他。老韩，通过这事我突然明白了，我们并不孤立，老百姓的力量是远远超乎我们想象的。"

韩裁缝意味深长地看看白灵："兆鹏说得真对，你真是块好料。"

白灵一愣："什么？"

韩裁缝："你要马上随我回城去了，我们要迅速建立起新的联络站，你是关键的环节。"

白灵看了眼昏睡的鹿兆鹏，迟疑："不能再晚些走吗？"

韩裁缝默默看着她。

白灵蹲下身又摸了摸鹿兆鹏的额头，转身洗起毛巾，轻轻为他擦拭……

18. 窑外　日　外

韩裁缝赶着马车前行，白灵望见远处挖野菜的田小娥。

白灵："老韩停一下！"

马车停住，白灵跳下跑来。

田小娥直起腰，惊喜瞧着她。

白灵亲热上前："小娥姐！"白灵看到田小娥篮中沾着土疙瘩的野菜，"你等等！"

白灵转身跑向马车跟韩裁缝说了什么，从包裹中取出两个窝头跑回。

田小娥忙躲避："我不要，你留着吃！"

白灵强塞到她篮中："拿着！"

田小娥一阵干呕，白灵诧异地瞧着她。

田小娥轻声："我怀了，你哥的娃。"

白灵喜出望外："真的？小娥姐太好了！我爸知道不？"

田小娥黯然摇头："你哥不让告诉家里人，他跟我急。"

白灵拉住田小娥的手："小娥姐，你跟我回城吧！不能在这儿饿着，你是有身孕的人，咋着也得替肚里的娃想想。"

田小娥一笑："那你哥哩？"

白灵："不如这样，让我哥带你一起进城去。"

田小娥恍惚："进城？"

白灵："对啊，反正白鹿原也容不下你，干脆进城过新生活！就像兆鹏哥……"

白灵意识到什么，把话咽回去。

田小娥面露喜色："白灵，我可啥都不会，我们进城咋活哩？"

白灵："小娥姐你错了，凭咱乡下人吃得苦，进城干啥都能养活自己！到那时不会有人给咱白眼，也不会有人说三道四，那里没有祠堂没有宗族，谁管得了你！"

田小娥喃喃地："那真是好。"

身后韩裁缝："走了！"

白灵："小娥姐，我得赶紧走了。你跟我哥说，一定进城去，我帮你们！"

田小娥含笑点头，眼巴巴望着白灵奔向马车。

19. 窑洞　日　内

田小娥贪婪地闻着窝头的香味，却不忍吃一口，快步来到窑前。

田小娥叫："孝文！我碰见你妹哩……"

窑内白孝文慌乱地收拾着什么，田小娥脸色一变推门进。

白孝文尴尬："你不是挖野菜吗，咋这么快回来。"

田小娥打量："你干啥哩？"

白孝文："我收拾屋子，看看还有啥能卖的。"

田小娥："换回粮食没？"

白孝文摇了摇头："都被抢没了，我到的时候连一点渣都不剩了。你篮子里那是啥？"

田小娥笑着举起窝头，白孝文眼睛一亮冲上前抢过，全塞进嘴里。

田小娥笑："你慢点，别噎着。我碰着你妹了，她正要进城去。"

白孝文愣住："她又回原上了？"

田小娥点头，小口吃着窝头。

白孝文冷笑："她肯定不是回家，我爸也不认她了。那她干啥来了？"

田小娥认真地看着白孝文："孝文，你带我进城好不？"

白孝文不敢相信："啥？"

田小娥："咱进城过日子，过新生活去。"

白孝文冷笑："这话是我妹说的吧？她疯你也疯！不想想进了城咱吃啥，住哪？喝西北风去！"

田小娥拉住白孝文的胳膊："咱能吃苦啊，我可以给城里人干活，你也去找份差事，总比住在这破窑里强。"

白孝文摇头："断了这念想，做梦哩！"

田小娥生气："我想去，我就是想去！到那儿我不会挨人白眼，我至少能跟人一样活着！"

白孝文不耐烦："你现在不像人吗？你才跟我妹见了几次，就信她的话？"

白孝文盯住田小娥手腕上的银镯："现在外面那么乱你还带着它，招抢哩！"

田小娥迟疑了一下，将镯子褪下包好。白孝文装作烧水，余光瞥见田小娥把镯子塞进箱底。

20. 祠堂　晚　内

桑老八接过小袋粮食揣入怀中，白嘉轩一袋袋地分发，族人排列成队眼巴巴望着粮食，气氛异常庄重。

鹿子霖守在院门口，将人一个个推出门缝，叮嘱着："千万别让人瞧见粮食！"

院里只剩下白嘉轩与鹿子霖两人，鹿子霖长出口气，走回堂中坐下。

白嘉轩："兆鹏好些了吧？"

鹿子霖："我哪知道，我才不管他死活呢！"

白嘉轩："不是你哭晕过去的时候！"

鹿子霖长叹一声："我这辈子都欠冷先生的，我们全家都欠他的！"

白嘉轩点头："知道就好。"

鹿子霖起身拿起小袋粮食："这粮食我不要，我给冷先生送去！"

白嘉轩瞪眼："谁说这是你的？放那儿！"

鹿子霖往怀里揣着，头也不回地向院外奔去。

白嘉轩起身："你站住！你家里有存粮别以为我不知道！"

21. 书院　晚　内

鹿兆鹏慢慢睁开眼睛，恍惚看着这个世界。

朱白氏轻声笑："你可算醒了。"

鹿兆鹏虚弱地："我这是在哪儿？"

朱白氏："在书院。你踏实养伤吧，没人知道你在这儿。"

鹿兆鹏费力地回想，朱白氏端来药扶起他喂。

鹿兆鹏："师母，我自己喝。"

鹿兆鹏呛出来咳嗽着，朱白氏忙放下碗给他擦拭。

朱白氏："还自己喝哩，你身子虚得很。要不是白灵，你鬼门关都过去了。"

鹿兆鹏怔住："白灵？"

朱白氏长长叹了口气……

22. 窑洞　日　内

田小娥慌乱地翻箱倒柜，将被褥都抖开。

田小娥怔怔地想了想，转身推门冲出。

23. 原上某处　日　外

白孝文斜靠在坡下贪婪地将烟土碾进烟枪里，点着吸着。远远地田小娥奔来，从土坡滑下。

白孝文慌乱爬起，田小娥身后骂："我镯子呢？你跑这儿吸来了，哪来的烟土？"

白孝文慌不择路地逃窜，田小娥后面发狠地："你再跑，白孝文我死给你看！"

白孝文只得停住脚步回身，田小娥正用剪子顶住胸口。

白孝文忙上前："别！别伤了肚里的娃！"

田小娥含泪："你还知道娃！"

白孝文："我发誓……我再也不抽哩！"

田小娥吼："你发过多少回誓了！我吃糠咽菜都跟着你，就是看中你跟别的男人不一样，你咋也只顾着自己呢！"

白孝文快哭出来："这烟可是你教我抽的！"

田小娥："我真后悔啊，咋教会你抽这个！镯子呢？是不是当了？说话！"

白孝文点头，田小娥捂住脸蹲下哭泣。

白孝文无力地："等有了钱，我一定给你赎回来。"

田小娥哭得更加伤心，猛地站起身抢过白孝文的烟枪。

白孝文急："你干啥，给我！"

田小娥用力将烟枪撅断抛进沟里。白孝文极其惋惜地跺脚哀叹。

24. 祠堂　日　外

镜头扫过，春季的白鹿原，饥民在开满油菜花的田野捡食，有人将花狼吞虎咽往嘴中塞着……

无数饥民涌来砸着祠堂门，族人拼命阻挡，眼看就要冲突起来。

白嘉轩与鹿子霖挤进人群。

鹿子霖急：“我就说这粮食不该分，没有不透风的墙！”

白嘉轩：“不分你看着族人饿死？”

鹿子霖：“那现在咋办，你说咋办，各村都来人了！”

贺耀祖一把揪住白嘉轩：“白族长在这呢！跟他要粮食！”

鹿子霖骂：“贺耀祖你贺家村穷疯咧，跑我们这儿来讨粮食！你老贺家也算是大户，你装啥穷！”

贺耀祖：“你还有脸说？我家的存粮都被你儿子带着饥民给抢了！”

鹿子霖一缩脖不再说话。

白嘉轩吼：“都听我说！”

人群这才安静下来，所有人眼巴巴瞧着他。白嘉轩走到祠堂门口，无数族人后生举着棍子钉耙站在他左右。

白嘉轩：“这饥荒年月哪个村还有存粮？早分完咧！”

有人骂起：“没存粮你族里为啥没饿死人？”

白嘉轩回骂：“这话该问你们族长去！哪个王八羔子胡吣呢！”

没人再敢嚷嚷。

白嘉轩挥手：“都散了！谁敢闯进这祠堂半步，我把话放这儿，白鹿村全族的人都跟他拼了！哪还有粮食！”

朱先生挤在人群中，目光复杂地望着激动的白嘉轩。

25. 白家 晚 内

朱先生轻轻吹着野菜糊糊，白嘉轩一旁叼着烟袋。

朱先生凑在碗边很香地吃起，嘴里咯吱咯吱地嚼，闭眼享受地点点头。

仙草歉意地：“姐夫，只能掺在一块喝哩。”

朱先生：“这就好着呢，别的地方还都喝不着呢。”

白嘉轩：“孝武送去的粮食吃了没？”

朱先生点头：“多亏了你那袋粮，我这书院那几个老先生算没挨着饿。兆鹏恢复得也不错。”

白嘉轩叹了口气：“这年景，啥时候到头。”

朱先生放下碗：“嘉轩，你的粮食哪弄来的？”

仙草:“说了您都不信，他去跟土匪借的。”

朱先生无比吃惊地看着白嘉轩，白嘉轩叼着烟袋点头。

朱先生哑然失笑:“好你个白嘉轩，不声不响干了件惊天动地的事来！你咋就能断定土匪能借粮给你？你这是捡条命回来啊。”

白嘉轩苦笑:“我也是被逼没法了，我总不能看着族人挨饿受困。”

朱先生叹息:“你这个族长当得好啊。”

白嘉轩:“好个啥，我只能自保了。先顾着我的族人，旁人死活我是不管了。”

朱先生黯然:“我受命赈灾奔走八方，见过多少离乡逃难的人，要是全中国的族长都像你一样，恐怕饥民就不会越来越多了。”

院外有人叫:“朱先生！”

朱先生忙起身:“我还得舍粥去，不定哪儿的粥场又被人抢光了。”

白嘉轩歉疚地:“姐夫，我知道你找我干啥。”

朱先生笑着回头看他。

白嘉轩:“可我真不敢借你。”

朱先生收住笑:“一袋粮也不借？”

白嘉轩沉静地缓缓摇头。仙草担忧地在门外望着。

朱先生猛地一拍桌:“白嘉轩！”

白嘉轩扶桌慢慢要跪下，朱先生一惊上前忙搀扶住。

白嘉轩沉重:“姐夫，我是族长啊！”

朱先生意味深长地点头:“嘉轩……我明白了，顾好你的族人吧。”

朱先生撩袍大步走出。

仙草端着碗身后叫:“姐夫你还没吃哩！”

朱先生头也不回地走去。白嘉轩默默望着朱先生的背影，面容愁苦。

26. 书院 夜 内

鹿兆鹏一手端碗一手扶墙慢慢挪动，停到朱先生的卧室门口，听屋里朱白氏吸溜溜地喝着什么。

朱白氏察觉，起身:“兆鹏，你咋自己过来了？”

鹿兆鹏一眼瞥见碗中黑乎乎的东西，难过："师母，您给我做糊糊，自己咋吃这个。"

朱白氏："兆鹏你别管这些，吃下去，听话。"

鹿兆鹏递上碗："我不饿，您跟先生吃吧。"

朱白氏急："你这孩子，你身上还有伤哩！"

鹿兆鹏将碗塞她手中，转身就走。

朱白氏："不成，说啥也得吃下去！兆鹏我可生气了！"

鹿兆鹏也急："我这是抢你们的口粮呢！我今晚就走！"

鹿兆鹏伤口崩裂，疼得蹲下身去，朱白氏含泪上前搀扶住。

朱白氏："我们能放你走吗，好好养伤。孩子，你好起来比啥都强！也不辜负白灵那样对你……"

鹿兆鹏垂头不语。

27. 西安城 日 晚 外/内

叠画：

赈灾募捐的横幅下，白灵与同学们苦口婆心地向市民宣讲，抱着募捐箱接受捐款。

白灵警惕观望四周，匆匆走进裁缝铺。韩裁缝与其他客户说笑，接过她挑好的布匹。

韩裁缝借着油灯剪开布料，小心翼翼取出纸条。白灵在一旁注视。

白灵摇头："这哪是赈灾啊，这是发国难财呢！"

韩裁缝："这个新委派的赈灾大员还不如上一个，我们在政府里的人传出消息，他一上任就把很多救灾款都调拨给他的亲信。"

白灵一拳捶到桌上："一边是路有冻死骨一边是朱门酒肉臭，千百年了，一点没变！"

韩裁缝冷哼："省政府三令五申赈灾救荒时不许官员大吃大喝，城里的饭庄倒是冷清了，可这些人的嘴都没闲着，他们转移到私人公馆吃去了！"

白灵眼睛一亮："老韩我有个想法，咱给他来个关门打狗瓮中捉鳖怎么样？"

韩裁缝抬眼一愣，摇头："非常时期，那些人滑得跟泥鳅一样，能捂住他们？再说就算捂住了这些贪官转头就不承认！"

白灵轻声："那得分谁去。"

韩裁缝感慨："是啊，要是兆鹏在就好了，他最懂得怎么对付这些人。"韩裁缝突然愣住，转头打量白灵，"白灵，你可别跟我打哑谜，我瞧你这意思是早有主意了。"

白灵神秘地笑笑："我原来的同学在一个公馆里打工……"

白灵趴在韩裁缝耳边说着，韩裁缝脸色一变恍然大悟。

28. 私人公馆　晚　内

觥筹交错，紧闭的木质大门里传来说笑声和美妙乐声。白灵在角落中整理好侍者的衣服，从容托盘走出，沿着走廊窗户，白灵望见窗外一辆车闪着灯光。

白灵走进大厅，高官显贵围着一桌丰盛的酒席已带着醉意。她将热毛巾一块块地放在桌上，像极训练有素的侍者。

一个胖子抱着酒瓶高唱，要拉白灵共舞，白灵微笑着躲避开，恭敬退出房间。

楼下喧闹声，游行的学生高喊走来，公馆门口的警察也被吸引过去。

屋内的高官们面露紧张，有人疑惑："咋现在的学生晚上还游行？"

有人轻笑："闲得没事干，不好好在学校里念书，出来凑啥热闹！"

唱歌的胖子带着醉意："继续继续！跟咱没关系，都是一些傻学生！没听那喊惩治奸商哩！"

白灵划着火柴在窗户上画了个圈，车不再闪灯。

几个记者扛着器材沿墙角偷溜进公馆……

29. 公馆外　夜　外

白灵溜出门，快速将身上穿戴解下，冲向游行队伍。

混乱中白灵拉住同学，轻声："换横幅！告诉同学们换口号！"

一传十十传百，人们迅速放下横幅展开新的横幅，白灵转身跑回公馆。

30. 公馆　夜　内

门被撞开，高官们搂着小妾美女含笑转头，丑态百出。

几个记者迅速架好器材，“砰砰”的曝光声，光亮闪过，屋里人瞠目结舌呆在那里。

胖子反应过来，指着骂：“你们哪儿的！怎么进来的？”

记者不由分说抱起器材转身就跑，白灵将门拉开，屋中高官们这才反应过来，骂声一片：“别让他们跑了！”“来人呐！堵住他们！”

白灵一转身将大门关严，插上早已准备好的铁棍，将里面的人反锁。

胖子推开窗大吼：“堵住他们！你们去门口堵住！”

突然胖子惊呆，身后的高官还想探头，被他拉了回去。

窗外游行的学生静静地站在门口，横幅上面几个大字：“打硕鼠治贪腐。”

所有人仰头望着窗口，记者已经奔入人群。

高官们紧闭窗户都蜷缩挤在墙角，外面响起如雷般的吼声：“出来！滚出来！”

31. 西安城街道　日　外

“号外号外！赈灾大员带头违反禁令，私人公馆大吃大喝！”

路人争抢报纸。

白灵手拿报纸边看边走，脸上洋溢着胜利的笑意。

32. 书院　日　内

鹿兆鹏正看着同样的报纸，用力拍在桌上，神色激动。朱先生一旁含笑看着他。

鹿兆鹏：“痛快！就该这样把一只只贪敛民财的硕鼠都揪出来！”

朱先生：“我就知道这报纸能让你的伤好得快一些，所以我一看到就拿回来了。”

鹿兆鹏兴奋地在屋中来回走动："幕后绝对有高人！抓得好抓得巧抓得妙！这帮官老爷我看谁还敢再大吃大喝！"

朱先生起身点了点报纸："你看这条，关键不是吃喝，政府迫于压力正在查赈灾款的去向，这才是幕后之人要查的东西。"

鹿兆鹏："先生，我想今天就回城去，这些事我都应该参与的。"

朱先生："你能走得动？"

兆鹏做出一副轻松玩笑的样子："先生，你信我是报纸上说的那种人吗？"

朱先生摇头："一群宵小之徒胡编乱造而已，他们是要毁你。"

兆鹏欣慰："只要先生明了，兆鹏死而无憾了。"

朱先生幽幽地："兆鹏，有件事我得跟你说实话，你救下的那个女孩死了，尸体是在一口枯井里发现的。"

兆鹏吃惊地看着朱先生。

朱先生点头："就在他们诋毁你的那些天。"

兆鹏愤怒："他们太狠了！这是杀人灭口！"兆鹏又懊恼摇头，"都是我害了她。"

朱先生长叹一声："你不必自责，有时因即是果，果又是因。"

兆鹏抱头不语。

朱先生叹息："这些天我见了太多生死，天地无情人如蝼蚁啊。"

兆鹏恍惚："先生，您是通古今的大儒，能告我国共两党将来的结局如何吗？"

朱先生一笑："这问题，说大也大，说小也小。兆鹏啊，天下是百姓的天下，将来谁让贫苦百姓吃饱肚子，谁得天下。"

鹿兆鹏沉思点头，屋里沉寂下来。

鹿光鹏沉声："我爸和冷先生救我我没料到，田福贤又怎么会放过我？我想见他们一面……"

朱先生："你不该去见，也没这个必要。我建议你把名字改了离开西北，不然救你的人全不得活。"

鹿兆鹏点头："无须您叮嘱我也得这样做，我在这儿已难立足。不瞒您说，省委给了我新的任务，找我们的军队去。"

朱先生起身："田福贤让冷先生问你一句话：如若你们日后真的得势，你还能容得下他？”

鹿兆鹏不禁愣住，朱先生笑眯眯地看着他。

鹿兆鹏缓过神：“让他好好活着。我要是活到他说的那种时候，一定要叫他看到，我们比他们更光明磊落！”

朱先生叹了口气：“冷先生本人留给你的一句纯系家事：给女人个娃娃。给个娃，他女子在你屋就能活下去，他自己在白鹿镇也能撑一张人脸……”

鹿兆鹏软软地坐下去，双手抱住脑袋：“倒不如让田福贤杀了我痛快！”

朱先生笑着拍着他的背：“怎么又变得如此心窄量小了？”

鹿兆鹏痛苦摇头：“我能豁出命，可背不起他们救命的债……至于我这媳妇我已经想好给她的路了。先生，我要走了，您有话给我吗？”

朱先生淡然一笑：“我嘛只期盼着落一场透雨……”

33. 白家　日　内

一老者正拨着算盘，白嘉轩在一旁掐指算。

白嘉轩轻声：“一张嘴一天一两口粮，先保饿不死人，能多撑出个十天八天吧？”

老者点头。

仙草被白赵氏推着，两人屋外轻声嘀咕。

仙草撩帘：“嘉轩，你出来一下。”

白嘉轩皱眉出屋，仙草为难地瞧着他。

白嘉轩：“啥事？”

仙草轻声：“妈想借孝文点粮食，怕你不答应。”

白嘉轩：“我就知你们娘俩嘀咕这个，我说过，一粒粮也不给送。”

白赵氏哭骂：“他是你生出来的！你不管他死活当初干啥生他嘛！”

白嘉轩刚要说话，跛子爷从院外奔来，满脸慌张。

跛子爷：“族长不好了！饥民正冲祠堂抢粮食咧！”

算盘被拨到地上，老者脸色苍白站起，望着白嘉轩疾奔出的身影。

34. 祠堂　日　内

白嘉轩和几个老者神色慌乱地冲进院门，鹿子霖正将最后的粮食从袋里倒出，孝武哭丧着脸跪倒在地。

孝武："爸，我实在拦不住啊，那些饥民疯了一样来抢，我们十几个人差点被他们踩死。"

白嘉轩目光恍惚，无语望着院里的狼藉。

鹿子霖发泄地："我就说不能分吧！还发誓不说出去，哪有纸能包住火的！这是粮食啊！他们没把咱祠堂拆了就不错！"鹿子霖抱头蹲在台阶上，"完咧全完咧！"

白嘉轩痛苦地在院中走，颤抖着手捡起地上洒落的麦粒。

鹿三从院外奔来："嘉轩你快去看看，赵柱要抱娃跳井咧！"

白嘉轩脸色一变奔出院去。

35. 赵柱家　日　内

赵柱含泪抱着昏睡的孩子，白嘉轩坐在炕边摸孩子的额头，鹿三孝武守在一旁。

赵柱哭："族长，真熬不过去了，我娃就是饿的呀！"

白嘉轩冲孝武："快去把冷先生请来。"

孝武应声出去。

赵柱："我真不想活了，我想带着娃找他妈去！"

白嘉轩瞪眼："你说啥胡话！你媳妇为啥走？不就为了给你和娃留下一份口粮，你让她白死？追到阴曹地府她也跟你没完信不信！"

赵柱含泪摇头："熬不住啊真熬不住啊！"

白嘉轩转头冲鹿三："三哥，回家把咱口粮拿来。"

鹿三迟疑："那……那咱……"

白嘉轩急："拿去！你就跟仙草说这粮是救命的！"

鹿三叹了口气转身奔出屋，突然又停在门口，怔怔地："嘉轩你快出来看看。”

白嘉轩起身走到门口，族人挤满了院子，都含泪望着自己。

桑老八：“族长，我们走了，跟你说声。”

白嘉轩急：“走？去哪儿？”

桑老八：“往北走，要饭去。”

白嘉轩怒：“我看谁敢走！就是死也要饿死在一块！”

众人哭声一片，白嘉轩走入人群：“谁也不许出这个村，听见没有？出去了就再也别回来！粮食我再想办法，你们再容我两天，行不？”

白嘉轩悲哀地望着族人。

36. 窑洞　日　内

田小娥已经饿得无力，斜躺在炕上，孝文伏在一旁贪婪地刮着纸包里最后一点烟膏。

田小娥：“我饿得没劲哩，你去要口饭给我吃，我怕我肚子里的娃娃也撑不住了。”

孝文跟没听见一般，凑到油灯旁嘬了几口，懊恼地将烟枪扔在一边。

田小娥：“孝文你收拾收拾，待会带我进城吧，找你妹去。”

孝文烦躁：“又进城，你咋那么爱进城呢！告诉你啥人啥命，你就认这命吧！”

田小娥撑起身：“你昨晚还答应我哩，咋今天就变卦了？”

孝文：“我昨晚说的是梦话！”

孝文从火炕上溜下来趿拉上鞋，刚跨出窑洞一步，小娥喊：“你回来！这些天你都在哄我？”

孝文无奈：“总得喂饱肚子咱才能走啊，你这下炕的劲都没有。”

田小娥扒着炕边：“那咱吃点东西就上路，我一天也不想在这窑里住了，这是等死哩！”

孝文回过头去嘟囔：“我总不能引上你去要饭，等着，我要下馍给你拿回来。”

田小娥后面叫：“你快回来，我先收拾着东西。”

孝文摆摆手，跌跌撞撞走去。

37. 鹿家 日 内

鹿兆鹏已经乔装成农民模样，戴着草帽警惕地左右看看，爬上后墙翻进院里。

兆鹏媳妇正在屋里绣红，听到响动慢慢起身。

鹿兆鹏出现在门口，兆鹏媳妇复杂的目光瞧着他，一时竟不知所措。

鹿兆鹏冲她嘘了一声，回身将门掩好。

鹿兆鹏轻声："你收拾下东西，待会跟我一起走。"

兆鹏媳妇惊诧地看着他。

鹿兆鹏靠近："我带你进城去，好不？"

兆鹏媳妇面露喜色点头，期盼的目光看着丈夫，又指指屋外。

鹿兆鹏轻声："先不跟我爸我妈说，你也知道我现在的身份，咱俩悄悄地走。"

兆鹏媳妇不敢相信地含泪点头，转身有些手足无措地开始收拾。

鹿兆鹏："先等等，我跟你说明白。"鹿兆鹏搬过椅子坐在她面前，和蔼地："秋月，我都听说了，你受了很多苦。你只需要静静地听，好吗？"

兆鹏媳妇点点头，目不转睛地看着丈夫。

鹿兆鹏："我打算接你进城去，在城里我用爷爷留下的钱租了套房子，够住几年的。在那你吃不了苦也不用干啥，好好过日子，再不会有人背后说你闲话，没人知道你的过去。"

兆鹏媳妇眼中闪着光亮，竟笑了笑，指了指兆鹏又指了指自己。

兆鹏摇头："不，就你一个人住。"

兆鹏媳妇眼神黯淡下来，兆鹏拉住媳妇的双手，柔声安慰。

兆鹏："你听我说。秋月，我是个已经死了的人，懂吗？为了我爸还有你爸他们，我不能再留下。"

兆鹏媳妇惶恐的眼神摇头，转头找着什么，兆鹏愣了愣马上会意，找过纸笔递到她手中，看她快速写起来。

纸上一行字："我跟你去。"

兆鹏哭笑不得："我现在也不瞒你了，我是共产党。我要去闹革命，给穷苦人打天下，咋带得了你嘛。"

兆鹏媳妇又低头写起："我不当弃妇。"

兆鹏无奈："你进了城可以学文化，几年以后可以跟其他妇女一样找些活干，你咋是弃妇呢？根本没有人了解你的过去，你还是不懂我的良苦用心……"

兆鹏媳妇坚定摇头，又在弃妇二字上面画了个圈。

兆鹏怔怔看着她无语，起身在屋中踱了几步，下定决心般回头："你先收拾东西吧，跟我进城住下再说。"

兆鹏媳妇迟疑了一下，在纸上又写下："住一起。"

兆鹏慢慢重又坐下，抱住头。兆鹏媳妇轻轻摸了摸他。

鹿兆鹏懊恼："我求你了，这是我能为你做的一切了。我本该就此销声匿迹离开这原上，我已经犯错误了秋月！你知道我要冒多大风险陪你进城吗？你知道进了城你的生活都会改变，没准将来你嫁个好人家还能把你爸接进城享福，你咋就不明白呢！"

兆鹏媳妇决绝的目光瞪着鹿兆鹏，写下三个字，往他面前一推："我不走。"

鹿兆鹏急得不行："你为啥不走？你告诉我个理由！我把你的名声解决了把你的后半辈子解决了，你还顾忌啥？"

兆鹏媳妇含泪写下一行字："我死也做你家媳妇。"

鹿兆鹏急拉她："跟我走，你也别收拾东西了！"

兆鹏媳妇疯狂挣扎，甩开他的手，充满敌意地瞪着他。

鹿兆鹏近乎哀求："你到底要干啥？"

兆鹏媳妇含泪笑，指了指床，指了指兆鹏又指了指自己。

鹿兆鹏不敢相信地看着她，慢慢退后："好，好……等你想通了我再来接你。"

鹿兆鹏转身拉门出去。

兆鹏媳妇出奇平静，淡然决绝的目光，一动不动坐在那里。

38.贺家坊　日　外

白孝文蹲在贺家坊门楼下迟疑，随着脚步声近前贺耀祖跑出院门。

贺耀祖亲热备至地："啊呀孝文！你扛在门楼下做啥？进屋进屋快进屋来！"

孝文："耀祖叔……"

孝文臊眉耷眼地跟着贺耀祖走进门楼进入院庭。

贺耀祖一家正围在厅房明间的方桌上吃饭，全部停住筷子惊奇地注视着他的到来。

贺耀祖指示家人给他舀饭，拉过一只矮凳放到厅房台阶上说：“坐下，在这儿坐下吃。”

孝文接过贺家儿媳递来的饭碗，迫不及待地开始陶醉在纯粹白面条的美好享受之中。

贺耀祖在身后冷冷地：“你们今日个看见师父了。我专门把这个好师父请进门来给你们开开眼界，白嘉轩在咱原上算得头一个仁义忠厚之人，还是保不定要出败家子儿，你们没见过败家子今日个就见上了，你们要学败家子他可是个好师父……”

孝文刚刚接住舀来的第二碗面条，心里猛然蹿起一股火来，想把那碗摔扣到贺家父子当面，临了却软软坐下挑动细长的面条进入口中。

白孝文吃完之后抹抹嘴巴，回过头笑眯眯地冲贺耀祖：“你看中我当师父，那你再给我带几个馍走好不好？你啥时间还想让我当师父尽管捎话，咱不要工钱只图个肚儿圆……”

贺耀祖厌烦地瞪着他。

白孝文被推出院门，大门紧闭。

白孝文笑骂：“哪有把师父往外推的，没大没小！”

周围小孩好奇地瞧他。

白孝文边轰边走：“去去去，没看过要饭的！”

39. 原上　日　外

鹿兆鹏站在原上一动不动凝望白鹿村，他慢慢跪倒在地，深深磕下头去。

鹿兆鹏颤抖着声音：“爸，妈，我走了。孩儿不孝，下辈子再还你们吧。”

鹿兆鹏起身大步走向远方……

40. 窑洞　晚　内

田小娥已收拾好包裹，不时站到门口翘首张望，却等不来白孝文的身影。

田小娥懊恼躺回炕上，含泪捂着肚子，轻声：“娃呀，再熬熬吧。等你爸回来带咱妈俩进城去……”

41. 贺家坊大烟屋　晚　内

白孝文蜷缩着身贪婪地吸着烟土，身旁有人踹骂。

“上回烟钱还没给哩！小心扒你家房！”

白孝文迷糊惬意地：“扒去扒去！”

贺耀祖上前厌恶地呸了口：“咋赖上咱村了？”

“叔，要不要找白嘉轩去？”

贺耀祖冷哼：“白嘉轩早不认这儿子了，巴不得他死在外面呢，抽完这口让他滚蛋！”

白孝文麻木地笑着喘息。

42. 鹿家　晚　内

鹿子霖喝着稀粥，媳妇诧异地看着门外。

媳妇：“咋还不过来吃饭呢？”

鹿子霖：“你不会叫她？是哪儿不舒服了。”

媳妇：“我刚才拍门了，从里面锁上哩，也不应我。”

鹿子霖诧异起身：“哪有这么早睡下的。”

鹿子霖带着媳妇走去拍门，依然没回应。鹿子霖有些惊慌，扒开窗纸脸色大变，媳妇尖叫起来。

兆鹏媳妇已经吊死在梁上，两脚垂在半空。鹿子霖撞进门，媳妇上前哭号去抱尸体。

桌上一封信，鹿子霖颤抖着拿起。

兆鹏媳妇（画外音）：“爸，妈，将来兆鹏没了把我俩埋一块。”

鹿子霖老泪纵横。

第三十七集

1. 荒原　日　外

苍茫的黄土地上，望不见边，渺小的身影在大地上行走。一首哀怨的民谣在原上回荡。镜头扫过，坟头林立。

“你晓得天下黄河几十几道弯哎！几十几道弯上几十几条船哎！几十几条船上几十几根杆哎……”

鹿兆鹏行走在黄土高坡，一边是黄河滚滚，一边是漫天飞舞的纸钱。

披麻戴孝的队伍行进哭号。

鹿兆鹏仿佛听到什么，回头茫茫望去，一望无际，没有尽头。

2. 冷家　晚　内

孝武媳妇身着白衣呜呜地哭着：“姐啊！我的姐！”

鹿子霖坐在一旁抹泪。

孝武搀扶着冷先生坐下，冲鹿子霖：“伯，填坟的钱我给他们结完了，那我先回了。”孝武转头，“秋水，你今晚就在这儿住下。”

孝武媳妇含泪点头。

冷先生面无表情：“不用，伺候你公婆去。”

孝武媳妇哽咽：“爸……我再陪陪你吧！”

冷先生一动不动：“让我一个人待会，都回吧。”

孝武搀扶媳妇出门，屋中只剩下鹿子霖眼巴巴看着冷先生，慢慢跪下。

冷先生忙搀扶起他：“你这是干啥！”

鹿子霖含泪：“哥呀我鹿家对不住你啊！儿媳妇走我前边去了……”

冷先生摇头：“这是她的命，嫁谁家都一样，上辈子没积下福哩，赖谁呢。”

鹿子霖被搀扶起抹泪，冷先生反倒劝："回吧，折腾一天了。"

鹿子霖颤巍巍出门去，冷先生一屁股坐在凳上，望着火苗发呆。

白嘉轩悄然站在窗外，揪心地看着冷先生。

冷先生头也不回地："嘉轩，干啥不进来呢？"

白嘉轩这才进屋坐下，默默抽起烟袋。

冷先生突然捂住脸呜呜地哭起来。白嘉轩也不劝，静静地瞧他。

冷先生从指缝里发出闷声："是我对不起她啊……我逼着她别回来就守在鹿家一辈子，是我害了我闺女啊！"

白嘉轩挑了挑油灯，照亮冷秋月的遗像，白嘉轩无声叹息。

3. 村口　日　外

人群集聚在戏台前，白嘉轩被孝武搀扶上戏台，扫视几十个年轻后生。

白嘉轩点头："老天爷不给粮食咱就进山去换，那儿没闹饥荒，可山路难走，又有灾民挡道更有土匪，这一路险得很！你们是咱族里的后生，将来传宗接代全靠你们哩，不敢有闪失。护着粮食更要护紧自己这条命，爸妈都在家里等着你们回呢！"

台下肃穆悲壮，围观的老少女子低泣。

白嘉轩抬了抬拐杖，孝武大吼一声："上路！"

几十个年轻后生背着包裹跟随前行出村远去，族人簇拥着眼巴巴眺望后生的身影。

白嘉轩一脸苍茫。

4. 窑洞　日　内

田小娥抱着包裹守坐在窑门口，眼巴巴望着山坡。

田小娥轻抚肚子："你爸就要回来咧，别急，咱有吃的了。"

田小娥扶门站起，一群孩子跑过，篮中掉落几束野菜花，田小娥扑上去贪婪地塞进嘴里。石头砸来，孩子们争相捡着石子，田小娥不管不顾地嚼咽……

5. 村口 日 外

一众乡亲在村口翘首以待，有娃爬上土垛望远。

跛子爷仰头："瞧见没？"

娃："没！"

桑老八叹息："两天了，他们该从峪口回来了，咋还没个消息？"

跛子爷："怕不是遇到匪了吧？现下哪儿都缺粮，一见着粮食谁不眼红！"

众人应和，发出不安的声音。

有人哭起来："就不该让我儿子去，这不是白送命么……"

赵柱急："行咧！族长的儿子不也去了，又不是只有你家一个！"

5A. 祠堂 日 内

人群簇拥在堂前，人手一香，白嘉轩领在前面虔诚给祖宗牌位上香。鹿子霖和几个老者跟随。

白嘉轩郑重其事："大灾饥荒，天怒人怨，族里后生进山换粮。白鹿村的香火要传下去，他们要一个不少地回来，求祖宗护佑！"

众人齐声："祖宗护佑啊！"

白嘉轩带头跪倒，鹿子霖、老者、乡亲们纷纷拜倒……

5B. 山 日 外

孝武汗流浃背，后生们一人一个包裹快步在山梁上行走。

孝武焦急眺望四周，轻声："快！快！"

众人一个个面色沉峻，难掩疲惫，加快脚步。

5C. 祠堂 夜 内

牌位前的香已经快要燃尽，鹿三斜靠在旁边的椅子打着瞌睡。白嘉轩悄然从外走进，鹿三有所察觉惊醒，忙起身点香。

白嘉轩接过："这香火，可不能断呐。"

鹿三懊恼："是。"

白嘉轩沉声："明再不回来，三哥你带人去找。"

鹿三点头。

白嘉轩虔诚地三拜，续入炉中……

6. 山峪口　夜　外

孝武拼命地跑着，粗重的喘息声。

火把在山涧里晃动，有人喊："别让他们跑了！围住他们！"

孝武被追上的土匪绊倒在地，粮食洒落出来。孝武拼命往袋子里扒拉，刀已经横在他后脖梗。火把慢慢围拢，白鹿原的后生们都被擒来，围在当中。

土匪头子冷笑打量："刚换的粮食？辛苦啊兄弟们！还烦劳你们走那么远的山路给我们送来。"

孝武颤抖着声音："这是我们的救命粮，您放放手，我们留一半，还等着回去喂娃哩！"

土匪头子转身："兄弟们，人家说了留一半，应不应？"

有人喊："把他这身肉留下就应，顶粮食了！"

众人哄笑，后生们都露出恐惧，挤成一团。

土匪头子耍弄着刀狞笑走近："你们刚跟那些山民换粮，我们后面就跟上了，这一路我们也累得不轻哩。乖乖地把粮袋都放下，滚。"

孝武迟疑，后生们眼巴巴地看着他。

土匪头子怒吼："滚！"

孝武咬牙："我们没脸空着手回去。这位大哥，我们可是把全族的钱财都拿去换粮了，你容我们一口饭吃！"

土匪头子狞笑："奶奶的，碰上个硬骨头！这年头谁容得下谁啊，少张嘴就多口粮食，懂不？"土匪头子突然抡起刀来，"我看你活得不耐烦了！"

孝武吓得闭上眼睛，坡上突然一个人悠悠地笑起来。

众人抬眼望去，那身影矫健地跳下大摇大摆走近。土匪头子眼一寒，举刀警惕瞧着，那身影上前一个嘴巴扇过，土匪头子捂住脸竟没反抗。

孝武惊呆："兆鹏哥……"

鹿兆鹏嘴里咬着草根，揪过土匪头子又一掌扇过去，骂："你当啥人都能装土匪了？今儿爷爷让你见识见识真正的土匪啥样！"

孝武蒙住，怔怔看着判若两人的鹿兆鹏。

土匪头子大吼一声举刀要砍，鹿兆鹏已经举起枪对准他的鼻梁，土匪头子惊呆，慢慢放下刀。

其他土匪举刀喊："护住大当家的！"

鹿兆鹏骂："谁不要命就往前来，我山上的兄弟正手痒痒想试试新枪哩！"

山坡上有人默契地喊："哥呀甭跟他废话！都撂倒完咧，咱不缺肉吃了！"

土匪头子吓得扔下刀，冲身后人喊："快扔下！"土匪头子冲鹿兆鹏一作揖，"兄弟是哪个山头的？在下有眼不识泰山。"

鹿兆鹏咬牙冷笑："我不混山，上面是天下面是地中间都是我的。"

土匪头子斜眼瞥瞥山坡，黑洞洞不知藏了多少人，挤出笑来："我这辈子总算是见着真神了！您容我们条道，这些粮食算我们孝敬。"

鹿兆鹏："滚！"

土匪头子带着众人仓皇逃去。

鹿兆鹏这才转身站到孝武面前，孝武无比惊诧地注视。

孝武："兆鹏哥，你咋……"

鹿兆鹏一笑，扫视："咱村的后生都来了。"

众人围上，纷纷叫道："哥！""兆鹏哥！"

鹿兆鹏："刚才这土匪扮得像么？"

众人面面相觑，不敢说话。

鹿兆鹏叹息："劫你们的这伙人其实也不是土匪，就是一群饥民饿得没法了聚在一起抢人抢粮。回去路上千万小心，把这些粮食一粒别糟蹋喂进爸妈娃子的口中。你们就是咱白鹿原的英雄！"

孝武百感交集："哥那你……"

鹿兆鹏笑了笑，转头一扬手："下来吧！"

五六个身影从山林中跳下，鹿兆鹏拍拍孝武肩膀。

鹿兆鹏："放心，哥不是匪，快上路吧，早回早踏实。"

孝武点头带着后生们转身消失在黑暗中。

鹿兆鹏凝望背影，冲身后人："我们也上路，继续找其他农协的兄弟去。"

7. 村口　日　外

几个女人边抹泪边眺望远方，突然坐在树上的二豆梗起脖"嗷"了一嗓子："他们回来咧！"

鹿三正带着赵柱、桑老八等几个壮汉别上梭镖拿好刀棍准备出发，惊诧地转头回望。白嘉轩和几个老者也被乡亲们簇拥出祠堂，不敢相信地望着。

孝武和几十个后生在原上背着粮食狂奔。

孝武含泪："爸，粮食……粮食换回来了！"

乡亲们欢呼雀跃冲上。

白嘉轩长长舒了一口气，仙草拉住他的胳膊哭泣。

8. 白家　日　内

众人听孝武讲述完，都默不作声。

孝武："我们的命是兆鹏哥救的，没他就没这粮食。"

白嘉轩皱眉思索。

鹿子霖焦急："他不是匪，是啥？身后那些人你看清了？"

孝武想了想："对了，有个像邻村的贺老二！"

白嘉轩沉声："农协的，他们这是……"

鹿子霖脸色苍白："白嘉轩你可不敢胡说！"

白嘉轩一笑："你儿子早就没了，孝武准是吓得看花了眼，胡说个啥。"

孝武一愣："爸，我们都瞧见是……"

鹿三一拍他屁股，孝武恍然大悟。

孝武："我是真花眼了。"

鹿子霖懊恼抱头："他咋还走那条路哩！"

9. 西安城门外　日　外

十几辆马车驮着粮食一字排开，有人打着横幅："西安民间各界赈灾粮"，旁边有鼓乐队吹打。

韩裁缝拉过白灵低声说话。

韩裁缝："这可是找到省主席那儿亲自拍的板，才允许我们越过层层官僚自己去放粮。白灵啊，等这批粮运到，你一定要盯着转到每一个舍饭场，我现在就得回去再筹措新的粮食。"

白灵点头："老韩你放心吧，救济粮我们肯定亲自发到每个饥民手上。"

韩裁缝长舒口气："这样就能保证不被层层克扣，也是没有办法的办法。咱中国啥时候能够上通下达，不被这些官老爷们伸手揩油啊！"

白灵百感交集望着那些粮食。

韩裁缝："对了白灵，再告诉你个好消息，兆鹏伤已经好了，身体全恢复了。"

白灵眼一亮："他回来吗？"

韩裁缝摇头："省委给了他新任务，召集各地的老农协会员去参加红军。"

白灵有些失落的目光。

10. 原上沟边　日　外

饥民散落在原上，尸体和行进的人交错。

饿得头昏眼花的白孝文衣衫褴褛地走在要饭的人群中，突然身子软软地从斜坡上翻滚下去，跌落在大土壕里。

一声硌耳的车轴擦磨的嘶响传来，有人赶车到土壕来取土，孝文瞅了一眼，便认出吆车的人是鹿三，不由地闭上眼睛。

鹿三瞅见蜷卧在旮旯里的人，用镢头尖头钩拉一下腿脚，探试一下是死尸还是活物。

孝文就支起胳膊扬起头来，叫了一声："三伯。"

鹿三扔了镢头跨前一步蹲下身来，双手扶着孝文的肩膀坐起来："弄成这光景了？"

孝文虚弱地：“这光景不错，这光景美得很！”

鹿三摇晃着他肩膀：“想想你早先是啥光景，而今是啥光景？”

孝文不假思索：“早先那光景再好我不想过了，而今这光景我喜悦我畅快。”

鹿三听了，缓缓地站起来退后两步，和孝文之间形成一段距离，嘲弄：“你生装嘴硬，你后悔来不及了！你原先人上人，而今卧蜷在土壕里成了人下人！你放着正道不走走邪路，摆着高桌低凳的席面你不坐，偏要钻到桌子底下啃骨头，你把人活成了狗，你还生装嘴硬说不后悔！你现时后悔说不出口喀！”

孝文气得颤颤抖抖：“嗬呀三老汉！别人训我骂我我倒是罢了，你也来训我烧臊我，你算老几？”

鹿三冷笑着拍拍胸口，鄙夷地瞅着孝文：“我算老——三。甭看三老汉硬熬一辈子长工，眼窝里把你这号败家子还拾不进去！我要是把人活到这步光景，早拽根绳勒死了，还知啥人哩？”

鹿三从地上捞起镢头，狠狠地照着坎挖起来，半是同情半是揶揄地转头看他。

鹿三：“你要是没有狠劲儿勒死，快到白鹿仓里头去，那儿今日放舍饭……”

鹿三再挖不下去，跳上车。

孝文闭上眼听着马车走远，饥饿的痛苦又胁迫着他站立起来，拄着打狗棍子爬上慢道。

11. 白家后院　日　外

鹿三铁青着脸牵马车进院，走到正堂屋前张望。

鹿三叫：“嘉轩，嘉轩！”

孝武迎出门：“三伯，我爸帮着姑父白鹿仓放粮去了。有事？”

鹿三懊恼瞥了眼屋里咳嗽的白赵氏，低声：“我看见你哥了。”

孝武一惊：“这两天村里都找不着他，去哪儿了？”

鹿三恨恨地：“我见他时跟条赖狗一样躺在沟里，我让他去吃舍饭了。”

孝武脸色一变转身奔出院去。

鹿三拉着马车到后院，一屁股坐在石礅上生闷气。

12. 白鹿仓　日　外

白鹿仓围墙外开阔的原野上，喧哗如雷，站着的躺着的坐着的攒动着的男人女人老人和娃娃四面八方涌动着向这里汇入。

孝文拄着棍子朝人流密集的地方走去，孝武冲上前。

孝武哀求："哥，回家吧！"

孝文昂起头执拗地："不回！"

孝武："你已经走到绝路了，再没路可走了，你该想想，你咋能去抢舍饭？"

孝文："抢舍饭好！比讨饭比回家吃你一碗饭都好！"

孝武："你不顾脸面……也该想想祖先！"

白孝文："要脸的滚开，不要脸的吃舍饭去喽！"

白孝文甩开弟弟的胳膊冲进人群，挤到前沿看见了热气蒸腾的铁锅里翻涌着黄亮亮的米粥，有人骂："你拿啥讨粥喝？"

白孝文顿时懊悔得哭叫起来。旁人手里都攥着一只黄碗或一只瓦盆儿，他怔怔看着自己两只空手，刚挤出人窝，肩膀却被谁一把揪住了。

孝文愤怒回头骂："我吃舍饭也不行了！"

鹿子霖惊讶地打量："啊呀呀老侄儿！你咋能跟这些人往一窝里挤哩嘛！"

孝文挣了挣肩膀没有挣脱就急了："快丢开手！我忘了拿碗，我去借碗呀！来迟了就给旁人舀完咧！"

鹿子霖的手抓得更紧更狠了。

白孝文愈加气急地叫："你再不放手我就骂呀！"

鹿子霖脸上浮起一缕难过的神色，倒换了一只手又抓住他的胳膊，拨开混乱拥挤的人群，不由分说拉着他走进白鹿仓围墙上临时挖开的豁口。

孝文被拉进白鹿仓的院子又进入一间屋子，一抬头就看见姑夫朱先生坐在旁边，白嘉轩正与他说话。

孝文哑然闭口垂下头来。白嘉轩脸色难堪，慢慢起身打量着儿子。

鹿子霖："嘉轩，我可把你儿子拽进来咧，我不管了！"

白嘉轩："他在这儿干啥呢？"

鹿子霖急："讨舍饭！他跟着那帮饥民一起讨舍饭！"

白嘉轩瞪着白孝文，白孝文却突然来了勇气，也抬眼笑眯眯看着爸。

白孝文："正好姑父也在，你们舍饭也舍我一口呗。"

白嘉轩猛地抄起椅子，被朱先生拉住手臂。鹿子霖扒在门口瞧热闹，贺耀祖挤上前，幸灾乐祸地故意大声说话。

贺耀祖："白族长！你舍饭不舍儿子一口？没人赖你贪污！"

乡亲们纷纷围上，白孝文反倒梗起脖子笑："谁是他儿子，你看错人咧！我不姓白，我是从关外来的……"

白孝文在哄堂大笑中挤出人群："谁给我个碗我就叫他声爸！"

贺耀祖举起碗："来儿子！"

众人刷地闪出条道，白嘉轩眼一寒，只见白孝文趺撞走上前伸出双手。人群中鹿三大吼一声："孝文，你还是个人吗！"

白孝文凄然笑了笑，接过贺耀祖手中的碗："爸。"

贺耀祖"呸"了一口："我才不要你这败家的儿子，滚！"

朱先生默默摇头，无声叹息。白嘉轩紧闭双眼，一动不动。

屋外白孝文挤到锅前讨了碗粥，贪婪舔了口，双手举过头顶："让让，我给我女人送饭去！"

鹿三眼中快要喷出火来，悄然挤出人群……

13. 原上　日　外

白孝文双手捧着碗一路奔跑，唯恐洒落。

白孝文嘴中喃喃："媳妇，我给你讨回饭了。"

粥已沿路洒了一地，颠得只剩小半碗。

白孝文停下脚步怔怔瞧着，哭丧着脸："全洒没了……"

白孝文干脆仰头喝尽碗底，一抹嘴往回跑去："我再给你讨碗去！"

14. 白家后院　日　外

鹿三反身关死了马号的木门，用瓢舀上清水，蘸着清水磨起梭镖钢刃来。

嚓嚓嚓的摩擦声中，钢刃显现出亮幽幽的冷光，鹿三伸手试试锋刃，点燃一锅旱烟坐在炕边，雕像般坐着……

15. 保障所　日　内

田福贤摇头叹气，鹿子霖恍惚靠在窗边。

田福贤："今儿个白嘉轩人算丢大喽！不光白家，你白鹿原都丢死人了！"

鹿子霖叹息一声："我料尽他败家，可没想他被一个女人败成这样。"

田福贤点头："这才叫杀人不见血呢，你不是老想看白嘉轩笑话吗，兄弟，你得跟那窑里的女人学学。"

鹿子霖恍惚抬头看着田福贤："你说啥？"

田福贤神秘地："都传开了你不知道？人人说是那田小娥记恨在心，用自己的身子报复哩！"

鹿子霖身子一震，呆呆看着田福贤。

田福贤扒窗："瞧！又给那女人讨了碗！"

鹿子霖望向窗外，白孝文双手捧着碗粥小心翼翼地走过。

鹿子霖咬咬牙一推门冲出："孝文！"

白孝文转身看他，要躲。鹿子霖上前二话不说将碗摔在地上，揪他进屋。

白孝文急："你干啥，那是我给小娥讨的饭！"

鹿子霖："让她死去吧！你先瞧瞧你自己还有个人样不？"鹿子霖转头冲田福贤，"总乡约，你不是说县保安大队要扩编吗？要你给举荐可靠的年轻人吗？让孝文去多好！咱们瞅嘉轩兄的脸面，不能看着孝文到这儿来抢舍饭呀……"

田福贤一愣："你不提这事我倒忘了。"

白孝文也不再挣扎，喘息着瞧他俩。

田福贤点头："好好好！孝文在朱先生书院念过好几年书，文墨深。县保安大队队长特意叮咛，让我给他物色个有文墨的人哩！"

鹿子霖拿出纸笔："你这就写，我刚才听见贺耀祖推荐他村的人咧！可别让他们占了先！"

田福贤忙趴在桌上写起来，白孝文怔怔站在那儿。

鹿子霖指着他："孝文，给你先人争口气吧！将来让戳你脊梁背笑话你的人瞧瞧，别再没出息了！你瞧你把你爸气成啥样了！"

白孝文垂头不语。

田福贤已经写好，走过来交给孝文："你立马就去，晚了当心旁人顶占了位子。"

孝文接过信封，被鹿子霖推向门口，刚要迈出门去，突然转身"扑通"跪倒在地。

白孝文泣不成声："福贤伯，大……"

鹿子霖不忍："快去快去！"

白孝文出门就跑，鹿子霖不放心追出门："你往哪儿去？"

白孝文回头："我给小娥送个信……"

鹿子霖急上前拽他："送啥信啊，你往县城跑吧！"

白孝文头也不回地奔去，鹿子霖长出口气呆呆望着他背影。

田福贤站在他身后，轻声："兄弟，说句难听的话，我头回见你心胸这么敞亮。"

鹿子霖转头瞪着田福贤。

16. 白鹿原坡　日　外

白孝文忙不迭地跑，见人就喊："伯！帮我跟小娥说声，我去县里保安队挣粮食去！"

"婶！帮我跟小娥说声，我明天就回！"

乡亲们厌恶地望着白孝文远去的身影，连连不屑摇头。

17. 白家　晚　内

白嘉轩躺在炕上，仙草端着碗劝："他爸，你吃口吧，跟着忙一天了。"

白嘉轩闭着眼："你给三哥送去吧。"

仙草："他也跟你一样，不吃不喝就坐在那生闷气。"

白嘉轩长叹一声翻过身去。

仙草抹泪："咱儿子都要饭了，你还不让他回家啊！"

白嘉轩："家门一直敞开着，是他自己不愿意回来。"

仙草叹了一声："他倒有点随你了，倔得很！"

白嘉轩："你要是在场就不会说这番话了，他为一碗粥给人当儿子！"

仙草突然生气："那还不是被你逼的！"

白嘉轩翻身坐起，陌生地看着媳妇。

仙草哽咽："我不管你啥道理，我也不管他咋学坏，他是从我肚里掉出来的肉！"

仙草端碗转身出去，白嘉轩恍惚坐在炕上。

18. 白家后院　晚　外

鹿三依然雕像般坐在那抽着烟袋，棚里烟雾缭绕。

仙草在外面叫："三哥，你不吃他也不吃，这饭不白做了。"

鹿三忙应："我睡下咧，不饿。"

仙草在门外轻声："三哥我求你件事，孝文那边你帮照应着点。我实在是……"

鹿三含泪："哎！"

听着仙草转身出去的脚步声，鹿三抹抹眼角，起身勒紧裤腰，将梭镖插进后腰，又紧了紧绑腿，悄然推门出去。

19. 县城保安队部　夜　内

保安队长看看信，抬眼诧异地打量白孝文。

白孝文正用破烂的衣袖抹脖子上的汗，脚上的鞋一只跑没了，全是泥。

保安队长厌恶起身，出门嘀咕："田福贤咋送来这人？待会给俩馍再送回去。"

白孝文边抹汗边歪脖子瞧桌上公文，竟拿起笔修起来。

保安队长迈进门急："哎谁让你动了！"

白孝文赔笑："文法不对，我瞧着别扭，改俩字。"

保安队长怔怔看着改完的公文，抬眼重新打量白孝文。

白孝文不好意思地伸手："馍呢？给我我就走。"

保安队长大声地冲门外："给他拿套衣服！"

20. 窑外　夜　外

一个黑影站在坡上喘息，是鹿三，眼中透着恨意。

鹿三咬牙跳下。

21. 县城保安队部　夜　内

白孝文已经穿戴好保安队衣服，哀求："先让我回吧？我还得给我女人说声哩！"

保安队长冷笑："有的是人等穿这身衣服，你出这门可以，自己先扒下来。"

白孝文抹着额头的汗，低头嘟囔："小娥在家等着哩，等着我哩……"

22. 窑洞　夜　内

田小娥饿得发昏，躺在炕上半眯着眼喘息。

幻境：

金碧辉煌的厅内，白灵咯咯笑着招呼她前行，两旁都是丰盛的菜肴。

白灵笑："小娥姐，在这儿你随便吃随便玩，想说啥就说啥，想笑就笑！待会还有男人请你跳舞哩，你可别害羞啊！"

田小娥在乐声中旋转，惊喜地望着四周，那食物和灯光却变得越来越模糊。

炕上田小娥吧唧着嘴，门被人无声地推开。

恍惚中那人影出现在炕前，田小娥慢慢睁开眼，看清是鹿三。

田小娥慌乱撑起身去摸袄，鹿三从后腰抽出梭镖钢刃，捋掉裹缠的烂布，对准田小娥后心刺去。

那一瞬间，田小娥猛然回过头来，双手撑住炕边，惊异而又凄婉地叫了一声："啊……大呀……"

23. 村　夜　外

鹿三慌不择路地跑着，边跑边将梭镖用布缠起塞进怀中。

身后响起田小娥的叫声："大呀……"

鹿三眼神慌乱，失魂落魄狂奔。

24. 白家后院　夜　内

鹿三将门撞好，大口喘息。

不知何处又响起田小娥的叫声："大呀……"

鹿三惊恐地将裹布掏出抛在地上，蜷缩到墙角浑身哆嗦。

25. 滋水县城　日　外

混乱的抢粮现场，一个军官模样的人坐在粮袋上抽烟，看手下兵搬运马车上的救济粮，有人上前阻拦，被那军官一脚踹翻在地。

白灵冲上前："你们凭什么打人！"

军官骂："这是军粮，阻挡老子调军粮没毙了他就是好事！"

白灵急："胡说，这是救济粮！我们辛辛苦苦运来的，光天化日之下我们的粮食咋就成军粮了？"

军官跳下来扯下赈灾粮的横幅，又点着火烧着。

军官转身笑眯眯地："哪儿写着救灾粮呢？你让我瞧瞧。"

白灵气得哆嗦："你们……你们连土匪都不如！这是老百姓的救命粮！"

军官一挥手，士兵上前继续搬运。

白灵急得要哭："放下都放下！老百姓就靠这些粮食活命呢！你们不能搬走！"

军官拔枪对准白灵等人吼："我看谁敢上前？我先毙了他再说！"

白灵含泪还想向前冲，被旁边的人紧紧拉住。

26. 裁缝铺　日　内

韩裁缝重重地捶在桌上，白灵一脸愧疚坐在旁边。

白灵："请组织上处分我，我没完成好任务。"

韩裁缝："这不赖你，就算我押过去，老百姓碰上这些虎狼兵也只能乖乖地交粮。"

白灵咬牙切齿："我现在看见这些穿军服的就恶心！当时我手里要是有枪就一枪打花他脑袋，看他还敢跟手无寸铁的老百姓威风！"白灵猛站起身，"老韩，我也要去找红军！"

韩裁缝意味深长地看着她："不光是你，我都想去哩。"

白灵激动："那咱一起去，找咱们的队伍去！"

韩裁缝轻轻拍拍白灵的肩膀："可这里更需要我们。"

白灵："老韩……"

韩裁缝："这儿也是战场，虽然听不见枪声看不见硝烟，我们的对手不比那些拿枪的兵弱啊！"

白灵思索的目光。

27. 白家　日　外

白嘉轩正与鹿三剁着干草，鹿三用马叉子将干草堆成堆。

孝武奔进院。

孝武奔到面前："爸，黑娃他媳妇死在窑里了！"

鹿三身子一颤，放下手中的马叉子。

白嘉轩皱眉："咋死的？"

孝武："被人戳死的，炕上炕下全是血！"

白嘉轩没察觉到身后鹿三苍白的脸，思索着。

鹿三却身后发狠："一把火跟窑一起烧了！"

孝武犹疑地："万一她妈家或旁的人告官咋办？总是一条人命案子！"

白嘉轩："叫冷先生去看看，做个笔录画上押，把死人抬出来，找地方埋了。”

鹿三：“嘉轩，费那事干啥，不如把窑弄塌，连人一块埋了。”

白嘉轩这才转头看神色恍惚的鹿三：“三哥，没事吧？”

鹿三如梦方醒：“没事，死得好……死了踏实。”

白嘉轩长长叹息，冲孝武点头，孝武转身奔去。

28. 窑外　日　外

冷先生铁青着脸从里面出来，围看的乡亲眼巴巴瞧着他。

冷先生面色异常严峻，抬眼冲女婿点了点头。

孝武喊：“塌了，快避开！”

重锤砸下，窑顶在一片尘土中坠落，腾起烟雾。围看热闹的乡亲们发出惊叹声。

冷先生目光一紧，无声叹息。

白兴儿摇头轻声：“多嫩的小媳妇没咧，烂咧，化成灰咧。”

桑老八没好气地瞪他：“咋，你还惦着呢？那让她夜里爬上炕上去找你！”

白兴儿吓得一哆嗦：“可不敢胡说！”白兴儿凑到一动不动的鹿子霖身旁，“鹿乡，你说这人真有魂没？老人常讲闹狐狸闹妖精，我咋一回没见着哩？”

鹿子霖一脚将他踹倒在地，骂：“撒泡尿照照，你自己就是妖精！”

桑老八等人吃吃笑起瞧着热闹。鹿子霖拨开人群，踉跄走去。

白兴儿呆呆地：“这老东西咋了？哪来的气性！”

29. 保障所　日　内

鹿子霖冲进屋将门关好反插，又将所有窗户顶严。

身后传来田小娥轻笑声：“大……”

鹿子霖一激灵蹦起，颤抖着手打开里间屋的锁，壮胆拉开门，里面空荡荡的，鹿子霖瘫软坐在地上。

30. 村　夜　外

跛子爷敲锣吆喝着一路走来，远处一个白影晃动。跛子爷提灯看去，脸色煞白，竟是个女子的背影，在轻声地哭泣。

跛子爷浑身哆嗦，壮着胆："谁？"

那女子幽幽地："我饿……我饿。"

跛子爷尖叫一声，灯摔在地上号叫着奔去。

31. 白家　夜　内

白嘉轩被急促的敲门声惊醒，坐起身。仙草披好衣服点着灯。

仙草："这又是咋了？"

白嘉轩拄拐杖站到门口，孝武已经搀扶哆嗦成筛子的跛子爷进院。

跛子爷哭："族长，闹鬼了！田小娥的魂回来了……"

所有人都是一惊，白嘉轩目光一震，望见站在墙角的鹿三，忙走过去。

白嘉轩："三哥？"

鹿三眼睛无神充满恐惧，恍惚望着院外。

白嘉轩用力摇他肩膀："三哥！"

鹿三喃喃呓语："她回来了，她回来了……"

32. 村　日　外

鹿子霖胆战心惊地走着，乡亲们三五成群地议论："听说那女鬼烈着哩，抱着跛子爷的脖子就啃啊！""不对！那女鬼头发垂到地上，追着跛子爷喊我饿我饿！"

鹿子霖感觉脊背一阵阵发凉，缩脖前行。

33. 保障所　日　内

鹿子霖将跛子爷揪进屋关好门，按他坐下，蹲到面前凝视。

鹿子霖轻声:“跛子爷，你是看花眼了吧? ”
跛子爷摇头:“我没看花眼，我亲眼见着，就在门那块。”
鹿子霖蹦起，惊恐地看着门口。
跛子爷忙摇头:“我说的是门那么远! ”
鹿子霖恨恨地:“老糊涂! 不把话说清楚! 那女鬼啥样? ”
跛子爷恍惚:“我没看清，就看个背影。”
鹿子霖想想:“那你就确认是田小娥? ”
跛子爷突然打起寒战:“没错就是她! ”
鹿子霖揣手来回走动，喃喃地:“就看个背影? ”
跛子爷身后:“对咧，她就冲你这保障所的门站着，我看不见她脸! ”
鹿子霖慢慢转过身半张着嘴，脸色煞白。

34. 鹿家 晚 内

鹿子霖媳妇拍着门，屋里没有声响。
鹿子霖媳妇:“他爸，你干啥哩，咋把门窗都钉上了? ”
窗户上都贴着黄纸，门被桌椅顶住，鹿子霖裹着被子坐屋里炕上哆嗦。
鹿子霖吼:“你今晚别睡了，就坐我门口! ”
鹿子霖媳妇门外:“你疯咧! 田小娥死关你啥事? ”
鹿子霖哆嗦:“我是怕我儿媳妇找上门! ”

35. 白家 晚 内

白嘉轩诧异地看着孝武，鹿三恍惚蹲在门口。
孝武:“我们都看见了，大跟疯魔一样，他还把跛子爷拽进屋问了好半天哩! ”
白嘉轩抽着烟袋琢磨。
仙草诧异:“嘉轩，鹿子霖这么怕鬼啊。”
白嘉轩冷哼:“不做亏心事不怕鬼敲门! ”
“咣当”一声鹿三跌倒在门外，孝武和仙草忙上前搀扶。

白嘉轩也蹲上前诧异打量："三哥你咋了？"

鹿三恍惚摇头，白嘉轩一摸他额头，冲孝武："快叫你丈人去，你三伯烧起来了。"

36. 村　日　外

马蹄声声，族人饥民纷纷站起好奇地张望。

白孝文骑着一匹马走进村子，一身笔挺的黑色制服，腰里束着一根黑色皮带，头顶大盖白圈儿黑檐帽子，下了马，田福贤正从院里迎出。

白孝文向田福贤恭恭敬敬施了一个举手礼。

田福贤呵呵一笑："出息哩，是变样了啊！"

白孝文解开挎包取出一瓶酒一包点心一包南糖一包笋干共四样礼物，诚恳地："不成敬意哦田伯……"

37. 白家　日　内

白赵氏正不敢相信地询问媳妇，手上纳的布鞋都顾不得做。

仙草："妈，是真的！孝文学好哩！"

白赵氏："快跟你男人说去！"

白嘉轩正从屋里出来。

仙草兴奋地："孝文回来咧！孩他爸，孝文穿上公家的衣服满村转哩！"

白嘉轩："把院门关上，谁也不许出去。"

白赵氏屋里骂："你儿子学好了出息了还不容他？"

白嘉轩冷哼："他就是做了皇上我还是不认！"

38. 鹿家　日　内

鹿子霖举杯与孝文一碰，两人仰头干尽。盛烧酒的喇叭口酒壶已经空了大半。

孝文一抹嘴："大，你是我恩人，这辈子我都忘不了你！"

带着些许的醉意鹿子霖好心地："好咧好咧倒是好咧！那个货死了，你也就一心注定在县上干你的差事……"

孝文直着眼问："谁死了？你说谁死？"

鹿子霖做出轻淡不屑的样子："就是东头窑里那个货……"

孝文失控地站起来："你说她……饿死了？"

鹿子霖按着他的肩膀让他坐下来："不像是饿死的，像是被人害死的，炕上有血……"

孝文问："是谁下的这毒手？"

鹿子霖："弄不清楚。我那天在仓里忙着向灾民发放舍饭，没在现场，是后来听人说的。人都嘈嘈说，肯定是哪个野汉子做的活！可究竟是谁，谁也猜不透。"

孝文愣愣地捏着酒杯，猛然倾杯灌了进去。

鹿子霖心平气和地劝慰孝文："算咧老侄儿，你而今在保安队干上了，其实她死了倒少给你添麻烦，你和先前不一样了，而今人头里的人哩！"

孝文连连灌着酒，一句话也不说，站起身一揖就转身出院，和鹿子霖连个招呼也不打。

鹿子霖站在门口："哎！咋说走就走了？"

39. 窑洞　晚　外

孝文踩着虚土爬上窑墩，凭着记忆判断出位置，就用双手扒起来。覆盖的虚土很薄，很快就露出洞来（或是萤火虫）。

孝文冲下喊着："小娥……我回来了……小娥。"

下面一片漆黑，孝文双膝一软就跪倒在地上，轻轻叫一声："亲亲呀我来迟了……我的娃呀！"

突然一只雪白的蛾子从洞里飞起来，翩翩飞动忽隐忽现，在孝文眼前飘飘闪闪。

孝文"哇"一声哭出来："你知道我回来了呀亲亲……我一定要把凶手杀了，割下他的脑爪来祭你！亲亲……"

突然孝文一怔，望见远处坡上白影晃动，孝文用力揉揉眼，是个女人身影。

孝文快步追去。

40. 村 晚 外

那白影越跑越快，飘飘忽忽，孝文后面猛追。

孝文喊："小娥！我知道是你！你停下！"

跛子爷提着裤子刚从拐角处站出，举灯望着孝文从身前跑过。

跛子爷诧异："孝文，你追啥哩？"

白孝文头也不回地哭："小娥……我回来了！我知道你在等我！"

跛子爷这才看清前面飘忽不定的白影，咯喽一声晕翻在地。

那白影慌不择路绊倒在坡上，白孝文含泪停住脚步。

白孝文哽咽："我知道你死不瞑目……小娥，你带我一起去吧！"

白影颤抖着发出男声："孝文，你可别吓我，你装得比我像哩！"

白孝文呆住，扯下白布，里面是瑟瑟发抖的白兴儿。

41. 祠堂 日 外

鹿子霖连扇了十几个嘴巴，白兴儿被绑在树上哭号。

鹿子霖发狠："你为啥要装鬼，你个缺德的东西！"

白嘉轩拉过鹿子霖："行咧行咧，没见过你这么大气性，子霖你咋了？"

鹿子霖喘息摇头："他这是唯恐天下不乱，他这是吓唬谁哩！"

白兴儿满脸是血，哭："族长，我没多想，鹿乡那天骂我是妖精是鬼，我就想吓唬吓唬他，谁想两次都让跛子爷给碰上。"

跛子爷一声大吼，举着钉耙就扑来，被孝武拦腰抱住。

白嘉轩无奈长叹，冲哄笑的乡亲们："真相大白，哪有鬼哩，都是人吓人！该干啥干啥去！"

鹿三靠墙站着，依然脸色苍白眼神恍惚，喃喃轻语，轻得旁人听不见："她来了……就是她。"

42. 西安城小学校　日　内

白灵正与玩闹的小学生一起追逐耍得高兴。

走廊有人叫："白灵，有人找！"

白灵诧异回头，抹了抹额头渗出的细汗，冲孩子一笑："你们先玩吧！"

白灵欢快走向自己的办公室："谁呀？"

突然白灵在门口停住脚步，脸色大变。身着军官服装的鹿兆海一手攥着茶杯，一手夹着烟卷，正看墙上那头白鹿，听到动静转过身，异样的眼神瞧着白灵。

白灵嘴唇动了动，却没招呼出来，轻轻关上门。

鹿兆海一笑："这白鹿是朱先生画给你的吧？"

白灵点点头，盯着他那身衣服。

鹿兆海有些尴尬："咋，看不惯？"

白灵笑了笑，转身拿过暖壶给鹿兆海杯中加水。

鹿兆海凝神观瞧，白灵垂首不语。

鹿兆海轻声："是我这身军服吓着你了？"

白灵这才抬眼看着他的脸："你这是去哪儿了？皮肤都变得细和了。"

鹿兆海一笑坐下："我驻军的地方水好。一眼望不透的沙漠，走十天八天见不着人烟，见不着树木，只看见一片沙子。到那儿你才明白，历代皇都为啥要选在咱们这个关中……"

白灵根本没听进去，怔怔看着他那身军服。

鹿兆海还在侃侃而谈："可那儿有好水。那水养的娃子一律是吕布的模样，那水养的女子一路都是貂蝉的姿色。我待了这几年也沾光了……"

白灵突然轻声："你该在那儿给你引回个貂蝉。"

鹿兆海一愣："我还是恋着白鹿原上的……"

白灵抿住嘴没有说话，定定地看他。

鹿兆海深吸一口气："你这屋里憋得慌，咱外面走走吧。"

43. 小学校小院　日　外

白灵与鹿兆海怅然并肩走着，周围都是孩子的笑闹声。

鹿兆海眯眼观瞧："小时候咱俩也是这样玩，还是那时候好，无忧无虑，啥都不想。"

白灵淡然一笑："兆海，你知道刚进屋时我为啥看你半天吗？"

鹿兆海："看不惯我这身军服呗。"

白灵："前些日子我们的赈灾粮就是被跟你穿一样衣服的人抢去的，他还用枪指着我的脸。"

鹿兆海异样的眼神看着白灵，转头望向别处。

鹿兆海："你还想再争论是吧？你想着法要证明……"

白灵抢过话："我不想证明什么，我说的是事实，是我亲身经历。"

鹿兆海不耐烦地："好好，我们不说这个。"

两人无语前行。

鹿兆海豁朗地："我这回回来有一点收获，再不逼你了。我知道我变不了，你也没变，但我再不逼你改变什么了。你可以随意嫁人。我嘛……我还是恪守誓言，非你不娶。你嫁了人我发誓再不娶妻……你可以验证我的话。"

白灵叹息："兆海……"

鹿兆海停住脚步："没有办法。我走南闯北这多年，愈是相信世上找不到我心里的你了。"

白灵瞪着他，赌气："好啊，那我明天就嫁人！"

鹿兆海哀怨的目光注视白灵，白灵也伤感地瞧着他。

鹿兆海声音颤抖："本来这次回来我不想见你的，可我忍不住……"

鹿兆海突然用力抱住白灵，白灵慢慢抬手将他推开，退后一步。

鹿兆海眼睛湿润。

44. 小学校门外　日　外

鹿兆海拉开车门转身冲白灵行了个军礼，钻进车中。

白灵眯着眼望那车卷土而去。

鹿兆海回过头，望着那一动不动渐远的身影，泪水涌落。

45. 窑洞　夜　外

黑娃驱马从村子东头的慢道上下来，提着一袋粮食刚要进窑院，停住脚步怔怔看着，已不见熟悉的窑门和窑窗，坍塌的黄土覆盖着原先的窑洞。

黑娃脸色大变，旋即翻身上马狂奔而去。

46. 村　夜　外

跛子爷敲着锣一路走来，听见马蹄响惊住，刚眯着眼看，黑娃已经下马冲到面前。跛子爷没来得及叫，脖子已经被黑娃卡住。

黑娃："跛子爷你甭害怕，我是黑娃。我只问你一句话，我媳妇到哪儿去咧？窑咋也塌了？"

跛子爷恐惧喘息，压低声儿："黑娃……你真个到这会儿还不知道？"

黑娃也急了："咋回事你快说到底是咋回事？"

跛子爷："你媳妇给人杀咧！"

黑娃大吃一惊，一把抓住跛子爷瘦削的肩胛问："谁下的毒手？你给我实说你甭害怕。"

跛子爷："不知道，瞎咧好咧都没逮住一句影踪话柄儿，族长叫人挖土把窑封了。"

黑娃又问："你真个没听到一句半句影踪话把儿？"

跛子爷连连摇头："没有没有……"

黑娃狠着劲儿："算了不麻烦你了。我把马拴在椿树上你照看一下，我一会儿来骑……"

47. 鹿家　夜　内

黑娃一纵身攀住墙头，轻轻一跃就落到院中，用刀片插入门缝拨开木闩，进入漆黑的上房东屋。

鹿子霖睡得正香正死，媳妇背对着他侧身面里睡着。黑娃顺手摸过黄铀水烟壶，捻了一撮水烟丝儿塞进烟筒，拼打火镰。火石的响声惊醒了鹿子霖。

鹿子霖黏糊着嗓音："你呀烟瘾倒比我还大咧！"

黑娃吸得水烟壶咕噜响，吹燃火纸点燃了灯，瞅着鹿子霖枕在玉石枕头上那颗脑袋。

鹿子霖大约摸到了身旁僵睡着的女人而意识到事情不妙，一骨碌翻起身来问："你是谁？"

黑娃："甭摸甭摸。"

鹿子霖勉强镇定下来，轻声："黑娃噢，我当是谁……"

子霖媳妇尖叫坐起，鹿子霖忙捂住她嘴。

黑娃坐在黑暗中冷冷地："我来问你一件事，说在你，不说也在你，你要是动手动脚，你那两下子不胜我那两下子，你不信不要紧，说完话咱摆开场子明着弄。你知道我为着啥事来问你？"

鹿子霖冲媳妇："快去烧茶，咱侄儿回来了！"

鹿子霖媳妇哆嗦着下炕出门。

鹿子霖无比真诚："老侄儿！我知道你为着啥事来的，我早就料到你总有一天要来寻我的。"

黑娃冷哼："那就不要啰啰唆唆。"

鹿子霖："你媳妇遭害，我一听说就想到给我惹下麻烦了，咋哩？人自然会想到你游我斗我，你跑了我杀你女人出气。可人都想不到另一层，我要是想杀小娥还不如杀了兆鹏！他整我比谁都叫我更伤心。再说，不怕你侄儿犯心病，你逃走了，小娥几次找我哭哭啼啼，让我给田总说情宽容你。我这人心软，一见谁哭就哭得我仇也消了气儿也跑了。我虽则没有为你说成人情，田总在后总算宽饶了小娥。我看她一个女人恓恓惶惶，周济给她一点点粮食，有人还借机胡扬脏哩！给我脸上抹屎尿哩！你想想我怎么会下毒手？"

黑娃梗着脖子："你的舌头软和我是知道的。我要是再想不来谁只想到杀小娥的就是你，你说咋办？"

鹿子霖反倒挺胸睁眼："你老侄儿要是想杀我我没办法，你因旁的事杀我我不说啥，你要是为小娥报仇杀了我，你老侄儿日后要后悔的。事情终究有开明的一天，你明白了杀小娥的不是我，你就后悔了。搁旁人做错事也许不后悔，你会后悔的，因你是个讲义气的直杠子脾气……”

黑娃反倒心动了：“你听没听说谁下的毒手？”

鹿子霖：“这事人命关天，我没实据不敢乱说。我只管保我没做对不住老侄儿的事。你要是有实据证明是我下的毒手，我就把脖项伸到你刀下给你割。”

黑娃：“那好嘛！你现时上炕去续着睡你的觉，我从哪儿进来再由哪儿出去，免得你开门关门。”

鹿子霖抱歉一揖：“那我不送你了，失礼了。”

门响，黑娃消失在黑暗中，子霖媳妇哆嗦着端茶进屋。

鹿子霖一屁股坐在炕下，大口喘息。

子霖媳妇颤抖着声音：“孩他爸，茶好了……”

鹿子霖发泄地：“喝你妈的茶！”

茶碗全碎在地上。

48. 白家　夜　内

白嘉轩正与仙草躺在炕上，仙草警觉地：“孩他爸，我咋听见院里有动静？”

白嘉轩撑起身，正要点油灯，一只手将他从被窝里拎到炕下。

仙草一声尖叫：“孝武！”

黑娃轻声：“明人不做暗事。你去把灯点着，咱们打明说，我是黑娃。”

仙草黑暗中摸索着穿上衣裤，点燃了油灯：“黑娃你要啥就去拿啥，钱在炕头匣子里，粮食在上囤包里……你快把枪收了……”

白嘉轩冷笑：“放心放心。黑娃这回来不要你的钱也不要你的粮食，专门是提我的人头来咧！这我明白。”

黑娃：“明白就好！你就明说吧，是你还是你派谁杀了我女人？”

白嘉轩：“那我就明说吧！我没杀她也不会指派旁人去杀她。我一生没做过偷偷摸摸暗处做手脚的事。这你知道。你女人犯了族规我用刺刷刷她，是在祠堂里当着众人的面刷的，孝文犯了族规也一样处治。”

黑娃：“我现在就认定是你下的毒手，白鹿村我再想不到谁会下这个毒手，我知道你为啥杀她。”

白嘉轩："那你就开枪吧！反正我是活下长头儿了。你上回让人打断我的腰杆，后来我就权当活下长头儿了。"

黑娃问："你凭啥说我让人打断你的腰？"

白嘉轩："你自小就看不惯我的腰。你的弟兄动手之前说了你的那句话，你的腰挺得太直……"

黑娃顿了顿，沉声："这是真的，我小时一看见你的腰就害怕就难受。你的阳寿到了，今晚跟你把这话说明也好。"

门里突然飞进一把镢头，黑娃一扬手就把它隔开了。

黑娃对扑进门来的孝武说："孝武你别逼我，你要是不想活了你就来！"

孝武："你把俺爸放开！有话跟我说，杀呀剐呀朝我来。"

黑娃冷笑："轮不到你哩！等你日后当了族长，看看你怎么行事再说。"

孝武："你一定要寻个替死鬼给你那个婊子偿命，我顶上，你放开俺爸，算是我杀的她！"

黑娃："杀了就是杀了没杀就是没杀，怎么是算？是你自个要杀呢，还是你爸指派你杀的？"

孝武："是我要杀的，谁也没指派我。"

黑娃："我不信。我只信是你爸杀的，我就要拿他抵命。你老实点快滚开！"

黑娃说着一抖左手，把白嘉轩一下子拖到门口。一个人影挡住去路："是我杀的。"

黑娃辩出声音，是父亲鹿三站在当面堵住了门。

鹿三恼怒而又沉静地："畜生，那个婊子是我杀的。"

黑娃愣怔一下："这，你不要搅和。"

鹿三愈加沉静地瞅着儿子："是我杀的，你把嘉轩放开。你冲我来，杀哩剐哩枪崩哩，由你！"

白嘉轩猛然扬起头，盯住鹿三："你甭胡说！你想搭救我，故意把事往你身上揽，你把屎擦不干净反倒抹匀了！"

鹿三没有话说，把垂在腿胯旁侧的右手扬起来，是一只烂布裹着的包儿，再用左手撕开一层又一层烂布，一个梭镖的钢刃赫然呈现在油灯的亮光里，他把梭镖钢刃撂到黑娃脚下。

鹿三："拿去！这是物证。"

白嘉轩、仙草、白赵氏还有孝武夫妇都惊愕地瞅着鹿三撂到黑娃脚下的梭镖钢刃儿。黑娃松开揪着白嘉轩肩胛的左手，从地上拾起梭镖钢刃儿，眼睛忽然一黑，身子晃了晃。

黑娃抬起头瞅着父亲，含泪说不出一个字来。

鹿三："她害的人太多了，不能叫她再去害人了。"鹿三说着挺一挺胸脯，"我存着梭镖是准备官府查问的，你倒先来了。给——朝老子胸口上戳一刀！"

黑娃的腮骨扭动着，又低下头，从地上拣起那块烂布重新裹缠到梭镖刃上，塞到腰里："大！我最后叫你一声算完了。从今日起，我就认不得你了……"

鹿三："畜生！你甭叫我大。我早都认不得你了！"

黑娃转身狂奔出院，一动不动地站着。

突然仙草"哇"一声哭了，趴到地上朝鹿三磕头："三哥呀要不是你，他爸今黑没命咧……你俩还不赶快给你干大磕头！"

孝武和媳妇"扑通"一齐跪下了。

鹿三连忙把他们拉扶起来，对坐在太师椅上的白嘉轩："这回我把俺爷儿们的疙瘩算是弄零干了……这与你无干，你们母子不要给我磕头。"

鹿三恍惚摇着头，身子一晃昏过去。白嘉轩忙扑上抱住鹿三。

院外突然响起三声枪响，黑娃撕心裂肺的吼声："啊——"

所有人望着院外的黑暗不寒而栗。

突然一声霹雷，唰啦一声，院子和屋瓦上骤然响起噼里啪啦的雨声。

鹿三猛地睁开眼"哇"一声哭了："老天爷呀！"

49. 白家院　夜　外

白嘉轩跪在院子里仰起脸来，让冰冷的雨点滴下来。

雨势愈来愈猛，一片雨的喧嚣。

能听见外面全村人都奔出狂喊："下雨了……"

整个白鹿村响起欢闹声，叫声哭声咒骂声一齐抛向天空。

鹿三、仙草、孝武等人纷纷跪在院中张着双手仰望。

大雨的喧嚣覆没了天空和地面……

50. 野外　夜　外

大雨瓢泼中，黑娃勒马狂奔而来。

马跃过一个树墩。黑娃重重摔下，从泥淖中爬起拔出枪冲天放起，“啪啪啪”！

黑娃发泄地仰天长啸：“啊——”

第三十八集

1. 山寨　日　外

黑娃面如死水，满目凶残，提酒进山寨。

发现的兄弟纷纷迎上："二当家回来了？"

黑娃谁也不理，梭镖扎在桌上。

大拇指上前打量："咋了兄弟？"

黑娃："我女人让人杀了。"

大当家："谁？"

黑娃沉痛："我大！"

2. 白家　日　内

孝武、仙草、鹿三围桌坐着，孝武媳妇一旁倒酒。桌上摆着炒笋瓜、黄豆芽、熬白菜等简单的菜肴。

白嘉轩佝偻着腰站起来，举杯面色庄重。

白嘉轩颤抖着声音："三哥。"

白嘉轩突然涕泪俱下，不住哽咽，鹿三惊讶地侧头瞅着不知该说什么好。孝武也默默坐着，仙草在一边低头垂泪。

白嘉轩鼓了好大劲才说出一句话来："三哥哇，你数数我遭了多少难哇？我的心也是肉长的呀……"

白赵氏坐在屋外炕上含泪仰天长叹。白嘉轩竟然哭得转了喉音，手里的酒从酒盅里泼洒出来。仙草侍立在旁边双手捂脸抽泣起来。孝武难过地低下头。鹿三也不由地鼻腔发酸眼眶模糊。

白嘉轩深吸一口气："都过去了，咱们先干了这一盅！"

鹿三等人仰头喝尽。

白嘉轩喝了几盅酒，感慨起来："你们看看孝文是不是那个败家子老大？哈呀怪道人说各家坟里家里也就是那几个蔫鬼鬼子上来下去轮回转着哩！说不定哪一代转上来个败家的鬼鬼子就该败火了！孝文不是一个？是！只是我还活着，孝武也长大了，才没给他踢踏到那一步……"

仙草哽咽："你别说了。"

白嘉轩看着仙草："我把他赶出去，你还怨我心硬，怨我不给他周济一斗半斗，是我啬皮呀？周济也得周济那号好人，像他那号败家子，早饿死了早让人眼目清闲……"

孝武庄重而又激动起来："爸，我明年春上就把门房盖起来。"

白嘉轩点头："门房盖起来，就把你的名字刻到墙上。把孝文卖房的年月也刻上。这话我再不说二遍。还有一件事，你爷临走时给我叮咛过一句看待好老三，这多年里，我的亲生儿子指望不住，一些朋友也指望不住，靠得住的就是你三伯哇！孝武、孝武媳妇你们听着，你三伯跟我相交不是瞅着咱家势大财大，我跟你三伯交好也不是指靠他欺人骗世，真义交喀！我今日个把话说响，你三伯要是死在我前头，不用说，有我会照看好。若是我走在你三伯前头，就指望你们照顾看好你三伯了……"

孝武和媳妇还未来得及说话，鹿三"噌"一声站起来。

鹿三满脸红赤着："嘉轩你把话说到这一步，我也有话要给娃们敲明叫响，交情是交情，各人还是各人！你爸是主儿家我是长工。你爸不在了你是主儿家我还是长工……"

白嘉轩按住鹿三的手，连连摇头。白赵氏在屋中独坐，若有所思的目光中渗出阴气。

3. 删除

4. 白家后院　日　内

白嘉轩拉着鹿三的手，两人带着醉意躺靠在枯草堆上，你一句我一句地嚎唱着秦腔。

白嘉轩："一大功鸿门摆宴场，保主赴宴诓霸王。"

鹿三：“二大功明修栈道路修上，明修栈道度陈仓。”

白嘉轩：“三大功收来樊哙将汉营里功劳比人强……”

两人醉醺醺地仰头长叹，无语。

半晌白嘉轩轻声：“三哥，你不该杀黑娃媳妇。”

鹿三摇头：“我不害怕，我也不后悔。”

白嘉轩：“可你为啥悄悄儿杀了她？既然你不害怕，那就光明正大在白天杀？”

鹿三一下子反不上话来。

白嘉轩攥着他的手：“可见你还是害怕。”

鹿三梗着脖子坐起：“嘉轩你尽出奇言，杀人哪有你说的那个样子？”

白嘉轩仍然沉静地：“三哥呀！你回想一下，咱们在一搭多年。凡是做下的事，有哪一件是悄悄摸摸弄下的？我敢说你连一件也找不下。交农那事咋闹的，咱把原上的百姓吆喝起来，摆开场子列下阵势跟那个贪官闹！族里的事嘛还是这样，黑娃媳妇胡来，咱把她绑到祠堂处治，也是当着众人的面光明正大地处治，孝文是我的亲儿也不例外……”

鹿三恍惚地听着。

白嘉轩镇定地：“我一生没做过见不得人的事。凡是怕人知道的事就不该做，凡事要有分寸！”

鹿三叹息一声：“那个害人精不除，说不定还要害谁哩！她死在窑里臭在窑里，白鹿村里没听到一句说她死得可怜的话，都说死得活该……”

白嘉轩插断：“她害谁不害谁，得看谁本人咋样，打铁需得自身硬，凡是被她害了的都是自身不硬气的人。人家听你的话就是你的儿媳妇，人家不听你的话不服你的管教就不是你的儿媳妇了，你也就不是人家的阿公了，由人家混人家的世事去，你杀人家做啥？你生气你怕人戳脊梁骨吗？我不这样看。孝文活他的人我活我的人，各人活各人的人。”

鹿三发觉自己的心里有点泄气，嘴里仍然硬撑着：“你想事想得开，我可就想不到这么圆全。反正杀了她，我也给黑娃交代清白了，我不后悔。”

白嘉轩意味深长：“后悔是坚决不能后悔。这号人死一个死十个也不值得后悔，只不过不该由你动手。你不后悔很好，你要是后悔了，那就是个大麻烦……”

鹿三呆呆地看着白嘉轩："你啥意思？"

白嘉轩眯眼望着头顶缝隙间透过的阳光，仿佛看到了什么。

白嘉轩喃喃地："往后你就知道哩。各人有各人的活法，照你这样，我当初就该杀了石头，杀了族人么？"

白嘉轩深邃的目光望着远方。

5. 山寨　日　内

大拇指仰头喝尽碗里酒，向黑娃一亮碗底。

大拇指："兄弟，今儿哥哥陪你喝个一醉方休！"

黑娃已经酩酊大醉，含泪晃着身子。

大拇指用力拍他肩膀："现在你还有啥想不开的呢？都弄到这一步了还计较一个女人干屎！我不说你只说我，而今活下的都是赚下的。无论交农蹲号子还是上山当土匪，要说死早该变成粪土了。我能活这些年都赚下的，往后活得越多就赚得越多。想法儿痛痛快快地活着，说不定哪一天了也就完了，也就够了。"

黑娃叹口气悻悻地："一样，一模一样。我的阳寿也是赚下的。"

大拇指一拍大腿："这么说就好咧！只有当土匪痛快。咱哥俩扭成一股，摊二年工夫把人马扩充到二百，每个兄弟都能掮上一杆快枪，咱就活得更痛快了，咋哩？官军而今一门心思剿灭游击队，腾不出手来招惹咱们，游击队也是急着扩充人马和官军兜圈圈，跟咱根本没啥交葛。"

黑娃饮下碗酒："放心啊大哥，从此黑娃再没亲人，我的命就是你的了！"

黑娃饮干碗中酒，用力摔到地上。

6. 裁缝铺　日　内

鹿兆鹏狼吞虎咽吃干净碗里的饭，韩裁缝目光复杂地瞧着他。

鹿兆鹏递上碗："还有没有？"

韩裁缝转身给他盛饭，长叹一声："你这是饿了多久了。"

鹿兆鹏苦笑："实话跟你说，我伤好出来后四处找农协兄弟，就没正经吃过一顿饭。"

韩裁缝转身坐下，看鹿兆鹏香甜地吃着。

韩裁缝："兆鹏，我跟你说个事。"

鹿兆鹏头也不抬："说。"

韩裁缝："你知道你是咋被救出来的？"

鹿兆鹏："我爸跟冷先生求田福贤帮的忙，偷换出来的。"

韩裁缝："这是明的，还有几个人暗中救你知道吗？"

鹿兆鹏边吃边摇头。

韩裁缝："白灵去找郝县长，把你押回白鹿原枪毙就是老郝出的主意，那样救你的机会就多了，居然骗过了岳维山。白灵为劫刑场还进了趟山去找黑娃，硬拉下一支土匪队伍来救你。"

鹿兆鹏放下碗，怔怔看着韩裁缝。

韩裁缝叹息："枪没打响你就被调换了，也不知这女娃娃是咋说服的土匪，都没跟我们汇报就擅自行动。我刚接到组织通知，要处分老郝和白灵。"

鹿兆鹏皱眉站起："他们是为了我。"鹿兆鹏在屋里踱了两步，转头瞪着韩裁缝，"老韩我明白处分的必要性，可……"

韩裁缝打断："白灵还犯了一个错误，你弟弟鹿兆海已经随部队驻扎回来，他现在是国民党军队的一名连长。在这个非常时期，白灵与他擅自见面，也没有向组织报告。"

鹿兆鹏懊恼摇头："省委的意思是？"

韩裁缝："老郝还好说，就一个处分，白灵……恐怕是要暂停她的工作。"

鹿兆鹏迫不及待："我去找省委，我担保白灵绝对没问题。"

韩裁缝点头："我跟你商量也就是这意思，她是你带出来的。兆鹏，这样好的人才停止工作我也心疼啊。"

鹿兆鹏思索的目光。

7. 河边　日　外

白灵兴冲冲地奔来，远远望见鹿兆鹏那熟悉的一动不动面对河水的背影。

白灵加快脚步，欣喜轻呼："兆鹏哥！"

鹿兆鹏回头，白灵忘乎所以地扑上抱住他脖子。

鹿兆鹏拉开她的手臂，瞪着她：“你不知道我什么人吗？”

白灵怔了一下，又喜：“我知道！我知道！我就是看见你好了特高兴！”

鹿兆鹏佯装愤怒：“看你这个张扬劲儿，你以为这是太平世界吗？我一再提醒你，要提高警惕要明白自己的身份，要用这儿思考！”鹿兆鹏指着头。

白灵嬉笑着拉他胳膊摇：“我知道了。兆鹏哥你还疼么？伤都好啦？”

鹿兆鹏将怨气一股脑地倒出：“你为啥擅做主张进山找土匪？你把老郝这样工作多年的老同志都牵累了！无组织无纪律！”

白灵求饶：“哎呀别老说我了，你只要好了比啥都好！”

鹿兆鹏：“严肃点！亏你还是一名共产党员！”

白灵身子定住，收住笑怔怔瞧着他。

鹿兆鹏：“我弟去找你了，你跟他见面为啥不向组织报告？他现在是国民党的连长，你知道稍微一点疏忽大意就会导致我们多少同志牺牲！”

白灵委屈地看着别处。

鹿兆鹏深吸一口气：“我一回来就听他们跟我告状，你这是给我丢人哩！”

白灵插话：“我想救你……”

鹿兆鹏怒：“你是救我命吗，你这是在害我，更要命的是害老韩老郝！我的白灵同志，你能不能有点理智有点组织纪律性啊！”

白灵冷冷地：“你说完没？”

鹿兆鹏瞪她：“我没说完！咋，还不耐烦了？我是你的入党介绍人，我有权批评你教育你挽救你，懂吗！”

白灵梗着脖子回瞪鹿兆鹏：“我不懂！看你活过来了高兴不行吗？劈头盖脸就是一顿数落，我不欠你！”

鹿兆鹏：“你好好写份检讨交给老韩！”

白灵：“写就写！你除了批评我骂我还会什么？人家知道你活过来欢天喜地地来找你……”

白灵咬紧嘴唇强忍住泪水转身大步走去。鹿兆鹏复杂的目光望着她背影。

8. 祠堂　日　内

鹿子霖探头探脑迈进祠堂门，白嘉轩正给跛子爷、桑老八等一群人吩咐，鹿子霖等候在堂前也不着急，偷着打量白嘉轩神色。

白嘉轩："先把能吃的嫩苞谷，从山里运回的粮食集中到一块，挨家挨户地定量发，熬到秋粮下来。这饥荒就算挨过去了。谁家再卖粮食，族里高价收，没我的话，就算大丰收也一粒都不许出这个原！该挖渠的挖渠该引水的引水，快去干吧。"

众人连连点头称是，转身出来纷纷叫鹿乡出门，堂中只剩下白嘉轩与鹿子霖两人。

白嘉轩："子霖，来咧。"

鹿子霖点头，欲语还休地："来咧。"

白嘉轩不再理他，转身慢条斯理地清除香灰。

鹿子霖清了清嗓子："孝文去了保安团是我推荐的，没跟你商量。"

白嘉轩闷声："嗯。"

鹿子霖："我看这娃实在是可怜，都是跟兆鹏、兆海一起长大的，我不能看着不管。"

白嘉轩继续闷声："嗯。"

鹿子霖无奈："你是谢我哩还是怨我？"

白嘉轩平淡地："跟我没关系。"

鹿子霖被噎在那儿，叹了一声起身迈步要出去。

身后白嘉轩："黑娃也找过你吧？"

鹿子霖脸色一变，转头看他。

白嘉轩定定地注视鹿子霖："你我都捡回条命，可他要真狠下心动手，我是被错杀的，你该死。"

鹿子霖急："你说啥哩！"

白嘉轩继续转头收拾："放心，这话我再不对别人说，好好活你的。"

鹿子霖惶恐地望望四周，小步跑出门去。

9.白家 日 内

鹿三摇着水井上的轱辘，将桶里的水倒进槽里。白赵氏异样的眼神伏在窗前，瞪着鹿三忙碌的身影。

鹿三发觉，一笑："婶，有事？"

白赵氏也不答话，忙躺回炕上。鹿三怔了怔，转身放下桶抱着干草走去。

仙草端盆进屋："妈，您就在屋里拉，我给您倒去。"

白赵氏："我还没老到让你端屎端尿哩！"

白赵氏招了招手，仙草一愣上前。

白赵氏轻声："回头你跟嘉轩说，找个由头让鹿三回家，这人不能留哩！"

仙草惊："妈，为啥？"

白赵氏："他是手上沾了血的人，还是儿媳妇的血，不吉利！"

仙草无奈："妈，三哥干得好好的，昨晚上嘉轩也都说明白了，这事以后不提，啊！"

白赵氏一撇嘴："你们不明白，老话讲人要是屈死的，冤魂不散哩，会围着孽主纠缠……"

仙草恐惧："妈哎快别说了，我后脊梁发凉！"

白赵氏拉过仙草，刚再要说什么，突然眉头一紧捂着肚子："不成，快拿拐杖来！"

仙草慌忙将盆摆好，搀扶白赵氏："妈您就进屋里，听我的！"

10. 书院　日　内

院外喧闹无比，敲锣打鼓声此起彼伏，秧歌队挥舞着红绸随着锣鼓声扭动身子。

朱先生执卷沉思，仿佛置身于世外。

朱白氏匆匆进来："你还不出去应一下，这半天七八拨人都来给你送匾，你连面都不露，人家会传闲话说你托大哩。"

朱先生厌烦摇头："灾荒一过庆功送匾无非是两种人，一种是做官的，借老百姓的苦化为自己的功绩，唯恐天下不知。一种是各族的乡绅，看我赈灾时有实权，以后的日子有求于我，真正种地的人该像你弟那样，早忙着下地干活呢。还有心做这花样文章？"

朱白氏叹息："啥都让你看透了，又口无遮拦，怪不得这次赈灾你得罪不少人哩。"朱白氏转头望望窗外，"这老闹下去也不是办法，老先生都没法著书哩。"

朱先生微笑起身："夫人莫急，我这就去接匾，保管今天过后再没人敢来。"

11. 书院 日 外

书院大门吱呀一声打开，人群爆发出一阵欢呼："朱先生出来接匾了！"

朱先生笑眯眯扫视七八块匾牌，在一块刻着"功德无量"的牌匾前停住脚步，微微点头。

朱先生："字写得真好。"

贺耀祖恭敬地："我们可是去省城里找名人写的，先生您看这落款！"

朱先生点头："好，好！"

朱先生转身从门里抄出一把砍柴的斧头，贺耀祖惊住。

贺耀祖："您这是？"

朱先生微笑："你送我的，这匾就是我的了，是吧？"

贺耀祖茫然点头。

朱先生举起斧头用力劈下，牌匾被砸裂，众人全都瞠目结舌。

朱先生沉下脸，转身扫视，朗声说道："你们刚刚吃上嫩苞谷糊汤就瞎折腾！兴师动众搞这些华而不实的事图啥？再说赈济粮是上头拨下的，不是我家的，我不过是把粮食分发下去，我有何德敢受此恭维？这些匾与其挂着真不如塞进灶台当柴火烧！"

鸦雀无声。

朱先生转身进院，大门关紧。

12. 县政府 日 内

郝县长翻着那一摞账簿，连连点头。

朱先生一旁："这些天清理赈灾账目，一条条的我都记清楚了，还请郝县长过目查验。如若发现账目上有疑问尽管追查，朱某绝不忌讳。"

郝县长激动赞叹："先生大德，滋水能有先生真是百姓之福。"

朱先生起身拱手："滋水百姓有您这样的父母官才是他们的幸运，告辞。"

郝县长一把拉住朱先生，拽进门来："先生别急着走，我还有话跟你说。"

朱先生只得重坐下来。

郝县长笑眯眯："年馑已过，人心稳住了。县府新添国民教育科，我想请先生出山。"

朱先生听了一笑，摇头："你不知道我这个人不成器，做点文墨文字的事还可以滥竽充数，一当起官来自个心里先怯得惶惶，日里不能食夜里不得眠。生就的雀儿头戴不起王冠——你饶了我吧！"

郝县长根本不信："这话不实。单是这次赈灾，先生所作所为无论朝野有口皆碑。卑职以为滋水不乏有识之士，当今最短缺的却是清廉的人。"

朱先生依然不为所动，摇摇头轻淡地："我一生不勉强人，人也不经勉强我，勉强的事是做不好的，告辞。"

郝县长尴尬追出门外："先生留步，您还是择空儿抽一天时间咱们聚聚，我也好代饥民向诸位先生说一句谢承的话呀？"

朱先生头也不回地："郝县长有这心意，把那笔款子籴成粮食，分给街头路口的那些乞丐吧！他们的年馑还没过哩！"

郝县长望着朱先生扬长而去的背影，钦佩无比。

13. 将军寨 晚 外

土匪们连打带抢往外背着大小箱子，郭举人家的女人手下全被推出院来。

黑娃跷腿坐靠在箱子上，李相王相战栗着被推到面前，一个劲求饶。

"大爷饶命！我们都是长工。"

黑娃："抬起头来。"

王相刚想抬头，李相一把抓住他，垂首哀求："不敢！小的要是看了大爷的模样，这条命就没咧。"

黑娃扑哧一笑："你倒懂规矩，可惜你俩早就知道我模样了。"

王相李相惊恐对视，抬头一看同时愣住。

王相不敢相信地："黑娃？"

黑娃甩出两个钱袋："啥也别说，回家去！"

两人哆嗦着捡起钱袋，百感交集不知该说什么。

黑娃："李相，姓郭的那老不死啥时候没的？"

李相："就闹饥荒时劫大户，掌柜的会点把式，不服，抄家伙跟饥民干起来，被乱棒打死了。”

黑娃哼了一声，又瞥见人群中最年轻的一个女子：“那是谁？”

王相讨好地：“黑娃兄弟，你不是带着……那谁走了吗？这是掌柜的续娶回来的。”

黑娃招了招手，有兄弟押着女子过来：“大哥！带回山去做压寨夫人吧！”

众人哄笑，那女子吓得脸色苍白欲哭无泪。

黑娃目光变得伤感，恍惚中仿佛看见当年的田小娥，柔声：“你是自愿来的还是他强娶的？”

女子哽咽：“我家穷，我爸还不起债把我卖给了郭家。”

黑娃点点头，从箱子里拿出一袋钱，又抓了两把金银首饰塞进去，递到她面前，女子恐惧不敢接，怔怔瞧着。

黑娃：“拿去，我劝你也别回家了，找个疼你的男人踏实过日子去。”

女子泪水涌出，双手颤抖着接过跪倒在地。

14. 山寨　晚　内

黑娃带着兄弟们走进山寨，大拇指迎上前。

大拇指：“兄弟，今天有人来寻你，我让他先睡在你的炕上了。”

黑娃一瞪。

大拇指笑笑：“别瞪我，你进门就知道谁了。”

黑娃一脚踹开门。

15. 山寨山洞　晚　内

黑娃走进来，怔怔端详坐在自己铺炕上的人，愣怔许久才辨认出兆鹏来，随之俩人就交臂呼叹起来。

鹿兆鹏：“黑娃，我是来谢谢你的！”

黑娃用力拍着兆鹏肩膀：“要不是你这一口白牙，我根本就认不出你咧！”

鹿兆鹏笑得牙齿更白更耀眼了：“你而今人强马壮，你把世事弄大了，老哥投奔你来咧！”

黑娃转身喊:“拿酒!”

黑娃大声慨叹起来:“咋也想不到咱兄弟俩在这儿会面咧!我常想着咱俩怕是今生今世谁也见不着谁了!”

16. 山寨洞口外 晚 外

大拇指悄然停在洞口,把守的兄弟凑上前轻声:“大当家的,里边正喝哩,我去叫。”

大拇指一把揪住他,摆摆手,又悄然往里走了两步,静静地侧耳听。

17. 山洞 夜 内

两个粗瓷碗碰在一起,两人仰头干尽。

黑娃抹着眼泪:“我只听你说闹农协闹革命穷汉得翻身哩,没想到把旁人没撞动,倒把自个闹光闹净了,闹得没个落脚之地了……”

兆鹏的脸膛也泛起红色,撕去了头上的帕子,大声沉稳地:“知道,我都知道。”

黑娃瞪着眼发狠地:“你知道?你见过尸首跟麦捆子一样稠地摆在地里的情景?你看见习旅的士兵倒下一茬子涌上一茬子,再倒下一茬子再上一荐子的情景?你知道旅长抱着机枪杀得两眼着火的情景?我挨枪子的时光习旅长还活着,后来就不知道他死了呢还是活着……”

兆鹏仍然不动声色:“你说的情景我都知道,策划那场暴动我也参与了。”

黑娃:“事情过去了,我想问你一句,你们策划暴动的时光,想没想到过这个结局?”

鹿兆鹏点头:“想到了。”

黑娃惊异地打量:“想到了还硬要伸着脖项去挨刀?”

鹿兆鹏仍然沉稳:“你忘了习旅长讲的七步诗的故事?做出诗是死,做不出诗还是死!这就是真正的革命,而且才刚刚开始!”

黑娃正灌下一口酒,瞟了兆鹏一眼,垂下头默默地夹起一块野猪肉咀嚼着,良久才找到一句恰当的话:“既然革命刚刚开始,你怎么有空儿到我这儿逛来咧？”

山洞口大拇指又近前一步，在黑暗中侧耳倾听。

鹿兆鹏一笑：“我嘛，瞅中你的好营生……入伙来了。”

黑娃立即敏锐地做出反应：“兆鹏哥，你甭耍笑。”

兆鹏：“我没耍笑。我来了就不走了，入伙！”

黑娃：“这话跟我再不能往下说，要说明日跟大拇指当面说。”

鹿兆鹏点头，快速瞥了眼山洞口，意味深长地：“那当然，你这么讲义气的人。”

大拇指在黑暗中发呆，慢慢退出洞口。

黑娃：“兄弟而今没牵没挂，没爸没妈，没婆妈没娃。落得个光独独的土匪坯子咧！”

鹿兆鹏深沉一笑，打量黑娃：“我又何尝不是呢。”

黑娃摇头：“白灵来找过我。”

鹿兆鹏瞧着黑娃：“我听说了，她上你这儿搬救兵来了？”

黑娃苦笑：“你知道她咋搬的救兵？她抢了大拇指的枪威胁我们。”

鹿兆鹏吃惊，哑然失笑：“你俩山大王就这样被她吓住了？”

黑娃摇头：“她顶的是自己脑袋。”

鹿兆鹏一惊。

黑娃拿筷子顶着自己脑袋学：“我大哥还激她，你要敢开枪我们抬着你的尸体去救鹿兆鹏，你猜她咋着？”

鹿兆鹏慢慢放下筷子。

黑娃凑近，一字一顿：“她扣了扳机！幸亏我大哥没放子弹。”

鹿兆鹏神色恍惚，半天没说话，倒满一碗酒仰头喝尽。

18. 西安城裁缝铺　夜　内

韩裁缝在油灯下看着那份检讨，不时抬眼偷瞥白灵。白灵低头噘着嘴，扯着衣角。

韩裁缝暗暗笑了笑，清清嗓子严肃地：“写得很深刻嘛，看来兆鹏走前是给你充分的批评教育了。”

白灵哼了一声，依然低头不语。

韩裁缝凑近，歪着脑袋瞧："咋气成这样了？"

白灵恨恨地："你没见他那副不讲理的样，恨不能要吃了我！劈头盖脸一顿骂，也不给我解释机会，他转身就走！"

韩裁缝一笑："他是赶着去省委汇报，顺便替你说话哩！"

白灵一撇嘴："替我说话，他那种人心狠着呢！不给我罪加一等就是好事！"

韩裁缝收笑严肃地："白灵同志。"

白灵惊诧忙站起身。

韩裁缝也站起来："我宣布省委对你和老郝的处罚决定，经鹿兆鹏同志的解释和担保，省委决定取消暂停你工作的处罚和给你们两个同志处分的决定。希望你以此为鉴，在今后的工作中更加谨慎更加理性。"

白灵怔怔看着韩裁缝，委屈的眼泪终于忍不住吧嗒吧嗒淌落下来。

韩裁缝忙扯毛巾，慌乱地："你看咋还哭了呢！告你处分的时候都没掉一滴泪，撤销了反倒哭成这样！"

白灵抽泣得像个孩子，哽咽："那鹿兆鹏为啥还让我写检查，他耍我么！"

韩裁缝意味深长，微笑看着白灵："他是要你明白，我们的工作错不起啊。"

19. 山寨　日　内

正堂大拇指笑眯眯举杯，鹿兆鹏和黑娃对坐两旁。伙房里接连传出煎油爆炒的脆响，弟兄们出出进进嘻嘻哈哈，显然是被好酒好菜鼓舞着。

大拇指兴致勃勃："今天这顿饭不是没来由的。一是弟兄们好久没有团圆了，好好慰劳一顿，二是为你解解心烦，三是你有朋友到来，这可是你生死之交的朋友。你的朋友就是我的朋友，理应款待。"

黑娃："大哥，兆鹏哥可是把好手，他要是进了咱山寨……"

大拇指朗声笑："兄弟，有啥话吃完饭再说不成吗？"

鹿兆鹏微微一笑，暗自打量大拇指。

大拇指一拍桌子："兄弟相聚，今天我也露点家底！咱都亮亮身上的彪，给兆鹏兄弟耍耍！"

手下应声站起练开了功夫，有劈砖的，有胸口碎大石的。

大拇指暗瞧鹿兆鹏，鹿兆鹏却从容不惊笑眯眯瞧着，黑娃看眼那些得意的兄弟，又看看鹿兆鹏，垂下头……

20. 田间 日 外

锄头重重地砸在土地中，白嘉轩带着鹿三、孝武挥舞锨板，热火朝天地耕地。

鹿三百感交集地："我还以为这辈子再也种不了地了，老天爷还是不忍心看咱死啊嘉轩！"

白嘉轩笑了笑："瞧瞧，冷先生都干起来了。"

随着白嘉轩的目光，冷先生也挽起裤腿，随农户耕种。

仙草和孝武媳妇挎着送饭的瓦罐招呼走来："吃饭啦！"

孝武抹把汗，与媳妇深情对望，突然敞开嗓子吼喊起来："嘿——哟——哟——嘿。"

不远处正在耕种的鹿子霖也扯起沙哑的嗓子应和："孝武，欺负我们这上岁数的不能喊咋的！嘿——哟——哟——嘿。"

白嘉轩与鹿三相视而笑。

田野里由近及远串起一片"嘿——哟——哟——嘿"的悠扬粗浑的号子。

21. 山寨密室 日 内

幽暗的洞内点着油灯，三人坐在虎皮上。

大拇指不用寒暄，不讲客套，单刀直入："兄弟，黑娃说你想入伙？"

兆鹏含笑点点头："是的。"

大拇指套问："真的？"

兆鹏平静地肯定："真的。"

大拇指盯着他："你把'真的'这话连说三遍，看你能不能说得出来？"

黑娃一旁轻声："大哥……"

鹿兆鹏："好咧好咧！"兆鹏释然笑了，"说真的也真的，说半真半假也是半真半假，可不完全是假的。"

大拇指不屑，充满了自信，声音的平静愈显出透里知底的淡然肯定：“完全是假的，你是想把我的弟兄纳进你的游击队。你入啥伙哩！”

黑娃紧张地瞥了眼鹿兆鹏，气氛突然紧张起来。

“你比神瞎子的卦还算得准。”兆鹏也很平静，没有一丝被戳穿的尴尬，坦然笑着反问，“真要这样，你说行不行呢？”

大拇指冷笑：“空里的鹰地上的狼，飞的和跑的拢不到一搭嘛！你是堂堂共产党头儿，我是土匪，咋也拢不到一搭喀！”

兆鹏笑着点点头：“咱俩差不多。搁秤上吊一吊分量差不了多少。滋水县通缉我悬赏一千块硬洋，县赏通缉你也是大洋一千块，咱俩一个价码喀！”

大拇指朗声大笑，黑娃暗暗松了口气。

黑娃：“滋水县的共匪头子和土匪头子值的一个价码！了哇了哇！”

兆鹏适时地掌握着松活了的气氛：“我了解你。你是个灵醒的木匠，你是个不怎么样的和尚。你会成为一个有出息的红军指挥官，这一点我肯定无疑。你当山里王太屈材料，太可惜了。我是瞅中你这块材料才来找你的……”

大拇指收敛了笑，冷冷地：“我也了解你。我在三官庙当和尚那阵子就知道你。你也是个灵醒人，但我这个寨子里不要你。我知道你跟黑娃的关系，黑娃是个可靠的义气的人。黑娃愿意跟你走我放黑娃走，还有哪些弟兄情愿跟黑娃一搭投靠游击队也都放他们走，我还让他们把家伙一起带走……”

黑娃猛地站起身：“大哥你说哪里话！我跟你绝无二心，可以指天为誓！”

兆鹏坦率地：“我刚才说了，我是瞅中你这块材料了，我希望跟你搭手共事。”

大拇指摆摆手，露出无比诚恳的神色：“你说的是真话。我明白，无论谁家当权坐江山，都容不得土匪。而今国民党悬赏捉我，日后有一天共产党把事形成了，还是要拾掇我。我要是能活到那一天，你鹿兆鹏坐江山拾掇我的时光，能给我一个浑全的尸首就遂心了。”

兆鹏动了情：“这又何苦哩？你一进红军队伍就会明白，你肯定比当土匪活得畅愉。告诉你，我根本不是拉你去游击队，我们已建立起来一个正儿八经的红军军团，军长是正儿八经的黄埔军校训练出来的……”

黑娃眼巴巴看着大拇指。

大拇指却不动心：“我刚才把话说到尽头了，黑娃愿意走就跟你走，还有哪些弟兄愿意走的话也跟你走，家伙都随手带走。我算义气了吧？旁的话你再甭说了，你日后能给我一个浑全尸首就算义气之交咧！”

黑娃突然凄然一笑：“我而今连尸首浑全不浑全都不顾虑。”

大拇指起身：“咋样兄弟，给个实在话吧。”

洞内鸦雀无声。

兆鹏缓缓起身，笑笑：“我也没想让你当下跟我走。我跟你打个招呼，你慢慢思量思量，你啥时候想开了，再给我打个招呼，我来接应。”

大拇指：“那好，日后再说吧！”

兆鹏目光如炬：“我们肯定会见面的。”

22. 田地　日　外

地里零星散布着赶着牛犁地的乡亲，远处隐约传来农人干活时秦腔的嘶吼声。白嘉轩抹抹脖上的汗，舒心地听着。

有人匆匆跑来，跟冷先生说着什么，冷先生慌忙扔下锄头走上田埂。

白嘉轩瞧着冷先生从田间小跑奔过，笑：“你这坐堂先生就不该种地哩。”

冷先生苦笑：“最近又吐又拉的闹得可凶，这不邻村又两个。”

孝武笑：“爸，都说这肚子饿习惯了突然放开了吃，受不了呢！”

白嘉轩走上田埂冲仙草：“妈咋样？”

仙草叹了口气：“昨晚还只是吐，今早也开始拉了。”

白嘉轩忙转身冲冷先生背影喊：“回来去我家！”

冷先生摆着手跑远。

23. 山下　日　外

黑娃不舍地送兆鹏下山。

鹿兆鹏：“别送了，再送人家真以为你要跟我跑哩。”

黑娃暗暗打量兆鹏神色，歉疚地：“哥呀，你别赖我不忠义，我实在是……”

鹿兆鹏含笑：“这大当家的是个豪杰，你没跟错。要不是我有这身份，都想跟他结拜哩。”

黑娃叹息："我真想咱三个摽起膀子干，那就谁都不怕了！兆鹏哥，我说句实在话你别生气，共产党恐怕是……"

鹿兆鹏停住脚步，注视黑娃："咋不说了？"

黑娃望着别处："我实在是看不出来这条路还有啥奔头，拿鸡蛋碰石头差得太大！"

鹿兆鹏沉声："当初跟我闹革命你也这么想？"

黑娃忙摇头："那时候不一样！我觉得天都要变了，满世界是我们的人！"

鹿兆鹏坚定地："天迟早会变，黑娃你记着，我从参加革命起就没想过退路。"

鹿兆鹏扬长而去，黑娃默默望着他背影，一动不动。

24. 滋水县某仓库　日　外

郝县长走进破败不堪的仓库，从拐角处站出白灵。郝县长一怔，白灵却微笑上前大方伸出手。

白灵："郝县长，我们又见面了。从现在起省委与你的联络由我来负责。"

郝县长笑着打量："白灵？咋是你呢！"

白灵一笑："我猜是因为咱俩共患难过，因为救鹿兆鹏的事我险些把你牵累了，老韩同志说让我将功补过。"

郝县长快活一笑："白灵同志，我很荣幸跟你一起挨处分哩！我听说省城负责赈灾的专员是被你查出来的。"

白灵干练地："他贪污了不少赈灾款，我让学生散发传单又到政府前示威施加压力，还联络几家报社记者一直跟到他情妇家里抓了个现行。"

郝县长感慨："那报纸我还真看了，谁想立功者竟是个女娃娃呢。"郝县长突然想起什么，打量白灵，"如果我没记错，你就是白鹿原上的人吧？"

白灵点头："是，咋？"

郝县长赞叹："你们白鹿原真是出人杰的地方，前两天我刚跟白鹿书院的朱先生交接完救灾账目，都说我有傲骨，此人却让我佩服得五体投地。"

白灵笑起："那是我姑父。"

郝县长无比吃惊地看着白灵，由衷感叹："真是满门豪杰啊！"

白灵一笑："老郝同志，从现在起你必须要完全信任我。"

郝县长："我当然信任你……"

白灵打断："那就不要把我看作一个女娃娃。"

郝县长会心地笑起，点头："好好好！我承认我的错误。"

白灵也露出微笑。

25. 白家 晚 内

仙草轻拍白赵氏的背，冷先生拿着药方出屋，递给白嘉轩，里面传出一阵呕吐声。

白嘉轩皱眉："没事吧？"

冷先生："听过这叫啥病吗？两头放花！"

白嘉轩一愣，笑起来。

冷先生宽慰地："不要紧，这病传得快好得也快。贺家村那俩我回的时候就已经不吐不拉了。"

白嘉轩点头，送冷先生出院。

冷先生轻松地："婶不爱吃柿子，弄几个生柿吃回。"

冷先生刚迈出院，仙草端着盆从屋里出来，孝武媳妇忙抢。

孝武媳妇："妈你给我。"

仙草："不用你，一拨伺候一拨，等我老了病了你再炕前尽孝。"

孝武媳妇硬是将盆抢过："伺候我奶也是应该的，妈你两宿没睡踏实了，今晚我盯着。"

仙草松开手，欣慰的目光看看白嘉轩，白嘉轩抽着烟袋坐在石凳上，拍拍旁边的位置。

仙草疲惫地坐下："等妈好了就全踏实了，苦日子算熬到头了。"

白嘉轩："娃们都能撑起家来，我看你也就歇歇吧。"

仙草欲语还休："孩他爸，我想跟你商量个事，今天我听人说孝文在保安团把烟给戒了，干得挺好……让他回来吧？"

白嘉轩："咋，你又心软了？"

仙草摇头："这家分成这样，我心里难受。灵灵又在省城里不知过得咋样，他们兄妹俩要是跟孝武一样顾家就好了，一家人和和美美的该有多滋润。”

白嘉轩伸出手来按了按媳妇的手，没说话。

仙草：“要不这样，等妈病好了，你带我进趟省城去看灵灵，我这辈子还没进过西安城哩。”

白嘉轩点了点头，刚要说话，屋内又一阵干呕声。仙草忙起身奔入屋内。

26. 冷先生药铺 清晨 外

满仓慌乱砸门，身旁还站着三四家人。

冷先生打开门板，披衣出来：“来了来了，这么早就砸门。”

满仓拽住冷先生的胳膊：“冷先生您快跟我走，我妈不成了！又吐又拉起不来炕！”

冷先生从容地：“不急，开副药就好了。你们呢，家里的也都是又吐又拉？”

那三四个人忙点头：“是哩，止不住！”

冷先生刚要回屋，鹿三急匆匆跑来：“冷先生，嘉轩让我来请您，婶不行咧，吃的药全吐出来了！”

冷先生脸色一变，猛回身瞪着鹿三：“你说啥？她吐的是饭还是药？”

鹿三焦急地：“药！后来就强给她灌，可刚灌进嘴马上就喷出来！”

冷先生呆呆地：“喷出来，咋喷？”

鹿三瞥见屋里桌上一杯水，喝到嘴里“噗”一下全吐到地上：“就这样喷！”

冷先生慌乱地拿起药箱奔出门去，满仓等人急拦：“先生您待会去我家！”

冷先生头也不回地狂奔而去。

27. 白家 日 内

一枚长针从白赵氏的背上捻出，在白布上抹了抹，留下黑紫色的痕迹。白嘉轩仙草等人焦急看着冷先生的脸色，冷先生沉脸不语，摆了摆手示意出屋。

几人撩帘出来，冷先生未等他们问就颤抖着声音：“瘟疫来了。”

白嘉轩脸色大变，怔怔看着他。

仙草慌乱地：“不是两头开花吗？”

冷先生沉重地摇头："是我的错，我以为是寻常病呢。嘉轩，大灾之后有大疫，我把这老话给忘了……"

突然院外脚步声，邻村的贺耀祖哭喊着冲进院："先生，冷先生！我妈不成了！"

冷先生提起药箱，沉重地："嘉轩，我就不给婶开药了，她想吃啥你就……"

冷先生叹了口气，随众人出去。

仙草捂着嘴哭，白嘉轩苍白着脸呆呆站在那儿……

28. 荒原　日　外

鹿兆鹏带着十几个农协兄弟快步走着，每个人都很疲惫，汗湿透了衣裳。

鹿兆鹏打气："同志们，过了前面那道山梁就是根据地了，再加把劲！"

有人笑："鹿委员，到了那能发我们一人一把枪吗？"

鹿兆鹏："不光枪，还有手榴弹哩！红三十六军可是咱正经的武装！"

众人都面露喜色。突然鹿兆鹏神色一变，举起手示意噤声。

鹿兆鹏轻声："散开！"

人向道路两边的坡下滚去，随即马蹄声渐近，一国民党军官骑马而来，身后跟随着奔跑的士兵。

鹿兆鹏眯着眼探头望，轻声："这一路怎么巡逻队这么多？"

远处坡下一个人猫腰快速跑来，鹿兆鹏忙蹲起迎上。

鹿兆鹏："前面咋样？"

那人喘息摇头："鹿委员，山道口设卡了，所有进出的山民浑身上下搜个遍。"

众人已经围到身边，眼巴巴看着鹿兆鹏。

鹿兆鹏思索："动静不对啊。"鹿兆鹏掏出腰间的枪抛给刚才跑来的人，"枪不能带了，埋个地方。"

那人接过为难："鹿委员，这可是把好枪！"

鹿兆鹏皱眉："埋了！"

鹿兆鹏随即又掏出怀中的介绍信，迟疑了一下转头扫视众人，撕碎。

鹿兆鹏："如果我没猜错的话，敌人要扫荡了。记着，我们是进山换药的山民，待会都看我脸色行事。"

29. 山道口关卡　日　外

十几个国民党官兵举着刺刀边骂边搜，已有两个山民被踹倒在地捆绑起来。

鹿兆鹏等人互相交换个眼神，跟随运货的农民缓缓前行，鹿兆鹏带头举起双手任士兵上下摸索。

国民党军官上前打量："哪儿的？"

鹿兆鹏一笑："军爷，我们是滋水的，进山换药材。"

国民党军官盯着他："换药材？"军官挥了挥手，"把包裹里的东西都摊开！"

鹿兆鹏忙解开包裹，回头扫看，身后的人纷纷效仿，唯有一人脸色苍白，紧张地瞧着鹿兆鹏。鹿兆鹏一愣，皱眉注视。

士兵用刺刀往粮袋里乱戳一气，检查完包裹中的杂物正要起身，军官突然向那人走去。

军官："等等！"

那人额头见汗，面色惊恐。

军官撇了撇嘴："再把你背的粮袋打开瞧瞧。"

那人颤抖着声音："军爷，刚不都检查了吗？"

鹿兆鹏已经明白了什么，冲身边人使眼色，每个人都开始紧张起来。军官已经扯下粮袋，伸进手乱摸。

鹿兆鹏挤上前赔笑："这粮食可是我们省下来的，换救命的药哩……"

军官突然脸色大变，仿佛摸到了什么，鹿兆鹏微笑按住他的手，另一只手已经持刀悄然顶住他的后腰。军官也开始紧张起来，怔怔地瞧着鹿兆鹏。

鹿兆鹏极轻声："这东西要掏出来我们没命你也活不成。"

军官大声："放他们走！"

鹿兆鹏冲众人使个眼色，手下慌忙通关快步跑去。

鹿兆鹏用力一顶军官的腰，面带笑容："军爷，您这是咋了？"

军官一咧嘴："我肚子疼！"

士兵也忙上前搀扶，军官突然双手把住鹿兆鹏的胳膊吼叫："他们是赤匪，有枪！"

鹿兆鹏在粮袋中的手猛地提起，举枪顶住军官的额头。十几把刺刀也已经对准鹿兆鹏。

已经跑远的农协弟兄纷纷回头，停住脚步，有人冲动上前扇了藏枪那人耳光。

鹿兆鹏头也不回地吼："快走！别管我！"

军官狠狠地："兄弟们，凭他这身手和胆量，这官小不了啊！今儿咱算捡着了！"

话音未落，枪声响起，士兵纷纷倒地。

鹿兆鹏瞬间将军官扑倒，军官还要挣扎，太阳穴已被枪口顶住。

从山林间奔下红军战士，喊声一片："不许动！"

鹿兆鹏吃惊地望着他们……

30. 红三十六军部 日 内

红军战士推开屋门，鹿兆鹏正与十几个农协兄弟坐靠在草堆中，有人持枪一旁看守。王副军长阴沉着脸背手走进屋，扫视一圈，目光落到鹿兆鹏身上。

王副军长："你是省委派来的？"

鹿兆鹏爬起身："是，省委委员鹿兆鹏。"

王副军长眼中闪过一丝不易察觉的异样，走近打量："鹿兆鹏？省委让你带的信呢？"

鹿兆鹏镇定自若："怕搜查，毁了。这些农协兄弟都能作证。"

王副军长冷哼："说得轻巧！你口口声声说是省委派来的，又没证据，谁能保证你们不是国民党派来的奸细？"

鹿兆鹏叹了口气："确实保证不了，可敌人设卡搜身，你们的人也都看到了。粮袋里藏把枪都差点要了我们的命。"

有红军战士在王副军长耳边低语几声，王副军长脸一沉。

王副军长指着鹿兆鹏："先把他单独关起来，等姜政委到了再说。"

31. 仓库 晚 内

白灵匆匆走入仓库后门，郝县长心情沉重地坐在那里等候。

白灵忙上前，轻声："老郝，一接到你的信老韩就让我赶过来了，什么情况？”

郝县长一动不动地："又有两个同志被岳维山抓了，我怀疑是省城那边出了叛徒。"

白灵皱眉："我跟组织汇报一下，看能不能挽救。"

郝县长黯然："听说昨晚就填井了。滋水这边的联络完全被破坏，今后只能靠你了。"

白灵目光也变得深沉："老郝你也要小心，除了跟我单线联系不要应任何人的请求，我们会尽快查出叛徒。"

郝县长疑虑重重："白灵，我有种感觉，这个叛徒藏得很深……"

白灵吃惊地看着他。

32. 县监狱密室　晚　内

一盆凉水泼在将死之人的脸上，有人揪住他头发将脸扬起，举着油灯凑上前。岳维山点着烟坐在面前，静静地看着那人。

岳维山："我们放出的消息是你们两人都被填井了，可我犹豫了一下，你被捞上来了。这意味着什么？"

那人喘息不语。

岳维山凑近，轻声："意味着你在你们那边已经光荣牺牲了，今后只要你不露面，我把你悄悄地转移，可以找个山清水秀的地方踏实过你想要的日子。"

岳维山将点好的烟塞进那人嘴里，那人抽泣起来。

岳维山："你们在省城的联络点是个裁缝铺，对不对？"

那人惊恐的眼神看着岳维山。

岳维山："在滋水你们还有个重要的联络站，位置也很重要，此人姓郝，已经官居县长之位。"

那人恐惧地哆嗦起来，岳维山慢慢露出狞笑。

岳维山："你会奇怪我都知道了还想要你说什么呢？"岳维山趴在他耳边一字一顿，"联络郝县长的人是谁？"

那人哭着摇头："我只知道是个女的，是省城派来跟他单线联系的……"

岳维山若有所思的目光。

33. 仓库　晚　内

郝县长聚精会神地听白灵说着。

白灵："老韩摸了几个县的情况，这场瘟疫有蔓延的趋势，军队一旦被瘟疫染上，非战斗减员会非常严重，我们要尽早为部队筹办药物。"

郝县长点头："光滋水就已经有两个村出现绝户现象，一家人都没逃过。省委能搞到治瘟疫的药？"

白灵："听说是从上海运来的西药，还有河北河南大疫中一些名医传出的治瘟药方。"

郝县长一喜："太好了！把这治瘟药方下回带来，我让人推广到各原上去。"

白灵点头："老韩已经想到了，他要求各地农协暗中配合，尽可能救治疫情。"白灵欲语还休地迟疑了下，"老韩说你跟鹿兆鹏相识多年了？"

郝县长笑："他去三十六军就是从我这走的，咋？"

白灵笑了笑，摇头不再说话。

郝县长微笑注视白灵："兆鹏走时跟我说过你。"

白灵抬眼看他。

郝县长："他让我好好培养你，教你真本事。"

白灵："那你不早说。"

郝县长："可上次见面我就看出来了，你已经是一个成熟的地下工作者，我没啥好教的。"

34. 三十六军军部　夜　内

鹿兆鹏焦急拍着门，门外两名红军战士把守。

鹿兆鹏："同志，找你们廖军长来，我有话跟他说！"

红军战士根本不理睬。

鹿兆鹏拍门叫："敌人动静不对，我要向廖军长报告军情！"

脚步声起，门被从外打开，一个身着军服脚踩军靴的粗犷汉子站在门口。

鹿兆鹏退后一步，怔怔瞧着他。

白天见的王副军长挤身进来："这是我们廖军长，有啥话你说。"

鹿兆鹏急促地："我想知道一件事，我们的部队是同时出击还是只取了我遇到的那个哨卡？"

廖军长饶有兴趣看着他："有什么不同吗？"

鹿兆鹏："因为根据我的情报，红三十六军近半年养精蓄锐，很少主动拔敌人的岗哨！我们一路遇到不同规模的巡逻队，而且关键处都设了哨卡，敌人有异动，我怀疑是清剿根据地的前兆！如果两军已经心照不宣，那么对手在不同地点设哨卡就是试探！而只拔掉山口这道哨卡，就会暴露我军未来移动的方向。"

廖军长略有些惊讶，王副军长冷哼。

王副军长："老廖，我早就怀疑他的身份，这是探我们的动静来了！"

廖军长略一沉吟，笑了笑，竟转身离去。

鹿兆鹏愣住："廖军长！通过这一路观察，我以为敌人的包围圈已经形成，我来前省委嘱咐要小心应对，保存三十六军的实力！"

王副军长重重地将门关上。鹿兆鹏一脸懊恼。

35. 白家后院　夜　外

鹿三正躺在炕上，门被敲响。

白嘉轩在外面急促地叫："三哥，三哥！"

鹿三忙爬起身开门："嘉轩咋了？"

白嘉轩不安地："我妈怕是不行了，后半夜突然爬起来，让叫你过去。"

鹿三呆住："叫我？"

36. 白家屋　夜　内

油灯旁白赵氏竟撑着身子靠坐在炕角，仙草、孝武、孝武媳妇守候一旁。

鹿三被白嘉轩领进，慢慢走到炕边。

鹿三轻声："婶，我来了。"

白赵氏举起油灯，冲鹿三招了招手。屋里人都惊愕瞧着，鹿三小心翼翼再近前一步。

白赵氏沉静地："是你把黑娃媳妇戳死咧？"

鹿三大吃一惊，愣呆在炕边。

白赵氏不等他回答，又接着："你拿梭镖头儿戳的，是从后心戳进去的。"

鹿三半张着嘴艰难喘息，白嘉轩脸色一变上前。

白嘉轩："妈，你咋啦！"

白赵氏举着油灯，异样的眼神瞪着鹿三："黑娃媳妇刚才进屋了，她让我看她后心的血窟窿。"

屋里似乎"嚕"一声掀起一股阴风，清油灯盏的火焰猛烈地闪摆了两下差点灭掉。孝武媳妇一声尖叫扑到丈夫怀中，仙草也脸色苍白。鹿三的头发直竖起来，浑身一阵紧缩，像一盆凉水顺着脊梁浇下去。

白赵氏突然间一把揪住鹿三的脖领："你咋能狠心下手……杀你娃的……媳妇？"

白赵氏"噗"一声吐出血来，全喷到鹿三脸上。油灯倒在地上，黑暗里一片慌乱。

"妈！妈！""三哥你咋了！"

第三十九集

1. 三十六军军部　清晨　内

门被推开，鹿兆鹏迷糊地睁开双眼，随着阳光照射进来，姜政委风尘仆仆地冲入屋中。

姜政委："兆鹏同志，你受委屈了！"

鹿兆鹏慢慢站起，恍惚打量，突然露出喜色："老姜！"

姜政委用力抱住鹿兆鹏："我回省委开会才回来，一听到消息马上就过来了。"

鹿兆鹏百感交集："老姜你可回来了！"

姜政委："兆鹏，他们实在不了解情况，现在这个局势确实紧张得很！两天前刚有一伙国民党派来的特务被我们挖出来，不得不防啊！"

鹿兆鹏点头："快把我带来的那些农协兄弟都放了吧。"

2. 县城仓库外　日　外

人群熙攘，白孝文身着便衣和其他弟兄靠坐在墙后，闲极无聊地扫视来往行人。

白孝文瞌睡，身旁的人捅他："盯严点！团长可说了，谁抓住那女的，赏五百大洋！"

白孝文嘟囔："共产党都有三头六臂，全是不怕死的亡命徒，这五百大洋小心买棺材！"白孝文抬头望去，喃喃地，"为抓一女的，咱保安团全出动了？"

顺着白孝文的目光，有卖烟的有摆摊的遍布仓库周围，都神色紧张观察人群。

一个身影匆匆向仓库走去。

白孝文眯缝着眼惊诧："咦，那不是咱县长吗？"

3. 仓库　日　外

郝县长刚走进仓库，发现气氛不对。身后库门紧紧关严，两个便衣走了出来。郝县长刚一回身，岳维山笑眯眯地迎在前面。

岳维山："迄今为止我只欣赏过两个对手，一个是鹿兆鹏，一个就是你，有幸共事多日，郝县长。"

郝县长镇定自若地看着他，也不辩解，岳维山双手揣兜慢慢走近，上下打量。

岳维山："可惜啊可惜，我是爱才的人，知道你的身份后我一夜没睡好觉，这么精明能干通情达理的老郝，怎么会成为我岳维山的对手？老天不公！"

郝县长轻蔑地笑了笑，目不转睛地望着窗外。

岳维山围着郝县长踱步："我知道你在等谁，你和你们省委之间唯一的联络人是个女的，再过五分钟她就会从后门进来。"

郝县长脸色大变，转身怒视岳维山，岳维山却笑眯眯地回视他。

岳维山："放心，我会在她进门前让你撤离，然后我替你传句话，这一切都是老郝设的局。"

岳维山大笑起来，两个便衣上前死死按住郝县长，将他的嘴封严。郝县长拼命挣扎，发出呜呜的声音。

4. 仓库外　日　外

白灵挤在人群中警惕扫视两边，低头向仓库后门走去，突然她意识到什么，放慢脚步好奇地打量路边的摊位。

白灵蹲下假装挑选首饰，笑："这个真好看！平常咋没见你来呢？"

对方："我是从东市新挪过来的。"

白灵一件件挑着，举在眼前透过首饰的缝隙瞄着四下的人。

白灵放下首饰歉意地笑了笑，起身，余光瞥向仓库后门，踌躇着……

5. 仓库　日　内

岳维山靠在窗边看看手表微笑，转头看挣扎的郝县长。

岳维山竖起手指："嘘——"

两个便衣将五花大绑的郝县长押起，往仓库里间推去。其他便衣悄然靠向后门，拔出枪来。

6. 仓库外　日　外

白灵一步步走向仓库后门，疑惑的目光瞥向四周，脚步放慢。身边的人越来越少，再迈出几步就只剩下自己了。

望着越走越近的仓库后门，白灵抉择着……

7. 仓库　日　内

岳维山点着一根烟，惬意地吐出烟圈。

突然郝县长奋力挣脱便衣的手，向就近的一扇窗户撞去。

岳维山猛拔枪转身，但已经来不及了，"哗啦"一声，郝县长撞开玻璃。

与此同时，岳维山的枪响："啪！"

8. 仓库外　日　外

清脆的枪响伴随着玻璃破碎一地的声音，郝县长重重地摔在地上。

白灵身子微微一颤，目光绝望。四周有不少人向后门奔来，白灵毅然决然地低头转身走去。

岳维山冲出门来，大吼："仓库外的人谁也不许动，动就打死他！"

不少刚才还在摆摊卖烟的小贩纷纷拔出枪对准身边的行人："别动！"

白灵一眼看见举枪的白孝文，轻呼："哥！"

白孝文无比惊诧地看着妹妹："灵灵，你咋在这哩？"

白灵上前捶他："妈让我找你送衣服，你到底去哪儿了！"

白孝文呆住："妈让你找我？家里都不认我了，不是灵灵你……"

身后岳维山吼叫："把靠近仓库的女人都给我押进来！"

白灵装作被惊吓："哥这是咋哩？"

白孝文慌忙搂过妹妹冲同伴使个眼色，将白灵拽到墙后。

白孝文："快走吧！这要是当共产党被抓捕起来，你就没命了，哥也救不了你！"

白灵怔怔看着他："你们在抓捕共产党啊？"

白孝文焦急地推："快走快走，回头再说！"

白灵被哥哥推搡，回头不舍地望去，郝县长的尸体静静地躺在仓库窗外。

白灵眼中闪动着泪光，咬牙转头离去。

9. 三十六军军部　晚　内

桌上几盘小菜，廖军长笑眯眯地举杯，姜政委热情地给鹿兆鹏布菜，唯有王副军长垂眉不语一旁端坐。

廖军长："兆鹏同志，委屈你了，这酒是我代表同志们给你赔罪！"

鹿兆鹏忙拦："廖军长，老姜都给我解释了，理解！要是我也会这样小心，毕竟关系到成百上千人的性命。"

姜政委呵呵笑："不打不相识嘛，王副军长是你把人家关起来的，你还不敬杯酒？"

王副军长很不情愿地举起杯："我不会喝酒，就以水代酒吧。"

鹿兆鹏微笑举杯看着他，王副军长自己咕嘟嘟把一杯水喝下去，又垂首端坐，气氛尴尬。鹿兆鹏只得自己将酒喝干，廖军长与姜政委对视笑笑。

10. 三十六军军营　晚　外

廖军长与鹿兆鹏散步，周围不时走过巡逻的红军战士，他们训练有素地敬礼："军长！"

廖军长回军礼。鹿兆鹏扫视四周环境，深吸一口气。

廖军长歉意地笑笑："我们老王是烟酒不沾滴水不漏，很有原则的一个同志，处久了就习惯了。”

鹿兆鹏一笑：“有原则总比没原则强，这是优点。廖军长，早听说你这支队伍是咱红军里的铁军，今天一看果然名不虚传。”

廖军长大笑：“过奖了！各地的红军比我们强的多着呢，你就说朱毛的红四军吧，我一直想见见他们哩。兆鹏同志，”廖军长停下脚步，欣赏地看着鹿兆鹏，“你也是个将才呢！的确如你所说，我是派出部队四处出击，试探敌人的意图，没想到一下就被你猜出来了。”

鹿兆鹏赞叹：“是你用兵如神呐，我还听说廖军长是黄埔军校毕业，红三十六军很多战例我都了解，我经常跟省委的同志说，只要我们再有十个三十六军就能把蒋介石的军队全都打垮！”

廖军长笑着摇头：“兆鹏同志过奖了，哪有那么简单！我们的路还长着哩，我现在日思夜想的是如何保住这支队伍，难呀……”

廖军长眼中透出忧虑，静静地望着红军战士。

廖军长轻声：“省委指示，敌人调重兵形成包围圈，我们可出其不意直取西安。”

鹿兆鹏一惊：“谁传达的？”

廖军长：“姜政委。”

鹿兆鹏思索的目光，感叹：“不光是敌人，我们也不会想到。”

11. 西安城裁缝铺　日　外

白灵正要走进裁缝铺的小院，放慢脚步注意到街对面有人正窥视。

白灵悠闲地走过院门，余光瞥向里面，院中竟有两人盯着门口。白灵蹲下假装系鞋带，定了定神起身离开。

12. 小学校宿舍　日　内

白灵神色恍惚靠坐在床上，望着窗外。

闪回：

仓库窗户被撞开，随着一声枪响，郝县长尸体重重摔在地上。

仓库周围便衣举枪，凶相毕露……

白灵痛苦的目光。

13. 白鹿原　日　外

纸钱飞舞，一片哭声，白嘉轩披麻戴孝跪在坟前，仙草、孝武、孝武媳妇在他身后哭喊着，朱先生和朱白氏也跪在一旁。

鹿三烧着纸，神色恍惚。纸钱被风吹起，鹿三抬眼惊恐地瞧着，纸钱在头上打转。

14. 祠堂　日　内

白嘉轩腰缠麻绳穿着孝衣叼住烟袋闷坐在堂中，几个老者一旁唉声叹气。

鹿子霖拉着冷先生惊慌失措地冲进院：“嘉轩不好咧，村东头两家又死人了！你让冷先生说！”

白嘉轩抬眼，冷先生一脸惭愧摇着头：“我这方子治不了，染上这病只能等死。”

众人面面相觑，鹿子霖哭丧着脸：“那不就跟早年间闹鼠疫一样了吗，听我爸说咱半族人都没咧！”

众人眼巴巴转头看着白嘉轩。

白嘉轩沉声：“我的冷大哥！真的就没有方子治咧？”

众人又齐刷刷转头眼巴巴瞧着冷先生。

冷先生沉思：“凡是病，没有治不了的，都有方子可治。”

白嘉轩：“那你怎么连一个放花的人都止不住呢？”

冷先生轻叹一声：“看去这不是病，是一股邪气，是一场劫数。药方子只能治病，可不能驱邪。”

众人顿时哗然，轻声议论。

鹿子霖忙接话："我这几天也想到这话……可咋办呢？等着死？"

冷先生摇头："得辟邪。"

白嘉轩与鹿子霖交换个眼神。

15. 桃园　日　外

乡亲们争前恐后地砍伐着桃木。二豆像唱戏般身背桃木，迈着戏台步挥舞棍子。

白兴儿背着一人高捆绑好的桃木杈，被李寡妇揪住。

李寡妇："你家就那两间房，你背这么多桃木桩干啥！用桃木搭阴宅呢？"

白兴儿瞪眼："你管我！"

李寡妇骂："你就是要拿出去卖，白兴儿啊都死人了你还想着挣钱？二豆！二豆！"

二豆扑上前，乱棍打向白兴儿。

白兴儿抱着头喊："二豆你敢打我！"

桑老八与赵柱扑上前，连扒带拽："分了它！"

白兴儿被扑倒在地，桃园中到处都是争抢桃木急匆匆赶回的乡民。

16. 白家院外　日　外

孝武在门前齐刷刷扎下一排桃木桩，白嘉轩叼着烟袋一旁观望。

孝武："爸，还往哪儿扎？"

白嘉轩指门楼："在那匾额下也扎一根，门里再吊上一捆艾枝儿，把后院马棚也弄两根桃木橛子。"

17. 白家后院　日　内

冷先生凝神给鹿三号着脉，鹿三软弱无力地靠在炕边。

鹿三："我没病，我就是浑身没劲。"

冷先生："瘟疫说传就传哩，没挨着都能传。婶那一口血喷你脸上，小心点为好。"

鹿三摇头："我到现在也想不明白，婶为啥要喷我，她咋会知道我……"

鹿三把话咽回去，冷先生定定地瞧着他，眼中闪动着异样。

鹿三："冷先生，用开点啥药不？"

冷先生不答，起身将门锁好，阴沉着脸回身。

鹿三一怔："您干啥？"

冷先生轻声："田小娥是你杀的，对吧。"

鹿三往炕上缩了缩："您可别胡说……"

冷先生走近，俯下腰近距离地盯着他的眼睛："鹿三，我跟白家是亲家，不必瞒着我。你老实回答，是还是不是。"

鹿三颤抖着嘴唇说不出话，缓缓了点点头。

冷先生一字一顿地："你知道她怀娃了吗？"

鹿三惊恐地起身："啥？她怀谁的……"

冷先生忙捂住他嘴，更压低声："鹿三，你造大孽了！"

18. 鹿家　日　外

鹿子霖和媳妇挑来几担水浇在石灰堆上，块状的石灰爆裂成雪白的粉末儿，腾起一片呛人刺鼻的白烟。乡民们背着桃木好奇观瞧。

跛子爷："鹿乡，你这是干啥？"

鹿子霖冷哼一声："桃木棍能有用吗？我不信。我家兆海写信说这瘟病是病菌传染的，石灰杀它哩！"

众人发出惊叹声，白兴儿一拍脑袋："那咱干脆搬到石灰窑里去住！"

众人应和："对哩对哩！"

19. 冷先生药铺　晚　内

油灯下冷先生正挥笔写着一张张看不懂的篆文，白嘉轩一旁观瞧。

白嘉轩："你这都写的是啥，我一个字都看不懂呢？"

冷先生："这是乡亲们给我讨要的避鬼驱邪符，等会你带回去让他们烧了。"

白嘉轩吃惊地看着冷先生："你咋也信这个？"

冷先生叹息："我开的药方没用，不信这个我还靠啥活哩。"

白嘉轩摇头："那往后你这药铺改名叫神仙店得了。"

冷先生把笔一放，瞪着白嘉轩："你来就是损我？"

白嘉轩苦笑："我是想跟你商量，我琢磨要是子霖用的办法管用，咱也去拉一车石灰回来。"

冷先生："子霖前日跟我说了，是鹿兆鹏让人捎信回来给他开的方子！子霖这二年洋了，说洋话办洋事出洋党！"

白嘉轩更惊诧地瞧着冷先生："谁是洋党？"

冷先生冷冰冰地："让他用石灰的人呗！要是石灰能治病，我干脆甭开药铺，开个石灰窑场好了！"

冷先生竟畅快地笑起，白嘉轩瞧着他怎么也笑不出来……

20. 白家后院　晚　内

白嘉轩刚迈进院，仙草急匆匆上前揪住他。

仙草："孩他爸，你去瞧三哥。"

白嘉轩一愣："咋？"

仙草："你去看看就明白了！"

白嘉轩忙随仙草来到后院，一看惊呆了，马棚被密密麻麻的桃木围成一圈，窗户上也挂着不少桃木。

仙草一旁轻声："三哥连脖子上都挂着哩，他也不出来吃饭，都是我从窗户递进去的。"

白嘉轩忙上前敲门："三哥，是我。"

鹿三慢慢将门开一条缝，恐惧的目光瞧着白嘉轩。

白嘉轩皱眉："三哥你咋成这样了，啥事么？"

鹿三颤抖着声音："我瞧见她来了……这瘟疫是她带来的！"

白嘉轩："谁？"

鹿三带着哭腔："我戳死的那个。"

白嘉轩和仙草都是一惊。

21. 西安城小学校　日　外

白灵忧心忡忡地提着暖壶走进锅炉房，身后门被吱呀呀地关上。白灵举着半壶开水猛转过身，韩裁缝靠在门里瞪着自己。

白灵："老韩！"

韩裁缝沉声："裁缝铺被抄了，联络站的下线一夜之间都没了消息。"

白灵目光一紧："我说今天去找你……"

韩裁缝："就在你从滋水回来，敌人好像知道了一切。"

白灵惊住："你怀疑我？"

韩裁缝步步走近："白灵，你不能不承认最有嫌疑的是你，别忘了那个国民党军官之前找过你……"

白灵急："那是鹿兆鹏的弟弟！"

韩裁缝静静地看着她："我必须判断身边每一个人是否叛变，尤其是你，如果那样我们的损失就大了。"

白灵点头："那我怎么证明自己？"

韩裁缝："无法证明，只能等待。在此期间组织上取消你一切任务和联络。"

白灵难过地缓缓点头。

22. 三十六军军部　日　内

屋子里气氛憋闷紧张，烟雾缭绕，王副军长阴沉着脸抽着烟卷。廖军长与鹿兆鹏悄悄对视，姜政委则激动地来回走动。

姜政委按住桌子，盯着王副军长："我不明白你反对啥！这是省委的意见，而且我们都认为红三十六军只有出奇兵才能掌握主动！你难道要我们继续守在这里像羔羊一样被人屠宰吗？"

王副军长闷头不理。廖军长起身看着墙上挂着的地图沉思。

鹿兆鹏："这的确是奇兵，关键在敌人主力是否都出来围剿了，西安城真的防守空虚吗？"

姜政委冲鹿兆鹏点头："敌方在西安的布防情况我早已清楚不过，嫡系和杂牌正大眼瞪小眼乌龟瞅王八，咱们趁这个空子正好得手。缓后无论乌龟吃了王八还是王八吃掉乌龟，他们就成铁板一块无缝可钻，失掉战机了。”

廖军长转头看着鹿兆鹏：“兆鹏同志，你的意见呢？”

鹿兆鹏看看姜政委，姜政委正期待地注视自己。

鹿兆鹏点点头：“我同意省委的意见，西安城有我们的地下组织，周边的县乡都有我们农协的力量，到时候里应外合……”

王副军长突然冷哼一声：“我看是鸡飞蛋打，咱这是用鸡蛋碰石头！”

姜政委狠狠瞪了王副军长一眼：“老廖，别再争论了，敌人都快围到我们眼前了，要当机立断啊！”

廖军长迟疑，用笔在地图上一路画着圈，口中喃喃：“这路不近呢，我们等于是从山里一直插到关中平原，一览无余的平原啊。”

姜政委哭笑不得，讽刺地：“别画圈圈了廖大军长！这样子的话怎么带兵打仗？你可是咱们四个人中独独上过军校的指挥员呀同志！”

廖军长愣住脸红，王副军长猛地一拍桌子站起：“老姜，你啥意思？你损人够够哩！”

廖军长忙摁住王副军长：“姜政委，你挖苦我两句我不在乎，我弄起这一杆人马来着实不容易，我只担心弄不好又丢光了咧……”

王副军长梗着脖子吼：“当年十万镇嵩军围了西安八个月又咋样？”

姜政委猛地一拍桌子：“你敢拿红军比作土匪军？这能一样吗！”

王副军长这才意识到说错话，被廖军长一把推坐回椅子。鹿兆鹏心里颤悸了一下，若有所思。

姜政委一脸严肃：“军事行动上的摇摆不定反映出思想立场的动摇。”

王副军长又一拍桌子：“你少给我这扣帽子！这仅仅是一个具体军事行动的分歧，与立场无关。”

姜政委愤怒：“到底谁代表省委？你还无法无天了！”

廖军长忙回身劝：“别动火气嘛，老王你控制下情绪。”

鹿兆鹏静静地扫视每个人，目光落向画满圈圈的地图……

23. 三十六军军营　日　外

鹿兆鹏正躺在屋中思索，窗外传来震耳欲聋的吼声："打到西安城！""红军必胜！"

鹿兆鹏一骨碌爬起推门出去，远远望见人山人海的红军战士正围着一个高台。

姜政委正站在上面慷慨激昂："南昌暴动失败了，广州暴动失败了，咱们这儿暴动也失败了，国民党高兴得近乎得意忘形。我们攻下西安就向全中国的反动派敲响第一声丧钟，共产党还存在，真正的革命刚刚开始！"

鹿兆鹏目光复杂地慢慢走近，仰望姜政委，突然间他看到王副军长正从人群中挤出，两人默默对视。王副军长一脸鄙夷转身走去。

人群又爆发出吼声："革命万岁！打倒反动派！"

姜政委洪亮激越的声音被热烈的呼喊打断了，他谦逊地低着硕大的脑袋等待呼声结束，然后扬起头来分析这次行动的形势："西安的嫡系初调入陕，两眼紧盯着杂牌子地方军。杂牌子地方军收罗的都是土匪民团，属于乌合之众，十有八九都是逛窑子抽大烟的二流痞子，根本不经打。咱们红军不是一个顶仨，而是以一当十。渭北地区农协运动开展最早，地下党遍布各个村镇，我们路过之地会一呼百应，我们一举攻下西安，建立起中国革命的第一红色政府，必将照亮整个北半个中国……为了共产主义，同志们，努力冲锋啊……"

鹿兆鹏在狂热的吼声中也挤出人群，寻找着王副军长的身影，追了上去。

王副军长正快步往山林中走，鹿兆鹏身后叫："老王！"

王副军长没有停下，反而加快脚步。

鹿兆鹏急追到身后，拍住王副军长肩膀："王副军长！你干啥老躲着我？"

王副军长愤怒地甩开他的手："你们要成罪人哩，你们这是把红军往坑里带啊！"

鹿兆鹏："王副军长，我对你并不抱有偏见，我希望你对我也是。告诉我你的疑虑。"

王副军长含泪："这支队伍是我跟老廖一点点壮大起来的，都是关中最好的子弟。我们带了多少年，你跟姓姜的才来了几天，你们有我了解这支队伍吗?

有我了解西安的对手吗？我绝不相信省委会下这种命令，太疯狂了！就算能打下西安，也是拿这些人的性命去赌啊！”

王副军长转身愤愤走去，鹿兆鹏怔怔望着他的背影，身后又传来红军战士的吼声。

24. 三十六军兆鹏屋　晚　内

鹿兆鹏端着油灯趴在地图上仔细查看，门被敲响，鹿兆鹏忙上前开门。姜政委神秘又严肃地挤进门来，反手将门撞上。

鹿兆鹏一愣：“老姜。”

姜政委压低声：“兆鹏同志，我们必须要做出决断，有人要把红军死死按住等着敌人包围圈合拢呢！我刚跟廖军长谈完话……”

鹿兆鹏摇头：“老姜你听我先说，廖军长画的这些圈圈有道理。你来看，这是关中平原，藏无可藏……”

姜政委急：“你咋也跟着磨叽了！兵贵神速，像你们这样犹犹豫豫，前怕狼后怕虎，革命咋能成功嘛！你去看看全体红军指战员都是拥护省委决定的，只有几个高级指挥员因为个人的原因临阵退缩！”

鹿兆鹏皱眉：“老姜！”

姜政委摇头：“你不用再说了，一切按原计划进行。廖军长已经同意我的意见，明天开拔直取西安！”

鹿兆鹏惊住：“你说啥？”

姜政委攥住他的手：“我说你必须站在我这一边！”

鹿兆鹏抽出手，转身沉思：“老姜，我想赶回去向省委汇报一次。”

姜政委摇头：“打下西安咱们一起去汇报嘛！再等你回来我们早被人包圆了，血的教训还少吗！”

鹿兆鹏咬牙：“但我也不支持这次行动，围攻西安实在是太疯狂了。”

姜政委呆住，默默打量鹿兆鹏。

鹿兆鹏重举起油灯指向地图：“老姜你看，我必须承认打西安城充满诱惑，我差点也跟着一起激动呢，可冷静下来仔细琢磨，在山里被围剿我们还有地可躲，如果到了平原，这么庞大的队伍往哪儿藏啊！”

姜政委陌生的目光看着鹿兆鹏，缓缓摇头。

鹿兆鹏近乎哀求地："老姜，你再好好想想！"

姜政委转身夺门而出，甩下冷冰冰一句话："做好开拔准备吧。"

鹿兆鹏焦灼不安的眼神。

25. 三官庙　日　外

庙宇里跳跃着香蜡纸裱的火焰和遍地飘动的纸灰，观音关公和药王的泥塑神像上披挂满了求祈者奉献的红绸和黄绸。

白嘉轩拄着拐杖在虔诚跪拜的人群中走着，突然目光落到最前面一个人身上。

鹿三正嘭嘭地磕着响头，白嘉轩上前拍住他肩膀，惊呆了。鹿三的额头已经磕出血来。

白嘉轩不敢相信："三哥？"

鹿三慌乱推开他："我还没磕完哩，大仙说得磕完九九八十一个头，才能把难去了。"

白嘉轩："三哥跟我回家去，找冷先生看病才是正经。"

鹿三急："你就让我把孽债了完吧！没看冷先生也在那儿烧纸哩！"

白嘉轩顺着他的手望去，冷先生正虔诚地就着香炉烧纸，嘴中念念有词。

白嘉轩目瞪口呆看着接连跪倒的人群，都像着了魔一般……

26. 书院　日　内

朱先生连连摇头，在屋中踱步。

朱先生："嘉轩，你糊涂哇，我正跟你姐说要过去劝你。"

白嘉轩一脸茫然："姐夫你别急，我咋糊涂？"

朱先生："我问你，村里差不多家家户户都扎了桃木橛子，这瘟疫止住了？"

白嘉轩摇头："没，还是不停地死人。"

朱先生："我再问你，各家烧符拜神驱鬼辟邪，这人死得少了？"

白嘉轩长叹一声，黯然摇头。

朱白氏旁边劝："你跟嘉轩好好说，他这不是向你讨法子来了么。"

白嘉轩诚恳地："姐夫，他们烧香烧纸的我看了心里也不舒服，我一直就信你，想跟你讨个主意。"

朱先生哼了哼："你呀是心里早有主意，是不是？"

白嘉轩点点头："我想用鹿子霖那个法子，那是他儿子托人捎信带回来的。我琢磨兆鹏这娃见的世面多又有学问，他的主意肯定不会差。我想把石灰洒在坟上，谁家死人再圈上一圈。"

朱先生一拍大腿："这才对嘛，这才是你族长该做的事！"

白嘉轩叹息："可我这事要挨骂哩，我这不是毁先人的坟吗，连我亲家都说用石灰是洋党干的事。"

朱先生连连摇头："啥叫洋党？啥叫先人？谁能让人好好活着你就信谁的！"

白嘉轩猛地站起身："姐夫，有你这句话，我干哩！"

27. 鹿家院外　日　外

白嘉轩刚想跨过白灰往院里迈，鹿子霖抱着铳子直冲出来。

鹿子霖："别迈！现在谁敢进我家院，别怪我不客气！"

白嘉轩冷笑："子霖，你要对我开铳子？我不信。"

鹿子霖举铳子对准白嘉轩："你不信你迈试试！有啥话隔着灰说！"

白嘉轩叹了口气，无奈："咋吓成这样了呢？"

鹿子霖抱着铳子不耐烦："有话赶紧！"

白嘉轩："你石灰哪来的？族里想借一借。"

鹿子霖眼一翻："管咧？我家的灰都用完了！没有！"

白嘉轩瞪着他，要迈过来打："你还是人么？"

鹿子霖叫："别迈！我警告你啊！别怪我六亲不认！"

白嘉轩："你本来就六亲不认！你自己照照镜子你啥德性！"

鹿子霖冷哼："我德性我自己清楚，用不着照。现如今保命要紧，白嘉轩你守你的族我守我的家。"

白嘉轩喘息着指着鹿子霖，猛地用脚踹地上石灰。

鹿子霖想拦阻，被迷了眼："干啥你！我放了啊！"

等鹿子霖抹净眼里的灰迷糊望去，白嘉轩已经大步走远。

28. 祠堂 日 内

人群吵闹，一片混乱。有人甚至骂骂咧咧："往我妈棺材上填灰，除非让我死！""毁先人咧，大不敬咧！"

老人们纷纷摇头劝说："嘉轩你是咋想的嘛！""嘉轩你要三思啊！"

白嘉轩闷头抽着烟袋，鹿子霖斜眼瞥着他。

鹿子霖大声地："都静静，听族长说！"鹿子霖转身，"嘉轩兄弟，我撒白灰成，那是我自家的事，你咋活人死人都用哩？不是我说你，一遇到事你就没主意，就知道跟在我屁股后面走。"

白嘉轩抬眼瞧鹿子霖，鹿子霖把后面话咽回。白嘉轩慢慢起身，堂内这才鸦雀无声。

白嘉轩："这是大灾，灭族的大灾！死人都得为活人让路，从现在起谁家染上瘟疫，当天把人送到祠堂，由专人看管，不许踏出院门一步！饭食由族里管。"

众人面面相觑。

白嘉轩厉声："人死了不管是棺材还是草席都铺上石灰，坟上再加铺三层！"

满仓哭喊："这是挖坟咧，打死我也不挖我妈的坟！"

人群又是一片骚动，院门"咣当"一声推开，孝武推着一独轮车石灰进来。

孝武："爸，石灰运来了。"

白嘉轩阴沉着脸大步向院外走去。鹿子霖等人诧异交换个眼神，纷纷跟出。

29. 原上坟场 日 外

白嘉轩"扑通"跪倒在地，乡民们围拢瞧着他。

白嘉轩含泪："妈啊，儿子不孝！可白鹿原不能灭族绝种啊！今天把您的坟扒开撒上灰，是为儿孙们讨活路哩！"

白嘉轩重重地磕下头去，仙草、鹿三、孝武两口子也边哭边磕头。

鹿子霖目瞪口呆地瞧着，老者们神色黯然，乡民不再喧闹。满仓腿一软也跟随跪倒在地，随即呼啦一片，全族的人都跪了下去。

白嘉轩咬牙起身挥手，鹿三递上铁锨。白嘉轩用力向坟铲了下去，仙草、孝武都不再哭泣，身后却响起了乡民一片号啕大哭……

30. 荒原　日　外

几匹马奋蹄而来，廖军长与鹿兆鹏带着随行的警卫骑马伫立在山坡上。顺着他们的目光望去，红三十六军队伍蜿蜒前行。

廖军长眯起眼轻声："已经走了一天一夜了，竟一枪没响一个敌人没遇着，兆鹏你不觉得有点奇怪吗？"

鹿兆鹏点头："我也想过，可也许正像姜政委说的，敌人根本没想到我们会如此快地突围，取西安一线最险的路走。"

廖军长若有所思："这倒也不是没可能。"廖军长转身冲警卫，"前方侦查的人回来没？"

警卫摇头。

远处有马飞驰而来："军长不好了！"

廖军长盯着他："咋？"

那人慌乱地："王副军长跟姜政委闹起来了，非要阻止队伍前进！"

廖军长与鹿兆鹏迅速交换个眼神，两人同时策马冲去。

31. 临时民居指挥部　日　内

姜政委将枪从腰里拔出"啪"地拍在桌上，怒视王副军长。

姜政委："别张口闭口这是你拉起的队伍，有种你卸我的枪！你把我和鹿兆鹏都清回省委去！"

王副军长愤怒地将自己的枪也拍在桌上："别拿省委压我，来，卸我的枪！"

廖军长猛地一拍桌："都给我收起来！你们要干什么？"

鹿兆鹏忧心忡忡一旁看着。

姜政委摇头："自从下山他这一路就是这副丧皮脸，还跟手下说闲话。老廖、兆鹏你们俩是不知道，我们为啥行军这么慢？有人暗中作梗哩！有人动摇军心！”

廖军长语重心长：“老姜，这话可不敢说。老王，你跟老姜承认个错，军令一下我们就得无条件服从！”

王副军长铁青着脸不语。

姜政委指着：“你看你看，那副德性！”

王副军长咬牙：“你给我一个团殿后，咱保持三十里的距离。”

廖军长皱眉：“你这是干啥？”

姜政委冷哼：“狐狸尾巴终于露出来了，他这是要拉着自己嫡系随时开溜哩！”

王副军长脸色一变，扑向自己的枪：“我先把你这狐狸……”

鹿兆鹏眼疾手快一把抢过桌上的枪，廖军长从后面死死抱住王副军长。

廖军长：“老王你疯了！”

姜政委脸色苍白瞪着他。

32. 柳林宿营处　夜　外

红军战士纷纷疲惫不堪地躺倒睡去，鹿兆鹏小心跨过横七竖八睡着的战士，不远处姜政委正朝自己招手，鹿兆鹏一愣，忙上前。

姜政委轻声：“跟我来。”

鹿兆鹏跟随他走进密林深处，姜政委在一个空地停下来，转头注视。

姜政委压低声：“兆鹏，我现在高度怀疑这个姓王的可能要当逃兵。”

鹿兆鹏皱眉：“有啥证据？”

姜政委：“会上他要带一个团殿后，咱仨都没同意么，他当时没表态，可有人跟我说姓王的在偷拉自己的部队，老廖也有点动摇了！”

鹿兆鹏一惊：“有这事？”

姜政委长叹一声：“我们的队伍没有经过改造，成分比较复杂，尤其是老三团，是姓王的一手带出来的，我一直担心这个。我刚来不久还没来得及做工作，往后你得帮我啊兆鹏！”

鹿兆鹏：“那是当然，老姜你放心……”

突然“啪”一声枪响，鹿兆鹏把姜政委扑倒在地，姜政委痛苦地捂住胳膊。

鹿兆鹏猛抬眼望去，提枪就追。身后红军战士听到动静纷纷涌来，鹿兆鹏在林中飞奔追赶着那个身影。

子弹在林中穿梭，那人手臂负伤枪落在地上，跌下山坡，鹿兆鹏竟也毫不犹豫地翻滚下去。

黑暗寂静，远处的人声嘈杂已离鹿兆鹏渐远，他艰难爬起，警惕地望向四周。猛然间一个黑影跃起，从后面死死卡住他的脖子举刀就刺。

鹿兆鹏憋得脸通红，拼命顶住他举刀的手，又一声枪响，那人缓缓倒地。

鹿兆鹏喘息着望去，王副军长正提着枪走近……

33. 林边　清晨　外

卫生员正给姜政委包扎伤口，廖军长铁青着脸大步走来。

廖军长："查清了，袭击你的是三团的人，可惜人已经死了。"

姜政委意味深长地瞥了眼鹿兆鹏。

鹿兆鹏不假思索："我提议立刻调查，不查出真相军队不能前进。"

廖军长阴沉下脸："不用查了，我已经让老王下连队了，三团我也换了团长。兆鹏同志，现在由你担任副政委。"

鹿兆鹏一愣："我？不行！"

姜政委艰难起身："兆鹏同志，你要服从大局。我知道你也反对进军西安的计划，你反对我也要你做副政委！"

看着姜政委无比诚恳信任的目光，鹿兆鹏无语。

34. 祠堂　日　内

李寡妇捂着嘴靠在门外，含泪不敢进，仙草却在屋中从容地伺候着上吐下泻的族人。

仙草叫："快进来帮把手！"

李寡妇艰难喘息咬牙进屋，颤抖着接过盆。

仙草正给一老者喂药，头也不抬地："你去把那倒了，千万洗干净。"

仙草察觉没动静，抬眼一看，李寡妇正哭丧着脸露出恐惧的目光。

仙草叹息一声起身："你来喂药我去倒吧。"

仙草端盆出屋，孝武提着食盒进院。

孝武叫："妈，秋水特意给您蒸的鸡蛋，快吃吧！"

仙草脸色一变，轻声："你咋进来了，快出去！"

孝武："没事妈，你不也在这儿吗。"

仙草更压低声推搡儿子："快走，这不是你待的地方，这里是要死人的！"

孝武不情愿地："妈，你啥时候出去？"

仙草："跟你爸说我天黑前就回家，到时子霖媳妇过来替我。"

35. 鹿家　日　内

鹿子霖媳妇含泪将裤带面放在桌上，鹿子霖抬眼瞧她。

媳妇哽咽："这恐怕是我给你做的最后一碗面了。他爸，你保重好自己……"

鹿子霖叼着烟袋："你不会不去？"

媳妇摇头："族里人都看着哩，仙草忙活两天了，咋着也该轮着我。"

鹿子霖起身将媳妇拽进屋，按倒在床上。

媳妇一惊："干啥你？"

鹿子霖用被子一蒙："你给我乖乖在这儿躺着，谁来叫也不起，有我应付着。"

媳妇强撑起身："那不是骗人么，要是被族人发现咱还能在原上待啊？"

鹿子霖急："这都啥时候了，你听我的！"

院里跛子爷叫："鹿乡，让嫂子随我过去吧！该换人哩！"

鹿子霖扯嗓就哭："我的媳妇啊……你咋也拉上了，你这是要我死啊……"

媳妇目瞪口呆看着他，鹿子霖光哭没眼泪。

媳妇轻声焦急地："那他们得把我拉进祠堂里去，我还得进去！"

跛子爷站在院里惊呆，鹿子霖扶门出来，可怜巴巴的。

鹿子霖："跛子爷啊，我不活了！我这家要绝户了！"

跛子爷咽口唾沫："不是……鹿乡你……"

鹿子霖含泪摇头，刚要说话突然一阵干呕，跛子爷掉头就跑。

鹿子霖喘息高喊："跛子爷，麻烦把院门反锁上！我们两口子就死在一块，就不去祠堂咧！”

听着院门“咣当”一声响，鹿子霖长出口气坐在台阶上，媳妇跑出门来，用力一拍他脑袋，低声骂：“你个遭怪的㞞！”

鹿子霖险些跌下台阶，狼狈不堪地趴在地上。

36. 白家 晚 内

仙草筋疲力尽坐在炕上，白嘉轩往盆里舀热水，又伸手试了试温度。

仙草：“明天我还得去，子霖跟他媳妇好像都染上了。除了我跟李寡妇都是有儿有女拉家带口，逼谁进都不合适。”

白嘉轩哼了一声：“鹿家染没染上可不好说，我比你清楚他这人。”

仙草：“你看你，咋老把人往坏了想呢。”

白嘉轩将热水端到仙草脚下给她脱袜，仙草一愣忙躲。

仙草：“你咋给我洗上脚了。”

白嘉轩强按住媳妇的脚泡到热水中：“我咋就不能给你洗？你都给我洗一辈子了。”

仙草莫名感动，怔怔瞧着自己的男人，伸手抚摸他的头发。

37. 荒原 晚 外

大雨瓢泼，蜿蜒的行军队伍在泥泞中艰难前行。

姜政委站在坡上嘶吼：“同志们！再走五六十里就进城咧！老孙家羊肉泡馍，老白家饺子馆，西安饭庄葫芦鸡尽饱吃啦……”

王副军长背着口铁锅走在队伍中，狠狠“呸”了一口。

鹿兆鹏挤进队伍，拉住铁锅：“老王，咋让你背起锅来了？”

王副军长没好气地：“我是炊事班长我不背锅？”

鹿兆鹏：“我去跟廖军长说说。”

王副军长：“你甭说！我搭锅做饭挺好，总比在不顺眼的人前受气强！”

鹿兆鹏怔怔望着他的背影，又回头扫看，大军士气全无，只听见姜政委在雨中的嘶喊声。

38. 祠堂　日　外

乡民们拍打着院门哭号，孝武挨个劝阻。

孝武："回哩回哩，族里能把他们照料好！"

又一辆马车牵来，三娃子边抹泪边扶下车上的老爸。

老爸颤巍巍拿拐杖抽三娃子："不用你扶！你少跟我这装孝子！"

三娃子含泪："爸，不是我不愿意养你，是族里定下的！"

老爸仰天恸哭："我想死在家里都不让啊！老婆子我要跟你死在一个炕上都被你儿子拉来了……我死了以后你能别撒白灰不？三官庙的大仙可说咧，撒上白灰就挡上我跟你妈在黄泉路上见面了……"

老爸哭一句，乡民们跟着嚎一阵，哭到最后完全失控，乡民们冲进院里争相接自己的亲人。

白嘉轩拄着拐杖站在戏台上眺望祠堂的混乱，无语。

39. 柳林　日　外

雨还在下着，廖军长大步在休整的队伍中走着，鹿兆鹏跟随一旁，两人同样忧心忡忡扫看着疲惫不堪的战士们。

姜政委急匆匆奔来："谁让停下的！"

廖军长："我。"

姜政委一愣停住脚步："老廖，再有几十里路我们就到目的地了。"

廖军长摇头，坚定地："一里也不能走了，这是我跟兆鹏同志商量的意见。"

姜政委皱眉看着鹿兆鹏。

鹿兆鹏上前一步："老姜，再走下去部队就没有战斗力了，就算到了西安城外大伙也没劲往前冲，你自己看看。"

姜政委焦灼："要是等包围我们的敌人回过味转头赶回来，你们就贻误战机了！"

鹿兆鹏摇头："我跟廖军长谈过，我们判断敌人已经回头了。"

姜政委一愣："凭啥判断？"

廖军长："我们还是用了老王的部分提议，留小股部队在三十里外殿后，结果发现可疑动静，他们遇到的袭击绝不是民团和土匪，应该是国民党的正规军。"

鹿兆鹏："老姜，情况危急没来得及跟你商量，部队必须转向前进。"

姜政委焦躁不安："转向？我的同志哥！往哪个方向转？还回去被包饺子？"

鹿兆鹏摇头："我们迂回向西安前进，但是不再走大路。"

姜政委垂头无语沉思。廖军长与鹿兆鹏交换个眼神，又同时期待地看着姜政委。

姜政委艰难地："好吧，我马上回省里汇报情况，你们坚定立场还是要向前行进。兆鹏要不你跟我一起回去？"

鹿兆鹏迟疑了一下："我还是在这儿跟着队伍吧，老姜你快去快回。"

姜政委用力点了点头："那就由兆鹏在我走期间，代理政委一职。"

廖军长："我同意。"

有人牵过马，姜政委跃上马飞奔而去。廖军长与鹿兆鹏望着他的背影，神色黯然。

40. 白家 晚 内

仙草在灯下缝补，放下箩筐里的针线，虚弱不堪地喘息。

白嘉轩打量她："你咋了？我瞧你没劲了。"

仙草强笑："一天都这样，可能是帮着满仓家处理后事累的。祠堂里关的人都让抢回去了？"

白嘉轩叹息点头："拦不住，再拦就反了。"

仙草叹息："谁不愿死在家里，合眼的时候儿孙都守在炕边。你做族长没出过昏招，咋琢磨出这么个主意？"

白嘉轩："逼急了我只能替活人想……"

仙草突然呕起来，白嘉轩一惊忙站起搀扶。

白嘉轩打量仙草："你……"

仙草勉强笑笑："从昨晚上开始拉的，这又开吐了。孩他爸，没我了，这下没我了。"

白嘉轩脸色大变，急："你咋不早说！"

仙草按白嘉轩坐下："你别急嘛，我早说也没用，你快松开我。"

白嘉轩眼睛湿润，颤抖着嘴唇，双手抓住仙草的胳膊"哇"一声哭了。仙草感动地看着丈夫，默默替他抹泪。

白嘉轩只哭了一声就戛然而止，仰起脸像个孩子一样可怜地问："啊呀天呀，你走了丢下我咋活呀……"

仙草反倒温柔地笑笑："我说了我先走好！我走了就替下你了，这样子好。"

白嘉轩艰难喘息，拿起袄就要冲出门去。

仙草揪住他："你别去找冷先生，没用了。没见谁个吃药把命搭救下了。这是老天爷收生哩，在劫难逃。你甭张罗抓药煎药的事了，坐下听我跟你说，这话我想一天了。"

白嘉轩含泪坐回炕上，眼巴巴地看着媳妇。

仙草："你先别吭声，天一亮就哄孝武他们去山里避难。你瞅空儿给我把棺材钉起来，我跟你一场，带你一具棺材走。不要厚板，二寸的薄板就够我的了。"

白嘉轩刚要说话，仙草拦着他："你听我说完么，棺材钉好你就去城里找孝文跟灵灵，可惜这俩孩子我也见不着了。别跟他们说我也染下了，我怕他们回来沾上。"

白嘉轩含泪连连摇头。

41. 白家院　清晨　外

仙草扶着门含笑看着孝武跟媳妇往马车上放东西。

白嘉轩将马缰绳系好递到儿子手里，以不容置辩的强绝口气："孝武，你带着你媳妇到山里去。"

孝武："妈为啥不跟我们走？要不你跟一家人进山去，我在屋看门守家。"

白嘉轩："你守不住，你走。我跟你妈再收拾下东西就去找你们。"

孝武不舍地转身看妈："妈，你可早点去啊。"

仙草强忍泪水含笑点头，挥了挥手，鹿三吆着牛车送孝武和媳妇出了院子。

夫妻俩默默对视。

白嘉轩:“我钉完棺材也不走，我咋能撂下你走呢。”

仙草哇地又吐起来，白嘉轩含泪扑上前抱住她。

仙草倒显得很镇静，掏出蓝布帕子擦了擦嘴角的秽物，像往常一样平静温润:“给你下面吧?”

白嘉轩抹掉挂在脸颊皱褶里的泪水，哽咽:“你等着我去叫冷先生。”

仙草望着丈夫踉跄出院，长叹口气，转身洗了手拴起围裙，揉面做起饭来……

42. 柳林深处 日 外

王副军长很不情愿地走来，将铁锅卸到地上，廖军长和鹿兆鹏注视着他。

王副军长没好气地:“叫我干啥，给你们开个小灶?”

廖军长:“老王，兆鹏同志提议你做代理政委。”

王副军长一惊，怔怔看着两人:“姓姜的呢?”

鹿兆鹏:“回省委汇报去了。”

王副军长冷冷地:“我看是回国民党省党部汇报去了吧!”

廖军长瞥了眼鹿兆鹏，没说话。

鹿兆鹏轻声:“我们也这样怀疑。”

王副军长更加惊讶，看着俩人。

廖军长:“这两天我跟兆鹏一直在分析，情况有点不对头。出山前兆鹏提议先派人暗中去找省委，昨晚才回来。”

王副军长急切地:“省委怎么说?”

鹿兆鹏:“我们跟省委所有的联系全切断了，敌人正在城里搜捕。滋水的老郝也牺牲在接头地点，所有联络站都受到了严重破坏。”

王副军长惊得说不出话，咬牙:“往回撤。撤回茂钦还来得及。”

廖军长摇头:“我们殿后的部队已经遇到追击的敌人了。现在我们像一条出了山的狼，天地开阔却危机四伏。”

王副军长狠狠地一脚踹向铁锅:“我就说这姓姜的不是东西，他没准早叛变了!”

廖军长:“现在还不能随便断定，老王我们要先想想怎么保住部队!”

鹿兆鹏一直在思索，此时轻声："进秦岭，化整为零。"

王副军长和廖军长都怔怔地看着他。

43. 西安城街 日 外

"号外号外！赤匪已成丧家之犬，匪军主力被围剿！"

人们争抢着报纸，白灵呆呆地看着，艰难喘息。

44. 秦岭脚下 日 外

廖军长、鹿兆鹏、王副军长仰头望着群山峻岭喘息，远处响起密集的枪声。

王副军长赞叹："兆鹏，你这路带得好哩，我们只要进了山还怕他个㞞！"

有红军战士上前："报告！敌人已经三面围上来了！"

鹿兆鹏："你们俩各带一支队伍往山里撤，咱们在章坪镇会合！"

廖军长："你呢？"

鹿兆鹏毫不犹豫："我来掩护！这里易守难攻，估计能撑些时候。"

王副军长摇头："还是你俩带兵撤吧，就把老三团给我留下来。我是从小在山里长大的，守坑打兔子我更在行。"

鹿兆鹏还要争，廖军长略一沉思，劝："兆鹏同志，毕竟老三团是他一手拉起的部队，带着顺手哩。"廖军长又转头冲王副军长，"老王，就由你来殿后，我们分三路章坪镇见。"

鹿兆鹏莫名感动，上前用力抱住王副军长："老王，委屈你了。"

王副军长却爽朗一笑："说啥哩！兆鹏同志，是我王某人心量小乱猜疑你，等打完这仗我跟你喝酒赔罪！"

鹿兆鹏百感交集的目光。

45. 西安城小学校宿舍 黄昏 内

白灵躺靠在床上咳嗽着，脸色苍白。

窗外传来询问声："我是他哥，听人说她在这教书呢……"

白灵忙撑起身，望见白孝文的身影，扒窗叫："哥！"

白孝文一喜，冲进宿舍："哎呀你这儿真难找！你这是咋哩，大白天睡觉？"

白灵笑："你咋来省城了？"

白孝文得意："我刚发了钱，正好我们团长进省城办事带上我，我琢磨试着找找你看。"白孝文摸了摸妹妹额头，"咋脸这么红？呀，你发烧了！"

白灵咳嗽两声。

白孝文："吃药没，看先生没？"

白灵摇头："哥没事我快好了，已经烧两天了，今天感觉见轻。"

白孝文叹息坐在床边："一个人咋这么不小心呢，也不知道照顾自己。"

白灵拉过他的手："你咋进县城做了这个？小娥姐呢？"

白孝文脸色一沉，默默摇头。

白灵打量："你说话呀，原上闹瘟疫你知道不？爸妈还有二哥他们都咋样？"

白孝文长长叹息。

46. 白家 晚 内

白嘉轩在院中架好锅熬药，用火镰敲了几下都没打着，几乎趴在地上吹火拨柴，仙草斜靠在厨房拉着风箱，望着丈夫，眼中闪着泪光。

白嘉轩双手捧着一碗药小步进来蹲下，凑到仙草嘴边。

仙草摇头："那啥也不顶，我不喝，让我安安宁宁死了算了，甭叫人临死还喝苦汤苦汁。"

白嘉轩懊恼："我可给你辛辛苦苦熬了半天，你不能让我白熬么！"

仙草忙接过："好，我喝。"

仙草伸手端起碗咕嘟嘟一饮而尽，擦了擦嘴角沾着的紫色药汁，刚放下药碗就哗啦一声吐到地上。

白嘉轩立刻用双手捂住脸蹲下身去，瘫坐在门槛上。

仙草喘息拉丈夫："孩他爸，你别哭……"

白嘉轩抡起拳头砸下去，桌上的药碗哗啦一声飞散落地，鲜血从他的手上滴注到地上，和紫色的药汁汇合到一起。

47. 西安城小学校宿舍　晚　内

白灵吃惊地看着哥哥，眼中充满悲哀。

白孝文已经泪流满面，哽咽："……我连尸骨都没看着，她肚里还怀着我的娃，谁那么狠心啊！这是两条命啊！"

白灵含泪："咱爸咱妈知道不？"

白孝文摇头："灵灵，我跟他们断了，彻底不认了，咱爸太狠了。"

白灵也抹泪："哥，你也做得过分，你好端端的吸啥大烟，这是抽爸的脸啊！"白灵想起什么，一把拉住白孝文的胳膊，"哥，等我病好了咱俩一起回家去看看爸妈吧。"

白孝文摇头："我才不去！"

白灵颤抖着声音："你不想他们吗？我这两天做梦都梦见妈坐在炕边缝袄，我睁开眼她冲我笑，我想死他们了。"

白孝文含泪垂首不语。

白灵哽咽："我一直以为自己很坚强，一直想往外面的世界跑，今天病了衰了我才明白爸妈待的地方才是我的家啊……"

48. 白家　晚　内

院里白嘉轩专注地钉着棺材，钉好最后一颗钉，长舒口气走到门口。

鹿三呆呆地捧着满满的面吃不下，仙草则在一旁就着油灯捉着剪刀，"咔嚓""咔嚓"裁着自己的老衣。

仙草提起衣服满意地："我就穿这身走吧。"

白嘉轩低头垂泪，泪水掉落在面里。鹿三也一旁偷偷抹着眼角。

仙草笑："你们哥俩赶紧吃啊，我今天这面做得好着哩，有嚼头辣子也多。"

白嘉轩和鹿三低头吃着嚼着就抽泣起来。

仙草屋里靠在炕头，喘息："孩他爸，那棺材打好了没？"

白嘉轩颤抖着声音："好了，全钉上了。"

仙草："吃完搀我去看看，我想瞧瞧我睡下的地方。"

49. 白家后院　夜　外

白嘉轩与鹿三两边搀扶，仙草几乎是被架着来到后院，一个棺材静静地放在马厩外。仙草上前轻轻抚摸木板，满意地点点头。

白嘉轩在身后泪如雨下。

仙草喃喃地："当年我跟我爸差点饿死在路上。我一路往白鹿原上走啊要寻你……"

突然仙草身子一晃，叫了一声"孩他爸——"，猛乍栽倒在白嘉轩怀中。白嘉轩紧紧搂住媳妇。

仙草攥住他的手歉疚不堪："谁给你跟老三做饭呀？"

鹿三一旁已经哭得泪人一般。

仙草突然向星空伸出手去："我还是想见孝文跟灵灵他们……你让他们回来吧。"

白嘉轩含泪点头："哎！三哥快叫去！"

仙草眼中充满希冀，仿佛看到儿女的身影，手慢慢松下来，垂向地面。

鹿三"扑通"跪倒在地。

白嘉轩死死搂住媳妇尸体，泣不成声……

第四十集

1. 村　日　外

鹿子霖掩住院门扒着门缝往外偷瞧，鹿三赶着马车，白嘉轩扶棺呆坐在上面，不时扬起手中的纸钱。

街上空无一人，有的墙头探出脑袋来张望，好是凄凉。

白嘉轩目光呆滞。

闪回：

醉酒的白嘉轩扛着仙草往家走，乡亲们在一旁哄笑……

仙草扯下腰上的小棒槌，含情脉脉地看着他……

油灯下，仙草静静地缝补衣服，不时抬头冲他一笑。

白嘉轩踩着轧布机，仙草强拉开他自己坐上去。

仙草拉着风箱不时往里塞进柴火。

田间仙草提着食盒一脸微笑地招呼走来……

白嘉轩老泪纵横，俯身在棺材上。

2. 荒原　日　外

叠画：

一锹锹的土抛起，白灰撒满周边，棺材徐徐放入坑中。

白嘉轩轻轻抚摸棺材盖板，一滴泪落在上面。

黄土撒上，新坟垫起，周围再次撒满白灰。

白嘉轩跪倒在坟前烧纸，鹿三送上酒来。

白嘉轩在隆起的墓堆前奠了三遭酒，拄着拐杖慢慢站起:“我要是能抗过瘟疫，我给你重修墓立石碑唱大戏！眼下我只能先顾活人哇……”

3. 山 日 外

朱先生忧心忡忡站在巨石上眺望，孝武面带喜色上前。

孝武:“姑父，秋水八成是怀上了！”

朱先生点头:“好得很，传宗接代繁衍不息啊。纵有大病大灾，又怎能灭我宗族。”

朱白氏搀扶着秋水走来，朱先生意味深长地看着她们。

朱先生:“孝武，带我下山一趟，你媳妇由你姑来照顾。”

孝武一怔:“我正想下山看我爸我妈呢。”

朱先生却笑不出来，默默点头。

4. 白家 日 外

“咣当”一声院门被推开，白嘉轩恍惚望着空荡荡的院子，一步步走进。院里是从未有过的静宁，白嘉轩恍惚的目光，耳边回响着上房间里仙草搬动织布机的呱嗒声。

白嘉轩推开偏房的门，织布机上白色和蓝色相间的经线上夹着梭子，坐板下叠摞着尚未剪下的格子布，恍惚间仙草正坐在那里取纬线。

白嘉轩踉跄走进里屋，缠绕线筒子的小轮车停放在脚地上，后门的木闩插死着。

白嘉轩拄着拐杖奔进厨房，往锅里添水，往灶下塞柴。

鹿三上前:“我来烧。”

白嘉轩甩开鹿三的手，一下下拉着风箱。

鹿三含泪:“我烧吧，你歇着去。”

白嘉轩不由分说再次推开鹿三，眼中沁着泪水。

5. 鹿家　日　内

鹿子霖媳妇往院外走，鹿子霖死死拽住她。

媳妇："你松开我，不让我去帮仙草照料的是你，现在仙草都没咧，你还不让我去！"

鹿子霖："那病传得厉害！你去干啥？"

媳妇急："你怕死我不怕！白嘉轩跟你几十年了，这会儿还不去看看？算上你爸你爷几辈的交情哩！"

鹿子霖哀求："就是祖宗八辈的交情，现下也不能去！我还要熬到兆鹏、兆海都回家，我还要抱孙子呢！"

媳妇甩开鹿子霖的手，一屁股坐到台阶上哭起来。

媳妇："这辈子跟上你算窝囊死！往后在族里还咋活呀！人家白家有事冲在前面，遭难了也不哭不怨，平日里就你喊得最凶，一有事先当缩头王八的就是你！"

鹿子霖蹲在一旁喃喃地："骂吧，往死里骂，反正不出这院门就对了。"

媳妇神秘地："我听村里人都传这是邪气，那女人死了不走哩！"

鹿子霖吓一跳，惊恐地看着媳妇："你别乱说！"

媳妇："这事能玩笑吗？李寡妇走夜路的时候听见有女人哭，就在祠堂的房檐上，一个黑影趴着，哭得那叫瘆人！"

鹿子霖苍白的脸，呆呆蹲在那儿。

6. 山　日　外

枪声大作，鹿兆鹏带战士们在山林中疾奔，身后追兵越来越近。突然前面山梁上也冒出火焰，子弹横飞，敌人早已埋伏在上面。

鹿兆鹏吼："卧倒！"

身旁有人哭喊："鹿委员，我们完了！敌人把我们包围了！"

鹿兆鹏一挥枪："集中火力跟着我！往西边冲！"

鹿兆鹏举枪蹿起，身后的战士纷纷跟随。远处追来的敌人被扫倒一片，硝烟中鹿兆鹏带着战士飞奔逃去……

7. 白家院外　黄昏　外

鹿三揣着双手蹲在院门口，望着各家或用马车或用独轮车送着死尸。

满仓和三娃子背着包裹慌乱走来，冲鹿三喊："三伯，跟族长说声，我们进山咧！"

鹿三茫然地望着他们，突然身后传来高亢的秦腔声。鹿三身子一震，站起身回头。

"蠢子不肖，定斩不饶！"

满仓和三娃子也都吓一跳，停住脚步。村里所有族人都怔怔望着白家院，鹿三奔进院中。

白嘉轩身着孝衣正在院中挥着拐杖边舞边唱："战鼓叮咚催人魂，蠢子不肖坐辕门。二十四将排班站，定斩宗保震军心……"

在白嘉轩的唱声中叠画：

鹿兆鹏带着红军战士冲上山坡，与敌人翻滚在一起。

鹿兆鹏浑身是血，将对手骑在身下挥刀便刺，又一敌人端刺刀上前，鹿兆鹏抬枪击毙。

鹿兆鹏站在山坡上，望着下面几十个列队走过的红军战士，喘息着望向远方……

8. 章坪镇　晚　外

沾满血迹和灰尘的鹿兆鹏带着队伍踉跄走下山脚，突然听到动静，鹿兆鹏下按手势，众人忙匍匐在地。远处那队人马也警觉地靠在石后。

鹿兆鹏喊："哪边的？"

对面廖军长声音："兆鹏是你吗？"

鹿兆鹏忙起身："老廖！"

一个身影冲上来，用力抱住鹿兆鹏，两人百感交集地看着对方。鹿兆鹏这才发现廖军长左臂已被鲜血渗湿。

鹿兆鹏：“你受伤了！”

廖军长悲愤地：“幸亏我们没往西安走，要不现在一个不剩早被包围了！”

鹿兆鹏咬牙：“还是跟得太紧，我们每一步都被他们算计了！”

廖军长发狠：“兆鹏你记着，今后无论咱俩谁遇到姓姜的，一定要把他碎尸万段！”

鹿兆鹏：“老王呢？”

廖军长含泪摇头颤抖着声音：“老王和老三团都牺牲了……红三十六军只剩下我们这些人了。”

鹿兆鹏抬眼望去，上百个衣衫褴褛带伤的红军战士出现在廖军长身后，默默望着他俩。

9. 白家 晚 内

鹿三被白嘉轩强拽进屋，看着桌上的茶碗满脸疑惑。白嘉轩将他按坐在椅子上。

鹿三连着声：“嘉轩你到底咋了？你是不是魔障咧，到底有啥事你说！”

白嘉轩横过身一摆手说：“啥事啥事？而今还有啥大不了的事，请你喝酒，就这事！品一盅哇，你坐下，看看我烧下的茶水味道正不正？”

鹿三惊疑地看着白嘉轩。

白嘉轩大声地：“喝呀三哥！好茶哩！”

鹿三不由得受到感染，接过嘉轩递过来的茶，抿了一口就豪爽地大呼小叹起来：“好茶好茶！味道真个正经得很喀！没看出你还有这一手熬茶的绝活儿……”

白嘉轩一笑：“老三，今黑咧吃啥饭？你想吃啥我给你做啥。哈！你再尝尝兄弟我做的饭！”

鹿三也呵呵笑着朗声：“随便，你做啥我吃啥。”

白嘉轩摇摇头：“啊呀三哥！你好大的架子啊！‘随便’倒是啥饭的名字？听起来你像是很随和好服侍，叫做媳妇的顶难办咧，到底做啥饭才合阿公阿婆的口味呢？”

鹿三含着眼泪笑："我是说随便做啥饭我都不弹嫌，我一辈子没挑过食咯！"

白嘉轩："你挑食也不顶用。我最拿手的饭是夹老鸹头！"

鹿三哈哈大笑："天底下的男人都会夹老鸹头，我也会，其实老鸹头又好吃又耐饥，做起来又省事，和些面糊用筷子夹成疙瘩撂到锅里就完了。咱俩轮换做，天天吃老鸹头。"

白嘉轩也含泪拍着鹿三的手："这就对了三哥，这就对了！"

9A. 白家马号　傍晚　外

白嘉轩盛好煮熟的老鸹头，走进马号，一边揩着汗水一边喊："三哥吃饭。"

鹿三没有应声，端直坐在炕边上一动不动。

白嘉轩诧异地瞧着他的背："三哥吃饭呀，你聋了？"

鹿三突然歪侧一下脑袋，斜吊着眼瞅过来，发出一种女人的尖声俏气的嗓音："光叫你的三哥哩！咋不叫我哩？"

白嘉轩一愣，慢慢将碗放下："你就是三哥嘛！还要我叫谁呢？"

鹿三晃晃头："我不是你的三哥。"

白嘉轩走近两步，细细瞅视着鹿三，他尖细的声调、轻佻的眼神和歪头侧脸的忸怩动作，显然都不是鹿三的习惯做派。

白嘉轩不由得打冷战，加重威严的声调逼问："你不是三哥你是谁？"

鹿三扭扭腰晃晃头说："你连我都认不得吗？你仔细认认就认得了。"

白嘉轩头顶头发噌一下倒竖起来，浑身像浇下一桶凉水抽紧了筋骨，白嘉轩猛然扬起手。

"啪"的一声，鹿三捂着脸倒退几步。白嘉轩瞪圆双眼怒视。

鹿三突然使出素常浑重的嗓门："嘉轩，你打我啥？我弄下啥瞎事了你打我？"

白嘉轩喘息着打量鹿三，转身大步走去。

10. 章坪镇　夜　外

战士们都疲惫不堪地睡下，望着横七竖八躺在那里的战士，廖军长与鹿兆鹏守在火堆边百感交集。

鹿兆鹏轻声："咱当初要是听老王的意见坚持不出就好了。"

廖军长也悄声："那样的话，队伍就会掰成两半。"

鹿兆鹏不解地瞧着他："这个队伍不是你一手弄起来的吗？"

廖军长笑笑："姓姜的嘴巴上功夫深，我说不过他。"

鹿兆鹏长叹一声："我自从参加革命以来，经历的都是失败，牺牲，流血，然后再失败，革命太难了。"

廖军长深沉的目光注视鹿兆鹏："你知道为啥难？问题都出在自己人身上。"

鹿兆鹏默默点头。

廖军长悲哀地望着自己的战士："这些都是本该在家孝敬爸妈娶妻生子的娃娃，跟着我出生入死，像咱这样有信仰的牺牲了不算啥，他们哩？"

鹿兆鹏望着火苗："如果每个战士都像咱们有信仰，这支队伍就不会被打败，永远不会。"

廖军长用力拍拍鹿兆鹏的肩膀："等咱逃出去了，你给我做政委，咱们重新建一支不打败仗的队伍！"

鹿兆鹏用力握住廖军长的手，两人相互对视摇了摇。

11. 白家　夜　内

白嘉轩孤独一人躺在炕上，怔怔望着黑暗。突然后院传来鹿三一声惨叫，白嘉轩披起衣服拄起拐杖冲出门去。

白嘉轩来到后院，鹿三脸色苍白扑到面前，恐惧指着马棚。

白嘉轩搀扶起他："三哥，咋了？"

鹿三："田小娥！那女人坐我炕上笑我哩！"

白嘉轩一怔，转身冲进马棚，四下看看没有人。

鹿三哆嗦指着炕角："就在那儿！"

白嘉轩皱眉："三哥，没人！"

鹿三急："她就在那儿你看不见吗！她跟你说话哩！"

白嘉轩瞪着鹿三，又转头看着空荡荡的炕角："她说啥？"

鹿三趴在白嘉轩背后颤抖着声音："她说她怀了你白家的种……你白家绝

后哩。”

白嘉轩猛地转身，扳住鹿三的肩膀：“三哥你说啥？她怀下了？”

鹿三已经哆嗦成一团，晕厥过去。

白嘉轩抱住鹿三喊：“三哥，三哥你醒醒！”

12. 白家 夜 内

冷先生将针从鹿三背上捻出，冲白嘉轩摇了摇头。

冷先生：“他没病。”

白嘉轩：“那他咋了？”

冷先生叹了口气：“魔障了，他对不起你们白家。”

白嘉轩怔怔看着冷先生：“你也知道？”

冷先生点头：“是我告诉鹿三的。”

白嘉轩垂头不语。

冷先生：“嘉轩，一个女子死了也就罢了，肚里还带个娃，按老话讲这孽债不轻啊！”

白嘉轩颤抖着嘴唇，喃喃地：“孽债，真是孽债……”

鹿三猛地坐起，大叫：“她抱着娃来了，她正堵门口呢！她把全族的人都传上让各家绝户，让咱整村灭族！”

白嘉轩身子一颤，也开始恐惧地注视门口。

冷先生苍白着脸：“嘉轩这是邪气，我从医数十年从未见过，事到如今只能请大仙了。”

13. 章坪镇 夜 外

鹿兆鹏已经迷糊入睡，篝火也慢慢快熄灭，突然间密集的枪声响成一片。鹿兆鹏下意识拔出手枪，身边战士四下躲避，有人被子弹击中。鹿兆鹏跌进壕沟向外望去，四面都闪耀着火光。

鹿兆鹏急：“老廖，我们被包围了！”

鹿兆鹏刚要向廖军长等人冲去，炮弹在面前炸响。红军战士四处奔逃，无法形成突围力量。

鹿兆鹏恍惚抬头，无声的世界，只见弹火横飞照亮夜空，面前无数红军战士中弹倒下，敌人从四面八方冲来。

鹿兆鹏艰难地爬着，腿上流着血，一个敌军士兵冲上前举枪便刺，鹿兆鹏猛地掀翻那人，狠狠掐住脖子，两人一同翻滚进河沟……

14. 鹿家　日　外

一个头裹红绸的人像一股旋风在院里飞奔，白嘉轩挤进看热闹的人群。大仙左手拿一只黄布蒙着的小罗筛，右手执一根布满圪节的红色短棒，站在马号中央四处瞅瞄。二豆却抱着棍子斜眼瞥大仙。

鹿子霖拉着媳妇站在圈中间："大仙，清干净没？"

大仙松下口气："你这宅子已经干净了，至于去了谁家我就管不着了。"

鹿子霖慌忙拿出钱袋，双手捧上。

乡亲们蜂拥挤上前拉扯大仙："大仙去我家清清！"

白嘉轩转头不可思议地看着冷先生。

冷先生轻声："灵着哩！听说他过的村子就再没死过人！"

白嘉轩冷哼："我要连这都瞧不出来我就白当那么多年族长了！"

二豆大吼一声冲向大仙："乡约德业相劝德谓见善必行闻过必改！乡约德业相劝德谓见善必行闻过必改！"

大仙吓一大跳："干啥你！你个傻子！"

白嘉轩转身就走，冷先生身后叫："嘉轩你干啥去，回来！"

白嘉轩头也不回地："就算那孽障堵我家门口，我自己跟她斗！二豆，走！"

二豆舞着棍子乖乖跟随走去。

白嘉轩诧异打量身边的二豆："二豆，你不信那大仙？"

二豆嘴一撇："我就信我自己！"

白嘉轩停住脚步，会心注视："为啥？那大仙可有咒念。"

二豆梗起脖子："我还有咒哩！乡约德业相劝德谓见善必行闻过必改！"

二豆舞着棍子大声念着："乡约德业相劝德谓见善必行闻过必改！乡约德业相劝德谓见善必行闻过必改！乡约德业相劝德谓见善必行闻过必改！"

白嘉轩欣慰的目光。

15. 白家　晚　内

白嘉轩将热水喂进鹿三嘴中，鹿三又哆嗦着吐出，嘴中喃喃说着什么。

白嘉轩轻声："三哥，我都知道了，该着那娃命薄死在妈胎里，这事我不怨你，你快醒醒吧。仙草走了，妈也走了，孩子们又都不在，只剩下我和你做伴哩，你可挺住啊三哥。你命多硬啊，啥邪气你都扛得住……"

鹿三依然昏迷，说着呓语。白嘉轩目光焦灼。

16. 保障所　晚　内

几个老者围在桌旁面面相觑，鹿子霖若有其事地描绘。

鹿子霖："各家都让大仙驱鬼辟邪了，唯独白家没去，大仙跟我说就数那儿阴气重。那女人的阴魂不散，自家毁了她往哪儿躲？肯定是往她公公家躲嘛！"

一老者试探："鹿乡的意思是？"

鹿子霖："不把这阴魂驱干净，我们白鹿村就没有一天宁日！"

另一老者摇头："可白嘉轩不让啊！"

鹿子霖一拍桌子："为啥不让？落不准他也被……"

鹿子霖声音小起来，众人聚拢听着，面带恐慌之色。

17. 祠堂　日　内

孝武跪倒在地号啕大哭，白嘉轩含泪拍着儿子的头。

白嘉轩："你不该回来啊！"

孝武捶地痛哭："妈！您咋不等我回哩！"

朱先生走近，轻声地："我们走那天是不是就已经染上了？"

白嘉轩含泪点头："姐夫，仙草让我瞒着你，她就怕大家都走不成。那病来得猛，来不及叫你们回，按规矩就得马上埋，也没让你们看上最后一眼。"

孝武哽咽："那我妈停放在哪儿了？"

白嘉轩悲哀地:“你妈……已经埋了，就在那村口坡上。”

孝武爬起身向院外冲去:“妈啊!”

朱先生轻声:“孝武媳妇怀上了，你白家有后哩。”

白嘉轩抬起泪眼看着朱先生。

18. 荒原　日　外

白灵背着包裹踏上高坡，惊诧地望着新起的那些坟头。

有烧纸的人抬眼打量白灵，惊奇:“那不是白家的三闺女吗?”

白灵勉强笑:“婶，我爸我妈没事吧?”

远处村里传来锣鼓声，白灵正绕过一座坟快步冲去，却看见那几个人的目光都注视自己身后，白灵意识到什么，突然停住脚步怔怔看着他们。

孝武哭号着扑来:“妈!妈!你在哪儿呢……”

白灵一惊:“哥?”

被叫婶的人指了指她身后的坟，白灵慢慢回过身，不敢相信地看着碑上粗糙的几个字，泪水涌出。

孝武已经扑倒在那坟前:“妈我来晚了!您咋不等我和灵灵呢!”

白灵也跌撞扑上前跪倒在坟前:“妈!妈!”

兄妹俩抱头痛哭。

19. 白家　日　外

大仙从牛肚子底下拉出躲藏的鹿三，照着嘴吹了三口气，鹿三睁开迷迷瞪瞪的眼睛。

鹿三:“你是谁?你跑到我的马号来做啥?”

大仙轻捷如鼠，蹿上炕来又跃进圈里，口中咕哝哝念着咒词，直弄得满头大汗，最后在鹿三给牲畜搅拌草料的砖窑里扑下身去，从小罗筛下拿出一只瓷罐，蒙在罐口的红布嘣嘣嘣直响，像是一只老鼠在往外冲。

大仙:“添半锅水，烧黄焙干。”

众人看着那个瓷罐全吓白了脸。

鹿子霖：“快烧水去！”

大仙冲到门口，被白嘉轩挡住去路。

鹿子霖忙叫：“白嘉轩你快让开！大仙好不容易才逮着！”

白嘉轩抢过瓷罐猛地摔碎在地上，哗啦一声，全院的人都是一哆嗦。

朱先生目光一凛，瞧着白嘉轩。

白嘉轩抡起拐杖照大仙屁股上一抽，大仙蹿到一旁。

大仙：“跑了她又跑回去了！”

鹿子霖吓得抱住大仙：“白嘉轩你干啥？你疯了！”

白嘉轩走入院子，扫视众人，一手揪过大仙，盯着马厩。

白嘉轩：“你说她藏在那儿，是不？”

大仙莫名其妙地看着他。

白灵被孝武搀扶着满脸是泪正走进院门，兄妹俩看到满院的人惊呆了。

白嘉轩拄着拐杖，走到马厩前，冷冷地：“你是个坏东西，我处治你我不后悔。你活着是个坏种，死了也不是个好鬼。你折腾我三哥干啥！你把病带到这原上，你造孽啊！不如把我整死，我跟你到阴间去打官司。阎王要是说你这个婊子在阳世拉汉卖身做得对，我上刀山我下油锅我连眼都不眨！”

风吹了吹门，门咣当响着，天上打起雷。

鹿子霖恐惧地仰头看，朱先生拉过白灵搂在怀中。

白嘉轩不知哪来的劲，更大声地：“你怎么着折腾我，我都不在乎，你拿啥方子整我死，我还不在乎，不管淹死吊死，摔死烧死辗死，不过就是一死嘛！死了我就好了，我非得抻着你去找阎王评理，看看谁上刀山下油锅，谁折腾谁吧！我活着不容你进祠堂，我死了还是容不下你这妖精。不管阳世不管阴世，有我没你，有你没我，你有啥鬼花样全使出来，我等着！”

凄风冷雨中，乡亲们四散而逃，唯有一家人守在院中，鹿三跪在马厩里，都瞧着白嘉轩。

白嘉轩奋力挺直腰杆被雨淋着，一动不动。

20. 白家　晚　内

外面风雨大作，白嘉轩静静地躺在炕上盖着厚被，油灯下朱先生与孝武对坐。

朱先生轻声："你爸自己扛了那么多天，累坏了。"

孝武含泪："我真傻我就不该走！"

朱先生摇头："你还是不明白爸妈的一片苦心啊，孝武，今晚就回山去，伺候你媳妇平安把娃生下来，白家就有后了。"

孝武哽咽："您哩？"

朱先生："我不走了，我就守着我的书院，万一有啥不测，你姑也交给你了。"

孝武哭泣抹泪。

朱先生转头看白灵："灵灵听姑父一句劝，你还是回城去。"

白灵含泪抬头："我也不走，我要跟我妈那样守在这儿，我带来了治瘟疫的方子。"

朱先生一惊，接过白灵掏出的药方，就着油灯仔细查看。

白灵："这方子是北边拿来的，我们的人正在四处散发，听说很管用。"

朱先生猛地起身："孝武，快去找冷先生！"

21. 山寨　夜　内

黑娃正与大拇指坐在堂中，有人急匆匆来报："有一干子来路不明的红军人马闯进山来了！"

大拇指问："兄弟，你看这活做得做不得？"

黑娃："油水厚不厚？红军是些秕谷瘦皮，量也没多厚油水。"

探马插话："他们一人一杆快枪。"

黑娃不再说话。

大拇指瞥了眼黑娃："本来嘛，咱们跟红军游击队是井水不犯河水，各吆各的车，各辗各的辙。黑娃你心里本不愿意挫红军，我也根本不想撞惹红军。这回不同。这杆子来路不明的红军蹬踏到黑窟窿里了，出山是决然出不去了，不如咱们先动手把家伙缴了，只缴家伙不伤人，成不？"

黑娃点点头。

22. 山野　夜　外

前方零星枪声，黑娃大步走来，骂着："奶奶的谁开的枪！"

手下慌乱上前报告："二当家的，这帮红军死活不缴械。"

黑娃骂："跟人说清楚，只要枪不要人！"

手下："那他们也不走，围着一个担架守着一个死人，要跟弟兄们拼命哩！"

黑娃皱眉上前，十几个红军战士或身带重伤或疲惫不堪，强打精神端枪围成一圈与土匪对峙，圈中间躺着一人。

黑娃疑惑着近前打量。

红军战士吼："别过来，再过来我就开枪了！"

黑娃忙举起手："兄弟，我上山前也是参加过农协的，我们虽占山为匪，可绝不打红军。"

红军战士交换个眼神。

黑娃："你们是哪一路的？"

没人回答。

黑娃无奈："说个人你们认识不，鹿兆鹏，他是省委委员哩！"

红军战士都是一惊，面面相觑，慢慢将枪放下。有人转头看着担架上的人，黑娃脸色一变扑上前。

黑娃吼："火把！"

忙有兄弟递上火把。黑娃这才看清担架上正是昏迷不醒的鹿兆鹏，小腿肿得抹不下裤子，整个脚面和脚趾都被血浆成红紫色。

23. 山寨　夜　内

黑娃与大拇指焦急地守在屋里，大先生用剪子割开鹿兆鹏左腿的裤子，用水洗了伤口四周的瘀血。

黑娃关心地："咋样？"

大先生皱眉："糟尿咧，是个瞎眼儿！子弹打在里面了。"

大拇指不耐烦："你就说能不能治！"

大先生："有两个办法，一是将就着治好外伤，让人家出山进城到洋医院去掏枪子儿，二是我给他掏出来再治好，可咱没麻药，怕他受不住疼。你说咋治我咋治。"

大拇指瞅瞅黑娃。

黑娃咬牙："干脆给他掏出来。"

大拇指对大先生："掏！"

大先生解开布包，取出一只带环儿的钢钎儿，刚挨住伤口，兆鹏身子就动了动。

大先生迟疑一下："不成，他只要一动待会血就止不住了。"

黑娃："把他绑起来，我按着他腿。"

黑娃趴在鹿兆鹏耳边："哥呀我知你是闲不下的人，咱得保住这腿，你忍着点。"

大先生："我下手了——"

话音未落，一下子就把那根带环儿的钢钎子塞进伤口。

大拇指好奇地瞧着："瞧你大哥细皮嫩肉的，骨头倒挺硬，他咋不吭声哩？"

大先生捏那根钢钎儿在腿肚里寻找弹头，一挖一拐又猛然一提，把一串血肉模糊的东西带着一股热血的腥气从小腿肚里拉出来，扔到盛着清水的铜盆里，"当啷"一声脆响，水面上就绽开一片耀眼的血花。

大先生往伤口四周撒上一层厚厚的黑色药面儿，用布条垫着麻纸缠裹起来。

大先生摸摸兆鹏的额头，把两粒黑色的药丸塞进口腔，灌下一口水，迫使兆鹏咽下去，然后说："抬走。让他睡去。睡醒来就没事了。"

24. 祠堂　日　外

冷先生满脸疑惑地看着方子，缓缓摇头，白灵站在一旁焦急的目光。

冷先生喃喃地："这是虎狼药啊，以毒攻毒之法。你从哪儿弄来的？"

白灵："冷先生，河南河北大疫用的就是这个方。我们有人专门去找的，也求名医验证过。"

冷先生抬眼看着白灵："你们，你们是谁？"

白灵语塞。

几个老者面面相觑。

鹿子霖冷哼一声："我听其他原上的人说老农协的人正四处散发这方子，没人敢吃哩！"

白灵急："大，人命关天我们总得要试一试，万一管用多少条命都得救回来！"

鹿子霖猛站起身指着白灵："你懂个啥！这是邪气，不是药能治的，冷先生不比你个娃娃强？他都没辙你胡吣个啥哩！"

房顶上突然有人大笑，众人抬眼望去，是那大仙盘腿坐在瓦上。

大仙一指白灵："坏规矩了！这女子身上沾染了邪气，那药是妖孽让她带的，万万不可上当！"

白灵气急败坏，众人都惊愕地转头看她。

鹿子霖吓得蹦出祠堂外，大叫："完了完了，嘉轩你闺女中邪了！她要帮着杀人哩！"

白灵气得捡起地上碎石向房顶扔去："我让你胡说！你给我滚下来！"

大仙灵活躲避，念念有词："灵灵啊你咋不认得我哩，我是你小娥姐啊！那方子不是我给你的嘛，你咋翻脸不认人哩！"

白灵气得哆嗦，往屋顶上爬："你给我下来，你个死半仙！"

大仙灵巧地在瓦片上踩跳，像个女子般尖叫："我要借你的手先把白鹿原灭族，以解我心头之恨！信我者生不信我者死……"

乡亲们围堵在院门口，惊奇地听着。

白嘉轩站在人群后，面无表情转身离去。

25. 窑洞　日　外

坍塌了窑洞的崖坡上，荒草野蒿之中现出一片香火世界，万千支紫香青烟升腾，密集的蜡烛的火光在夕阳里闪耀，一堆堆黄表纸燃起的火焰骤起骤灭。

族人跪伏在蓬蒿中磕头作揖，走掉一批又来一批，川流不息。

白嘉轩拄着拐杖无比吃惊地站在坡上眺望。

26. 书院　日　内

“……革命那么多年了，封建余毒还是没有清除，太无知太愚昧！”

朱先生平静地看着义愤填膺的白灵说完，微微笑了笑。

白灵不满：“姑父您还笑！”

朱先生起身拉过白灵：“你说得都对，我一百个赞成。可你仔细想想，没一个村敢吃你们的药，就算你们有千百张嘴，为啥还敌不过一个大仙呢？”

白灵懊恼：“他会故弄玄虚利用人心呗！”

朱先生点头：“冰冻三尺非一日之寒，别小看这大仙，他可是跳了千百年了，你们才刚出来几日。”

白灵：“姑父，您快给我出个主意吧，只要能让乡亲们喝这药，我保证瘟疫止住！”

朱先生回身，定定地看着她：“瘟疫止住的关键不是药，是人心。”

白灵一怔，仿佛明白了什么。

朱先生：“原上的事，最终还是要你爸啊。”

27. 白家　晚　内

油灯下白嘉轩闷头抽着烟袋，三个老汉交换个眼神，怂恿其中一人说话。

“族长，是这回事。大仙说都是那冤魂闹的，大前天后晌先是贺家村的人在窑院里跪下了，点燃了蜡烛和紫香。半夜时间不到大香火场子就起来了，烧香叫拜的还真不光是咱村里人，远远近近各原的人都赶来了。”

白嘉轩冷冷地：“好嘛，那就烧香磕头吧！谁爱烧香尽管烧，谁爱磕头尽管磕去，这跟我无关！”

三个老汉又互相怂恿，一人壮着胆：“族长，是这……那田小娥借大仙的口提出在她的窑畔上给修庙塑身，对她的尸骨重新装殓入棺……”

白嘉轩抬眼瞪着他。

老汉咽口唾沫鼓足勇气：“还要……要您跟鹿乡抬棺扶灵，否则就将使原上的生灵死光灭绝。”

白嘉轩铁青着脸扫视三人。

其他两人忙解释："族长，钱您放宽心，族里人都捐出来了，只等您出面统领族人把这事办好。"

白嘉轩鼻腔里冲出响亮的"哼哼"的声音，霍地一抡拐杖："你仨老混账……滚吧，快给我滚出去！"

三个老汉料想不到族长连一丝面子也不给，面面相觑，灰溜溜挤出门。

白嘉轩站在院子里气难消，对着溜出街门的三个老者的脊背骂着："混账混账，全是一帮子混账货！"

白灵出现在院门口："爸！"

白嘉轩复杂的目光看着女儿，白灵上前搀扶住他进屋。

28. 鹿家 晚 内

大仙吧唧一口酒，夹起菜狼吞虎咽，鹿子霖一旁恭敬伺候着，将媳妇轰出门。

鹿子霖将门掩好，神秘地压低声："大仙，真是那鹿三杀的？"

大仙得意："那还错得了？我把话套出来了，公公杀儿媳妇，这戏有得唱哩！"

鹿子霖长长舒了口气，无比欣慰地一合掌。

大仙又喝尽一杯酒："人家有冤魂，好多话要说你不让人家说，那人家不带个病啊灾啊讨扰你？"

鹿子霖连连点头："是哩是哩。"

大仙念念有词："听我跟你说啊，这冤魂碰巧走了邪运，撞上了大饥荒死的那些魂灵，越聚越多全凑她身上了。你想想，多少人饿死啊！这怨力得有多大！不伺候好了人家，能乖乖去阴曹地府报到？"

鹿子霖无比钦佩地倒满酒："要不是您来，我们真得灭种！"

大仙更得意，一拍桌子："如今只有一个办法，赶紧把钱凑齐把庙修了，我保啥病都没了！"

鹿子霖一旁露出不易察觉的笑意……

29. 白家　晚　内

白灵在灯下给爸缝补好衣服，起身披到他身上，白嘉轩一动不动闷头抽着烟袋。

白灵轻声："爸，您还生我气呢？"

白嘉轩沉默不语。

白灵懊悔地："我要是早回来就好了，没准我妈吃了那药就不会死。"

白嘉轩哼了一声："当你是神医呢。"

白灵："我不是神医可这方子神啊，在北方不知多少性命都被它救了。爸，快想想办法吧，族里人都听你的，那药真的管用！"

白嘉轩依然垂头不语抽着烟袋。

白灵黯然起身："爸，你早点睡吧。"

白灵走到门口，身后白嘉轩突然说话："你妈还说等她好了让我带她进省城瞧你去，东西都备好了就在炕头那柜子上。"

白灵转身怔怔望着那包裹，走上前拆开，是一件崭新的小袄。

白嘉轩沉声："你妈亲手做的，自己纺线自己缝补，想着你的身量一直念叨怕不合适，你穿上。"

白灵含着眼泪穿上，转过身张开手臂给爸瞧。

白嘉轩释然地长长吐了口烟圈，眯缝着的眼中闪动着泪光……

30. 山寨　日　内

幻境：

一头白鹿在原上奔跑，鹿兆鹏欣喜地追着，那白鹿不时回头眺望自己。

鹿兆鹏喘息倒地，光芒中白鹿走近，俯身瞧着。

鹿兆鹏微睁开眼睛，旁边大先生一拍腿。

大先生："成了！挺过来了！"

鹿兆鹏轻声："水……我要喝水。"

黑娃忙给他端过水来，鹿兆鹏强挣着坐起来，把伸到眼前的水碗抱住一饮而光，才瞅着黑娃惊奇地叫起："黑娃，怎么是你？"

黑娃抿抿嘴没有开口。

一旁大拇指："你忘了你说的咱们还会见面的话啦？这回是我请你来入伙儿！"

鹿兆鹏猛地转过头，瞅住站在炕脚地上的大拇指："我咋就落到你手里了？"

黑娃接话："你多亏落到大哥手里了，国民党还在搜山哩，抓了好多红军。"

鹿兆鹏："跟我跑出的人呢？"

黑娃："缴了枪发给他们盘缠全散伙了。"

鹿兆鹏转着眼珠朝后倒下，靠在背后垫着的被卷上，悲不堪言地合住了眼睛，两个眼皮痉挛似的弹动着，眼角流出晶亮晶亮的泪珠儿。

黑娃也难过地背过头。

突然有人来报："大当家二当家的，官军搜到山寨来了！弟兄们不敢开枪，问咋处置。"

大拇指脸色一沉，黑娃揪心地看着他。

鹿兆鹏一把攥住黑娃的胳膊，虚弱地："把我送出去，别连累你们。快，快……"

鹿兆鹏眼皮又慢慢合上，黑娃一惊："又咋了？"

大先生忙上前摸："命是保住了，可还得烧几天哩！"

31. 山野　日　外

身着军官服的鹿兆海正带着队伍漫山遍野地搜找红军。

姜政委一旁自信地跟冉团长："错不了，姓廖的还有那鹿兆鹏准在这山里，他逃不出去！"

鹿兆海厌恶地瞥了他一眼。

冉团长一挥手，叫："兄弟们，谁抓了这两人中的一个，赏大洋一千！"

冉团长意味深长地瞧了瞧鹿兆海，拉到一旁轻声："放心，早他妈跑山里去了。"

有士兵跑来："报告团长，前面是土匪山寨，不给咱开门！"

冉团长骂："奶奶的，一炮轰了他！这年头土匪都能骑在咱脖子上！"

鹿兆海也忙提枪跟去。

32. 山寨外　日　外

栅栏墙上架满了枪，土匪居高临下。门外国民党军队装备更占优势，机关枪迫击炮都对准山门。

有军官喊着："识相点，把赤匪交出来！"

黑娃随大拇指站在上面眺望。

大拇指忧心忡忡，轻声："兄弟，这要是一开火咱撑不住多会儿，整个山寨都得被人端了。"

黑娃焦灼的目光："大哥你啥意思就直说吧。"

大拇指叹了声："人家是有备而来，准是得着消息，咱要死扛着说没人他们也得信呐！"

黑娃咬牙："别人我不管，他们想搜出鹿兆鹏除非从我尸体上迈过去！"

大拇指沉着脸不再说话。

冉团长带着鹿兆海上前，仰头叫骂："你们这帮龟孙子不怕炮弹是吧？咱一声令下，甭说你们，就山上这堆石头都得化成粉！"

几乎是同时，黑娃与鹿兆海看到了对方，无比惊诧地对视。

大拇指一拱手："长官！兄弟们没得罪官军啊，您走您的阳关道我走我的独木桥，今日咋撞着门骂哩？"

姜政委凑到冉团长耳边低语："错不了，我抓着一个人问了，那俩人中至少有一个藏在这儿！"

冉团长吼："别揣着明白装糊涂！把老子逼急了直接把你们突突了！"

黑娃冲鹿兆海微微摇头，鹿兆海眯起眼仔细观瞧。

大拇指拱手："长官别那么大火气，您要找啥人我把山门打开，您自己找，行不？"

鹿兆海轻声："团长，我带人去搜。"

冉团长愣了一下打量他，意味深长地点点头。

姜政委上前一步："我也去。"

鹿兆海瞥了他一眼，大步上前。山门吱呀呀打开，姜政委跟随鹿兆海带着几十个官兵走了进去。

33. 山寨　日　内

官兵在每个洞口把守，姜政委尽责地带人查看所有角落。黑娃与鹿兆海并肩站在厅外无语，只听得里面翻箱倒柜扔东西的声音。

黑娃抬起下巴冲自己的山洞点了点，鹿兆海目光一紧，黑娃点头。鹿兆海快步走去，身后卫兵跟随。

鹿兆海停在洞口："你们守在外面，没我的命令谁也不许进。"

黑娃刚要跟随就被卫兵拦住，鹿兆海回身招了招手，这才放行。

山洞中鹿兆鹏躺在炕上昏迷不醒，鹿兆海缓步来到近前，复杂的目光看着哥哥。

黑娃轻声："你哥身上有枪伤，你要把他带走他准保没力气反抗。"

鹿兆海含着眼泪慢慢跪倒在床边："我打枪还是他教会我的。"

黑娃无声叹息。

鹿兆海拉开哥哥的裤腿："子弹取出来了吗？"

黑娃轻声："放心，命算保住了。"

鹿兆海含泪点头，洞外响起姜政委愤怒的叫声："为啥不让我进去？"

鹿兆海起身抹净泪水，从怀中掏出一把精致的小手枪，放到哥哥枕旁。

鹿兆海轻声："带句话，叫他别再折腾了。凭他的本事做啥都能出人头地。"

鹿兆海转身用力拍了拍黑娃的肩膀，大步走出洞去。

鹿兆海骂："姜先生你们也敢拦？干啥哩！"

黑娃警觉地听着外面动静，鹿兆海客气的声音："这洞我刚查完，人家的压寨夫人。"

脚步声渐远，黑娃慢慢松口气，怔怔看着那把手枪。

34. 山寨外　日　外

大拇指无比吃惊地看着鹿兆海等人走出山寨，跟冉团长低声说着什么。冉团长一挥手，士兵纷纷散去。

大拇指这才抹了把额头的汗水。黑娃站在身旁眯起眼望着鹿兆海的背影。

大拇指惊魂未定地:“咋没搜着，人藏哪儿了？”

黑娃:“哪儿也没藏，亲兄弟还用藏吗。”

35.白家院外　日　外

乡亲们跪倒在门外，鹿子霖拉着孝武指着黑压压的人群。

鹿子霖:“你自己瞧瞧，这就是民心！可不光是咱村的人啊，你看贺家村的田家沟的，哪儿的人都有！”

孝武目瞪口呆:“这是要干啥么。”

鹿子霖拢过孝武:“原上各村都商量了，联合承办修庙，这办法可以倒是可以，让我拦下了。咋哩？那样一办，原上人该咋样骂白鹿村和你爸呢？况且，跳过嘉轩哥这一关总不好嘛！顶好办法还是由你爸执头儿，由他承办才名正言顺。”

孝武皱眉:“那我爸为啥不答应？”

鹿子霖叹了口气:“人老了，怕招事！”鹿子霖又一次拍拍孝武的肩膀，“娃娃你可不同，这回领着原上人把庙修起来，你日后当族长就没说了。”

孝武眼中闪着亮。

36.跛子爷家　日　内

跛子爷趴在炕边吐着，白嘉轩给他捶着背。

跛子爷忙推白嘉轩:“族长你可不敢近前，把你传上我死了都遭人骂！”

白嘉轩:“别说这丧气话，你死不了！咱村的夜还没人巡哩！”

跛子爷喘息:“听说他们都到您家门口跪着，您咋还不答应修庙啊。”

白嘉轩转头看白灵，白灵端上一碗药递给他。

跛子爷吓得忙摆手:“我不敢喝，族长你饶了我吧！”

白嘉轩:“你以为这是啥，这是用他们在窑前烧的香灰熬的，冷先生从大仙那讨的新方！”

跛子爷将信将疑看着他，白嘉轩将药端到跛子爷嘴边。

跛子爷喘息："族长你可不敢哄我，我……我不怕死，我怕死了后变成孤魂野鬼我投不了胎！"

白嘉轩强往他嘴里灌去："你还孤魂野鬼哩，你巡了那么多年夜鬼都怕你啊跛子爷！"

白灵站在一旁欣慰地看着父亲将药灌下，暗暗松了口气。

外面人声嘈杂，白灵忙冲到门口，鹿子霖正拉着冷先生、孝武还有几个老者匆匆走来。

孝武："灵灵，你们咋在这儿，爸呢？"

白嘉轩走到门外扫视众人，鹿子霖怂恿冷先生上前。

冷先生劈头盖脸地："嘉轩，我早说过这瘟疫是一股邪气！而今啥话都该搁一边，救人要紧，只要能救生灵，修庙葬尸算啥大不了的事？人跟人较量，人跟鬼较啥量嘛！"

白嘉轩点点头："你们这是商量好逼我来了，不要在这儿说，这是本族本村的大事，该当搁到祠堂去议，跟本族本村的男女一块儿议。孝武你把人都召集到祠堂去。"

鹿子霖一拍手："这就对了嘛，大伙儿都等你这句话哩！"

白嘉轩瞥了眼鹿子霖，冷哼一声拄着拐杖带众人远去。

白灵忧心忡忡地："爸！"

白嘉轩头也不回。

跛子爷也从炕上爬起，摸起一根棍拄着："我的命算保住了……修了庙我就邪气不压身了。"

白灵目瞪口呆地看着跛子爷像打鸡血一般从身边蹿出去。

37. 祠堂　日　内

人群里三层外三层，不光是本族的，外村的乡亲都好奇地围在祠堂外。

白嘉轩坐定扫视众人："大伙儿跪在我家门口两天了，有啥话都说出来。"

一老者："还是那话，请族长出面领众人修庙祛灾免祸。"

众人应和："是哩是哩。"

跛子爷拼命挤进人群，跟着喊："是哩！"

白嘉轩冷笑："现在是不敬神倒敬起鬼来了，还是一个不干不净的鬼。"

众人一阵惊叹。

冷先生皱眉："嘉轩，不管啥鬼，总得保住人嘛！"

白嘉轩一挥手一翻眼珠："谁爱跪谁就跪，谁想跪多久就跪多久，要叫我给那个婊子修庙塑身，除非你们来杀了我！记住从今起谁也不准为这事来寻我，再来寻我，我就拿拐杖把他的门牙打掉！"

白灵欣慰地望着父亲。

鹿子霖吼："族长不让我们活哩！"

乡亲们一片哭声跪倒在地。

白灵急："谁不让你们活？我把药方子都带来了，你们没人吃一副，还是我爸好说歹说给跛子爷灌进去了。"

跛子爷哭："族长你们到底是哄我……"

众人惊恐地躲避跛子爷，跛子爷拼命抠嗓子往外吐。

白灵不敢相信地："跛子爷！这才是救命药！"

跛子爷边吐边哭："我才不信哩，这是邪！"

孝武："爸，你总不能让族人就这样跪下去……"

白嘉轩瞪着他："按你说咋办呢？"

孝武："我看救人要紧，修庙要是能免了瘟疫，就……"

孝武还没说完，嘴巴就挨了一巴掌。

鹿子霖大叫："嘉轩你干啥哩！连儿子你都打，是不是你也邪气上身了！"

白灵也忙上前拉住白嘉轩："爸！"

孝武抹了一把血愈加慷慨陈词起来："爸呀，你不管自个也得想想族人。村子里一个接一个死人，难道眼盯着让村子死光净？祠堂那儿跪着不单是白姓鹿姓的族人，整个原上十里八村都有人来跪着求你开口。众人说只要你不挡将，修庙塑身的事各个村子合伙搞。至于装殓入厚葬的事，只需你用手扶一扶灵柩的抬杠就行了，只要你屈尊举动一下，众人祛了灾免了祸，原上各个村族准备给你挂金匾哩！"

白灵扯住哥哥："哥别说了！"

白嘉轩气得哆嗦："你让他说！"

孝武含泪:“爸呀，我说一句晚辈人不该说的话，现在跪在祠堂前的人都恼你哩！”

白嘉轩瞅着儿子流血的嘴和众人慷慨激昂的跪姿毫不动情，反而变得沉静如铁:“为民请命，顺乎民心，你倒是跟你大不谋而合。只有我成了孤家寡人！岂止是恼我，你们都把我看成绊脚挡路的石头，盼我死哩！”

鹿子霖挡在身前:“白嘉轩！你这是血口喷人！当着全族的面，其他原上的乡亲也都来了，今天我就撕破这张脸跟你对一对，我跟你儿子不是不谋而合，是你太不通人事！你就想着你自己哩！”

白嘉轩眼一寒:“好啊这等着我呢，鹿子霖，今天这个时候你等了好多年了吧？”

鹿子霖呸了一口:“我就等了好多年了，我等着臊你呢！我问你，为啥你要指使鹿三杀死田小娥？”

话音未落，众人哗然，老者们惊恐地面面相觑。

白灵挡在父亲身前:“你别胡说！我爸跟我三伯才不会杀人！”

鹿子霖冷哼:“白灵，你是念书把脑子念呆哩！鹿三为啥疯疯癫癫的？你爸为啥拼着命不让建庙？你该问问他们自己！”

白灵转头看白嘉轩，孝武也不敢相信的目光。

鹿三被大仙拉进祠堂，人群立刻闪开条道。

鹿三癫狂地手舞足蹈:“我就这么在她背后一戳，血就咕嘟咕嘟地冒出来，她喊了一声大呀！”

众人恐惧地躲避。

大仙用符咒拍住鹿三的脑袋，鹿三闷声坐在地上，乖乖一动不动。

白嘉轩拉开女儿，沉声:“没错，是我三哥把她杀死的，那女人还怀着我白家的种呢！”

众人又一阵哄然。

白嘉轩含泪:“可我不怨我三哥，族风不能败族规不能破！我们得对得起先人！”

祠堂内鸦雀无声。

白嘉轩扫视众人:“自从这个女人来咱们原上，出了多少怪事闹了多少回灾！又有多少个男人天黑的时候跑到她窑里去！”

众人眼神异样，鹿子霖脸上发烫，垂首而立。

白嘉轩顿了顿拐杖："这人还不该杀吗！"

白灵痛苦的目光，百感交集地望着父亲。

白灵轻声："爸……"

白嘉轩佝偻着腰昂起头："孝武，你要还是我儿子你领着他们念一念族规和乡约。"

孝武颤抖着嘴唇，含泪照着嵌镶在墙上的族规和乡约的条文念起来："德谓见善必行闻过必改，能治其身能修其家，能事父兄能教子弟……"

孝武声音哽咽再也念不下去。

二豆却大声扯着嗓子吼："乡约德业相劝德谓见善必行闻过必改！乡约德业相劝德谓见善必行闻过必改！乡约德业相劝德谓见善必行闻过必改！"

白嘉轩："二豆这么多年只会背这一句！当初你们都笑他，可这些年，他这一句背熟了，背透了，背到骨子里！他这一句顶你们背上百句，比我们都强！"

二豆不敢相信看着族长夸赞自己，凛然挺起胸膛。

冷先生也羞愧难当，偷偷抹泪。

白嘉轩凛然："我是族长，我只能按族规和乡约行事。族规和乡约哪一条哪一款说了要给婊子塑像修庙？世中只有敬神的道理，哪有敬鬼的道理？对神要敬，对鬼只有打。瘟疫死人死得人心惶惶，大家乱烧香乱磕头我能想开，可你们跪到祠堂又跪到我的门口，逼我给婊子塑像修庙，这是逼我钻婊子的胯裆！你们还说在我修起庙来给我挂金匾，那不是金匾，是把那婊子的骑马布挂到我的门楼上！我今日把话当众说清，我不光不给她修庙，还要给她造塔，把她烧成灰压到塔底下，叫她永世不得见天日！"

白嘉轩说完走下台阶，凛凛然走过人群，人群寂静无声，默默闪开道。

白嘉轩停住脚步，沉声："从今晚起，凡是染上病的人都留在祠堂吃药！不从者举家从族谱里划去！"

白灵冲上前，含泪搀扶住父亲远去。

二豆跟随身后，眼巴巴地："族长，我看着祠堂行不？"

白嘉轩点头："二豆，好，你看着！从现在起，你就是门神！"

二豆欣喜若狂蹦起来。

37A. 村 日 外

白灵搀扶着父亲在空荡荡的村子里走着。

白灵:“爸,你把染上病的人留在祠堂对着呢。可你有件事做错了。”

白嘉轩转脸看看女儿。

白灵坚定地:“他们不该把这场瘟疫栽到一个女人身上。他们建庙是愚昧,你盖塔更是错上加错!”

白嘉轩停住脚步:“你懂个啥。”

白灵有些激动:“你知道田小娥活着有多苦吗?她不想招惹谁,只想自己好好活着,可有多少臭男人打她的主意,却不把她当人看?现在她死了还要被你们说被你们栽赃陷害……”

白嘉轩铁青着脸:“用不着你教训!我镇的,是人心。”

白嘉轩转身就走。

白灵冲着他背影:“你以为就镇得住吗?你镇不住!”

白嘉轩头也不回:“回你的城去吧!”

白灵气恼地望着父亲的背影。

38. 白家 晚 内

孝武跪倒在炕前,白嘉轩端着水烟壶坐在炕上。

孝武含泪忏悔:“爸我错了,我是被鹿子霖说晕了头,我千不该万不该跟您顶撞,我看我老丈人都同意了,以为跟着他们走就是对的……我错了!”

白嘉轩平静地:“你明白了就好。”

孝武端来一盆热水放在白嘉轩脚下。

孝武轻声:“爸,往后我伺候您洗脚。”

白嘉轩百感交集地看着儿子:“等这瘟疫快止住你就动手造塔,你能把塔造成功,你日后才能当好族长!”

孝武含泪抬头:“爸,真要造塔?”

白嘉轩目光坚定:“造,我跟你一起造!”白嘉轩想起什么,“你妹呢?咋不回家睡？”

孝武：“染病的人不都住在祠堂么，她跟着冷先生熬药也就住下了。”

白嘉轩猛地将盆一踹站起身，孝武忙搀扶。

白嘉轩：“走，今晚咱全家住祠堂！”

39. 祠堂　晚　外

冷先生满头是汗往锅里倒药用大勺搅动，孝武背着几袋草药进院，白灵端药扶住病人喂进。二豆横着棍子怒目挡在祠堂门口，白嘉轩拄着拐杖出现。

二豆侧身让进。

白嘉轩突然脸色一变，恍惚中仙草正在忙碌。白嘉轩定神观瞧才看清是女儿。

冷先生上前惭愧地：“嘉轩，我昏了头哩，你今天骂得好……”

白嘉轩默默按了按冷先生的胳膊，点点头。

白嘉轩沉下脸：“孝武，把你妹拉出去！”

白灵甩开哥哥的手：“这正缺人哩，爸你轰我走？”

白嘉轩顿顿拐杖，急：“听见没有，拽她出去！”

孝武哀求：“灵灵，快走吧，爸是怕你染上。”

白灵像没听见一样，挨个给病人喂药。

朱先生正拽着一袋草药从院门进，冲白嘉轩轻声地：“随她去吧。”

白嘉轩一惊：“姐夫，你也来了？”

朱先生一笑：“咋，我不算白家的人了？”

40. 鹿家　夜　内

大仙正跟鹿子霖拉扯钱袋，鹿子霖死死把住。

大仙：“小心我咒你啊，咱可说好的你咋说话不算数哩！”

鹿子霖抱着钱袋不撒手：“我让你把事办成钱才是你的！庙建了吗？白嘉轩从族长位置下来了吗？”

大仙气急败坏：“小心我把事都捅出去，你这乡约也别想做了！”

鹿子霖脸色苍白，怔怔看着大仙抢过钱袋奔出门去。

鹿子霖媳妇站在院里："他爸，我走了。"

鹿子霖一惊："你干啥去？"

媳妇："去祠堂帮忙。"

鹿子霖忙上前拽："你咋也跟白嘉轩一样轴了！我不跟你说了吗，那病得上就活不成，你不想见你俩儿子了？"

媳妇异乎寻常地甩开他的手，冷冷地："人家白家都睡祠堂了，连朱先生都去了。我不能再跟你一起丢人。"

鹿子霖强拽住媳妇："你疯了！"

媳妇怒骂："你才疯了，做出那些见不得人的事你不怕先人找你来！"

鹿子霖呆呆地站在院里，看着媳妇迈出门去。

41. 村　夜　外

鹿子霖媳妇刚迈出门，李寡妇提着油灯正经过，大声呼唤："嫂子，去祠堂？"

鹿子霖媳妇点头："是哩！"

十几盏油灯从各家闪亮着提出，相互吆喝着："去祠堂？"

"是哩！"

祠堂门口，白嘉轩拄着拐杖百感交集地望着油灯汇聚而来……

42. 山寨　夜　内

鹿兆鹏虚弱的目光端详着手中那把精致的小手枪，眼中闪着柔光。

黑娃坐在一旁："他就让你别折腾了，远走高飞。"

鹿兆鹏："还说了什么？"

黑娃摇摇头："有一个他们叫姜先生的非要进来，你弟就迎出去了。"

鹿兆鹏闭上双眼喘息，手暗暗握紧那把枪。

43. 山寨　日　外

“啪啪”清脆的枪响，黑娃枪枪命中百米外的鸡蛋，大拇指连连叫好。

手下兄弟慌乱跑上前：“大当家、二当家的，鹿先生走了！”

黑娃脸色一变：“你说啥？谁放他走的？”

手下兄弟：“鹿先生说他要出去透透风，跟您说过。我们不好拦，就派个兄弟跟随，可跟着跟着就……”

大拇指皱眉：“你大哥这伤病还没好利索，他是怕连累你我啊。要不要叫人去追追？”

黑娃黯然摇头：“他想走谁也追不到。”

44. 山脚　日　外

鹿兆鹏滚下山坡，腿上绷带又渗出血来。

鹿兆鹏咬牙紧了紧绷带，振奋起精神，一瘸一拐向远方走去……

第四十一集

1. 县政府　日　内

田福贤不停地擦着额头的汗，不时偷瞥面前穿得一丝不苟的岳维山。岳维山平静地吃着西餐，仿佛田福贤不存在一样。

田福贤轻咳了一下，胆怯地："岳书记长，行刑队是县里派去的，我当时就是维持秩序，被杀的那是不是鹿兆鹏我也分不清！"

岳维山拿起餐巾抹嘴，又饶有兴趣地起身冲泡咖啡。

田福贤讨好地跟随："都说共党狡猾，我这次可算见识了！都被绑上刑场咋就被他跑了呢？"

岳维山品了口咖啡，厌恶地往田福贤脸上一泼："什么玩意儿！"

田福贤被烫得捂脸蹲在地上，又不敢吭声，倒吸凉气。岳维山将一张报纸扔在他面前，田福贤慌乱拿报纸抹脸上的热咖啡。

岳维山一拍桌子吼："我没让你擦，让你看呢！"

田福贤吓得哆嗦，忙展开皱巴巴的报纸，瞪着不知该看何处。

岳维山："省城的报纸诋毁我滋水抗瘟疫不力，质问当官的都干啥去了。田福贤，好像这瘟疫起来你就没回过原上，一直躲县城里吧？"

田福贤脸色苍白："岳书记长，我老妈病重我一直陪在床前……"

岳维山冷笑："当孝子啊，不错，又孝顺又讲情义，你这样的人确实少见。"

田福贤赔笑："岳书记长过奖了！"

"啪"一声，岳维山拍桌站起："可你忠党报国的心放哪了！"

田福贤吓得瘫软倒地："岳书记长我跟您这两年忠心可鉴啊，共产党在原上有好多农协的老人哩，跟郝县长暗中勾结也不一定……"

岳维山发狠地："鹿兆鹏怎么跑的我迟早要查个水落石出，现下要紧的是给我想出个法儿来，怎么扭转政府抗瘟疫不力的舆论！"

田福贤紧张地瞪着报纸上的报道，顾不上擦脸上的水迹，突然田福贤起身凑到岳维山耳边低语起来。

岳维山脸色一变："你说啥？都关在祠堂里治病？那白嘉轩也跟着住里面？"

田福贤用力点头："都传遍了，老白家全家都豁出去了，都住祠堂里。"田福贤想了想，"除了那个白孝文还在保安队。"

岳维山眯起眼："白孝文？"

2. 荒原 日 外

三辆汽车在原上奔驰，白孝文身着保安队服，诚惶诚恐坐在岳维山旁边。岳维山眯着眼睛闭目养神。

田福贤从副驾驶位回头叮嘱："孝文，叫你咋说你就咋说，别慌乱。"

白孝文连连点头："哎！"

岳维山眼皮轻轻抬了一下："田总一直说你的好，这次好好表现，往后你也有点提拔的资本。"

白孝文感激涕零："谢岳书记长谢田总，孝文定当效犬马之劳！"

3. 祠堂 日 内

面色晦暗的病人们躺在地上，冷先生俯身正挨个检查病情号脉，白灵正劝跛子爷喝药，拿着粗瓷大碗满院追着跑。

跛子爷被逼到角落，连推带搡摇着头："我再不喝了，大仙说这是邪哩！"

冷先生疲惫不堪地："白灵你快休息去，这几天你都没歇着，扛不住。"

白灵："我没事，冷先生，那边又新送来两个是邻村的，我也收下了。"

冷先生为难："这得问你爸啊。"

白嘉轩拄着拐杖站在院里："不用问，送来就收，能救活一条人命是一条。"

白灵感动的目光看着爸。

孝武疾奔进院："爸，来好多人……县里当官的！"

白嘉轩皱眉："啥当官的？"

话音未落几个记者冲到门口，架好机器"咔嚓"一闪，白嘉轩、冷先生等人忙遮住眼睛。

二豆大喝一声："嗷——"横着棍子挡在院门口，将记者轰到门外。

4. 鹿家　日　内

三娃子闯进院慌乱地叫着，整个院里回响着他的声音。

鹿子霖手忙脚乱地蹬着裤子穿鞋："叫啥叫啥！催命的一样！"

三娃子："叔，快，快点！车都到祠堂哩！"

鹿子霖奔出门来："县里谁来了？"

三娃子："说是啥书记！田总乡约陪着哩！"

鹿子霖脸色一变，来不及蹬鞋跌跌撞撞奔出院去。

5. 祠堂　日　外

二豆还横着棍子，一脸怒相，岳维山等人尴尬地被挡在外面。

白孝文轻声："二豆！让开！"

二豆眼瞄族长，白嘉轩默默点头。二豆这才侧身让出道。

白孝文恭恭敬敬领着岳维山、田福贤迈进，众记者跟着涌进，喧闹的祠堂顿时静了下来，所有人的目光投向他们。

白嘉轩脸色阴沉下来，被冷先生一把揪住。

白灵冷冷瞪着岳维山。

闪回：

仓库破碎的玻璃，郝县长尸体重重摔在地上。

岳维山举枪迈出，狼一样的目光扫视四周……

白灵暗自一颤，露出仇恨的目光。

白孝文正胆怯地看着父亲，岳维山冲白孝文使个眼色，朗声冲记者："各位记者先生，做好防护措施，这里毕竟是疫区中的疫区。"

众人纷纷戴上口罩。

田福贤掏出口罩讨好递上："书记，您快戴上！"

岳维山手一拦："你瞧他们戴了吗？白族长都不戴我还能戴吗！"

白嘉轩刚要说话，白孝文眼含热泪"扑通"跪倒面前。

白孝文："爸！不孝的儿子给您磕头了！"

白嘉轩瞪着儿子，低声："滚出去！"

白孝文含泪大声地："爸，我是奉岳书记长的命令四处调运药材才没赶回来，岳书记长说乡下缺药啊！百姓缺药啊！孩儿谨记教诲不敢懈怠，几天几宿都没合眼，才运来这些草药……"

白孝文含泪回身指，早有随从将一袋袋的草药抬进院中。

岳维山上前躬身一礼："白族长请受我岳维山一拜。若我党国尽是白族长这等为国分忧为民操劳的乡绅贤士，国富民强指日可待！"

岳维山转头看田福贤，田福贤忙召集记者大声介绍："跪着的就是白族长的儿子白孝文，因为吸大烟自暴自弃被白族长轰出族去，岳书记长亲自收留改造，成就白家满门忠良！"

众记者感动地鼓起掌来，岳维山一指白灵手中的药。

岳维山微笑和蔼地："小姑妈，能把药给我吗？"

没等白灵说话，岳维山已经接过，搀扶起就近的跛子爷，把药喂到他嘴边。跛子爷半张着嘴惊愕地看着田福贤，田福贤威胁地瞪着他，跛子爷乖乖地将满碗药吞咽下去，瞬间亮光爆闪，所有相机啪啪地拍照。

白灵一旁冷冷注视。

院门撞开，鹿子霖跌倒在地又爬起："田总乡约，我来了！"

众人目光都集中在鹿子霖身上，田福贤狠狠地瞪着他使眼色。

鹿子霖忙站到岳维山面前，恭敬鞠躬："岳书记长，我来晚了。"

岳维山冷冷地："你是这里的乡约鹿子霖？"

鹿子霖忙点头："是，是我！"

岳维山："你儿子就是共产党省委委员鹿兆鹏？"

鹿子霖惊呆，半张着嘴看着岳维山说不出话，田福贤也是一怔。

岳维山一把揪住鹿子霖的脖领："大疫当前民不聊生，你做乡约的不跟百姓共生死，天天忙给你共产党儿子找活路吧！"

鹿子霖完全瘫软，任由岳维山揪着脖领，又是一阵爆闪。

6. 书院　日　内

朱先生惊愕地看着面前浑身泥土的鹿兆鹏，目光落到他腿上渗血的伤口。

朱先生忙搀扶："快坐下。"

鹿兆鹏强笑："不要紧的先生，只是又给您找麻烦了。"

朱先生仔细查看伤口："等着我去叫你老丈人。"

鹿兆鹏一把揪住他："不，我天黑就走，千万别惊动他。"

朱先生坐在面前，复杂的目光打量着，将一张报纸递给鹿兆鹏。

朱先生："你知道不知道在章坪开的这一仗？"

鹿兆鹏怔怔看着报纸，头版有一条醒目的大号黑字标题："全歼共匪三十六军于滋水县章坪镇"。

鹿兆鹏慢慢点了点头："知道。"

朱先生："真的全军覆没了？就像报纸上写的这样？"

鹿兆鹏："全军覆没，是这样的。我就是从山里逃来的。"

朱先生惊愕地"噢"了一声瞅着他，许久叹了口气："你又把本蚀光了。"

鹿兆鹏凄然一笑："三回了。"

朱先生："你还干？"

鹿兆鹏苦笑："啥时候连我也蚀了就不干了。"鹿兆鹏咽口唾沫，"先生，有吃的吗？"

朱先生忙起身出屋，鹿兆鹏这才注意到桌上县志新写的一行记录："共匪三十六军覆灭于本县章坪镇。"

鹿兆鹏神色黯然，默默瞧着。

7. 祠堂　日　内

外面相机还在闪，咔嚓咔嚓地照着。跛子爷被闪光灯照得睁不开眼，白嘉轩冷冷瞧着院里闪过的一道道白光。

岳维山皱眉俯身视察，田福贤偷偷怂恿白嘉轩上前陪同，白嘉轩纹丝不动。

孝文突然哭号："我妈咋没了！孝武你带我去，咱妈埋哪儿了！"

岳维山与田福贤迅速交换个眼神，抹了抹湿润的眼角，颤抖着声冲记者们："这就是我们滋水的子弟！大公忘私啊，昔有大禹治水三过家门而不入，没想到今天在我治下也有这样的事。白孝文，在县里忙防灾防疫忙得连他母亲去世都没回家见上一面，送老人家一程……我知道孝文平日以孝为先，今天你哭没见到你母亲，有我的责任呐！因为这些天有太多老百姓等着我们去救，有太多灾难等着我们去处置！滋水县上上下下的官员鞠躬尽瘁没有一句怨言。今天当着大伙儿的面，我岳维山向你这样的属下表示歉意和敬意！"

岳维山突然向白孝文郑重其事鞠躬。

白孝文含泪扶住岳维山，百般委屈化成哽咽："书记长……最累的人是您呐，您几天都没有合眼了！"

岳维山含泪抱住白孝文，使劲拍了拍。白孝文在他肩膀泣不成声。

田福贤饱含热泪用力鼓起掌，记者们又感动得跟随鼓掌。

跛子爷趴在地上拼命地抠嗓子。

屋中白灵已经悄然找寻到一把尖刀，暗藏在袖中，慢慢起身深吸了口气，在掌声中挤出屋门。

岳维山已带着记者们往院外走，白灵跟随靠近，眼中喷着怒火。

田福贤介绍着："请各位记者赏光到白鹿仓进餐……"

白灵已经悄然走到岳维山身后，刀慢慢从袖口探出，突然间鹿子霖从身后扑来，挤到白灵与岳维山中间，抱住岳维山的腿哭。

鹿子霖："岳书记长，您错怪我咧，我女人也在这里喂药呢！我二儿子还在军队里做连长，我也全家忠烈啊！"

白灵被挤上的田福贤等人隔开，无奈望着岳维山钻进车中。

田福贤抱住鹿子霖的腰，轻声劝："别捣乱！不是你报冤的时候！"

白嘉轩站在院里望着风风火火挤出的这群人，疑惑地："他们这是干啥来了？"

冷先生一旁冷哼："唱戏。"

8. 车 日 内

岳维山接过田福贤从包里取出的湿手帕，用力擦拭双手，满脸嫌弃地从车窗扔出。

田福贤赔笑：“岳书记长，您别跟鹿子霖计较，他是吓坏了！”

岳维山咬牙：“我还没吓他呢！鹿兆鹏死里逃生我看他这做爸的也有嫌疑！”

田福贤吓得一哆嗦：“岳书记长天色不早咱先回城吧？”

岳维山：“去一趟白鹿书院，我还得拜访拜访那个大圣人去！”

田福贤这才缓过神：“朱先生？您拜访他干啥？”

岳维山：“你不懂。哪个地方都有这么一两个名士，他越冷着脸对你，你越得高姿态捧他。这种相互利用自古有之。”

田福贤钦佩地竖起大拇指。

岳维山：“白孝文呢？”

田福贤：“哭坟去了，刚知道他妈死了。”

岳维山皱眉：“去瞧他姑父，咋能缺他这个领路人呢，你去叫他！”

9. 书院　晚　内

鹿兆鹏不敢相信地看着朱先生，朱先生目光沉重。

朱先生：“兆鹏你也别过于歉疚，你媳妇自有她的命，冷先生也不怨你。”

鹿兆鹏懊恼：“我本来想把她接进城的，让她试着过一种新生活。她怎么会选择一条绝路？”

朱先生叹息：“生死有时，就如同这场瘟疫，眼见着人一眨眼就没了，要啥理由啊。”

鹿兆鹏垂下头去：“真想不到……”

朱先生：“兆鹏，我想知道往后你怎么走？”

鹿兆鹏摇头，颤抖着声音：“先生，这一次我该怎么回答您呢？如果我说我要继续走下去，哪怕是头破血流，哪怕是上刀山下火海，哪怕被小鬼拽去见阎王爷我也要走下去。您会觉得面前站着一个疯子吗？”

朱先生默默拍了拍他的肩膀。

10. 书院外　晚　外

车外田福贤数落着仍在抽泣的白孝文。

田福贤："别哭了！你有点出息！现下啥时候你还哭！岳书记长那儿等着哩，你控制好情绪！"

岳维山静静地坐在车中一动不动。

田福贤急："还哭！"

白孝文抹干眼角点头："伯我明白了。"

岳维山在车中："田福贤，好了没有？"

田福贤："好了好了，书记长您请！"

岳维山这才从车上下来，白孝文抢上前推院门领进院去。

田福贤正要跟随，岳维山瞪他："名士之地……"

岳维山上下打量田福贤，田福贤立刻明白，一个立正："我守门！"

11. 书院　晚　内

鹿兆鹏抹眼泪站起，朱先生也随之起身。

鹿兆鹏强笑："先生也别劝我了，我也认命。倒是有一天我命没了，你老也长寿，我将来再请你老把县志上这个'匪'字改成'军'字。你看你的弟子像匪吗？"

朱先生稍愣一下，一时还说不出话来："兆鹏，我……好！我现在就改！"

鹿兆鹏按住他手臂："先生莫要强求，我知道您也为难。"

突然院外有脚步声，白孝文高声叫着："姑父！"

鹿兆鹏一怔回头看去，白孝文身着保安队服出现在门口。

白孝文兴冲冲地："姑父，瞧谁来看您了！"

白孝文与鹿兆鹏同时呆住，岳维山笑眯眯进屋，笑容也僵在脸上。

屋中空气立刻凝固起来，岳维山迅即清醒过来，拱手："喔呀鹿先生，你这么多年好呀？"

鹿兆鹏也从惊诧中镇静下来："你是明知故问啊，岳书记长！"

朱先生也不慌乱，平静地左右观瞧。

岳维山："说得是。咱们曾经共过事嘛！我希望咱们再一次共事。"

鹿兆鹏冷笑："你先前跟我共事，而今跟孝文搭帮共事了，我插不上手了。没关系！孝文也是原上人，俺俩还是本家子兄弟。"

白孝文干笑了笑，偷瞥了眼岳维山，咽口唾沫。

岳维山："咱们还是可以重新共事的呀，鹿副政委！你的姜政委已经进了省党部一块共事了！所以说你我在滋水县再次携手……"

鹿兆鹏冷下脸："有人愿意当狗爬到贵党的宴桌下啃骨头，不要由此断定人都会变狗嘛！"

朱先生叹了口气，不慌不忙坐下，仿佛自己也变成了无关紧要的空气。

白孝文却紧张地不停抹汗，偷望着院外。

岳维山哈哈一笑："我真是服了你了！闹农协你赔光了，策划渭北暴动输光了，好容易凑合起来一个三十六军，你又输光赔净了！连堂堂的政委如今也反叛了，照你老兄这么折腾下去……"

鹿兆鹏："你现在很得意我能想得到。可你说俏皮话的本领还不老到喀！你不服咱俩比试一下，你在县城搭起戏台，咱俩摆开场子比……"

岳维山噘噘嘴又哈哈一笑："这个主意不错……"说着转过头对孝文说，"你回去给我把那本宋词拿来，我要请教朱先生一句……"

鹿兆鹏哼了一声："岳书记长动手了，想挣一千块赏银了！你甭让孝文去搬兵，我跟你走就是了！"

岳维山绷住脸解释："鹿先生多心了，真可谓惊弓之鸟！我真要抓你当下就可以办到。"

朱先生摇了摇头起身："误会误会。孝文你也甭去拿书了，宋词我这儿有。"

孝文在门口停住，岳维山也是一愣，怔怔看着朱先生。

岳维山一笑："友人送我一段湘缎，正好可以裱一幅中堂，我想请先生写一幅中堂，让孝文回去拿来量一量大小。"

鹿兆鹏讥讽："岳书记长，你的忘性好大啊！"

朱先生背手走到门前，转身凛然地："岳先生，我知道你和兆鹏是冤家对头。到我书院来寻我的人，我一律视为君子，概不分党政派系。你们两家的冤仇你们去解，但必须等出了书院大门，厮呀杀呀烧呀煮呀我不管。"

岳维山讪讪地笑着："是啊是啊，全中国就剩下先生这一方清净之地了。"

朱先生摇头："你还没说你寻我的事体哩！拿宋词和湘缎是临时才记起来的。你说你有啥事要我效力？"

岳维山硬着头皮："真是来请先生写字。"

朱先生就势应承："行啊，咱们甭顾了斗嘴，先写完字让墨汁干着，你们再争再辩……孝文你来替姑父研墨。"

孝文瞅一眼岳维山，无奈接过一柱黑锭在砚台里研磨起来。

鹿兆鹏站起来："二位坐着，我去吃点饭。"

朱先生："你吃了饭甭耽搁，过来陪岳先生说话儿。"

岳维山猛地一眼瞥见桌上的空碗，吼得声音都岔了："不是刚吃完吗！"

12. 书院外　夜　外

田福贤扶着枪站在门口放哨，听院里隐约一声吼，惊诧回头望去。

田福贤喃喃地："跟名士咋嚷起来了？"

13. 书院　夜　内

黑暗中鹿兆鹏已跑向后院，往墙头奔去。

"岳维山，咱们后——会——有——期！"

岳维山霍地站起来喝道："孝文快撵——"

白孝文扔了墨锭从鞋里拔出手枪，朱先生一把拉住孝文，孝文竟不管不顾地甩开手，差点把朱先生拽倒。

白孝文吼喊着："不准动，再跑我开枪啦！"

"啪"一声枪响，岳维山也从屋里跳出门，摇晃着手臂："后院后院——后院追——田福贤，你死哪儿去了！"

田福贤冲进院，发蒙地看着他。

朱先生扶桌站稳，掸了掸身上的灰尘，背手叹息："非君子也。"

14. 祠堂　夜　外

白灵吃惊望着枪响的方向，冷先生与白嘉轩忧心忡忡交换个眼神。

白嘉轩："你没听错？"

冷先生："我咋会听错，自打上回枪毙兆鹏谁不识得这枪响！"

白嘉轩："这又是搜捕谁哩？白天唱一出夜里这又唱的哪出？"

突然白灵疾奔向远方。

冷先生忙叫："白灵，你干啥去？回来！"

白灵头也不回，消失在黑暗中。

白嘉轩揪心的目光。

15. 戏台　夜　外

鹿子霖、贺耀祖等乡约站在戏台上踮着脚眼巴巴眺望枪响的地方，眼中充满焦急和不安。

贺耀祖："那是啥地方？"

鹿子霖喃喃地："白鹿书院。"

众人都瞧他，异样的眼神。

贺耀祖不敢相信："不会对朱先生动枪吧？"

一辆车疾驶而来，众人忙跳下迎上，唯有鹿子霖呆在那儿。

田福贤探出头气急败坏地："所有乡约到白鹿仓集合，岳书记长要连夜开会！"

车扬长而去，众人议论纷纷。

"等到现在哩，咋连夜开会？"

"岳书记长不回县城了？"

唯有鹿子霖脸色苍白一动不动站在戏台上。

16. 白鹿仓　夜　内

十来个乡约闹哄哄地围坐，都惊恐地望着窗外荷枪实弹的士兵。鹿子霖缩头缩脑坐在角落，惊疑不定。

田福贤将屋门打开侧立，岳维山铁青着脸迈进屋。屋里立刻鸦雀无声，鹿子霖抬头看了一眼，又慌忙缩下头去。

岳维山扫视一周：“各位，刚才发生在白鹿书院的枪声想必大家都听到了。是保安团缉拿共匪头目鹿兆鹏时放的枪！”

众人一阵惊呼，鹿子霖脸色苍白，慢慢站起，又被田福贤强按坐下。

岳维山冷冷看着鹿子霖：“可惜又让他跑了。有人传言共匪有好几条命，我看不是。说到底是共匪背后有几条命在托着！”

岳维山猛地一拍桌子，鹿子霖魂都要吓掉，浑身颤抖。

众人悄悄看着他。

岳维山：“我首先向诸位检讨我的失职，共匪头子郝致远跟我住一个县府院子，低头不见抬头见，他能在我眼皮底下稳做好几年县长，可见我麻痹到什么程度。”

鹿子霖艰难喘息不敢抬头。

“诸位以我为鉴，认真自省是否也麻痹大意？我们滋水县在全省是共匪作乱甚烈的地区，白鹿原又是本县的红窝子。本县的头一个共匪就出在白鹿原上，共匪的第一个支部还是先在这原上成立的……”

鹿子霖欲哭无泪。

17. 书院　夜　内

白灵冲到屋门口，大口喘息，朱先生正在灯下运笔写字，抬眼平静地看着她。

没等白灵问，朱先生轻声地：“是兆鹏，已经脱身了。”

白灵喘息着靠在门边，释然的目光。

18. 白鹿仓　夜　内

岳维山还在激动：“郝致远作为本县的匪首根子已被除，我们务必趁其慌乱之机搜挖那些毛毛根，一定要在本原乃至全县一举廓清共匪！”

零散的掌声响起，鹿子霖恍惚地跟随鼓掌。

岳维山："各位请回吧。"

众人呼啦站起，争相往门外涌去。鹿子霖刚要跟随，被田福贤一把揪住，田福贤冲他示意，让他坐下。屋中只剩下岳维山、鹿子霖、田福贤三人，鹿子霖惊疑不定。

岳维山走上前坐下："我知道你儿子是你放跑的。"

鹿子霖腾地站起："岳书记长我绝对没……"

田福贤也目光慌乱。

岳维山揪住鹿子霖胳膊将他拽坐下："你设法帮助我找找鹿兆鹏，前事既往不咎。"

鹿子霖脑子里轰然一声，急忙分辩："好多年没和他照过面，上哪儿找去？"

岳维山瞅着他涨红的脸，用手势止住他："今晚咋这么巧他就在书院露面？隔这么近你俩好多年没照过面？蒙谁哩？"

鹿子霖快哭出来："岳书记长我发誓真的……"

岳维山冷冷地："你见他或者偶尔得到他的消息，你给他说，我期待他回滋水跟我共事，我俩合作过一次还合得来。给他说明叫响，我请他回滋水来做县长，把他的才学本事用到本县乡民的利益上头。我俩虽然是政治对手，可从私交上说，我们也是朋友。我一向钦敬兆鹏的才华学识，这样有用的人才如果落到郝县长的下场，太可惜了！"

鹿子霖十分专注，努力捕捉这些话语之外的信息，以判断这些话的真诚程度和圈套的可能性。

岳维山起身："我得回县里去了。你呀，可甭使我的一番苦心付之流水。老话咋讲，敬酒不吃？"

岳维山用力拍拍鹿子霖的肩膀，大步走出门去。

田福贤凑到鹿子霖耳边，发狠地："吃罚酒！"

鹿子霖浑身一哆嗦。

19. 书院　夜　内

白灵失魂落魄地坐在桌前，朱先生默默看着她。

白灵："就是他亲手杀死的郝县长，要不是我亲眼所见，打死我也不相信这个含着眼泪给我爸鞠躬的是同一个人！太可怕了……”

朱先生轻轻在砚台上一圈圈地磨墨：“这些政客啊。”

白灵摇头：“老百姓的苦难都成了他们升官发财的资本，他们所有的脑子都用在了这上面！无耻！”

朱先生叹了口气，白灵眼巴巴看着他。

白灵：“姑父，兆鹏哥的腿伤真的没事吗？”

朱先生：“子弹取出来了，黑娃又给他上了药，应该无大碍。只是你哥不知道会不会追上他。”

白灵懊恼的目光：“我哥咋就能开枪呢！这是一起长大的兄弟。”

朱先生苦笑：“小时一起耍并不能保证长大不会分道扬镳，世间的事有时很难说，复杂得很。”

白灵幽幽地：“姑父你说得对，这世间的事是复杂得很，就好比这次回来我看我爸发了狠地骂小娥姐。人死了还这么招恨，我不明白我爸哪来的怨气。”

朱先生百感交集：“灵灵，你是个干净的娃，干净得不能再干净，可你处的世道太脏了。”

白灵喃喃地：“那绝不是小娥姐造的孽，他们把所有的罪名都安在小娥姐头上，人死了还要造个塔压住她，太愚昧了太疯狂了！我不明白咋会这样，可我又没有勇气说出来反对我爸。姑父你知道当时……”

朱先生点头：“当时你爸把所有人都震住了，包括你。”

白灵叹息：“姑父，您能不能帮劝劝我爸，别镇塔了……”

朱先生放下砚台，背着手走到窗前，一动不动。

白灵突然一阵干呕，朱先生回身惊恐地瞪着她，白灵倒地的声音。

20. 村　日　外

白嘉轩踉跄前行，不顾孝武搀扶，乡亲们围在两旁低语。鹿子霖忙扔下手中的茶杯，在保障所里扒窗瞧着热闹。

跛子爷一旁：“这是老白家遭报应啊！昨天刚骂完还闹着镇塔，今天闺女就染上了！”

鹿子霖厌恶地：“去去去！你别在我这吐！”

跛子爷:“鹿乡，我从昨晚上就不吐了，我今天精神好着哩！”

鹿子霖惊异的眼神回头瞪着跛子爷。

21. 冷先生药铺　日　内

白嘉轩冲进药铺门，朱先生阴沉着脸守在一旁。冷先生正端着碗站在窗前，将勺子放到白灵嘴边，细细将药喂下。

白嘉轩焦灼不安的目光，颤抖着声音:“咋样?”

朱先生点点头:“刚把药喝下，会好起来的。”

白嘉轩含泪走到床前，白灵昏昏入睡。

白嘉轩颤抖着声音:“我不让她帮忙她非要待在病人堆里，我怕的就是要跟她妈一样，天天守着瘟疫能不染上吗！”

白嘉轩攥住女儿的手，慢慢坐下。

朱先生冲冷先生使个眼色，两人悄然退去，只剩下父女二人在屋中。

白嘉轩哽咽:“你咋比我还倔哩。你这命是爸妈给的，不是你说咋着就咋着，当初要死要活闹着上学的是你，砸墙逃的是你，悔婚的是你，爸我都忍下了。谁让家里就你这么一个闺女，都说你命硬，小时候白狼都叼不走你，现如今不能让这病叼走了！你给我扛着，你再走家里就没人哩！”

白嘉轩老泪纵横，白灵静静地躺在那。

22. 窑洞　日　外

众乡亲远远围着石塔，胆战心惊地观瞧，似是在看什么不祥之物。匠人垒好塔基，转头看着孝武。

匠人:“封底哩?”

孝武还未说话，乡民已经哭成一片，更有甚者已经掏出香烛纸钱准备点着，口里念念有词。

跛子爷捶胸顿足:“不能封啊，我的命是我烧香换来的，封了就不灵哩！”

冷先生愤怒:“胡说！你们是吃我的药好的！跟上香有啥关系！”

有老者拉住孝武:“孝武回去跟你爸再说说，这儿的香可灵！镇下塔冤魂不散，咱们全族都得遭殃啊！”

孝武转头望向坡上拄着拐杖佝偻着身子的父亲，白嘉轩正默默眺望自己。

孝武大吼一声：“封塔！”

突然白兴儿大叫：“你们看！鬼蛾！多少蛾子！”

许多蝴蝶在周围飞舞，众人脸色大变，很多乡民跪倒在地。

鹿子霖脸色苍白，喃喃地：“蛾……田小娥……”

鹿子霖腿一软也跪倒在地，孝武有些不知所措。

白嘉轩扔下拐，边冲下边脱外褂，用力追撵扑打，众人目瞪口呆，谁也不敢上前去拦。

白嘉轩发狠地：“鬼蛾是吧，把这些蛾子全打死！”

孝武咬牙脱下外褂也上去跟随父亲扑打。

白嘉轩从旁人手里借一把锹，把那些死蛾铲到塔基下的瓷坛根，喘息地转过身扫视众人。

白嘉轩：“还有啥邪性的，都给我冒出来！来呀！”

鸦雀无声，跪倒的乡民纷纷站起。

白嘉轩眼里喷火：“好，所有的邪性都在这里面了，封塔！”

十只青石碌碡团成一堆压在上面，大砖重重拍上……

23. 村口戏台　黄昏　外

白嘉轩迈着沉重的步伐走来，鹿子霖蹲戏台上正眯着眼等，忙直起腰身。

鹿子霖：“嘉轩！”

白嘉轩瞥了眼，不情愿上前。

鹿子霖招招手，轻声诚恳地：“有些东西你不能不信哩。”

白嘉轩异样地瞧着他。

鹿子霖咽口唾沫：“你不想想灵灵咋倒下的？”

白嘉轩干脆转身走去。

鹿子霖跳下追过来拉扯：“再咋说我也是看着灵灵长起来的，将来没准还是我家儿……”

白嘉轩转脸瞪他：“你家啥？”

鹿子霖哀求："啥都不是，成了吧？灵灵这一病我不知咋的，心里别扭得很！真的，我也吃不下饭睡不了觉。"鹿子霖看看左右没人，压低声，"咱族里走多少人没从我这心里走过！唯独你家灵灵！听我一句劝吧嘉轩，你扰了鬼神啦！"

白嘉轩摇头："我心里没鬼，怕的是你。"

鹿子霖："哎白嘉轩！"他恨恨望着白嘉轩背影，"倔死你！你家死绝了才好！"

24. 白家 晚 内

白嘉轩背着白灵进屋，冷先生后面搀扶，两人将她放躺在炕上。白嘉轩轻轻给女儿盖好被子，怔怔看着她。

冷先生急："非把你闺女背回家干啥！你不信我哩嘉轩！"

白嘉轩喘息坐在炕边："祠堂里那些人吃了药都有缓，为啥灵灵两天了没动静？"

冷先生懊恼坐在一旁，白嘉轩眼巴巴地看着他。

白嘉轩："是不是那药对她也不管用了？"

冷先生沉声："嘉轩我也不瞒你，照我看就属她病得最重。累了多少天，在那些要死的人中间打转，我……我对不起你哩嘉轩！"

白嘉轩平静地看着女儿："所以我把她背回来了，她妈就是在家走的。"

冷先生低头抹泪。

白嘉轩轻声："你快去祠堂照应，有事我再叫你。"

冷先生缓缓起身迈步出屋。

白嘉轩掰开女儿的手臂，将自己的臂弯放进白灵双手让她抱着。

白灵痛苦地摇头，微微张开嘴唇，呕吐物从嘴边渗出。

白嘉轩轻声："爸在哩。"

白灵依旧昏迷。白嘉轩洗干净手巾，一点点给女儿擦拭脸，脖子，自己再慢慢坐到炕边攥住女儿的手。

白嘉轩喃喃："灵灵，还像小时候一样，爸拉着你的手睡啊。踏实睡，没狼叼你，没恶人害你。有爸在呢，爸跟妈都在，灵灵哇，踏实睡。小鬼不敢吓你，阎王爷不敢收你，有爸在哩……”

说着，白嘉轩老泪便淌落下来。

25. 白家院门口　日　外

乡民们围得越来越多，一篮鸡蛋，各种吃食，蒸好的花馍摆放在门前，都不安地望着白家大门。

朱先生在门外一一劝解：“拿回去吧！各位都回吧。”

李寡妇担忧地：“族长可两天没出来了，灵灵到底咋样？”

众人应和：“是啊，让我们看看孩子。”

鹿子霖也挤上前：“我扒墙听半天也没啥动静，不会有啥事吧？”

朱先生阴沉着脸叹了口气：“大伙儿的心白家都领了，散了吧！”

院门打开，朱白氏抹着泪出来，众人忙围上。

鹿子霖焦急地：“咋样？”

朱白氏颤抖着嘴唇说不出话，望着丈夫含泪摇头。朱先生深吸口气，竟也抑制不住悲伤背过身，推开院门大步走进。

26. 白家　日　内

朱先生进屋，白嘉轩正抱着昏死的白灵，脸贴在她的头发上一动不动。

冷先生一旁劝：“嘉轩，备后事吧？”

白嘉轩拼命摇着头，抱女儿的手更紧起来。

朱先生哽咽：“嘉轩，你放手！我来照看灵灵，你别再被传上，你是一族之长……”朱先生再说不下去。

白嘉轩老泪纵横：“姐夫，你们走！出去！”

朱先生急：“嘉轩！你不吃不喝抱她两天了，这不是事啊！”

院外铃铛声响起，韩裁缝正吩咐其他人：“你们先去祠堂。”

韩裁缝匆匆进屋，白嘉轩恍惚看着他。韩裁缝冲朱先生点点头，慢慢走到炕边，摸了摸白灵的额头。

韩裁缝庄重地：“白族长，我们一直在找你女儿。”

白嘉轩看着韩裁缝，慢慢站起："你们……"

韩裁缝："您能不能把白灵交给我，我带她回城治疗。那里有最好的医院，我保证全力照看好她。"

白嘉轩颤抖着嘴唇说不出话，冷先生暗暗与朱先生交换个眼神。

韩裁缝无比诚恳："我跟您女儿还有鹿兆鹏是一样的人，多的话不能再说了，白族长，我们之间是可以过命的，请相信我。"

朱先生轻声："嘉轩？"

白嘉轩慢慢抽出手臂。韩裁缝百感交集，俯身用力抱起白灵。

白嘉轩与韩裁缝默默对视，眼神中满是托付。韩裁缝转身抱白灵钻出屋去。白嘉轩突然身子一软，朱先生与冷先生忙架起他。

白嘉轩哭："姐夫哇！"

朱先生用力拍着白嘉轩的肩膀，也说不出话来……

27. 原上　日　外

白嘉轩被朱先生、冷先生等乡民簇拥站在坡上，拄拐杖眺望马队远去。白嘉轩眼巴巴的目光，不舍，悲伤，期盼。

铃铛摇响，几辆马车跟随走在原上。白灵静静地躺在一辆马车草堆中，韩裁缝拿出水囊凑在她嘴边一点点喂水。

韩裁缝轻声："白灵，我们就要回家了。"

白灵似乎有了感觉，嘴唇微微抖动了一下。

马队在苍茫的原上渐远。

28. 西安城西医院　日　内

白灵慢慢睁开眼睛，白色的世界，身着新式服装的护士正调试点滴。

白灵恍惚而虚弱地："这是在哪儿？"

护士冲她微微一笑，也不答话，转身出屋。

白灵迷茫的目光。

老韩推门进来，欣喜地坐在床前："你可终于醒了！快急死我们了。"

白灵怔怔地："老韩？"

韩裁缝亲切地："白灵同志，组织已经查清，所有问题都是由叛徒姜大成引发的，你受冤枉了。"

白灵眼含热泪说不出话。

韩裁缝用力握住她的手："我们一直在找你，谁想你回到原上去了。你差点丢命啊！幸亏老农协的人报告说白鹿村早有人散发药方子，这才找到了你。"

白灵说不出话，委屈地哭泣，像个孩子一样。

韩裁缝也感动得眼角湿润，哽咽："我们牺牲的人太多了，白灵你要理解组织，到现在我们还没有找到兆鹏……"

白灵伤心欲绝地哭着。

29. 河边　日　外

"你晓得天下黄河几十几道弯哎！几十几道弯上几十几条船哎！几十几条船上几十几根杆哎……"

浅河湾畔背河人都一身泥泞，坐在石头上此起彼伏地哼唱。

准备过河的士兵、百姓纷纷召唤，背河人忙挤上前。

身着长袍的小姐指着蓬头垢面的鹿兆鹏："你！"

鹿兆鹏低头弯腰上前，小姐趴上他的背，鹿兆鹏趟入冰冷的河水，走向河道里的船。

水渐渐没过膝盖越来越深，小姐挑高双脚叫："别让我裙子湿了。"

鹿兆鹏闷声："哎！"

小姐好奇打量："你哪儿的人？不像本地的。"

鹿兆鹏往上颠了颠："小心着，越靠船水越深。"

小姐诧异的目光，鹿兆鹏身后还有几个背河人跟随，士兵骑在背河人身上惬意地抽着烟。

鹿兆鹏迷茫的目光……

30. 保障所　日　外

鹿子霖正要进保障所，突然发现门已被封条封死，他愣了一下，破口大骂："这是谁干的事，敢封保障所的门！找死哩！"

身后田福贤冷冷的声音："我让封的。"

鹿子霖愣在那儿，呆呆看着田福贤。田福贤转身大步走去，鹿子霖只得后面跟随。

31. 白鹿仓　日　内

鹿子霖跟随田福贤进屋，小心观瞧。

田福贤冷脸相对："你可真有耐心法，岳书记长说几天了？你啥动静都没有。"

鹿子霖装糊涂："啥动静？"

田福贤拍桌子："找你儿子的事啊！"

鹿子霖哭丧着脸："我上哪儿找他去，我要是能摸准兆鹏在哪，我把他捆回来送到岳书记长跟前。"

田福贤冷哼一声："少拿话糊弄我，你知我为你背了多少黑锅？你赶紧城里去碰碰，在亲戚朋友那儿走走问问，这是你最后洗清的机会，可不能丢掉。"

鹿子霖作难："他现在敢到哪个熟人家去？"

田福贤还是坚持："找不见没关系，还是去找找为好。将来我见岳书记长也好回话，说你尽心找来……"

鹿子霖得着话茬："岳书记长没许下点啥？"

田福贤瞪他一眼，冷哼："子霖，你这人脑瓜子太灵！太灵了就把好好的事情想到歪处。你先去找找嘛！找着了鹿兆鹏，于你也好嘛！找不着也不问你罪嘛！"

鹿子霖恍惚点点头。

田福贤凑近："人家孝文可出息了，上次在岳书记长面前这么一露脸，又哭又跪的，回去就提拔成保安团营长了！"

鹿子霖一脸不服："他还是我……"

田福贤厌烦："少来！先想想咋找着你儿子吧！"

32. 军营 日 内

一身戎装，脚下皮鞋擦得油光锃亮的鹿兆海愤怒地在屋中走着，鹿子霖可怜巴巴地仰头看着他。

鹿兆海腰间挂着的枪套尤为显眼："爸，你真糊涂！这样明明白白的话你还掂不来轻重揣不准虚实？"随之气愤地，"这是欺侮你哩！"

鹿子霖闷住头不吭声。

兆海："岳维山毙了郝县长很得意。他明知兆鹏不会投降，故意拿这话给你亮耳，他是猜疑你跟兆鹏可能暗中还有拉扯。你连这绞绞都翻不清？"

鹿子霖："我想到这一步，只是不敢肯定是这一步，我还想了好几步。"

兆海："他肯定对你当乡约起了疑心！"

鹿子霖："这一步我想到了。"

兆海生气："你到哪儿找我哥去？他再说这话你问他，你到处悬赏都逮不住，我哪能撞见？"

鹿子霖苦笑一下："我怎能这么跟人家说话！"

兆海强硬地："你不好说我跟他说，这人贱毛病不少！"

鹿子霖担心："你可不能冒冒失失惹事。"

兆海胸有成竹地："你既然进城来了，就在这儿住几天，吃几天羊肉泡馍看几场戏，等我回来。"

鹿子霖还想说什么，看着儿子把话咽回去。

33. 县办公室 日 内

一辆军车急停在滋水县门口，护卫刚想上前拦，鹿兆海看都不看一把扒拉开，冉团长从车上跳下，昂着头大步走进。

岳维山听到汇报正从屋里出来，上下打量二人。

鹿兆海腰里别着系着一把牛皮筋条的手枪，一个立正："这位是国民革命军十六师三团冉团长。”

岳维山眼中一闪：“冉团长？可是十七师茹师长的……”

冉团长叼着烟笑起：“没错，那是我亲妈舅！”

岳维山无比尊敬地伸出手：“冉团长，自家人，茹师长对我有提拔之恩呐！”

冉团长反过来介绍鹿兆海：“这是一连连长鹿兆海。他令尊是你的下属，白鹿保障所乡约鹿子霖。我们是专为鹿乡约的事来拜望岳书记长。”

岳维山眼里流露出一缕不易察觉的惊疑，却又不失礼节：“二位有啥事尽管说，我尽力为之。”

冉团长装作直愣愣的口气问：“你跟鹿乡约谈了一回话，把老汉吓得三天三夜吃不下睡不着，跑到城里住在鹿连长那儿不敢回原上咧！”

岳维山笑笑：“误会误会，纯系误会。我不过是让令尊见到鹿兆鹏时劝劝他，我是让兆鹏回滋水做县长。令尊想到其他地方去了。”

鹿兆海这时候才开口：“你悬赏。你把这难题出给家父不是为难他吗？”

岳维山忙摇头：“卑职绝对没有难为他的意思。令尊是本县很称职的乡约，我很信赖他。出于这一点，我才期望令兄把才能用到村县国民革命大业上来。”

鹿兆海叹息：“你有好心也得看看实际，兆鹏闹农协跟家父闹翻早成了仇人冤家，原上谁人不知？你要是还对他存有戒心，他就里外都不好活人了。”

岳维山优雅大度地摆摆头：“我也知道这码事，对令尊我向来信用不疑。”

鹿兆海冷笑：“原上纷纷扬扬传说，家父要是交不出兆鹏，罢免乡约事小，还要押他当人质。”

岳维山轻松地笑笑：“谣言不可信。当着二位的面我说一句，本人只要在滋水，令尊的乡约就没有人能替代。你回去可以给令尊说清楚，让他解除误会。”

鹿兆海虚张声势：“我爸那人看去精明强干，实际上胆子小得很，屁大一点事就吓得天要塌下来一样。我这几年耍枪子摔半吊子闯荡惯了，怎么也想不到他怎么会越来越胆小。”鹿兆海掏出手枪掂了掂，“我说我拿这‘九斤半’给你仗胆你还害怕啥呢？”

岳维山脸色微变，一瞥眼看见冉团长叼着烟卷冷眼瞧自己。

岳维山只得继续和颜悦色：“误会纯属误会。”

冉团长拍拍鹿兆海的肩膀:“岳书记长把话说明了没了旁的用意，这就好了，我们也不打扰了。”

岳维山:“二位不如留下两日容我表表心意?”

鹿兆海慢慢将枪别进腰间，冷笑:“军务繁忙，岳书记长的心意领了!”

俩人转头离去，岳维山阴沉着瞪着他们的背影。

34. 军营 晚 内

鹿子霖不敢相信地看着儿子，瞪大眼睛俯身上前认真听着。

鹿兆海绘声绘色:“有冉团长镇着，他岳维山还敢刺毛?我掂这把手枪的时候他脸都白了!”

鹿子霖畅快地咧嘴笑起:“哎呀，我只说岳维山在滋水县顶牛皮了，他一上白鹿原跺得家家户户窗门响，没料到他也犯怯，怯着枪嘛!我还当他谁也不怯哩?”

鹿兆海鄙夷:“我说这人贱毛病多咯!”

鹿子霖还是不太敢相信:“他可是一县的书记，县长都怕他哩。”

鹿兆海冷笑:“爸你放心吧，你知道如今县太爷们最怕谁?不是省长，是各地的驻军!谁有枪谁就硬!”

鹿兆海拍拍腰间的枪，鹿子霖长舒口气，顿时振奋起来。

35. 白鹿原 日 外

白嘉轩正带着孝武和乡亲们热火朝天地垒塔。

白嘉轩:“后生们呐，加把劲呀!”

众人回应:“加把劲呀!哟嗬嗨!”

白嘉轩:“角角棱棱要打到呀!”

众人:“要打到呀，哟嗬嗨嗨!”

远处一辆军车驶来。娃娃们跟随跑着，鹿子霖得意地挥手，往窗外扔糖。

孝武抹把汗:“爸，你瞧!”

白嘉轩拄着拐杖瞥望，车直接停到白鹿仓前。田福贤系着裤子快跑出来，一个标准的立正敬礼。冉团长叼着烟下来，鹿兆海介绍着什么。

白嘉轩轻声："是鹿家二货回来了。"

孝武疑惑："找田福贤干啥哩？"

白嘉轩笑起来："鹿子霖能干啥，找儿子来给自己撑腰么。"

白鹿仓前田福贤双手紧握冉团长，用力摇着。

冉团长："田总乡约，请多关照兆海家翁，军人也就在外安心赴死了。"

田福贤僵硬地连连笑着应着："屋里请，屋里请，我这有好茶哩兆海！"

鹿兆海转身上车："留着给我爸喝吧！"

冉团长也坐上车，汽车扬长而去。

田福贤呆呆地望着，一转头鹿子霖正一副找打的神态，小人得志般瞧着自己。

鹿子霖："田总乡约，再不喝茶就凉哩。"

田福贤勉强挤出笑："走走！"

36. 白家 晚 内

孝武端上热水，伺候爸脱鞋袜，白嘉轩坐在炕头默默看着儿子。

孝武摸摸水温，轻声："爸你等会，有点凉。"

孝武又往盆里添了点水，轻轻搅动。

白嘉轩："过两天把你媳妇和你姑接回来吧，这瘟疫眼看就要绝了。"

孝武起身笑："哎！爸，还是您有法子，这塔一造邪气全没了。"

白嘉轩冷哼："这塔能镇邪倒不如说它能镇住人心，记着，人心要是乱了比大灾大疫还可怕。"

孝武点头若有所思："爸，我想修填族谱。"

白嘉轩不由扬起脑袋瞅视儿子一眼，喉咙里随之"嗯"了一声。

孝武解释："死了那么多人，该当把他们修填到族谱上，过年时……"

白嘉轩当即赞成："好。"

孝武思索："做这件事八成在稳定活着的人，两成才是祭奠死者。把死者安置到族谱上祭奠一下，活人心里也就松泛了——村子里太恓惶了。"

白嘉轩注视着儿子的眼睛点了点头，补充："就是说到此为止。人死了上了族谱就为止了，活人思念死人也该到此为止，不能夜夜天天无止地思念死人，再思念啥也不顶了，反倒误了时辰耽搁了行程。”

白孝武一笑，自信起来：“我想把这个仪式搞得隆重一点。好把众人的心口烘热，把村子里恓恓惶惶的灰败气氛扫掉。”

白嘉轩猛地站起：“行啊，你会想事也会执事了！”

水盆里的水飞溅，父子俩相视而笑。

37. 塔　日　外

鞭炮齐鸣鼓乐喧天，乡民们围着新造好的塔，纷纷仰头张望说笑，每个人都透露出少有的轻松。朱先生与白嘉轩相视微笑。

白嘉轩神秘地在朱先生耳边轻语：“灵灵的病治好哩，他们的人专门给我捎信来了。”

朱先生连连点头：“好，好！”

远处有人喊：“爸！”

白嘉轩转头望去，远远地马车驶来，孝武搀扶下大肚子的媳妇，朱白氏跟随一旁。

热闹喜庆的人群，谁都没有注意到坡上一双发狠的眼睛正凝望砖塔。

黑娃仰躺在坡上喘息，发狠地揪起身旁的草根……

38. 西安城医院　日　内

白灵身穿病服关好门，急切地转头看韩裁缝。韩裁缝微笑着将点心匣放在床头柜上。

白灵急切地：“老韩，我住院多少天了，我已经完全恢复了！为啥还不让我出去？”

韩裁缝：“这是组织特意安排的。”

白灵一愣。

韩裁缝走近压低声：“我们在西安的关键联络点都已遭到严重破坏，在全面恢复前急需新的可靠的联络人。组织上再三考虑，准备派你担任这个重要职务。”

白灵欣喜的目光："老韩那你赶紧派任务！"

韩裁缝异样的眼神看着白灵："光你还不行，是两个人。你和另外一个同志将假扮成夫妻。能行吗？"

白灵愣愣地瞪大眼睛叫起来："你说啥？"

韩裁缝强调："是假的。"

白灵慌乱："那……"

韩裁缝盯着她："咋？说！"

白灵咬着嘴唇垂头思索，迟疑。

韩裁缝："说嘛！"

白灵鼓足勇气抬头："老韩，我肯定完成任务。可我从来没跟人那样……配合过，那同志可靠么？"

韩裁缝："省里派来的同志，都是千里挑一的。放心吧。"

白灵："兆鹏哥知道么？"

韩裁缝笑了笑："应该不会知道。你要先跟他解释一下？"

白灵咬着嘴唇摇摇头，想了想："我根本没结过婚。不知道怎么当太太，假的更装不来。"

韩裁缝耐心地："所以你得从头学起。况且嘛，得像真夫妻一样甭让人看出破绽。"

白灵恍惚："要装多久？"

韩裁缝："要看任务完成得怎么样，要看组织需要。"

白灵嘟囔："这算什么任务呀？"

韩裁缝微微一笑："一种掩护。"

白灵迟疑了一下，默默点头。

韩裁缝："你要全力以赴完成任务！这次保密规格非常高，我交代完就要离开。"

白灵一惊："老韩你去哪里？还会来不？"

韩裁缝根本不回答，神秘笑了笑："等着吧，一两天你丈夫会来医院接你。"

白灵惊诧不解的眼神。

39. 医院门口　日　外

一辆人力车停在医院门口，锃亮的皮鞋迈下车，递给车夫银圆。

那背影抬头看了看医院门匾，迈步走了进去。

40. 医院走廊　日　内

长长的走廊尽头，白灵已经换好平民服装，挎着包裹怯生生地望着对面的尽头。

护士笑眯眯轻拍肩膀："等你先生呢？"

白灵微笑点头，忐忑不安地听着脚步声越来越近。那人影从拐角处出现在对面尽头，沿着长长的走廊向白灵走来。

白灵好奇的目光望着他，脸色越来越惊诧。那人走到一定距离也停住脚步，摘下墨镜，竟是鹿兆鹏。

白灵一下就站起来，差点叫出声，眼中充满惊诧喜悦。鹿兆鹏也不可思议地凝望她。

两个女护士起哄，推白灵："快去呀！"

白灵快步冲上前去，越走越快，背后是女护士们的笑声。

鹿兆鹏收起惊诧的表情，慢慢张开双臂，白灵目光充满忐忑不安，直冲到鹿兆鹏怀中，头扎在他胸前不敢抬起。

鹿兆鹏亲了亲她的头发，轻声："先回家。"

白灵在他怀中羞得抬不起头。

41. 西安街　日　外

夫妻俩并肩坐在人力车上。鹿兆鹏戴着墨镜拉着妻子的手，白灵难抑喜悦。

两人谁都没有说话，任由人力车一路跑去。

42. 锣鼓巷十五号　日　外

白灵被鹿兆鹏搀扶下车，好奇地望着宅院。鹿兆鹏拉住她的手，另一只手提着箱子迈进院门。

魏太太笑迎出来，异样的眼神打量白灵。

魏太太上前轻拍白灵的脸，露出一丝笑意："你这太太脸蛋子可惹人疼。"

夫妻俩都不好意思地笑了笑。

魏太太瞄白灵被男人紧攥的手，摇着扇子笑："啧啧啧，小夫妻就是不一样啊！"

笑声中，白灵的手下意识地要抽出来，却被鹿兆鹏死死握紧。

43. 家　日　内

门被关好，白灵又去关窗。

鹿兆鹏尚未放下手提的棕箱就猛然转过身，轻呼："窗户别关！"

白灵一愣回头看他，鹿兆鹏摇头："大白天没有关窗户的，让人误解。"

白灵脸立刻羞红，鹿兆鹏也满脸尴尬而又紧张局促。

鹿兆鹏："我咋也没料会是你！"

白灵顺势在一张椅子上坐下来，心情平静了许多，看见鹿兆鹏一脸尴尬紧张局促的神色，她自己反倒冷静下来。

鹿兆鹏放下箱子以后，搓着双手在厦屋脚地转了一圈，回过头来又解释一遍："我确实事先没有料到会派你来！"

白灵看见鹿兆鹏的脸上已沁出一层细汗，冷静地："你如果事先知道派我来会怎么样呢？"

鹿兆鹏不假思索地："我会坚决反对的。"

白灵梗起脖子看着他："你讨厌我还是觉得我不保险？"

鹿兆鹏更加尴尬，连忙解释："不不不，我不是这个意思。"

白灵追问："你反复解释你事先不知道派我来是什么意思？"

鹿兆鹏更加难堪，语言也支吾起来："我怕你产生误会，以为这是我有意地……安排……"

白灵却进一步追问："即使你事先知道，即使是你有意安排，又怎么样呢？"

鹿兆鹏猛然转过头："那样的话，说我太卑鄙！"

白灵不动声色地："谁会这样说你呢？谁又了解这真真假假呢？"

鹿兆鹏憋红了脸："兆海。"

白灵背手一笑："兆海怎么了？这是我的事，跟他有关系吗？"

鹿兆鹏："可兆海喜欢你原上的人都知道，咱俩这样……"

白灵深吸口气："我知道兆海喜欢我，可我从来没想跟他怎么样。就算咱俩不扮假夫妻，往后我结婚也不会嫁给兆海。听明白啦？"

鹿兆鹏皱眉看着她："可是……"

白灵朗声笑了："可是你想证明你是个君子！其实卑鄙每个人或多或少都有一点儿。有一点卑鄙也可以原谅，只是不要太多。"

鹿兆鹏被噎得说不上话来："你这是……"

白灵："你再三解释的时候，想没想到我的处境？我难道事先知道派我到你这儿来吗？我难道比你脸皮还厚吗？你反复解释的本身就有点卑鄙。"

鹿兆鹏更加尴尬地仰起脑袋，轻声慨叹："老天爷！在你眼里谁心中连一丝灰垢也藏不住。"

白灵点点头："没错，是你自己往脏处想。"

鹿兆鹏叹息："士别三日，当刮目相看。"

白灵却一本正经地："鹿兆鹏同志，白灵奉党的派遣来给你做假太太，你吩咐任务吧！一切不要再解释。"

鹿兆鹏却使着性子咕哝："这么厉害的太太，谁支使得了啊！"

白灵调皮地笑了："你教我怎么做假太太吧！"

鹿兆鹏不以为然地："权当演戏吧！你不是戏演得挺好吗？"

白灵摇摇头："一台戏演两小时就完了，下了台子我还是我。这……长年累月做假戏，人怎么受得了呀？"

鹿兆鹏开始恢复正常情绪，不在意地："没有外人来的时候，你我是同志又是兄妹，该咋着就咋着。有人进门时你就开始演戏，一直演到送客人出门。"

白灵调皮起来："我要是忘了呢？"

鹿兆鹏平缓而又郑重地："你可不能忘。"

白灵："万一我忘了咋办？"

鹿兆鹏舒口气，做出无奈的手势："那样的结果——你我就得填井。"

白灵目光复杂地看着他，仿佛被吓住："我不会忘的。"

白灵突然转身偷笑起来，收拾起屋里东西。

鹿兆鹏盯着她背影："你笑啥？"

白灵摇摇头："没笑。"

鹿兆鹏诧异地看着她。白灵摸摸自己发烫的脸颊，咬着嘴唇异样的神色，继续收拾。

智信

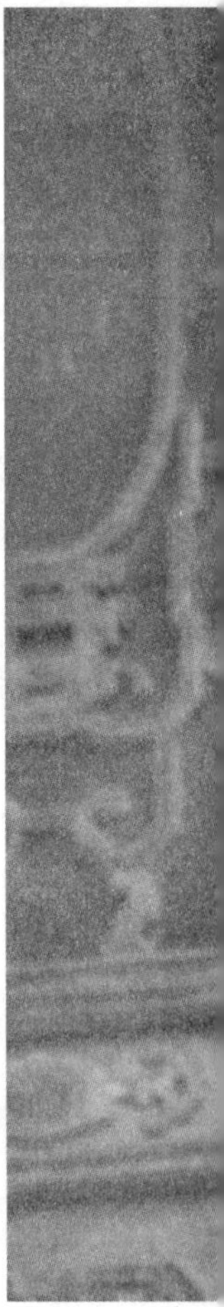

第四十二集

1. 小学校　黄昏　外

屋里的一张办公桌空空如也，鹿兆海疑惑地看着面前的老师。

鹿兆海："什么？一个月前就离职了？"

老师点头："宿舍都搬空了。"

鹿兆海："她没说去哪儿？"

老师摇了摇头。

鹿兆海："谢谢。"

鹿兆海转身怅然若失地走向汽车。

2. 家　黄昏　内

鹿兆鹏沉痛望着窗外，白灵也目光收紧听着他诉说，手紧紧攥着衣角。

鹿兆鹏："……从原上跑出来，我突然感觉自己像一只丧家之犬，一时竟然不知道该去哪儿，谁能收留我，谁敢收留我！天下之大，竟没有我鹿兆鹏栖身的地方。后来流浪在一个县城讨面吃，对面坐的正好是以前的同志，当时我那个美啊，就像看到亲人一样。"

白灵："然后呢？"

鹿兆鹏眼神黯淡，摇头："可我听见他叫鹿大哥时，分明看见他眼里射出一道绿光，你知道像啥一样？跟我夜里在原上碰见的狼的眼睛一样！当时直觉告诉我马上跑，这不是人，这是狼！果然，两个便衣当时就掏出枪包抄过来，太险了，再晚一点我就……"

白灵恨恨地："我们日后成功了，决不能轻饶叛徒。"

鹿兆鹏："一个叛徒比一千个岳维山还厉害。姜政委进山去三十六军以前，已经和当局策划了这场阴谋。”

白灵又重复了一遍她的话：“我们成功了首先找叛徒算账，他们太卑劣了。”

鹿兆鹏铁青着脸攥紧拳头：“对姓姜的账绝对不能等到成功了再算。”

两人都不再说话，沉浸在悲愤的气氛中。

突然门敲响，两人对视一眼忙起身。鹿兆鹏上前开门，魏太太端着一盘水果笑眯眯地进来，好奇地打量。

魏太太笑：“先送点水果给你们降降火，搬家辛苦！”

两人忙同时接过：“谢谢，谢谢！”

魏太太疑惑的目光：“你们晚上出去吃啊？”

说得鹿兆鹏和白灵同时一愣。

鹿兆鹏忙笑：“不，待会儿下点面条，这不忙着收拾吗，还没来得及……”

魏太太热情着：“要不上我那儿吃吧？”

白灵忙道：“不了，谢谢您！”

魏太太笑着端详白灵，慢慢退出门去。门掩好，两人同时长出口气。

鹿兆鹏指着白灵轻声：“我们太大意了，两口子过日子咋不开伙呢。”

白灵吐吐舌头。

鹿兆鹏轻声：“赶快做晚饭吧。让咱们的烟囱先冒出烟来！”

白灵听了这话顿然激动起来，热烈地响应道：“好啊，先让咱的烟囱冒出烟来！”

3. 军营　黄昏　内

鹿兆海正往营房走，身后有人叫：“兆海！”

鹿兆海回头望去，身着保安队服的白孝文兴奋地冲自己招手。鹿兆海呆住。

4. 家　黄昏　外

白灵敲击着火镰，怎么也打不着火，干脆放到一边。

白灵手忙脚乱地擀面，身上脸上沾满面粉，擀得有些懊恼。

魏太太好奇地眺望，鹿兆鹏见势不妙主动上前与她闲聊。

魏太太轻声："你媳妇好像不会做饭。"

鹿兆鹏尴尬笑："做惯大小姐了，在家都是佣人伺候着，她会个啥。"

白灵红着脸瞥了眼，干脆将面条又揉成一团重新摁起。

叠画：

白灵将柴火塞进灶里，烟倒流出来呛得她直咳嗽。

白灵手忙脚乱地往锅里加热水，烫着自己。

白灵冲出门，仰头望烟囱，激动地连蹦带跳叫鹿兆鹏。

白灵："兆鹏你出来，你看！"

鹿兆鹏无奈出院仰头看，白灵指着炊烟，兴奋地看鹿兆鹏，却看到鹿兆鹏皱眉注视自己的眼神。

白灵又吐了吐舌头，乖乖回灶房下面。

魏太太靠在自家窗前"扑哧"一笑，鹿兆鹏转头冲她苦笑。

5. 家　晚　内

鹿兆鹏点亮屋里的灯，白灵腰上还缠着围裙，端着两个海碗进屋。两碗浇着肉丁臊子的长面放到桌上，鹿兆鹏有点意外地看着面条。

鹿兆鹏用筷子翻搅一下，被臊子覆盖着的面条已经变成黄色，碱面儿放得过量不止一倍两倍。

白灵抱歉地："碱放多了，我今日个头一回捉擀杖。"

鹿兆鹏猛然吸了一大口，白灵无比紧张地瞧着他。

鹿兆鹏点头："瑕不掩瑜。长嘛可是够长的，筋性也不错，味道嘛还是咱原上的味道。"

白灵脸一红："你这是安慰我。"白灵迟疑了一下，轻声，"兆鹏哥，你知道嫂子已经……"

鹿兆鹏默默放下手中的筷子，轻轻点头。

白灵叹息："那你知道黑娃的媳妇田小娥也已经……"

鹿兆鹏："这次受伤被黑娃救，他都跟我说了。"

白灵怔怔地看着鹿兆鹏："你咋想？"

鹿兆鹏沉重的目光："吊死冷秋月的不是那根上吊绳，杀死田小娥的也不是鹿三那把梭镖，是啥你应该知道。"

白灵入神地想着："今天一来到这儿我就想起你想把嫂子接进城的话，这本该是她住的地方，可她宁可死也不愿意来。小娥姐已经被我说动，她想进城过另一种生活，可死在窑里了。"

鹿兆鹏点头思索。

白灵低头搅面："现在想想我受的委屈不算啥，我比她们幸福多了。你知道我得瘟疫昏迷的时候，老韩接我进城我有感觉，我听见他说白灵咱要回家了……"

白灵的眼眶湿润。

鹿兆鹏放下筷子，一脸严肃："白灵，我在想一个问题，你知道组织为啥要咱俩假扮夫妻吗？"

白灵摇摇头看着他。

鹿兆鹏压低声："就因为所有形式的联络点几乎都被敌人剿灭了，我们要用这种最隐蔽的方式重新布起网来。这就要求咱们两个人尽快进入角色。"

白灵用力点头。

鹿兆鹏："可刚才我们的表现不及格哩，至少在魏太太眼里咱俩的关系很蹊跷。第一，客人敲门时应该是女主人去开门。第二，对于小夫妻来言，生活是第一位的，所以该做饭时做饭，该洗衣服时洗衣服，哪怕是做给外人看。第三，现在不比从前，不要你再做朴素的女学生，从现在起你是一个衣食不愁的太太，你的打扮做派都要符合身份。"

白灵听得呆了，慢慢放下碗筷怔怔看着鹿兆鹏："我……我努力做到。"

鹿兆鹏又狼吞虎咽吃起，呛得咳嗽起来。

白灵尝了一口面，忙起身慌乱地给鹿兆鹏捶背递纸："我辣子下多哩！"

鹿兆鹏上气不接下气："你下了多少！"

白灵手足无措快哭出来："我……我瞧那一碗放在那儿，全埋进去了……"

6. 军营　晚　内

两个酒杯撞在一起，桌上摆着几盘精致的小菜。

白孝文忙又给杯中添满，一抹嘴："兆海，我追你哥的时候心里也不好受！我枪是冲天打的。"

鹿兆海点点头，闷头喝酒。

白孝文扯了扯衣服："虽说我是营长你是连长，可你是正规军，我不能跟你比！"

鹿兆海斜着眼瞧白孝文，白孝文尴尬笑笑。

鹿兆海随意地："最近见着白灵没？"

白孝文一怔："我妹？我随岳书记长回原上还见她在祠堂帮忙哩！"

鹿兆海一惊，放下酒杯："她咋回原上了？"

白孝文摇头："我也不清楚，她当时忙着帮我爸熬药救人呢。"

鹿兆海怔怔看着白孝文，白孝文长叹一声放下碗筷。

白孝文带着些醉意："知道我为啥来找你？我白孝文已经被我爸从族里清出来了，丧家之犬！没人搭理我！兆海，只有你能明白在外面的难处，咱身不由己啊！咱都是从原上出来的子弟，将来无论谁发达了，相互照应点。至于追你哥的事，你千万别往心里去，我也是没办法……要是你遇到兆鹏，你会咋样？"

鹿兆海忧伤的目光："不知道。"

白孝文又饮了一杯酒，感慨万千："咱白鹿两家在原上多少年了，从祖爷爷那辈开始住在一起，要不咋叫白鹿原呢。"

鹿兆海轻哼一声："那是因为有头白鹿拯救黎民百姓。"

白孝文笑起，给鹿兆海夹菜："你还真信那传说，那是哄孩子的！不过兆海，我爸和你爸心里较着劲呢你知道不？"

鹿兆海抬眼看白孝文，不语。

白孝文凑近："我跟你哥鹿兆鹏也较着劲呢，你知道不？"白孝文没等答话自己先笑起来，"现在想想真是可乐，有啥好争呢？把自己活好了比啥都强！"

鹿兆海举杯："这话我爱听。"

酒杯再次碰上。

白孝文醉醺醺地："兆海说真的，不管你能不能碰上你哥，见着他你劝他一句，把自己活好了，别他妈的老拿自己当那头白鹿！谁用你救哩？这世道你又能救谁哩？"

鹿兆海喃喃地："是啊，闹到最后自己家破人亡。还不如跟黑娃一样占山为王当土匪痛快！”

白孝文眯着眼异样的目光瞧着鹿兆海。

7. 家　晚　内

白灵低头翻看着一本书，眼神却有些慌乱，手指无意识地卷着书页，想往鹿兆鹏那边看却又不敢动。

鹿兆鹏正往墙上钉钉子，拉起一根绳挂好：“白灵你看。”鹿兆鹏将布单往绳子上一挂，笑起，“晚上这就是个帘，得要记住天一亮必须把绳子撤了，不能让魏太太发现。”

白灵红着脸：“你不睡床上？”

鹿兆鹏弯下腰从床底下取出一块桐油油布铺到砖地上，从床上抱起一条被卷扔到油布上，拿过枕头放到地铺上。

鹿兆鹏悄声：“我早都准备好了。”

白灵忙起身：“让我睡地铺。”

鹿兆鹏用手指指门，压低嗓门提示：“我睡地上给你挡狼，你还看书不？”

白灵忙摇头，鹿兆鹏吹灭了煤油玻璃罩子灯，屋子里骤然黑暗下来。

鹿兆鹏轻声：“到点不睡又不正常。”

黑暗中白灵不由一笑，鹿兆鹏窸窣地摸着什么。

鹿兆鹏：“你躺床上去吧，我得换药。”

白灵忙到帘的另一边爬上床：“你腿伤还没好吗？”

鹿兆鹏一笑：“背了好多天河，伤口让水泡开了。没事！”

白灵下床：“我给你换。”

鹿兆鹏：“不用……”

白灵已经拉帘蹲到身前，大方地换起来。鹿兆鹏默默瞧着她，白灵垂头熟练地换起。

白灵：“围城的时候我干的就是这个。”

鹿兆鹏目光游离望向别处。

白灵专注地包裹伤口，轻声：“该早换。你这伤口不能着水，要干燥。”

鹿兆鹏：“嗯。”

白灵到帘另一边爬回床。

鹿兆鹏躺在地铺上，屋里静寂无声，以平淡而又真诚的语气："睡吧。"

白灵依旧盘腿坐在床上，不知所措。

鹿兆鹏听了听，又轻声："得学会习惯，我可能会打呼噜，往后每晚都得这么睡了。"

白灵咬着嘴唇："嗯。"

白灵仓皇地脱掉衣裤溜进被筒，黑暗中两人都瞪大眼睛。

白灵忍不住："兆鹏哥，还记得小时候打秋千吗？"

鹿兆鹏一笑："真想回原上再打一次秋千！"

白灵无声地笑了笑，闭上眼睛。

8. 军营外　夜　外

兆海搀扶着孝文跌跌撞撞走出营门。

孝文推他停步："别送了，我自己能回去！"

兆海："能行不？我派车送你。"

孝文摆手："回，你回！"

孝文摇晃着身体走向黑暗，兆海默默望着他的背影，转身进营门。孝文踉跄着走过拐角，一辆车静静地停在那里。

孝文拉车门坐到一个中山装身旁，那人冷冷瞧着他。

孝文一点醉意也无，神情严肃："回去跟岳书记长说，鹿兆海也不知道他哥的消息。看起来这哥俩没联系。"

9. 白鹿仓　凌晨　内

剧烈的敲门声，田福贤迷糊着爬起，摸出枪靠在门边，警惕地听着外面动静。

手下在院里报告："田总乡约，有人拍门哩！"

田福贤骂："废话，我自己没耳朵？看看是谁！"

手下："白孝文！"

田福贤一愣，拉门冲出屋，亲手将院门打开，白孝文喘息着一把拉住他往院里走。

田福贤急："你这是干啥，深更半夜咋跑我这来了？"

白孝文进屋关门，急促地："我借了匹马奔了上百里路才回来，我知道黑娃在哪儿了！"

田福贤吃惊地看着他："黑娃？"

10. 家 夜 内

白灵正在昏睡，听到鹿兆鹏梦话，慌忙坐起。

鹿兆鹏喊着梦话："放开我！"

白灵迟疑了一下，拉开帘，将灯点亮，跪到地铺前，鹿兆鹏满头是汗闭眼喘息。

鹿兆鹏："他们都死了，都死了……"

白灵的手被鹿兆鹏紧紧攥住，轻叫："兆鹏哥！兆鹏哥！"

鹿兆鹏呜呜哭起，泪水涌出，哆嗦着慢慢恢复平静。白灵含着眼泪用袖口给他擦拭额头的汗水。

11. 白鹿仓 夜 内

田福贤定定地瞧着面前的白孝文，白孝文正热切地看着他，双眼闪着狂热的光芒。

田福贤眯起眼："你说鹿兆海把黑娃藏在哪个山头都告诉你了？"

白孝文用力点头。

田福贤疑惑："既然你是被岳书记长派去的，为啥不向他报告？"

白孝文："我想凭咱保安团的力量就能捂住黑娃！"

田福贤一惊，陌生地重新审视白孝文："你想把功劳独吞了？"

白孝文尴尬一笑："我要想独吞就不跑您这儿来了！叔，我的命是您救的，将来还要靠您提携哩。"

田福贤由衷赞叹，捶了捶白孝文的胸口："前途无量啊小子，你比你叔还会做官呢！”

12. 家　清晨　内

白灵迷糊地听见有人摆动桌椅，下意识坐起身赶紧穿好衣服。隔帘拉开，鹿兆鹏早已穿戴齐整，把被子和枕头叠好送回床上，又把油布卷起来塞到床下，白灵慌忙跳下床来。

桌上摆着早点，鹿兆鹏笑眯眯看着她。

鹿兆鹏：“吃饭。”

白灵：“你咋这么早起？”

鹿兆鹏一笑：“按照一般家庭的习惯，妻子应该比丈夫早起一步，打好洗脸水再清扫房间，然后做早饭。今天头一回可以原谅。”

白灵伸伸舌头做个鬼脸就要端盆出去，才发现盆里已打好热水。

鹿兆鹏又是一笑：“赶紧洗吧，饭都要凉了。”

白灵羞得不敢说话，将水撩到脸上。

鹿兆鹏将一张纸条放在桌上：“吃完饭送到八仙台偏南殿北墙根下。”

白灵擦拭着脸上前接过，整个身体里的神经都紧张亢奋起来。

鹿兆鹏：“记住，你现在是一个虔诚的信众，到门口甭忘了买香蜡纸表。”

白灵信服地点头。

13. 白家　清晨　外

鸡叫声传进屋内，白嘉轩从炕上爬起，披上袄看着空荡荡的炕，有些怅然。

院里有扫地的声音，白嘉轩蹬好棉裤和鞋，拄着拐杖推开屋门。

白孝武正扫着院子：“爸。”

白嘉轩恍惚点点头，又看见厨房的炊烟冒出来，上前几步，孝武媳妇正挺着肚子拉风箱，也转头笑：“爸。”

白嘉轩眼神中竟透出一丝感动：“哎。”

14. 白家正屋　日　内

孝武媳妇给鹿三碗里夹着咸菜，鹿三捧着碗木讷地吃着，孝武也在旁边狼吞虎咽。白嘉轩叼着烟袋眯起眼瞧着他们。

鹿三起身，碗哗啦一下掉在地上摔得粉碎，粥溅到孝武媳妇身上。

孝武皱眉擦拭："三伯你小心点！咋整日晕晕乎乎的。"

鹿三也不答话，惊慌失措地退到门口。孝武媳妇忙从门后拿来扫帚将碎渣扫到一边。

白嘉轩沉下脸："三哥，进来。"

鹿三恍惚摇头："东家我干活去。"

鹿三转身冲出院子。

孝武媳妇埋怨丈夫："你刚才咋跟三伯说话呢。"

孝武："本来就是，老糊涂了！"

白嘉轩："他再老糊涂也容不下你说。"

孝武一怔，乖顺地站直身。

白嘉轩："你俩上前来。你三伯老了，人老了就是这个样子。从明日起，孝武你接替三伯抚弄牲口。你三伯能做啥活儿想做啥活儿由他做一点，他不想做啥活儿都不做，你们谁也不许指拨他，更不许弹嫌他，拿斜眼瞅他沮嗓子吼他都不准许！听见了没？"

孝武媳妇抢着回答："爸，听见了。"

孝武："爸，我错了。我这就去后院帮三伯干活去。"

白嘉轩欣慰的目光。

院里有人喊："白族长在家吗？"

父子俩一愣，孝武忙迎出门："谁啊？"

两个保安团练恭恭敬敬到门口，将两封银圆捧上："这是我们白营长送来的，还有封信。"

孝武拿过信转身递给父亲，白嘉轩看罢信又把信瓤装进信封，连同那两封银圆塞回去。

白嘉轩："谁交给你的，你再交给谁。"

保安团练为难:“回去我们营长说……”

白嘉轩冷冷地:“孝武送客。”

15. 书院 日 内

白嘉轩吸着水烟闷闷地瞧着姐夫，朱先生正不紧不慢地将沸水倒进壶中，腾腾冒着热气。

朱先生抿了一口淡茶:“孝文是想回原上来，他也求到我这来了。”

白嘉轩做出与己无关的神态:“他回原上由他回嘛！我没挡他的路喀！”

朱先生不由得笑笑:“他想回来给你认错，也想给他妈上坟。”

白嘉轩这才明白了似的悟叹:“噢呀，他是想进我的街门呀？”说着转动一下突出的眼仁装愣卖呆，“我不认识他呀！他给我认什么错？”

朱先生沉稳地:“你不让孝文回来，说不过去，于理不通。”

白嘉轩:“我早都没有这个儿咧！”

朱先生摇头:“可他还是你的儿。他学瞎，不认他于理顺通，他学为好人，你再不认就是于理不通。”

白嘉轩沉默不语。

朱先生一笑:“再说你儿子不比从前，可出息哩。人家现在是营长。”

白嘉轩扬起头愣了一瞬，扭一下脖子使劲地:“他当上皇上也甭想再进我这门。”

16. 村子 日 外

白嘉轩佝偻着身拄着拐杖一步步走着，乡民端着老碗蹲在树下三五成群地低声议论，眼睛不时瞥向白嘉轩。白嘉轩皱眉瞥向他们，乡民端起各自的碗迅速散开。

白嘉轩站到祠堂门口，几个老者也在神情紧张地说着什么。白嘉轩顿了顿拐杖，几个老者都闭口不言。

白嘉轩:“这又是出啥事了？都躲着我，当我看不出来哩。”

一老者迟疑上前:“嘉轩，接连两个晚上有人瞧见……”

身后老者咳嗽一声，那老者闭口不言。

白嘉轩沉下脸："说，瞧见啥了。"

鹿子霖从牌位前转出，冷冷地："鬼！"

白嘉轩一怔，抬眼看他，鹿子霖一脸鄙夷上前。

鹿子霖："不光跛子爷，好几个过路人全听见了，有鬼哭哩！"

白嘉轩皱眉："鬼哭？在哪？"

鹿子霖一字一顿："就从你镇的那个塔里！"

白嘉轩目光一紧，看那几个老者都面露恐慌之色。

17. 塔 日 外

孝武拎着铁锨跟随白嘉轩快步走来，白兴儿、桑老八等人正点香火，蹲在地上念念有词，见了白嘉轩忙慌乱踩灭，转身就要跑。

白嘉轩："站住！"

白嘉轩铁青着脸上前扫视四周，香灰纸钱堆满一地。

桑老八怯生生地："族长。"

白嘉轩怒："塔是镇妖的，不是祭神！你们把妖孽当神祭咧！"

众人哆嗦着不说话。

白嘉轩拄着拐杖往塔边走，桑老八吓得不行："族长您别进去！"

白嘉轩头也不回地："我偏要进！我就不信光天化日之下这孽障还能把塔给翻了！"

身后一片惊呼，白嘉轩回身扫视，包括孝武众人都面露恐惧之色。白嘉轩顺着众人的目光仰头望去，塔上渗出两条血沟，血一滴滴落到白嘉轩的脚前……

18. 家 日 外

白灵坐在台上补鹿兆鹏的一双线袜，不小心被针戳到手上，忙放到嘴边吸了吸，发愁地看着手中的针线。

魏太太拿着一只袜子楦头过来。

魏太太打量着白灵手中的活计："补袜子呐，套上这个楦头才好补。"

白灵笑着接过，把楦头塞进袜子试一下：“太谢谢您了！”

魏太太笑：“瞧你俩就不是过日子的人，要啥啥没有！”

白灵愣了一下，自嘲地笑：“我们也是刚成家，还不知道日子咋过呢。”

魏太太饶有兴趣，轻声：“你们晚上怎么总是跑茅房？”

白灵脸一红，一时摸不清话意，只顾低着头补袜子。

魏太太以长者的关怀口气：“置个夜壶尿盆该多方便。往后天冷了，下雪了，跑茅房还不冻死！”

白灵恍然的目光，抬头赔笑：“我家先生闻不惯尿臊气儿，害得我……再冷也得跑茅房。”

魏太太：“差不多个个男人都有一个怪毛病，我那老掌柜的毛病才怪呐……”

魏太太趴在白灵耳边低语，自己乐得不行，白灵羞臊着脸半天没缓过劲来。

19. 家 晚 内

鹿兆鹏狼吞虎咽吃着饭，连连点头，却没注意到白灵的尴尬。白灵见鹿兆鹏吃得香甜，欲言又止。

鹿兆鹏：“你要是不搞革命工作，天生就是个巧媳妇哩！这才几天的工夫饭就做得这么好吃。”

白灵勉强挤出笑，异样的眼神瞧着他。桌下白灵的脚轻轻顶着夜壶，一直蹭到鹿兆鹏腿边。

白灵：“你看我做假太太有没有漏洞？房主老婆子很贼的。”

鹿兆鹏沉吟一下：“似乎没有什么明显的漏洞。你看有什么漏洞没有？”

白灵：“有。”

鹿兆鹏连忙问：“什么事？”鹿兆鹏一抬脚“咣当”一声，忙低头看，诧异，“你买盆了？”

白灵咬着嘴唇点点头。

鹿兆鹏诧异打量：“啥事不顺利吗？到底咋了你，怪怪的。”

白灵轻声：“魏太太问咱俩为啥夜里都往茅房跑。”

鹿兆鹏也像白天白灵的第一反应一样，怔了一下，立刻大笑起来，嘴中的饭都喷到桌上。白灵羞红脸。

20. 白家　晚　内

孝武跛子爷站在屋里瞧着白嘉轩，白嘉轩自顾铺着炕，仿佛身后的人根本不存在。

孝武："爸，我今晚带几个人和跛子爷去寻一寻，不管啥邪性，我不怕！"

白嘉轩："睡你的觉去。"

跛子爷害怕地："族长，我还一个人巡夜？"

白嘉轩："你也回家歇着。"

跛子爷与孝武诧异地交换个眼神。白嘉轩已经脱鞋上炕钻进被子。

21. 塔　夜　外

一个黑影悄然钻入塔内，吹起牛角发出呜呜的哭号声，回荡在漆黑的夜里，村里稀疏的几处灯火闻声熄灭，隐隐传来关紧门的声音。

黑暗中山坡上扬起几个头来，黑娃冷笑聆听。

手下兄弟轻声："二当家的，别说还真像哩。"

黑娃冷哼："吓死他们！让兄弟们警惕点，村里有动静没？"

手下兄弟："前半夜还有巡夜的，后半夜一个人也不敢出来了。"

黑娃点头："往里送炸药！"

几个人应声而起，猫腰背着麻袋冲向塔。

黑娃眯着眼眺望……

22. 家　夜　内

黑暗中鹿兆鹏喊叫着，无法脱出梦魇："白灵！白灵！"

白灵身着短衣拉开帘跪在地铺前，刚要给鹿兆鹏擦拭汗水，鹿兆鹏的大手一把紧紧攥住她的胳膊。

白灵神色一惊："兆鹏哥，兆鹏哥你醒醒！"

鹿兆鹏痛苦地闭着眼："快跑！"

白灵呆呆地注视，目光复杂。

鹿兆鹏泪水淌落："你不能死，不能丢下我一个……"

白灵轻轻抱起鹿兆鹏的头，伸出另一只手为他擦拭眼泪，鹿兆鹏在她怀中像个孩子一般哭泣。地铺边的衣服硌了白灵一下，她伸手摸索出一个小锦盒，好奇打开愣住。

幽暗的光下，一对闪闪的戒指……

23. 塔 夜 内

黑娃爬起身大步向塔走来，几个兄弟迎上，轻声："二当家的，都放好了，捻有这么长！"

黑娃点点头："你们往远点跑，别被崩着！"

几个兄弟转身狂奔，黑娃从容不迫地来到塔前，仰头冷笑望着。

黑暗中窸窸窣窣，塔前已经堆满炸药，黑娃摸索出火石一只手捡起长捻正要打着火，突然塔后一亮，火光闪处白嘉轩正叼着烟袋点，黑娃惊得手一抖退后几步。

白嘉轩从塔后绕出，淡然吐出一口烟来："黑娃，你自己装鬼咋也会怕鬼呢？"

黑娃直起腰呆呆看着白嘉轩。

坡上拉枪栓的声音。

黑娃举手叫："没事！"

坡上的人影慢慢伏倒。

白嘉轩："点吧，你不点我可点了。"

白嘉轩坐在炸药包上大口抽烟，火星一闪一闪。黑娃无比紧张地看着炸药，又看看他。

黑娃咬牙切齿："田小娥死了，你为啥要跟她过不去！"

白嘉轩定定地："因为她坏了规矩乱了这原上！不造塔镇不住人心，白鹿原就乱咧。"

黑娃恨恨地从后腰悄然摸出匕首，步步走近："饥荒瘟疫都安在一个女子头上，你这族长啥责任没有？"

白嘉轩诚恳地点头："有，所以今天我坐在这儿。这场疫我妈走了，仙草也走了，我也没啥牵挂了。咋着咱一起祭这塔？”

黑娃喘息瞪着白嘉轩，攥紧匕首。白嘉轩将烟袋锅在脚上轻轻磕了一下，黑娃目光一紧。

白嘉轩冷笑："我不怕死，看来你怕。"

黑娃喃喃地："算你狠，你比土匪还狠！"

黑娃转身狂奔出去。

白嘉轩吼："我不狠你这个狼能长这么大哩？"

白嘉轩望着他背影消失在黑暗中，这才慌乱将冒着火星的烟草扣到地上，用力踩灭……

24. 鹿家　清晨　内

门被拍响，鹿子霖抱着铳子开条缝，警惕地看外面。白嘉轩站在面前推门就进，鹿子霖吓一大跳，抚着胸口喘息不已。

鹿子霖："干啥你！天不亮你就拍我家门，我还以为进贼哩！"

白嘉轩嘘了声，神秘地："好事。"

鹿子霖一怔，瞧着他，冷笑起来："有好事你会想着我？"

白嘉轩压低声在他耳边嘀咕，鹿子霖脸色大变。

25. 塔所在的坡上　清晨　外

鹿子霖已经累得脸变了形，两麻袋压在他身上，艰难地往马车走去。白嘉轩用力搬起麻袋，跟随装车。

鹿子霖好奇："嘉轩，这里面到底啥东西？"

白嘉轩喘息："土匪半夜撂下的，能错？先埋起来再说！"

鹿子霖由衷佩服起来："你这胆子！土匪要找来咋办？"

白嘉轩神秘："所以我只叫上你，你我不说，谁知道？土匪也不敢找事么！"

鹿子霖点点头，乐："对，对！再说还有我家兆海呢，我现在怕谁啊！怪不得找我，你是找靠山啊。"鹿子霖捶白嘉轩，"有你的！看不出来你这小九九打得比我灵咧！"

白嘉轩叼起烟袋，苦笑瞧着鹿子霖忙不迭地回头再去搬……

26. 家 清晨 内

白灵端上早餐，鹿兆鹏洗净脸拿毛巾擦拭坐在对面。

白灵异样的眼神偷偷打量，鹿兆鹏埋头吃起。

鹿兆鹏边吃边说："过两天会有几个人来家里打麻将，我们新的联络点就要建起来了，这是他们几个人的地址，以后你会常去。"

鹿兆鹏递过一张纸条，白灵怔怔地看着。

鹿兆鹏："看完马上烧掉。待会你再去买副麻将。"

白灵转身打着火，低头看着火苗轻声："你昨晚又做噩梦了。"

鹿兆鹏淡然："是吗，我没胡说啥吧？"

白灵偷瞥鹿兆鹏，手被火烫着，一抖含在嘴里。

鹿兆鹏皱眉看她："咋搞的，烫着没？"鹿兆鹏起身拉过白灵的手仔细瞧，"我给你拿点香油抹抹。"

白灵慌忙抽出手，摇头："没事。"

鹿兆鹏看着她叹息："咋心事重重的，想家了吧？"

白灵将兜里锦盒掏出摆在桌上。鹿兆鹏一愣，没动。

白灵轻声："这是啥？"

鹿兆鹏："哦，这是给假扮夫妻准备的。可是我……"

白灵瞧着他："可是什么？"

鹿兆鹏："没什么。"

白灵已经默默伸出手来，定定地等。鹿兆鹏看着她，拿起一个戒指慢慢戴到她的无名指上，自己也低头正要戴，白灵拿过给他戴起。鹿兆鹏怔怔瞧着。

白灵："以后除非我给你摘，你自己不能随便摘下来。"

鹿兆鹏复杂的目光看着她。

白灵："你答应我。"

鹿兆鹏点点头。

白灵笑了笑，仔细端详自己的手："真好看。"

鹿兆鹏起身拿过衣服和包："走啦！"

门关上的声音，白灵一动不动看着自己手指上的戒指，眼中闪动着光亮。

27. 山寨脚下　清晨　外

田福贤、白孝文带着几十个保安团丁埋伏在草丛中，远处山路空荡，不见动静。

田福贤转头瞪着白孝文："要是抓不到黑娃，岳书记长知道咱擅自行动，我这么多年可就白干了！"

白孝文眼神也有点虚："这几日我派兄弟一直猫在这儿，昨天黑才跑出来告诉我，看见黑娃下山了。"

田福贤："那他要去远地不回来呢，那咱也在这儿趴上几天？"

白孝文突然望见什么，一按田福贤，众人忙伏倒瞄准。树林边晃出黑娃和几个弟兄，疲惫不堪地走着。田福贤与白孝文惊喜地交换个眼神。

黑娃手下兄弟不解："二当家的，连个响儿都没听着，那炸药背回来也好么！"

黑娃恼："别再问了，告诉你们回去后谁也别提这事！"

几个人忙点头不语。黑娃突然停住脚步，向四周望了望，余光撇着保安团藏身的草丛。

手下："咋了？"

黑娃轻声："并肩子念短吧！棵子里面伏着不少点儿！"

几个人默契地同时瞥向草丛，手都抄向腰后。

手下兄弟猛地拔枪，喊："二当家的快走！"

草丛中保安团没想到土匪反应这么迅速，几个刚站起的保安团练被子弹击中，黑娃转身向山上狂奔，手下且战且退。

田福贤急："撵上跑的那个人，谁抓住他提拔谁当连长！"

乱枪下几个弟兄中弹倒地，剩下的保安团练蜂拥而上往山上追去。

黑娃边跑边回头开枪，子弹击中白孝文身边的团练，白孝文吓得扑倒在地，苍白着脸一动不敢动。

田福贤咬牙切齿，举枪乱打："活要见人死要见尸，不能让他跑了！"

白孝文一把拉住田福贤的腿："山上土匪要下来，我们全跑不了！"

田福贤一脚踹开他，发狠地追去。

黑娃转头连连射击，又接连几个团练倒下，后面追的人不管田福贤怎样呵斥催促，都躲靠在树后不敢露头。

黑娃再扣扳机，两把枪子弹都已打光。黑娃与藏在树后的保安团练都是一怔，田福贤大喜狂笑。

田福贤："他没子弹了！兄弟们抓活的！"

保安团练吼叫着向黑娃围去，白孝文也爬起追过去。

黑娃像狼被狗群围住一样挣扎，刚刺死扑上的两个团练，又有其他团练围上压倒他。

白孝文停住脚步，群殴声嘶吼声惨叫声，白孝文惊恐喘息的神色……

28. 县城　日　外

前面有人放鞭炮，敲锣打鼓，白孝文肩披绶带与田福贤一起并肩骑着高头大马得意前行，身后囚车中黑娃鼻青脸肿浑身是血。

百姓们好奇围看，发出惊叹声。白孝文不时挥手微笑向两边的人群致意。

有人高喊："匪首黑娃被擒！匪首黑娃被擒！"

黑娃像被锁起的老虎奋力挣扎，无奈手脚都被绑在囚车上，发狠怒视的眼神却也让不少人退后几步。

29. 白家　日　外

白嘉轩匆匆进院门，孝武跟随身后。

孝武媳妇从厨房起身："爸，回来咧。"

白嘉轩："你三伯呢？"

孝武媳妇："刚还在这劈柴，我让他到后院歇着了。"

白嘉轩不由分说向后院走去。

孝武媳妇一愣，轻声："咋了？"

孝武："黑娃被我哥抓了。"

白嘉轩走到后院，鹿三将豆子混着干草倒进槽中，解下套在牛头上的笼嘴，给牲口喂食。

白嘉轩放慢脚步，目光复杂地注视，轻声："三哥。"

鹿三痴笑着回头:“嘉轩你瞧,加上豆子吃上才香哩。”

白嘉轩点点头,欲语还休:“黑娃他……”

鹿三惊喜:“黑娃回来了?”鹿三没等白嘉轩说话,冲进屋,“孩他妈!咱儿子回来咧!”

白嘉轩怔了怔,走到门口,鹿三正对着一个葫芦说话。

鹿三:“孩他妈,快把那面擀上,黑娃带着媳妇还有咱孙子回来了!”

鹿三乐呵呵地转头瞧白嘉轩,白嘉轩目光悲哀地转头就走。

30.白家屋　日　内

孝武担忧地看着父亲收拾褡裢,白嘉轩正将几块馍馍用方巾兜起。

孝武:“爸,你背褡裢到哪去?”

白嘉轩:“县上。”

孝武皱眉:“黑娃被我哥逮着,可是除了个大祸害。你又去县上做啥?”

白嘉轩忙着收拾:“探监。看看黑娃,给送点吃食。再问问你哥把黑娃放了行不行。”

孝武惊讶地转不过弯儿,愣愣呆呆地问:“你说你去探监?给黑娃还送吃的,你想托人情释放那个土匪?”

白嘉轩平静地:“就是的。”

孝武憋红了脸:“你的腰杆给他们打断了你忘了?你忘了我还没忘!”

白嘉轩:“我没忘。”

孝武:“那你还看他救他?”

白嘉轩停下手中活,看着儿子:“孔明七擒七纵孟获那是啥肚量?我要是能救下黑娃,黑娃这回就能学好。瞎人就是在这个当口学好的。”

白孝武迟疑:“爸,你救黑娃让原上人笑你!那鹿子霖非得……”

白嘉轩坚定不移地:“谁笑我是谁水浅!”

31.村口　日　外

白嘉轩背着褡裢吆喝着马车往村外走,鹿子霖蹲在戏台上跟白兴儿、桑老八等人玩着丢方。

鹿子霖放下手中石子："嘉轩，出远门去？"

白嘉轩收住缰绳，只得答应："啊。"

鹿子霖轻笑："进城找你儿子去吧？"

白嘉轩一怔，斜眼瞥着他。

鹿子霖冲其他人："我说啥来着，他准得倒找上门去。"

众人哧哧笑起。

鹿子霖抬头冲白嘉轩解释："好着哩，我正跟他们说，咱俩现在都是父凭子贵！要靠儿子过好日子哩。可他们不信，非说你不认孝文，都瞧见了吧？"

白嘉轩冷冷瞥着鹿子霖，调转马车往回走去。

32. 书院　黄昏　内

朱先生定定地看着白嘉轩，白嘉轩毅然决然的神色。

朱白氏不敢相信地看着弟弟："你要救黑娃？"

白嘉轩点头："救定了。"

朱先生："你还要我把孝文叫回来？"

白嘉轩："他不自己想回来么，我才不去县里投奔他。"

朱先生意味深长地注视白嘉轩，朗声笑起，朱白氏长长叹了口气。

朱白氏："你这张老脸放不下哩！"

朱先生赞叹："以德报怨啊嘉轩兄弟！你救不救得下黑娃且不论，单是你有这心肠这肚量这德行，你跟白鹿原一样宽广深厚永存不死！"

白嘉轩脸一红："姐夫我可扛不住这大词！"

33. 监狱　晚　内

黑娃靠在干草堆里，眼睛盯着屋顶出神，脚步声响，一个浑身被打得血肉模糊的人被架到对面牢房。

狱卒离开，黑娃扒住栅栏好奇打量。

半晌那边传来痛苦的呻吟声，虚弱地："黑娃……是你吗？"

黑娃一惊，慢慢蹲下看看左右没人："谁？"

借着幽微的光亮，那人侧转过头，竟是韩裁缝。

黑娃惊呆，轻呼："韩裁缝！"

韩裁缝喘息，艰难地说不出话。

黑娃更压低声："你咋会被抓了？鹿兆鹏哩？"

韩裁缝颤抖着手到嘴边做了一个嘘的动作，又摆摆手。

黑娃警惕地看看外面，轻声："没人能听见。"

韩裁缝："你又咋被抓的？"

黑娃懊恼："大意了，被保安团给埋伏了。奶奶的，死了都丢人！"

韩裁缝喘息着意味深长地打量黑娃。

34. 书院　晚　内

白孝文从马上跃下，把缰绳抛给随从，疾奔进院门。快冲进屋时白孝文放慢脚步，整理一下衣服，望见门里朱先生正与白嘉轩、朱白氏说话。

白孝文迈上几步扑通跪倒："爸，姑，姑父。"

朱先生忙上前搀扶："快起来孝文，谁让你跪哩。"

白孝文死活不起，余光瞥着父亲，白嘉轩闷头抽着烟袋，连头也没抬一下。

朱白氏转头瞧弟弟："你说句话。"

白嘉轩这才哼了声："起来吧。"

白孝文乖乖站起。

白嘉轩："知道为啥叫你来？"

白孝文摇头。

白嘉轩："听说你把黑娃逮住了？"

白孝文有些得意："是，昨天刚逮住的，还在县里游了街。"

白嘉轩与朱先生交换个眼神。

朱先生上前："你爸想让你把黑娃偷放出来，行吗？"

白孝文一惊，转头看着父亲："啊？爸……"

白嘉轩磕磕烟袋："救出黑娃我就把祠堂门打开，当着全族人的面收你。"

白孝文不敢相信地苦笑："爸你一提说黑娃，我还当是催我快快处置了那个祸哩！没想到你……”

白嘉轩摇摇头：“混子只有落到这一步才能学好，学好了就是个好人。”

朱先生插话发挥着白嘉轩的思路：“杀了可就少一个人了。”

白孝文思索起来。屋里寂静无声，白孝文踱了两步。

白嘉轩有些焦急：“再咋样黑娃是你兄弟！”

孝文不正面拒绝，软软地：“上边刚刚批示近日枪决。土匪不是共匪，不需再三审问，杀了算了。你们说啥也不顶用，我根本没有杀他放他的权力。”

白嘉轩急切地：“那让我先到监里看一回总可以吗？”

白孝文笑笑：“爸，你当那是咱村的祠堂？看不成。谁也不准看。十二道岗道道都是俩人把守，蝇子也飞不进去——防他的土匪弟兄劫监。”

白嘉轩一下子凉下来，默然无措。

白孝文：“爸，你心好我知道，可这事比不得族里的事喀！枪决黑娃以前，我给他说知道明，你想探监救他。让他小子死到阴司再琢磨他对住对不住你！”

朱先生忧心忡忡看了眼白嘉轩，白嘉轩无声叹了口气。

35. 监狱　夜　内

黑娃怔怔地看着韩裁缝，韩裁缝明显衰弱了许多。

韩裁缝靠在墙上艰难喘息：“黑娃，现在知道我是干什么的？”

黑娃焦急：“我当然知道！”

韩裁缝一笑：“我跟你兆鹏哥是一样的人。”

黑娃点头。

韩裁缝：“估计我活不过明天了。还不清楚你兆鹏哥的死活，我们已经够小心了。可还是……姓姜的在我们中间安插了人。”

黑娃目光一紧，瘫软靠坐在墙边：“当年我爸给我讲，这世上最难猜的是人心，现在想想不假。”

韩裁缝悲愤而虚弱地：“剩下的人眼看又要被抓了，好不容易才逃出这点同志……”

黑娃复杂的目光看着韩裁缝。

36. 滋水保安团宿舍　夜　内

白孝文疲惫不堪地走向宿舍，头也不回地冲手下吩咐：“回去歇着吧。”

手下：“是！”

白孝文推开房门，刚要解衣扣，突然被人搂卡住脖子塞住了嘴巴，眼睛也被蒙住，接着捆死了双臂被推拽到寝室里。

白孝文拼命挣扎，腿在半空乱蹬，突然一杆枪架上脑门，白孝文顿时安静下来。

黑暗里有人说话：“我来跟你谈一笔生意。你先给手里囤的货开了价吧！你心尽量往大往高开，我都能接受。”

白孝文眼被蒙着，嘴被堵着无法交涉，依然支棱着脑袋。

那人：“你愿意把那囤货发给我，啥事都没有。不想发我也不会要你命，我给你把话说明白，原上你老窑里有七八口人，你弟的媳妇也怀上娃了，我想弄死谁谁也逃不脱。我把他们一个一个慢慢地处置掉，最后才拾掇你的老子。你的老子先前给打断了腰杆子，这回我再把他的腰杆子抻直拉平，你们白家就从原上雪消化水了，只留下你单蹦儿一个受熬煎！”

白孝文吓得浑身抖颤，猛烈挣扎着还是无法表态。

那人沉静地一字一顿：“我是山寨大拇指，你绑的是我兄弟。”

白孝文听到这个名字更紧张了，“扑通”一声跪倒在地上。

大拇指冷哼：“给他把嘴腾了。”

有人上前将眼罩和嘴里塞的东西全摘下。

白孝文大口喘息，恐惧地点着头……

37. 监狱　夜　内

黑娃扒着栅栏轻声劝着韩裁缝，韩裁缝痛苦闭着眼。

黑娃：“你也别想那么多，我哥一直命大，多少回难都被他逃了。”

韩裁缝摇头：“不一样，这次他逃不掉了！是他身边的人……”

黑娃怔怔看着他，长叹口气：“在山上时我就劝过他，远走高飞吧，还拼个啥呢，他就是不听。”

黑娃也懊恼地用力一砸栅栏，突然过道门打开，黑娃忙坐回黑暗，韩裁缝闭眼无力地靠在栅栏上。

白孝文冷着脸走进，站在黑娃门前打量："黑娃，没想到落到我手上了吧。"

黑娃冷哼一声："丢大人咧！"

白孝文笑了笑，蹲下："上面的命令已经下来了，明天就送你见阎王爷去。还有啥话留给你爸没有，我给你转达。"

黑娃咬紧牙关不语。

孝文轻声："我爸找我给你说情哩，他要救你。可我没办法。"

黑娃抬眼吃惊看着孝文。

孝文苦笑："你想不透他为啥要救你是吧？我这个爸啊，连我自己到现在也没琢磨透。"

白孝文起身大声地："我们正门口围了十二道岗，你插翅也难逃！我劝你不如好好地喝顿上路酒，再美美睡上一觉，明早踏实上路。"

韩裁缝睁开眼睛，侧耳聆听这边的动静。

白孝文拍了拍手，两个手下端上食盒，拉开门放入。白孝文正准备带人离开，想起什么，转头定定看着黑娃。

白孝文："黑娃，你咋就忍心把田小娥给扔在原上，自己跑上山当土匪？"

黑娃抬眼怔怔看着白孝文出去，门被锁上的声音。

黑娃打开食盒，先拿起酒瓶大喝了几口："痛快！老韩，你也喝点？"

韩裁缝一动不动躺在对面，黑娃端出酒菜，突然"咦"了一声，慢慢从盒的缝隙中抽出一根细钢钎来。

韩裁缝艰难爬起，疑惑的目光，黑娃也惊诧地看着他。

韩裁缝轻声："我说他话里有话呢！"

黑娃一愣："咋？"

韩裁缝招了招手，黑娃扒紧栅栏。

韩裁缝压低声："正门有十二道岗，意思是让你从那儿想办法。"

韩裁缝指了指黑娃的身后。黑娃又瞧了瞧手上的细钢钎，目光恍然。

韩裁缝不知哪来的精神："他告诉你明早就枪决，意思是抓紧这一晚上！"

黑娃更加恍然，转身扑到墙边奋力往墙缝中拧入钢钎。

韩裁缝在后面轻叫："黑娃，黑娃你听我说。"

黑娃转头望去，韩裁缝眼巴巴看着自己。

韩裁缝颤抖着声音："有件事是我跟你兆鹏哥都揪心的，为了这事我俩都能豁出命去，黑娃，你敢做么？"

黑娃怔怔的目光。

38. 监狱外　夜　外

大拇指正带十几个弟兄埋伏在监狱后墙，白孝文背着手在高墙内巡视，四下里张望着，脸上带着掩饰不住的紧张，额头已经冒出虚汗。

大拇指探头眺望，白孝文冲这边微微点了点头。突然大门前方几辆车鸣笛驶来，白孝文脸色大变转身望去。

岳维山冷冷地摇下车窗，坐在旁边的姜政委不耐烦地张望。白孝文转头惊恐地冲大拇指晃了晃头，大拇指咬牙抉择。岳维山已经带着姜政委下车，大步向监狱门走去。

这边大拇指跃下高墙，十几个弟兄跟随他猫腰溜到监狱后墙。

大拇指贴墙仔细听着，轻叩："兄弟，是你吗？"

细钢钎的头已经慢慢从墙缝探出，大拇指激动地扒着缝喊："你往后退，来不及了！我们把墙炸开！"

39. 监狱　夜　内

岳维山阴沉着脸大步往里走，保安团练纷纷敬礼让开身后的门。

姜政委一旁急促地："这姓韩的从前是省委的联络人不假，可三十六军被围前他就到外围工作了。"

岳维山："他直通鹿兆鹏你为啥不早说！"

姜政委："我那条线明晚就能捂住鹿兆鹏！用不着他……"

岳维山停住脚步瞪着姜政委冷笑："姜先生，你是想抢功啊。你是怕我从姓韩的嘴里撬出东西来，抢你明晚的功劳？"

姜政委忙摆手："不不不！"

岳维山轻蔑地一笑："共产党失去你这么一个能算计的人，损失不小啊。"

岳维山大步向里走去。姜政委露出恨恨的目光。

40. 监狱牢房　夜　内

黑娃扒着栅栏焦急地看着韩裁缝。

黑娃:“老韩，我们的人来救我了，跟我一起出去！”

韩裁缝目光一闪，眯起眼望着过道的门，轻声:“来不及了。”

黑娃也一惊，转头望去，已经能看到被灯光照亮的人影，脚步声渐近。

墙外大拇指高喊:“炸了！”

与此同时韩裁缝恳求地扒住栅栏:“黑娃，他们的命在你手里，我求你了！”

岳维山带着姜政委出现在过道门前，脸色大变。

“轰”一声墙被震塌，烟雾迅速蔓延整个过道。

岳维山的吼叫声:“把门打开，快！有人劫狱！”

枪声大作。

岳维山不顾烟尘，举枪冲进牢房，墙被炸出一个窟窿，外面已经响起激烈的枪声。姜政委吓得后退两步，靠在牢房栏杆边。

韩裁缝无声无息地撑站起来，慢慢探出胳膊，突然用力勒住姜政委的脖子。

岳维山猛回身，看到姜政委的脸已经变形，青筋暴露拼命挣扎。

姜政委:“救我……救……”

岳维山迅速掏枪，照准韩裁缝的肋下打去，“啪！啪！”

韩裁缝依然死死勒着姜政委不撒手……

41. 滋水县城　夜　外

黑娃不舍地回头望着，大拇指拉扯着他。

大拇指:“快走！再不跑来不及了！”

十几个弟兄纷纷开枪阻拦追兵。

大拇指:“里面还有人？”

黑娃懊恼的目光:“大哥，你往山上撤，别管我！”

大拇指惊疑地瞪着他。

黑娃："我得进趟西安城！"

大拇指："兄弟，你……"

黑娃咬牙："大哥！答应人的事拼死也得办哩！"

大拇指慢慢松开手，黑娃向另一方向狂奔而去。

42. 家　日　外/内

魏太太嗑着瓜子，新奇地看着三个客人被鹿兆鹏引进屋。

魏太太扯住白灵，轻声："亲戚？朋友？"

白灵微笑："我先生的同事，这不来新家暖房来了。"

魏太太笑着点头："快忙去，要什么东西上我这儿来拿啊！"

白灵笑着进屋关门。

鹿兆鹏与三个人亲切而热烈地握手拥抱。

其中一人皱眉问："兆鹏，咋突然从福鹏客栈转移到这儿了？"

鹿兆鹏一笑："福鹏客栈只是个幌子，为安全起见，我们这地方才是今后真正的联络站。"

眼镜（一米七四左右，微胖，圆脸分头）打量屋内环境，感慨万千地轻声："我们终于有自己新的联络站了，不容易啊。"

鹿兆鹏动情："这是牺牲了多少同志才换来的。"

白灵也感动地望着他们，鹿兆鹏拉过白灵。

鹿兆鹏："这是组织上派给我的妻子，白灵同志。"

三人上前热情地与白灵握手。

鹿兆鹏依次介绍："这是黄先生，这是段老师。"

鹿兆鹏又拉过眼镜："这是老申，之前一直在省委工作。"

眼镜笑："虽然你小，我们都得管你叫嫂子哩！"

白灵不好意思，脸一红："快坐吧同志们，我去沏茶。"

鹿兆鹏一把揪住白灵："你还有重要的任务，到福鹏客栈接个人。"

白灵一愣："谁？"

鹿兆鹏与其他人相视，会意地一笑："老韩。"

白灵惊喜的目光。

43. 福鹏客栈　日　内

黑娃站在柜台前警惕地望着四周，一个老者头也不抬地拨着算盘，叮当作响。

黑娃轻声："老板我要住房。"

老者随手将钥匙拍在桌上，黑娃咽口唾沫，紧张的目光。

黑娃更轻声："我要楼上的三套房。"

老者抬起头，异样的眼神打量黑娃："先生一个人住？"

黑娃点点头："替人订的，他们今晚到。"

老者郑重而缓慢地将三把钥匙都放在柜台上，黑娃拿过转头大步迈上楼梯。

韩裁缝（画外音）："你务必在天黑前赶到福鹏客栈，要楼上三套客房，你进中间的房间，把半扇窗推开。记住，中间的房间半扇窗！"

黑娃面色沉峻走上楼梯，打开中间的房门……

44. 街　日　外

姜政委与岳维山坐在车中，姜政委不停地擦拭着额头的冷汗。

岳维山瞥着窗外皱眉，低头看看手表："他们会来福鹏客栈开会？为什么到这个点了一个人也没见着？"

姜政委："我的人也没出现，我估计他们临时改地方了。"

岳维山铁青着脸望向车窗外的福鹏客栈，几个便衣特务在楼下警惕地四处张望。

姜政委突然脸色一变："不好！"

岳维山一激灵："怎么了？"

姜政委疑惑的目光望着上面："窗户咋打开了？"

45. 福鹏客栈外　日　外

白灵正挤在人群中，快步走向福鹏客栈，脸上带着喜悦。白灵仰头望去，突然脸色一变放慢脚步，楼上的半扇窗敞开着。

鹿兆鹏（画外音）:“记住，到客栈楼底下先看看窗户是不是都关着，如果打开了千万不要上去，记住开的是哪扇窗……”

白灵目光一紧，停留在摊贩前指了指:“我要那串看看。”

白灵余光扫去，几个人鬼鬼祟祟走过，白灵冲小贩笑了笑，歉意地摇摇头转身快步走去。

46. 福鹏客栈房间　日　内

黑娃迟疑不决地站在房间门口，望着那半扇打开的窗户。

黑娃正要转身下楼，听见急促的脚步声，几个人正掏枪奔上楼来。黑娃灵巧地闪身躲进另一间房，冲屋里人摆了摆手，举枪指着他示意不要出声，自己爬窗逃了出去。

47. 家　晚　外/内

白灵从人力车上下来，慌乱付完钱奔进院中。

魏太太正在做饭，笑眯眯地打量:“我说你们怎么没做饭呢，出去订了吧？”

白灵勉强笑笑，疾步往屋里走。

魏太太神秘地指指屋里:“打得欢着哩！”

白灵拉开屋门，鹿兆鹏正一手扒拉着满桌麻将，一边跟其他三人讨论着什么。白灵关紧门喘息看着鹿兆鹏，鹿兆鹏察觉到不妙，起身盯着她。

白灵轻声:“中间的窗户打开了一半。”

屋中所有人脸色大变，寂静无声，气氛诡异。

眼镜的眼中突然闪过一丝杀气，慢慢起身退后，猛地刚要拔枪，鹿兆鹏一手掐住他的手腕，重重地将他压翻在地。其他俩人也猛扑上去。

白灵浑身颤抖着看着屋里的一切……

第四十三集

1. 家院　夜　外

白灵拉门出来的时候，魏太太正疑惑地往屋这边偷望，一见白灵出来忙缩回头去。

白灵强挤出笑："魏太太。"

魏太太不好意思地："我听见怎么有摔椅子的声音，没事吧？"

白灵从容地："牌掉地上了，几个人争着捡撞一块了。"

魏太太咯咯笑起："男人嘛，长多大都像孩子一样。"

白灵苦笑："就说是呢。"

屋里又响起哗啦哗啦的麻将声，白灵一撇嘴与魏太太会心笑起。

2. 家　夜　内

眼镜已经倒地死去，血从嘴角淌出。鹿兆鹏一手拨拉着桌上的麻将，一边艰难喘息，其他两个人也筋疲力尽，含泪坐靠在一旁。

其中一人哽咽："老韩……估计是活不成了。"

鹿兆鹏眼睛湿润。

门拉开，白灵迈进，轻声："魏太太回去睡了。"

鹿兆鹏颤抖着声音："我们必须马上转移！现在还不能断定敌人是否发现这里。"

另一人："尸体怎么办？"

鹿兆鹏扫视到白灵，不由一怔，白灵痛苦决绝的目光，捂住嘴靠在门边伤心哭泣起来。

屋中每个人都沉浸在悲痛和紧张的氛围中……

3. 院　巷　夜　外

白灵推开院门四下里瞧了瞧，回身做个手势，鹿兆鹏和另两个同伴架着像喝醉酒的眼镜，提着两个箱子匆匆走出。

一行人在小巷中时走时停，躲避偶尔出现的路人。

黄先生和段老师停住脚步，轻声冲鹿兆鹏："剩下的由我们来办吧，把他坠到河里去。你俩赶快找藏身的地方。"

鹿兆鹏点头，叮嘱："尽量往远了走，万一尸体被查到，敌人也摸不准我们的活动范围。"

望着两人架着尸体快步远去，鹿兆鹏提起箱子与白灵并肩站着。两人依然沉浸在悲痛与迷茫中。

4. 旅馆　夜　内

外面警笛声起，狭小的房间内鹿兆鹏躲在帘后瞄着窗外动静。白灵疲惫不堪地坐在桌前双手撑住头，鹿兆鹏慢慢在对面坐下，关切的目光打量白灵。

鹿兆鹏轻声："你没事吧？"

白灵摇摇头。

鹿兆鹏："锣鼓巷十五号应该是没有被发现，这姓申的还来不及向主子汇报。但以防万一我们还是谨慎点好，从现在起我们每天换一个地方住。"

白灵依旧默不作声。

鹿兆鹏关切地拍拍她胳膊："刚才是不是吓着你了？这种事我已经不知道经历多少回了。"

白灵颤抖着声音："我现在明白你为什么夜里总说梦话了。"

鹿兆鹏一怔，抬眼看着白灵。

白灵含泪摇头："你不用安慰我，我什么事都没有。"白灵抹净眼角的泪，"还不能确认老韩牺牲了对么，我们还有救他的机会对么？"

鹿兆鹏欲语还休默默点了点头。

5. 山寨　夜　内

大厅堂中的桌案上燃着三炷香，摆着两碗酒，众人肃穆分列两边，几盏油灯轻轻摇曳。

黑娃用刀割破手指，血滴入酒碗。大拇指郑重接过，也将自己的血融入酒中，两人端碗对视。

黑娃慢慢跪倒："从今往后黑娃与大哥生死与共，绝不背信弃义！"

大拇指也对面跪倒："这辈子能交下你这样的兄弟，大哥也死而无憾！"

两人同时将血酒一饮而尽。

黑娃含泪拉住大哥的手臂："从今往后我就你这么一个亲人了！"

大拇指笑着搀扶起黑娃："我看未必。"

黑娃一怔："我跟我爸早就……"

大拇指摇头："我说的不是你爸，是你去西安城救的人，我看他们也值得你拿命换哩。"

黑娃沉默不语。大拇指深邃的目光凝视。

6. 保安团部　日　内

白孝文换了一件长袍礼帽的便装，把有营长军阶标志的军服呈放到桌子上，把腰里那把短枪摘下来搁在军服上头，向田福贤深深鞠了一个大躬。

田福贤瞅着他虔诚的举动，莫名其妙地问："你这是干啥？"

白孝文脸上带着深深的自责，垂下头去："枉费了您栽培。严重失职——我引咎辞职。只能这样。"

田福贤晃一下脑袋，很不满意地："你怎能这样？是小娃娃脾气，还是书生意气？"

白孝文更加真诚："无颜面对本县百姓。"

田福贤："没有人责怪你嘛！岳书记长侯县长都没有说你失职嘛！"

白孝文难受地摇摇头："黑娃是在我看守下跑走的，给团长带来这么大麻烦，我无地自容！"

田福贤笑了："我刚把你提起来，等着你出力哩，你可要走。好吧，按你这说法，我也得引咎辞职！"

白孝文没有料及这行动会引起田福贤的敏感，于是委婉地："说真话，我是在想担责任，旁人就不再对你说长道短……"

田福贤受了感动，站立起来，把手枪拿起来，在手心抛颠了两下交给孝文："快把袍子脱了，把团服换上，咱俩出去散散心。这屁事把人搅得鸡飞狗跳墙！"

白孝文涌出眼泪来。

7. 县政府门口　日　外

田福贤等人眼巴巴望着车驶来。岳维山身着中山装刚下车，田福贤上前一个立正，热情握手。

田福贤："恭喜岳书记长高升！"

岳维山冷笑扫视众人："以后少来这种排场，心意岳某领了。"

岳维山大步径直向院里走去，众人面面相觑，田福贤忙跟随一旁。

岳维山："这次把姓姜的送进省里，人家升为少将专员了，我只是个军统站长而已，有什么好庆的。"

田福贤赔笑："他那是虚的，您这才是实打实的！将来当兵的再来犯浑咱就不怕了！"

岳维山停住脚步，异样的眼神看着田福贤："你说的是鹿家吧，两个兵痞二㞞货！他们懂个屁，居然来要挟我。"

田福贤顺应着："是人不是人的只要腰里别一把枪，全都认不得自个姓啥为老几了！"

岳维山："鹿子霖那边怎么样了？你可别给我弄个两面光的家伙！鹿兆鹏有消息没有？"

田福贤瞪着露仁眼肯定地答复："鹿子霖这人我里外尽知，心眼不少。可胆量不大，还没有通匪的脏腑。"

岳维山冷哼："通过姓姜的咱要明白一个道理，要想搞垮共产党必须要想办法从里面搞烂他！"

田福贤感慨地点头。

岳维山疑惑不解："那个黑娃跑出去实在是蹊跷，我听说白孝文之前探过监？"

田福贤忙笑："这您不用怀疑，据我所知白孝文跟黑娃一直就不和，再说这次还是他逮着黑娃呢，他咋能又去放呢！"

岳维山若有所思地点点头。

8. 村口　日　外

白孝文深吸了一口气在村口停住脚步，紧张地眺望，后面手下牵着马车，车上堆满了点心匣。不少乡亲看着热闹，指指点点。

李寡妇："孝文，那点心有我家的不？"

白孝文谦和笑："李婶，有您的，家家都有。"

跛子爷远远奔来，用力敲了下锣："白孝文，族长问你！当初为啥将你撵出族？"

白孝文大声地："孝文回话，身为白家长子，理应带头尊奉乡约为族人楷模，我却倒行逆施，与淫妇田小娥苟混，吸食大烟变卖祖宗家产，罪不能恕！"

众乡亲啧啧称赞，纷纷点头。

跛子爷转身狂奔而去。

9. 保障所　日　内

"奴名四姐娃，今春二十八。容貌亚赛一朵花，十七岁嫁到张连家……"

鹿子霖哼着秦腔腿翘到桌上，桌上摆着水晶饼，嘴里嚼着花生豆，品着小酒。

白兴儿拍着窗户："鹿乡，看白孝文认祖归宗去，还带礼回来了，家家有份！"

鹿子霖："去去去！我不稀罕！"

有人敲门，鹿子霖动也不动喊："门开着自己进！"

田福贤冷下脸迈进屋，鹿子霖慌乱放腿起身。

田福贤毫无顾忌地讥讽:“你这一阵子喝得美也耍得欢啊!”

鹿子霖腾地红了脸，惊异地大声:“啊呀老哥，你咋跟兄弟这样开口?”

田福贤依然不动声色地:“你到处喝酒，到处谝闲传，四周八方认干亲。人说凡是你认下的干娃，其实都是你的种。”

鹿子霖愈加涨红了脸:“好些人把娃娃认到我膝下，是想避壮丁哩!我这人心好面软抹不开，当个干大也费不着我的啥。你甭听信那些污脏我的杂碎话!”

田福贤冷哼:“有没有那些事，只有你心里清清白白，我也不在乎。你精神大你去日，只是把保障所的正经公务耽误了，你就甭说我翻脸不认兄弟!”

鹿子霖心虚气短地强撑起门面:“啥事也误不了，你放心。我爱喝一口酒，这也不碍正经公务。”鹿子霖试探，“不是岳书记长叫你盯我来了吧?”

田福贤冷笑:“你还记得岳书记长呢，你儿子带着枪直闯入县政府，耀武扬威去了!你指使的吗?”

鹿子霖一惊，忙摆手:“哥哥我可啥都不知道，冤枉!”

田福贤叹了口气:“何必呢?你儿子是吃军粮的，能在这里驻扎一辈子?可岳书记长不知要在咱滋水县经营多少年咧!”

鹿子霖咽口唾沫诚恳地:“年轻人不知深浅啊!老兄你再见着岳书记长时，给道歉一句，甭跟二杆子计较。”

田福贤却继而不松地对他实施挖心战术:“年轻人耍一回二杆子没关系，咱们有了年纪的人可得掌住稀稠不能轻狂……”

门再次敲响，孝武迈进屋。

孝武:“大，福贤伯你也在呢。”

田福贤一笑:“孝武啊，你爸让你哥进村了没?”

孝武:“没，在村口等着我爸信呢。大，修族谱的事您想好了没，我爸一直催呢。”

鹿子霖翻着白眼:“这刚不死人又折腾啥族谱啊，告诉他我没空!”

孝武不慌不忙:“正因为饥荒带瘟疫有绝户的有家里走的，咱这族谱得正经地修修。我爸说是给活着的人提气。”

鹿子霖不耐烦地:“回去跟你爸说，这事我管不着，没瞧我这忙着!”

孝武尴尬地点头退出。

鹿子霖摊开双手不屑地:“白嘉轩这人，就会弄这些闲啦啦事!而今把儿子也教会了，过来过去就是在祠堂里弄事！除了祠堂还能弄啥呢？他知道祠堂外头的世事吗？”

田福贤靠在窗边望着外面，感叹：“话不能这么说，我现在觉着这原上幸亏有白嘉轩哩！”

10. 村口　日　外

白孝文翘首望着，旁边围观的人都急切地张望着远处，白孝文仍微笑等待。

桑老八有些着急：“咋还不让进哩，族长要不收他这礼咱也没份了！”

其他人应和：“就是就是，快收了吧！”

白兴儿咽口唾沫：“孝文，你这城里的点心是啥馅的？”

白孝文一笑：“白兴儿叔，你想吃啥馅都有。”

跛子爷提着锣上气不接下气地跑来，孩子们跟随起哄。

跛子爷老远停住脚步，用力敲一下锣：“白孝文，族长问你！当着全族人你答一句，你知错了没？”

满仓扯嗓子喊：“他知错了！”

跛子爷举起锣槌骂：“用你替他答，找族长收拾哩！”

乡亲们哄笑着眼巴巴看白孝文表态。

白孝文脸一红，大声：“孝文知错了！”

跛子爷用力敲锣：“白孝文进村咯——”

乡亲们欢呼着起哄，簇拥白孝文走进村子。

白孝文恭恭敬敬地停在院门前等候，乡亲们在他身后围看，议论纷纷。

白孝武跑出院门：“哥，爸让你进去了。”

白孝文深吸一口气，撩袍迈入门槛。白嘉轩正坐在堂中椅子上，面无表情看着儿子跪倒在院中。

白孝文磕头泣声：“不孝儿给爸磕头！爸，我回来了。”

白嘉轩也百感交集，拄着拐杖慢慢站起。

乡民们纷纷涌入院子叫好，喊声此起彼伏。

白嘉轩慢慢走到孝文面前，将他搀扶起来，朱先生在人群中目光欣慰。

11. 西安城旅馆　日　内

白灵扒窗望着鹿兆鹏身影走入旅馆门口，忙回身奔到楼梯口，眼巴巴看着鹿兆鹏上楼梯。鹿兆鹏阴沉着脸进屋，白灵察觉到什么，靠在门上怔怔瞧着他。

鹿兆鹏沉痛地："老韩……"

白灵身子一震，艰难喘息等候着鹿兆鹏说出剩下的话。

鹿兆鹏眼睛湿润颤抖着声音："被姓姜的亲手处决了！"

白灵身子一晃，晕过去。鹿兆鹏上前搀扶住她。

12. 村　日　外

众人蜂拥挤在一块，眼巴巴望着白孝文身后的马车。白孝文将一匣点心往桑老八怀里塞，桑老八推搡假客气。

桑老八："你人回来就好哩，叔都替你高兴，吃啥吃！"

白兴儿旁边已经被点心噎得不行，喷出点心末来："好吃着呢！你不要那盒给我！"

桑老八忙抢过抱在怀中："这份出息！"

白孝文不慌不忙笑眯眯地牵着马车挨家挨户发着点心，乡亲们没发到的翘首以待，发到的聚在一起互换品尝，连连赞叹。

白嘉轩站在自家门外眯眼望着儿子。

孝武递上一块点心："爸，您尝一块，好吃！"

白嘉轩挡开，长叹一声转头走回院去。

13. 西安城旅馆　晚　内

饭摆在桌上一动未动，白灵靠在床边含泪恍惚坐着。

鹿兆鹏掐灭手中的烟，将饭推一推："吃下去，你一天没吃东西了。如果特务发现我们，你连跑的力气都没有。"

白灵恍惚摇头，仍然不动眼前的筷子。

鹿兆鹏硬着心:“白灵同志，在中国干共产的人，得修炼成能吞咽刀子的硬功夫，只凭一般的顽强是不行的。”

白灵愣了一下，瞅了兆鹏一眼，依然缄默。

鹿兆鹏:“不然，我还敢跟你说重要的事情吗？”

白灵终于溢出两滴泪花:“瞧着吧兆鹏哥……我能练出这个硬功夫的！”

鹿兆鹏默默点头将饭又往她那推了推。

白灵起身端起碗，泪水滴落在碗里，将饭强往嘴里塞着。

鹿兆鹏也红着眼睛看着她吃:“这就对了，只有吃饱了我们才有力气给老韩报仇！”

白灵艰难地咽着饭，突然扑到鹿兆鹏怀里，浑身颤抖着几乎站立不住，从牙缝里迸出一个个单个字来:“我已经……把刀子……咽下去了……”

鹿兆鹏抱着白灵猛抖的身体，抬起右手摩挲着她的头发，随之双手挟着白灵的肩头把她撑离开自己的身体，冷峻地盯着白灵近在咫尺的眼。

鹿兆鹏意味深长:“你以后也会说梦话的……”

14. 白家　晚　内

白嘉轩坐在炕边，端进热水的不是孝武却是孝文，白嘉轩默默看着儿子给自己脱下鞋袜，将脚泡入水中。

白孝文轻声:“爸，热不？”

白嘉轩点了点头。

白孝文边洗边说:“我想把门房重新盖起来。”

白嘉轩:“孝武把木料早备齐了。你想盖房，另置一院基吧。兄弟两个挤一个门楼终究不成！”

白孝文豁达地笑笑:“那这个门房还是由我经手盖。这房盖起来由您安顿住人吧，我不要了。我要是想在原上立脚，我另择基盖房。”

白嘉轩怔怔看着儿子，长叹一声:“你的用意我明白。干脆也不分谁和谁，你跟你兄弟俩人搭手把门房盖起来，这院子就浑全了。”

白孝文低头不语，继续给爸洗脚:“爸，为啥不让我今天进祠堂祭祖归宗呢？”

白嘉轩突然踩到盆里，白孝文抬头愣住，父亲正定定地注视自己。

白孝文："爸，咋了？"

白嘉轩沉声："你真懊悔吗？"

白孝文愣了一下，勉强笑："我知错了，爸，我从前干的那些混账事现在都懊悔呢。"

白嘉轩摇了摇头："爸看错过你一次，不会再看错第二次。你的谦和你的认错都是装的，你不认祖归宗升不了官哩，是不是？"

白孝文蹲在那儿不语，白嘉轩指了指儿子的胸口："你这里没动，就算跪在祖宗面前也没用。"

白孝文缓缓站起身。白嘉轩自己擦净脚端盆出去泼了，白孝文一动不动站在屋中。

15. 西安城旅馆　夜　内

白灵做着噩梦，额头上全是汗水，惊声叫着。鹿兆鹏将她扶坐起，白灵睁眼喘息。

白灵："我梦见我跟你都被填井……"

鹿兆鹏默默看着她，眼中透着伤感："真到了那天，你会怕吗？"

白灵恍惚："我不知道。"

鹿兆鹏洗好热毛巾给白灵擦拭汗水，轻声："收拾东西，我们得走了。"

白灵一惊："现在？"

鹿兆鹏点头："我刚下楼打热水时看到两个便衣在查房。"

白灵不由分说下床穿外衣整理行囊，鹿兆鹏也忙碌起来。

16. 田　日　外

孝武端着茶水递给哥哥，孝文轻轻摇头，继续挥舞着手中锄头。白嘉轩默默看着，放下手中瓦罐，走进地头牵着牛，鹿三跟随在后面扶犁耕地。孝文孝武挥锄松土，兄弟俩都汗流浃背。

田福贤远远走来，叫："白孝文！"

白孝文跟没听见一样还在干着。

孝武轻声："哥，叫你哩。"

白孝文这才不情愿地走上田埂。

田福贤眯着眼打量："咋，又回家务农了？你出息啊！"

白孝文："我认祖归宗完了就回去。"

田福贤苦笑："回来这几天你爸为啥还不让你进祠堂？我去问问他。"

白孝文一把拉住田福贤："福贤伯，这事不是问的。"

田福贤叹了口气："你小子正赶上好时候，自从逮着黑娃，上面一直关注着你，我也帮着说好话，你可别把这么好的机会耽误了！"

白孝文默默点头，转身回去种地。田福贤一脸诧异望着这家人。

17. 原上　日　外

鹿三孝武赶着马车，白嘉轩坐在满满一车的干草堆上，孝文跟在车旁。

一行走近塔边。离塔越近，白孝文的脸色越加不自然。

白嘉轩指了指塔："三哥，往那边去，再捡些牛粪回来。"

白孝文脸色一变停住脚步。

白嘉轩回头看儿子："咋不走了？"

白孝文："我肚子疼，爸你们先回吧。"

白孝文转头逃一般小跑离去。白嘉轩默默望着儿子的背影，叼起烟袋。

18. 村　日　外

戏台下几个后生摸着花牌，鹿子霖蹲在地上画上七横七竖的方格，将树枝掰成几段跟人玩着丢方。

白孝文远远就低头快步往村里走，鹿子霖扔下手中树枝在戏台上叫。

鹿子霖："你爸还没让你进祠堂？"

白孝文刹住脚步，勉强笑笑："大。"

鹿子霖招招手，神秘地打量近前的白孝文，轻声："去过那塔没？"

白孝文脸色一变，摇摇头转身要走。

鹿子霖一把揪住他的胳膊，更压低声："塔底下镇着俩人呢，知道吗？"

白孝文嘴唇颤抖了一下，垂头不语。

鹿子霖一字一顿地："我劝哩，你爸死活不听！"

白孝文仓皇逃去。

鹿子霖幸灾乐祸望着白孝文的背影，冷笑起来。

19. 西安城某公园　日　外

白灵小心翼翼地走来，一棵古树前段老师正翻看报纸。白灵若无其事般靠坐在树下扫视四周，似是一个来游玩的小姐。

段老师嘴角轻动："组织已经摸清姓申的并没有来得及报告你们的住处，敌人除了福鹏客栈一无所知。"

白灵点点头。

段老师收起报纸低头起身，更轻声："中央有新的决议，要求我们把所有的力量转向抗日，省委具体部署都在后面。"

段老师信步走去，白灵手轻轻摸到背后的树洞，探到里面摸索出一张纸条，紧紧攥在手中。

远处突然响起警笛声，白灵脸色一变。

有学生边跑边扬着手中的传单，高喊："打倒卖国政府！收复东三省！"

白灵焦灼的目光望着军警围拢学生拳打脚踢，将其捆绑上车。

有士兵推搡游客，喊："都不许动！严查！"

段老师已走出戒严圈，焦急地回头望着白灵。白灵转身疾步走去，远处士兵也正在拦阻行人。

白灵紧握情报，喘息抉择，猛然左肩被谁重重地拍击了一下，吓得她几乎叫出声来。

白灵转过头下意识挣扎，却见身着军官服的鹿兆海微喘着气站在面前，一只手还死死地抓着她的左臂。

鹿兆海："让我找得快要急疯了！"

白灵呼出一口气说不出话，鹿兆海拉着她的胳膊离开甬道，朝一座亭子走去，几个便衣带着士兵围上打量。

鹿兆海骂："滚！没看见老子这身军服？"

军警停住脚步，远处段老师消失在人群中。白灵余光瞥着又惊魂未定地上下打量鹿兆海。

鹿兆海没好气："你真心硬！我四处找你你怎么就不知跟我联系一下！"

白灵瞅着鹿兆海的军装，却问："你这衣裳是连长，还是营长的？"

鹿兆海："问那干啥？好不容易撞见你，难道跟我连一句知心话也没有啦？"

远处惨叫声，军警逮人声传来。

白灵嗔怒："我怕你把我填了枯井！"

鹿兆海："那是特务干的事，而我是一名军人。"

白灵："特务难道不是贵党豢养下的？"

鹿兆海恳切地："难道我们一见面就非得吵这事吗？你和我之间就只有国和共的争斗吗？我们那时候两小无猜，想想到一起，说能说到一道儿，我们抬死人也是抬一副架子！我们屁股底下就埋着西安城被围八个月死人的尸骨，咱俩在这儿挖坑埋死者还参与修这公园，就在这儿咱们还订了终身，而今却弄到这个局面……"

鹿兆海说到这儿已经伤心了。

白灵却冷淡地："你该不是从月亮上刚下来吧？城里的枯井几乎天天都有活人被撂进去，你却在这儿抒情。"

鹿兆海无可奈何："咱不争了，你能告诉我你的住处吗？"

白灵："不能。"

鹿兆海："你不相信我？我还不至于卑劣到向特务告密我的……"

白灵站起来："我要回家了。"

鹿兆海猛地揪住她胳膊，哀求："我们一月能不能见一面？我看看你就行。我再说一遍，我等你，决定终身不娶！"

白灵："我已经成家了，还能再和你约会吗？"

鹿兆海一惊："和谁？"

鹿兆海目光突然落到白灵手上那枚婚戒，伸手就要夺。

白灵挣扎："你松开我！"

鹿兆海不敢相信地："你真的……"

白灵发觉自己的心开始战栗，故意冷着脸："你到枯井里认我的尸首时，我谢你。”

鹿兆海含泪望着她说不出话，白灵转身狂奔而去。

20. 民乐园小茶馆　日　外/内

街市杂乱无章，卖羊肉泡馍虎头帽的大声叫卖，耍猴的唱戏的摆摊的各类人等聚在一块，锣鼓声吆喝声喧闹成一片，白灵低调又警惕地绕过种种障碍，匆匆走进简陋的小茶馆。

黄先生正在柜台后冲白灵点了下头，白灵撩帘进后门。鹿兆鹏正在狭小黑暗的柴房中抽烟，见白灵走进长舒口气。

鹿兆鹏："咋这么晚才回来，我以为你出事了。"

白灵从发髻中取出纸条递给鹿兆鹏，轻声："没事，遇着点麻烦，你先看吧。"

鹿兆鹏展开快速看着，脸色也随之变化，白灵怔怔瞧着他。

鹿兆鹏点头赞许："中央的决定很及时，我们要改变策略了。"

白灵："段老师说已经查清锣鼓巷十五号没有暴露，我们可以回去了。"

鹿兆鹏一笑："出来这么多天，我还真有点想那个家呢。"

白灵："我遇到兆海了。"

鹿兆鹏的笑僵在脸上，呆呆看着她。

白灵黯然神伤："你放心，我成功把他甩了。他不知道怎么找咱们。"

鹿兆鹏不知该说什么好，轻声："快吃饭吧，都在锅里热着呢。"

白灵转身揭锅拿出馍来啃着，鹿兆鹏倒过一杯热水递到面前，自己低头坐在对面仔细看着情报。屋中寂静无声，白灵异样的眼神偷瞥鹿兆鹏。

白灵轻声："我跟他说我已经成家了，他也看见了我的结婚戒指。"

鹿兆鹏眼直勾勾地盯着纸条，微微点了下头。

白灵把剩下的话全咽回去，大口嚼着……

21. 白家　晚　内

白孝文小心翼翼地将设计好的新族谱展给父亲看，白嘉轩就着油灯仔细观瞧。

白孝文轻声解释："这些空白的地方都是留给走了的人的，到时宣读一个就在上面记下一个。"

孝武也凑在一旁好奇看着，赞叹："哥，这也亏了你，我可做不来这个。"

白孝文一笑："爸，我想了，到时到三官庙请来和尚，为每个有资格上族谱的亡灵诵经超度。按照白鹿两姓的辈分自高至低，同辈人再按照年龄长幼排出顺序，先由死者的儿子或孙子代表全家人点燃三支紫香插入香炉，然后率死者的男女孝子长揖重叩三匝，跪在灵桌前，这才将名字写入族谱。"

孝武惊叹："哥，真有你的！"

白嘉轩也露出赞许的目光。

白孝文耐心地解释："按族里规矩，所有死去的十六岁以上的男人和嫁到白鹿村的女人都填进一块方格，而本族里未出嫁的女子即使二十岁死了也没有资格。"

白嘉轩频频点头。

孝武冲动地："爸，这修族谱的仪式就应该由哥来主持！我只会干些杂事，哪懂得这些。"

白孝文忙摇头："孝武，爸定下的就由你来主持。何况我也没那资格……"

孝武焦急地看着爸，白嘉轩却默不作声。

白孝文平静地："爸，您看着行我就再去誊一份，您早点歇着吧。"

白嘉轩将族谱放在炕桌上，拿起拐杖起身开门出去。兄弟俩诧异交换个眼神。

白嘉轩在院里叫："孝文，你跟我去个地方。"

孝文愣了愣，迈出屋去。

22. 村　晚　外

白嘉轩拄着拐杖在前面走，白孝文后面慢慢跟随，诧异的目光打量爸的背影。

远远的跛子爷提着灯笼走来："族长？您这是干啥去？"

白嘉轩摆摆手："带孝文走走，巡你的夜。"

跛子爷莫名其妙地望着父子俩消失在黑暗中。

23. 塔 晚 外

远处塔的黑影伫立在月色笼罩的坡下，白孝文放慢脚步，迟疑不决，神色复杂地看着石塔。

白嘉轩回过头："咋，不敢走了？"

白孝文欲语还休跟上去。

白嘉轩走到塔前，拄拐仰望："我知你这次回来一直绕着这个地方走，你怕啥？说出来。"

白孝文苍白着脸艰难喘息。

白嘉轩沉声："这塔下埋的是两个人，你已经知道了吧？"

白孝文眼睛湿润，喘息不语。

白嘉轩转过头定定看着儿子："镇塔前有人求过我，说这女子怀了你白家的后，一起镇了怕是要绝种。你爸我还是要镇这个塔。"

白孝文含泪望着爸，咬紧牙关不让自己哭出来。

白嘉轩提高嗓门，用力顿了顿拐杖："是我跟孝武亲手封的塔基！扑杀了飞出的蛾子！一点邪气没跑出来全被镇在下面！我想知道的是，你心里是咋想的，你是怨？是恨？是赞同？是懊悔？还是其他啥想法？今天在这当着他们你给我说出来！"

白孝文已经浑身哆嗦似筛糠，颤抖着嘴唇说不出话。

白嘉轩突然扬起拐杖直指儿子的胸口："到这儿了你还装啥！"

白孝文"扑通"跪倒在地，趴伏在地上号啕大哭。白嘉轩拄着拐杖静静地看着儿子。

白孝文哭得极其伤心，泣不成声："小娥……我的娃呀！我对不住你们！下辈子我做牛做马也要偿还你们！我不是人咧！我是个混账我是个畜生！老天就该天打雷劈了我！"

白孝文疯狂地抽起自己嘴巴，血从嘴角淌出。

白嘉轩含泪走到儿子面前："你当我不心痛吗？你奶和你妈都走了，你弟也带着媳妇进山，我一个人守在院子里的时候，我就想这个家完了，败了，空了！我白家绝后啊！老天爷肯定要惩罚我！谁想你弟回来说他媳妇怀上了，老天有眼啊，容我条活路。”

白孝文趴在爸的脚边，放声大哭：“爸，我错了我错了！”

白嘉轩老泪纵横，点头：“今天你这错才是从心里认的！给你娃磕三个响头，从此再不要来这儿！”

白孝文重重地磕下头去……

24. 祠堂　日　内

和尚诵经超度，香火缭绕，在祠堂内氤氲一片，挂在堂中的先祖神容默默注视着底下肃穆而立的乡民。

孝武站在牌位前高声宣读：“赵柱媳妇赵吴氏……”

赵柱领着孩子上前含泪插香祭拜。孝文悬腕将死者的名字填写进印红的方格，再放下毛笔对死者行三鞠躬礼。赵柱领着孩子退出祠堂。

孝武高声：“鹿满仓老母鹿林氏……”

满仓哭着扑在牌位前，燃着的香在手中不停颤抖。

满仓：“妈啊……等我媳妇生了娃我带他们一块儿给您上香来！”

孝文悬笔又在红格上记下，起身跟着鞠躬。

孝武颤抖着声喊：“白家白赵氏，白吴氏……”

孝武放下纸张，孝文也搁下笔跟随白嘉轩跪倒在牌位前上香祭拜。

白孝文泪如泉涌重重磕头。

25. 鹿家　日　内

纺车上的线纺了一半，箩筐里盛的针线也洒落出来。鹿子霖媳妇坐在地上哭，鹿子霖一旁骂着。

鹿子霖：“你要敢出这门我休了你！”

鹿子霖媳妇哭：“你不是这族人哩！这么大的事咱能不去吗？我可怜的媳妇啊！没人给你上香哩！”

鹿子霖懊恼：“上香也该由你儿子上！用得着你我？”

鹿子霖冲院外骂：“做族长不想着为族里谋活路揽钱，天天净整这些没用的事！他准是镇塔镇他孙子心虚哩！靠上香祭祖找补！”

26. 祠堂　日　内

白兴儿跟桑老八轻声：“还有吊死的兆鹏媳妇，还有塔底下那俩！”

孝武喊：“鹿冷氏……”

冷先生上前接过白嘉轩递给的香，含泪插进香炉跪倒在地。

跛子爷在几个老者身旁轻声：“绝户的那几家咋办？”

孝武那边正迟疑，转头看着爸：“这几户……没人咧。”

白嘉轩高声：“都由我这族长祭拜！”

白嘉轩执香上前跪倒在地。

孝武含泪喊：“白四一家三口绝户，鹿栓一家五口绝户，赵大喜一家六口绝户……”

白嘉轩重重磕头，乡亲们泣不成声跟随跪倒。孝文颤抖着笔一字一画地记录下死者的姓名。

冷先生含泪看着白嘉轩：“你把塔底下那俩也祭了吧。”

祠堂内鸦雀无声都注视着白嘉轩，白孝文也视线模糊看着爸。白嘉轩默默拿起两根香慢慢折断，扔进烟火中。众人发出一声失望的轻叹。白孝文泪水滴落在纸上，将红格渲开像血一般。

白嘉轩慢慢起身，回头扫视众人，祠堂里鸦雀无声。

白嘉轩不无激扬地一挥手：“总不能叫牛车老窝在坑里，得让车轮子上路滚起来！走了的人都入了族谱，走得踏实哩！活着的人就踏实地活！”

乡亲们宣泄地吼起：“踏实哩！”“踏实哩！”

一声比一声高亢，响彻整个白鹿村。

27. 锣鼓巷十五号　日　外

鹿兆鹏提着箱子与白灵并肩站在院门前，两人意味深长地相视，牵起手迈进门去。

魏太太正在做饭，惊呼："你们去哪儿了？我的老天爷！一走半个月连声招呼都不打！"

白灵歉意地赔笑："魏太太对不起，是他家里有急事，我陪他连夜回老家了。"

鹿兆鹏也谦和地笑着点头。

魏太太不满："那你们也打声招呼啊，闹得我进又不敢进，还以为你俩出什么事了！"

鹿兆鹏连连道歉："对不起对不起，那时候您已经睡下了，我俩实在不忍心叫您。"

魏太太长松口气："行了，没吃饭吧？一会儿出来跟我一块吃饭啊，我正好多做了。"

白灵感激地微笑，跟随鹿兆鹏进屋关好门，两人长出口气打量房间。

鹿兆鹏轻声地："我敢保证她一定进来过。"

两人相视而笑。

白灵轻声："那就换把锁。"

鹿兆鹏有些担忧地瞧着白灵："就在这床底下杀死的叛徒，你敢睡？"

白灵大方地上前躺倒在床上，惬意地伸了个懒腰："怕啥，我做梦都想睡回来。要是再能处决几个叛徒，我睡得还能更踏实呢。"

鹿兆鹏目光欣慰，拉把椅子坐在床边："我们已经摸到姓姜的住在哪儿了。"

白灵腾地坐起，直勾勾地瞧着鹿兆鹏。

鹿兆鹏神秘地："组织上委派咱俩摸清他的动向，生活习惯以及周边环境，为除掉这个大叛徒做好充分准备。"

白灵激动的神色，眼中闪着光亮。

叠画：

白灵与鹿兆鹏扮作亲密的夫妻，白灵胳膊斜挎在丈夫的臂弯走过戒备森严的大院，门口几个便衣警惕地张望四周……

一辆全封闭的汽车从院中驶出，白灵与鹿兆鹏在茶铺装作喝茶，紧盯车远去……

家，鹿兆鹏在纸上绘出四合院的结构，与白灵轻声商议……

在特务簇拥下，姜政委下车直接走入政府大楼。远处白灵焦灼的目光眺望……

28. 家　晚　内

黄先生、段老师与鹿兆鹏激烈而轻声地争论着。白灵在一旁倒水，时不时靠在门口监视外面动静。

段老师："我赞成炸车的方案，可以在路上设置障碍，趁他们停车时突然袭击。"

鹿兆鹏摇头："根据我们的了解，这方案不切实际。他的车是两点一线，从家到政府大院，其他地方不去。"

黄先生："我同意组织上第二套方案，给姜家打进一个佣人，设法靠近刺杀。"

段老师连连摇头："姓姜的警惕性太高，连收破烂的都不许进院。他身边的老妈子下人全是军统派的，我们的人不可能打进去。你这个更不切实际。"

鹿兆鹏皱眉思索："强行突击更冒险，根据我和白灵的观察，他住的这套院一共有三进，每道墙都有两个特务把守。"

三人都沉默不语。

鹿兆鹏喃喃地："住和行全没有漏洞，这个口子从哪里开呢？"

白灵望着他们三人，也焦虑地思索。

29. 姜府门外　日　外

一个小贩打扮的人提着食盒匆匆跑来，喊着："借过借过！"

白灵啃着馍诧异瞧着，门口守卫竟指着小贩笑骂："怎么才来！"

小贩笑："堵哩！刚出锅的馍都给掰好了！"

白灵眼睛一亮。

30. 老孙家泡馍店　日　内

鹿兆鹏狼吞虎咽端碗吃着泡馍，白灵笑眯眯招呼小二。

小二上前："您还要点啥？"

白灵："我先生喜欢吃你家的泡馍，他就好这口，问问你们老板能不能天天给家里送啊？"

小二略一迟疑："不瞒您说，这西安城达官显贵都在我们家订泡馍，客官您这口不低。"

鹿兆鹏一抹嘴："加送钱！"

小二赔笑："就是人手有限，送的人都满了，您加多少钱也够呛！"

鹿兆鹏与白灵交换个眼神，不满地一拍桌子："给你钱不挣！"

白灵拦过丈夫，冲小二："少拿什么达官贵人吓我们，你哄谁哩。泡馍要热着吃才好，谁没事让你们天天送，那不全泡烂了！"

小二神秘："客官您不知道，只有我们有这手活！馍掰碎了单放，热汤也能保温，送进宅子必须我们的人亲手合在一块，现下佐料！比店里吃得还香！"

鹿兆鹏笑起来："要不他们挣钱呢！"

白灵也会意地笑："听他吹呢！我不信，人连这几步路都不愿走，非让你们送。"

小二笑："那您先生不也动这心思了么？"

旁边有桌招呼，小二忙转头答应忙碌。鹿兆鹏与白灵交换个眼神。

31. 白家院门前　日　外

白孝文将行囊递给手下，回身停步。孝武搀扶着爸跟在后面。白嘉轩静静看着儿子。

白孝文："爸，那我上路了。"

白孝文正要走，白嘉轩身后叫住他："孝文。"

白孝文忙转过身："爸，您还有啥事？"

白嘉轩意味深长地："你不适合做官，趁早找个地方教书去，这辈子都安稳。”

白孝文脸色一变，诧异地看着爸。

白嘉轩眯起眼注视儿子：“你做官缺啥东西知道不？”

白孝文：“爸您说，我听着。”

白嘉轩：“心诚。”

白孝文哑然失笑：“爸，亏您做了那么多年族长，咋还不明白，做官不是给上面看就是给下面看，天天装你咋能心诚哩！”

白嘉轩摇头：“就算天天装也是装给别人看的，不能把自己也给骗了，对自己得心诚。”

白孝文怔怔看着爸，恍惚点头：“爸我记下了，我走了！”

白嘉轩拄着拐杖默默看儿子的身影远去。

32. 家　夜　内

黄先生与段老师激动地对视一眼，鹿兆鹏和白灵微笑着坐在桌旁看着他们。

黄先生：“组织上已经采纳了你们的建议，确实这姓姜的极好吃泡馍，而且专好老孙家的口味，隔三岔五让人送上府去。”

段老师：“我们现在已经派了一个年轻的同志打入泡馍店扮作堂倌，准备由他先给姓姜的送几次，等所有人熟悉了麻痹大意起来，我们再往里下毒！”

鹿兆鹏欣喜地与白灵交换眼神，又迟疑了一下：“派的人可靠吗？这可是近距离的考验，一般人承受不住。”

段老师点头：“应该没问题，这个同志是我们精挑细选出来的，参加过游击队上过战场，死人堆里爬出来的。”

33. 姜府门外　日　外

白灵与鹿兆鹏坐在茶铺里焦急眺望姜府大门，远处黄先生与段老师也焦灼地往这边看。鹿兆鹏轻轻摇了摇头，又看看表。

堂倌提着食盒从门里走出，一个便衣冲他叮嘱着什么，堂倌连连赔笑点头。

白灵目光一紧，凝神观望。

34.家　夜　内

灯下鹿兆鹏和黄先生听段老师轻声说着，段老师抑制不住兴奋。

段老师："一进院姓姜的就问他哪里人，为啥换人了，我们这个同志是见过大阵仗的，稳得住阵脚！回答得滴水不漏。"

鹿兆鹏疑惑："那为啥出来时特务还要盘问他？"

段老师一笑："是让他改天再去时多带个肉夹馍，姓姜的嘴馋哩！"

三人同时笑起。

段老师："咱这同志学得也快，现场合碗下料居然比老孙家干过多年的堂倌不差！"

门开，白灵匆匆进屋。鹿兆鹏忙起身瞧着她，白灵递上取回的情报。

鹿兆鹏回灯下展开，黄先生和段老师也凑上前紧张观瞧，三人都是脸色一变，惊诧对视。

白灵不由地问："咋了？"

鹿兆鹏皱眉："组织上刚截获的情报，这个姓姜的马上要调往南京，近日动身。"

黄先生长叹："这一走就更难除了。"

段老师恨恨地一捶桌子："白做了这么多精心准备！"

鹿兆鹏沉声："向组织汇报，能否在他去往南京的路上寻找时机截杀。"

黄先生和段老师都缓缓摇头："谈何容易！"

鹿兆鹏咬牙："就是拼死也要把他除了，不然我们那么多同志就白牺牲了！"

白灵目光懊恼。

35.姜府门外　日　外

有特务在往车上码放大包小包的行李，白灵忧心忡忡地在茶铺中望着。

鹿兆鹏快步走来，脸上带着异样的神色。白灵一愣，见他走近还没来得及招呼。

鹿兆鹏急促地："药，快回家拿药！"

白灵一惊，怔怔看着他。

鹿兆鹏颤抖着声音："姓姜的又点了泡馍，他临走前还想尝一碗！"

白灵脸色大变，转身狂奔而去。

36. 家　日　外/内

白灵冲入院中，魏太太正在院中躺椅上抽着烟，见白灵冲进直起腰跟她打招呼："回来了？这些日子你们都忙啥呢，天天不着家！"

白灵来不及回答冲进屋。魏太太目光疑惑。

白灵将门撞上，翻出床下的箱子，从最里层取出一个瓷瓶，起身奔出门去。

37. 老孙家泡馍店后院　日　外

药粉洒进热气腾腾的汤中，黄先生迅速用筷子搅了搅递给段老师，段老师小心翼翼放入食盒。鹿兆鹏却凝神打量一旁不安的年轻堂倌。

外面有人叫骂："快着！人家车门口等着哩！"

白灵从门口回头，轻呼："快点，他们派人来接了。"

年轻堂倌颤抖着手接过食盒，段老师低声叮嘱："记着看他喝完再出来！这药起劲慢有的是时间！"

年轻堂倌咽口唾沫，无比紧张地要往门外走。

鹿兆鹏皱眉："等等！"

众人都回头看他，年轻堂倌手一抖，汤洒出几滴。

鹿兆鹏："你还能送吗？老黄老段你们看看，我认为他送进去就得出事！"

年轻堂倌脸色苍白，快哭出来。

段老师恼火上前："你怕啥哩？又不让你当面杀他！"

黄先生也急："你不是进去过一次吗？"

门外有人重重敲门："快点！人家都急了！干啥哩这么磨蹭！"

年轻堂倌艰难喘息，颤抖着声音："太突然了……我没想是今天！我没事，没事……"

鹿兆鹏与黄先生段老师焦灼地交换个眼神。

白灵突然轻声地："我去吧！"

所有人都是一惊，转头瞧着白灵。

鹿兆鹏皱眉："不成！哪有女人送的。"

段老师提过食盒："要不我去。"

白灵摇头，伸手也抓住食盒："你们才不像送饭的，平心而论我一个女的送过去才不会引起姓姜的怀疑。"

几个人面面相觑，门更剧烈地被拍响。

外面人骂："不用你送了！人家直接取走！"

鹿兆鹏目光一紧。

白灵急叫："表哥，我替你送去吧，还得把食盒拿回来哩！"白灵转身将门拉开，提着食盒，"我表哥闹肚子，我替他送去！"

鹿兆鹏来不及阻拦，白灵已经冲向前院。

段老师急得不行，指着年轻堂倌："你啊！"

黄先生诧异："现场下佐料要手艺哩，她会吗？"

鹿兆鹏一惊，追出门去。

38. 车 日 内

便衣冷冷打量着白灵，车颠簸往前开着，白灵抱着食盒拘谨地冲便衣笑笑。

便衣："还真他妈香！"

开车的便衣不怀好意地笑："饭香还是人香啊？"

车里人狂笑。白灵低头抱住食盒，像从未出过门的女孩一般羞涩。

车颠簸而去，后面尾随着两辆人力车。鹿兆鹏和黄先生段老师坐在车上，焦灼的目光望着汽车。

39. 姜府 日 外/内

便衣从白灵手中接过食盒，伸手摸她腰间，白灵吓得退缩。

便衣坏笑交换个眼神："别动，搜身！"

白灵尖叫一声抢过食盒退出老远，姜政委在屋中咳嗽。

姜政委："一个女娃娃搜啥！让她拿进来。"

白灵抱着食盒低头走进屋，姜政委正拿热毛巾擦拭，上下打量她。

姜政委:“咋换成你了？老孙家没人了找个女娃娃送饭。”

白灵怯生生地:“我师父没工夫，表哥又闹肚子，怕被店家扣工钱只能我偷着送来了。”

手下在姜政委耳边轻声:“是从店里接的。”

姜政委指了指桌子:“放那儿，合碗下料吧。”

白灵怔了怔，深吸一口气，慢慢从食盒中取出碗碟来……

40. 姜府门外茶铺　日　外

鹿兆鹏不安的眼神凝望姜府大门，黄先生与段老师坐另一桌也忧心忡忡。有特务在门口巡视，一辆军车驶来，从车上跳下十几个荷枪实弹的军警，黄先生和段老师目光一紧望向鹿兆鹏。

鹿兆鹏微微摇头轻声:“是出门戒严用的。”

有士兵冲到茶铺门口，鹿兆鹏的手悄悄摸向长袍内的手枪。

士兵端着枪轰:“走走，都出去！店都关门别再卖了！”

三个人交换个眼神，只得起身走出。

41. 姜府　日　内

白灵从容地将馍倒入汤中轻轻搅拌，又撒下佐料，不急不缓仿佛在侍弄一盆花草。

姜政委饶有兴致地看着她:“你这合的不一样哩，你师父你哥都没教过你？”

白灵淡然一笑:“您那是武吃，我这是文吃。一般人都没吃过。”

姜政委愣住:“还文吃武吃，我咋没听说过？”

白灵眨眨眼:“别说您，我们店新招的伙计都不知道呢。要不是我师父我哥病了，您没准这辈子也赶不上文吃！”

姜政委坐下端起闻了闻，又小口喝了口汤吧唧着嘴。

白灵眼巴巴瞧着他:“是不，味道不一样吧？”

姜政委点头:“真不一样，那啥叫文吃，你给我讲讲。”

白灵一笑："文吃一般都传给女眷，所以先生从未吃过也正常。女人怕油腻，下的料细，汤也淡些，馍掰得更碎，入口也不一样哩。"

姜政委笑起来，端起碗吹了吹，白灵的心都要提起，凝视他拿起筷子，姜政委突然拿过空碗往里拨了一点，递到白灵嘴前，和蔼可亲地："一起吃。"

白灵脸色一变："我不敢。我师父我哥会骂我的。"

姜政委笑："我给你做主！吃！"

白灵迟疑了一下慢慢接过碗筷，姜政委笑眯眯地异样眼神瞧着她。

白灵一咬牙大口吃起……

42. 姜府外街道　日　外

黄先生与段老师急得在拐角处徘徊，鹿兆鹏铁青着脸凝望已被戒严的那条街。

黄先生看表："完了完了，这么晚还没出来，八成是出事了！"

段老师："我们已经提前做好多手准备，谁想还是赶不上变化！"

鹿兆鹏攥紧手，手上戴着婚戒，焦急凝视远方。

鹿兆鹏突然轻声："出来了！"

黄先生和段老师回头望去，白灵提着食盒平静地往这边走着，穿过荷枪实弹的军警远远望见他们。

鹿兆鹏一喜正准备迎上，却见白灵脸上异样的神色，眼巴巴地瞧着她走近。白灵苍白着脸走到拐角，将食盒递给段老师。

段老师焦急地："他都吃了？"

白灵颤抖着声音："我也吃了……"

鹿兆鹏脸色大变，白灵瘫软倒在他怀中。

第四十四集

1. 诊所后院　日　外

鹿兆鹏抱着白灵冲入小屋，一个医生模样的人愤怒跟随。

医生轻声："这是违反纪律！你这样会暴露我们……"

鹿兆鹏拽住医生急："我告诉你这是我们非常重要的同志，你必须救活！"

黄先生拉过医生："为了杀姓姜的她吃了那毒药！"

医生脸色一变，鹿兆鹏焦急地看着近乎昏迷的白灵，抬眼望着医生。

鹿兆鹏："快救她！"

医生不由分说快速取出小瓶注射液往针管里吸，白灵一声呻吟，医生又手忙脚乱按压白灵的腹部。鹿兆鹏眼中充满焦灼，竟有些手足无措。

医生："老黄，叫他们帮我拿催吐的设备！"医生扒开白灵的眼皮仔细查看，轻声，"你们都出去等！"

2. 诊所门外　日　外

警车呼啸而过，街上气氛突然紧张。一队军警持枪从街上跑过，众人纷纷躲避。

鹿兆鹏与黄先生走出，段老师正焦灼不安地望着四处搜查的军警。

段老师轻声："他们肯定很恼火，在搜白灵！"

几个警察冲到诊所门前踹门进去，三人交换个眼神。

鹿兆鹏轻声："你俩堵住门口。"

鹿兆鹏尾随跟入。

3. 诊所 日 内

尖叫声翻找声，警察不管不顾地冲入每间屋子往外轰："别看了，都出去！"

病人与医生从各个房间出来，不知所措地躲避。鹿兆鹏紧张地望着警察搜索，转头瞥向通往后院的门。

后院屋中，医生正满头是汗给白灵挂点滴，往嘴中灌入汤药，听到动静也屏息停了一下，又继续忙碌。

警察直扑向后院，鹿兆鹏一个箭步挡上前赔着笑脸。

警察猛地一推，举枪顶住："干什么？"

鹿兆鹏哀求："长官，里面我太太正……"

两个警察对视一眼："叫他们出来！奉命搜查！"

屋内白灵痛苦呕吐，医生紧张听着外面动静。

警察已经冲到门口，鹿兆鹏再次挡上："不能进，里面正……我太太正打胎呢！"

警察本已揪住鹿兆鹏的脖领，一听忙松开："妈的，晦气！"

两人正要转身走，停住脚步低语几声，回头冷笑打量："好端端打啥胎啊？不是明媒正娶吧？"

屋内白灵痛苦不堪的神情，医生一旁颤抖着声音："快吐，尽可能吐出来！"

鹿兆鹏尴尬笑笑，从兜中摸出大洋塞进警察手心。

警察掂了掂，冷哼："民国新法妇女不能随便堕胎，知道不？违者判刑一年！"

鹿兆鹏急得快哭出来，从兜中又摸出剩下的钱："我就这么多了，二位长官行行好，放我一马！"

警察抢过钱大步出去，鹿兆鹏长舒口气。

屋中传来白灵痛苦的呕吐声。医生满头是汗推门出来，鹿兆鹏眼巴巴看着他。

医生点点头，轻声："再晚一步恐怕就……"

鹿兆鹏如释重负，一屁股坐到台阶上。

4. 诊所　晚　内

白灵静静地躺着，鹿兆鹏给她擦拭额头的汗水，守在一旁调试点滴。

鹿兆鹏趴在床边疲惫不堪地睡去，白灵虚弱地睁开眼拽过被单轻轻给他披上……

5. 医院走廊　晚　内

岳维山正跟几个军统同僚在走廊中轻声议论，看医生从办公室出来，岳维山忙快步上前，恭敬敲门。

屋中只有微弱的光亮，一个身着中山装的人坐在暗处。

岳维山上前："局座。"

黑暗中的人叹息："姓姜的看来是命要保不住了，只顾口腹之欲连命都不要了。送饭的女人找到了吗？"

岳维山："根据现场人的描绘，局座，我倒有个推测——这个女人很可能与上次仓库和郝县长见面的是同一个人，跟鹿兆鹏是一伙的。"

刚才走廊中几个同僚都进门来。

中山装沉声："叫你们几个站长过来，表明这件事的严重性，即将送往南京的人说死就死了，以后谁还敢再来投靠？"

岳维山和其他人都垂目不语。

中山装："谁破了这个案子把凶手抓到，我有言在先，必先提拔他！"

岳维山和其他人同时一个立正。

6. 家　日　内

门推开，白灵站在门口百感交集地看着屋里的摆设，迈进，身后魏太太的叫声："瞧瞧谁回来了！"

白灵慌忙回身："魏太太。"

魏太太异样的眼光打量，神秘地："快进屋歇着，可不能乱动！"

白灵一怔，被扶坐在床上，魏太太给她倒水，白灵忙起身接又被按下。

魏太太压低声："你什么也别管，就躺这儿歇着！对女人来说，这也跟坐月子差不多哩！"

白灵这才恍然，脸一红："我……"

魏太太笑着一拍白灵："行了你先生都跟我说了，你们真该把这孩子留下，再忙再有理由也别打呀，有了孩子才算个真正的家呀！"

白灵应付地点头。

鹿兆鹏出现在门口笑："魏太太。"

魏太太埋怨："你太太回来你都不去接？天天忙啥呢！"

鹿兆鹏苦笑："急事必须去办，我就让她自己回来了。"

魏太太走到门口指着鹿兆鹏："这是你的女人，为你受的苦！"

鹿兆鹏连声答应着，转头看白灵，白灵冲他会意地笑了笑。

鹿兆鹏关好门快步上前："灵灵，你知道不知道我取回来一个什么情报？"

白灵沉静地看着他："你不用担心，我可以吞吃刀子了！"

鹿兆鹏撇一下嘴角："这回是把刀子插到他们嘴里了！"

白灵顿然激动起来，抓住鹿兆鹏的胳膊急切地期待着。

鹿兆鹏解气地："姓姜的活受了几天罪没抢救过来，昨晚咽的气！"

白灵快活地颤抖着声："我们为老韩老郝他们报仇了！"

鹿兆鹏百感交集地用力点头，两人激动地抱在一起。

鹿兆鹏喃喃地："报仇了，报仇了！"

7. 家院　晚　外

魏太太好奇地看白灵炒好菜，鹿兆鹏提着酒从院外走进。

魏太太笑："这日子过得，还喝酒啊？"

鹿兆鹏笑着点头进屋。

魏太太神秘地在白灵耳边提醒："这身子还虚着，男人都是急得跟猴一样，咱做女人的自己心里得有数！"

白灵一愣明白过来，脸红笑了笑，端菜进屋。

魏太太眼巴巴看着门从里面反锁，窗帘拉严，摇头叹息："年轻人！"

8. 家 晚 内

鹿兆鹏用牙齿咬掉瓶塞，往酒盅里斟满了酒端起来，白灵也擦干净手，庄重地端起酒杯。

鹿兆鹏："枯井下的同志，你们的敌人今个完结了。"说罢把酒洒到地上。

白灵端起另一只酒盅同样洒下去，口里喃喃着："老韩，老郝，我给你们祭酒哩！"

鹿兆鹏重新给自己也给白灵的杯子里斟上酒："白灵同志，这杯我敬你。"

白灵举着杯，眼中闪着光亮注视鹿兆鹏。

鹿兆鹏："老韩说过一句话，你是干这行的好料，你没辜负他。"

白灵含泪："鹿兆鹏同志，谢谢！"

白灵说罢主动地和鹿兆鹏碰了一下，然后一饮而尽。饮罢抓过酒瓶，给兆鹏斟上，再给自己斟上，溢出红晕的脸庞容光焕发："我今日个才知道，烧酒合我的口味！"

鹿兆鹏从白灵手中夺下瓶子拧上瓶塞："不能醉倒，这是戒律。"

白灵却双手捂着脸呜呜哭起来。

鹿兆鹏抚着白灵的肩头："不能哭，这也是戒律。"

白灵抢过酒瓶又倒好，鹿兆鹏怔怔瞧着她。

白灵抹了抹脸上的泪水："我还没敬你哩。鹿兆鹏同志，我受过委屈，挨过打击，曾经迷茫过，也脆弱过，可我始终记着你那句话，做一个真正的共产党员，用理性支配自己的行动。你知道吗？你的话陪我渡过了很多艰难的时候。"

白灵一饮而尽，鹿兆鹏含笑感动地看着白灵，却只抿了一口放在桌上。白灵诧异地看着他。

鹿兆鹏摇摇头："待会儿我还得出门上路。"

白灵一惊："刚回来……你去哪儿？"

鹿兆鹏："回原上。"

白灵："回原上？得多少日子？"

鹿兆鹏摇摇头："不知道。"

白灵有些失落："能告诉我什么事不？"

鹿兆鹏：“大事，这件事办成功了，白鹿原将载入史册。”

白灵目光复杂地注视着他，转身抹干泪水忙碌起来：“我帮你收拾。”

鹿兆鹏：“我不在的日子你要多加小心。到了夜里把门锁好再睡。”

白灵默默点头，往箱子里收拾着衣服，突然低头轻声地：“等你回来，给我讲讲章子君的事，行吗？”

鹿兆鹏脸色一变，怔怔看着她的背影。

白灵转过身，嫣然一笑递过箱子：“走吧。我会照料好自己。”

鹿兆鹏接过箱子，欲语还休却终将话咽回去，只是点了下头。鹿兆鹏小心翼翼往窗外看了看，快速拉门钻出。白灵一动不动地站在那儿，目光怅然若失……

9. 白家　日　外

乡民热火朝天地运泥运砖，帮白家垒着门楼，有好热闹的对吼起几句秦腔，引来众人哄笑。女人们抱来瓦罐，将沙果叶子汤倒进粗瓷大碗中分给干活的人。

几乎全村的乡亲都来了，孝武热情地招呼着。白嘉轩拄着拐杖急匆匆从院里出来。

孝武激动地：“爸，乡亲们都帮咱家重修门楼哩！”

白嘉轩吃惊地看着众人，满仓和三娃子不好意思地上前。

满仓：“族长，那门楼是我们拆的，做的不是人事，今天我们给您垒回去！”

白嘉轩忙摆手：“不用，孝武赶紧让乡亲们都撤了。”

众人齐声喊：“族长，应该的，应该的！”

白嘉轩百感交集地望着。

10. 县城酒馆　日　内

鹿子霖殷勤倒酒，田福贤喝着小酒带着醉意瞥他。

田福贤：“话说到前面，你请我来喝酒，我在岳书记长那也说不上啥好话，找到你儿子兆鹏是真的。”

鹿子霖赔笑："我一直在找，可你们都找不着，我更甭说了！"

田福贤感叹："真是三十年河东三十年河西，瞧人老白家，全族的人争着给修门楼，那是扇你的脸嘞！"

鹿子霖恨恨地："全他妈是墙头草！一个也摁不下！"

田福贤嘴一撇："人家孝文这趟回家可风光，孝武主持修族谱干得也漂亮！村里人都说龙种终究是龙种。子霖，不服不行哩！"

鹿子霖不服："我家兆海不比他们强！"

田福贤冷哼："强龙压不过地头蛇，你家兆海是四处打仗的人，啥时能回还不知道，人家白家可憋着出个大县长呢！"

鹿子霖一惊："白孝文他……"

田福贤神秘点头："这小子有这潜力，到时候该在坟头放铳子的是人家白嘉轩，不是你。"

鹿子霖懊恼的目光。

田福贤趁机敲打："听说孝文可铆着劲想抓你家兆鹏立大功呢！要真让他抓着了，踩着你儿子的尸身上去，你们白鹿两家可就天壤之别喽。"

鹿子霖手里酒杯一颤，差点没洒出来。田福贤冷眼瞧他一笑，仰头喝尽。

11. 田地　日　外

白嘉轩带着孝武、鹿三正在耕种，鹿三用耙子平整着地上的土。鹿子霖远远瞥着白嘉轩，在旁边的地里大呼小叫。

鹿子霖故意大声感慨："这地真肥呀！全村的地就数这儿好哩！是吧三娃子？"

三娃子旁边赞叹："好地！鹿乡，你可换了块好地！"

孝武皱眉望着，白嘉轩低头锄地："看啥哩，干你的。"

孝武不服气："爸，他这是得便宜卖乖呢。"

鹿三放下耙子："那是分给孝文的地，嘉轩，你该收回来。"

白嘉轩："卖了就是人家的。三哥，咱不眼红。"

鹿子霖更加得意："比我家原来那些地都好！从我爷那会儿就盼了多少年！谁承想就落我手里了。"

孝武:“爸你听听!”

白嘉轩头也不抬地:“你哥回来再加上你修族谱,他看着有气,还不允许人叫两声?”

孝武怔了怔,释然点头,埋头继续干活。

孝武媳妇一手抱着孩子一手提着瓦罐来到树下,摆下几个粗瓷大碗,一一倒好茶水。白嘉轩坐在树阴下接过儿媳妇递上的孙子,抱起亲了亲。

白嘉轩冲鹿三:“三哥,你瞧他像谁?”

鹿三迷茫地看着。

白嘉轩轻声:“像灵灵小时候,你瞧他攥着我手不撒开。”

孝武与媳妇交换个眼神,远处田地间鹿子霖恨恨地看着,“呸”了一口。

鹿子霖媳妇:“人家逗孙子你也有气!”

鹿子霖骂:“他哪是逗孙子,是逗我呢!”

鹿子霖媳妇无奈:“没见过还有这么找骂的,你是他孙子啊?”

鹿子霖气恼:“把孩子抱地头来了,明摆着是跟我炫耀,欺负咱家后继没人!”

那边树下又传来全家人的笑声。

鹿子霖气得脸色苍白,扔下锄头:“不种了!”

12. 田地 日 外

乡民们拿着镰刀喜气洋洋站在田埂边,都等着白嘉轩那声号令,面前一望无际的麦浪被风吹得起伏连绵。

白嘉轩欣慰的目光冲孝武点点头。

孝武高声吼起:“收麦喽——”

人们应和着:“收麦喽——”

乡民们走入麦田,热火朝天地干起。

孝武头戴草帽,弓着腰,镰刀飞快地挥舞着,麦秆被割断时发出噼噼啪啪的响声,单调而悦耳。边割边捆,立成厚厚的一簇。

鹿子霖站在身旁一脸兴奋:“老天爷要补亏欠咱的哩!嘉轩,好年景啊!饥荒的时候是一粒不收,现在你瞧瞧,长疯咧!”

白嘉轩点头："这可是大丰收啊，多少年没有过了。欠土匪的粮这一次就能全还清了。"

鹿子霖脸色一变，偷瞥白嘉轩。

13. 鹿家　晚　内

一桌酒菜，满仓与三娃子交换个眼神端杯举起，冲鹿子霖恭恭敬敬地："叔，我俩敬你。"

鹿子霖举杯一碰："啥敬不敬的，自家人请吃顿饭还当个事一样！"

鹿子霖媳妇端盘炒鸡蛋上前，笑："你叔早说要请你俩，这不忙着种地一直没得空。"

满仓与三娃子拘谨地笑笑，不敢夹菜。

鹿子霖热情地："吃，吃啊！也没啥好东西。这些日子也真辛苦你俩，白家那门楼拆也有你们，建也有你们，累着了吧？"

两人交换个眼神，更加尴尬。

三娃子："叔，大伙儿都去了，我们不帮不合适。"

鹿子霖笑："想歪了！叔有啥资格说你们，人家是族长，叔明白！"

满仓皇恐起身："叔，您有话就吩咐。"

鹿子霖叹了一声："白嘉轩想还粮，乡亲们有啥想法？"

满仓与三娃子又对视一眼，试探："应该的，应该还。"

鹿子霖冷哼一声："你们辛辛苦苦种下的粮食最后都成人家的了，不心疼？"

满仓叹了口气："叔，您啥意思？"

鹿子霖把筷子放下："我啥意思，我要你们每天种地的时候好好想想，也把这话告诉桑老八、赵柱、白兴儿他们，你们流下的汗受的苦累，到头来都是土匪的！"

满仓与三娃子神色黯然，鹿子霖冷笑打量着两人。

14. 白家　晚　内

白嘉轩正抱着孙子逗，拿着虎头帽在面前晃悠，孝武媳妇旁边纳着小孩子的虎头鞋，笑呵呵地瞧着。

孝武急匆匆进屋："爸，不好了！不知是谁把全族的乡亲都叫到祠堂了。"

白嘉轩一愣，看着孝武。

孝武沉声："可没叫咱们。"

15. 祠堂　晚　内

乡亲们大声叫嚷，几个老者也连连摇头。

白兴儿："凭啥全还！好不容易赶上个丰收年，卖了粮换成钱我们还要乐呵呢！"

鹿子霖一旁叼着烟袋，得意地瞥着众人。

白嘉轩匆匆来到院门边，停住脚步听着里面动静。

老者："你们说换族长这也是混账话！能是说换就换的？"

三娃子："爷，再不换咱全族都白干一年哩！按说只能听族长的，他大手一挥，你让我们咋办么！"

另一老者："换谁能压得住阵，全族人都听他的？你说！"

满仓："我子霖叔就成哩！"

白嘉轩站在门外冷笑了下。孝武恼怒要进，被白嘉轩一把揪住。

鹿子霖在院里轻咳几声站起："这都是没用的话，我还当着乡约哩。天天管着十里八村的事，哪有闲心当族长！"

白兴儿叫："鹿乡你有威望哩，你乡约当族长，咱白鹿村才有面子嘛！"

众人哗然。

鹿子霖连连摆手："我可不受这累，你们再另选高明吧。"

三娃子喊："叔，别推了，全族人苦哈哈干了一年，你就应了吧！"

鹿姓的几个子弟也纷纷叫好。

白姓的乡亲嚷起："这咋能换哩！不成！"

院中闹成一团，白嘉轩拄着拐杖被孝武搀扶着站在门口，所有人安静下来，自觉地闪出条道。鹿子霖也慢慢坐下，瞥着白嘉轩身影。

白嘉轩悠悠地走进："各家的余粮都交齐了吗？"

满仓不情愿地："族长，我家房还要推倒了盖呢，再说我还想给我妈重新修坟呢！”

众人应和：“就是就是！”“族长，我还要聘闺女哩！”

白嘉轩点点头：“背着我你们聚在这里就商量这事？满仓，还商量啥？”

满仓紧张地咽口唾沫，鹿子霖狠狠瞪着他。

满仓结巴：“族……族长，能不还粮吗？”

白嘉轩盯着他：“有借有还，天经地义。”

三娃子壮着胆：“那要全族的人都不想还哩？就族长想还哩？”

白嘉轩一字一顿：“那就换族长。”

所有人再不敢说话，鸦雀无声。

鹿子霖起身：“嘉轩，你也都听见了，大伙儿都是这意思，土匪不缺粮食！你闹着给他们还粮，这闲话传出去不成笑话了！”

白嘉轩冷哼：“按你的意思呢？”

鹿子霖瞪眼：“不还咋的！他们这些年抢了老百姓多少钱粮！不说别的，你腰是不是他们打断的？”

桑老八：“他们那宿还顺走我一只羊！”

赵柱跟着起哄：“我家母鸡都被他们抱走，要说还他们得还我多少鸡蛋！”

李寡妇喊起：“就是，没人性的东西！不还！”

众人激愤：“土匪该杀哩！还养活他们！”

白嘉轩叼着烟袋冷冷扫视众人，满院子的喊声。

鹿子霖得意地看着白嘉轩：“我还有个主意，你家孝武上次送粮不是去过土匪山寨吗。”

白嘉轩点点头：“咋？”

鹿子霖：“不如跟田福贤说说，带上兵剿他一回！彻底把土匪老窝给端了，咱还能领赏钱哩！”

孝武涨红脸：“大，可不能这么说！人家救过咱命哩！”

孝武的声音顿时被乡亲们的喊声压过。

众人叫起好来：“好嘛！赏钱平分了过个好年！”

几个老者也连连点头。

孝武不知所措地转头看父亲，白嘉轩慢慢起身，绕到乡约碑前，背手而立。

白嘉轩高声：“乡约！患难相恤，滴水之恩当涌泉相报……”

乡民们鸦雀无声。

鹿子霖嘟囔："又拿乡约说事！"

白嘉轩转身扫视众人，顿了顿拐杖："这是还，不是送！人家借咱的时候这一粒米就能救活一个人哩，都忘了饿的滋味了？赵柱，忘了你媳妇为省下一口饭咋走的了？"

赵柱含泪不语。白兴儿、满仓、桑老八等人被看得低下头去。

白嘉轩："这点出息！乐呵，啥乐呵？又是吃喝嫖赌抽？日子刚好过点就把受的苦给忘了，还想乐呵！原上那些新坟刚堆起不到一年哩！那里埋着你们的家人！没有土匪这点粮，坟头还要多上一倍！我们不是还粮，是还命哩！"

跛子爷含泪点头："都昏了头！族长，还吧！"

白嘉轩目光落在赵柱身上。

赵柱难过："族长，还！"

白嘉轩转头扫视众人，依然鸦雀无声，每个人眼神都那么纠结。

白嘉轩拄着拐杖叹息："从来都是还比借难啊！"

鹿子霖懊恼的目光。

16. 村口　日　外

几辆马车压满了粮食，全族的人跟随白嘉轩往村口走。鹿子霖沉着脸在后头跟着。

跛子爷："族长，干啥非得你亲自送哩？村里壮劳力这么多。"

白嘉轩摇摇头："我跟土匪有话讲，也防着万一谁想挣那赏钱带兵跟随，我好拦着。"

白嘉轩目光落在鹿子霖身上，鹿子霖无可奈何地望着别处。

赵柱骂："谁要讨那点赏钱，黑了心咧！"

白嘉轩笑了笑："孝武，扶你三伯上马车。都回吧！"

鹿三被扶上马车，白嘉轩走到鹿子霖身前。

白嘉轩："我不在族里有啥事你来管。"

鹿子霖撇撇嘴："没那闲心！"

白嘉轩装糊涂："我还以为你做梦都想管哩。"

鹿子霖憋得脸红，瞪眼："你啥意思白嘉轩！"

白嘉轩笑眯眯摇了摇头，转身上车，还粮的队伍跟随白嘉轩的马车往村外走去。

鹿子霖揣着手眺望，一脸不屑："丰年当成饥年过。"

满仓、白兴儿赔笑凑上前："叔，晚上去我家喝酒啊，我俩请您！"

鹿子霖厌恶地："去去去！没喝就吐哩！"

17. 县保安队部　日　内

白孝文推门进来，扫视早已等候多时的几个手下，抑制不住兴奋："把门关上！"

忙有人去关门。

孝文："兄弟们，共产党最近在咱们县有动静！岳书记长亲自出马，估计这次动静还不小。立功的时候可到了，睡觉都给我把眼皮抬着！"

众人交换眼神。

孝文招招手，众人围上。孝文压低声："岳书记长说了，根据可靠情报，有可能共产党的一个啥会要在咱们附近开。都给我想想，能在哪儿？"

"开会得人凑齐了啊！人多应该好找。"

"我带弟兄们把县城翻个个！见人聚在一块的地方就查！"

孝文眯起眼，思索摇头："共产党是那么好抓的？"

18. 山寨　日　内

大拇指专注地拆枪，黑娃上前："大哥，啥事？"

大拇指手法熟练，把枪重新装上："听说山下最近过了几个商队？这肥肉咋没见你吃啊？"

黑娃迟疑："哥，你是听着啥了？我咋不知道？"

大拇指微微一笑，把枪扔到黑娃手中："不知道哥告诉你，他们都在后山聚着。去吧，一锅端喽。"

黑娃接枪不语。

大拇指围着他转:“黑娃啊黑娃，你是身在曹营心在汉啊。”

黑娃语塞:“我……”

大拇指一摆手，将枪拿过来意味深长:“后山的那些人，我知道是谁。从我这儿讲，给自己也留条路，对着呢！可他聚这么多人，不是奔咱山寨来的吧？”

黑娃苦笑:“咋能么，咱这人强马壮的。”

大拇指“嘿嘿”一笑转身走去，黑娃呆呆望着大拇指背影。

19. 后山　日　外

半山腰的山洞里，几个人牵过马匹，鹿兆鹏热情地与来人握手。

鹿兆鹏轻声:“还有两个地区的同志没有到。”

一人答道:“他们应该在今晚。”

另一人欣喜:“全省的代表那就都到齐了！”

鹿兆鹏点头:“同志们，这几天我们务必要小心，一个不平凡的事件就要在这儿发生了。我们做成这件事，将使本原载入史册！”

众人欣喜地交换个眼神。

20. 家　日　内

白灵拿着布面布里和棉花给魏太太展示，魏太太一个胳膊扶着另一个胳膊肘，弹着手里的卷烟烟灰。

白灵谦卑地:“我从前没做过衣裳，您瞧这腋下还有裤裆都得留出多少啊？”

魏太太笑起:“你可算问对人了，我一辈子没捉过剪子。连针线也没捏过。”

白灵吃惊地:“啊？”

魏太太热情地拉过白灵:“你给你男人做衣服还不如拿出去让专业裁缝做，回头就说是你亲手缝的！”

白灵哭笑不得:“跟他撒这谎不合适吧？”

魏太太笑着捶她一下:“跟男人得半真半假！太假了他嫌弃你，太真了他更嫌弃你！做女人还得我教你！”魏太太凑近压低声，“你们白天黑间屋里老是悄没声儿的？像是住着一对老夫妻。你俩才多大嘛！”

白灵也不在意地："过日子嘛，有啥吵吵闹闹的！"

魏太太又捶她一下："跟我装糊涂是不是，我说的是那事！人跟人差远了，甭看都是个人咯！"

白灵又是一愣，诧异地看着她："对呀，有的人性情活泼，叽叽喳喳，俺们俩人在一起总觉得没多少话好说。"

魏太太兴奋地："在你们前头这房里住过俩活宝，白天唱唱喝喝，晚上整夜闹腾……"

魏太太凑近轻声嘀咕起来，白灵不觉红了脸。

白灵："哎呀，您说的这是啥呀！"

魏太太更加兴奋："一瞧你就是个生瓜蛋子，你知道我有过几个男人？"魏太太打起七的手势，白灵无比吃惊地看着她，合不拢嘴。

魏太太："我十六岁嫁人，到二十五岁跟现今这老头子成婚，九年嫁了七个男人！每个男人都不一样！"

魏太太又凑近，轻笑嘀咕起来，白灵臊羞得满脸发烧。

魏太太却根本不理会，一味说下去："你得看透世事，女人要看透世事，先得看透男人。男人太殷勤不好，可天天不想着你就得提防，肯定是在外头打野食儿，所以说我老听不见你屋里的响动，我替你着急！"

白灵盯一眼魏太太没有说话。

魏太太依然面不改色："你甭那样相我，我说的是实话。我看你家先生也是个满天飞的人物。回家来黑间总是悄没声儿的，怕他走了歪路……"

白灵抱起布料和棉花奔出门去。

魏太太望着她背影叫："哎，干啥去！"

白灵："找裁缝去！"

21. 家院门外　日　外

白灵冲出院子，摸了摸自己发烧的脸，长长松了口气。

白灵抱紧布料，恍惚地往前走，眼中浮现着笑意……

22. 后山　家　县城镇子　日　夜　内/外

叠画：

几十个人凑在一盏油灯前，鹿兆鹏跟每个代表用力握着手。

几十个代表坐在山洞中激动地看着鹿兆鹏发言，不时有代表举手起立发言，其他人专注地拿小本记录……

县城，保安队搜查店铺，轰出人来。

白灵半张着嘴听魏太太绘声绘色神侃，又羞红脸跑回屋去，魏太太乐得前仰后合……

孝文在县城门口焦急徘徊，扫视正在接受检查的路人和马车。

鹿兆鹏与代表用力拥抱，望着他们消失在夜色中……

23. 县保安队　日　内

几个手下围在孝文身旁，孝文看着地图皱眉沉思。

孝文："县城，周围几个镇子都查遍了？"

"全翻一个遍！超过五个人聚一起我们就上去查！"

孝文眯起眼思索："这是老天送咱的机会，不能让他们就这么溜了！"

"能去哪儿？"

孝文紧张踱步想着。

手下低声七嘴八舌："他们总不能钻地底下聚齐吧？"

"共产党有三头六臂，会飞上天去？"

孝文突然停住脚步，猛回身，眼中闪着亮："山里！"

24. 山寨　日　外

白嘉轩将鹿三扶下马车，自己抬头看着山寨，让孝武上前叫门。

孝武喊："还粮了，白鹿村还粮来了！"

上面的土匪纷纷往下张望，白嘉轩冲鹿三轻声："三哥，你瞧。"

山门大开，大拇指、黑娃快步走出，惊诧地望着几辆马车的粮食。黑娃望见爸，更是脸色大变。

鹿三转身往车上爬："我不愿见他。"

白嘉轩强将鹿三挽住，转头冲黑娃喊："黑娃，还不过来搀你爸进去！"

黑娃迟疑了一下，快步上前扶住鹿三，鹿三甩开他的手。

鹿三："这早不认我这爸了，嘉轩要进你进，我不进这土匪窝！"

黑娃尴尬站着，大拇指笑呵呵上前。

大拇指："老人家，还记得我不？三官庙交农时的和尚！咱俩并肩斗过官府蹲过大牢哩！"

鹿三怔怔看着大拇指："你是……那和尚？"

大拇指意味深长地点头。

白嘉轩笑吟吟地看着众人，竟拄着拐杖散步般独自走入土匪山门。

25. 山寨　日　内

大拇指亲自倒满几碗酒捧到白嘉轩、鹿三面前，孝武却紧张地看着四周。持枪的土匪站在两边，盯着桌旁的众人。

大拇指自己也端起，感叹："这粮食我没想你们能还，更没想还得这么快，仁义白鹿村！我敬你这族长！"

白嘉轩也不客气，竟一仰而尽。

孝武一旁吃惊地低声叫："爸！"

大拇指一抹嘴，乐："没见过你爸这么喝酒吧？告诉你小子，你们不如我看得懂他哩！"

白嘉轩冲儿子："喝你的，今晚咱住下。"

孝武呆住，惊诧地瞧着爸。

大拇指用力拍孝武的肩膀："你爸让你住就住，怕我吃了你？"

众土匪都朗声大笑起来。

白嘉轩："黑娃，这次来一是为还齐粮食，咱们从此两不该欠。"

众人鸦雀无声，大拇指也转头望着白嘉轩。

白嘉轩却只盯着黑娃："二来是想让你们父子相见一面。你爸闹下病了，你自己也瞧见，他一会儿明白一会儿糊涂。自古打仗亲兄弟，上阵父子兵，爷俩有啥恩怨今晚都了了吧。不然怕是以后你后悔一辈子哩。”

黑娃默默望着鹿三，鹿三正傻笑着在厅内走来走去，好奇地摸着烛台桌案虎皮。

黑娃走上前，轻声："爸。"

鹿三像没听见一样，坐在虎皮上颠了颠。

黑娃不敢相信地看着，孝武一旁轻声："三伯在家就这样，最近糊涂的时候越来越多了。他老半夜不睡觉，满院叫你的名字。"

黑娃眼泪夺眶而出，颤抖着声音："爸！"

鹿三这才慢慢抬头陌生地看着黑娃，黑娃"扑通"跪倒在地："爸！"

鹿三吓得躲到虎皮椅后，黑娃跪着扑上前抱住鹿三的腿痛哭。

黑娃："爸，是我啊！黑娃！"

鹿三这才慢慢试探地将手放在儿子的头发上，呆呆地抚摸。

白嘉轩欣慰的目光。

26. 山寨黑娃屋　日　内

黑娃蹲在盆边给鹿三洗脚，鹿三木讷低头看着。白嘉轩身后叼着烟袋默默注视。

黑娃："爸，你走这一路辛苦，儿子给你泡泡脚。"

鹿三瞧着黑娃突然嘿嘿傻乐，缩回脚又被黑娃按回去。鹿三指了指白嘉轩瞪儿子。

鹿三："你大哩！"

黑娃明白过来，端起另一个盆："大，我给你也打一盆去。"

白嘉轩摆手："不用，黑娃你坐下，让你爸好好泡着咱说说话。"

黑娃忙坐下，瞧着白嘉轩。

白嘉轩："想过出路么？"

黑娃愣了一下："啊？"

白嘉轩："出路。要么死在官家的枪口下，要么埋在这深山老林里。你打算一辈子做土匪？"

黑娃转头看爸，鹿三也眼巴巴看着他。

白嘉轩叹息："路上我跟三哥还说哩，当初给你娃起名鹿兆谦，是偶然听我姐夫说过一句，记下了，我想让你跟书里人一样长成谦谦君子。你爸传到你这代就算熬出来了。"

黑娃垂头不语。

白嘉轩瞧着他："所以有一段，我不许他们叫你黑娃。谁想后来都叫顺嘴了，这也赖我没坚持。你的名没起错，我一直这么想。"

黑娃轻声："大啊……你不恨我？"

白嘉轩："说不恨是瞎话，可伯知道你不坏，你能学好。人活着总得有个奔头不是？天天打打杀杀靠劫财抢人过日子，土匪没出路啊孩子！"

黑娃喃喃："这是我的命。"

白嘉轩一拍桌子，倒把鹿三吓一跳，水盆咣当响差点洒出水来。

白嘉轩："我还就不信命！命是啥？你弱它欺负你，你强它不知屄哪儿去！你孝文哥回家啦，拜了祠堂。当年混成啥样子？吸鸦片，拆房，不认我这个爸，不也回来了？"

黑娃抬起头，眼中闪动着光亮。

鹿三点头："就是，就是。娃，听你大的话。"

白嘉轩语重心长："娶个能掌家的贤惠媳妇，后半辈子咱踏实着过，行不？"

黑娃颤动着嘴唇说不出话。

远处传来枪响，大拇指撩帘进屋。

大拇指扫视屋里："外面来了一个商队，着急找你！"

黑娃愣住："找我？"

大拇指脸色异样："为首的你认识。"

27. 山寨　日　外

黑娃匆匆走出，鹿兆鹏正焦急徘徊。

黑娃怔住上前："兆鹏哥？"

鹿兆鹏急不可耐："保安团突然搜山来了！我们的人被堵在山腰上下不去，我只能带他们……"

黑娃转头扫视，商队十几号人都面带焦急瞧着自己。

大拇指拱手微笑出来："呵！今天是聚齐了！兄弟在我山后面待了那么多天，招呼都不打，咋今天冒出头来了？"

鹿兆鹏苦笑拱手："贸然闯山多有得罪！"

大拇指背手围着商队转："兆鹏兄弟，这是你的人马？"

外面已经传来枪声，鹿兆鹏皱紧眉头，语气多了一丝焦急："不瞒老大，这是我的人，已经被围下不去了。"

大拇指瞥黑娃："黑娃，你说咋办？咱总不能跟保安团干仗吧？"

黑娃铁青着脸不语。

大拇指朗声一笑，转身："他保安团算个屌！不嫌弃，就带兄弟们在我山寨里住几日。进我这里都是客！"

鹿兆鹏焦急摇头："不成！得马上走！"

黑娃诧异看着鹿兆鹏。

大拇指也不解："为啥？外面那些人也不敢进来。"

鹿兆鹏："他们是不敢，等正规军来了大当家的挡不住！我的这些人……必须马上撤离分散！"

大拇指回头皱眉审视众人："有这么金贵？为你这十几号人，他能来多少部队？"

黑娃沉声："要多少来多少。为这十几号人从省城调来军队把这山平了都可能。"

大拇指吃惊看着黑娃。

身后白嘉轩的声音："跟我走。"

众人惊诧回头，鹿兆鹏不敢相信的目光："伯？"

28. 山寨外　日　外

白孝文气喘吁吁带人涌上山路，一脸的激动。白孝文紧盯着山寨大门，露出一丝冷笑。

孝文扬起手中枪："兄弟们！立大功的时候到了！见人就抓！"

手下："要是跟土匪干上咋办？"

孝文吼:“顶住了！拼死也给我顶住！已经回县城调人了，大部队马上就到！”

保安队员四散开，伏倒瞄准山寨。

孝文喊起:“山里的弟兄听着！我们不是奔你们来的！黑娃，我是孝文！把那批人给我，咱一起升官发财！”

半晌，山寨门打开。黑娃独自走出。孝文忙举手示意，自己拍拍身上土迎上。

黑娃从容:“咋？带人攻我山头来了？”

孝文收枪:“黑娃，不扯闲话！我们抓的可是要紧人，弟兄们搜了一天一夜才追到这儿。为了你我都好，让他们出来！”

黑娃眯起眼瞧，凑近低声:“按说我得还你人情，这次命是你帮着救的。啥人我都得交给你。”

孝文激动点头:“对啊！”

黑娃一笑:“你就要刚进来那队人是不？”

孝文低声急促地:“好兄弟，这回你可发大财了！赏钱我分你一半！”

黑娃一扬手:“带他们出来！”

孝文拔出枪，保安队的人举枪紧张地站起。铃铛声响，孝武赶着车队走出。

孝文傻眼:“爸？”

白嘉轩坐在马车上装糊涂:“你是怕我进了土匪窝，带人保我来啦？有黑娃在，有你三伯在，怕啥么？”

孝文诧异地打量身后车队，十几个乡亲打扮的人牵着几辆车马。

孝文:“爸你这是……你干啥来啦？”

白嘉轩招手在儿子耳边:“你知道的，爸不是跟土匪借粮么，带着周边几个村的人还粮食来了。这事可不能传出去。”

孝文急得满头是汗:“哎呀您咋干这……刚才多危险，子弹打着您咋办！”

白嘉轩苦笑:“所以我们就一路跑，还当是遇着另一拨土匪抢粮呢！”

孝文走过一辆辆马车，审视皱眉思索。黑娃与白嘉轩交换眼神。稻草中鹿兆鹏静静地听着外面动静。

孝文:“不对！”

马车旁边的人已经悄然摸后腰。黑娃与白嘉轩紧张的目光。

孝文冷笑："黑娃哥，另一拨人还在里面！"

黑娃无奈叹息："孝文，信不过我可以带你进去搜。但你的人得留在外面。"

孝文咬牙："不成！我的人都得进去！"

黑娃无可奈何："你爸在这儿，咱俩非要干起来么？"

孝文急得冒汗："抓不成人，我没法交差哩！大部队在后头呢黑娃！"

白嘉轩："黑娃，我也替孝文求求你。"

黑娃迟疑，转身一扬手。

白孝文郑重拱手，又冲爸意味深长地点头。

孝文："爸，你们赶紧下山，可别再趟这浑水！"孝文一扬手，"走！"

保安队列队举枪跟进山寨。

白嘉轩也高喝一声："走！"

稻草中，鹿兆鹏暗暗松了口气。

29. 山下　日　外

白嘉轩领着车队停靠在山脚，鹿兆鹏从稻草中钻出，十几个代表围上。

鹿兆鹏冲他们："大家就这儿散吧！"

十几个人一脸沉静，互相拱手示意："保重！""保重！"

鹿兆鹏眼巴巴望着众人向各个方向散去，一回身，白嘉轩也正望着他们背影。

鹿兆鹏忙上前："伯，这次多亏有您在……您可帮我们大忙了！我真没想到您会站出来救我们。"

白嘉轩叹了口气："我听说了，灵灵被你们救活过来。韩裁缝接走灵灵时说了句，你们是一样的人，过命哩。"

鹿兆鹏愣了愣，点头："是！"

白嘉轩眯起眼："那这些人到底都是干啥的？也是过命的？"

鹿兆鹏愣了一下，掩饰笑："各县各乡老农协的兄弟，一起聚聚。"

白嘉轩磕磕烟袋："你当我眼瞎哩，兵围住的时候，这些人连眼皮都不眨一下。一路走下来遇到几拨扛枪的查，个个都跟没事人一样，还当着兵说笑。"

鹿兆鹏苦笑："伯，您这一路都在瞧啊。"

白嘉轩叹息："兆鹏，你爸等的你苦啊，有空回去瞧瞧你爸。"

鹿兆鹏感激："我知道，伯，我走了！"

白嘉轩默默点头，望着鹿兆鹏远去的身影，转身看乡民："你们都瞧见啥啦？"

众人默契摇头："啥都没瞧见。"

30. 家 夜 内

轻声而急促的敲门声把白灵叫醒，白灵披上衣服警惕地下床。

白灵低声："谁？"

白灵抄起门后木棍有些害怕地靠在门边，屏息凝神听着外面的动静。

门外闷声："是我。"

白灵怔了怔，偷过窗缝往外看，慌忙开门。

黄先生急匆匆进屋："快收拾东西跟我转移！"

白灵惊住："咋了？"

黄先生："段老师被捕了！组织上担心这个地点会被暴露。"

白灵惊诧地看着他，才缓过味："那兆鹏回来……"

黄先生："我会通知他，快走！"

31. 小巷 夜 外

白灵提着箱子跟随黄先生快步走着，黄先生警惕听到前方动静，拉住白灵藏到拐角。

白灵轻声："段老师不会叛变吧？"

黄先生摇摇头："生死面前谁也说不准，走！"

两人向夜色中跑去。

32. 小柴房 夜 内

满是稻草和垃圾，一盏蜡烛点起，黄先生歉疚地看着白灵。白灵却毫不在意，坐在稻草上。

黄先生："白灵，只能在这儿先委屈几天了，实在找不到地方。"

白灵点头："没问题，老黄你怎么办？你去哪儿找兆鹏？"

黄先生："他没说去干吗？"

白灵摇头，眼巴巴看着他。

黄先生一字一顿地："兆鹏干了件大事！他在敌人眼皮底下刚刚召集完全省的共产党非常代表大会！"

白灵目瞪口呆，吃惊地从稻草上站起。

黄先生双手握住白灵的手，有些激动："啥叫野火烧不尽，春风吹又生，这就是！小白别怕！我们总有胜利的那一天！"

白灵含泪："黄老师我不怕，就是现在把我投进枯井我也不怕！"

黄先生欣慰地点点头："我也早有准备，现在给腰里勒一条红丝带，将来胜利了，你们挖掏同志们的尸骨时，可以辨认出我来。"

白灵泪水涌出，望着黄先生挤出门的背影。

33. 城墙外　日　外

人群围看着城墙上吊着的几具尸体，指指点点。白灵挤进人群，仰头望去脸色大变。

身边人轻声："听说是昨天刚杀的共产党！投井里淹死的再捞上来……"

白灵目光悲愤，悄然挤身出去。

34. 小柴房　夜　内

白灵一针一线地在自己衣服上绣着，眼皮打架昏昏睡去。一头白鹿已被绣出，跃然出现在衣服上。

门悄然打开，一只手轻轻地将干草从她的脸上头发上摘去，白灵恍惚睁开眼，惊吓得猛地坐起，鹿兆鹏温和地蹲在面前看着自己。

白灵不敢相信自己的眼睛，喘息。

鹿兆鹏："回家吧，没事了。"

白灵忙摇头："老段被捕了……"

鹿兆鹏沉痛地："老段刚被捕就撞墙牺牲了，敌人没来得及审问他，所以我们没有暴露。"

白灵泪水涌出，突然扑到鹿兆鹏怀中。鹿兆鹏轻轻拍着她不语。

35. 家 夜 内

鹿兆鹏拉着白灵轻手轻脚从院子走到家门口，摸出钥匙开门。白灵瞥着魏太太屋里动静，冲鹿兆鹏嘘了一声。鹿兆鹏无声地将门推开，两人挤进屋。

灯点亮，白灵百感交集地长舒口气："又回来了。"

鹿兆鹏默默瞧着她。

白灵不好意思一笑，迫切地："你快给我说说会开得咋样？我哥咋围的你？我爸又咋救的你？"

鹿兆鹏摇摇头，轻声："这些都不重要了，重要的是你还在。"

白灵呆住，怔怔注视。

鹿兆鹏慢慢拉她坐下，一脸郑重地盯着白灵的眼睛："白灵。你得再去上学念书。"

白灵一愣。

鹿兆鹏："党的非常代表大会做出决议，要动员全中国人抗日。你到学校去组织发动学生促进当局抗日……"

白灵怔怔看着鹿兆鹏，用力点头。

鹿兆鹏迟疑了一下："我想向组织汇报，你上学后咱俩就没有假扮夫妻的必要了，我们得分开，当然也要听你的意见。"

白灵眼中闪过一丝失落，垂头不语。

鹿兆鹏："白灵同志，这一段在一起的时光我很珍惜，感谢你。"鹿兆鹏伸出手："如果你同意，今晚我就撤离了，明天一早会有车来接你。"

白灵没有抬头，颤抖着声音："那这个地方呢？"

鹿兆鹏："退掉，或者给其他同志住。"

白灵声音颤抖："那你呢？"

鹿兆鹏平静地："我可能要去另外的地方，当然还是在西安城。"

白灵猛抬起头满眼泪水："然后再让组织给你派一个新的妻子？"

鹿兆鹏被白灵的神色吓住，没有回答。

白灵哽咽："这是组织上的决定还是你自作主张？"

鹿兆鹏不安地想了想，欲语还休。

白灵有些恼火，含泪："还是那天我问了不该问的话？你回答我，鹿兆鹏同志！"

鹿兆鹏低头沉声："白灵……"鹿兆鹏说不下去，摇了摇头。

白灵猛地站起身："我要做你真正的妻子。"

鹿兆鹏慢慢抬头，复杂的目光注视着她。

白灵伤心地哭着："咱们做真夫妻啊兆鹏哥！"

鹿兆鹏猛烈地战栗一下，抿嘴不语，白灵扑到他的胸前紧紧抱住了他。鹿兆鹏伸开双臂把白灵紧紧地搂抱住时，一股热血冲上头顶，猛烈颤抖起来。

鹿兆鹏便拽着白灵一起坐到床炕上，掰开白灵死死箍抱的手臂，强迫自己做出大哥的口吻劝喻："白灵，等你清醒了再说！"

白灵扬起头，认真地："我说的是心里话，我头一天进这门时就想说。"

鹿兆鹏："这不行，我有过媳妇。"

白灵："那才是假夫妻，而且你媳妇已经……"

鹿兆鹏痛苦地仰起脸，又缓缓垂下头来："我根本没想过娶妻生子的事。我时时都有可能被填了枯井，如果能活到革命成功再……"

白灵打断他的话："我们做一天真夫妻，我也不亏。"

鹿兆鹏愈加清醒坚定地："过几天咱们再认真谈一次。"

白灵："这个假我做不了了。兆鹏哥，你是不是心里还有子君姐？那个牺牲在你怀里的章子君。"

鹿兆鹏无比吃惊地看着白灵，眼中闪动着泪光。

白灵颤抖着声音："她已经走那么久了，就算你们真心相爱，我替她陪你一段不行吗？"

鹿兆鹏痛苦摇头，推开白灵："她背叛革命了，最后死在我的枪下。上一次我去上海铲除叛徒，发现她还活着。"

白灵呆呆看着他："什么？"

鹿兆鹏凄然一笑："白灵，不是每个人都能像你一样坚定的。"

白灵含泪："兆鹏哥，我知道你是喜欢我的！你心里有我！"

鹿兆鹏背过身喃喃自语：“你没想过做我的女人会是什么结果。”

白灵颤抖着声音：“我想过。可能有一天会失去你，所以你不愿意再让我承受这样的痛苦，是吧？我都明白，可只要我们俩真正爱过就不会有遗憾，如果有一天其中一个人不在了，另一个人也可以靠对这段美好时光的回忆走到生命终结！”

鹿兆鹏目光却落在她里面衣服上绣的那只白鹿上。

白灵含泪笑：“这是等你的这两天我在柴房里绣的，老黄说被抓的人都要投进枯井，我怕你找不到我……”

鹿兆鹏泪水涌出，再也控制不住自己，冲动地将白灵紧拥在怀中，白灵释然地闭上双眼。两人热烈亲吻着，白灵推开他转身从柜子里取出一双红色的漆蜡点燃，又一口吹灭了油灯。

鹿兆鹏惊讶地张了张嘴。

白灵转身看着他：“等你的这些日子我已经准备好了。”

鹿兆鹏拉着白灵跪下来，颤抖着声音：“我愿与白灵结为夫妻，生死与共，至死不渝……”

白灵哽咽而坚定地：“我愿与鹿兆鹏结为夫妻，生死与共，至死不渝。”

温暖的小屋被红色的烛光笼罩，两个慢慢靠近的身影变得朦胧。

36. 家院　清晨　外

白灵哼着小调熟练地点着火，烧水下米，用菜刀将榨菜切成细细的丝，嘴角洋溢着微笑。魏太太异样的神色偷偷打量忙碌做早饭的白灵，神秘地笑笑，白灵察觉到目光，有些尴尬。

魏太太轻声：“不一样了，真不一样了。”

白灵一愣：“咋？”

魏太太：“你从来到现在，今天早晨像变了个人似的。”

白灵有些吃惊看着魏太太：“变成什么样的人？”

魏太太上下打量：“更有女人味儿了！咋一夜之间变化这么大？”

白灵微微一笑，端起粥和咸菜进屋去。

37. 家　清晨　内

白灵将门关好，鹿兆鹏接过粥笑了笑。

白灵轻声："魏太太眼睛可真厉害！"

鹿兆鹏一笑递上筷子："快吃吧，还要送你上学去。"

白灵忙点头吃饭。

鹿兆鹏边吃边思索地说着："本来段老师是在师范学校接应你的人，现在他牺牲了，我们找了另一条线给你。到学校后你的身份就是从北平转校过来的学生，要尽快组织起学生自治会。"

白灵默默记着。

鹿兆鹏提醒："也要警惕那些可疑的人，我们可以把你安插进去，敌人也会安插人。"

白灵轻声："我都记住了，遇到问题我向谁汇报？"

鹿兆鹏："我，全省的学运和工运是我负责。"

白灵抬眼怔怔看着鹿兆鹏。

叠画：

白灵抱着书本一身学生服在校园中疾步走着，不时有女学生跑来跟随到她身旁有说有笑，栅栏外，鹿兆鹏欣慰的目光凝望……

家中，就着煤油灯鹿兆鹏给白灵讲解着文件，两人在讨论着……

白灵慷慨激昂地讲着，围成一圈的学生专注记录，不时插话……

鹿兆鹏将印刷好的传单资料递给白灵……

学生自治会的旗帜飘起，白灵和手下人给同学们发着传单和资料，热情洋溢地解释说明……

白灵站在演讲台上愤怒地挥动着手臂，台下学生们都被她的激情感染，鸦雀无声地听着。

白灵："……太阳旗像一面镜子插到中国东北，把中国军阀政客的嘴脸都暴露无遗。日本侵略者的铁蹄惊醒了中国人，分出了自己民族的忠奸善恶。昨天，连以委员长名字命名的中正中学里，也贴出了一张要求政府收复东三省的呼吁书！我们的政府却无动于衷！”

学生们振臂高呼：“收复东三省，打倒日本侵略者！”

白灵也举起拳头高喊，转头接过传单，洋洋洒洒地抛出去。

突然白灵一阵干呕，转身下台竟抑制不住的呕吐起来。

旁边的人关心地：“白灵，你咋了？”

白灵摇摇头，惊诧的目光……

38. 家 晚 内

白灵坐在矮凳上搓洗着衣服，鹿兆鹏伏案凝神写着什么，宁静安详的气氛。白灵突然一声呕，捂住嘴。

鹿兆鹏放下笔关切地回头：“咋了？吃得不舒服？”

白灵平静下来，摇摇头。

鹿兆鹏：“我看你脸色也不大对，你歇歇，衣服待会儿我来洗。”

鹿兆鹏上前将白灵搀扶坐在床上，白灵异样的眼神看着他。

白灵轻声问：“兆鹏，如果咱俩现在要个娃会耽误工作吗？”

鹿兆鹏吃惊地瞧着白灵。

白灵贴着鹿兆鹏耳根：“兆鹏，你可能要当爸了。”

鹿兆鹏不敢相信地笑了笑，定定看着白灵，猛地搂紧她，抚摸着她的腹部：“你怎么不早说，我还让你洗衣服做饭！”

白灵：“就是怀上了也能干家务活，我没那么娇气，只是会不会影响我们的工作？”

鹿兆鹏激动地搂住白灵：“不会，不会！一定要把我们的孩子生下来，你肯定生一个最漂亮的孩子！我相信咱俩还不算丑。”

白灵也幸福地笑起，两人的头顶在一起。

鹿兆鹏：“我马上向组织汇报把你调离，你安心地……”

白灵手挡在鹿兆鹏嘴边：“我才不走。这样不更好吗？我们是真夫妻了，我怀孕都不用伪装。”

鹿兆鹏点点头感慨万千地：“我鹿兆鹏要有自己的孩子了！我爸知道不定有多高兴呢……”

白灵刮了一下鹿兆鹏的鼻子："我爸要知道我怀上你鹿家的孩子，更不认我。"

俩人相视而笑，鹿兆鹏接过白灵欣慰的目光，轻声："不会的，一个做爷爷一个做姥爷，将来就是一家人了。"

39. 家 晚 内

白灵想从床上下来帮忙，鹿兆鹏将菜放在桌上转头指她。

鹿兆鹏在桌上摆开饭菜："给我好好歇着，往后的饭都由我来做，衣服我洗。"

白灵哭笑不得："你真要把我惯成阔太太哩，小心我变质。"

鹿兆鹏将筷子摆在白灵一边，笑："男人疼老婆天经地义，你别给我胡扣帽子。"

白灵幸福地笑起。鹿兆鹏蹲上前趴在肚子上听动静，白灵捶他。

白灵："现在还没长成哩你就听。"

鹿兆鹏认真地："我真听见了，他在里面动！"

白灵笑得不行："那是我饿了！快盛饭去！"

叠画：

灯下鹿兆鹏专心地写着文件，白灵靠坐在床头缝着小衣裳，不时抬眼看看他，鹿兆鹏心有灵犀地回头微笑……

鹿兆鹏趴在白灵肚子上聆听，白灵深情地抚摸他的头发……

白灵在院中洗衣，鹿兆鹏忙将她扶起，自己坐在盆边揉搓起来。

魏太太羡慕地轻笑，白灵靠坐在身后，头倚在鹿兆鹏的背上，眯起眼享受着阳光……

40. 家院 日 外

白灵大着肚子靠坐在院里的椅子上，刚想起身又被魏太太按坐。

魏太太："多晒会太阳对你肚里的娃有好处！"

白灵苦笑:“我得做饭哩，待会儿他就该回来了。”

魏太太习惯性地抽出火柴想点烟，瞥了眼白灵肚子，忙放进兜里。

魏太太嗔怪:“你男人还用你伺候，都这时候了养身子要紧!生娃不比别的事，弄不好要女人命!”

白灵笑:“没这么邪乎，我妈生我时是在柴房，当时没别人，我妈自己割的脐带，生完我就被白狼叼走了。”

魏太太惊诧地打量着刚要说话，鹿兆鹏提着一兜吃食急匆匆从外面进来，冲魏太太点头笑笑，向白灵使个眼色。

魏太太笑:“瞧瞧，你男人心疼你吧?把饭都带回来了。”

白灵起身随鹿兆鹏进屋。

41.家 日 内

白灵关好门，眼巴巴看着鹿兆鹏，鹿兆鹏一脸严肃。

白灵察觉到什么:“咋了?”

鹿兆鹏:“国民党政府不满学校里形成的抗日热潮，派教育部长来西安训导。”

白灵诧异:“训导啥?”

鹿兆鹏:“此人姓陶，是中央大员里有名的投降派。他到西安肯定要力压工运和学运，宣扬蒋介石攘外必先安内的论调。”

白灵皱眉:“现在动员全民抗日就数咱西北搞得最好，他们这是赶来灭火哩!”

鹿兆鹏也面色沉重:“决不能让刚起来的抗日热潮被姓陶的给灭了，咱得给这个投降派来个下马威。”

白灵若有所思点头。

鹿兆鹏倒一杯水大口喝起:“我已经跟黄先生商量了，今晚就把学生自治会和工会的人都召集到一块，统一行动。”

白灵:“我回学校。”

鹿兆鹏皱眉看着她:“不行，我再找别人，你大着肚子咋能工作。”

白灵一笑:“别人替代不了我，你就放心吧!”突然白灵脸色一变看着肚子，“小家伙又踹我了！”

鹿兆鹏忙将白灵扶坐在床上贴在肚皮上听：“他咋一听到这些就兴奋？”

白灵笑：“生下来准是跟你我一样！”

鹿兆鹏也快活笑起。

42. 师范学校　夜　内

十几个学生代表围坐听白灵布置任务，鹿兆鹏坐在靠近门口的位置。

白灵干练地：“姓陶的会在省政府大礼堂出席上午十点的欢迎大会，我们外围的游行队伍要在西北大学集结，小赵你们三个负责集结工作，记住不见信号不准亮旗帜和横幅。”

几个学生代表连连点头。

白灵又转向另一边：“各校有多少学生参加这次大会？”

有人答：“共有二百多个，其他的都是工商界军界政府代表。”

白灵点头：“会场用的标语要提前藏进去，我们的人要准备好问题，当着那些记者的面戳穿这个卖国贼的嘴脸！”

有人问：“估计这种会不给学生提问的机会，到时候我们怎么办？”

白灵镇定自若：“不给我们就抢，看看姓陶的有没有胆量！还有没有问题？”

众人纷纷摇头。白灵转眼望着鹿兆鹏，鹿兆鹏含笑微微点头。

43. 街　夜　外

街灯昏黄，路边羊肉泡馍的摊子腾腾冒着热气，远处传来若有若无的秦腔声。鹿兆鹏搀扶着白灵，夫妻俩在街上并肩前行。

鹿兆鹏：“没想到你的组织能力这么强，搞学生运动确实我不如你。”

白灵顽皮一笑：“鹿兆鹏同志，从前你一直小瞧我对不对？”

鹿兆鹏忙摆手：“不不不，我一直对白灵同志是仰慕的，但是我有个请求，您就负责运筹帷幄好不好？打仗冲锋的事还是交给我这种匹夫来干。”

白灵笑：“你是怕我明天行动搞砸？”

鹿兆鹏摇头：“我是担心你身体。”

白灵："你太小看白鹿原的女人了，我妈生我当天还在干活哩。"

鹿兆鹏感慨："这辈子我鹿兆鹏只服一个女人，就是我老婆。"

白灵笑："那倒未必，还有一个人，静茹姐。"

鹿兆鹏停住脚步，白灵也默默看着他。

鹿兆鹏轻声："白灵……"

白灵动情地："我知道她在你心中的分量，我一直在等你主动给我讲你俩的事，是不是该把生命中最痛苦的一刻讲给你的妻子？"

鹿兆鹏百感交集看着白灵，白灵笑了笑低头独自向前走去。

白灵："不讲也没关系，总有一天你会说的。"

鹿兆鹏挽住妻子的手臂，并肩同行："我俩是大学同学，她家是上海的富商，可她主动放弃了优越的生活，在我之前就加入了党组织。静茹是我的入党介绍人，教会我很多东西。那一年北伐军打到上海……"

白灵动情地看着丈夫，聆听着。

西安城的街道上夫妻俩的身影被路灯拉得很长很长……

44. 省政府门前　日　外

一群学生代表在省政府门前叫喊追问，士兵拦阻，一个官员在里面大声解释。白灵远处诧异观望，一个学生急匆匆跑来。

学生："白灵，不好了，他们临时改了会址！我们学生代表都被骗了！"

白灵脸色一变："无耻！姓陶的在躲我们，会址改到什么地方了？"

学生焦急摇头。

鹿兆鹏快速从另一方向走来，白灵忙迎上前，两人一错身。

鹿兆鹏轻声："民乐园礼堂，他们找了一批假学生。"

白灵恨恨地停住脚步。

鹿兆鹏轻声："你别动了，我去召集学生，联络游行队伍。"

白灵："还是我去吧，行动是我布置的。"

白灵皱眉看了看政府门前的钟，已经指向十点。

白灵焦灼的目光……

第四十五集

1. 民乐园礼堂　日　内

会场响起热烈的掌声，陶部长儒雅地压了压手示意安静。

陶部长："蒋委员长让我转告他对西北学生的问候，并对大家的爱国之心表示钦敬！但是学生要安心读书，日后报效党国，抗日的事政府能管得好的。"

有学生打扮的人振臂高呼："拥护蒋委员长，攘外必先安内！"

一群学生打扮的人跟随喊着。

陶部长欣慰地点头："既然大家提到委员长这句名言，陶某就尝试着解读一下，所谓国难，无非是一群别有用心的人提出来的！日本人并不可怕，我们一直在通过外交途径保持联络协商，可怕的是共匪，是搞赤化的那群人！如果内部不能安定，不但不能抵抗外侮，而且是诱致外侮之媒！安内是攘外的唯一前提和必要的准备工作，现在御侮救国，复兴民族唯一要道，就是先求国内的统一集中……"

学生打扮的人又在台下高呼："消灭共匪！拥护政府！"

礼堂内的喊声震天，记者挤上前纷纷对着台下拍照，闪光灯爆闪。

陶部长满意地与后台的几个官员交换个眼神……

2. 礼堂外　日　外

白灵带着上百名学生代表冲向礼堂，被挡在外面的警察阻挡。

白灵愤怒地："我们才是真正的学生代表！为什么不让我们进去！"白灵举起手中蓝色的证件，"这是我们的通行证，政府不能出尔反尔！"

同学们愤怒高喊："让我们进去！"

白灵揪住一个学生代表："游行队伍到哪儿了？"

学生代表焦急地："还远着呢！这会都要完了！"

白灵扫视四周："怎么没有见到一辆汽车？他们一定是准备从后门走！"

白灵转身高喊："同学们，咱们从后门冲进去！"

人群绕开警察，纷纷向礼堂后跑去。

礼堂后门在记者的簇拥下打开，陶部长正微笑着边接受采访边向汽车走来。

陶部长："学生们还是通情达理的，只是受了共产党的误导，诸位也都看到了，社会各界对委员长攘外必先安内的方针还是极其拥护的……"

突然白灵带着学生代表们挡住去路，陶部长脸色一变，记者们纷纷掉头拍照。

有人上前拦阻："不许拍照，把他们都赶走！"

白灵指着陶部长，亮出手中的蓝色证件："我们才是真正的学生代表，请问陶部长为什么临时转移开会地点？又不及时通知我们？"

陶部长装糊涂："呃……这到底是怎么回事？"

学生代表七嘴八舌地："什么叫攘外必先安内，日本人都欺负到我们头上来了！""我们的东三省怎么办！割让吗？"

白灵高呼："打倒卖国贼！"

人群高呼："打倒卖国贼！"

陶部长脸色大变，被手下簇拥着往回奔去。

手下高呼："警察，警察！"

礼堂前门，鹿兆鹏带领着各路游行队伍汇聚而来，声势浩荡："打倒卖国政府！收复东三省！""打倒卖国贼！"

陶部长惊呆，手下一挥手，会堂里装扮学生的人群涌出。

"他们冒充学生代表，打他们！"

假学生代表们纷纷向白灵等人冲来，见人就打。竟有人从衣服下掏出砖块砸向真学生，白灵气得哆嗦，身边人已经扭打成一团。

白灵捡起砖头瞪着远处躲藏的陶部长，抄近路扑去。

陶部长差点撞上白灵，一惊，白灵扬起砖头："打死你这个小日本的走狗！"

砖头不偏不倚正好击中陶部长的鼻梁，陶部长惨叫一声，跌翻在地。陶部长满脸血污，被白灵揪起，身边的人拼命掰白灵的手，白灵死死不撒。

陶部长："这是历朝百代的国都圣地，是民风淳厚的礼仪之邦，你这是丢先人的脸！”

白灵冷笑：“把活人投进枯井才是丢先人的脸！”

陶部长惊愕异样的眼神看着白灵，白灵被扑上来的人一把推翻在地。混乱中陶部长指着白灵跟身边人说着什么。

手下喊：“抓住她，这是个女共党！”

鹿兆鹏带的游行队伍已经从正门涌入，外面急促的警察哨声。白灵捂住肚子拼命拦阻人群的踩踏，鹿兆鹏一把将她搂起，冲向后门。

3. 街　日　外

街上到处都是冲撞的人群和刺耳的警报声，马队冲来，骑警抡着棍子抽打学生。眼看一匹马向白灵冲来，白灵尖叫但已躲闪不及，鹿兆鹏迅速挡在身前，棍子重重砸在鹿兆鹏的背上。

白灵含泪抱住鹿兆鹏，两人挤出人群靠到小巷里的墙边。

黄先生冲来：“兆鹏！军警恐怕要动枪了！”

鹿兆鹏苍白着脸喘息，白灵含泪：“你没事吧？伤着哪儿了？”

鹿兆鹏强挤出笑摇摇头，冲黄先生：“你把她送回家。”

白灵一把揪住他的胳膊：“我不走！我跟你在一块！”

鹿兆鹏焦急地：“我去疏散队伍，灵灵你要听话，回家收拾东西，等我回来转移！”

鹿兆鹏甩开白灵的手冲入混乱的人群。

白灵喊：“兆鹏！小心！”

黄先生搂过白灵匆匆向远处奔去。

4. 家　日　内

白灵慌乱推开院门，跌跌撞撞进院，魏太太放下手中卷烟，惊诧地打量她。

魏太太：“出什么事了？”

白灵强掩慌乱：“没事，我刚从街上回来。”

魏太太皱眉：“街上那么乱你干吗去了！”

白灵来不及答推门进屋，魏太太目光诧异。

白灵慌乱地收拾起行李……

5. 军统办公室　日　内

岳维山激动地双手撑在桌上，拿起三张画像冲面前的上司讲着。

岳维山："局座，与郝县长接头的女地下党，下毒杀姜专员的女人，还有这次带头闹事的女学生是同一个人！我敢肯定！"

门被撞开，手下急报："局座，我们已经查出来了，砸伤陶部长的是师范学校的学生！"

局长沉声："叫什么名字？"

手下："白灵！"

岳维山目光一震，恍然："是她……"

6. 家院　黄昏　外

白灵正坐在屋门前的行李箱上抱着包裹焦急等候，魏太太疑惑地打量。

魏太太："说走就走？你男人呢？"

白灵："他一会就回来。"

魏太太眼中闪过一丝不安："街上的事跟你们有关系吗？"

白灵苦笑："魏太太您就别问了，我只是跟我先生回趟乡下。"

院门突然被剧烈地拍响："开门开门！"

白灵脸色大变猛地站起身，魏太太紧张注视她。

魏太太轻声："跟我来！"

白灵抱起包裹，魏太太抢过行李往厨房走去，扫开柴火。魏太太竟将一个地窖盖拉起，露出通道。

魏太太冲白灵："下去！"

院外更加剧烈的撞门声："有人没有？"

魏太太答应着："来了来了。"

白灵被搀扶下地窖，行李和包裹也被魏太太强塞进去，重新盖好盖铺上柴火。魏太太刚转身出门，院门已经被荷枪实弹的军警撞开。

岳维山带着军统便衣涌进，一把揪住魏太太脖领。

魏太太急："松开！你们要干什么？"

白灵在地窖中屏息听着。岳维山使个眼色，便衣冲向每个房间搜查。

白灵在地窖里听到魏太太和岳维山的对话："你屋住的房客呢？"

魏太太从容镇定："搬走了，后晌刚搬走。"

岳维山："搬哪儿去了？"

魏太太："我不问人家这些闲事。"

手下从房屋出来，在岳维山耳边低语几句，岳维山皱眉。

岳维山冷冷地看着魏太太："那是两个什么人？"

魏太太："说是生意人。"

岳维山冷哼："那女人呢？是不是姓白？"

魏太太点头："女人是姓白。"

岳维山："人呢？"

魏太太无可奈何："刚才说了，两口子一搭搬走咧。"

岳维山瞪眼："那是两个共匪！你窝藏……"

魏太太梗着脖子："她脑门子上没刻字，我能认得？"

岳维山咬牙切齿："老不死的，不知罪嘴还硬！"

魏太太也急，骂："你嫩秧秧子吃了屎了，嘴恁臭！我男人跟着孙先生起事那阵儿，你还在你妈肚子里睡大觉了！你敢骂我，我拉你狗日的找于胡子去！"

岳维山慌忙松开手，上下打量。

一个警察在岳维山耳边轻声："这位不好惹，他男人当年跟着于主席闹辛亥革命呢！"

岳维山皱眉环视，又疑惑地走入厨房检查，脚就停在柴火边上。

白灵抱着包裹，额头渗出汗水。魏太太紧张不安的目光看着岳维山。

岳维山捡起几根柴火正要俯身仔细查看，地窖中白灵摸出剪刀颤抖着手对准洞口。

魏太太大叫："拉我去你们省政府！我男人死了以后这些年我就没享过革命一天福，还被你们这些混账骚扰！走！"

魏太太上前拉扯岳维山，岳维山无奈推开，转身匆匆走出院子。士兵和便衣也跟随涌出。

魏太太将院门反锁，又仔细听了听，跑回厨房扒开柴火。

魏太太轻呼："你上来吧，没事了。"

地窖盖打开白灵爬出，转过脸就对魏太太深深鞠躬。

魏太太忙搀扶："行了你大着肚子呢。啥都别说了，躺床上休息去，他们再来咱再藏！"

7. 小巷　日　外

鹿兆鹏匆匆走来，突然靠住拐角墙壁，警惕地探头望去。几个陌生人散落在小院外，眼神不住地向周边张望。

鹿兆鹏靠在墙后痛苦地抉择着……

8. 家　黄昏　内

白灵心神不定地扒窗望着外面，魏太太一旁打量。

魏太太轻声："你男人一瞧就不是一般人，我那口子年轻时闹革命也这股子劲哩！旁人瞧不出却瞒不过我的眼。"

白灵叹息："真没想到您先生还是辛亥革命的老前辈呢，住那么久我一直以为……"

魏太太一笑："以为我只是个会扯闲话的妈们对么？当年的事不爱讲，一讲就伤心！"魏太太怅然叹息，"辛亥革命都这么久了，我男人合眼多少年了，这世道咋样？越来越乱！全瞎在这帮混账手里了！"

白灵看看表，焦灼思索着。

魏太太也起身往外望："你知道上哪儿去寻他吗？ 不会抛下你自己跑了吧？"

白灵摇头："不会，他应该回来了。"

魏太太一愣："那为啥不进院接你？"

白灵眯起眼："一定是进不来！"

魏太太呆住："你是说他们没走？"

白灵点头："魏太太，您能帮我个忙吗？"

魏太太："你说。"

白灵趴在魏太太耳边低语起来。

9. 小巷　黄昏　外

魏太太挎着菜篮走出院门，反身锁好，几个便衣都警惕地瞧着她。墙后鹿兆鹏也疑惑地望着魏太太往巷口走去。

街市，魏太太时走时停，不时在摊前挑拣水果。鹿兆鹏一直保持距离跟随，小心翼翼往后面观瞧，慢慢凑上前去蹲在摊旁压低帽檐。

鹿兆鹏轻声："魏太太。"

魏太太惊喜要转头看他。

鹿兆鹏忙轻声提醒："别转头，继续挑你的。"

魏太太乖乖地捡着水果，压低声："你媳妇没事，让你小心！"

鹿兆鹏释然的目光，轻声："院外全是特务，我没法接她。"

魏太太头也不抬地："她已经料到了。"

鹿兆鹏："明早六点让她准备好，送甜水的车夫会把空桶抬到院里，让她想办法钻进去，行李包裹都不要带，剩下的事由我们来做。"

魏太太愣了愣神，镇定离去。

10. 家　晚　内

白灵抚摸着隆起的肚子，不安地听着外面动静。

院门开，魏太太急匆匆进来，白灵忙迎到屋门口眼巴巴看着她。魏太太用力点了点头，白灵长舒口气。

魏太太轻声："你男人没被抓，要说这夫妻真是心有灵犀呢，你咋知道他就在院外等着！"

白灵眼中闪动着泪光，感动地笑了笑。

11. 白家　夜　内

村里的狗叫声喧哗声，一阵沉闷的脚步声急促传来，白嘉轩睁开眼静静地听着动静。

突然有人砸院门，白嘉轩从炕上坐起披好衣服，孝武已经在院中失魂丧魄地吼叫，窗户上乱闪乱射的电光。

孝武："你们干啥，干啥哩！爸！"

白嘉轩柱起拐杖走到门口，外面的人等待不及撞开门板将他撞翻在地，孝武忙上前搀扶。

鹿三抡着梭镖冲上前，白嘉轩急叫："三哥，别动！"

鹿三被扑翻在地，枪顶在他后脑。

白嘉轩："他是疯子，他疯了，别开枪！"

白嘉轩这才看清闯进屋的不像土匪，穿黑制服的几个人在屋里乱翻一通。

12. 鹿家　夜　外

鹿子霖媳妇披衣服出门，惊诧地看着男人正扒着墙头瞧热闹。

鹿子霖媳妇："你干啥哩？"

鹿子霖一脸兴奋："嘘！老白家出事了！"

鹿子霖媳妇忙上前："咋了？"

鹿子霖："城里来人了，正进他家翻哩！"

鹿子霖媳妇也爬上墙头，眼见各家乡亲都听见动静纷纷从家里出来。

鹿子霖兴奋跳下："你看着家，我瞧瞧热闹去！"

鹿子霖媳妇鄙夷地："你啥人性！老白家出事把你乐成这样！"

13. 白家　夜　外

白嘉轩和孝武被推出门去，孝武媳妇正抱着哭喊的娃娃，鹿三也被轰到院中。

有人端着枪吼："蹲下，都蹲下！"

军警持枪在院中肃立，白嘉轩冷冷注视。岳维山站在院中，一把抓住白嘉轩的脖领。

岳维山："人呢？"

白嘉轩一愣："岳书记长，你寻谁？"

岳维山："还装还蒙啥哩！"

白嘉轩："我真不知道你们搜谁。"

岳维山："你的共匪女儿白灵藏哪儿？"

白嘉轩脸色一变，才明白过来。

五六个穿黑制服的人把每一间屋子的每一件可以藏身的板柜瓷面缸都统统抖翻了，柴火也给掀倒了，各种农器家具碰撞摔碎翻倒的声音连续不断。

孝武冲动地想站起，被媳妇死死拉住。

田福贤和鹿子霖奔进院中，瞠目结舌地看着。

田福贤拉住岳维山赔笑："岳书记长，您咋亲自来了？白族长犯啥事了？"

岳维山根本不理，田福贤被推到一边，白嘉轩再次被揪起。

岳维山吼："快把人交出来！"

白孝武壮起胆子："我妹多年都不回这个家咧！"

岳维山怒："瘟疫的时候我亲眼见她在祠堂里站着！田福贤，是不是！"

田福贤慌乱地："岳书记长，没两天白灵就走哩，白嘉轩真没他闺女消息！"

岳维山铁青着脸审视白嘉轩，白嘉轩冷哼。

白嘉轩："她死也不会回家。她早都不认我这个老子，我也不认她是我闺女了。"

鹿子霖一旁揣起袖子幸灾乐祸地瞧起热闹。

岳维山狠狠骂着："这原上出了一个鹿兆鹏还不够，又出了个女共匪白灵！田福贤，你这总乡约咋当的！"

田福贤哭丧着脸："这娃不在城里上学教书吗？我见她的时候还只是个小姑妈，咋有那么大胆子？"

岳维山冷笑："她把中央大员都打了个满脸花，你说她胆子大不大？"

院里人都无比吃惊地看着岳维山。

鹿子霖摇头："这娃从小就天不怕地不怕，那年还炸过祠堂哩！"

岳维山盯着白嘉轩和鹿子霖，冷嘲热讽："根据我的情报，鹿兆鹏和白灵都成夫妻了，你两家真是世交啊！”

鹿子霖脸色大变：“不可能！岳书记长您这情报一定错了！”

岳维山冷哼：“有人亲眼看着白灵都大着肚子怀娃了！这还能错？”

白嘉轩惊呆，与鹿子霖瞠目结舌地对视。

田福贤跺着脚指着两人：“让我咋说你们两家！”

有人冲进院，在岳维山耳边低语：“西安电话打到县里找您，那房东天快黑的时候出去过一回！”

岳维山一怔：“干什么去了，有人跟着吗？”

“她一个人买水果去了，没人跟着。”

岳维山皱眉思索，轻声：“买水果？”岳维山脸色一变，“鹿兆鹏跟白灵绝对没跑远！田福贤，你仓里通没通电话？”

田福贤哭丧着脸：“岳书记长，我申请过，您说我没资格！”

14. 白家院外　夜　外

鹿子霖脸色苍白悄悄退出院，瞧见门口停的一辆汽车和几匹马，乡亲们正好奇地围看。

鹿子霖一眼瞥见墙角的钉耙，眼瞄着门口看守的便衣，腿偷偷将钉耙划拉到车轱辘底下。

岳维山带人从院里冲出：“你们几个跟我回西安城！你们赶到县城给他们打电话盯死了那个院子！”

岳维山钻进车中，其他人跃上马去跟随。鹿子霖揣着袖口眼巴巴瞧着钉耙，车启动轱辘缓缓压上钉耙尖，没走多远停住，有人跳下车检查，鹿子霖悄悄退到人群中。

岳维山愤怒地吼着：“谁扎的！田福贤你过来！”

田福贤吓得哆嗦：“岳书记长，你的人看着哩，谁敢扎呀！”

岳维山愤怒举枪冲天“啪啪”打了两枪，人群一哄而散。

岳维山咬牙切齿：“都是刁民！”

15. 家　夜　内

白灵忧心忡忡地躺在床上，听魏太太低声讲述。

魏太太："那年我男人闹革命，我也帮送过一次情报，那时还是大清朝的兵，我就在他们眼皮底下钻来钻去的，刺激！谁想老了老了又干一回！"

白灵轻声："魏太太，欠您的情我将来一定要还，我还不上就让我肚里的娃还。"

魏太太叹息："还说这见外的话，按你这岁数也能当我闺女了，我问你一句不该问的话，你真觉着你们干的这事能有成功的那天？"

白灵："一定会，只是或早或晚的问题。"

魏太太百感交集："你这话跟我男人说的一样啊，他那时候也这么跟我说，告诉我革命成功了老百姓就再不受苦再不被人欺负，天底下没有不平等的事，女人也能像男人一样体面地活着，那时我居然也相信。"魏太太苦笑起来，"结果自己的命先革没了。穷人还是受苦，富人还是寻欢作乐，没变啊。"

白灵动情地拉住魏太太的手："相信我魏太太，等我们成功了您丈夫的话就能实现！"

魏太太复杂的目光注视白灵："你们这种人啊，咋就不想想自己呢。你这娃都到快生下的时候偏出这种事，我都替你发愁哩！也不知你男人有没有本事把你送出去。"

白灵轻声："一定会的，有他在没有办不成的事。"

黑暗中白灵目光坚毅。

16. 甜水井　夜　外

黄先生正轻声嘱咐着扮成水车夫的同志，鹿兆鹏靠坐在井边焦虑不安地望着远方。

黄先生轻声："记住动作要快，稍微在院里耽搁就会引起敌人怀疑，动作熟练点……"

鹿兆鹏起身走上前："还要注意一点，按理进去是满的出来可是空桶，装得像些，别让人看出来。”

黄先生用力拍拍鹿兆鹏的肩膀：“放心，不管付出多大代价，也要把这两条人命接出来！”

鹿兆鹏感激地点点头。

17.荒野　凌晨　外

岳维山和两个手下纵马奔驰，远处一辆车已在等候。

岳维山跃下马直奔汽车，手下开门急促汇报：“已经给那边电话，严密监视小院。要不要进去再搜一遍？”

岳维山眯起眼坐到后座：“我到之前谁也不许轻举妄动，鹿兆鹏非等闲之辈，小心打草惊蛇。”

车一踩油门疾驶而去。

18.小巷　清晨　外

清晨的小巷还没有什么行人，偶尔从小院出来人倒便盆。四周躲藏着几双犀利的眼，都紧紧盯着十五号的院子。

铃铛在远处响起，一辆送甜水的驴车拐进巷口，赶车的人从容停到十五号院门口拍门。

几双眼相互对望，其中一人微微摇了摇头。院门打开，魏太太披着衣服迎出。

水车夫：“是您家要甜水不？”

魏太太招呼：“你帮我搬进倒缸里，我可没这把力气。”

水车夫用力抬下一木桶，费劲地提入院中。

便衣警觉想上前，被墙后的人叫住，做了个手势按了按，那人停住脚步。

19.家院　清晨　外

魏太太靠在门口紧张望着院里，白灵匆匆从屋中出来，水车夫打开木桶盖示意她钻进。

白灵进桶的刹那感激地冲魏太太点了点头，魏太太不舍的目光，眼中闪动着泪光。

20. 西安城街道　清晨　外

汽车飞驰而来，岳维山在车中焦灼不安望着窗外。

岳维山催促：“快，快点！”

副驾驶：“站长，我们那有七八个兄弟看着呢，没问题！”

岳维山的脸色丝毫没有缓和，紧盯着前方……

21. 小巷口　清晨　外

鹿兆鹏靠在墙后聚精会神地听着动静，黄先生在街对面惊慌站起，冲他打了个手势。鹿兆鹏脸色一变，远处岳维山的车直冲而来。鹿兆鹏转头望去，小巷中水车夫刚把木桶放到驴车上。

鹿兆鹏焦灼的眼神，不由攥紧了拳头……

车停在巷口，岳维山刚迈下车便拔出枪来，身后手下也纷纷效仿。

送水车咣当咣当地缓缓走来，岳维山放慢脚步，交错而过时狐疑地望着水车夫。

树后便衣匆匆迎上，轻声报告：“没动静，接到您电话我们就加派兄弟一直盯着，没人进也没人出。”

岳维山皱眉：“送水的呢？”

手下愣了愣：“送了桶水进去。”

岳维山猛回过身，大叫：“站住！”

水车夫正往另一小院卸水桶，岳维山带人扑过去。水车夫已经进院，岳维山踹门跟进，院里的人正一桶桶往缸里倒水，恐惧地看着进院的便衣。

岳维山上前掀开水桶盖，里面还有半桶没来得及倒出的甜水。

手下在院外挨桶检查，叫：“没有！”

岳维山走到水车夫面前，眯起眼审视，水车夫茫然地看着他。岳维山这才不甘地慢慢退出去。

院门半掩，就在门后另一个木桶静静地伫立在那里。鹿兆鹏从后墙翻入，奔到门边掀开盖子，白灵抱着肚子慢慢站起，含泪看着他，两人无声紧紧相拥。

水车夫喘息着瘫软坐在地上。

22. 村子　日　外

乡民们三五成群地议论着昨夜的事，鹿子霖独自坐靠在戏台上怔怔发呆，桑老八与白兴儿、三娃子等人端着老碗正蹲在树下边吃饭边说着。

白兴儿绘声绘色地："不由分说按倒在地就往他脸上踹！"

桑老八不敢相信地："往族长脸上？"

白兴儿冷眼瞥他："那往你脸上？"

桑老八叹息摇头："老白家算完咧！"

白兴儿压低声："老鹿家也完了！"

远远的白嘉轩拄着拐棍在孝武搀扶下走来，白兴儿、桑老八立时收住声，乡民们都不敢叫，眼巴巴瞧着他。

鹿子霖叼着烟袋站起，高声："嘉轩！上我家喝酒去？"

白嘉轩冷瞥着他不答话。

鹿子霖扫了眼旁人，大声地："谁再说咱两家闲话没事背后嚼舌头，你仁义我管不着，我得想着法治死他！"

白兴儿、桑老八等人端起碗一哄而散。白嘉轩没有搭理，继续往前走去。

鹿子霖讨个没趣："哎你等等！我酒都买好了，晚上啊？"

23. 书院　日　内

白嘉轩走入院中，惊诧地看着老先生们正收拾着满地狼藉的书院，家具倒的倒散的散，朱白氏正带人收拾。

白嘉轩一怔："姐夫这是咋了？"

朱先生平静地："他们也来我这儿了。"

白嘉轩立刻明白了一切："姐，姐夫，我养出这么个闺女来对不住你们咧。"

朱白氏皱眉："嘉轩，你这是说啥话哩！"

白嘉轩摇头："实话。看看惹了多少麻烦！孝武快帮你姑收拾去。"

朱先生摆好两把椅子让白嘉轩坐下，自己也坐在一旁。

朱先生："来的人是军统。"

白嘉轩莫名其妙："啥桶？"

朱先生叹息一声："就是特务，专门盯共产党抓共产党的。"

白嘉轩皱眉点了点头思索："摊上大事了，这娃把朝廷大官给打了，惹下大祸了！"

朱先生却是不在意地一笑："嘉轩，记得当年我给你说的话吗。我早跟你说过，你家三个娃就数这灵灵将来能干出大事哩。"朱先生感慨摇头，"果然是个奇女子，可惜当时我没在场一睹风采啊。"

白嘉轩摇头："姐夫，啥时候了你还这说笑。"

朱先生微微一笑，也不辩解："嘉轩，出了这事你咋想？今后咋办？"

白嘉轩："昨晚我被那些人按在地上的时候就想，世事你不经它，你就摸不准它，世事就是俩字：福祸。俩字半边一样，半边不一样，就是说，俩字相互牵连着，就好比罗面的萝柜，咣当摇过去是福，咣当摇过来就是祸。所以说凡遇好事的时光甭张狂，张狂过头了后边就有祸事。凡遇到祸事的时光也甭乱套，忍着受着，哪怕咬着牙也得忍着受着，忍过了受过了好事跟着就来了。"

朱先生点头："福兮祸所伏，祸兮福所倚就说的这道理。儿女自有儿女命，他们的福祸也摊不到你头上。你姐还要我好好宽慰你，看来是不用了。"

白嘉轩起身："孝武，走，下地干活去！"

朱先生背起手，欣慰地望着白嘉轩的背影。

24. 街　日　外

"号外号外！陶部长被免职，委员长痛斥投降派！"

人们争抢着报纸，黄先生微笑着拿过一张，边走边看，却没察觉到身后便衣悄然跟上。

黄先生长吐口气，正要拐入巷中，突然余光一扫察觉不对，愣了愣神装蹲下系鞋带。

黄先生起身迟疑了一下匆匆向相反方向走去，四周埋伏好的便衣交换个眼神，慢慢向他合拢……

25. 柴房 日 内

白灵干呕着，鹿兆鹏一旁轻轻为她抚背。

鹿兆鹏："你这是饿的，一天没吃啥，老黄买东西去咋还不回来？"

白灵强笑："没事，我这些天反应都挺大的，这不还有几个馍吗。"

白灵掏出俩硬得发黑的馍，用力掰却没掰开。

鹿兆鹏夺过，不忍："都硬成啥样了，你等着我出去搞点吃的。"

白灵一把拽住他胳膊："别，我不想再跟你分开，哪怕一分钟。"

鹿兆鹏深情看着妻子，上前轻轻搂住，难过地："让你受苦了,咱娃也跟着遭罪。"

白灵轻抚丈夫的头，含笑："只要你在身边，我跟娃就踏实着呢。"

鹿兆鹏歉疚的眼神。

26. 白家院 黄昏 外

白嘉轩带着孝武、鹿三牵牛车进院，吩咐着："三哥，你拴好牲口就过来吃饭。孝武，帮你媳妇再砍些柴火。"

孝武将手中的钉耙靠在墙上，嘴里答应："哎。"

孝武媳妇迎出门，脸上有事："爸……"

白嘉轩打量："咋了？"白嘉轩转头看厨房没起火，"没烧火做饭啊？"

孝武媳妇欲语还休："大不让……"

白嘉轩抬头望去，这才看见鹿子霖正靠在屋门里冲自己点头。白嘉轩沉下脸，转身就要往院外走。

鹿子霖追上挽住他的胳膊："你躲我干啥？这几天我连着叫你去我家喝酒，你谱也太大了！"

白嘉轩甩开他的手："喝啥酒？"

鹿子霖："我不跟你计较，我带着酒菜来你家喝！这总行了吧？你总不能把我连人带酒扔出这院吧？"

白嘉轩无可奈何地看着他。

27. 白家　晚　内

桌上摆着几个用黑碟子盛着的小菜。鹿子霖倒好酒，仰头喝尽，自己用喇叭口酒壶再斟满，白嘉轩却是纹丝不动，冷下脸坐在桌旁。

鹿子霖瞥他一眼，举杯凑上："真不给我脸？一口不喝？"

白嘉轩默默瞧着他。

鹿子霖又一饮而尽，抹嘴倒好："我可是把家里藏的最好的酒拿出来了。白嘉轩，这三杯算我欠你的，我罚完自己了。"

白嘉轩："你欠我啥？"

鹿子霖："你说欠啥就欠啥，我今天算赔罪了，往后咱就是一家人！我有孙子了你也当姥爷了，嘉轩兄弟！喝一杯吧！"

白嘉轩黯然神伤，望着酒杯不语。

鹿子霖举杯凑到耳边轻声："我跟你说个事，说完你准跟我喝。"

鹿子霖扒着他耳朵边嘀咕起来。

白嘉轩脸色一变，抬眼瞪着他："那车是你……"

鹿子霖忙捂住他嘴，颤抖着声音："你娃要逮着了我娃也跑不了啊，再说三条命哩！"

白嘉轩举起酒杯仰头喝干，鹿子霖急："哎还没碰呢！"

白嘉轩不理他，自己倒满又喝一杯，手轻颤，连杯中酒洒出来都顾不上。

鹿子霖含泪看着他："喝吧，喝吧！我知道你一辈子不给我脸，你打心底瞧不起我！可你挡不住儿女！我儿子跟你闺女成一家人了，还有了娃！糟心的命啊，活成活不成还不知道哩……"鹿子霖捂住脸呜呜地哭起来，"……往后咱俩一起给孩子烧纸啊，嘉轩！"

白嘉轩拼命忍住泪水，举杯到鹿子霖眼前，鹿子霖哽咽着举杯给他碰了一下，两人同时仰头喝尽。

28. 柴房　晚　内

外面雷声大作，白灵抚摸着隆起的肚子，焦灼的目光听着窗外动静。

白灵轻声:“别害怕宝贝,这是在打雷呢。你爸爸待会儿就回来了,他给咱俩带好吃的。”

门开,鹿兆鹏脸色异样匆匆进屋。

白灵忙起身,打量:“咋才回来?找到老黄了吗?”

鹿兆鹏急促地:“咱们得马上转移。”

白灵一怔,意识到什么,默默看着他。鹿兆鹏悲痛地点了点头。

白灵轻声:“怎么被发现的?”

鹿兆鹏:“老黄大意了,送水站军统的人去查了,一直摸到老黄那里他还不知道。”

白灵痛苦地闭上眼,想起什么又睁开:“魏太太呢?”

鹿兆鹏点头:“已经被我们转移了,其他同志也都顺利撤离。”

白灵懊恼:“都赖我,是我牵连的老黄!”

鹿兆鹏扳住白灵的肩:“不,你是功臣!组织还要嘉奖你。这次行动的影响完全超出敌我双方的预料。灵灵,你那一砖砸的不光是陶部长的脸,还把那些投降派给砸晕了!走吧!”

白灵难过地点头,拿起包裹跟随鹿兆鹏出屋。

29. 白家 夜 内

孝武扒在门外诧异地听着里面动静,孝武媳妇端着盛着针线的箩筐出来,站在院中瞧着他。

孝武媳妇轻声:“你干啥呢?”

孝武不可思议地:“我爸居然跟鹿子霖喝醉了!”

屋中,两个酒杯再次碰在一起,两人同时一饮而尽。

鹿子霖大口吃菜,用力拍着白嘉轩肩膀,带着醉意:“我说亲家啊,我早就想跟你白家联姻哩!不过那时想的是兆海跟你家灵灵。”

白嘉轩摇头又是一杯喝尽:“命啊,命啊!”

鹿子霖用力摇着白嘉轩:“你说早知道现在咱俩斗啥哩!本就是一家人嘛!我净在外人面前说你坏话了。”

白嘉轩举杯:“说那干啥,我也有对不住你的地方。我还净瞧你热闹哩。”

鹿子霖捶胸顿足：“我对不起你！当年石头撅你都是我蹿腾的，他们闹着换族长也是我背后使的劲！”

白嘉轩倒酒：“我骂他们的时候也没给你好脸啊，老话里有话损你。”

鹿子霖哭着摇头：“黑娃撞折你腰那晚先到的我那，我不是人啊我让他去找你！”

白嘉轩举杯：“我也小人哩，子霖啊当年换地时我早知道那下面有水哩，我演了出戏给你啊！”

鹿子霖怔了怔，白嘉轩也带着醉意上下抚着他胸口。

白嘉轩：“千万别生我气啊，咱是一家人嘛，从前的账一笔勾销！”

鹿子霖百感交集，泪如泉涌。

鹿子霖冲口而出：“田小娥跟孝文睡，是我指使的！”

孝武扒在门外脸色大变，“咣当”一下坐在地上，脸色煞白。

孝武媳妇着急地在身后问：“咋了，里面说啥了？咋没动静了？”

屋里鸦雀无声，突然门被撞开，鹿子霖被踹到院里滚翻在地。孝武忙拉着媳妇躲到一旁。

白嘉轩站在门口举着拐杖发狠地：“你咋不死哩！天杀的混账！今晚我要替你先人教训教训你！”

鹿子霖慌忙爬起，酒已醒大半：“嘉轩，你说的从前账一笔勾销，咱是一家人哩！”

白嘉轩举着拐杖冲出：“谁跟你是一家人！我就是死也不跟你鹿家联姻！鹿子霖你良心被狗吃了！不怕那女人和肚子里的娃来找你！”

白嘉轩举拐杖猛抽，鹿子霖哀号躲避。

30. 西安城街道　夜　外

瓢泼大雨倾泻而下，白灵靠坐在门房外顶着草席，眼巴巴望着巷口。

鹿兆鹏浑身淋透跑来，喘息：“醋坊那个院子没人，我不敢领你进。咱再去别的地方吧。”

白灵一把揪住他：“别走了，我们没地可去了，哪儿都不安全。”

鹿兆鹏难过地望着她：“不能让你在这淋一宿啊！”

白灵宽慰："咱躲在这房檐底下，没事！"

鹿兆鹏想了想，搀扶起白灵："走，我带你去个地方。"

31. 城里破庙　夜　内

两人湿淋淋地相互搀扶进来，鹿兆鹏扶白灵靠坐在柱旁，自己忙着拢柴点火。白灵打了一个喷嚏，鹿兆鹏抬眼揪心地看着。

白灵轻声："没事，怀娃的女人阳气足着呢，病不了。"

鹿兆鹏懊恼："我还没弄吃的，你一口没吃哩。"

白灵从怀中掏出那两个冷馍，笑了笑："我带出来了。"

鹿兆鹏百感交集地瞧着，慢慢伸手接过。

叠画：

篝火点起，木棍上穿着烤好的馍，白灵贪婪地吃得满脸都是黑。

鹿兆鹏烤着衣服抬眼看去，白灵已疲惫地昏昏入睡。

鹿兆鹏轻手轻脚将烤干的衣服给白灵盖上，伸手摸白灵的额头，脸色一变，白灵闭着眼一只手拉过丈夫的手，轻轻摇了摇头。

鹿兆鹏躺靠到旁边，两人相互依偎。

鹿兆鹏忧伤沉思的目光……

32. 诊所　日　内

之前给白灵洗胃的医生皱眉瞧着鹿兆鹏，鹿兆鹏一脸愁容。

医生摇头："要知道孕妇不能随意服药，你只能让她扛着。"

鹿兆鹏："可她烧得很高！"

医生叹息："兆鹏你必须想办法，这样下去可不行！女人生娃不是件简单的事。我知道你们很难，要尽快把她送出去！"

鹿兆鹏痛苦的目光："我去城门看了，根本出不去！更何况我跟你又接了这个新任务。"鹿兆鹏摇头，"老黄被捕以后按规定所有线都要切断联系，我实在是无处托付了，我怕明天万一失手……"

医生咬牙："我一个人来吧！兆鹏，我向组织保证坚决完成任务！"

鹿兆鹏沉声："你是个老人了，不是新手。这种行动咋能靠意气用事。"

医生难过："我不怕死！可我看不得你们……"

鹿兆鹏坚定地注视他。

医生长叹一声，转身拿出药递上："这些药吃了没事，但只能缓解一时，回去好好跟夫人告别吧。"

鹿兆鹏默默点头。

33. 城里破庙　日　内

白灵乖乖地将药服下，平静地看着鹿兆鹏。

白灵轻声安慰："我没事，烧退一些了。"

鹿兆鹏摸了摸她额头，无声叹了口气。

白灵："我还给你留了点吃的呢，趁热吃吧。"

鹿兆鹏默默点头，埋头吃起，身子颤动起来。白灵轻轻抚摸丈夫的脸，看到鹿兆鹏眼中满是泪水，想劝却说不出话。

鹿兆鹏颤抖着声音："我对不起你和孩子……"

白灵含泪摇头，为他擦拭流出的泪水。

鹿兆鹏哽咽："天底下没有一个男人会让怀孕的老婆淋雨，大着肚子睡这种地方！我对不起你！"

白灵轻声："跟着你我知足了，我不喜欢看你哭的样子。"

鹿兆鹏强忍泪水，咬紧牙关点着头。

34. 田地　日　外

白嘉轩挥舞着钉耙在田间耕种，鹿子霖坐在旁边孝文卖给他的地中间愁眉苦脸瞧着。

鹿子霖几次欲言又止，慢慢踱到地边，终于开了口："不管你乐不乐意咱都是一家人了，要遭殃一起遭殃，要抱孙子一起抱。嘉轩你听我说的吗？孝文那事也不全赖我，再说后来是我保荐他去县里的，我早扯平哩！"

白嘉轩扬起钉耙，鹿子霖吓得忙退后几步。

白嘉轩用钉耙梳着泥土，恨恨地骂着："心都黑哩！"

鹿子霖无可奈何，又小心翼翼凑上前："我就跟田小娥说了一句，她自己不想勾引你家孝文我就是说一百句上千句也没用！"

白嘉轩依然骂："黑心的畜生！"

鹿子霖："那你还占我便宜呢，你还憋着黑我呢！"

白嘉轩放下钉耙："我才没黑过你！鹿子霖，从今往后我白家跟你鹿家势不两立！"

鹿子霖快哭出来："哥呀，这也没旁人我跟你说句实在话，孝文卖我这地我不要了行不？都还你！"

白嘉轩摇头："晚了，你迟早遭报应！"

白嘉轩扬起钉耙锄地，鹿子霖以为要打，慌忙后退跌倒。

鹿子霖爬起："不定谁遭报应哩，就你没干过亏心事！就你站得直走得正！我把好话都说尽了你不领这份情，往后你走你的阳关道，我走我的独木桥！"

35. 军营　晚　外

鹿兆海正愤怒地跟其他军官叫嚷。

鹿兆海："爱谁去谁去，我就抗命了！打仗的队伍不去战场上拼命，天天跟在警察特务屁股后抓人，我丢不起这人！"

茹师长上前："谁嚷嚷呢？谁要抗命啊？"

众军官都不敢说话。

鹿兆海也压住火气："师长。"

茹师长打量着鹿兆海，背手停住脚步："你小子火气不小哩，不错，当兵的就得有点火气！"

鹿兆海一愣，抬眼看茹师长。

茹师长扫视众人，大声地："不然都跟龟孙子一样，被人欺负就知道缩头！咱穿这身皮干啥哩？就为抓自己人？散伙！没我的命令谁也不许出营房！"

一军官为难："师长，可上面有命令让咱们配合军统……"

茹师长怒视："你他妈的是谁的兵？"

军官一哆嗦立正不敢说话。

旁边有人在鹿兆海耳边轻语几句，鹿兆海脸色一变匆匆退去。

36. 团长屋 晚 内

鹿兆海推门进来，狐疑地看着椅子上戴着帽子的人，坐在椅子上的人摘下帽子微笑瞧着他。

鹿兆海一惊："哥！"

鹿兆鹏起身上下打量："又升官了？"

鹿兆海忙将门关严："我的天！你咋找到这地方来了！"

鹿兆鹏一笑："咋，不行吗？"

鹿兆海摇头："现在满大街都在抓你们的人，上次中央派大员来西安被砸，你知道不？你们闹的动静太大了！"

鹿兆鹏反倒轻松地："砸得不好吗？我看西安城的老百姓咋拍手称快哩？"

鹿兆海皱眉打量他："你不会轻易来我这儿，尤其这个时候，到底出啥事了？"

鹿兆鹏不紧不慢："让你猜对了，不过事情不大，你甭紧张。"

鹿兆海愈加性急："不管大事小事，你快说清。是不是家里的事？"

鹿兆鹏平淡的口气："你嫂子要回乡下坐月子，得你去护送一下。"

鹿兆海顿然放下一颗悬浮的心，眉毛一扬，声调也欢畅起来："你又娶一房新媳妇？你也不给我打个招呼，哥你可真绝情！"

鹿兆鹏："哥的苦处你又不是不知道，给谁也不敢声张。"

鹿兆海很爽快地应承下来："护送嫂夫人，兄弟责无旁贷哦！我正好借机瞅认一下新嫂子。你说吧，几时动身？"

鹿兆鹏定定地看着弟弟："明天。"

鹿兆海一怔："那么急？送回家吗？"

鹿兆鹏摇头："待会儿我告诉你送到啥地方什么人接。原上老家回不去，只好到她妈家坐月子，这是犯忌的事。"

鹿兆海能体谅哥哥的难处："我明白，你放心。"

鹿兆鹏意味深长地："我是万不得已……才托你帮忙！"

鹿兆海豪爽地："这忙我乐意帮，你相信兄弟，兄弟就赴死不辞了！"

鹿兆鹏百感交集地看着鹿兆海，上前用力抱住兄弟，轻声："记住哥的话，打断骨头还连着筋。好兄弟！"

鹿兆海莫名感动，眼中又闪过一丝诧异……

37. 城里破庙　夜　内

白灵坐在草堆上，精神已有所好转，鹿兆鹏摸着妻子的额头，又摸摸自己的，欣慰地笑了笑。

白灵调皮地一笑："这次没骗你吧，全退了。"

鹿兆鹏也笑，话中带着一丝不易察觉的忧伤："好着咧，怀着孩子就是不一样。"

白灵拉过他的手放在自己肚子上："放心好了，咱娃也坚强得很。娃呀，你爸心太重，你在肚子里给他蹬一蹬？你爸好宽心啊。"白灵脸色一变，笑，"他真动了！你快听！"

鹿兆鹏忙趴在白灵肚子上，幸福地听着，动情："娃呀，明天跟你妈妈去一个好地方，咱再不受委屈了。"

白灵一怔："去哪儿？"

鹿兆鹏抬眼故作神秘地："一个你最想去的地方。"

白灵紧紧盯着鹿兆鹏的眼睛："根据地？"

鹿兆鹏微笑点头。

白灵欣喜："在哪儿？"

鹿兆鹏："桥山。廖军长已经创建下一个根据地了。"

白灵快活地拉住鹿兆鹏的手："太好了，咋去？"

鹿兆鹏："你先到渭北张村，地下交通一站一站把你保送到桥山。关键是头一站，走出城门。"

白灵皱眉："现在敌人搜得这么厉害，怎么出去呢？"

鹿兆鹏："天一亮兆海会来接。"

白灵吃惊地看着他："兆海？他……"

鹿兆鹏点头，一字一顿："他是西北军军官，更是我亲弟弟。"

白灵想从丈夫眼中寻出答案，百思不得其解："你让他送咱们？"

鹿兆鹏："是送你。你和他扮作夫妻，由他引护你到张村。"

白灵一惊："你不跟我走？"

鹿兆鹏压抑着波动的情绪："我还有任务。"

白灵不敢相信地看着鹿兆鹏："说到底你是要我一个人走？"

鹿兆鹏宽慰一笑："是先后，我得先完成任务才能走。放心我会找你们去。"

白灵低头不语。

鹿兆鹏拉住妻子的手，轻声："灵灵，有兆海在你身边我就放心了，你不想看我哭吧？你可从来都是服从组织命令的人，这些都是组织安排的。"

白灵忍住泪水点头，轻声问："到底是啥任务？"

鹿兆鹏轻描淡写："根据地不是急缺一批消炎止痛药吗，我配合去取一趟，尽快送往根据地。说不准我跑你前面呢。"

白灵嘴角拼命挤出一丝笑，突然战栗着扑进兆鹏怀里："孩子快出世了，你给起个名字吧！"

鹿兆鹏紧紧抱住白灵，拼命抑制住颤抖："叫天明吧！不管男女，都取这个名字。"

淡淡忧伤的命运般的音乐响起，叠画：

白灵紧攥着丈夫的手熟睡，鹿兆鹏深情地望着妻子。

鹿兆鹏慢慢地叠着一件衣服，轻放在白灵身旁。

鹿兆鹏头贴在白灵隆起的肚子上，含笑聆听，眼中泛着泪花。

38. 城里破庙外　清晨　外

天际露出惨淡的鱼肚白。鹿兆海一身军服皱眉打量着四周破败的环境，小心翼翼地迈上颓垣残壁。

鹿兆海："嫂子在吗？嫂子！"

庙中鹿兆鹏搀扶一个贵妇打扮的旗袍女子正迎出门来。

鹿兆海在瞅见白灵的那一瞬，凝固了脸上的表情，目光落在白灵隆起的肚子上，喘息加快转身就要走。

白灵喊出:“兆海!”

鹿兆海含泪停住脚步，冷笑:“鹿兆鹏，你脸皮真厚啊!”

鹿兆鹏上前:“我能猜到碰了面你会是啥样，好多事现在没法解释，否则昨天我早就跟你说了。你想撒气，我就站这儿任打任骂。”

鹿兆海回身就是一拳，鹿兆鹏踉跄爬起，白灵含泪上前扶住丈夫。鹿兆鹏抹抹嘴角的血冲妻子笑着摇头，再次走到弟弟面前。鹿兆海又一次将他击倒。

白灵颤抖着声音:“兆海!我求求你!”

鹿兆海痛苦望着白灵，眼中充满怨意。

白灵哭:“我真爱你哥!我真爱他!”

鹿兆海低吼:“你之前为什么不跟我说?为什么一直瞒着我?”

鹿兆鹏喘息:“因为你的身份，因为很多事我们也想不到!”

鹿兆海咬牙切齿。

鹿兆鹏慢慢走到他面前:“相信我，你哥绝不是一个随意的人。白灵跟我是经历了生死，经历了多少关卡绝望，相互支撑才走到今天，我们的感情是真的!兆海，我就你这么一个兄弟，你千万别把你哥想脏……”

鹿兆海咬牙:“在我心里你已经脏了。”

鹿兆鹏恳求地:“兆海!”

鹿兆海:“别叫我!从今天起我再没哥哥!”

鹿兆鹏一把攥住弟弟手臂:“东门!马上送她出去!哥求你!”

白灵红了眼睛:“兆鹏让你弟回去。我自个出城回乡下，生死由命，我们不求人可怜!”

鹿兆海转身大步走去。

鹿兆鹏突然跪倒在地:“兆海!你不为我，为了白灵为了她肚里的孩子!”

鹿兆海身子一颤，停住一动不动。白灵捂住嘴背过身去。

鹿兆鹏颤抖着声音:“再晚就来不及了，我的命不算什么可我真的保不准……否则哥绝不求到你身上!”

鹿兆海慢慢转身重新看哥哥，又打量白灵，眼中充满痛苦。鹿兆鹏眼中充溢着恳求与诀别，瞥了眼妻子，猛地起身狂奔而去。

白灵失声:“兆鹏!”

白灵追出几步被鹿兆海扶住，欲哭无泪。

39. 街市车内　清晨　内

鹿兆鹏急匆匆走来拉开车门钻进，医生复杂的目光注视着他。

医生轻声："托付谁了？"

鹿兆鹏目视前方："我弟。"

医生点点头，宽慰地："没牵挂了。"

鹿兆鹏也默默点头。医生将一把手枪递给鹿兆鹏，鹿兆鹏熟练地检查上膛。

医生："他叛变对我地下组织伤害非常大，已经连续几天带着军统特务四处抓捕。"

鹿兆鹏还沉浸在刚才的情绪中。

医生："而且此人非常狡猾，根据最新情报，他原来走的路线临时换了，改出东门。"

鹿兆鹏一惊，抬眼："东门？"

40. 删除

41. 街　日　外

鹿兆鹏靠坐在茶棚里看了看表，镇定地望向墙后的车，医生也看了看表，冲他微微点头。鹿兆鹏突然目光一震，远处白灵与鹿兆海齐排坐在一辆人力车上。

白灵戴着一架金丝眼镜，秀发披散在两肩，旗袍下丰满的胸脯和隆起的腹部，轻挽着鹿兆海的胳膊，俨然一对国民党小夫妻。

鹿兆鹏靠在暗处，欣慰的目光一直跟随着人力车远去。白灵仿佛察觉到什么，回头张望，眼神茫然焦急。

鹿兆鹏眼中闪动泪光，一动不动地深情注视，似乎永远也看不够。

突然身后喇叭声响起，一辆车不耐烦地催着街市挡路的百姓驶来。

鹿兆鹏深吸一口气，摸向后腰的手枪，医生的车已经在墙后发动。

那车经过鹿兆鹏的眼前，可以清晰地看到坐在后排中间的叛徒，两旁和前面都是警惕的便衣。医生的车从巷里斜冲过来，飞速撞向叛徒的车……

人力车上白灵和鹿兆海惊恐回头，后面的十字街头硝烟弥漫，两人瞬间同时明白了一切。

白灵挣扎着要往下跳，被鹿兆海死死拉住，人力车也停了下来。

鹿兆海吼："别停，快走！"

混乱喊叫的人群中，鹿兆鹏提枪从容走过硝烟，出现在车前。受伤的便衣举枪便打，被鹿兆鹏连连击毙，叛徒浑身是血地爬出车，一瘸一拐往远处跑着。

鹿兆鹏瞥向医生的车，医生已经趴在方向盘上一动不动。鹿兆鹏含泪举枪对准叛徒……

远处的士兵吹着哨向这边跑来，鹿兆鹏被诸多便衣围攻，一片大乱。

警车和宪兵队纷纷从人力车旁冲过，鹿兆海铁青着脸死死搂住哭泣的白灵。

白灵泣不成声："他骗我，他骗我！"

鹿兆海瞥见一个便衣悄悄摸出枪向鹿兆鹏身后溜去，猛地拔枪："啪！"

便衣无人知觉地倒地。

鹿兆海也不回头，咬紧牙关怒视前方，身后密集的枪声响起。

第四十六集

1. 城门　日　外

熙攘的人群因搜身检查而放慢速度，士兵把守在城门前挨个搜身。白灵在车中止不住地哭泣，脸上带着深深的焦急与不安。

鹿兆海坐在车上轻声："查得比往常严了，你要想保住你这娃就别再哭了。"

白灵含泪被鹿兆海搂在怀中，人力车拉到城门洞。

士兵喊："下来检查！"

车夫举起双手任由士兵翻着，两个持枪的兵转脸打量白灵。

白灵将脸转向一边。

鹿兆海眼里充着血，吼："检查谁！"

士兵被他突如其来的愤怒吓得退后一步，敬礼："城里刚给的命令，兄弟也是迫不得已，谁都得检查一下。"

鹿兆海将白灵的脸埋到自己胸口，发泄般怒骂："你贼熊皮松了？想叫我给你挣皮是不是？"

卫兵咽一口唾液，翻一翻白眼往后退去。车夫拉着车子奔出西安城去。

2. 城外西关　日　外

鹿兆海搀扶白灵上了一辆驴车，自己牵着踏上官路。

白灵依然不舍地回头望着，嘴中喃喃："你哥命大，他不会有事的……"

鹿兆海狠狠抽了一鞭子，转过脸："从今往后，我没有哥了——鹿兆鹏不配给我当哥！"

白灵木然地："我也不配给你当嫂子。"

鹿兆海再也压抑不住，肆无忌惮地发泄起来："我瞧不起他！瞧不起鹿兆鹏！我过去同情他，现在恶心他！”

白灵冷着脸："不怪他，你恨我瞧不起我吧！是我寻他要跟他过的……"

鹿兆海打断她的话："不对！你甭替他开脱，是他早都起了坏心！我从保定回来，咱俩约下第二回见面，你没出面，他倒是代替你来给我传话。我那会儿虽有点疑惑，总相信他是哥，也是个人……没料到他什么都不是！"

白灵急躁地分辩："你多心了。我跟他……待将来再澄清吧！你不要一门心思把他看得不是人！"

鹿兆海决绝地望着远处："反正我永生永世再不见他。"

白灵凄然一笑："这话用不着你说，没准连我也见不着他了。"

白灵转过头去，泪水无声淌落。鹿兆海目光一紧，默默望着白灵，不再争辩。

3. 祠堂　日　内

白嘉轩坐在堂中，几个老者围坐，听他吩咐着村里的事。

白嘉轩抽着烟袋："……村西这几户的房族里也帮着修修，水渠的事召集各家壮劳力每天出一个工。"

鹿子霖臊眉耷眼地进院门找地方正要坐下，白嘉轩瞥他一眼。

白嘉轩烟袋在桌上重重一磕："出去，谁让你坐了。"

鹿子霖被所有人转头看着，满脸不自在："白嘉轩，村里哪次商量事不叫我？"

白嘉轩没好气地："往后就没人叫你了。"

鹿子霖梗着脖子："凭啥？"鹿子霖凑近轻声，"给我个脸，到底咋说咱是亲家。"

白嘉轩："呸！谁认你这个亲家！"

鹿子霖："你这是公报私仇哩！"

白嘉轩冷笑："你倒说说，我报的啥私仇？"

几个老者都好奇地瞧着鹿子霖，鹿子霖话到嘴边咽回，往院外退。

鹿子霖："不跟你计较！"

白嘉轩不依不饶地："别走，说清楚我报啥私仇，你啥地方对不起我了。你是偷我的了还是抢我的了。”

鹿子霖逃一般蹿出院门，白嘉轩嘴一撇极其不屑的神色。

一老者试探：“嘉轩，你两家又咋了？”

白嘉轩冷冷地：“没事。”

4. 原上　日　外

驴车在一道慢坡前停下，白灵怔怔望着远处。遥远的坡上乡民牵牛经过，苍凉悠长的山歌小调若有若无地传来。

白灵轻声：“过了那道坡就是咱白鹿原了吧？”

鹿兆海看着苍茫的原上，默默点头。

白灵喃喃地：“真想回去看看我爸。”

鹿兆海：“不远的路，我送你过去，你真不如在自己家里生娃。”

白灵黯然摇头：“回不去了，我永远也回不去了。你们的人在四处搜我，我不能连累他们。”

鹿兆海：“你真是到乡下坐月子？”

白灵坦白：“不是，是逃跑！”

鹿兆海打量：“出麻烦了？”

白灵轻描淡写：“我打了你们陶部长一砖头。”

鹿兆海一惊，转过身瞅着白灵：“我的天哪！扔砖头的原来是你哇！”

白灵淡然：“吓你一跳吧！你还敢娶我不？谁娶我谁当心挨砖头！”

鹿兆海陌生地打量着白灵，缓缓摇头：“你我虽然政见达不到共识，可打日本收复河山心想一处。兵营里官兵听说有人打了姓陶的一砖头，都说打得好！凭这一砖头，我今日送你就值得，啥委屈都不说了。”

白灵转身干呕起来。

鹿兆海忧心地看着，迟疑：“要不要去你姑父的书院吃点饭？你这身子不能饿着。”

白灵怔怔看着鹿兆海。

5. 书院 日 内

朱先生与朱白氏热情地搀扶着白灵往后院走，鹿兆海跟在一旁，拍着十二三岁朱怀仁的肩膀。

朱白氏："要不我叫怀仁回村找你爸去？"

朱怀仁点头："妈我现在就去。"

白灵一惊："姑姑，别叫他……"

朱先生看出眼色，笑："你还不赶紧做饭去，灵灵今天必须得走吗？"

白灵默默点头。

鹿兆海冲朱白氏："婶，用我帮忙不？"

朱白氏："不用，你们坐着，怀仁跟妈去烧火。"

屋中只剩下三人，朱先生上下打量白灵，感慨万千。

朱先生："我们的小灵灵竟也大起肚子怀上娃了，你爸要是看见了你这样子不定多感慨。我都听说了，这是你跟兆鹏的……"

朱先生瞥了眼鹿兆海，鹿兆海阴沉着脸望着别处。

白灵大方地："姑父，我跟兆鹏已经结为夫妻了。"

朱先生试探："那兆鹏咋没来呢？"

白灵难过地垂头不语。鹿兆海神色复杂。

朱先生愣了愣，轻声："兆海，咋回事？"

鹿兆海沉声："我们出城的时候他那边已经打上了，九死一生。"

朱先生目光一紧，屋中沉默。

朱先生缓缓地："你这肚里的娃给起名了吗？"

白灵点头："他爸给起的，无论男女叫天明。"

鹿兆海一旁怔怔地瞧着。

朱先生嘴中喃喃："天明，天明……我中华大地何时能守得云开见天明啊。"

白灵颤抖着声音："不远了，前仆后继的人多了，流的血都会冲出一条路来。"

鹿兆海目光复杂。

朱先生回身凝视白灵："我都听说了，打那个陶部长的是你？"

白灵点头。

鹿兆海叹了一声：“不然还用我送她。”

朱先生感叹：“兆海你送得好啊！你知道这一砖头砸的不光是那姓陶的一个人，她把中国的那些投降派软骨头都砸得一激灵！”

鹿兆海点头：“是，委员长没几天就把姓陶的给免职了，中央的投降派再不敢说话。”

朱先生激动起身，大声喟叹：“谁想改变这一切的竟是咱白鹿原上的一个女娃娃！好，好着哩！灵灵，姑父今天要送你一幅字！”

白灵忙起身，鹿兆海也凑到桌前，朱先生提笔蘸墨略一思忖在铺好的纸上挥洒起来。“白鹿精魂”四字跃然纸上。

白灵与鹿兆海同时轻声念出：“白鹿精魂。”

朱先生点头将字吹了吹，双手捧给白灵：“你爸常问我那头白鹿在何处，今日我算有了答案。”

白灵含泪感动地双手接过。鹿兆海百感交集地瞧着。

突然院外田福贤的喊声：“朱先生？”

随即是鹿子霖的声音：“你也别使驴性子，咱让你姐夫评理……这哪来的驴啊？”

屋里的人都是一惊，白灵慌乱拉住鹿兆海往后躲避。鹿兆海忙扶白灵绕出后门，深情注视她。几乎同时，田福贤带着鹿子霖、白嘉轩推门进屋。

白嘉轩：“没瞧我姐夫这来客人了，捣乱么！”

墙后白灵含泪深情地望着爸的背影，朱白氏正捧着饭盘走来，鹿兆海忙向她做了个“嘘”的手势。

田福贤赔笑：“先生忙哩。”

朱先生摇头：“不忙，客人已经走了。啥事啊？你们三个同时来我这书院，这是头一回啊。”

田福贤无奈：“这族长跟乡约闹起来，我实在是没办法！问有啥仇他俩又不说！只能拉到您这儿调解。”田福贤瞥眼院外的驴车，“客人没走呢吧，车还在哩。”

鹿子霖闻了闻，迎到后门眼看要与鹿兆海、白灵撞到一起，“这饭都做好了？没吃哩。”

朱白氏忙端盘挡住门口，笑："他们死活不吃，这饭是我们自己做的，正好一起吧？"

白嘉轩闷声："走了！我说不来吧，跑我姐夫家蹭饭来了。"

鹿子霖咽口唾沫："来得早不如来得巧，我这还真饿了。"

白嘉轩没好气："你们不走我走！"

田福贤忙拽白嘉轩："今天这事必须解决！族里人都跑我那问去了，到底为啥么？"

那边拉扯，这边朱白氏慌乱要迈进屋，一个馍掉落地上，鹿子霖一脚迈出去捡起，往身上抹。

鹿子霖："糟蹋了糟蹋了……"

鹿子霖半直起腰，呆呆地瞧着眼前的鹿兆海和白灵。鹿兆海无声地冲爸摇摇头，指指田福贤。

屋中白嘉轩懊恼："姐夫，那我们就在你这儿吃下饭，啥事也没有，没理可讲！"

朱白氏苍白着脸转头看丈夫，朱先生沉吟："哦……"

鹿子霖却奔进屋："不吃了！我也丢不起这人！走，咱走！"

田福贤和白嘉轩都无比惊诧地看着鹿子霖。

白嘉轩："你这抽啥风哩？一会吃一会不吃的。"

鹿子霖急得不行："我想起来了，我地还没浇呢！"

田福贤皱眉打量："你咋了子霖，是你找我给你俩调解，我说把你和嘉轩拉到朱先生的书院，你这咋又跟丢了魂似的想跑哩？"

白嘉轩冷笑："他心里有愧！"

墙后白灵和鹿兆海动又不敢动，只得屏息靠着。鹿子霖颤抖着嘴唇，半天说不出话。

朱先生已经恍然明白："子霖的意思是想明白了，对不？"

鹿子霖恍惚点头。

朱先生诱导着："用不着我劝解了，对不？"

鹿子霖费力地："嘉轩，我错了，我给你赔不是。你是君子我是小人，你明里做事我暗里捅刀子……"

田福贤也感觉到诧异，往后院的门瞥去。门后明显藏着人，田福贤猛地一拉开，朱怀仁正从后面蹦出来，嘴里嚼着馍。

田福贤笑："这娃，吓我一跳！"

门后白灵与鹿兆海屏息贴墙站立，与田福贤近在咫尺。

鹿子霖大吼一声："千错万错都是我的错，我今天给你赔罪哩！"

鹿子霖"扑通"跪倒在白嘉轩面前。

白嘉轩无比吃惊地看着面前跪倒的鹿子霖，田福贤也惊诧回身搀扶。朱先生欣慰地笑笑。

鹿子霖一手拉住田福贤一手拉住白嘉轩，站起："咱也别在朱先生这儿叨扰了，这是啥地方，清静之地！上我家喝赔罪酒去！"

白嘉轩疑惑不解地转头看姐夫，已被鹿子霖拉出门外。

朱先生背手而立，微笑："不送。"

6. 原上　日　外

鹿兆海牵着驴车，白灵不舍地转头看着姑父姑姑。

朱先生拍着白灵的手："保重自己，生下这娃想办法让人捎个信回来，我好跟你爸去说。"

白灵含泪点头："姑姑姑父，我走了。"

白灵上了驴车，鹿兆海挥了挥手，朱白氏含泪望着车远去。

朱白氏："父女俩这么近也没说上一句话。"

朱先生摇头："他们能见上一面已经大不易了，造化啊。"

7. 鹿家　晚　内

桌上的菜已经被吃了大半，狼藉一片。鹿子霖往田福贤的杯中倒酒，田福贤已经带着醉意，连连摆手摇头苦笑，将杯子推到一边。

田福贤："不能再喝了，你俩的事儿我这倒喝多了。"

白嘉轩坐在一旁斜眼瞥鹿子霖，一脸的疑惑。

鹿子霖赔笑："我俩这点小事净让兄弟操心！丢人哩！你今天多喝几杯，算我赔的不是！"

田福贤笑："说好了，往后不闹哩！"

鹿子霖连连点头，捅了捅白嘉轩："不闹不闹，是吧？"

白嘉轩叼着烟袋不理。

田福贤仰头喝尽，一抹嘴："冲今天这顿酒，我得跟你俩交代句实话，岳书记长让我天天盯着你们哩，你家兆鹏你家白灵，都不是省心的娃！"

田福贤凑近神秘地："让我见着他们活捉不了就……"

白嘉轩和鹿子霖都转头定定瞧着田福贤。田福贤做了一个斩杀的手势。

鹿子霖突然一拍桌子举起俩酒杯，一杯递给白嘉轩，白嘉轩却不接。

鹿子霖冲动地："这杯你要不喝……"

田福贤乐得不行，两边打量："不喝咋的，他就不给你面子！"

鹿子霖仰头喝尽两杯酒："我替你喝！"

鹿子霖百感交集长出口气靠坐在椅子上，白嘉轩诧异打量。

8. 某村小院　夜　内

鹿兆海与白灵坐在炕上，中间一盏摇曳的油灯，两人无语。

鹿兆海望向窗外的人影，轻声："他们在备车呢。看来下半夜你还得走。"

白灵点头："要一站一站地把我送过去，这样你们才找不到我。"

鹿兆海苦笑："共产党搞这套真是厉害，怪不得抓不尽呢。"

白灵："那不都是你们逼的。"

鹿兆海脸色一变："要分手了还想跟我吵？"

白灵黯然摇头："还恨你哥吗？"

鹿兆海又灰下脸，咬牙切齿："恨，这一点无法改变！"

白灵："那就恨吧！反正恨他的人够多了，也不在乎多你一个少你一个。"

鹿兆海："只有我恨他恨得不可调解。"

白灵："我明白。"

门突然推开，进来的人警惕看看鹿兆海，冲白灵："白灵同志，我们得马上走，去下一站。"

白灵点头："我收拾一下。"

那人关门出去。

鹿兆海潮起一种路行尽头的悲凉："坐满月子还要我接你回城不？"

白灵："不咧。"

鹿兆海："你在乡下永久住下去？"

白灵："住不了几天。"

鹿兆海："我还能见到你吗？"

白灵："三五年怕不行。"

鹿兆海目光一紧怔怔看着她，白灵低头收拾行囊。鹿兆海目光落到里面的一把精致手枪上，伸手拿起恍惚看着。

鹿兆海："这是他给你的？"

白灵点头："留给我防身用，或者……万不得已的时候自尽用。"

鹿兆海颤抖着手说不出话，默默将手枪塞回包裹。

鹿兆海："我今日最后给你说一句，我……永生不娶。"

白灵直起身凝视他的眼睛，有些激动："这又何必，这又何必？别这样说，别这样做！你这是故意折磨我你折磨我！"

鹿兆海含泪摇头："不折磨不由人啊……"

窗外人叫："上路了！"

鹿兆海痛苦地望着窗外。

白灵哀求的目光："千万别这样！我求你……"

鹿兆海颤抖着声音："天下再没有谁会使我动心。我说话算话，你日后鉴证我的品行。"

白灵含泪摇头："那你还不如打我骂我……"

窗外人再次轻声催促："白灵同志？"

鹿兆海哽咽："我能再抱抱你吗……"

月光下白灵一动不动，突然母性地张开双臂，温暖地看着他。鹿兆海身子晃了一下，猛地背过身去。

白灵提起包裹转身冲出屋。鹿兆海凄然，一动不动地站在那里……

9. 鹿家院外　夜　外

田福贤摇晃着身体往后退，两个团练上前搀扶。

田福贤：“回吧，嘉轩你也早点回。”

鹿子霖与白嘉轩眼巴巴望着人影远去。白嘉轩刚要转身走，被鹿子霖一把拽住。

鹿子霖伸出手：“把今天饭钱给我。”

白嘉轩莫名其妙：“凭啥……”

鹿子霖急：“就冲我救了你闺女，这酒你请！”

白嘉轩惊呆，怔怔看着他。

鹿子霖发泄地：“那驴车是送你闺女的！兆海陪着，俩人就藏在后门外！你当我为啥认㞞？我不冲你，冲肚子里我那孙子！”

白嘉轩一句也说不出，一动不动站着。

鹿子霖含泪委屈地：“你还得意哩，你牛啊！连酒也不喝上一口，你不给我脸啊！要不是我，你听见田福贤刚才的话了吧？两条人命啊，你哭去吧白嘉轩！”

白嘉轩突然奋力将鹿子霖推翻在地。

鹿子霖气急败坏：“你干啥你！”

白嘉轩上前搀扶，落泪：“你不早说！你让我看一眼她啊！”

鹿子霖喘息爬起，两人含泪对望再也说不出话来。

10. 龙湾村大妈家　凌晨　外

白灵躺在马车里盖着被子一路颠簸，车突然停了下来。白灵睁开眼听着动静，大妈说话的声音传来。

大妈：“她还睡呢，先别叫啊。你们都小声点！”

白灵撑坐起身，疲惫地撩开帘，车已停在一个农户院中。

有孩子叫嚷：“醒了醒了！”

大妈在屋中吓唬孩子：“叫你们别嚷嚷！”

孩子：“奶奶，她自己醒咧！”

大妈和蔼可亲笑着上前搀扶，孩子父母也都跑出屋。白灵有些不知所措，挤出笑来。

大妈热情地：“闺女，累坏了吧？这是我儿子儿媳妇，快进屋歇着。饭一会就做得，你想吃点啥跟大妈说！”

白灵被簇拥进屋，看见炕上已经铺好干净的被褥。

大妈没等她问热情介绍："这都是新缝好的被子褥子，专为你来才做的。瞧这模样真俊哩！哪儿的人啊？"

白灵一笑："白鹿原。"

大妈麻利地掸炕倒水："先把这碗红糖水喝了，趁热一口气下去把你这一路上的累啊寒啊透着汗就发出去。狗子，去倒热水去。"

男孩应着奔出。

白灵刚要张嘴问："大妈……"

大妈的话又跟上："经我手送过去二十三个了，你是第二十四个，放心吧，没一点麻达。先泡泡脚，脚暖身子才暖。我还没问你姓啥哩？"

白灵："白。"

大妈笑起："怪不得白白净净的呢，原来就姓白！"

狗子端来热水放在地上："奶奶，那姓黑哩？"

大妈一拍孙子屁股："那就黑得跟你似的！"

窗外热饭挑水的年轻父母咯咯乐起，屋里屋外一派祥和喜庆的氛围。

白灵感动的目光，暗暗长松口气……

11. 白家 日 内

白孝文一脸懊恼，白嘉轩抽着烟袋瞧他。白孝文将手中的帽子狠狠摔在桌上。

白孝文："您说我妹好好的学不上，书不教，非去干这行当！一个女子竟拿着砖头去砸人家部长的脸，政府能不抓她吗！这倒好，连我也受牵连！保安团停了我的职审查哩！"

白嘉轩："看起来这官职比你妹的生死重要。"

白孝文愣了愣："爸，我也不是那意思，田福贤甚至岳书记长都找我，让我帮忙把我妹揪出来。这是没见着，真见着了我能供出我亲妹妹吗？"

白嘉轩点头："这倒像句人话。"

白孝文叹息："都是那个鹿兆鹏把我妹带坏了！"白孝文压低声神秘地，"听说我妹还怀了他的娃！爸，您知道不？"

白嘉轩摇了摇头，镇定："不知道。"

白孝文试探："您要有我妹点啥消息可得赶紧告诉我，最近她真没家来？"

白嘉轩狐疑地瞧着儿子："我看你不像是停职回家，你是盯人来了。"

白孝文慌忙解释："爸您可错怪我了，这里面的事复杂得很，我是怕您牵累进去！"

白孝文转过身用余光偷偷打量爸，疑惑地思索着。

12. 龙湾村大妈家　夜　内

大妈躺在白灵的身边，黑暗中两人说着贴心话。

大妈："我儿子在村里的小学校教书，是地下党员。儿媳妇种地做饭，也去学校帮忙收拾。家里就这么一个孙子，疼得跟啥似的，我们这龙湾村地势好，长出的麦子都跟别地不一样！今天你吃的面就是自家磨的，香不？"

白灵"嗯"了一声，痴痴地想着什么。

大妈："你这是头一个吧？生娃要说难也难，说不难呢跟母鸡下蛋一样，一咕叽就一个，没啥可怕的！"

白灵"扑哧"乐了。

大妈歉疚地："我这话太糙了吧？闺女别怨大妈啊。我平时没这么多话，是区里的同志跟我说你男人受了伤在医院养着，我怕你想不开……"

白灵猛撑起身坐直："大妈你说啥？"

大妈也忙坐起怔怔地看着她："我也是今早得的信，你男人执行任务受伤被救下来了，已经转移到根据地。"

白灵欣喜地看着大妈，落泪说不出话。

大妈忙搂过她："咋哭上了，他伤会好的，闺女。等明天我再问问区里同志……"

白灵喜极而泣："他还活着，还活着！"

大妈搂紧白灵宽慰："我说你这一天咋不说话哩，都赖我，早该告诉你。死不了！你们都命大着呢。"

白灵趴在大妈怀中又哭又笑地点头。

13. 田地　日　外

白嘉轩和孝武、鹿三在田里耕种，白嘉轩用白帕子擦着额头的汗。鹿子霖在地头锄着地。远处田福贤带着白孝文和两个团练匆匆走来。

田福贤到地间铁青着脸跟鹿子霖说了两句，鹿子霖扔下锄头像被两个团练押着般跟随走远。

孝武轻声："爸，这是咋了？鹿家又出啥事了？"

白嘉轩凝眉眺望，孝文小跑上前。

孝文："爸，鹿兆鹏完了！"

白嘉轩脸色一变："咋回事？"

孝文半带幸灾乐祸地："鹿兆鹏在西安城惹事被军统的人打中好几枪，现在还没搜到人，可估计是活不成了！"

白嘉轩将锄头递给儿子，大步向村子走去。

14. 鹿家院门口　日　外

两个保安团练把守院门，乡亲们围在外面看热闹。院里隐约传出鹿子霖媳妇的哭号声。白嘉轩挤进，桑老八一把揪住他。

白嘉轩："这是干啥？"

桑老八低声劝："族长，可不能进去，田福贤派人把鹿家看管起来了！说一日找不到鹿兆鹏的尸体，一日就不放人！"

白嘉轩皱眉拨开桑老八的手，迈步往院里进。保安团练横枪拦住他。

白嘉轩举拐杖就抽："你两个嘴上没毛的娃娃，拦我？穿上这身皮你就不是白鹿原的人了？滚开！"

孝文挤上前："爸，可不敢胡闹！这是县里督办的！"

白嘉轩转身狠瞪儿子："就是天王老子督办，白鹿原上还是我说了算！"

人群一片哗然，白嘉轩拄着拐杖迈进院。

15. 鹿家院　日　内

鹿子霖与媳妇关起门在屋里低声痛哭。

媳妇蓬乱着头发泣不成声："我的儿啊……我不活哩！我跟兆鹏去了吧……"

鹿子霖一旁抹着眼泪，听到院门响。

白嘉轩在院里喊："亲家，亲家？"

鹿子霖一怔，忙起身开门抹净泪水："你咋来哩？你刚才叫啥？"

白嘉轩拄着拐杖定定地："我看亲家来了。"

鹿子霖媳妇哭着出屋："哥啊这时可不敢说！人家躲还来不及哩！"

白嘉轩扯着嗓子喊："咋了？我就是看亲家来了，我闺女怀了你儿子的娃，你说不认就不认哩？"

鹿子霖颤抖着嘴唇，泪水淌落。

16. 龙湾村大妈家　日　内

白灵痛苦地呻吟着，额头满是豆大的汗珠。

大妈和儿媳紧张忙碌，不停地宽慰："经我手的二十三个娃都好着哩！把心放肚子里别慌！我让你用劲再用劲！快烧热水！"

儿子急匆匆从院外奔进趴在窗外喊："妈不好了！"

大妈脸一沉迈出屋。白灵喘息，恍惚中听着外面的话语声渐低。

大妈低声："女人生娃就怕吓唬，出啥事也不能嚷嚷！"

儿子焦急地："县里保安团来搜了，说是查跑出来的共产党！"

白灵目光一紧，又一阵疼痛让她倒吸一口冷气。

大妈轻声急促地："你想办法带他们搜别的地方去，别来咱家！"

儿子："来不及了，我眼瞅着他们往这边来，才跑回家通知你们！"

院外响起保安团的喊声骂声。

大妈："别慌，你去锁院门拖住他们。"

大妈镇定回屋，白灵仰脸眼巴巴地看着她。

大妈出奇地淡定，微微笑了笑："闺女没事，一群白狗子。大妈又不是第一次对付！”大妈转身冲儿媳，“你跟我把她抬下去，赶紧收拾，别露一点痕迹！”

儿媳忙点头。

17. 大妈家地窖　日　内

白灵被抬下放到干草堆上，儿媳转身冲上去，拍门声叫骂声越来越大。白灵强忍疼痛，大妈挽起袖口在黑暗中点起蜡烛。

大妈轻声：“别想着上面，就当他们没来。闺女咱就是不能叫啊，再疼也不能出声，行吗？”

白灵咬住嘴唇用力点头。

大妈突然极轻声命令：“使劲！”

白灵紧闭双眼使着闷劲，痛苦不堪的神情。

上面保安团已经进院叫骂：“大白天的锁啥门，有没有共党？”

盆碗摔到地上的声音，有人被推倒。

狗子哭喊着：“妈！妈！”

大妈脸色微变，白灵睁开眼哀求地看着她。

大妈冲她强挤出笑，轻声命令：“再使劲！”

狗子的哭声越来越大。白灵双手攥紧干草，嘴被咬破渗出血来……

18. 大妈家　日　内

保安团正骂骂咧咧地出屋，父子俩搀扶起嘴角是血的媳妇。

地下某处突然传来一声微弱的婴儿啼哭声，一家人脸色大变。保安团的几个人也警惕回身。

狗子妈用力一掐儿子屁股，狗子看了眼妈又号啕大哭起来。

保安团几个人回身诧异打量四周，狠狠骂着：“别他妈哭了！不许出声！”

19. 大妈家地窖　日　内

地窖里白灵几乎要虚脱，汗水浸湿衣服，虚弱的目光瞧着大妈抱着的婴儿，近乎哀求地摇着头。

大妈也紧张得不行，嘘着声："别哭，千万别哭！"

白灵强忍疼痛摸向包裹，取出那把手枪颤抖着对准上面入口。寂静无声，只听见脚踩在木板上的声音。

脚步声渐去，白灵百感交集不敢相信的眼神。

大妈激动得眼中闪着泪花："闺女，你这娃真懂事哩！她一声也不哭了！"

白灵轻声："小子还是女娃？"

大妈："是女娃！你生了一个跟你一样白白净净的女娃！"

白灵侧过头感动望着婴儿，欣喜的泪水涌出。

叠画：

大妈缝着孩子小袄，白灵喂着奶，两人抬眼相视而笑……

狗子妈热情地给白灵端来小米粥和烤馍，白灵推脱不掉，大妈一旁给孩子换着尿布，白灵感动的目光……

白灵抱着孩子靠在窗前仰望，狗子从树上举起鸟蛋得意地笑着……

狗子搀扶白灵走上山坡，白灵眺望远方，若有所思。远远地大妈抱着孩子凝望白灵背影。

20. 某医院密室　日　内

幽微的光亮笼罩着身负重伤的鹿兆鹏，他微微睁开眼睛看着面前展开的报纸，一个人正站在床边为他举着。

标题特写："共匪头目鹿兆鹏被我围剿击毙。"

鹿兆鹏目光从醒目的标题上划过，淡然一笑。

那人沉声："兆鹏同志，你要好好养伤，有什么需求向组织提出来。"

鹿兆鹏虚弱的声音："我老婆孩子在哪儿……"

21. 大妈家　夜　内

大妈搂婴儿到怀中，哼唱着儿歌，白灵侧躺在一旁看着。

大妈："噢噢，娃娃睡睡。对面山上掐谷穗穗。掐的谷穗穗喂鸡鸡，喂的鸡鸡下蛋蛋……"大妈一笑，轻声，"睡了。"

白灵欣慰的目光："这儿歌小时候我妈老给我唱，我爸说我一听就蹬腿兴奋，可您一哄她就着，也怪了。"

大妈得意："从我手上这是第二十四个娃哩，我比你们都有经验！"

白灵轻声问："大妈，那二十三个娃都哪儿去了？跟着母亲走了吗？"

大妈摇了摇头，意味深长地："只有三个跟着妈走的，其他的娃都被老乡认领了。"

白灵目光一紧："那他们……舍得吗？"

大妈叹息："娃是妈的亲骨肉，你说能舍得吗？只要有点条件，做妈的能不带着娃走？"

白灵沉默不语，幽幽地想着什么。

大妈轻声："我儿子也是党员，像你们这些人都是今天有口饭吃明天又不知命丢在哪儿，带着孩子不是活受罪吗。"

白灵目光湿润，轻轻搂过女儿动情地看着。

大妈注视她："区里同志特意嘱咐我，你要想带着娃走，去过日子，就让我儿子去送。"

白灵不答话，亲了亲女儿额头，也轻声唱起来："噢噢，娃娃睡睡。对面山上掐谷穗穗，掐的谷穗穗喂鸡鸡，喂的鸡鸡下蛋蛋……"

22. 鹿家院外　日　外

鹿子霖家大门紧闭，俩持枪的团练如门神般站在门口，路过的乡亲无不远远躲开，避之不及。孝武赶着马车和鹿三停在鹿家门口。

保安团练警戒地看着白嘉轩下了马车，白嘉轩根本不理睬门口俩持枪保安，拄着拐杖站好冲院里喊。

白嘉轩："亲家，你不种地去了？那地都荒啦。"

两个保安团练为难地瞧着他："伯，您这不让我们为难么。"

白嘉轩冷哼："我认得你们，你们是不贺家村的俩崽吗？有种就拿枪顶着我，一枪撂倒完事。"

大门咣当打开，鹿子霖提着锄头奔出门："哎，亲家！"

鹿子霖到门口迟疑地停住脚步，瞥俩团练，故意气人地清清嗓子，一抡锄头大步迈出，跟随白嘉轩走去。

远远的墙角处，白孝文哀求地看着田福贤。

田福贤咬牙切齿地："瞧见没，是你爸骑在我头上作威作福哩！"

白孝文："伯，我爸就那脾气，您又不是不知道！闹镇嵩军那会他都不怕，要不您去劝劝？"

田福贤瞪眼："我要能劝还叫你来！"

田福贤气得转身大步走去，白孝文瞧着他的背影又回头看看走远的白嘉轩，若有所思一笑。

白孝文摇头喃喃地："真是光脚的不怕穿鞋的。"

23. 大妈家地窖　日　内

白灵抱着婴儿下地窖，好奇地听着。

大妈儿子正给几个人激动地轻声念："中国苏维埃政府，中国共产党中央为抗日救国告全体同胞书，国内外工农军政商学各界男女同胞们！日本帝国主义加紧对我进攻，南京卖国政府步步投降，我北方各省又继东北四省之后而实际沦亡了……"

几个人都振奋精神地听。白灵也被感染，将婴儿递给身边的大妈，自己走上前。

大妈儿子忙起身："白灵同志。"

白灵拿过怔怔地瞧："这是什么？"

有人轻声："这是咱们党刚刚发出的动员全民抗战的宣言，我们正学习呢。"

白灵轻声念着："同胞们起来，为祖国生命而战！为民族生存而战！为国家独立而战！"

白灵的声音变得颤抖，眼中闪动着光亮。

24. 某医院密室　日　内

鹿兆鹏激动地放下报纸，已经能站起身，拄着拐杖走到窗前。鹿兆鹏用力推开窗户，眼中同样闪动着光亮。

白灵（画外音）:“为领土完整而战！为人权自由而战！中华民族抗日救国大团结万岁！”

25. 龙湾村村口　日　外

白灵紧紧抱着女儿，亲了亲她的脸蛋和额头，不舍地交到大妈手中。大妈、儿子儿媳和狗子在身后站着。

大妈:“放心去吧，这娃我亲自养，往后她就是我亲孙女。”

白灵含泪微笑点头，尽力控制不让自己哭出来。狗子一旁抹着眼泪。

大妈儿子用力拍狗子脑袋，轻骂:“哭啥，别哭！”

白灵笑着上前抚摸狗子的头发，从怀中掏出白鹿精魂字幅叠好转身交给大妈。

白灵:“大妈，等天明的父亲来找您把这字幅交给他，他就全明白了。”

大妈点头掩饰住悲伤，爽快地:“哎！”

白灵微微一笑，瞥了眼孩子:“我走了！”

白灵转身大步走去，大妈偷偷抹着泪水。

白灵已经走出老远，听到孩子哭声，终于忍不住停住脚步，含泪奔回，脸紧贴住女儿的小脸，大妈深情搂抱住她和孩子。

白灵停止哭泣，退后几步突然跪倒在地:“妈，您就是我的亲妈！我把娃交给您带还有啥不放心的！”

大妈哽咽说不出话。

白灵猛站起身，向远方毅然奔去……

歌声随即响起（此处建议插本剧主题歌，编好后取代此歌）:“羊肚子（那个）手巾（哟）三道道蓝，一杆杆的红旗呼啦啦地飘，当红军的（那）哥哥（呀）出发了。一对对的鹁鸽一对对的鹅，一对对的那毛眼眼瞭哥哥。一对对的秋蝉儿树上落，红军哥哥你不要忘了我……”

26. 桥山根据地　日　外

歌声中鹿兆鹏背着行囊站在山梁上眺望根据地，艳阳高照。

鹿兆鹏循着歌声奔到田野，田间劳作的乡亲和战士都在唱着这首歌。鹿兆鹏陶醉在歌中，感受着不一样的气息。

远处廖军长带着行军队伍走来，鹿兆鹏神色激动地冲上去，廖军长也加快脚步，两人的手紧紧握在一起。

鹿兆鹏："老廖！"

廖军长百感交集："兆鹏！可算见到你了！伤好了吗？"

鹿兆鹏点头，拉起廖军长的手臂捶了捶自己的身体，两人都大笑起来。鹿兆鹏扫视廖军长身后。

廖军长一笑，明知故问地："找谁呢？"

鹿兆鹏不好意思地笑笑。

廖军长感慨："两个月了，你的白灵同志第一次出根据地执行任务，偏偏你就来了。早知道我不放她去了！"

鹿兆鹏愣了愣，掩饰失落："没事，我等她。"

廖军长拉过鹿兆鹏指着远处唱歌的地方："听见了没有？这歌就是白灵写的，你给根据地送来一只百灵鸟啊兆鹏兄弟！"

鹿兆鹏有些吃惊："她写的？"

廖军长微笑转身抢过鹿兆鹏的包裹，与他并肩走去。

沿途的战士纷纷敬礼："军长！"

廖军长频频点头，低声跟鹿兆鹏介绍着："白灵几个月前刚来的时候，你没见她，就像小媳妇回了妈家！我还担心她不习惯哩，谁想人家早就如鱼得水了！她是穿上军装笑，看人家战士蹲在地上吃饭也笑，跟着民兵练射击纺线织布还笑个没完！身边的人都问我这女同志咋哩，在白区憋坏了吧！"

鹿兆鹏也忍不住笑起来。

廖军长掩饰不住兴奋："这两个月白灵进步不小啊，射击训练都向战士看齐，我还专门安排她做教员，教我们那些大老粗的连排长学文化，多少人敬重白老师比敬重我这军长还厉害哩！"

两人欢笑走去。

27. 白灵屋　日　内

“……这任务还真得白灵完成不可，进城取药有点风险，但我们安排了侦察连的连长一路陪同。放心吧，她会安全回来。”

廖军长推开屋门，里面陈设干净整洁，鹿兆鹏走进屋，深情地打量。

廖军长：“没经过她同意我就擅自让你住进她房，没事吧？”廖军长笑着捶捶鹿兆鹏，“你俩都是夫妻了我还问这话！”

鹿兆鹏笑了笑，不语。

廖军长：“先休息一下，等一会我和毕政委给你接风洗尘！”

廖军长将门关好出去，鹿兆鹏这才体味起妻子房间的气息。他走到床前突然看到枕旁叠好的衣服，上面绣着那头白鹿。

鹿兆鹏一怔，深情地拿起抚摸，轻轻贴在脸上……

闪回：

白灵背着行囊充满喜悦地冲下山坡，向老乡战士询问着。

白灵看见战士们蹲着吃饭，笑得直不起腰。

白灵边笑边跟随妇女们纺线织布。

白灵在黑板上写下抗日救国四个字，回身给连排长们笑眯眯讲解。

门被急促地敲响，鹿兆鹏惊醒起身，快步来到门口，一开门廖军长掩饰着焦虑冲他一笑。

廖军长：“毕政委要处理点急事，饿了吧，我陪你吃去。”

28. 根据地军营　日　外

鹿兆鹏跟随心事重重的廖军长在军营中走着，不远处战士们正在操练。

有小战士调皮地上前：“军长，白老师啥时回来啊？”

廖军长一拍他后脑勺：“又是你们连长让你问的吧！不会自学啊？”

远处一片哄笑，小战士灰溜溜地跑回去。

廖军长冲鹿兆鹏神秘轻声地："瞧见了？刚走几天都惦记着白老师，人缘好着哩！"

鹿兆鹏一笑，听到前面屋中有愤怒的咆哮声。

"怎么搞的！为什么不去追？"

廖军长脸色一变："你在这儿等等，我进去看看。"

鹿兆鹏停住脚步，好奇地听着里面训话声。

"这不是下不为例的事，进来一个叛徒，多少革命同志的生命受到威胁！这是原则问题！"

身旁一队战士匆匆走来，押着七八个自己人，都面色沉重。

鹿兆鹏疑惑地望着，迟疑了一下跟随走去。

29. 根据地监狱　日　内

鹿兆鹏来到崖下一排窑洞前，有战士把守，挡住他。

"站住！"

鹿兆鹏只得停住脚步。窑洞里传来那群人呼天抢地的声音："冤枉啊我们冤枉啊！军长！政委！"

鹿兆鹏皱眉："这是干啥呢？咋关起自己人来了？"

战士警惕打量他："你干什么的？"

上前一人没好气地："把他带到保卫部去。"

鹿兆鹏哭笑不得："同志，你不问青红皂白就把我送保卫部，我在国统区没被抓着，回自己地方反被你们绑了，传出去可是笑话。"

那人烦躁挥手：" 毕政委说了，宁错抓一千，不放走一个！别听他废话，抓走！"

鹿兆鹏无奈苦笑，任他们上前绑自己。

身后廖军长大喝一声："住手！"

几个人同时立正敬礼："军长！"

廖军长大步上前："你们知道绑的是谁吗？说出来吓死你们，这就是我跟你们经常说的鹿兆鹏同志！"

几个人脸色大变，忙上前松绑敬礼赔罪："对不起鹿同志，我们不知道……"

鹿兆鹏和蔼地笑了笑："里面关的什么人？"

为首的压低声："是游击支队的几个头目，他们涉嫌通敌。"

鹿兆鹏一愣，转头看廖军长，廖军长无声叹息。

30. 山路　黄昏　外

两个红军战士骑着马跟随一辆马车，高连长赶着马车。车内坐着小媳妇打扮的白灵，一脸的焦急渴盼。

白灵催促着："老高，再快点！"

高连长苦笑："已经够快了我的白老师！这马从城里跑到现在就没停过！您就心疼心疼它吧！"高连长偷瞥身后白灵神色，有些难过，"我也想见见你丈夫哩！军长把他说得跟神一样。"

白灵一笑，得意地："咋，不服啊？不服比比！"

高连长梗着脖子："我还真想跟他比比，从我进了侦察连，我高大鹏还没遇到过对手哩！不信问他们！"

两个红军战士笑："对着呢！谁也比不过我们连长！"

白灵咯咯笑起："你们就拍吧，小心拍他马蹄子上！"

高连长突然勒住马缰绳，马车慢慢停下。两个红军战士紧张地瞧着他，又看看四周。

高连长跳下马车，喊："等我尿泡尿放放水，你俩放不放？"

白灵皱眉背过身："这个大老粗，真不文明！"

两个战士在马上没动："连长我们不放，你快点吧！白老师等急了。"

高连长骂："下来，放水！前面我可不停了！"

两个战士哭笑不得跳下马上前："没尿嘛，逼我们……"

高连长嘴皮微动，轻声："脱裤子，左上方的草稞里有人。"

两个战士训练有素地偷偷瞄去，一人轻声："三四个，土匪吧连长？"

高连长轻哼："那也是探道的。"

白灵等得不耐烦："你们快点！"

高连长皱眉思索："快到根据地了咋会有土匪？"

三人回身上马，走出几步一战士轻声："连长，这几人鬼鬼祟祟地藏在山上，没憋好屁！"

高连长轻声吩咐："小赵，你护送白老师回去，小刘打掩护。"

白灵一惊："高大鹏你干啥去？山上谁跟着？"

高连长不由分说拔枪跃下，往山梁上奔去。一战士纵马包抄，往来的方向疾奔，向山梁开枪，立时山上有人还击。

白灵望着在山野间穿梭的高连长，急得不行。

战士："白老师，我们走！"

白灵："真是胡闹！也没摸清山上有几个人他就敢撵！"

白灵跳下车，战士忙拦："白老师您在车里躲着！"

白灵提枪命令："咱不走，等你们高连长！"

31. 山梁　黄昏　外

廖军长与鹿兆鹏并肩伫立在山梁。鹿兆鹏凝神望着远方，静静无语。

廖军长："我已经派人去接应白灵他们，估计天黑前就能回来。"

鹿兆鹏点点头，转身皱眉盯着廖军长："老廖，游击队到底咋回事？"

廖军长叹息："之前从西安来的人被派到游击队当支队长，昨天夜里突然叛逃了，还带走了几个人。"廖军长摇摇头，"人心难测呀！"

鹿兆鹏拧眉思索："抓起的那些人也是同伙？"

廖军长："不是，但毕政委怕有遗漏，把游击队的干部全抓起来审查。有上一次三十六军的经历，我们不得不防。"

鹿兆鹏沉思："现在谁管审查工作？"

廖军长："是毕政委。而且已经不叫审查，叫肃反。"

鹿兆鹏一惊，抬眼怔怔看着廖军长。

32. 军部　晚　内

廖军长带鹿兆鹏走进军部，一个戴眼镜的瘦削严肃的人正抱臂在屋中踱步。

廖军长："毕政委，这是鹿兆鹏。"

鹿兆鹏忙伸出手热情地："毕政委！"

毕政委先扶了扶眼镜，打量鹿兆鹏，这才慢慢伸出手握了握："久仰大名啊，兆鹏同志！"

鹿兆鹏一笑："徒有虚名，我回根据地是领新任务来的。"

毕政委瞧着他："不急，听说你有个弟弟在中央军任职，已经做到营长？"

鹿兆鹏和廖军长都是一愣，交换个眼神。

鹿兆鹏笑："毕政委消息够灵通的。"

毕政委却没有笑，独自坐下："白灵同志也有个哥哥在滋水县保安团当营长？"

廖军长笑起："老毕，你要把人查个底掉咯！"

毕政委这才苦笑一下："我知道你话里有谴责的意思，但是我的同志啊，正因为信任你们我才会当面问出来。兆鹏同志，三十六军延续了原来的番号，但是绝不能延续上一支队伍的悲剧。"

鹿兆鹏郑重点头："同意。"

毕政委一伸手："请坐！老廖，我们已经接到情报，红军主力准备向章坪镇进发。"

廖军长与鹿兆鹏欣喜交换眼神："好哇！我们红军就要胜利大会师了！"

毕政委点头："那时的根据地规模将会是现在桥山的十倍，百倍！越是接近胜利越是不可大意。老廖，咱们得迅速派一个得力的人连夜去接应，把红军顺利接到章坪。"

廖军长思索："我也是这个意思。毕竟他们不熟悉这里的民风环境，我提议让高连长……"

鹿兆鹏："让我去吧！"

毕政委和廖军长都是一愣，打量他。

鹿兆鹏热切地："我在章坪镇打过仗，那里的一草一木我都熟悉。我又搞过政工，对民风很了解。"

毕政委赞叹："倒真没比他更合适的人了。"

廖军长："可你和白灵……"

鹿兆鹏一笑："一两天的事，回来不就见着了。"

33. 军营　夜　外

一排战士持枪将五六个人押去：“快走！”

高连长得意地转身瞧着白灵：“咋样？打死三个活捉六个！这群叛徒一个没跑掉！”

白灵：“你牛！要不你做侦察连长呢！”

高连长一脸兴奋：“等见着你家那位，我们这两只大鹏一起比比！看谁厉害！”

战士叫：“肯定是连长！”

廖军长和毕政委快步走来，高连长立刻收笑立正敬礼。

高连长：“军长，政委！高大鹏完成任务前来报到！”

毕政委狠狠捶了高连长胸口一拳：“好你个高大鹏，把这些叛徒都抓回来了，我给你记大功！”

高连长憨憨一笑：“谢政委！”

白灵将药箱递给廖军长：“军长，这是取回的药。”

廖军长意味深长：“兆鹏刚走，接主力红军去了。”

白灵的笑僵在脸上。

廖军长轻声：“你现在追还来得及。”

白灵转身抢过一匹马纵身跳上飞驰而去。

高连长望着她背影：“哎……”眼中闪过一丝失落。

34. 荒野　夜　外

白灵用力打马，马在夜色中奔驰。

她跳下马向山梁爬去，上气不接下气爬到高处，望着四下的黑暗喘息。

白灵拼命喊着：“兆鹏——鹿兆鹏——”

黑暗中正在前行的鹿兆鹏猛回过身，寻找着声音的方向。

鹿兆鹏感动的目光，大声喊：“白灵——”

白灵喜极而泣：“兆鹏我回来了！我们有个女儿！”

黑暗中传来鹿兆鹏的回声：“等我回来！”

白灵任由泪水淌落，一动不动望着回声的方向。

鹿兆鹏不舍地退着，突然黑暗中传来白灵颤抖的歌声："当红军的（那）哥哥（呀）出发了。一对对的鹁鸽一对对的鹅，一对对的那毛眼眼瞭哥哥。一对对的秋蝉儿树上落，红军哥哥你不要忘了我……不要忘了我……"

鹿兆鹏泪流满面，在歌声中毅然转身前行。

第四十七集

1. 戏台　日　外

村里的戏台上喧闹成一片，众乡亲围在戏台边听白兴儿连说带比画着，一个个惊得不行。

白兴儿："……当年老农协的人又打回来哩！跟上次不同，这次人人有杆枪！北边的南边的啥地方的人都有，说是咱陕西杀共产党杀得最厉害，全跑咱这儿报仇来了！"

白孝文在人群中听得脸色苍白："白兴儿，你别胡说八道！让福贤伯听见了要你命！给你扣个妖言惑众的帽子，永世不得翻身！"

白兴儿哭丧着脸："孝文，这回我可没胡说，是贺家村的人告诉我的，说共产党队伍都达到章坪哩。"

众人一片哗然，纷纷议论起。白孝文挤出人群匆匆向家走去。

2. 白鹿仓　日　内

田福贤铁青着脸扫视坐在屋里的十几个人，白嘉轩垂眉抽着烟袋，鹿子霖坐在一旁却胆战心惊。

田福贤："把你们都叫来是共匪的邪风又起来了，现在各村各乡都传他们来报仇，我要你们清查谁带头乱说的！按岳书记长的话，这是唯恐天下不乱哩！报仇？来啊！有种先把老子拖出去铡了！我等着他！"

田福贤狠狠瞪着鹿子霖和白嘉轩，鹿子霖不住地抹汗，白嘉轩却跟没听见一样。

田福贤指了指鹿子霖："鹿乡约想表个态，是吧？"

鹿子霖一惊，哆嗦着站起，所有目光都瞧着他。

鹿子霖："表……表啥态？"看着田福贤发狠的目光，鹿子霖忙点头，"我跟共匪势不两立！鹿兆鹏要是敢回来，我一是报官，二是锁住他，拼死也不能让他跑了！"

田福贤带头鼓起掌来，众人怔了怔，跟随鼓起。

田福贤："好哩，白族长是不是也表个态呀？"

白嘉轩依然像没听见一样闷头抽着，鹿子霖轻轻推了推他。

白嘉轩如梦方醒："啊？"

鹿子霖轻声："叫你表态哩！"

白嘉轩在众目睽睽下慢慢起身，田福贤期盼的目光看着他。

白嘉轩叹了口气："岳书记长那么大本事逮不着的人，我们这种地的更没办法。"

田福贤猛地一拍桌子："白嘉轩，你说啥哩！没办法你养出个女共匪来？"

白嘉轩愣愣地瞧着他："那我还养出保安团的儿子哩，你咋不说？"

众人低声笑起，鹿子霖感慨地摇着头。

白嘉轩推门出去，田福贤生气地指着他背影："咋保安团都成你儿子了！"

3. 根据地白灵屋　日　内

油灯摇曳，白灵正在缝补衣服，怅然看着窗户，静静想着什么，又低头缝起。

有人敲门，白灵头也不抬："门没关，自己进。"

高连长推门进来，看看床边那一摞衣服不好意思地："你咋又把我们连的衣服拿来缝了，这要让军长知道我又得挨批。"

白灵一笑："你们这帮人打仗行，缝补衣服可懒着哩。瞧瞧多少洞！"

高连长一摊手："那没办法，我们侦察连天天摸爬滚打的，就比其他部队任务重！"

白灵放下手中活，兴奋抬头看他："老高，你知道红军主力经过章坪镇了吧？"

高连长挪过椅子一屁股坐下："听说好几万人哩！政委说党中央都要到了。"

白灵长舒口气："这下可好了，我们再不用东躲西藏像耗子躲猫一样躲着敌人了！”

高连长："听说鹿兆鹏去章坪接主力了？”

白灵用力点头，灿烂笑起，从身边的包裹中取出一件件小衣服，展开给高连长看。

高连长愣住："这是娃娃穿的。"

白灵笑："对啊，我想闺女的时候就给她缝一件，等兆鹏回来我们就把女儿接到身边，一家人在一起再不分开。"白灵又低头缝补起来，"老高，等胜利会师以后你也找个媳妇吧，都老大不小了。我给你介绍一个？”

高连长怅然的目光瞧着白灵，苦笑："谁能看得上我这一字不识的大老粗！”

白灵笑："谁说的，你都认几百个字了。"

高连长不好意思地："那还不是你教的，你来之前我连名字都不知咋写。"

白灵咯咯笑起来："还记得那次你当着手下战士把自己名字写成了高大鸟……"

高连长也不好意思笑起，此时门外战士高声叫："报告！”

高连长起身。

战士："连长！政委马上让你过去一趟，有紧急任务！”

高连长脸色一变，忙跟随出屋。白灵继续低头聚精会神地缝补起来。

4.白家 晚 内

白嘉轩坐在堂中不紧不慢地抽着烟袋，白孝文在一旁愁眉苦脸。鹿三在石臼中用石杵将辣椒敲碎。孝武匆匆进屋，媳妇也抱着孩子惊慌跟进。

孝武："爸，咱门楼前俩保安团的人端枪站着，问啥话也不说。"

孝文在一旁唉声叹气："完了，这是把咱软禁起来了。"

白嘉轩磕磕烟袋起身要出，被白孝文抱住。

白孝文："爸，您干吗去？”

白嘉轩抄起拐棍推开儿子大步往院外走："三哥，拿上梭镖。"

鹿三放下石杵忙奔向后院。

孝文孝武都上前拦："爸，这可不能硬来，爸！”

白嘉轩瞪眼："你俩啥都好，就是老白家的硬骨头没好！让开！”

孝武媳妇将娃塞给孝武，上前："爸说得对，我跟您出去。"

白嘉轩异样的眼神看看儿媳妇，大步迈出。孝武媳妇抄起门杠紧随身后。

5. 白家院门外　晚　外

两个保安团练正轰着看热闹的乡亲，转脸看白嘉轩出来，已经吓得不行，主动赔笑哀求。

团练："叔，田团让我们保护您安全！"

白嘉轩铁青着脸，抡起拐杖就抽。

团练躲避："我们这是任务，您可别让我们难办！真逼急了我们……"

孝武媳妇的门杠抡到一人屁股上，鹿三号叫着抱着梭镖冲出，两个团练撒腿就跑。

田福贤骑着高头大马怒喝："你们没枪吗，怕他干啥！"

团练哭丧着脸不语。白嘉轩拄着拐杖定定地瞥着田福贤近前，田福贤竟不下马，瞧见白孝文冷笑。

田福贤："孝文，我让你回来就这么看着你爸啊？"

白嘉轩猛转脸瞪着儿子，孝文一脸懊恼。

白孝文鼓足勇气上前轻声劝："爸，县里是怕我妹回来六亲不认，派我保护你安全……"

白嘉轩："屁话！你妹才下不了手，六亲不认的事只有你干得出来！"

白孝文脸色苍白定在那儿。

孝武也害怕地："爸，哥是为咱家好。"

白嘉轩吼："你也屋里抱孩子去！秋水，跟爸守住这门口，不能让人欺负到家里来。"

孝武媳妇横着门杠："哎！"

孝武忙站到媳妇身前，怒视着面前的团练。

田福贤咬牙："我要真让他们把你院子围了，你能咋样？你家出了大匪我名正言顺！"

白嘉轩点头："那你就围个试试。我倒要看看我这么些年族长是不是白做了。"

跛子爷一瘸一拐地站到白嘉轩身后，桑老八和赵柱对视一眼，也站到白嘉轩身后。越来越多的乡亲都堵住白家门前，默默地看着田福贤。

田福贤懊恼："白嘉轩，真有你的！天王老子也动不了你，行了吧！"

田福贤纵马而去，两个团练跟随跑远。

白嘉轩目光冷峻。

孝文身后劝："爸，您这是何苦呢，这不是鸡蛋往石头上碰嘛！"

白嘉轩头也不回地："你还是回你县里做官去吧，我这儿不缺你一个。"

6. 根据地　晚　外

白灵焦急地望着屋里开会的人影，卫兵将她拦在外面。

白灵："让我进去，我是廖军长的机要秘书。你不认得我了？"

高连长从里面急匆匆出来。

白灵忙招呼："老高，他们不让我进去！"

高连长俨然变了个人，熟悉的脸上摆列着生硬狐疑的表情，拉白灵到一旁，轻声："今晚是开支队长以上会议，名单里就没你。"

白灵急："甭管啥会，军长让我做记录哩！"

高连长叹息："这次用不着。"

白灵目光一紧："到底咋了，老高你跟我说实话。"

高连长为难地看她，又望向别处。

白灵急："你说呀！"

高连长轻声："逃跑那叛徒交代了，他是军统派来的卧底。"

白灵一惊，怔怔看着他。

高连长："我们几次派出执行任务的小队都遭到敌人阻截，政委一直就怀疑有内奸。你们从西安来的人恐怕都得……"

白灵颤抖着声音："都得什么？"

高连长很不情愿地："接受审查。"

白灵呆呆地站在那里说不出话，高连长忧心忡忡地瞧着她。

高连长："你也别往心里去，这是正常审查。我们当初也经历过。"

白灵恍惚地转身走去。高连长沉重的目光望着她背影，屋中传出政委的咆哮声，高连长又转身奔进会场。

7. 白灵屋 夜 内

白灵辗转反侧，黑暗中瞪大双眼想着什么。窗外响起杂乱的脚步声，白灵忙跃起扒窗往外看去。

几个卫兵正守在其他屋门前，有人从屋里被押出来，悄然消失在夜幕中。

白灵痛苦的眼神……

8. 会议礼堂 日 内

白灵跟随其他同志坐在小板凳上，礼堂中密密麻麻坐了一大片。

廖军长坐在主席台一角铁青着脸不语，毕政委在台上来回踱步，扫视众人。

毕政委："……敌人想不择手段地搞垮我们，我们也可以不择手段地反击！同志们，在我们的革命队伍中混进了奸细、卧底！正是由于他们的存在，我们的举动全都暴露在敌人的眼前！正是由于他们的存在，多少同志无谓牺牲！正是由于他们的存在，我们的革命遭受了沉重的打击！"

白灵感觉四周鸦雀无声，每个人都屏住呼吸。

毕政委突然停住脚步，慢慢举起手："今天到了该清算的时候了！"

随着他的手指，一群战士冲进，白灵前面一整排人被拽起来。

白灵吃惊地看着。

战士喝道："走！"

会场一片哗然，被带走的人壮着胆子叫："冤枉啊！军长我们冤枉！"

白灵攥紧拳头脸色苍白地坐着。

战士走到她身前，将她身后一人又揪起，白灵痛苦地闭上眼睛……

9. 军部 日 外

廖军长大步向前走着，白灵远远跟来，被卫兵阻拦。

白灵叫："军长，军长你听我说，不能这样！"

廖军长没有回头，只是放慢了脚步。毕政委正在不远处跟高连长叮嘱着什么，转头望来。

白灵："我敢拿脑袋担保那些西安学生绝对不会全部是特务！你把他们一个个抓了等于自己消灭自己！往后谁还敢投奔到咱们这杆军旗下！"

廖军长猛然回头，痛苦的神色看着白灵。毕政委面色一沉，高连长疾奔上前扳住白灵的肩膀。

高连长轻声："走！不许乱喊！"

白灵挣脱他："放开我！抓内奸除叛徒我理解，我还亲手除过呢！可我们不能这样对待自己的同志！对那些放弃了一切来投奔我们的人！这是错误的！"

高连长急："白灵！跟我回去！"

白灵被高连长连架带抱拖走，廖军长悲哀的目光望着，与毕政委阴沉的目光对在一起。

10. 白灵屋　日　内

高连长将白灵推进屋，把门反锁。白灵拽不开门，怒视高连长。

白灵："高大鹏！你连我也抓了吧！"

高连长懊恼："你以为不抓你哩？你看看这几个月你们西安来的人还剩下谁？都被抓了，除了你。"

白灵喘息看着高连长。

高连长低声："是军长拼死保你，政委才没下命令！你就别再给军长惹事了！"

白灵含泪摇头："高大鹏，你记住这样做是错的，真正的根据地不应该出这种事。"

高连长背过身去沉声："我是军人，必须服从命令。你保重吧！"

高连长夺门而出，白灵起身要追愣住，门口两个女队员挡住，冷冷地瞧着她。

11. 鹿家　晚　内

田福贤气急败坏地骂着，鹿子霖一旁赔笑，端来一壶茶水。

田福贤："咋赶上这么一个货，我有时真想狠下心把他除了！"

鹿子霖旁边劝："甭跟他一般见识，这么些年你又不是不知道，白嘉轩就是个水泼不进雷打不动的硬货！我都拿他没办法。"

田福贤气得哆嗦："不成，这口气我得出。你去问问自从我做了保安团长，现在谁还敢对我这样？原上的乡亲都看着，我今天丢死人哩！"

鹿子霖给他倒茶水："消消气兄弟，你这要是丢人，我早没脸见先人哩！"

田福贤斜着眼睛瞥鹿子霖："我派兵丁把你的院门可比他早，你鹿子霖就没气么。"

鹿子霖强颜欢笑："那是保护我呢，明白，明白！"

田福贤重重一拍桌子："可他白嘉轩就不明白！我今天恨不能拔出枪来对着他开两枪！"

鹿子霖吓得一哆嗦："乡里乡亲的，可不能把事做绝了。"

田福贤长叹一声："这也就是我保着你们。子霖，今天我给你说句托底的话，要按岳书记长的意思，你两家早就……"

鹿子霖脸色煞白："不会是满门抄斩吧？"

田福贤冷哼一声："不是也差不多哩！"

鹿子霖手中的茶水险些泼出来。

田福贤话里有话地："子霖啊，别以为朝代变了就不会株连九族，你家兆鹏再闹出事来，逼急了可真就……"

鹿子霖擦着汗连连点头。

12. 根据地白灵屋　夜　内

白灵在灯下快笔疾书，神色郑重平静。门被剧烈敲起，白灵将信纸叠好塞到床下的包裹里。

门被撞开，两个荷枪实弹的战士冷冷地："出来！"

白灵像早就准备好一样，理了理头发大步走出门去。

13. 军部　夜　内

廖军长怒气冲冲进来，毕政委正低声跟手下说着什么，一挥手，屋中只剩两人。

廖军长："你给我把白灵放了！我跟你强调过多少次，白灵这个同志是立过大功的，何况她是鹿兆鹏的妻子，他们都是最坚定的党员！谁叛变也轮不到他俩！"

毕政委毫不妥协："我也没说白灵是潜伏特务，拘押她是为了禁绝右倾思潮的蔓延，与潜伏特务有区别。她天天叫嚷，以为她自己是谁。不拘押她就会影响肃反进一步深入。"

廖军长冷笑："你不会也把我抓起来吧？你干脆把这根据地所有的指战员都抓起来审查！"

毕政委一拍桌子："如果有这必要，我还真抓，你当我不敢！"

廖军长转身就要出去："我去找中央，就不信没有说理的地方！"

毕政委身后冷冷地："你也防止右倾思潮冒头，当初三十六军怎么垮的还没调查清楚呢！"

廖军长猛地回身，无比愤怒地瞪着他："我算明白了，你跟那个姓姜的叛徒是一路子货！"

毕政委连拍桌子："放肆！你这说的什么话，给我回来！"

廖军长头也不回地冲出去。

14. 审讯室　日　内

白灵双手绑着坐在椅子上，桌后三个肃反小组成员阴沉着脸瞪她。

"白灵，你不要居功自大，以为自己是什么人。这个时候了，要向组织彻底坦白，说清楚你的问题！"

白灵冷冷地："我没问题。"

一人像毕政委一样重重拍着桌子："你这什么态度！组织这是挽救你！我们不得不怀疑你内心深处藏着什么！"

白灵冷笑："藏着什么？我内心深处比你们每个人都干净。我拒绝再回答你们无聊的问题，叫廖军长来。"

另一人冷笑："还想找你那个靠山哩？"

白灵脸色一变，猛地站起："你们把廖军长怎么了？"

三个人一起吼，指着她："坐下，给我坐下！"

白灵急："你们把廖军长怎么了！"

冲进两个战士，死死将她架住。

白灵拼命挣扎着："你们简直是疯了！这是红军，这是根据地！我要见毕政委……"

其中一人挥手，战士将白灵拖拽出去。

15. 囚窑　夜　内

白灵拍着栅栏高喊："这还是不是党的队伍！我要去找中央去找毛主席周副主席！你们这是诬陷是残害！"

白灵的喊声在山野间回荡，不少巡逻的战士和其他栅栏中的囚犯都转头静静地听着。

白灵不知疲倦地叫着："不能这样对待自己的同志！毕——眼——镜——毕瞎子！你真是瞎了眼！你在做亲者痛仇者快的事，你在做千古罪人！"

高连长急匆匆从夜幕中走来，轻呼："白灵，别再喊了！"

白灵喘息看着他："廖军长咋了，也被你们关起来了？"

高连长难过地转过头。

白灵："你看着我！是不是？"

高连长咬牙："现在怀疑廖军长有历史问题。"

白灵急，扒住栅栏质问："啥历史问题，连军长都被抓了，你们是不是疯了！"

高连长愤怒："我们没疯！政委说了，如果当初不心慈手软，老三十六军也不会全军覆没！我们这是在挽救革命！"

白灵恼火："呸！你们这是在摧毁革命，搞垮革命！"

高连长不耐烦地一挥手："我不给你瞎扯！我也说不过你。"高连长转头冲战士，“你们先去那边瞧瞧，我看着她。”

战士走去，高连长压低声变了态度：“白灵，要想活命就别再喊了，本来你是按右倾被抓的，现在廖军长一出事你就是死硬分子，就是被肃反的对象！你知道会受什么惩罚吗？”

白灵冷笑：“活埋，你们不是活埋了一些人了吗？”

高连长近乎哀求地看着她：“就算为了你的孩子，为了见鹿兆鹏，你别喊了！算我求你行不行？”

白灵颤抖着声音：“你们一天不改正错误，不放掉被冤枉的同志，我就不会闭嘴！别忘了，我还是个党员！”

16. 白鹿仓　日　内

田福贤正喝着茶，听到车急停在门口的声音，田福贤扒窗望去，冲突声中鹿兆海推开团练大步向内走来。田福贤忙坐稳装作无事状，拿起茶杯不紧不慢地喝着。鹿兆海踹开门进屋，冷冷打量田福贤。

田福贤却没了从前的慌乱，笑：“这不是兆海么，回家看你爸来了？”

鹿兆海狠狠地：“再不看我爸就没了！被你们这帮混账王八蛋给害了！”

田福贤装糊涂：“这话从哪里说起。”

鹿兆海上前一把揪住田福贤脖领：“田福贤你有胆啊，不干正事你整乡亲有一套哩！你就不怕我回来一枪毙了你！”

田福贤勉强笑：“我这不等着呢。兆海，你也是见过世面的人，凭良心说各乡各村有哪个像白鹿原这样太平？我听说你们也配合军统抓捕人，你见没见过像白鹿两家出这么大共匪还能安然无事的？”

鹿兆海喘息慢慢松开手：“你为啥要软禁我爸我妈？”

田福贤苦笑：“那哪是软禁啊，那是给县里做样子看嘛。兆海，如今的形势不比从前，谁家出了共产党，连祖坟都得刨哩！你也总得让你叔能向上面交差么。”

鹿兆海恨恨地退到门口指着他：“你告诉岳维山，我鹿家等着他挖祖坟哩！”

鹿兆海大步出去，田福贤长松口气，望着他背影冷笑。

17. 村　日　外

汽车扬起一股灰尘，停在鹿子霖家门口。一身军装的鹿兆海将两个保安团练从门口轰走，鹿子霖靠在门里双手揣兜笑瞧着。

鹿子霖："这儿子没白养啊。兆海，你这官得再往上做哩，不然将来你哥惹出更大的事来，你也平不掉。"

鹿兆海哭笑不得："爸，我做官就为了给我哥平事是么？"

远远地孝武跑来："兆海。"

鹿兆海转头一笑："孝武，咋？"

孝武压低声："我爸想叫你过去一趟。"

鹿兆海一愣，转头看爸。鹿子霖冲他点点头。

18. 白家　日　内

白嘉轩亲手倒好茶水转身递来，鹿兆海摘下帽子放在炕桌上，恭敬地起身双手接住。

鹿兆海完全变了一个人："嘉轩伯，您别这么客气。"

白嘉轩："坐。"

鹿兆海看白嘉轩坐到炕上，自己才斜坐在一旁。

白嘉轩抽着烟袋："我听说你又去田福贤那嚷嚷了？"

鹿兆海一愣，点头："这些人越来越不像话，干正事不成，欺负老百姓可有他们！"

白嘉轩赞许一笑："你也别赖人田福贤，他不易啊。这人算是有良心的，我跟你爸才没被整。"

鹿兆海感慨："嘉轩伯，田福贤这样对您您还向着他说话。"

白嘉轩垂头抽烟袋："这年头人人活着不易，我闺女是你送走的？"

鹿兆海沉声："我爸都跟您说了？"

白嘉轩点点头："我白家记下你这恩了。"

鹿兆海忙起身："伯您千万别这么说！"

白嘉轩:“你送她时她怀几个月了?”

鹿兆海想了想:“好像八个多月吧。”

白嘉轩长叹一声:“那是已经生了。”

鹿兆海点点头，爷俩再无话，屋中寂静无声。

白嘉轩许久抬眼怔怔地看着鹿兆海:“我闺女是瘦了还是胖了?”

鹿兆海莫名感动:“胖了点，毕竟怀着娃。”

白嘉轩:“她为啥不回家生哩?”

鹿兆海:“别说生娃了，她这次路过都想回原上看您的，但怕惹事牵累家里。”

白嘉轩凄然的目光:“你还能再见到她不?”

鹿兆海愣了愣:“恐怕是很难了，伯您想让我带话?”

白嘉轩不答，起身从柜中摸出一个包裹慢慢打开，露出虎头帽虎头鞋小衣服。

鹿兆海吃惊地看着。

白嘉轩轻声:“这还是灵灵小时候穿戴的，本想她生了娃拿过去。”

鹿兆海不敢相信:“伯，您存了这么多年?咋都跟新的一样?”

白嘉轩没有说话，叼着烟袋入神地看着包裹……

19.囚窑　日　内

白灵依然不知疲惫地拍着栅栏嘶哑着声音喊叫:“毕眼镜，毕瞎子!你有种站出来!你没胆量面对革命同志，你小心成了千古罪人……”

毕政委从远处大步走来，看守的战士纷纷敬礼。白灵喘息后退两步看着栅栏门打开，毕政委走进。

毕政委阴沉着脸打量:“想不到你这女子真能喊哩，喊了三天三夜还不够!有啥话说吧，我来了。”

白灵无法控制腾起的激情，便掷出砖头一样的话:“听说你也是关中大地方人?”

毕政委一愣:“咋?”

白灵冷笑:“我因为跟你同是关中人感到耻辱!”

毕政委当即变了脸色："我告诉你白灵，少跟我这冷嘲热讽！我们已经看出来，你是最狡猾，也是隐藏最深的一个。你已经打入我们的心脏！"

白灵像一头拼死的母狮般勇猛而又沉静地咆哮起来："你的所作所为，根本用不着争辩。我现在怀疑你是敌人派遣的高级特务，只有经过高级训练的特务，才能做到如此残害革命而又一丝不露，而且那么冠冕堂皇！"

毕政委愤怒地："闭嘴！来人，把她嘴给我封了！"

白灵不顾一切地喊着："如果不是的话，那么你就是一个野心家阴谋家，你现在就可以取代廖军长而坐地为王了。如果以上两点都不是，那么你就是一个纯粹的蠢货，一个穷凶极恶的无赖，一个狗屁不通的混蛋！"

进来两个战士强行封嘴，白灵拼命挣扎着骂："你有破坏革命的十分才略，却连一分建树革命的本领也不具备！我过去最憎恨的是那些软骨头叛徒，现在最瞧不上眼的就是你这号难以形容的人！"

毕政委气得哆嗦："廖军长庇护你，你迷惑了他！我早看穿了你，你骂我不在乎，这是反革命垂死的疯狂！"

白灵咬住一个封口人的手，那战士叫了一声，鲜血直流退到一边。

白灵喘息："我早已不考虑我的下场了，我的下场早都摆在那儿了。我今天死比前半月前一月死没有两样，唯一的好处是我把骂你的机会等到了！你处死我，我也同时记住，你比我渺小一百倍……"

白灵的嘴终于被封上，四五个战士上前拉扯。白灵近乎疯狂地挣扎着。

栅栏外，远处高连长不忍地望着。

20. 囚窑　夜　外

天上已飘起雪花，看守的战士冷得往手里哈气跺脚。一个黑影悄然转到墙后，极其迅速地蹿到战士身后，将其击晕，慢慢放到地上。

白灵被五花大绑，嘴也紧紧封着，正靠在墙角呆望，突然一惊挣扎起身。那黑影已将栅栏门打开，扑到白灵眼前，扯开嘴上封条。

白灵不敢相信地："高连长！"

高连长也不答话，铁青着脸拔刀割着绳子。

白灵轻声："你这个战斗英雄也要造反？"

高连长摇头："当年选择了干革命我就永远不会再造反，他们天一亮就要下手，趁黑我把你送出去，去找中央红军！"

白灵起身跟随高连长钻出囚窑，消失在黑暗中。

21. 荒野　夜　外

由远及近的人声喊着，夹杂着零星的枪响。

"别让她跑了！抓住她！"

高连长拉着白灵在山梁上狂奔。白灵脚步踉跄跌倒在地。高连长焦急回身要背起她，却被白灵一把推开。

白灵喘息："跑不掉了。"

高连长急："我背你！说啥也要送你出去！"

白灵摇头："老高你回我的屋，床底下有个包袱里面有把枪，你带它去找我丈夫！"

高连长含泪看着白灵，喊声越来越近。

白灵哽咽哀求地："你让鹿兆鹏来救我救廖军长他们！快走啊！"

高连长抬眼望了望赶来的黑影，咬牙翻下山坡。白灵慢慢爬起身，淡然面对追来的人群……

22. 章坪镇　日　外

鹿兆鹏跟随哨兵大步往村口走，身边经过巡逻的红军战士。高连长正牵马喘息眺望。鹿兆鹏诧异打量走上前。

鹿兆鹏："你是？"

高连长上气不接下气："你是鹿兆鹏？"

鹿兆鹏点头。

高连长将包裹抛给他，鹿兆鹏慌忙打开，脸色大变，里面是一件件缝好的小衣服，还有那件绣着白鹿的上衣。

鹿兆鹏惊愕抬头注视高连长，高连长又递上那把精致的手枪。

23. 荒野 日 外

“驾！驾！”

两匹马飞驰而过，鹿兆鹏双眼通红奋力抽打马匹抢在前面。高连长纵马跟随身后，往根据地奔去。

白灵死A方案（24A—28A）：

24A. 根据地 日 外

被五花大绑的白灵雪地中走着，两旁荷枪实弹的战士守卫。毕政委站在坡上眺望，白灵被推到一个坑前，转身仰头轻蔑地望着他。

白灵喊：“来啊，你来埋我！”

毕政委冷哼一声。

突然远处炮声隆隆，众人都脸色一变转头望去，炮弹呼啸而来。

有人喊：“敌人打进来了！政委！前哨被攻破了！”

顿时一片混乱，毕政委拔出枪冲天打了两声：“别慌！都别慌！”

白灵喊：“给我枪，我要死在战场，放开我！”

白灵被战士推走。

25A. 囚窑 日 内

白灵刚被推到囚窑里，栅栏门还没关上，一群人就扑到外面。

押送的士兵惊叫：“军长？”

廖军长铁青着脸：“把你枪给我！”

士兵略一迟疑将枪抛给廖军长，有人已经冲进栅栏给白灵松绑。

白灵百感交集扑上：“军长！”

廖军长扶住她，急促地：“把所有关押的人都给我放了，发他们枪！白灵，你在这儿等着兆鹏回来！”

白灵：“不，我跟你们一块上战场！省了那颗子弹留给敌人吧！”

廖军长审视她，将自己的枪塞到她手中，自己带人转身奔去。

白灵望着远处的硝烟和四下奔跑的战士，咬牙冲上前去……

26A. 山梁 黄昏 外

鹿兆鹏与高连长同时扑到山梁，焦灼不安地望着硝烟四起的根据地。

高连长狠狠一砸："奶奶的，咋说打就打来了！"

鹿兆鹏："这不是小股部队，敌人有炮！敢不敢跟我钻进去？"

高连长拔出双枪："正好比比！老听白灵夸你，今天也让我见识见识！"

高连长抢先蹿出去，鹿兆鹏欣赏的目光，拔枪跟出。

27A. 前线 黄昏 外

白灵猫腰绕过一具又一具死尸，冲进壕沟。负伤的战士依然在顽强射击抵抗，白灵也跟随瞄准开枪。

身旁的战士中枪倒下，白灵抢过枪继续还击，打一枪猫腰往前蹿行一段。突然枪声停了下来，一片寂静，弥漫的硝烟中白灵探出头向外张望。

身后传来呻吟声，白灵摸过去一惊，竟是负伤的毕政委。毕政委的眼镜已被打坏，满脸是血看着白灵。

白灵毫不迟疑撕下衣角给毕政委的胸口包扎，毕政委说不出话，异样的眼神注视。

白灵颤抖着声音："坚持住，我背你撤回去。"

毕政委缓缓摇头，轻声："我不撤……你开一枪把我解决了，不要落在敌人手里……"

白灵咬牙抱起他，往壕沟外拖去，艰难地一步一步，沿路留下血印。

毕政委目光复杂，喃喃地："完了，全完了……"

白灵含泪："才不会完呢！红军就要会师了，我们就要胜利了！"

远处隐约响起鹿兆鹏的喊声："白灵——"

白灵目光一震，笑起直身喊着："兆鹏——我在这儿！"

对面山梁鹿兆鹏边跑边叫："卧倒，快卧倒！"

突然寂静的天空一片呼啸声由远而近，白灵惊恐转头望去，瞳孔放大，下意识地紧紧护住毕政委……

28A. 山梁　黄昏　外

无声的世界中，鹿兆鹏不顾一切地奔跑，高连长含泪绝望的目光望着远处密集的火焰。

鹿兆鹏在炮火中呼喊着白灵的名字，直向那片火海冲去。

白灵死B方案（24B—28B）：

24B. 根据地　日　外

被五花大绑的白灵雪地中走着，两旁荷枪实弹的战士守卫。毕政委站在坡上眺望。

突然远处炮声隆隆，众人都脸色一变转头望去，炮弹呼啸而来。

有人喊："敌人打进来了！政委！前哨被攻破了！"

顿时一片混乱，毕政委拔出枪冲天打了两声："别慌！都别慌！"

白灵喊："给我枪，我要死在战场，放开我！"

毕政委转身举枪怒视白灵吼："闭嘴！"

25B. 山梁　黄昏　外

鹿兆鹏与高连长同时扑到山梁，焦灼不安地望着硝烟四起的根据地。

高连长狠狠一砸："奶奶的，咋说打就打来了！"

鹿兆鹏绝望的目光。

高连长带着哭腔："我们冲不进去了。"

鹿兆鹏脸色铁青，突然蹿起身冲向山下硝烟。

高连长惊："鹿兆鹏！"

高连长一咬牙，也起身跟随冲下。

26B. 根据地　黄昏　外

战士们持枪冲向战场，炮火此起彼伏地在根据地轰炸。火光中只剩下毕政委与白灵对峙。

毕政委："那么多人牺牲都是因为你！是你把敌人引来的！"

白灵不敢相信地瞪着他："什么？"

毕政委激动含泪哽咽："我要替牺牲的战友报仇！我要杀光你们这些叛徒，奸细……我要亲手杀光你们……"

毕政委举枪对准白灵。

白灵："毕瞎子！你瞎了眼！那么多人牺牲都是因为你……"

27B. 山梁　黄昏　外

鹿兆鹏不顾一切地在炮火中奔跑，子弹在身旁飞舞穿梭。

高连长将鹿兆鹏扑倒在地上，刹那间炮弹在身旁炸响。鹿兆鹏土人般摇晃站起，还想继续向前。

高连长再次将他按倒，吼："冲不过去了！"

鹿兆鹏拼命甩开高连长的手臂，眼睛通红疯狂向前冲。

高连长近乎哀求："鹿兆鹏！不能再冲了，你这是送死！"

28B. 根据地　黄昏　外

毕政委举枪，颤抖着手要扣动扳机。白灵看看山下，转身面对枪口突然摇头轻声："还是省了那颗子弹，留给敌人吧。"

白灵说完自己跳入坑中，回身注视毕政委。

毕政委不敢相信地："你说啥？"

白灵仰头含泪看着他："省了那颗子弹，留给敌人！"

毕政委咬牙拿起锹，拼命往壕沟中扬土，土撒到白灵身上，她一动不动地伫立在那儿……

29. 白家　夜　内

幻境：

一头白鹿在白茫茫的雪地上跳跃奔跑，白嘉轩伸手触摸，那鹿竟乖乖地垂首而立，任由他轻抚。

天空一声惊雷，白鹿向远方奔去。

白嘉轩喘息追赶，白鹿仿佛奔到天际，不舍地回头望着白嘉轩，纵身一跃消融在那片光芒中。

白嘉轩猛地坐起满头是汗，推开窗门，院中漫天大雪。白嘉轩恍惚凝望。

30. 鹿家　清晨　内

鹿兆海猛睁开眼睛，鹿子霖和媳妇正在床边推着他。

鹿子霖："你咋了？又哭又叫的。"

鹿兆海抹了抹脸上的泪水，茫然地想着什么。

31. 书院　清晨　内

朱先生守在床边，定定地看着妻子诉说。

朱白氏恍惚地："我梦见一头白鹿，飘着忽儿栽进一道地缝里……"

朱先生刚要答话，院里白嘉轩叫着："姐，姐夫！"

朱先生忙披衣下床，推门一看惊住。

浑身沾着雪的白嘉轩佝偻着身喘息，朱先生忙上前搀扶。

朱先生："这么大的雪，你咋走来的！"

白嘉轩冻得哆嗦，朱白氏忙给弟弟拍打身上的雪团儿。

白嘉轩迫不及待地："我做了个怪梦——"

朱先生目光一紧："梦见白鹿了？"

白嘉轩吃惊地看着朱先生，用力点头。

32. 书院外山坡　清晨　外

大雪纷飞，一个人影在雪地中踉跄走来。朱先生大口哈出白气在雪地中走着。

白嘉轩（画外音）：“……我清清楚楚看见白鹿眼窝里流水水哩，哭着哩，委屈地流眼泪哩！在我眼前没停一下下，又掉头朝西飘走了。刚掉头那阵子，我看见那白鹿的脸变成灵灵的脸，还委屈哭着叫了一声爸。”

朱先生爬到高坡，眺望远方，白茫茫的世界寂静无声，大片的雪花飘落在他的脸上身上。

朱先生（画外音）：“是雪的影响。干燥一冬始得瑞雪。瑞雪滋润天地万物也滋润人。人就发生异常心情，自然免不了做怪梦。白雪白鹿都是白的嘛！不过你要记住昨天的日子，嘉轩。”

朱先生眼中无声地淌出泪来……

白灵的歌声起：“当红军的（那）哥哥（呀）出发了。一对对的鹁鸽一对对的鹅，一对对的那毛眼眼瞭哥哥。一对对的秋蝉儿树上落，红军哥哥你不要忘了我。红军哥哥你不要忘了我……”

33. 根据地　日　外

衣衫褴褛的红军战士集结在一起，面色悲壮。廖军长与高连长含着热泪望着硝烟散去的山谷。

鹿兆鹏哭泣跪伏在地上，面前是摊开的包裹，里面一件件叠好的小衣服和一把精致手枪。

歌声中闪回：

小白灵在秋千上快活荡起，少年鹿兆鹏用力推着……

白灵身着学生服抱着书本欢笑着向鹿兆鹏奔来……

白灵举起右拳，庄重地跟随宣誓……

白灵趴在饭桌上托着脸神情专注地看鹿兆鹏狼吞虎咽……

白灵雨中顶着草皮躲靠在房檐下，眼巴巴看着鹿兆鹏跑来……

白灵挺着隆起的肚子抚摸鹿兆鹏的头发，让他聆听娃娃的动静，目光慈爱……

鹿兆鹏含泪站起，举起那把手枪往天空打去。

廖军长、高连长纷纷举枪，枪声回荡天际。

34. 白鹿原书院　日　外/内

两架日本战机呼啸而过，掠过田地中的乡民们。

字幕：1940年

一身戎装的鹿兆海举手敬礼，脚下的马靴碰得咔哧一声响。

朱先生上下打量：“中央军的团长大老远开上汽车来就为要一张字儿？”

鹿兆海诚挚地：“是的，是特意来的。”

朱先生调侃地笑笑：“你不觉得划不着吗？为我的那俩烂字值得吗？”

鹿兆海倍加真诚地：“我马上要出潼关打日本去了，临走只想得到先生一幅墨宝。”

朱先生眯着眼盯着鹿兆海：“你们开到啥地方去？”

鹿兆海：“中条山。”

朱先生从椅子上站起来，满脸满眼都袒露出自责的赧颜：“兆海，请宽容我的过失。我以为你们在城里闲得无事把玩字画。”

鹿兆海连忙站起扶朱先生坐下：“我怎么敢怪先生呢！是我们茹师长要来寻先生求字，他说他要挂到军帐里头。”

朱先生的脸颊抽搐着，连连“哦哦哦”地感叹着，双手颤巍巍地抓住兆海的双肩：“中条山，那可是潼关的最后一道门扇了！”

鹿兆海也激昂起来：“要是守不住中条山，让日本兵进入潼关践踏关中，我就不回来见先生，也无颜见关中父老！”

35. 祠堂　日　内

几个老者窃窃私语，苍老许多的白嘉轩凝神点香双手敬奉插在牌位前。

“听说小鬼子见村就烧，见男人就杀，见女人就糟蹋！”

“可不是！全是山西河北那边逃难来的！”

白嘉轩被孝文搀扶泰然自若地坐下，门外站着桑老八、赵柱、孝武等壮汉。

白嘉轩：“今天叫你们几个来，是商量建民团的事。孝文从保安团调来几杆枪，明日起村里的壮劳力除了种地，跟着练枪练力气，以备自卫。”

众人面面相觑，白孝文站在一旁无奈苦笑。

36. 祠堂外　日　外

白孝文摇头出来，脸上带着不屑。

孝武跟随哥出来，满脸疑惑：“哥，要真是小鬼子打到咱这儿来，真跟他拼命啊？”

孝文嘲讽的口气：“中央军也顶不住的军队咱老百姓能跟他打？”

赵柱桑、老八等人围住，好奇地：“小日本有那么厉害？”

孝文冷哼：“我们的正规部队跟他们几次交手，三打一还吃亏哩！”

众人都露出吃惊恐惧的神态。

孝文拍拍弟弟的肩膀，意味深长地：“爸的话就那么一听，要真赶上日本人打到咱这儿来，咱也就亡国咯！”

37. 书院　日　内

朱先生滴水入砚亲自研墨，一气连笔写下七个遒劲飞扬的草体大字：“砥柱人间是此峰”。

鹿兆海在一旁激动地观瞧：“好字，真是好字！”

朱先生停住笔：“这是我写的一首七绝中的一句。我那阵儿年轻气盛，退清兵回来登临华山诵成的。现在我才明白，我连一根麦秆儿的撑劲都没有，倒是给你们这些抗日的英雄用得上。”

鹿兆海也情绪激动，泪花涌出。朱先生写完放下毛笔，猛然抬起手咬破中指，在左下方按盖印章的部位，重重地按上了血印。

鹿兆海吃惊地看着朱先生中指上滴滴答答掉到字画上的血花儿，“扑通”一声跪下去：“朱先生放心，我一定要拿小日本一桶血赔偿先生……”

朱先生怆然吟诵："王师北定中原日，捷报勿忘告先生哦！"

朱先生撕一块废纸裹住中指，坐下来时显得极为平静，温厚慈祥如同父亲："兆海呀！临走还有啥事须得我办，你就说，只要我能办到……"

鹿兆海也坐下来："没有没有，没有啥事要劳烦先生的。我决定不回原上，免得俺爸俺妈操心。日后要是他们问到您，就说我们开拔到陕南去了。"

朱先生点头："我会说好这事的，放心。"

鹿兆海迟疑："只有一件小事要给先生添麻烦——"说着把手塞进胸襟，从内衣口袋里摸出一枚铜圆，腼腆地笑笑，"先生，您日后见到白灵时，把这铜圆亲手交给她。"

朱先生默默看着鹿兆海，叹了口气却没讲话。

鹿兆海："这铜圆有她半个，有我半个，拿着就欠对方半个。"

朱先生淡然："那白灵拿着不是又欠你半个了？"

鹿兆海摇头："她欠我比我欠她好。"

朱先生一推："你不如留着自己给她。"

鹿兆海平静地："我一直装在内衣口袋带着，也从来没给任何人说过这个铜圆的事。上次送白灵都让您知道了，先生，我要上战场了。我怕这铜子落到鬼子手里就污脏咧……"

鹿兆海说着就又把铜圆递过去。

朱先生郑重接过铜圆，紧紧攥到手心："我会保存好的，等你回来再完璧归赵。"

鹿兆海起身："先生还有啥话说吗？"

朱先生冷冷地："回来时给我带一样念物，一撮倭寇的毛发。"

鹿兆海："这不难！这太容易办到了。"

朱先生更冷下脸："要你亲手打死的倭寇一撮毛发。"

鹿兆海退后一步，郑重地向朱先生立正敬了个军礼。

38. 戏台　黄昏　外

蹲在树下吃饭的乡民们已经散去，戏台处一片寂静。鹿子霖双手揣兜坐在戏台上望着远方发呆，白嘉轩走到戏台下佝偻着身抬头瞧他。

白嘉轩:“看啥呢?”

鹿子霖:“看景。”

白嘉轩笑了笑,拄拐杖上戏台坐一旁:“我陪你看。这两天你咋不去祠堂了,我去保障所也找不见你。”

鹿子霖叹息一声,摇摇头。

白嘉轩打量:“听孝武说前两天来个货郎去你家了。”白嘉轩凑近压低声,“是给你家兆鹏送信的吧?”

鹿子霖警醒地看着白嘉轩。

白嘉轩笑着拍拍他胳膊:“想瞒我?连只鸟飞过咱村我都能瞧出它是公的母的来!”

鹿子霖懊恼:“这货又跑山西去了。”

白嘉轩一怔:“跑那儿干啥?那地方不闹鬼子最凶吗?”

鹿子霖哭丧着脸:“就是跟鬼子干仗去了!”

白嘉轩肃然起敬,慢慢撑起身,一揖大声地:“子霖,我羡慕你哩!”

鹿子霖:“呸,跑这儿说风凉话!”

白嘉轩真诚地:“你俩儿子都当兵扛枪跟小鬼子干仗,你鹿家满门忠义哩!”

鹿子霖吃惊抬眼:“兆海也去打鬼子了?你听谁说的?”

白嘉轩意识到说漏嘴,懊悔:“我这嘴啊!”

鹿子霖腾地站起身,直勾勾看着白嘉轩,快哭出来:“他咋不跟我说呢?他回来过?”

白嘉轩不忍:“兆海是怕你留他,怕你和他妈为他揪心!”

鹿子霖蹲在地上捂住脸呜呜哭起来:“绝后咧绝后咧!我鹿家没人咧!”

白嘉轩感动地上前搀扶住:“谁说的?兆鹏和灵灵不还生了个娃么!赶明我让孝文孝武都上你家磕头去,认你干爸不成吗?”

鹿子霖伤心地哭着。

叠画:

鹿兆海在硝烟弥漫的战壕里喊着命令,带领战士向敌人投掷手榴弹。

鹿兆鹏带领游击队员端枪奋不顾身地冲下山坡,鬼子在燃烧的卡车周围抵抗。

鹿三在前面耍着梭镖，孝武、桑老八、赵柱、三娃子等人带着村里一众小伙儿挥动棍叉，白嘉轩拄着拐杖目光欣慰。

鹿兆海摸到鬼子尸体前，拔出刀来揪住头发狠狠割了下去。

鹿兆鹏靠在窗边就着夜色深情抚摸绣有白鹿的衣服……

39. 山寨　日　内

大堂内寂静无声，黑娃带着几个兄弟期盼的眼神看着大拇指，大拇指背身沉吟。

黑娃："哥，咱也下山过黄河打鬼子去吧！"

大拇指转脸瞧他，又扫视众人："兄弟们都是这意思？"

众人应和："哥，咱去吧，轰轰烈烈干他一场！"

大拇指叹息一声："轰轰烈烈容易，收场难啊。"

黑娃一愣："哥，咋说？"

大拇指冲其他人使个眼色，众人会意退去。

大拇指意味深长地拍了拍黑娃肩膀："你我兄弟当年受过的苦还不够么？哥哥我也是轰轰烈烈过来的，年少时总以为家国天下，现在明白了，带着兄弟们过好自己日子是本分。"

黑娃皱眉："哥你这话我不爱听，你真想在这山窝窝里老死？"

大拇指沉下脸，定定看着他："你说出山打日本人你总要有番号吧？国民党共产党咱跟谁打？跟谁咱都要树敌！"

黑娃梗着脖子："那咱自己建一支队伍打！"

大拇指哭笑不得："兄弟，将来哥哥不在时你千万要小心，你的这腔热血迟早会害了你。"

黑娃茫然的眼神……

40. 山西国民党某抗日军营　日　内

一群国民党士兵在喧哗闹事，有人愤愤地将军服脱下摔在地上："老子不干了！流血拼命打鬼子，回来还遭算计！"

鹿兆海匆匆走来："怎么回事？"

有卫兵立正敬礼，上前轻声："团长，又扣军饷了。"

鹿兆海皱眉望去，脱军服的人哽咽上前："团长，我们上中条山打退鬼子几十次进攻了，我们不怕死，不怕流血，怕的是有人后面给我们捅刀子！"

鹿兆海铁青着脸："你也算老兵了，知道临阵脱逃的罪吗？知道战前谣言惑众的罪吗？"

几个人低泣不语。

鹿兆海喝道："在军法处查你们之前，还不给我穿回去！"

众人默默捡起军服，穿好归队。鹿兆海大步往师部走去。

41. 师部　日　内

鹿兆海刚走进师部，茹师长正铁青着脸背手来回走着。

鹿兆海一个敬礼，焦急地："师长，您再跟上面催催军饷，兄弟们实在……"

茹师长将调令往鹿兆海面前一推，默不作声。

鹿兆海诧异接过，愣住："什么？把咱们调回去！"

茹师长忍不住骂起："咱十七师不是亲生娃，是后妈带来的娃喀！把我调出潼关到中条山打日本，我拿的是汉阳造，把他中央军调到西安去驻防，扛的用的全是美式装备的洋家伙！甭说日本人没料到十七师会站住中条山，连蒋委员长派我出关也根本没想到咱们会挡住日本人！"

鹿兆海也急："我们在中条山没退半步，上面难道不知道吗？"

茹师长冷哼一声："咋，你还想得奖赏？我告诉你兆海，就咱十七师断了军饷！！"

鹿兆海不敢相信地："为啥？"

茹师长抖着那纸调令，撕得粉碎："逼咱撤回去打红军呗！还冠冕堂皇地说是让咱回关内休整，到关内自然有军饷装备在那儿！"

鹿兆海咬牙一拳捶到桌上："师长，我们就不能抗命上报吗？"

茹师长感慨万千："你咋还不明白哩，这就是最上面的意思！就因为咱陕西兵不是嫡系啊兆海，防着咱哩！你能打日本人，你再去打打红军，你打败了红军我高兴，你被红军消灭了同样高兴……这手够狠的啊！"

鹿兆海眼里快喷出火来。

42. 八路军某部　日　内

鹿兆鹏大步走到卫兵把守的门口："报告！"

廖军长正在察看地图，微笑转身："兆鹏，快进来！"

鹿兆鹏迈进屋，接过廖军长递上的水大口喝起："有啥任务？"

廖军长笑眯眯地："大任务哩！师里决定派你回延安汇报工作，你那个支队先交副队长代理。"

鹿兆鹏一怔："现下鬼子正闹大扫荡，我走不开哩。"

廖军长："放心吧，这两年你大大小小也受了不少伤，师部是想把你调回去好好休整休整。"

鹿兆鹏皱眉刚要说话，廖军长神秘地："这次特批你到龙湾村看看你女儿！"

鹿兆鹏欣喜："真的？"

廖军长捶着他胸口："我没记错的话闺女都五岁多了吧？你这当爸的还没瞧上一眼呢。"

鹿兆鹏不好意思笑笑，身后又一个人响亮地："报告！"

鹿兆鹏回头看去，愣住，身着八路军军服的高连长正站在门口。两人看着对方都是一怔。

廖军长含笑上前："按说你俩是故人啊，高营长，过来见见我们的支队长。"

高营长迈步上前，百感交集地一个敬礼。鹿兆鹏回礼，两人的手紧紧地握在一起。

43. 山野　日　外

两匹马并驾齐驱，高营长欣慰地看着鹿兆鹏。

高营长："太好了，这下我也能陪着你一起看看你们的闺女。当初你没来桥山的时候，白灵提得最多的就是这娃。每次一说起娃来她都眉飞色舞，然后就是红着眼睛不说话……"

鹿兆鹏勒住马望着远方的山坡，目光伤感："整整五年了，我想带着闺女给她妈妈烧烧纸。”

高营长有些担忧：“兆鹏，你娃从没见过亲妈，这一张口就是烧纸，她受得住吗？”

鹿兆鹏望着远方思索，坚定轻声地：“我相信她受得住，因为她是我们的孩子。”

鹿兆鹏纵马狂奔，高营长感慨万千望着，也一紧缰绳追了上去。

44. 龙湾村　日　外

乡民背着背篓走过，鹿兆鹏下马牵绳跟老乡打听，直奔大妈的院子走去，越近前越有些胆怯。他停住了脚步，呼吸微微有些急促。

高营长接过缰绳，鼓励地笑了笑：“去啊，咋见着闺女又怕了。”

鹿兆鹏声音有些颤抖：“我是怕她长得太像她妈妈了。”

高营长也眼圈一红，背过脸去。

鹿兆鹏走到院门前敲了敲，里面奔出大妈的儿子，正背着杆枪神色焦急。

鹿兆鹏忙笑：“你好，我是鹿兆鹏，天明的爸爸。”

大妈儿子没反应过来，呆呆打量。

鹿兆鹏：“白灵是我妻子，来之前跟你们区里打过招呼。”

大妈儿子目光恍然，转头就喊：“天明的爸来哩！快出来！”

鹿兆鹏紧张地望向屋里，目光期盼，却是大妈儿媳迎出屋门。鹿兆鹏有些失落，再往后看，屋里已没人。

大妈儿子歉意地：“鹿同志，真不巧，我妈刚带俩娃躲进山了。”

鹿兆鹏吃惊地看着他俩：“进山？”

大妈儿媳也扛着把枪上前：“国民党军队昨晚开始进攻边区，村里的老少都转移到区里，就留下我们这些民兵。”

高营长也走到鹿兆鹏身后，两人极其失落地对视一眼。

大妈儿子冲媳妇：“要不你先带他们进山。”

媳妇不情愿地：“你别想撇下我。”

大妈儿子很没面子，揪过媳妇瞪眼低声：“人家要见闺女！”

鹿兆鹏略一迟疑，坚定地：“不，我留下跟你们一起战斗！”

第四十八集

1. 祠堂　日　内

日军飞机轰鸣而过，远处有炸弹爆炸的声音。乡民们全都涌到祠堂，惊恐地望着天。

白嘉轩佝偻着身拄着拐杖站在堂中，像母鸡护着小鸡一般伫立着。

鹿子霖挤在人群中间，望着天嘴里念念有词，似是在祈祷。

孝文焦急地推开院门，一脸懊恼："散开，散开！咋都躲到这里来了！"

跛子爷："孝文你不懂，祖宗牌位在这儿，先人保佑我们哩！"

孝文哭笑不得："爸，这要一颗炸弹下来不全完了！"

众人齐声斥责："有先人在炸不着我们！"

孝文急拽父亲："爸啊你发句话吧！那炸弹可不长眼，祖宗再厉害也扛不过飞机！"

白嘉轩恍惚点头："都散了，快，快走！别在这儿挤着！"

人群大乱涌出院去，孝文孝武也左右搀扶白嘉轩走出祠堂。身后一颗炸弹坠下，轰一声闷响，所有人都停下脚步转头望去，惊愕的神色。

祠堂静静地伫立在那儿，白孝文脸色苍白地看着，喃喃轻声："咋没炸？"

田福贤也带团练赶来，放慢脚步，不敢相信。

白嘉轩激动地挥起拐杖："先人保着咱哩，小日本他炸不死咱！"

乡亲们全都跪倒在地，呜呜地哭着喊着："祖宗啊！"

2. 边区山脚下　日　外

枪炮声连绵不绝，山腰上几十个国民党士兵掉头奔下。

鹿兆海铁青着脸举起望远镜眺望。

旁边人轻声："团长，督战团又催了，命我们必须在两小时内纵深推进。"

带头奔下的马营长喘息上前："团长，山太陡，火力又分不出虚实，很难攻上去！"

鹿兆海冷哼："找那么多理由干吗，是你们自己没心思打吧！"

马营长心虚垂头而立。

鹿兆海恼火："拿出中条山打鬼子的一半劲头，这山头早拿下来了！"

众人鸦雀无声。

鹿兆海气得来回踱步："这绝不是他们的主力，火力集中是装出来的，派一个连从侧翼包抄上去！"

马营长立正："是！"

手下递上电话："团长，督战团电话！"

鹿兆海恼火："告诉他们我没工夫扯淡！"鹿兆海眯起眼望着山头，"我就不信试不出来你！"

3. 山头　日　外

山林间一排民兵游击队员和少数八路军战士严阵以待，大妈儿媳忙着给伤员包扎。鹿兆鹏巡视着剩余的力量，轻轻皱眉。

大妈儿子一脸兴奋冲鹿兆鹏和高营长："你们可真牛啊！打鬼子的八路军就是不一样！咱这一通猛打居然把他们唬住了！"

鹿兆鹏却与高营长交换个眼神。

高营长轻声："对手会来试咱们，瞒不了多久。"

鹿兆鹏点头，也轻声："要是我就会从侧翼迂回进攻，真假一试就出来。"

高营长转头："还有多少手榴弹？"

大妈儿子："二三十颗！"

鹿兆鹏："你带一队人跟着高营长去缓坡那边埋伏，把机枪手榴弹都带上！"

大妈儿子一愣："所有的？"

鹿兆鹏盯着他："你想凭这点人撑到主力部队赶来吗？你知道山底下的对手是什么人吗？"

大妈儿子不屑："不就是蒋介石的中央军，我们之前交过几次手。"

鹿兆鹏摇头："这次不是，准备打硬仗吧。"
高营长低吼："跟我来！"
众人跟随猫腰奔去。

4. 缓坡　日　外

一个连的国民党军小心翼翼地往山上爬着，个个训练有素。
缓坡上，大妈儿子无比惊诧地望着："乖乖！你们是咋看出来的？"
高营长眯起眼望着越来越近的敌人，轻声："你知道刚才发号施令的是谁？"
大妈儿子一怔："天明她爸啊。"
高营长轻声："百团大战知道吧？"
众人都侧头惊诧地看着高营长。
高营长举枪瞄准，一字一顿："他带人杀掉的鬼子比山底下的还多！"
大妈儿子激动地拉枪栓，周围人都信心百倍起来，静候敌人的靠近。
高营长轻声："听我的命令，靠近再打。"
国民党军大胆起来加快脚步，正要往坡上翻来。
高营长一声大喝："打！"
枪声大作，顿时最前面的国民党军被打倒一排。
高营长抡起手榴弹："扔手榴弹！"
十几颗手榴弹抛出……

5. 山脚下　日　外

鹿兆海凝神举望远镜眺望，侧翼山腰一片火光。他放下望远镜，紧皱眉头，嘴角露出冷笑。
马营长在身旁感慨："看来藏着主力呢，他们在以逸待劳。"
鹿兆海冷哼一声："不过是装得像罢了，传我的命令，全部人马从正面强攻。"
马营长吃惊地看着鹿兆海："团长，那侧面进攻的部队……"
鹿兆海眼一寒："那是虚张声势骗敌人的！不会连你也被骗了吧！"

马营长五体投地地一个立正:“明白!”

马营长奔去,高喊着口令。

鹿兆海重举起望远镜瞄向山头,喃喃地:“如果真没有主力,此人战法了得!”

6. 山头 日 外

鹿兆鹏望着侧翼的火光,大妈儿媳揪心地趴在一旁。

大妈儿媳:“我们过去支援吧!”

鹿兆鹏摇头思索:“区里怎么说的?后方主力什么时候能赶到?”

大妈儿媳:“应该快了,他们说天黑前就能到。”

旁边的人也都焦急起来:“咱们去支援他们吧!”

鹿兆鹏轻声而有力:“这山头快守不住了,都听我的命令,撤!”

大妈儿媳惊呆:“为啥?”

鹿兆鹏瞪着她:“只有主动撤才能让敌人摸不出我们的虚实!退到最后一道防线去!服从命令!”

众人迟疑爬起,大妈儿媳快哭出来不动。

鹿兆鹏转头望着正面山下,急促地:“快撤,不然就来不及了!”

7. 山脚下 日 外

马营长匆匆跑来,鹿兆海正焦急地踱步。

鹿兆海喊:“怎么不打了?山上什么情况?”

马营长喘息,上气不接下气:“报告团长,八路全撤了,一个人都没有!”

鹿兆海脸色一变,迟疑思索:“停止前进,让所有人原地待命!”

鹿兆海向山头奔去。

8. 山头 日 外

国民党军队密集地趴在山头警备,鹿兆海气喘吁吁上来举望远镜观瞧。

鹿兆海懊恼的目光："这到底是谁在指挥？"

马营长旁边轻声："团长，前面会不会有埋伏？"

鹿兆海大喝："一营跟着我追！我们上当了！"

众军官齐声拦："团长，你不能去！""团长，有危险！"

鹿兆海已经拔枪冲下山坡。

9. 山沟　日　外

大妈儿子提枪跟随高营长疾奔，边跑边喘息地问："这是啥打法？咋又光跑不打了？"

高营长一笑："知道毛主席咋到的陕北？蒋介石几十万军队也没堵住咱红军！"

子弹突然从身边飞过，有人中弹倒地。

高营长一惊："这么快！"

鹿兆鹏在前方招手："老高，快！"

高营长跃上前急促地："奶奶的，对手没上咱当，跟上来了！"

鹿兆鹏举枪听着动静："我就说这不是中央军，咱今天碰上硬茬子了！"

高营长喘息："怕啥，咱的大部队也马上就要到了。鹿兆鹏，五年之后敢不敢再比一次？就当白灵在看着。"

鹿兆鹏没答话，举枪跃起冲去。

高营长冲其他人："你们撤，我们掩护！"

高营长随鹿兆鹏消失在山林间。

大妈儿子钦佩地望着两人身影，转头同样喝道："你们撤，我掩护！"

大妈儿子也提枪跟随奔进林中。

10. 山沟林中　日　外

喘息声、脚步声和零星的枪响，鹿兆鹏与高营长默契地在林间对望，打个手势向相反方向奔去。

远处鹿兆海带队伍猫腰快速前行，两旁不时传来枪响，有人倒下。

鹿兆海低吼："别管两边，往前突！"

马营长警惕望着两侧，轻声："团长，这两边的埋伏不清，后面弟兄还得伤啊！"

鹿兆海："你懂个屁！将军赶路不撵兔，打到现在对手的意图再清楚不过，他们是等援军呢！"

马营长："团长，你留下等后面队伍，我带兄弟们冲！"马营长一扬手，"冲啊！"

士兵跟随加快脚步。

鹿兆海冲身旁的警卫："跟我走！"

鹿兆海带人斜插过去。林间鹿兆鹏焦灼地听着动静，身后没有人追来，远处却响起急促枪声。

鹿兆鹏轻声："糟了！"

鹿兆鹏向高营长方向疾奔过去。鹿兆海正带人追击高营长，高营长训练有素双枪齐发，鹿兆海身边的卫兵纷纷倒下。

高营长肩部也中枪，捂住伤口靠在树后，单手换着子弹匣。

鹿兆海打个手势，卫兵散开包抄。一卫兵悄然在另一侧靠近，正瞄准高营长，突然一声枪响，高营长一惊回头，大妈儿子竟骑在树上冲他笑了笑。高营长精神一振，转身还击。

鹿兆海抢过长枪瞄准树上人影。

高营长大叫："小心！"

"啪"一声枪响，大妈儿子应声坠落。

这边高营长被蹿出的两三个卫兵扑倒，近身扭打起来。

鹿兆鹏不顾一切地奔来："老高！"

突然树后一把枪顶住他的后脑，鹿兆鹏喘息停住脚步。

鹿兆海无比吃惊地："哥？"

鹿兆鹏不敢相信地转头看着弟弟，身后传来卫兵的惨叫声扭打声。鹿兆鹏悲欣交集地看着枪口，又注视弟弟，鹿兆海颤抖着手臂慢慢放下枪。

一把尖刀已经插进高营长的后腰，高营长低吼一声夹住对方脖子狠命扭断。

高营长："鹿兆鹏快跑！"

鹿兆鹏举枪击倒一个正要冲高营长开枪的卫兵。鹿兆海一拳将哥哥击倒在地，扑上去压住他。

鹿兆鹏悲愤地："杀呀！真有种，杀自己人来了！"

鹿兆海含泪举拳，那边高营长又中一枪，拔出后腰的刀甩出去，扎到最后一个卫兵的脖子上。

兄弟俩已经翻滚到一起，鹿兆海边哭边打："斗来斗去为什么是你！"

鹿兆鹏被弟弟顶到树上，枪口对准下巴，含泪默默摇头。

鹿兆海吼："你明知道白灵跟我……"

鹿兆鹏轻声："白灵死了。"

鹿兆海呆住，不敢相信地看着哥哥。

鹿兆鹏哽咽："她死了。"

突然身后一声枪响，鹿兆海手中的枪掉落在地上，身子一颤倒在哥哥怀中。

鹿兆鹏眼中顿时闪过一丝绝望，高营长趴在地上正举着鹿兆鹏刚才掉落的精致手枪，用尽最后的力气冲鹿兆鹏笑了笑，伏地死去。

鹿兆鹏泪水涌出，紧搂住弟弟，手拼命捂住血涌出的地方，颤抖着声音："兆海……兆海你不能死！哥还要带你回家呢，爸等着咱回家呢！"

鹿兆海颤抖着嘴唇，极其虚弱的声音："我找白灵去了……我去找她……"

鹿兆鹏抱住弟弟尸体，手轻轻合上他的眼睛，跪在地上号啕大哭起来。

远处响起八路军的冲锋号和喊杀声。

大妈儿媳狂奔而来，扑倒在丈夫身上凄声惨叫："啊——"

鹿兆鹏痛不欲生地跪在那里，一动不动……

11. 祠堂　日　外

不少记者架好相机对着祠堂门拍照，几个军人一脸严肃地进进出出。

身穿折腰大裆裤头戴白帕子的村民好奇地摸着相机，被驱赶到一边。

十里八村乡民们都抑制不住兴奋地在周围围看，田福贤率团练轰着："退后点，退后点，拆弹哩！炸了咋办！"

跛子爷梗着脖子："祖宗护佑！他鬼子扔啥都响不了！"

几个记者围住白嘉轩："白族长，请问您怎么解释这个现象？真的有祖宗神灵护佑吗？""白族长，这个祠堂是什么时候建起的？之前有显灵的故事吗？"

白嘉轩被闪光灯照得睁不开眼，慌乱躲着。孝文孝武在一旁拦阻。

鹿子霖却兴奋地跟记者介绍：“我们这祠堂可灵哩，水火不侵！闹瘟疫那会，躲进来的人全治好了！”

冷先生白鹿子霖一眼，低声：“瞎说啥，那是我的药管用！”

众记者挡开冷先生，簇拥着鹿子霖七嘴八舌地问起。

白嘉轩与冷先生茫然地交换个眼神。

“鹿乡约您认为祠堂显灵跟日本人过不了黄河打不进陕西有啥联系？”

鹿子霖一脸激昂：“当然有联系，再借他小日本几个胆，他也不敢近前一步！我们这儿的祖宗灵着呢！我爷爷的爷爷就曾经……”

冷先生摇头：“没想到鹿子霖还有这说书的本事。”

白嘉轩叹息：“他能说也好，咱躲个清静去。”

鹿子霖那边已经忘乎所以：“我两个儿子在前面打鬼子，一个是十七师的，一个是共产党的……”

田福贤脸色大变挤进人群拉开鹿子霖：“这些不要记啊，不要记！”

鹿子霖也自知失言，忙闭上嘴，随即又拉过另一个记者滔滔不绝讲起。

远处一辆军车急驶而来，田福贤警觉地拨开众人迎上。白嘉轩本已要往家走，停住脚步转头望着。

一军官正严肃地跟田福贤说着什么，田福贤连连点头，转身回望鹿子霖。

白嘉轩眼中闪过一丝不祥。

鹿子霖越说越兴奋，自己又主动挤进人群：“我跟你们说，我家是满门忠义！我从小教导两个儿子，长大要精忠报国……”

田福贤快步上前再次揪住鹿子霖。

鹿子霖甩开他手，不耐烦：“你让我说嘛，上面都国共合作了，你怕啥么！”

田福贤颤抖着将一张讣告呈到面前，也不说话。鹿子霖接住一看，脸色骤然变得苍白如纸，突然瘫坐在地上呜呜哭起。

白嘉轩脸色大变，快步上前瞧着田福贤。

田福贤也丧着脸：“这是讣告，兆海阵亡咧。”

乡亲们无声地拥来，记者们围着坐在地上的鹿子霖又是一阵狂拍。

鹿子霖痛不欲生地号哭：“我儿死在中条山了……兆海啊……祖宗咋就没保住你的命啊……”

一个记者拿着笔和本蹲在一旁："您能告诉我您此刻的心情吗？"

白嘉轩用拐棍拨开那人的笔："去去去！"俯身搀扶鹿子霖，"子霖，咱回家去。我陪着你一块哭……"

白嘉轩的声音也变得颤抖。众乡亲静默不语，每个人都神色凝重。

鹿子霖疯了一样地捶地号哭："该死的小日本，你们杀了我儿子啊！我要抽了你们的筋扒了你们的皮啊！"

闪光灯在周围爆闪，白嘉轩含泪挥着拐杖轰赶，冷先生也跟随轰着。

突然一声巨响，所有人都惊恐万状地回身，有人吓得趴倒在地上。

祠堂中冒起浓烈的硝烟……

12. 县政府　晚　内

田福贤跟随在岳维山身后，眼睛瞄着他，揣摩着心思。岳维山悠悠地看着报纸，递交到田福贤手中。

岳维山："炸弹终究是炸了，可鹿兆海牺牲在中条山的消息马上跟到，记者们都在白鹿原还没走吧？"

田福贤急忙迎上前："没有，都守着哩！"

岳维山一笑："老天这是在帮咱。"

田福贤显然没听懂，满脸疑惑："岳书记长，可我咋听人说兆海是死在……"

岳维山冷冷地瞪着他，田福贤咽口唾沫没再说话。

岳维山意味深长地望向窗外："民心啊……"

13. 祠堂　日　外

白嘉轩拄着拐杖恍惚迈进狼狈不堪的祠堂，到处是碎砾瓦片。牌位散落在院落，到处都是。原本挂在堂中的先祖神容碎成几片。

白嘉轩颤抖着手拿起两个，已经拼凑不齐，孝武从屋中走出。

孝武："爸，这房子得重盖了，好在乡约碑没啥事。"

白嘉轩沉声："把乡亲们都叫来。"

孝武奔出门去。

14. 书院　日　内

朱先生默默看着讣告垂首不语。

白孝文叹息一声："我爸让我来问您咋办。大已经乱了阵脚，我爸说得替他们操持。"

朱先生含泪点头。

白孝文："姑父，岳书记长专意提出要你到场，还要你说几句话。"

朱先生沉声："兆海的灵柩啥时间运回原上？"

白孝文："明天，先由全县各界吊唁三天，最后召开公祭大会，之后安葬。"

朱先生点头："我明天一早就上原迎灵车，我为兆海守灵。"

白孝文一怔，提醒："姑父，兆海是晚辈……"

朱先生凛然："民族英魂是不论辈分的……兆海呀……"

朱先生双手掩脸哭出声来。

15. 祠堂　日　内

"咣——咣——咣——咣"，宏大的锣声在村里刚刚响起，接着就有族人走进祠堂大门，紧接着便见男人们成溜串拥进院。无论老人还是小孩，男人还是女人，都庄严肃穆。

记者们争先跟进，却被孝文孝武客气地阻拦在外面。

乡亲们站在混乱不堪的院中都悲愤地望着四周颓垣残壁，祠堂一片寂静。

白嘉轩拄着拐杖站在台阶上，双手把拐杖撑到前头，佝偻着的腰颤抖一下，扬起头来："咱们族里一个娃娃死了！咱族的祖宗被炸飞哩，先人也护佑不了咱了！"

聚集在庭院里的老少族人一片沉默。白嘉轩扬起的脖子上那颗硕大的喉结滞涩地滑动了一下，肿胀的下眼泡上滚下一串热泪。

沉默的庭院里响起一片呜咽。

白嘉轩的喉咙有点哽咽："兆海是子霖的娃娃，也是咱全族全村的娃娃。大家务必给娃娃把后事……办好……"

有老者迫不及待地催促：“嘉轩你就说咋办？快安顿人办吧！”

白嘉轩点点头：“用祠堂攒存的官款，给兆海挂一杆白绸蟒纸，一杆黑绸蟒纸，用祠堂官地攒下的官粮招待各方宾客，减除子霖的支应和负担。”

族人一嗡声通过了。

白嘉轩扫视众人：“我刚接着县里消息，这事他们要大办。孝文孝武，你们都帮照应着，不许出任何差错！”

16. 白鹿原　日　外

白鹿村的乡亲们簇拥在村口，眼巴巴望着远方。寂静无声的原上，碾过车轮。

鹿子霖快要瘫倒，神色崩溃。

几辆车缓缓驶来，朱先生快步迎上。

灵柩从汽车上抬下来，胸戴白花臂缠黑纱的八名士兵抬着灵柩从村口进入白鹿村村巷。政府官员跟随其后。

鹿子霖与媳妇一路跟随抚棺痛哭，瘫软在棺前，被人架着前行。

一班水会古乐演奏的祭灵曲响起，古老哀伤。灵柩进入灵棚，三声震天撼地的火铳连续爆响，两条黑白蟒纸徐徐升上高杆，在空中迎风舞摆。军方和县府各界代表把早已备好的花圈挽联敬挂起来。临近村庄也纷纷送来纸扎的或绸扎的蟒纸。

鹿子霖嗓子完全嘶哑，抱住朱先生的胳膊哭泣。

朱先生搀扶鹿子霖：“白鹿原上顶好的一个子孙战死了……他是你养的，你不要光是难过，还应该豪气一些！”

鹿子霖含泪点头。

朱先生在白嘉轩的陪伴下走在灵柩后的前排，他没有哭泣，也没有说话，默默地进入灵棚，跪倒在灵台两侧装着碎麦草的口袋上，众人都惊愕地望着。

白嘉轩上前搀扶，轻声：“姐夫，咱尽了心意就行了，回屋歇着吧。”

朱先生木然跪着不言不语。

岳维山低声劝慰鹿子霖，搀扶起他的胳膊，郑重的神色面对众人：“我三秦大地自古英豪辈出，不缺保家卫国之士。鹿兆海是白鹿原的骄傲，是滋水人的骄傲，是国民政府的骄傲！今日岳某率众官员送英灵归故土，向鹿兆海及其家人深表敬意！”

岳维山退后一步，向鹿子霖深深鞠躬。其后官员纷纷鞠躬，闪光灯爆闪，鹿子霖视线模糊，忙举手臂遮拦。人群中爆发出掌声，无数记者激动地鼓掌迎合。

岳维山轻声邀请：“朱先生，您讲讲？”

朱先生深情抚摸遗像：“我备了一篇祭文，拿酒来！”朱先生接过一杯祭酒缓缓扫视众人，“惟兆海吾侄，关中子弟。长于斯土，志在社稷。倭寇入侵，欲亡我而性残。丈夫壮怀，虽赴死而何憾！御敌寇于关外，断魔爪于中条。李广剑在，幸廉颇之未老。英灵未远，有万众之承志。兆海吾侄，佑我国疆。魂兮魂兮，回望故乡。呜呼哀哉！英雄尚飨！”

下面泣不成声，白嘉轩喃喃跟随：“英雄尚飨。”

乡亲们自发地齐声：“英雄尚飨！”

朱先生痛苦闭上双眼，将手中酒洒落。朱先生突然察觉到有双目光在注视自己。

鹿兆鹏带着草帽，悲哀的目光望着弟弟的灵堂，又看看朱先生，朱先生复杂的眼神注视着他。

16A. 祠堂　夜　内

不少乡亲静静守候在祠堂。鹿子霖与媳妇悲痛相依，目光呆滞。白嘉轩倒好水递上，鹿子霖恍惚摇头。这边朱先生独坐在火桶边，望着火苗思索。

白嘉轩轻声，“姐夫，你回我那儿歇歇。我陪子霖守灵。”

朱先生默默摇头，继续烧纸。

马营长被孝武领着站在门口。孝武进来在白嘉轩耳边低语几声。

白嘉轩冲朱先生：“姐夫，队伍上的马营长等你，说兆海托他给你捎来一样东西……”

朱先生目光一震，迈起大步迎到门口。鹿子霖也停住哭泣，眼巴巴瞧着。

马营长一个敬礼，把一只铁皮罐头盒子交给朱先生：“鹿团长托我交给先生，我一直没敢打开。”

朱先生把那个铁盒子在手里转了转掂了掂，又交给马营长："你把它撬开。"

马营长用手抠了抠盖子抠不开，就绷着脖子打算用牙齿咬开。

朱先生连忙制止了他："不要用嘴碰它——太脏。"

马营长愣怔一下。

朱先生沉声："那里头装着一撮死人的头发，是他上中条山之前，我朝他要的，要一撮倭寇的毛发。"

马营长惊讶地瞪着眼睛，接着就干呕起来。

祠堂里的人纷纷围过来看那只铁皮盒子，孝武挤上前用力把盖子抠起，里头果然是一堆头发。倒在地上，才发现不是一撮，而是许多撮，每撮都用一根细铁丝拦腰扎死。

孝武低声数着："一二三四……一共是四十三撮。"

众人一齐瞪着眼睛发出惊叹。鹿子霖也拨开人群不可思议地瞧着。

朱先生泣不成声："兆海呀，我明白了，你杀死四十三个倭寇。你……"朱先生说着一把抓住马营长的胳膊，"你跟兆海都上了中条山，你说得准这四十三个野兽残害了多少中原同胞？"

马营长"哇"一声哭了："谁算得清啊……"

鹿子霖"扑通"跪在地上号哭，白嘉轩含泪强拉他起来。

白嘉轩轻声："子霖，咱不能跪鬼子呀！"

鹿子霖边哭边点头。

朱先生厉声喝道："孝武，把这些头发拿到灵前烧了，以祭奠兆海的英魂！"

孝武将头发装到盒中奔到灵前，扔进烧纸的火盆。

众人都捂住鼻子，难忍腥臭味。

朱先生悲愤地来到灵前，含泪哽咽："兆海是我学生，年轻娃娃都战死了，我还珍惜这把老骨头干什么！我的泪已经流干了，从此不再去坟场，我要去战场！到前线去打鬼子！"

灵堂中鸦雀无声，所有人都被朱先生铿锵有力的宣言震撼。

17. 书院　晚　内

桌上放着几盘精致的小菜，摇曳的灯下，朱先生双手举起酒杯，郑重地冲妻子朱白氏一揖。朱白氏接过酒杯，含泪瞧着他。

朱先生："咱们结发以来还没喝过酒。你跟我一辈子缝联补袂烧锅燎灶。我是雷声大雨点小，屁事未成，空受你服侍。我一生不说悄悄话，今日把我谢恩的话当着同仁们说出来，你要是不嫌弃我，我下辈子还寻你……"

朱白氏温厚的脸颊上泛起一缕羞悦的云霓，眼里涌出泪花："我下辈子要托生个先生。"

朱先生笑："那我就托生个女人服侍你。"

两人深情对望，同时将杯中酒饮尽。

朱先生突然察觉院内有人，走到窗前，鹿兆鹏恭敬地坐在外面的石凳上。

朱先生一惊："兆鹏！"

鹿兆鹏不好意思地起身："先生，我没敢进去。可有些话我想跟您说说。"

朱先生忙出来拉他："快进来！"

鹿兆鹏迟疑："是不是有点搅局啊？别扰了先生和师娘的兴致。"

朱先生摇头："我正好听你讲讲外面的形势，兆鹏，明日我就动身了，上前线打鬼子。你快说说战事如何？"

朱白氏笑着："你运气好兆鹏，正赶上喝一盅。"

鹿兆鹏也笑："我还真饿了。"

朱先生催："吃，吃！"

鹿兆鹏狼吞虎咽，朱先生眼巴巴地瞧着他。

鹿兆鹏："先生！您还是别去前线了。我这可能有点泼冷水，可思前想后还是得来劝您。"

朱先生皱眉："为啥？"

鹿兆鹏缓慢的口吻："先生，您的宣言委实是震天动地，可也是件令人悲戚的事。蒋委员长有几百万武装精良的军队不打日本打内战，倒叫八个老先生……"

朱先生苦笑，转头冲朱白氏："倭寇杀到窝口了，他们还在窝里咬！是中国人，到窝子外头去咬，谁能咬死倭寇谁才……"

鹿兆鹏辩解："先生你得看出谁咬谁？他咬得我们出不了窝儿，他要把我们全咬死在窝里，根本就是……"

朱先生摆摆手，厌烦地："甭说了兆鹏。我看出谁咬谁也不顶啥！咬吧咬去！我碰死到倭寇的炮筒子上头，也叫倭寇看看还有要咬他们的中国人！”

鹿兆鹏神色沉重不语。

朱白氏偷偷拉了拉丈夫，强笑：“兆鹏，吃菜！今天你先生酒有点喝多了。”

朱先生沉下脸：“我没喝多！今天那个岳维山也说了，你们为啥要互相扯后腿呢！”

鹿兆鹏轻声：“先生，你们到哪儿去打日本？总得投到队伍里吧？”

朱先生：“到中条山去十七师，找兆海的部队去！”

鹿兆鹏缓缓站起来：“十七师早已撤离中条山回潼关……”

朱先生惊诧地：“谁说的？撤回潼关干什么？撤到哪里去了？”

鹿兆鹏：“撤到渭北去了。按先生的话说嘛，就是窝里咬！我们叫作打内战。蒋某人亲自下令撤回十七师攻打陕北红军……”

朱先生怀疑：“你……说的可是真的？兆海的尸首刚刚从中条山搬回来……”

鹿兆鹏痛苦地皱皱眉头：“兆海……不是日本人打死的，是他进犯边区被我们的人打死了。”

朱先生有点愠怒：“没有证实的话不要说。兆海是你的亲兄弟，你说这种话我不爱听。”朱先生说着站起来走到门口，回过头，“我不信你的话，你说兆海的瞎话我不信。你说十七师撤离的消息我也没听说过。吃饱了吧，你可以走了！”

鹿兆鹏刚要争辩：“先生是我亲眼……”

院外传来老先生们哼唱的小调声，铿锵激昂。

几个老先生显然也喝醉酒了，闯进院来，大声嚷叫：“朱先生，我们跟家里辞行完回来了！”

鹿兆鹏深深向朱先生一揖，又向朱白氏一揖，低头转身匆匆离去。

朱白氏跟到门口望着鹿兆鹏背影，轻声：“你今天言重了。”

朱先生长叹一声：“今天岳维山和鹿兆鹏都在表功推责任，唯有我兆海死在疆场。痛心呐……”

18. 原上　凌晨　外

朱先生一行八人鸡啼时分走出白鹿书院大门，在门前的平场上不约而同转过身子，面对黑黝黝的白鹿原弯下腰去鞠躬三回。

朱白氏含泪挥了挥手。朱先生带头转身大步而去。

叠画：

八位老先生在星光下涉过滋水，翻上北岭，一团颤悠悠的熔岩似的火球从远方大地里浮冒出来。

八位老先生沿着山道眺望渭河平原，一条一绺或宽或窄的垄亩纵横联结着，铺展着，一望无际的麦苗在温柔的晨光下泛着羞怯的嫩绿。

八位老先生一步一步踏过关中平原的田野和村庄，天色暮黑时终于赶到渡口。

19. 渡口　黄昏　外

一条大河奔腾着横躺在几位老先生面前。

朱先生眼巴巴望着河道中漂荡的船，回身冲其他几位老先生点头："趟过去上船吧，往常有背河的，今天咋一个也见不着了。"

几个老先生正要脱鞋下水，远远的三个荷枪实弹士兵奔来。

"站住，干什么的？"

朱先生不慌不忙冷笑："小兄弟一个个都很精神噢！给老汉们耍歪可惜了小兄弟们的这精神儿。有这精神到潼关外头耍歪去，在那儿能耍出歪来才是真精神……"

三个士兵哗啦一声拉开枪栓，对峙着八个老先生。

"我们长官有令，谁也不许过去！"

朱先生对他的同仁笑笑："好！咱们还没过河，就在自家窝子里当了俘虏。"又转过头问一个士兵，"要不要我们举起手来？"

马营长从远处边跑边喊："住手！"马营长瞪了三个士兵一眼，斥骂一声，"眼瞎了吗？"

马营长转身冲朱先生抱拳行礼："对不住惊扰先生了。我们茹师长随后就到。"

远处一行人匆匆而来。朱先生背手而立望着，一位微服便装的中年人上前打躬作揖。

马营长介绍:“朱先生,这是我们茹师长。”

朱先生惊愕片刻,作揖还礼:“真的劳驾将军了。”

茹师长:“先生,你投十七师我欢迎,但你不能去战场。你留在师部给我和我的军官当先生行不?”

朱先生:“我把砚台砸了,毛笔也烧了,现在只有一个目标——中条山。”

茹师长摇摇头:“那地方你去不得。”

朱先生凛然:“任啥艰难我都想过了,大不了是死,我就是到中条山寻死去呀!”

茹师长:“嗬呀朱先生!你到战场帮不上忙倒给我添上累赘了。我可不能睁眼背你这个累赘。”

朱先生沉下脸:“我不是累赘。我打死一个倭寇我够本,我打不死倭寇反被倭寇打死我心甘。退一步说,上不了战场还可以给伙伴淘米烧锅,还可以替兵磨刀喂马……我累死病死战死了也不给你添累赘,我的尸首也不必劳神费事往回搬!”

茹师长:“先生啊,我都去不了中条山了,你怎能去呢?”

几个老先生面面相觑。

朱先生皱眉:“我正奇怪你咋在这儿出现,打败仗了?”

茹师长黯然摇头:“我打胜了,又撤了!”

朱先生更是不解:“打胜了为啥要撤?”

茹师长叹息:“就因打胜了才撤。”

朱先生盯着他:“谁叫你撤兵?”

茹师长苦笑:“还能有谁呢?中国能下令叫我撤兵的只有一个人!”

朱先生默默地闭上口,复杂的目光打量茹师长。

茹师长:“您看,我连那身军服都没了。我茹某愧对关中父老啊……蒋介石命我撤到北山休整。可十七师撤进潼关,他就忘了给我说过的休整的话,立即命令我进北山围剿共产党的根据地。”

朱先生颤抖着声:“完了完了,中国完了。鹿兆鹏给我说这话我不信,还训了他,可没料到竟是真的!茹师长……兆海是倭寇打死的,还是被自己人打死的?”

茹师长神色黯然:“这你要问他了。”

茹师长一让，身后那群人中走出教书先生打扮的鹿兆鹏。

朱先生无比吃惊地看着他："兆鹏？"

鹿兆鹏沉声："先生，兆海是死在我怀里的，是他奉命进攻边区，被我们的人打死的。"

朱先生悲哀地仰起头来："天哪！天哪……我再不问你啥了……我听够了！我明日早起回我的白鹿原，我等着倭寇来把我杀死好了……"

茹师长与鹿兆鹏默默交换个眼神。

鹿兆鹏："先生别这么悲伤，您知道我为何在茹师长这儿？"

朱先生悲愤摇头："我刚说过任啥事都不想问了。"

茹师长压低声："我正要过河去北边谈判，中国人不打中国人。兆鹏是领路人，我而今看透了，特别是鹿兆海团长牺牲以后，我才下决心走这一步。我准备跟北边谈，谁也不打谁，枪口一致对外！"

朱先生含泪看看鹿兆鹏，鹿兆鹏默默点头。

朱先生长叹："你的这个窝里总算不咬了……只可惜我连这条河都没趟过去就要退回原上，我才是无颜见江东父老哩！"

鹿兆鹏诚恳地："先生不如也到北边去看看，我负责先生的安全。"

茹师长等人也期待地看着朱先生，朱先生恍惚摇了摇头。

鹿兆鹏："先生，您还没骑过背河人上船吧？兆鹏还记得幼年时先生曾经教导，让我有朝一日尝尝背河工的滋味，方知忍辱负重之意。兆鹏后来还真做过一段时间背河人，背过官太太，抓我的士兵，孩子，老人，那时不知为何就想，有朝一日最该背的是先生。今日既然到了河边，不如让我背您一次。"

朱先生意味深长地看着鹿兆鹏，抉择着。

20. 河道　黄昏　外

湍急的河流已经流过鹿兆鹏的腿根，朱先生趴在鹿兆鹏的背上，鹿兆鹏用力颠了颠。

鹿兆鹏："先生，小心别湿了脚。"

朱先生苦笑："你半个身子都湿了，还顾提醒我哩！"朱先生轻声，"兆鹏，你跟我说句实话，这民族还有希望吗？"

鹿兆鹏又用力颠了颠，笑望前方："有您这样的先生就有希望！"

朱先生感动地："兆鹏，那晚我对不住你啊，错信了岳维山的话。可你咋也不解释一句呢？"

鹿兆鹏一笑："就像这过河一样，水深水浅唯有背河人知道。先生，您只需趴在我背上，信我就成了。"鹿兆鹏将朱先生小心翼翼放在船上，自己也跳上拿起撑杆，喘息抬头："您瞧先生，我们就要到对岸了，就要过去了！"

朱先生百感交集地望向前方……

21. 山寨　日　内

大拇指躺在床上奄奄一息，黑娃带着众兄弟含泪跪在床前。

大拇指示意其他人都出去，轻声："黑娃，来。"

黑娃拉住大哥的手臂，含泪听着。

大拇指喘息，艰难地："我要不行了，这帮弟兄你给他们找个出路。"

黑娃用力点头，说不出话。

大拇指："可你不能走回头路，懂吗？"

黑娃诧异地看着大哥。

大拇指喘息："我知道你已经背着我偷偷跟两边都联系了……你要打鬼子我明白，男人嘛就要建功立业……"

黑娃歉疚："大哥，白孝文确实找过我，说打完日本，政府就要收拾共产党，收拾完共产党之后，自自然然该剿灭土匪了，我们不可能天不收地不管。"

大拇指用力攥紧黑娃的手："……可你这辈子都靠勇啊兄弟，你身上长的都是反骨，记住我的话，不能走回头路啊……"

大拇指手一松闭上眼睛。

黑娃号哭："大哥，大哥！"

22. 滋水县城　日　外

黑娃骑着高头大马，身后是全副武装的土匪队伍。黑娃昂着头望着街道两边的市民。

两边店铺里的市民放起了鞭炮，好奇地眺望，土匪也好奇望着街市两边，大摇大摆一脸不忿。

一个人从人群中钻出，牵住黑娃的马缰绳，仰头笑："黑娃哥，黑娃哥！你认得我不？"

手下要拽那人，被黑娃制止。

黑娃诧异打量："你谁啊？"

那人凑着笑："我爸是石头，我是丢了的小石头啊！"

黑娃不敢相信地看着他。士兵上前将小石头推进人群，黑娃不舍地回头张望。

小石头踮着脚喊："黑娃哥！等我去找你啊！"

岳维山正站在县府门前笑眯眯地等候，白孝文与田福贤各站两边。

黑娃勒住马头，土匪队伍停下脚步。黑娃跳下马快步上前。

岳维山双手伸出攥住黑娃的手，热情地："黑娃，咱们是老朋友了，政府欢迎你改邪归正啊！"

黑娃满脸尴尬地苦笑了一下，瞧了眼旁边的白孝文，白孝文也挤出笑来，点点头。田福贤却是异样的眼神挑衅地瞥着黑娃。

黑娃："从今往后，我们拥护政府，打鬼子。"

岳维山朗声笑起："好！好！从此后只要我们精诚合作，倭寇就不愁不败！"

有人疾跑上前，在岳维山耳边低语，岳维山脸色一变，异样的眼神扫视众人。

岳维山："马上通知全县民众收听重要广播！"

田福贤慌忙奔向县府大院。

白孝文向街市跑去，喊着："各家注意了，马上收听重要广播！委员长有重要指示！"

县政府高墙上的喇叭发出刺啦刺啦的调试声，随即蒋介石的声音回荡在大街小巷："……全国军民同胞们，我们的抗战今天胜利了，我们中国在黑暗和绝望的八年中，顽强奋斗的信念今天终于实现了！"

街道上涌出无数的人来，欢呼雀跃。

县政府也有人激动地大喊："我们胜利了，日本人投降了！"

没有人再理会黑娃，都沉浸在喜悦和欢呼中。

岳维山与周围人激动拥抱，唯有黑娃和他的土匪们怅然若失地站在街上，怔怔望着欢庆的人群，仿佛来自另外的世界……

字幕：一九四五年八月十五日，日本投降。

23. 县政府　晚　外

舞女在灯火辉煌的厅中婀娜跳舞，乐队奏着西洋乐器，会堂中一片歌舞升平。黑娃显然已喝醉，推脱着躲靠出门来。

黑娃关上门：“不能再喝了，不能再喝了！对不住！”

黑娃扶着墙角大口喘息，白孝文端着酒杯跟出门来。

白孝文走近，关切地：“没事吧？”

黑娃摆了摆手。

白孝文一笑：“岳书记长器重你啊，你这一归顺就当上了炮营的营长，大伙儿都争着喝你的喜酒呢！”

黑娃讪讪一笑：“兄弟，这还是你成全的我哩。”

白孝文晃了晃酒杯：“送佛送到西，干脆我把你另一件喜事解决了得了。”

黑娃转脸打量白孝文，白孝文神秘一笑。

24. 高家正堂　日　内

黑娃一身正装正襟危坐在堂中，余光却瞥着院外的动静，一个女人的身影晃过院门。

高老秀才一旁陪坐，却也板着脸捋须不语。

白孝文乐呵呵地迈进屋，大声地：“高老秀才，这女婿相中相不中？徐先生是我跟黑娃幼年的恩师，咱也不是外人哩。”

高老秀才点点头：“先前我答应也是因闻听是徐秀才的学生……”

高老秀才把后面的话咽回去，起身往院外一指：“还劳白团长借一步说话。”

白孝文愣了愣，苦笑瞥了眼黑娃，黑娃依然目不斜视像没听到一样。

院里高老秀才与白孝文的低语声时隐时现：“他是个土匪……县里都知道哩……我这张老脸……”

黑娃的嘴角颤动了一下。

白孝文笑呵呵地迈进屋，意味深长地注视黑娃："老先生有个条件，你做成了他再考虑把女儿嫁给你。"

黑娃："啥？"

白孝文："戒大烟。"

25. 炮营　日　外

瓢泼大雨，黑娃被牢牢绑死在炮筒上，全身湿透，痛苦挣扎。手下兄弟挤在屋檐下眼巴巴望着。

"哥呀！你成不？"

有人实在不忍，奔进雨中。

黑娃怒吼："回去！谁他妈敢松开我，我把他剁成肉馅喂狗！"

跑近的人又连忙转头奔回屋中。

窗内，白孝文眯缝着眼眺望。

田福贤靠坐在桌后吃菜喝酒，一脸不屑："你看他那狠劲，孝文，等这种人掌了权那天，哼哼！你引来一头狼啊！"

白孝文微微一笑，若有所思地望着雨中黑娃的身影。

26. 炮营宿舍　日　内

黑娃高烧不退，在床上折腾，迷糊间屋门打开。

黑娃骂："滚出去！谁也不许进来！"

倒水声，脚步声。

黑娃烦躁地摸枕头下的枪："老子他妈毙了你……"

枪口正对准来到床前的女子，黑娃呆住，缓缓喘息不敢相信自己的眼睛。女子柔嫩的手中拿着一条毛巾，正站在床前。

高玉凤将黑娃的枪一把夺下，从容扔到一边，静静地给他擦拭。

黑娃吓得躲避："不，不不！"

高玉凤强按住他，给他擦后脖梗。黑娃汗毛都竖起来，一动不敢动老老实实坐着。

高玉凤边擦边轻声：“戒了？”

黑娃点头：“嗯，戒了。”

高玉凤：“以后还抽不？”

黑娃忙摇头：“不抽了！”

高玉凤：“你绑炮筒子上，我爸带我来看了。他让你再去正经提亲。”

黑娃忍不住笑起来，高玉凤也含羞笑起。

27. 白鹿仓　日　外

鞭炮声中，鹿子霖等乡约和白嘉轩一众族长围看，田福贤手下将白鹿仓的牌匾摘下，换成“白鹿联保所”。

众乡亲窃窃私语，迷茫地看着牌匾。

田福贤志得意满地回身，微笑扫视众人：“从今天起，我这个总乡约就改为联保主任了，各位乡约的官职称谓改为保长！各村每二十至三十户人家推选出一名甲长……”

白嘉轩垂目瞧着地面。

有人轻声：“那我们族长哩？”

鹿子霖幸灾乐祸，瞥了眼白嘉轩，白嘉轩不动声色，拄着拐杖像睡着了一般。

田福贤：“各保长进屋开会，族长就解散吧！”

鹿子霖拍拍白嘉轩，低声：“兄弟，要不要我帮你争取个甲长？虽说职位降了些，可芝麻再小也是个官啊！”

白嘉轩冷漠地瞥他一眼，依然没有答话转身走去。鹿子霖笑望白嘉轩佝偻着身走去的背影，摇了摇头，哼着小曲得意迈进屋去。

28. 白家后院　日　外

“三哥，三哥？”

白嘉轩的叫声传来，苍老许多的鹿三从干草堆上迷糊爬起，浑身沾满了干草。

鹿三不好意思地："我喂着牲口不知咋的又睡过去了。"

白嘉轩笑了笑："走，咱牵牲口下地去。这把老骨头不动就会僵。"

鹿三忙拍打自己身上沾着的干草，转身收拾，架上牛槅头，给牛套上笼嘴。

白嘉轩瞧着他："三哥，黑娃归顺当上营长了，他几次派人来接你，你咋不跟去享福哩？"

鹿三缓缓摇头："他享福跟我有啥关系！"

白嘉轩："孝文给黑娃说下一门婚事，那女子是知书达理的人家，好着哩。"

鹿三闷声："他娶回王母娘娘来我也不上天去。这是我的家。"

白嘉轩笑起："你啊，这么些年跟着我养下了一副臭脾气！"

两人牵着牛车走出院去。

29. 白鹿仓　日　内

鹿子霖等保长坐在下面，紧张的神色。

田福贤完全没了刚才的喜气，扫视众人："日本投降了就剩下共产党一个对手了，现在从上到下要集中目标，一门心思收拾共匪。中华民国的内忧外患将一扫而光，天下即可太平。哪个保哪个村哪一甲出了共匪通了共匪，就先拿哪一甲甲长是问，再拿总甲长和保长是问。"

众人面面相觑。鹿子霖原本得意的笑容凝固住，悄悄将身子缩到角落。

田福贤："诸位，这回可得眼放亮点儿。岳书记长说得好，剿共比不得打日本，日本占了大半个中国，终究没能打进潼关，抗战八年咱们原上人连小日本一个影子也没见过，共产党比不得日本鬼子，这是土生土长内匪家贼，他额颅是没刻共字，站在眼前你也认不出来。白鹿原是共匪的老窝儿，全县的第一个共匪党员就出在原上，全县的头一个共产党支部也建在咱这原上！"

鹿子霖一哆嗦，察觉到田福贤看自己的目光，身边众人也偷偷瞥他。鹿子霖慌乱低下头去。

30. 县城小院　日　外

在兄弟们的欢呼簇拥下，新郎打扮的黑娃与新娘高玉凤挤在一起。众人举枪对天开枪，砰砰作响有如放鞭炮。院里院外都是喝酒划拳的人，高声叫骂大笑，一片杯盘狼藉。

白孝文应酬着走到院口，黑娃拉着小石头上前。

黑娃："孝文，咋走呢？"

白孝文笑了笑："我也代岳书记长贺喜了，任务完成了还不走？再说我一走你们兄弟可以关起门来敞开闹啊！"

黑娃摇头："不成，你是媒人，又是我的贵人！今天必须喝倒在我这儿！"

黑娃拽过小石头，神秘地笑笑："你认得他不？"

白孝文诧异打量，摇头："这位是？"

小石头咧嘴乐："孝文哥，我是小石头啊！"

白孝文不敢相信自己的眼："小石头？当年你不是丢了吗！"

小石头勤快地递上烟点火："我爸是把我丢了，被一个过路经商的捡去了，后来就跟了他的姓，我大名叫陈舍娃！"

白孝文一喜："故人相聚，我是得留下来多喝几杯！"

黑娃爽快地搂住两人："走！今天喝他个一醉方休！"

31. 黑娃新房　晚　内

新娘子静静地披着盖头坐在床上，黑娃推开门带着酒意摇晃着进屋。

烛光下黑娃慢慢靠近，眼睛有些迷离。

田小娥的声音响起："黑娃，这辈子我跟定你了，你别抛下我。黑娃，你去哪儿我就跟到哪儿……"

黑娃定定神慢慢揭开红盖头，女子抬起羞答答的脸来，仿佛田小娥在深情注视着自己。

黑娃用力揉揉眼睛，定神看去。高玉凤忙将他搀扶躺在床上，转身去倒水。

高玉凤轻声："往后别喝这么多了，酒伤身子。"

黑娃怔怔地仰望床帷，眼睛湿润。高玉凤端水来到床边停住脚步，惊诧地瞧着他。黑娃抹抹眼睛，掩饰地转过脸去。

高玉凤体贴地揽过他的脖子，让他斜靠在自己身上，将水喂进。

黑娃："娘子，你知道不知道我以前不是人，是个……"

高玉凤轻轻打断："我只说从今往后，不说今日以前。"

黑娃听了浑身颤抖，呜地哭一声，随之感觉有一只手抚在肩头，又有一只手帕在他脸上眼上轻轻抚擦。

黑娃猛然抱住她的身子，偎在她胸前哽咽："你不下眼瞧我，我就有了贴心人。"

高玉凤轻轻拍着他，温柔地不再说话。

32. 黑娃小院　清晨　外

黑娃被阳光照在脸上照醒，恍惚爬起身，发现新娘已不见。

黑娃诧异着下床推门出来，听到厨房那边有动静。

黑娃披着衣服循着声音走到厨房门口，看见高玉凤一手拉着风箱，一边在膝头上摊开一本书看，一丝阳光照在高玉凤的脸上，竟是如此恬静。

黑娃竟一时看呆，一动不动地站在门外。

33. 黑娃屋　清晨　内

黑娃扑在铜盆前洗漱，高玉凤递上毛巾给他擦脸。

黑娃似是不经意地："你做饭时也念书啊？"

高玉凤一笑："啥时候都能念，不过是想念不想念的事。"

高玉凤又给他递上一杯酽茶，接着端给他一碗鸡蛋。

黑娃喝了口茶又捉起筷子，夹住一个鸡蛋随即又沉入碗中，扬起头："我从今日开始念书。"

高玉凤转头收拾，轻描淡写："你想念就念。"

黑娃瞧着她背影："晚不晚？现在才想起念书怕是迟了？"

高玉凤又是一笑："圣人说朝闻道夕死可矣。念书没有晚不晚迟不迟的事。"

黑娃异样的眼神瞧着她："那我就拜你为师咧！"

高玉凤摇摇头："你要是真想念书，应该正经拜师，我不能够做这样的事。"

黑娃："为啥？"

高玉凤认真地："甭忘了你是丈夫，我要是当了你的先生就没有丈夫了，你在外边拜师去。”

黑娃怔怔看着媳妇，“扑哧”乐了出来。高玉凤也咬着嘴唇笑起。

34. 田地 日 外

地里零星分布着干活的农人，嘶吼的秦腔声若有若无地传来。

鹿子霖从瓦罐里倒出茶汤水咕嘟喝着，边喝边瞥旁边的白嘉轩，实在忍不住。

鹿子霖轻声叫：“嘉轩，来，我跟你说个事。”

白嘉轩埋头耕种：“说你的，我能听见。”

鹿子霖无奈瞥了眼鹿三，走到地头神秘地：“现在各保都征粮抓壮丁哩，按人头你家孝武可是该上前线扛枪的。”

白嘉轩转头瞪着鹿子霖。

鹿子霖笑：“我本来想给你压着，可算来算去谁家也不愿意把儿子送上去，是不是？你做族长的这么些年一直是身先士卒，所以大伙儿才服你，是不是？”

白嘉轩将锄头重重一蹾：“鹿子霖，你敢打我儿子主意？我才不让孝武去白白送死！”

鹿三“嗷”一嗓子，挥起锄头冲鹿子霖打来，鹿子霖吓得跌翻在地爬回。

鹿子霖：“你拦着他，他咋越老越像条疯狗哩！”

白嘉轩死死抱住鹿三的腰：“三哥，咱不急！”

鹿子霖跳上低头穿好鞋，回身骂：“疯狗，疯狗！”

鹿三又“嗷”一嗓子举锄头要追，鹿子霖撒腿跑远。

35. 保公所 日 内

桑老八、跛子爷愁眉苦脸地站在桌前，身上衣服被撕得破破烂烂，脸上挂着彩。

跛子爷摇着头，露出胳膊上的伤口：“早知道干这种遭人恨的事，我都不当甲长了！鹿乡，你咋不跟我说清楚哩。”

鹿子霖拍着桌上的纸：“我不管，你俩做上甲长时的得意样呢？现在后悔晚了！先把已经查实的壮丁名单公布下去，胡搅蛮缠的逐个再核。"

桑老八哭丧着脸摇头："谁愿意把自家儿子送上去当炮灰么！"

鹿子霖也急："再凑不齐人咱就得去当炮灰！要是查出来仨俩隐瞒岁数的人，拉来砸一顿边军棍做个样子！要不嘛，这个保长我就没法子干咧！"

桑老八与跛子爷交换个眼神，刚想说话，就瞅见门里一溜儿拥进来五六个戴黑盖帽的保安团团丁。

鹿子霖起身："你们干啥的？"

领头的一个问："你是鹿子霖不是？"

鹿子霖刚点了一下头，还没答是与不是，后边的四五个团丁一拥而上，就把他结结实实捆起来了。

桑老八与跛子爷大惊失色。

鹿子霖急得煞白着脸喊："咋回事咋回事？我是保长，你们凭啥绑我？"

领头的团丁："到县里你再问头儿去，子丑寅卯由头儿给你说。我只管绑人逮人，头儿叫我逮谁我就逮谁。"

鹿子霖在被推出房门时差点栽倒，气得浑身直打哆嗦："我要当着岳书记长的面把事弄明，是谁在背后用尾巴蜇我？"鹿子霖在门外嘶吼，"你俩还不快去找田福贤去！还有白嘉轩……"

桑老八与跛子爷吓得哆嗦，争相奔出门去。

第四十九集

1. 白鹿仓 日 外

白嘉轩带着一众乡人怒气冲冲往里走，团练阻挡不住。

众人一窝蜂涌进白鹿仓。二豆抢先把门踹开，大吼一声："嗷——"

田福贤慌忙迎出门："闪开闪开！嘉轩，这是要干啥？"

白嘉轩没好气地用拐杖指着他："天下不都太平了吗？为啥要抓人？又窝里斗起来了！"

田福贤苦笑："你是说鹿子霖吧？我也是没办法，县里逼得紧哩。"

白嘉轩顿顿拐杖："田福贤，征粮由你，抓壮丁由你，现在老百姓在家种地过活你也抓！你问问上面，到底想不想让人活了！"

众人齐声喝骂："让不让活了！"

田福贤脸色一变使个眼色，不少团练涌进院里严阵以待。

田福贤："干啥？又想跟当年似的交农闹事啊？我告诉你们，现在不比从前，谁闹事我抓都不抓，直接枪毙！"

众团练拉枪栓的声音。

白嘉轩拍拍胸脯："你们这些崽子有种就往这里开枪，我没被日本人炸死，倒死在你们手里。"

白嘉轩身后众人纷纷扯开胸膛："打，打啊！我们早活够了！"

团练吓得退到田福贤身后，田福贤脸色苍白。

田福贤突然跪倒在地号哭起来，包括手下团练所有人都目瞪口呆瞧着。

田福贤捶胸捣地："你们把我打死吧！我这种日子也受够哩！都是乡里乡亲的，抓谁的娃合适啊！天天征粮一个子也落不进我兜里，我现在是连家都不敢回啊！我家昨晚上刚被村里人砸了，我也不想活了……"

白嘉轩怔怔地看着撒泼打滚的田福贤，反倒没了主意。

田福贤倒抽一口气昏死过去，团练们围上抬起进屋。

乡亲们面面相觑，白嘉轩转身离院，众人跟随散去。

手下轻声："走了，都走了！"

田福贤这才睁眼爬起，偷偷扒窗望着外面，懊恼地长叹口气："这日子啥时候是个头啊！"

2. 县监狱审讯室　日　内

昏暗的审讯室，鹿子霖蜷缩在木板床上低声抽泣，木板门"吱扭"一声，白孝文一脚跨进门来，鹿子霖忙回头望，扑在白孝文身前。

白孝文一身笔挺的戎装，赔着笑脸："大，委屈你了。岳书记长在省上挨了批，回到县上大发脾气，亲自拍板叫抓你。"

鹿子霖哭丧着脸："侄儿啊，你可得救叔一命啊，你穿上这身衣服还是大指的路哩。"

白孝文叹息："有人说你曾经找过兆鹏，岳书记长推测你肯定知道兆鹏的底细。岳书记长抓你朝你要兆鹏，谁也不好开口给他说话。"

鹿子霖神色黯然坐回床上。

白孝文关心地："大，您宽心住这几天，想要啥我给您送。"

鹿子霖凄然一笑："你今日能来看大一回，这就够了。你给你婶捎话，让她给我买二斤旱烟叶子捎来，再啥我都不在乎。"

白孝文点头："后晌我就差人给你送一把烟叶子。"白孝文看看左右没人，故作神秘地："您听侄一句话，兆鹏在那边做大官了，不然省上不会急！家里该变卖的就让婶卖了吧，以备不时之需。"

白孝文刚要离开，鹿子霖扒着栅栏在身后叫："孝文！"

白孝文停住脚步回身瞧他。

鹿子霖终于露出可怜相："我不会被枪毙吧？"

白孝文故作思忖："暂时……应该不会吧。"

鹿子霖快哭出来。

白孝文快步走向过道，刚一出门回头看看那可怜的身影，嘴角泛起一丝冷笑。

3. 白家　晚　内

孝武端来茶水放在炕桌上，鹿子霖媳妇根本顾不上喝。鹿子霖媳妇伤心地哭着，白嘉轩双手拄着拐杖坐在一旁同情地瞧着她。

鹿子霖媳妇："啥啥儿情况连一丝丝儿也摸不到。我跑了两天，冷先生也专程到县里去了一回，甭说见不到人，连一句实情都问不出来。"

白嘉轩替她宽心："你甭急也甭乱跑了。不行我把孝文叫回来打探一下，看看到底是因为啥事由。问清了事由，才能对症下药想办法。"

鹿子霖媳妇感激地："我来寻你就为这事。哥呀，我知道你为人心长。"

白嘉轩摆摆头："在一尊香炉里烧香哩！再心短的人也不能不管。听说黑娃现在是县里的大红人，求他了没？"

鹿子霖媳妇含泪点头："我昨日找过鹿三，求他到县上跟黑娃打探一下，鹿三脖子一扭说，我为我的大事小事也没寻过他！我不是他爸，他不是我儿子，你还不知道？你叫我求拜他是糟践我哩！"

白嘉轩苦笑："三哥那人你明白，是个倔豆儿嗒！"白嘉轩起身，"回头我帮你求求他。"

鹿子霖媳妇起身往屋外走，颤着声音："我这阵儿倒再指靠谁呀？"

白嘉轩拄着拐杖一直送到院里，望着鹿子霖媳妇出院门。

孝武送出跑回："爸，我听说婶四处寻买家卖地卖房子，这下鹿家真惨了。"

白嘉轩感慨："鹿子霖这回怕是把路走到头了。"白嘉轩说着转过身来，对孝武说，"你明天到县上去找你哥，让他搭救鹿子霖出狱。你给你哥说清白，要尽心尽力救。"

孝武用力点头。

4. 县城白孝文屋　日　内

白孝文笑眯眯地瞧着弟弟狼吞虎咽，一个妖艳的旗袍女人端来酒壶，嗔怪地冲白孝文："兄弟来了也不知道给口酒喝。"

孝武立刻红了脸，起身拘谨地："嫂子我自己来！"

白孝文惬意地剔着牙："打你的牌去，我们兄弟有话说。"

女人扭着腰出去，孝武忍不住偷瞥背影。

白孝文一脸坏笑瞧着弟弟，压低声："咋样？全滋水最漂亮的女人，哥给弄到手了！"

孝武感慨一抹嘴："你真是活得滋润哩。"

白孝文朗声大笑用力拍着弟弟肩膀："往后跟着哥混吧！回家跟爸说，甭担心抓丁的事，我已经给你安了一个保安团的名额。"

孝武一惊："我还得在家种地呢！"

白孝文一笑："我又没不让你种，你有了这名额就没人敢抓你，懂不？"

孝武恍然点头："哥那没人查吧？"

白孝文笑起："快喝你的酒！"

孝武："那大的事我回去咋跟爸说？你到底帮不帮？"

白孝文没有答话，却饶有兴趣："鹿子霖媳妇跑咱家哭去了？"

孝武点头感慨："哭得那叫惨，听说正找人卖房卖地换钱救她男人。爸说出了事才看出来，这女人鹿子霖真是娶着了。"

白孝文眯缝着眼咬着牙签若有所思。

5. 县城营房　日　外

队伍在操练，一排土匪新兵松松垮垮低声说笑，在整齐的队伍中甚是显眼。

焦营长铁青着脸上前："你们三个，出列！"

三个人不屑地晃出队伍。

焦营长走近，几乎是脸对脸瞪着三人："知道为啥把你们交到我这来？因为我这最严、最狠！不严不狠就除不了你们这些土匪习气！"

众人敢怒不敢言，瞪着焦营长。

焦营长吼："都有，齐步——走！"

这一排人越发散乱，挑衅地说笑。

远处黑娃背手而立，手下兄弟轻声："二当家的，咱一归顺这姓焦的就瞧咱不顺眼，兄弟们跟着他遭罪啊！"

黑娃冷哼："看着，少说话。"

焦营长上前怒踹两个弟兄，众人呼啦散开围住他。

远处保安团老兵喊："土匪兵要打咱营长了，兄弟们上！"

黑娃手下也要冲上，被他一把扳住胳膊。黑娃不慌不忙地眺望形势。

两群人眼看就要冲撞到一起，焦营长怒吼："都干什么，停下！谁也不许动手！"

但依然有不少人滚打到一起，黑娃拎起一根棍子掂了掂，背手溜达过去，见人就打。

人群立刻散开，焦营长怒指近前的黑娃："你咋带头打人，还有规矩没有！"

黑娃淡定地："焦营长，我打的可都是我的弟兄，你看好了。"

焦营长回头望去，抚腿揉腰的都是土匪新兵。保安团老兵们瞠目结舌地看着。

黑娃举起棍子指着最先闹事的三人："过来。"

三人乖乖上前，黑娃吼："立正！"

三人"啪"一声同时标准立正，挺着胸大气不敢出。

黑娃将棍子扔给一人，慢条斯理地："让人家骂咱土匪兵，这是给全营兄弟丢人。咋罚？"

那人举起棍子吼："重罚！"

话音未落棍子朝自己脑门砸去，顿时鲜血直流，身子晃了晃。

焦营长也脸色大变，老兵新兵再没人敢吭声，另一人抢过棍子也向自己头上抡去，咬牙挺立没动，鲜血却淌了下来。

第三人抢过棍子大喝一声："我给兄弟丢脸了！"猛地一抡棍子竟砸折在脑袋上。

三个人瞬间成了血人，却谁都不擦，一动不动站在操场上。

焦营长手有些颤抖，喘息着。老兵们胆战心惊站在那儿，畏惧的眼神看着黑娃。

黑娃扫视一圈，转头扬长而去："解散！"

三个人应声昏倒在地，其他弟兄围拢上去。

6. 书院　日　内

朱先生正在庭院树阴下闭目养神，怀仁匆匆走进轻声叫。

怀仁:“爸，门口有人想见您。”

朱先生没有睁眼:“不是说了，我一律关门谢客。”

怀仁:“是黑娃。”

朱先生纹丝不动:“他不进城做官了吗，跑我这干啥来了。”

门外黑娃高声喊道:“土匪头子鹿兆谦求见先生！”

朱先生这才睁开眼睛，微微一笑:“我这辈子就缺少看见土匪的模样，让他进来吧。”

怀仁忙转身出去，不一会黑娃身着长衫跟进，紧走几步就“扑通”一声跪倒。

黑娃无比诚恳地:“鹿兆谦求见先生。”

朱先生含笑上下打量:“你是何人？我只知道黑娃，不知原上还有鹿兆谦此人。”

黑娃:“鄙人鹿兆谦，先前为匪，现在是保安团炮营营长。想拜先生为师念书。”

朱先生含笑瞧了眼儿子，饶有兴趣背手站起:“我都不念书了，你还想念书？”

黑娃乖乖地跪在那里不敢抬头:“兆谦闯荡半生，混账半生，糊涂半生，现在想念书求知活得明白，做个好人。”

朱先生转头冲儿子:“给他拿把椅子，坐下说。”

黑娃站起来坐到凳上。

朱先生:“我收下你。”

黑娃刚坐下就从凳子上站起，无比惊喜地看着朱先生。

朱先生自嘲一笑:“我的弟子有经商的，有居官的，有闹红的，有务农的，独独没有当土匪的。收了你我的弟子就行行俱全了，随我进来。”

黑娃忙撩长袍跟进屋门，朱先生铺好纸，黑娃忙过去给朱先生磨墨。

朱先生提笔凝神写下“学为好人”四字，黑娃怔怔地瞧着。

朱先生长吐口气，抬眼审视黑娃:“你是我最后一个弟子。这是我最后一幅题字。”

黑娃跪倒在地，朱先生将这幅字郑重放到他的手上。

7. 村　日　外

白孝文骑着高头大马身着戎装风光地行进在村里街巷，孝武给哥牵着缰绳。马后跟随着两个团练，抬着一个箱子。

正蹲在树下闲聊的乡亲们纷纷上前招呼，孝文微笑点头却不下马。

二豆噌一下蹿上前去，仰头讨好地笑："孝文哥！想死我哩！"

孝文笑着用马鞭点点他的头："好二豆！有良心！"

二豆得意地傻笑，牵马前行。

白兴儿与桑老八蹲在路边，也顾不上玩媳妇跳井，感慨："同样是人，白家老大咋就混得那么风光？"

桑老八："人家祖宗积德哩！"

白兴儿疑惑地："他那箱子里装的是啥啊？"

众目睽睽下，白孝文在鹿家门前停住下马，背起手来回踱步上下打量门楼高墙。鹿子霖媳妇跑迎出来，白孝文笑眯眯地搀扶住她。

白孝文："婶，我一接到消息就来哩，一时凑不上那么多钱，这箱子里的财宝只多不少。"

白孝文拉着鹿子霖媳妇走到箱子前，团练将盖子打开，鹿子霖媳妇忙点头。

鹿子霖媳妇："孝文，让婶咋谢你啊！"

白孝文一笑："我这衣服是大给的，我能有今天也是大扶持的，我不能忘本。婶，那就把房契都拿出来吧？"

鹿子霖媳妇忙点头进院："你等着。"

冷先生在众人簇拥下快步走来："孝文，这么急叫我来啥事？"

白孝文一作揖："先生伯，当初是我经您做中人把房卖给鹿家的，现在还需要您做中人再赎回来。"

冷先生停住脚步，喘息怔怔瞧着白孝文："你意思是？"

鹿子霖媳妇已经抱着房契奔出院门："孝文，这是房契，都拿来了，还有那几亩地全是你的了！"

众人顿时哗然，冷先生点了点头："明白了，你今天就圆了面子了！有种哇小子！"

白孝文淡然一笑，转头欣赏着鹿家里外。

8. 白家　日　内

“啪！”白嘉轩重重一拍桌子铁青着脸，白孝文垂目而立。

孝武在一旁暗暗心惊。

白嘉轩怒视儿子：“谁让你买鹿家的房鹿家的地？你为啥不跟我商量！这是趁火打劫你知不知道！”

白孝文淡然：“爸，跟您商量这买卖就做不成了，再说我也是在帮鹿家。”

白嘉轩愤怒：“你这是帮？你在找你几年前的脸！你记着仇哩！”

白孝文苦笑：“爸，我是想给咱老白家长脸，再说这房和地都是买给您的，我根本不需要。”

白嘉轩怔怔看着儿子。

白孝文：“我在县里住习惯了，也睡不惯这土炕。爸，从今天起鹿家算没了。”

孝武跟着哥哥出门，提起铁锹兴奋地跟随一个保安团练出院，白嘉轩瞄见，快步走到门口。

白嘉轩：“孝武这是干啥去？”

孝文微微一笑：“爸，我让他们拆鹿家的门楼呢。”

白嘉轩脸色一变，拄拐杖快步出去。

9. 鹿家院外　日　外

乡亲们都一脸幸灾乐祸地围看着，白兴儿叫着好，鹿家门楼轰然倒塌。鹿子霖媳妇偷偷低头抹泪。

白嘉轩远远在人群后大叫一声：“住手！”

众人闪出条道，回身看着白嘉轩走近。白嘉轩拄着拐杖，望望一片废墟，转头看鹿子霖媳妇，转身再扫视众人。

跛子爷点头赞叹：“族长，你家积德了，孝文真是出息了！”

众人应和：“真是出息啊。”

白嘉轩转脸定定地看着冷先生：“你咋说？”

冷先生面无表情：“三十年河东三十年河西，世态炎凉。”

白嘉轩点点头，大声地：“我儿子孝顺，买下这房子买下那地都给我用。”

众人赞叹声又起，白孝文微微一笑，深吸口气望着爸。

白嘉轩拉过鹿子霖媳妇的胳膊：“弟媳，门楼拆就拆了，这房这院子你先住着。”

白孝文目光一紧瞧着爸，众人也都闭口一脸惊诧。

鹿子霖媳妇连连摆手：“哥呀我有地方住，这卖了就是你家的。”

白嘉轩：“我说了算，你先全力把子霖从牢里救出来！等我兄弟回家后，这房这院再还给你们！”

众人哗然，白孝文不敢相信地看着爸。冷先生欣慰的目光，暗暗点头。

鹿子霖媳妇“哇”一声哭出来：“哥呀！那钱哩？我都收下那么多钱了！”

白嘉轩：“慢慢还，十年不成还二十年，二十年不成还五十年！只要人在，啥都不愁！咱白鹿两家在这原上祖祖辈辈那么多年了，我还怕你跑了吗？咱先人的牌位都一起供在祠堂里呢！”

鹿子霖媳妇哭泣着跪倒在地，白嘉轩和冷先生用力搀扶起，乡亲们无不抹着眼泪。

孝武满脸惭愧地收起铁锨。白孝文一脸懊恼，转身怅然离去。

10. 白家　夜　内

白嘉轩闷闷抽着烟袋，不发一语。

孝武端来热水放到炕边，给爸脱袜脱鞋，白嘉轩定定地看着儿子。

白嘉轩：“孝武，你跟我说句实话，那晚鹿子霖在咱家醉酒，你在门外都听到啥了？”

孝武一惊，慌乱地：“爸，我……我听见他说……田小娥跟我哥的事是他挑唆的。”

白嘉轩盯着儿子：“你啥时候跟你哥说的？”

孝武更是吃惊，忙站起身手足无措地：“爸你咋知道？我哥给你说了？”

白嘉轩沉声：“啥时候？是鹿子霖关进前还是关进后？”

孝武快哭出来:“早哩，是那次黑娃归顺，我哥高兴带我进城喝酒说的。”

白嘉轩怒将盆踹翻在地，水全泼了出来。孝武吓得站起，退到一边。

孝武媳妇听到动静奔进屋:“爸，这是咋了?孝武你又咋惹爸生气了?”

孝武哭丧着脸摇头不语。

白嘉轩痛苦地闭上眼睛，脸色阴沉。

11. 县监狱　夜　内

传来鹿子霖的惨叫声，过道的幽暗处，白孝文阴阴地站着聆听，嘴角露出一丝冷笑。

审讯室中，鹿子霖双手背绑吊在房梁上，整个身子在空中转着。

鹿子霖哭号:“你们到底要问我啥呀，我啥都不知道!我要见岳书记长……”

白孝文眼中透出快意。

12. 黑娃家　夜　内

黑娃捧着《论语》在灯下念着:“人之生也直，罔之生也幸而免。”

黑娃嘴中喃喃念着，一脸的疑惑，皱眉思索。

玉凤本已躺在床上，悄然坐起披着衣服上前，倒杯热水放在桌上，又往黑娃面前端来一盏灯。黑娃冲媳妇笑了笑，拍拍她放在肩头的手。

玉凤轻声:“你这不念书是不念书，一念起来咋还不睡觉哩?”

黑娃叹息:“我前半辈子白活了，后面得补回来。”

玉凤“扑哧”一笑:“我看你都念魔怔了，从吃完饭就来回念这一句。”

黑娃:“你给我解解这说的啥意思。”

玉凤瞄了一眼，略加思索:“一个人活得好是因为他正直，但不正直的人也会侥幸避免灾祸。”

黑娃皱眉思索:“孔子说得没错，只是侥幸而已啊。”

黑娃突然笑起，扳过媳妇的脸仔细看。

玉凤害羞:“魔障啦?”

黑娃喃喃地:“我觉着你特像一个人。”

玉凤嗔怪打手:“谁?”

黑娃忙笑:“像我大,白嘉轩。”

13. 书院　日　内

朱先生放下手中正在写字的笔,抬头无比惊诧地看着黑娃,黑娃正襟危坐,侃侃而谈。

黑娃:“在孔子看来,一个人要正直,只有正直才能光明磊落。然而不正直的人也能生存,但那只是靠侥幸而避免了灾祸。孔子说这句话最根本的意思是,这种靠侥幸避免灾祸的人迟早要跌大跟斗。先生,不知我理解的对不对?”

朱先生赞许点头,继续诱导:“我很好奇你是咋想明白这句话后面的真意的。”

黑娃陷入沉思:“先生,起初我也疑惑过,就好比兆鹏哥吧。他出生入死遭了多少难,要家没家要媳妇没媳妇,我觉得没有人比他更惨了。心不正受到惩罚的也有,比方像当年疯了的石头叔现在的鹿子霖,都遭了报应。可更多人像白兴儿像田福贤那样不照样好好活着吗?”

朱先生饶有兴趣地看着他,频频点头。

黑娃沉浸在自己的想法中:“再后来我可想明白了,听说共产党现在可壮大哩,兆鹏哥他们算是心想事成了,可白兴儿田福贤那种人呢,就会惶惶不可终日,因为他心里有鬼,他手上身上不干净哩!这才是孔子说的真意,凭一时侥幸是活不好的。”

朱先生长舒口气,站起身感慨不已:“别人是先趸下学问再出去闯世事,你是闯过了世事才来求学问。别人趸下学问为发财升官,你才是真个求学问为修身为做人的。”

黑娃谦然地起身:“我学一点就做到一点,为的再不做混账事。”

朱先生仰起脖子慨叹道:“想不到我的弟子中真求学问的竟是个土匪胚子!”

14. 县政府　日　外

白孝文匆匆上前打开车门,恭敬地迎岳维山下车。

岳维山快步往里走："我走这些天没出啥事吧？"

白孝文跟随身后："太平着哩，就是鹿子霖在狱里不老实，老闹着要见您。"

岳维山冷哼："把那屎放了吧，我早说过抓他也不顶事，鹿兆鹏也不会乖乖回来投降。"

白孝文略一迟疑："原上的人传前不久他带媳妇进城看病，在西安城待了十来天哩。"

岳维山停住脚步，惊诧地看着白孝文。

15. 审讯室 日 内

鹿子霖被绑着绳推进审讯室，岳维山忙起身上前解他胳膊上的绳子。

鹿子霖拧扭一下臂膀，舒展身子，拒绝岳维山的虚情假意："甭解甭解！就这样绑着倒好。"

鹿子霖梗起脖子眯缝着深陷的眼睛瞧着窗户，似乎眼前根本就没岳维山。

岳维山收起脸上的笑容，挺坐在一张椅子上开了腔："你不要想不开。省上说我姑息养奸。你还耍什么脾气，使什么性子？"

鹿子霖硬顶："那不能问罪于我鹿某。是谁出口闭口国共合作？是谁在白鹿区分部成立大会上跟共匪兆鹏并肩坐在主席台上？是谁讲话时挽着兆鹏的手举到头顶来？我那阵子就不赞成兆鹏闹共产！这阵子倒好，你们翻脸了把我下牢！"

岳维山冷冷一笑："这就叫此一时彼一时也。我听说前不久你领着媳妇到城里找兆鹏，有这事没有？"

鹿子霖骂："是谁这背后嚼舌头说闲话！我领自己媳妇到城里看病咋了？我儿子兆海为国捐躯，政府答应的我们看病不收钱！不然我早就找冷先生看了！"

岳维山冷冷审视："真的只为了看病？还是你儿子又潜伏回来了？"

鹿子霖已失去耐心，连连摇头："你堂堂滋水县岳书记长听凭几句闲传，就把我绑了下牢，还让我申辩个啥？这么久了你们饿我审我打我，我现在准备死在牢里，啥也不想了。"

岳维山一拍桌子："鹿子霖，你的脸皮厚！你甭跟我死呀活呀耍无赖，监狱里死人，你想想会算个啥事？你领媳妇究竟是看病，还是找儿子？我没有一点把握就能绑你？你不要自作聪明，也甭耍无赖，说实话为好。你好好想想，再掂量掂量，你想通了说了实话，就放你回家。你早晨说了，晌午就放你走。你的事情不复杂，就这一条。”

鹿子霖梗着脖子：“没有啥想的。我早都活得没劲咧。我一个娃为国为民牺牲了性命，一个娃当共产党，跟没有他一样。独剩下我栽在世上，还不及死了好！”

岳维山气得哆嗦，起身指着鹿子霖：“我本想放了你，鹿子霖啊鹿子霖！你是滚刀肉哩，好，我就成全你，你就死在牢里吧！”

16. 监狱过道　日　内

两个士兵架着鹿子霖走过，白孝文眼巴巴瞧着他，露出无可奈何的悲哀神色。

衣衫褴褛的鹿子霖嘴唇颤抖，看了眼白孝文，目光绝望被拖远。

白孝文百感交集地望着鹿子霖的背影。

17. 县政府门前　日　外

白嘉轩与几个老者跪在县政府门前，高举着请愿书一动不动。来往的人都侧目而视，白孝文从远处奔来，急忙上前搀扶。

白孝文：“爸，您这是干啥呀，快起来！”

白嘉轩摇头：“我们是代表乡里联名保鹿子霖来了，我们要见岳书记长。”

白孝文无可奈何：“爸，见岳书记长不是你这么见的，这犯了大忌哩！”

白嘉轩瞥着儿子：“犯啥忌？”

白孝文压低声：“您这不是给岳书记长丢人么！啥事他也不能应你！这份东西我给他送进去，成不？您先回。”

白嘉轩将信将疑站起，白孝文挨个扶其他老者。

白嘉轩不放心：“你可要亲手送交到他手里。”

白孝文应付着：“放心吧爸，我答应您的事准办！”

白嘉轩话里有话地：“孝文，你知道你大倒霉倒在啥地方？”

白孝文一愣，转头：“啊？”

白嘉轩："人行事不在旁人知道不知道，而在自家知道不知道。自家做下好事刻在自家心里，做下瞎事也刻在自家心里，都抹不掉。其实天知道地也知道，记在天上刻在地上，也是抹不掉的。"

白孝文怔怔地看着爸，哭笑不得："爸，您说这么多我没听明白。您啥意思？"

白嘉轩定定注视着儿子："你听明白了，装不明白。我们走。"

白嘉轩与其他老者相互搀扶着走去。白孝文阴沉着脸望着爸的背影。

18. 炮营 日 外

黑娃刚刚迷糊就被一阵吵吵嚷嚷的声音惊醒，卫兵和一个陌生人在争执不休。

"营长正在休息决不许干扰！谁也不行！"

一个熟悉的声音笑骂："当了营长难道就不认他五舅了吗？甭忘了他小时候偷刨我的红苕给我撕着耳朵……"

黑娃一惊，翻身下床奔出门去，离那人越走越近，放慢脚步不敢相信。

鹿兆鹏转头看见黑娃，咧嘴一笑："这不我外甥娃吗！"

黑娃不可思议地瞧着鹿兆鹏，苦笑摇头。

19. 河边 日 外

鹿兆鹏跟随黑娃走到河边，警惕地望望四下没人，两人这才相视笑起，用力抱住对方。

黑娃一捶鹿兆鹏的胸口："兆鹏哥，你啥时候学会占人便宜了，你下回再来该给我当老太爷了！"

鹿兆鹏摘掉草帽爽朗地笑了。

黑娃上下打量："多年不见了，你确实老了很多，就是这胆量没变哩，居然敢闯到保安团来！"

鹿兆鹏一笑："这算啥，你哥啥地方没闯过。你先告诉我，我爸在里面咋样？"

黑娃叹息一声："就关着，不许任何人见，我试了几次都被挡住了。"

鹿兆鹏懊恼的目光："这些年干革命，我最歉疚的就是家里，连累他们了。"

黑娃："放心吧，我瞧岳维山也没动你爸的意思。万一不好，我再想法告你。"

鹿兆鹏沉重点头："组织上也在帮我想办法……嗨，家事不提了！"

黑娃感慨："真是说曹操曹操就到了，我前些天刚跟朱先生提起你。你说吧，找我肯定是有要紧事。"

鹿兆鹏直言直语蹦出俩字："借路。"

黑娃一愣："谁借路？哪条路？"

鹿兆鹏凑近给黑娃说着，声音越来越低："三天后……"

黑娃频频点头。

20. 监狱　日　内

鹿子霖已经被换到一个封闭的石头房间，满头须发。看守的脚步声渐进，门被踢响，鹿子霖忙爬到门口，眼巴巴从小孔里接过一碗蒸腾着焦煳味儿的苞谷糁子，闻了闻。

鹿子霖苦笑："兄弟，你烧熬糁子的时候，是不是在耍尿？糁子烧焦了，你喂我家的狗狗也不喝！"

外面看守骂："你个老共匪，有口狗食就不错，不吃端出来！"

鹿子霖抱住碗："我吃我吃！"

鹿子霖扒着眼："兄弟，你们几天没审我了？要是我说不出我儿子的影踪，大概就得在这儿不刮风不淋雨的屋子里蹲到死吧？"

外面没人搭理，鹿子霖叹息，抱着碗吸溜吸溜吃起来。

21. 白鹿书院　日　内

案上摆着厚厚的一沓崭新的线装书，朱先生轻轻抚摸着，在朱白氏的帮助下收拾编辑好的县志。

朱先生摇头叹道："我跟几个老先生忙活了这么多年，编制好这些县志有啥用？没钱印，只能收回箱子里。书生无用啊！”

朱白氏：“你也别四处讨钱了，过两天让怀仁去省城找些书馆试试。”

朱先生苦笑：“只能县里掏钱，谁会无缘无故帮咱出县志。”

朱怀仁匆匆进院：“爸，县里来人了！”

朱白氏一笑：“快去吧，没准是人家给你送钱的。”

朱先生笑着点了点妻子：“何时你也钻钱眼里了。”

说话间，白孝文已经引岳维山进屋。

白孝文：“姑父，岳书记长来看望您了！”

朱先生一愣，岳维山上前双手握住他的手，热切地摇着。

岳维山：“先生几次去县里，岳某正在外开会，手下人慢待先生了！”

白孝文笑眯眯地：“岳书记长也是文墨人，很关心县志编印的事，只是党务太忙。昨日一听说经费困难，今日就来解决问题。姑父您敞开说吧，岳书记长一句话，啥问题都解决了。”

朱先生与朱白氏相视而笑：“不过是买一两支枪的钱。”

岳维山爽快地：“明日就给您送来。”

朱先生释然：“要是如今的官员都像您这样，读书人就不会饿肚子咯！”朱先生转头冲妻子，“还不快给财神爷倒茶，上好茶！”

岳维山坐下，谦卑地：“哪里哪里，岳某一直敬重先生，当年先生发表抗日宣言，在三秦以至全国造成了巨大的感召力，先生是我滋水一宝啊！”

朱先生却像被人揭了疮疤一样难受：“唔！你怎么又提出一壶没烧开的水来！”

岳维山笑笑：“关键不在于您去成没去成前线，在于您那一纸声明，胜过千军万马。”

朱先生自嘲地：“连个屁也不顶。我在国人面前发了宣言而不能践行，这张脸可是丢远了丢光了。”

岳维山干笑两声没敢接话，瞥了眼白孝文。

白孝文插言解释：“姑父从来是言行一致的，没有人这样看。”

岳维山点头：“对着，先生身上有的是中华民族的浩然正气！谁敢笑话先生！”

朱先生叹息一声：“岳书记长此行看来不是给朱某送钱的。”

岳维山又干笑两声，瞪了眼白孝文。

白孝文硬着头皮凑上前："现在日本人是轰跑了，八年抗战，老百姓本该休养生息的，但是共产党实在是闹心，破坏和平扰乱民生！为了促进全国民众团结反共的大局形成，岳书记长亲自来请先生再一次发表声明——"

朱先生恍然大悟："你绕了那么多弯路才归到正宗上。你叫我发表什么声明呢？"

岳维山笑了笑："就像您发表的抗日宣言一样嘛！"

朱先生装糊涂："可倭寇已经投降了。"

岳维山："当然，这个声明是支持委员长的剿共声明。"

朱先生："我写这样的声明能顶啥用呢？"

岳维山正色："我刚才说了，以先生在学界的声望和先生的品行，将会影响一大批学人团结起来消除内患。"

朱先生起身背手望着窗外，屋里的人都屏息瞧着他。

朱先生却"扑哧"笑起，转身温和地："我现在才弄清白这是一宗买卖。我写一纸反共声明，你拨一笔经费给我和诸位先生当犒劳……"

岳维山忙起身摆手："先生过敏了。这是两码事，不能串结一起。"

朱先生装作为难，竟也认真地："可我还没有征询八位同仁的意向，不知他们愿意不愿意跟我再一次联合声明？"

岳维山大喜："先生起草一份底稿，我让孝文骑马去找各位先生，签上个名字就行了。"

朱白氏揪心地瞧着丈夫。

朱先生爽快答应："那好吧！既然是一宗买卖，我得先看看岳书记长出多大价钱，你让孝文把钱拿来，咱们是一手交钱一手交货。"

岳维山一愣，反倒不好意思笑起："先生把话说白了嘛……"

屋里人全都笑起来，唯有朱白氏揪心地瞥着朱先生。

22. 车 日 内

岳维山眯着眼胸有成竹地坐在车中，白孝文坐在前排副驾驶位上。

白孝文连连感慨："想不到啊，我姑父竟然也学会讨价还价了。"

岳维山睁开眼冷哼一声："孝文，你也是读书人，当然我也是，不要把读书人看得那么清高，记住我的话，他们所有的清高都是为自己标一个更高的价钱。如此而已！"

白孝文思索着点头，狐疑的目光望向窗外。

岳维山一笑："我知道你心里别扭，最近两年我一直在观察你，没发现很多事情我都不找田福贤，要你跟着我办了吗？"

白孝文诚惶诚恐："岳书记长垂爱，孝文岂有不知！"

岳维山意味深长地："你是个做官的好料子，很像我年轻的时候。但你受你爸的影响太重了，骨子里太多的傲气，天真幻想，这可是为官大忌啊！"

白孝文连连点头："谢书记教诲，孝文一定谨记在心！"

23. 书院　日　内

一摞摞用纸封着的银圆摆放在桌上。

朱先生大笑："谁说岳维山说话不算话？这回这事办得好利落。孝文，你把钱掏出来数一数。"

白孝文恭敬地从布袋里掏出："一摞五十，一共十摞，统共五百块。"

朱先生做出贪婪的财迷口气："你把那些摞子都拆开，给我一个一个当面数清白。我要一个一个检验是不是假货。而今假货比真货还多！"

白孝文愣了愣，殷勤小心地解开一摞摞银圆的封皮纸，在两只手掌里码数着，银圆互相碰撞的声音清亮纯真。

朱先生一直笑看着。

白孝文："姑父，没错儿，整五百数儿。"

朱先生收起笑，盯着孝文："你们那位岳书记长是个傻瓜不是？"

白孝文笑："岳书记长精明得很。姑父你在说笑话？"

朱先生："他掏这么大价钱买我一纸空文，不觉得蚀本？"

白孝文认真地："岳书记长很看重姑父的声望。"

朱先生连连摇头："我要是真有声望，那他出的这价码又太小了！五百块现洋能买下我这个大先生的大声望吗？"

白孝文恍然："我也觉其太少。我回去再给岳书记长说说。"

朱先生突然歪过头："其实我连一个麻钱也不值。岳书记长的买卖烂包了。"

白孝文尽力揣摩，有些不知所措："姑父尽说笑话。您把声明底稿给我吧，岳书记长对这事抓得很紧。"

朱先生仰起脖子淡淡地："我还没写哩！"

白孝文："姑父，你说个确切时间，啥时候能写成？我再来取。"

朱先生背起手，凛然："你来时再带两个团丁，甭忘了拿一条麻绳。"

白孝文不解地问："带那做啥？"

朱先生平静地："你们在一个窝里咬得还不热闹？还要把我这老古董也拉进去咬！你快装上现洋走吧！你给岳书记长说，五百大洋买我这根老筒子枪的买卖烂包咯！"

话音未落，几摞大洋已经抛出门去。

24. 书院外　日　外

白孝文怀中揣着散乱的几百大洋狼狈跑出，一直奔到坡上停住脚步。

白孝文转身轻蔑地瞥了眼书院，长叹一声摇头："读书人！"

白孝文扬长而去。

25. 黑娃家　晚　内

黑娃脱衣上床，闭目养神，高玉凤依偎着他好奇打量。

高玉凤："今晚咋这么早睡了，稀罕。"

黑娃："我得养精蓄锐，明晚得干件正经的大事！"

高玉凤一笑："啥大事？能让我丈夫读不下书去？"

黑娃拍着媳妇，眼里闪着光亮："过后你就知道了。"

26. 军营　日　内

黑娃背着手焦急地在屋中踱步，眼瞄着墙上的钟表。

突然卫兵在门口报告："营长，有人找！"

黑娃忙转过身，脸色一变："快请进来！"

不想跟随卫兵进屋的竟是小石头，黑娃就是一愣。

小石头好奇地打量着屋内的摆设，咧嘴笑起："哥呀，你这儿好气派啊！"

黑娃挥了挥手轰走卫兵，笑着打量他："小石头，咋跑我这儿来了？"

小石头神秘地："哥，你立功领赏的机会我给你送来咧！"

黑娃诧异："啥事？你说清白。"

小石头又扭头瞧瞧门口，压低声："今黑间游击队从古关峪口路过，送到下巴底下的肥肉你还不吃吗？你收拾了游击队还不升官呀！"

黑娃倒吸一口气："你怎么知道？"

小石头得意："上回你大婚咱俩喝酒，可羡慕死兄弟我了！实话跟你说，这些年我一直跟着游击队混哩！"

黑娃惊呆："你不是在城里做小买卖吗？"

小石头乐："那能挣几个钱！我是给他们卖消息，平时再送点货。药啊子弹啊粮食，枪我都能搞到手！这一来二去游击队好多事我都知道。"

黑娃恍然点头，异样的眼神看着他。

小石头无比诚恳："偏巧这次我偷听见他们开会，我一听到就想着把这块肥肉送给你吃。这回我是掮着个大贡品投你来咧！"

说罢小石头"嘿嘿"笑起来。

黑娃渐渐缓过气来："我听明白了，你是叛了游击队投我来咧呀兄弟！你给我透露了个好消息，送来个大礼糕呀舍娃兄弟！快坐下喝茶。你既然相信我，就不要再对旁人说这话，小心旁人抢了机会吃了大礼糕！"

小石头得意而又得宠地撇撇嘴角："你放一万个心。咱俩谁跟谁啊！当年我爸就说，原上就你跟他最亲，你算我亲哥哩！"

黑娃抹了抹额头的汗，强令自己镇定下来，转身看钟表，喃喃地："今晚几点？"

小石头："八点！你得赶紧布置了！"

黑娃点头："对，我是得布置了。"黑娃转身冲他一笑，"兄弟，你给我送了这么大的礼糕，我该给你回送啥礼？说吧，敞开说，你想要啥哩？官还是钱？"

小石头羞涩地笑笑，咳嗽一声壮了壮勇气："你随便给兄弟戴顶官帽，让兄弟在人前也能说几句话，死了也值了！"

黑娃爽快地："要封就封个大官，抖起威风来才有个抖头儿！等咱们大功告成，我再把你推出来，吓大伙儿一跳，还愁没官当？走，你跟我到山上布防去！"

27. 古关峪口　晚　外

黑娃在前面爬着，小石头气喘吁吁地跟在后面手脚并用。

黑娃："小石头，当年的事你还记得不？"

小石头笑："咋不记得，哥你老带着我玩，白家兄弟一欺负我你就护着咱。"

黑娃感慨："那时我跟你爸最亲哩，石头叔曾经交代过我，将来有天找着你要对你好。"

小石头长叹一声："我爸长啥样我都快忘了。"

黑娃："你为啥不回原上寻你爸？"

小石头摇头："我爸是带我逃出来的，我想他不会回去，后来长大了我偷偷回去瞧过才知道我妈烧死了，我爸也没了。"

黑娃一脸不忍："石头叔九泉之下有知，不要怪我就好了。"

小石头没听懂，摇头："我爸咋会怪你呢，哥，往后我还得跟着你混呢。"

小石头一抬眼发现黑娃已经停在前面，回身异样地瞧着自己。

小石头仰头笑了笑："哥，咋了？"

黑娃一指峪口："你确定他们从那儿过来？"

小石头回去望去："可不……"

突然一根绳子死死勒住小石头的脖子，小石头惊慌失措地挣扎，却已经透不过气起来。黑娃含泪站在身后，慢慢勒紧手中的绳。

黑娃："石头叔，你可不要怪我。人之生也直，罔之生也幸而免。小石头，黄泉路上你多念念这句吧！"

小石头慢慢瘫软死去，黑娃喘息地望着尸体……

28. 山上阵地　夜　外

保安团的哨兵警惕地望着四周，几门炮排列在不远处，正对准峪口。

哨兵突然警觉地："谁？"

黑娃嘴中咬着草根悠闲走来："我。"

哨兵一笑收枪："二当家的。"

黑娃近前一拍他脑勺："叫啥呢，还改不过这嘴！兄弟们都干吗呢？"

哨兵不好意思地："后面耍牌呢。"

黑娃一乐："走，你也跟我去耍耍，妈的，许他们玩让你在这儿放哨！"

哨兵欣喜地跟在后面："哎！"

黑娃扭头瞥了瞥峪口，信步走去。

29. 县会议室　日　内

"啪"一声水杯被拍碎，岳维山铁青着脸扫视众人，几个营长包括黑娃、白孝文大气不敢出围桌坐着。

岳维山："共产党这么大的一支队伍从峪口走过去，你们竟没人发现，干啥吃的！昨晚谁值的夜？"

白孝文瞥了瞥黑娃，起身："是炮营和一营的部分兄弟。"

岳维山转脸瞪着黑娃，黑娃一脸无辜，焦营长吓得哆嗦。

黑娃："峪口望下去黑咕隆咚，别说是游击队，就算是正规军过去我的人也瞧不见啊。是吧焦营长？"

焦营长忙点头赞同："对对！谁能想共产党敢走这峪口哩！"

白孝文忙冲岳维山轻声："探照灯坏了，一直没经费换。"

岳维山："总有千万理由，焦营长、鹿营长，你俩这渎职之罪也该受，罚薪一年！"

岳维山转身摔门而去，焦营长哭丧着脸摇头坐下。黑娃也装作懊恼，白孝文却斜眼打量着。

30. 黑娃家　晚　内

黑娃掩上院门，热切地挽住鹿兆鹏的胳膊，鹿兆鹏笑着随黑娃进屋。

黑娃："哥呀，这一年的薪水值哩！咱得好好庆祝庆祝！玉凤，快炒菜热酒！”

高玉凤端着碗从厨房出来，微笑打量鹿兆鹏。

黑娃引见：“这是咱兆鹏哥，在城里当教书先生。”

鹿兆鹏瞧瞧黑娃，又盯住玉凤：“不要哄她，我是共产党。”

高玉凤愣怔一下，恍然大悟：“噢呀天哪！你就是那个鹿兆鹏？我小时候在县城还见过通缉你的布告……”

鹿兆鹏与黑娃相视笑笑。

黑娃：“瞧见没，哥，你的威名比我这混了十几年的土匪都大哩！”黑娃冲妻子，“弄俩菜，让俺弟兄喝一盅。”

鹿兆鹏连连摆手：“我是来向你告别的，我马上要起身出远门了。”

黑娃动情：“我办喜事时没法子邀请你，今黑间难得你来，咋能不喝两盅？”

鹿兆鹏：“我也真想喝你杯喜酒哩！只是时间不允许。”

黑娃会意地点点头：“你干的那种事不敢马虎，这我清白。你到哪去？”

鹿兆鹏：“延安。”

黑娃略一迟疑：“哥，要不我们收拾收拾也随你走得了。”

高玉凤正要出门，转头瞧着丈夫。

鹿兆鹏把一只手搭到黑娃肩头：“你占据炮营营长比谁占那个位子都好。万一到了交紧时，还要你帮忙，有人会去找你的。”

鹿兆鹏说着从口袋里掏出一本小册子送给黑娃。

黑娃看着封面上印着一个人的头像，很模糊，只能看出大致的轮廓，惊奇地叫起来：“毛？”

鹿兆鹏点点头：“记得咱们在原上闹农协吗？那时候毛泽东在湖南也闹农协。”

黑娃久久地瞅着那幅墨印的头像：“这是毛写的书？”

鹿兆鹏：“你看看就明白了。革命胜利的日子不远了，扫荡中国反动派的风搅雪真正要刮起来了。”

黑娃听到风搅雪神色一变，长叹口气：“多久远的事了。”

鹿兆鹏：“你看罢了送给朱先生，听说老先生现在心境不好。你把我去北边的话捎给他，我来不及去看老先生了。”

黑娃点点头。

鹿兆鹏正要转身，想起什么，盯着黑娃的眼一字一顿："小心咱们那个乡党！"

黑娃愣了一下，恍然。

31. 炮营　日　内

白孝文背着手在黑娃屋前来回踱步，黑娃走来，远远地看见白孝文，停住脚步迟疑了一下，走到门口。

黑娃笑："兄弟，咋有闲心跑我这儿来了？"

白孝文微微一笑："没啥事串个门，结果吃了个闭门羹。"

黑娃忙开门请他进，白孝文打量周围环境，看到墙上"学为好人"的字，笑起。

白孝文："真没想到你黑娃草莽几十年，到头来变读书人了。"

黑娃暗暗打量："我不是想学你吗，还是读书人好，懂道理，明是非。"

白孝文转脸瞧着他："焦营长跟我说游击队过峪口那晚你去山上视察了？"

黑娃一愣，坦然笑："我不放心，去瞧瞧兄弟们。咋，怀疑上我了？"

白孝文一笑："那倒不是。黑娃，你走到今天也有我一份功劳吧？"

黑娃收住笑，认真点点头。

白孝文凑近，轻声："听弟弟一句劝，不能又当婊子又想立牌坊，脚踩两只船的事可不敢干！"

黑娃装作琢磨话音："我咋没明白啥意思？"

白孝文笑了笑，拍拍黑娃的肩膀："你早明白了，是装不明白。走了！"

白孝文推门而去，黑娃警觉地望着他的背影。

32. 书院　日　内

朱先生背着手打量黑娃，目光复杂，黑娃恭敬地垂手而立。

朱先生："你放走游击队这事为啥要跟我说呢？白孝文威胁你为啥也要跟我说？"

黑娃："因为在先生这儿，学生不敢有丝毫隐瞒。"

朱先生笑着摇头："你这是探我口风，要我给你拿主意哩！"

黑娃默然无语地摇摇头，随后把话题岔开："先生请您再给我指点一本书。"

朱先生："噢！你还要念书？算了，甭念了，你已经念够了。"

黑娃谦恭地笑着："先生不是说学无止境吗？况且我才刚刚入门儿。"

朱先生："我已经不读书不写字了，我劝你也甭念书了。"

黑娃疑惑地皱起眉头。

朱先生："读了无用。你读得多了名声大了，有人就来拉你写这个宣言那个声明。"

黑娃悲哀地："我只知您总是向人劝学，没想到您劝人罢读。"

朱先生摇头叹息："读书原为修身，正己才能正人正世，不修身不正己而去正人正世者，无一不是盗名欺世。你把念过的书能用上十之一二，就是很了不得的人了。读多了反而累人。"

黑娃不再勉强先生，又把话题转移："有一句话要转告先生，兆鹏走了。"

朱先生表现出诧异的神情："到哪里去了？"

黑娃："延安。"黑娃从坐着的青石凳站起来，从腰里衬衣口袋掏出一本书来，"兆鹏走时让我送给您，是毛泽东写的。"

朱先生点头："毛的书我看过，书是写得好，人也有才。"

黑娃一惊："先生连他的书都看过？"

朱先生微微一笑不语。

黑娃悄声："听说延安那边清正廉洁，民众爱戴。"

朱先生："得了天下以后会怎样，还得看。我看不到了，你能看到。"

黑娃斗起胆子问："先生依你看，他们能得天下不能？"

朱先生想都不想断然肯定："天下注定是毛的。"

黑娃陡增了兴趣和勇气："我没见您算啊，先生的凭证？"

朱先生又是一笑："凭证摆在人人面前，谁都看见过，就是国旗。"

黑娃奇怪地问："国旗？"

朱先生爽朗地笑起："国旗上的青天白日是国民党不是？是。可他们只是在空中，满地可是红嘛！"

黑娃醒悟后惊奇地叫起来："这个国旗我看了多少回却想不到这个……"

朱先生也哈哈笑起来："兆谦呀，你只作耍笑罢了。这是我今生算的最后一卦。"

黑娃的笑慢慢僵在脸上，怔怔瞧着先生："先生，我想回原上祭祖。"

朱先生久久凝视着黑娃，竟然颤抖着嘴唇："好哇兆谦，我陪你回原上祭祖！我这做老师的也算没白辛苦，可把学生教回家嘞！"

33. 原上村口　日　外

乡亲们在孝文、孝武带领下在村口翘首以待，跛子爷提着锣远远跑来。

跛子爷："来了吗？"

孝武摇摇头。

跛子爷喘息："族长一直在祠堂门口等着哩！"

孝武："让我爸他们先进去，等来了我先派人通报。"

桑老八一旁轻声："待会要有大阵仗哩！他不会把那一营土匪兵都带来吧？"

白兴儿："准带了，这叫排场！等着开眼吧！"

白孝文瞥着他们，眼中带着不舒服。

突然三娃子喊："来了来了！"

人们抬眼望去，只有两个身影。

黑娃俨然一个布衣学士，身着长袍头戴礼帽，妻子高玉凤跟随身旁。

赵柱指着另一边："朱先生！朱先生咋也来了！"

白孝文目光一紧，望见朱先生从另一个坡上出现，拉住黑娃的手笑了笑，并肩走来。

众人赞叹："好久没见朱先生哩！他老人家咋来了？"

白兴儿低声："黑娃是他最得意的弟子，认祖归宗当然老师得领着。"

桑老八捅了捅白兴儿，使个眼色，众人偷瞥白孝文，白孝文故作镇定，眼中却闪着恨意。

34. 祠堂外　日　外

娃娃们欢笑蹦着，俨然过节一样，众人簇拥黑娃夫妇和朱先生往前走来。鞭炮炸响的硝烟中站立着白嘉轩佝偻的身躯，一支拐杖撑在身前。

黑娃吃惊地："过了，过了！"

朱先生含笑轻声："早等你哩，去吧。"

黑娃松开媳妇的手，紧走几步"扑通"一声跪下，高玉凤也随着跪下去。白嘉轩把拐杖靠在门框上，双手扶起匍匐在膝下的黑娃。

黑娃站起来时已满含热泪："黑娃知罪了！"

白嘉轩一副豁朗慈祥的表情，用手做出一个请君先行的手势，把黑娃和朱先生以及高玉凤让到前头，自己拄着拐杖陪在右侧，走过祠堂庭院砖铺的通道，侍立在两旁台阶上的族人们拥挤着伸头踮脚。

白孝文没跟随人群涌进，独自靠在门边听着人群窃窃私语。

"这可比孝文回来庄重哩！"

"是啊，朱先生都来了。"

"没见族长这么接过人，县长来了都没有！"

白孝文恨恨地望着祠堂中跪拜的黑娃。

黑娃颤抖着手，两只木蜡已经点燃，香插入香炉，黑娃仰头望着堂中的先祖神容和牌位。

黑娃先是哽咽，后是声泪俱下："列祖列宗，鹿姓兆谦前来祭奠，求祖宗宽恕。不孝男兆谦跪拜祖宗膝下，洗心革面学为好人，乞祖宗宽容……"

朱先生也禁不住泪花盈眶，进香叩拜之后站在白嘉轩身边。

高玉凤最后跪下去，黑娃跪伏不起，她也一直陪跪着。

白嘉轩声音威严："鹿姓兆谦已经幡然悔悟悔过自新，祖宗宽仁厚德不计前嫌。兆谦领军军纪严明已有公论，也为本族祖宗争气争光，为表族人心意，披红——"

孝武焦急地四下看："哥哩？我哥哩？"

黑娃抬起泪眼，白嘉轩也皱眉转头看着。孝武忙将一条红绸递到父亲手上，白嘉轩亲手把红绸披到黑娃肩头……

35. 白家院　黄昏　外

黑娃领着媳妇迈入院门，白嘉轩含笑瞧着他俩。

黑娃低声急切地："大，刚才我没敢问，咋这一路没见我爸？"

白嘉轩笑笑："你爸在后院喂牲口呢，他倔得很，你也知道。"

黑娃快步走向后院，一眼瞅见鹿三正在那儿铡草，老人一条腿跪在地上往铡口里塞草束，另一手摁着铡刀，身旁的干草已有一堆。

黑娃走到铡礅跟前跪下去，泪如泉涌："爸！"

鹿三停止了铡草，转头痴呆呆地盯着儿子："噢！你回来了……回来了好……"

黑娃扶起父亲坐在铡礅上。

白嘉轩朗声吆喝："三哥，你看媳妇也来看你了。"

高玉凤在草垛跟前跪拜下去："大呀。"

鹿三眼里忽然掠过一缕惊骇，四面八方回荡起那个熟悉的田小娥的叫声："大呀！"

鹿三蜷缩躲到墙角，浑身颤抖，高玉凤吓一跳忙看丈夫。

黑娃上前抱住爸："爸你咋了？"

唯有白嘉轩恍然明白，悲哀的目光望着三哥。

36. 白家屋　夜　内

白嘉轩竟也醉醺醺地被黑娃和孝武搀扶上炕，一脸笑意。

孝武轻声冲黑娃："我爸从没喝过这么多，也真怪哩，我哥回来他都没这样醉。"

黑娃叹息："可惜你哥今天没喝上这酒。"

白嘉轩已经躺下，摆摆手："他县里有事提早走了，甭管他！"

黑娃迟疑了一下，撑在炕上："大，我想跟您商量个事。"

白嘉轩闭上眼微笑，似是要睡去："说吧。"

黑娃："我想把我爸接进县城过几天好日子。"

白嘉轩猛地睁开眼睛，慢慢撑身坐起，异样的眼神瞧着黑娃。

黑娃没想会是这么大反应，愣住："大，地里活要忙那我就先不接。"

白嘉轩勉强笑了笑："早不想让你爸下地了，接走对着哩。你爸辛劳一辈子也该享享儿子的福了。"

黑娃喜出望外，爽快地："哎！那您歇着，我去后院了。"

孝武追出门："黑娃哥，我已经把东偏房收拾了，你跟嫂子住那边。"

白嘉轩独坐在屋中，怅然若失的眼神，手里摸了几次炕桌上的烟袋，到底没抓到手中。

37. 原上　夜　外

一匹快马在原上疯狂地奔驰，白孝文勒住缰绳从马上翻滚下来，仰躺在黄土上望着星空大口喘息。

白孝文伤心地呜咽着，哭得像个没分到糖的孩子一样……

第五十集

1. 村口　日　外

黑娃和高玉凤搀扶着鹿三上马车，鹿三颤颤巍巍，眼神无助地望着周围。孝武跟随白嘉轩不舍地走在后面。

黑娃微笑上前："大，回吧，还烦您老送这么远。"

白嘉轩："你爸牙口不好哩，让你媳妇把饭食做得烂些。"

黑娃感动地点头："哎！"

白嘉轩转头看看坐在车上的鹿三，鹿三正痴痴地望着远方，没理睬自己。

白嘉轩无声地叹了口气，挥挥手："走吧。"

黑娃欲语还休地转身牵着马车走远。

白嘉轩拄着拐杖，凝望鹿三的身影，向他轻轻招了招手，鹿三又垂下头去，嘴中念着什么。

白嘉轩失望地喃喃："你三伯走时一直就没看我一眼。"

孝武一旁搀扶："爸，别想那么多了。黑娃哥昨晚给我说了句话，跟您说到一块去了。"

白嘉轩抬眼看着儿子。

孝武："黑娃哥说凡是生在白鹿村炕脚地上的任何人，只要是人，迟早都要跪倒在祠堂里头的。"

白嘉轩释然一笑，苍老的身影转头眺望。

2. 村子　日　外

众乡民远远站在墙根，看着几个团练拉扯着被绑的壮丁前行。媳妇、老妈在后面哭号，被粗暴地推翻在地。

田福贤骑在高头大马上铁青着脸："哭啥哭！你儿子是逃兵，按律当杀！我留着情面哩，再给他送回去。按说你们家里的都是帮凶，都该抓起！"

孝武搀扶着白嘉轩正走来，女人们扑上前抱住白嘉轩的腿号哭哀求："族长您做做主吧，我家就这么一个男人啊！"

白嘉轩抬眼瞧着田福贤，田福贤也横横地瞪着他。

白嘉轩无可奈何叹了口气，孝武慌忙搀扶起她们。

白嘉轩转身独自走回家中，身后乡民哭喊："族长！族长您不管我们哩！"

白嘉轩头也不回地进院，慢慢掩上院门。

3. 白家　晚　内

孝武恭立在一旁瞧着爸，白嘉轩闷头吸着水烟，烟雾在脸前萦绕。

孝武媳妇抽泣着："今天田福贤让他顶替鹿子霖当保长，我就觉着祸事来了。爸，您劝劝他吧。"

孝武懊恼："人家让我当又有啥办法，不然我也上战场哩。"

白嘉轩闷声："我看你还得进山。"

两口子抬眼怔怔看着爸，孝武媳妇停止了抽泣。

白嘉轩："秋水带着娃回娘家去，田福贤让你当保长是要把咱家架在火上烤哩，推是推不掉，当又当不成。现在当保长，刚跟上催粮要款征丁，尽是恶恨党族人的事，再说又顶的是鹿子霖的空缺，更糟……"

白孝武一愣："躲？爸，您意思是咱都躲？躲了好！"

白嘉轩："我这把老骨头守着家谁也不敢动我，甭说保长，咱连那个总甲长也不给他当咧！谁爱当谁当去。赶紧避远！"

4. 祠堂　晚　内

白嘉轩坐在堂中，一脸悲哀。一群老者女人围在祠堂里，哭泣低诉声此起彼伏。

"族长可咋办哩！咱村的壮劳力跑的跑抓的抓，地都没人种了！"

"族长，我儿子是生是死还不知道……"

白嘉轩慢慢起身，放开拐杖双手一揖，众人鸦雀无声。

白嘉轩："各位父老兄弟！从今日起，除了大年初一敬奉祖宗之外，任啥事都甭寻孝武也甭寻我了。道理不必解说，日下这兵荒马乱的世事我无力回天，诸位好自为之……"

眼巴巴的目光都变得绝望，哭声更大了起来。

白嘉轩长叹一声摇摇头，拄起拐杖，苍老的身影向祠堂院外走去。

5. 县监狱　晚　内

鹿子霖完全像一个野人般披头散发满脸胡须，正恍惚在石房中手舞足蹈。

鹿子霖："龙王附我体上哩，嘉轩你看，我也受得住那疼！那雨是我招来的！"鹿子霖身子又一抽跪倒在地，学田小娥的声音，"你们拿塔镇我，不怕我哪天出来施法，让你们不得好死！"

门洞孔外扒着好几个狱卒幸灾乐祸瞧戏一般。

有人喊："白娘子，法海来了！"

鹿子霖慌乱缩成一团，抱住干草浑身战栗。门洞外哄堂大笑。

6. 白家　夜　内

白嘉轩从炕上爬起，怔怔地听着外面动静，油灯在黑暗中亮起，他披好衣服拄着拐杖举着油灯挨屋检查。

厨房里的风箱，西屋的棉花和粮食口袋，后院的牲口棚，白嘉轩恍惚提着油灯边走边观瞧。回到自己屋，白嘉轩疲惫地爬上炕，吹灭油灯，在黑暗中长长地叹了一声躺下。

突然院门被砸响，白嘉轩没敢相信自己的耳朵，半撑起身听了听。

院外鹿三的喊声："嘉轩，开院门啊！嘉轩！"

白嘉轩一激灵，从炕上爬起来不及穿鞋也没拿拐杖，踉跄着奔出门去，被门槛绊倒在地。

7. 白家院门　夜　外

白嘉轩爬起继续向前奔，扑到院门口打开门闩，喘息着拉开院门。

鹿三上下打量他："你咋没穿鞋哩？"

白嘉轩不可思议地看着鹿三，又瞧瞧自己的脚，嘿嘿笑了起来。

8. 白家后院　夜　内

"我住不惯他那儿，满街上遛，正瞧见贺家村送粮的车，就跟着回来了。"

鹿三边说边从炕头一只小匣子里拽出一瓶酒，晃一晃："嘉轩，你抿一口这好酒——西凤。这还是我进县城买的，一直存到这会儿。"

声音和动作都完全恢复成原来的那个鹿三。

白嘉轩兴致顿高："好嘛三哥，你从贺家村又一路走回来的？"

鹿三咬开瓶盖："这点路算啥，当年交农我带着乡亲们一路走到县城哩！"

白嘉轩欣慰地笑："我说你会打起精神来的，看咋着！"

鹿三一反许久以来痴呆木讷的表情，洋溢着刚强自信的神气，眼睛里重新透出专注真诚的光彩。

白嘉轩感动的目光："三哥哇，我一个人你一个人都孤清，我今黑跟你合套睡马号。"

鹿三哈哈一笑："你不嫌我这炕上脏？有你这句话我就够了！咱喝一口！呀，没酒碗，你坐着我拿去。"

白嘉轩夺过酒瓶仰头喝起来，再递给鹿三，鹿三嘿嘿笑起也仰头喝，递还给白嘉轩。

白嘉轩："三哥，交农那会儿你牛气啊，一声号令千百个人跟着你干，差点没把县城给端咯！"

鹿三笑起："要是没你放的那三声铳子，他们也不敢跟我走。"

白嘉轩乐得不行："那是鹿子霖的铳子哩，我借着放的……"

9. 黑娃家　夜　内

黑娃焦躁不安地在屋里转着，高玉凤在一旁劝。

高玉凤："别急，爸丢不了，你不派出弟兄满处寻了吗。"

门被敲响："营长！"

黑娃慌忙上前开门，手下弟兄喘息着："我们查着了，老太爷跟贺家村的一辆送粮车回去了！"

黑娃呆呆站在那儿，高玉凤长舒口气扶住丈夫。

手下："车就停在院子口，弟兄们没敢进，要不要再接回来？"

黑娃摇头喃喃地："别接，是我错了。白家才是我爸的家。"

10. 白家院　夜　外

"喝喊一声绑帐外，不由得豪杰笑开怀。"

"某单人独骑把唐营踹，马踏五营谁敢来……"

白嘉轩与鹿三都已喝得酩酊大醉，两人手舞足蹈唱着秦腔。鹿三喘息仰躺在炕上，白嘉轩斜靠在干草堆中。

白嘉轩："三哥啊，你走时为啥不瞧我一眼哩？"

鹿三望着棚顶出神地："我怕看你哭。"

白嘉轩含泪笑了笑："哭啥，咱这岁数眼泪早干了。三哥，你想你媳妇不？"

鹿三痴痴地："想，我还想小时候跟我铡草放牛的黑娃。"

白嘉轩笑着撑起身："你儿子不就在你身边么。"

鹿三恍惚："那不是我儿子，就跟现在的孝文也不是你儿子一样。"

白嘉轩伤感的目光："我想仙草了。"

白嘉轩闭上双眼，泪水无声地淌落。

11. 白家院　清晨　外

鸟叫声，阳光从窗棂打在白嘉轩脸上，白嘉轩迷糊睁开眼睛，慢慢爬起身，看见鹿三仰躺在炕上一动不动。

白嘉轩笑了笑，掸掸身上的草屑，又拍了拍牛圈里的牛，往槽里扔了把草料。

白嘉轩："三哥，咱今儿干啥啊？"

炕上鹿三没应，白嘉轩走上前，拍拍鹿三的腿："三哥，日头照屁股喽！这么些年你可从来没睡过懒觉……"

话音未落白嘉轩脸色大变扑上前，鹿三身体已经僵硬，摸摸鼻根，早已闭气。

白嘉轩异常平静地瞧着死去的鹿三，轻声："你咋先走了，又甩下我一个了。我明白了，你大老远跑回来是想死在家里炕头上啊。"

白嘉轩默默地坐下，紧紧攥住鹿三的手，就那么一动不动地坐着……

12. 县监狱　日　内

字幕：1948年

门被拉开，像死人一样躺在草垫上的鹿子霖一动不动，日头照在鹿子霖憔悴的脸上，鼻子里发出轻微的喘息声。

外面人冷冷地："出来。"

鹿子霖满头须发眯缝着眼，有气无力地："一年都没审我了，这是谁又想起我了？"

外面人："老家伙还想着审呢，放你出去！"

鹿子霖恍惚转头，看着门口的光亮，又闭上眼："我懒得动弹了，你们行行好，就让我睡死在这吧。"

外面人冷笑："这老东西，坐牢坐上瘾了！外面人接你呢，快点！"

鹿子霖不情愿地爬坐起来，嘟囔："接我干啥。"鹿子霖转了两圈，不舍地看着石屋，"走咧，走咧，你们都好好的啊，有缘咱再见吧……"

13. 监狱外　日　外

鹿子霖被领出门，刺眼的阳光让他睁不开眼，忙用手遮住，恍惚中两个人影在马车前站着。

媳妇扑上前哭着搂抱住他："你可出来咧……"

鹿子霖扳过媳妇，迷离地瞧着另一个人："那是谁啊？"

白嘉轩拄着拐杖上前，百感交集地凝视着他。

白嘉轩："我你都认不出来了？别说，你这副模样我也没想到哇。"

鹿子霖缓缓点点头："我在这里关了几年？"

白嘉轩竖起三个手指头。

鹿子霖颤巍巍回身打量着监狱，一笑："老子三年的屎尿全留在这儿了，没浇成自家的地，便宜他们了！"

14. 村 日 外

桑老八、赵柱等人蹲在戏台上玩着丢方，远远看见载着鹿子霖的马车从村口驶来，忙扔下石子从戏台跑出冲上前去。

"叔你回来了！""子霖叔回来了！"

白嘉轩赶着车，鹿子霖被媳妇搀扶着扫望众人频频点头。车停到自家门口，鹿子霖被搀扶下来，看着空荡荡的院子。

鹿子霖媳妇轻声："门楼拆了，这院都是嘉轩借给咱住的。"

白嘉轩忙一旁："不是借，就是你家的。"

鹿子霖媳妇含泪："哥呀，这债我们咋还得起啊！"

白嘉轩摆摆手："快扶着他进吧，洗个澡换身衣服。子霖，晚上上我家喝酒去。"

鹿子霖恍惚点头迈进院去。

众人涌上来："子霖叔！"

白嘉轩回身轰着："去去，该干吗干吗去！"

15. 鹿家院 日 外

鹿子霖停步在院中扫视四下，院子空荡荡的，毫无生息，媳妇含泪瞧着他。

鹿子霖媳妇："孩他爸，你甭难受，门楼门房是我为救你卖的。你不记得朱先生说的一句话了？房是招牌地是累，攒下银钱是催命鬼！咱而今没招牌没累也没催命鬼了，只要你浑浑全全回来就好。”

鹿子霖慢慢点头：“你卖得对，卖得好！这房嘛，不就是买来卖去的一码小事喀！你还留下二亩地没有？”

鹿子霖媳妇：“就留下水车井那块地没卖，我不忍心卖了你安的水车。”

鹿子霖的心猛地跳弹起来：“噢哟，好好好！留下这几亩水地够你我吃一碗饭就成了！”

鹿子霖媳妇：“剩下的地都被白孝文买了，嘉轩哥说还是咱们的。”

鹿子霖百感交集地瞧着媳妇，长长叹息：“白嘉轩这个人呐……”

16. 白家 晚 内

满桌的酒菜，白嘉轩起身亲自给鹿子霖和鹿子霖媳妇倒满酒，鹿子霖媳妇忙双手接过。

白嘉轩抱拳：“子霖兄弟，我向你赔情谢罪，按我的法程，咋也不能买你的房。孝文插手要买，我挡不住人家，子大不同父！不该乘人之危买房拆房。”

鹿子霖仍然淡漠地笑笑：“世上的房子就是我搬来你迁去，谁住不一样啊。”

鹿子霖媳妇：“哥呀！你快坐下。卖房的事是我寻孝文卖，不是孝文寻我要买嘛！你白家买了房，我得了钱才救下人来，我该感你的恩哩！”

白嘉轩坦诚地摇头：“孝文那年把房卖给你，而今是想捞回面子哩！虽说他是我的儿，我也要向你戳破这一层！”

鹿子霖对这幢房子已不大感兴趣：“这菜真好吃哎！谁做的？”

白嘉轩感慨看着他：“我做的，喜欢就多吃。”

鹿子霖填满嘴，闭眼大口嚼着，品味着。白嘉轩异样的眼神与鹿子霖媳妇对视，鹿子霖媳妇苦笑摇头。

鹿子霖媳妇：“出来……好像就变了个人。”

院里突然响起田福贤的欢叫声：“咋喝酒不叫上我哩！”

说话间田福贤已站到屋门里，提着两瓶酒：“兄弟你可回来了，想死哥咯！”

鹿子霖头也不抬地喝酒，鹿子霖媳妇半站起身又坐下。

白嘉轩起身招呼：“坐，坐。”

田福贤尴尬地瞥着鹿子霖："咱兄弟先干一杯再说，喝完嘉轩的酒再喝我的！"

鹿子霖根本没理田福贤的酒杯，拿筷子夹菜。

鹿子霖媳妇捅了捅鹿子霖："孩他爸！"

田福贤尴尬地笑了笑，手里的酒杯放也不是不放也不是："我现在是耗子钻风箱，两头受气，里外不是人啊！"

白嘉轩也默默坐下："福贤兄弟，这段日子是你一直躲着我们，这两年征这么多的粮和丁，我没经过也没见过，清家皇上对民人也没有这样心狠……"

田福贤抹了把脸慨叹："既然你把话说到这儿了，今晚我也把心掏出来摆摆。我实在是干不下去了……"田福贤摇头哽咽，捋捋头发露出额头的包，"我白天不敢在街上走，晚上换着屋子睡，老百姓都把家破人亡的债往我身上栽，我又招谁惹谁了？"

鹿子霖："买卖人有一句话说，心狠蚀本。"

田福贤含泪呆呆看着鹿子霖，白嘉轩暗暗一笑，反倒陌生地打量起鹿子霖来。田福贤将酒倒进一个海碗，起身仰头喝尽，将碗重重蹾在桌上，转身大步离去。

鹿子霖媳妇忙追出门："福贤大哥，这话怎么说的，您千万别在意……"

白嘉轩苦笑："子霖，你蹲牢这三年蹲出仙气了。"

鹿子霖拿筷子指着空盘："嘉轩，我爱吃这个！能不能再炒一盘？"

鹿子霖媳妇看不下去："这是人家！回去我给你炒。"

鹿子霖梗着脖子："你炒不出这味来！"

白嘉轩乐："哎，行！等着啊！"

17. 书院　日　内

院中一片喜庆，几个老先生捧看着刚刚印出的《滋水县志》，贪婪地用手抚摸，闻着纸墨的香气。

朱先生仰天长叹潸然泪下："我在这世上的最末一件事办成了，我就等着书出来哩！"

朱白氏笑着站在屋门口："快上桌吧，酒菜都备好哩。"

几个老先生相互谦让："请，请！"

怀仁抱着娃娃带着媳妇出来。

朱先生伸手抱起："让爷爷亲一个！"

老先生们回头笑望，朱先生将孙子高高举起，被阳光照得睁不开眼。

18. 书院门外　日　外

老先生们回身作揖告别，朱先生带着家人站在门口相送。

望着众人的背影，朱白氏长叹口气："这些年你把滋水的老先生们都养活哩，总算是熬过来了。"

朱先生点点头，望着他们的背影："总有曲终人散的时候。"朱先生转过头对妻子，"你再给我剃一回头吧。"

朱白氏撇撇嘴："剃就剃嘛，咋说再剃一回？这回剃了下回不要我剃了？"

朱先生笑起："了不得了不得！你也学会抠字眼了。"

朱白氏微笑看着丈夫转身走入院中的背影，突然闪过一丝忧虑。

19. 山梁　黄昏　外

白嘉轩搀扶着朱先生迈过山梁，俩人并肩走在坡上。

朱先生站在坡上遥望着远方，沉静地："最近几日我总做梦，我梦见我妈了。"

白嘉轩笑："姐夫，你这岁数还梦见妈了？"

朱先生点头："清晰可见，她老人家给我洗头，梳头。我能感觉到她的手在我头皮上抚摸的感觉，发麻。嘉轩，你做梦不？"

白嘉轩也怅然看着苍茫的原野："我最近也做。"

朱先生："梦见啥？"

白嘉轩："梦见灵灵，小时候的灵灵，睡着还攥紧我的手不放。"

朱先生一笑："人老啦，梦见的都是最亲的。"

夕阳映红身影。

20. 书院后院 日 外

朱白氏端来一盆水，放在矮桌上。朱先生坐在靠椅上，朱白氏将布巾围到朱先生脖子上，一只手按着朱先生的头，一只手伸进脸盆里撩起水来。

朱先生猛乍扬起被妻子按压着的脑袋："你看看我还有几根黑头发？"

朱白氏仔细瞧："没有黑的了，尽是白的。"

朱先生异常较真："你仔细看看还有没有黑的？"

朱白氏："我连一根黑头发也寻不见。"

朱先生："你没仔细寻嘛！去，把老花镜戴上仔细寻。"

朱白氏从台阶上的针线篮里取来花镜套到脸上，一只手按着丈夫的头，另一只手拨拉着头发，从前额搜寻到后脑勺，再从左耳根搜上头顶搜到右耳根。

朱先生把额头低搭在妻子的大腿上，乖觉温顺地听任她的手指翻转他的脑袋拨拉他的发根。

朱先生闭上眼颤抖着声音："我想叫你一声妈……"

朱白氏没听清："你说啥？"

朱先生："我想叫你一声妈。"

朱白氏惊讶地停住了双手："你老了，老糊涂了不是？"

朱先生扬起头诚恳地："我心里孤清得受不了，就盼有个妈！"朱先生说罢竟然紧紧盯瞅着朱白氏的眼睛叫了一声："妈——"

朱先生两行泪珠滚滚而下。

朱白氏身子一颤，真如慈母似的盯着有些可怜的丈夫，默默再把他的脑袋按压到弓曲着的大腿上，继续拨拉发根搜寻黑色的头发。

朱白氏突然"扑哧"一笑，惊奇："只剩下半根黑的啦！上半截变白了，下半截还是黑的，你成了一只白毛鹿了……"

朱先生一动不动睁着眼趴在妻子腿上。

朱先生意味深长地："这次剃完了我就该走了。"

朱白氏并不理会也不在意："剃完了你不走还等着再剃一回吗？"

朱先生极轻的声音，喃喃："再剃一回……可等不及了……"

朱白氏抚摸丈夫头发的手突然停了下来，屏住呼吸，向丈夫的脸摸去，朱白氏颤抖着嘴唇，瞳孔慢慢放大。

朱怀仁叫着从前院过来："妈，剃完了吗？"

朱怀仁突然停住脚步，怔怔瞧着眼前的一幕，眼前的父母完全像雕像一般，朱白氏垂头抱着丈夫，朱先生静静地趴在她的膝盖上。

朱怀仁不解地轻声又叫了一句："妈，爸？"

怀仁媳妇也抱着娃娃跟过来，笑着："咋咧？"

朱怀仁恍惚意识到什么，突然含泪扑上前跪倒在地："妈！爸！"

夫妻俩已然成了雕像……

21. 原上坟场　黄昏　外

一锹锹的黄土被掀起抛上去，黑娃和孝武、怀仁满头是汗地挖着。孝文搀扶着白嘉轩上前，面前已经垫出一个土炕。

白嘉轩静静看着，接过厚厚的书籍和县志，一本本一册册码放在炕上，用手指着。

白嘉轩："这边是我姐睡，这边是我姐夫。"

黑娃和孝文、怀仁都无声地哭泣。

白嘉轩双手拄住拐杖："不许哭！怀仁，你爸的遗嘱咋说的？"

怀仁哽咽："我爸说咧，自他走后不许厚葬，不用棺材，不要吹鼓手，不向亲友报丧，不接待任何吊孝者，不用砖箍墓，不铺张不喧嚷，尽早入土。"

白嘉轩拄着拐杖慢慢抬起头来，镜头跟随摇起，无数乡亲围拢在上面的墓穴四周。

白嘉轩仰头朗声："你们都听到了？"

乡民们忍不住默默抹泪。

片片雪花从天而降，白嘉轩仰着头老泪纵横，任由雪片掉落在脸上。

22. 书院门外　日　外

书院门外的场地上和山坡上聚集着黑压压一片人群。

白嘉轩和全身披麻戴孝的朱怀仁领着乡亲们将朱先生和朱白氏的遗体抬出

书院大门，聚集在门外的人群顿时爆发出洪水咆哮似的哭声。

黄牛拽着硬轮木车吱嘎吱嘎响着前行，黄的和白的纸钱在雪地上飘落。没有乐器鸣奏，也没有炮声，白嘉轩与朱怀仁两旁扶着灵车在肃杀的冰天雪地里默默地移动，灵车后跟随着无以数计的人们。

黑娃高举着幡帐，上面飘舞着两行字："自信平生无愧事，死后方敢对青天。"

家家户户扶老携幼倾巢而出跪在雪地里，香蜡就插在雪下的干土堆上，阴纸就在雪地上燃烧。临到灵车过来时，人们便拥上前去一睹朱先生的遗容。

叠画：

几个年轻人将朱先生和朱白氏的尸体并排躺放在土炕上，白嘉轩拄着拐杖含泪俯望。

无数铁锨往墓道里丢土，周围的人伤心地哭泣。

闪回：

朱先生面对清兵大营回头冲白嘉轩微微一笑。

朱先生站在华山顶慨然吟诗。

朱先生笑抚乡约碑，转头赞赏地冲白嘉轩点头……

朱先生将自己碗中食倒入锅中，给万民跪倒……

朱先生在灵前慷慨陈词……

白嘉轩慢慢跪倒在地，用尽全力吼出一声："世上肯定再也出不了这样的先生啰！"

23. 村 夜 外

已经老得不成样的跛子爷拄着拐跟随在满仓身后，蹒跚前行。

满仓敲着锣吆喝："平安无事咯——"

跛子爷抡起拐杖照满仓屁股抽了一下："没吃饱饭哩！你得让全村的人都听着！"

满仓不满地揉着屁股，又用力敲起锣扯着嗓子喊："平安……"

"轰"一声巨响，跛子爷和满仓全都趴倒在地，慢慢抬起头恐惧地望着远处。

跛子爷哆嗦着："哪儿啊？哪儿啊？"

满仓快哭出来："是白鹿仓！"

24. 白鹿仓　夜　外

团练们进进出出，院里一间屋子已被炸豁，正冒出滚滚烟尘。乡民聚在一块指指点点，窃窃私语。

田福贤苍白着脸一动不动站在院中。

白嘉轩、鹿子霖挤开看热闹的人群进院，也惊诧地瞧着。

白嘉轩上前："这是咋？"

田福贤颤抖着嘴唇："幸亏我每晚换房睡，还没闭眼一颗手榴弹就扔进我房里了。"

鹿子霖迈进院，乐着环视四周："这么大动静？能把房子掀喽？嘉轩，你瞧见没有！"

白嘉轩无可奈何地苦笑。

25. 白家院　凌晨　外

孝武搀扶着白嘉轩走进院子，白嘉轩感慨叹息："这是田福贤命大啊，捡了条命回来。你回屋吧，告诉你媳妇啥事都没有，安心睡。"

孝武点头走去。白嘉轩正要进门，突然听到后院有动静，迟疑了一下走去。后院马棚里的马不安地甩着蹄子。

白嘉轩定定神喝道："出来！我可叫人哩！"

一个浑身是血的人喘息着："老舅爷！"

白嘉轩愣愣打量才认出来："你不是那贺家村的……"

那人点头："没法了，我跑你这避避。"

白嘉轩皱眉上前："这是咋搞的？"

那人喘息："联保所那手榴弹是我扔的，我从前没用过那东西，自己也伤了。”

白嘉轩呆呆地看着他，压着声训斥：“你老贺家老几辈都是仁义百姓，你也是老老诚诚的庄稼人！四十上下的人了，你咋弄这号出圈子的事？”

那人却笑笑：“老舅爷，你甭害怕。日子过不成了，不单是我，原上现时暗里进共产党的人多着哩！”

白嘉轩不敢相信地瞧着他：“你甭哄我！”

那人真诚地：“就您这族里，有多少暗地里帮共产党的，您做族长的不见得知道。”

白嘉轩恍惚的神情：“那田福贤成天剿啥哩，岳维山成天又剿个啥哩……”

26. 西安城外　日　外

炮声隆隆，身着解放军军服的鹿兆鹏举起望远镜眺望战情。

手下战士引着一位穿商人服装的人走过来：“报告！这是西安地下党的老王同志！”

老王上前热情地双手握住鹿兆鹏的手摇着：“你好啊，兆鹏同志，我们可算又见面了！”

鹿兆鹏笑了笑：“老王同志，你务必记住，从现在起，我们从地下走到地上，成为地上党啰！”

两人都会意大笑起来。

老王从怀中掏出一摞资料递上：“这是西安市区地图和国民党守备部队布防情况。我们建议解放军马上进城，因为敌人正在准备破坏炸毁电厂面粉厂。”

鹿兆鹏略一思索，转身冲战士：“马上向军部报告！建议先头部队立即进城！”

八一军号声中叠画：

炮火硝烟中解放军战士奋勇前冲，堡垒沙袋后的敌人纷纷举手投降……

当年解放西安的纪录片片段。

一面红旗被牢牢地插在钟楼城墙上……

27. 炮营营房　日　内

一辆车疾驶而来，停在营房门口。

黑娃从吉普车上跳下，手下从营房奔出，喊："营长，有个少校团长来寻你！"

黑娃一愣："哪儿呢？"

手下："已经让进您屋了。"

黑娃刚要发怒。

手下忙解释："他说从小跟您一起长大的，还问您喜欢不喜欢吃冰糖，兄弟们一听就没敢拦……"

黑娃脸色大变急匆匆往屋里走去："看着门口，谁也不许进！"

黑娃推门进屋，一身少校军服的鹿兆鹏笑眯眯转身瞧着他，两人用力拥抱到一起。

黑娃："我的哥呀，两军交战你居然敢蹦到这儿来？"

鹿兆鹏从桌子上的烟盒里抽出香烟点火抽起来，从容地："西安城刚刚解放了。"

黑娃一惊，不敢相信："你不来我还不知道哩！这儿离西安不到百里，居然没有给我们通报！"

鹿兆鹏："我估计岳维山不会轻易把这消息散给你们，怕乱军心哩！"

黑娃激动地："哥，可等着这一天了，你就说咋办吧！"

鹿兆鹏淡淡地说出两个字："起义。"

28. 县政府　晚　内

岳维山铁青着脸走进屋门，白孝文跟在身后随手将门反掩。

岳维山："你看清楚了？"

白孝文点头："绝不会看错，我按您的吩咐早就安排好人日夜守在黑娃的营房外，我敢说找他的那个人十有八九是鹿兆鹏！"

岳维山眼露杀机，发狠地："这个黑娃是人在曹营心在汉呐！许他不仁，别怪我不义！”

白孝文凑近：“还是要先下手为强！您都交给我吧。”

岳维山欣赏的目光看着白孝文，点点头：“此事过后，我定将上报提拔你为滋水县长！”

白孝文感激地一个立正：“谢岳书记长栽培！”

29. 炮营营房　夜　外

荷枪实弹的士兵俯身靠近营房，无数黑洞洞的枪口对准营房前的哨兵。

白孝文眯眼凝望，轻声：“告诉兄弟们，没我的命令，不许轻易开枪。”

手下：“是！”

白孝文爬起身拍拍身上的土，悠闲地向营房门口走去。

哨兵：“干什么的？”马上一个立正，“白营长！”

白孝文：“你们鹿营长叫我来的，他人哩？”

哨兵：“我马上去通报！”

白孝文骂骂咧咧：“通报个屁！”

白孝文大步向黑娃住处走去。

30. 营房黑娃屋　夜　内

白孝文推门进来，黑娃正在屋中等候。

白孝文强笑：“深更半夜叫我来喝酒啊？”

黑娃点头：“就是喝酒，不光咱俩，还有个人哩。”

白孝文一怔：“谁？”

刚回身，白孝文脸色一下变白。鹿兆鹏笑眯眯从帘后出来，白孝文怔怔瞧着他说不出话。

白孝文手悄悄摸到腰间枪上，又缓缓放下，脸抽动着强装出自然神态。

鹿兆鹏：“孝文，还记得咱们三个给徐先生到柳林里砍柳木棍子的蠢事吗？咱们砍的棍子头一遭就打到咱们三个的头上。”

白孝文笑了笑伸出手：“我明白你来干什么。”随即握住兆鹏的手，“我心里正在盘算这事哩！真没料到你会回咱县来。你来得好！”

鹿兆鹏有些惊讶，与黑娃交换个眼神。

白孝文无比诚恳地：“我给黑娃打电话，就是想商量这事，咱不能一条黑路走到底嘛！跟你哥俩说句实话，我已经把岳维山和县政府控制了。”

黑娃无比吃惊地看着白孝文，鹿兆鹏也审视的目光。

鹿兆鹏：“孝文，我没想到你……”

白孝文微微一笑：“啥都甭说了，我这就回去把岳维山给你押来！要是不放心，黑娃陪我一起去！”

鹿兆鹏还在迟疑，黑娃却转身冲他点点头。

31. 炮营营房外　夜　外

白孝文与黑娃并肩出来大步往外面走，埋伏在外面的手下紧张地挥起手：“注意，营长出来了！”

白孝文眼睛瞄着埋伏的方向。

黑娃一旁激动地：“孝文，你来前我心里还打鼓哩。”

白孝文心不在焉地轻笑：“打啥鼓？”

黑娃：“我跟兆鹏哥都猜不透你是咋想的，怕万一……”

白孝文冷笑：“我咋想的待会就知道了。”

黑娃没听出来，爽快地：“识时务者为俊杰嘛，西安城都打下来了，我想要绑岳维山的不光你一个人哩！”

白孝文猛地停住脚步，怔怔看着黑娃。

埋伏区手下瞪大眼睛：“准备——”

旁边的狙击手轻轻拉上枪栓。

黑娃一捶白孝文：“咋了你？”

白孝文颤抖着嘴唇：“西安……已经被共产党打下来了？”

黑娃惊诧：“原来你还不知道？我再告诉你，一营的焦营长跟你前后脚投诚哩！现在滋水差不多就握在咱手里了！”

白孝文强掩震惊，笑了笑：“是啊，革命真的成功了。”

黑娃感慨万千点头：“跟做梦一样！”

白孝文转过身来，定定望着黑暗，颤抖着手掏出烟点着。

黑暗中手下疑惑地望着白孝文举动，轻声："撤！快撤！"

32. 县政府　夜　内

岳维山正阴沉着脸在屋中踱步，脚步声起，岳维山转头盯着门口。白孝文推门进屋，神色异样。

岳维山："怎么样？抓到了？"

白孝文默默点头，手慢慢向腰后伸去。

岳维山一喜，焦急地："黑娃的炮营搞定了没？"

白孝文一笑："也搞定了。"

岳维山长舒口气："孝文，你这次立了大功哩！"

话音未落，白孝文的枪已经响了，正击中岳维山的左胸。

岳维山猛然弯了腰，双手捂住胸口，好久才扬起头来紧紧盯着白孝文。白孝文对着岳维山的脸又射了一枪，岳维山迅速像一堵孤墙倒下去。

黑娃冲进屋来，无比惊诧地看着："你咋把他打死了？兆鹏哥要的是活的！"

白孝文冷冷地看着岳维山的尸体："不把他打死我就没命了。"

白孝文转头走去，黑娃满脸疑惑……

33. 滋水县城　日　外

民众喜气洋洋地围在街道两边看着解放军进城，秧歌队在鼓号队的引领下欢天喜地地跳着。

叠画：

县政府礼堂掌声雷动，鹿兆鹏拼命向下按着双手才把掌声压住。

鹿兆鹏大声宣布："任命白孝文同志为滋水县代理县长！任命鹿兆谦同志为滋水县代理副县长！"

白孝文与黑娃相视一笑，先后走上台。

台下人群中白嘉轩不可思议地仰望着，鹿子霖却神色恍惚。

34. 祠堂　日　内

鹿兆鹏虔诚地拜了三拜，将香恭敬地插入香炉。白嘉轩叼着烟袋坐在一旁，鹿子霖却在院里转着圈，嘴中喃喃有词，时而傻笑时而哭丧着脸。鹿兆鹏转头忧心忡忡望着爸。

白嘉轩叹息："你爸从监狱放出来就时而清醒时而这样，你要说他糊涂吧他也不糊涂，可老是自说自话。"

鹿兆鹏忙上前将鹿子霖搀回扶坐下，一脸郑重地向两位老人跪倒在地。鹿兆鹏："请二位爸爸受孩儿鹿兆鹏一拜！"

白嘉轩百感交集，颤抖着手搀扶："快起来。"

鹿兆鹏头重重地磕下去："这个头是替白灵磕的。"

白嘉轩本要站起却僵在那儿，佝偻着腰含泪看着鹿兆鹏。

鹿兆鹏哽咽："我没照顾好白灵，往后我就是您的儿子，给您老养老送终。"鹿兆鹏突然呜呜地哭起来，"我对不起她，罪都受全了却没让她等到今天……"

白嘉轩眼睛一红："灵灵是哪天走的？"

鹿兆鹏："一月十一。"

白嘉轩紧紧盯着他，声音颤抖："是不是那天下着大雪？"

鹿兆鹏用力点头。

白嘉轩老泪纵横也跟着哭起："天哪，那是灵灵死时给我托梦哩！"

35. 县政府　日　内

黑娃正走进办公室，两个穿制服的人一脸严肃地在屋中等候。

黑娃打量："二位是……"

话音未落门后又现出两个人来，用细麻绳索捆死黑娃胳膊。

黑娃跳起脚喊："为啥为啥！谁派你们来的？"

几个人啥话不说，只架着他往门外走。屋中的办公人员瞠目结舌，谁也不敢说话阻拦。

36. 田地　日　外

白嘉轩正带着孝武在田地里干农活，鹿子霖坐在田埂上手里玩着草根望着天发呆。

鹿子霖媳妇捧着瓦罐，倒好沙果叶子汤充满感激地上前："哥呀，这地还劳烦你们帮着种。咋好意思哩。"

白嘉轩接过粗瓷大碗一笑："一家人不说两家话，你照顾好子霖就行了。"

远处冷先生小跑奔来："嘉轩，不好了！"

白嘉轩转头望去一愣，冲孝武："一定是出大事了，你老丈人可从没这样慌乱过。"

白嘉轩迎上田埂。

冷先生上气不接下气跑到近前："黑娃……黑娃被抓了！"

白嘉轩不敢相信："啥？谁敢抓他啊？他是副县长！"

冷先生急："就是说哩，今天我给人看病，那人说副县长让县长给逮了，啥原因说不清，还谁都不让见！"

白嘉轩怔怔看着冷先生，嘴唇颤动。

白嘉轩："孝文……孝文逮的黑娃？"

37. 监狱　夜　内

黑娃用力拍打着栅栏，冲外面的守卫喊叫："我要见县长，我要见白孝文，我要见白县长！"

却没有任何人搭理他。

黑娃用尽力气，声音变得嘶哑："我要见白孝文白县长！"

黑娃精疲力竭坐倒在地上。

田福贤被两个人押过来，惊诧地瞧着他，被关进对面的牢房中。黑娃冷冷注视，田福贤扒住栅栏幸灾乐祸冷笑。

田福贤："怪哩怪哩，我关这情有可原，你可是闹农协时的老革命了，咋也跟我落一样的下场？"

黑娃恨恨地转过头不理。

田福贤嘿嘿笑起：“黑娃，这些年我可吃香的喝辣的，共产党把我铡了都值哩！你呢？”

黑娃：“呸！再说我把你舌头割了！”

一个穿制服的人从过道走来，将笔和纸从栅栏外扔进来，冷冷地：“鹿兆谦，你老实交代问题，把想到的都写下来。”

黑娃扑上前：“我要见白孝文，你让他来见我！”

那人冷哼：“你先反省自己的罪行吧！”

黑娃：“我有啥罪？”

那人冷冷地：“你罪状有三条：一，土匪匪首残害群众；二，围剿红三十六军；三，杀害共产党员。”

黑娃用力拍着栅栏：“我啥时候杀过共产党员？”

那人已头也不回地走向过道门。田福贤在对面吃吃地笑着。

38. 县政府外　日　外

高玉凤挺着大肚子双手高举状纸，含泪跪在县政府门前。过往的行人侧目而视，人群中蹒跚走来白嘉轩。

白嘉轩拄着拐杖上前打量：“黑娃媳妇？”

高玉凤含泪扑倒在地：“白族长，黑娃是冤枉的啊！您跟白县长说说，让他放了黑娃吧！”

白嘉轩痛苦的目光：“你先起来，你这大着肚子哩，回家等我信。”

高玉凤含泪站起：“我连兆鹏哥都找哩，可听人说他跟随部队打到陇西去了。”

白嘉轩叹息点头：“兆鹏要在就没这事了。”

39. 县长办公室　日　内

白孝文热情地拉着爸的胳膊：“爸，瞧瞧我这大办公室，我做了县长你一次都没来过哩！”

白嘉轩闷头跟进，等外人出去，扬起脑袋满脸肃杀："我愿意担保黑娃！"

白孝文愣怔了一下，释然笑了。

白嘉轩瞪着他："你笑啥？"

白孝文不慌不忙扶着父亲在椅子上坐下，转身倒杯茶。

白嘉轩捏着茶杯又重复一遍："我今日专意担保黑娃来咧。"

白孝文却哈哈一笑："新政府不瞅人情面子，该判就判，不该判的一个也不冤枉，爸，您说的哪朝哪代的老话呀！还担保哩。"

白嘉轩放下茶杯皱眉："黑娃不是跟你一搭起义来吗？容不下他当县长，还不能容他回原上种地务庄稼？"

白孝文突然变脸："爸！你再不敢乱说乱问，你不懂人民政府的新政策。你乱说乱问违反政策。"

有人敲门递文件："白县长。"

白孝文接过笔在上面划拉了两下。

白嘉轩还是忍不住："我知你嫌他做过土匪，可这黑娃学好了。人学好了就该容得。"

白孝文不置可否地："我这还忙着，要不您先到我宿舍歇下，我下班以后再陪您去！"

40. 县监狱门口　日　外

一辆车停在门口，白嘉轩拄着拐杖蹒跚走来。

白嘉轩打量站岗的卫兵，白孝文手下恭恭敬敬地搀扶着他："您老先上车吧，白县长的宿舍还远着哩。"

白嘉轩指了指："我认得，这是县里关人的地方吧？"

手下一笑："您老还挺熟悉哩。"

白嘉轩："从前我也被关过，我要进去见见黑娃。"

手下愣住："这可不成，白县长下令谁都不能见。"

白嘉轩梗起脖子："那我就坐这儿不走了。当年还许老百姓探监哩，黑娃犯了啥问题，你们连人都不许见？"

手下迟疑。

白嘉轩故意大声地："你们白县长刚才都答应了，让我替他看看黑娃！"

手下呆住，将信将疑："是吗？您老先等着，我回去问问。"

看着那人跑远，白嘉轩走到卫兵面前："娃，你们白县长是我儿子。"

卫兵立正敬礼。

白嘉轩点点头："刚才那人你认识？"

卫兵："那是我们县长吴秘书。"

白嘉轩笑了笑："他叫你们县长陪我一块儿进去，我等不及哩，你先把门打开。"

41. 县监狱 日 内

白嘉轩蹒跚着脚步被领进过道，四下里张望，田福贤扒住栅栏惊喜地瞧着。

田福贤："嘉轩兄弟！你咋来了？"

白嘉轩有些尴尬："福贤啊，我是来看黑娃的。"

田福贤笑："你是来替黑娃说情的吧，你替我也说说！"

黑娃已经闻声爬起，靠在栅栏边："大！"

白嘉轩揪心瞧着他："黑娃这到底是咋回事？"

黑娃含泪摇头："他们往我头上栽赃泼脏水，都是往死里整的罪名！大，我有口难辩啊！"

白嘉轩："是孝文抓的你？"

黑娃欲语还休："您是咋进来的？白孝文让您进来见我？"

白嘉轩摇头，压低声："我自己！孝文不让我见你。"

黑娃颤抖着嘴唇，泪水淌落："大啊，我冤哩！我现在才想明白他是要我死。起义的前夜，他是要带人抓我和兆鹏哥啊！岳维山就是他打死灭口的！"

外面脚步声起，有人呵斥："谁让你放他进来的！"

田福贤："来人哩来人哩！"

白嘉轩沉重地看着黑娃："还有啥话？"

黑娃急促地："大啊，兆鹏哥走这俩月，趁着交接的混乱，县里好多钱粮都被白孝文给……"

白嘉轩目光一紧，田福贤身后嘿嘿笑起："孝文真是青胜于蓝呐！"

黑娃将怀中写好的纸塞出来："我知道的都写在上面了，本想等兆鹏哥回来再……"

秘书已经带人迈进过道，白嘉轩几乎同时将纸塞进怀中。

秘书上前连架带扶："哎呀您咋在这儿嘛，白县长没说让进嘛！"

白嘉轩被搀扶出去，不舍地回头，黑娃扒着栏杆眼巴巴地瞧着他。

42. 白孝文宿舍　黄昏　内

白孝文将包交给秘书，自己提着两盒吃食快步进屋。

白孝文："爸，爸？瞧我买啥来了，今晚咱爷俩好好……"

白孝文愣住，空荡的屋子已不见白嘉轩的身影。

43. 白家　夜　内

白嘉轩在油灯下颤抖着手一页页地看着黑娃写的字，目光痛苦绝望。拐杖掉落在地上，白嘉轩仰天无声叹息。

孝武推门进："爸，秋水说您叫我，啥事啊？"

白嘉轩放下手中的纸，转脸郑重地对儿子："我不管你用啥办法，连夜走，去陇西找你兆鹏哥去。"

孝武惊呆，刚要张嘴说话。

白嘉轩斩钉截铁："就是把马累死把嘴皮子问薄了你给我找到他！"

白嘉轩将手中的纸叠好递给孝武："你把这个交给鹿兆鹏，让他马上回来！就说黑娃的命要保不住哩！"

孝武恍然明白，双手接过纸："我马上走！"

白嘉轩望着摇曳的灯火，痛苦地闭上双眼。

44. 白鹿仓　日　外

人群黑压压地围在高台下，士兵和民兵把守四周。白孝文身着制服凛然坐在台上，冷冷瞥着台下的黑娃。

秘书愤慨地念着判决书:“……他们搜刮民脂民膏，手上沾满了革命同志的鲜血，总之田福贤、鹿兆谦二人罪大恶极，不可饶恕，军法会决定就地枪决!”

人群骚动起来，喊着口号:“打倒反革命，血债血还!”

二豆喊得最凶，站在台下拼命挥舞手臂:“血债血还!”

白嘉轩在激动的人群中挤着，他佝偻着身却望不见前方的动静。

黑娃与田福贤被抄着手押到台上，高玉凤哭喊着扑来却被战士拦住。

黑娃泪流满面，转头冲白孝文轻呼:“你别让我和田福贤死在一块!孝文，我就求你这一件事!”

白孝文目不斜视面无表情望着台下的群众，仿佛没听到一样。田福贤吃吃笑着，笑出泪水。

又有人喊:“把那九个保长拉上来陪斗!”

白嘉轩身子一颤，转头望去，鹿子霖排在最后一个，被压到台侧。

秘书凑到白孝文身旁，轻声:“县长，最后一个可是兆鹏同志的父亲。”

白孝文鼻子里冷哼一声:“兆鹏同志向来不徇私情，他要在也会理解的。”

台下一阵高过一阵的口号声浪。白孝文惬意地享受着如雷的喊声，突然他望见人群中那双悲哀注视着自己的眼睛，缓缓站起身。

白孝文大吼:“现在对田福贤、鹿兆谦执行枪决!”

二豆用尽力气吼起来:“杀——”

白嘉轩转身挤出人群，踉跄着脚步。

身后几声清脆枪响。

白嘉轩身子一晃，跌倒在地昏死过去。

45. 祠堂　日　内

耳旁有人焦急地叫着:“嘉轩?嘉轩!”

白嘉轩眼前白茫茫一片，只看着人影晃动模糊不清:“我咋啥都看不见了?”

冷先生贴在他耳边:“兄弟，你这是气血蒙目。”

白嘉轩:“瞎了?”

冷先生沉默不语。

白嘉轩被搀扶起，哀叹:“我是瞎了。”

46. 白家　黄昏　内

白孝文被孝武媳妇领进门，一脸焦急。

白孝文："爸眼睛咋样了？"

白孝文迈进正屋，白嘉轩正坐在炕上闷头抽着烟袋。

白孝文暗暗打量，试探地："爸，我瞅您先回来了，不放心，您没事吧？"

白嘉轩没有说话，头也不抬，白孝文尴尬坐上前。

白孝文："孝武干啥去了？"

白嘉轩依然没有说话，混浊的双眼已经看不清人影，伸手一把拉住儿子按坐下。

白孝文有些发慌："爸，咋了？您有事？"

白嘉轩："黑娃死了，你踏实了。"

白孝文脸色一变："黑娃跟您说啥了？"

白嘉轩起身慢慢摸到门前，将两扇门合严。

白嘉轩转身："该说的都说了。"

白孝文激动起身："爸，你听他胡说八道！他是反革命！"

白嘉轩："我还没张嘴说是啥，你这么急赤白脸干啥？"

白孝文意识到自己失态，喘息坐回。

白嘉轩："还记得在县政府门口咱爷俩说的话吗？行事不在旁人知道不知道，而在自家知道不知道。自家做下好事刻在自家心里，做下瞎事也刻在自家心里，都抹不掉。其实天知道地也知道，记在天上刻在地上，也是抹不掉的。"

白孝文干笑两声："爸，您这跟我打啥哑谜呢。"

白嘉轩突然顿顿拐杖，怒："你再装！再装你就不是个人咧！"

白孝文被震住，门外上锁的声音。

白孝文一惊："爸，这是干啥？"

白嘉轩冷冷地："你本是要抓鹿兆鹏和黑娃的，岳维山是你杀人灭口的，是不是？"

白孝文脸色苍白刚要辩解。

白嘉轩："趁交接混乱，你把县里的账目故意做乱，贪了多少钱粮！"

白孝文闷头冲向屋门："我不跟你胡吣！你老糊涂哩！"

白孝文用力扯了两下门，没拽开。

白孝文慢慢转过身来，哭笑不得地："爸，您以为这两扇破门能挡得住我？快叫孝武媳妇打开，传出去让人笑话！"

白嘉轩老泪纵横："你现在认个错还来得及。爸这辈子做得最错的一件事就是由着你装，装仁义，装亲民，装君子，装哭装笑，装到现在这个地步！只有那天晚上你跪倒在塔前哭时才是你自己！"

白孝文颤抖着嘴唇，冷笑："爸，你根本不明白，我这样的人才能做官哩，我装我能不累么，我天天跟孙子一样图个啥？我要做官！做比你这族长大得多的官！我现在做上了，您别瞧鹿兆鹏能蹦跶，他才不是做官的料，他是有才能没头脑，正因为他不会装才混不大哩！"

白嘉轩哽咽："待会儿他就来了，你当面跟他说吧。"

白孝文惊呆，不敢相信地："你说啥？"白孝文恍然明白，"你让孝武去找鹿兆鹏了？"

白嘉轩拄着拐杖沉默不语。

白孝文愤怒："爸，你这是在干啥呀，你把你儿子往火坑里推啊！你把我的仕途都毁了才甘心吗！"

白嘉轩颤抖着："你这种官没准能越做越大，可老百姓会遭殃啊。"

院外传来急刹车声，杂乱的脚步往院里走来。

孝武叫着："爸，爸我跟兆鹏哥回来了！"

白孝文泪流满面摇着头，瘫软倒在地上。

门被撞开，鹿兆鹏迈进屋望着这一切，百感交集。

鹿兆鹏："爸，我回来晚了。"

白嘉轩背过身去轻轻挥了挥手。鹿兆鹏身后的人上前将白孝文押出门去。

白嘉轩痛苦地闭上了双眼，泪水无声地淌落……

47. 原上　日　外

二豆喘息着，拼命地追到高坡眺望远方。一辆马车已经渐渐走远。

二豆狼一般仰头长啸："嗷——"

鹿兆鹏牵着马车，白嘉轩和已经疯癫的鹿子霖坐在车上。

白嘉轩眯起眼回头望："子霖，二豆送咱哩。"

鹿子霖手里举着草根，嘻嘻笑着。

鹿兆鹏："我这一路就查闺女的消息，组织上把天明安排在一所县中学学习，娃长得可好哩，像灵灵当年的样！"

白嘉轩笑眯眯看着鹿兆鹏："真像灵灵啊？"

鹿兆鹏默默含笑点头。

鹿兆鹏喃喃："爸，我跟灵灵生活过一段，那时候真幸福。她说过我们俩没有遗憾，有一天其中一个人不在了，另一个人也可以靠对这段时光的美好回忆走到生命终结。"

白嘉轩感慨万千地看着他。

白嘉轩："快点见我孙女吧，我都等不及了。是吧子霖？"

鹿子霖疯癫地嚼着草笑："玩磨牛……"

白嘉轩忙将他嘴中的草扯出，叹息："公审大会一完，你爸是真疯哩。"

鹿子霖嘿嘿笑着："我蹲监那会儿他们都在，陪我说话。"

鹿兆鹏转头笑："谁啊，爸。"

鹿子霖望着天："你爷爷，你奶奶，还有兆海，田小娥……"

白嘉轩与鹿兆鹏脸色大变，相视一眼停住马车。

鹿子霖喃喃地看着天："后来你家白灵也来看我了，到我出来前几日鹿三先来接我了。"

白嘉轩说不出话，也抬眼向天空望去。

鹿子霖将草往白嘉轩嘴里塞着："给你吃，你吃吧，咱俩好！"

白嘉轩轻轻摇摇头，转过身时忍不住流下泪来。

鹿兆鹏默默望着两个老人。

马车行进在荒原。

48. 某中学教室走廊　日　内

喧闹的学校，几个女孩子欢笑着从鹿兆鹏身后跑过去。

鹿兆鹏微笑着退出办公室："天明去操场玩了？好，谢谢啊。"

鹿兆鹏转回身快步在走廊里走着，突然听见窗外女孩子的欢笑声。

鹿兆鹏凭窗望去脸色一变，向门外狂奔出去。

49. 中学操场　日　外

苍老的白嘉轩正和鹿子霖一左一右推着秋千，一个十三四岁酷似少年白灵的女孩子站在上面荡。

鹿兆鹏放慢脚步百感交集地望着，眼中泛起泪花。

女孩咯咯快活笑着，大声叫："爷爷使劲推啊，我不怕，我要飞得再高些！"

白嘉轩与鹿子霖颤巍巍地用力推着。

女孩的笑声回荡在操场，天地间。

"高些，再高些……"

全剧终

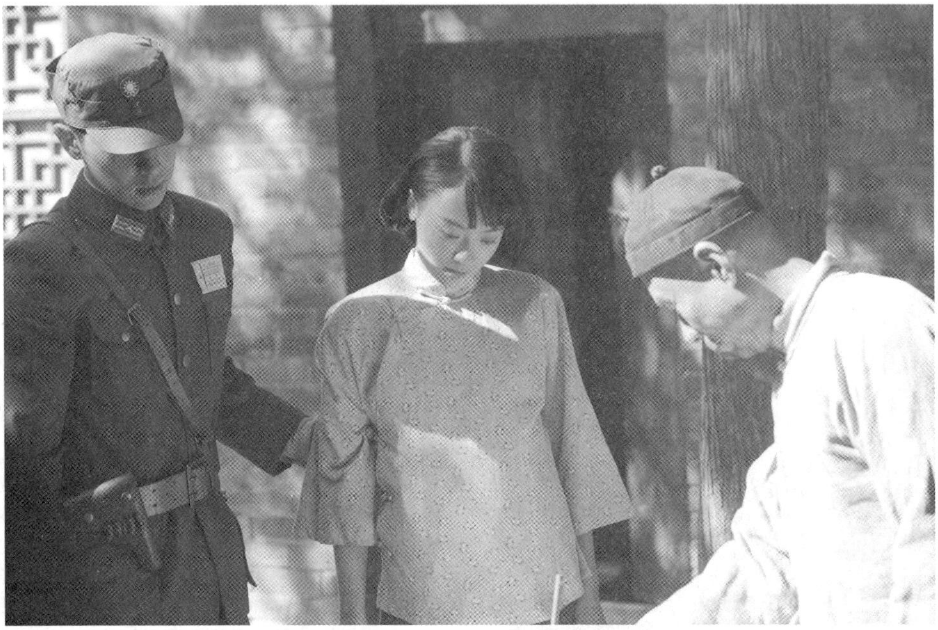

行正路

代后记：和陈忠实相处的日子

陈忠实走了，一代巨匠飘然仙逝。

听到这个消息，我木然坐了半天，脑袋里像断了片。他走了，我奇怪反复地想着一个画面，白鹿原上，苍穹之下，陈忠实的背影，越走越远。我努力地想着，却始终想不起来他走着的背影，应该是什么样子。细细思量，每次，都是我从他那离开，他起身送我到门口，我几乎从来没有送过他。在陈老师家摆设的灵堂前，燃香伫立，鞠躬致哀。陈老师，今天我来送您了。

和陈老师相处十五六年，闹不清楚俺俩究竟是什么关系，说是朋友，少了一份亲密，说是师生，没有那一份传承，我们的交往像蜻蜓点水。如果准确地用书面语言说，我们的关系是甲方乙方。

2001年7月，我和赵军驱车到陈老师的故乡，西安灞桥西蒋村去签《白鹿原》电视剧的改编合同。大约下午两三点，我们赶到了他那间前面平顶房后面窑洞的屋子。陈老师一个人在乡间写作，正准备吃午餐，两个馒头，一碗白菜熬豆腐，几块肥肉。那时我们拍的《121枪杀大案》播得正火，陈老师饶有兴趣地问东问西，抽着他的黑杠子（巴山雪茄），兴致勃勃拿出一张他刚刚收集到的照片让我们看，照片是书中朱先生的原型牛兆濂先生的遗像。这位民国先贤目光炯炯，不怒自威，我说跟陈老师有点像，陈老师哈哈笑出了声。那是一个愉快的下午，窑洞透着阴凉。当我们怀揣着合同，在白鹿原下灞水河畔的公路上，迎着夕阳，开着白色普桑一路狂奔时，感觉像快活林里一对劫了皇纲的土匪。

版权转让三年，期限很快就到了，我们没有拿下电视剧的立项。

2004年6月，西安一个酷暑的晚上，我和陈老师坐在省作协一个空荡荡的办公室里谈判。陈老师想给我倒杯水，暖壶是空的。我滔滔不绝地说着三年的辛劳，企图继续续约。陈老师淡然地听着，表态像一个老农民一样简单直接：我听明白了，你说得舞马长枪的，还是拿不下这事。你不用给我解释，现在做啥事都难，你只要拿来国家批准的红头文件，哪怕是一张二指宽的条条，咱就继续。我舌灿莲花，嘴干舌燥了一个多小时，最后，和陈老师达成一份口头协议：你可以继续做，我也不能在一棵树上吊死，谁能批下来我就签给谁，这对大家都公平。我知道有不少影视公司虎视眈眈，但又无话可说。

陈老师把我送下楼，天黑了，我沮丧地走着，想起省作协这院子，大神云集，原来是军阀高桂滋的公馆，西安事变时羁押过蒋介石，脊背上一个劲儿冒凉气。

人怕啥偏偏遇见啥，往后的日子里，经常在各种场合碰见陈老师，他偶尔会问一问我进展如何，我总是设法讲述自己的努力和辛苦。陈老师只是听着，一副不问耕耘，只问收获的淡然。我常常说到最后，就只剩下了支支吾吾。后来，就有点怕见他，怕他问起，不知该说些什么，又怕他不问，老怀疑是不是已经有人截和。发展到一看见他那张饱经风霜的脸，就心里打怵，一听见他说哪家影视公司又找他了，就心如刀绞。陈老师总是一脸淡然，皱纹深刻。记得有次省上开会，满共就二十余人，一进会场，就看见陈老师大马金刀地坐着，抽着他的黑杠子，我竟然借口上厕所悄悄地溜了。这样日子，过了五六年。

2010年10月，金秋送爽。《白鹿原》电视剧的立项批下来了。第一时间，我就给陈老师打电话。陈老师不相信，他说你甭哄我老汉，把红头文件拿来。我说现在没有红头文件了，广电总局只在网上公示。他仍然不信。我说，陈老师，你不信我，没问题，你找个你信的人，上网查查，如何?

晚上，陈老师电话来了。俺俩在长安一号找了个小包间，要了一瓶红酒，点了几个小菜，他很高兴，说十年了，你终于胜利了，过程能写一部长篇小说了。我也让陈老师教乖了，直奔主题，说版权咋办。他笑了，我说话算话，版权至今我谁也没签，你批下来，以后我就只认你了。我问他对改编有什么意见，应该注意些什么，对人选有什么建议。陈老师说，小说写完，我的事就完了。发表到社会上，那就陈忠实是陈忠实，《白鹿原》是《白鹿原》了。咋改，找谁改，那是你的事了。那天我们聊得很高兴，说了很多，说什么记不准了。我只记得陈老师满脸的皱纹都开了，慈祥得像个菩萨，还有，就是第一次感到涩涩的干红滋味那么隽永，好喝。

编剧申捷读了上百本书，又在白鹿原上转了半个月，做好了准备，想和陈忠实谈谈。陈老师很有意思，约他时，他总是说，咱找个中间点，都不远，你跑一半，我跑一半，于是我们又约在了在长安一号。他俩坐在一张三人沙发上，一人靠一头。申捷圆头圆脑，像打足了气的皮球，说到创意就眉飞色舞；陈老师稳稳地坐在那里，像半截老榆木根雕，不紧不慢，让人想起《哈利·波特》里面的老树精。陈老师谈了人物的想法，他们的原型，谈了他没有展开写朱先生只身退清兵的遗憾，黑娃的人物原型的命运，等等。聊得很惬意，临走，我背着申捷问陈老师，感觉咋样？陈老师又是淡然一笑，这是你的事，甭问我。临了又补了一句：我没想到他这么年轻。

在剧本创作的两年多里，陈老师打过几个电话，每次都问得很艺术，但总是一个借口，说他来了几个朋友，问到这事咋样了，所以，他来问一下。我一边给他汇报着进度，一边暗自思忖，这可爱的老汉，是真有别人问了才问一下，还是自己想催了，不好意思？

申捷苦熬了两年半，剧本做完了。我给陈老师打了个电话，说剧本做完了，送审前您要不要看看。陈老师说，你送吧，我不看了。语气感觉很大度，和一种已经落到你手里了，由着你糟蹋吧的无奈。过了三个月，省上专家研讨会开过几天后，我突然接到陈老师的电话。他说，哎，赵安，你把剧本做完也不送我一套看看？我有点蒙了。我说，陈老师，三个月前我就问您看不看，您说不看了，您可不敢冤枉我。陈老师笑了，说我忘了，赶快给我送一套。我心里有底，因为在研讨会上评价很好，著名评论家李星说，他终于发现了一个可以和陈忠实进行灵魂对话的编剧。过了大概半个月后，陈老师问我能不能约编剧一块儿坐坐。申捷欣然前往。在酒桌上，陈老师专门端起一杯茅台，走到申捷面前敬酒，说辛苦了，以后剧本修改，有啥事都可以找我。鬼机灵的申捷说道，陈老师，老赵说您看剧本，我紧张坏了，我就怕您骂我。陈老师笑了，说剧本你是专家，我还能骂你？大家都笑了，陈老师开心得像个孩子。

剧组紧张地开始筹备了，陈老师身体有些不佳的消息不停传来。张嘉译和刘进、申捷都几次提出来要去看望他。我和陈老师联系，他说不用了，他在治疗，不方便，等他好一点，他一定会去看望大家。

开机前夕，我跑到陈老师的书房，想动员陈老师出席开机仪式。陈老师当时精神还好，就是说话吐词有些不太清楚，说几句，就要吐一口口水。我让陈老师看了演员的单人海报，陈老师看得很仔细，每一张都看半天，仿佛和自己心中的人物在对照，但他没有做评价。我说，陈老师，十几年了，终于开拍了，轮到咱自己过事了，您这尊大神不就位，撑不起台面。哪怕去转一转，露个脸。陈老师拒绝了，说我给你写幅字吧，算是祝贺。你不是一直想要我的字么，我的字现在也很值钱了。陈老师笑着，说你说写什么词。我说我哪敢班门弄斧，您就给咱电视剧写一幅吧。于是俺俩商量起来，陈老师挥毫写下了“激荡百年国史，再铸白鹿精魂，祝贺白鹿原电视连续剧开拍”的四尺中堂。

电视剧开拍后，几次和张嘉译在一起喝酒，他都提到咱还是得去看看陈老师，总觉得咱不去不对劲儿。我又找陈老师联系了两次，他都拒绝了，他说，让大家好好拍戏，心领了，不麻烦了，我好点去看大家。电视剧前期拍完以后，我专程去给陈老师汇报，那次感觉陈老师好多了，说话也几乎正常了，而且已经在书房里又开始忙碌了，对电视剧投资两个多亿有些吃惊，关心地问能卖回来不？我说这回赚了。他笑了，你拍九十集，还弄得大，赚了就好，再让你赔了，我还睡不安生了。我说陈老师要不要看看片花，陈老师说，我不看了，等你做好了，我再看。陈老师的言谈举止，有一种病后释怀的泰然。

大概一个月前，我们为电视节剪辑了一个片花，大家还是想让陈老师看看。我又给他打电话，这回陈老师答应得很痛快，说，好，但这周不行，安排不过来，下周吧。到了下周，我再打电话，陈老师关机了。我问陈老师的办公室主任杨毅，杨毅说，陈老师要集中打半个月针，陈老师现在最操心的也就是《白鹿原》电视剧了，等打完针后再约吧。谁知道，等来的就是噩耗。

李晓说，陈忠实逝世，剧组要在官微上发一条消息，让我看看稿子。我加了一句话：您说过，《白鹿原》的改编，您寄希望于电视剧，没能让您看到是我们永远痛彻心扉的遗憾。

陈老师公祭的灵堂设在省作协，就设在高桂滋公馆里。碰见的熟人都在说，陈老师最大的遗憾，就是没看见电视剧播出。灵堂内鲜花簇拥，简洁庄重。陈老师在相片上笑着。眼神交流，阴阳相隔。我想，陈老师，您上天了，成神了，求您保佑，我们一定会尽全力做好电视剧《白鹿原》，完成我们甲乙双方这次意义深远的约定。

您老驾云西去，白鹿精魂永存！

陕西光中影视投资有限公司董事长
赵安
2016年4月30日

图书在版编目（CIP）数据

白鹿原·剧作 / 申捷著. —北京：中国电影出版社，2017. 4

ISBN 978-7-106-04696-5

Ⅰ. ①白… Ⅱ. ①申… Ⅲ. ①电视文学剧本—中国—当代 Ⅳ. ①I235.2

中国版本图书馆CIP数据核字（2017）第079310号

责任编辑：杜若冰

封面设计：瞿中华

版式设计：人聚悦尚

责任校对：孙　健

责任印制：张玉民

白鹿原·剧作

申捷　著

出版发行　中国电影出版社（北京北三环东路22号）邮编100013

电话：64296664（总编室）　64216278（发行部）

64296742（读者服务部）　Email:cfpygb@126. com

经　　销　新华书店

印　　刷　中国电影出版社印刷厂

版　　次　2017年7月第1版　2017年7月北京第1次印刷

规　　格　开本/710×1000毫米　1/16

印张/101.5　字数/1000千字

书　　号　ISBN 978-7-106-04696-5/I · 1160

定　　价　248.00元